rororo

WILLIAM CARLOS WILLIAMS
AUSGEWÄHLTE WERKE

Herausgegeben
von Joachim Sartorius

WILLIAM CARLOS

WILLIAMS

DIE ROMANE

White Mule
Gut im Rennen
Der Aufbau

Aus dem Amerikanischen
von Karin Graf
und Reinhild Böhnke

Rowohlt Taschenbuch Verlag

Titel der Originalausgaben:
White Mule: *White Mule*
Gut im Rennen: *In the Money*
Der Aufbau: *The Build-Up*

Veröffentlicht im Rowohlt Taschenbuch Verlag GmbH,
Reinbek bei Hamburg, 2001
Lizenzausgabe mit Genehmigung des
Carl Hanser Verlag München Wien

Druck und Bindung:
Friedrich Pustet, Regensburg
Printed in Germany
ISBN 3 499 22838 6

WHITE MULE

Erste Schritte
in Amerika

Aus dem Amerikanischen
von Karin Graf

Mit einer Vorbemerkung des Autors
und einem Nachwort von Alfred Kazin

Vorbemerkung des Autors

Schließlich war ich Arzt und nicht nur das, ich war Kinderarzt und hatte schon immer ein Buch über ein Baby schreiben wollen. Ich dachte, ich wüßte, was ein Baby war. Deshalb fing ich an zu schreiben, ohne viel darüber nachzudenken, so wie es immer meine Art zu schreiben war. Schreiben war in meinem Leben allgegenwärtig; ich mußte mich nicht erst auf das Ereignis einstellen. Aber über welches Baby sollte ich schreiben? Ich hatte von Flossies[1] Familie viel über ihre Kleinkinderzeit gehört, und ich dachte, das ergebe ein gutes, wahres Bild von einem Baby. Warum nicht über Floss als Baby schreiben und all das Material, das ich über sie erfahren hatte, mit dem verbinden, was ich über Babys gelernt hatte. Über einen Zeitraum von drei Jahren hatte ich mehrere Tage in der Woche Babys ärztlich betreut: anderthalb Jahre im Postgraduate Hospital in New York und anderthalb Jahre im Kinderkrankenhaus. Ich war von Babys erfüllt, und ich wollte über sie schreiben. Der Teufel hatte mich gepackt. Wie sollte ich das Buch nennen? Dann fiel es mir ein: ›White Mule‹. Floss, wußte ich, war ein Muli. Und sie war weiß. Dann gab es noch eine andere Bedeutung. Zu der Zeit, während der Depression, tranken wir White Mule. Flossie war wie ein Schluck Whisky für mich – von Natur aus streitsüchtig, tyrannisierte sie wie alle Frauen ihren Mann zu seinem eigenen Wohle, ob es ihm gefiel oder nicht.

Das Buch wurde in Fortsetzungen geschrieben, und wie Dickens war ich immer gerade erst vor der Veröffentlichung fertig. Die einzelnen Folgen erschienen in einer Zeitschrift namens ›Pagany‹, und das ist eine interessante Geschichte. In Boston gab es einen Mann, Richard Johns, der begeistert von meinem Roman ›A Voyage to Pagany‹

1 Flossie oder Floss: Spitzname von Williams' Frau, Florence Herman Williams (Anm. d. Ü.).

war. Er wollte eine neue Zeitschrift ins Leben rufen und sie unbedingt ›Pagany‹ nennen. Er kam zu mir und fragte, ob ich etwas für die erste Ausgabe habe. Ich sagte ihm, ich habe gerade mit einem Prosastück angefangen, und er sagte: »Lassen Sie es mich veröffentlichen.« Ich war ganz aufgeregt, ein vielbeschäftigter Arzt, nie frei von irgendwelchen Patienten, die auftauchen könnten, aber mit dem Ansporn monatlicher Veröffentlichungsdaten. Das Buch hatte den Vorteil des Unmittelbaren ... der Babys, die ich jeden Tag sah. Ich hatte viel Spaß. Ich war verrückt nach Babys, der Verachtung, die alle Babys für Erwachsene haben. Sie scheren sich einen Dreck um das, was vor sich geht, und lassen sich rundherum gehen, und das ist manchmal nicht besonders anziehend. Bei jedem Baby, das ich sah, sagte ich mir: ›OK, Baby – nur weiter so, denn ich schreibe dich auf!‹ Was auch immer ich im Krankenhaus hörte oder sah, brachte ich ein. Insbesondere erinnere ich mich, wie eine Mutter mir erzählte, daß sie und ihre Freundinnen ihre Babys zu den Gastanks im Osten von New York brachten, um den Keuchhusten zu heilen. Natürlich heilte das Gas nicht, aber zweifellos war etwas daran ... Der Gasgeruch brachte vielleicht eine Art Erleichterung.

Just zu dieser Zeit erschien James Laughlin auf der Bildfläche, ein junger Schotte, der noch in Harvard studierte und einen Verlag gründen wollte. Vielleicht hatte er meine Geschichte im ›Pagany‹ gelesen – ich denke, so muß es gewesen sein –, jedenfalls sagte er, er könne nichts Besseres tun, als seine Veröffentlichungen mit ›White Mule‹ zu beginnen. Er war sehr gut zu mir. Ich war von den Socken, einen richtigen kommerziellen Verleger zu haben. Die neue Firma wurde New Directions genannt. Ich schwebte auf Wolken.

Das Buch mit seinem weißen Schutzumschlag erschien. Gott, es ist ein wunderschönes Buch. Die New Yorker Presse war begeistert; alle Kritiken waren gut, und ich dachte, ich hätte es geschafft. Die weiblichen Kritiker zogen in Heerscharen zu mir. Aber dann geschah folgendes.

Mr. Laughlin war auch Skiläufer, und ganz kurz bevor ›White Mule‹ erschien, fuhr er als Manager einer Skimannschaft nach Neuseeland. Er hatte nur eine kleine Auflage des Buchs gedruckt, die sofort ausverkauft war, und es gab keine Exemplare mehr auf dem Markt. Ich stieg ins Auto und fuhr nach Norfolk zu Mr. Laughlin senior hinauf. Der sagte bloß: »Tja, was wollen *Sie* daran machen?« Was *konnte* ich tun? Es gab keine Bücher, und die ganze Sache verlief sich. Brach mir das Herz, aber so war es nun einmal – ich mußte es hinnehmen.

Aus: W. C. Williams: I wanted to write a poem. The Autobiography of the Works of a Poet. Boston, 1958.

Für die Kinder

KAPITEL 1

Dasein

Sie kam auf die Welt wie Venus aus dem Meer, tropfnaß. Die Luft umschloß sie, sie spürte sie um sich, sie berührte sie, weckte sie. Wenn Venus, als sie aus den Zwängen des Meeresmutterleibes freikam, nicht laut aufschrie, als sie die neue und leichtere Flut in ihrer Brust steigen spürte und ihre Arme hochwarf – diese hier tat es. Sie verzerrte ihr winziges verschmiertes Gesicht, stieß drei markerschütternde Schreie aus – und lag still.

Hör auf zu weinen, sagte Mrs. D. Du solltest froh sein, aus dem Loch raus zu sein.

Es ist ein Mädchen. Was? Ein Mädchen. Aber ich wollte doch einen Jungen. Gucken Sie noch mal. Es ist ein Mädchen, M'am. Nein! Nehmen Sie es weg. Ich will es nicht. Diese ganze Mühe für noch ein Mädchen.

Was ist es? fragte Joe an der Tür. Ein kleines Mädchen. Zu schade. Alles in Ordnung mit ihm? Ja, bloß ein bißchen klein. Dann geht's ja. Decken Sie's nicht besser zu, damit es sich nicht erkältet? Ach, verschwinden Sie mal hier, und lassen Sie mich machen, sagte Mrs. D. Das erschien ihm das richtige zu sein, also ging er. Geht's dir gut, Mama? Ach, laß mich in Ruhe, was für Mann bist du bloß? Weil er nicht genau wußte, was sie meinte, hielt er es für besser, die Tür zu schließen. Das machte er dann auch.

In prähistorischem Schleim lag es, während Mrs. D. mit freundlich unbeholfenen Knöcheln und plumpen, schwarz gerandeten Fingern die weiße Nabelschnur um ihren blaßblauen Stamm wickelte und sie mit der vorher abgewischten Schere an der Kordel um ihre Hüften abschnitt – während es sich wand und ihr seine Zehen und Finger in den Weg streckte – frei.

Allein lag es auf dem Bett, das in der Mitte durchhing, auf dem Rücken, bei dem verschmierten Dreifachberg aus den angeekelten Schenkeln und dem eingefallenen Bauch seiner Mutter.

Die blutverschmierten Tücher wurden eingesammelt. Blind gegen die zerquetschenden Berührungen der schnaufenden Mrs. D. ankämpfend, wurde es auf eine schöne Wolldecke gehoben und zugedeckt. Es zog die Unterlippe ein und stieß zwei weitere Schreie aus.

Ah, so was kleines Liebes. Hören Sie mal, M'am, es versucht zu sprechen.

La, la, la, la, la, la! sagte es mit der Zunge – in der schwarzen Weichheit neuer Zwänge – und die Hand hochreißend, stieß es sich den rechten Daumen ins Auge, zuckte vor Überraschung und Schmerz zusammen und schrie und wand sich in neuer Qual. Aber als es den Daumen zufällig wieder fand, versank es schluchzend in Schweigen.

Mrs. D. hob die Decke und betrachtete es. Es lag still. Ihr blieb das Herz stehen. Es ist tot! Sie schüttelte das …

Es fuhr heftig zusammen, und die kleinen Arme und Beine flogen in einen verkrampften Knoten, das Gesicht war wieder verzogen. Dann, als die Hebamme seufzte, entspannten die angespannten Glieder sich langsam. Es schien nicht zu atmen.

Und wenn Sie jetzt nichts brauchen, wasche ich das Baby. Meinetwegen, sagte die neue Mutter schläfrig.

Im Schoß zwischen zwei Wülsten, die den Wind von seinem Hals fernhielten, lag es, fiel halb hinab, wurde wieder erhascht – es wurde mit warmem Öl eingerieben, das in einer Untertasse auf dem Herd stand, während Mrs. D. mit den Füßen auf dem Herdsockel es von Kopf bis Fuß einrieb und betrachtete, von der Spitze des Kopfes bis zu den glänzenden Sohlen der kleinen Füße.

Ungefähr fünf Pfund, schätze ich. Du arme kleine Maus, auf so eine Welt zu kommen. Roll dich mal hier rüber und hör auf zu zappeln, sonst liegst du gleich auf dem Boden. Mach die Beine breit, bis ich ein bißchen Öl hier rein gerieben habe. Eines Tages machst du sie noch gern genug auf – wenn's dir nachher nicht leid drum tut. So, in alle

Falten rein. Wie das festklebt. Es ist wie Schmalz. Ich frage mich, warum sie das haben. Hart, als Mädchen geboren zu werden. So, das hätten wir. Bald liegst du in deinem kleinen Bettchen, und ich wünsche, da wäre ich auch auf der Stelle.

Sie rieb das Öl unter die Achselhöhlen und sorgfältig um die mageren Falten des kleinen Halses, drückte dabei den wackligen Kopf vor und zurück. Hinter den Ohren war noch das weiße Fett der Geburt. Das verfilzte Haar klebte davon am Kopf fest, die Brauen waren dick eingebuttert, und es backte am ganzen Rücken fest, eine gelblich-weiße quarkartige Masse.

In die Falten der Lende, die Scheide, wo die schwellenden und zornig roten Genitalien Vorzeichen zukünftigen Wachsens zu sein schienen, rieb sie das warme Öl vorsichtig – denn sie war eine gute Frau – und gründlich, sich die Finger an der Schürze abwischend. Sie teilte die kleinen Teile, betrachtete sie, wunderte sich über ihre Kleinheit und Vollkommenheit und schüttelte ahnungsvoll den Kopf.

Das Baby lag mit geschlossenen Augen behaglich zurückgelehnt – räkelte sich, ganz gleich, ob es bei einem Bein oder einem Arm hochgehoben und umgedreht wurde.

Mrs. D. schaute die Zehen an, zählte sie, bewunderte die kleinen vollkommenen Nägel – und dann nahm sie jede kleine Hand, die sich, als sie näher kam, fest zusammenballte, strich sie glatt und ölte ihre kleinen Falten sorgfältig.

Sie starrte in das kleine, schlafende Gesicht. Die Nase war plattgedrückt und schief, der Mund war still, die Augenschlitze waren zugeschwollen – so sah es jedenfalls aus.

Du bist ein häßlicher kleiner Zwerg, Gott verzeih dir, sagte sie – die Stelle oben auf dem Kopf reibend. Das lassen wir besser – ich habe gehört, daß man sie tötet, wenn man zu fest drauf drückt. Man sagt, eine schlechte Kinderfrau drückt da, damit ein Baby aufhört zu weinen – grausam so was.

Sie schaute noch einmal nach, wo weiter oben auf dem Kopf ein weicher runder Knubbel wie eine Jockeykappe schräg hervorragte. Das wird noch werden, sagte sie weise zu sich. Denn es war nicht das erste Baby, das Mrs. D. pflegte, und auch nicht das fünfte und zehnte, nicht einmal das zwanzigste.

Sie holte den Waschkessel und goß warmes Wasser hinein. Vorsichtig legte sie das neugeborene Kind hinein. Halb schwamm es, halb schlief es – schlug für einen Augenblick die Augen auf, schloß sie dann und ruhte auf Mrs. D.s linker Hand, die sie unter seinem Nacken ausgebreitet hatte.

Sie seifte es gründlich ab. Der Vater kam in die Küche, wo sie waren, und fragte, ob sie meine, er könne einen Kaffee haben, bevor er zur Arbeit ging – oder solle er gehen und ihn an der Ecke trinken. Er hätte sie nicht fragen sollen – das schoß ihm plötzlich durch den Kopf. Es ist beinahe sechs Uhr, sagte er. Wie geht's? Ist alles in Ordnung?

Er beugte sich vor, um zu schauen. Das kleine Ding schlug die Augen auf, blinzelte und schloß sie in dem flakkernden Licht der Öllampe in dem vergoldeten Halter an der Wand dicht daneben. Dann lächelte es ein spitzbübisches kleines Lächeln – so kam es ihm jedenfalls vor.

Das Licht tut seinen Augen weh, sagte er, nahm ein Geschirrtuch und hing es über die Kordel, die durch die Küche lief, damit das Gesicht des Babys im Schatten lag.

Halten Sie's mal, sagte Mrs. D. und stand auf, um den Kessel zu füllen.

Er hielt es behutsam in beiden Händen, sah sich neugierig, scheu das uralte kleine Gesicht eines Babys an. Er setzte sich, ließ es auf seinen Knien liegen und deckte den nassen Körper zu. Diesen kleinen weiblichen Körper. Das Baby ruhte. Sich in dem zärtlichen Griff seiner schützenden Hände windend, seufzte es und machte die Augen weit auf.

Er starrte es an. Das linke Auge war tief zur Nase hin verdreht; das andere schien ihn direkt anzublicken. Ein

Blutstropfen schien darauf zu sein. Es schaute, und es durchfuhr ihn kalt bis in die Arme. Schieläugig! Vielleicht blind. Aber als er hinschaute – schienen die Augen gerade zu sein. Er war froh, als Mrs. D. ihn erlöste – aber er behielt die Ruhe. Irgendwie hatte dieses bißchen strampelnde, unwillkommene Leben ihn auf immer für sich eingenommen. Es war so häßlich und so verloren.

Der Schmerzen enthoben, die er in seinem eigenen Körper zu spüren gemeint hatte, während das Kind geboren wurde – schien es ihm nun, als sei er die Mutter gewesen. Es war sein kleines Mädchen. Das ist ein komisches Gefühl, dachte er.

Er schüttelte bloß den Kopf.

Hinten auf dem Herd kochte Kaffee. Das Zimmer war heiß. Er ging ins vordere Zimmer. Durch den Riß in der Tür schaute er in ihr Schlafzimmer, wo sie lag. Dann setzte er sich auf den Rand des zerwühlten Sofas, wo er die Nacht in eine Decke gehüllt geschlafen hatte – und wartete. Er konnte gut warten. Beinahe Zeit, zur Arbeit zu gehen.

Mrs. D. holte aus einer Kiste in der Vorratskammer das Stärkemehl. Sie mußte in dem Durcheinander von Töpfen und Kochgeschirr danach suchen und nahm sich fest vor, etwas Ordnung in die Wohnung zu bringen, bevor sie ging. Ach, diese Frauen mit guten Männern, sie haben überhaupt keinen Verstand. Sie sollten Gott danken und sich an die Arbeit machen.

Nun nahm sie das Baby wieder auf den Schoß, deckte es an Ort und Stelle auf und puderte den welk werdenden, gummiartigen fünf Zentimeter langen Stummel der gummiartigen Nabelschnur, fischte eine Rolle Mull aus dem Korb zu ihren Füßen, legte ein Ende auf den kleinen Wattebausch in der Mitte des Babys, wickelte die Binde fest darum herum, immer rund herum und steckte sie quer über den Rücken fest. Das Kind war dort jetzt hart wie ein Brett – aber wachte nicht auf.

Sie schaute nach und sah einen roten Flecken auf dem Stoff wachsen. Bind es neu. Sie wickelte noch einmal das

Bauchband ab. Sie holte den Stummel der Nabelschnur hervor, und diesmal umwickelte sie ihn zwanzig Mal mit Zwirn, während das winzige Geschöpf sich vor Freude über seine Erlösung von dem zu engen Bauchband aufbäumte und schlängelte.

Mrs. D. wickelte einen Baumwollfetzen um ihren kleinen Finger, zwang ihn zwischen die kleinen Lippen und schrubbte die zarten Gaumen. Das Baby schnitt eine Grimasse und zog sich vor diesem Angriff zurück, arbeitete dabei mit dem ganzen Körper.

Halt still, sagte Mrs. D. und drückte den winzigen Mund mit unverdrossener Fürsorge – bis das Würmchen zu husten anfing und alle Anstalten machte, sich zu erbrechen. Endlich hörte sie auf.

Trockengelegt, gewickelt und gekleidet mit elefantenartigen großen Kleidern, die es hinter Rüschen verbargen; mit Strümpfen, Stiefeln und Mütze versehen, die unter dem Kinn gebunden war. Nun ging Mrs. D. mit ihrem neuen Geschöpf aus der schweißtreibenden Küche in das Zwielicht von Dämmerung und Lampen, durch den Gang ins Vorderzimmer, wo der Vater saß, um es ihm zu zeigen.

Wohin gehen Sie? Spazieren? sagte er.

Gucken Sie es sich in seinen ersten Kleidern an, erwiderte sie.

Ja, sagte er, es sieht gut aus. Aber er fragte sich, warum sie ihm die Mütze und Schuhe angezogen hatten.

Das Baby im linken Arm, machte Mrs. D. kehrt, drehte mit der Rechten den Türknauf und trat wieder in die Gerüche des Gebärzimmers. Dort war es dunkel, und die Lampe war heruntergedreht. Die Mutter schlief.

Sie machte die Lampe aus, öffnete die inneren Läden. Im Zimmer herrschte ein dämmriges Licht.

Erschreckt aufwachend, sagte die Mutter: Was ist? Wo bin ich? Ist es vorbei? Ist das Baby da?

Ja, hier ist es, sagte Mrs. D., angezogen und fertig zum Stillen. Geben Sie Milch?

Ist es ein Junge? sagte die Mutter.

Es ist ein Mädchen, ich hab's Ihnen doch schon gesagt. Sie schlafen ja noch halb.

Noch ein Mädchen. Ach, ich will keine Mädchen. Bringen Sie es weg, und lassen Sie mich ausruhen. Gott verzeih Ihnen, daß Sie das gesagt haben. Wo ist es? Lassen Sie mich sehen, sagte die Mutter und setzte sich auf, so daß ihre großen Brüste aus dem Unterhemd hervorquollen. Legen Sie sich hin, sagte Mrs. D. Mir geht's gut. Ich könnte aufstehen und mich waschen. Wo ist es?

Sie nahm das kleine Ding und drehte es herum, um es anzuschauen. Wo ist sein Gesicht? Nehmen Sie die Mütze ab. Wozu hat es diese Schuhe an? Sie streifte sie mit einem Ruck ab. Du jämmerliches, mageres, kleines Balg, dachte sie, und Ekel und Wut kämpften in ihrer Brust, sie war keine, die leicht weinte – außer wenn sie wütend war.

Das Baby lag still, mit vom Ausreiben brennendem Mund, eingeschnürtem Bauch, von der großen Windel auseinandergezwungenen Beinen – und schlief, ab und zu grunzend.

Nehmen Sie es weg, und lassen Sie mich schlafen. Gukken Sie sich Ihre Brüste an, sagte Mrs. D., und damit begannen sie, das Baby an die Brust zu legen. Es wollte nicht wach werden.

Das arme, jämmerliche Ding, wiederholte die Mutter. Das wird's auf die Beine bringen. Es braucht die Milch der eigenen Mutter, damit es ein prächtiges Baby wird, sagte Mrs. D. Vielleicht ja, sagte die Mutter, aber ich glaube es nicht. Sie werden sehen, sagte Mrs. D.

Als sie ihm die große Brustwarze in den kleinen Mund zwängten, gähnte das Baby. Sie warteten. Es schlief wieder. Sie versuchten es noch einmal. Es drehte den Kopf weg. Halten Sie die Brust ein wenig von seiner Nase weg. Das taten sie.

Mrs. D. drückte die Wangen des Babys zwischen Daumen und Zeigefinger zusammen. Es zog sich zurück, öffnete die Kiefer, und sie schoben die tropfende Brustwarze hinein. Das Baby zog sich zurück. Dann saugte es einen Augenblick lang.

Na also, sagte Mrs. D., richtete sich mit einem Seufzer auf, preßte beide Hände gegen die Hüften und lehnte sich zurück, um den Schmerz in ihren Lenden zu lindern.

Die Mutter strich über das seidige Haar und betrachtete die sanft pulsierende Fontanelle. Mit der linken Hand hielt sie die Brust, um sie spitz zu machen, richtete sich gerade gegen die Kissen auf und runzelte die Stirn.

Das Baby hörte auf zu saugen, drehte und krümmte sich. Die Brustwarze lag reglos in seinem Mund. Es schlief. Als sie hinuntersah, bemerkte die Mutter, was geschehen war. Es will die Brust nicht, Mrs. D. Nehmen Sie es weg. Mrs. D., kommen Sie sofort her und nehmen Sie das Ding weg, ich bin naßgeschwitzt.

Mrs. D. kam. Sie bestand darauf, daß es gestillt wurde. Sie versuchten es. Das Baby wachte erschreckt auf, würgte an der riesigen Brustwarze. Es stieß mit der Zunge dagegen. Mrs. D. hielt es hinten am Nacken und schob. Sie drückte die Brustwarze flach und schob sie ihm in den Mund. Milch rann die kleine Kehle hinunter, eine wäßrige Milch. Das Baby würgte, bis es purpurn anlief und sich erbrach.

Nehmen Sie es. Bringen Sie es weg. Was ist los damit? Sie sind zu rauh damit.

Wenn Sie es richtig hochhalten, gerade vorm Gesicht und nicht in einem Winkel weg, als ob – Mrs. D. war in ihrer Berufsehre verletzt. Sie versuchten es noch einmal, ernst, angespannt, in unbequemer Haltung, die eine verkrampft in ihrer Stellung mit ausgebreiteten Knien, die andere halb kniend, halb auf den Ellbogen – bis Wut auf das kleine rebellische, spuckende Fratz, Wut und Müdigkeit sie überkamen.

Bringen Sie es weg, jetzt ist Schluß, sagte die Mutter schließlich.

Widerstrebend, rot im Gesicht, blieb Mrs. D. nichts anderes übrig, als zu tun, was ihr gesagt wurde. Ich würde ihm gerne eine Tracht Prügel verabreichen, sagte sie, mit ihren Fingern gegen die seinen schnippend.

Was! sagte die Mutter in solch drohendem Ton, daß Mrs. D. Angst bekam und erkannte, mit wem sie es zu tun hatte. Sie sagte nichts mehr.

Doch nun begann das Baby zu rebellieren. Zuerst lief sein Gesicht rot an, sein ganzer Kopf überzog sich mit Rot, es hielt den Atem an und brüllte in Schluchzern und langen, schrillen Wellen. Es schluchzte und preßte sein gellendes Stimmchen hinaus, so klein und in seiner alles durchdringenden Schwachheit doch so aufregend, beherrschte seine ganze Umgebung, bis es sie zum Wahnsinn zu treiben schien. Es hielt den Atem an und brüllte in Schluchzern und langen, schrillen Wellen. Es schluchzte und schrie ihnen die Ohren voll.

Das ist ja schrecklich, sagte die Mutter, ich kann es nicht im Zimmer haben. Ich glaube, es hat keinen Zweck. Sie ließ sich erschöpft auf den Rücken fallen.

Mrs. D., mit roten Flecken auf beiden Wangen, zusammengepreßtem Kiefer und Kopfschmerzen, brachte das brüllende Balg in die Küche. Gib ihm eine Dosis. Was sonst?

Sie holte das ranzige Rizinusöl und gab dem Baby etwas davon. Es kämpfte und spuckte. Sie ließ es zu Atem kommen, holte den Fencheltee, den sie schon auf dem Herd gemacht hatte, süßte ihn, goß eine Portion in eine Flasche, setzte sich und befahl dem Würmchen ziemlich grob zu trinken. Wie süß, diesem unglücklichen Bauch die Süße zu nehmen. Das Baby sog das Gärung verursachende warme Zeug ein und mochte es – und machte gleich in die Windeln.

Als Mrs. D. die Nässe durch Rock und Unterrock und Unterhosen bis auf die Schenkel spürte, sprang sie auf und holte, das Ding auf Armlänge von sich gestreckt, frische Sachen und zog es um.

Als das Baby nun die schöne frische Windel spürte, kühl und verlockend, wurde es überall rot. Sein Gesicht schwoll an, überzog sich mit Farbe. Seine ganze winzige Kraft zusammennehmend, spannte es sein Bauchband noch mehr.

Der kleine Teufel, sagte Mrs. D., zu warten, bis es eine frische Windel anhat.

Und mit dieser letzten Anstrengung befreite das verflixte kleine Ding sich, so gut es konnte – und es konnte sehr gut –, von einem Viertelpfund teerartigem pränatalem Schleim – wovon ihm einiges über ein Bein und auf den Strumpf lief.

So ist es richtig, sagte Mrs. D.

KAPITEL 2

Eine Blume aus dem Park

Joe erhob sich von der Couch im vorderen Zimmer und ging zum Fenster, vielleicht angezogen von einem Spatz, der dort zwitscherte. Als er näher kam, flog der Vogel los, und er konnte sehen, wie er sich auf dem gerade knospenden Baum unter dem Fenster niederließ.

18. April, dachte er und setzte das Jahr hinzu, 1893 – ein Frühlingsmädchen, wie ein Blatt oder eine Blume. Flora. Den Namen hatte er oft vor sich gesehen. Nein. Er glaubte nicht, daß das ein Name war, mit dem man ein amerikanisches Mädchen rief. Er glaubte nicht, daß sie ihn sehr gerne hätte, wenn sie groß war und mit den älteren Mädchen herumlief und spielte. Florence, sagte er laut. Das ist es.

Wieder aus dem Fenster schauend, sah er, daß es einer jener raren Apriltage sein würde – rar in diesem Land –, wie er sie in seiner Kindheit gekannt hatte. Waren sie wirklich so wunderbar gewesen, wie er sie sich vorstellte? – Mit den blühenden Gänseblümchen, den süßen Veilchen und goldenen Weidenzweigen. Renn, ruf! – die Schneeberge Schlesiens – dort.

Irgendwie fühlte er sich, als er sah, wie das Messer der aufgehenden Sonne die Fassaden auf der anderen Seite der 104. Street zerschnitt, glücklich. Frei. Noch ein kleines Mädchen, seines. Vielleicht würde es sich besser entwikkeln, als es jetzt aussah, stärker. Ah, Kaffee. Er konnte ihn riechen und wandte sich, auf die Uhr schauend, vom Fenster ab. Halb sieben. Mrs. D. machte sich in dem anderen Zimmer zu schaffen. Er zog sich einen Stuhl an den Küchentisch, holte sich eine Tasse, Zucker, schenkte sich in einem ununterbrochenen glänzenden Strahl ein, schnitt sich Brot ab, strich Butter darauf und schmatzte und schlürfte. Er hatte den Zucker vergessen. Er tat Zucker hinein.

Die Tür zum Eßzimmer stand offen. Er hörte eine Pfanne klappern. Eine Tür wurde geschlossen. Alles schien nun sehr still zu sein.

Jetzt wirkte der Kaffee bei ihm. Nanu, es ist Sonntag, schoß es ihm durch den Kopf. Ich brauche heute nicht zur Arbeit zu gehen. Na, das ist ja ein Ding. So etwas hatte er noch nie im Leben vergessen. Das ist komisch. Nun, es ist gut. Er würde zu Frieda gehen, der Schwester seiner Frau, um ihr zu sagen, daß das Baby da war.

Mrs. D. kam in die Küche. Wieviel schulde ich Ihnen? sagte er zu ihr. Er wollte sie bezahlen. Ich bin froh, daß Sie rechtzeitig hier waren.

Wozu die Eile? sagte Mrs. D. Bin ich entlassen? Dann lachte sie, als sie sein Gesicht sah. Ich werde nicht bezahlt, bis ich meine Arbeit getan habe, setzte sie hinzu.

Sie nehmen's besser, solange ich's habe, erwiderte er. Aber sie schüttelte den Kopf und fragte ihn, ob er mit dem Frühstück fertig sei.

Als er das bejahte, bemerkte Mrs. D., um eine Unterhaltung anzuknüpfen: Das ist ein kleiner Deiwel, den Sie da drin haben.

Ja, grinste er und ging aus dem Zimmer, um sich eine Zigarre zu holen. Ja, sagte er zu sich, als er die Zigarre anmachte, aber weil diesmal keiner in seiner Nähe war, hatte es sich damit. So nahm er seinen Hut und zog seinen Mantel an und ging hinaus, vorsichtig die Flurtür hinter sich zuziehend.

Vier Stockwerke ging er, das kühle Geländer in der rechten Hand, die enge, sich windende Treppe hinunter – weich auf dem Teppich, hart auf den Fliesen bei jedem Absatz – zur Haustür hinaus, die braune Sandsteintreppe hinunter und hinaus, hinaus – alleine, in die leere Straße. Er wandte sich nach links und schlenderte rauchend davon.

An der Ecke kaufte er eine Zeitung – die erste auf dem Stapel, bezahlte sie ohne ein Wort – fünf Cent, faltete sie, steckte sie in die Tasche und ging weiter, nachdenklich, unter der Hochbahn, zum Park.

Das Geschwätz eines Rotkehlchens störte ihn auf. Andere darum herum antworteten. Es waren die ersten, die er in dem Jahr hörte. Das Gras war von Tau getränkt, die Bänke waren zu naß, um darauf zu sitzen. Aber die Sonne strahlte in der reingewaschenen Luft.

Amerika, dachte er, als er so bummelte, die Vereinigten Staaten von Amerika – Geld. Ohne Geld, nichts. Geld. Männer, die arbeiten, sollten genug Geld haben. In Berlin arbeiteten Männer. Hier streikten sie – um mehr Geld zu bekommen. Einige wenige arbeiteten. Das ist nicht die richtige Art. Jeder sollte arbeiten. Jeder sollte nach bestem Vermögen arbeiten. Er hatte seine Zeit abgeleistet, um es ihnen beizubringen. Er und Gompers und Hilyard. Er hatte sogar ihr Blatt für sie ins Leben gerufen – The Workers' Journal. Genug davon. Er hatte gesehen, daß Männer, die die Arbeit taten, zu oft Nackenschläge bekamen. Er war für die Streiks gewesen. Er hatte Reden gehalten. Er hatte Meinungsverschiedenheiten geschlichtet. Beide Seiten hatten nach ihm gerufen. Er hatte herausragende Erfolge bei der Verbesserung der Arbeitsbedingungen gehabt. Schutzgitter waren um gefährliche Maschinenteile gestellt, Arbeitsstunden gekürzt worden. Aber Männer sollten arbeiten – hart, gut, ehrlich. Und sie sollten dafür bezahlt werden, gut bezahlt werden. Das war alles. Das war die

Grundlage für alles. Er hatte den Druckerstreik in Buffalo auf der Grundlage beigelegt – Arbeit und Lohn, Lohn und Arbeit. Nun begann er zu zweifeln, ob er richtig verstand, was jeder wollte. Männer sollten arbeiten, und sie sollten bezahlt werden.

Aber das ist es nicht. Eine komische Truppe. Es sind die Iren, dachte er bei sich, und die Itzige. Das sind die Schmarotzer, die alles verderben. Sie arbeiten nicht gern. Geld, das ist alles, Geld. Die Männer sind wie die Bosse – sie wollen es nicht so geregelt haben. Er war gegangen. Das ist keine ehrliche Arbeit. Das Spiel aufrechtzuhalten, um einen Profit daraus zu ziehen, widersprach seiner Philosophie, es war etwas seiner Natur Fremdes, das er nicht verstand. Und da war noch ein anderer Aspekt – ich arbeite, und *die* kriegen das Geld. Ich kriege es nicht. Und ich weiß es.

Vielleicht bin ich die Art Mensch. Seine Gedanken wanderten zu seiner Kindheit zurück, zu der ganzen Last, die auf seinen schwarzen Lockenkopf gefallen war, als er gerade sechzehn war. Viereckiger Lappen, den Fuß reinstekken, ein bißchen Öl – was für ein Öl? Er hatte es vergessen – in den Schuh, mit dem Fuß hineinschlüpfen – man konnte stundenlang gehen, ohne müde zu werden. Augen wie ein Vogel hatte er gehabt, grau wie ein Adler …

Er beobachtete, wie die Rotkehlchen sich wie auf einem Draht, den Kopf zur Seite gelegt, im Gleichgewicht hielten und dann mit einem Satz niederstießen – zuschnappten und an einem Wurm zerrten, der halb in seinem Loch war.

Deshalb wollten sie einen Lehrer aus mir machen, wollten für meine Ausbildung bezahlen, mich nach Berlin zum Lernen schicken. Aber er mußte arbeiten, schnell Geld beschaffen – Bruder aufs Konservatorium, Schwester nach Amerika, Mutter zu ernähren.

Wenn sein Vater nicht gestorben wäre – Lungenentzündung, die Kälte im Wald –, *Oberförster** – das wäre er gern

* Alle im Text kursiv gedruckten und mit einem Sternchen gekennzeichneten Worte bzw. Sätze sind im Original deutsch, ebenso die Überschrift von Kapitel II, ›Ständchen‹. Bloße Kursiva bezeichnen Hervorhebungen.

geworden. Gut zielen, Gewehre, meilenweit allein zwischen den Eichen – was anderes als diese Bäume – und Fichten durch den Wald laufen. Da! Was war das? Ein Wiesel. Langsam, bedächtig hob er die Büchse. Er konnte sein Auge sehen. Es beobachtete ihn. Peng! Durch den Kopf.

Amerikaner wollen Geld ... Tochter ... Geld ... sie *wissen* nichts ... durch den Wald laufen, die Fasanen aufsteigen, die Hasen laufen sehen – wie er sie einmal gesehen hatte, zwölf Stück – eins, zwei, sechs auf einmal – in der Luft über einem gefällten Baum, darüber gleitend – grau, mit derben, weißlichen Haaren.

Mit dem Drucken war es genauso – es gut tun, auf Vollkommenheit achten, es so gut wie möglich hinkriegen, darum Spaß an der Arbeit haben – und Geld machen. Nicht die Maschinen. Seine schlanken Finger in der Tasche krümmten sich vor Widerwillen. Dafür gab es andere Männer. Aber zu drucken hieß ins Schwarze zu treffen, jedesmal.

Was ist Geld? Sie sollten Geld dafür bezahlen. Nein, für das, was er tat, sah er nie Geld, nicht richtiges Geld. In Amerika war Geld – wie – Arbeit für ihn.

Das Geld – steckt in der Druckmaschine. Da ist das Geld. Das darf man nicht vergessen. Im Satz ist nichts. Das Zeug auf die Presse schaffen und sie laufen lassen. Das kann der Rest nicht. Das erfordert Genauigkeit und beständige Sorgfalt. Seriennummern. Zahlungsanweisungen. Mach ich wie niemand sonst. Expreßzahlungsanweisungen, fortlaufend numeriert – erfordern sorgfältige Tabellarisierung – kein Satz – es auf die Maschinen bringen – muß ein kleines mechanisches Zählwerk erfinden. Die Maschinen bedienen.

Er lächelte. Letzten Endes bin ich ein Amerikaner. Aber kein Schieber. Ich gebe ihnen Arbeit, wenn sie einen anständigen Preis dafür zahlen. Arbeit, die Arbeit ist. Ein guter Preis.

Frieda war ausgegangen. So früh? Ja, vor ungefähr einer halben Stunde. Das ist komisch. Er machte sich auf den

Heimweg. Muß sie um mehr Geld bitten – morgen. Zwei Mädchen. Ich frage mich, wann sie das große Mädchen wieder zu Hause haben wollen. Geld, Geld, Geld – ob man will oder nicht, man muß daran denken.

Als er aus dem Park kam, sah er einen blühenden Busch. Glücklich, ohne einen Gedanken an etwas anderes als – eine Blume – pflückte er sie und hielt sie in der Hand. Es war ein Schneeball. Ungestört ging er damit nach Hause – in dem Gedanken, daß er nun bald die Stadt verlassen würde – in einen Vorort ziehen, ein Haus nehmen, einen Garten haben – und zu leben beginnen würde.

Als im Haus alles ruhig war, die Mutter eingeschlafen, das Baby frisch gewickelt, mit großen Augen, blinzelnd, aber still in seinem mit Kissen ausgestopften Korb, streckte Mrs. D. sich in einem Sessel aus. Es klingelte an der Haustür. Mrs. D. fuhr auf und sah auf die kleine Uhr auf dem Sims – sieben Uhr.

Ich konnte nicht schlafen, sagte Frieda, als sie zur Tür hereinstürmte. Ist es ...?

Ja, es ist, sagte Mrs. D. kurz angebunden.

Ich hatte also recht, ich wußte es – ich habe es geträumt. Ist es ein Mädchen?

Ja, sagte Mrs. D.

Ich wußte es. Wo ist es, das süße kleine Ding? Und wie geht's Gurlie? Ich bin die Tante, wissen Sie, sagte sie, sich vorstellend. Und wo ist Joe?

Ohne auf eine Antwort zu warten, schoß sie durch die nächste Tür.

Schsch, sagte Mrs. D. Aber es war zu spät. Eine Stimme rief. Wer ist das? Ich bin's bloß, sagte die Besucherin, und sie ging in das geheiligte Zimmer, während Mrs. D. sich zurückzog und schwerfällig in ihren Sessel setzte.

Wo ist es?

Ich weiß es nicht, sagte die Mutter.

Ach, da ist es ja, das kleine Lamm. Guck bloß, guck bloß! Ich sehe eine kleine Hand. Das Baby hielt die Hand hoch wie einen Baumast – und schlief.

Oh, oh, oh, oh, sagte Frieda und zog die Decke ein ganz kleines bißchen von dem winzigen Gesicht weg. Das Baby schlug die Augen auf, blinzelte und schloß sie energisch wieder. Was machst du da? Laß es in Ruhe, sagte die Mutter. Oh, oh, oh, oh, sagte Frieda und legte ihm vorsichtig einen Finger auf die Wange.

Augenblicklich drehte das Baby den Kopf und begann zu greifen, als wolle es saugen. Oh, das arme kleine Ding, es hat Hunger, sagte Frieda mitleidig. Guck mal, es möchte saugen.

Laß es in Ruhe, sagte die Mutter. Wieso bist du überhaupt so früh morgens hergekommen? Aber Frieda küßte sie und sagte ihr, sie sehe gut aus, und es sei das niedlichste Baby. Aber so klein, schloß sie. Lottie war nicht so.

Als die Mutter keine Antwort gab, fuhr sie fort: Irgendwas hat's mir gesagt. Ich hatte das Gefühl, ich mußte kommen. Das arme kleine Ding, hast du ihm was zu essen gegeben? Soll ich die Pflegerin holen?

Nein. Geh nach Hause, und falle mir nicht auf die Nerven.

Doch nun war das Baby wach geworden und hatte angefangen zu grunzen und herumzuwühlen. Es begann zu wimmern, und Frieda hob es auf – gegen den wiederholten Befehl der Mutter, als sei sie in Trance und unfähig zu hören, was gesagt wurde – und hielt es zimperlich, ungeschickt, so daß sein Kopf nach hinten hing und es laut zu schreien anfing. Mrs. D. kam herbeigeeilt – aber ohne ein Wort zu sagen.

Es ist grausam, sagte Frieda. Das arme Ding hat Hunger. Ich wollte es gerade der Mutter geben. Ah …

Soll es Hunger haben, vielleicht lernt es dann, die Brust zu nehmen. Lassen Sie es weinen. Und das Baby weinte gereizt.

Nun warfen die beiden Frauen sich giftige Blicke zu, während Mrs. D. kurz versuchte, das kleine Ding zu schaukeln, damit es mit dem Lärm aufhörte.

In dem Augenblick kam Joe herein und schaute lächelnd auf die Gruppe um das Baby.

Ach, da bist du ja, rief Frieda. Herzlichen Glückwunsch. Das Baby hat Hunger.

Dann gebt ihm etwas zu essen, wenn es Hunger hat, sagte er lächelnd. Aber Frieda wandte sich sofort zu der Pflegerin und rief: Sehen Sie, sein Vater hat gesagt, Sie sollen ihm zu essen geben.

Überlaß das der Pflegerin, sagte Joe, dafür ist sie ja da. Dann setzte er, an seine Frau gewandt, hinzu: Na, wie geht's?

Das ist richtig, wie geht's, erwiderte sie, wo warst du? Du läßt mich hier und gehst ohne ein Wort weg.

Um Himmels willen, antwortete er, denn er war in sehr guter Stimmung. Guck, was ich dir mitgebracht habe. Und er hielt die Blume hoch, die er im Park gepflückt hatte. Wie geht es dem Baby, wirklich? Er wandte sich an Mrs. D. Ist alles in Ordnung?

O ja, wie geht's dem Baby, sagte die Mutter. Aber was ist mit mir, daran denkst du nicht.

Oh, dir geht's schon gut, er lächelte, du bist stark wie ein Pferd. Er wollte es spaßig und freundlich klingen lassen, aber es erzürnte die Frau im Bett so, daß sie sich auf die Seite drehte und ihnen allen den Rücken zuwandte.

Mrs. D. legte das Baby hin – und bedeutete ihnen, das Zimmer zu verlassen, was sie auch taten – als unten in der Straße die Kirchenglocken zu läuten begannen.

Gurlie hat kein Gefühl für Kinder, begann Frieda. Nein, sagte Joe, hast du gefrühstückt? Aber die Frau sprach weiter: Warum ist es immer so, daß die, die kein ... Wenn du so sehr ein Baby willst, unterbrach Joe, warum heiratest du dann nicht? Frieda gab keine Antwort, sondern trat ans Fenster in dem vorderen Zimmer, wohin sie gegangen waren, während Joe die Zeitung aufnahm, um zu lesen.

Ihre Gedanken flogen zurück zu jenen Tagen in Kristiania, als sie zu lange zwischen zwei Männern gezögert – einem leichtfertigen, den sie geliebt, und einem ernsthaften, den sie bewundert hatte – und sie beide verloren hatte. Seit damals reiste sie. Sie reiste von ihrem eigenen Verdienst. Aber draußen war ein strahlender Tag, und Frieda liebte den Sonnenschein.

Laß mich ihm einen Namen geben! Sie drehte sich plötzlich zu Joe um, aber du darfst es nicht Gurlie sagen.

Klar, sagte er – geschenkt.

Nenn es Frieda. Gut, Frieda Florence. Und er las weiter – die politische Situation: Warum schien in Amerika immer solch blinde Dummheit die aufstrebende Macht zu sein. Es ist die Mehrheit, vermute ich, kommentierte er bei sich. Denen gefällt das.

Das ist der Mann, sagte Joe aufschauend. Was? sagte Frieda. Das ist der Mann für dich, Grover Cleveland. Hat vor keinem Angst. Er bekam ein Kind, als er ein junger Mann und noch nicht verheiratet war. Sie wollten es beim ersten Wahlkampf zur Sprache bringen. Nur zu, sagte er. Was! sagte Frieda. So einen Mann brauchen wir. Und er wird's wieder. Ich meine Präsident. Kein Humbug, keine Zollschranken, um die Schmarotzer zu schützen, damit sie uns ausrauben können. Soll Europa herein, es wird die schlechten Waren von unserem Markt verdrängen, sie zwingen, uns gute Qualität zu liefern, wenn sie unser Geld wollen. Aber er wird es schwer haben mit den Politikern in Washington. Weißt du, was man mit denen machen sollte? Nein, sagte Frieda. Man sollte sie aufknüpfen. Sie alle abschaffen, das ist die einzige Art, mit ihnen fertig zu werden. Sie sind nichts als eine Bande Diebe. Wozu ist die Regierung da, wenn nicht, unseren Politikern das Geld in die Taschen zu stecken? Er ist ein gescheiter Bursche, er glaubt an harte Arbeit. Aber er wird's nicht durchhalten. Sie werden, wenn sie müssen, die Wirtschaft des Landes zugrunde richten, um ihn zu erwischen. Aber er wird viel Gutes tun, ehe sie ihn rauswerfen. Das ist der Mann, den man wählen muß.

Da war es wieder – Amerika. In seinem klaren Kopf tauchte es auf wie etwas, das der Verstand nicht fassen konnte, etwas Mittelalterliches, Ignorantes, Arrogantes – kostbar und minderwertig zugleich. Eine Schlacht um etwas Wertloses auf Kosten all dessen, das seiner Erfahrung nach der Mühe wert war. Den Wert sah er, wie er gelernt hatte, in einer substantiellen Ehrlichkeit, einer Folgerichtigkeit von Arbeit und Lohn. Doch seine Gefühle, weitaus subtiler, blieben schmerzlich verwirrt.

Friedas Gedanken waren gewandert. Von dem, was er gesagt hatte, hatte sie nicht mehr als die ersten paar Worte gehört. Sie stand am Fenster und erträumte sich Kinder. Wenn bloß ... aber jetzt würde sie nie mehr heiraten. Ja, es mußte noch ein Mädchen sein, dachte sie. Wenn es nur meins gewesen wäre! Ich würde für es sorgen, es würde die Welt sehen. Nachts würde ich mit ihm reden, es lehren, und es würde mich lieben. Ich bin so einsam.

Nun begann das Baby wieder zu weinen, und aus dem Krankenzimmer kam eine Stimme: Ich wünsche, es würde einer das Ding wegbringen, damit ich schlafen kann.

Frieda rannte sofort los, verstauchte sich beinahe am Rahmen der Schlafzimmertür den Ellbogen und brachte den Korb heraus, gerade als Mrs. D. erschien, die sich eine saubere Schürze im Rücken zuband.

*Nu ja**, dann müssen wir das Ding eben hier hereinbringen, sagte der Vater. Er lächelte trotzdem und stand auf, um es sich mit der Zeitung in der Hand anzuschauen – aber zögerlich.

Frieda und Mrs. D. schlossen Frieden, wie Frauen es so tun, und ließen sich zu einem guten Gespräch über das kleine Mädchen nieder, das Mrs. D. in seinem Korb über die Lehne eines zur Wand gedrehten Sessels gestellt hatte. Sonntag, der Tag, der in Amerika, wie sonst vielleicht nur in England, nutzlos scheint, eine zerbrochene Maschine, eine Abwechslung vom Druck des Alltaglebens, aber wie durch Krankheit. Man geht zur Kirche und bekommt Schuldgefühle – oder widersetzt sich, fluchend. Das ärgerte Joe immer, solange er daran glaubte. Trotz alledem ging er ziemlich regelmäßig.

Heute jedoch nicht. Er hatte keine Lust, noch einmal auszugehen. Er wandte sich wieder seiner Zeitung zu, aber fand sie langweilig. Er hatte genug geraucht, erst nach dem Essen wieder – fraglich, ob es welches gibt! dachte er bei sich. Er schrieb nie Briefe, es gab schon genug Ärger in der Familie, ohne daß die Neuigkeiten über das Ereignis weiterverbreitet wurden. Sie könnten das Gefühl haben, sie müßten Geschenke oder so etwas schicken. Quatsch. Er nahm ein Buch aus dem Bücherschrank – Faust – und schob es wieder hinein. Er setzte sich in einen Sessel und hätte seine Gewohnheit gebrochen und trotzdem geraucht – außer daß er das Gefühl hatte, es wäre nicht richtig, die Wohnung zu verqualmen.

In Schlesien könnte man jetzt hinausgehen und – beinah – sofort in den Hügeln sein.

Joe, kam die Stimme seiner Frau aus dem Nebenzimmer. Ja, antwortete er und ging hinein.

Sie lag halb schlafend da; er war sich nicht sicher, ob sie gerufen hatte oder nicht. Wie so etwas eine Frau verschleißt, so schnell außerdem. Sie sah alt aus, das Gesicht war mit braunen Flecken übersät, um die Augen waren tiefe Falten – und da war dieser merkwürdige Geruch – er war ihm schon beim ersten aufgefallen. Er ließ ihn spüren, daß er von einem anderen Geschlecht, einer anderen Rasse war – und er wollte freundlich sein. Er konnte sehen, wie ihr Körper sich unter den Bettdecken abzeichnete, sehen, wie sie atmete – meine Frau. Ich habe das getan. Mann und Frau. Paul und Virginie – wahrscheinlich nicht. Jedenfalls ist es vorüber. Das ist gut. Vielleicht ist sie wieder eingeschlafen. Er wollte hinausgehen.

Bleib hier, sagte sie, ohne die Augen aufzumachen. Setz dich.

Ich dachte, du wolltest schlafen, erwiderte er.

Wo ist das Baby?

Da drin mit Frieda und der Pflegerin.

Ich habe nichts gehört, ich habe mich gefragt, wo du bist.

Ist schon gut, antwortete er, schlaf jetzt.

Nein. Es ist wieder ein Mädchen.

Ja, möchtest du etwas haben?

Weil keine Antwort kam, fuhr er fort: Es ist doch gut. Zwei Mädchen sind gut. Sie können einander Gesellschaft leisten. Aber die Mutter war wirklich bitter enttäuscht.

Es muß einen Weg geben, einen Jungen zu haben, sagte sie. Wie bloß? Frag mal jemanden!

Frag mal jemanden, gab er lachend zurück.

Aber das brachte sie auf und machte sie auf der Stelle unvernünftig. Ja, frag! Nie versuchst du, irgend etwas herauszufinden. Jeden Tag findet die Wissenschaft neue Dinge heraus. Aber du meinst, das einzige, was es auf der Welt gibt, ist Arbeit, Arbeit, Arbeit.

Er wußte, daß sie recht hatte – von ihrem Standpunkt aus –, und er sah klar genug, daß sie im Bett lag, ihrer Kräfte beraubt, also erwiderte er nichts. Aber nachdem sie einmal begonnen hatte, sich und ihr Unglück zu bemitleiden, dauerte es nicht lange, bis sie – jetzt nicht mehr in der Lage zu schlafen – nach guter alter Manier auf ihren Mann losging: Na, eines ist sicher – du mußt jetzt mehr Geld verdienen.

Mache ich, willigte er ein.

Machst du, wirklich? Wie – wenn du es nicht verlangst? Sag ihnen, du brauchst mehr; daß du gehst, wenn sie dir nicht mehr geben.

Sie werden mir sagen, ich soll gehen, das ist alles.

Sollen sie. Und wenn sie es wagen, fang was Eigenes an. Was können sie ohne dich machen? Du bist zu vorsichtig, du hast keinen Mumm, du mußt bluffen!

Nie, sagte er.

Du mußt. In Amerika ist Bluff alles. Das sagst du selber immer. Sei ein Bluffer, sei ein besserer Bluffer als sie. Du weißt, daß du besser bist als sie. Du weißt, daß du der bestausgebildete Drucker in Amerika heute bist.

Ja, ja. Sprich jetzt nicht davon. Reg dich nicht auf.

Ja, ja. Sprich nicht, frag nicht, tu gar nichts. Aber du mußt! Arbeit bringt dich nirgendwo hin, es ist der Verstand …

Wer hat den Verstand? entfuhr es ihm ein wenig schnell.

Du, erwiderte sie. Aber du bist zu zaghaft. Ich könnte es tun. Aber jetzt ist die Zeit. Du hast jetzt zwei Töchter, und ich lehne mich nicht zurück und bin eine *Hausfrau**. Ich will leben und die Welt sehen, und ich muß das Geld haben. Und du wirst es für mich verdienen.

Rede nicht von Dingen, die du nicht verstehst, antwortete er.

Du verstehst nicht. Ihr glaubt, ihr wißt alles, ihr Deutschen. Du mußt Menschen studieren, wie ich.

Wozu, sagte er, um ihnen das Fell über die Ohren zu ziehen?

Nein, um sie zu benutzen.

Brauche ich nicht, ich habe zu viel zu tun, antwortete er.

Warte, bis ich aufstehe. Wenn du meinst, ich bleibe hier und kriege ein Baby nach dem anderen und sonst nichts, dann täuschst du dich. Du sagst diesen Leuten, daß du mehr Geld willst, oder du gehst. Wenn du das nicht tust, gehe ich.

Reg dich nicht so auf. Was ist los mit dir?

Du *tust* es.

Und er begann, die Kraft ihrer Hartnäckigkeit stärker zu empfinden denn je zuvor in ihrer Ehe. Als er ihre Augen blitzen sah, erregte ihn irgendwie wider seinen Willen gerade die Gefühllosigkeit ihres Feuers. Es war etwas, das er nicht verstand, aber es war da. Töricht oder vernünftig, es war da. So war es. Das konnte er wohl begreifen. Und sie trug kein Baby mehr. Das prägte sich ihm durch die Konturen der Bettdecken hindurch ein. Bald würde es ihr wieder gut gehen. Sie war seine Frau. Sie hatte den Verstand eines Hühnchens – aber das war sein Pech. Er hatte sie geheiratet, nicht? Das war nicht ihre Schuld. Sie hatte sich nicht den Verstand gegeben, den sie hatte. Er lächelte über die Torheit, aber unempfänglich dafür gehorchte er. Was machte es ihm? Er verspürte Bewunderung – ein nachempfundener Groll auf die Welt ergriff vorübergehend Besitz von ihm. Ja, sie hatte recht. Er war fähiger als die anderen – umsichtiger; er sah es jeden Tag deutlicher. Gib diesen Faulpelzen was zu tun, und sie verpfuschen es jedesmal. Kaum einer kann auch nur das Einfachste tun, ohne es zu verderben. Aber sie wollen das Geld! O ja, das Geld wollen sie. Aber er? Ja, sie hatte recht. Es sah so aus, mußte so aussehen, als habe er Angst. Aber das war es nicht. Es war nur, daß er nie, kein einziges Mal in seinem Leben, in einer Situation gewesen war, die zuließ, daß er verlor. Er mußte immer gewinnen, das machte es schwer voranzukommen.

Glaub's mir, sagte sie, anscheinend seine Gedanken lesend. Du bist besser als sie alle, du hast den Verstand.

Er fragte sich, als er ihren kleinen runden Kopf betrachtete, wozu er gut war. Aber er fing Feuer. Du hast den Verstand, geh hinaus und kämpfe gegen sie, fuhr seine Frau fort. Es ist ein freies Land. Wenn du nicht kämpfst, erreichst du auch nichts – außer daß du ein Idiot genannt wirst. Du bist es mir schuldig zu kämpfen.

Ich denke darüber nach, sagte er und setzte hinzu: Reg dich nicht auf! Es ist nicht gut für dich. Und damit sie Ruhe bekam – denn er konnte schon deutliche Anzeichen von Erschöpfung an ihr sehen –, ging er in die Küche, um mit der Katze zu spielen.

Und das Baby schlief, während um seinen Kopf herum das Drama seiner Zukunft begonnen hatte.

Gurlie in ihrem Bett fühlte sich müde nach ihren wenigen erhitzten Worten mit Joe. Er war ihr Mann, er mußte lernen; sie hatte gelernt, er war zu ehrlich. Auf jeden Fall hatte Joe sie mit gerade dem versorgt, was sie im Augenblick brauchte. Sie war wirklich erschöpft von dem Gespräch und würde bald wieder zur Ruhe kommen. Die Aufregung der Geburtsanstrengung war mittlerweile vollkommen abgeklungen. Wenn es nur ein Junge gewesen wäre. Auf dem Bauernhof hatte es kein Pferd gegeben, das sie sich nicht getraut hätte zu reiten, selbst als Kind. Einmal, als sie nicht älter als zehn war, war sie auf den Mast eines Schoners geklettert und hatte hinuntergeschaut. Nicht daß sie das gemocht hätte. Aber sie kletterte gern, wie ein Seemann, wie ein Wikinger. Sie hatte Wikingerblut, mindestens fünf Jahrhunderte konnten sie es zurückverfolgen, dann ein Bruch – ein Riß – und es verlief sich in der Geschichte. *Ein Blitzmädel** sagte Joe manchmal von ihr, wenn sie glücklich miteinander waren. Die Norweger waren die ersten, die eine Kultur hatten, ganz gleich, was von anderen gesagt wurde. Die Frauen waren frei, auf der gleichen Grundlage wie die Männer zu den Ratsversammlungen zugelassen. Sie durften keine Unterhosen tragen, das war immer amüsant, weil das Land Kinder brauchte. Sie durften keine geschlossenen Unterhosen tragen. Das war, damit sie Kinder bekamen, viele Kinder. Sie hatte Jungen gewollt, sechs Jungen – und sie schlief fest.

Frieda war gegangen, um ihrem Bruder in Brooklyn die Neuigkeit mitzuteilen. Joe blieb im Haus – um sich nützlich zu machen und Mrs. D. nicht allein zu lassen. Er fragte sich, wann es Zeit würde, die andere Tochter wieder nach Hause zu holen. Mrs. D. fing in der Küche mit dem Mittagessen an, schälte und schnitt Kartoffeln – Friedas Angebot, sie zu entlasten, damit sie nach Hause laufen konnte, hatte sie ausgeschlagen.

Jetzt endlich war das Haus still.

KAPITEL 3

Das Dasein geht weiter

Am Montagmorgen legten sie das Baby in das vordere Zimmer, wo es am wenigsten im Weg war. Man sollte meinen, sie ist schon seit einem Monat da, sagte Mrs. D., mit ihren kleinen Händen und dem Gesicht und dem bißchen Haar, das ihr am Kopf klebt.

Dort fand Joe sie, als er am Abend aus dem Büro kam. Er ging zu dem Korb und schaute hinein. Das Baby lag von ihm abgewandt auf der linken Seite, die Fäuste eine vor der anderen vor der Nase. Er erkannte die Haltung wieder und lächelte, beifällig mit dem Kopf nickend.

Mrs. D. trat ins Zimmer, also fragte er sie, wie an dem Tag alles gelaufen war. Es hat die ganze Zeit durchgeschlafen, bekam er zur Antwort. Gut, sagte Joe.

Am Dienstag brachte Mrs. D., sowie Joe gegangen war, das Baby zu seinem Korb hinaus und legte es auf das blaue Daunenkissen. Schlaf wieder. Aber nun regte sie sich, legte das Gesicht in Falten, ein Mäulchen, zog die Lippen kraus und weinte.

Aber meistens lag sie schlafend da – wie vorher, aber atmete nun fast unmerkbar die Luft ein, bis sie wach wurde und nach Essen herumwühlte oder sich wand oder schrie. Sie nieste.

Die Tante, die wieder da war, sprang auf.

Es ist nichts, sagte Mrs. D., das tun sie alle. Es ist die Luft, sie sind nicht daran gewöhnt, und sie kitzelt sie in der Nase. Lassen Sie sie in Ruhe. Es ist alles in Ordnung.

Es drückte und tat weh und nagte. Sie suchte nur den Schlaf, den einzigen Zufluchtsort, zurückkehren und dort bleiben. Aber sie konnte nicht. Der Brunnen, in dem sie noch vor zwei Tagen wie eine Wasserpflanze geschwommen war, hatte seinen Zauber verloren.

Die Frau rettete sie, hob sie hoch und wischte sie ab, lokkerte und band fest, brachte sie zum Essen, wärmte ihre Füße – um sie zu besänftigen und zu beschwichtigen – was sonst? Aber ihren Zustand konnte sie nicht ändern.

Vom Licht gekitzelt, drehte sie den Kopf hin und her, schreckte dann auf, bis zu den Achselhöhlen im Urin schwimmend, fand sich im Flug, machte sich steif für einen Sturz, nur um aus Mrs. D.s Griff sicher auf irgendeinem Bett oder Tisch zu landen.

Der kleine Deiwel, ich glaube, sie besteht bloß daraus. Das ist das dritte Mal, daß ich sie hintereinanderweg trokkengelegt habe. Sie wartet, bis ich ihr eine trockene angelegt habe, und dann macht sie sie naß, sagte Mrs. D.

Daß Baby gähnte und blinzelte und zog die Brauen zusammen. Eine kleine Katze und ein junger Hund würden auf dem Bauch kriechen. Sie nicht. Sie konnte es nicht. Den Mund gegen die Brust, saugte sie gleichgültig, anders als ein Tier. Aber sie saugte ein wenig, ihr Bauch spannte sich, die Brustwarze fiel ihr aus dem Mund – zu schnell.

Ich glaube, Sie haben nicht viel Milch, sagte Mrs. D. zur Mutter. Unsinn, erwiderte die, ich habe das erste ein Jahr lang gestillt. Ich kann nichts dafür, sagte Mrs. D., es gefällt mir nicht, wie sie dagegen ankämpft. Lassen Sie sie zuerst wach werden, sagte die Mutter, reiben Sie ihr das nächste Mal das Gesicht mit einem nassen Lappen ab. Gut, sagte Mrs. D.

In der Zwischenzeit drang das Licht immer mehr zu ihr vor.

Aber am Abend kam Joe wieder zu dem Korb, und als er sie still sah, blieb er stehen und schaute hinein. Er hatte gehört, daß man ein schlafendes Baby aufweckt, wenn man es zu fest anschaut. Er fragte sich, ob das stimmte. Anscheinend nicht, denn der Säugling rührte sich nicht. So berührte er seine Stirn mit dem Zeigefinger.

Langsam lächelte das Baby, ein spitzbübisches kleines Grinsen. Das gefiel Joe wunderbar. Also probierte er, als das Lächeln verschwunden war, den Trick noch einmal. Sonst war niemand im Zimmer.

Diesmal öffnete das Baby den Mund und drehte den Kopf hin und her, als suche es nach der Brust. Das war nicht so gut. Joe empfand ein wenig Panik über diese Wendung der Dinge und zog sich zurück.

Dann begann es ein wenig zu weinen, warf dann die Arme hoch und brüllte. Er ging schnell weg und versuchte unschuldig dreinzuschauen, als Mrs. D. hereinkam.

Seine schrille, kleine Stimme beruhigte sich ein wenig, als die Frau die Hand unter es schob, um seinen Po zu fühlen. Als sie den trocken fand, wandte sie sich an Joe, erinnerte ihn, daß er der Vater sei und sie zu arbeiten habe, und ging.

Er setzte sich an den Korb und schaukelte ihn. Das nützte nichts. Das Ding schien eine Spielzeuglokomotive zu sein, die Dampf abließ, so wütend preßte es seinen Atem heraus. Das Gesicht lief lila an. Nach zehn Minuten ging Joe in die Küche und sagte der Frau, sie müsse gehen und nachsehen.

Sie hat schrecklich schlechte Laune, sagte Mrs. D. Lassen Sie's rausbrüllen, es schadet ihr nicht.

Aber Joe ging nicht zurück. Wie kann ein Säugling in dem Alter schlechte Laune haben, sagte er, ohne sich vom Fleck zu rühren. Sie gehen besser und nehmen es auf.

Was! Das beweist, daß Sie noch nicht viele Babys gesehen haben, sagte Mrs. D., die am Spülbecken arbeitete. Das Baby hat schlechte Laune. Sie konnten es über den Flur immer noch krampfhaft schreien hören. Nach ungefähr zwei Tagen fängt man an, einen Unterschied bei ihnen zu hören. Nicht zwei von ihnen sind gleich.

Was macht ihr mit meinem Baby? hörten sie die Mutter rufen.

Und damit hörte das Ding seinen Lärm so unerklärlich auf, wie es ihn angefangen hatte. Mrs. D. fuhr mit dem Kochen fort, und Joe ging aufs Klo – zur Abwechslung.

Im vorderen Zimmer lag es – wieder ruhig – die Daumen in die Fäuste gedrückt, die Augen geschlossen.

Im erkenntnisfähigen Geist des Babys – formten sich unbewußte Gedanken – webten die Zukunft aus der Vergangenheit – während es da lag und an den Lippen saugte.

Nichts hielt lange an – sie hatte keine Kraft, es zu ertragen – ein Blitz – ein Ton! Dann sammelte es sich irgendwo im Raum – dieses Ding, das sie zufällig beeinträchtigte, und fiel wie ein Donnerkeil und blieb in ihrem rechten Ohr stecken – ein bohrender Schmerz.

Der Kampf hatte begonnen.

Sie drehte den Kopf hin und her, verzog das Gesicht, keuchte und würgte in ihrer Qual, mit den Fäusten oder Fingern ziellos auf die Stirn schlagend.

Es mußte ungefähr fünf Uhr morgens am vierten Tag gewesen sein. Mrs. D. stand von dem Doppelbett auf, auf dem sie neben der Mutter geschlafen hatte, um nachzusehen.

Was ist denn jetzt los, sagte die Mutter, warum schläft es nicht ein? Es hat die ganze Nacht geschlafen, sagte Mrs. D., als sie die graue Dämmerung draußen sah und eine Kerze anzündete, geben Sie sich jetzt nicht damit ab, ich kümmere mich darum. Sie hob es auf und brachte es in die Küche hinten im Haus, um es trockenzulegen und umzuziehen. Ich bin gleich zurück, fügte sie hinzu, damit Sie es stillen können – wenn Sie wach sind, sagte sie flüsternd zu sich, als sie den Flur entlangging.

Aber das Baby wand sich und fuhr sich mit den Nägeln über Augen und Nase, bis kleine blutige Kratzer seine Wangen zeichneten, als Mrs. D. die Küchenlampe angezündet, die Tür geschlossen und sich umgedreht hatte, um es sich anzuschauen.

Guck dich jetzt an, du jämmerliches kleines Balg, sagte sie zu ihm. Du hast dich ganz zerkratzt. So nahm sie eine winzige rötliche Hand nach der anderen, betrachtete die Nägel genau und biß sie, so gut sie konnte, ab – sie zu schneiden würde Unglück bringen –, damit das Baby sich nicht länger Schaden zufügen konnte.

Der Säugling weinte wieder, hob und senkte die Knie, schlug sie aneinander, kreuzte immer wieder von neuem die Hände und Handgelenke – dieses mißtönende, heisere, grunzende, bellende, pfeifende, kratzende, wahnsinnige Geheul eines sich abquälenden Säuglings.

Halt den Mund, du weckst das ganze Haus auf, sagte sie wieder zu ihm, als sie auf nackten Füßen zum Herd ging, um warmes Wasser zu holen, mit dem sie es abwaschen wollte. Man sollte meinen, ich bringe dich um, so wie du dich aufführst.

Aber nichts brachte es zum Schweigen. Statt dessen hörte Mrs. D. mit ihrer Arbeit auf, nahm das Ding auf, wikkelte es aus der Decke und allem und wiegte es auf einem Arm, während sie mit der anderen Hand den Kessel auf dem Herd nach hinten schob.

Als es sich endlich unter Schluchzen beruhigte, legte sie es wieder auf den Tisch und wollte es fertig umziehen. Aber kaum spürte es die harte Oberfläche, da begann es von neuem – ziemlich außer sich jetzt.

Sie steckte ihm die süße Flasche in den Mund. Es saugte eifrig, warf dann genauso schnell den Kopf zurück, öffnete den Mund, gurgelte mit halb geschlucktem Wasser und weinte und würgte wieder – bis Mrs. D., diesmal beunruhigt, es schnell packte und umdrehte, es noch einmal auf den Händen schaukelte, bis es zumindest wieder anfangen konnte zu atmen.

Ein neuer Versuch. Diesmal schaute sie aufmerksam hin, beobachtete das verzerrte, gequälte Gesicht. Dann – während das Baby mehr vor Erschöpfung als sonst etwas für einen Augenblick eindöste, ging sie zum Spülbecken, fand ein Stück Seife, nahm ein Schälmesser und begann zu schnitzeln.

Erst schnitt sie vom Ende des Seifenstücks ein fingerlanges Stück ab. Dies schälte sie und schärfte dann zirka drei, vier Zentimeter davon. Dann machte sie es unter dem Wasserhahn naß, rieb es zwischen den Fingern, um die Messerspuren auszumerzen und es zu glätten. Sie nahm es, ging zu dem Baby, hob seine dreschflegelähnlichen Füße an den Fesseln hoch, die nicht dicker als ihr Finger und nicht halb so stark waren, und schob den Seifenstopfen sanft in das kleine Loch zwischen den Hinterbacken.

Das Baby zuckte zusammen, machte sich steif, und die Seife kam heraus. Vorsichtig führte Mrs. D. sie wieder ein, tief diesmal, und hielt sie mit zusammengekniffenen Fingern fest. Da, versuch mal, dich darum herumzumogeln, sagte sie gähnend zu dem Baby und zog sich mit der Linken einen Stuhl heran, um sich zu setzen und zu warten.

Draußen wurde es hell, eine Katze heulte, daß einem das Blut in den Adern gefror – ein Heulen, dem sofort ein anderes einen halben Ton höher und in leidenschaftlicherer Klangfarbe entgegengesetzt wurde. Dann eine Explosion von wildem Gefauch und Geschrei und das Scheppern eines umgestürzten Metallgegenstands.

Deshalb gerät der Müll immer aus den Tonnen, sagte Mrs. D. Man sollte meinen, die würden ihre verdammten Viecher nachts im Haus lassen. So, damit bist du versorgt, fügte sie zu dem Baby hinzu, damit bist du versorgt, sagte sie noch einmal mit Befriedigung.

Die Dämmerung zog jetzt schnell herauf. Joe war auf und rasierte sich im Badezimmer. Man konnte das Wasser hören und das Gurgeln der Wasserspülung, als gezogen wurde. Mrs. D. brachte das Baby, frisch gewickelt und halb schlafend, zur Mutter zurück, damit es die Brust bekam.

Aber der Säugling wollte nicht.

Gehen Sie, sagte Gurlie schließlich, gehen Sie in die Küche und machen Sie Frühstück. Ich kann das besser allein. Aber Mrs. D. konnte bei der Arbeit hören, wie die Schlacht weiterging.

Joe hörte es auch.

Was ist los, sagte er zu Mrs. D., als er in die Küche kam.

Was ist los! sagte letztere und hielt eine Minute inne, um ihn anzusehen. Was ist los? Das Baby weint.

Joe sah ihr einen Augenblick schweigend in die Augen, setzte sich dann zu seinem Kaffee nieder. Ohne den Mund noch einmal aufzumachen, trank er ihn aus – zögerte – erhob sich und stellte sich kurz vor die Tür seiner Frau, ohne einzutreten, erkannte, daß sie zu tun hatte, sah aus, als wolle er eintreten, ging dann in die Küche zurück und sagte, sich umdrehend, zu Mrs. D.: Ja, es weint.

Tja, da kann ich nichts machen, setzte er, zu Wand und Herd gerichtet, hinzu. Also ging er, nahm seinen Hut von der Ablage im vorderen Flur und kam noch einmal zurück, um Mrs. D. aufzutragen: Sagen Sie ihr, ich bin weg. Dann öffnete er die Tür und ging die Treppe hinunter.

Da wird sie froh sein, das zu hören, sagte Mrs. D. zu sich, als die Tür ins Schloß gefallen war. Das Baby weinte immer noch gequält. Aber Mrs. D., die in den letzten beiden Tagen schon zweimal eine Kostprobe vom Temperament der Mutter mitbekommen hatte, beschloß, daß sie diesmal nicht ins Zimmer gehen würde, bis sie gerufen wurde. Also ging sie zurück und begann, das Frühstücksgeschirr abzuwaschen.

Das Baby weinte den ganzen Tag, außer wenn Mrs. D. ihm, ohne jemandem ein Wort zu sagen, in einem Löffel mit Zuckerwasser zwanzig Tropfen Schmerzmittel gab. Danach schlief das Baby drei Stunden. Aber als Joe an dem Abend zurückkam, weinte es wieder im vorderen Zimmer, wohin sie es gestellt hatten.

Er kam herein, hörte den Krach, ging darauf zu, sah, wie das Baby sich mit den Händen ins Gesicht schlug, hörte aber, als er sich umsah, kein anderes Geräusch in der Wohnung. Verblüfft blieb er stehen und wunderte sich über das Ding, beunruhigt und bestürzt. Er konnte es sich nicht erklären.

Gurlie, rief er. Keine Antwort. Das ist komisch. Er ging zur Schlafzimmertür, öffnete sie, sah hinein. Seine Frau schlief fest, das Gesicht gerötet, das Haar zerzaust. Er ging zur Küche. Niemand. Er ging zu dem Säugling zurück. Er sah ihm krank aus, schmerzverzerrt, elend. Seine Stimme war gebrochen, und manchmal gab er beim Weinen gar keinen Laut von sich. Wo war Mrs. D.?

Dann hörte er die Treppen knarren. Sie kam mit einer Papiertüte in der Hand herein.

Jesus, brüllt es immer noch, war das erste, was die Frau, nach Luft schnappend, sagte. Hier ist heute der Teufel losgewesen. Was das Schreien angeht, habe ich so etwas noch nicht gesehen, solange ich lebe – ich bin froh, daß Sie hier sind, um es zu hören.

Damit durchquerte sie das Zimmer, Joe bekam einen starken Hauch ihres Bieratems mit. Er nickte und ging hinüber, um das Baby zu beobachten.

Das Ding ist krank, entschied er. Er legte ihm die Hand aufs Gesicht, und die Haut war trocken und heiß. Und er spürte, wie sich ihm das Herz zusammenzog. Krank. Ein winziges Ding wie das, man wagte kaum, es mit den Händen aufzuheben, so zerbrechlich schien es. Es würde nicht leben. Das konnte er auf Anhieb sehen. Es würde nicht leben.

Mrs. D. trat wieder ins Zimmer, nachdem sie ihren schmuddeligen Hut abgelegt hatte. Und würden Sie's mir glauben, wenn ich Ihnen sagte, daß seine Mutter schläft? Sie schaute Joe an, aber er schaute sie wieder mit diesen ruhigen grauen Augen an, und sie hielt es nicht aus.

Das Kind ist krank, sagte er zu ihr.

Krank? sagte Mrs. D.

Meinen Sie, wir sollten einen Arzt holen?

Was? sagte Mrs. D. Einen Arzt? Wofür?

Es sieht mir nicht so aus, als würde es leben, sagte Joe.

Leben? Das? Das wird noch hundert Jahre, sagte Mrs. D. mit einem leicht zittrigen Lachen.

Ich habe noch nie so etwas von Kraft gesehen – für die Größe. Es hat uns verrückt gemacht.

Was ist? sagte die Stimme aus dem Schlafzimmer. Joe ging sofort – langsam zur Tür, klopfte leicht, öffnete und trat ein.

Na, wie geht's dir? fragte er und versuchte ein breites Lächeln. Aber das kam bei Gurlie nicht gut an.

Weint das Ding immer noch? sagte sie.

Das hörst du doch, nicht? sagte er. Ich glaube, das Baby ist krank, sagte Joe ernsthaft. Oder vielleicht hast du nicht genug Milch.

Was! sagte die Frau. Guck dir das an. Und sie setzte sich abrupt auf, zog ihr zugeknöpftes Nachthemd beiseite und zeigte ihm ihre Brüste, angespannt vor Blutandrang und der Milch darin, die Brustwarzen aufgerichtet. Guck dir das an. Ich wünsche, du hättest die. Ich bin jetzt bis zur Taille damit voll. Nicht genug Milch, hast du gesagt? Und sie nahm die Brustwarzen zwischen die Finger, so daß ein Strom Milch hinausschoß und ihm, wie er da saß, mitten auf dem Handrücken landete. Er schaute hinab, aber wischte sie nicht sofort ab. Na, ist es meine Schuld? fuhr seine Frau fort. Ich habe die Milch, aber es will die Brust nicht nehmen. Und du kommst und machst mir Vorwürfe.

Ach! Wer redet von Vorwürfen? Wenn das Kind krank ist, warum holst du keinen Arzt?

Wozu haben wir die Hebamme? Das ist ihre Sache. Bring bloß keinen Arzt ins Haus. Du mußt ja Geld haben, so wie du redest.

Gut, sagte Joe dann, regele es selber. Und er ging hinaus, einen Augenblick an der Tür stehenbleibend, als Mrs. D. mit dem Baby vorbeikam, um es noch einmal an die Brust zu legen.

Diesmal nahm es sie an, und die Milch ergoß sich ihm so schnell in die Kehle, daß es daran erstickte. Es wich zurück und hustete, weinte dann, und als sie es wieder anlegten, schrie es bloß noch und drehte das Gesicht weg. Joe schüttelte den Kopf und verschwand.

Drei Tage lang war das Haus ein Inferno. Jeden Abend bei seiner Rückkehr fand Joe das Baby schwächer, dünner vor, sein mageres Gesicht war noch mehr eingefallen, und, am schlimmsten von allem, plötzlich waren Gurlies Brüste leer. Die Tante war gekommen, um Beistand und Rat anzubieten. Ein Donnerwetter von Gurlie, und sie war gegangen, um bis zum Herbst nicht wiederzukommen.

Das Baby weinte und schlief, heimlich von großen Dosen Schmerzmittel betäubt. Es erbrach sich nun von Zeit zu Zeit, selbst wenn es einen Magenvoll oder sogar die Hälfte schluckte.

Ein kotzendes Baby macht sich am Ende immer, sagte Mrs. D., aber das ging in letzter Zeit auch nicht mehr so gut. Also sah sie sich nach jemandem um, dem sie die Schuld geben konnte. Wer anders als Joe? Mrs. D. konnte aus Joe nicht schlau werden. Sie hatte nun, wenn das Baby weinte, das Gefühl, er stecke irgendwie dahinter – obwohl er den ganzen Tag im Büro war. Seine linkischen, sensiblen Hände brachten sie auf. Wenn ich deine Frau wäre, sagte sie bei sich, wenn sie ihn ansah, ich würde keine Kuchen für dich backen, wenn du nach Hause kommst, ich hielte einen schönen großen Schlammkuchen für dich bereit.

Und zum tausendsten Mal versorgte sie das Baby, das immer noch weinte.

Die Geduld wurde kürzer, als die Tage zunahmen. Es begann wirklich ernst auszusehen, bis Joe beschloß, dem Ganzen ein Ende zu setzen. Als er eines Abends die Treppe heraufkam und das mitleiderregende heisere Geschrei des gequälten Babys hörte, machte er kehrt und ging ein paar Blocks weiter zu einem stattlichen Wohnhaus am Park, an dem er eines Tages ein Arztschild gesehen hatte.

Da war es – T. Wesley Colt, M. D. Es hatte jetzt, wo er geschäftlich gekommen war, eine andere Bedeutung – halb Erleichterung, halb Mißtrauen.

Joe erklomm die Sandsteinstufen, läutete und zog, als eine junge Frau zur Tür kam, den Hut und fragte nach dem Arzt.

Der Doktor ißt gerade zu Abend. Wenn Sie bitte um sieben wiederkommen.

Es ist wegen dem Baby, sagte Joe ernst. Drinnen erklang eine männliche Stimme: Mach die Tür zu. Dann erschien ein Mann, ein junger Mann. Was ist? sagte er.

Sind Sie der Arzt? sagte Joe.

Ja, sagte der Mann, was ist?

Ein Baby.

Seit einer Woche krank, vermute ich, sagte der Arzt.

Ja, knapp, sagte Joe.

Und da kommen Sie um diese Zeit zu mir, wissen Sie nicht, daß ich zu Abend esse?

Doch, sagte Joe, ich nehme an, ja. Ich hätte auch gern mein Abendessen, und er wollte hinausgehen, als der Arzt ihn aufhielt. Wo ist es?

104. Street.

Da wird nicht viel bei herausspringen, dachte der Arzt, aber – na gut, warten Sie einen Augenblick, sagte er.

Joe war dem jungen Mann dankbar, als sie die paar Blocks hinübergingen und die Treppe zur Wohnung hinaufstiegen, die sich in den letzten Tagen für ihn in die Höhle eines wilden Tieres verwandelt hatte. Er hatte nun das Gefühl, er komme gewappnet, habe einen Beschützer, öffnete die Tür und forderte Dr. Colt auf, voranzugehen.

Der Arzt trat ein.

Gurlie war wütend, als Joe zu ihr ins Schlafzimmer kam. Laß ihn draußen, sagte sie. Ich will ihn nicht sehen. So brachten sie das Würmchen mit dem Wackelkopf in die Küche und legten es auf eine Decke auf dem Tisch.

Mrs. D. bereitete gerade das Abendessen zu. Auch sie war skeptisch und wütend, sah von der Höhe ihrer Jahre und Erfahrung auf diesen jungen Mann, diesen Eindringling herab, der anscheinend drohte, sie zu entthronen.

Ich glaube, das ist das erste Mal, daß sie in den letzten drei Tagen eingeschlafen ist, sagte Mrs. D.

Ziehen Sie es aus, sagte der Arzt.

Er meint, es wird vielleicht von einer Nadel gestochen, dachte Mrs. D. Aber sie tat, wie ihr gesagt wurde, täppisch und umständlich. Lassen Sie mich die Windel sehen, sagte der Arzt. Sie war spinatgrün. Wie viele von der Art am Tag?

Jedesmal, wenn man sie wechselt, sagte Mrs. D. Sie strengt sich an, bis man es nicht mehr mit ansehen kann – und die Farbe ist schrecklich.

Wie oft am Tag? sagte der Arzt.

Mrs. D. sah ihn verständnislos an. Ja, meinen Sie, ich zähle das, sagte sie.

Oh, so oft, sagte der Arzt. Seit einer Woche, habe ich gehört. Stimmt das?

Mrs. D. sah Joe mordlustig an. Also, Doktor – dann brach sie ab. Ungefähr eine Woche, sagte Mrs. D.

Und was haben Sie ihm gegeben?

Wir haben alles versucht, sagte Mrs. D. Das letzte war eine Tasse Wasser mit einem ganz klein bißchen Bienenhonig drin.

Vielleicht macht es das krank, kommentierte der Arzt, halb zu sich. Ist die Nabelschnur schon ab?

Gestern, sagte Mrs. D., während sie dem Kind das letzte Kleidungsstück auszog.

Trocken?

Noch nicht, ich habe eine Rosine draufgelegt, setzte sie beiläufig hinzu.

Eine Rosine?

Ohne Kerne, fuhr Mrs. D. fort.

Mit Zucker konserviert, was? erwiderte der Arzt.

Vor mir war meine Mutter fünfundvierzig Jahre lang Kinderpflegerin, sagte Mrs. D. Aber der Arzt hörte nicht zu. Er hob das kleine Ding nun hoch und drehte es um. Seine Haut war trocken und heiß, sie wurde runzlig unter seinen Händen; es war kein Fett da. Er schüttelte den Kopf, fragte dann:

Wo ist die Mutter?

Im Schlafzimmer, Doktor, sagte Joe, sie ruht sich aus.

Darf ich sie sehen? Als er Joes Zögern spürte, fügte er hinzu: Ich möchte bloß ihre Brüste sehen, ob sie Milch hat.

Joe ging und fragte, ob sie den Arzt empfangen würde. Na gut, laß ihn kommen, sagte Gurlie. Also kam er, sah sich ihre Brüste an, die jetzt flach waren, sagte: Vielen Dank, tut mir leid, Sie belästigt zu haben, und ging hinaus, während sie ihm, ohne zu lächeln, nachstarrte.

Was wiegt es?

Wiegen? sagte Mrs. D. Oh, ungefähr fünfeinhalb Pfund oder so, schätze ich. Es hat in den letzten fünf Tagen ziemlich abgenommen.

Haben Sie keine Waage in der Vorratskammer?

Ich glaube, ich könnte sie finden, sagte Joe. Er kramte zwischen den Töpfen herum, bis er aus einer Schublade eine große Fischwaage mit einem Haken unten fand. Dr. Colt band das Baby in eine Windel, knotete die vier Enden über Kreuz und hob das Gewicht ein paar Zentimeter über den Tisch. Alle guckten, um zu sehen, wo das Laufgewicht auf dem Messingbalken des groben Instruments stehenbleiben würde.

Fünfeinhalb Pfund, sagte Mrs. D. triumphierend. Hab ich's nicht gesagt?

Das ist schlecht, sagte der Arzt, ein bißchen über fünf

Pfund, ungefähr fünfeinviertel, soweit ich erkennen kann. Das Kind ist in einem schlechten Zustand. Ziehen Sie es an, setzte er hinzu, nachdem er ihm in den Hals geguckt, die Brust abgeklopft, die Lungen abgehorcht und die Temperatur gemessen hatte – 40 Grad rektal. Das Kind ist krank – sehr krank.

Würden Sie das bitte waschen – in kaltem Wasser, setzte er hinzu und gab Mrs. D. das Thermometer.

Sie nahm es übertrieben vorsichtig, fragte sich, wie sie damit umgehen solle. Das ist also einer von den neuen Temperaturstäben, dachte sie, als sie es in der Hand drehte.

Der Arzt trug ihnen auf, dem Kind drei Tage lang Gerstenschleim zu geben, erklärte Mrs. D., wie sie ihn zubereiten sollte – trug ihnen auf, das Baby mit einem Schwamm zu benetzen, ihm Einläufe zu machen – der Mutter die Brüste hochzubinden. Und verabschiedete sich mit den Worten, er würde es sich in zwei Tagen noch einmal ansehen, wenn sie Gelegenheit gehabt hätten, seinen Anordnungen zu folgen.

Klar, und jetzt geh nach Hause und iß zu Abend, mein Junge, sagte Mrs. D. Du hast dein Geld verdient – denn Joe bezahlte ihn an der Tür. Wieviel? fragte Mrs. D. Ach, was weiß er schon, ein so junger Bursche?

Es nützte nichts. Das Baby schrie trotzdem. Gerstenschleim, sagte die Mutter angewidert. Gerstenschleim! Für ein verhungerndes Baby? Doch weil Joe darauf bestand, probierten sie den Gerstenschleim, und der Säugling nahm ihn nicht. Und als er es tat, erbrach und entleerte er sich so grün wie immer.

Keine Ärzte mehr, sagte die Mutter zornig. Die Idioten, das kann jeder.

Ja dann, sagte Joe, was machen wir dann?

Darauf erwiderte Mrs. D., sie könne schon damit fertig werden, wenn sie ihr freie Hand ließen, aber wenn sie ihr ständig alles aus der Hand nähmen, wozu war sie dann überhaupt da?

Das wüßte ich selber auch gern, sagte Gurlie schnell.

Das Baby war nun zwei Wochen alt und hatte gut ein Pfund abgenommen. Joe wog es wider alle Hoffnung danach jeden Tag, wenn er aus dem Büro kam – bis er es aufgab – und das Baby als verloren aufgab. Der Arzt war tabu. Gebt ihm egal was, sagte Joe endlich – holt eine Dose Kondensmilch und gebt ihm die. Kinder mögen Zukker, gebt ihm welchen.

Und bring es um, sagte die Mutter. Joe spürte die Wucht dieser Worte und wußte keine Antwort.

Die Brüste der Mutter waren mittlerweile völlig leer, aber weil sie nicht wußten, was sie tun sollten, legten sie, als letztes Zufluchtsmittel, das Baby wieder an die Brust.

Oder schickt es nach Coney Island in die Brutkästen, sagte Joe schließlich.

Mrs. D. hatte ein bißchen Milch aus beiden Brüsten gepumpt und versuchte es mit einem Löffel, dann einer Pipette – nichts tat sich.

Sie probierten es, bis Gurlie es leid hatte. Eines Tages saß sie mit verkrampftem Oberkörper und gekreuzten Beinen auf dem Bett, rot im Gesicht, während Mrs. D. mit dem Fuß auf den Boden klopfte, bis die Mutter fast verrückt wurde. In Blitzesschnelle fiel sie über die Pflegerin her und machte sie mit solch animalischer Heftigkeit zur Schnecke, daß sie sie überrumpelt und voll Zorn aus dem Zimmer trieb. Machen Sie, daß Sie rauskommen. Sie taugen nichts. Es ist alles Ihre Schuld, Sie nichtsnutzige Niete. Verschwinden Sie. Wofür bezahlen wir Sie?

Bis jetzt haben Sie mir noch nichts bezahlt, sagte Mrs. D. Aber als sie das wilde Licht in den Augen der anderen Frau sah, trat sie schnell den Rückzug an, schloß die Tür hinter sich und sagte: Na, wenn die darüber nicht verrückt geworden ist, will ich Jüdin sein. Und hielt sich den Rest des Nachmittages in der Küche auf, bis Joe nach Hause käme, um ihr ihr Geld zu geben. Sie hatte es hinter sich.

Gurlie stieß einen Seufzer der Erleichterung aus, nahm das Baby hoch und legte es wieder an die Brust. Es war mager, hatte trockene Lippen und weinte. Als sie es berührte, verzog es sein verschrumpeltes Gesicht und stieß das aufreizende mechanische Wehklagen eines verhungerten Kindes aus. Dann öffnete es den Mund in einem O und reckte den mageren Hals, als wolle es saugen. Die Mutter nahm es zum zehntausendsten Mal auf – so kam es ihr vor – und zog die Brust hervor. Begierig nahm es die schwere Brustwarze, aber anstatt zu saugen, tastete es suchend, schloß die Kiefer nicht, sondern japste eifrig, ohne festzuhalten, rieb sein Gesicht ziellos an der Brust, verzog dann wieder das Gesicht und schrie schwächlich. Es machte Gurlie wütend.

Sie kniff ihre Brust noch einmal hoch, schob sie ihm in den Mund und schloß ihn mit Gewalt, indem sie einen Finger unter den winzigen, zartknochigen Kiefer preßte. Das Kind brüllte durch seinen gewalttätig geschlossenen Gaumen, kämpfte und wand sich, um sich zurückzubiegen und Luft zu bekommen. Gurlie gab nicht nach, obwohl ihre Haltung ihr selbst die Brust sprengte.

Dann warf sie das Baby plötzlich von sich. Es fiel natürlich auf das weiche Bett, schlug mit dem Gesicht auf und brüllte von neuem.

Die Frau warf die Decken zurück und stand auf. Sie war nun weiß vor Wut. Sie ließ das Kind, wo es war, holte sich einen Mantel, zog ihn an, ging ins andere Zimmer, schloß die Tür hinter sich und setzte sich ans Fenster.

*Gott im Himmel!** tobte sie, sich die Ohren zuhaltend. Kalt wie Eis richtete sie sich dann auf und sah auf die scharf umrissenen Einzelheiten von Himmel und Straße – auf den heranrückenden Abend. Sie fühlte sich ungeheuer allein, sie hätte die ganze Welt in einer Faust packen und in Stücke schmettern können.

Als Joe kam, war sie noch immer da. Sie drehte sich ihm mit einem strengen Blick zu, aber diesmal war er nicht dafür empfänglich.

Wo ist das Baby?

Ich weiß es nicht, sagte sie. Auf dem Bett, glaube ich. Er

ging ins Schlafzimmer und schlug, als er es nicht zugedeckt und schlafend fand, die Ecke der Steppdecke darüber.

Was ist passiert heute?

Ich weiß es nicht.

Wo ist die Frau?

Ich weiß es nicht – und damit erhob seine Frau sich, ging ins Schlafzimmer und schloß die Tür.

Joe ging in die Küche und fand Mrs. D. mit zwei leeren Bierflaschen auf dem Küchentisch vor sich – aber sie war nicht betrunken. Ich gehe, sagte Mrs. D., ich hab's satt, für andere Leute die Drecksarbeit zu tun.

Wieviel schulde ich Ihnen? sagte Joe.

Zwei Dollar am Tag, vierzehn Tage, das macht achtundzwanzig Dollar, sagte Mrs. D.

Hier, bitte schön, sagte Joe und gab ihr das Geld. Zählen Sie's, ehe Sie es in die Tasche stecken.

Ich würde ehrlich genug sein, es Ihnen zurückzugeben, wenn Sie mir mehr gäben, als mir zusteht, sagte Mrs. D. Und damit zog sie die Schürze aus und begann sich nach ihrer Tasche umzusehen, in die sie ihre Sachen packen wollte.

Als sie weg war, ging Joe ins Schlafzimmer zurück. Es war kein Abendessen vorbereitet. Ich gehe runter und hole ein paar Delikatessen, sagte er. Was ist mit dem Baby?

Gurlie, teilnahmslos und gleichgültig, hatte es nicht angefaßt. Da ist es, sagte sie.

Geht's besser mit dem Stillen?

Nein.

Joe sah nach, und das Ding rührte sich ein wenig, ohne wach zu werden. Dann ging er und kam mit einer Dose Kondensmilch zurück, die er unter anderem gekauft hatte. Es schlief immer noch.

Er nahm die Büchse, las die Gebrauchsanweisung, öffnete sie, schöpfte ungeschickt einen Teelöffel voll, maß das Wasser ab, füllte eine Flasche, gab sie Gurlie und befahl ihr, sie dem Baby in den Mund zu stecken. Gleichgültig tat sie es. Das Ding saugte begierig, leerte die Flasche. Riß den

Mund nach mehr auf. Er ging in die Küche zurück und füllte die Flasche wieder. Es leerte sie. Die dritte Flasche verweigerte es, nachdem es ein paarmal daran gesaugt hatte. Sein Kopf rollte langsam zur Seite, während ihm Milch aus dem Mundwinkel sickerte, und mit einem komisch verdrehten Ausdruck der Zufriedenheit auf dem Gesicht schlief es wieder ein.

Auf dem Bettüberwurf, auf dem der Kopf des Kindes den ganzen Nachmittag gelegen hatte, war ein trockener gelber Fleck. Der Abszeß in seinem Ohr war aufgebrochen.

Die Schlacht zwischen dem Däumling und den Riesen war nun vorüber. Das Kind wurde mit Büchsenmilch gefüttert und begann zu gedeihen, nicht vollkommen, aber wenigstens aß es und wuchs es.

Nun war es Zeit für die Schwester, nach Hause zurückzukehren. Fünf Jahre alt. Wo ist mein kleiner Bruder? fragte sie sofort. Ich will ihn sehen. Aber als sie das Baby sah und gesagt bekam, daß es ein kleines Mädchen war wie sie, sagte sie: Das böse Ding, und schlug ihm, ehe jemand sie aufhalten konnte, mit aller Kraft mitten ins Gesicht.

KAPITEL 4

Noch einmal von vorn anfangen

Es war Mitte Mai. Der Alptraum der Geburt des Babys und seiner späteren Krankheit war schon Vergangenheit. Gott sei Dank! sagte Joe, als er langsam die 104. Street zur Hochbahnstation entlangging – so langsam, wie er eben konnte, ohne seine pünktliche Ankunft im Büro in der Stadt zu gefährden. Er verließ das Haus stets um sechs Uhr dreißig. In seiner Tasche trug er die Geschäftsschlüssel. Es war Ehrensache für ihn, jeden Arbeitstag mindestens eine halbe Stunde vor allen anderen dazusein, um alles für die Männer vorzubereiten, damit sie die Druckerpressen Punkt acht in Betrieb setzten. Das ist Arbeit, sagte er zu sich, und – hätte er hinzufügen können – das ist eine Arbeit für einen Mann, dafür werde ich bezahlt. Aber er bekam mächtig wenig dafür, im großen und ganzen. Und außerdem, hätte man das seinen Bossen vorgetragen, hatte niemand ihn gebeten, so früh dazusein. Das war ganz allein seine Sache.

Nach fünf Tagen Regen war dies einer jener kühlen Maimorgen, an denen das Land die Triebe mit einer Stimme aus Blättern und Blumen anspricht. Joe wußte, daß er ein Arbeitsmann war, sein mußte, mehr sollten sie von ihm nicht erwarten. Aber tief in ihm regte sich ein anderer Mann – unter Wasser, unter Erde – zwischen den Würmern und Fischen, zwischen den Pflanzenwurzeln – in einer nicht faßlichen Atmosphäre, durch die er frei streifte, ohne essen oder trinken oder atmen zu müssen, ohne klopfendes Herz. Wie konnte ein Mensch dort sonst existieren?

Das Leben zu bewahren ist etwas Schönes, wenn man es bewahren kann, sagte er zu sich, als er, ohne zu wissen, was es war, einen Schwarm fliegender Ameisen sah, die aus einem Riß im Bürgersteig aufgestiegen waren und nun über ihren emsig hin- und hereilenden Artgenossen herumflatterten. Ihre irisierenden Flügel zogen das leise, überschwengliche Gefallen des Spaziergängers auf sich. Das war die Stimmung des Tages für ihn. Sie ließ ihn an Angeln denken. In unnachgiebiger Selbstverleugnung schüttelte er den Kopf, als er sich alle möglichen Schwärmer und Käfer vorstellte, die in die Bäche fielen, und Forellen, die blitzschnell auftauchten, um sie zu schnappen. Sonntag würde er vielleicht an den Erie hinausfahren und sich umschauen, vielleicht eine Angelschnur in die Tasche stekken – Sonntag.

Was zum Teufel sollte man aber mit dem Baby machen – da hatte man's. Nein, dieses Jahr nicht. Sie begann gerade, ein bißchen zu Kräften zu kommen. Manchmal vergaß man beinahe, daß sie im Haus war. Das frühe Sonnenlicht flutete ihm in die Augen, als er die Treppe zur

Hochbahn hinaufging. Er bezahlte seinen Nickel. Der Zug rumpelte aus dem Licht heran. Das Licht wurde schwächer und wieder heller, als er das Abteil betrat und sich zwischen Arbeiter und Arbeiterinnen an ein Fenster nach Osten setzte. Heute konnte er das Licht sehen, es hatte mit allem zu tun, was früh wach ist und sich bewegt und stärker wird. Das Gefühl zu bewahren ist etwas Schönes, wenn man es gut und glücklich bewahren kann. Ein Mann muß schaffen und bewahren, er muß immer weiter arbeiten, dann wird er schließlich Licht sehen. Er wird aus der Armut herauskommen und in der Lage sein, jeden glücklich zu machen. Was ist herrlicher als ein Haus auf dem Land mit kleinen Kindern, die im Gras spielen oder Blumen pflücken – das heißt, wilde Blumen oder Pfingstrosen. Das ist das Problem – sie wollen immer alles mögliche nehmen – alles. Man muß ihnen beibringen, nicht die Dinge zu nehmen, die im Garten gepflanzt sind – sie sind Kinder. Sie wollen Dinge nehmen, die ihnen nicht gehören. Das sind die Gewerkschaften. Revolutionäre. Alles das gleiche.

Genau das ist sie, eine kleine Sozialistin! Er lächelte für sich. Recht hat sie. Nimm alles, was du kriegen kannst. Soll jemand anders pflanzen und pflegen. Nimm es bloß.

In sich hineinlächelnd schaute er auf die Rücken und Gesichter der schläfrigen Gestalten im Zug vor dem sich sprunghaft fortbewegenden Hintergrund der Häuser der Ninth Avenue. Idioten! Angewidert biß er die Zähne zusammen. Kinder, vermute ich, sagte er dann, Wickelkinder, denen man den Arsch abwischen muß, während sie auf jede mögliche Art versuchen, sich von Kopf bis Fuß zu beschmieren. Komisch, wie ein Baby versucht, alles zu verderben, was man für es tut. Sie hassen Kleider. Wenn sie ihre Kleider loswerden können, sind sie glücklich. Dann strampeln sie wie die Frösche. Sie strampeln, und wenn man sich nicht vorsieht, strampeln sie sich einem direkt aus den Händen. Das ist dumm.

Wenn man sie füttern will, versuchen sie, einem das Essen aus den Händen zu schlagen. Sie ist aber eine Pfiffige. Ich glaube, sie wird blaue Augen bekommen. Wenn man sich ihr nähert, hört sie auf zu weinen. Sie scheint zu lauschen. Sie liegt still und lauscht. Wenn man sie dann aufnimmt, ist sie glücklich. Aber wenn man wieder weggeht, fängt sie nach einer Minute an zu weinen. Sie sollte in dieser Zeit viel draußen im Park sein. Aber ich schiebe keinen Kinderwagen. Das ist Frauenarbeit. Ich arbeite, ich beschaffe den Lebensunterhalt, ich bin für alles verantwortlich, was man von mir will – aber ich will verdammt sein, wenn ich einen Kinderwagen schiebe. Das ist der richtige Ort für ein Baby – draußen auf dem Land.

Tag, Frank. Tag, Mr. Stecher, sagte der Nachtwächter im Eingang des Gebäudes zu ihm. Schöner Morgen, was? Ja, schöner Tag, um angeln zu gehen. Aber nach allem, was man sagt, vermute ich, machen Sie in den nächsten Wochen hier einen schweren Fischzug. Glauben Sie, Sie kriegen den Vertrag dieses Jahr wieder? Klar, sagte Joe, warum nicht? Bedeutet Extra-Arbeit für mich, das ist alles, erwiderte der alte Mann. Na ja, Sie werden bezahlt dafür, nicht? Ja, das schon – beschissene Bezahlung, sagte der Nachtwächter. Rechnen Sie mit Ärger von der A. F. – American Federation of Labor – in diesem Jahr? Tun *Sie* das? war Joes Antwort. Darauf sagte der andere nichts.

Als er in die leeren Büro- und Betriebsräume trat, die Stille der Druckerpressen, den dumpfen, kalten Geruch, dachte Joe jedoch über die Worte des alten Mannes nach. Ja, es war ein Schlachtfeld, sein Schlachtfeld – die Bosse auf der einen Seite, die Arbeiter auf der anderen – er in der Mitte. Und er wußte nicht, welchem Ende er in dem Schlamassel mehr mißtrauen sollte. In der letzten Zeit – ach, er wußte es nicht. Arbeiten, das war alles, was er vorläufig tun mußte.

Er hob mehrere Blätter zerrissenes Papier auf, als er – vor sich hinmurmelnd – den Gang zwischen den Pressen hinunterging, und steckte sie in den Papierkorb in seiner persönlichen Ecke drüben bei den Fenstern nach Westen, so weit wie möglich von den Hauptbüros weg. Die waren, mit Eichenpaneelen und Rauchglas abgeteilt, am anderen Ende des Stockwerks. Aber hier hatten sie ihm – als Betriebsleiter – einen kleinen Schreibtisch gegeben, und hier hatte er seinen eigenen Safe, seine eigenen Akten, um die er sich ohne Hilfe kümmerte.

Zum zwanzigsten Mal holte er die sechs sorgfältig beschriebenen Kanzleibögen heraus und legte sie vor sich. Die Schrift und die Ziffern darauf ergaben ein penibles, zartes Netzmuster, als sei es eingraviert – ein Kunstwerk wirklich. Aber die Kunst lag in Wirklichkeit nicht in der Schrift, das war nur der äußere Eindruck. Das, worauf es ankam, wie auch die Kunst lagen in der Genauigkeit der Zahlen. Alle Kostenvoranschläge kamen aus dieser Ecke – ohne sie wurde nichts getan, nichts angenommen. Und dafür bekam er zweitausendfünfhundert im Jahr ohne Urlaub. Dickes Geld. Ja? Er ging geschwind noch einmal die Zahlen durch, änderte nichts, legte die Papiere zurück in den Safe, schloß ihn, und die ersten Druckereiarbeiter trafen ein.

Sie gingen einer nach dem anderen zu den Schließfächern und begannen, die Kragen abzunehmen, die Ärmel hochzurollen und Arbeitsanzüge anzuziehen.

Ich schätze, wir kriegen dieses Jahr wieder den gottverdammten Regierungsvertrag, sagte Carmody, einer der Druckereiarbeiter.

Warum nicht? kam von einem in seiner Nähe zurück. Du solltest froh sein, daß du Arbeit hast und nicht verhungerst – so wie letzten Winter.

Ich schätze, demnächst stellen sie bei der Arbeit 'nen Bullen hinter uns und schicken uns sicherheitshalber mit der Grünen Minna nach Hause. Man kann schon sagen, was uns blüht, wenn man den ollen Papageienfuß so früh am Morgen in seinem Käfig sitzen sieht.

Ach, geh und wasch deine dreckige Wäsche, sagte ein anderer Mann in seiner Nähe. Deine Alte hat zu schwer gekocht.

Gott, ihr Jungs werdet noch mal ein schönes Erwachen haben – wenn ihr meint, daß ihr in diesem Betrieb hier je mal 'ne ruhige Minute habt – solange dieser Fleischkloß da drüben in der Ecke sitzt – er zeigte auf Joe an seinem Schreibtisch.

Ach, halt die Klappe, sagte der, der ihm zuerst etwas entgegnet hatte.

Ein schöner Arbeiterführer muß das gewesen sein. Für wen, zum Teufel, meint ihr, arbeitet er? Für euch? Er hielt einen Augenblick inne. Das ist typisch, wenn sie sich hocharbeiten, stellen sie sich gegen einen und schinden einen um der alten Zeiten willen. Den kleinen Deutschen habe ich schon lange durchschaut. Wartet bloß ab, ihr werdet sehen.

Als Joe den elektrischen Summer drückte, der durch den Maschinenraum erklang, gingen die Männer zu ihren Maschinen hinüber.

Kommt, Jungs, an die Arbeit, sagte Joe, die Uhr in der Hand, acht Uhr.

Alles klar, Mr. Stecher – und innerhalb von wenigen Augenblicken knarrten, klopften, knirschten die Druckereipressen ein wenig und liefen dann auf Hochtouren, so daß man von da an den Tag über – bis auf die Mittagsstunde – überall in dem Stockwerk brüllen mußte, um verstanden zu werden.

Später am Morgen brachte Joe seine Aufstellung zu Mr. Wynnewood im Hauptbüro. Er klopfte erst an, obwohl man ihm gesagt hatte, das sei nicht nötig.

Herein, sagte die Stimme des Bosses drinnen. Dann, als die Tür geöffnet worden war: Oh, guten Morgen, Joe. Er fügte hinzu: Und wie geht's der neuen Kleinen dieser Tage so?

Gut, Sir.

Schön, ich bin froh, daß Ihnen das nicht mehr auf dem Herzen liegt. Was verstehst du schon davon, Lester? sagte er herzlich zu einem neben ihm sitzenden jungen Mann. Joe hat noch eine Tochter bekommen. Wie schön, Mr. Stecher, sagte der Juniorpartner. Joe indessen war froh, daß Gurlie nicht da war. Gott sei Dank ist Gurlie nicht hier, dachte er, sonst würde sie mich zwingen, ihn um eine Gehaltserhöhung anzuhauen.

Möglicherweise dachten sie in dem Augenblick dasselbe, denn es entstand eine peinliche Pause. Dann räusperte Mr. Wynnewood sich und nahm den Faden wieder auf: Lassen Sie uns mal die Zahlen sehen.

Joe gab sie ihm. Er überflog sie. Hm, soviel macht es also. Ungefähr genausoviel wie letztes Jahr, nicht?

Zwölfhundert weniger, sagte Joe.

Löhne?

Ja, sagte Joe.

Soll ich sie überprüfen? sagte der Lester Genannte zu dem alten Mann.

Lieber Gott, nein, sagte der lachend. Was zum Teufel verstehst du davon? Oder auch ich – was das betrifft. Stimmt's nicht, Joe?

Stecher lächelte, seine jungenhaften grauen Augen funkelten, aber er sagte nichts. In diesen Augenblicken, in denen er vollkommen verschlossen war, machte die wahre Qualität des Mannes sich am meisten bemerkbar. Er schloß sich hinter diesem ruhigen Lächeln ein, und vor dem Zuschauer spielte sich ein vollkommenes Mysterium ab. Der alte Wynnewood kannte dieses Lächeln, wußte, was es bedeutete, wußte, daß es nichts mehr zu sagen gab – und wußte außerdem, daß alles zum Guten stand, soweit es die Wynnewood-Crossman Co. betraf. Es gab keinen fähigeren Drucker in New York City als Joe Stecher. Trotzdem war der alte Mann mit seinem Betriebsführer nicht rundum zufrieden, obwohl, dank Joes unfehlbarer Schweigsamkeit, nie irgendwelche Worte zwischen ihnen fielen.

Joe ist zu ehrlich, sagte er alte Mann manchmal. Lieber Gott, so kann man kein Geschäft führen.

Wieviel verdienen wir diesmal dran, Joe? sagte er zu seinem Betriebsführer, der immer noch wartend dastand.

10 %, das wollten Sie doch, nicht wahr?

Glauben Sie, wir unterbieten Sie?

Joe lächelte. Ich sehe nicht, wie einer ehrlich weniger veranschlagen und die Arbeit mit Profit machen könnte, war die Antwort.

Gut, danke, Joe. Wann kann man die Angebote einsehen?

Montag, den 23., um zehn Uhr im Postamt, Washington.

Danke, ich fahre dieses Jahr selber hin. Schauen Sie sich die Arbeiter an, und werfen Sie alle raus, die Sie nicht haben wollen. Feuern Sie sie einfach. Wir wollen diesmal keine Panne haben, wenn wir einmal losgelegt haben.

Als Joe das Büro verlassen hatte, nahm Mr. W. die Zahlen wieder auf. Guck dir das mal an, Lester, sagte er zu dem jüngeren Mann. Wirf nur einen Blick drauf. So was siehst du nicht wieder, solange du in diesem unchristlichen Scheißland im Druckereigeschäft bist. Guck's dir an! Und wozu, zum Teufel, ist es gut? Glaubst du etwa, ich reiche diese Zahlen ein? Den Teufel werd ich. Und er weiß auch, daß ich sie nicht einreiche. Das sind die Zahlen für uns, soviel kostet es uns, den Auftrag zu erfüllen. Und eins sag ich dir, diese Zahlen sind auf Heller und Pfennig genau.

Also, was willst du dann damit sagen?

Was ich damit sagen will? Können wir ein Geschäft auf der Grundlage einer lausigen 10 %-Marge machen? Bei einem Regierungsvertrag? Wenn wir da runterfahren und die Angebote geöffnet werden, werden wir ein Stück unter dem teuersten liegen, und jedes niedrigere Angebot als unseres wird rausfliegen – so gehen wir das an, das ist die Aufgabe deines Vaters. Ich sag's dir. Jedes Angebot unter dem von Wynnewood-Crossman Co. fliegt in den Papierkorb. Komm, hol deinen Hut. Wir gehen in den Club.

Es war heiß im Betrieb an dem Tag. Es sprach sich herum, daß der Alte darauf aus war, den Faulpelzen das Fell über die Ohren zu ziehen, und die Maschinen klapperten und hämmerten den ganzen Tag ohne Unterlaß. Joe ging ein paarmal die Gänge auf und ab, überprüfte hier und da ein paar Fahnen, aber abgesehen davon war es ein Tag wie jeder andere. Als die Männer hinausgingen, stand er zufällig in der Nähe der Tür und sah sich einen Stapel Post an, der am Morgen weggeschickt werden sollte.

Als Carmody an ihm vorbeikam, sah Joe auf und fixierte den Mann einen Wimpernschlag lang. Guten Abend. Guten Abend, sagte der Drucker. Schließlich, als alle weg waren, ging Joe schnell fachmännisch zwischen den Maschinen umher, schloß dann den Betrieb ab und ging wie gewöhnlich nach Hause.

Sonnenuntergang – aus den Fenstern der Hochbahn zwischen den Häusern Richtung North River. Auf dem Nachhauseweg saß er immer auf der Westseite des Abteils, damit er von der Zeitung hochschauen und sehen konnte, wie die Sonne über Jersey unterging – wo er eines Tages leben wollte – auf dem Land.

*Götterdämmerung**, sagte er unerklärlicherweise zu sich, als ihm der Rotschimmer wieder ins Auge fiel. Ein schöner Tag heute, setzte er hinzu. Ein schöner Maitag.

Als er zu Hause ankam, badete Gurlie gerade das Baby, bevor sie es zu Bett brachte. In seiner Freude vergaß Joe das Abendessen. Er zog die Jacke aus, nahm Lottie, das ältere Mädchen, auf die Knie und setzte sich daneben, um seiner Frau bei der einfachen Zeremonie zuzuschauen. Er hatte heute Lust dazu.

Wenn Gurlie etwas tat, gab es keinen Schnickschnack. Aber heute war sie vergnügt, so daß jeder sich glücklich fühlte.

Guck dir das Ding an, sagte sie, nachdem sie das Baby ausgezogen und es auf eine Decke über die Wanne gelegt hatte. Das Herzchen, ich würde keinen Cent dafür geben. Das kommt von deiner Seite der Familie. Das kann jeder sehen.

Ja, sagte Joe, das ist ein pfiffiges Kind.

Du hältst dich wohl für schlau, sagte Gurlie lachend, wenn du so etwas sagst. Na, du bist schon ein kleiner Deutscher, sonst hätte ich dich nicht geheiratet. Darauf kannst du dich verlassen, bei Gott. Gurlie machte sich gern über die Iren lustig, wenn sie gute Laune hatte.

Paß auf, sagte Joe, als seine Frau das Baby mit einer Hand packte, während sie mit der anderen versuchte, die halbvolle Wanne aus dem Becken zu heben. Du läßt es fallen.

Fallen lassen, au Backe, antwortete die Mutter unverdrossen. Du hast einen klugen Kopf, aber ich bin in dieser Familie diejenige, die – klar?

Na, sei vorsichtig mit dem Baby, sagte Joe. Alles andere soll dich nicht kümmern.

Das ältere Mädchen näherte sich, so daß, als das Baby in die Wanne platschte, etwas Wasser herausspritzte, das ihre Schuhe naß machte. Daraufhin zog sie sich zum Fenster zurück.

Als das Baby jetzt im Wasser war, faltete es seine kleinen Beine und ließ sie wie ein Ochsenfrosch hervorschnellen, bis es der Mutter beinahe ganz entglitt. Sie brach in schallendes Gelächter aus. Was, sagte sie, guck dir das an, guck dir das an!

Mach schon, wasch es, sagte Joe. Steh nicht da und spiel damit herum.

Guck es dir an, sagte Gurlie, es ist stärker, als du denkst. Nein. Ich glaube, es könnte schwimmen. In manchen Ländern werfen sie so kleine Babys ins Wasser, und sie schwimmen.

Na, versuch es bloß nicht mit diesem.

Sag mal, wer wäscht eigentlich das Baby, du oder ich?

Paß auf! sagte Joe. Du ertränkst es.

Genau das braucht es, erwiderte seine Frau im Spaß.

Gekonnt und schnell wischte Gurlie mit einem Waschlappen dem Baby ein paarmal über Rücken und Bauch, hier und da und rundherum, und fertig war sie. Sie hob das Kind aus dem Wasser.

Das nennst du ein Bad? sagte Joe.

Kümmere dich um deine eigenen Angelegenheiten, sagte seine Frau unbekümmert und rieb das Baby energisch mit einem Handtuch ab. Gib mir die Kleider da. Du bist einer von den wichtigen Kerlen, die jedem sagen müssen, was sie alles zu tun haben. Na, du kannst deine Drukker herumkommandieren und die anderen Männer da unten, aber eine Frau kannst du nicht herumkommandieren – mich kannst du nicht herumkommandieren.

Aus irgendeinem Grund wurde Joe dabei heute wärmer ums Herz – er mußte kichern und lachen – das erleichterte ihn, und er liebte sie um so mehr – während er an manchen Tagen, wenn er müde war, sie beinahe umbringen wollte.

Aber heute war ein glücklicher Tag – ganz gleich, wie man ihn betrachtete.

Ja, du hast recht, sagte er. Was macht das Abendessen?

Ach, verschwinde hier. Und sie schüttelte ihm die nasse Hand ins Gesicht.

Er sprang auf. Das Kind am Fenster lachte laut auf, kam heran und wollte auch mit Wasser spritzen. Aber die Mutter wehrte es mit einer Handbewegung ab.

Genug Quatsch, sagte Joe im Gehen.

Gott sei Dank sind wir dich los, antwortete sie. Aber er blieb doch, um ihr zuzusehen.

Der Säugling, von dem warmen Bad wie betäubt, schlaftrunken, lehnte sich vollkommen zufrieden zurück und lächelte. Sie legte ihn in den Korb, als lege sie eine Katze hin, schmiß die Decken darüber, nahm die Flasche, fühlte, ob sie warm genug war, und steckte sie dem Baby in den Mund – während es mit zur Seite gewandtem Kopf auf dem Rücken lag – balancierte es auf einer zusammengefalteten Windel aus und sagte zu Joe, der sie beobachtete: Komm jetzt, laß es alleine. Geh, setz dich. Mach, daß du aus dem Weg kommst.

Aber er trat bloß zurück, ließ sie vorbeigehen und drehte sich danach wieder um, um das Baby anzuschauen, dessen kleine Hände fest zusammengedrückt waren, während es nuckelte, so daß die Finger ganz blutleer aussahen.

Komm essen, rief Gurlie ihm aus dem anderen Zimmer zu, wenn du solchen Hunger hast.

Er konnte das Essen schon riechen, und es roch gut. Er ging sofort. Sie trug auf. Lammragout mit grünen Bohnen. Köstlich. Tief im Herzen liebte er seine Frau wie sonst nichts auf der Welt. Sie war unerreichbar für ihn – alles, was er nicht war. Gut! kommentierte er großzügig – wenn er so empfand.

Eins muß ich dir lassen, sagte er, als er in Hemdsärmeln dasaß und seine Serviette auseinanderfaltete, du bist eine gute Köchin.

Alle Skandinavierinnen sind das, gab sie rasch zurück. Wenn ihr uns genug Geld zum Wirtschaften gebt.

KAPITEL 5

Die Grenzen des Denkens

Das Baby, das immer noch nicht viel mehr als sechs Pfund wog, lag auf Gurlies Händen quer über ihrem Schoß, während sie vorne am Fenster saß und hinausschaute. Es pumpte mit den Beinen, schwenkte die Arme, während sie es teilnahmslos hielt. Dann verzog es das Gesicht und stieß hustend und schnaubend wieder diese Schreie von Katzen, Geflügel oder wer weiß was für an der Kette zerrendem Bauernhofgetier aus. Es strengte sich so an, daß es in seinen Bemühungen am anderen Ende furzte und die Stimme schließlich nur noch ein Pfeifen in der Kehle war.

Gurlies Blick kehrte von der Straße zurück und starrte das strampelnde Kind an – nicht bestürzt, sondern geistesabwesend, mit einiger Verwunderung, doch ohne Erkennen. Dann stand sie auf, schmiegte das Baby einen Augenblick lang sanft gegen die Brust und legte es – obwohl es noch weinte – in seinen Korb und ging fort. Sie schloß die Tür hinter sich, ging zum anderen Ende des Hauses und setzte sich ans hintere Fenster, um dort weiter hinauszuschauen. Es war mitten am Nachmittag, die kleinen Hinterhöfe hingen voll frisch gewaschener Wäsche.

Na, sagte Joe, als er später zur üblichen Zeit nach Hause kam, wie war es heute?

Wir müssen zum ersten Juli hier raus sein, war ihre Antwort. Wir haben einen Mietvertrag, sagte Joe. Gut, wenn du willst, daß das Baby wegen deines Mietvertrages stirbt. Sie stirbt hier, bleib du also zu Hause und kümmere dich selber um sie.

Verdammt noch mal, sagte Joe in einem plötzlichen wilden Wutausbruch, mach, daß du hier rauskommst, wenn das alles ist, wozu du gut bist. Sein Gesicht war plötzlich aschgrau geworden, seine Augen schienen im Kopf zu versinken oder taten es tatsächlich, jedenfalls sahen sie hervor wie wilde Tiere aus ihrer Höhle. Wozu zum Teufel bist du überhaupt hier gut? Er brüllte, tobte, schnappte sich ein Buch und schmetterte es auf den Boden.

Seine Frau ging vor ihm in Deckung, lachend, aber rückwärts gehend. Schließlich blieb sie stehen und richtete sich auf, stand einfach da und versuchte, ein Wort einzuwerfen.

Sch! Sch! Was ist los mit dir? Du benimmst dich wie ein Idiot. Ich habe nichts gesagt.

Was! brüllte er sie an – wider Willen langsam ruhiger werdend, zwang er sich nun plötzlich, wütender zu erscheinen, als er war. Was? Du hast nichts gesagt? Weißt du, was es uns kosten würde, hier Miete zu bezahlen und in irgendeinem anderen gottverdammten Stinkloch in dieser …

He, du! Sie unterbrach ihn. Die Nachbarn werden glauben, du bist verrückt geworden.

Das ist mir scheißegal … Weißt du, wieviel ich verdiene? Ich habe es dir hundertmal gesagt. Fünfzig Dollar die Woche. Wozu mit dir reden? Aber damit müssen wir leben. Damit müssen wir schlafen, essen, reisen, uns kleiden, uns amüsieren – mehr haben wir nicht. Mehr können wir uns nicht leisten. Begreifst du das? Kriegst du das in deinen dicken Kopf? Wir können nicht, wir können nicht.

Es ist mir egal, was du tust. Was liegt mir daran? Ich

sage dir, wir müssen umziehen. Wir müssen. Begreifst du *das*? Sonst stirbt das Baby. Es kann hier nicht leben, ich kann es nicht jede Minute auf die Straße bringen. Es hat keine Luft, es stirbt in diesen Zimmern. Ich sterbe. Wir alle sterben hier.

Du siehst nicht so aus, sagte Joe.

Wir müssen irgendwohin ziehen, wo mehr frische Luft ist, irgendwo in die Nähe des Flusses – oder irgendwohin. Das liegt an dir.

Wir können es uns nicht leisten.

Gut, dann beschaffe mehr Geld. Sag ihnen, du brauchst es. Sag ihnen, wenn sie es dir nicht geben, gehst du.

Klar, höhnte Joe, das ist eine tolle Idee! Ha, ha, ha! Dann haben wir gar nichts mehr. Wir können auf der Straße sitzen! Und aus Mülltonnen essen.

Du machst mich krank, antwortete seine Frau. Hast du Angst? Ist es das? Angst, sie zu fragen? Angst, zu kündigen, wenn sie es dir nicht geben? Sollen sie dich doch feuern. Das schreckt mich nicht! Ich setze mich in den Rinnstein, wenn ich muß, ich schäme mich nicht. Du würdest dich dafür schämen. Das ist es. Das bringt dich auf. Wir müssen das Geld haben, und du hast Angst, sie zu zwingen, es dir zu geben. Laß mich hingehen.

Das ernüchterte Joe immer, denn er fürchtete, sie würde tatsächlich eines Tages in den Betrieb gehen und eine Szene machen. Er beruhigte sich nun rasch – und begann den Kopf zu gebrauchen. Langsam kehrte die Farbe in seine Wangen zurück – er war angeekelt von seinem heftigen Ausbruch, und ihm war ein wenig übel – aber er atmete nun immer leichter, und sein Herz klopfte weniger heftig.

Geh, wasch dir Gesicht und Hände und komm zum Abendessen, sagte seine Frau schließlich zu ihm. Und er ging schweigend, als sie ihn aufforderte.

Wie steht's mit Bier? Ja, sagte Gurlie, aber du solltest damit eins über den Kopf kriegen, anstatt es zu trinken.

Das brachte ihn zum Lachen, ein gutes, glucksendes Lachen, und als er sich an den Tisch setzte, war er wieder in einigermaßen guter Stimmung. Wo ist Lottie? fragte er. Ach ja, gab er sich selbst die Antwort, als ihm einfiel, daß sie vorläufig zu Verwandten geschickt worden war. Du regst dich so auf, kommentierte Gurlie, daß du noch nicht einmal weißt, wovon du redest.

Ja, antwortete er, gründlich kauend. Mach mir eine Flasche auf. Bei Tisch mußte Gurlie alles tun – und sie tat es mit waghalsigem Schwung, als wische sie irgendein dummes Hindernis aus dem Weg. Das war immer beeindrukkend. Hier ist es, schnell! Aber es schäumte aufs Tischtuch über, bevor er sein Glas darunterhalten konnte.

Da hast du's, schimpfte er.

Was ist? erwiderte sie mit Bestimmtheit und wischte mit dem Finger über den Flecken. Wann ziehen wir um?

Vor dem ersten Juli, hast du gesagt, oder nicht? Beeil dich, finde eine Wohnung. Miete einen Palast an der Fifth Avenue. Wir können ihn nicht bezahlen, was macht uns das? Beeil dich nur, sieh mal zu, was du finden kannst.

Aber meinst du nicht, wir könnten diese hier untervermieten? fragte sie etwas verunsichert – weil sie vorher nicht daran gedacht hatte.

Warum uns damit abgeben, antwortete er, wir haben jede Menge Geld.

Aber nach dem Abendessen, als er im vorderen Zimmer saß und die Zeitung las, rief er nach ihr. Was willst du? erwiderte sie. Hier, sagte er und zeigte auf die Zeitung in seiner Hand, wo er eine zweizeilige Anzeige in der Spalte der Wohnungsangebote angestrichen hatte. Das ist drüben am East River, bei der Astoria-Fähre.

Meinst du es ehrlich? sagte sie. Aber was ist mit dieser Wohnung?

Überlaß das mir.

Dir? Sie zögerte einen Augenblick und sah ihn an, kam dann herüber und begann, ihm etwas rauh übers Haar zu streichen.

Nein, sagte er, geh, verschwinde ... aber er mochte es

trotzdem. Gurlie nannte ihn mit einer lispelnden Kleinkinderstimme, die er nie ganz ergründen konnte, ihren gerissenen kleinen Deutschen und ging schließlich zurück in die Küche, wo er sie ein paar unmusikalische Jodeltöne singen hören konnte.

Doch am nächsten Morgen – obwohl beim Frühstück nichts davon gesagt worden war, rein gar nichts – brachte Gurlie, sobald Joe die Treppe hinunter zum Büro gegangen war, das Baby zu der Frau in der Wohnung über ihnen und machte sich auf ihren kräftigen, geraden Beinen auf, ging – durch den Central Park – zur East Side.

Sowie sie aus dem Haus war, machte sie im Geist einen wahrhaften Freudensprung über die Befreiung – eine Berauschtheit durchflutete sie – die generelle Freude von Menschen, die das Land gewöhnt sind und durch städtische Beengtheit eingepfercht und gequält wurden. Es war ein klarer, heißer Tag. Sie trödelte jedoch nicht, sondern eilte ihrem Ziel zu.

Mit dem ausgerissenen Zeitungsausschnitt in der Hand ging sie weiter, bis sie vor dem Haus stand und hinaufschaute. Der Abscheu, den sie beim Anblick des düsteren, ziemlich respektablen Gebäudes mit seinen Feuerleitern und der grauen Ziegelsteinfassade empfand, machte sie einen Augenblick lang bewegungsunfähig. Aber schließlich zuckte sie die Achseln und ging hinein.

Nie im Leben würde sie *diese* Wohnung nehmen! Sie steckte nur einmal kurz die Nase hinein. Was haben Sie sonst noch? Die Hausmeisterin zeigte ihr eine im dritten Stock, sieben Zimmer, frisch renoviert und tapeziert, die, wie sie sofort wußte, zu teuer für sie war, aber …

Nein, sagte sie und ging hinaus. Und danach lief sie zwei Stunden durch die Straßen und sah sich andere Wohnungen an, bis sie sich entschlossen hatte. Sie ging zu der einen zurück, die sie nun haben mußte, schaute sie noch einmal genau an, sagte der Frau, sie solle sie bis zum nächsten Tag frei halten, und nahm an der 86. Street die Pferdekutsche zurück zur West Side.

Joe argumentierte, geriet ein paarmal in Wut, aber schließlich – und innerhalb einer Woche – fand die Familie sich im neuen Domizil. Es war wirklich eine sehr angenehme Wohnung, ruhig, kühl, mit schönen Zimmern, in einer achtbaren deutschen Nachbarschaft. Aber sie war natürlich zu groß.

Gurlie löste das sofort, wenn auch nur teilweise, indem sie ihre Mutter, die in Brooklyn gewohnt hatte, bei sich leben ließ.

Die alte Dame warf einen Blick auf das Baby, das sie in seiner kurzen Existenz nicht öfter als ein- oder zweimal gesehen hatte, und sagte sofort, sie bete, daß Gott es zu sich nehmen würde. Sie schüttelte den Kopf und sagte immer wieder dasselbe.

Und das war eins der Dinge, die dazu beitrugen, sein Leben zu retten – denn es machte Gurlie wahnsinnig. Jeden Tag führte sie das Kind jetzt in seinem kleinen Kinderwagen aus. Auch sie betete, daß das Baby gerettet würde, und sie arbeitete schwer, um ihm die Luft und Sonne zu geben, die es ihrem Instinkt nach haben mußte. Und wie sie spazierenging – sie und das Baby. Der Park und der Fluß waren ihre Zufluchtsorte. Immer wieder setzte sie mit der Fähre nach Astoria über und zurück, und dann blieb eines Tages eine deutsche Frau mit einem großen, stämmigen Kind auf dem Arm stehen, um sich den schwächlichen Säugling anzuschauen.

Was geben Sie ihm? Gurlie sagte es ihr. Gut! sagte die Frau. Aber geben Sie ihm alles, was es will – immer wenn es schreit. Von da an ging alles besser.

Doch Gurlie wurde des Spazierengehens leid und kündigte eines Abends ein Dienstmädchen an.

KAPITEL 6

Sommertage

Wieviel weiß so ein kleines Ding eigentlich wirklich? sagte Joe eines Abends halb zu sich selbst. Es sieht nicht so aus, als würde es je etwas wissen, sagte seine Frau, die dabeisaß. Es ist ein pfiffiges Kind, fuhr Joe fort. Es weint bloß, warf die Großmutter ein, das arme Ding.

Vinie führte es jeden Tag aus und ging immer stundenweise mit ihm in den Park – langsam und schlaksig ging sie und schaute über die Schulter zurück, wann immer sie das Geschrei spielender Kinder hörte, oder saß faul da und beobachtete die eleganten Kinderwagen auf dem Weg vorbeifahren. Aber sie mochte das Baby und hielt die Aufgabe, es zu hüten, für angenehm und unterhaltsam.

Ich habe noch *nie* ein Baby gesehen, das so schlecht aussieht, sagte sie zu sich, wenn sie es in den Wagen legte oder herausholte, während es in ihren geschickten Händen herumwackelte und -rutschte, das ärmste Baby, mit dem ich *je* zu tun hatte – als hätte sie je zuvor mit einem weißen Baby zu tun gehabt, was ganz gewiß nicht der Fall war. Aber sie war trotz ihres völligen Mangels an Jahren eine Mutter von Natur aus. Sie schaute jeden düster an, der zufällig in den Kinderwagen guckte, irgendeine alte Dame beispielsweise, die vielleicht etwas über das Aussehen des Babys ausrief.

Es war von Anfang an gerade die Magerkeit des Babys, die sie zu faszinieren schien. Nicht, daß es ihr nicht leid getan hätte. Sie war bezaubert, weil es so merkwürdig, so anders war als alles, was ihr in ihrer kurzen Lebenserfahrung vertraut war. Es reizte sie, es nackt zu sehen, sie grinste übers ganze Gesicht und schüttelte den Kopf: Na, wenn du nicht die Schlimmste bist! Aber Gurlie hielt scharf Wache über das kleine Niggermädchen – eine Zeitlang konnte Vinie so nur danebenstehen und zusehen, während das Baby herausgeputzt wurde, die Hände auf den Hüften, den Kopf schräg gelegt, das Gesicht konzentriert, um jede Bewegung ihrer weißen Herrin zu beobachten. Kann ich ... darf ich sie heute morgen anziehen, Mrs. Stecher?

Nein, sagte Gurlie.

Aber eines Tages in der dritten Woche, an einem heißen Tag, mußte Gurlie ihre Mutter nach Brooklyn hinüberbringen, so daß Gurlie nach einem Wortwechsel auf norwegisch zwischen den beiden Frauen zu Vinie kam und sagte, sie würde das Baby alleine mit ihr lassen – es schlafe und würde vielleicht schlafen, bis sie zurückkomme. Aber wenn es aufwache – und so weiter und so weiter. Darauf nickte Vinie feierlich: Ja, M'am. Ja, M'am.

Es war schrecklich heiß in der Wohnung. Vinie beobachtete vom vorderen Fenster aus, wie die Damen aus der Tür unten traten, hinaufschauten und dann, als sie sie sahen, langsam die Straße hinuntergingen und schließlich verschwanden. Eine halbe Stunde blieb sie träge in der glühenden Sonne, kniete auf dem Fußboden und sah auf und ab, lehnte sich ein Stück hinaus und versuchte, in die Wohnung nebenan zu sehen – was ihr nicht ganz gelang. So zog sie den Kopf ein, und nachdem sie vom Hahn in der Küche Wasser getrunken, Gesicht und Kopf naß gemacht und sich Wasser über die Arme hatte laufen lassen, schüttelte sie die Hände mehr oder weniger trocken und ging nachsehen, ob das Baby noch schlief. Und dort setzte sie sich hin und betrachtete es, bis es die Augen zu ihr aufschlug. Daraufhin riß sie die ihren auf und schaute sich instinktiv um, um zu sehen, ob sie beobachtet wurde. Dann nahm sie das Baby hoch, brachte es zum großen Bett und begann, sich laut einredend, daß es ein schrecklich heißer Tag sei, dem Kind die Kleider auszuziehen. Was machst du da? sagte sie zu sich. Was machst du da und ziehst dem Baby die Kleider aus? Hab ich dir nicht gesagt, daß du das nie tun darfst? Habe ich es dir nicht gesagt? Trotzdem zog sie das Baby weiter sorgfältig aus. Es grinste sie mit seinem spitzbübischen Grinsen an, als sie es hochhob und umdrehte – das ermutigte sie, geschwind weiterzuarbeiten. Das Herz pochte ihr vor Aufregung.

Sorgfältig breitete sie eine weiche Baumwolldecke über das große Bett und legte das vollkommen nackte Baby darauf – vorsichtig, geschickt. Da, sagte sie schließlich, so macht man's. Da bist du. Da bist du ganz sicher. Du hast nichts an. Du hast überhaupt nichts an. Nichts. Das gefällt dir. Das ist dein Sommerkleid, das ist dein Sommerkleid. Vinie hat's dir gegeben. Wie gefällt's dir?

In der Tat gefiel es dem Baby ungeheuer in diesem heißen Raum, wenn Betragen überhaupt etwas bedeutet, denn es lag vollkommen entspannt auf dem Rücken, drehte langsam den Kopf herum, als nähme es das Zimmer in Augenschein, obwohl seine Augen sich auf nichts Bestimmtes konzentrierten – oder wenn, dann nur für einen Augenblick, und dann wanderten sie weiter.

Was siehst du denn? fragte Vinie, die es gespannt beobachtete. Kannst du Vinie sehen? He! Hier, sie bewegte ihr Gesicht, um in das Blickfeld des Babys zu kommen, aber ohne Ergebnis. Das ist ein komisches Baby; sie änderte ihr Verhalten und sprach das kleine Würmchen direkt an. Du bist noch nicht mal 'ne Katze. Wie groß *bist* du?

Damit setzte sie ihren Ellbogen neben die Füße des Babys aufs Bett und legte dann den Unterarm neben es. Ihre Fingerspitzen reichten gerade bis an den runden Schädel des Babys. Ein halber Arm, sagte sie, so groß bist du, ein halber Arm.

Das Baby spielte sich meisterhaft auf die sanfte Stimme und das ungezwungene Benehmen des Mädchens ein. Mit halb geschlossenen Augen bewegte es erst einen Finger, dann einen Arm, als redete es in einer geheimnisvollen Zeichensprache. Vinie konnte ihre Neugier nicht beherrschen. Sie kletterte direkt aufs Bett neben das Baby und begann, es eingehend zu mustern. Ohne bestimmten Grund begann ihre Musterung beim Bauchnabel. Kannst du mir eigentlich sagen, wozu in der Welt das gut ist? überlegte sie bei sich. Nahm den Finger und drückte sanft auf die kleine Hautrosette, wo die Nabelschnur gewachsen war, legte dann die Hand auf den eigenen Bauch und fühlte dort auch. Sie sah tiefer in das kleine Nabelloch, spreizte die Haut und sah eine kleine Anhäufung von Baumwollstaub, die sie mit großer Sorgfalt auf ihren scharfen Fingernägeln herauspflückte. Das Baby rührte sich nicht, sondern schien das Spiel zu genießen.

Doch urplötzlich entleerte der Säugling sich ungeniert, eine kleine bernsteinfarbene Pfütze rollte über die Decke, als sei es Quecksilber – ohne einzusinken. Vinie sprang auf und war blitzschnell mit einer Windel da. Es war nichts auf den Bettüberwurf gekommen – zum Glück. Menschenskind! sie atmete auf, hab ich ein Glück!

Die Weiße des Kinderkörpers veranlaßte sie, immer wieder zu schauen. Sanft kniff sie das Fleisch des Bauches zwischen den Fingern zusammen, immer wieder den Kopf schüttelnd. So schlaff war die Haut, daß sie so einige Augenblicke lang hochgedrückt blieb, nachdem sie die Hand weggezogen hatte. Du bist wirklich arm dran, war ihr einziger Kommentar.

Die kleinen Rippen des Säuglings schienen bei seinem unregelmäßigen Atem unter der Haut hin und her zu rutschen. Jetzt tat er ein halbes Dutzend rascher, flatternder Atemzüge, dann hörte er auf, anscheinend ohne Lebenszeichen, dann das Flattern. Seine Hände waren offen, aber in dem Augenblick, in dem Vinie sie sich anschauen wollte, schlossen sie sich nachdrücklich, so daß sie kaum wagte, die Finger zu spreizen. Aber schließlich tat sie es, und dort in den kleinen schweißigen Handflächen waren die gleichen Staubflocken, die sie anderswo gefunden hatte. Die Füße krümmten sich und entzogen sich plötzlich ihren Händen, jäh, mit einem Schnappen. Aber irgendwie weinte das Baby nicht. Vinie war langsam und sanft.

Du hast überhaupt keine Beine, sagte das Mädchen mitleidig. Nicht mehr als wie ein Frosch. Aber die kleinen Füße zuckten und verdrehten sich jedesmal, wenn sie die Hand darauf legte. Mit deinen Armen ist es noch schlimmer. Aber als das Baby mit jedem seiner winzigen Fäuste die starken Zeigefinger des farbigen Mädchens zu packen bekam, konnte Vinie es beinahe vom Bett heben.

Die winzigen Pünktchen auf den Brüsten fielen ihr als nächstes ins Auge, sie rieb sie zärtlich mit den Fingerspitzen, während das Baby sich wand und streckte. Kitzelt, was? sagte sie. Das stimmt. Überall unter der opaken weißen Haut konnte sie die blauen Adern erkennen. Blaues Blut, wie deine Mammi sagt.

Ziemlich unsicher schaute sie sich nun die miniaturhaften unteren Teile an, mußte aber lachen und kichern, ehe sie sehr weit gekommen war. Und mit einem mißbilligenden: Du bist mir schon ein Mädchen. Du bist kein Junge. Ein weißes Mädchen, das macht keinen Unterschied – anscheinend nicht – wandte sie sich, offensichtlich erleichtert, Ohren, Nase und Gesicht des Babys zu.

Zufällig geriet ihr Finger auf die Fontanelle, wo der fehlende Knochen sie die Hand plötzlich zurückziehen ließ. Das war etwas zuviel für sie.

Die Zeit verging. Eilig begann sie das Baby anzuziehen, und als sie es schließlich wieder so hergerichtet hatte, wie es vorher gewesen war, legte sie es in seinen Korb zurück und gab ihm dann die Flasche, wie sie es gelernt hatte. Sie ließ es allein und legte sich auf ihr Bett, wo Gurlie sie schlafend fand – das Baby weinte –, als sie um sechs zurückkam, voller Aufregung und Eifer, mit dem Kochen für den Abend zu beginnen.

Die Oma ging zum Baby hinein, hob es sofort hoch, fand es vollkommen naß und sprach scharf auf norwegisch mit der Mutter, während Vinie mit aufgerissenen Augen danebenstand und das Gefühl hatte, das Verhängnis breche über sie herein. Aber es geschah nichts.

Ach, Unsinn, antwortete Gurlie der alten Dame in englisch, laß es in Ruhe. Bring das Baby raus, ich muß Abendessen machen. Sie war mit Vinie zufrieden, die nur zwei Dollar die Woche kostete, und konnte sich nicht aufraffen, ein anderes Mädchen zu beschaffen. Die Großmutter nahm das Baby und ging, immer noch redend, fort.

Klar, wenn du das Baby jedesmal hochnimmst, wenn es die Klappe aufmacht, sagte Joe später an dem Abend, gefällt es ihm schließlich. Würde das dir nicht gefallen? Dagegen wandte die Großmutter ein, daß es einen Bruch bekomme, wenn man es zu lange weinen ließe. Wie viele Babys kennst du, die einen Bruch vom Weinen bekommen haben? fragte Joe. Keins, denn in meinem Land nehmen wir sie hoch, wenn der gesunde Menschenverstand uns das sagt. Wovon redest du denn? war seine Erwiderung. Jedenfalls wurde das Baby, das gerade da wieder zu weinen begann, hochgenommen, und er ging aus dem Zimmer.

Wie lange wohnt die alte Dame noch bei uns? fragte er seine Frau später am Abend. Aber sie nahm es nicht übel, wie er vielleicht befürchtet hatte – denn er sprach halb im Scherz. Sie selbst war mit der neuen Haushaltsordnung nicht so ganz zufrieden, seit sie in den letzten paar Wochen zunehmend Einfluß auf sie genommen hatte. Sie faßte die Situation zusammen und sagte ihrem Mann, ihr sei nichts lieber, als wenn ihre Mutter ausziehe – sowie sie eine Wohnung für sie fänden – je eher, desto besser.

Mach das Licht aus – fest, antwortete er. Seit wir in diese Wohnung eingezogen sind, rieche ich Gas. Ist das verdammte kleine Niggermädchen schon nach Hause gekommen?

Ach schlaf, sagte seine Frau. Gute Nacht, setzte sie, über ihn gebeugt, hinzu: Geh weg, erwiderte er ihr, es ist zu heiß für so was heute nacht. Aber er küßte sie trotzdem.

Morgens badete Gurlie das Baby mit eigenen Händen – folgendermaßen: eine Decke auf den Tisch, auf die die Mutter das Kind legte, brüsk. Es fühlte die harte Oberfläche, legte den Kopf zurück, versteifte sich, verlor durch das Gewicht des eigenen Hinterkopfes das Gleichgewicht, rollte halb zur Seite, hatte das Gefühl zu fallen, warf in plötzlicher Angst starr alle Glieder von sich, hielt instinktiv den Atem an und stieß dann einen markerschütternden Schrei aus. Mit Mühe rollte es sich dann wild auf die andere Seite, brachte sich in Seitenlage und trat wieder geradeaus, brüllte, zitterte und lief vor Anstrengung rot an.

Ist schon gut, sagte Gurlie in ihrer üblichen gefaßten Art, während sie das Wasser einlaufen ließ.

Gut? sagte ihre Mutter und eilte herbei, um es aufzunehmen. Es ist entsetzt. So behandelt man kein Baby.

Och, sagte Gurlie, ich habe es im Auge.

Ja, du hast es im Auge. Es könnte sich auf die Erde katapultieren. Ich bete, daß Gott es zu sich nimmt – so ziehst du es nie auf. Du läßt es da liegen. Du läßt es von diesem dummen Kind hüten. Du bist ihm keine Mutter. Du solltest es in den Armen halten.

Tu ich, sagte Gurlie.

Wann? erwiderte ihre Mutter. Ein Baby muß gehalten werden. Guck dir seinen Hinterkopf an, das ganze Haar ist abgelegen. So sehr bemutterst du es.

Auch Vinie war das aufgefallen.

Guck dir das an, es zappelt in alle Richtungen. Es weiß nicht, was es tun soll. Babys sollten gewickelt werden, damit sie die Beine geradehalten, damit sie ein Gefühl von Festigkeit bekommen. Aber ich bin altmodisch, ich weiß nichts. Nichts, außer wenn ihm eine Windel zu groß ist – ein großer Packen Stoff, der seine armen kleinen Beine auseinanderdrückt wie bei einem Frosch. Du weißt noch nicht einmal, wie man eine Windel anlegt. Aber du willst nicht auf mich hören. Seine Beine müssen es bequem haben und festgehalten werden. Und man sollte es nicht weinen lassen.

Na, dann nimm es doch auf, wenn es weint. Es weiß, wie es kriegt, was es will. Seit du hier bist, nimmst du es hoch, wenn es weint. Jetzt hast du es ihm beigebracht.

Klar, sagte Joe dann, ich hab's dir doch gesagt. Es ist ein pfiffiges Kind.

Und Vinie, die manchmal Zeugin all dessen war, auch Vinie sagte: Lady, du weißt ganz bestimmt, was du willst – betroffen, belustigt, wenn das Baby von Weinkrämpfen geschüttelt war, öffnete sie ihren sensiblen Mund, um das Baby nachzuahmen, das die ganze Zeit verrückt spielte.

Aber da das Wetter schön war, rief Gurlie an den meisten Morgen, wenn das Baby sein greinendes Schreien anfing, Vinie zu, sie solle alles stehen- und liegenlassen und es hinausbringen – in den Park. Und das mußte sie nie zweimal sagen.

Das haben wir abgemacht, sagte Vinie zu dem Baby, wenn sie es die Treppe hinunterschaffte. Wenn du deine Ausfahrt willst, dann brüllst du. Ich bin da, um dich rauszubringen. Und das *weißt* du doch wohl?

Einmal im Park, ging der morgendliche Bummel von neuem los. Das Baby war schläfrig oder hatte die Augen weit offen, starrte anscheinend auf den baumelnden Fransenrand um das Verdeck, das die Mutter Vinie herunterzuziehen befahl, damit die Sonne dem Baby nicht in die Augen schien.

Wie kannst du so denn was sehen? sagte Vinie gewöhnlich dann später zu dem Baby. Und sie schob das Verdeck zurück, obwohl sie, wenn das Baby zu sehr schielte und blinzelte, darauf achtete, umzudrehen und von der Sonne wegzugehen, bis sie sich auf eine Bank im Schatten setzen und die Eichhörnchen beobachten konnte oder andere wie sie selbst, die mit Kindern da waren.

Wenn das Baby jaulte, sah sie es an, legte es trocken oder schaukelte es ein Weilchen, und wenn es dann weiterbrüllte, blieb sie sitzen und sah es gespannt an, beobachtete, wie sein kleiner Mund sich zu einem Viereck verzog, das die Gaumen und die zurückgerollte Zunge sehen ließ, wie es steif wurde und sich nicht rührte, während dieses überraschende Geräusch aus der hohlen Kehle hervordrang. Vinie versuchte, tief hineinzuschauen, um zu erkennen, wo der ganze Lärm herkam. Die ganze Pose, Lippen und Zunge, hätte eine Blume sein können, so ungerührt betrachtete das kleine farbige Mädchen es manchmal. Die Augen des Babys zogen sich zu. Wenn sein Mützchen schief über einem Auge oder sogar der Nase saß, schob sie es zurück und sagte: Du kannst wohl weinen. Du kannst wohl weinen, wenn du's dir in den Kopf gesetzt hast. Dann wurde sie von irgendeinem anderen Ereignis gefesselt und schien das Baby zu vergessen. Bis es aufhörte. Dann richtete sie es her, stand womöglich auf und ging ein bißchen weiter.

Diese Sommertage taten dem Säugling unendlich gut. Aber was würden später der Herbst und Winter bringen? Das war schwer zu sagen.

Aber wie das Ding anscheinend wußte, wann es weinen mußte, damit die Großmutter es rettete, so lernte es auch am Ende, nicht zu weinen, wenn es mit Vinie im Park war. Als der Juli voranschritt, ruhte es meistens ruhig im Kinderwagen, wenn es draußen war, oder hörte wie durch ein Wunder auf zu weinen, sobald Vinie zu ihm sprach.

Es lag in der Sonne, bewegte die Hände, fummelte versuchsweise hier und da an der Baumwollsteppdecke herum, grapschte dann ungestüm – die Luft – oder was immer ihm zwischen die Finger kam – verkrallte sie in dem losen Gewebe und hielt fest wie der grimmige Tod.

Laß los, sagte Vinie. Laß das los. Nimm die Finger weg.

Dann schwenkte das Baby die andere Hand hoch und grapschte auch damit blindlings. Sein Gesicht war dann bei solchen Gelegenheiten ganz aufgeregt, sein ganzer Körper richtete sich auf, und es versuchte, sich den Gegenstand, ganz gleich, was es war, in den Mund zu stopfen.

Dir zeig ich's eines Tages, warte bloß ab, sagte Vinie, wenn du so an der Decke nuckelst. Guck dir deinen Mund an, alles rotes Gesabber. Laß los! Ich tu dir Pfeffer auf die Finger. Du wirst schon sehen!

KAPITEL 7

Konflikt

Oscar!

*Gott**, Gurlie! Du siehst immer besser aus. Joe muß viel Geld verdienen.

Komm rein. Wo in der Welt kommst du her? Was bringt dich her?

Danke. Chicago. Nichts. Gib uns einen Kuß.

Er wollte sie auf die Lippen küssen, aber sie gab ihm die Wange. Rein mit dir.

Wie geht's dir überhaupt? sagte er dann.

Gut. Aber was bringt dich hierher, insistierte Gurlie.

Meine Füße, altes Mädchen. Und der Zug, quer durchs Land. Wo sind die anderen? Wo ist Lottie? Und das Baby! He, Lottie!

Am anderen Ende des Flurs hörte man das Scharren von einem Stuhl und kleinen Füßen. Sch! sagte Gurlie. Lottie ist in der Küche, und das Baby schläft. Komm hier rein! Und sie zog die Vorhänge von der großen Tür zum vorderen Zimmer weg.

Ach, schläft! sagte der Mann im Flüsterton. Aber als er ins Wohnzimmer kam, sprach er wieder laut. Junge, Junge! Ich muß sagen! Joe *verdient* Geld.

Red keinen Unsinn, sagte Gurlie. Die Mieten sind hier unten sehr billig.

Ha, ha! Hör auf mit den Witzen, antwortete er ihr.

Setz dich hier hin, sagte Gurlie, und mach nicht so einen Lärm mit deiner lauten Stimme.

Ach, mach ich das? sagte Oscar. Aber er setzte sich ungezwungen und trotzdem vorsichtig hin. Meinst du, das hält mich aus?

Aber so eine Frage zu beantworten gab Gurlie sich erst gar nicht die Mühe. Er holte seine Pfeife hervor und begann sie zu stopfen, hörte aber gleich auf und steckte sie in die Tasche zurück.

Bist du gefeuert worden? sagte Gurlie, die mit verschränkten Armen vor ihm stand.

Nein, sagte der Mann, ich habe gekündigt.

Das hast du nicht, erwiderte seine Schwägerin, auf ihn herabschauend. Haben sie den Betrieb geschlossen?

Komm zu dir, Schwesterchen. Ich hatte es leid, ihr Rindfleisch zu stemmen. Wollte ein bißchen Luft. Leben. Die große Stadt. Du weißt schon. Habt ihr hier Platz, mich unterzubringen?

Für wie lange?

Ein Jahr vielleicht? Und amüsiert lachte er dröhnend über den Ausdruck, den ihr Gesicht annahm. Mach schon, finde Lottie für mich. Und weck das Baby auf. Sag ihr, ihr alter deutscher Onkel aus dem Wilden Westen ist mit Pferd und Wagen für sie hier. Worüber machst du dir Sorgen?

Aber Gurlie rührte sich nicht.

Ich habe meine Karte, oder nicht? Ich kann jederzeit ein Dutzend Stellen bekommen, wenn ich will. Das macht die Gewerkschaft ja für einen.

Hast du noch nicht einmal einen Ranzen mitgebracht? fragte Gurlie.

Natürlich. Ich hab ihn unten in meinem Zimmer gelassen.

Aha, sagte Gurlie und strahlte. Was ist das? Sie deutete auf ein großes, in Papier eingeschlagenes Paket, das er in einen Sessel geworfen hatte. Geschenke?

Als sie sich auf ein kleines Geräusch hin umdrehten, sahen sie ein ernstes, von schwarzen Locken umrahmtes Gesicht, das sie von hinter dem Vorhang her anschaute.

Du willst doch nicht sagen, daß das Lottie ist? sagte der Mann und stand langsam auf. *Gott im Himmel**! Mensch, sie war doch erst ein Baby. Und er ging hin und hob den kleinen Knirps hoch, als wäre sie ein Kätzchen. Sie grinste einfältig auf ihn hinab, ohne zu zucken oder zu treten. Dann lächelte sie von einem Ohr zum anderen. Lottie! sagte der Mann. Kennst du mich nicht?

Wie kann sie? sagte die Mutter. Nach beinahe zwei Jahren.

Überlaß sie mir, sagte Oscar.

So ging Gurlie mit den Worten, daß sie ihm Kaffee machen wollte.

Ich trinke das! sagte das kleine Mädchen und zeigte eine kleine Flasche vor, die es bis dahin, von den anderen unbemerkt, fest mit der Hand umschlossen gehalten hatte. Was? sagte Oscar. Laß sehen. Aber das ist ja Medizin. He, du, Gurlie! Was ist das? ... Aber der Korken saß noch fest an seinem Platz, und es war kein Schaden geschehen. Gurlie ging zurück in die Küche. Dann streckte das Kind einen Fuß aus, den Schuh aufgeknöpft – und sah darauf hinab.

Oscar hob sie auf, setzte sie auf seinen linken Schenkel, ihre beiden Füße gerade von sich streckend, und knöpfte ihr die Schuhe zu: Das hätten wir.

Das Kind schaute zu ihm auf und lächelte. Wo schläfst du? sagte es.

Wo ich schlafe? Na, mein Gott, Lottie, das ist eine gute Frage. Natürlich auf dem Kopf. Wo schläfst du, altes Mädchen? Erzähl mir das. Aber das Kind guckte ihn von seinem Platz auf seinem Schenkel aus einfach weiter fasziniert an. Kann ich hier bleiben? Und so unterhielten sie sich, während Gurlie in der Küche Kaffee kochte.

Und jetzt zeige ich dir was Schönes, sagte der Mann. Aber zuerst stellte er sich mit dem kleinen Mädchen zwischen den Händen hin und begann sie hochzuheben, als wolle er sie in die Luft schleudern: *eins, zwei.** Und ein halb! Und er warf sie schließlich doch nicht. Dann noch einmal. *Eins, zwei.** Und diesmal warf er sie bei *drei** in die Höhe, daß sie flog, die Arme weit ausgebreitet, die Beine ausgestreckt. Sie guckte immer noch ohne Angst auf ihn hinunter, ihm in die Augen – und er fing sie unter den Achselhöhlen auf, mühelos ihren Fall abfangend. Und noch einmal. Und noch einmal. Bis sie berauscht zu lachen begann und er jedesmal sagte: Schwupps! Schwupps! und: Da fliegt sie!

Also, was ist das denn? fiel plötzlich von der Tür eine

Stimme ein, und da stand eine große, dünne Frau in Straßenkleidung und Hut und sah vom Vorhang aus zu. Oscar stellte das Kind hin. Beide standen da und schauten die Frau an. Dann hörten sie Gurlie.

Meine Güte! Wie bist du reingekommen?

Also, wenn ihr die Wohnungstür offenlaßt ...

Dummerchen, die lassen wir immer offen, sagte Gurlie. Weißt du nicht, wer das ist? Das ist Oscar, Joes Bruder. Du hast uns oft von ihm reden hören. Das ist meine Schwester Hilda.

Oh, im Ernst? Freut mich, Sie kennenzulernen, sagte Hilda und ging auf ihn zu.

Ganz meinerseits, sagte Oscar und gab ihr die Hand.

Aua! sagte Hilda. Ha, ha, ha, sagte Oscar, habe ich zu fest gedrückt? Oh! sagte Hilda noch einmal, was für Hände!

Gurlie holte einen kleinen Tisch hervor, sie tranken Kaffee und aßen Kuchen. Lottie saß auf den Knien des Mannes und aß, wozu sie Lust hatte, auch wenn die Frauen protestierten. Sie trank sogar ein bißchen Kaffee.

Ich sag euch, was wir tun, sagte Oscar schließlich. Es geht mir gut. Laßt uns heute abend feiern.

Was feiern? sagte Gurlie.

Laßt uns Joe überraschen. Kochst du, wenn ich das Zeug dazu bringe. Was für ein Zeug? sagte Gurlie. Alles. Wieviel Uhr ist es jetzt? Vier Uhr. In einer halben Stunde. *Auf Wiedersehen!** Und er war schon unterwegs, küßte Lottie zum Abschied und zog, als er unter dem Vorhang durchging, wieder den Kopf ein. Sie lief zum Fenster, um zu sehen, wie er die Haustreppe hinunterlief.

Und das ist Joes Bruder! sagte Hilda und schöpfte Atem, nachdem der Wirbelwind weg war.

Ja, sagte Gurlie. Jetzt habe ich zu arbeiten.

Ist das der, der ...?

Ja. Hier, hilf mir, die Sachen rauszubringen.

Was hat er getan? Die dünne Tante blieb hartnäckig. Ist er mit der Frau des Generals davongelaufen? Gurlie lachte herzlich. Der Frau seines Rittmeisters, sagte sie, nicht des Generals. Oh, sagte Hilda, und deshalb mußte er nach Amerika kommen. Das ist sehr romantisch.

Ein fauler Tunichtgut, erwiderte Gurlie, einfach mitten am Nachmittag so zu kommen und jeden zu stören.

Joe sollte etwas von seiner Unbekümmertheit haben, begann Hilda. Doch Gurlie fiel ihr ins Wort. Paß auf! sagte sie, sag bloß nichts gegen meinen Mann.

Wieso denn, ich habe nie etwas gegen Joe gesagt, erwiderte die dünne Tante.

Doch, hast du wohl, gab Gurlie zurück. Der da kann mit einer verheirateten Frau weglaufen. Du meinst, das ist gut. Du meinst, das ist wunderbar. Törichte Leute wie du. Aber sein Bruder mußte arbeiten, seit er ein kleiner Junge war, um die ganze Bande aufzuziehen. Nein, nein, gegen Joe kannst du nichts sagen. Paß auf das auf, was du in der Hand hast. Sie blieb stehen, lauschte, beide lauschten. Und tatsächlich konnte man in Abständen von hinten das dünne Weinen des Babys hören.

Hier, sagte Gurlie, als sie in die Küche kam, du kannst doch gute Kuchen backen. Da ist alles, was du brauchst – irgendwo da drin. Back einen Kuchen. Ich weiß doch nicht, was du für einen haben willst, erwiderte Hilda. Einen Kuchen, sagte Gurlie. Irgendeinen. Da ist Mehl, Butter. Was brauchst du? Hier sind drei Orangen. Mach einen Orangenkuchen. Na gut, sagte die dünne Tante, aber es ist erst vier Uhr.

Binde das um, sagte Gurlie, ihr eine Schürze reichend. Krempel deine Ärmel hoch. Und ehe sie sich's versah, war Hilda eifrig dabei, einen Kuchenteig zu rühren, während Gurlie mit breiten, geschickten Händen im Herd stocherte, bis sie ein prasselndes Feuer hatte. Ihre Hände waren rußig, und ihr blondes Haar flog in Strähnen um Stirn und Schläfen.

Vinie! rief sie, und das schlaksige farbige Mädchen kam mit dem Baby auf dem Arm herein, und Lottie trottete hinterdrein. Komm her, setz das Baby ab. Ja, M'am. Räum die

Sachen von den Bottichen. Ja, M'am. Und das Baby bekam, nachdem es in einem hohen fahrbaren Stuhl mit einem Kissen abgestützt worden war, einen Holzlöffel zum Spielen. Lottie wollte ihn haben und wand ihn absichtlich aus dem Griff des Babys, obwohl das Würmchen, das daran lutschen wollte, mit Leibeskräften an ihm festhielt – doch er wurde ihm weggenommen.

Wah! brüllte es.

Dann klingelte es an der Tür. Vinie ging. Und mit großem Gepolter kam Oscar herein, einen Kasten Bier auf der linken Schulter und einen riesigen Korb, beladen mit kleinen Paketen, unverpacktem Gemüse und einer Flasche, in der Beuge des rechten Arms. Da wären wir, rief er. Ich habe mit dem Ellbogen geklingelt. Konnte die Tür nicht aufstoßen.

Oh! riefen die Damen voller Staunen. Oscar! Was hast du gemacht? Aber mit dem Kasten Bier auf der Schulter solltest du nicht …

Wer? lachte der Mann.

Aber du hast zuviel gekauft. Was ist das?

Alles. Dann sah er das Baby und brach ab. Das Baby! sagte er. Und er ließ alles zu Boden fallen und ging sofort zu dem Stuhl, wo die kleine Flossie immer noch verzweifelt über den Verlust ihres Löffels schluchzte. Dann wandte er sich ernsthaft an Gurlie: Stimmt alles mit ihr? Natürlich stimmt alles mit ihr. Wer kümmert sich um sie? Er drehte sich zu Vinie um, die mit verschrecktem Gesichtsausdruck zurückwich. Sie ist zu dünn. Warum gibst du ihr nichts zu essen?

Laß das Kind in Ruhe, und kümmere dich um deine Angelegenheiten, sagte Gurlie. Wir haben zu tun, wenn wir das ganze Zeug kochen sollen, das du gebracht hast. Ich glaube, du bist verrückt – für vier Leute.

Und Lottie drängte sich – oder versuchte es – zwischen ihn und das Baby, schaute mit großen vorwurfsvollen Augen zu ihm auf. Laß sehen, was sie uns gegeben haben, sagte er.

Gurlie fing wider Willen an zu lachen. Und wer richtet das Hühnchen? Ich wahrscheinlich.

Sieh mal jemandem zu, der wirklich ein Huhn richten *kann*, erwiderte er. Und zu Vinies größter Belustigung warf er sein Jackett ab, krempelte die Ärmel auf, wickelte sich ein Küchenhandtuch um die Taille – eine Weste trug er nicht –, und das Spiel ging los.

Aber erst, nachdem er drei Flaschen Bier geöffnet und drei Gläser gefüllt hatte. Was ist mit dem Mädel? sagte er zu Vinie. Aber Gurlie schüttelte hinter seinem Rücken den Kopf zu Vinie. Nein! Nein, nicht für sie, sagte Gurlie, es schmeckt ihr nicht. Also schlug Vinie die Augen nieder, zog die Lippen nach innen und versuchte, nicht zu lachen.

Auf den Erfolg! sagte Oscar, komm, Lottie, probier einen Schluck. Erfolg! und die Damen sagten das gleiche. Und ein bißchen Fleisch auf eure Knochen, Kinder! Er beugte sich zu dem Baby nieder. *Prost!** Und er leerte sein Glas in einem Zug auf die Gesundheit des Babys und schenkte sich ein neues ein.

Die Zeit flog, und ihre Finger flogen auch. Bald war die Küche von köstlichen Gerüchen erfüllt. Puh! sagte Gurlie, macht die Oberlichter auf.

Und wie alt waren Sie, als Sie in der deutschen Armee waren, fragte die dünne Tante.

Achtzehn, sagte der Mann, bei den Kaiserlichen Dragonern, kein Mann unter uns, der nicht in Strümpfen mindestens ein Meter achtzig maß ...

Darüber will ich alles wissen. Es ist sehr romantisch, sagte Hilda. War sie sehr schön?

Oscar zwinkerte Gurlie deutlich zu. *Wunderschön!** Es war Liebe auf den ersten Blick.

Und dann? fragte Hilda eifrig.

Und dann, als es zu spät war, fand ich heraus, daß sie die Frau meines Rittmeisters war.

Unsinn, sagte Gurlie. Das mußt du die ganze Zeit gewußt haben.

Nein, nein, sagte Hilda, so etwas kommt vor. Aber du

verstehst das nicht, du bist nicht romantisch, schloß sie, an die Adresse ihrer Schwester gewandt.

Meiner Treu, ich wußte es nicht, sagte Oscar melodramatisch. Ich dachte, sie wäre frei. Was konnte ich tun, als ich herausfand, daß dem nicht so war?

Aber was haben Sie gemacht, als Sie ertappt wurden?

Also, das war so, fuhr Oscar fort. Es war eine dunkle, mondbeschienene Nacht. Ich war aus dem Hinterfenster der *Kaserne** geklettert, fast sieben Meter zu Boden gefallen …

Ich glaube kein Wort davon, sagte Gurlie.

Ja doch, sagte die dünne Tante. So läuft das. Ich glaube an die Liebe …

Hoppla, sagte Gurlie. Darauf wette ich. Warte, bis du es versuchst. Ich wette, sie sah, daß er ein hübscher Junge war, und nahm ihn bei den Ohren …

Aber wurden Sie … wurden Sie … Hat man Sie erwischt? fuhr Hilda fort, ohne auf ihre Schwester zu achten.

Nein, nicht wirklich, sagte Oscar, wider Willen ein bißchen ernüchtert. Nicht wirklich. Sonst wäre ich nicht hier. Nun ja, auf die Lebenden. Und er leerte ein neues Glas Bier. Jedenfalls war sie eine prima Frau.

Das Baby weinte wieder. Lottie hatte nach und nach, während die anderen sich unterhielten, den Stuhl ihrer Schwester weit zur Wand hinüber geschoben, mit dem Gesicht in die andere Richtung.

Guckt, sagte Gurlie lachend. Guckt, was sie getan hat. Vinie, komm her.

Aber Vinie, die im anderen Zimmer den Tisch gedeckt hatte, blickte finster auf das ältere Kind, als sie das immer noch weinende Baby umdrehte, damit es wieder ins Zimmer sah.

Bring sie raus, sagte Gurlie, sie weint zuviel.

Nein, sagte Oscar, laß sie hier. Sie weinen gern. Das ist ihr Beruf. Das erste, was sie lernen, ist weinen. Und damit hörte das Baby auf einmal auf, und ein breites sonniges Grinsen breitete sich über ihr Gesicht, das noch von Tränen naß war – das zahnlose Grinsen eines fünf Monate alten Babys – während sie das Gesicht scheu ins Kissen schmiegte, nachdem sie endlich die Aufmerksamkeit auf sich gezogen hatte.

Warum heiraten Sie nicht, wenn Sie Kinder so gern haben, sagte Hilda.

Das bringt Pech, sagte der Ex-Kavallerist. Ich habe einmal von einem Mann gehört, der es tat – und seine Frau wurde hundert Jahre alt.

Na, paßt bloß auf, ihr gerissenen Burschen, begann Gurlie. Doch plötzlich änderte sie ihren Sinn.

Wieviel Uhr ist es? Guck mal nach, Vinie.

Zehn nach sechs, M'am.

Dann folgte eine wilde Hetzjagd. O je, die Kleine sollte um die Zeit gefüttert sein und schlafen. Aber sie plapperte laut und fröhlich mit den anderen vor sich hin und schlug mit dem Löffel auf ihren Stuhl. Laß sie aufbleiben, sagte Oscar. Ich muß mich zurechtmachen, sagte Hilda. Stühle wurden herumgeschoben. Dann, als es auf halb sieben ging – alle Spuren von Aufgeregtheit waren ausgebügelt, nichts Ungewöhnliches für Auge oder Ohr war zu merken, nur der Geruch von gebratenem Hühnchen –, konnte man das Geräusch eines Schlüssels in der Wohnungstür hören. Es war Joe.

Hallo! rief er. Keine Antwort. He! sagte er dann. Wo seid ihr alle?

Ach, du bist's, sagte Gurlie und trat vor. Dann verlor sie ein wenig die Kontrolle, nahm ihn bei den Wangen, kniff ihn fest mit ihren starken Händen und küßte ihn stürmisch übers ganze Gesicht. 's ist mein Süßer, sagte sie, mein kleiner Deutscher.

Laß mich, protestierte er schroff. Was ist los mit dir? Du hast getrunken. Weg mit dir.

Und damit stürzten Oscar und Hilda in die Diele.

Tag, Joe!

Was ist das denn! Was ist das denn! sagte Joe.

Es ist ein Fest, sagte Gurlie, ganz vergnügt jetzt. Wofür?

sagte Joe. Ein Fest? Für uns! sagte Gurlie. Oscar hat's spendiert. Das ist gut, sagte Joe. Ich vermute, er hat viel Geld. Na, wie geht's dir? Freut mich, daß du gekommen bist. Laßt uns in das andere Zimmer gehen.

Das Essen war gewaltig. Skål! sagte Gurlie und hielt ihrem Mann ein Glas unter die Nase. Skål! Mach schon, du. Trink.

Joe aber konnte sich irgendwie nicht zu der Stimmung der anderen aufraffen, und allmählich, als die Wirkung des Biers nachließ und sie mehr und mehr gegessen hatten, wurden sie nüchterner und nüchterner. Hilda hatte den Kopf auf Oscars Schulter fallen gelassen, und er hatte galant den Arm um sie gelegt. Vinie langweilte sich ein bißchen. Das Baby war schon vorher schlafen gelegt worden, und Lottie, die auf einem Lederkissen hinter Oscars Stuhl kniete, schlief dort schließlich auch ein.

Was hast du noch mal gesagt, warum du in den Osten gekommen bist? sagte Joe schließlich zu seinem Bruder. Nimm eine von diesen Zigarren für einen Nickel, setzte er hinzu, sie sind gut. Nein, danke, erwiderte Oscar. Ich stopfe gleich die alte Pfeife. Ich hatte einfach Lust dazu, also bin ich hier.

Gut, sagte Joe, so muß man die Dinge anpacken. Einfach kündigen, was?

Oh, es muß herrlich sein, ein Mann zu sein, kommentierte Hilda schläfrig.

Ja, einfach ausgestiegen, sagte Oscar, für einen kleinen Urlaub.

Sind die Fleischpacker heutzutage gut organisiert? fragte der ältere Bruder.

Hör auf, sagte Gurlie. Was ist los mit dir. Skål! Oscar. Er ist zu ernst.

Na ja, einer muß es ja sein.

Was ist aus dir geworden, Joe? sagte sein Bruder. Du warst immer ein tüchtiger Arbeiter, aber …

Schande über dich, sagte seine Frau, das ist nicht die Zeit für so ein Gespräch. Oh, sagte sie und stand auf, ich weiß, wo etwas in der Vorratskammer steht. Und du trinkst es, drohte sie ihrem Mann.

Ja, ich habe mich gefragt, wo du es versteckst, erwiderte er.

Na gut, gab sie ihm zurück, warum läßt du dich dann nicht gehen?

Mach schon, sagte Joe, raus mit dir. Kann ein Mann sich nicht mit seinem Bruder unterhalten? Bist du Gewerkschaftsmitglied? setzte er, zu Oscar gewandt, fort.

Natürlich. Bitte, sagte Hilda, streitet euch nicht. Joe warf ihr einen Blick zu und lachte wider Willen. Hier, bitte schön, sagte Gurlie, die mit einer halben Flasche Brandy hereinkam. Sie schenkte ein kleines Glas ein und hielt es ihrem Mann an die Lippen. Trink! sagte sie, trink! Ich trinke es ja, erwiderte er, den Kopf zurückbiegend. Gib es mir. Er nahm es und roch daran. Was ist das? Laß mich die Flasche sehen. Ach, du gehst mir auf die Nerven, antwortete sie ihm. Es ist Gift! Kannst du es hier nicht lesen? Es ist Gift. Ich sag's dir doch. Deshalb habe ich es dir gegeben. Vergiß es.

Schon gut, sagte er. Ich möchte es trotzdem sehen. *Was der Bauer nicht kennt, das frißt er nicht.**

Was ist los, Joe, bedrückt dich etwas? fragte Oscar.

Nein, wieso? Bin ich nicht verheiratet?

Was meinst du damit, gab seine Frau rasch zurück.

Viel, er grinste sie an, legte die Stirn in Falten, damit er nicht in Lachen ausbrach.

Paß auf, junger Mann, fuhr sie fort. Wenn ich nicht wäre, säßest du in der Patsche. Ich stehe hinter dir. Ich. Stimmt das nicht? Weißt du es nicht im Grunde deines Herzens? Weißt du es nicht? Sag! Weißt du nicht, daß ich zusehe, daß du vorankommst?

Na, und wo kommen wir hin? Das möchte ich gerne wissen. Ins Armenhaus, soweit ich sehen kann.

Bah, bah, bah, bah! Sie stand auf und zerzauste ihm in ihrer derben, liebevollen Art das Haar. Ich wette meinen kleinen Deutschen gegen die Welt – und mit einer kraftvollen Geste hob sie ihr Glas.

*Hoch, hoch!**

Hast du schon, und ob ich es weiß, sagte Joe.

Was meinst du damit?

Was kann ich meinen?

Paß mal auf, junger Mann. Wenn du nicht meinst, du hast Glück, daß ich dich treibe, wohin du nicht selber willst ...

Du wirst schon sehen! fuhr sie fort, ohne auf seine Antwort einzugehen. Du wirst schon sehen. Du hast alles – bis auf den Mut. Und den habe ich. Warte bloß ab.

*Geduld bringt Rosen!** Das hoffe ich, war Joes Erwiderung, ehe Oscar einfiel: Du lädst dir zuviel auf, Joe.

Na, ein Glück, daß einer es tut.

Das stimmt, warf Gurlie ein. Hör auf deinen Bruder, er weiß zu leben.

Nein, das ist es nicht, antwortete Oscar schnell, aber Joe ist zu gut. *Gott!** Was für einen Unterschied macht es, ob man tot oder lebendig ist – am Ende, meine ich –, soweit es die Welt betrifft! Man muß mehr an sich selber denken. Diese Vorstellung, daß man sich die ganze Sache selber auflädt – mir ist aufgefallen, daß es gewöhnlich ihr kleinen Leute seid, die das Gewicht der Welt am Hals hängen haben. Während ihr euer Latein studiert und eure Gelehrsamkeit erwerbt ...

Ja, genau, sagte Gurlie, sich verteidigend.

... nun, fuhr Oscar fort, jetzt sind wir hier ...

Ja, sagte Hilda.

... und leben, schloß der ehemalige Dragoner.

Ha, ha, sagte Joe, ihr habt recht. Aber was genau er mit seinem Lachen meinte, war schwer zu sagen.

Das ist das Ende. Wir leben im Endzeitalter. Lest die Bibel, unterbrach Gurlie.

Die Frauen, die ins Arbeitsleben drängen, sind schuld, sagte Joe, ohne auf sie zu achten. Sie sind, verdammt noch mal, zu faul, um zu Hause zu bleiben und sich um ihre eigene Arbeit zu kümmern. Sie wollen die Männer rauswerfen, um zu zeigen, wie gewitzt sie sein können, Geld verdienen, um sich das Haar machen zu lassen und die Gesichter anzumalen …

Unsinn, antwortete Gurlie ruhig. Gebt uns genügend Geld, und wir sind zufrieden. Hopsassa! rief sie, dann *ladidadidaidai*!

Na, na, na, na! kannst du nicht eine Minute ruhig sein? Kannst du uns nicht reden lassen? Nein, du bist zu ernst, sagte seine Frau. Du bist betrunken, erwiderte er. Wer ist betrunken? Ich nicht. Aber du solltest es sein, das fehlt dir. Du brauchst es. Wer hat einen Trinkspruch für uns?

Ich, sagte ihr Mann plötzlich und machte eine Pause. Nieder mit den Gewerkschaften, rief er stehend aus. Kommt, trinkt darauf.

Eine Minute herrschte absolutes Schweigen. Niemand trank, bis auf Joe, der sein Glas leerte. Noch einen, fügte er hinzu und hielt seiner Frau das Glas hin. Was ist los? Hast du Ärger im Betrieb? fragte sie geschickt, füllte aber sein Glas nicht, wie er gebeten hatte. Überhaupt keinen Ärger. Komm schon, gib mir was zu trinken. Nieder mit den Gewerkschaften! Und er lachte sein glucksendes, halb spöttisches Erwachsenenlachen. Macht schon, ihr alle. Trinkt aus.

Meinetwegen, sagte Oscar. Nieder mit den Gewerkschaften. Und er kippte sein Glas hinunter.

Also dann, zerreiß deine Karte, sagte Joe mit einem boshaften Blitzen im Auge.

Recht hast du, erwiderte Oscar und langte in seine Tasche. Er hielt den Blick auf seinen älteren Bruder gerichtet.

Nein, sagte Gurlie und fiel ihm in den Arm. Papa, was ist los mit dir? Bist du verrückt?

Nun, läßt du mich dann sprechen?

Nicht, wenn du so redest.

Gut, dann vergiß es. Zum Teufel mit den Politikern. Wählt Cleveland. *Hoch soll er leben, hoch soll er leben! Dreimal hoch.** Ist das alles, was wir zu trinken haben?

Mein Gott, Joe! sagte sein Bruder, mein ganzes junges Leben lang hoffe ich schon darauf, dich beschwipst zu sehen. Gurlie! Der Champagner!

Juppie! Ich habe ihn vergessen. Und sie sprang auf und lief aus dem Zimmer.

Champagner? sagte Joe.

Ich liebe Champagner, sagte Hilda, er gibt einem so ein Gefühl, so – ich weiß nicht wie.

Nein, das vermute ich auch, sagte Joe.

Du hast recht, sagte Oscar. Das stimmt. Hör auf den alten Joe, sagte er zu Gurlie, die gerade wiederkam. Er hat gerade gesagt …

Ihr seid schrecklich, sagte Hilda.

Was habt ihr Männer vor, meine arme Schwester in Verlegenheit zu bringen.

Oscar machte sich mittlerweile am Hals der Flasche zu schaffen. Er versuchte nicht, den Korken zurückzuhalten. Plopp, machte der Korken, prallte scharf von der Decke ab und direkt in Hildas Schoß. Das bringt Glück, rief Oscar.

Sag Oscar, der ist gut, sagte Joe nach einer Minute. Das hättest du nicht tun sollen. Das muß dich viel Geld gekostet haben. Es ist aber nett von dir. Wir haben keinen Champagner mehr getrunken – wann haben wir zuletzt Champagner getrunken, Mama?

Oh, er ist köstlich, sagte Hilda. Er erinnert mich daran, wie ich in Paris war.

Und das jetzt auf eure Gesundheit, auf euch alle, sagte Oscar. Auf uns alle – Gott stehe uns bei!

Und nieder mit den Gewerkschaften, sagte Joe lachend. Den Gewerkschaften und den Politikern.

Sagt mal, spielt Schwesterchen noch im Black Crook? Das ist einer der Hauptgründe, aus denen ich diesmal gekommen bin. Sicher, sie ist immer noch im Chor, sagte Joe in seiner üblichen geheimnisvollen Art. Wollt ihr gehen und sie sehen? Ja, sagte Oscar, ich dachte, wir könnten da jetzt alle hingehen …

Ja, ja, fiel Gurlie ein.

Nicht heute abend, sagte Joe. Ich nicht jedenfalls. Tut mir leid. Führ die Damen aus, wenn du willst, aber ich muß ins Bett. Mir steht morgen ein wichtiger Tag bevor.

KAPITEL 8

Männer

Stecher! Er trat einen Schritt ins Stockwerk hinaus, wo alle Pressen auf vollen Touren liefen. Stecher! Er brüllte, so laut er konnte. Dann drehte er sich ins Büro zurück. Wo zum Teufel ist Stecher? Laufbursche! Such Mr. Stecher und sag ihm, ich will ihn sofort hier haben. Ja, Sir. Der Junge drehte sich vom Fenster um, ging durch die Bürotür und zog sie hinter sich zu.

Joe war ganz hinten in der zweiten Reihe, hinter der Presse Nummer 3, hockte in Hemdsärmeln da, lag beinahe auf dem Boden, um hineinzuschauen, über die umgedrehten umgekippten Brodies, den im Arbeitsanzug steckenden Chefmechaniker, der unter den Walzen auf dem Rücken lag und hochschaute. Diese Presse stand still. Nur diese eine.

Was ist los? sagte Joe, so laut er konnte.

Eine der Getriebestangen ist gebrochen, erwiderte die Stimme.

Gottverdammich, sagte Joe verhalten. Dann: Wo? Halten Sie Ihre Lampe hoch.

In dem Augenblick näherte sich der Laufbursche von hinten. Sie werden im Büro verlangt, Sir. Joe achtete nicht auf ihn. Halten Sie Ihre Lampe höher. Höher, sagte ich. Legen Sie die Hand auf die Bruchstelle. Er ging auf die Knie, richtete sich noch einmal auf und sprach mit dem Drucker, der danebenstand.

Ist der Strom abgestellt, Carmody? Sie klemmt, sagte der Angesprochene. Bewegt sich weder in die eine noch in die andere Richtung. Das habe ich Sie nicht gefragt. Ich habe Sie gefragt, ob der Strom abgestellt ist. Ja, sagte der Mann, langsam gedehnt. Daraufhin ging Joe zu den Schaltern, sah selber nach und kam dann wieder hinter die Presse.

Sie werden im Büro verlangt, Sir, sagte der Laufbursche. Joe sah ihn an, als hätte er ihn noch nie zuvor gesehen.

Dann kroch er neben dem Mechaniker unter die Presse. Als er dort war, ihre Gesichter nur ein paar Zentimeter voneinander entfernt, schauten beide auf die Unterseite der Walzen. Das Gesicht des Mechanikers war quer über die Stirn verschmiert. Passen Sie auf Ihren Kopf auf, Stecher, sagte er. Es ist dreckig hier unten.

Sorgfältig betrachtete Joe die Stelle, die ihm gezeigt worden war. Plötzlich fuhr er zusammen, kaum merklich, sagte aber nicht gleich etwas, sondern langte hoch und versuchte etwas zu fassen – konnte es aber nicht ganz erreichen. Was ist das? Was? sagte der Mechaniker. Das, sagte Joe, was da herauskommt. Das gehört nicht zur Maschine.

Wenn Sie mich an Ihren Platz lassen, kann ich sehen, was es ist, sagte der Mechaniker. In Ordnung, sagte Joe und krabbelte rückwärts hinaus. Der Mechaniker rückte nach, hievte sich hoch und bekam den Gegenstand zu fassen, den Joe ihm gezeigt hatte. Was ist es? Ich kann es nicht bewegen, sagte der Mechaniker. Sieht aus, als sei es ein Getriebeteil. Holen Sie es raus, sagte Joe.

Der Mechaniker schien ungeschickt und langsam.

Mr. Stecher. Sie werden im Büro verlangt.

Schon gut, sagte Joe. Können Sie es bewegen? Er sprach wieder mit dem Mechaniker.

Es folgten ein Hämmern, ein metallisches Kratzen und gemurmelte Flüche unter der Presse, dann die Stimme, die sagte, ich schaffe es nicht. Es geht erst, wenn wir die Presse auseinandernehmen.

Nein, sagte Joe. Holen Sie es jetzt raus.

Ich beschädige wahrscheinlich die Walze, wenn ich weiter hämmere.

Kriegen Sie das Getriebe frei, und holen Sie alle losen Stücke raus, sagte Joe. Es folgte weiteres Klopfen, dann ein Klappern von fallendem Metall, etwas fiel aus der Presse und schlug auf dem Boden auf. Der Drucker bückte sich danach, hob es auf. Doch Joe ging zu ihm, drehte ihm mit einem Ruck das Handgelenk um, nahm es ihm derb aus der Hand. Er schaute es an. Es war der Schaft eines kleinen

Schraubenziehers. Ihrer, Carmody? fragte er. Lassen Sie mich sehen, sagte der Mann mürrisch. Nein, sagte Joe. Zeigen Sie mir Ihre Werkzeugtasche. Der Mann holte langsam seine Werkzeugtasche und löste den Riemen. Joe sah hinein. Dann sah er dem Mann direkt in die Augen. Der Mann erwiderte den Blick, ohne mit der Wimper zu zukken.

Nun, was ist? sagte letzterer.

Nichts, sagte Joe ruhig. Melden Sie sich morgen früh zur gewöhnlichen Zeit. Wir brauchen Sie heute nicht. Sie gehen jetzt besser. Und geben Sie nächstes Mal besser auf Ihre Werkzeuge acht. Dann platzte ihm der Kragen. Habe ich Ihnen nicht gesagt ... Der Mann nahm's hin. Ja, sagte der Mann.

Jetzt raus mit Ihnen, sagte Joe. Alle Pressen liefen mit voller Wucht, und jeder Mann in der Halle spürte, sah, beinahe hätte man sagen können, hörte jedes Wort, das in dem unregelmäßigen Geklapper und Geratter geäußert wurde. Carmody zögerte einen Augenblick, sah nach rechts und links, ging dann zu den Schließfächern hinüber.

Der Mechaniker war, als Joe sich ihm wieder zuwandte, unter der Presse hervorgekommen und wieder auf den Füßen. Wie lange dauert es? sagte Joe – den Rest des Satzes setzte er voraus. Es hängt alles davon ab, ob ich in der Stadt ein Ersatzteil bekommen kann. Also, dann ziehen Sie sich an und holen es, sagte Joe. Aber meinen Sie nicht, ich würde besser anfangen? Können Sie es ohne das Ersatzteil reparieren? Nein, aber könnten Sie nicht einen der Laufburschen schicken, während ich ... Dann tun Sie, was ich Ihnen sage. Holen Sie, was Sie brauchen, ganz gleich, wo es hergestellt wird. Nehmen Sie den Zug. Fahren Sie dorthin, wo es gemacht wird. Aber schaffen Sie es herbei. Arbeiten Sie die ganze Nacht, wenn Sie müssen, aber diese Presse muß morgen früh wieder laufen. Verstehen Sie mich? Sicher, Stecher, ich verstehe Sie.

Dann ging Joe, seine schlanken, schmutzigen Hände ausgestreckt vor sich haltend, zum Waschbecken, wusch sie, trocknete sie ab, zog sein Jackett an und ging ins innere Büro.

Um Himmels willen, Stecher, wo zum Teufel sind Sie gewesen? Hat der Laufbursche Ihnen nicht gesagt, daß ich Sie auf der Stelle sprechen wollte? Joe gab keine Antwort. Doch der alte Mann fuhr fort, als hätte er eine gegeben. Lassen Sie alles stehen und liegen und kommen Sie im Laufschritt, wenn ich Sie das nächste Mal rufe. Was ist überhaupt dahinten los?

Eine der Pressen, sagte Joe. Kaputt? sagte der alte Mann. Ja, Getriebestange angeknackst.

Um Himmels willen, Stecher, Sie wußten, was wir diesen Monat vor uns haben, warum können Sie die Pressen nicht in Ordnung halten? Ich habe Ihnen ein ums andere Mal gesagt, Sie müssen dafür sorgen, daß alles tipptopp ist. Das ist Ihre Aufgabe. Ich habe Ihnen gesagt, Sie sollen die Pressen für einen Großauftrag bereithalten. Welche Presse ist es? Nummer 3, sagte Joe. Das ist eine funkelnagelneue Maschine, wir haben sie noch kein Jahr in Betrieb. Was ist los? Können Sie nicht auf die Geräte aufpassen?

Das machte auf Joe keinen Eindruck. Er wußte, und er wußte, daß der alte Mann wußte, daß er wußte, daß niemand seine Stelle einnehmen konnte. Er wußte auch, daß der alte Mann irgendwie Dampf ablassen mußte. Sollte er Wind machen. Aber Spaß machte es Joe nicht. Er hielt bloß den Mund und sah seinem Boß in die Augen, wie Carmody ihn erst wenige Augenblicke zuvor angeschaut hatte.

Und was haben Sie deswegen unternommen?

Morgen früh rollen wir wieder, sagte Joe. Der alte Mann sagte eine Minute lang nichts, drehte sich dann zu seinem Schreibtisch und hob einen Brief auf. Gucken Sie sich das an, sagte er, und gab ihn Joe. Verfluchte Bande. Im Briefkopf trug er das Regierungssiegel der Vereinigten Staaten – ein Auftrag vom Postministerium, daß sie mit Beginn der nächsten Woche ihre Lieferungen von Postanweisungen verdoppeln sollten. Joe las ihn und gab ihn seinem

Chef zurück. Das können wir schaffen, sagte er, wenn Sie mich eine Nachtschicht fahren lassen.

Gott, was bleibt mir sonst übrig? Sie eine Nachtschicht fahren lassen? Wie zum Teufel sollen wir das schaffen, wenn ich es nicht tue? Kostet wieviel? Joe gab wieder keine Antwort.

Das wär's, sagte der alte Mann. Richten Sie's, und machen Sie schnell. Und was springt dabei für mich raus? Nichts. Nichts außer einem Tritt in den Hintern. Und nächstes Mal, wenn ich Sie rufe, Stecher, lassen Sie mich nicht eine halbe Stunde warten, kommen Sie sofort.

In Ordnung, sagte Joe und ging hinaus.

In der Mittagspause hing Carmody immer noch im Betrieb herum.

Ich glaube, diesmal hat der kleine Deutsche dich drangekriegt, was, Ire, sagte einer von ihnen.

Quatsch, sagte Carmody gepreßt.

Ja, Sir. Das ist die Art, mit ihm zu reden, Junge. Wie ein – ja, Sir, sagt er, so zuckersüß er kann.

Habt ihr ihn gehört? Ja, Sir, sagt er.

Wofür hast du den Schraubenzieher in die Presse fallen lassen, Car?

Halt die Klappe, du Schweinehund.

Hast du doch, nicht? Absichtlich.

Hab ich.

Den Teufel hast du. Den Mumm hast du nicht, sagte einer der älteren Männer. Weißt du, was das kosten könnte?

Was zum Teufel interessiert mich, was das kostet?

Na, du hast Glück. Wenn ich er wäre, ich hätte dich wegen Fahrlässigkeit auf der Stelle mit einem Tritt in den Arsch aus dem Betrieb geschmissen.

Den Schweinehund hab ich schon lange durchschaut. Er hatte nicht den Mumm, mich zu feuern. Ich weiß, daß sie die Presse brauchen. Sie sind in der Klemme und wollen keine Nachtschicht anfangen. Haben Angst, wir könnten ein bißchen was Geld verdienen! Soll er mich doch feuern.

Ich mache ihm den ganzen verdammten Laden dicht. Das ist Regierungsarbeit. Soll er's versuchen.

Ach, geh und sauf dir die Hucke voll! sagte einer der anderen.

Ich hab euch gesagt ...

Weshalb hast du ihn reingeworfen?

Ich hab nicht gesagt ...

Hast du wohl gesagt.

Er ist reingefallen.

Kommst du mit raus eine rauchen, Jim?

Ein paar Tage später saß Joe an seinem Schreibtisch, als er aus dem Augenwinkel sah, wie ein Mann in einem Derby die Geschäftstür öffnete, hereinkam, die Tür schloß, einen Augenblick stehenblieb und sich umsah. Er rauchte eine Zigarre. Ohne weitere Umstände kam er den Gang zwischen den Pressen auf den Betriebsführer zu. Joe beschäftigte sich weiter mit seinen Zahlen.

Tag, Stecher, sagte der Mann. Würd gern ein paar Takte mit Ihnen reden. Was dagegen, wenn ich mich setze? Zu tun? Machen Sie nur weiter. Ich bin nicht in Eile. Und er nahm den leeren Stuhl, lehnte sich darauf zurück und musterte den Betrieb. Mehrere der Männer warfen einer nach dem anderen fix einen Blick in Richtung des Neuankömmlings, aber ohne ihre Tätigkeit zu unterbrechen.

Sie dürfen hier nicht rauchen, sagte Joe.

Gut, sagte Mr. Burke und nahm die Zigarre aus dem Mund.

Werfen Sie sie hier rein, sagte Joe, auf einen leeren Abfalleimer weisend. Der Mann betrachtete die Zigarre, die nur zu einem Drittel aufgeraucht war, und legte sie auf den Rand von Joes Schreibtisch. Joe nahm sie auf und warf sie in den Abfalleimer. Die Männer sahen einander an, sagten aber für den Augenblick nichts weiter.

Was wollen Sie? sagte Joe.

Ich wollte den Alten sehen, aber wie ich sehe, ist er nicht da.

Komisch, daß Sie ihn nicht auf der Treppe getroffen haben, sagte Joe.

Passen Sie auf, Stecher, sagte Burke. Kein Grund, bei Ihnen um den heißen Brei zu reden. Das kann ich sehen. Ich möchte gerne mal Tacheles mit Ihnen reden. Was meinen Sie dazu? Sie sind ja in Wahrheit der Boß hier, das weiß jeder. Wenn Sie und ich uns über den Vorschlag einigen können, den ich Ihnen gleich eröffnen werde, weiß ich, daß mit den Typen da drin alles palletti ist. Er ruckte mit dem Kopf zum Büro hin. Also, ich will keinen Ärger. Ich bin als Freund des Arbeiters gekommen. Ich möchte immer alles freundschaftlich geregelt haben. Was meinen Sie dazu?

Also, was ist? sagte Joe.

Na, ich möchte erst mal wissen, wie Sie darüber denken, sagte der Mann.

Über was? sagte Joe.

Also hören Sie mal, Stecher. Ich hab heute 'ne Erkältung. Mir geht's teuflisch schlecht. Um die Wahrheit zu sagen, ich sollte zu Hause im Bett liegen. Als ich heute morgen den Anruf bekam, herzukommen und euch Leutchen zu besuchen, hab ich zu meiner Frau gesagt …

Was wollen Sie? sagte Joe noch einmal.

Ja, also, weshalb können Sie nicht vernünftig mit mir reden, Stecher? Hören Sie, Sie und ich können ins Geschäft kommen, wenn Sie mir ein Zeichen geben, daß Sie offen …

Deshalb haben Sie gewartet, bis Sie gesehen haben, daß der Boß ausgegangen ist, gab Joe ihm zurück.

Was! Burke fuhr senkrecht in die Höhe. Was soll das?

Joe hatte ihm vorläufig den Rücken zugewandt und trommelte mit den Fingern geschwind auf den Schreibtisch. Er dachte nach.

Jetzt hören Sie mir mal zu, Stecher, sagte der Mann in drohendem Ton, Sie brauchen mich, verdammt noch mal, nicht anzukläffen. Oder ich ziehe jeden Drucker so schnell von den Pressen weg, daß es Ihnen den Atem verschlägt.

Joe zuckte nicht mit der Wimper. Zeigen Sie mir Ihre Karte, sagte er.

Burke zog eine lederne Ausweishülle mit Zelluloidfenster aus der Tasche und hielt sie in den Händen. Lassen Sie mich sehen, sagte Joe. Hier ist sie, sagte Burke. Lassen Sie mich sehen, sagte Joe. Und er nahm sie selber in die Hand.

Und das können Sie sich auch ansehen, sagte Burke, zog sein Jackett zurück und zeigte ein glänzendes Nickelabzeichen, das an seiner Weste steckte – Druckergewerkschaft stand oben. Und in der Mitte – Delegierter.

Ich sehe, Sie sind selbst ein Druckermeister, sagte Joe.

Ja, sagte Burke ein wenig stolz, bin ich.

Wir brauchen gute Drucker heutzutage, schade, daß Sie es aufgegeben haben. Was kriegen Sie jetzt?

Ach, es ist nicht so sehr das Geld, sagte Burke. Aber das hat nichts damit zu tun. Sie können die Männer in diesem Betrieb nicht so schinden, wie Sie es tun, wenn Sie ihnen nicht mehr Geld geben.

Was wollen sie? sagte Joe ruhig.

Also, es ist nicht so sehr, was sie wollen, es ist das Prinzip. Sie zahlen ihnen anderthalbfachen Lohn für die Nachtschicht. Wir wollen doppelten Lohn.

Nun, das ist was Handfestes, sagte Joe. Ich rede mit Mr. W. darüber, und Sie können Ende der Woche noch mal wiederkommen.

Nein, das tun Sie nicht, sagte Burke. Ich muß es heute wissen. He, hören Sie mal, Stecher, es ist Ihnen doch hier was wert, diesen Regierungsvertrag auf die Sekunde pünktlich zu erledigen, stimmt's? Also, warum geben Sie mir dann nicht 'ne Chance?

Weil ich verdammt sein will, wenn ich Ihnen für Ihre Gaunerei auch nur einen Nickel bezahle. Joe geriet plötzlich in Wut. Und wenn Ihnen das nicht gefällt, dann machen Sie, daß Sie rauskommen, und sagen Sie Sam Gompers, ich habe Sie geschickt. Verstehen Sie das? Sagen Sie ihm, Joe Stecher hat Sie rausgeschmissen, und sagen Sie ihm, warum ich's getan habe. Und jetzt raus mit Ihnen.

Junge, Junge! lachte der Mann, ohne sich zu rühren. Ja,

ich weiß alles über Sie und Sam Gompers. Sie und Hillyard und er haben die Typographer's Union gegründet, nicht? Sie sagten, Sie wären ein zäher Bursche gewesen. Wie kommt's, daß Sie nicht bei der Stange geblieben sind, Stecher? Hm?

Ich habe keine Zeit mehr für Sie, sagte Joe. Wenn Sie einen Streik ausrufen wollen, nur zu, rufen Sie ihn jetzt aus, wir sind bereit.

Was machen Sie dann?

Versuchen Sie's. Dann werden Sie's sehen, sagte Joe.

Streikbrecher, was? sagte der Mann. Aber ich will gar keinen Streik ausrufen. Das ist ein guter Betrieb. Die Männer brauchen das Geld. Wie stehen Sie selbst dazu? Meinen Sie nicht, Sie sollten mehr bekommen?

Wollen Sie wissen, was ich meine, sagte Joe.

Ja, sagte Burke, es interessiert mich.

Also, dann sag ich's Ihnen, und Joe sah ihn einen Augenblick lang spöttisch an, als wolle er sagen: Ich frage mich, ob du den Grips hast, überhaupt etwas zu verstehen. Ich meine, die Männer sollten mehr Geld bekommen. Ich sähe gerne, daß sie es bekämen, und ich habe versucht, es für sie zu bekommen. Aber ich konnte es nicht – noch nicht. Ich weiß, daß es den Männern in diesem Betrieb besser geht als in hundert anderen überall in der Stadt. Wir halten die Werkräume sauber. Sie bekommen frische Luft. Sie haben jeder ein Schließfach. Sie haben einen anständigen Waschraum und eine Toilette – nicht eine von diesen stinkenden – Joe machte eine angeekelte Handbewegung. Aber das ist nicht mein Laden, und es ist nicht Ihrer. Sie können hier nicht reinplatzen, wenn wir mitten in einem Regierungsauftrag sind, wenn wir gerade arbeiten müssen, hart arbeiten müssen und jeden Tag unser Letztes geben müssen – Sie können dann nicht hier hereinplatzen und die Arbeit zunichte machen. Deshalb bin ich aus der Gewerkschaft ausgetreten. Sie verlangen zuviel. Sie wollen alles besitzen. Sie wollen mir sagen, wie ich ein Geschäft führen muß und was ich tun muß. Das ist zuviel. Und was denken sie sich dabei, jetzt einen Streik auszurufen? Es gibt Arbeit zu tun. Ausgerechnet die Zeit suchen sie sich, um Ärger zu machen. Wenn es Arbeit gibt, dann muß sie erledigt werden. Das ist falsch. Es ist nicht männlich, es ist nicht ehrlich, es ist nicht aufrichtig. In solche Hände sind die Gewerkschaften geraten, und deshalb bin ich ausgetreten. Sie verlangen zuviel. Warten Sie, bis wir den Vertrag erfüllt haben. Kommen Sie dann wieder, und ich arbeite mit Ihnen zusammen, um für die Männer soviel herauszuholen, wie ich kann. Ich arbeite mit Ihnen zusammen. Ich tue, was ich kann. Aber nicht jetzt.

Schön und gut, sagte Burke. Aber davon weiß ich nichts. Ich bin hergeschickt worden, um mehr Überstundengeld für die Männer herauszuholen ...

Und das haben Sie nicht geschafft, höhnte Joe, deshalb meinen Sie, Sie müßten einen Streik ausrufen. Und jetzt müssen Sie sich zurückschleichen und der Bande, die Sie geschickt hat, sagen, daß Sie Joe Stecher nicht bewegen konnten zu blechen. Sie müssen sagen, er hat Ihnen eins aufs Dach gegeben, Sie haben's nicht geschafft. Sie wußten nicht wie. Sie waren nicht gut genug. Gehen Sie nach Hause wie ein geprügelter Hund und sagen Sie's ihnen. Sie können heute keinen Streik ausrufen. Ich kenne das Spiel besser, als Sie es je kannten oder kennen werden. Versuchen Sie's. Machen Sie nur, gehen Sie raus in die Halle und versuchen Sie's, und ich feuere auf der Stelle jeden Mann, der auch nur den Kopf dreht, um Ihnen zuzuhören. Ich gebe Ihnen freie Hand, machen Sie, gehen Sie raus und reden Sie mit ihnen.

Burke rührte sich nicht. Nun begann er mit den Händen auf den Schreibtisch zu klopfen.

Aber das sag ich Ihnen, Burke, fuhr Joe fort. Die können, wenn sie wollen, einen Streik ausrufen, nachdem sie heute nachmittag ihren Bericht gehört haben. Wir wollen jetzt keinen. Sagen Sie ihnen, sie hätten recht. Die Männer sollten doppeltes Geld bekommen. Sagen Sie ihnen, Joe Stecher hat gesagt, er wird *versuchen*, es für sie zu bekommen. Und kommen Sie morgen wieder – gegen zwei Uhr –, und ich gebe Ihnen die Antwort.

Das ist fair, sagte Burke. Handschlag drauf. Und er streckte die Hand aus. Sie gaben sich die Hand, Joe zog seine schnell zurück. Burke verließ den Betrieb. Joe folgte ihm: Und nehmen Sie meinen Rat an, Burke, beschaffen Sie sich eine anständige Arbeit, sobald Sie können. Wir brauchen gute Drucker.

Geben Sie mir eine? gab Burke zurück.

Fragen Sie darum, und Sie werden sehen, sagte Joe.

Den Teufel werd ich, sagte Burke und ging hinaus.

Der alte Mann wollte nichts davon wissen. Nein, brüllte er. Nein, Gott verdammt noch mal, wollen die Gewerkschaften uns ganz in Besitz nehmen? Oder ist das mein Geschäft? Ich bezahle ihnen keinen beschissenen Nickel mehr für ihre Zeit. Sie kriegen jetzt schon zuviel, die Schweinehunde. Was meinen die überhaupt, für wen ich das hier mache? Für sie? Wo würden sie einen Platz finden, an dem sie ihre lausigen Dollars verdienen könnten, wenn ich ihnen nicht Gelegenheit gäbe, dafür zu arbeiten? Es ist mein Betrieb. Wo kämen wir denn da hin? Ich bringe das Bargeld für die Miete auf, oder nicht? Ich kaufe die Pressen. Ich gehe raus und beschaffe die Aufträge. Wo wären sie?

Ja, und Sie streichen auch den meisten Profit ein, sagte Joe beinahe zu sich. Der Alte drehte sich wie der Blitz zu ihm um. Joe wurde weiß. Er hatte nicht so sprechen wollen, aber er wich vor dem Blick, der seinen traf, nicht zurück. Die erwartete Explosion kam jedoch nicht. Statt dessen begnügte der alte Mann sich mit: Sie wollen also zu denen zurück, ja, Stecher?

Nein, sagte Joe, tue ich nicht. Aber in diesem speziellen Fall, glaube ich, daß sie recht haben. Männer, die nachts so arbeiten, sollten doppelten Lohn bekommen. Außerdem glaube ich, daß wir in einer schwierigen Situation sind. Ich würde jetzt zahlen, bloß um des lieben Friedens willen …

Nie! sagte der alte Mann. Was? Frieden kaufen von

einem Haufen dreckiger Diebe, einem Haufen Straßenräuber, die ... In steigender Wut stapfte er herum.

... wenn Sie nicht bezahlen, fuhr Joe kühl fort, wird der Laden wahrscheinlich morgen dichtgemacht.

Ein langes Schweigen stand zwischen den beiden Männern.

Nun, meine Antwort an Sie, Stecher, sagte der alte Mann schließlich, lautet: Ich bezahle nicht. Sagen Sie das den Saukerlen, und sollen sie sich noch mal aufregen. Was meinen Sie, was passieren wird? sagte er mit anderer Stimme.

Joe dachte eine Minute nach. Sind Sie ganz sicher, daß Sie den Kampf wollen?

Ja, sagte der Alte.

Ich bitte Sie nicht um viel, Mr. Wynnewood, fuhr Joe fort. Aber ich sähe es gern, wenn die Männer heute die Erhöhung bekämen. Ich glaube, wir können es auf mehrere Arten möglich machen. Ich habe lange darüber nachgedacht. Und um die Wahrheit zu sagen, sagte Joe, bin ich seit den letzten vier Monaten überzeugt, daß es einen Generalstreik gibt.

Wofür?

Kürzere Arbeitszeit und eine mögliche Lohnerhöhung von 10 %.

Mann, dann ruinieren sie das Geschäft.

Ich denke, es wäre ein geschickter Schachzug, ihnen zuvorzukommen. Geben Sie es ihnen, selbst wenn wir der erste Laden in der Stadt sind.

Was! Mein Gott, Mann, Sie sind verrückt. Sind Sie ...?

Ich glaube, es ist Taktik.

Nie!

Nun, dann wird folgendes geschehen. Der Mann heute hier war nur Bluff. Aber der Streik kommt bald, und wenn er kommt, bricht er überall in der Stadt auf einmal aus. Wir könnten uns lange genug Immunität erkaufen, um unsere laufenden Verträge zu erfüllen. Ich glaube ...

Ein Generalstreik.

Meiner Meinung nach. Und unter solchen Bedingungen wird's schwer sein, nichtorganisierte Männer zu bekommen. Wir müssen sie importieren.

Meinetwegen. Soll er kommen, sagte der Boß.

Habe ich freies Handeln, wenn er kommt? sagte Joe.

Packen Sie's an, machen Sie sie fertig, selbst wenn es den Betrieb kostet.

Es könnte ein teurer Kampf sein, sagte Joe.

Können Sie ihn gewinnen?

Kann ich, sagte Joe.

Dann bekämpfen Sie sie, sagte der Alte. Gehen Sie bis zum Äußersten.

Ich brauche ein großzügiges Konto, an das ich kommen kann.

Keine Fragen. Nur zu. Gewinnen Sie, das ist alles.

In Ordnung, sagte Joe.

KAPITEL 9

Streik!

Es war sechs Uhr, vielleicht ein paar Minuten früher. Joe war in Socken, seine Hosenträger hingen hinunter.

Warum, zum Teufel, hast du nicht immer Toilettenpapier im Haus? brüllte er, den Kopf zur Schlafzimmertür hereingestreckt.

Gurlie war kaum wach. Lottie saß aufrecht in ihrem Kinderbettchen. Was brüllst du so herum? sagte Gurlie.

Was für ein Haus ist das bloß?

Ach, laß gut sein, sagte seine Frau, was ist denn jetzt schon wieder los?

Kein Toilettenpapier im Badezimmer. Nirgendwo Ordnung. Wo sind meine sauberen Hemden?

Hast du in der Schublade von deiner Spiegelkommode nachgeguckt?

Ja.

Na, guck noch mal, sagte Gurlie, dann findest du sie. Und das Toilettenpapier findest du oben auf dem Arzneischrank, wenn du Augen im Kopf hast.

Ich kann absolut nicht sehen, was du den ganzen Tag lang anstellst, fuhr Joe fort, nie tust du irgendeine sichtbare Arbeit. Um nichts wird sich gekümmert.

Paß bloß auf, junger Mann. Gurlie saß plötzlich aufrecht. Paß auf, was du sagst. Ich arbeite. Ich hasse es, den ganzen Tag in so einer Schachtel eingesperrt zu sein. Ich bin es nicht gewöhnt. Ich kann nicht jeden Knopf an deine Hemden nähen und jedes Loch in deinen Socken stopfen, wenn du gerade meinst, ich sollte. Aber selber bist du auch nicht gerade ein Weltwunder – in vielen Dingen.

Schon gut, schon gut.

Ja, es ist gut, wenn du herumschreien willst, aber ich muß den Mund halten.

Das habe ich ja noch nie gehört, sagte Joe.

Also, eins sage ich dir. Hol mich hier raus, fuhr seine Frau fort, ich will aufs Land. Ich brauche Luft. Ich will die Erde spüren. Ich werde dir zeigen, was Arbeit ist. Ich kann arbeiten. Aber ich kann nicht den ganzen Tag lang Hausarbeit machen. Ich werde verrückt.

Mach nur, sagte Joe, es wird nicht viel anders sein als jetzt.

Gurlie zügelte ihre blinde Wut in dem Augenblick, in dem ihr durch den Kopf schoß, was für ein Tag es war und welche Gefahren bevorstanden. Sie schluckte eine passende Erwiderung auf den gereizten Angriff ihres Mannes hinunter und begnügte sich mit: Du! Du weißt genausogut wie ich, daß du jahrein, jahraus dieselben Unterhosen und auch Hemden tragen würdest, wenn ich sie dir nicht wegnähme, bevor du dich lächerlich machst …

Damit war das erledigt. Joe mußte über sich lächeln – zeigte es aber nicht. Also sorg dafür, daß ein bißchen Toilettenpapier da ist.

Im Küchenschrank ist jede Menge.

Warum stellst du es dann nicht in den Bücherschrank, wo es bequem zur Hand ist, wenn wir es brauchen, sagte Joe. Aber diesmal gab sie ihm keine Antwort. Sie steckte die Füße seitlich unter den Laken hervor und ging im Nachthemd barfuß in die Küche, spritzte sich am Spülbekken etwas kaltes Wasser ins Gesicht, öffnete die Abzugsklappen des Herdes und setzte den Wasserkessel auf.

Das Baby weinte. Das neue Dienstmädchen würde erst in einer Stunde kommen. Gurlie nahm das Baby auf, setzte es auf seinen Stuhl, klappte das eingehakte Tablett herunter und ließ das Kind da, während sie sich anziehen ging. Joe kam herein und schaute es an. Das Baby war prächtiger Laune.

Joe saß da und betrachtete es mit liebevollem Wohlgefallen. Gurlie kam zurück, hatte mit dem Kleid ein neues Gesicht angelegt, war fröhlich auf ihre rauhe Art – steckte achtlos ihr Haar irgendwie auf – machte ihr Kleid zu. Da, setz dich, sagte sie zu Joe, als sei er selbst ein Baby, setz dich und laß dich von Mama füttern. Armer Mann, du mußt viele Sorgen haben. Soll ich dir Toast machen?

Nein, sagte Joe, ich will bloß eine Tasse Kaffee.

Oh, du mußt etwas essen. Ich brate dir ein Ei – mit Speck.

Na gut, sagte Joe, dann mach aber, und mach schnell. Er beschäftigte sich wieder mit dem Baby, das eine Reihe von Grunzlauten von sich gab und das Gesicht auf das Tablett des Stuhls legte, mit der Wange auf das kühle Holz, dann das Gesicht drehte und neugierig das Holz anschaute, dann wieder die Wange darauf legte und grinste, dann mit offenen Fäusten auf das Holz einschlug. Es quiekte vor Vergnügen. Joe stupste sein Gesicht gegen das des Babys, was das Würmchen vergnügt zu vermeiden suchte. Doch plötzlich langte es zu und packte Joe am Schnurrbart, ungestüm, mit einem Ruck. Joes Kopf folgte unfreiwillig, er konnte ihn nicht wegziehen. So nahm er die fest geschlossene kleine Faust des Babys in seine und versuchte sie zu lösen.

Mit einem markerschütternden Schrei ließ das Baby die Haare des Mannes fahren. Joe richtete sich auf. Doch in fürchterlichem Ernst schrie das Baby immer weiter. Gurlie ließ ihre Pfanne im Stich. Das Kind litt Schmerzen.

Plötzlich hob Gurlie das Tablett, und dabei sahen sie beide, daß vom kleinen Finger der anderen Hand Blut lief. Der Nagel war beinahe ab. In seinem Bemühen, sich zu befreien, hatte Joe das Tablett leicht angehoben, und das Kind, das seine Hand in das offene Scharnier gelegt hatte, um sich in seinem Kampf abzustützen, war tückisch in die Falle geraten. Joe wurde weiß, setzte sich, um nicht hinzufallen. Hilflos, sprachlos.

Oh, sagte Gurlie, oh!

Joe zog sein Taschentuch heraus.

Nein, nein, sagte Gurlie.

Schick nach einem Arzt, sagte Joe.

Einen Arzt? Nun komm schon, setzte sie ruppig-zärtlich hinzu, mach, daß du hier rauskommst. Trink erst deinen Kaffee. Ich kümmere mich darum. Es ist nichts.

Doch ... das Baby kreischte immer noch schrill, aber Gurlie schüttelte bloß mißbilligend den Kopf und hatte ihren Mann, eine Hand auf seinem Rücken, bald aus der Tür. Geh schon – und paß auf dich auf. Komm heute abend zu mir zurück.

Das kann spät werden, sagte Joe.

Der Tag war schwer für Gurlie. Die Morgenzeitung erwähnte den Streik, die Abendzeitung schien aber für ihren beklommenen Blick aus nichts anderem zu bestehen. Heute ist es unten in der Stadt heiß hergegangen, Mrs. Stecher, sagte der Alte, der an der Ecke unter dem Aufgang zur Hochbahn Zeitungen verkaufte. Wenn es so weitergeht, wird es morgen Blutvergießen geben.

Gurlies Ehrenkodex verbot ihr jedes Zeichen von Angst in der Öffentlichkeit. Ich vermute, Sie hätten eine Heidenangst, da runterzugehen, erwiderte sie dem Mann, der jäh zu ihr aufsah. Doch im Herzen fühlte sie sich schwach. Sie drehte sich um und ging; es kam ihr vor, als sei es bis zu ihrer Eingangstür eine Meile, die sie unbekümmert gehen mußte, langsam, als spiele es keine Rolle. Dann ins Haus. Hinter der Tür blieb sie, bevor sie hinaufging, stehen und überflog die Schlagzeilen – Streik! Krawall! Gewalt! Schriftsetzer aus Paterson und dem Westen bis hin nach Buffalo importiert. Beide Seiten rüsten sich. Generalstreik bei den Druckern, wenn die Forderungen der Druckereiarbeiter nicht bis morgen mittag erfüllt werden. Winthrop, Hallowell & Co. das Zentrum ... Weiter las sie nicht. Faltete die Zeitung. Ging nach oben, um das Abendessen zu machen.

Die erzwungene Untätigkeit den ganzen Tag, Gewalt in ihr selbst, machte Gurlie wahnsinnig. Während sie in der Wohnung herumlief, fegte sie die Kinder beiseite oder drückte ihnen gedankenlos irgendwelche Gegenstände in die Hand. Sie reagierten sehr nett darauf – das muß man sagen.

Nach einer Weile schienen sie einfach so zu tun, als sei sie nicht da, unterhielten sich mit allen möglichen kleinen Späßen, die sonst verboten waren. Lottie zerrte eine alte Kaffeekanne, die sie liebte, auf den Küchenfußboden, und das Baby – der Verband war vom Finger abgegangen – beschmierte sich wunderbar mit seinem Haferbrei. Zum Schluß gelang es ihm, sich die leere Schüssel auf den Kopf zu stülpen.

Gurlie saß am Fenster, konnte es aber nicht aushalten. Der Streik – das Wort ›Streik‹ ließ sie mit beiden Fäusten einen Streich in die Luft austeilen. Vorstellungen von Männern, die einander am Kragen packten, Joe, der da stand und versuchte, sich einen Weg durch eine Masse feindseliger Druckereiarbeiter zu bahnen, die vor der Tür des Betriebs aufgereiht standen. Joe, klein, aber entschlossen, ging an ihnen vorbei. Einer von ihnen schlug ihm den Hut vom Kopf. Joe bückte sich, um ihn aufzuheben. Sie traten ihn. Er stolperte. Er versuchte zu sehen, wer es war, als sie über ihn herfielen ... Gurlie am Fenster sprang auf die Füße – ihre Hand flog an die Kehle. Dann – ging sie in die Küche. So war es den ganzen Tag lang gegangen. Jetzt war es dunkel.

Sie wusch die Kinder, verarztete den Finger des Babys neu – irgendwie hatte das kleine Ding nach dem ersten Schock des Schmerzes dem wunden Finger keine Aufmerksamkeit mehr geschenkt. Die Kinder schliefen im Bett, das Abendessen stand hinten auf dem Herd, sie konnte es nicht länger aushalten, sondern ging auf die Straße und spazierte auf und ab. Um zehn Uhr sah sie Joe aus dem Eingang zur Hochbahn kommen.

Was machst du hier auf der Straße, sagte er und küßte sie. Er sah schmutzig und müde aus. Alles in Ordnung mit dir? Klar, wieso nicht? Uff! erwiderte sie – und langsam gingen sie zu ihrem Hauseingang zurück.

Es war ein harter Tag, aber nicht so schlimm – noch nicht, erzählte Joe ihr glucksend. Sie war erleichtert und erfreut, ihn in solch einer Hochstimmung zu sehen. Klar, gab er ihr zur Antwort, die Straßen sind voll von ihnen. Was hast du erwartet von mir? Daß ich weglaufe?

Aber ... du bist nicht verletzt?

Die ganze Polizei war draußen. Immerhin haben wir den Betrieb offengehalten. Und wir werden ihn offenhalten. Wir werden keinen Tag aussetzen. Ich mache sie so fertig, daß sie nie mehr hochkommen. Eine Bande dreckiger, gemeiner Diebe und Lumpen – brüllen und werfen Steine – zerschmeißen Fenster – sie können noch nicht einmal gerade werfen. Ich lasse sie verhaften! Sie alle verhaften, wenn es soweit kommt.

Gurlie war erleichtert, begeistert, saß nah bei ihrem Mann, eine Hand auf seiner Schulter, während er aß, gierig, hungrig, und zwischendurch erzählte. Plötzlich hörte er auf. Was macht Babys Finger? Es geht ihm gut. Es ging mir den ganzen Tag nicht aus dem Kopf. Puh! sagte Gurlie, die Lippen spitzend, es ist nichts. Ab und zu sah ich immer diesen eingerissenen Nagel und das Blut vor mir. Bist du sicher, es ist alles in Ordnung? Ein kleiner Lappen drum herum. Sie hat es schon vergessen.

Ich bin müde, sagte Joe, ich will ins Bett.

Und das ist alles, was du mir erzählen willst?

Tja, was gibt es noch zu erzählen? Wir haben den Betrieb offengehalten. Sie können nichts tun. Sollen sie's versuchen, das ist alles.

Und morgen fährst du wieder rein?

Was meinst du denn? Joe sah sie überrascht an. Erwartest du, daß ich weglaufe?

Aber wenn sie dich verletzen. Ich fahre mit dir rein. Wenn du meinst, es ist angenehm, den ganzen Tag in diesem Gefängnis eingeschlossen zu sein, während du da unten wahrscheinlich verletzt wirst …

Ach, sie haben Angst, sagte Joe lachend. Ein Haufen Feiglinge.

Am nächsten Tag war Gurlie ganz außer sich. Joe ging vor sechs weg, setzte seinen Hut auf, beugte die Schultern ein wenig vor, so daß es aussah, als sei er sich des kommenden Angriffs bewußt. Die Zeitungen waren wieder voll davon. Ihre Fehde mit dem alten Zeitungshändler an der Ecke fortsetzend, holte sie die Morgenzeitung und eine Mittagsausgabe. Doch seine Verachtung spürend, ohne daß ein Wort gefallen wäre, ging sie für die letzte Zeitungsausgabe am Nachmittag drei Blocks weiter zu einem anderen Zeitungsstand.

Es war Donnerstag, der freie Nachmittag des Mädchens. Die Kinder waren für den Augenblick allein. Beide schliefen. Sie machte sich nicht klar, wie lange sie brauchen würde.

Lottie wachte im Bett ihrer Mutter auf, auf das sie sich geworfen hatte, und schaute sich um. Das Baby in seinem eigenen kleinen Holzbettchen lag auf dem Rücken, beide Arme ausgestreckt, vollkommen entspannt. Lottie stand auf und ging auf der Suche nach ihrer Mutter durch die ganze Wohnung, kam dann ins Schlafzimmer zurück. Mama ist weg, sagte sie.

So kehrte sie zur Küche zurück und holte sich ein Glas Wasser vom Hahn, stellte sich auf einen Stuhl, um es einlaufen zu lassen, und trank etwas. Das halbvolle Glas mit beiden Händen haltend, ging sie wieder zu dem Baby und trank noch etwas. Dann, das Glas in einer Hand, kniff sie durch die Stäbe des Bettchens den ausgestreckten Arm des Babys, kniff fest. Das Baby wachte auf, zog den Arm zurück, setzte sich strampelnd auf – und grinste blinzelnd seine Schwester an.

Lottie versuchte, ihm durch die Holzstäbe etwas Wasser aus dem Glas einzuflößen. Es schwappte über, als das Baby versuchte, das Glas zu packen. Dann bekam das Baby etwas in den Hals, und Lottie bekam ein bißchen Wasser ins Gesicht ab. Lottie nahm selber etwas Wasser in den Mund, machte das Baby nach und prustete es dem Säugling zur Vergeltung ins Gesicht.

Flossie war entzückt. Lottie machte es noch einmal. Großer Erfolg, prächtige Spuckerei.

Jetzt gab Lottie dem Baby eine Rassel, die es mit großem Gusto prompt wieder hinauswarf. Dann steckte das ältere Mädchen einen Gummiball zwischen den Stäbchen hindurch in das Bettchen. Das Baby kroch zu ihm hin. Es brachte es fertig, ihn wieder auf den Boden zu stoßen. Und lachte aufgeregt. Lottie gab ihn zurück. Das Baby warf ihn hinaus. Jedesmal, wenn es das tat, klatschte es wild begeistert in die Hände. So begann die ältere Schwester, alles Bewegliche, das sie finden konnte, zu holen und in das Bettchen zu werfen, um dem Baby zuvorzukommen. Bücher, eine alte Pfeife, ein Kissen, eine Papierschere – alles – Schuhe, und das Baby nahm jedes, so wie es konnte, und warf es wieder hinaus. Beifall heischend, sah es der Schwester fröhlich ins Gesicht und krabbelte im Bettchen herum, fiel hin und richtete sich wieder auf, so gut es konnte.

Bis Lottie schließlich nichts mehr finden konnte, was sie hineinwerfen konnte; sie war zum Schluß so schnell gewesen, daß das Baby nicht mit ihr Schritt halten konnte und einfach dagesessen und zugeschaut hatte – hocherfreut über soviel Aufmerksamkeit. Also holte Lottie einen Stuhl und kletterte über das Gitter selber in das Bettchen, um einige Gegenstände wieder hinauszuwerfen. Das Baby beugte sich vornüber, um zuzusehen, wie jeder Gegenstand hinfiel und vielleicht wegrollte. Dann hatte Lottie eine Idee. Sie versuchte, die bewegliche Seite des Bettchens herauszunehmen. Als ihr das nicht gelang, stellte sie sich hinter das Baby und versuchte, es hinüberzuheben. Unmöglich. Aber sie schalt ihre kleine Schwester. Kletter herauf, sagte sie. Und wieder umfaßte sie den Säugling von hinten um die Taille und hob ihn, mit aller Kraft schiebend, ein wenig auf die Kante des Bettchens zu.

Mit ungeheurer Anstrengung, fest schiebend, gelang es ihr schließlich, und der Säugling hing mit dem Gesicht nach unten über die Kante des Bettchens. Er hatte keine Angst, sondern schien angesichts der Anstrengungen seiner Schwester vollkommen ernst und ergeben zu sein und wartete geduldig. Als das Baby dort schaukelte und Lottie es, nun ein wenig ängstlich, am Röckchen zurückhielt, ruckte sein Kopf tiefer, dann stürzte es mit einem plötzlichen Rutsch ganz über den Rand – auf den Rücken in den Sessel. Als es fiel, flogen seine wunderbaren kleinen Hände hoch und klammerten sich verzweifelt an die Bettstangen. Und bemerkenswerterweise gab Flossie, während sie sich abmühte, außer einem kleinen Grunzen und schmatzendem Atmen immer noch keinen Ton von sich.

Dort lag der Säugling nun in fassungslosem Erstaunen auf dem Rücken, vom Sessel im Gleichgewicht gehalten, sich ums liebe Leben ans Bettchen klammernd, bis Lottie über den Rand des Gitterbettes wieder zu Boden rutschen konnte. Sie sah das Kind einen Augenblick lang kritisch prüfend an, verließ es dann und rannte davon, um instinktiv ihre Mutter zu suchen. Als sie zurückkam und das Baby in derselben Stellung sah, blieb sie stehen und sah es noch einmal unsicher von beiden Seiten an. Dann versuchte sie, seine Hände zu lösen. Nichts tat sich. Der Säugling war nicht überzeugt, auch wenn er ein wenig anerkennend lächelte. Also änderte Lottie die Taktik, ergriff den Sessel, zog ihn von unten weg, bis eine der Hände des Babys abglitt, es plötzlich seitlich hinunterrutschte und mit dem Schädel zuerst auf dem teppichbelegten Fußboden landete. Lottie sah mit fasziniertem Interesse zu. Das Baby lag einen Augenblick still, man konnte nicht sagen, wo oben und unten war. Dann, immer noch ohne einen Ton, kam es wieder zu sich, erhob sich auf Hände und Knie und schaute sich um.

Innerhalb eines Augenblicks krabbelte es. Im nächsten hatte es etwas Kleines gefunden, einen Knopf, den es aufhob. Es setzte sich abrupt auf, untersuchte den merkwürdigen Gegenstand, steckte ihn dann in den Mund, drehte sich wieder auf die Hände, ließ sich nieder und strebte zum hinteren Teil des Hauses.

Was für ein Durcheinander, als Gurlie hereinkam. Lottie und das Baby waren mitten auf dem Küchenboden, Lottie mit einer Schürze um den Hals schwang einen Besen. Das Baby war schwarz vor Kohle aus der Schütte, der Mund so schwarz wie die Schütte selbst. Gerade als Gurlie hereinkam, hielt das Baby sich wacklig am Rand der Schütte, versuchte den Kopf zu drehen, ohne hinzufallen und …

Lottie! schrie die Mutter auf, was hast du getan?

Joe kam erst kurz vor Mitternacht, hundemüde und ernst, gar nicht mitteilsam diesmal. Er machte den Mund nicht auf, außer um zu sagen: Wir machen sie fertig. Er hatte schon gegessen. Zog sich aus und war schon beinahe eingeschlafen, ehe sein Kopf aufs Kissen sank.

Aber am nächsten Morgen, die Sonne schien, und Gurlie war diesmal vor ihm auf, war er bereit – sogar begierig – zu reden. Sie war eine gespannte Zuhörerin.

Ich hab den Alten gesehen. Ich meine, alle Partner waren da. Ich meine Seymour. Er ist ein feiner alter Bursche. Ich mochte ihn schon immer. Freundlich – was nicht gut ist fürs Geschäft. Sie haben Angst diesmal. Liegt ihnen viel daran, bei dem Streik zu gewinnen.

Was tun sie für dich, wenn du gewinnst?

Mich feuern, vermute ich, sagte Joe mit der zynischen guten Laune von früher.

Aber was ist passiert? Was hat dich so lange aufgehalten?

Matratzen schleppen, sagte Joe.

Matratzen?

Ja, Matratzen – fünfzig Stück. Die verdammten Nicht-Gewerkschaftler. Wir mußten sie einschließen. Sobald einer von ihnen ins Krankenhaus mußte, wollten sie alle abhauen.

Der Abscheu, den Joe in das Wort ›abhauen‹ legte, krümmte seinen ganzen Körper.

Also mußte ich sie einschließen. Jetzt sollen sie mal nachdenken. Sollen ihre Streik*führer* – und wieder betonte er das Wort mit grimmiger Absicht – ihnen sagen, was sie jetzt als nächstes tun sollen. Und er lachte sein halb bitteres Ho, ho, ho, ho!

Was! sagte Gurlie. So schlimm steht's?

Tja, wir müssen die Arbeit schaffen, nicht?

Aber ist es nicht gefährlich?

Was? Auf einer Matratze zu schlafen? Sicher. Man könnte sich erkälten.

Aber was nützt es? beharrte Gurlie. Zum Essen müssen sie raus.

Oh, wir füttern sie gar nicht so schlecht, sagte Joe. Gurlie sah ihn voller Bewunderung an. Wir haben reichlich Wasser. Brot. Ein bißchen Butter, nicht viel, weil es keinen Raum gibt, um Eis zu verwahren. Aber Bohnenkonserven. Tomatensuppe. Oh, sie haben ein regelrechtes Picknick.

Gurlie schüttelte schweigend den Kopf. Dann bist du der einzige, der aus- und eingeht. Klar, sagte Joe. Die Bosse haben beschlossen, daß sie das Wochenende in Newport verbringen.

Nach dem Frühstück verließ Joe seine Frau an der Haustür, wohin sie ihn in ihrer Unruhe begleitet hatte. Sie sah zu, wie er die fast leere Straße zum Eingang der Hochbahn hinunterging. Seine schmalen, geraden Schultern, das schwarze Jackett, sein entschlossener, gleichmäßiger Gang – er kam ihr nicht sehr kräftig vor, wie er seine Zigarre rauchte – seine billige Zigarre. Ich frage mich, wie lange es dauert. Ich glaube nicht, daß er sie fertigmachen kann.

Am dritten Abend kam Joe frohlockend nach Hause. Die reguläre Ladung Postanweisungen war rechtzeitig abgegangen. Am vierten Abend vertraute er seiner Frau an, daß es ihm in einer Woche völlig egal sein würde, was zum Teufel die Druckereiarbeiter oder sonst jemand haben wollten. Wir erledigen den Regierungskontrakt und machen dann den Betrieb zu, bis sie uns auf den Knien anbetteln, ihn wieder aufzumachen. Diesmal habe ich sie dort, wo ich sie hin haben wollte. Die faulen Schmarotzer.

Aber am Montagabend der folgenden Woche kam er wieder später als gewöhnlich. Gurlie war ruhiger geworden, der Streik war letzten Endes nur ein Streik, trotz feindseliger Stimmung war alles glatt gelaufen. Die Männer hatten Angst vor der Polizei. Joe war ein- oder zweimal angerempelt worden. Ein Junge traf ihn eines Morgens sogar mit einem kleinen Stein im Rücken – aber das war alles.

Aber als er diesmal schließlich auftauchte, war seine Krawatte zerknittert, sein Hemdkragen zerdrückt und geschwärzt, sein Hut zerbeult.

Sie haben mich aufgehalten, sagte er. Er war äußerst ernst und sprach leise. Bist du verletzt? Nein. Wo war die Polizei? Oh, sie haben mir aufgelauert, am Eingang zur Hochbahnstation an der Chambers Street.

Was haben sie gemacht?

Mich angehalten. Mir eine Pistole vorgehalten.

Joe! Was hast du getan?

Gott, ich bin doch hier, oder nicht?

Du hast also gekämpft?

Nein, ich hatte keine Chance. Es waren zwei. Einen habe ich jedenfalls erkannt. Wer war es? Nein, das sage ich noch keinem. Ich vermute, es war die Bande vom Gaswerk.

Was wollten sie?

Daß ich den Streik abbreche.

Was hast du gesagt?

Ich habe ihnen gesagt, ich könnte ihn nicht abbrechen. Sie sagten mir, ich müsse. Was hast du dann gesagt? Ich habe nichts gesagt. Einer von ihnen hat mich am Kragen geschnappt, während der andere mir die Pistole in die Seite gestoßen hat.

Oh! sagte Gurlie, ich weigere mich, dich morgen in die Stadt fahren zu lassen, wenn du nicht beschützt wirst. Woran denkt die Stadtverwaltung?

Die Stadtverwaltung kann nicht denken, sagte Joe.

Ich weigere mich, dich fahren zu lassen. Ich habe dabei auch was zu sagen. Ich will nicht, daß du umgebracht wirst. Was ist mit mir und meinen Kindern? Klar, der Firma ist es egal, ob du umgebracht wirst. Die können jemand anders kriegen. Wenn du fährst, fahre ich mit dir.

Beruhige dich, sagte Joe, aber im Ernst, von jetzt an soll mich die Polizei abends zur Station bringen. Und dich morgens abholen, setzte Gurlie hinzu. Meinetwegen, sagte Joe, aber sie trauen sich nicht, tagsüber etwas zu tun.

Aber was ist hier oben, wenn du spät nach Hause kommst? Sie werden dir folgen –

Ich hole mir eine Genehmigung, eine Pistole zu tragen – morgen früh. Aber – aber – aber! Kannst du schießen? sagte Gurlie. So gut wie die schon.

Aber du hast mir gar nicht zu Ende erzählt, was passiert ist.

Nichts ist passiert, sie hörten jemanden kommen und sind abgehauen. Ich bin in die Hochbahn gestiegen und nach Hause gekommen.

Aber was ist mit morgen? Was werden sie als nächstes tun? Was wird passieren?

Nichts, sagte Joe. Was erwartest du denn?

KAPITEL 10

Das Plauderstündchen

Es war ein netter alter Herr mit Kneifer und Gamaschen, der mitten auf der einzigen zur Verfügung stehenden Bank in diesem Teil des Parkes saß. Die anderen Bänke, wenn auch frei von Schnee, waren entweder im Schatten und eisbezogen oder in der Sonne, wo es warm war – herrlich warm für Dezember – und deshalb naß vom Tauen. Er hatte mehrere Lagen Zeitungspapier unter sich.

Er schaute auf und lächelte das Mädchen mit dem Kinderwagen an. Er konnte sehen, daß sie sich ausruhen wollte.

Sie setzen sich besser zu mir, sagte er. Ich glaube nicht, daß in der Nähe noch eine andere trockene Bank ist. Sie blieb einen Augenblick stehen und sah ihn an – sie war es müde, den Kinderwagen auf den unebenen Gehwegen zu schieben.

Es muß ziemlich anstrengend sein, bemerkte er, als er sie zögern sah. Wollen Sie nicht ein Stück Zeitung haben?

Aber anstatt abzuwarten, bis er aufstand und es ihr gab, setzte sie sich schnell ans andere Ende der Bank, so daß sie sein Angebot nicht annehmen mußte.

Das ist schon recht, fuhr er fort und setzte sich wieder, da ist es nicht naß.

Absichtlich wandte sie sich stirnrunzelnd von ihm ab und beugte sich in den Kinderwagen, um die Decken des Babys zu ordnen. Das Ding schlief selig, nur ein kleines Gesicht zeigte sich zwischen Wollmütze und Deckenrand.

Wie alt bist du? sagte der Mann, der sehr sanft und ruhig sprach.

Fünfzehn, sagte das Mädchen – biß sich dann auf die Lippe, weil sie ihm geantwortet hatte.

Kommst du oft mit dem Baby her?

Klar. Manchmal jeden Tag. Das ist ganz schön doof, setzte sie bei sich hinzu.

Um die Zeit am Morgen?

Klar. Warum nicht?

Nicht viele Leute tun das in diesen Tagen. Die besten des Jahres, denke ich oft, düster, still – aber sehr ruhevoll. Aber ein Mensch meines Alters ist oft einsam. Verstehst du davon was? Nein, natürlich nicht. Junge Leute haben es besser als wir, aber sie verstehen sehr wenig. Auch was Gutes. Meinst du nicht?

Sie sah ihn an, als meine sie, er habe eine Ecke ab.

Kommst du aus einer großen Familie, fuhr er fort.

Wofür halten Sie mich, ein Lexikon? Sie beschloß, patzig zu sein.

Er lachte. Na, vielleicht sagst du mir dann den Namen des Babys.

Spinne.

Was?

Spinne.

Deine Schwester?

Nein, ich bin bloß das Dienstmädchen. Und sie wollte sich wieder auf den Weg machen.

Bitte geh nicht, sagte er. Tut mir leid, wenn ich dich belästigt habe. Bitte. Bitte, lieber gehe ich selbst. Ich belästige dich auch nicht mehr. Also setzte sie sich wieder, während er sich auf einen Spazierstock zwischen seinen Knien stützte und in die andere Richtung schaute. Sie musterte ihn gründlich, während er ihr den Rücken zuwandte, und der alte Knochen tat ihr leid. Sie hatte nichts zu tun, außer dazusitzen.

Gott, schrecklich kalt heute, sagte sie nach einer Weile, als spreche sie zu den Bäumen. Der alte Mann drehte sich mit einem Lächeln auf dem Gesicht schnell zu ihr um. Jedenfalls kalt für ein Baby, glaube ich, sagte sie.

Es ist gut für sie, sagte der Mann, solange sie ordentlich geschützt werden, besonders vorm Wind. Der Wind ist der Feind eines Babys. Besonders wichtig ist, daß keine kalten Luftzüge von unten in den Kinderwagen kommen und durch die Matratze wehen. Wußtest du das? Alle Kinderwagen sollten mit einem undurchlässigen Material ausgeschlagen werden, zum Beispiel Öltuch oder Papier. Das hält den Wind ab. Hat das Kind es warm genug?

Klar, sagte das Mädchen. Sie würde einen wissen lassen, wenn nicht. Sie sagt ›Mammi‹ und ›Baby‹. Sie bleibt nicht mehr auf dem Schoß. In dem Block, wo wir wohnen, haben vierzehn Kinder den Keuchhusten.

Was du nicht sagst, sagte der Mann. Krabbelt sie? Und damit riskierte er es, aufzustehen und das kleine schlafende Ding anzugucken. Aber es schlief nicht. Ich lasse sie überall hin, sagte das Mädchen. Sie ist sehr freundlich, außer zu Leuten mit Brille.

Ja, der Mann nahm den Faden auf, einem Säugling kommt eine Brille wahrscheinlich wie ein paar schrecklich große Augen vor. Das Mädchen sah ihn an, als meine sie, an dem, was er sagte, sei etwas. Ja, Brillen machen ihr Angst.

Aber das Baby hatte keine Angst. Deshalb fuhr sie fort: Aber sie fürchtet sich vor gar nichts. Guck mal! sie sprach das Baby an, wer ist das?

Das Baby, in eingemummelter Aufmerksamkeit verloren, sah den Fremden mit aufgerissenen Augen an, bewegte sie von Zeit zu Zeit ein ganz klein wenig von einem Punkt zum anderen über die Züge des Gesichtes, das sich gerade hinabbeugte. Der Mann tätschelte die Decke, unter der sie sehr freundlich lag, und setzte sich dann wieder in die Nähe des Mädchens. Sie scheint ein aufgewecktes kleines Ding zu sein, sagte er.

Sie kann so viele Wörter sagen. Ich glaube, sie kann fünfzehn Wörter sagen.

Was! So viele?

Ja, wissen Sie, sie klingen wie Wörter. Ja. Sie hat vier Zähne, zwei oben und zwei unten. Heute morgen ist sie aus dem Bett gefallen. Aber sie guckt immer mit einem Lächeln hoch.

Sie ist ziemlich klein, sagte der Mann. Ißt sie?

Sie ißt jetzt alles – außer Kuhmilch. Ich habe ihr Kuhmilch gegeben, und sie muß sich übergeben. Gestern habe ich ihr eine ganze Tomate gegeben.

Eine Tomate mit neun Monaten!

Klar. Sie wollte sie. Sie hat die Mitte rausgesaugt und die Haut weggeworfen. Brot. Manchmal ein Ei. Das ist das einzige, was sie gierig ißt – ein Ei. Morgens ist sie nie hungrig. Sagen Sie mal, sind Sie Arzt oder so was? Das Mädchen besann sich schließlich.

Nein, nein, sagte der Fremde, aber ich habe selber zwei kleine Nichten, und ich interessiere mich sehr für Kinder.

Na, ich hoffe, sie kriegt nicht den Keuchhusten, kann ich bloß sagen, fuhr das Mädchen fort. Wenn sie den kriegt, kündige ich. Davon habe ich genug.

Das würdest du doch nicht tun, oder?

Klar würde ich das tun. Ich muß an mich selber denken.

Aber die Leute würden dich in so einer Zeit mehr denn je brauchen.

Ach, ich arbeite da noch nicht so lange.

Sind es nette Leute?

Deutsche.

Der Mann lächelte insgeheim und räusperte sich schnell. Ach, Keuchhusten ist nicht so schlimm, wenn man mit ihnen viel im Freien ist, glaube ich.

Ja, das habe ich gehört. Aber der Grund, warum ich mit ihr meistens nach draußen gehe, ist, damit sie besser ißt. An Tagen, an denen sie draußen gewesen ist, ißt sie eine ganz schöne Portion Spinat. Sie braucht das, glauben Sie mir. Sie haben noch nie ein so mageres Kind gesehen. Aber Sie sollten mal den kleinen Rotschopf die Treppe unter uns drüben am Fluß sehen. Der ist so doof. Wah, Wah, Wah! Mehr kann er nicht sagen, aber man muß ihn einfach liebhaben.

Sie müssen Kinder gern haben.

Die und Erzählen. Gott hat mir ein gutes Mundwerk gegeben – wenn ich einmal anfange. Das ist aber so ungefähr alles, was er mir gegeben hat, sagt Ma. Ich mache aber guten Gebrauch davon. Ich glaube, ich mache mich besser mal wieder auf den Weg, fügte sie hinzu, weil sie dachte, daß sie zum Schluß ein bißchen zu vertraulich geworden sei. Bis dann.

Auf Wiedersehen, sagte der alte Mann und erhob sich höflich. Es ist nett von Ihnen, daß ich mich so mit Ihnen unterhalten durfte. Sorgen Sie gut für das Baby. Ich hoffe, es bekommt nicht den Keuchhusten.

Sie starrte ihn bloß noch einmal an und ging. Das Baby, das mittlerweile aufrecht saß, hielt sich mit seinen behandschuhten kleinen Händen am Rand des Kinderwagens fest und verrenkte sich, um die Gestalt im Blick behalten zu können, die auf der Bank saß und langsam hinter dem Schnee, der zwischen ihnen lag, verblaßte.

Mensch, Jim, sagte Maggie zu dem Polizisten an der Ecke, du hättest mal den alten Vogel sehen sollen, der versucht hat, sich im Park an mich heranzumachen.

Was du nicht sagst. Du meinst den alten Herrn mit dem Backenbart?

Ja.

Der Polizist lachte. Der hat nicht versucht, sich an dich heranzumachen. Das ist der Bruder des Gouverneurs. Er lebt hier in der Nähe.

Ja? Meinetwegen kann er der Onkel des Papstes sein, sagte das Mädchen, um zu zeigen, was sie über solche Männer dachte. Der Polizist lachte sie noch ein bißchen mehr aus. Du machst mal besser, daß du nach Hause kommst, sagte er. Es ist zwölf vorbei.

Es war Keuchhusten. Lottie erwischte es zuerst, dann das Baby, das sich bemühte, jeden folternden Krampf zurückzuhalten. Und Weihnachten stand vor der Tür. Gurlie war wütend. Keuchhusten sollte im Frühling kommen, nicht jetzt. Aber sie schenkte ihm nicht viel Aufmerksamkeit.

Die Hauptsache war, daß das Baby soviel wie möglich an die frische Luft kam. Es fing bloß an, alles zu erbrechen. Also sagte sie Maggie, sie solle ihm nicht zuviel zu essen geben. Was! sagte das Mädchen. Nachts ließen sie ein Licht in seinem Zimmer brennen, das nach Kreosot roch.

Es ist schön heute, sagte Gurlie so um den zwanzigsten des Monats, raus mit euch! Bring sie in den Park. Denk daran, was ich dir gesagt habe: gib ihr keinen Schund zu essen. Und halte dich von anderen Kindern fern, fiel ihr nachträglich noch ein.

Maggie ging in Richtung Westen los. Doch an der Ecke schaute sie sich einmal gut um und ging um den Block herum nach Osten, dann zum Fluß. *Ich* bringe dich in den Park, sagte sie. Und wie der Blitz sauste sie los, raste mit dem vor ihr schaukelnden Kinderwagen wie bei einem Rennen. *Ich* bringe dich in den Park, sagte sie noch einmal in den Kinderwagen hinein.

Das Baby begann zu husten und erbrach sich. Pfui! sagte Maggie schweißgebadet, als sie anhalten und sich um den Fratz kümmern mußte. Wenn du mich so aufhältst, kommen wir nie hin.

Dann ging sie wieder los und erreichte ziemlich schnell den Carl-Schurz-Park, der an der 89. Street den East River überschaute. Sie ging zu einem Eingang hinein, drehte eine Runde auf einem der Pfade und war wieder draußen – bloß, damit ich sagen kann, ich war im Park. Am Ausgang traf sie noch ein Mädchen mit einem Kinderwagen.

Es hat den Keuchhusten, sagte sie. Halt dich fern. Warte mal, sagte die andere. Was plagst du dich so ab? Sie blieben etwas abseits von den Kinderwagen stehen, um sich ein paar Minuten zu unterhalten.

Gib ihr dies nicht, gib ihr das nicht, sagte Maggie in einem spöttischen nachgeäfften Tonfall. Puh, ich hab sie leid. Das Kind hat schon ein paar Pfund abgenommen. Ma sagt, ich soll ihr alles geben, was sie nimmt. Milch ist am schlimmsten. Die spuckt sie am ehesten aus. Du solltest sie mal sehen. Manchmal, wenn ich sie aufnehme, ist sie ganz bedeckt damit. Im Haar, in den Augen. Und lächelt. Da mußt du einfach lachen. Ich will ihr 'ne Ruhepause geben. Ich bringe sie zu den Gastürmen. Ma sagt, wenn man um den Gasturm geht, werden sie gesund.

Na, bis dann, sagte das andere Mädchen. Wir sehen uns am Samstagabend.

Maggie setzte sich wieder in Richtung der zwei rotgestrichenen Gastürme in Trab, die man nun ein paar Blocks weiter nördlich am Fluß sehen konnte. Ihr Schritt wurde langsamer und langsamer. Sie fürchtete sich ein bißchen. Angenommen, sie explodierten! Auch schaute sie sich um, um zu sehen, ob jemand sie beobachtete. Sie dachte, vielleicht habe jemand sie verkohlt und sie hierher geschickt – sie kam sich ein bißchen blöd vor. An so einem Ort könnten Männer oder Jungen sein, die zudringlich würden. Dann hatte das Baby einen weiteren Anfall. Das gab den Ausschlag, sie würde es tun. Einmal darum herum jedenfalls. Um einen der Türme zu gehen schien ihr beherrschender Gedanke zu sein. Man muß einmal ganz darum herum gehen, sagte sie zu sich.

Sie war erleichtert, als sie ankam und mehrere andere Frauen mit Kinderwagen und kleinen Kindern hinter einem Drahtzaun ganz nah am Turm auf Kisten in der Sonne sitzen sah. Sie schenkten ihr keinerlei Beachtung. Jetzt konnte sie das Gas riechen. Gott, das kann nicht gut für ein Baby sein, dachte sie. Der Geruch war ziemlich stark bei dem riesigen Behälter. Der mittlere Teil war bis zur Hälfte in seinem Gestell und quietschte ab und zu, während er sich füllte. Sie fragte sich, was passierte, wenn jemand ein Streichholz anmachte, als sie einen alten Mann mit Kappe auf einem zerbrochenen Stuhl am Tor der Einfriedung sitzen sah. Er rauchte eine Pfeife. Sie dachte, man müsse vielleicht eine Eintrittskarte oder so etwas haben, um hereinzukommen. Guten Tag, sagte er mit einem starken Schnarren in der Stimme, und damit steuerte sie den Kinderwagen hinein und machte sich auf den Weg um den Turm. Der Geruch war ziemlich stark.

Erst strebte sie von den anderen Frauen weg, die auf der sonnigen Seite des Turms waren, weil sie ja darum herum gehen wollte.

He, da kannst du nicht rumgehen, sagte der alte Mann.

Warum nicht? sagte Maggie.

Keine zehn Meter vor dir ist ein Stacheldrahtzaun, sagte der Mann. Deshalb. Wenn du zum ersten Mal hier bist, sage ich dir, du kannst dich dahin setzen, wo die anderen sitzen, oder überhaupt nicht. Und wirf auch keine Obstschalen oder Abfallpapier hier herum, setzte er hinzu.

Das Baby hat Keuchhusten, sagte Maggie.

Na, wofür solltest du sonst hier sein, wenn nicht wegen dem Keuchhusten? sagte der Mann. Dahinten findest du eine alte Kiste, setzte er mit einer ruckweisen Bewegung des Daumens über die Schulter hinzu und kümmerte sich nicht mehr um sie. Die anderen Frauen und Kinder waren während dieses Gesprächs außer Sicht gewesen. Nun kam eine mit einem Baby auf dem Arm und ging durch das Tor hinaus. Maggie steuerte den Kinderwagen mit Herzklopfen über den groben Kies.

Jetzt konnte sie sie hören ... Ich stelle mich nicht mehr so an. Du solltest Winnies Baby sehen. Sie ißt alles, und ehrlich, sie ist richtig schön.

Dann kamen sie in Sicht, eine putzte ihrem Kind die Nase und sagte, sie kriegt ein schrecklich vorstehendes Kinn, sie streckt es so heraus – ehrlich, es ist schrecklich.

Doch als einige sich umdrehten, um nachzusehen, würgte das Baby im Kinderwagen daneben und fing an. Mein Gott, jetzt geht's los! sagte eine der Frauen. Es war das schlimmste, was Maggie gesehen hatte. Während die Frau sich um das Kind in seinem Krampf kümmerte, redete sie weiter, beschrieb alles der Reihe nach, wie es kam – als wolle sie sich von ihrer Besorgnis befreien. Maggie sah fasziniert zu. Erst wird sie rot, dann lila – selbst ihre Beine werden blau, und dann ist ihr Gesicht grün. Guckt euch das an, ich lege ihr die Hände hinter den Kopf. Man sollte meinen, sie würde ersticken.

Das dachte Maggie tatsächlich.

Dann hörte das Baby auf zu husten und begann, sich zu erbrechen. Sie kotzt zwanzigmal am Tag, schloß die Frau.

Und damit endete dieser Notfall. Maggie wollte weglaufen. Aber irgendeiner lachte, und die Frauen fingen wieder an, sich zu unterhalten, und so schob Maggie ihren Wagen an ihnen vorbei, während sie sie im Gespräch beobachteten, und fand die alte Kiste, von der der Mann gesprochen hatte.

Meiner sitzt die Hälfte der Zeit mit offenem Mund da. Ich kann ihn nicht satt kriegen.

Der Rand des Turms war dicht hinter ihr. Auch wenn ihr ein bißchen unheimlich war, so nahe am Gas zu sein – immerhin machte es den anderen nichts, und so dämmerte ihr – als sie an das stinkende Licht dachte, das sie nachts brennen ließen –, daß das Gas vielleicht den Husten heilte – nicht einfach das Herumlaufen um den Turm.

Vier oder fünf Frauen hatten ihre Kisten in einer kleinen Gruppe zusammengestellt. In der Mitte saß eine Frau mit rosigen Wangen und ergrauendem Haar, die ständig redete und lachte und die Blicke der anderen fast die ganze Zeit auf sich geheftet hielt. Ihrem Reden und ihrem Aussehen nach erkannte Maggie sie gleich als ihresgleichen, als Irin. Es waren nur zwei weitere Kinderwagen da, aber mindestens drei auf dem Arm getragene Babys und ein paar ältere Kinder, die sich immer wieder hinter den Turm davonstahlen, von wo sie brüllend hervorgeholt werden mußten.

Raus hier, schrie der alte Mann und ging mit einem Stock in der Hand um den Zaun zu ein paar älteren Jungen, die auf die Umzäunung geklettert waren, um einen Ball wiederzuholen. Eine der Frauen stand auf und warf ihn zu ihnen hinüber.

Weißt du, was er zu mir sagt? Es ist mir egal, wie verflixt krank du bist, solange es dem Kind gut geht.

Am Dienstag bin ich mit ihr nach Coney Island gefahren. Ich glaube, es war Dienstag. Stimmt's nicht, Rose?

Hallo, Mrs. Falori! rief aus der Gruppe heraus die Frau mit den rosigen Wangen einer vorbeigehenden Italienerin zu.

Tag! Die Angesprochene hob die Hand, stieß als Antwort einen plötzlichen hohen Habichtschrei aus und lächelte dabei.

Ja, die kommen jetzt überall rein, sagte eine der Frauen. Und die komischen Namen, die die haben. Mrs. Magazine habe ich gestern in einem Laden gehört. Mrs. Was? sage ich. Kerosino? sage ich. Und sie lachte mit den übrigen.

Dann würgte Klein-Flossie und bekam selber einen Anfall. Maggie spürte, wie die anderen Frauen sie ansahen und ihr Gesicht purpurrot wurde. Eine der Frauen kam herüber, um ihr zu helfen. Ach, ist nicht so schlimm, sagte sie. Mein Onkel hat mir bei meiner gesagt, ich sollte sie in die Luft werfen und fangen, wenn sie so einen Krampf hat.

Haben Sie keine Angst, Sie könnten sie fallen lassen? sagte Maggie.

Nein, ich meine ja nicht so hoch. Ich hab's versucht, und ehrlich, es hat gewirkt.

Spinat vergiftet sie, sagte eine andere Frau, überall, wo sie damit in Berührung kommt. Sie ißt ihn gern, aber er bekommt ihr nicht. Das erste Mal, als ich ihr Spinat gegeben habe, hat sie um den ganzen Mund Ausschlag bekommen. Ich wußte nicht, was es war, habe es erst später herausgefunden.

Er hat ein gutes Paar Augen, sagte noch eine andere Frau. Sie sprach von einem der älteren Kinder, das sie gerade eingefangen hatte und dem sie kräftig verschmierte Schokolade von der Nase rieb. Ja, er läßt nicht viel aus, solange es in seinen Bauch geht.

Das mußt du mir bezahlen, sagte eine andere zu einem kleinen Jungen, bleib bloß von dem Kinderwagen weg.

Sie kennen? hörte Maggie dann. Also, Elsie und ich haben, als wir Kinder waren, immer angestanden, um auf demselben Topf zu sitzen. Und alle Frauen lachten schallend.

Ja, Kinder sind komisch, sagte die Frau mit dem rosigen Gesicht. Gestern habe ich gesehen, wie er mit dem Stekkenpferd auf dem Rücken durch die Küche ging. Ich lasse mich auf mir reiten, sagte er. Und wieder lachten alle.

Meiner ist neulich, plopps, auf den Hintern gefallen, sagte eine andere. Was hab ich getan? fragt er und sieht mich verdattert an. Dann hält er den Atem an, steht auf und geht ins Nebenzimmer, wo ich ihn nicht sehen kann, um zu weinen.

Sie hassen es, wenn man sie runterputzt. Wenn sie auch nur ein bißchen Rückgrat haben, ist es eine Beleidigung für sie.

Das brauchen Sie mir nicht zu sagen. Ich habe auch einen. Heckt ständig etwas aus, ein regelrechter Nichtsnutz. Aber in den letzten paar Nächten hat er nicht so gut geschlafen.

Sie sind Stehaufmännchen.

Nein, sage ich. Du bist nicht mit Geld geboren, und du wirst nicht mit Geld beerdigt.

Also, mit ihm ist es so – in manchen Dingen ist er brav. Wenn ich ihn hierhin bringen würde, und Sie würden ihm befehlen, die ekligste Medizin zu nehmen, er würde sie nehmen. Aber wenn sein Vater oder ich versuchten, ihn dazu zu bringen, würde sich nichts tun.

Sie brauchen sich doch über nichts zu beschweren, sagte die Frau mit dem rosigen Gesicht zu der, die zuletzt gesprochen hatte, mit dem Engelchen da auf dem Arm, das Ihnen Gesellschaft leistet.

Oh, mit ihr geht es, erwiderte die Frau, aber dieser andere Tunichtgut ...! Du meine Güte! Ein Wunder, daß er noch lebt. Manchmal könnte ich ihn umbringen.

Er will sich schon hinsetzen, und er ist ganz schön vorlaut – ein vorwitziger Junge –, aber in den letzten paar Nächten hat er nicht so gut geschlafen.

O Gott! Mrs. H.! Lassen Sie es nicht so weit kommen, daß sie weint.

Nun ja, sie sind nun einmal da, und man muß sein Bestes für sie tun. Aber ich will Ihnen mal die Wahrheit sagen, manchmal ist es eine undankbare Aufgabe.

Sie haben recht, es ist eine undankbare Aufgabe, sagte eine Frau mit dichten Augenbrauen, die bis dahin nicht gesprochen hatte. Mein Jüngster war so einer. Er war ein ganz Frecher. Sie machte eine Pause. Ich schäme mich, es zu erzählen. Und ein schwaches Lächeln huschte über ihre dünnen Lippen.

Keine machte den Mund auf, weil sie wußten, sie würde weitererzählen, wenn sie warteten. Maggie saß da und verrenkte sich, damit ihr kein Wort entging. Die Frau schien sie direkt anzusprechen.

Ich bin schrecklich jähzornig, sagte sie. Wenn es am schlimmsten ist, bin ich wie verrückt. Manchmal habe ich selber Angst davor. Nun, eines Sonntagmorgens hat er mir Schande gemacht. Ich hatte ihn für die Kirche angezogen, und er wollte nicht gehen. Also habe ich ihn in den Hof runter gelassen, während ich mich fertigmachte. Und als ich ihn holen wollte, da hätten Sie ihn mal sehen sollen. Er war schwarz von Kopf bis Fuß. Also nahm ich ihn mit nach Hause und gab ihm eine Tracht Prügel, und selbst dann wollte er nicht zu plärren aufhören. Er lief ganz rot im Gesicht davon an. Sein Vater war die ganze Nacht aufgewesen und schlief. Das Kind wollte einfach nicht aufhören. Also habe ich ihn runtergebracht und in die Mülltonne geworfen und ihm den ganzen Kopf zerschnitten. Ich dachte, ich hätte ihn umgebracht. Meine Schwestern hörten den Krach und kamen angelaufen. Sie mußten ihn ins Krankenhaus bringen, damit er genäht wurde.

Ach, du lieber Gott, sagte eine der Frauen.

Ich bin schrecklich jähzornig …

Eine Weile wandte Maggie sich ab. Als sie wieder zuhörte, redeten sie von Ärzten. Sie sind eine wunderbare Patientin, sagt er. Ja, sage ich. Und war ich auch für meinen Zustand!

In unserem Block ist eine jungverheiratete Frau, die kommt irgendwann nächsten Monat nieder. Und sie hat so eine Angst! Also sage ich zu ihr, Sie brauchen sich keine Sorgen zu machen. Sie denkt immer, sie kommt vielleicht nicht rechtzeitig ins Krankenhaus. Also sage ich zu ihr, mein erster wurde in einem Taxi geboren und mein zweiter in der Kloschüssel. Und gucken Sie sich die heute an, sage ich.

Habt ihr schon mal gehört, daß man gegen Blähungen Lorbeerblätter gibt, sagte eine andere. Man kocht sie mit Wasser ab, hat eine Frau meinem Mann gesagt.

Ich muß mal.

Gott, wenn ich davon tausend hätte, würde ich denken, ich wäre im Himmel, wenn ich mich mal hinsetzen könnte.

Seine Verdauung war schrecklich, etwas Furchtbares, pfui.

Klar, er klettert schon aus dem Kinderwagen. Ich muß ihn immer festschnallen. Wenn er schon jetzt so'n Unsinn macht, wo er klein ist, was wird er dann später machen?

So ging es weiter. Maggie hörte zu, beobachtete sie – alle älter als sie selber, und sie hielt nicht viel von ihnen. Kinder waren nichts für sie. Man müßte ihr erst eine Narkose geben. Sie schaute in den Wagen nach ihrer eigenen kleinen Flossie und beschloß, daß sie gar nicht so übel war. Sie würde wohl nach Hause gehen.

Von meinen kommen immer alle zum Abendessen, sagte eine der Frauen. Und es sind die hungrigsten Kinder! Ich hab so was noch nie gesehen.

Tschüs, meine Liebe, sagte die Dame mit den rosigen Wangen, als Maggie schließlich davonging.

Auf Wiedersehen, sagte Maggie, ohne sie anzuschauen. Und als sie kurz stehenblieb, um die festgeklemmte Bremse des Kinderwagens zu lösen, hörte sie schließlich:

Ich hatte es leicht.

Sie müssen einen linkshändigen Doktor gehabt haben, entgegnete eine andere ihr.

Sagen Sie bloß, er *war* linkshändig. Wie sind Sie darauf gekommen?

Haben Sie nicht gesagt, es ist leicht gekommen? Und noch einmal hörte Maggie die Frauen lachen, als sie aus dem Tor ging. Alles Gute, sagte der alte Mann noch. Maggie lächelte ihn an, aber er sah sie nicht einmal an. Sie eilte davon.

Unterwegs beschloß sie, es bei dem Baby mit ein paar Keksen zu probieren, wie sie die Frauen hinten am Turm ihren Kindern gegeben hatten. Vielleicht behielt es die besser bei sich als die Milch. Sie ging in ein Geschäft, an dem sie vorbeikam, und holte für einen Nickel welche – mit Schokolade überzogene. Sie gab einen davon dem Baby und steckte den Rest in die Tasche. Der Säugling war hocherfreut.

Maggie war spät dran. Sie beeilte sich. An der Ecke zu ihrem Block zog sie ihr Taschentuch heraus und wischte damit dem Baby sorgfältig übers Gesicht, um alle Spuren des Kekses zu entfernen.

Wo in aller Welt bist du gewesen? sagte Gurlie.

Drüben im Park, sagte Maggie. Was haben Sie denn gedacht, wo ich war?

Keine Unverschämtheiten von dir, gab Gurlie zurück. Ich habe beinahe eine Stunde auf dich gewartet. Ich will diese Kartoffeln geschält haben. Die Essenszeit für das Baby ist lange vorbei. Es muß ausgehungert sein. Hat es viel gehustet?

Nicht viel, sagte Maggie.

Dann fing das Baby an. Und ehe es fertig war, war der Schokoladenkeks überall auf der Decke, überall auf dem Fußboden – es schien fünfmal soviel zu sein, wie in das Kind hineingegangen war.

Da schnappte Maggie ihren Hut und floh.

KAPITEL 11

Ständchen*

Wie ist der Streik schließlich ausgegangen, Joe? sagte Mr. Lindquist, als er den Stuhl vom Tisch zurückstieß, wohlgefällig seine Zigarre anschaute und tief durchatmete.

Setz sie runter, sagte Gurlie zu ihrer Schwester, ehe Joe antworten konnte.

Nein, sagte Astrid und kuschelte das Kind näher an sich, laß sie hierbleiben. Das Kind stützte sich mit beiden Händen auf den beladenen Tisch und langte nach dem Griff eines Obstmessers. Nein, nein, nicht anfassen! Tante Astrid nahm es ihr weg. Kleine Spinne, schloß sie und küßte das Kind. Setz sie runter, sagte Gurlie. Nein, sagte ihre Schwester, ich will sie halten. Die anderen sahen hin und lachten, als der Säugling triumphierend seine Mutter anblickte und versuchsweise das Messer wieder hochhob. Setz sie runter, sagte Gurlie. Doch die dicke Tante beachtete sie nicht. Ja, sage uns, wie es ausgegangen ist, Joe, sagte sie.

Na, dann erzähl's ihnen doch! sagte seine Frau zu ihm.

Meinetwegen, was wollt ihr hören?

Wie ist es ausgegangen? Wer hat gewonnen?

Genau das ist es, sagte Gurlie. Wer hat gewonnen? Sie lachte bitter und schlug mit beiden Händen auf den Tisch.

Mh, sagte Joe, vorsichtig die Asche vom Ende seiner Zigarre in den metallenen Aschenbecher kippend. Er machte eine Pause.

Mach weiter, sagte Gurlie. Du sitzt seit einer Stunde hier, ohne ein Wort mit jemandem zu sprechen …

Das darfst du nicht sagen, äußerte sich Mathilda.

Ich habe mich an der Unterhaltung gefreut, sagte Joe. Sag ihnen, was du für eine Gehaltserhöhung bekommen hast nach allem, was du für sie getan hast, sagte Gurlie. Ich will es von dir hören.

Joe senkte den Blick. Na, habe ich nicht schon vor langer Zeit jedem erzählt, wieviel ich kriegen würde? Sie haben mir das Geschäft gegeben, es gehört jetzt ganz mir. Alle Partner sind zu meinen Gunsten zurückgetreten. Ich muß nur noch das Geld finden, um die Rechnungen zu bezahlen. Er gluckste in sich hinein und führte langsam die Zigarre an die Lippen. *Du* erzählst es ihnen besser, wandte er sich an seine Frau, du weißt mehr darüber als ich. Und zart blies er eine Rauchwolke in die Luft und schaute ihr nach, wie sie gegen den geschmückten Weihnachtsbaum hinter den Vorhängen zum nächsten Zimmer aufstieg. Sie alle warteten. Er ließ sie einen Augenblick so. Dann fuhr er fort. Jeder hat gewonnen. Wir haben unsere Verträge erledigt und dann zugemacht. Als wir letzten Monat wieder aufmachten, haben die Schriftsetzer bekommen, was sie verlangten, und so ist jeder glücklich.

Und wie hast du abgeschnitten? fragte Mr. Lindquist neben ihm. Tja, ich habe noch meinen Arbeitsplatz, sagte Joe.

Sie haben noch nicht einmal Dankeschön gesagt, fiel Gurlie ein. Und der Mann da, nachdem er sein Leben aufs Spiel gesetzt hat … Unsinn, sagte Joe. Unsinn, was? Seine Frau erhob die Stimme. Du glaubst, es ist Unsinn, wenn ich hier Abend um Abend sitze …? Wärst du jetzt besser dran, wenn sie mich gefeuert hätten? sagte Joe. Ach, du bist verrückt, sagte Gurlie. Er ist verrückt.

Joe, du bist mir einer, sagte Lindquist. Das war wunderbarer Wein, den du heute hattest, wechselte er das Thema, ein gutes Zeug, weißt du das? Wo hast du ihn her?

Jemand hat ihn uns gegeben, sagte Joe ihnen, umsonst.

Tja, sagte der große Mann mit dem freundlichen Gesicht und der Narbe quer über die Oberlippe, sehr gut. Ich wette, er hat Sie eine schöne Stange Geld gekostet, Stecher. Nun, bald ist wieder ein Jahr vorbei, fuhr er fort. Neujahr in weniger als einer Woche, stellt euch das vor. Schon wieder ein Jahr vorbei.

Huch! Was ist das unter meinen Füßen? schrie Astrid plötzlich auf. Ach, die Katze. Die Katze kam hervor und legte dann die Füße auf ihren Stuhl, und Mrs. Lindquist, die alle Mathilda nannten, streichelte ihren Kopf. Hübsche Pussie. Dann teilte sich die Unterhaltung. Gurlie und Mrs. L. blieben noch bei der Behandlung, die Joe nach dem Streik von seinen Arbeitgebern zuteil geworden war, während Astrid zuhörte und den Kopf schüttelte. Mr. L. und das andere Paar, mit Joe in der Mitte, fingen an, von einem Freund zu reden, dessen Frau kurz zuvor an Lungenentzündung gestorben war. Großmutter, die nicht wie die anderen Damen am Kopfende des Tisches saß, blieb allein und versuchte, eine Nuß aus der Schale zu holen.

Kommen Sie rüber zu uns, sagte Mathilda. Sie sollten Weihnachten nicht so alleine sitzen. Rücken Sie hier rüber. Wir jungen Leute vergessen manchmal, daß Sie hier sind. Wir sind so egoistisch, wir denken nur an uns.

Das stimmt, Großmutter pflichtete bei. Ich war auch einmal jung. Ich weiß es. Aber ich habe meine Zeit gehabt. Jetzt tut ihr die Arbeit, also müßt ihr auch den Vorrang haben.

Damals war alles anders, nicht?

Ja, anders. Das kann man wohl sagen.

Man hat immer schon zwei Monate im voraus angefangen, für Weihnachten zu kochen.

Was?

Sie ist ein bißchen taub, sagte Gurlie.

Ich sage, man hat immer schon zwei Monate im voraus angefangen, für Weihnachten zu kochen.

Ja, ich habe ein bißchen gekocht.

Sie hat die Plätzchen, *Sandgebäck*, vor einem Monat gemacht.

Sie sind köstlich – diese kleinen Kekse. Wie machen Sie sie?

Man braucht Sahne und Eier, begann Großmutter. Und sie alle lachten. Ja, aber Eier und Sahne kosten jetzt zu viel. Das kann ich mir vorstellen, sagte Mathilda. Im alten Land haben sie die Sahne literweise und zwei Dutzend Eier in einem Kuchen verbraucht.

O ja, das ist jetzt vorbei, sagte Großmutter. Vielleicht ist es besser so. Wir haben immer zuviel gegessen und auch zu schwer.

Ich dachte, das täten die Amerikaner, sagte Mathilda. Ihr wißt doch, was man über die Amerikaner sagt: Sie graben sich ihr Grab mit eigenen Zähnen. Oh! Mathilda bemerkte ein Brandmal auf dem Handgelenk der alten Dame. Sie haben sich die Hand verbrannt, zu schlimm.

Das ist doch nichts. Ich sehe nicht mehr so gut. Ich vergesse, daß der Topf heiß ist.

Sie wissen doch, was man sagt: Nur gute Köche verbrennen sich.

Jeder kann kochen, wenn man ihm nur etwas zum Kochen gibt, erwiderte die alte Dame mit ihrer rauhen Stimme.

Süße kleine Spinne, sagte Astrid gerade da zu dem Baby, ich bring sie wieder rein, damit sie den Baum sieht.

Dort traf sie Joe, der ihr vorausgegangen war, beim Baum stand und aus dem Fenster zur Straße hinaussah, als wolle er das Wetter einschätzen.

Lottie, was machst du denn so still und allein hier? sagte die dicke Tante mit dem Baby auf dem Arm zu dem älteren Mädchen, das die ganze Zeit ohne einen Ton in dem vorderen Zimmer gewesen war.

Lesen, sagte sie, ohne aufzusehen. O nein, sagte Astrid gönnerhaft, dazu bist du nicht alt genug. Doch, sagte das Kind mit großer Entschiedenheit, als es von dem Bilderbuch vor sich aufsah. Ihre Augen waren trotzig und entschlossen, deshalb wandte Astrid sich von ihr ab und ging mit dem Baby zum Baum, das alles darauf gierig berühren wollte.

Kommt mal, rief sie zu den anderen Damen. Kommt mal eben her! Und sie drehte sich um und nickte mit dem Kopf zu Lottie hin. Ist sie nicht schön! Und die Damen schauten alle die lesende Lottie auf dem Sofa an, die, empfänglich dafür, lächelte und in ihrem Buch weiterlas. Aber, guck mal, Lottie, guck mal hoch. Seht euch diese Augen an. Und artig setzte Lottie ein Lächeln auf und machte große, rührselige Augen. Sie war hübsch mit ihren langen schwarzen Locken.

Dem Baby gelang es mit einem plötzlichen Armschwenken, eine Verzierung von einem der Baumzweige zu schlagen. Nein, nein, nicht anfassen. Doch der Säugling hüpfte auf und nieder, reckte sich und entspannte sich mit einem ekstatischen Grinsen auf dem kleinen Gesicht – so daß die

Tante einen verstohlenen Blick ins Eßzimmer warf, wohin die anderen Damen zurückgekehrt waren, und ließ es einmal von einer Zuckerstange probieren.

Joe, kam Gurlies Stimme aus dem anderen Zimmer. Astrid zuckte zusammen. Was ist das für ein Gastgeber?

Komm, die hübsche Mrs. Lindquist trat ein und nahm ihn lachend beim Arm, wir haben dich vermißt. Komm zu den Damen, du kannst nicht einfach so weglaufen.

Was! Essen wir schon wieder? sagte Joe.

Kaffee und Kuchen. Du mußt kommen. Und dann wollen wir, daß du die Geige für uns spielst. Nicht wahr, Kapitän?

Ja, ja, sagte der große Mann.

Das meint ihr wohl, sagte Joe. Guckt euch mal dieses Zimmer an. Ich heb besser mal ein paar Sachen auf.

Nein, du mußt mit mir kommen. Du willst doch jetzt nicht aufräumen, hoffe ich.

Aber wir sind gerade mit Essen fertig geworden.

Astrid, rief Gurlie aus dem anderen Zimmer. Kaffee. Komm. Wir wollen uns mit dir unterhalten. Gib mir das Baby, sagte sie dann und tauchte plötzlich auf. Gib sie mir. Und sie sammelte aufs Geratewohl ein paar Spielzeuge zusammen und häufte sie auf dem Boden auf – eine kleine Puppe, ein Tier auf Rädern, eine kleine Spieldose, an der sie ein paarmal drehte, um das Baby anzulocken. Jetzt laß sie hier. Und sie setzte das Baby mitten in das Durcheinander. Lottie, paß auf das Baby auf.

Lottie sah über den Rand ihres Buches, kam herüber, nahm dem Baby die kleine Spieldose weg und kehrte zu ihrer Lektüre zurück.

Ich habe Angst, sie steckt sich etwas in den Mund, wenn man sie so läßt, sagte Astrid, mit dem ganzen zerbrochenen Baumschmuck auf dem Fußboden. Er ist aus Glas, das weißt du. Nein, tut sie nicht, sagte Gurlie. Laßt sie lernen. Eines Tages tut es dir vielleicht leid, sagte Großmutter.

Ja, sagte Mathilda. Und ich habe viele Stecknadeln von den Paketen und so auf dem Fußboden gesehen.

Nein, sagte Gurlie, sie schluckt sie nicht. Sie weiß Bescheid. Aber Gurlie ... Ach, hier liegen ständig Stecknadeln auf dem Fußboden rum. Ich habe ihr eine gezeigt und ihr damit in den Finger gepiekst. Pieks! habe ich zu ihr gesagt. Pieks! Pieks! Also muß sie es lernen.

Pieks! sagte das Baby plötzlich mit übertriebener Exaktheit. Pieks! und jeder sprang auf. Sie saß mit dem Rücken zum Zimmer, hielt die rechte Hand hoch, Zeigefinger und Daumen zusammen, und versuchte über die Schulter zu gucken.

Guckt euch das an! sagte Astrid, während sie und Mathilda beinahe übereinanderfielen, als sie zu ihr hinliefen.

Aber als sie ankamen, stellte es sich als falscher Alarm heraus. Ach, du kleiner Schwindler, sagte Astrid. Sie muß gehört haben, was wir gesagt haben. Aber ist das nicht niedlich! sagte Mathilda. Ist das nicht niedlich. Stellt euch das vor. Laßt mich hier sitzen und mit ihr spielen.

Nein, sagte Gurlie aus dem anderen Zimmer, aus dem sie sich nicht gerührt hatte. Wir haben Weihnachten, wir können nicht in einem fort Babys bewachen. Komm. Du mußt kommen. Ich will deinen Ring sehen. Zieh ihn ab. Ich will ihn anprobieren.

Mathilda gehorchte. Mit dem Ring an ihrem festen Finger stand Gurlie auf und ging zu ihrem Mann hinüber. Guck hier, mein Herr, sagte sie und schüttelte den Ring am Finger unter seiner Nase. Guck einmal, was Männer von Welt ihren Frauen schenken. Oh, aber schau dich mal um, was du hast, schalt Mathilda. Das kann sie nicht sehen, sie will bloß immer mehr, sagte Joe. Du solltest froh sein, antwortete seine Frau. Du brauchst jemanden, der dich antreibt. Ach, du bist schrecklich, Gurlie, sagte Mathilda. Es ist ein schöner Ring, sagte Joe.

Kaum hatten die Damen das vordere Zimmer verlassen, als leise die Katze hereinspazierte, sich auf den Boden plumpsen ließ und sich genau wie ein Hund, mit allen vier Beinen in die Luft gestreckt, auf dem Boden herumzurollen begann.

Guckt euch die Katze an, sagte Astrid, tut sie dem Baby nichts?

Gurlie würdigte sie nicht einmal einer Antwort.

Die Kleine saß lange regunglos an der Stelle, wo ihre Mutter sie hingesetzt hatte. Doch jetzt schien sie zum Leben zu erwachen. Sie schlug mit den Händen nach rechts und links auf die zusammengewürfelten Spielzeuge vor sich und betrachtete entzückt die Zerstörung, die sie angerichtet hatte. Aber als sie kein Gesicht über sich sah, wurde sie ernst. Dann schaute sie sich um, sah etwas und griff danach. Es stellte sich als ein Abakus heraus. Indem sie sich von den Hüften aus nach vorne beugte, bis sie fast auf dem Bauch lag, bekam sie ihn zu fassen.

Nachdem sie den Gegenstand in ihren Besitz gebracht hatte, sah sie ihn aufmerksam an. Dann, als sie die farbigen Kugeln mit der linken Hand berührte, sah sie, daß sie sich bewegten. Vorsichtig zog sie die Hände zurück, näherte sie dann wieder den Kugeln, hielt inne und sah sich im Eßzimmer nach Unterstützung um. Als ein heftiger ... Sie hielt inne, schluckte schwer und hielt dann, so fest und lange sie konnte, den Atem an. Der Husten begann, aber sie wollte nicht nachgeben, bis er entgegen ihren mächtigsten Anstrengungen, ihn zu kontrollieren, aus ihr herausplatzte. Kämpfend beugte sie den Kopf und preßte die kleinen Hände fest zusammen. Sie machte so wenig Lärm und saß mit dem Rücken zu den Redenden, daß sie nicht bemerkt wurde, bis sie mit einem erstickten Keuchen endete – und heftig nieste.

Wieder einmal kam jeder herbei, außer Gurlie, und die Tante und Mathilda liefen. Es ist nur der Keuchhusten, sagte die Mutter. Bringt sie her. Der Säugling schluchzte ein bißchen, strahlte aber nach einem Augenblick in Astrids Armen auf. Bringt sie zurück, wo sie war, sagte die Mutter, ich kann sie von hier beobachten. Also ging's wieder zurück zu dem Spielzeughaufen. Der Abakus war noch vor ihr. Sie sah ihn an, als erinnerte sie sich, was geschehen war, und begann dann mit einem Zeigefinger eine

Kugel nach der anderen zu bewegen, vorsichtig. Doch am Ende, kühn geworden, schlug sie mit beiden Händen auf die Kugeln ein, bäng, bäng! Und schob das Ding fort.

Was ist Weihnachten in diesem Land? sagte der alte Kapitän. Es ist nicht dasselbe wie zu Hause.

Sie haben recht. Es soll bloß zeigen, wer mit den meisten Geschenken angeben kann, und teuren Geschenken. Es müßte ein *Gesetz* dagegen geben, sagte Joe mit seiner künstlich groben Stimme, finster dreinblickend.

Ja, nirgendwo hat man ein wirkliches Gefühl von Weihnachten und Farbigkeit und Ruhe. Musik und Glocken und wirkliches Glück. Nicht hier.

Aber mir fällt auf, sagte Joe, daß du die Geschenke nicht zurückweist.

Ach du, sagte Mathilda, immer mußt du so etwas sagen.

Warum sollten wir, sagte Gurlie, sie stehen uns zu.

Was erwartest du dann? sagte Joe.

Es ist, weil hier keine Tradition ist, keine Bauern, die das Land lieben. Es gibt kein Gefühl von … von Wirklichkeit. Ich kann es nicht ausdrücken.

Du drückst es gut aus, sagte Joe.

Nein, leider nicht, erwiderte Mathilda traurig lächelnd.

Es ist, weil jeder den anderen übertreffen will, sagte Joe. Das ist die amerikanische Art. Wenn du nicht mehr hast als alle anderen, mußt du dich schämen.

Ach, du solltest nicht so reden, sagte Mathilda.

Nein. Er hat recht, sagte Gurlie. Also gib's uns.

Klar, sagte Joe. Gib uns noch eine Flasche von dem Rheinwein. Das Glas des Kapitäns hier ist seit einer halben Stunde leer. Komm, mach. Denk zur Abwechslung einmal an jemand anders.

Guckt euch den Kater an, sagte Lindquist plötzlich. Ist er verrückt?

Böse, mit wildem Blick, war das Tier plötzlich auf die Rückenlehne eines Polstersessels im vorderen Zimmer hochgaloppiert und krallte wild. Dann verschwand es plötzlich darunter, lag auf dem Rücken, krallte an der Unterfläche, warf sich herum, schob sich unter dem Stuhl mit kraftvollen Stößen über den Boden und war zur anderen Seite wieder hinaus.

Guckt euch das Vieh an!

Er ist betrunken, sagte Joe.

Tut er dem Baby nichts?

Nein, sagte Gurlie, er will bloß spielen.

Ich weiß, aber …

Es ist das Gesöff, sagte Joe.

Das Gesöff? Was meinst du?

Jeder muß was zu saufen haben, die Katzen auch.

Es ist Baldrian, korrigierte Gurlie.

Oh, sagte Mathilda, das erklärt es. Jetzt verstehe ich. Gesöff.

Ja, das ist gut, sagte der große Mann. Jeder muß was zu saufen haben. Das stimmt auch. Sehr gut.

Gurlie hatte für fünf Cent Baldrian in einem kleinen Baumwollsäckchen eingebunden und mit einem roten Band an einen niedrigen Zweig des Baums gehängt. Der Kater hatte am Morgen als erstes ein Loch hineingekaut und das Zeug auf dem Teppich verstreut. Jetzt sahen ihm alle zu.

Der Kater ging gerade langsam über den Teppich, den Kopf gesenkt. Mit der Nase stupste er beim Gehen regelmäßig zart auf den Boden, um den aromatischen Staub zu erschnüffeln. Nun fand er das Beutelchen wieder. Er schlug es mit der Pfote, und es verschwand unter dem Baum. Der Kater blieb plötzlich stehen, weil er nicht mitbekommen hatte, wo das Beutelchen gelandet war, und sah ein wenig verdutzt nach rechts und links. Dann hob er den Kopf, legte ihn schief, sah den Beutel, kauerte sich sofort zusammen, den Hals vorgestreckt, und begann schnell mit den Hinterfüßen auf der Stelle zu treten, ungeduldig mit dem Hinterteil wackelnd. Mit einem Satz stürzte er sich dann auf das Ding, schleuderte es in die Luft, wälzte sich, es zwischen den Vorderpfoten haltend, herum und zerkaute es, während er seine Hinterfüße ins Spiel brachte und mit reißenden Bewegungen zustieß.

Da ist das wilde Tier für euch, sagte Lindquist. Guckt euch das an.

Wieder schlug der Kater auf den eingefallenen Beutel ein, beförderte ihn dann mit einem langen Anlauf und Rutscher, die Vorderpfoten steif von sich gestreckt, unter das Tuch um den Baum. Genauso plötzlich drehte er ihm den Rücken zu und setzte sich hin, streckte sein Hinterteil vor und begann es sorgfältig zu lecken. Danach ließ er sich einmal mehr zu Boden plumpsen, vollkommen in Ruhestellung, als sei nichts geschehen, und war im nächsten Augenblick fest eingeschlafen – die Vorderpfoten unter der pelzigen Brust eingeknickt, die Augen geschlossen und der Kopf nach vorne gesunken, bis die Nase berauscht auf dem Teppich ruhte.

Guckt ihn euch an, sagte Mathilda, so fühlen wir uns alle, wenn wir zuviel gegessen haben.

Ein dummes Tier, sagte Lindquist. Ist es ein Kater?

Ja, mir ist eine Katze allemal lieber, sagte Gurlie, sie sind viel gescheiter.

Gib ihm Zeit, gib ihm Zeit, sagte Joe. Er ist noch kein Jahr alt.

Er fängt noch nicht mal die Maus, die wir haben. Ein Weibchen hätte sie vor Wochen gefangen. Er ist dumm, er hat überhaupt keinen Verstand, sagte Gurlie, aber die Kinder mögen ihn.

Ja, er hat einen großen Kopf wie ein Kater. Die Weibchen haben ein viel kleineres, hübscheres Gesicht. Aber ich glaube, die Männchen sind bessere Haustiere, sie sind nicht so mißtrauisch.

Er ist zu dumm.

Er hat gar nicht so einen schlechten Charakter, sagte Joe.

Und was ist aus Ihnen geworden, Astrid? fragte der große Mann mit der Narbe quer über die Oberlippe. Wissen Sie, daß es fünf Jahre her ist, seit ich mich zum letzten

Mal richtig mit Ihnen unterhalten habe? Was machen Sie? Immer noch bei denselben Leuten. Sie müssen Sie gut behandeln, Sie sehen gut aus.

Ja, sagte Astrid, lassen Sie mich die Plätzchen herumreichen. Wie war es diesen Sommer in Norwegen?

Oh, es war schön. Ich habe ein bißchen gefischt, ein bißchen gejagt.

Aber Sie sind zurückgekommen, mischte sich Joe ein.

Klar, sagte der große Mann, kein Geld dort drüben. Aber das Land ist schön. Ich wünschte, Sie könnten eines Tages mal dorthin fahren, Stecher, es würde Ihnen gefallen.

Auf allen Bildern, die ich von dort gesehen habe, ist nichts als Felsen, sagte Joe. Du weißt nicht, wovon du redest, fiel Gurlie ein. Bah! sagte Mathilda in dem Versuch, die Situation zu retten, merkst du nicht, daß er dich nur aufzieht? Du solltest dich nicht von ihm aufziehen lassen. So ein netter Mann. Skål, Joe! Sie lächelte. Du solltest mal die hübschen Mädchen in Norwegen sehen.

Mein Glas ist wieder leer, erwiderte letzterer. Was für ein Haus ist das?

Hol dir selber was, sagte seine Frau. Norwegen war sogar noch vor Rom besiedelt. Überall in Europa merkst du das, überall. Ich wette, dort hat die Rasse begonnen.

Was für eine Rasse? sagte Joe.

Wir haben Nansen, wir haben Grieg und Ibsen, wir haben …

Also, sagte Mrs. Lindquist, ich kann nicht sagen, daß ich ihn gerne mag. Wir haben ein Stück gesehen, als wir das letzte Mal da waren – über Typhus, glaube ich. Ich kann darin nicht viel sehen. Ich glaube, es sind die Deutschen und die Franzosen, die ihn so berühmt gemacht haben.

Huh, huh! sagte Joe, siehst du …

Du solltest ihn nicht unterstützen …

Astrid, äußerte sich Mr. Lindquist, wir warten schon lange, daß du uns etwas über die Leute erzählst, bei denen du arbeitest. Sind sie so reich, wie man hört?

Ich glaube, ja.

Wie viele Dienstboten haben sie?

Ach, was kümmert das dich? Ich bin neugierig, erzähl's mir. Also, ich schätze, mit dem Butler und der Köchin und dem Zimmermädchen. Dann ist da natürlich noch der Kutscher und der Stalljunge. Also, ich schätze, sie halten die meiste Zeit zehn oder zwölf. Hui! sagte Mr. Lindquist, das muß was kosten.

Jetzt erzähl uns, Astrid, fuhr er fort, wir sind ja alles Freunde hier – was machst du?

Also, was tue ich? Ich bin, glaube ich, was man eine Haushälterin nennt. Astrid ist eine ausgebildete Haushälterin aus der alten Welt, *das* weißt du doch, Alfred, sagte Mathilda zu ihrem Mann. Ich tue alles, fuhr Astrid fort. Wenn sie Hilfe brauchen, beschaffe ich sie für sie. Ich packe, wenn sie wegfahren. Ich bereite das Haus für sie vor und passe darauf auf. Ich bezahle die Dienstboten, stelle sie ein und entlasse sie. Zwing mich nicht, darüber zu reden.

Nein, erzähl uns, Astrid, ich möchte gerne wissen, wie diese Leute leben. Die Augen der untersetzten Dame, der Frau des Kapitäns, schlossen sich schläfrig. Ihr Mann lächelte zärtlich. Guckt, sie schläft ein, lachte er gutgelaunt. Louisa, wach auf!

Nun, sagte die Großmutter, ich glaube, ich verlasse euch jetzt. Die Männer erhoben sich. Setzt euch, setzt euch, sagte sie. Es hat keinen Zweck, so höflich zu sein. Ich kann alleine gehen. Und langsam ging sie, während die Männer stehenblieben, bis sie weg war.

Jetzt weiter mit deiner Geschichte, sagte Lindquist zu Astrid. Ich bin neugierig.

Ja, du bist neugierig, sagte Astrid. Das trifft die Sache. Also, sie ... also, was gibt es da zu sagen? Sie sind nicht anders als wir.

Sind sie nett zu dir?

Mrs. Haggerty ist eine liebe alte Dame. Was willst du wissen? Sie haben ein Haus auf der Fifth Avenue. Sie haben noch ein Haus auf Long Island. Sie fahren nach Europa und Florida wie die anderen reichen Leute ...

Was tun sie heute?

Heute? sagte Astrid. Mr. Haggerty hat wie gewöhnlich um sechs Uhr gefrühstückt und ist dann runter ins Büro gegangen.

Was! Zu Weihnachten?

Nein, nein, nein. Nicht runter in die Stadt. Aber er hat ein Büro im ersten Stock des Hauses, und dort geht er jeden Morgen und Abend hin und arbeitet für sein Geschäft, was immer das ist, und gewöhnlich ist Mr. Tim bei ihm.

*Arbeit macht das Leben süß!** warf Joe dazwischen, wenn man ein paar Millionen Dollar hat, die man gemeinsam durchbringen kann.

Was, er steht jeden Tag um sechs auf? fragte Lindquist.

Ja, gegen sechs Uhr – und arbeitet, bis er das Haus verläßt und in die Stadt fährt.

Was meinst du, was er jeden Tag macht? fragte Lindquist Joe, der neben ihm saß.

Er bereitet sich wahrscheinlich darauf vor, noch ein paar armen Idioten das Fell über die Ohren zu ziehen. Joe stand auf und schob seinen Stuhl zurück. Du solltest nicht so reden, sagte Astrid, du hast ihn noch nicht einmal gesehen. Er ist ein netter Mensch. Sie ist so treu, sie würde über niemanden etwas Schlechtes sagen, fiel Mathilda ein.

Ich vermute, er rechnet Wertpapiere und Aktien aus, sagte Astrid, er guckt immer zuerst in die Zeitung.

Gaunerei, sagte Joe. Er hat sein Schäfchen ins trockene gebracht, indem er den Leuten, die die Hochbahnen gebaut haben, das Bauholz verkauft hat.

Er ist trotzdem ein gescheiter Mann, sagte Astrid.

Klar. Wenn du die Hälfte von allem Holz in Maine von ein paar Farmern kaufst und nichts dafür bezahlst und es dann hier für den fünffachen Preis verkaufst, verdienst du natürlich Geld.

Nein, er war gewitzt. Er hat es mit Flößen hier runtergeschafft und den Fahrpreis gespart. Jeder lachte.

So macht man Geld in Amerika, äußerte sich Gurlie scharf. Warum hörst du nicht zu und lernst?

Weil du ein Gauner sein mußt, um so dein Geld zu verdienen, sagte Joe. Sie sind alle unehrlich, jeder einzelne von ihnen. Deshalb sind sie, was sie sind – große Männer! Führende Köpfe! – Während alle anderen hungern. Niemand kann soviel Geld ehrlich verdienen.

Wenn du zu ehrlich bist, bringst du es auch nirgendwo hin, sagte Lindquist.

Ach! Was ist unehrlich? Nichts. Jeder ist unehrlich, sagte Gurlie. So macht man Geld, das ist alles, was zählt. Danach ist Zeit, ehrlich zu sein – wenn du dir dafür einen Namen machen willst.

Also jetzt, Kinder, Kinder! ermahnte Mathilda sie. Aber so konnte man Gurlie nicht aufhalten. Sie fuhr in ihrer Tirade fort. Du solltest zuhören, was Astrid sagt, da kannst du was lernen. Aber er ist ein Deutscher, setzte sie hinzu, sich an die ganze Gesellschaft wendend. Nein, nein! Er weiß alles. Aber das ist Amerika, Deutscher! Sie zog ihrem Mann ein Gesicht, so machen sie ihr Geld hier.

Nur hier? sagte Joe – und ging ins vordere Zimmer, um zu rauchen.

Ich wette, er könnte dir ein paar gute Tips für die Börse geben, beharrte Lindquist. Tut er das schon mal, Astrid?

Ja, sagte Gurlie eifrig, genau, das ist es.

Nein, sagte Astrid, natürlich nicht.

Warum nicht? Warum bittest du ihn nicht? Du hast doch sicher schon mal Geld zu investieren. Eine gute Aktie kann dir viel einbringen, wenn du weißt, wie man den Markt beobachtet.

Unsinn, sagte Astrid.

Nein. Alfred hat recht, Gurlie bestand darauf. Du solltest ihn fragen.

Nein.

Nun gut, damit wäre das erledigt, sagte Lindquist. Vergiß es, Astrid. Aber vielleicht erzählst du uns, was sie essen. Alle lachten.

Du bist komisch, sagte Astrid. Was soll einen daran interessieren?

Ich möchte bloß wissen, was sie so gescheit macht, sagte Lindquist. Nein, ich möchte es ehrlich wissen. Was ist mit seinem Frühstück?

Astrid sah ihn einen Augenblick an, als sei das Ganze nicht beachtenswert, aber schließlich dachte sie, sie könne es ihnen ebensogut erzählen. Nun, zum Frühstück nimmt er manchmal Schinken, Speck, drei oder vier Eier. Manchmal Fleisch und Kartoffeln. Und immer eine große Schüssel mit irischen Haferflocken, die er sich speziell aus Irland bestellt. Zwei Tassen Kaffee, manchmal drei. Brot. Butter. Viel Butter. Jetzt laßt mich in Ruhe.

Pah! sagte Lindquist. Was für ein Mann. Aber warte mal. Du willst wirklich sagen, er hat heute den ganzen Tag gearbeitet?

Nein.

Also?

Da unterbrach Mathilda ihren Mann. Siehst du nicht, daß Astrid nicht mehr darüber reden will? Hör auf.

Nein. Eine Minute noch. Ist er heute morgen nicht zur Messe gegangen?

Doch, sagte Astrid schließlich. Seine Frau hat ihn von der Arbeit weggeholt und ihn gezwungen, mit ihr und den Kindern zu gehen.

Was macht das Baby, Joe? rief seine Frau ihm zu.

Ich habe gehört, Hilda hat oben in Vermont eine Farm gekauft, sagte an dieser Stelle der große Mann. Seine Frau, die den ganzen Tag kaum den Mund aufgemacht hatte, sagte: Ja, stimmt das?

Die Antwort kam aus dem Nebenzimmer. Joe lachte und sagte: Ja, es hat sie an Norwegen erinnert – Felsen durch und durch. Aber irgendwie hatte sie das Geld dafür.

Was hat sie bezahlt?

Hundert Dollar Anzahlung, sagte Joe, ins Zimmer tretend.

Ich habe dich leid, sagte Gurlie. Es ist ein schöner, romantischer Ort. Und der Kater erhob sich und streckte sich, machte einen Buckel und gähnte, während er träge am Teppich krallte. Laß das! sagte Gurlie. Dann schlug er eine Haselnuß, auf die er trat, leichthin über den Fußboden, leckte sich den Hintern, ging dann langsam durchs Zimmer, in dem die Leute saßen, und den Flur hinunter zur Küche.

Guckt euch das Baby an, sagte Mathilda. Es ist unglaublich, daß so ein kleines Ding so brav sein kann.

Ja, sie *war* ruhig. Sie ist zu ruhig gewesen, sagte Gurlie, stand auf und ging ins Nebenzimmer.

Ach, laß sie in Ruhe, sagte Astrid, sie ist zu niedlich. Aber als das Baby seine Mutter auf sich zukommen sah, fing es sofort an zu weinen, und das von Herzen. Guckt euch das an, sagte Astrid, sie weiß Bescheid.

Ja, sie hat ein gutes Gedächtnis, sagte Gurlie und hob sie auf. Das habe ich mir gedacht. Jetzt strampelte und schrie das Baby, bis es wieder einen Hustenanfall bekam, als Gurlie mit ihm nach hinten ins Haus gehen wollte – einen Augenblick mußte sie stehenbleiben, damit der Säugling zu Atem kommen konnte. Was ist denn jetzt los? sagte der große Mann.

Es ist das Hinlegen, sagte Gurlie. Sie haßt es, auf den Rücken gelegt und saubergemacht zu werden. Kämpft immer dagegen. Sie ist gerne dreckig. Ich glaube, es ist sowieso Zeit für sie, ins Bett zu gehen.

Lieber Himmel, ja, sagte Mathilda. Guckt! Es ist beinahe dunkel draußen. Und wir sitzen hier …

Das ist recht so, sagte Joe, nur keine Hetze. Denn wirklich wurde es draußen schnell dunkel, und Lottie war auf dem Sofa im Nebenzimmer eingeschlafen.

Macht die Lampen an.

Nun also, das war ein schöner Nachmittag, Stecher, sagte der große Mann in seiner langsamen, bestimmten Art. Ein schöner, altmodischer Nachmittag. Das nenne ich gute Gesellschaft. Das heißt, Freunde zu haben.

Ja, ich sage euch, das stimmt, fügte Lindquist hinzu. Joe, du hast gesagt, du würdest etwas für uns spielen.

Nein, nein, nein, nein, sagte Joe.

Hast du wohl. Hol deine Geige raus, Mathilda ließ nicht nach, und wir können etwas spielen. Wir brauchen Musik, um den Nachmittag richtig zu beenden. Komm schon, mach keinen Rückzieher.

Also holte Joe widerwillig seine Fiedel heraus, stimmte sie und spielte zu Mrs. Lindquists Begleitung sehr langsam und sorgfältig sein Lieblings*ständchen**, während die anderen zuhörten und nachher reichlich Applaus spendeten.

Bei Gott, ich wußte nicht, daß Joe das kann, sagte Lindquist.

Sein Bruder ist Geigenlehrer am Konservatorium in Prag, sagte Gurlie stolz.

Ja, das ist einer der Gründe, aus denen ich in Amerika bin, gab Joe freiwillig zum besten.

So? sagte der alte Kapitän.

KAPITEL 12

Ein Besuch

Ich will nicht noch ein Krabbelkind, sagte Gurlie. Wenn sie krabbeln, sieht es aus, als könnten sie nie laufen, bis sie ungefähr zwei Jahre alt sind. Können wir nicht eins von diesen Dingern auf Rädern für sie haben?

Klar, sagte Joe. Warum nicht? Soll ich es heute nach Hause bringen? setzte er ironisch hinzu.

Der letzte Samstag im Januar, draußen schneite es heftig, die windgetriebenen Flocken schlugen mit einem kaum hörbaren Zischen auf den hinteren Fenstern der Wohnung auf, wo Mann und Frau in der Küche saßen, damit Joe seinen heißen Kaffee trank, bevor er in die Stadt fuhr. Das Baby stand an seinem Knie, hielt sich unsicher fest und grinste ihn wie gewöhnlich an. Seine kleinen Hände, nicht gerade sauber, ruhten auf seinen Hosenknien, aber er schob sie nicht beiseite. Als das Baby jedoch den Mund auf den Stoff legte und zu sabbern begann, wehrte er sich.

Nimm sie weg, sagte er. Hier, fügte er hinzu und setzte das Baby in seinen Stuhl zurück. Ich glaube, sie bekommt ein paar Zähne.

Es schneit feste, sagte Gurlie, die ihn nicht gehört hatte. Auf dem Land muß es wunderschön sein.

Ja, wahrscheinlich. Und auch jede Menge schaufeln, ehe man sich bewegen kann. Arbeit für die Arbeitslosen der Stadt.

Sie sollten in die Freiheit und frische Luft hinausgehen. Warum wollen sich alle hier in ihren dreckigen Wohnungen zusammendrängen, wie sie es tun? Das ekelt mich an. Ich habe kein Mitleid mit ihnen.

Also, bis dann, sagte Joe. Ich seh mal, ob ich eins von diesen Rolldingern für das Baby bekommen kann.

Ach, es wird schon gehen mit ihr, sagte Gurlie. Um dich mache ich mir Sorgen.

Was! gluckste Joe. Was hast du gesagt?

Paß auf dich auf, sagte seine Frau. Hier, zieh die Galoschen an. Ja, du mußt sie anziehen. Es sieht nach Schneesturm aus, ich sag's dir. Vielleicht hältst du besser am Markt an und bringst heute abend ein Hühnchen mit. Ich glaube nicht, daß ich rausgehe. Und morgen ist Sonntag.

Wo ist das Geld? sagte Joe.

Was für Geld?

Für das Huhn.

Also, wenn du es nicht kaufen willst, mußt du ohne auskommen, sagte seine Frau.

So schließt man ein Geschäft mit Profit ab, sagte Joe. Guck dir das Baby an. Es war draußen im Flur und schaute zurück. Das Baby war irgendwie von seinem hohen Stuhl gerutscht und kam auf sie zu. Es zog sich in großartiger Manier den Flur entlang, legte beide Hände vor sich auf den Boden und schleppte sitzend mit einem untergebeugten Bein den Körper rasch nach. Bis dann. Ich muß gehen.

Er war der erste, der die zehn Stufen zur Straße hinunterging. Der Schnee lag schon tief auf ihnen, so daß jeder Schritt trügerisch war. Ein kalter Wind blies ihm in den Rücken, als er, in dem schweren weißen Schneefall watend, zur Hochbahnstation ging. Ansonsten war die Straße leer.

Im Abteil beobachtete Joe aus einem Fenster nach Westen den Himmel voller dunkler geflügelter Mücken. Sie trieben schräg an den Fenstern des fahrenden Zugs vorbei und fielen weiß auf die Hausdächer.

Alles war gedämpft, erweckte die Illusion von Frieden, als sei die Stadt verändert und nicht bloß geduckt und eingehüllt. Tatsächlich *war* es für Ohr und Auge friedlich, weil bedeutungslose Details ausgewischt worden waren. Und es war seltsam unwirklich – eine Weichheit, die einem Wunsch nachgab – der triumphierte, den Geist – den Körper? – heiter stimmte und Unruhe milderte. Die Illusion einer auferlegten Ordnung, der Sauberkeit – berührte Joe und ließ ihn zufrieden den Schneesturm beobachten.

In der Innenstadt hatten frühere Passanten einen schmalen Fußpfad von Straße zu Straße getrampelt – weitere Illusion, er ginge durch Wälder und Felder – wenn auch an windigen Ecken das kahle Pflaster der Bürgersteige die Stadt schnell genug zurückbrachte.

Joe näherte sich mit gesenktem Kopf seinem Gebäude und schaute nicht auf, bis er direkt vor der Tür war und angefangen hatte, die Fußspitzen gegen die Türschwelle abzutreten, bevor er öffnete und hineinging.

Sind Sie Mr. Stecher?

Joe schreckte auf. Links im Schutz des Türeingangs stand eine Frau, die grauen Augen fest auf seine gerichtet.

Ja. Was ist? Joe hatte die Hand am Türgriff und wollte hineingehen.

Kann ich eine Minute mit Ihnen reden?

Kommen Sie rein. Er öffnete die Tür, und sie gingen in

den kühlen, frostigen Gang. Ihre Schuhe waren durch und durch naß.

Ich bin Mrs. Carmody.

Passen Sie mal auf, Joe wurde ein wenig ungeduldig. Ich habe keine Zeit, um hier zu stehen und solchen Geschichten zuzuhören. Sie brauchen Geld. Hier.

Ich bitte nicht nur um Geld, begann die Frau.

Aber Joe unterbrach sie. Sagen Sie Carmody, wenn er mir etwas zu sagen hat, soll er herkommen wie ein Mann und es sagen.

Es ist grausam, begann die Frau wieder. Plötzlich brach sie ab und zog sich den Schal übers Gesicht, als jemand ins Gebäude trat und den Sprechenden im Vorbeigehen schnell einen Blick zuwarf. Guten Morgen, Mr. Stecher. Guten Morgen, Tom.

Es ist grausam, begann die Frau wieder.

Warten Sie mal, sagte Joe. Wo wohnen Sie?

Second Avenue, Sir.

Wo auf der Second Avenue? sagte Joe.

Sie sah ihn einen Augenblick lang mißtrauisch an. Wir wohnen in Nummer 213, Sir. Dritter Stock, Hinterhaus.

Joe zog einen kleinen Block aus der Westentasche und notierte es, während die Frau ungeduldig wartete.

Haben Sie Familie?

Fünf kleine Kinder, Sir.

Gut. Ich sehe zu, was ich machen kann. Aber die Frau rührte sich nicht. Wir sind in großer Not, Sir.

Haben Sie gefrühstückt?

Nein. Joe griff nach der Brieftasche. Er zog einen Dollarschein heraus, faltete ihn einmal und gab ihn der Frau. Sie nahm ihn. Gott segne Sie, Sir ... drehte sich um, öffnete die Tür, zögerte einen Moment und ging hinaus.

Verdammt noch mal, sagte Joe, die Treppen hinaufsteigend. Was in Gottes Namen soll man da tun?

Im Laufe des Vormittags versuchte er, sich den Eindruck zu vergegenwärtigen, den Mrs. Carmody auf ihn gemacht hatte, als sie ihn ansprach – eine Frau von beinahe fünfzig, dachte er, mit einem weißen, verhärmten Gesicht, einem nach unten hängenden Mund, aber schönen Augen – ehrlichen Augen. Sagst du! Was aber würde Gurlie sagen. Und was, wenn Carmody versuchen sollte, ein Ding zu drehen? Na, die einzige Art, herauszufinden, ob die Leute lügen, ist, hinzugehen und selber nachzusehen. Aber später am Morgen schüttelte er mehr als einmal den Kopf über das, was er beschlossen hatte – für diese Art Leute – an einem Tag wie diesem – oder auch an irgendeinem x-beliebigen Tag.

Aber er war so vorsichtig gewesen, sich vor niemandem im Betrieb bloßzustellen – und auch nicht vor Mrs. Carmody. Es war bloß, daß er für sich selber sehen wollte – in der Mittagspause –, wie schlecht es in den Häusern dieser Leute stand. Er konnte sich leicht die Stunde freinehmen und nachher auch nicht klüger sein. Er aß mittags sowieso nie viel, aber er bemerkte, daß seine Wangen brannten, als die Zeit näherrückte. Und, ungewöhnlich für diese Stunde, verspürte er das Bedürfnis nach einer Zigarre.

Es war in der Straße unter der Hochbahn beinahe so dunkel wie zur Dämmerung, als er kurz nach zwölf die Second Avenue nach Norden hinaufging und dabei auf die Nummern auf dem Glas über den schmalen Türeingängen achtgab. Das vibrierende Dröhnen eines Zuges über ihm ließ ihn furchtsam nach oben schauen. Einhundertfünfzehn. Beinahe noch hundert Nummern. Alle Häuser sahen ungefähr gleich aus, zwei oder drei Stufen und die Tür, mit zwei kleinen unterteilten Fenstern zur Rechten.

Der Schnee in der Mitte der Straße war um diese Zeit zertrampelt und vom Verkehr aufgerissen, geschwärzt und dungbefleckt. Aber er fiel noch immer und bedeckte wieder, was vorher weggeweht worden war.

Ein paar billige Restaurants. Eine chinesische Wäscherei, die beiden Chinesen hinter der frostbeschlagenen Scheibe schwer am Werk. Aber abgesehen davon nirgendwo viel Leben. So gut wie keine Kinder und nur ein Mann, der sieben Meter vor ihm in derselben Richtung ging. Gelegentlich zogen dampfende Pferde langsam vorbei, schleppten mühsam Lastwagen durch die Straße.

Joe kam an der Schwingtür einer Wirtschaft vorbei, schnüffelte den sauren Geruch, meinte, er könne eine Pause machen. Aber die Wichtigkeit seines Gangs ließ das nicht zu. Auch hatte er Hunger jetzt. Was macht es in Amerika ein wenig anstößig, ein Glas Bier zu trinken? Er konnte sich an eine ganz andere Stimmung bei solchen Dingen erinnern, Lokale, in denen Familien um Tische saßen, Kneipen in der Nachbarschaft, in mancher Hinsicht nicht besser als diese – aber anders. Nicht, daß das Bier nicht sehr gut wäre. Natürlich nicht wie *richtiges* Bier. – aber dafür muß man in Deutschland sein.

Noch eine Wirtschaft und ein Mädchen, das mit einer Blechkanne in der Hand, die sie vorsichtig vor sich her trug, aus der Seitentür trat, an der Straßenkreuzung links und rechts schaute, bevor sie hinübereilte. Es ist das Irische daran. Er konnte sie nie verstehen.

Vor 213 hatte jemand mitten auf der ersten Stufe in den frisch gefallenen Schnee gespuckt. Am Fenster zur Rechten der Tür war ein Kindergesicht, die Hände rechts und links davon hielten graue Spitzenvorhänge weg. Es streckte Joe die Zunge heraus, als er auf dem kleinen Absatz vor der Tür stand und die Klingel suchte. Das Kind lachte, sah ins Zimmer zurück, sagte etwas. Dann kam noch ein Kind und schließlich eine grauhaarige Frau, die auch hinaussahen. Sie beäugten ihn von oben bis unten, als er da stand, und die Frau machte eine unbestimmte Geste.

Schließlich wurde ihm klar, daß es keine Klingel gab, nur ein Loch, wo einmal eine gewesen war, ganz zerhackt von Taschenmessern. Ein Korken war hineingeschoben, um den Wind draußen zu halten. Als er unschlüssig da stand, mühte sich eine gewaltige Frau die drei Stufen hinter ihm hoch, hob den Kopf, sah ihn geradewegs an und ging schwerfällig vorbei. Ein entsetzlicher Geruch nach Urin und andere gynäkologische Düfte, die er unmöglich ausmachen konnte, umwogten sie. Kommen Sie rein? sagte sie, als sie die Tür mühelos, allein durch die schiere Gegenwart ihres Körpers im Eingang, aufhielt. Dann wandte sie sich mühselig zu ihm um und sagte: Wen suchen Sie?

Wo wohnt Carmody? sagte Joe, weil er sorgfältig vermeiden wollte, Mrs. Carmody zu sagen.

Die Frau musterte ihn. Sie finden Mrs. Carmody und die Kinder im dritten Stock im Hinterhaus. Gehen Sie vor mir rauf, junger Mann, ich bin langsam auf der Treppe.

Joe kam kaum an ihr vorbei in dem schmalen, nur schwach beleuchteten Flur, der, je weiter er die Frau hinter sich ließ, einen Geruch von Generationen von Schmutz und Verfall ausstrahlte. Es muß vom Holz selbst und den Rissen im Fußboden kommen, dachte Joe.

Auf jedem Treppenabsatz war eine Toilette mit offener Tür und Waschbecken und Wasserhahn daneben, alles war kahl, naß, in jeder Hinsicht schlecht eingerichtet, der Sitz auf einer kleinen Plattform über den Boden erhoben. Aus gutem Grund. Du meine Güte! – Jede Tür war zerhackt und immer anders mißhandelt. Von allen schien das ursprüngliche Schloß weggerissen – Zeit, das mußte es sein. Um die ausgerissene Öffnung waren Überreste von Nägeln, Riegeln, die an neuen Stellen befestigt worden waren – überall, wo das Holz sie hielt.

Er konnte den langsamen Schritt der alten Frau hören, die schwerfällig im Halbdunkel hinter ihm hochkam. Der Geruch der widerlichen Toiletten war noch schlimmer als sie. Er ging weiter.

Im dritten Stock blieb Joe einen Augenblick stehen, nach allem doch unschlüssig, ob er hineingehen sollte oder nicht. Es gab drei Türen und auf keiner von ihnen ein Namensschild. Er blieb stehen und lauschte. Im Stockwerk unter ihm öffnete sich eine Tür, krachte zu, und er konnte den Schritt der alten Frau nicht mehr hören. Es wäre einfach genug, sich umzudrehen und zurückzugehen, wie er gekommen war. Er konnte ein paar Dollar in einen Umschlag stecken und ihn mit der Post schicken. Er lächelte bei sich und klopfte scharf an die Tür der hinteren Wohnung.

Sie wurde fast augenblicklich von Mrs. Carmody selbst geöffnet, und weit. Sie stand mit vorgerecktem Gesicht, wie verdutzt, und einen Augenblick lang rührte sich keiner von beiden. Dann fühlte Joe einen Hitzeschwall aus dem Zimmer kommen, für den die Frau sich augenblicklich entschuldigte: Kommen Sie rein, ich halte es hier drinnen warm für die Kinder. Der Rest der Wohnung ist wie ein Eisschrank. Er war direkt in die Küche getreten, in der ein Herd mit einem Waschtopf darauf stand. Ich nehme Ihren Mantel. Bitte setzen Sie sich. Tommy, bring den Stuhl für den Herrn her.

Als Joe einen kleinen Schritt nach vorne machte, kam plötzlich unter dem Herd, halb hervorgeschossen, halb hervorgetrippelt, einer jener immer besudelten weißen Hunde, bei denen man vor lauter Haaren die Augen nicht sehen kann, und warf sich ihm kläffend, wütend bellend vor die Füße.

Machen Sie sich nichts draus, sagte Mrs. Carmody, sie hat Junge hinter dem Ofen. Halt's Maul, Jennie! Und sie langte nach der Kohlenschaufel. Die Hündin zog sich, immer noch jaulend und zitternd, sofort zurück.

Zunächst hatte Joe nicht erkannt, daß sie so jung war. Ihr Haar, glänzend schwarz, war in der Mitte gescheitelt und hinten zu einem Knoten zusammengezogen. Ihr Mieder, am Hals eingeschlagen, und ihre hochgerollten Ärmel ließen eine milchweiße Haut sehen. Hm! dachte Joe. Das ist was anderes.

Das Zimmer war auch ziemlich sauber, so sauber, wie man erwarten konnte, wenn sich fünf Kinder in verschiedenen Ecken drängten. Ein paar ungebügelte, geflickte Hemden hingen über einer Stuhllehne.

Das älteste der Kinder schien ein Junge von ungefähr zehn zu sein, dunkel und dünn, mit grauen Augen wie seine Mutter, der sich, als Joe eintrat, einen Teil einer alten Zeitung angeguckt hatte. Nachdem er den Stuhl geholt hatte, kehrte er zu seiner Lektüre zurück und schien dem Besucher keine Aufmerksamkeit mehr zu schenken, obwohl Joe daran, wie er von Zeit zu Zeit die Augen hob, sah, daß er dem Gespräch eingehend lauschte. Zwei Mädchen von ungefähr fünf oder sechs mit dickem, zerzaustem, hellerem Haar waren da und noch ein weiterer Junge, vielleicht um die drei, dessen Gesicht durch etwas, das er sich darauf geschmiert hatte, kaum auszumachen war, und ein Kleinkind, das Joe als Mädchen erkannte, weil es nichts anhatte als ein Hemd bis zum Nabel und ein Paar durchnäßter Schuhe.

Das pausbäckige und entzückende Ding kam sofort mit einem Löffel in der Hand auf den Besucher zugewackelt. Es schwankte und zögerte, als es, von seiner Mutter unbemerkt, voranschritt, hielt sich aber auf den kräftigen Beinen, bis es voll auf Joes Knien landete und glucksend hochschaute.

Sofort packte die Mutter es, steckte es in eine abgesägte Packkiste drüben beim Fenster und kam mit einem angefeuchteten Handtuch, um Joes Hosenknie abzuwischen.

Oh, geben Sie sich keine Mühe, sagte Joe, während er direkt zwischen ihre Brüste guckte – es ging nicht anders – und ihm wieder die unglaubliche Weiße ihrer Haut auffiel. Etwas Ungewöhnliches. Er hatte gehört, daß die Iren manchmal solche Haut haben, obwohl sie oft, zu oft schlimm von Sommersprossen übersät ist. Er zog seine Uhr heraus.

Ich sage Ihnen, weshalb ich gekommen bin, Mrs. Carmody, begann er … Wo ist Ihr Mann?

Die Frau sah die Kinder an, dann Joe. Er ist gestern abend ausgegangen, sagte sie, und ich erwarte ihn jede Minute zurück. Joe hatte sich gut in der Hand, vorbereitet auf alles, was die Frau im Sinn haben könnte. Aber als sie ihr Gesicht hob, war es ruhig, und ihre Augen waren nicht flehend. Ihre Stirn war gerade, der Haaransatz rundherum klar und glatt und gab der Frau trotz ihres offensichtlichen Zustandes ein beinahe intellektuelles Aussehen. Joe hatte sogar das Gefühl, er stehe unter ihrem Schutz. Folglich entspannte er sich.

Sie meinen, sagte er, Sie wissen nicht, wo er ist.
Die Frau nickte.
Suff? fragte Joe ohne Umschweife.
Ja, sagte Mrs. Carmody, aber ich glaube, wenn Sie ihm noch eine Chance geben, kann ich ihn dazu bringen, daß er keine krummen Dinger mehr dreht.
Das kann ich nicht, sagte Joe. Aber ich sage Ihnen, weshalb ich gekommen bin, Mrs. Carmody. Sie tun mir leid. Wir müssen uns im Betrieb jeden Tag mit genügend Unruhestiftern befassen, aber die Zeiten sind schwer, und als Sie heute morgen zu mir kamen ... also, es muß etwas für die Kinder getan werden. Wie alt ist die Kleine?
Sie wird im April ein Jahr.
Joe lächelte bei sich. Wie heißt sie?
Kathleen, sagte die Mutter. Haben Sie selber Kinder, Sir? Wenn ich sehe, wie Sie sie angucken, glaube ich, ja.
Ja, sagte Joe, ich habe ein kleines Mädchen im selben Alter wie Ihre Tochter.
Gott schütze sie, sagte die Frau. Ist das nicht schön? Diese hier ist ein Wunder, fuhr sie fort. Sie hat eine tolle Art, auf Zehenspitzen zu gehen, sie mag auf Zehenspitzen gehen und krabbeln. Aber wenn ich sie rufe, gibt sie immer Antwort. Wenn sie unter dem Bett ist, steckt sie den Kopf raus und sagt Ah! Wir haben viel Spaß mit ihr jetzt. Sie sagt Mama und Papa. Und wenn sie einen Zug hört, macht sie Sch! und zeigt nach draußen und lauscht.
Das ist auch ein netter kleiner Bursche, den Sie da haben, sagte Joe und meinte den mit dem dreckigen Gesicht.
Der Rotschopf? Das ist ein Taugenichts. Ein Tausendsassa mit einem Hut, wie ich nie einen gesehen habe. Er spielt den ganzen Tag damit.
Aber Joe hatte sich schnell wieder unter Kontrolle und kehrte zum Geschäftlichen zurück. Jetzt hören Sie mir mal zu, Mrs. Carmody. Es hat keinen Sinn, ein Blatt vor den Mund zu nehmen. Ich sehe, daß Sie nicht viel zum Wirtschaften haben. Ich will ganz einfach wissen, wieviel genau Sie haben. Wenn ich die Frage stellen darf.

Wir nennen keinen roten Heller unser eigen, Sir, und das ist die Wahrheit, sonst wäre ich heute morgen in dem Sturm nicht draußen gewesen, um Sie zu treffen. Er hat den letzten Vierteldollar genommen, den ich in der Tasse auf dem Regal versteckt hatte, und ist gestern abend damit abgezogen, gerade als der Schnee losging. Als ich heute morgen hier raus kam, konnte ich nirgendwo hingehen außer zur Mission – bis ich dachte, Sie könnten mir vielleicht helfen. Ich habe ihn oft Ihren Namen sagen hören.

Ja, das kann ich mir vorstellen, sagte Joe.

Er schwingt dreckige Reden, mein Mann, sagte die Frau, Sie dürfen sich nichts daraus machen. Aber Sie können selbst sehen, daß ich nicht lüge. Sie können in die anderen Zimmer kommen …

Geben Sie sich keine Mühe, sagte Joe.

Es ist nichts außer den Betten und einem alten Lumpenteppich darin. Werden Sie ihm eine Stelle geben, irgend etwas? Ich verspreche Ihnen, daß er regelmäßig arbeitet und Ihnen keinen Ärger mehr machen wird.

Ich fürchte, darauf haben Sie keinen Einfluß, Mrs. Carmody. Bei uns kann er sowieso nichts tun, und die Gewerkschaft wird nicht zulassen, daß er weniger nimmt, als er früher bekam, sagte Joe, die Lippen kräuselnd. Sie sah es. Einen Augenblick lang sagte niemand etwas. Die Kinder schienen von diesem merkwürdigen Besucher mit dem ungewöhnlichen Akzent hypnotisiert. Bloß der große Junge las weiter in der alten Zeitung oder tat zumindest so.

Joe sah wieder das kleine glucksende Mädchen in seinem improvisierten Laufstall an, und wie viele vor ihm dachte er, was für wunderbare Kinder manchmal aus solchen Verhältnissen kommen. Sie wirkt zweimal so groß wie unser Baby und sieht so rund und rosig und überhaupt so gut aus wie die Schönste im Land. Mrs. Carmody folgte seinem Blick und drehte sich auch um, nickte dem Kind zu und klatschte in die Hände, damit es jauchzte und krähte. Dann gingen die beiden kleinen Mädchen zu ihm hinüber, weil sie sahen, daß es im Rampenlicht stand, und auch sie begannen ihm ein bißchen Aufmerksamkeit zu schenken. Aber Joe wollte die Sache hinter sich bringen.

Ich sage Ihnen was. Wenn Sie Ihren Mann ausnüchtern und ihn mir am nächsten Montag rüberschicken … ich spreche jetzt ganz offen und ehrlich, Mrs. Carmody. In so einem Fall hat es keinen Sinn, etwas zurückzuhalten. Wenn Sie dafür sorgen, daß Carmody am Montagmorgen zu mir kommt, finde ich Arbeit für ihn. Ich kann nicht sagen, daß es viel sein wird, und ich kann nicht sagen, daß es bei mir sein wird. Aber es wird etwas sein. Und, fügte er im Aufstehen hinzu, ich schieße Ihnen den Lohn für eine Woche jetzt sofort vor. Das macht zwölf Dollar.

Nein. Das kann ich nicht annehmen, sagte die Frau.

Joe wartete, das Geld in der Hand.

Obwohl vielleicht, fügte sie hinzu, Sie könnten mir übers Wochenende noch einen Dollar leihen.

Sagen wir fünf, sagte Joe. Dann geben Sie es mir in Einsern, antwortete sie. Joe zählte ihr einen Dollar nach dem anderen hin, während der große Junge diesmal aufmerksam zuschaute. Sie faltete die Scheine zusammen und steckte sie ins Mieder ihres Kleides.

Bis Montagmorgen dann, sagte Joe.

Gott segne Sie, sagte die Frau, und tausend Dank für Ihre Güte. Passen Sie auf der Treppe auf.

Joe war zur üblichen Zeit in der Druckerei zurück.

Gegen sechs Uhr an dem Abend kam Carmody zu seiner Familie nach Hause gestolpert – schwer zu sagen, wie betrunken er war. Er trug eine tief heruntergezogene Kappe, und seine Augen darunter waren bösartig – einer von den hitzigen König-der-Kneipe-Typen, mit kräftigem Kiefer, grobem Gesicht, mager, für Kraftakte gebaut und dem Aussehen nach etwas zwischen zwanzig und fünfzig Jahren.

Das erste, was er seiner Frau entgegenschleuderte, war: Wer war heute hier? Jetzt lüg mich nicht an, du falsches weißes Miststück, oder ich … Er schlug nach ihr, aber sie war zu schnell für ihn, und er fiel über den Tisch, rollte von dort in einen Stuhl und richtete sich auf.

Gib mir war zu essen, brüllte er, und als er mit dem Arm herumfuhrwerkte, schlug er eins der kleinen Mädchen. Unsicher hob er sie vom Boden, setzte sie sich auf den Schoß und küßte sie mit übertriebener Besorgtheit. Dein Papa ist betrunken. Dein Papa ist betrunken wie nur was, erzählte er dem Kind. Aber siehst du das dreckige weiße Miststück da drüben am Herd stehen? Siehst du sie? Na, ich *bring* sie *um*! schrie er hinaus. Und er sprang auf, ließ das Kind wieder zu Boden fallen und ging auf seine Frau los.

Laß mich in Ruhe, Mike, sagte sie. Du bist betrunken. Laß mich in Ruhe, oder ich erzähle es morgen früh Vater Reilly.

Zum Teufel mit Vater Reilly! Dem dreckigen Hurenbock, brüllte der Mann sie an. Komm her, bis ich …

Um Gottes willen, Mike, setz dich und laß mich dir was Heißes geben.

Hast dir selber was Heißes reingetan, sieht dir ähnlich, du weißes Miststück du. Wer war heute hier und hat dir Geld gegeben, das du ausgeben konntest, du verlogene Dirne du.

Setz dich und beruhige dich, sagte seine Frau zu ihm und versuchte, ihn auf einen Stuhl zu drücken. Aber diesmal war er zu schnell für sie und hielt sie am Arm fest. Komm her, er zog sie zu sich und schlug sie dann plötzlich mit der Faust mitten ins Gesicht, so daß sie durchs Zimmer schwankte und gegen den Laufstall des Babys fiel. Er stürzte sich auf sie und packte sie an der Kehle. Gib mir das Geld. Und er riß ihr das Hemd, Geld und alles mit einem mächtigen Ruck heraus.

Das hielt ihn einen Augenblick auf, während er täppisch das restliche Geld zählte, alles in allem drei Dollar. Sie ging zum Spülbecken, um das Auge zu kühlen. Doch kaum hatte er das Geld in die Tasche gesteckt, als er schon wieder auf ihr war und sie mit einem gewaltigen Schwinger an den Kopf beinahe bewußtlos schlug.

Sie fiel auf die Knie und packte ihn zur Selbstverteidigung um die Knöchel. Als er kämpfte, um sich zu befreien, verlor er das Gleichgewicht, fiel nach hinten und schlug sich den Kopf an einer Stuhlkante auf. Doch war er sofort wieder auf den Beinen.

Er fluchte und wetterte, verbrannte sich am Herd, als er seine Frau durchs Zimmer verfolgte und die Tür versperrte, obwohl sie keinen Versuch machte, dadurch zu entweichen. In dem Versuch, sich und die Kinder zu schützen, kämpfte sie verbissen, sagte einmal: Du Idiot, morgen weißt du davon nichts mehr.

Doch als er sie wieder packte, kreischte sie, so laut es ging, weil er ihr so weh tat. Halt die Klappe, sagte er und drückte seine große Pfote auf ihren Mund. Doch diesmal senkte sie die Zähne hinein und schlug ihn kratzend und zerrend ins Gesicht.

Willst du wohl, willst du wohl? brüllte er und stieß ihr plötzlich das Knie in den Magen, so daß sie mit einem Ächzen unter dem Tisch zusammenbrach. Willst du wohl, willst du wohl? sagte er in einem fort. Willst du wohl, willst du wohl? und rieb sich keuchend die Hände, als wolle er sie vom Staub befreien. Das soll dir eine Lehre sein. Und anscheinend ernüchtert, aber vor Anstrengung keuchend, betrachtete er seinen blutenden Finger und ging hinaus und wieder die Treppe hinunter.

Als sein Vater, gleich als er ins Zimmer kam, zu brüllen begonnen hatte, war der zehnjährige Junge mit weißem, verzerrtem Gesicht am Tischrand entlanggeschlichen, bis er dicht gegen die Wand stand. Dabei hielt er die Augen die ganze Zeit auf den ewigen Lesestoff gerichtet, als wolle er die Welt ausschließen. Jedesmal, wenn sich das Hin und Her zu einem Schrei oder Zusammenstoß steigerte, sah er mit erschreckten Augen auf und beugte dann in Todesangst den Kopf schnell wieder über seine Lektüre.

Einmal während des Kampfes war draußen eine Hochbahn vorbeigefahren und hatte das Gebäude erzittern lassen.

Die beiden kleinen Mädchen hatten sich aneinandergeklammert, kauerten in einer Ecke und schluchzten, aber trauten sich nicht mehr hervor, während der Zweijährige, der seine Gelegenheit erkannte und sie sich zunutze machte, dorthin kroch, wo die jungen Hunde versteckt waren. Er hatte den Lärm vergessen, als habe er ein Jahr lang auf diese Chance gewartet. Die Hündin belästigte ihn merkwürdigerweise nicht, sondern legte sich auf die Seite und hob ab und zu den Kopf, jaulend, kläffend und bellend oder am ganzen Leibe zitternd, wie ein Hund es tut, wenn ihm jeglicher Fluchtweg abgeschnitten ist.

Ohne etwas zu ahnen – außer, daß der Nachmittag in die Brüche ging –, ließ nur der Säugling seine Stimme voll ertönen. Er schrie gellend. Dabei hatte er vorhin, als der Mann ins Zimmer kam, Da, Da, Da, Da, gegrinst. Jetzt stand er da, beide Hände um seine Einzäunung, die Füße auseinander, und kreischte. Er stampfte mit den Füßen, hielt sich fest, schloß bei steif gehaltenem Nacken die Augen und brüllte in vergeblicher Wut.

Als die Mutter gegen den Laufstall fiel, stieß sie das Baby um. Es landete auf seinen vier Buchstaben, rollte sich aber mit großer Behendigkeit herum, kam auf die Füße und stand gleich wieder wie zuvor, hielt sich fest und kreischte lauter denn je.

Einmal hörte es auf, um seine Blase zu entleeren, und schien sich einen Augenblick dafür zu interessieren. Aber dann schlug es, sich vorwärts und rückwärts ziehend, den Kopf gegen die Kistenecke und fing wieder an zu kreischen. Immer noch geschah nichts. Es hielt sich fest, schloß die Augen, krächzte seine Schreie hinaus und schien allein durch das heftige Bemühen, Aufmerksamkeit auf sich zu ziehen, niedergedrückt.

Dann aber ging eine Veränderung in ihm vor. Weil es nichts erreichte, begann es, sich sogar beim Weinen umzuschauen. Es zwang seine Schreie heraus, aber ohne Überzeugung, als lausche es sich selbst. Es verlor das Interesse an den Vorgängen. Dann fiel seine Mutter schwer zu Boden.

Nachdem Carmody den Raum verlassen hatte, als das

Wimmern der jungen Hunde einen Augenblick lang das einzige Geräusch war, stand das Baby in der plötzlichen Stille da, ohne sich zu rühren. Dann gab es ein paar schnüffelnde Schluchzer von sich, streckte den Kiefer vor, setzte sich und begann, sich wie nach etwas zum Spielen umzusehen.

KAPITEL 13

Der Flirt

Die Kirchenglocken läuteten im Märzwind, der Klang schwoll an und ebbte ab, während der Sturm heulte und an den Fenstern der Wohnung rüttelte – sie riefen die Osterscharen zur Elf-Uhr-Messe. Um Himmels willen, sagte Joe, bist du noch nicht fertig? Also, was erwartest du? gab seine Frau zurück. Du machst mich nervös, wenn du so auf und ab gehst. Nimm Lottie und geh vor, ich komme schon hin. Hier, zieh ihr Hut und Mantel an und mach, daß du hier rauskommst.

Wie hat sie diese Erkältung bekommen? erwiderte Joe.

Sie geht zum Wohnzimmerfenster, sie kommt gerade an den Rahmen ran. Und ich vermute, der kleine Wind, der dort hereinkommt ... Joe ging nachsehen. Er hielt seine Hand hin, und tatsächlich kam stetig ein kalter Luftstrom unter dem Rahmen herein. Wir sollten Dichtungsleisten anbringen, sagte er.

Geld ausgeben? Nicht für diese Wohnung, sagte seine Frau. Sie tun nichts für uns hier.

Nun, wenn das Kind sich so erkältet ...

Hier, sagte Gurlie zu ihrer älteren Tochter, bring mir deinen Hut und Mantel. Du gehst mit deinem Vater. Wir bleiben nach diesem Winter nicht mehr hier, fuhr Gurlie fort, während sie das Kind anzog. Ich mache das nicht mit. Das ist kein Leben.

Wenn wir uns leisten können, ein eigenes Haus zu kaufen – in ungefähr zehn Jahren, antwortete Joe, dann kannst du anfangen zu reden. In der Zwischenzeit reparieren wir besser das Fenster.

Huh, antwortete Gurlie, zehn Jahre? Warte mal ab. Da, jetzt geh mit deinem Vater. Sie hatte Lottie in einen schweren braunen Mantel mit Mütze oder eher Kapuze gekleidet, die unter dem Kinn fest schloß und das kleine Gesicht mit dem dunklen Haar an beiden Seiten als vollkommenes Oval einrahmte.

Als Joe, das Kind an der Hand, so wanderte – mit dem Gefühl von Frühling in der Luft, das selbst die dunkelsten Märztage besitzen –, antwortete er auf die kleinen unbedeutenden Fragen des Kindes, während seine Gedanken zu etwas zurückkehrten, was sein Friseur ihm am Tage zuvor erzählt hatte. Drei Jungen hatte der Friseur. Besser als Mädchen. Man braucht sich später nicht solche Sorgen zu machen. Das sage ich immer meiner Frau. Einem Jungen kann man ein paar Hosen anziehen und *sie* rausschicken. Aber ein Mädchen, das ist was anderes. Wenn was passiert, blamiert sie die ganze Innung. Da können Sie nichts dran ändern. Sie ist die Tochter von diesem und die Schwester von jenem und die Enkelin von einem anderen. Und so geht es weiter. Es gibt immer ein liebenswürdiges Weibsbild, das es ein bißchen weiter herumtratscht …

Guck mal! sagte das kleine Mädchen.

Gurlie kam später in einer Droschke mit dem Baby. Sie kamen viel eher an, als Joe es schaffen konnte. Der Kapitän machte selbst die Tür auf. Guck mal, wer hier ist, sagte er. Nanu! Wo ist Joe? Und Lottie?

Sie sind losgegangen, erzählte Gurlie ihm, nach dem Treppenaufstieg etwas außer Atem. Uff! Warm haben Sie es.

Wirklich, wir freuen uns, Sie zu sehen. Sind Sie sicher, daß Joe kommt?

Ja, er war so *borniert*, er konnte nicht warten. Das ist das Deutsche an ihm, das hab ich leid. Also habe ich eine Droschke genommen und ihn überholt.

Gurlie! Mrs. Neilsen stürzte aus der Küche herbei, was für eine Mühe, was? Zum Essen zu zwei alten Leuten wie uns zu kommen. Sie armes Ding. Soviel Mühe mit kleinen Kindern. Wir freuen uns, Sie hier zu haben. So ist es richtig, fühlen Sie sich wie zu Hause. Und das Baby! Was für ein Püppchen. Paß auf, Elsa! Das sagte sie zu einem sehr gepflegten Irish Setter, der, mit dem buschigen Schwanz wedelnd, aus einem anderen Zimmer zu ihnen kam. Es ist ein guter Hund. Aber so groß für eine kleine Wohnung wie diese. Er tut Ihnen nichts.

Das weiß ich, sagte Gurlie. Ich liebe Hunde. Wenn ich auf dem Land lebe, will ich Dutzende haben. Der Kapitän geht manchmal gerne jagen, sagte seine Frau, aber ich fürchte, Elsa wird jetzt zu dick, um ihm eine große Hilfe zu sein. Nein, nach dem ersten Tag ist sie immer noch ein guter Jagdhund, sagte der große Mann zur Verteidigung seines Lieblings.

Gurlie hatte das Baby aufs Sofa gesetzt, ganz in seinen Mantel gehüllt und mit einem Schal, der über allem unter dem Kinn zusammengesteckt war. Es konnte nichts rühren, außer seinen Augen, und sah erstaunt hoch, weil es an einem neuen Ort war und fremde Gesichter um sich herum sah.

Das ist ein süßes Baby, sagte der Kapitän. Ein süßes Baby! So etwas wollte ich immer haben. Aber ich glaube, es ist besser so. Wenn ein Seemann jung ist, gibt er einen schlechten Vater ab. Er ist nie zu Hause. Tja, das klingt komisch, aber Sie wissen, was ich meine. Und er lachte sein ruhiges Lachen, während seine scharfen Augen fest auf das Gesicht seiner Zuhörerin gerichtet waren – er schloß sie nicht aus Spaß. Mal sehen, wie alt ist sie jetzt? Elf Monate. Ich frage mich, was sie denkt. Komisch, später werden sie sich an nichts mehr erinnern. Aber sie sehen so wissend aus. Ein Mädchen, was?

Ich sehe euch später, sagte Mrs. Neilsen, ich muß in die Küche zurück.

Es riecht gut, sagte Gurlie, kann ich Ihnen helfen?

Nein, nein, nein, nein. Ich wünsche, wir könnten noch die Lindquists hier haben, aber unsere Wohnung ist zu klein. Sie verstehen. Es ist so nett von Ihnen herzukommen.

Überhaupt nicht, sagte Gurlie. Es ist eine schöne Wohnung, groß genug für zwei Leute. Sie müssen sich nicht entschuldigen.

Ich kann es nicht fassen, so ein hübsches Baby, fuhr der Kapitän fort, während Gurlie es immer noch auswickelte. Sie sind wie kleine Blumen, eine Blume, die sich gerade öffnet. Wenn Sie ihm die Kleider ausziehen, sieht es wirklich so aus. Das Baby gähnte mit aufgerissenem Mund, schluckte dann und begann den Kopf ein wenig zu drehen – bis dahin hatte es seine Augen, fast ohne sie zu bewegen, auf den Kapitän gerichtet und ihn intensiv studiert, während es still auf dem Sofa lag und seine Mutter es beim Ausziehen hierhin und dorthin wendete.

Ich wollte sechs Jungen, sagte Gurlie.

Nanu, warum haben Sie sie dann nicht? fragte der Kapitän. Sie sind noch jung. Huch! lachte Gurlie. Würden Sie für sie bezahlen? Nun, sagte der Kapitän, ich wünschte, ich hätte das auch. Sechs Jungen! Ja, das ist die alte Vorstellung. Und auf dem Land verankert sein. Aber wir Norweger sind immer noch Wanderer, deshalb glauben wir, wir wollen eine Farm kaufen. Dabei sind wir letzten Endes für das Meer gemacht. So ein großer Mann wie ich will ein Baby. Das ist komisch. Ich habe gerade die Zeitung gelesen, fuhr er fort. Wir hatten einen ziemlichen Sturm an der Küste, wenn ich recht verstehe.

Ja, ich habe es gelesen.

Kommen Sie rein. Kommen Sie hier herein. Wir nennen das das Eßzimmer. Aber wir verbringen hier die meiste Zeit. Man kann den Fluß sehen …

Oh, was für schöne Pflanzen, sagte Gurlie. Sie hat Glück mit Blumen, das kann ich sehen. Sie haben ein regelrechtes Gewächshaus hier. Gucken Sie sich diese Lilie an. Wie nennt man sie?

Ich weiß es nicht, sagte der Kapitän, Sie müssen Louisa fragen. Ja, sie sind sehr hübsch. Sie mag so was.

Aber was ist das? sagte Gurlie.

Ich glaube, sie nennt es Wachsblume oder so. Ha, da ist Joe. Gerade hatte es an der Tür geklingelt, und der Kapitän eilte davon, um seinen Freund zu begrüßen.

Hallo, Stecher. Wirklich, ich freue mich, Sie zu sehen. Und Lottie. Wie geht's meinem Herzchen? Elsa! fügte er zu dem Setter hinzu. Bei Fuß! Aber Lottie war kein bißchen ängstlich und streckte dem Hund die Hand hin, der sie scheel ansah und sich statt dessen Joe zuwandte. Er tätschelte dem Tier den Kopf.

Kommt hier rein und schaut euch diese Pflanzen an, rief Gurlie aus dem nächsten Zimmer.

Das ist ein schöner Hund, sagte Joe. Er taugt nichts, antwortete der Kapitän zu seinem Schoßtier. Nur eine Plage. Wir verwöhnen ihn zu sehr. Kommen Sie rein, Ihre Frau ist schon lange hier.

Siehst du, Neunmalklug, sagte die Dame, um die es ging, und erschien zwischen den Vorhängen, du hast gedacht, du würdest mich schlagen. Wer wurde an der Nase herumgeführt?

Wir hatten einen schönen Spaziergang, sagte Joe. Mr. Stecher! Mrs. Neilsen stürzte einmal mehr herbei. Wie schön, Sie zu sehen. Ich hoffe, wir haben Ihnen nicht zuviel Mühe verursacht. Ich weiß, was es heißt, am einzigen Tag in der Woche, den Sie zum Ausruhen haben, mit Kindern herauszukommen. Und das am Ostersonntag. Aber es ist so schön, Sie hier zu haben. Kommen Sie herein. Bleiben Sie nicht hier. Wir haben nicht viele Zimmer. Kommen Sie ins Eßzimmer. Es macht doch nichts, wenn der Tisch schon gedeckt ist, oder? Uns gefällt es hier, wir haben solch eine schöne Aussicht.

Ja, fügte der Kapitän hinzu, jedes Zimmer in der Wohnung hat ein Fenster zum Fluß – solange wir kein Pech haben und nebenan jemand ein Haus baut.

Also wirklich, sagte Joe beifällig. Das nenne ich ein herrliches Zimmer.

Ha! platzte Gurlie heraus. Es gefällt dir also nicht, was ich dir biete …

Aber Gurlie …

Alles, was er bei jemand anderem im Haus sieht, gefällt ihm …

Aber Gurlie …

Ich nenne das ein schönes, anheimelndes Zimmer, sagte Joe. Es sieht gemütlich aus. Man könnte sich hinsetzen und sich's wohl sein lassen.

Na ja, es hat alles seine Richtigkeit, sagte der Kapitän. Wir brauchen nicht viel. Mit meinem Bein und meiner Arbeit im Hafen, was brauche ich da? Wir haben nicht zwei prächtige Kinder wie Sie. Was würde ich nicht für ein kleines Mädchen wie dieses geben, er schaute weiterhin Lottie an. Und ein Baby …

Er ist selber ein Baby, sagte seine Frau. Alle lachten. Guck dir diese herrlichen Pflanzen hier drüben an, sagte Gurlie und zog ihren Mann zum Fenster. Was hältst du davon?

Das Baby war schläfrig nach dem Morgenausflug, deshalb beschloß Gurlie, ihm die Flasche zu geben und zu sehen, ob es schlafen würde. Das ist gut, sagte der Kapitän, wir haben im Schlafzimmer einen Platz für sie hergerichtet.

Also brachten sie das Baby zu Bett. Gurlie fütterte es erst, und es schlief ein wie ein Lämmchen. Erleichtert kam sie zu den anderen zurück. Lottie war verrückt nach dem Hund, der unterm Tisch auf der Seite lag; Lottie an seiner Seite legte ihm die Arme um den Hals und küßte ihn leidenschaftlich auf den Kopf.

Wie haben Sie sich das Bein gebrochen, Kapitän, sagte Joe, als sie einen Augenblick lang von den Frauen allein gelassen worden waren. Ach, ich bin eine Ladeluke hinuntergefallen, wie letzten Endes alle Seemänner, sagte der Angesprochene. Das war das letzte Mal. Aber es hat mich erledigt. Jetzt bin ich nur noch eine Landratte.

Und hier ist das Essen!

Mrs. Neilsen hakte die Küchentür ein, so daß sie offen blieb, und begann das Essen aufzutragen. Ich muß alles selbst tun, sagte sie ihnen, deshalb müssen Sie mich entschuldigen.

Das macht nichts, sagte Joe. Wir entschuldigen Sie allein schon, weil es so gut riecht. Typisch Mann, Mrs. Neilsen strahlte, Sie schmeicheln uns Frauen gern.

Erst Gemüsesuppe. Dann hatten sie gebratene Lammkeule mit Kresserand und Kapernsoße. Die Kartoffeln waren ganz gebräunt und schwammen in Butter. Es gab Rotkohl mit Kardamom. Frische Erbsen.

Frische Erbsen! sagte Gurlie, guck dir das an – zu dieser Jahreszeit. Also, wenn ich so etwas auf den Tisch brächte, würde mein Mann denken, ich ruiniere ihn. Siehst du das? Sie schlug ihrem Gatten auf den Arm. Guck dir an, was Leute essen.

Oh, so etwas dürfen Sie nicht sagen, Gurlie, sagte Mrs. Neilsen. Das ist ein großes Ereignis für uns, unsere Freunde hier zu Besuch zu haben. Wir essen nicht jeden Tag so. Wenn wir Sie nicht gut behandeln, kommen Sie nicht wieder.

Und Sellerie und Oliven, weißes Brot und braunes. Ich backe selbst, sagte Mrs. Neilsen. Der Kapitän ißt kein gekauftes Brot.

Sie mögen Bier, Stecher. Alle guten Deutschen mögen Bier. Wir haben reichlich im Haus. Ich kann Ihnen keinen Champagner servieren, wie Sie es taten …

Das war Weihnachten, sagte Joe.

Nun, wir können jeder ein paar Flaschen leeren, und wenn Sie mehr wollen, wir haben's draußen. Kommen Sie, Stecher, Sie sollten uns einen guten Trinkspruch auf deutsch geben können. Sie müssen sich an welche aus der Zeit erinnern, als Sie als junger Mann dort lebten.

Oh, er ist kein Genießer, sagte Gurlie. So etwas kennt er nicht.

Skål! sagte Joe. Das ist gutes Skandinavisch.

Das ist richtig! Skål! sagte Mrs. Neilsen, und sie alle erhoben die Gläser.

Wie gewöhnlich redete Lottie nicht viel, sondern aß ruhig ihr Essen – beugte sich ab und zu zur Seite ihres Stuhls hinunter, um den Kopf des Hundes zu streicheln, der dicht neben ihr saß.

So aßen sie und redeten und tranken ihr Bier.

Dann hörten sie das Baby!

Du liebe Güte, sagte Joe, der beim ersten Ton aus dem Nebenzimmer seine Uhr herausgezogen hatte, drei Uhr! Stellt euch vor. Und hier sitzen wir immer noch bei Tisch.

Das ist schön, sagte Mrs. Neilsen.

Als Gurlie zu der Kleinen kam, war sie unter den Dekken hervorgekrochen und versuchte, die Stühle wegzuschieben, die sie mit dem Rücken gegen das Bett gestellt hatten, damit sie nicht herausfiel. Sie wurde hochgehoben und ins Eßzimmer gebracht.

Jedesmal, wenn sie aus dem Schlaf erwachen, ist es, als würden sie gerade geboren, sagte der Kapitän. Schaut sie euch an! Sie weiß nicht, wie sie sich uns erklären soll. Hier! Und er sprang auf, um Gurlie zu helfen.

Er holte einen Schaukelstuhl, stützte ihn mit zwei Büchern ab, damit er fest stand, füllte ihn mit Kissen. Seine Frau ließ ihn machen. Und dort hinein setzten sie das Baby, das mit weit aufgerissenen Augen zusah, wie der große Mann ein langes Küchentuch holte und es zwischen den Händen zu einer Art Seil zwirbelte. Er führte es von einer Lehne des großen Sessels über die Brust des Babys zur anderen und hatte es bald sicher festgezurrt.

Er meint, es ist ein Schiff, sagte seine Frau.

Vom Schlaf gerötet, sah das Baby weiterhin ohne zu blinzeln und offensichtlich erstaunt den Kapitän an. Die anderen sahen zu.

Aber jetzt senkte das Baby den Blick, beugte dann den Kopf und starrte nach unten in den Schoß.

Guck dir das an! Die kleine Schäkerin, sagte Mrs. Neilsen. Stellt euch das vor, in ihrem Alter.

Der Kapitän war entzückt und lachte laut auf. Daraufhin senkte das Baby den Kopf noch tiefer, versuchte aber mit den Augen seitlich nach oben zu sehen.

Ach, du großer Elefant, sagte Mrs. Neilsen zu ihrem Mann, du machst ihr angst.

Sie wird scheu, sagte Joe.

Er hat ihr angst gemacht, sagte Mrs. Neilsen.

Unsinn, sagte Gurlie. Komm, setzte sie, zu dem Kind gewandt, hinzu, stell dich nicht so an. Halt den Kopf hoch.

Natürlich hat er ihr angst gemacht, sagte Mrs. Neilsen. Ein großer Mann wie er, er sollte es besser wissen und ihr nicht plötzlich so das Gesicht vorhalten. Du solltest dich schämen.

Halt den Kopf hoch, sagte Gurlie noch einmal zu dem Säugling.

Ach, quälen Sie sie nicht, sagte der Kapitän.

Daraufhin begann die Kleine, langsam die hochgehaltenen Hände aus dem Handgelenk zu drehen, schneller und schneller, bis sie wie kleine Propeller gingen. Sie hob das Gesicht und heftete die Augen mit einem beleidigten Blick geradewegs auf den Kapitän.

Siehst du, sagte seine Frau.

Der arme Mann war am Boden zerstört.

Hilflos kreisten die kleinen Hände rund und rund. Dann schob das Kind die Unterlippe vor. Es hielt ein- oder zweimal ruckweise den Atem an. Tränen traten ihm in die Augen. Dann gab es nach und schluchzte krampfhaft.

Siehst du, sagte Mrs. Neilsen zu ihrem Mann. Siehst du?

Joe lachte.

Ich wünsche, sie wäre erwachsen, sagte Gurlie und tröstete das Baby auf ihrem Schoß. Ich mag Kinder in dem Alter nicht.

Aber dann sind sie am besten, sagte der Kapitän, der sich langsam wieder erholte.

Ich wünsche, Sie könnten sich um sie kümmern, sagte Gurlie.

Mrs. Neilsen mußte lachen. Nicht auszudenken! sagte sie.

Aber sie ist ganz schön aufgeweckt, sagte Gurlie. Wenn ich das selber sage.

Das sehe ich, sagte der Kapitän, wie ihre Mutter – und ihr Vater.

Ha, ha! lachte Joe. Wenn sie aufgeweckt wie ihre Mutter ist, dann wird sie erwachsen und heiratet einen reichen Mann wie ihre Mutter.

Na, du wirst besser mal selber schnell reich, sagte Gurlie, kann ich nur sagen. Warum verdienst du nicht genug Geld, damit du dich jung pensionieren lassen kannst? Wenn ich ein Mann wäre, würde ich das tun.

Gut für Sie, Gurlie, sagte Mrs. Neilsen. So muß man reden. Ich bin sicher, Ihr Mann hat mehr Glück als viele Männer.

Ja, ich habe Glück, am Leben zu sein, sagte Joe.

Gurlie, die keine Lust mehr hatte, die Kleine zu halten, setzte sie auf den Boden, wo sie sich bemühte, in alle Richtungen davonzukrabbeln. Geht das? fragte sie ihre Gastgeberin.

Aber natürlich, sagte Mrs. Neilsen. Sie kann nichts anstellen.

Lottie bewunderte immer noch den Hund – aber ruhiger jetzt, soweit war die Sache schon gediehen. Das Baby wurde an einen sonnigen Fleck gesetzt und beobachtete mit einem Daumen im Mund seine Schwester.

Also, uns geht's gut, sagte der Kapitän. Stecher, wie wär's mit noch 'ner Flasche Bier?

Nichts dagegen, sagte Joe. Wie alt waren Sie, als Sie das erste Mal zur See fuhren, Kapitän?

Also, das erste Mal, das weiß ich nicht. Ich muß noch ein Baby gewesen sein. Aber an eines der ersten Male kann ich mich erinnern, da war ich ungefähr sechs Jahre alt …

Das Baby krächzte zweimal wie ein Papagei, ließ sich auf die Hände nieder und beobachtete gierig den Hund, der neben seiner Schwester lag.

Lassen Sie mich überlegen. Ich war sechzehn, fuhr der Kapitän fort, als ich mir zum ersten Mal das Bein brach.

Wie ist das passiert? sagte Joe. Ach, die Geschichte wollen Sie nicht wirklich hören. Doch, sagte Gurlie, erzählen Sie sie uns. Das war, als ich auch diesen Schnitt auf der Lippe bekommen habe. Nehmen Sie eine von diesen Zigarren, Stecher, sie sind einwandfrei, Havannaeinlage, ich bekomme sie von einem Freund. Nein, danke, sagte Joe, die sehen mir zu stark aus. Ich ziehe meine billigen Glimmstengel vor.

Das Baby krabbelte in Reichweite des Hundes und setzte sich bei seinem Schwanz hin.

Guckt euch das Baby an, sagte Mrs. Neilsen.

Das ist schon in Ordnung, sagte Gurlie. Fahren Sie mit Ihrer Geschichte fort.

Ach, da gibt's nicht viel zu erzählen, sagte der Kapitän. Wir hatten damals einen kleinen Schoner, irgendwo in den Bahamas. Sie wissen, daß es da unten eine Menge Inseln gibt. Wir hatten gerade eine Ladung gelöscht und waren unterwegs, um neue aufzunehmen, ich weiß nicht wo – irgendeine andere Insel. Jedenfalls kamen wir nie dort an. Der Kapitän wollte, vermute ich, Geld sparen und kam auf den Gedanken, wir sollten dort hinfahren, ohne uns mit Ballast abzuplagen. Das ist einem Seemann lästig, das wissen Sie. Also, wir segelten so dahin, und alle Matrosen ließen sich's gut gehen. Es war ein schöner Tag, aber ziemlich heiß. Es war gerade um Mittag, glaube ich, und ich war unten in meiner Kabine.

Das nächste, was ich wußte, war, daß alles auf den Kopf gestellt wurde. Ich weiß nicht, was danach passierte, wie ich rauskam oder sonst was. Aber nach einer Weile kam ich zu mir und lag auf einem Stück Holz, es stellte sich als Lukenklappe heraus. Das Schiff mußte regelrecht umgestülpt worden sein. Ich vermute, der Wind erwischte es mit rasender Geschwindigkeit, und runter ging's mit ihm. Ich konnte es nirgends sehen. Auch niemanden von der Mannschaft. Sechs von uns waren an Bord gewesen, ich war der Jüngste. Alles war verschwunden.

Am schlimmsten war, daß es so heiß wurde. Es war eine schlimme Zeit für mich, das kann ich euch sagen. Ich bekam ungeheuren Durst. Ich weiß nicht, wie ich mich an dem Stück Holz festhielt, aber ich hab's geschafft, drei Tage lang. Ich bekam einen Sonnenbrand, das kann ich euch sagen, ganz schön schlimm. An den letzten Tag erinnere ich mich überhaupt nicht.

Dabei hatte ich Glück. Der Wind mußte mich irgendwann in der Nacht an eine Küste getrieben haben. Ich weiß nicht, wie lange ich dort lag, die Wellen müssen mich ziemlich herumgeschleudert haben. Sie brachen mein Bein und richteten mich ziemlich übel zu. Ich wäre ertrunken, aber ich schätze, ich war damals ziemlich zäh.

Lottie wollte sich den Hund nicht mit dem Baby teilen und stieß es immer weg oder versuchte es, aber das Baby wollte nicht klein beigeben.

Das nächste, was ich wußte, sagte der Kapitän, ist, daß ich ganz bandagiert in einem Bett aufwachte und mich nicht rühren konnte. Ich wußte nicht, wo ich war. Anfangs dachte ich, ich wäre im Himmel …

Unter dem Tisch zankten die Kinder sich weiter um das geduldige Tier. Aber Lottie hatte sich wirklich in es verliebt, streichelte und tätschelte es verständnisvoll, während es unter ihren besänftigenden Gesten entspannt dalag. Doch die Kleine hatte eine andere Vorstellung von dem, was zu tun war. Sie setzte sich breitbeinig neben den Rumpf des Hundes und schlug, in ungezügelter Freude, strahlend mit beiden kleinen Händen darauf ein.

Das nahmen sowohl Lottie als auch der Hund übel, der Hund nicht so sehr wie Lottie. Das Tier warf ab und zu beiläufig den Kopf zu dem Baby zurück, als werde es von einer Fliege belästigt, und das war alles. Doch Lottie ergriff ernstere Maßnahmen. Nein, sagte sie leise und verhalten, damit die Erwachsenen sie nicht hören konnten, und guckte böse drein. Nein. Hör auf. Der Säugling sah sie einen Augenblick lang erstaunt an, kehrte aber schnell zu seinem Zeitvertreib zurück. Joe allein beobachtete sie.

Dann rückte Lottie näher an den Säugling heran und grub heimlich, ohne Aufmerksamkeit auf sich zu ziehen, mit vollkommen ausdruckslosem Gesicht ihre Fingernägel tief in die nackten Knie des Kindes.

Plötzlich entstand Tumult. Das Kind kreischte. Der Hund sprang auf. Die Frauen stießen ihre Stühle zurück.

Lottie hat sie gekniffen, sagte Joe. Lottie, komm her …

Unsinn, sagte Gurlie. Was ist los mit dir? sagte sie zu dem Baby. Kannst du nicht ruhig sein.

Hat der Hund ihr was getan? fragte der Kapitän. Er kann sie nicht gebissen haben.

Joe unternahm nichts mehr. So wurde der Säugling nach einem Augenblick in den Stuhl zurückgesetzt, wo er auf seine Schwester und den Hund hinunterstarrte, die wieder glücklich miteinander spielten.

Wir haben das Ende der Geschichte noch nicht gehört, sagte Joe.

Ach, da gibt's nicht viel zu erzählen, fuhr der Kapitän fort. Eine Engländerin ging morgens am Strand spazieren und sah, wie ich dort lag und von den Wellen umhergeschleudert wurde. Sie dachte, ich sei tot, aber sie ließ mich trotzdem ins Krankenhaus bringen, und da war ich, als ich aufwachte.

Das war ein Glück für Sie, sagte Gurlie.

Ja, ich war drei Monate lang dort. Sie waren sehr gut zu mir.

KAPITEL 14

Gurlie und die Jüdin

An dem Tag, an dem das Baby ein Jahr alt wurde, kam mit der Morgenpost eine hübsche Karte von der dicken Tante und ein kurzes Briefchen, in dem stand, daß sie sehr viel zu tun gehabt habe, um das Haus auf Long Island herzurichten, aber daß sie an dem Abend kurz vorbeikomme. Joe hatte das Ereignis nicht erwähnt, als er an dem Morgen weggegangen war. Gurlie hatte, um die Wahrheit zu sagen, erst eine Stunde später daran gedacht.

Die Karte war bloß ein farbiges Bild von einem Strauß Gänseblümchen, Kornblumen und wilden Rosen mit Buchstaben aus Goldflitter darunter – herzlichen Glückwunsch zum Geburtstag! Lottie nahm sie und rieb mit dem Finger über die Farben, als wolle sie sie fühlen, aber die Rauheit der Schrift ließ sie innehalten und noch einmal nachschauen.

Es war ein herrlicher Apriltag. Den ganzen Morgen ließ Gurlie die Fenster auf und ging rastlos von einem Zimmer zum anderen, als arbeite sie. Das Mittagessen war ein Kinderspiel. Um eins aber konnte sie es nicht länger aushalten und ging auf die Straße hinunter. Kümmere dich um die Kinder, sagte sie zum Dienstmädchen, ich gehe aus.

Aber Lottie kam ihr nach. Meinetwegen. Nimm bloß um drei das Baby auf. Ja, M'am. Und sie gingen los zum Park, Gurlie mit ihren kurzen, schnellen Schritten und Lottie, die hinterherlief.

Welch eine Erleichterung!

In der Ferne erhoben sich durch den Schleier der Bäume die Mauern des Reservoirs. Gurlie schlug einen schmalen Pfad ein, der nach Süden abbog. Doch nach einigen wenigen Augenblicken setzte sie sich, weil ihr vom Gehen und der schweren Kleidung, die sie trug, warm war, auf eine Bank und schaute sich um.

Mir ist warm, sagte das Kind und fing an, den Mantel aufzuknöpfen.

Schräg rechts stand eine Weide neben einem kleinen See. Grüne Gerten hingen beinah bis zum Boden. Sie berührten sogar den Boden. Während das zarte Grün sich oben in der Helle des Himmels verlor. Ehe Gurlie sich setzte, hatte sie zuerst die Bank mit der bloßen Hand abgewischt. Jetzt sah sie, daß sie kleine braune Blüten weggefegt hatte. In der Zwischenzeit waren einige davon in ihren

Schoß gefallen, und die Luft war sehr süß. Es war eine Ulme. Als sie hochschaute, waren ihre Äste dicht besetzt von diesen Blüten.

Durch die Bäume, die nicht länger mehr ein einförmiges und gleichmäßiges Gewirr kahler Äste waren, konnte man ziemlich weit sehen. Vor dem allgemeinen Hintergrund konnte man deutlich einzelne Bäume an ihren grünen oder roten Umrissen ausmachen. Kleine grüne Spitzen, die man von nahem genau betrachten mußte, um sie zu erkennen, nahmen in der Ferne Gestalt an.

Lottie hatte das Wasser erspäht und ein paar darauf schwimmende weiße Vögel, so daß Gurlie aufstand und ihr in Gedanken versunken nachschlenderte.

Hier glänzte das Gras, und das Wasser fing die Sonne auf. Ein Dutzend Enten und zwei Schwäne – blasierter – schwammen flügelschlagend zum Ufer des Sees, als Gurlie und das Kind sich näherten. Lottie hatte Angst und flüchtete sich hinter ihre Mutter. Aber Gurlie lachte und sprach mit den Vögeln.

Ich habe nichts für euch. Schsch! Weiter mit euch. Aber die Vögel, die, als Gurlie die Hand hob, meinten, etwas sei zwischen sie gefallen, stürzten sich in einen Kampf, drehten dann ab und schwammen davon, schnell die Augen nach rechts und links rollend, um sicher zu sein, daß sie nicht hintergangen wurden.

Hinter ihnen trieb eine weiße Feder auf dem Wasser. Der Wind nahm sie, trug sie davon, und sie schwebte zur Mitte des Sees, bis eine der Enten sich darauf stürzte, sie mit dem Schnabel schnappte, einen Augenblick lang schnell darauf herumkaute und sie fallen ließ – jetzt segelte sie nicht mehr.

Außer Schauen und Spazierengehen gab es nichts zu tun, der Park war um die Zeit ruhig, und Lottie war sehr brav. Bald kamen sie zu ein paar höheren Bäumen auf einer Kuppe mit Felsen und Rhododendron nach Norden. Gurlie war es wieder warm geworden, und sie machte gern noch einmal eine Pause. Hinter den Felsen war es dunkel und kühl. Unter einem der Rhododendren war in einer Mulde aus nassen Blättern tatsächlich ein kleiner Flecken schnell schmelzenden Schnees, der aber beinahe schwarz von Dreck war. Als Gurlie den Fuß hineinsetzte, fiel er auseinander, verrottet.

Von dort nahmen die beiden eine Abzweigung zu einem Tunnel unter dem Fahrweg. Niemand außer ihnen war darin, und so kreischte und jodelte Gurlie, um das Kind zu unterhalten. Juhu! Juhu! Juhu! Es klang laut und hohl. Lottie mochte es nicht und wollte zurückgehen. Sie gingen weiter und kamen an der anderen Seite, wo drei Arbeiter ein Blumenbeet umgruben, wieder in die Sonne.

Die beiden blieben stehen, um ihnen zuzusehen. Die Männer sahen von der Seite hoch, hielten sich aber an ihre Arbeit. Gurlie trat näher. Ist das guter Boden hier? sagte sie. Ich kann mir das in der Stadt nicht vorstellen.

Die Männer, offensichtlich Ausländer, sprachen gedämpft miteinander, warfen flüchtige Blicke auf die Beine der Frau, und einer von ihnen spuckte in die frische Erde. Schweinehunde, sagte Gurlie halblaut und ging weiter.

Es war ein herrlicher Tag. Lottie bekam nach einer Stunde oder so ein paar Erdnüsse, und Gurlie kaufte ein Glas Limonade, von dem sie beide ein wenig tranken. Und so verging die Zeit. Als der Nachmittag voranschritt, kamen immer mehr Kinder zum Spielen heraus. Lottie sah ihnen mit ihren fragenden Augen zu, aber sie war schüchtern. Einmal, als sie sechs, sieben Meter vor ihrer Mutter herlief, hielt eine Frau sie an und fragte sie, wer sie war. Es war eine lächelnde alte Dame, aber Lottie wollte ihr nicht antworten. Ich glaube, ihr hat's die Sprache verschlagen, sagte die Frau zu Gurlie, als sie herankam. O nein, sagte Gurlie.

Dann kamen sie in einen Teil des Parks, wo überall Kinder auf dem Gras rannten und tobten. Es war erlaubt. Dicht vor den beiden Spaziergängern waren ein dunkles und ein blondes Mädchen von ungefähr vier oder fünf Jahren. Das blonde, in flauschigen blauen Kniebundhosen, hielt beide Arme wie Flügel ausgestreckt und drehte sich rund und rund und rund herum. Beide lachten, während die kreiselnde immer langsamer wurde, taumelte und berauscht lachte, bis sie zu Boden fiel.

Ein älterer Junge lief Lottie beinahe über den Haufen, als er sich hin- und herspringend hinter ihr versteckte, während ein anderer, größerer versuchte, ihn zu fangen. Sie waren außer Atem und lachten. Schließlich gab der kleinere auf, bückte sich, und der ältere sprang ihm von vorne auf den Rücken, nahm seinen Kopf zwischen die Knie und begann mit beiden Händen auf den Popo einzuschlagen.

Hör auf! sagte Lottie.

Überall um sie herum lagen und rollten Kinder, besonders die Jungen, die miteinander rangen und einander auf und ab jagten.

Ich will nach Hause gehen, sagte Lottie, ich bin müde.

Komm, es ist zu schön, um schon nach Hause zu gehen. Wir setzen uns noch mal hin, sagte ihre Mutter, die auch müde war. Hui! Es *ist* heiß. Und wir ruhen uns noch einmal aus.

Zu Haus im Häuserblock fuhr Maggie das Baby auf und ab, aber es wollte nicht einschlafen. Deshalb schob sie das Kinderwagendach zurück und ließ das Ding sich hinsetzen und umschauen. Auf der Sonnenseite der Straße war es sehr warm, deshalb drehte Maggie den Kinderwagen herum, so daß die Sonne dem Baby nicht in die Augen schien, und setzte sich auf die Treppenstufen. Sie blockierte die Wagenräder mit den Füßen, damit er nicht wegrollte, während sie die Arme auf die Seiten des Wagens stützte und dem Baby Grimassen schnitt.

Sie schob ihr Gesicht bis auf zwei Zentimeter an das Gesicht des Babys heran, sagte: Na, du! und zog es dann wieder zurück. Dann schob sie ihr Gesicht langsam wieder vor, bis sie nahe vor dem Baby war, zog es zurück und neigte sich wieder vor – kippte den Kinderwagen jedesmal ein wenig auf sich zu – und sagte: Na, du! Bis das Baby es erwartete und das eigene Gesicht mit offenem Munde vorstreckte, so daß seine Nase, jedesmal, wenn das Spiel wiederholt wurde, tatsächlich Maggies berührte.

Anfangs blinzelte die Kleine ein bißchen, wenn sie Maggies Gesicht auf sich zukommen sah, auch wenn es ihr gefiel, doch nachdem sie es ein paarmal versucht hatte, lachte sie leise, und dann lachte sie mit jeder neuen Annäherung lauter, bis sie Lachanfälle bekam, gefolgt von einer aufregenden Zeit des Wartens, in der das Mädchen sich einmal mehr zurückzog. Es endete in einer Umarmung, und das Mädchen kuschelte seine Nase in den Bauch des Babys. Du bist ein kleines Herzchen.

Hui! Es wurde heiß. Maggie setzte den Hut ab und riß den Mantel auf. Auch das Baby sah erhitzt aus, deshalb löste Maggie das Band seiner Mütze, die unter dem Kinn zugebunden war. Daraufhin langte das Kind hoch und wollte das lästige Kleidungsstück abziehen. Nein, nein! Das darfst du nicht. Das Baby sah sie an, und sowie Maggie den warnenden Finger gesenkt hatte, tat es das wieder. Auch das wurde ein Spiel, bis Maggie ein wenig ungeduldig wurde und dem Baby auf die Finger schlug. Es wimmerte und warf sich aufs Kissen zurück.

Hallo, Maggie! kam die Stimme eines anderen Mädchens, das ebenfalls mit einem Kinderwagen den Häuserblock hinuntergekommen war. Also taten die beiden Dienstmädchen sich zusammen und unterhielten sich. Das zweite Baby war sehr klein und schlief. Doch Klein-Flossie war wieder obenauf, lächelte, fing an zu plappern und laut zu rufen. Halt den Mund! sagte das andere Mädchen streng im Flüsterton. Du machst mein Kind wach.

Aber Flossie hielt auch das für ein Spiel. Sie sah den Neuankömmling einen Augenblick lang ernsthaft an, sagte dann Huh! und wartete auf eine Reaktion. Halt den Mund! habe ich dir gesagt, sagte das fremde Dienstmädchen. Huh! machte das Baby weiter. Halt den Mund! sagte das Mädchen. Huh! sagte das Baby, dem die Neugier auf dem Gesicht geschrieben stand. Aber diesmal gab das Mädchen ihr keine Antwort, und so hielt sie den Mund.

Das Mädchen war zu gefesselt von dem Gespräch mit Maggie, um sich weiter mit dem Baby abzugeben.

Du machst dich doch zum Idioten wegen diesem Geck. Vielleicht ja, sagte Maggie und senkte den Kopf. Also, der verkauft dich doch für dumm, siehst du das nicht? Du glaubst doch nicht, daß du die einzige bist, der er seinen Schmonzes auftischt, oder?

Maggie wußte nichts zu erwidern.

Komm mit mir und Jim. Ich möchte, daß du seinen kleinen Bruder kennenlernst.

Nein, sagte Maggie.

Okay, sagte das ältere Mädchen, aber sag nicht, ich hätte dir nicht reinen Wein über diesen schäbigen Kerl eingeschenkt. Also, Mag, er ist es nicht wert, daß du deine Zeit für ihn verschwendest. Was könntest du aus dem je rausholen? Hast du je was gekriegt? Alles, was Maggie im Augenblick einfiel, schien mehr als belanglos zu sein.

Das hätte ich dir sagen können. Also, der würde keinen roten Heller abgeben, wenn du ihm nicht 'ne Falle stellst und ihn ausraubst. Er ist der Schlimmste, den ich *je* gesehen …

Er sieht gut aus, sagte Maggie.

Klar sieht er gut aus, das ist ja seine Masche. Ach, komm! Versetz ihn ein einziges Mal. Das zeigt ihm, wo er hingehört. Er hat es dringend nötig. Komm mit uns. Es ist ein toller Schwof, und der Kleine ist ein wunderbarer Stepper, glaub's mir. Du wirst dich königlich amüsieren.

Nein.

Was machst du dann? Er führt dich wahrscheinlich in den Park und spendiert dir 'nen Freisitz auf 'ner Bank für deine Mühe. Ehrlich, ich hätte nicht gedacht, daß du so schwach bist.

Jetzt erhob das fremde Gör ein Geschrei, und Maggies Freundin mußte aufstehen und sich darum kümmern. Sie schaukelte den Kinderwagen eine Weile heftig, aber das

Baby kreischte weiterhin in einer hohen, aufreizenden Stimme. Komm, sagte sie zu Maggie. Geh mit mir die Straße runter. Also gingen die beiden los, schoben die Kinderwagen nebeneinander bis zur Ecke.

Dort blieben sie plaudernd stehen, schaukelten die Säuglinge vor und zurück, während sie selber von einem Fuß auf den anderen traten.

Wie behandeln sie dich? sagte die Freundin.

Gut, sagte Maggie.

Ich wünschte, das könnte ich von der Nervensäge, die mich angestellt hat, auch sagen. Was für eine Pißnelke. Katie! sagt sie, als würde sie gleich zusammenbrechen und sich an deiner Schulter ausweinen. Aber mach dir bloß nichts vor, sie findet ständig was zu tun für einen. Sie sorgt dafür, daß ich mir die Füße ablatsche. Und dieses Stück Käse – sie zeigte auf das Baby –, dem kannst du eins mit einem Ziegelstein überziehen, und er schläft noch nicht. Ich würd ihn gerne in den Fluß stoßen.

Von einem Lieferwagen, der über das holprige Kopfsteinpflaster polternd die Straße hinunter kam, pfiff ihnen ein Junge nach. Sie drehten ihm den Rücken zu.

Denk dran, sagte das neu hinzugekommene Mädchen, Samstagabend. Gib diesem Würstchen den Laufpaß und komm mit uns. Ich erinnere dich morgen dran. Tschüs, meine Liebe.

Eine Weile später bekam Maggie die Ball spielenden Kinder vor dem Häuserblock satt und brachte den Säugling ins Haus. Es sah außerdem aus, als könne es regnen. Wo zum Teufel ist deine Mutter? fragte sie den Säugling, als sie oben waren. Die Frau hat phantastische Vorstellungen von dem, was ich hier tun soll. Warum schläfst du nicht ein? sagte sie zu dem Baby. Aber sie liebte das Baby und küßte es auf den Kopf, wenn sie mit ihm sprach. Der kleine Kopf war ganz verschwitzt von der schweren Mütze, die es getragen hatte.

Maggie holte eine Bürste, setzte sich in das offene Fenster im vorderen Zimmer, wo die Sonne noch warm schien, und bürstete das blonde Haar des Kindes zu einem Heiligenschein um seinen Kopf. Es war wirklich sehr hübsch, wie die Sonne darauf strahlte.

Als sie so das Haar des Kindes anschaute, bekam Maggie immer mehr Interesse daran, und weil sie nichts anderes zu tun hatte, spielte sie einfach weiter damit, band hinten ein Stück blaues Band darum zu einem sehr kurzen Pferdeschwanz. Aber das war nichts, es war nicht genug Haar da, deshalb scheitelte sie es in der Mitte und versuchte, es an beiden Seiten zusammenzufassen. Das war besser. Die Wirkung war tatsächlich verblüffend. Das Kind sah sehr viel älter aus als ein Jahr.

So ging es weiter – von einer Sache zur nächsten. Das Haar paßte nicht zur übrigen Ausstaffierung, also fischte Maggie ein altes Sommerkleid von Lottie heraus, mit dem sie ihren kleinen Zögling weiter aufputzte. Als sie dann das Kind so bleich sah, legte sie ihm Rouge auf die Wangen. Schließlich, als Tüpfelchen auf dem i, zog sie die gelbe Glasperlenkette ab, die sie selbst trug, hing sie dem Baby über den Kopf und knotete sie hinten zusammen. Das ergab eine vollkommene Primadonna mit Babygesicht.

Jetzt grins mal, sagte sie zu dem Baby. Guck. So. Zeig die Zähne. Das Baby brauchte nicht lange, um sie vollendet nachzuäffen – bis Maggie vor Lachen fast umfiel – und noch einmal und noch einmal.

Aber wo zum Teufel ist deine Mutter? Einen schönen Geburtstag bereitet sie dir. Hör mal. Sie beugte sich zu dem Baby hinunter. Dammich. Sag's mal. Dammich. Dammich, sagte Maggie. Sag's.

Da! Das Baby strengte sich sehr an.

Nein. Hör mal. Dammich.

Da! sagte das Baby.

Egal, du bist mein kleiner Liebling. Und Maggie packte und küßte das Baby impulsiv. Dann nahm sie es mit in die Küche und begann, sich nach dem Abendessen umzuschauen ... oder ich werde 'nen Kopf kürzer gemacht.

Neben der Bank, auf der Gurlie und ihre Tochter saßen, verlief eine Hecke, vor der drei Kinder übermütig herumtollten. Einer war ein mannhafter kleiner Kerl, vielleicht vier Jahre alt, mit einer großen Kappe, der sich wunderbar vor den beiden Mädchen in Positur setzte. Er schlurfte auf und ab und schnitt mit herausgestreckter Zunge groteske Grimassen. Die Mädchen sahen ernsthaft zu. Schließlich krachte der kleine Kerl im Überschwang seiner Drehungen und Wendungen in die verfilzte Hecke, die im Ganzen nachgab, sich durchbog und ihn federnd zurückprallen ließ. Das war eine große Entdeckung. Erst war er überrascht, ein bißchen verdutzt. Als er dann herausfand, daß er nicht verletzt war – nicht sehr, ließ er sich rückwärts wieder hineinfallen. Die kleinen Mädchen waren entzückt, und als er es wieder und wieder tat, begannen alle drei, wild zu lachen.

Schließlich probierte eines der kleinen Mädchen es selber, und die steifen Heckenzweige fuhren ihr in die Mantelarme und kratzten sie. Sie zog sich zurück und begann sich das Handgelenk zu reiben, während sie die unbotmäßige Hecke vorwurfsvoll anguckte und ihr die Tränen in die Augen traten. Dann wurde sie wütend, trat einen Schritt zurück und schlug die Hecke mit der unverletzten Hand, versetzte ihr einen Schlag nach dem anderen – so daß alle wieder lachten und auch sie, trotz ihrer Tränen.

Dann griff der Junge die Hecke im Ernst an, knuffte sie und packte schließlich, da sich nichts tat, mehrere einzelne Zweige und bog sie nach unten, um sie abzubrechen. Das war zuviel für Gurlie.

Hört auf! sagte sie, ihr bösen Kinder! Was macht ihr da? Kein Wunder, daß wir keine Parks haben. Könnt ihr nicht sehen, daß diese Dinge gepflanzt sind, damit man sie pflegt? Guckt euch das an, ihr brecht alle Zweige ab. Und guckt hier, auf dem Boden, all die grünen Triebe, die ihr abgerissen habt …

Die Kinder kamen erschreckt zur Besinnung und wichen zurück, während sie sprach. Dann drehten sie sich um und rannten fort, lachten und hüpften, als sie ein paar Meter weg waren, flüsterten dann miteinander.

Gurlie setzte sich wieder auf die Bank neben ihr eigenes stilles Kind. Kinderwagen fuhren vorbei, und dann kam ein kleiner Junge in einem schweren Mantel mit Brusttaschen und einer Matrosenmütze direkt zu Lottie, blieb stehen und schaute sie verlangend an. Nun! sagte Gurlie. Lottie drückte sich zurückweichend gegen ihre Mutter. Der kleine Junge streckte die Hand aus und legte sie mit Bedacht auf Lotties Brust. Lottie senkte den Kopf, sah aber den kleinen Jungen unter dem Hutrand hervor weiter an. Er hockte sich hin und sah ihr ins Gesicht. Eine große lächelnde Frau kam den Weg entlang und sagte: Aha! Da bist du also. Ich habe dir doch gesagt, du sollst nicht weglaufen. Lächelnd sah sie Gurlie an.

Gefällt dir das kleine Mädchen? fragte sie ihren Sohn. Gurlie begriff sofort, daß sie Juden waren. Sie lächelte nicht.

Komm weiter, Sidney, du darfst das kleine Mädchen nicht ärgern. Komm, *mein Kind**.

Nichts geschah.

Die Frau, die ein sanftes Gesicht hatte und einiges über dreißig war, nahm den kleinen Jungen am Arm – oder versuchte es. Er schüttelte sie ab. Komm, sagte die Frau, gleich regnet's und donnert's. Tatsächlich waren dunkle Wolken aufgezogen. Aber um so mehr wehrte sich der kleine Junge gegen seine Mutter.

Gurlie brach in ihr schroffes, liebloses Lachen aus und sagte, Sie sollten ihm den Hintern versohlen, wenn er das tut.

Nein, die Frau schüttelte den Kopf, er ist ein braver Junge.

Es endete mit einer Szene. Der Junge schlug nach seiner Mutter, mehrmals, und versuchte sogar, sie zu treten. So, so, *mein Kind**, sagte sie. Was soll die Dame von dir denken? Aber das kümmerte Sidney anscheinend einen Dreck. Er steigerte sich in blinde Wut, warf sich in seinem blauen

Mantel auf den Boden, lag da, strampelte mit den Beinen und schrie gellend. Die Mutter versuchte, ihn aufzuheben.

Lassen Sie ihn in Ruhe, sagte Gurlie.

Da setzte die Frau sich erschöpft auf die Bank. Das Kind rollte sich, ganz mit Schmutz bedeckt, auf den Bauch.

Aber Sidney, guck dich an, sagte die Frau. Ach! dieses Kind. Es bringt mich um.

Sie wissen eben nicht, wie Sie ihn erziehen sollen, sagte Gurlie.

Die Frau sah sie an, als ihr Sohn schließlich erst auf die Knie und dann auf die Füße kam, Lottie finstere Blicke zuwerfend, zu seiner Mutter ging und den Kopf in ihren Schoß legte.

Weine nicht, *mein Kind**, weine nicht. Aber jetzt sagte der kleine Junge Tata zu seiner Mutter. Tata, weil er gehen wollte.

Tata! Schon gut, gab sie ihm zur Antwort, wir gehen gleich. Setz dich. So. Laß mich dir das Gesicht waschen. Streck die Zunge raus. Sie nahm ihr Taschentuch, befeuchtete es an der Zunge des Kindes und wusch ihm damit das Gesicht.

Warum besteht Ihresgleichen immer darauf, in den Städten zu bleiben? fing Gurlie wieder an. Warum gehen nicht einige aufs Land, wo Licht und Luft ist. Das brauchen Sie. Sie haben jede Menge gescheite Leute. Man sollte meinen, Sie würden das kapieren.

Mein Mann hat ein Geschäft, erwiderte die Frau versöhnlich. Aber Gurlie fuhr fort. Immer machen Sie uns Vorwürfe, daß wir Ihnen etwas antun, aber es ist Ihre eigene Schuld. Sie drängen in die Städte. Sie lieben das Land nicht. Das führt zu dem ganzen Schlamassel.

Es tut mir leid, wenn wir Sie belästigt haben, sagte die Frau, kein bißchen ängstlich. Bitte entschuldigen Sie.

Ein kleiner Sprühregen hatte begonnen.

Mit dem Regen wurden Zeitungen über Hüte gestülpt, die Kindermädchen stürzten mit ihren Kinderwagen davon, die Kinder schrien vor Entzücken, hielten die Gesichter hoch, um den Regen zu fühlen – und traten doch die Flucht an. Es regnet nicht stark, sagte Gurlie laut, obwohl in der Ferne ein dumpfes Donnergrollen erklang. Sie rührte sich nicht, sondern zog Lottie enger an sich heran und beobachtete den Regen. Das Kind sah zu, wie ein dunkel gefärbter Fleck nach dem anderen auf dem Asphalt erschien. Doch in wenigen Augenblicken war es vorbei, und der warme Geruch von Regen erfüllte die Luft. Gurlie sog ihn tief ein. April!

Danach standen die beiden auf und hinterließen eine trockene Stelle auf der Bank. Sie machten sich auf den Heimweg.

Unterwegs kamen sie zu einer Stelle, wo Schafe durch ein Zauntor gingen, das ein alter Mann für sie offenhielt. Neben ihm stand ein Hund, während die grauen Leiber sich durchmühten, aneinanderstießen und zurücksprangen, dann wieder an ihm vorbeiströmten. Gurlie war überrascht.

Schafe? sagte sie. Im Central Park? Das wußte ich nicht.

Doch, M'am. Es war ein Mensch mit langem Gesicht und spärlichem Backenbart und einem abgetragenen Hut. Das letzte Schaf ging hinein, und er schloß das Tor.

Das läßt mich an die Heimat denken, sagte Gurlie.

Ja, Schafe lassen einen an die Heimat denken, sagte der Mann. Gurlie fiel ein neuer Akzent auf. Sind Sie Ire? sagte sie. Nein, sagte der Mann. Schotte? Nein, M'am. Ich bin aus Nordengland, M'am. Sie sehen aus wie die Männer in der Heimat, fuhr sie fort. Ich meine Norwegen. Da bin ich nie gewesen, sagte der Mann. Das erklärt es, fuhr Gurlie fort, wir sind alle vom selben Volk. Wir alle haben uns vermischt – Norweger, Engländer, Dänen …

Ich will nach Hause gehen. Lottie zerrte an ihr.

Ich liebe das Land, setzte Gurlie hinzu. Nur dort kann man leben.

Wenn Sie dort aufgewachsen sind, wollen Sie dorthin zurück.

Ja, sagte Gurlie. Ich habe auf einem Bauernhof gelebt, bis ich neun war.

Dann kommen Sie nie drüber weg. Für die Jahreszeit hat es wenig Regen gegeben, fuhr er fort. Das ist nicht gut für das Land. Ich hatte gehofft, wir würden heute einen guten Schauer kriegen.

Oh, wir kriegen noch ein nasses Frühjahr, sagte Gurlie.

Es nützt nichts, wenn alles an einem Tag runterkommt, so wie hier. Am nächsten Tag ist es dann trockener denn je. Die Bäume in dieser Gegend können nicht leben. Und das Gras auch nicht.

Warum hält man Schafe im Park? fragte Gurlie.

Sie sollten das Gras auf den Rasenflächen niedrig halten. Aber ich glaube, in ein paar Jahren müssen sie mehr Gras säen, um die Schafe zu füttern. Es gibt keine Regen hier wie in England. Und ohne die kann man kein Gras haben.

Vielleicht hält die Stadt ihn zurück.

Vielleicht haben Sie recht, M'am, aber ich glaube es nicht. Guten Tag, M'am.

Gurlie schüttelte trübsinnig den Kopf und marschierte weiter.

Als sie nach Hause kam, war es fünf Uhr. Das Dienstmädchen hielt nicht viel zum Abendessen bereit, und die dicke Tante hatte schon eine Stunde gewartet und in der Zwischenzeit getan, was sie konnte, um alles fertig zu machen. Wo warst du?

Als Joe kam, brachte er ein Paket mit. Du Lieber, sagte seine Frau, gab ihm ein Küßchen auf beide Wangen und spielte das kleine Kind, wie sie es manchmal konnte. Hast du mir etwas Schönes mitgebracht?

Es ist ein Geburtstagsgeschenk für das Baby, sagte Joe. Paß auf, sonst zerbrichst du es.

KAPITEL 15

Ein Jahr alt

Steh auf, sagte er, als sie nackt dasaß und ihn vom Tisch aus anschaute. Er reichte ihr seine beiden Zeigefinger. Sie mühte sich auf die Füße und stand, Beine ausgebreitet, unsicher da. Gerade ein Jahr alt, was? Er versuchte, sie loszulassen, aber sie hielt sich hartnäckig an ihm fest.

Soll ich sie halten?

Nein, nein. Sie sollte alleine stehen können.

Natürlich kann sie das, sagte Gurlie.

Komm, sagte der Doktor zu dem Baby. Geh. Und er zog es an den Fingern vorsichtig über den Tisch.

Wie kann sie da gehen? Es ist zu weich. Stellen Sie sie auf den Boden, sagte Gurlie. Aber das Baby setzte einen Fuß vor den anderen, steckte die Zunge in die Backe, krümmte die Zehen nach oben und machte es sehr gut. So. Jetzt setz dich.

Ich glaube überhaupt nicht an euch Ärzte, fing Gurlie an.

Das ist recht, das tue ich auch nicht. Aber Sie hören sich mal besser an, was ich Ihnen zu sagen habe – wenn Sie Ihr Baby behalten wollen.

Wieso, was fehlt ihr?

Woher soll ich das wissen? Ich bin kein Hellseher. Und er wandte sich zu einem Glasschrank auf der gegenüberliegenden Seite des Raumes. Sie hatte nicht erwartet, daß er einen Buckel hatte.

Gurlie stand da und starrte. Soll ich sie jetzt anziehen?

Gott weiß, wofür ihr Frauen eure Babys herbringt. Ich weiß es nicht, gab er zur Antwort.

Na ja, sie ist nicht sehr kräftig, und deshalb dachte ich, Sie würden mir sagen, was ich tun soll, um sie hochzupäppeln.

Das haben Sie gedacht. Wer hat Sie hergeschickt?

Ein paar Freundinnen haben mir gesagt, daß Sie alles über Kinder wüßten …

So? Das haben sie Ihnen gesagt. Eine Idiotenbande.

Aber Doktor …

Ich sage Ihnen, wofür Sie hergekommen sind. Sie sind hergekommen, damit Ihr Kind untersucht wird. Dafür sind Sie hergekommen. Setzen Sie sich. Gurlie setzte sich. Ein Gnom, ein Troll, ein komischer Mann.

Er setzte sein Stethoskop an die Ohren und untersuchte die ganze Brust des Babys, grunzte dann und wann in sich hinein, hielt dann inne, klopfte mit den Fingern hier und dort, lauschte dann wieder.

Wer in Ihrer Familie hat Tuberkulose gehabt?

Niemand, erwiderte Gurlie ihm. Wir sind alle gesund. Wieso? Hat sie …?

Er drehte sich um und lächelte sie an. Wenn Sie einen Arzt konsultieren, sagen Sie die Wahrheit. Gurlie errötete, wollte sprechen, tat es aber nicht. Sein Blick fixierte sie. Dies ist Ihr zweites Kind, sagte er. Ja, sagte Gurlie. Und das erste ist ein Mädchen? Ja, sagte Gurlie. Sie wollten einen Jungen? Ja, sagte Gurlie. Fehlgeburten? Nein. Sind Sie sicher? Was meinen Sie? sagte Gurlie. Waren die Wehen schwer bei diesem? Ganz leicht, sie kam ein bißchen vor der Zeit. Hat sie sofort richtig geatmet? Hat sie. Und auch geschrien, sagte Gurlie. Haben Sie sie gestillt?

Nein.

Der Arzt schüttelte den Kopf. Haben Sie es versucht? Ja, ich hab's versucht, sagte Gurlie. Dann haben Sie ihr die Flasche gegeben. Hatten Sie dann noch Schwierigkeiten? Ja, sagte Gurlie, bis eine alte deutsche Frau mir gesagt hat, was ich ihr geben sollte. Von euch Ärzten hatte ich keine Hilfe.

Haben Sie einen Arzt zu Rate gezogen?

Ja.

Wie oft?

Gurlie gab ihm keine Antwort.

Vorsichtig hob der alte Mann das Baby hoch, trug es zu einer Waage und wog es. Dann maß er es, Länge, Brustumfang und Kopfumfang. Er nahm die Temperatur und grunzte. Was haben Sie mit ihr gemacht? Er wandte sich wieder an Gurlie. Wann waren Sie das letzte Mal beim Arzt?

Sie hat sich sehr gut entwickelt, bis sie den Keuchhusten bekam.

So? Den Keuchhusten. So haben Sie sie gehütet?

Ich bin nicht hergekommen, um mich beleidigen zu lassen. Gurlie brauste auf.

Beleidigt? Genau das fehlt euch Müttern, beleidigt zu werden, sagte der alte Mann und sah sie frostig an. Hier haben wir einen weiblichen Säugling, fuhr er fort, als doziere er. Mit einem Jahr wiegt sie siebzehn Pfund sechs Unzen. Sie kann nicht alleine gehen …

Er fuhr mit den Fingern das Rückgrat auf und nieder.

Aber sie ist gerade gewachsen. Keine Rachitis. Keine deformierten Gelenke oder Knochen. Andererseits sind die Muskeln schwach entwickelt und kraftlos. Sie ist unterernährt – er zog die unteren Augenlider des Säuglings nach unten – und anämisch. Ein sehr braves Kind, setzte er hinzu. Sie war in der Tat sehr brav, gab die ganze Zeit keinen Ton des Protests von sich. Aber jetzt ließ sie sich auf die Knie nieder und wollte davonkrabbeln.

Komm zurück, sagte der Arzt. Er befühlte ihren Kopf. Die vordere Fontanelle war noch offen. Das ist richtig, sagte er.

Oh, drücken Sie da nicht, sagte Gurlie. Tut ihr das nicht weh?

Saubere Kopfhaut. Die Haut an Gliedern und Körper ist rein. Keine Entzündung. Die Fingernägel ein wenig bleich, aber abgesehen davon normal in Farbe und Form.

Er schaute dem Baby in den Mund. Der Säugling würgte und schrie. Gurlie stürzte zur Rettung herbei. Weg da! sagte der Arzt. Das tun Sie einmal. Das tun Sie zweimal. Und dann ist alles zu spät. Sie ist verdorben. Ich bringe sie nicht um. Soll sie sich daran gewöhnen. Acht Zähne. Gut. Die Kehle ist frei. Sie hört. Sie sieht. Sie ist sich der Dinge um sie herum angemessen bewußt – für ihr Alter. Sie sagen, sie spricht ein paar Worte?

O ja, sie ist eine regelrechte Plaudertasche. Sie sitzt da und redet stundenlang mit sich selbst.

Bringen Sie sie manchmal an die frische Luft?

Sie ist jeden Tag draußen.

So sieht sie nicht aus, sagte der Arzt. Ihr Mütter meint, ein Kind sei an der frischen Luft, wenn ihr es bloß bis zu den Augen eingepackt vor die Tür stellt. Ihr vertut euch. Wenn die Sonne nicht an ihren Körper kommt – sie muß die Haut berühren –, nützt es nichts. Eines Tages, wenn ihr Verstand angenommen habt, ihr Mütter, den Verstand von Tieren, dann bringt ihr die Babys an die Sonne, auch im Winter, jedes Baby, wie man es jetzt mit den Kranken im Sanatorium tut. Nach draußen.

Ist das nicht die Kneipp-Kur? sagte Gurlie.

Was ist das, die Kneipp-Kur? Wir tragen zu viele Kleider. Wir packen unsere Kinder in Wolle wie Eskimos. Das zieht alle möglichen Krankheiten an. Wir sperren sie in Hüllen, aus denen gerade noch der Kopf herauskommt. Die Haut muß atmen …

Dann meinen Sie also, das Baby ist gesund, Doktor?

Ziehen Sie sie an.

Gurlie begann das Baby anzuziehen. Aber Doktor, was kann ich tun, damit sie ißt? Ich habe versucht, sie zu zwingen, aber sie spuckt es aus.

Tun Sie das bloß nie! Er dröhnte. Nie. Was ist sie denn, eine Gans, die Sie für Weihnachten nudeln? Wenn sie nicht essen will, nehmen Sie das Essen weg. Und finden Sie den Grund dafür heraus.

Aber ich sehe so viele Kinder, die größer sind.

Wie groß ist Ihr Mann?

Er ist nicht so groß.

Was erwarten Sie dann von einem Kind, ein Mastkalb?

Aber womit soll ich sie füttern?

Geben Sie ihr alles, was sie ißt.

Alles?

Ja. Alles, was sie ißt.

Sie mag keine Milch.

Das schlimmste im zweiten Lebensjahr ist zuviel Milch. Ein halber Liter am Tag ist genug. Geben Sie ihr Eier, Hüttenkäse, Früchte, Obst, Fleisch, Gemüse, roh und gekocht. Ich hatte einmal ein Baby, das aß rohe Fadenbohnen und gedieh mit ihnen. Meine Freunde nennen mich einen Spinner. Das stimmt, ich bin einer. Aber ich habe Bauernblut. Wo ich geboren bin, gibt es nicht viel zu essen – und die Kinder essen, was es gibt, und werden kräftig. Mit einigen wenigen Ausnahmen.

Aber ist das nicht die Luft, die dafür sorgt? stellte Gurlie in Frage.

Hier ist es Eiskrem, Zucker, Konfekt, höhnte der Arzt. Der kleine Liebling will sein Essen nicht, Mutter muß ihm anschließend einen Keks geben, damit er nicht Hunger leidet. Und noch einen, weil Mutter ihr Baby nicht gerne weinen hört. Und noch einen – weil er ihn will. Und einen Riegel Schokolade. Und ein Eis für die liebe Mama – und das Baby bekommt seinen Anteil. Das arme Ding hat sein Essen nicht gegessen! Zucker. Davon leben sie. Natürlich wollen sie nicht essen.

Ist Zucker kein Essen?

Nein, Zucker ist Brennstoff. Er nimmt die Stelle von Essen ein.

Aber sie mögen es, Doktor.

Natürlich mögen sie es. Sie wollen bloß funktionieren. Sie kümmert es nicht, ob der Motor auseinanderfällt.

Aber Sie haben gesagt, man soll ihnen alles geben, was sie wollen.

Ja, alles, was sie wollen.

Ich verstehe Sie nicht, Doktor. Sie haben gesagt, geben Sie ihnen alles, was sie wollen, und dann sagen Sie, geben Sie ihnen keinen Zucker.

Zucker ist keine Nahrung, habe ich Ihnen gesagt. Brennstoff. Verstehen Sie?

O ja.

Stellen Sie das Essen vor sie hin, pünktlich, regelmäßig und gut zubereitet. Ohne ein Wort. Sie essen es. Es sei denn, sie sind krank. Wenn sie es essen – und mehr wollen, geben Sie ihnen ein bißchen Zucker. Zucker ist der Alkohol der Kinder und soll genauso benutzt werden. Und Schokolade ist ihr Tee und Kaffee. Natürlich wollen sie es – es enthält eine Droge. Und Drogen – sind nützlich.

Ja, aber Sie haben mir nicht gesagt, was meinem Kind fehlt. Gurlie hatte das Baby neben sich auf der Couch.

Aber jetzt war der Arzt in Fahrt gekommen und redete weiter, während Gurlie dasaß und zuhörte.

Ich fürchte, andere Patienten warten.

Sollen sie warten. Ja, was fehlt dem Kind? Das fragen Sie mich.

Kommen wir nicht deshalb her?

Was fehlt dem Kind? Da muß ich lachen. Das Kind ist lebendig, das ist alles. Aber jetzt, wo ich sie untersucht habe, muß ich Ihnen in drei Worten sagen, was los ist. Dann müßte ich Ihnen eine große Flasche mit roter Medizin geben, und dalli, dalli! Nicht nur ist sie geheilt, sondern sie ist auch schön, intelligent und stark wie ein Bär. Er lachte. Deshalb kommen Sie zu den Ärzten. Und wenn er es nicht schafft, ist er ein Dieb, ein Erpresser und hat das Kind so gut wie umgebracht. Ist es ein Wunder, daß der Beruf durch Scharlatane versaut ist? Für alles, was die Leute kaufen wollen, gibt es immer einen, der es ihnen verkauft. Ich kann das nicht.

Herr Doktor, Sie müssen mir einen Rat geben.

Dazu kommen wir gleich. Was fehlt den Kindern? Sie sind unglücklich.

Sie ist nicht unglücklich.

Sie werden beinahe, könnte man sagen, zum Unglücklichsein geboren. Jede Generation tötet in ihren Kindern die Chancen der nächsten zum Glücklichsein – aus Neid. Aus Boshaftigkeit, das sag ich Ihnen. Das wächst sich zum Krieg aus. Haß, Haß auf die Eltern – das heißt die Herrscher – der Welt. Und was tun wir dagegen? Wir bauen

Lehranstalten. Lehranstalten, merken Sie sich, diese Brutstätten der Verzweiflung. Mißgestalten, darauf reimt es sich. Mißgestalten, die sie bauen zur Zerstörung der natürlichen Erfindungsgabe der Kindheit, die eigentlich die Welt kennenlernen sollte. Die Welt, merken Sie sich das, und nicht die Enttäuschung älterer Damen, die im Klimakterium sind und die Feinheiten – der Geschichte – der Mathematik nicht wissen können. Bah. Was können sie schon wissen? Um etwas zu ergründen. Etwas auf den Grund zu gehen. Den Kern der Sache zu erfassen.

Der unglückselige Mann, außer sich vor gerechtem Zorn, sah Gurlie an, während er vor ihr auf und ab marschierte. Sie hatte die kräftigen Beine an den Fesseln übereinandergeschlagen, die Hände im Schoß, nickte lebhaft beipflichtend mit dem Kopf. Sie haben recht, sagte sie. Sie haben recht. Ja, ich weiß, daß ich recht habe, gab er ihr zur Antwort. Aber was kann ich daran ändern?

Schulen! fuhr er verächtlich fort. Das ist unsere Entschuldigung, nichts zu tun. Was ist eine Schule? Sie ist ein Ort, an dem Wissen verboten ist. Das erste Gesetz lautet, daß ein Lehrer und ein Schüler nicht miteinander vertraut sein dürfen. Sie ist ein Gefängnis. Sie ist ein Ort, an dem ein Kind getötet wird – mit Dummheiten, die man ihnen tröpfchenweise eintrichtert, bis sie abgestumpft werden. Zu Mauleseln werden. Und wir können nichts tun, um es zu verhindern. In Schulen bekommt man kein Wissen, nur Scheinwissen. Eine Nachahmung dessen, was Wissen ist. Ein schlechtes Gemälde, gemalt von kranken Menschen. Was für ein Mann ist Ihr Ehemann? Der Arzt blickte finster drein. So groß wie Sie?

O ja, ein bißchen größer als ich.

Das ist also nicht so klein. Ein Deutscher?

Ja.

Also, ich sag Ihnen was. Keuchhusten im ersten Jahr ist nicht gut. Die Brust Ihres Babys gefällt mir nicht, die Lungen, Sie verstehen. Aber ich kann nichts Spezielles feststellen. Und ich kann nicht sagen, daß es ihr morgen nicht schlechter gehen wird. Sie scheint ein gutes Herz zu haben. Das ist gut, das braucht sie. Frische Luft. Bringen Sie sie fort, ich kann nichts für sie tun.

Keine Medizin? Nichts?

Nichts. Bringen Sie sie aufs Land, in die Berge. Geben Sie ihr gutes Essen.

Aber wann? Wann muß ich fahren?

Jetzt. Sofort. Ein Sommer in New York wird sie umbringen.

Gurlie zuckte zusammen. Das glaube ich nicht.

Das ist Ihr gutes Recht, meine liebe Dame. Die Schwester wird draußen alles Weitere erledigen.

DAS ZWEITE JAHR

KAPITEL 16

Flucht

Also, jetzt reden wir schon seit einer halben Stunde und haben immer noch nichts beschlossen. Wollen wir den ganzen Sommer rumstehen und uns angucken, wie sie leidet?

Ach, du machst mich verrückt, sagte seine Frau. Dann bring sie doch aufs Land. Hast du das Geld? Du sagst doch immer, du bist zu arm.

Die dicke Tante, die herübergekommen war, um zu hören, was der Arzt gesagt hatte, regelte am nächsten Tag alles. Sie sagte, sie kenne genau den richtigen Ort, zumindest sei sie ziemlich sicher, daß es sich arrangieren ließe.

Wieviel? sagte Joe.

Ich weiß nicht, solange ihr euch selbst ernährt, vielleicht nichts. Ich weiß es nicht. Wartet ein paar Tage. Ich habe da eine Freundin.

Es muß in der Gegend des Nordpols sein, wenn es umsonst ist, sagte Joe, als sie weg war. Ich glaube, wir suchen besser in der Zeitung nach der Adresse einer guten Pension.

Eine Pension! sagte Gurlie. Nie im Leben. Was denkst du denn, wer ich bin? Lieber bleibe ich hier. Du willst uns alle umbringen. In der Zeitung? Da sieht man, wieviel Verstand du hast.

Also, dafür sind die Zeitungen doch da, oder? Damit sie anzeigen, was zum Verkauf steht.

Die Vermutung der dicken Tante erwies sich als richtig. Sie war am nächsten Tag wieder da und hatte alles auf ein Blatt linierten Schreibpapiers aufgeschrieben. Das Abendschiff nach Troy, New York. Von da den Zug nach einem Ort namens Shelburne Falls, glaube ich – irgendwo, ich weiß nicht genau wo, aber so heißt er. Dann eine Postkutsche oder ein kleiner Zug, sie war sich nicht sicher was, in eine andere Stadt, ungefähr zwanzig Meilen entfernt in den Bergen. Nein, sie war nie dagewesen, aber Hilda war dagewesen, und es war in Ordnung. Schön! Kein Grund zur Angst. Eine angenehme Reise.

Schön! Ja, das kann ich mir vorstellen, war Joes Kommentar.

Wohin verfrachtet ihr mich bloß, um mich loszuwerden, sagte Gurlie. Ich will nicht irgendwohin, wo ich nicht alles bekommen kann, was ich brauche.

Ach! sagte Joe und stand auf, nahm sich eine Zigarre und drehte ihnen den Rücken zu.

Was denkt ihr denn, wer ich bin? Gurlie erhob pikiert die Stimme. Alleine mit zwei Kindern irgendwohin zu fahren, kein fließendes Wasser, keinen Komfort, kein Ort, wo ich Hilfe bekommen kann.

Gurlie, du solltest dich schämen. Niemand will dir was tun. Du solltest dich schämen.

Schick sie nach Newport, bemerkte Joe vom Fenster her über die Schulter.

Aber gerade da konnte man das Baby im Schlafzimmer wimmern hören. In einem spitzen Winkel, gekrümmt wie ein Taschenmesser, hatte es sich einmal mehr des übelriechenden Exkrements entledigt, das es in den vergangenen zwei Wochen periodisch gequält hatte.

Pfui! sagte die dicke Tante, als sie zu ihm kam, das ist ja schrecklich. Arme kleine Spinne.

Gurlie lachte sie aus, aber sagte: Also, was soll ich tun?

Pack deine Sachen ein, heute abend. Ich helfe dir. Und so wurde es beschlossen. Joe gab auf der Stelle seine Einwilligung. Es würde Lottie auch gut tun.

Aber du hast mir noch nicht den Namen des Ortes gesagt. Wo liegt er?

Westminster, Vermont. Es war ein Landsmann, gewissermaßen, auf jeden Fall auch ein Skandinavier, ein Schwede, dem der Hof gehörte. Oder besser gesagt, es handelte sich um ein altes Paar, das alleine dort auf einer kleinen Farm lebte, die ihrer einzigen Tochter, Astrids Bekannter, gehörte, die in der Stadt eine Wäscherei führte. *Wunderschön!** Hoch oben auf einem Hügel, das beste Quellwasser. Eigene Kühe. Jetzt könnte sie frische Milch haben. Die Luft ist anders. Es sind gute, freundliche Leute.

Wieviel kostet es? sagte Joe.

Sie sind einsam. Ich glaube nicht, daß es etwas kostet, ihr müßt nur für das bezahlen, was ihr eßt. Aber ihr könnt ihnen etwas geben, ein paar Dollar, wenn ihr wollt. Auf dem Land braucht man nicht viel Geld.

Muß man keine Steuern bezahlen? sagte Joe.

Ach du, die dicke Tante sah ihn tadelnd an.

Schon gut, sagte Joe. Wie heißen die Leute?

Payson.

Die Adresse?

Bloß Westminster, Vermont, glaube ich. E. Payson.

Gut, sagte Joe und schrieb alles sorgfältig in seinen Taschenkalender mit Goldschnitt. Und wie kommt man dorthin?

Mit dem Schiff über den Hudson. Ich komme morgen früh, um euch zu helfen, sagte die dicke Tante. Ach du liebe arme, kleine Spinne, setzte sie hinzu, als sie dem Baby gute Nacht sagte. Paß auf, bald geht es dir gut. Und in wenigen Augenblicken war sie aus der Tür, an der Joe in Hemdsärmeln auf sie gewartet hatte, um hinter ihr abzuschließen. Gute Nacht. Und vielen Dank.

Er ging zum Bettchen des Babys hinüber und fragte sich, ob es überhaupt bis zur Ankunft aushielte. Denk daran, daß du alles mitnimmst, was du brauchst, sagte er zu Gurlie, als er in dem drückend heißen Schlafzimmer den Kragen abnahm.

Beschaff mir die Fahrkarten, und gib mir etwas Geld, an mehr brauchst du nicht zu denken. Wohin tust du das Hemd? Er hatte es hinter die Spiegelkommode geworfen. Was für eine Idee! Warum in aller Welt tust du das, du, ein Mann, von dem man annehmen sollte, daß er etwas Verstand hat? *Schweinerei!** fuhr seine Frau fort.

Aber dies war keine glückliche Zeit, so etwas zu sagen. Ein Zornesblitz schoß Joe in die Augen. Warum stellst du nicht einen Wäschekorb dahin, wo ich ihn sehen kann? Ich kann dreckige Sachen nicht in die Schublade zurückstopfen. Ich werfe sie auch nicht auf den Boden. Und ich will sie nicht auf den Möbeln liegen haben, wo ich sie sehen kann.

Hier, gib es mir. Und sie warf es in den Wandschrank.

Das ist recht. Füll den Wandschrank, bis er stinkt.

Keine Antwort diesmal.

Nun komm nicht dort an und fang an, mir zu schreiben, ich soll dir dieses schicken und jenes schicken. Denk *jetzt* daran, was du brauchst, und nimm es mit.

Ach, geh ins Bett, sagte seine Frau in milderem Ton. Ich wünsche, sie würden dich in die Berge schicken. Du bist derjenige, der das braucht.

Ja, sagte Joe. Du bleibst zu Hause und gehst für mich zur Arbeit.

Am nächsten Tag war es sengend heiß, wie oft in New York City gegen Ende Juni. Aber mitten am Nachmittag waren Gurlie und Astrid und die zwei Kinder mit all ihren mannigfaltigen kleinen Paketen auf der Hochbahn in die Stadt unterwegs. Das Haus blieb, wie es war, und das große Gepäck war schon vorher aufgegeben worden.

An der 23. Street drängten sie hinaus, gingen die Treppen hinab, die von der Abfahrt des Zuges noch unsicher schwankten. Gib acht, daß du das Baby nicht fallen läßt. Gib acht jetzt. Gib acht, sagte Gurlie zu ihrer Schwester.

An der Ecke stiegen sie in die Pferdebahn. An der West Street dann mußten sie umsteigen, um zum Hafen zu kommen. Die Zeit lief nur so davon. Das ist ja schrecklich, sagte Gurlie. Kann er den Mann vor uns nicht dazu bringen, daß er uns den Weg frei macht? Ich an seiner Stelle würde aussteigen und es ihm sagen. Das ist zuviel.

Reg dich nicht auf, sagte ihre Schwester. Wir haben Zeit.

Was ist denn jetzt los?

Ein beladener Lastkarren versuchte vor der Pferdebahn einzubiegen, aber seine Vorderräder blieben in den Gleisen stecken, und er legte sich bloß schräg, bis die schweißtriefenden Pferde stehenblieben und nicht mehr ziehen wollten, sondern ihre Köpfe mit schäumendem Schweiß herumwarfen und dabei nervös auf der Stelle traten. Dann entflammte ein hitziger Streit zwischen dem Fahrer des Lastkarrens und dem alten Schaffner der Pferdebahn, der nach vorn gegangen war, um nachzuschauen.

Was sollen wir machen? sagte Gurlie.

Schließlich wurde die Vordertür aufgeschoben. Der Kutscher steckte den Kopf herein. Halten Sie sich fest, sagte er. Dann schlug er die Tür zu und trieb seine alten Klepper an. Sie brachen plötzlich aus, rissen den Wagen voll und ganz aus den Gleisen und ratterten auf den mit Spurkränzen versehenen Eisenrädern über das Kopfsteinpflaster. Er fuhr um den festgefahrenen Lastkarren herum.

Oh! Oh! sagte Gurlie. Er bringt uns um. Die Fenster ratterten, als würden sie jeden Augenblick in Stücke zerspringen. Oh! Aber schließlich kamen sie am Pier an und sahen Joe, die Uhr in der Hand, am Eingang stehen.

He! sagte Gurlie lachend. Siehst du, Neunmalklug, wir sind letzten Endes doch rechtzeitig hier angekommen.

Ja, sagte ihr Mann. Gott sei Dank sind die Koffer auch schon da. Sie sind an Bord. Kommt, beeilt euch.

Beeilen? sagte Gurlie. Wir haben noch gut eine halbe Stunde, ehe das Schiff ablegt. Kannst du uns nicht zu einem Restaurant oder so etwas führen?

Ihr könnt an Bord zu Abend essen, sagte Joe. Kommt schon.

Es waren noch nicht mehr als zehn oder zwölf Leute an Bord. Das Zahlmeisterfenster war noch nicht einmal offen. Joe mußte gehen und jemand auftreiben, damit sie in den Fahrgastraum konnten. Um den Schlüssel zu holen, mußte das Büro des Zahlmeisters aufgeschlossen werden.

Du machst mich krank, sagte Gurlie, zwingst uns an einem Tag wie heute auch noch, eine Stunde auf diesen Plüschsesseln zu sitzen.

Überall um sie herum waren Schiffsladegeräusche. Ein Handwagen klapperte die Gangway herauf, hielt an, rabumm! und fuhr wieder hinunter. Sie versuchten draußen zu sitzen, aber die Hitze und der Geruch und der Lärm waren zu viel, außerdem beschloß das Baby einzuschlafen – wahrscheinlich das Ergebnis der Unbill der Reise durch die Stadt. Also brachten sie es in die mit Teppich ausgelegte kleine Kabine und legten es in die untere Koje. Ich bleibe hier mit ihm, sagte die dicke Tante. Der Raum war zum Ersticken. Lottie war begeistert von dem langen geschwungenen Salon des Schiffes, der Treppe, den langen Reihen mit Kabinentüren. Gurlie und Joe gingen nach draußen. Ich glaube, ich gehe jetzt besser, sagte er.

Geh nicht und laß mich hier, erwiderte sie mit vorgetäuschter, kindischer Stimme, machte eine Schnute und hielt ihn am Arm fest. Sie standen oben an der Gangway, über die nun endlich im stetigen Strom Männer, Frauen und Kinder kamen. Geh nicht und laß mich hier.

Um Himmels willen, sagte Joe und versuchte sie abzuschütteln, sei nicht so albern. Er schaute um sich, um zu sehen, ob man sie gehört habe. Laß es sein, setzte er stirnrunzelnd und verstimmt hinzu.

Ich sehe dich zwei Monate lang nicht! fuhr sie in ihrer aufdringlichen Kinderimitation fort.

Ach! gab er zur Antwort und begann, die Gangway hinunterzugehen.

Gibst du mir noch nicht einmal einen Kuß? rief sie ihm nach. Er neigte nur den Kopf und stieg vorsichtig über die Querhölzer der Gangway.

Komm zurück. So benimmt man sich nicht. Sie beugte sich über die Reling und redete mit ihm, obwohl er gut einen Meter unter ihr stand.

Auf Wiedersehen, rief er über das anhaltende Geklapper der Handwagen, das Lachen und Gedränge um ihn herum. Ich schreibe dir. Gib den Kindern einen Kuß von mir.

Geh noch nicht, sagte Gurlie. Du hast doch nichts zu tun.

Ach! erwiderte er.

Gurlie hielt einen Matrosen des Schiffes an, der gerade

vorbeikam, und beugte sich wieder über die Reling. Das Schiff geht erst in einer Viertelstunde.

Joe haßte dieses Abschiednehmen. Ich gehe, rief er und sah sich nach rechts und links um, ob jemand dieser entsetzlichen Szene zusah.

An einem der Eisenmasten des Piers sieben Meter hinter ihm stand ein Mann in einem Derby, der wegsah, als Joe sich umdrehte. Auf Wiedersehen. Er hob die Hand.

Warte mal, sagte Gurlie. Was ist mit dir los? Wir fahren noch nicht.

Ich habe zu Hause was zu tun.

Ach, dann geh, sagte sie und machte eine Bewegung, als schiebe sie ihn weg – halb winkend. Genauso plötzlich kam sie dann herüber und unsicher die Gangway heruntergewackelt.

Was ist mit dir los? sagte Joe. Du hast die Kinder mit Astrid allein gelassen. Das Schiff fährt vielleicht jeden Augenblick. Geh zurück.

Tschüs, tschüs! sagte Gurlie, jetzt lachend, und küßte ihn zu seiner tiefsten Demütigung ungestüm auf die Wange. Beinahe stieß sie ihm den Hut vom Kopf. Sie können mich nicht hierlassen. Stell dich nicht so an. Und hör mal …

Geh aufs Schiff zurück.

Hör mir mal zu, beharrte Gurlie. Du wirst den ganzen Sommer allein in der Stadt sein. Stell nichts Böses an. Und paß auf dich auf. Iß anständig – und bade dich ab und zu.

Sch! sagte er. Nicht so laut.

Hör mal, sie schüttelte den Kopf, wie um seine Einwände hinwegzuwischen, ob diese Leute im Büro dir nicht Urlaub geben, damit du uns besuchen kommen kannst. Ich würde sowieso welchen nehmen.

*Ja, ja!** sagte Joe.

Eine Glocke läutete. Mach schon, er fing an, sie vor sich herzuschieben.

Denk daran, sagte Gurlie, daß du deine dreckigen Sachen in die Wäscherei schickst. Wirf sie nicht im ganzen Zimmer herum.

Jetzt hatte Joe sie wieder auf der Gangway, wo sie sich umdrehte und ihn noch einmal küßte, dann mit einem abschließenden Winken aufs Schiff ging. Aber kaum war sie an Deck, ging sie noch einmal zur Reling. Sie wollte ihm auftragen, er solle um eine Gehaltserhöhung bitten. Ein Koffer fiel krachend zu Boden, als ein Matrose ihn im Laufschritt die Gangway hinaufbrachte.

Was? Joe legte die Hand hinters Ohr.

Sobald das Schiff draußen auf dem Fluß war und Kurs stromaufwärts nahm, wurde die Luft kühl, und die Leute begannen, sich in einer neuen Welt zu bewegen, von ihrem früheren Leben abgeschnitten – selbst auf dieser Flußnußschale. Das Baby schlief, die dicke Tante war auch für einen Augenblick an Deck gekommen. Ein prachtvoller Abend, und Gurlie war letzten Endes gerade fünfundzwanzig Jahre alt. Sie blieb an Deck, stand an der Reling und beobachtete die Schiffe und Piers von Upper New York. Ein Schleppkahn glitt ächzend vorbei, eine vollbeladene Fähre wartete in der flußabwärtigen Strömung, bis sie vorbei waren. Sie konnte sehen, wie die Strömung sie trug. Dann ging sie auf die andere Seite des Decks, um zu sehen, wie die Sonne tief über dem westlichen Steilufer des Hudson stand und die Dunkelheit unten dichter wurde. Es war herrlich, es war beruhigend. Sie atmete die Flußluft tief ein und blieb lange stehen, beobachtete den Sonnenuntergang. Weil sie dann spürte, daß es Zeit war, das Baby zu füttern und vielleicht selber einen Bissen zu essen, ging sie hinein.

In dem ziemlich stickigen Innenraum saßen ein paar ältere Leute. Wie können sie, bei der herrlichen Luft draußen, sagte sie zu sich. Mit ihren Bündeln neben sich, Leute, die keine Kabinen genommen hatten. Hatten sie vielleicht nicht das Geld, oder waren sie zu geizig? Fünf oder sechs kleine Kinder liefen über den teppichbelegten Boden, sprangen, schon halb miteinander bekannt, hin und her und liefen durch die offenen Türen hinaus und herein. Eine Katze reckte sich und gähnte. Und vom gleichmäßigen Rhythmus des Schaufelrades durchgerüttelt, schlief in einem Sessel im Salon eine alte Negerin in einer weißen Schürze mit einem Staubwedel in den zusammengefalteten Händen ein.

Ein Offizier in einer blauen Uniform ging vorbei und schaute Gurlie aus den Augenwinkeln an, als sie vom Deck kam und auf der falschen Seite nach ihrer Kabine zu suchen begann. Doch sie fand sie rasch, einen kleinen, weiß emaillierten Niedergang hinunter – ein vorgelagerter Raum – und energisch öffnete sie die Tür.

Sch! sagte die dicke Tante mit erhobenem Finger. Es schläft. Und so war es, mitten in der unteren Koje! Lottie schläft auch, da drin. Sie zeigte auf ihre eigene Kabine nebenan.

Warum gehen wir dann nicht essen? sagte Gurlie. Ich will wieder auf Deck. Es ist wunderbar da draußen.

Geh du, sagte ihre Schwester. Ich kenne es. Nein, ich will mich nicht wieder anziehen. Geh du und iß zu Abend. Ich esse bloß ein belegtes Brot, und die Stewardeß kann mir eine Tasse Tee bringen, wenn du es ihr sagst. Nein, ich bleibe hier.

Gurlie brannte darauf, wieder an Deck zu kommen. Auch sie nahm ein Brot von dem mitgebrachten Abendessen, weil sie das Gefühl hatte, daß es auf einem Schiff wie diesem nicht nötig war, zu Tisch zu gehen. Sie wollte aber eine Tasse Kaffee haben.

Geh nur, sagte ihre Schwester. Du kannst dir Kaffee holen. Geh raus auf Deck. Geh raus und schnappe frische Luft, es wird dir guttun. Ich lege mich hier auf die Chaiselongue. Geh nur.

Also ging Gurlie, trank ihren Kaffee und kehrte wieder aufs Deck zurück. Es war viel dunkler geworden. Im Westen flammte am Himmel über dem westlichen Steilufer, an dem sie immer noch vorbeifuhren, ein kirschroter Sonnenuntergang. Aber in den wenigen Häusern auf beiden Seiten des Flusses brannten schon die Lampen. Sie stand im Wind und beobachtete das Steilufer, dessen lange Silhouette sich scharf gegen den erleuchteten Himmel abzeichnete. Starke Gefühle bewegten die Brust der Frau – Schiffe, die schwebende Freude am Segeln, die Gerüche.

Während sie dort stand und tief die Abendluft einatmete, gingen hinter ihr Leute hin und her, die sich leise unterhielten. Ein schöner Abend. Da ist der Mond.

Nun, wir alle toben uns aus, begann eine tiefe, gemessene Stimme, doch die meisten von uns richten sich ein und machen später das Beste daraus.

Ja, sagte eine hohe Frauenstimme, ich auch.

Gurlie hob ihren langen Rock ein wenig an, setzte einen Fuß auf eine eiserne Querstange, um ihre Stellung zu verändern, und sie stand da, bezaubert von dem, was zu sehen war, rastlos, verwundert darüber, was das alles bedeutete. Dahingleiten. Die Natur ist wunderbar, sagte sie immer wieder zu sich. Mutter Natur, die brauchen wir.

Erst war sie sich des Mannes nicht bewußt, der ein kleines Stück entfernt von ihr ebenfalls an der Reling lehnte und das Steilufer betrachtete. Ein Mann mit einem Strohhut, der eine Zigarette rauchte.

Gurlie roch den Zigarettenrauch, der ihr tatsächlich gerade unter der Nase vorbeistrich. Sie drehte sich um, um nachzuschauen. Der Mann schaute auch. Schnell drehte sie sich in die andere Richtung und ging an der Reling entlang zum Bug des Schiffes.

Fünfzehn Minuten später, ganz vorne im Bug, als sie einen Platz mit dem Rücken zur Brücke gefunden hatte und langsam die Lichter von Haverstraw hinter dem breiten Tappan Zee sichtbar wurden, spürte sie wieder, daß jemand sie beobachtete.

Sie wollte nicht hineingehen, sie genoß die feste, gleichmäßige Brise, das Träumen, das Reisen durch die Luft, durch die Nacht …

Der Mann kam und stellte sich beinahe neben sie. Wenn er mich anspricht, gebe ich ihm eine Ohrfeige, dachte sie. Was für Menschen gibt's überhaupt auf der Welt?

Bis jetzt hatte der Mann nichts getan außer dazustehen.

Aber nun wandte er sich ihr zu und sah ihr lächelnd direkt ins Gesicht. Ein herrlicher Abend, nicht? bemerkte er.

Ja, sagte sie, es ist ein herrlicher Abend. Er sprach liebenswürdig und nett, rückte aber an der Reling ein bißchen näher an Gurlie heran. Machen Sie diese Reise oft? fragte er.

Manchmal, sagte Gurlie.

Ich habe mein Leben lang vom Hudson gehört, sagte der Mann. Er erfüllt alle Erwartungen. Ich komme aus Milwaukee.

Gurlie gab keine Antwort. Dann änderte sie ihren Sinn.

Reisen Sie mit Ihrer Familie? Sie wollte hinzusetzen, daß sie mit ihrer Schwester und zwei Kindern unterwegs war, aber irgendwie schien das, als sie es aussprechen wollte, nicht das richtige zu sein.

Nein, ich bin allein, erwiderte der Mann und wandte sich ihr voll zu, und Sie?

Meine Kinder schlafen, sagte Gurlie mehrdeutig. Dann fragte sie sich, warum sie es so ausgedrückt hatte.

Gut, sagte der Mann. Haben Sie schon zu Abend gegessen?

Ja, sagte Gurlie, entschlossen, jetzt sehr kurz angebunden zu sein. Wann kommen wir in Troy an, wissen Sie das?

Fahrplanmäßig müßten wir gegen sieben Uhr morgens ankommen, glaube ich. Finden Sie den Wind hier oben nicht ziemlich feucht?

Nein, sagte Gurlie, mir gefällt das. Ja, aber ich glaube, Sie sollten wirklich einen Mantel anziehen, wenn Sie lange hier oben bleiben wollen. Frech! dachte Gurlie bei sich. Mir ist nicht kalt, erwiderte sie.

Einen Augenblick lang herrschte Stille.

Sind Sie sicher, daß ich nichts für Sie tun kann – irgend etwas, sagte der Mann schließlich und wandte Gurlie wieder voll das Gesicht zu. Ich habe selbst das Gefühl, ich könnte einen schönen warmen Drink vertragen, etwas, das mich für den Abend aufwärmt.

Gurlie wollte das Schiffsdeck nicht verlassen, sie war

vollkommen zufrieden, sogar vollendet glücklich gewesen, ehe dieser Eindringling gekommen war und sie ärgerte. Sie wollte nicht hineingehen, und sie konnte ihm nicht sagen, er solle sie in Ruhe lassen. Letzten Endes tat der Mann ihr leid. Ach, sie würde besser gehen. Ja, Sie haben recht, es wird kalt hier, sagte sie, ich glaube, ich gehe hinein.

Ich wünschte, Sie blieben, sagte der Mann und sah ihr fest in die Augen. Gurlie senkte den Blick, dann hob sie ihn und sah ihn direkt an. Hm! sagte sie achselzuckend, drehte sich um und verließ ihn.

Am Morgen waren sie in Troy.

KAPITEL 17

Das Land

In Troy verabschiedete die dicke Tante sich am Zug nach Shelburne Falls. Wo auch immer das ist, sagte Gurlie. Lottie preßte die Nase gegen das Fenster und lächelte und winkte der schweren Frau draußen vage mit der Hand zu. Das Fenster ließ sich nicht öffnen. Was? Sie sagte etwas. Macht nichts, gab sie lächelnd mit Hand und Kopf zu verstehen. Auf Wiedersehen, adieu, und sie ging den Bahnsteig hinunter und verschwand. Alle weg, sagte Lottie.

Das Baby saß aufrecht auf einem Sitz gegenüber seiner Mutter, den man umgedreht hatte, damit sie ein kleines Abteil für sich hatten. Ein Mann, der Süßigkeiten verkaufte, kam vorbei. Lottie grinste ihn breit an, aber es tat sich nichts. Und so fuhren sie los.

Die Kleine hatte sich bisher auf der Reise nicht schlecht gehalten, was typisch für sie war, sie benahm sich, wenn es nötig war, gewöhnlich gut. Auf dem Schiff war sie es die meiste Zeit, wenn sie nicht schlief, zufrieden gewesen, mit angespannt ernstem Gesicht dazusitzen und sich umzuschauen, als höre sie zu. Vielleicht war es der Maschinenlärm. Wenn sie hochgehoben und an einen anderen Platz gebracht wurde, leistete sie wenig Widerstand. Vom Schiff bis zum Zug hatte sie feste Umklammerungen und nachlässige Griffe vollkommen entspannt über sich ergehen lassen. Schien ihr die Sonne in die Augen, hatte sie das Gesicht verzogen. Ging es ins Dunkel eines Tunnels, hatte sie die Augen weit aufgerissen.

Gerüche waren neu. Vertraute Stimmen wurden von fremdartigen Geräuschen unterbrochen. Sie drehte bloß den Kopf und starrte, als wolle sie fragen. Bald wollte sie sich aufsetzen oder stehen, wenn sie liegen sollte. Bald wollte sie liegenbleiben, wenn sie – schlecht abgestützt – stehen sollte. Sie wollte Essen, wenn keines zur Hand war, wurde von neuen Anblicken abgelenkt, wenn ihr welches angeboten wurde – und wandte den Kopf ab. Aß dann.

Im großen und ganzen jedoch erhob sie keine ernsthaften Proteste gegen irgend etwas. Und sie war trocken. Das ist wunderbar, sagte die dicke Tante. Sie war gut gereist.

In Shelburne Falls stiegen nur ungefähr zehn Leute aus. Sie waren umgeben von hohen, grünen Bergen, durch das Geschrei, das Gedränge und das stetige Pochen der Maschine im Leerlauf konnte man gelegentlich einen geschwinden, seichten Bach hören. Dann gab der Zugführer sein Signal, der Bremser nahm es auf, der Maschinist läutete seine Glocke, und die Frau und die zwei kleinen Kinder wurden mitten auf dem Land zurückgelassen.

Einen Augenblick lang wußte Gurlie nicht, was sie tun sollte, aber als sie dann ihren Koffer mit zwei oder drei anderen auf einem Handwagen vorne verschwinden sah, folgte sie ihm, das Baby auf dem Arm, Lottie hinter ihr. Nehmen wir hier den Zug nach Westminster? Ja, M'am, genau hier – in ungefähr zwei Stunden. Was! sagte Gurlie. Der Mann gab sonst keine Antwort, sondern schob seinen schweren Handwagen weiter über den Bahnsteig, bis zu einem gebogenen Nebengleis, das, wie Gurlie jetzt bemerkte, sich dem Hauptgleis von Norden her anschloß. Der Mann brachte den Wagen dahin, wohin er wollte, blockierte die Räder mit einem Klafterholz, stellte die Deichsel aufrecht und trottete in das Bahnhofsgebäude in dem Winkel zwischen den beiden Gleisen. Als Gurlie dort ankam, war er schon drinnen. Auch sie ging hinein.

Die meisten anderen Fahrgäste des Zugs aus Albany saßen mit ihren Sachen im Wartesaal. Der Fahrkartenschalter war geschlossen. Na, das ist wirklich ländlich, sagte Gurlie zu sich. Zwei Stunden! Pfhh! Es war beinahe Mittag, und das Baby brauchte eine Flasche. Kein heißes Wasser. Ich frage mich, ob es eine Toilette gibt. Nichts, abgesehen von einem kleinen Unterstand mit zwei Türen hinter dem Haus: Männer – Frauen.

Die Kleine wurde mit einer kalten Flasche gefüttert, die Astrid am Morgen auf dem Schiff vorbereitet hatte. Nachdem Gurlie die Windeln gewechselt hatte, wollte sie spazierengehen. Also brachte Gurlie sie nach draußen, und sie gingen auf und ab. Draußen war es wunderschön, und so still wie mitten auf einem Feld. Das Schlurfen der kleinen Babyfüße auf den rauhen Planken des Bahnsteigs klang neben den langsamen Schritten der Mutter tatsächlich laut. Das anhaltende Rauschen des breiten, seichten Flusses, der über seine vielen Steine dahinlief, diente als Begleitung. Eine leichte Brise wirbelte den Staub auf. Ein paar Spatzen tschilpten auf der Landstraße. Fliegen summten. Am anderen Ende des Bahnsteigs gingen zwei redende und rauchende Männer auf und ab. Das Dorf war ganz in der Nähe, aber Gurlie hatte keine Lust hinzugehen.

Statt dessen ging sie weiter auf den anderen Bahnsteig, ging langsam mit dem Baby, bis sie zu dem Handwagen kam, um nachzuprüfen, ob ihr Koffer wirklich dabei war. Zwei oder drei andere Passagiere standen etwas befangen herum, äußerten dann und wann ein Wort und lächelten. Als sie herankam, drehten sie ihr den Rücken zu.

Es roch merkwürdig auf diesem Teil des Bahnsteigs. Gurlie blieb unvermittelt stehen. Nanu, das ist ja Whisky. Sie ging näher, dann hörte sie es – plopp, plopp, plopp! Es kam unter dem Gepäck hervor. Sie lachte. Wie finden Sie denn das? Die anderen drehten sich, wo sie standen, wieder um und lächelten weiter. Aber niemand rührte sich. Deshalb kehrte Gurlie, als sie überprüft hatte, daß ihr eigenes Gepäck nicht naß wurde, denselben Weg, den sie gekommen war, zurück.

Da Vermont ein trockener Staat war, wurde hier, in einem sackleinenen Beutel versteckt, eine Ladung hochgeistiger Getränke aus Massachusetts befördert. Eine der Flaschen mußte zerbrochen sein, als alles vom Gepäckwagen auf den Karren geschmissen worden war.

Die Berge um sie herum waren mit flauschigem Grün bedeckt, und über einem von ihnen zog ein großer Vogel, ein Adler, langsam seine Kreise – und wieder kein Laut bis auf den Fluß, das Trappeln der Babyfüße und das langsame Klappern von Gurlies Absätzen daneben, die zögerten und dann wieder aufsetzten. Nein, nein! Das Baby wollte einen weißen Knopf aufheben, der auf den Planken lag. Gurlie hielt es an der Hand davon weg.

Dann fuhr ohne Vorwarnung die riesige Lokomotive eines schnellen Güterzugs mit einem entsetzlichen Getöse in den Bahnhof ein. Die Kinder und auch Gurlie waren beinahe außer sich vor Angst. Sie war keine zwei Meter von ihnen entfernt. Der Boden erbebte, Staub und Asche flogen, das Licht ging aus, und dann dröhnte sie hämmernd und pochend, rattata, tattata, vorbei und war weg. Gurlie brachte die Kinder wieder ins Bahnhofsgebäude. Lotties Augen waren von dem Schmutz halb verklebt. Und das Baby weinte.

Drinnen war es kühl und jetzt praktisch so gut wie leer. Es war nur noch eine Frau da, in einem blauen, losen Kittelkleid, mit drei Kindern um sich herum, eines in Lotties Alter und zwei etwas ältere. Sie hatte mehrere kleine Bündel neben sich, aber einen großen Handkoffer. Gurlie sah, wie sie ihn aufmachte und vier Äpfel herausnahm, von denen sie jedem Kind einen gab. Sie waren ärmlich gekleidet und sahen schüchtern aus, deshalb ging Gurlie, die vom Warten gelangweilt war und nach einer

Beschäftigung suchte, hinüber, um sich mit ihnen zu unterhalten.

Warten Sie auf denselben Zug wie ich?

Ja, Ma'm, ich glaub ja. Wo fahr'n Sie denn hin, nach Westminster?

Ja, sagte Gurlie, leben Sie da?

Nee, genaugenommen nich, sagte die Frau, aber früher mal. War aber seit über dreißig Jahren nicht mehr da. Dachte, ich würd gern mal wieder hinfahren und die alten Leutchen sehen.

Ach ja, sagte Gurlie, das ist interessant. Leben sie denn noch alle?

Das letzte Mal, als ich von ihnen gehört hab, ja, lachte die Frau, vor ungefähr zwei Wochen. Ich wohn in der Nähe von Chicago, seit ich kurz nach dem Krieg hier weggegangen bin. Ich war erst ein Mädchen.

Dann werden Sie die Gegend verändert finden, sagte Gurlie, die sich erinnerte, von der dicken Tante gehört zu haben, daß das hübsche Dorf als Sommerfrische beliebt war, seit kürzlich die Schmalspurbahn dorthin gebaut worden war.

Ich glaub ja, sagte die Frau.

Haben Sie die Äpfel aus dem Westen mitgebracht? fragte Gurlie in ihrer üblichen freimütigen Art. Ganz schön schwer, die Tasche, wenn man sie die ganze Strecke tragen muß.

Ja, am Anfang war sie ziemlich schwer. Aber wir haben ziemlich schnell gegessen. Die meisten sind jetzt schon weg. Drei Lütte brauchen auf so 'ner Reise nicht lange, um eine Tasche Äpfel alle zu machen. Woll'n Sie einen? fragte die Frau.

Nein, danke, sagte Gurlie, behalten Sie sie für die Kinder.

Will das große Mädchen einen haben?

Ja, sagte Gurlie.

Es sind Baldwins, sagte die Frau. Auf unserem eigenen Land gewachsen. Ihre Tochter? Hier, Kleines, versuch mal einen, und sie rieb den Apfel in der Handfläche ab, bevor sie ihn Lottie gab, die ihn schüchtern annahm. Schönes Haar hat sie, so schwarze Locken. Müssen von ihrem Vater sein. Bleiben Sie lange in Westminster?

Nur den Sommer über, sagte Gurlie. Ich bete, daß der Zug bald kommt. Man sollte meinen, sie würden bessere Anschlüsse planen.

Ich glaub, die Mühe lohnt sich nich für sie, sagte die Frau mit ihrer nüchternen Stimme.

Noch eine halbe Stunde, und Gurlie hörte in der Ferne das Pfeifen und schließlich den näherkommenden Lärm der Schmalspurbahn.

Der Fahrkartenschalter öffnete mit Schwung, und alle kamen, um ihre Fahrkarten zu kaufen.

Da war die Lokomotive, danach ihr Beiwagen, dahinter ein Güterwagen, dann der Gepäckwagen und schließlich am Ende ein Passagierwagen, auf den in Goldbuchstaben der Name Hoosack Tunnel und Westminster R. R. geschrieben war und auf dem Beiwagen noch einmal die Initialen, H. T. & W. – Hupe, Tute und Wüterich, den Spitznamen hatte ein einheimischer Spaßvogel dem Zug gegeben.

Es mußte ziemlich viel rangiert werden, bis die Lokomotive gedreht hatte. Dann stiegen die Fahrgäste ein. Die Fracht wurde aufgeladen – der ausgelaufene Whisky wurde mit Lachen quittiert –, und schließlich fuhren sie los.

Das war Gurlie erst eine Erleichterung, dann eine Quelle des Schreckens. Das ganze Ding schaukelte so, und was für Kurven! Und was für Steigungen! Es waren nicht mehr als zwanzig Meilen Fahrt durch das Deerfield Valley hinauf, aber an manchen Stellen hatte Gurlie eher das Gefühl, sie säße auf einer Ziege als in einem Zug. Direkt unter sich konnte sie den Fluß sehen, und das war alles, was sie sehen konnte. Das ist ja entsetzlich! rief sie halblaut, weil sie Angst hatte, die Bewegung ihres Körpers in dem Ding könne es umkippen. Aber niemand sonst schien beunruhigt, so daß sie sich, als der kleine Zug wieder durch Felder ratterte, entspannte und dachte, endlich sind wir da.

Nach der zweistündigen Bummelei gab die Lokomotive einen Seufzer der Erleichterung von sich und schlief ruhig atmend auf dem toten Gleis zwischen den Reihen von aufgestapeltem Klafterholz ein – bis morgen. Eisenbahnmänner wurden wieder zu Landmännern, sobald sie ihre Stoffmützen abgenommen und ihre gewöhnlichen Jacken angezogen hatten. Mehrere große Bauern mittleren Alters kamen zum Gepäckwagen herüber, lehnten sich mit den Armen auf den Türrand und schauten hinein. Eine andere Gruppe, meistens Männer, sah ruhig zu, wie die Fahrgäste ausstiegen. Ab und zu winkten sie jemandem mit der Hand und kamen ihm entgegen. Eile gab es nicht. Wie geht es dir? Sie schienen zurückhaltend zu sein, wollten ihre Gefühle nicht zeigen. Einer nahm den Postsack auf die Schulter und ging damit zum Dorf.

Niemand war da, um Gurlie abzuholen. Niemand schenkte ihr mit dem Baby und dem kleinen Kind Aufmerksamkeit. Doch für den Augenblick war sie zufrieden – allein die Luft war anders – man spürte es sofort. Neben dem Bahnhof sah sie einen jungen Mann mit Pferd und Wagen und fragte ihn, ob er wisse, wo die Paysons wohnten.

Nein, das wisse er nicht, aber wenn sie jemanden suche, der sie dort hinfahre, so würde sie hinter dem Bahnhof wohl einen jungen Mann finden, der das für einen Dollar täte. Gewöhnlich ist da ein Wagen, den Sie mieten können, wenn jemand anders ihn nicht zuerst nimmt.

Ja, ich weiß, wo das ist. Drüben hinter Ray Pond. Ich fahre in rund zehn oder fünfzehn Minuten in die Richtung. Ich komme zurück und hole Sie ab. Erst muß ich die Sachen in die Stadt fahren.

In erstaunlich kurzer Zeit waren trotz ihrer langsamen Bewegungen alle verschwunden, sogar der Lokomotivführer und der Rest der Mannschaft waren weg, das Gepäck war weggekarrt worden, und außer einem einzigen Mann in einem blaugestreiften Leinenanzug war kein Mensch zu sehen.

Gurlie war beunruhigt. Oh, er kommt bestimmt gleich zurück, versicherte der Mann ihr. Wenn er gesagt hat, er tut's, dann kommt er wieder. Sie brauchen sich keine Sorgen zu machen. Bleiben Sie, wo Sie sind.

Also blieb Gurlie an diesem wunderschönen Nachmittag da stehen und wartete mit ihren Kindern. Direkt hinter dem Bahnhof war ein niedriges, weiß gestrichenes Holzhaus, hinter dessen Küche sich ein Schuppen erstreckte, der es mit der Scheune verband. Dahinter wieder konnte sie sehen, daß das Land plötzlich zu einem kleinen Bach abfiel, und im Vorhof, auf einem Rasen mit saftig grünem Gras, wuchs eine Überfülle von Blumen. Gurlie empfand den Frieden des Ortes schon als Segen.

Der Wagen kam. Gurlie und die Kinder kletterten auf den Rücksitz. Der Koffer wurde neben dem Fahrer aufgeladen, und sie fuhren los, eine kleine braune Stute wendete und trottete in zügigem Tempo den steilen Hügel vor dem Bahnhof hinunter, über die Brücke und ins Dorf. Es war ein eingeebneter Weg. An der Kreuzung in der Stadtmitte bogen sie nach rechts ab, und auf der Steigung jetzt fuhr der Wagen langsamer.

Ist das Westminster? sagte Gurlie.

Ja, Ma'm.

Bloß das?

Nun, es gibt noch viele Bauernhöfe hier herum, aber das hier nennen wir die Stadt.

Zu beiden Seiten standen die niedrigen, weiß gestrichenen Vermonthäuser derer, die genug Geld verdient hatten, um in der Nähe ihrer Nachbarn zu leben. Hinter diesem schmalen Saum an den beiden Hauptstraßen, deren Kreuzung das Geschäftsviertel der Stadt mit Postamt, Drugstore, Bank und Gemischtwarenladen ausmachte, erstreckten sich wieder die wogenden Felder bis zu den nahen Hügeln mit weiteren Hügeln dahinter – ein Haus hier, ein anderes dort in der Ferne, weidendes Vieh – und dunkle, reich bewaldete Hügel am Horizont.

Friedlich war es und die Luft herrlich. Das war also Vermont, über das sie von ihren skandinavischen Freunden soviel gehört hatte.

Wie weit ist es bis zum Hof der Paysons?

Ungefähr drei Meilen, schätze ich.

Was ist mit all den Leuten hier? fragte Gurlie. Wo sind sie? Sie hatte kaum einen Menschen gesehen, seit sie abgefahren waren, bloß ein paar zerlumpte Kinder, die, barfüßig und barhäuptig, vor einem ungestrichenen Haus am Rand des Dorfes einen Hund jagten.

Arbeiten, schätze ich. Sie sind irgendwo in der Nähe.

Was machen sie? Landwirtschaft, vermute ich.

Nein, nicht viel. Die meisten arbeiten in der Papiermühle. Landwirtschaft lohnt sich hier nicht. Es gibt aber ein paar Farmen. Kein Geld drin heutzutage.

Gurlie konnte es nicht glauben, denn um sie herum war nichts außer Wiesen und bestellten Feldern. Und sie sahen auch aus, als gediehen sie gut.

Man sollte meinen, es wäre wunderbares Weideland, sagte sie. Ich sehe da drüben auf dem Hügel ein paar Kühe.

Ja, die meisten halten ein paar Kühe. Ohne Kühe kann man auf dem Land nicht auskommen. Kühe und Hühner.

Aber gibt es keine Molkerei hier?

Doch, es gibt eine, aber sie ist nicht der Rede wert, bei den Transport- und Futterkosten heutzutage.

Ich hätte gedacht, sie würden ihr eigenes Futter ziehen. Ich sehe, daß die meisten Farmen hier Silos haben.

Der Junge sah sie von der Seite an, fragte sich, wieviel sie wußte. Mit der Silage, die sie hier halten, kann man nicht mehr als ein paar Kühe durch den Winter füttern.

Züchten sie keine Rinder?

Die meisten Leute hier essen Rindfleisch aus dem Westen. Es ist billiger.

Aber es kann nicht so gut sein wie das Fleisch von hier, mit dem wunderbaren Gras zum Futter.

Nein, es ist nicht so gut, aber es ist billiger.

Gibt es Zuchtvieh?

Nicht viel.

Was ist mit Schafen?

Zäune kosten zuviel. Ich habe gehört, daß man mit Schafen hier mal Geld machen konnte, aber heute können das nur einige wenige, und die verdienen nicht viel. Ein paar Leute halten Schafe zur Zucht. Aber nicht viele.

Was ist mit Pferden? Brauchen Sie keine Pferde? Irgendeiner muß sie doch verkaufen.

Es gibt ein paar gute Pferde hier, aber oben in New Hampshire gibt es bessere. Die Morganpferde. Sie haben davon gehört.

Aber gibt es keine Industrie, lohnt sich keine der Farmen? Verdient keiner Geld?

O doch, ein paar verdienen Geld, aber nicht heute. Die meisten gehen fort und ziehen in die Stadt, wenn sie eine Chance dazu haben.

Was ist mit Ahornsirup?

Nicht der Rede wert.

Also, das ist ein herrliches Anwesen, sagte Gurlie und zeigte auf ein weitläufiges weißes Haus auf einem Hügel, umgeben von großen Ahornbäumen.

Ja, Ma'm, aber der hat sein Geld nicht hier gemacht. Er ist Rechtsanwalt in Boston. Hat das Anwesen letztes Jahr renovieren lassen. Kommt jetzt meistens im Sommer her. Manchmal um Weihnachten wegen der Kinder.

Ein herrliches Anwesen, sagte Gurlie voller Bewunderung.

Kostet ihn reichlich, es zu unterhalten. Das waren seine Kühe, die Sie dahinten auf dem Hügel gesehen haben. Die hält er sich aus Liebhaberei.

Aber habe ich unten in der Stadt nicht so etwas wie eine Fabrik gesehen? sagte Gurlie.

Das ist die Mühle. Da haben sie schon im Frühjahr vorübergehend Männer entlassen. Der Laden läuft ganz gut, wenn sie zu tun haben. Es ist der einzige Ort, wo man was verdienen kann, abgesehen vom Holzfällen.

Was ist mit Nutzholz? fragte Gurlie.

Papierholz. Das meiste ist aber schon von den großen Gesellschaften aufgekauft worden.

Was ist mit Immobilien?

Wollen Sie ein Haus kaufen? fragte der junge Mann.

O nein, nein, sagte Gurlie. Alles ist so friedlich. Warum leben Menschen in Städten, wenn es so schöne Orte wie diesen auf der Welt gibt?

Zum Leben muß man Geld haben, sagte der junge Mann. Hier oben kann man kein Geld verdienen, wenn man nicht von Anfang an welches hat.

Ach, ich glaube, Sie kennen sich da nicht aus, sagte Gurlie schließlich lachend. Es muß eine Möglichkeit geben, hier oben zu leben.

Vorwärts, sagte der junge Mann zu der Stute, als er ihr mit dem Peitschenende einen leichten Schlag versetzte. Sie schüttelte flüchtig den Kopf, und Gurlies Kopf kippte zurück, als der Wagen rascher anzog.

Wohin geht der Weg? Nach einem Augenblick sprach Gurlie wieder.

Durch Jacksonville und Colerain nach Greenfield, ungefähr zwanzig Meilen.

Und wohin bringt uns der Weg?

Brattleboro. Das nennt man den Molly-Stark-Pfad. Fängt in Bennington an, ungefähr zwanzig Meilen westlich.

Und wie weit ist es bis Brattleboro?

Ungefähr achtzehn bis zwanzig Meilen.

Für Gurlie war es ein bezauberndes Schauspiel: wogende Hügel, dann, als der Weg eine Biegung nahm, fuhren sie in ein kleines, enges Bergtal, beinahe ein Tunnel aus Blättern, mit einem steilen Erddamm zur Linken, auf dem kleine Springkräuter und dichtes Buschwerk wuchsen, während zur Rechten ein steiniges Ufer scharf zu einem tosenden Bach abfiel, der weiß über großen Felsen schäumte. Kühlende Luft stieg aus dieser kleinen Schlucht hoch.

Die kleine Stute trabte gleichmäßig noch an mehreren weiteren Weggabelungen vorbei und verfiel dann in Schritt. Sie fuhren jetzt steil hügelaufwärts.

Es scheint recht weit zu sein, sagte Gurlie.

Nicht mehr weit, sagte der Junge. Ich dachte zuerst, Sie führen vielleicht zum See hinunter. Da unten ist ein schönes neues Anwesen. Richtiges Hotel. Lohnt sich, es anzuschauen, wenn Sie mal Zeit haben. Viele Leute aus der Stadt kommen jetzt im Sommer dorthin.

Sie können unter sich bleiben, sagte Gurlie. Ich kann es mir vorstellen.

Dann bog das Pferd unerwartet nach rechts ab, verließ die Landstraße und begann einen Nebenweg hochzuklettern, der in der Mitte ganz mit Gras bewachsen war. Auf jeder Seite war nur eine Spur für die Räder. Sie rumpelten über mehrere große Felsbrocken.

Ist es hier? fragte Gurlie.

Hier geht's hoch. Ich glaube, wir schaffen's.

Was?

Ein bißchen weiter hoch ist es ziemlich schlimm, ich war dieses Jahr noch nicht da, aber wenn es nicht ausgewaschen ist, kommen wir wohl durch.

Oh, sagte Gurlie, als sie sich bei der Fahrt über einen großen flachen Felsen auf der Straße schräg legten, seien Sie vorsichtig.

Sie brauchen sich keine Sorgen zu machen, Ma'm.

Ein paar hundert Meter verlief die Straße geradeaus und führte dann auf einen gerodeten, grasbewachsenen Platz. Auf der anderen Seite war eine kleine Scheune. Das Pferd war ein bißchen außer Atem, deshalb hielt der Junge einen Augenblick an.

Ist es das?

Nein, Ma'm. Das ist der Conway-Hof, Sie müssen direkt auf den Hügel da rauf. Sie können es von hier aus nicht sehen.

Sie meinen, wir müssen durch all die Büsche und Bäume fahren. Ich sehe überhaupt keine Straße.

Sie ist aber da. Vorwärts, Sally.

Gurlie beugte sich nervös vor, während der Wagen hin- und herschlingerte. Die Straße führte anscheinend durch dichtes Buschwerk, das gegen die Seiten des Wagens peitschte, steil nach oben. Die Straße war ziemlich schlimm ausgewaschen. Schließlich hörte das Gestrüpp auf. Sie kamen auf ein Feld, wo die Hufe des Pferdes weich und gedämpft klangen. Vor ihnen war das Haus, ziemlich oben auf dem Hügel, und Gurlie sah, als sie halb erschreckt nach hinten schaute, zum Norden hin ein weites Panorama von abfallenden Feldern, welligen, bewaldeten Kuppen, die Ecke eines glitzernden Sees und dahinter Hügel um Hügel und Berg um Berg, so weit das Auge reichte. Der Himmel war blau, in weißen Tupfern hingen Wolken ...

Da wären wir, sagte der Mann. Er war über den dichten Rasen hinten herum direkt bis vors Haus gefahren. Eine Handvoll Katzen flohen vor dem Pferdewagen, drehten sich auf der halben Strecke zur Scheune um, schauten zurück, gingen dann langsam weiter und verschwanden.

Gurlie hatte also das Baby aufs Land gebracht. Die Kleine schlief mittlerweile fest in ihren Armen, der Kopf war zurückgefallen und entblößte den schmächtigen Hals, die Mütze saß schief, aber wie immer, sie war da.

Befreit von den engen Räumen und widerhallenden Geräuschen, dem Stampfen des Schiffs, dem unablässigen Beben und Rattern des Zuges hatte sie in der Kutsche in der frischen Luft und bei leichtem Schaukeln besonders glücklich gewirkt, während sie über den weichen, nicht asphaltierten Weg gefahren waren. Das gelegentliche Stoßen und Rucken hatte sie nicht beeindruckt. Jetzt war alles ruhig. Sie schlug die Augen auf.

KAPITEL 18

Der Payson-Hof

Niemand sagte etwas. Der Kutscher war zu Boden gesprungen und band sein Pferd an einen alten Pfosten im Gras hinter dem Haus. Es gab den üblichen Holzschuppen, beinahe leer, und weiter hinten einige ungestrichene Scheunen. Ein paar Hühner pickten in der sonnigen Stelle vor dem Holzschuppen herum.

Niemand kam. Der Mann begann, den Koffer vom Wagen zu heben.

Nanu, sagte Gurlie, sie müssen ausgegangen sein. Dann zu Lottie: Gib acht! Der Mann kam und hob auch die Kinder aus dem Wagen. Beide standen wie aus Holz gemacht und betrachteten das weiche Gras, auf dem sie standen. Dann gaben die Beine des Babys nach, und es setzte sich. Gurlie ging auch in die Hocke und hob das Baby auf.

Huhu! rief sie laut. Jemand zu Hause?

Ein alter Mann mit einem Eimer in der Hand kam langsam hinter der Scheune hervor, blieb stehen und schaute sie an. Langsam kam er den Pfad hoch. Gurlie winkte ihm zu. Er nahm den Hut ab, stellte gleichzeitig den Eimer hin und bewegte sich ein bißchen schneller auf sie zu. Lottie verschwand hinter ihrer Mutter. Der Kutscher lud nun die kleineren Bündel ab.

Sind Sie Mr. Payson? sagte Gurlie zu dem alten Mann auf norwegisch.

Ja, antwortete er, und mit wem habe ich das Vergnügen?

Hat Gudrun Ihnen nicht geschrieben?

Nein, gab er langsam, den Kopf schüttelnd, zur Antwort.

Was! sagte Gurlie. Wie auch immer, sie waren angekommen, Brief oder kein Brief. Also bezahlte Gurlie dem Jungen, der sie gebracht hatte, seinen Dollar. Er dankte ihr, tippte sich an den Hut und ging davon, setzte den Wagen zurück und wendete ihn unter viel Gestampfe und Zerstörung des Rasens. Nun, hier waren sie.

So was, Sie sind ganz alleine hier, sagte Gurlie und fühlte sich, als sei sie aus den Wolken in irgendeine unzugängliche Wildnis geworfen worden. Sie blickte dem abfahrenden Wagen nach, und einen Augenblick lang sah es so aus, als wolle sie ihn zurückrufen.

Nein, wir sind nicht allein, sagte Mr. Payson, wir haben Nachbarn. Lassen Sie uns hineingehen. Sie gingen durch den Kücheneingang, über eine große graue Steinschwelle, die aussah, als sei das Haus um sie herum gebaut worden. Das Öffnen der Tür ließ eine kleine, alte Dame aufschauen und eiligst die Handarbeit, an der sie werkelte, aus dem Schoß legen. Gurlie ging zu ihr und küßte sie.

Sie ist stocktaub, sagte Mr. Payson im Näherkommen. Dann rief er seiner Frau, die sich vorbeugte, um ihn zu verstehen, direkt ins Ohr. Das ist Mrs. Stecher. Du weißt, die, über die Gudrun uns im Winter geschrieben hat.

Oh, sagte die freundlich lächelnde alte Dame und nahm Gurlies Hand in ihre. Ich freue mich sehr, Sie zu sehen. Wann sind Sie gekommen?

Sie bleiben bei uns, brüllte ihr Mann.

Die alte Dame sah ihn an, bestürzt und ernst. Warum hat Gudrun uns das nicht gesagt? Aber dann bemerkte sie die Kinder und schien sehr erfreut zu sein. Kommt, kommt herein, sagte sie und führte sie zwei Stufen hinauf in das gemütliche, sonnige Wohnzimmer mit seinem Geruch nach Nichtbenutzung und alten Möbeln.

Komm, sagte Mr. Payson schmeichelnd zu Lottie, die ein bißchen verschüchtert war. Komm, laß uns mal sehen, ob wir Eier finden können. Anfangs noch schüchtern, legte sie Mantel und Hut ab und ging schließlich Hand in Hand mit ihm davon, während Gurlie, das Baby und die kleine taube, alte Dame nach oben gingen, wo der junge Mann, der sie gebracht hatte, den Koffer abgestellt hatte.

Das Haus war größer, als man auf den ersten Blick meinte, weil es direkt in eine kleine Landsenke oben auf dem Hügel gebaut war. Unten war das Wohnzimmer, ein Eßzimmer, die geräumige Küche und dahinter ein Schlafzimmer, wo die Hausherrin, jetzt in New York City, wohnte, wenn sie da war. Daran schloß sich, natürlich durch einen Gang verbunden, der als eine Art Kühlraum diente, der Holzschuppen an, und von dort ging es zu den Scheunen. Oben waren fünf Schlafzimmer mit niedrigen Decken, insgesamt also sechs, zwei große und drei kleine, und alle bezugsbereit, mit gerichteten Betten und Teppich auf dem Boden.

Gurlie nahm das alles mit einem Blick auf. Sie hatte schon die Handpumpe neben dem Spülbecken in der Küche bemerkt. Hier standen in jedem Zimmer Waschschüsseln und ein großer Wasserkrug mit einem porzellanenen Behälter für das schmutzige Wasser. Doch die Luft war herrlich. Das konnte man selbst hier drinnen spüren. Sie sah aus jedem Fenster, an dem sie vorbeikam. Das Tal öffnete sich hinter einem überbordeten Obstgarten nach Norden hin, während im Süden ein frisch bepflanztes Feld, das sie jetzt aus dem zweiten Stockwerk sehen konnte, die Hügelspitze ein wenig oberhalb des Hauses einnahm. Mr. Payson und Lottie tauchten für einen Augenblick im Scheunenhof auf und verschwanden wieder in ein anderes Gehege.

Nun waren sie da, das stand fest. Sie würden jetzt das Beste daraus machen müssen.

Die alte Dame lächelte, als nehme sie an, man habe etwas zu ihr gesagt.

Nein, sagte Gurlie, den Kopf schüttelnd, ich habe nichts gesagt. Die alte Dame beugte sich näher heran und legte die Hand hinters Ohr. Was war? Das ist genug, brüllte Gurlie. Ich möchte hinaus und mich umschauen. Diese Taubheit würde sie umbringen, wenn sie den ganzen Sommer so brüllen mußte. Sie hatte das Gefühl, sie müsse weglaufen. Sie mußte. Vielleicht konnte sie sich einmal ein bißchen daran gewöhnen.

Darf ich mich um das Baby kümmern? sagte die alte Dame.

Ja, sagte Gurlie erleichtert. Sie sollte jetzt gefüttert werden. Kommen Sie, sie winkte, und sie gingen in die Küche hinunter. Mit heißem Wasser, das auf dem Herd stand, mischte Gurlie eine Flasche Kondensmilch, die sie glücklicherweise mitgebracht hatte. Sie gab sie der alten Dame in die Hand, bedeutete ihr, das Baby zu nehmen, und ging hinaus. Puh!

Gurlie liebte die Atmosphäre eines Bauernhofes, so wie sie jegliche Einschränkung haßte. Im Haus hatte sie vor Gereiztheit die lächelnde Frau vor sich beinahe angeschrien. Aber in dem Augenblick, in dem sie aufs Gras trat und Gelegenheit hatte, sich alleine, ungezwungen umzuschauen, war sie zufrieden. Sie wußte, daß sie den Aufenthalt zu einem Erfolg machen konnte. Sie sog wiederholt die frische Luft ein und ging ein paar Meter auf dem weichen Gras entlang der Böschung westlich vom Haus. Dort setzte sie sich nach einem Augenblick hin, das Gesicht zu der herrlichen Aussicht gen Norden, die sie bei der Ankunft zuerst gesehen hatte.

Sie legte die bloßen Hände aufs Gras, legte sich dann darauf zurück, streckte die Arme aus, ließ den Kopf auf dem weichen Rasen ruhen. Doch unzufrieden setzte sie sich wieder auf, zog Schuhe und Strümpfe aus, stellte sich hin und wackelte mit den Zehen, bewegte die Füße auf und ab. Ein ganzes Stück unter sich konnte sie nun eine Ecke von etwas sehen, das aussah wie ein See. Ihre vibrierenden Nerven wurden ruhiger. Sie setzte sich wieder, begann sich zu entspannen. Das Gras war dicht, dicht und voll aller möglichen anderen blättrigen Gewächse, die es hier oben, merkwürdig zu sagen, anscheinend nicht verdrängten. Das ist also Vermont. Mit geschlossenem Mund, wie man zu ihrer Zeit den Kindern beigebracht hatte zu atmen, zog sie die wunderbar würzige Luft der Gegend tief in die Lungen. Genau das brauche ich! Wahrscheinlich würde es in so einer Gegend nicht schwer sein, Kiefernteerwasser zu trinken zu bekommen. Ausgeruhter, verfiel sie ins Nachdenken. Letzten Endes könnte die alte Dame sehr nützlich sein, so wie sie es im Augenblick war. Gurlie war nicht die Person, die den ganzen Sommer still auf diesem Hügel sitzen und von kleinen Kindern angebunden sein würde.

Der Boden klang, als sie darauf stampfte, dumpf, massiv, elastisch. Wo er in der Nähe umgepflügt war, sah er aus wie ein fetter Kuchen. Diese Lehmeinschlüsse in den Mulden alter Berge erinnerten sie an alles, dessen sie sich von Norwegen entsann.

Es gebe eine Reihe skandinavischer Familien in der Gegend, hatte sie gehört. Es würde Spaß machen, sie aufzuspüren. Vor ein paar Jahren hatte eine Immobiliengesellschaft eine Reihe verlassener Farmen in dieser Gegend zu Spekulationszwecken aufgekauft. Gute, kleine Farmen mit brauchbaren Häusern und Scheunen, der Boden fruchtbar und ergiebig, aber – die Leute hatten sie verlassen, um nach Westen oder näher an einen Geldmarkt zu ziehen. Die Taktik der Gesellschaft war gewesen, das, was sie hatten, in den Hafenstädten Schwedens anzubieten, weil die Schweden ein wirtschaftlich ausgerichteter, angenehmer Menschenschlag waren und zu der Zeit in Scharen nach Amerika auswanderten. Das Projekt schlug nicht allzugut ein, aber die niedrigen Preise, die verlangt wurden, brachten einige Familien her. Manche kamen sogar von so weit wie Wisconsin in den Osten. Emma P. war eine von ihnen gewesen. Sie wollte näher an New York sein.

Als sie ein junges Mädchen war, war ihre Familie wohlhabend gewesen. Sie war energisch und zur Fachschule gegangen, hatte den Landwirtschaftskurs belegt, Betriebslehre. Dann war die Familie bankrott gegangen.

Emma hatte den Eltern nie ganz vergeben. Aber weil sie sehr entschlußkräftig war, war sie nach Amerika gekommen, hatte sich mit dem, was sie konnte, eingerichtet, unglücklich geheiratet, war vom Westen in die große Stadt zurückgekehrt und hatte dann ihre alten Eltern, als sie in Amerika ankamen, hier heraufgeschickt.

Ins Gras zurückgelehnt, legte Gurlie ihre Hand in Hühnerdreck, und weil sie außerdem so etwas wie Feuchtigkeit in der Luft verspürte, beschloß sie, Schuhe und Strümpfe wieder anzuziehen und zum Haus zurückzugehen. Aber als sie den alten Mann mit Lottie dicht hinter sich wieder auf die Scheune zugehen sah, meinte sie, sie würde auch erst einmal einen Blick hineinwerfen.

Er wollte melken.

Haben Sie ein Pferd hier? Gurlie steckte den Kopf zur Schuppentür hinein.

Nein, sagte der alte Mann aufschauend.

Was! Wie kommen Sie denn dann in die Stadt?

Wir fahren nicht sehr oft. Wir brauchen hier nicht viel. Wir haben Milch und Eier und …

Gurlie hatte sich umgedreht und ging aufs Haus zu. Dort fand sie die alte Mrs. Payson am Fenster, das über das Tal schaute. Sie hielt das Baby in den Armen und redete leise mit ihm, während sie am Fenster vor und zurück schaukelte, sang auch ganz leise etwas.

Es wird spät, rief Gurlie ihr zu. Ja, nickte die alte Frau. Kann ich Ihnen nicht helfen, das Abendessen zu machen? Daraufhin stand die alte Dame auf, legte das Baby auf eine Decke am Boden und drehte sich mit einem ziemlich ernsten Gesicht zu Gurlie.

Wir haben heute abend nicht viel zum Abendessen, sagte sie, ich wollte es Ihnen schon sagen. Wir essen so wenig. Wir haben sechs Eier und reichlich Milch …

Sie haben doch etwas Brot, sagte Gurlie, mehr brauchen wir nicht.

O ja, die alte Dame lächelte zurück. Sie ging zu einem Schrank in dem Gang, der zum Holzschuppen führte, und holte ein Drittel eines Laibs Weißbrotes hervor. Bevor sie es abwischen konnte, sah Gurlie, daß es am Schnittende ganz schimmelig war.

Oh! sagte Gurlie.

Die alte Dame war sehr verstört.

Gurlie klopfte ihr auf den Rücken und lachte. Das macht nichts, sagte sie, schneiden Sie das Ende ab, und wir essen Toast.

Oh, wir haben ein bißchen Butter, fuhr die alte Dame fort. Und es gibt ein Glas mit Eingemachtem.

In Wahrheit, entdeckte Gurlie schnell, gab es nichts anderes im Haus. Also, was denkt Gudrun sich eigentlich, sagte sie laut zu sich, sie verhungern ja. Und sie begann unverzüglich, die Dinge in die Hand zu nehmen.

Es ist schon gut, beruhigte sie die alte Dame. Ich kümmere mich um alles. Sie haben noch viel Holz. Setzen Sie noch einmal Wasser zum Kochen auf. Wir essen Eier und Milch. Sie haben doch ein bißchen Salz, oder nicht?

Die alte Dame lachte über eine so dumme Frage. Natürlich gab es Salz.

Dann ist ja alles gut. Für das Baby habe ich Kondensmilch mitgebracht. Alles ist gut. Und im Eiltempo lief sie hinaus, um mit dem alten Mann zu reden. Sie mußte in die Stadt kommen.

Nun, er würde Mr. Pike heute abend nicht gerne um sein Pferd bitten. Er war sehr hilfreich, sehr nett. Aber es wäre nicht angebracht, ihn auszunutzen. Er wohnte unten am Hügel, genau da, wo die Seitenstraße abbog, das kleine Haus zur Linken – aber.

Gurlie war weg.

Als erstes borgte sie ein Blatt Schreibpapier bei Mrs. Payson und setzte einen Brief an ihre Gastgeberin auf. Gudrun: Kommen Sie auf der Stelle her, sagte sie in ihrer entschlossenen Art zu dieser Person. Die alten Leute verhungern ja. Was stellen Sie sich vor, sie hier oben ohne ein Pferd und sogar ohne ein Stück Brot im Haus zu lassen? Setzen Sie jemanden an Ihre Stelle, wenn es sein muß, aber kommen Sie. Ich kann so nicht hierbleiben.

Dann nahm sie Geld aus ihrem Portemonnaie, winkte mit dem adressierten Brief in der Hand, als wolle sie sagen, kümmern Sie sich nicht um mich, und ging los, auf dem überwucherten Fahrweg den Hügel hinunter, um den Hof der Pikes zu finden.

Auf halber Strecke kam sie zu den Conways, wo sie stehenblieb und mit einer Frau sprach, die sie dort sah. Es war zufällig Mrs. Conway, und sie fragte sie, wo sie den Hof der Pikes finden könnte.

Also, es ist schrecklich, sagte Gurlie zu der Frau, die beiden alten Leute so da oben zu lassen, ich kann es nicht begreifen.

Nein, stimmte Mrs. Conway zu, es war ziemlich hart für sie, vermute ich. Wir tun für sie, was wir können, aber sie wollen nichts nehmen, und weil sie Ausländer sind, war es schwierig für uns, auch bloß herauszufinden, wie die Dinge liegen. Wir schauen jeden Abend nach, ob das Licht brennt, und solange es brennt, haben wir das Gefühl, es muß alles in Ordnung sein.

Ich kann mir unmöglich vorstellen, wie sie im Winter dort leben können, sagte Gurlie.

Nun, im letzten Herbst hatten sie einen Mann oben, der den Holzschuppen für sie gefüllt und Heu in die Scheune gebracht hat. Aber ich vermute, in der letzten Zeit ist alles etwas knapp geworden. Mr. Pikes Haus finden Sie unten im Tal. Ich bezweifle aber, ob er heute abend in die Stadt fährt.

Gurlie bekam das Versprechen, daß ihr Brief gleich am nächsten Morgen zur Post gebracht würde. Keinen Zweck, ihn heute abend hinzubringen, sagte Mr. Pike ihr. Er geht nicht vor neun Uhr los, ganz gleich, wie Sie es anstellen. Ja, natürlich, wenn Sie früh genug hier sind, kann der Junge Sie mitnehmen, wenn er fährt. Freut mich, Sie kennengelernt zu haben. Sind Sie für den Sommer hier? Denke, die da oben sind froh, Gesellschaft zu haben.

Das Abendessen stellte sich als besser heraus, als Gurlie erwartet hatte. Lottie, die keine Eier mochte, aß trotzdem ein Spiegelei – weil sie die zu Hause nie haben durfte. Sie verlangte sogar noch eins, gestockt, daß nichts daran herunterlief und es auch nicht fettig war, so wie die alte Dame sie in weiser Voraussicht zubereiten konnte.

Es war wirklich wunderbar gemütlich in der Küche, wo die alten Leute gewöhnlich ihre Mahlzeiten einnahmen. Die Öllampe brannte und ließ die Ecken in dunklem

Schatten. All dies verlieren wir, sagte Gurlie zu dem alten Mann, als sie wieder die Dichte, die Intimität des Landlebens verspürte. Aufgemuntert, beruhigt saß die ganze kleine Gesellschaft da und aß, das Baby bei ihnen. Es gab auch Brot, da Gurlie das Mittagessen ausgepackt hatte, das ihre Schwester am Tag zuvor im Übermaß bereitet hatte.

Sie lachten sogar. Die Katzen strichen ihnen um die Beine, nachdem sie sich an die Neuankömmlinge gewöhnt hatten, aber man konnte sie nicht fangen. Die Kuh muhte entfernt in ihrem Stall. Aber in dem Gefühl der Abgeschlossenheit, des Friedens, der Zufriedenheit waren sie meistens still. Nur das Klappern von Gabeln, das Rücken von Stühlen.

Was für ein wunderschönes Land, sagte Gurlie noch einmal, nachdem sie ihr schlichtes Mahl beendet hatten. Ich frage mich, ob all die Leute, die wir in New York sehen, wissen, wie es hier ist.

Der alte Mann nickte zweifelnd mit dem Kopf. Wenn wir reich sein könnten, wäre es schön, hier im Sommer ein Haus zu haben.

Reich! Ja, das wäre etwas. Oh, wie gerne ich reich wäre! Deshalb sind wir ja hergekommen, nicht? Wären wir sonst hergekommen?

Ich könnte auch nur mit ein bißchen Geld hier glücklich sein, sagte der alte Mann.

Aber man muß Geld haben, sagte Gurlie. Wir sind alle gleich, wir, die von der anderen Seite der Welt kommen. Wir sind nicht aus Liebe zum Land hergekommen, sondern um es zu etwas zu bringen. Wie können wir dieses Land lieben? Wir sind aus Europa. Das ist unser Land. Die alte Liebe zur Heimat hält sich bis in die zweite und dritte Generation. Deshalb ist Amerika nur etwas zum Raffen. Das war nicht unser Land. Es gehörte den Indianern. Es wird lange dauern, bis wir eine Liebe dazu bekommen, wie wir sie auf der anderen Seite hatten.

Ich glaube, dort ist sie heutzutage auch nicht mehr so stark, sagte der alte Mann. Es gibt zuviel Ungerechtigkeit.

Ja, aber es ist trotzdem ein anderes Gefühl. Hier sind wir gleichgültig. Alle sind gleichgültig. Wenn man ins Gefängnis kommt und trotzdem reich wird, dann ist das gleichgültig. Aber als wir in Norwegen alles verloren und mein Vater wollte, daß ich arbeite, meinen Sie, ich hätte das getan? Ganz sicher nicht. Meinen Sie, ich hätte eine Stelle in einem Haushalt oder Geschäft angenommen? Ich war zu stolz. Aber als ich herkam, was für einen Unterschied hat es da gemacht? Es war mir gleichgültig geworden.

Es war, weil niemand Sie kannte, sagte der alte Mann.

Nein, sagte Gurlie. Das war es nicht. Ich sah alle das gleiche tun, also wollte auch ich Geld. Wenn in Europa kein Platz mehr für uns war, kamen wir nach Amerika. Amerika trat an die Stelle des Klosters. Wenn ein Mädchen sich vergaß, nach Amerika. Dann ist es nur natürlich, daß das die Leute sind, die das Land aufbauen.

Manchmal waren es die besten Leute im Dorf, die weggehen mußten, sagte der alte Mann.

Aber wir sollten gerecht sein, fuhr Gurlie fort, ich mochte dieses Land nie, außer wegen dieser einen Sache. Aber jetzt, wo ich diese Gegend gesehen habe, glaube ich, ich könnte hier auch glücklich sein. Ich glaube, wenn wir, nachdem wir hier waren, noch einmal dorthin zurückkehren sollten, würde es uns nicht gefallen. Es ist zu langsam. Alles ist übertrieben. Ich glaube, das würde mich jetzt verrückt machen. Ich würde sie antreiben wollen. Alles ist vorherbestimmt. Jeder bleibt in seiner Schicht. Hier ist es weiter, größer, jeder ist gleich – es sei denn, man hat Geld. Man hat mehr Gelegenheiten, sich zu entfalten. Ich glaube nicht, daß man dort drüben noch einmal leben könnte, nachdem man sich hier eingewöhnt hat – außer, man ist schon alt.

Der alte Mann versuchte, seiner Frau klarzumachen, worüber sie gesprochen hatten. Sie lächelte und nickte, ohne etwas dazu zu äußern.

Aber ich hasse die Stadt, sagte Gurlie. Für mich können ein Baum und ein Busch reden. Ich liebe die Natur.

Als die Kinder schliefen und die alten Leute ins Bett gehen wollten, beschloß Gurlie ihrerseits, einen einsamen Spaziergang zu machen. Die Nacht schien ihr zuzufliegen, als sie aus der Küchentür trat. Den Kopf etwas gebeugt, um auf ihre Schritte an der Schwelle aufzupassen, konnte sie dennoch absolut nichts sehen. Sie stand still. Kein Ton. Als sie sich schlurfend bewegte und bis zum Rand der großen Steinstufe vortastete, begannen die Dinge ein wenig klarer zu werden.

So schnell, wie ihre Augen sich daran gewöhnten, sah sie eine absolut wolkenlose Nacht ohne Mond. Sie spürte einen kühlen Wind um die Westecke des Hauses blasen. Leise ging sie in diese Richtung übers Gras, um da, wo sie am Nachmittag gestanden hatte, noch einmal den Hügel hinunterzuschauen.

Ein blauweißer Nebel lag schwer über dem Tal, in dem hier und da schwarze Umrisse von Bäumen und niedrigen Büschen an einem sich schlängelnden Bach aus den Nebelflecken dazwischen aufragten.

Aber es war die absolute Stille, die Gurlie in einer Art Ehrfurcht hielt. Keinen Ton, nicht einmal das Geräusch eines Insekts konnte sie hören. Sie legte die Hände an die Ohren, wie um sie freizubekommen, und hörte nur ihre Finger das Fleisch streifen.

Danach rührte sie sich nicht, sondern blieb lauschend stehen. Dann erklang weit weg in der Dunkelheit, in Richtung des dicht bewaldeten Berges, ein dumpfes, aber deutliches Trompeten, woh, woh, woh, woh! Jede Silbe war erkenntlich, von Entfernung gedämpft. Woh, woh, woh, woh! Noch einmal. Noch einmal.

Gurlie fröstelte und ging ins Haus zurück.

KAPITEL 19

Landregen

Am nächsten Tag regnete es, wie es auf dem Land – in Vermont – regnen kann! Lottie, die früh aufgestanden war und sich selbst angezogen hatte, konnte aus ihrem niedrigen Schlafzimmerfenster sehen, wie es bis weit in die Ferne regnete, wehende und fallende Vorhänge aus Regen.

Sie ging auf Zehenspitzen in den Flur, gelangte sicher an der Tür ihrer Mutter vorbei und fing zaghaft an, die dunkle Treppe hinunterzugehen. Plötzlich öffnete sich unten eine Tür, es verschlug ihr den Atem, und der Kopf des alten Mannes kam zum Vorschein. Was ist das denn! So früh auf. Fassungslos blieb sie stehen. Nun, wenn das nicht meine kleine Freundin ist! Die beruhigende Stimme des alten Mannes machte sie wieder glücklich. Paß auf jetzt, sagte er. Hier. Und er gab ihr die Hand.

Unten angekommen, atmete Lottie wieder, lächelte und ging ein wenig schüchtern zum Fenster, um ihre Verlegenheit zu verbergen. Aber als sie hinaussah, kam ein dicker Kater aufs Haus zugelaufen, mit dem hoch erhobenen Schwanz nach rechts und links ausschlagend. Er bog zum Holzschuppen ab, vor dem drei durchnäßte Hühner und ein großer Hahn die Hälse reckten, als er vorbeilief, und war bald geborgen, während sie sich wieder traurig niederließen. Im Sitzen begann der Kater sich die Flanken zu lekken, schien dann etwas zu hören und trottete davon, bis er nicht mehr zu sehen war.

Lottie beobachtete die Hühner, die sich danach nicht mehr rührten.

Warum gehen sie nicht in die Scheune? sagte sie zu dem alten Mann, der Holz in den Herd schob. Sie werden ganz naß.

Deshalb haben sie ja Federn, erwiderte er. Sie sah ihn einfach an, ohne zu verstehen, was er meinte.

Kaum waren die anderen angezogen und auch nach unten gekommen, als sie aus verschiedenen Fenstern sahen, wie sich über die triefende grasbewachsene Auffahrt zum Haus ein Pferd mit Buggy näherte. Es war Mr. Pikes Junge, mit dem Gurlie am Abend zuvor abgemacht hatte, in die Stadt zu fahren. Als sie die Tür öffneten, stand er schon unter einem großen flachen Schirm da. Komm herein, komm herein, Charlie, sagte Mr. Payson. Pfui! Ganz schön naß heute, was?

Gurlie begann sofort herumzuhantieren, um sich fertigzumachen. Sie müssen frühstücken, sagte Mr. Payson. Unsinn, ich frühstücke nie. Gießen Sie mir bloß eine Tasse Kaffee ein. Dann sah sie sich zum ersten Mal den Jungen genau an, der dastand und auf sie wartete. Er hatte ein langes, schmales Gesicht mit hellen, blauen Augen und konnte nicht älter als zehn Jahre sein. Aber das ist ja noch ein Kind, sie wandte sich an die anderen. Dann dachte sie an den steilen Hügel direkt unterhalb des Hauses. Müssen wir in dem Regen den steilen Hügel hinunterfahren? Der Junge sah sie bloß an.

Man konnte hören, wie Gurlie ihn bei der Abfahrt ermahnte. Nun, also, sei vorsichtig. Sei vorsichtig jetzt. Doch nach einem weiteren Augenblick waren sie außer Gehör und bald hinter den Büschen oben auf dem Hügel verschwunden.

Als er, nachdem er sie verabschiedet hatte, ins Haus zurückkehrte, sah Mr. Payson seine Frau unschlüssig den Kopf schütteln. Hui! sagte der alte Mann, was für ein Wirbelwind. Was hältst du von ihr? rief er nahe beim Kopf seiner Frau. So viel Energie, erwiderte sie. Sie muß sehr stark und gesund sein. Aber ist sie eine gute Frau? Das frage ich mich. Es lag nichts Boshaftes in der Stimme der alten Dame, oder wenn, dann nur ganz unbestimmt.

Ihr Ehemann lachte laut auf. Was für eine Idee! sagte er.

Sie ist eine richtige Norwegerin, fuhr seine Frau fort. Manche von ihnen sind ganz hervorragend.

Meinst du, die Kinder werden dir zuviel, fragte er sie dann.

Nein, nein! Die armen Dinger. Das Baby ist so niedlich. Und sie hat einen eigenen Willen, weißt du das? Ich muß versuchen, sie, solange ich sie diesen Sommer hier habe, herauszufüttern, bis sie groß und stark ist. Ich bin so glücklich, wieder ein Baby um mich herum zu haben. Sie brauchen so viel. Mir fällt schon so viel ein, was ich für sie tun kann.

Sieh dir das an, sagte der alte Mann plötzlich mit veränderter Stimme.

Lottie saß auf dem Boden, hatte gerade ihren zweiten Schuh ausgezogen und begann mit dem letzten Strumpf. Sieh dir das an. Sie hat Charlie barfuß gesehen, und jetzt will sie auch so sein. Und das Baby, das sich an Mrs. Payson klammerte, hielt auch einen Fuß hoch und sagte, Schuh, Schuh.

Nie im Leben. Jedenfalls nicht, bis du eine Weile hier gewesen bist. Du kommst zur Scheune mit mir, junge Dame, aber ich trage dich. Zieh auf der Stelle die Schuhe wieder an – und er bückte sich langsam, um es für sie zu tun.

Der Regen hatte nun ein bißchen aufgehört, so daß sie dem Kind nur ein Stück alte Decke um die Schultern warfen, und er ging los, trug sie, durch das Nasse watend.

Als sie durch das Scheunentor traten, war es erst sehr dunkel, und der Regen trommelte laut auf das hohe Dach. Dann brach ein Huhn in ihrer Nähe in wildes Gackern aus und flog wie verrückt durch die offene Tür. Mr. Payson führte Lottie zu dem Nest am Rande des Heus und ließ sie die beiden noch warmen Eier einsammeln.

Unten konnten sie das Kalb an seiner Kette reißen hören.

Als Gurlie ein oder zwei Stunden später vom Einkaufen zurückkam, sah sie aus dem Augenwinkel, wie die alte Dame schnell einen kleinen Strumpf in ihren Nähkorb steckte. Gurlie hatte alles mitgebracht, was sie für die nächsten paar Tage brauchten, eine Lammkeule, ein paar Möhren …

Wir haben Möhren.

Und alle möglichen anderen Dinge – Speck, Zucker, Brot, weißes und braunes, alles Dinge, die gefehlt hatten. Die alte Dame sah zu, wie sie eins nach dem anderen auf den Tisch legte. Aber keine Zeitung! Darüber war sie enttäuscht. Nun ja …

Weil die alte Dame das Essen für die Kinder bereits beinahe fertig hatte, machte sie damit weiter, während Gurlie nach ihrem Morgenausflug zu sich kommen wollte und sich hinsetzte, um sich ein wenig mit dem alten Mann zu unterhalten.

Ich riß die Zügel an mich, gab sie auf eine seiner Fragen zur Antwort, ich war mir sicher, wir würden von der Straße stürzen. Man konnte sie gar nicht sehen, sondern die ganze Zeit nur den Rücken des Pferdes und niedersausende Zweige vor uns.

Was haben Sie dann getan?

Sie ist so klein, unterbrach die alte Dame sie unbeabsichtigt und wandte sich ihnen zu – ihr war nicht klar, daß sie sich unterhalten hatten. Aber ein kleines Baby liegt einem viel mehr am Herzen. Sie mußten aufhören und warten, bis sie fertig war; auch das Baby hörte zu trinken auf und schaute zu ihr auf. Aber sie ist gescheit! Und die alte Dame lächelte, beugte sich vor, um dem Baby in die Wangen zu kneifen.

Was haben Sie dann gemacht? wiederholte Mr. Payson. Aber ehe sie weiterreden konnten, mußten sie noch einmal warten. So hübsche Zähne. Was sagt sie? Sie redete Gurlie an. Kennt sie viele Wörter?

Sie kennt Wörter wie Mama, brüllte Gurlie, Papa, Baby, Buch, Hut, heiß – und so etwas, aber sie redet auch viel dummes Zeug, das kein Mensch verstehen kann.

Nein, sagte das Baby, das merkte, daß sie sie anschauten, und schüttelte den Kopf fest hin und her.

Das ist ihr neues Wort, nein, sagte Gurlie.

Ja, ja, nickte die alte Dame, ohne etwas zu hören. Ich glaube, sie wird reden, ehe sie läuft. Das Baby hatte die Milch ausgetrunken und lehnte sich lächelnd zurück. Als sie dann die runden Glasknöpfe vorne am Kleid der alten Dame spürte, drehte sie sich zur Seite, um sie zu berühren.

Tut mir leid, daß Sie unterbrochen wurden, sagte Mr. Payson entschuldigend zu Gurlie.

Lassen Sie mich das Baby nehmen, antwortete sie. Ihre Frau hat soviel zu tun.

Nein, nein. Sie sagten, Sie rissen die Zügel an sich ... Was hat er dann gemacht?

Er sah mich mit offenem Munde an, als sei ich verrückt. Also habe ich losgelassen, und danach war es gut. Das Pferd hat sich manchmal beinahe hingesetzt, so steil und naß war es. Und sie lachte beim Gedanken daran. Aber es dauerte nicht lange. Dann setzte Gurlie mit veränderter Stimme hinzu: Kümmern Sie sich nicht um sie, aber hören Sie ihr zu. Sie nickte zu dem Baby hin.

Das kleine Mädchen redete, so laut sie konnte, mit ihrer Mutter. Ein lebhaftes Geplapper. Als ihre Mutter aufhörte, hörte sie plötzlich auch auf und schaute lächelnd um sich.

Schön! sagte der alte Mann, es ist bloß alles auf norwegisch – keiner versteht dich. Und er lachte.

Seine Frau briet etwas in einer Pfanne auf dem Feuer. Sie setzte das Baby ab. Gurlie war neugierig. Was ist das? fragte sie und stand auf, um nachzusehen. Es sieht aus wie das, was wir im alten Land *Portulak** nannten. *Portulak**, brüllte sie der alten Dame ins Ohr.

Ja, richtig. Hier nennen sie es Pussley. Es ist ein Unkraut, aber wir mögen es sehr gern, wenn es jung und frisch ist.

Was halten Sie davon! sagte Gurlie. Alles, was wir brauchen, wächst in der Erde, wenn wir es bloß wüßten. Alles. Das mag ich am Land. Wir brauchen auch nicht viel. Mein ganzes Leben habe ich zu Gott gebetet, daß ich einen Bauernhof haben könnte.

Der alte Mann schüttelte den Kopf. Glauben Sie, ich könnte ihn nicht führen? Vielleicht, sagte der alte Mann. Sie haben viel Mut. Aber nicht hier oben. Natürlich nicht, sagte Gurlie, aber selbst hier, wenn ich müßte.

Bleiben Sie besser in der Stadt. Wie ist New York? Eine wunderbare Stadt. Wir haben sie drei Tage erlebt, als wir hier ankamen.

Ach, ich hasse New York, Sie wissen nicht, was für ein Glück Sie haben, hier draußen zu sein. Hier ist Luft. Sie können atmen.

Man sagt, dort gibt es noch viel Armut.

Die Geschäfte sind voll von Leuten, die Plunder kaufen. Ich kann keine Bedürftigkeit sehen. Aber mich interessiert diese Stadt nicht. Wie viele Kühe haben Sie hier?

Zwei, sagte Mr. Payson. Eine taugt jedoch nichts.

Was meinen Sie, taugt nichts?

Sie ist sehr hübsch. Wir füttern sie schon seit einem Jahr, aber sie kalbt nicht. Ich dachte, sie würde sich gut machen.

Erzählst du ihr von den Kühen? fragte die alte Dame ihren Mann.

Ja, sagte er, ich erzähle ihr von diesem Tunichtgut Bessie. Die alte Dame nahm Anteil. Ja, sagte sie, meine Tochter hat sie auf dem Markt gekauft. Sie hat ein blaues Band gewonnen. Sie war so hübsch, aber sie will nicht kalben. Sie haben es mit drei Bullen versucht. Sie haben sie sogar mit einem guten Bullen drei Monate lang auf einer Wiese gelassen, aber es hat nichts genützt. Und sie ist so hübsch. So ein schönes Gesicht, wie ein Reh. Was für eine Schande.

Gurlie brach in schallendes Gelächter aus. Warum schlachten Sie sie dann nicht?

Nein, nein, schüttelte der alte Mann ernsthaft den Kopf. Ich wünsche, wir könnten's, aber es will sie noch nicht mal einer an den Metzger verkaufen.

Sie sind mir schöne Bauern, sagte Gurlie. Wissen Sie was, ich glaube, Ihre Frau ist eine Schwindlerin. Sie kann wohl hören. Können Sie hören, was ich sage? brüllte sie zu der alten Dame hin.

Ja, ich höre ganz gut, erwiderte Mrs. Payson.

Nun ja, manchmal hört sie gut, besonders am Morgen,

sagte ihr Mann. Und wenn es um Babys oder irgendwelche Klatschgeschichten geht. Das ist ihre Spezialität. Sie hat eine Freundin, die manchmal herkommt und sich mit ihr unterhält. Sie wären überrascht, was sie alles weiß.

Das wette ich, sagte Gurlie.

Irgendeine Skandalgeschichte, wissen Sie, etwas Gutes und Pikantes, die Frau von irgend jemandem ist weggelaufen, ein Baby ohne Vater ... Sie können sich drauf verlassen, sie kriegt's heraus.

Pfiffige Frau, sagte Gurlie.

Sie ist aber keine echte Skandinavierin, oder? sagte sie leiser zu dem alten Mann.

Doch, ihre Mutter war eine Jacobson. Aber ihr Vater war ein Kapitän zur See, und die Familie ihres Vaters kam aus Schottland, glaube ich – wie Ihr Ibsen.

Sehen Sie, sagte Gurlie, sehen Sie. Ich wußte es. Sie sind eine Keltin, rief sie laut zu Mrs. Payson. Sie kommen aus Asien. Sie ist keine echte Skandinavierin, fügte sie, wieder zu dem alten Mann gewandt, hinzu, wie wir Norweger.

Das Baby hing, nachdem es sich selbst vom Boden hochgezogen hatte, seiner Frau am Rock und stand wackelig da.

Ha, ha! lachte Mr. Payson und sang aus vollem Herzen: Zehntausend Schweden liefen durch die Wälder, gejagt von einem Norweger.

Was ist das denn! sagte Gurlie, was ist das denn? Ich hätte nicht gedacht, daß Sie so etwas singen, wo Sie doch selber Schwede sind, mein Herr.

Oh, sagte der alte Mann, immer noch lachend, als ich ein junger Mann war, hat mich nichts wütender gemacht als das Gedicht, aber jetzt, wo ich alt bin, kann ich auch darüber lachen.

Und so setzten sie sich zu einem bescheidenen Mittagessen, das die alte Dame für sie zubereitet hatte. Regen. Regen. Regen. Das lange Gras vor dem Fenster war niedergedrückt, und immer noch liefen Wassertropfen darüber.

Am Nachmittag, gerade als sie dachten, es sei vorüber, hatte der Regen erneut an Heftigkeit gewonnen, und jetzt war es beinahe Zeit zum Abendessen, und nichts sprach für ein Nachlassen. Bei Tisch hatte die alte Dame wieder das Baby auf dem Schoß.

Das kleine Mädchen griff nach seiner Tasse und begann, Milch daraus zu trinken. Sie hielt sie zwischen den Händen, und die Finger der einen Hand hingen beim Trinken ein wenig über den Tassenrand in die Milch. Die alte Dame hielt ihre Hand darunter, um die Tasse von unten abzustützen. Mr. Payson hockte beim Herd und wetzte ein kleines Messer am Stein, und Lottie hockte gleichfalls, ganz gespannte Aufmerksamkeit, neben ihm.

Nun, mir scheint, als sei hier für den Sommer alles gelaufen, sagte Gurlie, ich könnte genausogut nach New York zurückfahren.

Ach, sagen Sie das nicht, sagte Mr. Payson und schaute auf. Wir wollen, daß auch Sie glücklich sind.

Ich bin glücklich, sagte Gurlie, ich bin immer glücklich, wenn die Sonne herauskommt. Mit einem meerähnlichen Tosen regnete es jetzt beständig auf das Dach über ihnen. Gelegentlich gab es einen Blitz, nach einer langen Pause gefolgt von schwachem Donner, dumpf und weit weg. Der Regen ließ dann nach, um erneut wieder heftig zu beginnen. Er erstarb einmal mehr, und es entstand eine Stille, gefolgt von einem Blitz und ohrenbetäubendem Krach. Hui! sagte Gurlie, als die Kinder in verständnisloser Verwunderung umherschauten.

Schnell! sagte der alte Mann, gucken Sie, ob Sie irgendwo Rauch sehen können. Gurlie ging zu dem einen Fenster, er zum anderen. Aber es war beinahe Nacht geworden, und sie konnten nichts sehen.

Hier in der Gegend sind diesen Monat schon drei Scheunen vom Blitz getroffen worden, sagte er, und eine von ihnen ist abgebrannt. Auch ein paar Kühe unter Bäumen sind getötet worden.

Es klopfte an der Tür. Jeder außer der alten Frau drehte sich um. Als sie nachschauten, fanden sie zwei Kinder, ein hochaufgeschossenes Mädchen von ungefähr dreizehn Jahren in einem ausgeblichenen Kleid und mit einem Milcheimer in der Hand. Sie war barfuß und hatte einen Männermantel über Kopf und Schultern. Ihr kleiner Bruder stand grinsend hinter ihr, das Haar an den Kopf geklebt. Sie blieben stehen, bis Gurlie das Mädchen an der Schulter faßte und hastig hereinzog. Der Junge folgte. Kommt hier herein, sagte sie. Geh, stell dich an den Ofen, zu dem Jungen, bis ich dir den Kopf abgetrocknet habe. Beide taten, wie ihnen gesagt wurde, und hinterließen nasse Fußspuren auf dem Fußboden. Lottie und das Baby starrten sie verzückt an.

Was um Himmels willen soll das? sagte Gurlie. Wo kommen diese Geschöpfe her?

Sie sind Milch holen gekommen, sagte Mr. Payson.

Aber was für eine Zeit, um Milch holen zu kommen, in diesem Regen. Die ganze Straße herauf? Ihr solltet klüger sein, sagte Gurlie.

Wir wollten den ganzen Tag kommen, haben bloß gewartet, daß es sich aufklärt, hob das Mädchen an. Ma hat gesagt, wir müßten uns schnell entschließen, sonst würde es dunkel. Sie sprach langsam und leise. Sieht uns ähnlich, gerade durch das Schlimmste zu kommen, piepste der Junge und sah Mr. Payson unverwandt an. Aber solche Blitze haben wir nicht erwartet.

Ganz schön grell, nicht?

Hat Schwesterchen einen richtigen Schrecken eingejagt, erwiderte er. Wir haben's gerade dann nicht erwartet. Glauben Sie, wir kriegen noch mehr?

Nein, nein, sagte Mr. Payson. Der Sturm ist vorbei. Ich bin ein alter Seemann, ihr könnt euch darauf verlassen.

Der kleine Kerl schien zufrieden und begann, Gurlie und die Kinder mit neuem Interesse anzuschauen.

Tatsächlich schien mit dem letzten Donnergrollen das schlimmste Unwetter vorbei zu sein. Und nun erschien, obwohl es noch ein wenig regnete, unter dem Rand der dichten schweren Wolken im Westen beinahe am Horizont zum ersten Mal an dem Tag wirklich die Sonne. Sie warf einen merkwürdig waagerechten Lichtstrahl, der die Bäume auf dem Nachbarhügel erleuchtete, bis sie gegen das dunkle Schiefergrau des Himmels im Norden hervorstachen. Der kleinen Gruppe, die sich instinktiv zum Fenster wandte, kam es sehr schön, aber auch furchterregend vor.

Wie kommt das, sagte Gurlie, als die Kinder wieder gegangen waren, daß Sie den Bauern Milch geben? Haben sie keine Kuh? Wieviel nehmen Sie dafür?

Sie bezahlen nichts. Was! sagte Gurlie. Sehen Sie, fuhr Mr. Payson fort, manchmal bringen sie uns, was bei ihnen wächst. Oder sie bringen Briefe für uns in die Stadt. Die Milch kostet uns nichts. Was ist schon ein bißchen Milch? Und es ist auch nicht für lange. Nächste Woche bekommen sie eine gute Kuh.

An einen Yankee kommt man nicht heran, sagte Gurlie.

Nein, nein. Es sind gute Leute. Sie helfen uns viel. Und es ist so schön, die Kinder jeden Tag kommen zu sehen.

Aber Sie können es sich nicht leisten.

Manchmal haben wir dreißig Liter am Tag. So viel? Gurlie wurde sofort ernst. Ja, und manchmal mehr. Wir können sie nicht alle aufbrauchen.

Was machen Sie dann damit?

Wir verfüttern sie ans Kalb. Die kriegen wir für zwei Dollar hier oben. Es braucht zwischen fünf und acht Liter pro Mahlzeit. Den Rest benutzen wir für ein bißchen Sahne – soviel, wie wir brauchen. Was übrig ist, tun wir in einen Topf für die Hühner.

Nun wurde es langsam wirklich dunkel in den Zimmern.

Wir sollten damit machen, was sie in den Bergen im alten Land gemacht haben, sagte der alte Mann mit seinem allzeit bereiten Lächeln. Im Winter hat man dort, was sie Dickmilch nennen. Ja? sagte Gurlie. Sie stellen vielleicht fünf, vielleicht fünfzehn Gallonen frische Milch in einem Faß in den Keller und lassen sie da stehen.

Aber wird sie nicht sauer?

Doch, ein bißchen, aber sie schmeckt gut.

Ich hätte gedacht, sie würde schlecht, sagte Gurlie.

Nein, sie formt oben an der Oberfläche eine Schimmelschicht, die manchmal grün ist, wie eine Decke. Die hebt man hoch, und die Milch darunter kann man trinken. So kann man sie den ganzen Winter verwahren, sagt man – bis sie aufgebraucht ist.

Das ist wunderbar, sagte Gurlie. Das muß ich mir merken.

Aber man muß einen kühlen Keller haben, sagte der alte Mann, so hat man's mir jedenfalls gesagt. Ich habe es selbst nie gesehen.

Wissen Sie, ich erinnere mich jetzt, Gurlie nahm das Thema auf, Sauermilch, haben Sie davon schon mal gehört? Ja, ich glaube, sagte Mr. Payson. Ich glaube, man macht sie mit einer kleinen Pflanze, fuhr Gurlie fort. Man nimmt ein paar Blätter und legt sie in die Milch. Ja, das stimmt, sagte Mr. Payson. Dann schlägt man sie und schlägt sie, bis sie Fäden zieht. Ich mochte sie nie.

Wenn man dann mehr machen will, fuhr der alte Mann fort, nimmt man einen Teelöffel davon, setzt ihn frischer Milch zu, und sie wird genauso. In Wisconsin, hat meine Tochter mir erzählt, haben sie danach in die alte Heimat geschickt. Ein paar Freunde tränkten ein Tuch darin, trockneten es dann und schickten es in einem Brief. Es hat gut funktioniert. Ich glaube, ich mache besser mal die Lampe an, ehe ich jetzt in die Scheune gehe.

Nein, noch nicht, sagte Gurlie, es ist schön, so zu sitzen. Die Kinder haben gegessen, wir bleiben einfach hier sitzen und warten auf Sie.

Mach die Lampe an, Emil, sagte Mrs. Payson zu ihrem Mann. Hier ist eine kleine Schlafmütze, die ich ins Bett bringen will. Also machte der alte Mann die Lampe auf dem Tisch an, während die Kinder ihm zusahen.

Geben Sie mir das Baby. Ich mache sie fürs Bett fertig. Sie haben zu tun, brüllte Gurlie, zur Mrs. Payson hinübergebeugt. Aber als Gurlie das Kind auf den Schoß nahm, strampelte das kleine Ding und verrenkte sich in den Armen seiner Mutter, um zu der alten Frau zurückzuschauen.

Und jetzt fing die andere an. Der alte Mann hatte die Laterne genommen und war in die Scheune gegangen, als Lottie halb schluchzend, den Finger im Mund, auf die geschlossene Tür starrend, entdeckt wurde.

Was ist los? fragte ihre Mutter. Er geht nicht weg. Aber Lottie ließ sich nicht trösten. Unschlüssig ging sie zum vorderen Fenster, aber sah nicht hinaus, weil sie wußte, daß Abend war. Dann drehte sie sich mit Tränen in den Augen um und unterdrückte die aufsteigenden Schluchzer. Als sie mit ihr sprachen, begann sie zu schluchzen, als bräche es ihr das Herz. Aber er kommt doch in ein paar Minuten zurück, sagte Gurlie. Er ist nur in die Scheune gegangen. Ach, Kinder sind unvernünftig, setzte sie, an die alte Dame gewandt, hinzu. Kümmern Sie sich nicht um sie.

Gurlie saß mit dem Baby da, machte aber keinen Versuch, es auszuziehen.

Sie hätten diese große Lammkeule nicht kaufen sollen, sagte Mrs. Payson, Sie sind zu gut. Wenn wir auch nur einen Tag im voraus gewußt hätten, daß Sie kommen – sie fing wieder von vorne an. Gurlie lachte bloß.

Als Mr. Payson mit der Milch zurückkam, war alles fertig, und sie setzten sich wieder alle zu Tisch, die Kinder auch, weil Lottie Angst hatte, allein oben hingelegt zu werden, und das Baby hielt sich in ihrer Nähe auf. Weil sie alle hungrig waren, fingen sie sofort zu essen an, so daß eine Weile Stille im Raum herrschte. Der Regen hatte jetzt ganz aufgehört, und ein leichter Wind war aufgekommen. Plötzlich schien jeder in seine eigenen Gedanken versunken, als sei die herkömmliche Einsamkeit des Hauses aus den Ecken des Zimmers hervorgekommen und habe von ihnen allen Besitz ergriffen. Gurlie spürte das und drehte schnell den Kopf, als nähere sich jemand von hinten auf Zehenspitzen. Brr! Sie schauderte und lachte.

Was um Himmels willen fangen Sie abends mit sich an?

Wir gehen zu Bett, sagte der alte Mann. Es gibt nichts zu tun, und wir sind müde. Manchmal lesen wir ein bißchen, aber wir haben nur zwei oder drei Bücher.

Ich hätte geglaubt, Sie würden Karten spielen.

Hört mal! sagte Lottie. Es war ein Heimchen, das in der Nähe der Tür zu zirpen angefangen hatte.

Es soll draußenbleiben, sagte der alte Mann, sie richten mehr Schaden an als Motten.

Das habe ich noch nie gehört, sagte Gurlie.

Stimmt es nicht, Mutter, daß Heimchen mehr Schaden anrichten als Motten? Ja, ja, sagte die alte Dame, ich habe große Löcher gesehen, so groß, in einem Mantel, den sie angefressen haben. Ist hier ein Heimchen? Ihr Mann bejahte das. Lassen Sie mich das Baby nehmen, damit Sie jetzt essen können, wandte sie sich an Gurlie. Nein, sagte Gurlie, Sie sollen selbst essen. Und sie bedeutete Mrs. Payson mit einer Hand, zu bleiben, wo sie war.

Merkwürdig, aber das Baby war überhaupt nicht schläfrig, sondern saß ganz friedfertig auf dem Knie der Mutter und schlug ab und zu mit den Händen auf den Tisch, fühlte sich vollkommen wohl. Gerade da begann sie zu stupsen und sich zu strecken, um auf den Boden hinunterzukommen.

Es ist solch eine Freude für mich, sie zu haben, bat die alte Dame, ich habe seit so vielen Jahren kein Baby mehr zu Bett gebracht.

Meinetwegen, sagte Gurlie. Also hob Mr. Payson Flossie auf und trug sie um den Tisch, um sie seiner Frau in die Arme zu legen. Mit einem merkwürdigen Ausdruck sah der Säugling zu der alten Dame hoch, dann zurück zur Mutter.

Ich glaube, sie mag sie schon lieber als mich, sagte Gurlie zu dem alten Mann.

Oh, das dürfen Sie nicht sagen, antwortete er. Doch, tut sie, sagte Gurlie, ich bin eifersüchtig. Und sie schmollte.

Die alte Dame begann das Kleid des Babys aufzuknöpfen. Jetzt hoch mit den Ärmchen. Aber das Kleid hatte einen sehr engen Halsausschnitt, in dem der kleine Kopf steckenblieb, so daß sie Mühe hatte, das Kleid darüberzuziehen. Es war ein richtiger Kampf. Das Baby half mit den Händen nach, so gut es konnte, aber schließlich mußte die alte Dame das Kleidungsstück einfach mit Gewalt darüber zerren. Das Baby schaute, als es vorbei war, einen Augenblick mißbilligend drein und kratzte sich am Kopf.

Das ist das enge Kleid, sagte Gurlie.

Ich erinnere mich, sagte die alte Frau, wie ich Astrid immer vergnügt habe, als sie ein Kind war. Ich zog ihr die Schuhe aus und gab sie ihr dann zurück. Das hielt sie für eine Stunde und manchmal länger beschäftigt.

Das Zimmer war mittlerweile durch sie, die alle darin saßen, und das Feuer sehr warm geworden, so daß der alte Mann für einen Augenblick die Tür öffnete. Als er das tat, kam ein halb ausgewachsenes Kätzchen aus der Nacht herein, den Schwanz hoch erhoben in der Luft. Die älteren Katzen waren den ganzen Nachmittag drinnen gewesen, aber sie waren scheu. Diese jedoch lief geradewegs zu Gurlie, die sich bückte und sie aufhob. Prrr! Prrr! Prr! Süß! sagte Gurlie. Du bist nicht hübsch, aber du bist schwarz. Das bringt Glück. Und habt ihr gesehen, sie ist direkt zu mir gekommen?

Glück für ihn, glaube ich, daß er schwarz ist, sagte Mr. Payson, das hat ihn vielleicht gerettet.

Was ist das für eine Geschichte? sagte Gurlie. Lottie war um den Tisch zu ihr gekommen, um das Kätzchen im Schoß der Mutter zu streicheln.

Wir hatten zwei, erklärte der alte Mann. Sie hat sie in der Scheune bekommen. Als ich neulich dort hinging, folgte Pilka, die Mutter, mir und bettelte um Milch. Als ich die Tür aufmachte, ging sie mit mir herein, als – Rumms! Rawums! so ein Gekreisch und Gekeife! Ich wußte nicht, was passiert war. Sie stürzte sich auf etwas unter der alten Kutsche. Innerhalb einer Sekunde war alles vorbei. So einen Radau haben Sie noch nie gehört. Ich drehte mich gerade rechtzeitig um, um zu sehen, wie sie einen dicken schwarzen Kater verjagte, er lief in großen Sätzen durchs Feld und sie hinter ihm her, durchs hohe Gras, bis sie verschwunden waren. Wir fanden das kleine graue Kätzchen mit zerbissenem Nacken in einem Haufen Gerümpel, aber Billy konnten wir nirgends finden. Ich dachte, er sei auch tot. Aber nachmittags kam er irgendwo hervorgekrochen.

Um was geht's? fragte die alte Dame. Erzählst du ihr von den Katzen?

Ja, nickte ihr Mann.

Und was meinen Sie? Die alte Dame griff die Geschichte auf, als habe sie sie ganz gehört. Das Vieh hatte die Unverschämtheit, am nächsten Tag herzukommen und sich hinzusetzen und zu versuchen, sich mit ihr zu paaren.

Was soll man davon halten! sagte Gurlie. Hat sie ihn genommen?

Ich weiß es nicht, sagte Mrs. Payson. Ich glaube ja. Ich weiß nicht, wo er herkam, aber vielleicht hat er so eine Manneskraft. Was kann man machen? Sie hat noch einen Kater hier und gute Freunde, aber sie läßt sich auch von dem besuchen, der ihr Junges getötet hat.

Kann ich noch eine Tasse Kaffee haben, fragte Gurlie. Heute abend schmeckt alles so gut. Ein gutes Abendessen, rief sie zu Mrs. Payson. Sie sind eine findige Köchin. So schnell auch.

Nur Reste, sagte die alte Dame, außer den Sachen, die Sie selbst gekauft haben.

Reste zu Hause sind besser als das beste Essen im Restaurant.

Mag sein, sagte der alte Mann, aber ich kenne ein Restaurant in Stockholm, in dem ich jetzt gerne wäre. Wissen Sie, wie Fischpudding schmeckt, wenn er gut ist? fragte er Gurlie.

Sie stieß ihr volles, wildes Lachen aus. Versuchen Sie mir nichts darüber zu erzählen. Das ist ein norwegisches Gericht. Das hatten wir in der Saison jede Woche zu Hause. Ich wette, so etwas haben Sie noch nie geschmeckt.

Da, unterbrach die alte Dame und zeigte auf die Fensterbank. Sehen sie nicht aus wie Mann und Frau? Die beiden Hauskatzen, die schwarze Mutter und der graue Kater, saßen halb schlafend mit dem Gesicht zueinander, die Nasen berührten sich beinah.

Ja, ja, sagte Gurlie, ganz was anderes. Wenn alle Menschen auf der Welt so wären wie wir, was wäre sie dann für ein schöner Ort.

Ja, ich konnte nie verstehen, warum die Menschen nicht gut sein können, sagte Mr. Payson. Ich vermute, es ist wegen der Erbsünde, wie es in der Heiligen Schrift heißt. Die Menschen waren immer böse, nur so konnten sie bekommen, was sie wollten. Deshalb ist es zur Gewohnheit geworden. Ich hätte lieber nichts. Aber ich weiß, daß nicht jeder wie ich ist.

Nun, sagte Gurlie, ich bin stolz auf meine Vorfahren. Ich denke gerne, daß ich von starken gesunden Menschen abstamme. Was wären wir, wenn wir nicht manchmal an die Toten dächten? Sie sind wichtiger als wir – weil sie alles für uns gemacht haben, was wir haben.

Ja, und sie haben uns auch zu großen Dummköpfen gemacht. Wenn wir alle klug und gesund und gutaussehend sein könnten, dann hätten wir etwas, worüber wir reden könnten.

Vorfahren machen uns stolz, sagte Gurlie. Stolz auf die Rasse bringt uns voran.

Jeder ist stolz auf seine Rasse. Ich denke manchmal an meinen Vater und meinen Großvater, aber das ist alles. Danach geht es in der Rasse auf – wie bei jedem. Er langte in die Westentasche und zog eine kleine Dose hervor.

Was ist das? sagte Gurlie.

Schnupftabak, sagte der alte Mann. Ich nehme manchmal ein bißchen. Er ist gut und billig in diesem Land.

Lassen Sie mich sehen. Gurlie nahm ihm die runde Blechdose aus der Hand. Ja, das ist tatsächlich Schnupftabak, sagte sie. Ich hätte nicht gedacht, daß es das in diesem Land gibt. Ich dachte, diese schlechte Angewohnheit gäbe es nur bei uns. Das Baby griff nach der Schnupftabakdose, aber Gurlie hielt sie weg von ihr. Komm jetzt, Mrs. Payson näherte sich und nahm das Baby auf den Arm. Es ist Zeit, daß jemand ins Bett gebracht werden sollte. Du auch, Lottie. Ich gehe mit euch rauf. Nein, nein, sagte Gurlie. Ich kann mich darum kümmern.

Lassen Sie sie, sagte der alte Mann. Oder warum geht ihr nicht beide? Macht, daß ihr rauskommt, und laßt mich in Frieden das Geschirr abwaschen. Lottie gähnte am Knie ihrer Mutter. So gingen die beiden Frauen, jede mit einem Kind, nach oben.

KAPITEL 20

Abwägen

Mr. Lemon hielt für ihn einen Vorhang auf, an dem vorbei er in ein Nebenzimmer trat. Es war als Bibliothek und Wohnzimmer eingerichtet, mit einem großen, etwas überladenen Walnußschreibtisch am Fenster. Setzen Sie sich, bitte. Joe ging auf einen steifen Stuhl am Schreibtisch zu, aber den wollte Mr. Lemon ihn nicht nehmen lassen. Nein, nein. Hier drüben auf dem Sofa – einem roten aus Leder –, da ist es bequemer. Ich wollte mir gerade etwas zu trinken bestellen, als Sie hereinkamen. Wollen Sie sich mir nicht anschließen? Joe zögerte einen Augenblick. Oder etwas Stärkeres vielleicht. Nein, danke, sagte Joe. Nicht umzustimmen? Nein, danke, aber nehmen Sie nur, wenn Sie möchten.

Tut mir leid, Sie an einem Sonntagabend so zu belästigen.

Das macht nichts, sagte Joe.

Es ist aber wirklich heiß heute abend. Nicht? Wie sind Sie gekommen?

Ich hatte viel Zeit, sagte Joe, deshalb bin ich ganz gemütlich zu Fuß gegangen.

Das ist doch zu dumm. Sie möchten wirklich nichts trinken? Etwas Kühles?

Ein Glas Wasser wäre schön, sagte Joe.

Nichts Stärkeres? Ein Gin Rickey ist an so einem Abend sehr angenehm.

Ich bleibe bei Wasser, sagte Joe. Also ließ Mr. Lemon einen Krug mit Eiswasser kommen – etwas, das Joe nicht ertragen konnte – und auf einen Tisch stellen. Ich ziehe mein Jackett aus, sagte er. Er trug einen Gürtel und keine Weste. Ja, das ist eine gute Idee, sagte Joe. Aber er hatte eine Weste an und wollte sie wegen seiner Hosenträger nicht ausziehen. Nichts konnte ihn dazu bringen. Also begannen sie zu reden.

Also, ich sage Ihnen, Stecher, lassen Sie uns ohne viel Drumherum zum Geschäftlichen kommen. Sie wissen, weshalb ich Sie heute hergebeten habe und all das. Für unseren Erfolg ist eine gewisse Diskretion absolut erforderlich. Deshalb bitte beherzigen Sie: ob Sie einwilligen oder nicht, alles, was wir hier heute abend sagen, bleibt strikt unter uns.

Joe nickte. Ja, natürlich.

Wenn ich recht verstehe, gefällt Ihnen unser Produkt. Sie halten es für recht gut, nicht wahr?

Ja, sagte Joe sofort aufrichtig, das steht außer Frage.

Den Eindruck hatte ich. Und wenn wir einen Kostenvoranschlag machen sollten, würden Sie dieses Papier benutzen – ich meine als Mann vom Fach. Das stände doch außer Frage, oder nicht? Sie halten es für das beste.

Ich weiß, daß es das beste ist, sagte Joe.

Was meinen Sie, wieviel das Ganze uns kosten wird? Das heißt, den Betrieb einzurichten und in Produktion zu gehen?

Um darüber zu reden, bin ich heute abend hier, nicht? sagte Joe.

Lemon nahm eine Kiste Zigarren vom Schreibtisch und reichte sie Joe.

Danke, ich rauche eine von meinen, wenn es Ihnen nichts ausmacht. Ich bin sie mehr gewöhnt.

Lemon stellte die Kiste auf den Schreibtisch zurück,

nahm sich eine Zigarre, biß das Ende ab und zündete sie an. Während er das tat, hielt er lange genug inne, um durch den Rauch zu gucken und zu sagen: Sind Sie verheiratet, Stecher?

Ja, sagte Joe. Ich bin verheiratet.

Kinder? Ja, sagte Joe. Das ist schön. Übrigens, Stecher, sind Sie Mitglied in einem Verein oder einer Verbindung? Nein, sagte Joe. An Religion interessiert? Wir gehen manchmal in die lutheranische Kirche, sagte Joe.

Sie haben eine ziemlich beeindruckende Vergangenheit als Arbeiterführer, Stecher, das wissen Sie. Hätten Sie etwas dagegen, wenn ich Ihnen ein paar Fragen in der Richtung stelle? Das interessiert mich.

Nein. Machen Sie nur, sagte Joe.

Wie alt waren Sie, als Sie in dieses Land kamen?

Neunzehn.

Konnten Sie Englisch sprechen?

Ein bißchen, von dem, was ich auf dem *Gymnasium** gelernt hatte.

Sie hatten also eine höhere Schulbildung.

Meine Familie wollte einen Lehrer aus mir machen, sagte Joe lächelnd, aber ich mußte Geld verdienen.

Ein recht guter Rechner und hervorragender Vermittler, hat man mir gesagt. Wie haben Sie das in der kurzen Zeit geschafft?

Joe lächelte wieder. Die Arbeitsbedingungen im Druckgewerbe waren ziemlich schlecht, als ich herkam. Irgendeiner mußte es tun.

Also haben Sie es getan, lachte Mr. Lemon. Hört sich leicht an. Aber dann haben Sie alles aufgegeben. Ja, sagte Joe, Politik interessiert mich nicht.

Politik, eh? Halten nicht viel davon. Nun, ich fürchte, Sie irren, Stecher – obwohl ich sehr gut verstehen kann, was Sie meinen. Leider brauchen wir die Maschinerie der Politik zum Regieren, es sei denn, wir geben die ganze Sache aus den Händen, und es kommt zu einer blutigen Anarchie.

Den Zustand haben Sie jetzt in der Politik, sagte Joe.

Sehr gut. Ja, zweifelsohne. Arbeitspolitik, meinen Sie.

Läuft auf dasselbe raus, sagte Joe.

Aber unhygienische Betriebsräume, gefährliche Arbeitsplätze, Hungerlöhne – glauben Sie nicht, daß Politik diese Zustände verbessern kann?

Nicht die Art Politik, die ich erlebt habe, sagte Joe.

Deshalb haben Sie aufgehört.

Nein, ich bin immer noch Drucker, sagte Joe.

Aber Sie haben Ihre aktive Rolle bei der Arbeiterorganisation aufgegeben. Ich bin neugierig. Ich möchte wirklich gerne wissen, warum.

Die Gewerkschaften sind nicht ehrlich, genausowenig wie die Bosse, sagte Joe.

Ja, aber Sie sind ehrlich. Braucht man dann nicht gerade solche Männer wie Sie dabei?

Ich war dabei – sieben Jahre lang, sagte Joe.

Ah, ich verstehe. Tut mir leid, Sie so zu bedrängen, Stecher, aber ich habe das Gefühl, daß wir vollkommen frank und frei miteinander umgehen müssen, wenn wir später zusammenarbeiten wollen. Ich hoffe, es macht Ihnen nichts aus.

Nicht im geringsten, sagte Joe.

Sehen Sie, die Sache ist die. Männer wie Sie werden sowohl in der Wirtschaft wie auch in der Arbeiterorganisation gebraucht. Wirklich fähige und uneigennützige Männer, uneigennützig genug, um eine größere Investition in die Hand zu nehmen und beide Seiten der anstehenden Probleme zu sehen – und klug damit umzugehen. Glauben Sie mir, die sind schwer zu finden.

Joe führte bedächtig die Zigarre an die Lippen und paffte ohne weiteren Kommentar.

Sie haben nie vorher ein eigenes Unternehmen gehabt, Stecher?

Kein eigenes, sagte Joe.

Einen Augenblick lang rauchten die Männer schweigend. Lemon stand von seinem Sessel auf und ging im

Zimmer auf und ab. Das einzige Problem ist, daß Sie die ganze Situation selbst meistern müssen – ohne Hilfe – besonders am Anfang. Aus offensichtlichen Gründen darf mein Name vorläufig nicht dabei genannt werden. Dazu bedarf es eines mehr als durchschnittlichen Mannes, das sage ich Ihnen. Besonders, wenn sie uns den Rang ablaufen. Glauben Sie, Sie können die Sache schaukeln?

Ich glaube, ja.

Sie sagen das sehr ruhig. Was bringt Sie dazu?

Was daran, meinen Sie, kann ich nicht meistern? sagte Joe.

Nun, Sie müssen sehr viel Geld ausgeben. Ich frage mich bloß, ob Sie wissen, was das mit sich bringt.

Ich glaube, ja.

Die Leute da unten werden einen Höllenkrach schlagen. Und die Arbeiter.

Ich nehme die ganze Abteilung mit, wenn ich gehe.

Hui! Hören Sie mal zu, Stecher, wir fangen keinen Krieg an, das wissen Sie.

Ich glaube wohl, Mr. Lemon.

Glauben Sie, ja? Nun gut. Das ist was anderes. Und Sie glauben, Sie können sie zufriedenstellen?

Warum nicht, wenn wir ihnen anständige Löhne zahlen?

Na gut, Mann, wenn Sie glauben, Sie schaffen's. Wie halten wir's nun mit dem Geld? Lassen Sie mich Ihnen eine hypothetische Frage stellen. Sie wissen, Geld ist etwas Komisches. Die Leute haben verrückte Vorstellungen davon, sie wissen nicht, wovon sie reden. Angenommen jetzt, bloß angenommen, ich ermögliche es Ihnen durch eine gewisse Information, morgen an der Börse hunderttausend Dollar einzusacken. Was würden Sie sagen?

Nein danke, sagte Joe.

Was meinen Sie, nein danke?

Ich würde es auf die Weise nicht wollen.

Sie würden's nicht wollen? Warum nicht?

Joe schüttelte den Kopf. Es gibt nur eine Möglichkeit, ehrlich an Geld zu kommen, sagte Joe, und die ist, dafür zu arbeiten. Wenn Sie das nicht tun, muß es aus der Tasche von irgendeinem anderen armen Trottel kommen. Deshalb mag ich die Börse nicht. Sie ist ein Schwindel.

Mr. Lemon sah ernst aus. Mal langsam jetzt, Stecher, ich habe Geld, und ich habe nicht dafür gearbeitet – nicht für das ganze. Einen Teil davon habe ich an der Börse verdient. Und ich glaube, ich habe es ehrlich verdient – und dieses Geld leihe ich Ihnen.

Ich habe vor, dafür zu arbeiten, wenn ich etwas davon bekomme, sagte Joe.

Mal langsam jetzt, Stecher. Dieselbe Haltung hat Sie von der Arbeiterorganisation weggebracht, und es liegt eine Gefahr darin. Letzten Endes wissen Sie, daß nicht die ganze Welt unehrlich ist. Die Gefahr ist folgendes – was Sie da an den Tag legen, ist eine moralische Haltung. Eine strenge. Eine, die auf Ihre, soll ich sagen – kalvinistische – Natur zurückgeht. Ich habe jede Sympathie für so eine Haltung, Stecher, soweit sie den privaten Charakter eines Menschen betrifft. Aber sie hat nichts mit Geschäft zu tun.

Ich glaube wohl, sagte Joe.

Verdammt noch mal, Stecher, ich stimme nicht mit Ihnen überein. Sie laufen ins Unglück, wenn Sie sich diese Vorstellung nicht auf der Stelle aus dem Kopf schlagen. Mißverstehen Sie mich nicht, ich habe nichts zu verkaufen – oder wenn, dann ist das vollkommen zweitrangig. Aber so können Sie nicht ins Geschäft einsteigen. In diesem Land kann man schnell und vollkommen ehrlich Geld verdienen, viel Geld, und das sollte Ihnen einleuchten. Das ist Amerika. Wir reden nicht mehr von einem jungen Einwanderer aus Ostpreußen …

Joe wurde wider Willen rot.

Wir reden von einem Amerikaner, dem all die überragenden Hilfsmittel dieser äußerst aktiven und reichen Gesellschaft zur Verfügung stehen. Mit einem Anfangskapital im Gegenwert von nicht mehr als einem Dutzend Beutel Erdnüsse kann man hier ein Vermögen machen. Eine Gesellschaft, die bereitwillig und begierig ist, Sie für Schöpferkraft und Fleiß reich zu belohnen. Klingt wie eine Rede zum 4. Juli – ist aber die Wahrheit.

Geld beschaffen! Das ist anscheinend das einzige, was hier zählt, sagte Joe.

Stecher, immer mit der Ruhe. Immer mit der Ruhe. Begreifen Sie denn nicht? Begreifen Sie denn nicht, was Geld wirklich ist? Es ist Macht. Ich versuche, mich zu Ihnen durchzuarbeiten, wie Sie gleich erkennen werden. Macht, besonders in diesem Land, sind Männer wie Sie selbst, die die Persönlichkeit haben, sie auszuüben. Das ist alles, was Geld bedeutet – hier.

Es ist mir egal, welche Sicht der Ökonomie Sie akzeptieren. Das ist mir ganz egal. Der Mensch ist Geld, und es muß an Menschen weitergegeben werden. Und diese Menschen kommen gewöhnlich von ganz unten – durch Feuerprobe. Sagen Sie, was Sie wollen, es ist eine bestechende Auffassung davon, wer die Verantwortung für den Besitz an Geld und seine Verwaltung heute haben soll. Und die Gewinne gehören ihnen. Gehen Sie nicht in dem Glauben da rein, daß Sie mit einem Haufen anerkannter Betrüger zu tun haben werden. Vielleicht sind sie es – aber Sie müssen Geschäfte mit ihnen machen – und Sie werden es nicht zeigen.

Wir haben aber trotzdem mit einem Haufen dreckiger Betrüger zu tun, sagte Joe.

Und wie wollen Sie mit denen fertig werden? Sie sprechen aus Ihrer eigenen, etwas bitteren persönlichen Erfahrung.

Indem ich ehrlich bin.

Sie sind ein regelrechter Konservativer, mein Freund. Sie müssen sich was Besseres einfallen lassen. Sie wollen doch Geld verdienen, nicht wahr?

Ja, sagte Joe. Ich will auf ehrliche Weise Geld verdienen.

Dann müssen Sie es essen und trinken und damit aufwachen und damit schlafen – und davon träumen, Tag und Nacht – wenn Sie dieses Vorhaben durchziehen wollen. Nehmen Sie meinen Rat an, Stecher, lassen Sie nicht zu, daß Ihre Moral zu sehr ins Spiel kommt – behalten Sie die

Typen im Auge, aber letzten Endes sind es gute Kerle. Egal, Sie müssen Geschäfte mit ihnen machen. Das gleiche gilt für Hilfe, seien Sie nicht zu weich. Wir müssen zusehen, daß die Sache sich lohnt.

Ich habe ein paar Zahlen dabei, die Sie vielleicht interessieren, sagte Joe.

Das überlasse ich Ihnen. Würden fünfundzwanzigtausend die Anfangskosten decken?

Das könnte reichen, sagte Joe.

Wie weit würden fünfzigtausend Sie bringen?

Fünfzigtausend reichen.

Mehr?

Nein.

Sie sind morgen mittag auf Ihrem Konto bei der Close National Bank. Ich sage Ihnen, Stecher, sagte Mr. Lemon schließlich, beugte sich vor und legte seine Hand auf die Lehne von Joes Sessel, es läuft alles auf eines hinaus. Sie sind jung, gesund. Mut haben Sie ganz bestimmt – und Talent, das versteht sich von selbst. Und jetzt habe ich Ihnen das Geld gegeben. Werden Sie kämpfen? Darauf läuft es hinaus. Denn Sie werden kämpfen müssen, vertun Sie sich da nicht. Werden Sie sich mir anschließen und sie bekämpfen? Kampf! Ohne geht es nicht. Kampf! Und der Kampf wird höllisch sein, ehe wir damit durchkommen. Wollen Sie?

Joe spürte das Blut in seinen Wangen brennen. Was sagen Sie, Stecher, sind Sie dabei?

In einem Monat bin ich soweit, sagte Joe.

Ein Monat!?

Ich möchte es erst mit meiner Frau besprechen, sobald sie vom Land zurückkommt. Und noch ein paar Kalkulationen aufstellen, ehe ich soweit bin.

Oh. Na, dann, glaube ich, sollten die Verschwörer sich ausruhen. Gucken Sie, draußen bezieht es sich. Ist das ein Donner?

Ja, ich glaube, ich sehe besser mal zu, daß ich nach Hause komme.

Nach Hause? Um diese Zeit? Aber nein. Sie haben doch nichts zu tun. Kommen Sie, jetzt lassen Sie uns wirklich was trinken. Kommen Sie, überlegen Sie's sich, Stecher. Schließlich sind Sie ein guter Deutscher. Damit wir einen richtigen Auftakt haben. Was sagen Sie? Erfolg auf die neue Firma.

Ja, sagte Joe. Gegen was schönes Kühles zu trinken hätte ich jetzt nichts.

Gut. Und er rief den Butler. Was für einen Betrieb wollen Sie führen, Stecher? Gewerkschaft?

Offener Betrieb, sagte Joe. Guter Lohn – soviel das Unternehmen tragen kann, anständige Verträge, Sicherheit am Arbeitsplatz – ihnen alles geben, was sie brauchen, um gute Arbeit zu leisten. Und so lange zu ihnen halten, wie sie zu mir halten.

Und wenn sie sich als untauglich herausstellen?

Sie feuern, sagte Joe.

Nun, wenn irgendeiner das kann, dann Sie, sagte sein Gastgeber.

Unter anderen Umständen wollte ich keinen Betrieb haben, sagte Joe.

Und sagen Sie mir, Stecher, was halten Sie wirklich von der American Federation of Labor? Ich möchte darauf zurückkommen, ehe wir Schluß machen.

Joe sah seinen Gastgeber an und grinste breit.

Ja, ich verstehe, aber was ist denn wirklich dran?

Sie ist ein Geschäft wie jedes andere, sagte Joe.

Denken Sie?

Nein, sagte Joe. Ich denke überhaupt nicht mehr viel daran. Aber sie ist ein gutes Geschäft. Wenn Sie so wollen.

Was meinen Sie? Kommen Sie, packen Sie aus.

Nun, sagte Joe, beide Hände um sein Glas, wenn man Geschäfte mit Arbeitgebern macht und die armen Trottel hinters Licht führt – einer muß es ja tun.

So haben Sie selbst aber nicht angefangen, oder?

Oh, als ich anfing, war es in Ordnung, sagte Joe, bloß war den Trotteln damals auch leicht das Fell über die Ohren zu ziehen. Sie wissen nie, wenn es ihnen gut geht. Sie müssen Schweinehunde sein. Irgendeiner muß ihnen wieder Verstand eintrichtern, wenn sie sich so benehmen, oder sie richten das beste Geschäft in der Welt zugrunde.

Aber angenommen, am kapitalistischen System ist, wie die Radikalen sagen, etwas grundsätzlich falsch. Was dann? Haben Sie je darüber nachgedacht?

Ja, habe ich. Sie werden immer gleich sein. Ich möchte nicht einer von den Schwindlern sein, die sie übers Ohr hauen – denn es sind immer ein paar Gute darunter, und die müssen auch leiden.

Da haben wir's wieder, sagte Mr. Lemon. Sie tragen Wasser auf beiden Schultern. Sie können im Geschäftsleben nicht menschlich sein, Stecher – ohne das Geschäft zu opfern.

Nein, sagte Joe, das habe ich gemerkt.

Nun, sagte Lemon, beide Hände ausstreckend, wie auch immer – Sie haben unbegrenzten Kredit. Sie werden kämpfen müssen, aber Sie werden gewinnen. Es wird ein schmutziger Kampf, aber Sie werden ihn auf jeden Fall gewinnen. Und wenn Sie gewonnen haben, und wenn Sie Geld verdient haben ... Sie werden viel Geld verdienen, merken Sie sich meine Worte.

Ich glaube, darauf kann ich eine Weile warten, sagte Joe.

Vielleicht werden Sie sich noch wundern. Wollen Sie den Rest des Sommers in New York bleiben?

Ja, ich glaube, ja.

Haben Sie sich eine Fabriketage ausgesucht? Haben Sie ein Gebäude im Sinn?

Ich glaube, ja, sagte Joe.

Ich wette, Sie haben sogar schon die Druckerpressen bestellt, lachte sein Gastgeber.

Auch Joe lachte laut.

Daß die bloß keinen Wind davon bekommen. Tun Sie alles unter falschem Namen, wenn Sie können.

Sie leerten die Gläser, und Joe stand auf. Als er sich an der Tür mit Handschlag verabschiedete, kamen Mrs. Lemon und ihre Schwester herein und wurden vorgestellt. Gute Nacht. Auf Wiedersehen.

Na, was hältst du von ihm? fragte Mr. Lemon seine Frau, als er in die Diele zurückkehrte.

Lieber Gott, sieht der gut aus! Mit seinem schwarzen Haar und den schönen grauen Augen, die so direkt gucken. Was für eine schöne Stimme und was für ein Lächeln.

Und ein guter Geschäftssinn, glaube ich. Ein erstklassiger Verstand. In dem Mann steckt wirklich viel.

Seine kleinen Füße sind mir aufgefallen. Nun, wo liegt das Problem?

Ich frage mich. Zu anständig vielleicht. Auf jeden Fall zu intelligent und talentiert, um für einen Haufen Halsabschneider wie die, an die er heute gekettet ist, zu arbeiten.

Worum dreht es sich? Etwas Neues?

Ich weiß noch nicht. Vielleicht, wer kann's wissen.

Festgefahren?

Nein, weit davon entfernt. Bloß interessiert, schätze ich.

KAPITEL 21

Doppelveranstaltung zum 4. Juli

Die Giants waren an zweiter Stelle, ein Spiel hinter den führenden Cards. Wenn sie heute beide gewännen, würde sich die Rangfolge umkehren, und sie träten an die erste Stelle. Das bedeutete beiden Mannschaften sehr viel. Ab und zu konnte man aus den Straßen ein lautes Getöse hören oder das Rat-a-tat-a-tat einer Handvoll explodierender Feuerwerkskörper, die einen daran erinnerten, was draußen vor sich ging. Aber innerhalb des Stadions war es eine andere Welt.

Für George Wiltze, McGraws hochaufgeschossenen Rechtshänder, hatte es aber nicht gerade zu gut angefangen. Bauer, der erste Schlagspieler der Cards, kratzte einen

Innenfeldschlagtreffer mit einem langsamen Aufsetzer zur zweiten Base hin. Dann schlug Johnson, der zweite Schlagspieler, der an der Reihe war, einen harten Ball an der dritten Base vorbei, Bauer blieb auf der zweiten stehen. Nicht so gut. Und mit zwei Spielern in einer Punkteposition und mit noch allen Spielern im Spiel schlug Archer, der erste Baseman der Cards, den ersten Ball auf eine Linie zwischen Mitte und links und gelangte bis zur zweiten Base. Es sah aus, als sei das das Ende für Wiltze.

Heute in sechs Wochen werden die Kostenvoranschläge geprüft … Es wird ein dreckiger Kampf. Aber wir lassen sie hinter uns, weil sie schuldig sind, und sie wissen es, und wir sind …

Wechsel ihn aus! Wechsel ihn aus! brüllte ein Sportsfreund, der direkt vor Joe saß. Wo sind wir denn hier, bei einer Prozession?

Aber ich hab sie, wenn es ums Papier geht – da hab ich sie. Das wird weh tun. Da komme ich nicht drum herum. Aber ich muß mehr schlafen, kann mir nicht leisten, jetzt krank zu werden. Nimm's mit Ruhe, weil das bloß der Anfang ist. Nur der Anfang …

Das Spiel wurde unterbrochen, während die Innenfeldspieler der Giants sich in der Nähe des Wurfmals um Wiltze versammelten, zur Erde schauten und zum größten Teil eingebildete Kieselsteine in die Erde traten. Doch nach ein paar Minuten liefen sie zu ihren Standorten zurück, und der große Rechtshänder bekam Beifall, als er die Mütze zurechtzog und wieder seinen Standort einnahm.

Ich sag ihnen besser morgen, daß ich Ende der Woche aufhöre. Brauche einen Urlaub. Nein. Einfach aufhören, das ist alles. Gib ihnen keinen Grund. Nein, das wird Verdacht erwecken. Das kann ich mir gerade jetzt nicht leisten. Halt es den Monat noch aus. 's ist gemein, dazubleiben und zu intrigieren, um ihnen das Geschäft wegzuschnappen. Aber nein. Was soll ich tun? Mir die Kehle durchschneiden, um ihnen einen Gefallen zu tun. Jeder kann Kostenvoranschläge einreichen. Würden sie mich in

Betracht ziehen? Würde sagen, nein. Ein fairer Kostenvoranschlag ist ein fairer Kostenvoranschlag. Die haben noch nie im Leben einen fairen Kostenvoranschlag gemacht. Ich muß auf Nummer Sicher gehen, das ist alles. Muß sie überlisten. Nein, andersrum. Muß durchhalten und sie hinters Licht führen. Sie werden mir sowieso die Hölle heiß machen, wenn sie es rauskriegen – früher oder später.

Zwei Spieler mit Punkten und noch sämtliche Spieler im Spiel. Keiner aus und ein Mann auf der zweiten Base, der darauf wartete vorzurücken. Der erste gültige Wurf! Ja! brüllte Joe mit seiner rauhen, lachenden Stimme, so ist's recht. Gebt ihm noch eins an derselben Stelle. Der zweite!

Dann passierte es wieder. Das gleiche merkwürdige Gefühl. Wiltze beugte sich weit vor, richtete sich wieder auf, warf langsam einen Blick auf die zweite Base, schleuderte dann einen dritten gültigen, den der Schläger wieder verpaßte. Die Menge heulte. Joe erkannte jede Bewegung, in dem Augenblick, in dem sie vollzogen wurde. Das war schon einmal vorgekommen, genauso, wie Wiltze es jetzt machte. Nicht nur eine ähnliche Spielfolge, sondern *dieselbe Spielfolge.* Zweimal. Jede Bewegung. Von dem Augenblick an, als Wiltze sich vorbeugte, bis der Wurf ausgeführt worden war, hatte Joe einen Augenblick zuvor im Geist jede Bewegung vorausgenommen, Zug um Zug. Er hatte dieses Spiel schon einmal gesehen, zu einer anderen Zeit, an einem anderen Ort. Genau dieses Spiel. Zweimal in der letzten halben Stunde hatte er dieses merkwürdige Gefühl gehabt. Ach, sagte er laut und nahm eine Zigarre heraus. Aber er zündete sie nicht an und steckte sie nach einem Augenblick wieder in die Tasche zurück.

Einer aus dem Spiel. Die beiden nächsten Männer wurden durch leichte Bodenroller hinausgeworfen, und die Runde war vorüber. Das nenne ich werfen, sagte Joe. Aber seine Augen machten ihm ein bißchen Ärger, und er rieb sie mit beiden Händen.

Frage mich, wann Gurlie wohl nach Hause kommen will.

In ihrer Hälfte der ersten Runde gewannen die Giants einen Punkt zurück. Fletcher begann mit einem sauberen Schlag, der ihn die erste Base erreichen ließ, und stahl sich prompt die zweite. Ein sehr knappes Spiel. Die Cards umschwärmten den Schiedsrichter, aber Fletcher blieb, wo er war, und rückte einen Augenblick später bei einem Innenfeldschlag zur dritten Base vor, erzielte einen Punkt, als Merkle bei einem gut ausgeführten Squeezeplay den Ball mit einem leichten Schlag über die Linie zur ersten Base beförderte. Es war pfiffiger Baseball, genauso, wie Joe es gerne sah, die Art Spiel, die McGraw seinen Jungs beibrachte. Ein großartiger Nachmittag.

Man muß an alles denken. Kann sich auf niemanden verlassen. Zu schlimm, aber man kann's nicht ändern. Jede kleinste Einzelheit muß aufgeschrieben werden – bis auf den letzten Penny genau, jedes winzige Detail. Zählwerke für jede Presse, jedes Blatt mit Seriennummer – jeder Coupon sogar. Selbst nachdem sie aus den Pressen kommen, besteht noch Gefahr – in der Tat die größte Gefahr überhaupt. Zermürbt einen. Kann's nicht ändern. Muß an alles denken. Muß auf Nummer Sicher gehen. McGraw denkt an alles. Trotzdem könnte einem ein Ausrutscher unterlaufen …

Jetzt begann die vierte Runde. Joe an seinem Lieblingsplatz hinter der ersten Base, das Jackett ausgezogen, um ihn herum Männer, die rauchten und sich mit den Hüten zufächelten, fühlte sich ganz zu Hause. Auswechseln! brüllte der Mann vor ihm. Schickt ihn unter die Dusche. Holt den großen Tölpel runter.

Heute nicht, sagte Joe. Sie hatten ihre Chance. Zu spät jetzt. Auswechseln! … brüllte der Mann, zum Feld gewandt. Er bringt's zu nichts am Ball.

Sie werden jede Menge Fragen stellen. Sind nicht so doof. Sage ihnen, ich gehe nach Buffalo zurück. Mehr Geld. Wette, sie bieten mir das Doppelte. Zu spät jetzt, Jungs. Nein, ich sage ihnen nichts. Sie werden mich überwachen lassen. Werde danach nirgends mehr hingehen können. Kann nicht aufhören, bis alles geregelt ist – dann fahre ich mit ihnen Schlitten. Danach muß ich durch einen Mittelsmann arbeiten. Gurlie kann mir helfen.

Wumms! Der erste Schlagspieler in der Kardinals-Hälfte der vierten Runde schlug einen Ball nach rechts außen, der es ihm ermöglichte, die dritte Base zu erreichen. Da haben wir's! Habe ich nicht gesagt, er taugt nichts. Auswechseln! Holt den großen Penner runter. Joe konnte nicht sagen, für welche Seite der Mann Stimmung machte – wenn es nicht vielleicht Groll gegen Wiltze selbst war. Aber der nächste Schlagspieler, der versuchte, den Ball in die Tribünen zu schlagen, schlug vorbei und war aus. Wiltze warf auch den nächsten Schlagspieler aus und schaffte damit zwei hintereinander, dann stoppte er einen Schmetterball, der direkt zurück zum Wurfmal kam, mit der bloßen Hand zum Boden hin ab, warf den Ball lässig zur ersten Base und eliminierte damit den letzten Spieler in dieser Runde. Was für ein Mann! Joe war entzückt.

Bis jetzt hatten die Giants klein und unvorteilhaft dagestanden und die Mannschaft aus St. Louis viel fähiger und zackiger. Aber das änderte sich nun. In der zweiten Hälfte der vierten Spielrunde führte St. Louis noch zwei zu eins. Wiltze selbst am Schlagmal. Ein Punkt zum Gleichziehen und zwei zum Gewinnen. Wiltze schlug verbissen, aber es gelang ihm nur, drei Fehlschläge nach hinten in die Tribünen zu schlagen, einen nach dem anderen. Dann sah er einen dritten gültigen Wurf taillenhoch vorbeifliegen und zog sich mit gesenktem Kopf zum Unterstand zurück.

Der nächste Mann folgte mit einem harten Schmetterball zum Zwischenspieler und wurde durch ein Fast Play Clancys von den Cards hinausgeworfen. Gute Arbeit, Clancy. Die Giants trafen den Ball, aber konnten ihn anscheinend nicht sicher plazieren. Zwei raus. So daß sich zuerst niemand viel dabei dachte, als es Magee, der nach einem seitlichen Wurf ausholte, gelang, einen kurzen Flugball sicher hinter die erste Base zu schlagen, Joe auch nicht. Aber der nächste Schlagspieler erreichte die erste

Base und der nächste danach auch, und ehe man sich versah, hatten zwei Läufer Punkte, er zielt und ...

Sah gut aus, müßte alles reingehen, was ich reinstellen will. Das würden sie wohl gerne wissen – 28 Center Street. Direkt gegenüber vom Gefängnis. Lasse es besser mal von einem Bauinspektor überprüfen, bevor die Druckerpressen reinkommen. G. W. Hoe und Co. Drei Lithographiepressen. Das kostet. Hätte nie gedacht, daß ich das Bargeld haben würde, um die zu kaufen. Die werden gucken.

Tumult brach aus, als der zweite Läufer das Schlagmal überquerte. Die Tribünen, die bis dahin eigentlich ruhig gewesen waren, mürrisch wie ein Kind, kreischten jetzt, schrien sich die Kehle aus dem Hals. Joe biß das Ende seiner Zigarre ab und zündete sie an, lächelte befriedigt vor sich hin.

So muß es sein, sagte er gebannt und amüsiert grimmig zu sich.

Ja, das sieht ein bißchen besser aus, antwortete eine Stimme vom Sitz links neben ihm. Ein wenig verdutzt drehte Joe sich leicht zur Seite und sah einen Mann von ungefähr fünfzig mit geraden Schultern, rotem Gesicht und einem gestreiften blauen Anzug, weißem Hemd, schwarzer, gekreuzt gebundener Krawatte und einer Stoffmütze. Er erwiderte Joes Blick nicht, sondern hielt sein Gesicht neutral auf das innere Spielfeld gerichtet.

Da bereits zwei Läufer drinnen waren, zwei Spieler raus und ein Mann auf der ersten Base, verlor Jansen von den Cards seinen Wurfrhythmus, ließ zwei Schlagspieler durch ungültige Würfe vorrücken und wurde unfeierlich vom Schauplatz der Handlung gezerrt. Nun, nun. Das passiert den Besten, dachte Joe. Aber das ist Baseball. Das Spiel wurde unterbrochen, während der neue Werfer langsam vom Übungsplatz für die Reservewerfer der Mannschaft aus St. Louis heranspazierte und die zwanzig- oder dreißigtausend warteten.

Das wird der große Tag sein – wenn die Angebote offengelegt werden. Sie werden wie gewöhnlich zwei Kostenvoranschläge haben, einen hohen und einen – ruinösen, um, wenn nötig, jede Konkurrenz zu schlagen. Machen es mit Verlust, um mitzuhalten. Sie werden aufpassen. Darf noch nicht einmal in Washington sein. Bleibe zu Hause. Gehe angeln, wirklich. Alles durch irgendeinen unverdächtigen …

Niemand kann meine Zahlen unterbieten – wenn es ein fairer Kostenvoranschlag ist. Es sei denn, es wird geschwindelt. Es sei denn, sie haben es ausgeklüngelt, auf irgendeine Art, die ich nicht kenne, im Postministerium selbst. Page war aber immer ehrlich. Man kann nie wissen. Aber ich kämpfe dagegen an, und wenn es mich bis zum Weißen Haus selbst bringt. Ich entlarve sie in den Zeitungen. Ich lasse das ganze Schwindelgeschäft auffliegen. Mach ich. Mach ich. Familie oder nicht Familie. Gebäude, Druckerpressen, Tinte, Druckerschwärze … Lohnliste.

In der sechsten Runde erzielte niemand einen Punkt. Als nächstes kam die siebte. Glückszahl sieben. Erdnüsse. Hier, kaufen Sie Ihre frisch gerösteten Erdnüsse. Fünf Cent die Tüte. Sasprilla. Ginger Ale. Geben Sie's mal weiter, ja, Kumpel? Joe nahm behutsam die Flasche und gab sie weiter die Reihe hinunter. Dann gab er den Nickel zurück. Ich frage mich, wofür manche Leute überhaupt zu einem Baseballspiel kommen, sagte der Mann neben ihm. Joe sah wieder hin. Ein großer Mann mit gewölbtem Brustkasten, der wie zuvor geradeaus aufs Spielfeld starrte.

Es wehte gerade genug Wind, um die Fahnen am oberen Rand der Nordtribüne zu heben und sie träge wieder fallen zu lassen. Das Spielviereck und das Außenfeld mit scharf geschnittenem Rand waren in Joes Augen ein samtiger Teppich. Als die Spieler darauf hin- und herliefen, konnte er mit Neid die Elastizität des Rasens spüren und sehnte sich nach – etwas, das fester umrissen war denn je zuvor in seinem Leben.

Frage mich, wie es ihnen auf dem Land dahinten geht. Eines Tages, eines Tages – sehr bald vielleicht.

Die Cards konnten in ihrer Hälfte der siebten Runde

keinen Punkt erzielen. Und jetzt waren die Giants an der Reihe. Alle Mann aufstehen! Es war ein gutes Gefühl, wieder einmal zu stehen und sich zu strecken. Aber der neue Werfer der Cards, ein bebrillter Neuling namens Williams, spielte unsere Giants in Nullkommanichts aus, ohne daß ein Mann die erste Base erreichte. Und so ging es in die achte Runde. New York führte immer noch mit einem knappen Vorsprung von einem Lauf. Archer kam als Schläger für die Cards, der Mann, der in der ersten Runde mit einem weiten Schlag die zweite Base erreicht hatte und dabei seiner Mannschaft zu dem bisher einzigen Punkt verholfen hatte.

Der kräftige Erste-Base-Spieler, für den es im Augenblick zwei ungültige Würfe gegen einen gültigen stand, fing den nächsten Ball mit dem Ende seines Schlägers und schickte ihn hoch in Richtung auf die Tribünen am linken Feldrand. Da fliegt er! Da fliegt er! Es schien Minuten zu dauern, die Joe ihn fliegen sah, einwandfrei über die Tribünen, bis er ein ganzes Stück weiter auf den Schienen der Hochbahn dahinter aufschlug – außerhalb des Parks. Weg ist er! Fort! Junge! Was für ein Schlag – nun stand das Spiel gleich.

Das ist es, das Wahre, sagte Joe wider Willen. Ihn aus dem Stadion zu schlagen.

Der Mann vor ihm war beim Krachen des Schlägers auf die Füße gesprungen. Es ist aus! Aus und vorbei mit euerm ollen Spiel. Was habe ich euch gesagt? Während der große Läufer um die Bases tänzelte, saß die Menge wie betäubt da.

Das heißt gar nichts, sagte Joes Nachbar. Das kann jedem passieren. Den holen sie zurück. Warten Sie mal ab.

Bringt Mathewson ins Spiel! rief der Antreiber mit den wilden Augen vor ihm. Bringt einen Werfer ins Spiel. He, du da, McGraw! Bring endlich 'nen Werfer rein und biete uns was für unser Geld!

Typen wie der sollten in Käfige gesteckt werden, sagte Joes Nachbar aus dem Mundwinkel. Mathewson! setzte er verächtlich hinzu. Alles, was man jetzt hört, ist Mathewson.

Ich gebe zu, er ist ein guter Spieler, aber wenn man manche Leute reden hört, sollte man meinen, er hätte das Spiel erfunden. Darauf habe ich bloß gewartet.

Als Wiltze immer noch auf der Wurfstelle blieb, machte der Mann in der Reihe davor großes Aufhebens und ließ sich in seinen Sitz zurückfallen. Na dann, gute *Nacht*! Es wurden jedoch in dieser Runde keine Punkte mehr erzielt, und das Spiel ging immer noch unentschieden, drei zu drei, in die neunte Runde.

Hoch über dem Spielfeld kreiste eine Schar Tauben – stieß plötzlich mit einem schnellen Flügelflattern herunter. Joe sah ihnen zu und versuchte, sie zu zählen, als sie wieder aufstiegen und über dem Feld ihre Kreise zogen. Waren aber schön, diese Tauben, wie sie so in der Sonne und der frischen Luft flogen – sauberer dort oben als hier unten, wie auf einem Berg.

Und in der neunten Runde brachen die Cards wieder los, buchten mit einem geschenkten ersten Base einen weiteren Lauf für sich, einem wilden Wurf, einem Schlag ins Innenfeld, bei dem der Schlagspieler ausgespielt wurde, einem weiten Flugball zur Mitte. So daß die Giants, als Bresnahan dem St.-Louis-Werfer in der zweiten Hälfte der neunten Runde gegenüberstand, wieder mit einem Lauf zurück waren.

Triff den Ball! Triff ihn! flehte Joe. Und genau das tat Bresnahan, ein harter Schlag direkt über die zweite Base hinweg. Er rückte nach McGraws üblicher Taktik mit einem Opfer-Stoppball vor. Dann schoß Wiltze selbst einen unerwarteten Safety entlang der Grundlinie zur ersten Base hin, gerade außerhalb von Archers angestrengtem Zugriff. Ein Spieler aus, mit einem Lauf, um gleichzuziehen, und zweien, um zu gewinnen, sie waren beide jetzt schon auf den Bases. Sieht gut aus, sagte Joes Nachbar. Dachte, er würde diesmal einen Spezialschlagspieler einsetzen, aber ich schätze, es ist auch so gegangen.

Besser, ich schließe eine höhere Versicherung ab, dachte Joe, solange ich kann. Man kann nie wissen.

Aber Fletcher schlug den Ball hoch in die Luft, nahe an den Tribünen, wo er gefangen wurde, damit war der zweite Mann der Giants aus, und es lag an Donlin, jetzt oder nie, die Kartoffeln aus dem Feuer zu holen. Auf den Tribünen war es absolut still, als der zweite Baseman der New Yorker zum Schlagmal ging, mit dem Griff des Schlägers Dreck von seinen Spikes klopfte und sich der Wurfstelle zuwandte.

Der erste Wurf kam so schnell auf ihn zugeflogen, daß er ihm nach hinten ausweichen mußte. Der nächste schnitt die Außenecke. Wiederum der nächste war zu hoch. Aber beim nächsten schwang der große Ire mit aller Kraft und traf den Ball genau, ein wunderbarer Schlag flach über den Boden zwischen der ersten und zweiten Base. Bresnahan war schon zurück am Schlagmal, als Wiltze, der auf die zweite Base zulief, den Ball kommen sah und versuchte, ihm auszuweichen, aber er traf ihn an der Seite des Fußes – und das Spiel war vorbei. St. Louis gegen New York vier zu drei.

Nun, das wär's dann, sagte Joes Freund zur Linken, streckte den Rücken und reckte sich. Schönes Spiel, abgesehen von ein paar Fehlern. Ich habe selbst in diesem Trikot gespielt, vor zwanzig Jahren. Tip Meehan. Den Namen schon mal gehört? Nein, Joe konnte sich nicht erinnern. Ja, ich hab sie alle geschafft, von Amos Rusie die ganze Reihe runter.

Joe wollte ihn fragen, was er jetzt tat.

Ich sehe ihnen immer noch gerne zu. Sie würden mich nicht für einen Mann von sechzig halten, oder? Garantiert nicht, sagte Joe. Tja, bin ich aber. Einundsechzig bei meinem nächsten Geburtstag. Kommen Sie mit raus? sagte er im Aufstehen.

Nein, sagte Joe. Noch nicht. Na, passen Sie auf sich auf. Tue mein Bestes, sagte Joe.

Hetzen, hetzen, hetzen! Für was, mein Gott? Für was? Geld, das ist alles. Und wenn man's hat, was dann?

Ein kleines Haus in einem Vorort, nicht zu weit von der

Stadtmitte – mit einem grünen, gepflegten Rasen. Blumen, ein paar Bäume dazwischen. *Ein Obstgarten.** Blaue, rote und weiße Trauben an einer Laube. Ein Baum mit guten Spätäpfeln. Ein Pflaumenbaum. Reineclauden, das sind die besten. Er erinnerte sich, daß man ihm erzählt hatte – nein, er hatte es selbst gesehen, daß, wenn ein Baum kein Obst tragen will, man acht oder zehn gute Eisennägel in ihn schlägt. Gute, starke Nägel. Beispielsweise ein Apfelbaum oder ein Pflaumenbaum. Man sucht sich eine gute Stelle aus und treibt genug Eisennägel hinein. Im nächsten Jahr erntet man Früchte. Scheint dem Baum auch nicht zu schaden. Aber ein Rasen, das ist noch wieder was anderes. Verlangt sehr viel Pflege. Ziemlich schwer, einen wirklich guten Rasen zu haben – Maulwürfe kommen hinein, Unkraut – wie beispielsweise dieses Spielfeld, ohne einen Mann, der sich jeden Tag darum kümmert. Es gibt aber nichts Schöneres als einen schönen grünen Rasen. Nichts Schöneres. Aber ist es das wert?

Aufstellung der Werfer und Fangspieler für das zweite Spiel! Für St. Louis Slezak und Meyer. Für New York Mathewson und ... Haltet die Klappe! Haltet die Klappe! brüllte Joe. Aber es hatte keinen Zweck. Bei der bloßen Erwähnung von Mathewsons Namen geriet die Masse in Aufruhr. Joe sah instinktiv nach seinem Gefährten zur Linken – aber diese herausragende Persönlichkeit war nicht zum zweiten Spiel zurückgekehrt. Tatsächlich kam nicht viel dabei heraus. Matty erwies sich als in solch guter Form, daß die Giants bloß den einen Lauf brauchten, den sie in der zweiten Runde für sich verbuchten – obwohl sie später noch ein paar mehr bekamen – und damit hatte es sich. Nichts von der Erregung der ersten Begegnung.

Als die Menge sich nach draußen schob, folgte Joe denen, die den Zwischengang nicht hinauf, sondern hinunter gingen, Richtung Spielfeld. Er mußte nirgendwo hin, also konnte er sich auch Zeit nehmen.

Ein wenig befangen spazierte er auf die Wurfstelle zu.

Ihm war nicht klar gewesen, um wieviel sie gegenüber dem Rest des Spielvierecks herausragte. Genau das ist es, sagte er, wenn man einer Sache wirklich nahekommt ... Und wie sie den Ball hereinschleudern! Er ging auf das Schlagmal zu und drehte sich zu der Stelle um, wo Wiltze gestanden hatte. Aber als mehrere vierzehn- bis sechzehnjährige Jungen sich näherten, drehte er sich um und ging über das Innenfeld zurück, an der zweiten Base vorbei über das weiche Gras dahinter. Es war nicht so sauber, wie er es von den Tribünen aus wahrgenommen hatte, viel unebener und voller Erdhäufchen von Würmern.

Als er mit den anderen Nachzüglern der Menge durch das Mitteltor trat, meinte er vor sich den alten Knaben zu sehen, der beim ersten Spiel neben ihm gesessen hatte. Frage mich, wo er gewesen ist. Und so hinaus auf die schmutzige Straße unter der Hochbahn. Und nach Hause.

KAPITEL 22

Die Ferry-Kinder

Ich hab mir schon gedacht, daß Sie vielleicht mal kommen würden.

Ich wäre vorher gekommen, sagte Gurlie, aber Sie wissen ja ...

Das ist schon recht, denk ich mir, mit den Kindern und all dem. Aber Sie hätten sie ja jederzeit hierlassen können. Wir hätten gern für Sie drauf aufgepaßt.

Gurlie dachte, sie würde besser das Thema wechseln. Ich glaube, sie wacht auf, sagte sie von dem Säugling in dem Kinderwagen, dem ein Rad fehlte und der gegen die Terrassenbrüstung gestützt war. Gucken Sie, sie lächelt.

Manchmal weiß sie nicht, worüber sie lacht. Sie sieht die Wand an, und sie lacht, sagte Mrs. Ferry.

Der Jagdhund erhob sich und schüttelte sich, rasselte

mit seiner langen Kette, die vom tagtäglichen Schleppen über die Verandadielen glänzte. Nachdem er sich gekratzt hatte, blieb er einen Augenblick stehen und sah sich um. Dann bellte er ganz unsinnig die umhertobenden Kinder an, drehte sich um und kam auf die Veranda. Dort kratzte er sich, stieg dann durch zwei aus dem Verandaboden gerissene Dielen und verschwand. Die Kette zog er hinter sich her, und das Brett war entlang der ganzen Kante zerfressen und zersplittert, weil er seit Beginn des heißen Wetters die Kette oft hinunterzerrte.

Mrs. Ferry wandte sich dem Baby im Kinderwagen zu, und Gurlie beugte sich auch hinüber. Es war ein kleines Ding mit weißem Gesicht, hellblauem Seidenhut und genügend Decken, um es bei diesem Wetter zu ersticken.

Warum nehmen Sie nicht das Zeug weg? sagte Gurlie. Sehen Sie mal, wie es schwitzt. Das kann doch nicht gut für es sein.

Sie ist noch keine sechs Wochen alt, sagte Mrs. Ferry. Es wird hier gegen Abend schrecklich kühl.

Ich würde es aus dem Wagen nehmen und in die Sonne legen, sagte Gurlie. Ich glaube nicht, daß das ihm schadet.

Könnte ihr in die Augen kommen, sagte Mrs. Ferry. So kleine Babys haben schrecklich empfindliche Augen.

Aber können Sie ihm nicht was über die Augen legen? Gurlie gab nicht auf. Sehen Sie mal, wie blaß und weiß sie aussieht.

Ich glaub, das ist, weil es hier so hoch ist. Die Sonne ist schrecklich heiß im Sommer. Zuviel Sonne ist nicht gut. Meine Schwester hat auf die Art zwei verloren. Sie wurden eines Nachts krank, und am nächsten Tag waren sie tot.

Die Fliegen waren schrecklich. Sie setzten sich einem auf die Schuhe, putzten sich, liefen über die sonnenbeschienenen Dielen der Veranda, überall. Gurlie sah zwei oder drei auf dem Gesicht des Babys auf seine Augen zu krabbeln und hielt es nicht mehr aus. Sie stand auf und verscheuchte sie. Die Mutter wandte sich ihr mit nachsichtigem Interesse zu und beobachtete sie.

Haben Sie keine Fliegenschutzgitter an den Fenstern? fragte Gurlie.

Nein, sagte Mrs. Ferry, ihr zahnloses Lächeln lächelnd, da kümmern wir uns nicht viel drum. Manche Leute haben Fliegengitter, aber ich glaube, wir haben hier oben nicht so viele Fliegen wie manche.

Gurlie sah sie bloß an.

Sechs, sieben Kinder verschiedenen Alters spielten in Zweier- oder Dreiergruppen im Hof, kleine Mädchen, zwei ältere Jungen und ein Junge im Krabbelalter von ungefähr drei mit mächtigen dicken Beinen, der andauernd hin- und herlief und fiel. Wenn jemand sich bückte, um ihn aufzuheben, legte er sich auf den Rücken und strampelte, lachte dann, rollte sich herum, stand auf und lief wieder weiter.

Die Kinder spielten auf einem dreieckigen Stück Land zwischen der Straße, dem Bach und einem Küchengarten entlang des Pfades zum Abort und einer Reihe von Obstbäumen. Ein alter Apfelbaum stand am Bach oder besser, hing über sein niedriges Ufer. Ein paar Jahre zuvor war er in der Mitte beinahe gespalten worden und hatte nur noch drei Äste, alle auf einer Seite. Er hing voll grüner Früchte.

Das Gras war überall saftig grün und weich, wie anscheinend immer in Vermont. Eine Kuh trottete drüben bei der kleinen Brücke an der Straße frei am Ufer. Einmal geriet sie auf die Straße, und die Kinder jagten sie wieder zurück. Sie wickelte weiter die Zunge um das üppige Gras und riß es wie zuvor mit einer schnellen, seitlichen Bewegung des Kopfes ab.

Lottie backte mit einem der kleinen Mädchen in ihrem Alter Sandkuchen, während das ältere in einer alten, lekkenden Dose Wasser holte und zwischen dem Bach und der Spielecke unter einem der alten Obstbäume hin- und herlief.

Ungefähr eine halbe Meile östlich, gerade bevor die Straße hinter dem Hügel verschwand, brachten zwei Männer auf einer abfallenden Wiese Heu ein.

Ist das Ihr Mann dort drüben? fragte Gurlie und zeigte mit dem Zeigefinger dahin.

Ja, er und sein Bruder. Sie kommen gleich nach Hause. Mußte heute morgen die alte Sau schlachten, und er muß sie noch fertigmachen.

Warum, was ist passiert? sagte Gurlie.

Hat sich das Bein gebrochen. Ist im alten Trog hängengeblieben und darauf gefallen, sagte Charlie.

Es war gegen Ende August. Die Tage wurden schon kürzer und die Abende kühler. Tatsächlich hatte es im Tal auf dem Weg zur Stadt schon Frost gegeben, und die Spitzen des Getreides auf den Halmen sahen dort abgestorben aus.

Meinen Sie, daß Sie nächstes Jahr wiederkommen? fragte Mrs. Ferry Gurlie.

Lottie! rief letztere. Nein. Nein. Lottie blieb mit der Büchse in der Hand stehen, zögerte und kam von ihrem Weg zum Bach, wo sie Wasser holen wollte, zurück. Die älteren Mädchen nahmen ihr die Büchse ab und liefen statt dessen hin.

Ja, ich würde gern wiederkommen, sagte Gurlie. Aber nicht so wie dieses Jahr.

Scheint der Kleinen mächtig gutgetan zu haben, erlaubte Mrs. Ferry sich zu sagen. Sie sah nicht aus, als würd sie viel taugen, als Sie im Juni herkamen.

Gurlie betrachtete ihre kleine Tochter, die an ihrem Knie stand, als erkenne sie zum ersten Mal, welch bemerkenswerte Veränderung in ihr vorgegangen war. Das Ding wurde wirklich anziehend. Besonders ihr Haar war gewachsen und lag ihr in blonden, wenn auch kleinen, Löckchen um die Schläfen und auf dem Kopf.

Kann ich sie bitte mitnehmen, fragte das ältere der Mädchen, das jetzt heraufgekommen war. Sie will mitkommen. Willst du nicht mit Eleanor kommen? fragte sie und streckte dem Baby die Hände hin.

Ja, ja. Flossie kämpfte mit ihren Füßen, um sie in diese Richtung zu drehen, und setzte sich plötzlich, plumps, auf den Boden.

Kann sie mit mir kommen, Mrs. Stecher? fragte Eleanor. Ich passe auch gut auf.

Ja, sagte Gurlie, meinetwegen. Aber sei vorsichtig. Eleanor wollte sie tragen, aber das Kind machte sich steif, wollte auf die Erde und gehen. Eleanor mußte sie mit beiden Händen von hinten halten. Die tapsigen Füße gingen eifrig in alle Richtungen.

Sie lernt langsam laufen, nicht? sagte Mrs. Ferry. Eleanor war entzückt, die kleine Mutter zu spielen, und setzte sich mit Flossie ins Gras, um dem Kuchenbacken zuzusehen. Die beiden anderen Mädchen hatten fleißig eine Reihe von acht handgeformten Sandknödeln auf einem Stück Brett unter dem Baum hergestellt.

Ab und zu meinte Gurlie, sie könne selbst aus dieser Entfernung den Duft frisch gemähten Heus riechen. Ganz gewiß konnte man den Bach in der Felsenschlucht hinter dem Haus plätschern und rauschen hören. Der Tag war ziemlich heiß, aber angenehm.

Ich habe Sie gar nicht auf der Heimatwoche gesehen, sagte Gurlie zur Mrs. Ferry, die sich in einen alten Schaukelstuhl gesetzt hatte und langsam vor und zurück schaukelte.

Nein, ich war nur einmal da. Wir kommen nicht von hier. Charlie wollte mich das letzte Mal mitnehmen, aber mit der Heuernte und den Kindern und all dem haben wir's nie geschafft. Und auch das neue Baby, Sie wissen ja, wie das ist. Ich kann nicht mehr soviel aushalten wie früher.

Ja, ich habe mich gefragt, ob Sie von hier wären, sagte Gurlie, die an die makellosen Farmen der Nachbarschaft dachte.

Und man kann Kinder auch nicht einfach so mitnehmen, ohne ihnen was zu kaufen. Ich glaube, die Jungs waren einmal einen Nachmittag da, aber sie haben gesagt, es wär nicht viel. Ich glaube, ich schäl mal besser meine Kartoffeln, sagte Mrs. Ferry und regte schwerfällig den entspannten Leib. Sie war nicht alt, aber sie bewegte sich mühsam, ihre dicken Beine schienen wenig Kraft zu haben. Auf der Sitzfläche, auf der sie gesessen hatte, lag ein plattgedrücktes Polster aus altem Stoff. Wollen Sie nicht ein Minütchen reinkommen, sagte sie höflich zu Gurlie. Sie können gerne, wenn Sie möchten. Die passen auf die Kinder auf, Sie brauchen sich keine Sorgen zu machen.

Gurlie war äußerst neugierig, das Innere des Hauses zu sehen. Den ganzen Nachmittag hatte sie auf eine Kameenbrosche gestarrt, die Mrs. Ferry am Hals trug – und sich gefragt, ob es drinnen etwas Altes und Wertvolles gebe. Sie dachte, es könnten ein paar alte Möbelstücke herumstehen.

Ich kann mich nicht mehr so bewegen wie früher, sagte Mrs. Ferry noch einmal, als sie ins Haus voranging. Als Gurlie sie von hinten betrachtete, fiel ihr ein, daß manche der Kinder dünne Beine hatten und andere korpulent waren, manche wie der Vater, manche wie die Mutter, ungefähr gleich aufgeteilt. Der Rücken war breit und massig. Der Rock fiel gerade auf die Erde hinab.

Die Kinder spielten eine Weile unter dem Baum, und das ältere Mädchen ließ Lottie auch nicht für eine Minute außer Reichweite. Bald jedoch kamen die älteren Jungen und blieben stehen, um zuzusehen.

Mach mal, laß sie, sagte einer von ihnen zu seiner Schwester, als das Baby versuchte, zu dem Arbeitsplatz zu gelangen, wo die beiden jüngeren Mädchen beschäftigt waren. Nein, sie darf nicht, sagte ihre Schwester. Siehst du nicht, daß sie ein sauberes Kleid anhat.

Geht weg, sagte die geschäftige Schwester zu ihnen. Lottie sah überrascht auf.

Du versuchst ihnen nur den Spaß zu verderben, sagte das ältere Mädchen.

Wie heißt sie?

Geht dich nichts an.

Wohl. Nein. Doch. Nein. Ja. Nein. Ja. Nein. Ja. Nein. Ja. Nein. Ja. Nein.

Da stand das kleine, konzentrierte Kind auf, das mit Lottie gearbeitet hatte, sah sich kurz seine verschmierten

Hände an und rannte dann gegen seinen Bruder an. Er hielt das Mädchen mit seinen langen Armen von sich weg, und sie versuchte ihn zu treten.

Schämst du dich nicht? sagte das Mädchen, das das Baby gehalten hatte, und kam seiner Schwester zu Hilfe. Daraufhin ließ das Baby sich auf Hände und Füße nieder und hatte bald seine Hände im Dreck. Lottie war zu verblüfft über das ganze Schauspiel, um sich an etwas zu stören.

Guckt mal, sagte der ältere der beiden Jungen dann, zeigte auf das Baby, und als die anderen sich umdrehten, um nachzuschauen, fingen er und sein Bruder an zu lachen.

Anna und die anderen gingen dann zu dem seichten Bach hinunter, um dem Baby die Hände zu waschen.

Wollt ihr ein paar Äpfel? sagte der Junge, der mit dem Unfug angefangen hatte.

Nein, sagte seine Schwester. Du weißt doch, daß sie noch nicht reif sind.

Ist mir egal, sagte er. Ich habe keine Angst, einen zu essen. Das wollte er auch tun, aber er spuckte den Bissen, den er genommen hatte, schnell in den Bach, und diesmal lachten sie ihn aus.

Laßt uns versuchen, einen Fisch zu fangen. Gut. Alle Kinder außer dem Baby waren barfuß. Die Jungen hatten einen alten Kochtopf mit einem Griff und einem Loch im Boden. Während die anderen zusahen, bewegten sie ihn in dem seichten Wasser herum. Anna brachte das Baby auf einen sicheren Platz am Ufer und hielt es wie eine vorsichtige Mutter fest, damit sie den anderen zusehen konnte.

Die Jungen brauchten nicht lange. Mit dem Topf halb voll Wasser, den Finger auf das Loch im Boden gepreßt, kamen sie ans Ufer, und alle Kinder versammelten sich, um zu sehen, was es gab. Zwei gräuliche Fische litten in dem flachen Wasser. Nach einer Weile kippten die Jungen sie aufs Gras, weil sie von einem grünen Frosch abgelenkt worden waren, der zu ihren Füßen ins Wasser gehüpft war.

Sie konnten ihn nicht fangen, aber liefen den Bach hinunter und verschwanden.

Als Gurlie mit Mrs. Ferry die Küche betrat, fand sie einen langen, kahlen Raum vor. An einer Wand stand ein langer, einfacher Tisch, um den Stühle, kein einziger von ihnen unversehrt, gestellt waren. Auf dem Tisch standen zwei Obsttorten, eine beinahe aufgegessen, und eine große Platte mit Krapfen. Alles in dem Raum sah aus, als sei eine Armee darüber hinweggegangen, der Boden selbst war an den Türschwellen von Furchen durchzogen, die Türrahmen waren vom vielen Anfassen blank. An einer Seite stand ein Schrank, in dem sich einfaches Geschirr stapelte, das Spülbecken mit einer kleinen Handpumpe, der Herd mit aufgestapeltem Holz dahinter, ein handliches Gewehr lehnte in einer Ecke bei der Tür, ein sehr abgetragen aussehender Mantel hing an einem Haken in der Nähe derselben Tür, und das war alles.

Mrs. Ferry machte sich daran, mit Kienholz und Reisig ein Feuer zu entfachen.

Phh! sagte Gurlie, machen Sie die Fenster nicht auf?

Ich glaube, man kann sie nicht aufmachen, sagte Mrs. Ferry. Versuchen Sie's, wenn Sie wollen, aber Gurlie versuchte es nicht. Statt dessen setzte sie sich und sah zu, wie die Dame des Hauses aus einem Schrank einen halben Eimer Kartoffeln holte und sie zu schälen anfing. Die weißen, glatt geschnitzelten Kartoffelwürfel warf sie in einen Topf mit Wasser und die Schalen zurück in den Eimer.

Kann ich Ihnen helfen? fragte Gurlie. Nein, sagte Mrs. Ferry. Es dauert nicht lange.

Was wollen Sie kochen? sagte Gurlie fasziniert.

Kartoffeln mit Sahnesoße. Das mögen sie um die Jahreszeit am liebsten zum Abendessen. Manchmal essen wir etwas aus dem Gemüsegarten, aber meistens haben wir Kartoffeln und Kaffee.

Gurlie betrachtete die Stühle und das Geschirr auf dem Bord, um zu sehen, ob etwas Altes dabei war, aber sie konnte nichts Wertvolles entdecken. Das einzige, was sie auf den ersten Blick gesehen hatte, war ein Kalender von Remington-Feuerwaffen hinter dem Geschirrschrank, auf dem ein Hirsch über einen gefällten Baum sprang, und auf einem niedrigen Tisch ein paar alte Bücher in sehr schlechtem Zustand, eins davon die Stücke Shakespeares in einem Band.

Ach die, lachte Mrs. Ferry. Mein Mann hat sie auf einer Auktion in einer alten Schachtel zusammen mit Tellern für zehn Cent gekauft.

Gurlie lachte und setzte sich zu ihrer Gastgeberin.

Die Jungen kamen nach einer Weile am Bachbett entlang zurück, die Hände voller Himbeeren, die sie, damit die anderen es sahen, eine nach der anderen hochhielten und aßen.

Knickerig! Gemein! sagten die Mädchen. Kommt mit, ich weiß, wo sie wachsen, sagte das kleinere der Bauernmädchen. Diesmal gaben die Jungen aber nach und warfen jeder lässig eine Handvoll Beeren in Annas Schoß, die sie herumreichte. Flossie bekam eine und saugte ernsthaft daran, schmatzte mit den Lippen und blinzelte mit den Augen. Mehr! sagte sie sofort.

Das fanden die Jungen zum Totlachen. Diese Stadtkinder kamen ihnen als das Komischste auf der Welt vor.

Mehr, sagten sie und machten das Baby nach, das ihnen überhaupt keine Aufmerksamkeit schenkte, sondern, hocherfreut über eine weitere Himbeere, mit den Lippen schmatzte und blinzelte und in großem Ernst das kleine Gesicht verzog.

Das brachte die Jungen wieder zum Lachen. Sie konnten nicht an sich halten, sondern rollten sich wie die Idioten auf dem Gras, und ihr kleiner Bruder neben ihnen machte sie wiederum nach.

Inzwischen waren alle Himbeeren aufgegessen, und Flossie sagte immer noch: Mehr. Kommt mit, sagte der ältere Junge. Wir zeigen euch, wo sie wachsen. Kommt mit, hinter der Scheune.

Besser nicht, glaube ich, sagte Anna. Aber die anderen

liefen schon voraus, um zu sehen, wer zuerst da war, also nahm sie das Baby auf den Arm und ging ihnen nach, über die Straße und die Nebenstraße hoch, wo zwischen den Steinen einer Mauer bei der Scheune ein Dickicht mit wilden Beeren stand. Um diese Jahreszeit waren nicht mehr viele übrig, deshalb machte es Spaß, nach ihnen zu jagen, da man immer nur eine fand. Aber sie waren sehr süß.

Die Kinder waren noch dabei, als die Straße entlang der beladene Heuwagen mit den zwei Männern kam, gezogen von einem schönen Gespann gescheckter grauer Pferde, die versuchten, in Trab zu fallen. Sie liefen den Abhang hoch. Die Männer mußten sich flach aufs Heu legen, als der Wagen mit einem Schwirren durch das hohe Tor fuhr. Die Hufe der Pferde stampften auf dem Holzboden. Brrr! rief Mr. Ferry. Gottverdammte Viecher, wo zum Teufel wollt ihr uns hinbringen, durch die Scheune in den Schweinestall? Brr! Was zum Teufel ist in euch gefahren? Hört ihr mich! Brr! Spann sie aus und laß sie heute abend hier, Jim.

Die Kinder kamen angelaufen. Um vor den Pferden dazusein, mußten sie einen anderen Weg nehmen. Die Jungen übernahmen die Führung. Sie verschwanden hinter verschiedenen Hindernissen und waren weg. Aber als die Mädchen und sowohl Lottie als auch das Baby als Nachzüglerinnen um die Ecke der Scheune bogen, blieb Lottie plötzlich stehen und wollte nicht weitergehen.

Hinter der Tür, durch die sie gerade eintreten wollten, hing an einem Flaschenzug ein frisch geschlachtetes, rosa Schwein, ausgenommen und mit einem Holzstab, der die entzweigeteilten Rippen auseinanderbog. Es tut dir nichts. Es ist nur ein Schwein, sagte Anna. Aber Lottie wich verschreckt zurück, und als das Baby sie so sah, begann es mitfühlend zu wimmern, trotzdem gingen das kleine Mädchen und der jüngere Bruder weiter, und Anna mußte mit ihnen zurückgehen.

Mittlerweile kochten die Kartoffeln, und Mrs. Ferry zeigte Gurlie die vorderen Zimmer des Hauses mit dem förmlichen Salon, der selten betreten wurde. Nein, hier kommen wir nicht oft rein. Wir kennen hier nicht viele Leute. Manchmal besucht uns der Schullehrer, aber nicht oft. Was machen Sie im Winter? sagte Gurlie. Ach, wir kommen ganz gut zurecht. Er arbeitet ein bißchen als Fuhrmann … Dann hörte man den Knall einer schweren Büchse. Was ist das? sagte Gurlie. Dann noch ein Knall.

Als sie hinausgingen, stand Mr. Ferry, ein magerer, verschwitzter Mann mit einem Dreitagebart im Gesicht, mit zwei anderen, recht gut angezogenen Männern vom See auf der Straße. Ein verdammt guter Schuß, sagte einer von ihnen mit einem klaren Bostoner Akzent.

Hätte es beim ersten Mal treffen sollen. Das Schießen ist zu teuer für mich. Sechsundzwanzig Cent für ein Waldmurmeltier. Die Patronen kosten dreizehn Cent das Stück. Die Männer lachten.

Auf was um alles in der Welt schießen Sie? sagte Gurlie in der Tür.

Mr. Ferry zog sofort seinen schäbigen Hut und drehte sich mit einem Lächeln um. Mach nur Spaß mit den Jungs. Kenne eure Namen nicht, Jungs. Das ist die Dame, die den Sommer über oben auf dem Hügel wohnt, Mrs. Stecher. Die Kinder standen fasziniert im Kreis darum herum. Das Gesicht der Kleinen war mit Beerensaft verschmiert, die Hände schwarzbraun, sie gehörte ganz dazu.

Der amerikanische Kritiker und Essayist Alfred Kazin über ›White Mule‹

Dichter, die sich dem Roman zuwenden, sehen sich mit einem Problem konfrontiert, das andere Mitglieder der Gilde selten beunruhigt. Es gibt nämlich so etwas wie poetische Einsicht. Die meisten von uns treideln wie Schlafwandler darum herum, reagieren mit einer üblichen Würdigung ihres Bedeutungsreichtums darauf. Der Dichter benutzt sie mit einer Reflexbewegung. Wenn er sich dramatischem Realismus zuwendet, kann er nicht dem Vergnügen entsagen, Menschen als Geschöpfe des Lichts zu sehen. Indem er in jedem Besonderen das Allgemeine sieht, bedrückt ihn das Pathos oder die Tragödie der Norm. Indem er annimmt, daß alle Menschen vom selben Wurm gefressen werden, hört er das Klagelied der Welt im Pulsschlag des Verhaltens.

Wenn es zum Schlimmsten kommt, ergibt das den lyrischen Roman, in dem Bauern wie Engel reden und Maschinisten bei der Arbeit allzu schön singen. Wenn es sehr durchdacht ist – und ›White Mule‹ ist ein herausragendes Beispiel –, wird dem gewöhnlichen Material des Romans eine neue Struktur gegeben. Der oberflächlich lyrische Geist bläht alles auf. Der wahre Dichter hat ein aufnahmefähigeres Gefühl für das Detail, und dort – da der Roman auf dem Krimskrams der Zeitbedingtheit aufbaut – findet er seine Bestimmung. Schlagen Sie Dr. Williams' Buch auf, und Sie sind in einer neuen Welt des Klangs. Akzente bleiben in der Luft haften. Die Harmonie ist der rauhe, schwer ironische Rhythmus der öffentlichen Rede. Wie James Joyce, dessen Blindheit sein außergewöhnlich musikalisches Ohr geschärft hat, läßt Dr. Williams seine Charaktere mit solch einer urwüchsigen Frische reden, daß es nie aufdringlich klingt. Die Rede ist so rein, weil sie in so reichem Maße charakteristisch ist, und ihr vollendeter Realismus ist deshalb tiefer, bedeutungsvoller als die gewalttätige Genauigkeit des Naturalismus.

Die Anführungszeichen sind aufgegeben worden, um uns jeden Moment des Dramas näherzubringen, das letzten Endes durch Akkumulation geformt wird. In einem anderen Buch würde der Schriftsteller Anführungszeichen benutzen, um uns mitzuteilen, daß die Charaktere reden, aber hier ist jede Nuance mit Bewegung durchsetzt. Wir sehen genau, weil wir hören. Die Handlung beschwört soviel von dem herauf, was wir im Leben sehen und hören, daß wir ständig von Erinnerungen angerührt werden, aber die Assoziationen sind weder öde abgegriffen noch traumtänzerisch. Die Geschichte von Joe Stecher und seiner Frau Gurlie mag eine Parabel sein oder auch nicht, aber da beide Emigranten sind, da beide zugleich von Heimweh gehemmt und entschlossen sind, der Verheißung eines neuen Lebens zu folgen, ist der amerikanische Traum Teil ihrer Geschichte. Sie mögen mit Verachtung auf den ungeschlachten Ureinwohner schauen, aber sie haben Angst vor ihm. Auch sie wollen dazugehören, aber der Schritt der Adoption kostet sie etwas – an Stolz, an Sicherheit, an Zärtlichkeit.

Sie wissen, daß sie nicht zurückgehen können. Sie sind von ihren Verantwortlichkeiten umzingelt. Der Roman beginnt, unheilverkündend genug, mit der Geburt ihrer zweiten Tochter, eines kränklichen, problematischen Kindes. Joe ist genügsam, fleißig, gewissenhaft darauf bedacht, daß man auskommt; aber seine Stelle als Vorarbeiter in einer Druckerei befriedigt Gurlie nicht. Der Weltkrieg ist viele Jahre entfernt. Expansion liegt im Blut. Joe war einmal der Mitarbeiter von Samuel Gompers, aber als die Männer in seinem Betrieb streiken, bekämpft er sie erbittert. Er gehört nirgendwo hin. Er verachtet die amerikanischen Arbeiter, aber er haßt seinen eigenen Arbeitgeber. Gurlies Ehrgeiz deprimiert ihn. Die Anfälligkeit des Kindes zwingt sie, von einer Wohnung zur nächsten zu ziehen, und vergrößert den Bedarf an Geld. Innerhalb dieses häuslichen

Rahmens versuchen Joe und Gurlie der freudlosen, feindseligen Szene zu begegnen, die Amerika für sie ist. Joe verläßt seine Arbeitgeber, um ein neues Geschäft aufzuziehen. Gurlie, stolz und voller Ironie, aber nicht ohne ihre Augenblicke tiefen Gefühls, ist gezwungen, spezielle Wacht über das Baby zu halten. Es gibt Familienessen, einen Spaziergang im Park, einige herzliche Trinkgelage mit alten Freunden. Zeit wird gemessen am Wachstum ihres Babys, der Zunahme ihres Einkommens, der Suche nach alten Wurzeln. Amerika ist ein lärmender Fremder, aber sie würden ihn gern besser kennenlernen. Amerika steht nicht ganz im Zeichen des Dollars, das sehen sie, aber irgendeine Unordnung an der Oberfläche stößt sie ab. Zuviel Lärm, Hitze; auch zuviel amerikanische Faulheit. Für Joe ist das Leben ein nicht enden wollender Kampf gewesen. Er schwitzt gerne für sein Brot. Das ist das moralische Gesetz, das er kennt, denn aus ihm zieht er Sinn und Ordnung und die Würde, die ihn zu dem treibt, was er ist. Aber bei einem Doppelspiel zum 4. Juli sitzt er da, denkt über das neue Geschäft nach, während die Masse McGraw piesackt und nach Mathewson schreit.

Wie die Millionen, mit denen sie leben, hätten Joe und Gurlie gern ein Gefühl von Staatsbürgerschaft. Ihre Welt bewegt sich in einer Kreisbahn um einen Arbeitsplatz, ein krankes Kind, ein Haus, eine Gehaltserhöhung. Sie sind zu müde, zu menschlich, um an das übrige zu denken. Und so umfängt sie ihre Welt, die einzige, die sie kennen, eine Welt flackernden Scheins, und führt sie in die Irre. Die vage Erinnerung an die europäische Vergangenheit mag tröstlich sein, doch am Ende ist sie ein Vorwand für Ironie. Joe muß zu schwer und zu lange arbeiten, um Erklärungen von sich zu geben oder die geistige Frage zu stellen. Aber er lebt vor uns, wie die meisten Menschen es im wirklichen Leben tun: als ein Schimmer im Dunkel. Er bewegt sich in einem Kreislauf aus Schlaf, Arbeit und Essen: Es gibt einen Streit mit Gurlie, viel Kopfschütteln über das Kind, einen Fluch auf den augenblicklichen Feind. Seine trokken-ironische Sprechweise gibt den Ton an, das Beben in seiner Stimme trägt die Krise seiner Menschlichkeit vor. Doch in Wirklichkeit gibt es keinen Vortrag; es gibt nur Stillstand und die Ebbe und Flut darum herum, das Besondere, das uns mit soviel Aufrichtigkeit, soviel Verständnis geboten wird, daß wir das Echo eines gemeinschaftlichen Flüsterns hören.

New York Times Book Review, 20. Juni 1937

GUT IM RENNEN

Aus dem Amerikanischen
von Karin Graf

Für Richard Johns

KAPITEL I

Abschied

Sie haben wohl recht, sagte der Gehilfe des Lebensmittelhändlers, der hagere alte Ben Williams. Die Tage werden schon ganz schön kalt hier oben in Vermont. Sind aber die schönsten des Jahres, wenn Sie mich fragen. Gerade, wenn alle wieder in die Stadt zurückfahren. Die schönsten Tage des Jahres.

Sie waren immer noch in Vermont, obwohl der Sommer beinahe vorüber war. Gurlie, ohne Hut, das blonde Haar schlicht über die Ohren zurückgebunden, stand vor Toppings General Store ungeduldig neben dem Buggy und wartete darauf, daß ihre Einkäufe eingeladen wurden. Am Vormittag waren wenige Leute in den Läden zu sehen – Drogerie, Lebensmittelhandlung, Post und Bank –, aus denen das Dorf bestand, in das sie ihre letzte Einkaufsfahrt unternommen hatte.

Wo stellen Sie denn das Petroleum hin! sagte Gurlie. Nicht neben die Kartoffeln. Das sollten Sie doch wissen.

Irgendwo muß ich's doch hinstellen, nicht? Geht es so? Er schob es nach hinten in den Wagen, auf die andere Seite.

Gurlie gab ihm keine Antwort. Wo ist das Kind?

Das Baby, jetzt beinahe zwei Jahre alt, war nirgendwo zu sehen.

Sie ist bei Mr. Topping. Mittlerweile tief in der Kekskiste, vermute ich.

Er soll das nicht tun, sagte Gurlie.

Er hat Ihr kleines Mädchen sehr ins Herz geschlossen, Mrs. Stecher. Haben Sie alles?

Es wird ihr schlecht werden, sagte Gurlie. In dem Augenblick erschien Mr. Topping, der Lebensmittelhändler, mit der kleinen Flossie auf dem Arm oben an der langen Holztreppe vor seinem Laden. Er war ein großer Mann mit glattem weißem, in der Mitte gescheiteltem Haar und einem traurigen, roten Gesicht – das jetzt lächelte. Dies war ihr Abschied.

Sie sollten das nicht tun, sagte Gurlie.

Das hat noch keinem in der Welt geschadet, sagte der Mann. Flossie hatte einen einfachen Keks – so einen quadratischen mit ausgestanztem Rand – in der Hand und beäugte ihre Mutter gespannt. Sie führte den Keks zum Mund, immer noch wachsam.

Pfui! sagte Gurlie und tat, als ob sie ausspuckte. Nein, nein, nein. Sie streckte die Hand aus, um dem Kind den Keks wegzunehmen. Flossie versteckte die Hand hinter Mr. Toppings Kopf, so daß Gurlie sie nicht zu fassen bekam. Gib mir den Keks, sagte Gurlie und griff von der Seite zu. Aber Flossie zog ihre Hand schnell wieder vor.

Gurlie erwischte den Arm des kleinen Kindes und versuchte, ihm den Keks wegzunehmen, aber es ließ nicht los. Gucken Sie sich das Gesicht an! sagte Mr. Topping. Der Keks zerbrach, und Gurlie bekam nur einen Teil davon.

Ach, lassen Sie sie doch, sagte Mr. Topping. Es schadet ihr nichts. Eine Frau mit dickem Bauch und Strohhut blieb oben an der Treppe stehen und schüttelte in stiller Belustigung den Kopf über die Szene.

Geben Sie mir das Kind, sagte Gurlie. Als Flossie sah, daß ihre Mutter nach ihr griff, hielt sie sich an Mr. Toppings Jackenkragen fest, und das Stück Keks, das sie noch hatte, fiel ihr aus der Hand. Zutiefst interessiert schaute sie darauf hinab. Als ihre Mutter sie dann ein bißchen grob an sich nehmen wollte, hielt sie sich noch fester an Mr. Toppings Kragen fest.

Nun schauen Sie sich das an! sagte die Frau mit dem dicken Bauch.

Das kommt von diesen frechen Bauernkindern, mit denen sie den ganzen Sommer gespielt hat, sagte Gurlie.

Mr. Topping lachte gutmütig. Komm schon, kleines Mädchen, ich schätze, deine Mutter muß dich wiederhaben, wenn sie dich will. Aber Flossie hielt fest. Bringen Sie erst Ihr Geschäft zu Ende, sagte er zu Gurlie. Ich setze sie in den Buggy, wenn Sie soweit sind.

Nun sah das Baby wieder auf seinen Keks hinunter, bis Gurlie den Fuß darauf setzte, und damit war das erledigt.

Da soll mich doch der Teufel holen, sagte der Ladengehilfe, der mit weiteren Paketen herankam. Ist das alles, Miss?

Ja, sagte Gurlie. Kommen Sie, setzen Sie sie hinein.

Vielleicht geben Sie ihr nicht genug zu essen, sagte der Gehilfe. Ich kannte einmal eine Frau –. Der Lebensmittelhändler unterbrach ihn: Sie sieht nicht aus wie ein Kind, das man jetzt mit in die Stadt zurücknehmen sollte, Mrs. Stecher, wenn ich das sagen darf, mit ihrem kleinen weißen Gesicht und den dünnen Beinchen. Da unten wird es noch ein paar Monate schrecklich heiß sein. Wirklich schade, daß Sie sie nicht über den Winter hierlassen können – es kommen schöne Tage jetzt, und er setzte Flossie vorsichtig in die Ecke der Sitzbank.

Es ist alles in Ordnung mit ihr, sagte Gurlie und zog ihr Portemonnaie heraus. Sind Sie sicher, daß alles drin ist und ich nicht später danach schicken muß?

Alles drin, sagte der Gehilfe.

Haben Sie die Rechnung gemacht?

Nein, herrjemine, er zog den Kopf ein und floh ins Geschäft zurück.

Mr. Topping setzte einen Fuß auf den Fußtritt. Warum lassen Sie sie diesen Winter nicht hier bei Mrs. Topping und mir?

Was! sagte Gurlie, verächtlich auflachend. Mein Baby hier bei Ihnen lassen? Für was halten Sie mich denn?

Ja, fuhr Mr. Topping zu dem Baby gewandt fort, ich würde Farbe in diese Wangen bringen, ehe Sie sich's versehen. Sie haben ein nettes kleines Mädchen, Mrs. Stecher, fuhr er fort, als taxiere er ein Fohlen, aber ich glaube nicht, daß sie für das Leben in der Stadt kräftig genug ist.

Ihr fehlt nichts, sagte Gurlie, außer, daß sie ein kleines Maultier ist, wie ihr Vater, das ist alles.

Nein, das würde ich nicht sagen. Ihr Temperament gefällt mir, aber ihr kleines Gesicht sieht für meinen Geschmack noch zu weiß aus.

Na ja, sagte Gurlie. Sie ist blond. Alle in meiner Familie sind blond. Wir sind aus dem Norden. Wo in aller Welt bleibt dieser Mann? Kein Wunder, daß Sie es hier oben zu nichts bringen. Ich könnte es nicht aushalten.

Hier ist Ihre Rechnung, Ma'am – mit seinen scharfgeschnittenen komischen Gesichtszügen. Drei Dollar und achtzig Cent. Dann zu dem Baby, Kille, kille, kille!, ihr zu ihrem großen Erstaunen beinahe mitten ins Gesicht hinein. Gurlie gab ihm einen Zwanzigdollarschein. Er sah ihn an, sah Mr. Topping an, drehte ihn um, sah Gurlie an und ging dann langsam hinein, um Wechselgeld zu holen.

Ja, genau das bist du, ein kleines weißes Maultier, sagte Mr. Topping, und er lachte laut heraus.

Worüber lachen Sie? sagte Gurlie.

Bloß eine Vorstellung. Weißes Maultier. Wir haben hier oben so einen selbstgebrannten Whisky, der White Mule heißt.

Das ist kein Kompliment.

Sollte es aber sein. Sie sind sicher, daß Sie sie diesen Winter nicht bei uns lassen wollen, Mrs. Stecher?

Oh, ich verstehe, sagte Gurlie, ohne auf seine Frage einzugehen. Sie lachte. Ja, jetzt verstehe ich. White Mule. Ja, vielleicht ist sie stärker, als wir denken. Ich glaube es. Ich sage ihrem Vater, daß er sie nicht verwöhnen darf. Wie machen Sie den Whisky?

Der Gehilfe brachte Gurlie das Wechselgeld.

Dörrpflaumen und Rosinen sind so gut wie alles andere. Soweit ich weiß, nennt man ihn unten im Süden Maisschnaps. All diese Jahre haben wir ein kleines Mädchen im Haus haben wollen. Ich versteh' das nicht. Keinen einzigen Tag krank gewesen, keiner von uns. Würden alles für ein Baby geben. Was sagen Sie, lassen Sie sie uns?

Ich sehe es vor mir! Sie mit Ihrem Trinken.

Ich doch nicht, Ma'am.

Das Zeug muß billig sein, wenn Sie es aus Dörrpflaumen machen. Na ja, auf Wiedersehen. Los, Astrid!, und Gurlie schnalzte mit den Zügeln und ließ das alte Pferd den drei Meilen weiten Weg zur Farm hinauftraben.

Uff, sagte sie eine halbe Stunde später, als der alte Payson, bei dem sie den ganzen Sommer gewohnt hatten, am Tor des Bauernhauses die Führung des Pferdes übernahm. Ich hoffe, ich habe nichts vergessen.

Wird schon stimmen, sagte er. Lassen Sie die Kleine, wo sie ist. Ich bringe sie mit, wenn wir aus der Scheune zurückkommen.

Ich will auch mit, sagte Lottie, die ältere Tochter, ungefähr fünf Jahre alt.

Gut, komm. Je mehr, desto besser. Moment mal. Moment mal. Versuch nicht, alleine da rein zu klettern.

Aber am nächsten Morgen war es soweit, Sommerende und Heimreise.

Können Sie nicht noch einen Monat bleiben, Gurlie?

Sie haben den Brief doch gesehen, sagte sie. Joe will mich zu Hause haben.

Der dicke Tau zwang die Kinder, im Haus zu bleiben. Als der alte Mann aus der Scheune zurückkam, waren seine Stiefel tropfnaß.

Ja, sagte er, es ist wohl Zeit, daß ihr zurück in die Stadt fahrt.

Tja, wir werden euch vermissen. Wir werden euch sehr vermissen, sagte er bei Tisch, beim letzten Frühstück in der warmen Küche. Ich weiß nicht, was Mama hier ohne euch machen wird.

Hach, sagte Gurlie. Sie wird es schon schaffen. Dann schrie sie die taube alte Frau an: Sie werden es schon schaffen. Sie können kochen, Sie haben einen Mann, der Ihnen hilft. Was wollen Sie mehr?

Ich hoffe, ich werde nicht krank, sagte sie in dem schwerfälligen Tonfall der Tauben. Ich habe euch etwas zu essen gemacht für die Reise. Und sie stand auf, um zu holen, was sie vorbereitet hatte, während Gurlie oben war und die Sachen der Kinder zusammenpackte. Das sind ein paar Geranienblätter, ich habe sie für Sie getrocknet. Sie mögen sie doch. Und etwas Rosmarin für die Wäschekommode.

Nun schau mal einer an! sagte Gurlie. Das ist nett, schrie sie, während die alte Frau feierlich nickte. Was um aller Welt haben Sie in der Schachtel? Es war ein Schuhkarton, der zum Überquellen voll gepackt und fertig zum Zubinden war.

Grandpa, holst du mir ein Stück Kordel, sagte die alte Frau zu ihrem Mann.

Das hätten Sie nicht tun sollen, sagte Gurlie.

Bloß ein paar Eier und ein kleiner Kuchen für die Kinder.

Aber was ist das denn? sagte Gurlie. Und das!

Etwas selbstgemachter Käse und ein paar Butterbrote und Äpfel.

Wo stecken die Kinder? Sie waren verschwunden. Gurlie rief. Der alte Mann war für einen Augenblick hinaus zum Holzschuppen gegangen. Das ist doch unmöglich, sagte Gurlie! Sie kann nicht so gehen.

Lottie muß sie mitgenommen haben.

Aber der Wagen kommt jeden Augenblick, sagte Gurlie.

Sie waren nicht weit. Bloß um die Ecke des Hauses, Lottie ermutigte das Baby, hielt es an der Hand und bewegte sich sehr langsam mit ihm auf die Straße zu.

Im Handumdrehen wurden sie nach oben befördert, und die Vorbereitungen für die Reise traten ins Endstadium.

Schauen Sie sich das mal an! sagte Gurlie und hielt ein kleines Kleid hoch. Die alte Dame lächelte wissend und streckte die Hand danach aus. Können Sie das glauben! Ich hoffe nur, die Schuhe passen ihr.

Flossie saß auf der Bettkante und versuchte, hinter sich nach einer blauen Chiffonhaube zu greifen, die ihre Mutter zusammen mit ihren anderen guten Sachen, den Sachen, in denen sie vor drei Monaten nach Vermont gekommen war, aus dem Schrank geholt hatte.

Mit energischen Bewegungen zog Gurlie die alten Spielschuhe aus, die das Kind trug und die wer weiß wie naß waren. Flossie wackelte mit den Zehen, verrenkte sich nach dem Hutband, bekam es schließlich zu packen und zog das blaue Schmuckstück auf sich zu.

Unmöglich –! Nein, Gurlie hielt die Fessel des Kleinkindes fest in einer Hand und zwängte den Fuß in den glänzenden Schuh. Sie knetete die Kappe. Die alte Dame beobachtete sie.

Sie sind zu klein. Sie kann sie nicht anziehen.

Aber es sind neue Schuhe, sagte Gurlie. Ich habe sie gerade gekauft, ehe wir herkamen. Sie hat sie nur drei Tage getragen. Sie kann doch nicht so gewachsen sein. Was soll ich jetzt machen? Wir fahren in ein paar Minuten.

Sie ist sehr schnell gewachsen, sagte die alte Dame laut.

Aber wir müssen fahren, sagte Gurlie.

Sie muß die alten Schuhe anziehen, sagte die alte Dame, ohne hinzuhören. Papa muß sie schwarz eincremen. Papa! rief sie die Treppe hinuter.

Das Zimmer war ein einziges Durcheinander. Der Schrank war geleert worden. Auf allen Stühlen standen halb gepackte Taschen. Gurlie selbst war halb angekleidet, in einem spitzengesäumten Unterrock, mit hohen Schuhen und einem Schnürleibchen, das Haar noch auf Papier gedreht.

Papa! rief die alte Dame wieder – beinahe ihrem Mann ins Gesicht hinein.

Tsss! Raus mit Ihnen, schrie Gurlie ihn an, die Arme über den halb entblößten Brüsten gekreuzt.

Er lachte. Was wollt ihr?

Die Haube! Das Kind hatte sie, drehte sie herum und setzte sie schließlich verkehrt herum auf den kleinen Kopf, eine Ecke über dem Auge, das Band vor der Nase –

Gurlie rettete die Haube und gab Flossie einen Klatsch auf die Hand. Sie weinte.

Warten. Aufpassen, daß sich die Kinder nicht dreckig machen. Wo ist mein Schirm? Da war die Zwölf-Uhr-Sirene von der Mühle. Man konnte sie schwach in der Ferne hören. Der Junge ist jetzt da.

Die alte Dame weinte. Sie legte Gurlie beide Hände auf die Schultern, dann um den Hals und weinte. Die Kinder sahen zu.

Es ist noch lange nicht Winter, sagte Gurlie, und dann kommt Gerda – ihre schwer arbeitende Tochter, der der kleine Hof gehörte – und macht hier Urlaub. Dann ist Neujahr und dann Frühling!

Der alte Mann lachte. Sie sind so schnell, Gurlie. Niemand ist so schnell wie Sie. Gurlie freute sich über dieses Kompliment. Ich wollte nie mein Leben drum geben, daß wieder Sommer ist, aber jetzt tue ich es – wenn Sie versprechen, nächstes Jahr wiederzukommen.

Ach bestimmt, sagte Gurlie, die kaum zuhörte. Und jetzt haben Sie ja das Pferd. Das ist mehr, als Sie letztes Jahr hatten.

Wir werden es nicht behalten können.

Er versuchte, es lachend abzutun: Ja, ja, ja, ihr kommt alle nächstes Jahr wieder. Es war wunderbar, Sie bei uns zu haben, Gurlie. Wunderbar. Ich kann Ihnen nicht sagen, wie wunderbar es für uns war. Wir sind bloß zwei alte Leute, die zu nichts mehr taugen. Wir nützen keinem mehr etwas. Zwei alte lästige Menschen. Auf Wiedersehen, Lottie. Und du, du kleiner Tunichtgut. Ab mit dir!

Flossie sah ihn an.

Ja, du. Mach schon.

Auf Wiedersehen! Auf Wiedersehen! Auf Wiedersehen! Dann, als die Kutsche geräuschlos über den grasbewachsenen Weg davonfuhr, sagte der alte Mann mit leiser Stimme noch einmal zu sich: Ja, auf Wiedersehen!, wandte sich dann um und ging auf die Scheune zu.

Gurlie und die Kinder winkten – zumindest Lottie – noch ein Weilchen. Dann, als die Kutsche sich plötzlich vornüberneigte und das Gepäck rutschte, hielten sie sich fest, duckten sich von denselben Zweigen und Blättern weg, die bei ihrer Ankunft nach ihnen geschlagen hatten und es nun bei ihrem Abschied wieder taten, während die Pferdehufe knirschend über die Steine rutschten.

Vor dem Haus der Ferrys, wo die Nebenstraße und die Hauptstraße aufeinanderstießen, war niemand zu sehen. Gurlie hatte halb damit gerechnet, daß sie die Kutsche anhalten und sich von den Bauernkindern umringen lassen müßte, mit denen Lottie und Flossie den ganzen Sommer gespielt hatten, aber nichts geschah. Sie fuhren einfach weiter die Straße hinunter, als der ungekämmte Mr. Ferry und sein Gespann mit einem leeren Heuwagen den Hügel heraufkamen. Er tippte an den Hut und lächelte sein zahnloses Lächeln zwischen den sandfarbenen Stoppeln auf seinem Kinn – aber das war alles.

Bei der zweiten Biegung, wo die Straße in der Nähe des Hallschen Hofes zum erstenmal den Bach kreuzte – ja, da war einer der älteren Ferry-Jungen, er saß auf einem Felsen, wo Fichten geschlagen worden waren, ganz allein.

Er sah kaum auf, als die Kutsche vorbeikam, obwohl sie versuchten, seine Aufmerksamkeit auf sich zu lenken, sondern warf in einem fort vor seinen nackten Füßen etwas auf die Erde. Er hob es auf und warf es wieder hin – einen Kieselstein oder einen kleinen Stock, irgend etwas dergleichen – aber er wollte nicht aufschauen. Als sie vorbeigefahren waren, stand er jedoch schnell auf und ging in der Nähe einer großen Birke zum Ufer hinüber – von wo er sehen konnte, wie die Kutsche sich langsam entfernte, bis sie allmählich, das Pferd zuerst, in die Waldlichtung hinein verschwand. Dann drehte er sich um und watete durch den seichten Bach – fast so kalt wie Eiswasser – und ging in dem weichen rötlichen, schiefergesprenkelten Staub die Straße hinauf nach Hause.

KAPITEL 2

Zurück in die Stadt

Der Geruch eines Zugs und der Geruch eines Schiffs sind nicht dasselbe. Es war noch früh am Abend, als der Expreß nach Boston in Troy einfuhr – und heiß! Puhh! sagte Gurlie. Das ist ja schlimmer als im Sommer.

Es ist Sommer, sagte der Gepäckträger.

Sie fragte sich, ob sie nicht doch einen Fehler gemacht habe, zu dieser Zeit in die Stadt zurückzukehren. Was ist denn los bei euch hier unten? sagte sie zu ihm. Warum ist es so heiß bei euch?

Der Mann schaute sie an, während er die verschiedenen Gepäckstücke auf den Wagen lud, um sie entlang der Gleise zum Schiff zu fahren. Ist das alles? sagte er.

Lottie klammerte sich an die Mutter. Flossie schlief vor Hitze halb wieder. Hier, sagte Gurlie und stellte sie für einen Augenblick neben dem Gepäck ab. Passen Sie mal auf sie auf.

He! sagte der Mann. Hier können Sie sie nicht lassen. Nehmen Sie sie mit. Wenn Sie an Bord wollen, gehen Sie in diese Richtung. Direkt da lang. Da ist der Eingang für Passagiere.

Wie soll ich denn wissen, ob Sie meine Sachen aufs Schiff bringen? sagte Gurlie.

Sie haben doch die Quittung, oder nicht? Er sah sie streng an.

Männer mit Handwagen gingen in ununterbrochener Reihe über die Landungsbrücke, direkt an Gurlie vorbei – Schweiß, Tabak, Seil, Öl – sogar nach frischem Heu roch es, das Ballen um Ballen rasch hineingekarrt wurde. Die Ballen lagen unter einem langen Bahnhofsschuppen aus abgenutzten Planken voller Nägel, die sich aus dem Holz und herausgebrochenen Splittern vorarbeiteten.

Wann legt das Schiff ab? fragte Gurlie einen vorbeikommenden Angestellten mit Schirmmütze.

Sechs Uhr, Ma'am. In ungefähr einer Stunde. Da über dem Passagiereingang ist es angeschlagen. Essen wird nach der Abfahrt im Speisesaal serviert. ›Abfahrt achtzehn Uhr‹ stand in Kreide auf einer kleinen Tafel, die an einer Kordel von einem Dachpfosten hing.

Ich glaube, das ist dasselbe Schiff, mit dem wir gekommen sind, sagte Gurlie zu der schwarzen Stewardess. Ja, Ma'am. Ich erinnere mich an Sie. Beim letzten Mal war Ihre Schwester mit, eine dicke Frau. Soll ich Ihnen die Taschen verstauen, Ma'am? Die Kinder schauten sie an. Lottie lächelte. Sie besorgen sich besser eine Kabine, Ma'am, wenn Sie es nicht schon getan haben. Sie sprach schön, mit einer weichen samtigen Stimme, die auf der Stelle Vertrauen erweckte.

Endlich waren die beiden ausgezogen und in ihren Kojen, die so merkwürdig rochen, halb frisch, halb muffig – und so dicht an der Wand waren! Mit einer hohen Kante, damit man nicht herausfallen konnte. Draußen konnte man Rufe hören: Laßt sie los!, dann fiel etwas Schweres ins Wasser. Die Maschinen fingen gerade vor Einbruch der Dunkelheit an zu stampfen, und sie waren wirklich auf dem Weg zurück in die Stadt.

Die Stadt, die Stadt, die Stadt, die Stadt, die Stadt, sagten die Maschinen, die allmählich Geschwindigkeit gewannen. Schnell begann Gurlie zu spüren, daß flußabwärts heimzukehren etwas völlig anderes war, als flußaufwärts wegzufahren. Sie fühlte bereits eine Art Fieber in sich. Nie wieder, nicht mit Kindern. Sie würde diese Plage nie mehr auf sich nehmen. Nicht sie. Sie würde sie aufs Schiff bringen und von jemandem abholen lassen.

Drüben gen Westen über den Vororten von Albany nahm ein flammender Sonnenuntergang Gestalt an. Goldene Wolkenberge thronten über türkisfarbenen Buchten mit waagrechten Riffen von kleineren Wolken, dazwischen war alles rot und rosa und grau. Gurlie sah von ihrem Kabinenfenster aus zu, während die Kinder zwitscherten und vom oberen Bett aus zuguckten, wo Lottie zusammen mit ihrer Schwester liegen wollte – um Gesellschaft zu haben. Schlaft ein. Ich setze mich draußen vors Fenster, direkt hierhin, wo ihr mich sehen könnt.

Wenigstens war es ein bißchen kühler jetzt, wenn auch ein Rückenwind zwischen den niedrigen Ufern, als sie die Stadt hinter sich ließen, jede kräftige Brise Fahrtwind verhinderte. Ein Mann rief irgendeinen Gruß von der Küste herüber. Man konnte seine Stimme deutlich hören – obwohl Gurlie nicht recht verstehen konnte, was er sagte – wenn es denn etwas Verständliches war. Was für ein kleiner Fluß es hier oben war.

Vögel, Wasserpflanzen, Treibgut – das konnte kein Mensch sein – nein, bloß ein Hund – mußte einer sein –, der dahintrieb.

Ich passe auf die Kinder auf, Ma'am. Gehen Sie eine Weile an Deck. Ich kümmere mich um sie, sagte die Stewardess.

Erwarten Sie aber nicht von mir, daß ich Ihnen ein großes Trinkgeld gebe, sagte Gurlie. Denn das tue ich nicht. Ich gebe Ihnen einen Quarter, wenn Sie mir helfen, aber ich gebe Ihnen kein Trinkgeld wie die reichen Leute hier.

Ja, Ma'am. Ich kümmere mich um die Kinder. Gehen Sie, und ruhen Sie sich aus.

Im Salon konnte man spüren, wie die Holztäfelung mit einem leise klopfenden Geräusch, einem rhythmischen Schaudern bebte. Ein paar ältere Kinder holten sich Wasser aus dem Eisschrank. Sie verschütteten es. Gurlie sah sich in dem großen Spiegel, wo die Treppe einen Bogen schlug, um zu beiden Seiten hinaufzuführen. Ihr Gesicht war erhitzt. Sie trat über die hohe Türschwelle und ging aufs Oberdeck.

Stromabwärts jetzt. Die Luft war heiß und unbewegt. Hier draußen schien das Schiff zu gleiten, als bewege es sich nicht, als wichen die Ufer stumm zurück. Das war das Land – es flog dahin. Die Stadt, die Stadt, die Stadt – so ging es weiter –, in ihren Gedanken. Die alten Gedanken rasten herbei, um sie zu begrüßen, gingen weg von allem, was sie den ganzen Sommer gekannt hatte.

Sie betrachtete das dunkler werdende Flußufer, an dem lange Bänke von Laichkraut aus dem seichten schlammigen Wasser schauten. Ein Junge fischte von einem Boot aus. Sie beobachtete, wie die Wellen des Flußdampfers ihn von der Seite trafen, seinen Nachen einen Augenblick heftig schaukelten, dann verebbten. Ein paar Männer schwammen vor einer gestrandeten Schute, die landeinwärts gekippt dalag. An eine Stelle an der Seite war eine kurze Leiter genagelt, damit man dort aus dem Wasser klettern konnte, um hinunterzuspringen. Ein Mann wartete gerade, bis ihn die Brandung erreichte, bevor er sprang. Eine versprengte Schar Krähen überquerte über ihren Köpfen träge den Fluß.

Das Land ist still und friedlich. Die Stadt wird heiß und ungemütlich sein. Die Stadt, die Stadt, die Stadt – ihr wurde unbehaglich zumute. Ich frage mich, ob Joe meinen Brief bekommen hat. Er sieht besser zu, daß er da ist.

Gurlie döste halb vor sich hin, schlief schließlich ein und erwachte später fröstelnd und allein. Sie wußte nicht, wie lange sie da gesessen hatte. Sie fühlte sich verspannt. Die Ufer waren hier höher, der Dampfer hielt darauf zu. Er war auch dunkel – trieb ohne ein Maschinengeräusch dahin. Die Glocke mußte sie geweckt haben oder die Veränderung in der Bewegung des Schiffes.

Brrr!, sie beschloß hinunter und zu Bett zu gehen. Immer noch Land. Nachts ist das Land wie eine Wildnis.

Sie mußte länger geschlafen haben, als ihr bewußt war. Der Salon war leer bis auf die ein oder zwei Leute, die in Sesseln dösten, weil sie kein Geld für eine Kabine hatten. Sie schloß die Tür ihrer eigenen auf, die Kinder schliefen zusammen in einem Bett. Sie zog sich aus. Morgen ... Die Maschinen waren nicht wieder angeworfen worden. Nichts war zu hören bis auf einen Mann, der irgendwo schnarchte. Das Schiff trieb wieder dahin. Dann – sie hörte ein Kichern, beinahe neben ihrem Ohr. Sie hatte das Licht nicht ausgemacht – hatte die Vorhänge vor der Koje der Kinder zugezogen und beschlossen, noch ein Weilchen zu lesen.

Nebenan wurde geflüstert und unterdrückt gelacht. Gurlie sah auf das Holz der Trennwand, die weiß gestrichen war. In der tiefen gleitenden Stille konnte sie deutlich hören: Gott sei mit dir, Liebling!, und ein leises anhaltendes Rascheln – Gurlie machte sich steif, angespannt, hellwach – ein kicherndes Lachen und dann nach einem Augenblick schweres Atmen. Eine Glocke läutete dreimal, schnell hintereinander, gefolgt von einem starken Erbeben des Schiffs, als die Schaufelräder begannen, sich wegen der bevorstehenden Landung rückwärts zu drehen, und alles andere übertönten.

Als sie am Kai lagen, konnte sie hören, wie Waren dumpf und regelmäßig aufs Deck geworfen wurden – ein paar Pakete bloß, dann die gedämpften Rufe, das polternde Anschlagen der Ankerkette und die wieder angeworfenen Maschinen – irgendwo, draußen, in einer anderen Welt. Es war erstickend heiß in der Kabine, solange sie vor Anker lagen. Sie würde froh sein, wenn sie wieder draußen auf dem Fluß waren. Es mußte kurz vor elf sein. Es war ihr zu lästig, nachzuschauen.

Sie hatte auf dem Rückweg in die Kabine einen Blick auf die ›Bibliothek‹ des Schiffs geworfen, weil sie wußte, daß sie nicht schlafen konnte, und dachte, sie würde dort etwas zum Lesen finden, aber sie war geschlossen – hinter der gläsernen Schiebetür an der Seite des Salons, die fest verschlossen war. Solange sie am Ufer lagen, waren die Geräusche nebenan verstummt. Gurlie hob ein Buch mit Bildern und Versen auf, das den Kindern gehörte. Sie hielt es in den Händen und starrte darauf – versuchte zu lesen, aber verfiel – nach einem Augenblick, bei brennender Lampe – wieder ins Starren und Lauschen.

Sie dachte, daß sie gerne einen Jungen hätte – aber noch nicht jetzt – nicht, solange Joe nicht mehr Geld hatte. Europa zuerst. Zurückgehen und es ihnen zeigen – darauf würde sie bestehen.

Sie waren wieder auf dem Strom, gleichmäßig vorangetrieben von den auf Hochdruck laufenden Motoren und vibrierenden Schaufelrädern. Sie starrte und lauschte – nebenan hatten wieder unbestimmte Geräusche angefangen – außer gelegentlichen beziehungslosen Silben war nichts zu verstehen – und Lottie atmete schwer über ihr – einmal schien sie zu wimmern wie ein junger Hund im Schlaf und ein paar Worte zu murmeln. Gurlie wußte, daß nebenan gesprochen wurde, aber das gleichmäßige, anhaltende Knarren des Schiffsrumpfs reichte, um die Worte unverständlich zu machen. Sie fühlte sich fiebrig – unfähig, die Augen zu schließen. Die Geräusche nebenan hatten sich gelegt – endlich.

Später erwachte sie wieder – das Schiff setzte seine Fahrt flußabwärts im Dunkeln zügig fort, näher und näher – das Licht brannte noch hell, das Kinderbuch lag noch immer neben ihrer linken Hand. Die Geräusche in der Nebenkabine hatten wieder begonnen – ein dumpfer Schlag gegen das Holz der Trennwand und das Geräusch von Matratzenfedern – als drehte eine schwergewichtige Person sich um. Die Stadt, die Stadt. Der nervöse Rhythmus machte sie in Gedanken wütend.

Gurlie machte das Licht aus, vergrub den Kopf im Kissen. Sie würde am Morgen gerne einen Blick auf die Frau werfen. Sie würde es sich nicht nehmen lassen, so ein Flittchen. Was für Menschen – auf einem Schiff! Praktisch in der Öffentlichkeit.

Diesmal erwachte sie erst, als sie im frühen Morgenlicht die grauen Säulen des Steilufers sehen konnte. Die Kinder riefen sie. Fast schon im Hafen. Die Kinder flüsterten – oder Lottie tat es – und versuchten durch die schmalen Ritzen der Jalousien vor den Fenstern hinauszugucken. Ein paar Leute gingen auf dem schmalen Deck vorbei, und ab und zu bekam man Gesprächsfetzen mit. Sie hörte nebenan Wasser ins Becken laufen und jemanden beim Waschen planschen. Sie mochte es nicht.

Mommie, ich will aufstehen. Die kleine Flossie nahm

den Refrain auf: Mommie, Mommie, Mommie, Mommie, Mommie. Gurlie hatte Angst, daß sie aus dem Bett fallen würden, deshalb nahm sie das Baby zu sich und ließ Lottie auf der Plüschcouch knien und hinausspähen, so gut sie konnte. Zieh dich an, sagte Gurlie zu ihr, wenn du hinaus willst.

Ich will gehen! Gurlie klingelte nach der Stewardess und ließ sie sich um die Kinder kümmern, zog sich dann selbst an – und öffnete das Fenster. Gott sei Dank. Was für ein schöner Tag.

Geben Sie ihnen ein Glas Milch.

Etwas für Sie, Ma'am?

Nein, sagte Gurlie. Lassen Sie mich bloß von diesem Schiff runter. Das ist das einzige, was ich will. Sie wissen einfach nicht, wie man es Leuten bequem macht in diesem Land. Schrecklich.

Das tut mir leid, Ma'am.

Was für eine Nacht! Sie hatte kein Auge zugetan – sozusagen – dank dieser Leute in der Nebenkabine. Sie ließ sich absichtlich in einem Sessel im Salon nieder, um zu sehen, wie sie herauskamen, was sie nach einer Weile taten, zusammen. Ein Kind noch! Gurlie war schockiert. Ein kleines Ding mit magerem Gesicht und knochigen Beinen, aber sehr keck, der Kopf aufrecht, und ihr folgte ein scheuer, stämmiger, kräftig aussehender Mann – frisch rasiert. Sie paßten ganz und gar nicht zusammen.

Pahh! sagte Gurlie, spitzte verächtlich die Lippen und vergaß sie auf der Stelle. Nun liefen sie in den Hafen an der 23. Street ein. Sie eilte in die Kabine zurück, um zu sehen, ob sie etwas vergessen hatte. Sie zog, für den Fall, daß sie etwas darin liegengelassen hatte, die Schublade des Waschtischs heraus, sah ein schwarzes Buch und nahm es heraus. Es war die Bibel. Warum hatte ich die nicht gestern abend? Instinktiv schlug sie die ›Offenbarung‹ auf, ihr liebstes Buch.

Zu spät jetzt.

Telegramm. Nervös riß Gurlie den gelben Umschlag auf.

Joe konnte nicht da sein. Er war in Washington. Typisch. Er wußte, daß sie heute kamen. Was kann das bloß bedeuten?

Es war angsterregend, wieder in New York zu sein, auf dem lauten Kai, zwischen dem Gepäck – besonders mit den beiden Kindern. Ohne Joe war Gurlie gereizt und verwirrt von der Langsamkeit und Gleichgültigkeit der Gepäckträger, deshalb war es mehr als eine Freude, die liebe Tante lächelnd durch die Menge auf sie zukommen zu sehen.

Lottie lief sofort auf sie zu.

Ihr armen Dinger, sagte sie. Ihr seht erhitzt und müde aus. Wie braun du geworden bist, Lottie, Liebes. Und wie geht's der kleinen Spinne? Laß mich sehen. Hm, sie ist immer noch dieselbe – also, habt ihr euer Gepäck? Habt ihr auf dem Schiff geschlafen?

Geschlafen! Ich habe kein Auge zugetan. Ich wollte nicht einmal etwas anfassen. In diesem Becken konnte ich mich nicht waschen, sagte Gurlie. Ich weiß nicht, wer vor mir da war.

Die Tante nahm die Kontrollzettel und hatte bald alles oder beinahe alles ordentlich geregelt, so daß sie ihr kleines Handgepäck nehmen, eine Droschke anhalten und über das Pflaster zurück nach Hause holpern konnten. Je eher, desto besser. Aber der große Koffer? Den mußten sie erst finden.

War es heiß auf dem Schiff? sagte Olga, als sie einen Augenblick herumstanden und sich fragten, was als nächstes zu tun wäre.

Ja, es war heiß und schmutzig und – unmöglich. Ich wünsche, ich könnte es dir erzählen – aber ich schäme mich. Du verstehst nichts von solchen Sachen. So sind wir nicht erzogen worden. Ich glaube, diese Schiffe sind nicht besser als schwimmende Bordelle. Schreckliche Leute. Ich konnte kein Auge zutun.

Was! sagte die dicke Frau verblüfft.

Du hättest sehen sollen, was für ein freches Gesicht sie hatte.

Wer? fragte Olga.

Die Frau.

Welche Frau?

Die Frau, von der ich dir erzähle, die die ganze Nacht neben mir geschlafen hat.

Neben dir?

In der Kabine neben mir. Und dieser Mann. Ich glaube nicht, daß es ihr Ehemann war. Ich wette, das Unternehmen stellt sie dafür ein – um Passagiere zu kriegen. Etwas anderes kannst du mir nicht erzählen. Müssen wir in dieser Schlange anstehen? So was sollte verboten werden. Die ganze Nacht, die ganze Nacht. Ich weiß nicht, wieso sie nicht müde wurden.

Vielleicht waren sie auf Hochzeitsreise.

Unsinn! Du hast von nichts eine Ahnung. Du bist bloß eine alte Jungfer. Anständige Leute benehmen sich so nicht. Bloß ein Flittchen. Ich werde Joe sagen, daß er einen Protestbrief an das Unternehmen schreiben muß – oder an die Polizei, daß anständige Frauen und Kinder so etwas Dreckigem ausgesetzt werden. Man kann nie wissen, was sie da drin gemacht haben. Und es war eine Bibel im Zimmer –

Ach, ich glaube, so schlimm ist es nicht.

Du glaubst es nicht! Also, *ich* habe mehr Erfahrung als du, und ich weiß es besser. Wie kann man ohne Gefahr Kinder auf so ein Schiff mitnehmen? Die ganze Gesellschaft sollte protestieren – oder die Schiffe aus dem Verkehr ziehen. Was hast du denn den ganzen Sommer getrieben? Und was hat Joe vor?

Er hat mir nichts gesagt, außer, daß ihr heute mit dem Schiff hier ankommen würdet.

Vor dem hohen Pult am Kai konnte Gurlie den Gepäckschein für den Koffer nicht finden. Ich habe ihn Ihnen gegeben.

Nein, Ma'am.

Gerade eben. Ich habe ihn Ihnen mit eigenen Händen gegeben.

Sie haben mir den Abschnitt für das kleine Gepäck gegeben, aber nicht den für den Koffer.

Sie waren beide gleich. Ich meine, sie waren zusammen.

Verzeihen Sie, Ma'am, sie waren nicht zusammen.

Was wollen Sie mir eigentlich erzählen? Ich sage Ihnen, sie waren zusammen. Widersprechen Sie mir nicht. Was wollen Sie überhaupt? Ich sage Ihnen doch, ich habe Ihnen beide gegeben. Gurlie war wütend.

Der Mann sagte nichts.

Ich werde mich über Sie beschweren. Wenn mein Mann hier wäre, würden Sie nicht so mit mir reden. Mittlerweile warteten mehrere Leute. Es tut mir leid, Madam, Sie müssen weitergehen. Gurlie ging nicht weiter. Nicht, bis ich meine Sachen habe. Da steht der Koffer, mit meinem Namen drauf. Ich werde ihn mitnehmen. Geben Sie mir einen Zettel, ich schreibe Name und Adresse darauf –

Tut mir leid, Madam, ich muß einen Beamten rufen. Sie halten uns alle auf.

Rufen Sie ihn. Ich lasse Sie verhaften. Ich habe Ihnen die zwei Abschnitte gegeben, beide zusammen. Versuchen Sie, sie für das Unternehmen zu stehlen? Solche schmutzigen Schiffe. Ich gehe nicht eher weg, bis ich meinen Koffer habe. Nein, ganz bestimmt nicht! Sie wandte sich an die Umstehenden.

Ich mache Ihnen keinen Vorwurf, sagte ein schäbig aussehender Mann.

Tut mir leid, Madam, aber Sie haben mir nur einen Abschnitt gegeben.

Ich habe Ihnen zwei gegeben.

Ach komm, Gurlie, sagte Olga verhalten, wir können das später regeln. Ich gehe zum Büro.

Nein.

Der Nächste, sagte der Mann. Da ist er ja, sagte Gurlie und nahm mehrere Papiere vom Schreibpult. Erschreckt kam der Mann hinter dem Pult vor und versuchte, sie ihr wegzunehmen. Nein, sagte Gurlie. Doch, sagte der Mann. Nein, sagte Gurlie, das ist meiner. Der Mann sah ihn an. Er ging zum Koffer hinüber und verglich die Zahlen.

Nein, Madam.

Sie sind ein Haufen Diebe hier, sagte Gurlie.

Das müssen Sie mit dem Büro erörtern. Der Nächste, sagte der Mann. Guck in deiner Handtasche nach, sagte Olga. Komm schon.

Aber ich will ihn jetzt in der Droschke mitnehmen. Nein, ich gehe nicht.

Jetzt komm.

Sie wollen ihn hierbehalten und uns dann extra etwas dafür berechnen. Ich bin sicher, ich habe ihm den Gepäckschein gegeben. Oder er ist weg, ich weiß es nicht.

Ein sehr höflicher älterer Mann im Büro sagte, er würde sich darum kümmern – und er tat es.

Gurlie holte ihren Schlüssel hervor, und im Handumdrehen waren sie mit dem Koffer in der Droschke auf dem Weg in die Stadt.

Wie ging es den Leuten in Vermont?

Mir ist schwindelig. Es ist so heiß hier in der Stadt. Ich wünsche, ich wäre nicht nach Hause gekommen, um dann auf die Art mit diesen blöden Männern alleine gelassen zu werden.

Bin ich nicht dagewesen, um dir zu helfen? sagte ihre Schwester.

Ich will nicht mehr darüber sprechen. So fuhren sie des Wegs.

Die armen Kinder blieben sich selbst überlassen – aber sie konnten aus den Fenstern schauen. Als die Droschke an einer Kreuzung hielt, starrte ein Junge von ungefähr zwölf Lottie an, keinen Fuß entfernt, und schnitt ein Gesicht. Sie wich zurück, aber das Baby starrte unerschrocken zurück, mit weit aufgerissenen Augen.

Die Droschke ruckte und zog wieder an. Du hättest sie sehen sollen, brach es aus Gurlie hervor, die wieder an das Paar in der Nebenkabine dachte. Dann wechselte sie das Thema: Was macht er in Washington?

Ich weiß es nicht. Ich vermute, es hat etwas mit seinem Geschäft zu tun.

Es ist Zeit, daß ich nach Hause komme. Was denkt er sich eigentlich? Ich bin seine Frau. Nie erzählt er mir etwas.

KAPITEL 3

Gesellschaft beim Chef

Herrgott, ich habe unten zu tun, sagte der, den sie Stubby nannten. Ich frage mich, wozu um Himmels willen er *mich* hier oben haben will?

Weil du so süß bist, Herzchen. Er mag dich, sagte Mac.

Aber ich muß bis fünf den Marmon-Auftrag auf den Wagen haben. Das gibt ein Riesendonnerwetter.

Du wirst es überleben, Süßer. Mach dir keine Sorgen.

Ich vermute, jetzt sitzen wir hier den halben Nachmittag herum und haben nichts zu tun.

Sie hörten lautes Lachen aus dem Allerheiligsten, wandten sich lauschend in die Richtung. Ha, ha! ha, ha! ha, ha!

Wen hat er überhaupt da drin? Wen hat er da, Price? Price, ein Mensch mit vornübergebeugten Schultern, etwas älter als die anderen, der einzige, der ein Jackett – aus Alpakawolle – trug, zuckte bloß die Achseln.

Das Büro weiß so was nie!

Stimmt. Worum geht's denn? Wieder um den Deutschen? Ich dachte, mit dem wären wir fertig.

Wie mit einem Fleck auf der Hose. Ich habe Freund Rechtsberater nach dem Mittagessen mit dem Alten reingehen sehen, Anderson, der seitlich auf der Ecke eines nicht mehr benutzten Schreibtisches saß, erhob die Stimme. Und Ink Nesbit ging vor einer halben Stunde durch die Packerei – taxierte wie immer die Mädchen in seiner durchdringenden Art.

Jimmy ging vor einer Stunde mit einem Kanister Eis

rauf. Fünf Gläser bitte, James! Sag mal, wo ist der Kleine?

Hat mir gerade am Eingang eine lange Nase gemacht, sagte Mac. Sagte, er würde erst morgen wiederkommen. Wollten ihn nicht dabei haben, vermute ich.

In dem abgetrennten Büro saß der alte Wynnewood von der Wynnewood-Crossman Company, manchmal auch Mohawk Press genannt, inmitten seiner unmittelbaren Geschäftspartner, zurückgekippt auf dem Stuhl, die Füße auf dem Schreibtisch, und rauchte. Ein ziemlich langes Schweigen. Hol sie ans Telefon, Willie, sagte der alte Mann, wollen mal herauskriegen, was zum Teufel sie da unten in Washington treiben.

Der Angesprochene, sein Sohn und Privatsekretär, ein frustrierter Mann von ungefähr dreißig, mit schmalen Schultern und verdrossenem Gesicht, wachte mit offensichtlicher Anstrengung aus seiner Träumerei neben dem halb hochgeschobenen Fenster auf. Die Angebote werden nicht vor vier eröffnet, Sir. Wir müssen noch mindestens eine halbe Stunde warten.

Also gut, sagte sein Vater und biß das Ende einer neuen Zigarre ab. Vergiß es.

Was ist mit den Männern draußen? fragte Willie. Soll ich sie zurück an die Arbeit schicken?

Laß sie warten. Mach das Fenster oben auf, setzte er hinzu. Willie holte einen Stock und öffnete es.

Das ganze Gebäude spürte die Spannung, obwohl die Arbeit wie gewöhnlich für diese Jahreszeit weiterlief, ein harter Tag an den Druckerpressen. Seitdem Joe Stecher vor zwei Monaten gekündigt hatte, wußte jeder, daß etwas im Anzug war. Deshalb bummelten sie heute zu guter Letzt in dem ganzen sechsstöckigen Gebäude alle heimlich, während äußerlich normal weitergearbeitet wurde – sie warteten, daß es vier würde, das war ihnen allen klar; sie erwarteten, etwas über das Ergebnis in Washington zu hören, wenn die Angebote für die Zahlungsanweisungen bekannt gemacht würden und der Kontrakt vergeben würde. Es war auch ein sportliches Ereignis. Etwas Besonderes.

Er hat nicht die Traute, das durchzuziehen, sagte einer.

Meinst du, wir kriegen ihn? fragte ein anderer.

Um Himmels willen, halt die Klappe. Ihr macht mich alle verrückt. – Die Pressen stampften weiter wie an jedem Dienstag im Jahr.

Anderson war einen Augenblick nach unten gegangen, um ein kleines Problem auf seinem Stockwerk zu lösen. Als er zurückkam, fragte er sie: Was Neues?

Nichts.

Der ruft bloß die Armee aus den Kasernen, was? Muß Angst haben, daß ihn einer beißt.

Der arme alte Stecher! Was für ein Menschenfresser *der da* ist. Ha! Und der Mann lachte säuerlich.

Mr. Price zog einen Stuhl ans Fenster, holte eine zusammengefaltete Zeitung aus der Tasche, setzte sich zum Lesen einen Kneifer auf die schmale Nase, entfaltete die Zeitung und begann zu lesen.

He, Price, lassen Sie uns mal die Sportseite sehen, ja? Price schaute angewidert über den Kneifer, riß die gewünschte Seite heraus und reichte sie ohne ein Wort herüber.

Die Tür zum inneren Büro war immer noch geschlossen.

Welches Angebot haben Sie denn schließlich eingereicht, J. W.? sagte sein Rechtsanwalt zu ihm.

Das höchste, wie immer. Warum nicht?

Wann haben Sie das beschlossen?

Heute morgen, sagte der alte Mann mit einem herausfordernden Blick.

Gestern schienen Sie sich noch nicht sicher zu sein.

Mr. W. gab keine Antwort.

Stecher hat heute morgen seinen Schreibtischschlüssel abgegeben, sagte Mr. Stevens, ein Teilhaber der Firma. Sagte, er hätte ihn gerade in seiner Tasche gefunden. Deshalb wissen wir, daß er nicht in Washington ist.

Stimmt das? Ist er selbst gekommen? Haben Sie ihn gesehen?

Nein. Hat zufällig heute morgen am Zeitungskiosk einen der Drucker getroffen, der hier im Block wohnt. Gab ihm den Schlüssel und bat ihn, ihn abzugeben.

Wann war das?

Ungefähr um acht heute morgen, denke ich. Als wir also wußten, daß er noch hier war ...

Was willst du damit sagen? blaffte der alte Mann.

Das Telefon klingelte. Da ist es! Geh du ran, Willie. Willie ging ans Telefon. Ja? Absolute Stille herrschte im Raum, und plötzlich war das Vibrieren von den Pressen unten deutlich zu hören.

Lauter, sagte Willie am Telefon. Ich kann Sie nicht verstehen.

Wer ist es?

Einen Augenblick, bitte. Das ist Mr. Dunham in Washington, sagte Willie mit der Hand über der Sprechmuschel. Im Nebenraum brach lautes Lachen aus. Ruhe! brüllte Mr. W. mit der Stimme eines Stiers. Dann zu Willie: Was will er?

Ja, was ist? Jetzt kann ich Sie hören. – Alle hielten wieder den Mund, während die Botschaft durchgegeben wurde. Ja, gut, bleiben Sie einen Augenblick dran. Willie legte die Hand über die Sprechmuschel. Er will wissen, was er tun soll, für den Fall, daß ...

In Herrgottsnamen ...!

Jetzt geht's los, sagte Ink Nesbit mit seiner komischen Stimme.

Sag ihm ... Nein, gib her. Und Mr. W. ging selbst zum Telefon – die Luft war schwer von Tabak und der für Ende August typischen Hitze.

Wer ist da? In Ordnung, Dunham. Was bist du eigentlich, ein Rechtsanwalt oder ein Schoßhund? Du weißt doch, was ich dir aufgetragen habe – nein, da gibt's kein Wenn und Aber. Ja, ich habe dir gesagt, Angebot A einreichen. Nein, nicht ein Angebot, sondern Angebot A. Herrgott noch mal, Mann ... Was zum Teufel ist mit diesem Telefon los? Er scheint nicht zu kapieren, wovon ich rede. Was? Angenommen, was?

Sie reden zu laut, J. W.

Hier, nimm du, Willie. Gegen was protestieren? fragte er und ging noch einmal zum Telefon zurück. Moment mal. Hier, Willie. Frag ihn, ob er heute da unten eine Spur von diesem kleinen deutschen Hundesohn gesehen hat.

Willie fragte. Nein, er sagt nein.

Nun, frag ihn noch mal.

Mr. Wynnewood möchte sicher sein, daß Sie heute nachmittag keine Spur von Joe Stecher in Washington gesehen haben ...

Zum Teufel mit Stecher, unterbrach ihn der Chef. Ich will wissen, ob sich heute irgendeine verdächtige Person beim Postministerium herumgedrückt hat – so, wie ich es ihm gesagt habe.

Willie wiederholte die Frage seinem Teilnehmer. Nein, sagte er, sich zum Zimmer zurückwendend, er sagt, sie haben eine Woche lang Wache gehalten, und niemand hat sich dem Postministerium genähert.

Gut. Jetzt sag dem begriffsstutzigen Dreckskerl da unten, sag ihm ... Sag ihm – ganz gleich, was es kostet – oder zu wem wir gehen müssen, um ihn zu kriegen – und wenn es Teddy selbst ist –, wir werden diesen Kontrakt bekommen, und damit hat es sich. Und laßt euch das gesagt sein! schloß er, den Anwesenden heftig zunickend.

Also, meine Herren, trinken Sie aus. In ein paar Minuten sollte alles geregelt sein.

Die ganze Zeit hatte Nesbit von Nesbit & Hubsmith, Inks, Incorporated, geduldig eine Miniatur-Blockhütte aus Streichhölzern mit blauen Köpfen gebaut, schloß sie endlich mit einem Walmdach ab und lehnte sich mit einem Seufzer bequem zurück: Da!

Sehr hübsch, Eddie, sehr hübsch, sagte J. W., grimmig lächelnd. Wo gehst du hin, Willie? – an seinen Sohn gerichtet, der zur Bürotür ging.

Auf die Toilette, wenn Sie nichts dagegen haben, Sir.

Der alte Mann starrte Willie nach, als er hinausging. Tja! sagte er bissig, da schickt man sie aufs College, und dann kommen sie einem zurück mit: auf die Toilette, Vater!

Sie sind sehr aufgeregt heute, J. W., sagte sein Rechtsanwalt. Sie sollten nicht so reden. Beruhigen Sie sich.

Ach, halte den Mund! sagte der alte Mann zu ihm.

Wie steht's, Mr. Wynnewood? sagte Mac zum Sohn des Chefs, als der aus dem inneren Büro heraustrat.

Ganz gut. Er zündete sich eine Zigarette an, während die anderen ihm neidisch zusahen. Puh!

Was ist denn los? fragte eine langsame, gedehnte Stimme.

Der Alte wieder. Ist in Rage.

Kein Kommentar. Einige Augenblicke verstrichen.

Zum Teufel mit dem alten Holzkopf. Willie blieb stehen und sah die Männer um ihn herum an, die seinen Blick mit völlig ausdruckslosem Gesicht erwiderten.

O nein, begann Mac vorsichtig, das würde ich nicht sagen.

Zum Teufel mit ihm, wiederholte der Sohn.

Wofür braucht er uns hier oben? sagte Stubby. In diesem Augenblick erschien der alte Mann selbst in der Tür zum inneren Büro und sah heraus. Was machst du hier draußen, Willie? Ich wünsche, du würdest drinnen bleiben, wo ich dich erreichen kann, wenn ich dich brauche.

Komme, Sir.

Hundsfott, sagte Mac. Willie! Willie! Hast wohl gedacht, du könntest uns für dumm verkaufen, hm? Bei dir piept's wohl.

Sind Sie sicher, daß die Männer nicht auf ihre Stockwerke zurückgehen sollen, Sir? fragte der junge Wynnewood, als er ins Allerheiligste zurückgekehrt war.

Ich habe gesagt, laß sie warten.

Warum halten Sie sie überhaupt hier fest, J. W.?

Ich will die Furcht Gottes in ihre Herzen pflanzen. Wenn sie denken, daß irgendeiner von ihnen – daß irgendein verschlagener kleiner Lümmel, der sich zufällig einbildet, er sei ein Geschäftsmann, mich an der Nase herumführen kann, dann wird er dafür bezahlen. Und nicht zu knapp. Ich will, daß ihnen so die Lust daran vergeht, daß sie es *nie* vergessen.

Schon gut, J. W. Wollte es bloß wissen.

Ich warte nur darauf, daß die Nachricht durchkommt, und dann werde ich es ihnen sagen.

Das kann Ihnen doch nicht soviel bedeuten, J. W., sagte sein Rechtsanwalt. Warum sind Sie so aufgebracht?

Ich aufgebracht? Weshalb? Er nahm sein Glas und kippte es herunter. Aber eins will ich euch sagen. Diesen kleinen deutschen Hundesohn kaufe ich mir, und wenn es mich den Rest meines Lebens kostet. Im Zimmer war es still geworden, als er sprach, so daß man spüren konnte, wie alle ein wenig beklommen lauschten.

Nicht gerade eine nette Rede, Dad, sagte sein Sohn, der in seiner Nähe stand, – für einen so heißen Nachmittag.

Du sollst auch den Mund halten! Dieser kleine ... Also, er weiß zuviel. Er weiß verdammt viel zu viel. Aber eines weiß er nicht, und das ist, was mit ihm passiert, wenn er versuchen will, sich in meine Geschäfte einzumischen.

Bitte, J. W., regen Sie sich nicht so auf – es ist zu heiß dazu heute. Was für eine Chance hat der Mann? sagte Stevens. Er hat kein Geld.

Geld! Du redest wie ein Kind. Jeder kann Geld beschaffen. Glaubst du etwa, er macht das alleine? Er wird bezahlt. Er wird gut bezahlt dafür.

Angenommen, wir bekommen den Kontrakt nicht, und er bekommt ihn? Wen kümmert das – auf was beläuft er sich eigentlich überhaupt?

Wenn du ein Geschäftsmann sein willst, Stevens, sei ein Geschäftsmann; wenn du ein Idiot sein willst, sei ein Idiot.

He, Mac, sagte Stubby draußen auf der Fabriketage im angrenzenden Zimmer, wach auf. Ich habe nachgedacht. Jetzt hör mal. Weißt du …

Weißt du was?

Es sind die Frauen.

Was ist mit den Frauen?

Es sind die Frauen, die den ganzen Ärger machen. Nimm den Chef da drin. Er besitzt ein Haus auf dem Land, ein Haus in der Stadt, ein sechsstöckiges Werksgebäude, ein paar Hotels, ein gut laufendes Geschäft – und ist er glücklich? Alles andere als das! Warum? Weil er trotz allem nicht von dem alten Pferdegesicht wegkommt. Habe ich recht? Das ist's, was ihm fehlt! Er ist kein so schlechter Kerl, wenn du mit ihm alleine bist, bloß … Andy, habe ich recht?

Klar hast du recht. Worüber zum Teufel redest du eigentlich? Und warum zum Teufel hängen wir immer noch hier herum und warten?

Und ich verwette meinen Hosenboden, fuhr Stubby fort, wenn du mal dahintergucken würdest, kämst du todsicher drauf, daß eine Frau den alten Stecher in die Geschichte hineindrängt. Da kannst du Gift drauf nehmen. Man weiß nie, was sich wirklich abspielt. Gott im Himmel! Manche Männer haben ein Leben wie in der Hölle. Das ist doch ein klarer Fall. Er war immer ein gutmütiger Kerl, hier, wenn man ihn in Ruhe ließ. Und er und der Chef kamen prima miteinander aus. Wer hat ihm wohl in den Kopf gesetzt, sich gegen den Alten auf die Hinterbeine zu stellen? Das ergibt doch keinen Sinn. Das war 'ne Frau.

Quatsch!

Meinetwegen. Aber wenn er eine eigene Druckerei anfangen wollte, warum, verdammt noch mal, ist er nicht hingegangen und hat's getan? Er muß es doch nicht J. W. auf die Nase binden. Also, das ist doch Sprengstoff! Warum muß ein Mann das herausfordern, bloß um ein Geschäft ins Rollen zu bringen? Nein, Verehrtester. Ich sage dir, den armen alten Stecher sticht noch etwas mehr als der Hafer.

Mach weiter, mach weiter, Süßer, sagte Mac. Ich höre den Klang deiner Stimme rasend gern.

Im Büro klingelte das Telefon wieder. Wie üblich ging Willie hin, während alle anderen gespannt dasaßen. Ist Minnie da? Die drinnen konnten es hören, eine laute klare Stimme, und brachen in ein kurzes Lachen aus. Willie knallte den Hörer auf die Gabel.

Sag der Telefonistin, sie ist entlassen.

Unmittelbar darauf klingelte das Telefon wieder. Es tut mir schrecklich leid, daß das passiert ist, Mr. Wynnewood. Ich habe auf jeden Anruf aufgepaßt, aber …

Völlig egal. Schmeiß sie raus.

Moment mal, Moment mal, J. W., sagte sein Partner. Der ganze Laden war heute nervös. Miss Werber ist eines unserer besten Mädchen.

Ich habe Anweisung gegeben, daß auf diese Leitung keine Anrufe geschaltet werden außer denen, die uns interessieren. Erzählt mir nicht, wie ich das Geschäft führen soll. Das Mädchen geht morgen früh. Wenn es noch mal vorkommt, geht sie gleich. Schluß damit.

Nehmen wir das alles nicht ein bißchen zu ernst, J. W.? Letzten Endes! sagte Ink Nesbit.

Ich nehme es, wie ich will. Los, trinkt aus.

Aber, fuhr der Druckfarbenmann fort, der den Alkohol ein bißchen spürte – und verdammt noch mal, letzten Endes können Sie nicht ohne Druckfarbe drucken – hat der Mann nicht das Recht, ein Angebot für den Kontrakt einzureichen, wenn er will? Warum sich ereifern?

Der alte Mann hörte nicht zu. Wir haben die Stadt nach Verbindungen durchgekämmt, sagte er, mehr oder weniger zu sich selbst, und ich bin mir ziemlich sicher, er hat sich nicht einer der großen Firmen angeschlossen – ich wollte aber, ich könnte mir sicher sein. Seine Stimme klang, ganz gleich, wie er sprach, wie ein Daumen auf einer mit Kolophonium eingeriebenen Saite – laut und kratzig. Keine Stimme, außer einer sehr leisen wie die seines Partners, konnte dagegen ankommen.

Kommen Sie schon, J. W., sagte er, ich glaube, wir haben verloren– und lächelte.

Was willst du, mich auf den Arm nehmen?

Ich war schon immer der Meinung, fuhr sein Partner fort, daß er uns eines Tages zuvorkommen würde. Ich wette, er hat jetzt ein Angebot stellvertretend für jemand anders gemacht, ein exaktes, niedriges Angebot, und hat Erfolg gehabt. Das glaube ich.

Ach wirklich, ja?

Ja, wirklich.

Wenn er das getan hat, wird er wünschen, er hätte es nie probiert. Ich lasse ihn von Caldwell rausschmeißen. Was ist das denn, ein Kindergarten?

Kann sein.

Das Telefon klingelte wieder. Geh ran, Willie.

Ja? Was ist? Richtig, stellen Sie durch. Er legte die Hand über die Sprechmuschel. Washington.

Eine lange Pause. Ja, Mohawk Press. Ja. Hier ist Mr. Wynnewood. Mr. W. Wynnewood, ja.

Noch eine lange Pause.

Was Sie nicht sagen! Also, da will ich doch verdammt sein. Bleiben Sie mal dran. Er legte die Hand über die Sprechmuschel.

Stecher hat sein Angebot eingereicht.

Was soll das heißen? brüllte der alte Mann.

Moment mal. Moment mal, J. W., lassen Sie uns den Rest hören.

Um Himmels willen, sagte Willie am Telefon, geben Sie mir eine Chance, ja bitte? Der alte Mann war rot im Gesicht. Er nahm sich eine Zigarre, biß ungestüm das Ende ab und spuckte es dann auf den Boden.

Das niedrigste Angebot, sagen Sie? Ja. Morgen früh hier im Büro. Danke. Auf Wiederhören. Der Kontrakt ist an Joe Stecher gegangen.

Also, da laust mich doch der Affe. Wo zum Teufel, meint ihr –? Wie zum Teufel ...? Wo will er drucken? Wie zum Teufel hat er ...? Dem alten Mann verschlug es die Sprache.

Niemand sonst sagte etwas, alle beobachteten den alten Mann. Schließlich wagte sein Partner, ein Wort einzuwerfen: Worauf beläuft er sich?

Worauf beläuft er sich? Worauf beläuft er sich? Meint ihr etwa, ich werde so eine Schlappe einstecken? – Von dem kleinen ...

Um Himmels willen, Dad, sagte sein Sohn schließlich. Haben Sie denn kein Anstandsgefühl – hat Stecher schließlich nicht genausosehr ein Recht, ein Angebot auf den Kontrakt zu machen? Wo ist Ihr Gefühl für Proportionen? Ich begreife Sie nicht.

Du begreifst mich nicht, was? Also, das Gefühl für Proportionen, an das ich mich halte, heißt: laß dich nicht unterkriegen. Und ich lasse mich nicht unterkriegen. Von niemandem. Und damit hat es sich, und steck dir das an deine kleine Collegemütze, junger Mann, und zum Teufel mit dir. Ich lasse mich nicht unterkriegen! Weder jetzt noch sonst wann.

Dann hielt er inne, schaute seinen Sohn an und platzte lachend heraus: Willie hat recht, Leute. Na ja, was wißt ihr schon davon? Der kleine Deutsche hat's geschafft. Er hat's wirklich geschafft. Trotzdem, trotzdem – ich weiß es nicht. Irgend etwas sagt mir, daß er ganz schön ins Schliddern kommt, ehe er soweit ist. Ganz schön harte Maloche. Wenn er Manns genug ist, schafft er es vielleicht – vielleicht. Wenn er Manns genug ist. Nein, ich will zur Hölle fahren, wenn er es schafft. In meiner Zeit! Nein, weiß Gott, das ist zuviel. Direkt unter meinen Augen. Nein, Herrschaften, schloß er, so einfach kommt er mir nicht davon. Nie. Ich kämpfe gegen ihn bis ...

Angenommen, Sie kriegen eins übergezogen? sagte sein Partner.

Was meinst du, eins übergezogen kriegen? Wer wird mir eins überziehen?

Man kann es nie wissen, Dad, sagte Willie. Gott weiß wer könnte ein Händchen im Spiel haben –

Wer wird mir eins überziehen? fuhr J. W. fort und ignorierte einfach alles, was gesagt worden war. Schickt hier heute morgen seinen Schreibtischschlüssel rein, um mich mit seinen Schuljungentricks hinters Licht zu führen –

Keiner sagte ein Wort.

Wo will er das Geld herkriegen?

Das habe ich ja schon vorher gefragt, erwiderte sein Partner.

Was ist mit dir, Nesbit, du hältst doch zu uns, oder nicht?

Auf alle Fälle, John.

Dann geht's los. Wir hängen den kleinen Deutschen so hoch auf, daß er *nie* wieder Boden unter die Füße kriegt.

Wenn Sie mich fragen, J. W., sagte sein Rechtsanwalt, sollten Sie froh sein, daß Sie den Kontrakt los sind. In Druckaufträgen für die Regierung steckt doch nichts als Ärger. Und bei der gegenwärtigen Politik Washingtons, alles in Eigenregie zu machen, würde der Vertrag sowieso nicht länger als vier Jahre laufen. Das ist eine von Teddys Lieblingsideen. Vergessen Sie es.

Vergessen! Was willst du damit sagen, vergessen Sie es?

Immer mit der Ruhe, Dad.

Vergessen? Den Teufel werde ich. Warum übergebe ich ihm nicht gleich die Druckerpressen? Gebe ihm den ganzen gottverdammten Laden? Woher soll ich wissen, wie weit er meine Organisation untergraben hat? Du magst ein guter Rechtsanwalt sein, George, aber du weißt nicht, worüber du redest, wenn du mir sagst, ich soll so etwas vergessen.

Auf jeden Fall hat er den Kontrakt.

Von wegen. Das einzige, was er hat, ist eine höllische Durststrecke, ehe ich mit ihm fertig bin. Also, er schlägt keine fünf Dollar aus diesem verdammten Druckauftrag heraus, wenn ich es nicht will. Das ist mein Auftrag. Er gehört mir. Ihr werdet sehen, wie ich vergesse. Erst bringe ich diesen verdammten Schweinehund um. Wartet's nur ab.

Haben Sie nicht schon genug am Hals, J. W.? Jetzt rennen Sie gegen die Regierung an.

Für wen halten die uns denn? Wer ist denn überhaupt die Regierung? Wem zum Teufel gehört dieses Land? Ihm oder mir?

Es gehört Teddy.

Da hast du was gesagt! Teddy ist ein guter Junge. Er kennt das Spiel. Da fällt mir was ein. Er wird wissen, wie man diesen gottverdammten kleinen Betrüger wieder zurechtsetzen kann. Paßt mal auf. Komm, Willie, mach noch eine Flasche auf. Jetzt legen wir wirklich los.

Jetzt beginnt die Drecksarbeit, hm? sagte sein Rechtsanwalt, grimmig lächelnd. Lassen Sie uns ehrlich sein, J. W. Laßt uns nicht so was anfangen.

Warum nicht? Wie willst du irgendwas zustande bringen, wenn dir immer einer ehrlich, ehrlich ins Gesicht schreit. Redlichkeit ist die beste Politik, hm? Gott, wer zum Teufel hat sich je um Redlichkeit geschert außer einem Haufen kleiner Scheißer, die kein Geld in den Taschen haben?

Immer mit der Ruhe, Dad.

Teddy will die Dinge anpacken, und er weiß, daß er das nicht alleine machen kann. Zum Geld muß man gute Beziehungen haben. Das zählt. Ganz egal, wer man ist. Ihr werdet ja sehen, daß wir das schaffen.

Den Whisky schaffen, lächelte Ink Nesbit.

Ach, halt den Mund, sagte Mr. W. Teddy will alles in großem Maßstab tun. Das bieten wir ihm, und er weiß es.

Dieser kleine Heini ist ganz schön clever, J. W., und er versteht sein Handwerk.

Der ist doch bloß so ein scheinheiliger Hundesohn von einem miesen Schnüffler. Habe noch nie einen erlebt, der nicht Schiß hatte.

Wo ist Crossman heute? fragte Ink Nesbit, um das Thema zu wechseln. Ich frage mich, was er davon hält.

Crossman denkt nicht. Wir sagen ihm etwas, und er tut, was ihm gesagt wird. Wir buttern es, und er schluckt es.

Mach dir keine Gedanken um Crossman. Crossman ist in Ordnung. Für ihn habe ich auch Arbeit.

Stevens stand auf und streckte sich, während der Rechtsbeistand seinen Strohhut nahm. Also dann, J. W., viel Glück, sagte er. Wenn ich etwas für Sie tun kann, geben Sie mir Bescheid. Aber immer mit der Ruhe, J. W., immer mit der Ruhe. Wissen Sie, schließlich hat alles seine Grenzen.

KAPITEL 4

Wieder zu Hause

Also, es wurde aber auch Zeit, sagte Gurlie mit Nachdruck, als Joe abends schließlich auftauchte. Wo bist du gewesen?

Er grinste sie breit an und musterte sie dabei. Angeln, sagte er. Gurlie wirkte kräftiger als ihr dunkler Ehemann, der von zierlichem Körperbau war. Aber trotz ihrer hochhackigen Damenschuhe war sie mindestens fünf Zentimeter kleiner als Joe und wog gut und gerne fünfzehn Pfund weniger – was sie nie richtig verstehen konnte.

Angeln! Ich dachte, du hättest gesagt … in deinem Telegramm.

Wie geht's dir? He! Hör auf, als sie ihn packte, ihm den Hut vom Kopf schlug, ihn in ihrer üblichen ungestümen Art küßte und mit ihm herumtollte.

*Na, na, na!** sagte er, das reicht. Wo sind die Kinder?

In der Küche bei Olga.

Ach, ist *sie* hier?

Erzähl mal, was hast du ausgeheckt?

Ich war auf dem Land und habe Häuser angeschaut, sagte Joe. Lottie! rief er. Lottie, wo steckst du? Komm her.

* Alle im Text kursiv gedruckten und mit einem Sternchen gekennzeichneten Worte bzw. Sätze sind im Original deutsch. Bloße Kursiva bezeichnen Hervorhebungen.

Aber erst kam Olga mit Flossie auf dem Arm, und Lottie klammerte sich hinter ihr scheu an ihre Röcke.

Guten Tag! sagte Olga und ließ sich von ihm auf die Wange küssen. Was hältst du davon! Und sie drehte Flossie herum, damit er sie anschauen konnte. Er streckte die Hände aus, aber das Baby schaute bloß beide nacheinander an und reagierte nicht.

Sie kennt mich nicht mehr, sagte Joe.

Was erwartest du, sagte Gurlie, – wenn du nie zu Hause bist, setzte sie unlogisch, aber treffend hinzu.

Kann sie laufen? fragte Joe. Na klar, sagte Olga. Setz sie ab und laßt mich sehen. Olga stellte sie hin, sie blieb wackelig vor der großen Frau stehen, eine Hand auf ihrem Knie.

Joe war genauso verlegen wie das Kind. Alle anderen sahen zu. Flossie probierte paarmal ein Lächeln, aber es war offensichtlich gezwungen – in guter Absicht. Er hob sie vor lauter Zurückhaltung nicht hoch, obwohl es nach einem Augenblick schien, als erwarte sie es von ihm. Das arme kleine Ding, sagte er bloß kopfschüttelnd.

Was willst du damit sagen? fragte Gurlie, – armes kleines Ding! Sie hat ein ganz schönes Temperament, das will ich dir sagen.

Daraufhin schien das Baby den ganzen Vorfall zu vergessen, machte kehrt, unsicher wackelnd, und schickte sich an wegzugehen, zurück in die Küche.

Sie erinnert sich nicht mehr an dich, sagte Gurlie.

Das macht nichts, sagte Joe. Sie wird sich daran gewöhnen. Sie hat sich den ganzen Sommer auf dem Lande vergnügt, sie ist eine Kapitalistin. Ich mache ihr keinen Vorwurf.

Ist das wirklich so? fragte Gurlie.

Lottie, sagte Joe, der gerade das andere Kind hinter dem Rücken der Tante erblickte. Wie steht's mit dir? Erinnerst du dich an deinen Daddy, *Schätzchen*?*

Lottie hatte wie gewöhnlich ein Buch in der Hand, ein Bilderbuch mit einem leuchtend roten Vogel auf dem Umschlag. Dies streckte sie wie ein Geschenk vor. Ich habe einen kleinen Vogel, guck mal! sagte sie. Hier ist noch ein kleiner Vogel, setzte sie hinzu, schnell im Buch blätternd und einen weiteren kleinen Vogel suchend, den sie nicht finden konnte.

Joe hob sie hoch, umarmte sie und küßte sie glücklich. *Schön! Schön!** sagte er kopfschüttelnd. Und schön war sie in der Tat mit ihrem kleinen karierten Kleid und dem Haar, das gerade bis auf den tiefen Kragen fiel. Bloß die Spitzen ihrer rosa Ohren guckten durch die schweren Lokken. Große, unschuldige braune Augen, große rote Lippen, die, Knospen ähnlich, darauf warteten, sich später zur Blüte ihres Mundes zu entfalten – jetzt zeigten sie bloß die beiden reinen weißen oberen Schneidezähne – mit der dem Kind eigenen Ausdruckslosigkeit.

Kann ich das Buch mit nach Hause nehmen? sagte sie zu ihrem Vater – in dem Versuch, Konversation zu machen.

Du bist zu Hause, sagte Joe. Das ist dein Zuhause. Er setzte sie ab. Jetzt geh und spiele mit deiner Schwester. Ich kenne sie nicht mehr, setzte er leicht bestürzt hinzu.

Ha ha! lachte Gurlie verächtlich. Du denkst wohl, es ist so leicht, sich um Kinder zu kümmern. Jetzt geh und spiel mit deiner Schwester. Aber was hast *du* denn den ganzen Sommer angestellt?

Aber Lottie hatte jetzt Geschmack daran gefunden und wollte mehr. Was macht Daddy? fragte sie. Geht er weg?

Ich bleibe, wo wir sind, sagte Joe. Ich bleibe den ganzen Winter hier, und du bleibst bei mir.

Setz dich, sagte Lottie. Wozu? erwiderte er lachend, setzte sich aber, um dem Kind den Gefallen zu tun. Laß mich auf deinem Schoß sitzen, sagte sie.

Ho, ho! lachte Joe, hob sie hoch und küßte sie wieder. Nicht jetzt, Lottie. Geh und spiel mit deiner Schwester. Bring sie raus, ja, bitte, Olga?

Nein, Olga, sagte Gurlie. Wir essen jetzt zu Abend. In diesem Moment watschelte die Kleine wieder ins Zimmer, und gerade als sie ankam, stolperte sie über die Türschwelle zwischen Flur und vorderem Zimmer und fiel hin.

Wie immer rollte sie sich bloß herum und versuchte unsicher, wieder auf die Füße zu kommen, als Joe sie hochhob und fest an seine Brust drückte. Sie wehrte sich und schrie, stemmte sich gegen ihn.

Gib sie mir, sagte Olga. Du bist zu rauh.

Also, was ist passiert? fragte Gurlie.

Was ist womit passiert?

Mit dem Geschäft – mit allem! Ich will es wissen.

Das erzähle ich dir später. Habt ihr euch auf dem Land gut erholt?

Warum hast du uns nicht am Schiff abgeholt?

Olga hatte das Baby zurück in die Küche gebracht. Aber nun kam die kleine Flossie wieder unsicher ins Zimmer gewatschelt, steuerte zielstrebig auf Vater und Mutter zu, die sich unterhielten. Sie hatte ein großes Stück Brot in der Hand, die Kruste vom Ende des Laibes, die Olga ihr so gegeben hatte, damit sie nicht daran erstickte. Sie hielt es mit beiden Händen und grub ihre Zähne hinein, zog es dabei von sich weg, so daß ihr Kopf, wenn sich schließlich ein Stück löste, nach hinten ruckte und ihr ganzer Körper erbebte. Jedesmal, wenn sie das tat, sah sie einen geradewegs an und grinste beim Kauen, als wolle sie sagen: Findest du das nicht komisch?

Joe lachte jedesmal, wenn sie es tat, laut auf, was sie ermunterte, noch einmal zuzubeißen und wieder an dem Brocken zu zerren, und dabei lächelte sie die ganze Zeit, um ihn lachen zu sehen.

Um dem ganzen die Krone aufzusetzen, pinkelte sie – wobei sie Joe anschaute – dort in der Tür. Er bemerkte es nicht, bis sie sagte: Di di, di di, di di! und zur Seite trat. Erst da sah er, daß sie eine Pfütze gemacht hatte – wie die Rangeley Lakes – und göttergleich hinabschaute, als habe sie nie etwas Ähnliches gesehen, und hinzufügte: Tsck, tsck, tsck, tsck!, den Kopf von einer Seite zur anderen schüttelnd.

Joe gefiel das gar nicht.

Was erwartest du denn, sagte Gurlie, von einem Kind

von sechzehn Monaten? Du meinst wohl, daß ich sie davon abhalte.

Wisch es auf, sagte er.

Sie aßen in der Küche ein einfaches kaltes Abendessen aus dem Feinkostgeschäft, weil Gurlie noch keine Zeit gehabt hatte, mehr zu tun, als die heiße Wohnung auszulüften.

Was für Frauen hast du denn den ganzen Sommer hier oben gehabt? fragte sie und beäugte ihren Mann.

Was für Frauen? sagte Joe. Ich habe zuviel zu tun gehabt, um mich mit Frauen abzugeben.

Was sind denn das für Haarnadeln, die ich auf dem Boden sehe?

Ich vermute, du hast nicht gut saubergemacht, ehe du im Juni weggefahren bist, sagte er, denn wenn es nicht deine sind, weiß ich nicht, wie sie hierher gekommen sein können.

Du würdest dich nicht trauen, sagte seine Frau und lachte ihn an.

– und sie kennt ihr Alphabet, sagte Olga, um die Unterhaltung auf das Baby zu bringen, zumindest kennt sie den Buchstaben A.

Nein! sagte Joe. Du meinst, wenn du den Finger darauf legst …?

Ganz gewiß nicht, sagte Olga. Wenn du sie fragst, was A ist, zeigt sie es dir. Nicht, Spinne? Und sie kann ein Geräusch machen wie ein Hund und wie eine Katze und wie eine Kuh und wie …

Ein Hahn, sagte Gurlie.

Ja. Kikeriki! sagte Olga. Und sie erkennt einen Affen und einen Elefanten – und einen Stern!

Das hindert sie nicht daran, sich wie ein kleines Ferkel zu benehmen, sagte Joe und lachte über Flossie in ihrem hohen Stuhl.

Oh, sie läßt sich nicht von dir füttern, sagte Olga. Nein, ganz bestimmt nicht, Verehrtester! Sie hatte alles über

Kinn und Lätzchen hinunter gekleckert. Joe wandte sich zu seiner Frau.

Oi, oi, oi! sagte das Baby langsam mit sehnsüchtiger, entrückter Stimme, als klage sie milde und ohne Hoffnung.

Was ist denn los, Liebling? erwiderte Olga auf der Stelle voller Mitgefühl. Was möchtest du?

Sie meint Wasser, sagte Gurlie. Laß sie warten, sie trinkt es sowieso nicht. Aber die Tante stand auf und brachte es ihr. Das Kind nahm einen Schluck.

Sie kommt jetzt beinahe jeden Tag mit einem neuen Wort – sie muß üben. Achte nicht auf sie.

Und was ist mit Lottie? Die liebe kleine Lottie. Wir dürfen sie nicht vernachlässigen.

Ach die, die kriegt immer, was sie will.

Als das Abendessen vorüber war, wollte Olga, daß die anderen hinausgingen und sie alles wegräumen ließen. Aber Gurlie wollte nichts davon hören. Nein, du bringst die Kinder ins Bett, wenn du etwas tun willst. Ich kümmere mich hierum. Joe ging, um sich eine Zeitung zu holen. Als er zurückkehrte, lagen die Kinder bereit zum Gute-Nacht-Kuß wieder in ihren eigenen heißen, kleinen Bettchen, und er wollte sich bequem niederlassen und lesen.

Und jetzt, sagte seine Frau zu ihm, erzähl mir, was passiert ist. Ich will alles von Anfang an wissen.

Joe war in nachgiebiger Stimmung. Laß mich erst in meine Zeitung schauen, sagte er, und ich erzähle es dir, wenn Olga weg ist. Alles ist in Ordnung.

Sie ist in der Küche, sie stört uns nicht.

Es ist zu heiß zum Reden.

Was ist passiert?

Ich bin rausgeschmissen worden. – Gurlie sah ihn an. Du hältst das wohl für komisch. Leg die Zeitung hin.

Klar! sagte Joe. Aber frag mich nicht nach dem Geschäft. Wo ist Olga? Sag ihr, sie soll herkommen, ich habe eine Überraschung für euch.

Was?

Jawohl, Gnädigste. Ich zeige sie euch. He, Olga!

Schsch! sagte Gurlie. Und als seine Schwägerin, sich die Hände abtrocknend, langsam aus dem hinteren Teil der Wohnung kam, ging Joe zum Flurschrank, um zu holen, wovon er gesprochen hatte. Als ich aufhörte, sagte er, gaben sie mir das als Auszeichnung.

Wer hat dir was gegeben?

Sie.

Wer sind sie?

Die Leute im Betrieb.

Laß sehen, sagte seine Schwägerin und nahm es in die Hand. Das ist wunderschön. Was ist das?

Ist das Silber? fragte Gurlie. Sie nahm es, drehte es herum und las ›1649‹ auf dem Boden. Was ist das?

Sei nicht so dumm, sagte ihre Schwester. Dublee.

Oh. Kein Silber.

Es ist sehr schön, sagte Olga.

Also, wie gefällt es euch? sagte Joe. Warum lest ihr nicht?

Seine Frau drehte es wieder richtig herum und las auf der bauchigen Wand des Silbergefäßes in Zierschrift: Für Joseph Stecher von seinen treuen Mitarbeitern bei Wynnewood-Crossman Co., Inc., 30. Juni 1901.

Wie gefällt es euch?

Wozu ist es gut?

Um Champagner daraus zu trinken, sagte Joe. Seht euch mal diese drei Griffe aus Hirschhorn an. Es ist ein Freundschaftspokal.

Sieh mal einer an! sagte Olga. Also, das finde ich wirklich schön, so etwas zu haben. Es zeigt, daß sie dich mögen.

Nun, er war immer gut zu ihnen, sagte Gurlie. Warum sollten sie ihn nicht mögen? Es ist das mindeste, was sie tun konnten. Ich wette, es hat sie nicht viel gekostet.

Gurlie! Wie kannst du so etwas sagen. Du solltest dich schämen. Der Gedanke dahinter zählt.

Sieh es dir an. Was ist das schon? Ist das alles, was du mir zu zeigen hast? Ich dachte, du hättest gesagt, du hättest eine Überraschung.

Joe stellte das glänzende Gefäß wieder in den Schrank, wo er es den ganzen Sommer über in seinem grünen Beutel verwahrt hatte.

Ich will von solchen Dingen nichs hören, sagte seine Frau. Ich will was über das Geschäft wissen.

Nun, sagte Olga, ich glaube, ich gehe jetzt besser und lasse euch beide das miteinander aushandeln. – Das ist richtig, sagte Joe mit einem Lachen. Komm bald wieder. – Jetzt sei lieb zu ihm, ermahnte sie Gurlie, denn er ist dir ein guter Mann. Du solltest ihn lieber nett behandeln.

Was ist mit mir? sagte Gurlie. Mich muß niemand nett behandeln?

Ach du, sagte ihre Schwester. Du kriegst immer alles, was du willst. Seid jetzt brav, ihr beiden. Gurlie drehte sich um. Und seid nett zueinander. Damit ging sie schließlich.

Eine gute, freundliche Frau, sagte Joe, als er die Tür hinter ihr schloß und sich zu seiner Frau wandte. Komm her zu mir, sagte er. Komm, und laß mich mit dir reden.

Ja, sicher.

Ich will nicht Zeitung lesen. Aber zwinge mich nicht, übers Geschäft zu sprechen, nicht jetzt. Für eine Weile gab Gurlie Ruhe. Sie ging zum Fenster, durch das ein Luftzug hereinkam, zog ihr Kleid am Halsausschnitt mit beiden Händen auseinander, stand da und schaute in den Abend hinaus.

Weißt du, sagte Joe nach einem Augenblick und legte die Zeitung hin, manchmal muß ich über das lächeln, was wir uns so alles von den Dingen erhoffen und was dann am Ende meistens herauskommt.

Was soll das heißen? fragte Gurlie und blickte wieder ins Zimmer.

Nichts. Es ist manchmal bloß komisch, das ist alles, meistens.

Was meinst du mit komisch? Ich weiß nicht, was da zum Lachen wäre.

Warum nicht? sagte Joe. Es kostet jedenfalls nichts. Komm, laß uns ins Bett gehen.

Nein. Gurlie kehrte zum Fenster zurück. Ich wollte, ich wäre bis zum Labor Day auf dem Lande geblieben. Du machst mich verrückt.

Also, was willst du wissen? Ich bin rausgeschmissen worden. Ich bin gegangen. Und seitdem bummele ich herum, lebe wie ein Lebenskünstler.

Sei nicht so frech.

Ich will dir die Wahrheit sagen, meinte Joe. Ich habe ein Haus auf dem Land für dich gesucht.

Wo? fragte Gurlie, ohne sich umzudrehen.

Überall in der Gegend hier. Ich bin nach Hackensack gefahren und nach Montclair – das ist eine schicke Gegend. War an allen möglichen Orten. Aber sie wollen zu viel. Ein Haus in Hackensack allerdings war nicht so schlecht, ein paar alte Obstbäume im Garten dahinter – wenn man die Asche wegräumt, die da abgeladen wurde – man könnte was draus machen. Wir könnten es billig bekommen.

Warum bist du nicht nach Vermont gekommen, wenn du nichts zu tun hattest?

Ich mußte doch eine neue Stelle suchen, oder? Ach, komm schon, sagte er. Er ging hinüber und nahm sie am Handgelenk. Komm schon. Sie entzog sich ihm.

Ich bin kein Kind mehr. Nein. Mach, daß du rauskommst.

Also, sagte Joe, in Ordnung. Ich erzähle es dir. Ich habe den ganzen Sommer hart gearbeitet.

Woran? fragte Gurlie.

Berechnungen meistens. Und mir Gewerberäume in der Stadt angeschaut, zum Anmieten, falls ich einen eigenen Betrieb aufmache. Kostet ziemlich viel Geld – und Sorgen, das sage ich dir.

Ja, sagte Gurlie, das hast du mir erzählt. Aber was ist mit der Arbeit?

Weißt du, was eine moderne Druckerpresse kostet? Ungefähr dreitausend Dollar. Wir brauchen mindestens vier davon, um so viel zu produzieren, daß es sich lohnt.

Was hättest du denn jetzt gern, sagte Gurlie, daß ich schnurre wie ein Kätzchen und dich anlächle?

Ach, meinetwegen, sagte Joe, wenn du dich danach fühlst. Ich bin müde, ich glaube, ich gehe ins Bett. Gute Nacht. Er ging ins Schlafzimmer, drehte das Licht an, setzte sich auf die Bettkante und begann die Schnürsenkel zu lösen. Sie folgte ihm sofort, ging zur anderen Bettseite und zog dabei die Jalousien herunter. Sie zogen sich schweigend aus, jeder auf seiner Seite des Bettes.

Ehrlich, das Haus, das ich heute in Hackensack gesehen habe, war nicht so übel.

Ach, sprich nicht mit mir.

Mir geht es einfach gut, sagte Joe. Ich habe meine Frau wieder.

Das meinst du.

Habe ich das denn nicht?

Sei ein Mann, sagte Gurlie. Oder wenn du keiner sein kannst, dann tue wenigstens so. Ich sollte einer sein. Ich würde es dir zeigen.

Na, zeig es mir doch, sagte Joe, ganz gegen seinen Willen leise kichernd.

Du Idiot. Ich weiß, daß du bloß ein Träumer bist. Du wirst es nie zu etwas bringen. Du weißt nicht, was du tust. Aber ich kann dir sagen, was du tun solltest. Ich bin eine Realistin. Ohne mich würdest du es nirgendwohin bringen.

Joe lachte gelassen: Ho, ho, ho!

Was machst du? erwiderte sie hitzig. Du kannst mich nicht auslachen. Eines Tages wirst du nicht wissen, wie dir geschehen ist.

Joe lachte bloß. Ich glaube, du brauchst ein paar neue Nachthemden, sagte er. – Kümmere dich um deine Angelegenheiten. Warum gibst du mir kein Geld, um bessere zu kaufen, setzte sie bei weiterem Nachdenken hinzu.

Beruhige dich, sagte Joe, die Stimme ein wenig hebend. Ich will nicht am ersten Tag, wo wir wieder zusammen zu Hause sind, mit dir streiten. – Schsch! sagte sie, du weckst die Kinder. Alles, was du weißt, habe ich dir beigebracht, fuhr sie fort. Du hast nichts gewußt.

Drucken beispielsweise, sagte Joe.

Nein, das habe ich dir nicht beigebracht. Aber ich habe dir beigebracht, wie du es nutzbringend anwenden kannst.

Tja, kämpfen und gewinnen, das ist leicht, aber kämpfen und verlieren, das ist bitter, gab er ihr zur Antwort.

Du traust dich nicht, sagte seine Frau. Wie willst du gewinnen, wenn du es nicht versuchst? Ich hätte diesen Sommer hier sein sollen. Ich habe Mut. Ich glaube nicht, daß du etwas getan hast. Ich kann es riechen. Angeln. Ein Haus suchen. Du? Daß ich nicht lache. Und ich muß es wohl hinnehmen. Andere Frauen haben Männer, die ihnen Geschenke bringen. Das einzige, was ich kriege, ist Geschirr, das ich spülen, und Kinder, um die ich mich kümmern muß. Zum Glück bin ich stark. Aber wenn andere das am Halse hätten, womit ich fertig werden muß, sähen sie nicht so gut aus.

Für mich siehst du gut genug aus, sagte Joe.

Ach, du bist ein Idiot.

Er lachte. Das habe ich gern. Jetzt habe ich das Gefühl, daß wir alle wieder zu Hause sind und alles in Ordnung ist. Übrigens, sagte er, ich habe den Kontrakt.

Welchen Kontrakt?

Hab ich's dir nicht erzählt?

Nein. Du hast mir nichts erzählt.

Für die US-Zahlungsanweisungen.

Was! *Du* hast den Kontrakt bekommen? Wann?

Heute. Ich habe es gerade in der Zeitung gelesen.

Du Lieber! Und sie zog ihn an sich und umarmte und küßte ihn überschwenglich. Sieg! Und damit Strich drunter.

Ich wünschte, es wäre so.

Erzähle!

Ich erzähle dir morgen früh alles darüber. Ich muß morgen nicht arbeiten. – Das stimmte.

KAPITEL 5

Im Viertel

Als sie am nächsten Morgen ruhig zusammen im Bett lagen, erzählte er ihr alles, wie er es versprochen hatte – Gurlie lauschte gespannt, Joe sprach mit seiner leisen gleichmäßigen Stimme, als bedeute ihm die ganze Sache wenig. Sie waren früh aufgewacht, ehe die Kinder aufstanden, die beste Tageszeit für nachdenkliche Beratungen. Während das erste gelbe Morgenlicht in den offenen Fenstern zunahm, redete er, und sie hörte zu.

Guten Morgen.

Guten Morgen, mein Lieber. Hast du gut geschlafen?

Sehr gut. Er stieß einen tiefen, zufriedenen Seufzer aus. So gut wie noch nie in diesem Sommer.

So hatte es begonnen. Sie sprachen ein paar Minuten über nichtige Angelegenheiten und kamen dann naturgemäß zu den brandaktuellen Dingen.

Du weißt doch, was die ganzen Jahre vor sich gegangen ist, sagte Joe.

Mach weiter. Ich will jetzt alles hören.

Ich meine den Druck der Zahlungsanweisungen für die Regierung –? Nun, das kommt Geld so nahe, wie es irgend kann, ohne daß es Geld ist. Ich meine, erst einmal war es ein politischer Schwindel. Von der schlimmsten Art, das weißt du. Und du weißt, wer den Auftrag immer zum höchsten Preis bekommen hat. Das war der Stand der Dinge. Sie hatten Freunde im Apparat, die für sie arbeiteten. Und sie haben sie immer noch.

Wer sind sie?

Was wir immer machten, war, zwei Angebote bereitzuhalten, ein hohes und ein niedriges – bloß für den Fall. Wir bekamen den Zuschlag sowieso.

Sie lag da und betrachtete einen Fleck an der Decke.

Aber der Haken an den Zahlungsanweisungen war, fuhr Joe fort, daß sie so leicht gefälscht werden konnten. Durch die Postämter gingen jedes Jahr Tausende von Dollar wegen Schecks verloren, in die hinterher eine höhere Summe eingetragen war, und durch alle möglichen anderen Betrügereien und sogar durch ganze Bücher gefälschter Formulare.

Warum hat man die Leute nicht ins Gefängnis gesteckt?

Damit hatten wir nichts zu tun. Ab und zu verloren wir im Betrieb ein Blankoformular, aber das machte nicht viel aus. Nein, der Punkt, wo die Firma hätte ansetzen können, wäre das Papier gewesen, das sie benutzen. Ich wollte, daß sie ein neues Papier verwandten, das ich gefunden hatte. Aber der Alte wollte nichts davon hören. Damit wäre der ganze Ärger mit dem Fälschen erledigt gewesen. Wenn man darauf etwas änderte, würde die Oberfläche des Papiers verändert. Na, so hat es angefangen. Ich versuchte, es ihm zu verkaufen – ein Jahr lang. Ich konnte die Vorteile sehen, und als er nicht wollte, habe ich deshalb beschlossen, zu sehen, was ich selbst mit dem Papier anfangen könnte. Ich habe ein Monopol darauf erworben! – In der Erinnerung daran lächelte er in sich hinein.

Wie gut für dich!

Warum nicht? Ich wußte, dieses Jahr würden die Angebote wieder fällig sein. Ich sprach mit ein paar Freunden, mit Männern wie Senator Platt und Chauncey M. Depew, und sie sagten, sie würden mich unterstützen.

Ja, natürlich. Jetzt rückst du endlich damit raus.

Sie sagten, ich würde was Gutes damit machen.

Habe ich dir nicht immer das gleiche gesagt? Warum hast du nicht schon vor einem Jahr auf ihren Rat gehört?

Sie waren keine Drucker, sagte Joe. Na ja, viele Dinge sind zusammengekommen. Ich lernte Mr. Lemon kennen, der das Sicherheitspapier herstellte, und so führte eins zum anderen. Wenn Lemon nicht gewesen wäre, hätte ich natürlich nichts unternehmen können, er lieh mir das Geld. Jedenfalls, schließlich sagte ich denen in der Firma, daß ich ginge.

Das muß gleich gewesen sein, nachdem ich wegfuhr, sagte Gurlie. Warum hast du es mir nicht *damals* gesagt?

Ich spreche nicht gerne über ungelegte Eier, sagte Joe.

Als du mir dein Telegramm aufs Schiff geschickt hast, hast du gesagt, du würdest in Washington sein. Warst du da?

Ich hatte vor, nach Washington zu fahren, aber im letzten Augenblick entschloß ich mich, es nicht zu riskieren. Ich wußte, was da ablief. Aber ich dachte, auf jeden Fall wäre es besser, aus der Stadt zu verschwinden.

Was dann? sagte Gurlie. Erzähle weiter.

Dann besuchte ich Mr. Lemon, und er lieh mir fünfzigtausend Dollar.

Was! sagte Gurlie. Fünfzigtausend Dollar! Wieso denn das?

Ich weiß es nicht, sagte Joe. Ich schätze, er mochte mein Gesicht.

Du meinst, er hat es dir einfach gegeben? Wo ist es?

Auf der Bank. Genaugenommen hat er es mir nicht wirklich gegeben, er hat es in das Geschäft investiert.

In welches Geschäft?

In mein Geschäft.

Oh. Und wenn du schließlich den Kontrakt doch nicht bekommst, würde es dann immer noch im Geschäft sein?

O ja, ich denke schon. Jedenfalls, ich sagte denen in der Firma, ich würde kündigen. – Er kicherte in sich hinein.

Endlich! sagte Gurlie. Das predige ich dir schon seit Jahren. Was haben sie gesagt?

Sie waren sehr nett. Sie boten mir an, mein Gehalt zu erhöhen. Sie boten an, es zu verdoppeln, um die Wahrheit zu sagen. Sie boten mir sogar eine Beteiligung am Geschäft an.

Was sagst du jetzt! Da siehst du es! sagte Gurlie. Hatte ich nicht recht die ganzen Jahre? Hatte ich nicht recht? Gib's mal zu. Gib's zu.

Nein, sagte Joe. Damals war nicht die rechte Zeit dafür. Man muß eine solche Sache richtig angehen.

Natürlich war es immer die richtige Zeit. Nicht einer von denen ist so klug wie mein kleiner Deutscher. Nicht einer.

Na, na, na, sagte Joe. Rede keinen Quatsch.

Ich meine es ernst. Du bist ein Idiot, wenn du dich so klein machst, als wüßtest du nicht mehr als das ganze Pack zusammen. – Und sie rollte sich herüber und küßte ihn.

Rede keinen Quatsch, sagte Joe und stubste sie weg. Ich habe ihnen gesagt, daß ich gehen würde, und ich ging. Das ist alles. Ich ging. Sie versuchten alles mögliche, um herauszukriegen, was ich tun würde. Sie rochen den Braten. – Joe lachte. – Sie hatten Verdacht geschöpft. Sie stellten mir alle möglichen Fragen. Ich verriet ihnen nichts. Das war, als die Leute in meiner Abteilung mir den Freundschaftspokal schenkten. Ich glaube, sie kämen alle zu mir, wenn ich sie darum bitten würde.

Sie müßten ja schön blöd sein, wenn sie es nicht täten, sagte Gurlie. Sie wissen, was gut für sie ist.

Du sollst nicht so reden, sagte Joe.

Hast du deine Lektion immer noch nicht gelernt? sagte seine Frau. Kannst du denn nie etwas lernen? Du bist ein großartiger Mann, niemand kommt dir gleich, und du benimmst dich, als wärst du ein Obsthändler.

Jedenfalls habe ich gekündigt. Und sie haben mich beobachtet. Das hat es so schwierig gemacht. Sie wußten, was ich wußte. Sie wußten, daß die Angebote bevorstanden. Und sie wußten, daß ich wußte, daß ihr Angebot nicht reell sein würde. Sie wußten, daß jeder aufrechte Drucker sie bloßstellen könnte. Aber sie bekamen nie heraus, wo ich das Geld herhatte. An dem Punkt hab ich sie an der Nase herumgeführt.

Wie gut für dich.

Also, ich dachte, wenn ich den Kontrakt bekommen kann, sind das vier Jahre, in denen ich mir keine Sorgen zu machen brauche. Danach kann ich genug Aufträge bekommen, so daß ich ausgelastet bin, aber diesen Auftrag brauchte ich dringend.

Nur vier Jahre? fragte Gurlie.

Vier Jahre, alle vier Jahre wird er erneuert. Deshalb habe ich mir überlegt, ob ich den Sommer über alles unter einen Hut bekäme, Gewerberäume und Druckerpressen – alle Kosten, den Standort – alles, was nötig wäre. Dann, wenn die Angebote veröffentlicht würden, hätte ich, falls ich den Zuschlag bekam, noch drei Monate, um alles einzurichten, ehe ich anfing, die Zahlungsanweisungen auszuliefern.

Warum hast du mir das nicht erzählen wollen?

Alles muß ein Geheimnis sein. Ich wollte ganz sicher gehen, sagte Joe.

Ach! Du machst mich krank, sagte seine Frau. Traust du mir nicht?

Jedenfalls hatte ich ganz schön viel zu tun. Kostet eine Menge Geld. Ich habe aber eine gute Fabriketage in der Center Street gemietet, und heute, wenn die Papiere alle unterzeichnet und die anderen Kleinigkeiten erledigt sind, bin ich einzugsbereit. Wenn es durchkommt.

Ist nicht alles geregelt? fragte Gurlie.

Ich kann dir nicht alle Einzelheiten aufzählen, sagte ihr Mann. Ich muß wahrscheinlich bald wieder nach Washington. Ich denke, es gibt noch ziemlich viel Ärger, ehe ich soweit bin. Ich kenne die. Die würden mich lieber umbringen als zusehen, wie ich den Kontrakt bekomme, und vielleicht versuchen sie es sogar.

Gurlie saß aufrecht im Bett. Das heißt, du hast den Kontrakt eigentlich noch gar nicht?

Nein.

Was!

Mein Angebot war das niedrigste, und gewissermaßen habe ich den Zuschlag bekommen, aber, weißt du, um es offiziell zu machen, muß das Ministerium dem zustimmen, und ich vermute, ich muß dort erscheinen und beweisen, daß ich die richtigen Maschinen habe und auch sonst in der Lage bin, den Auftrag zu erfüllen. So ist es im Geschäftsleben.

Nun?

Nun, du weißt doch. Wenn irgend jemand im Apparat gegen mich arbeitet, kann man nie wissen, was passiert.

Angenommen, sie sagen, das niedrigste Angebot komme bloß von Joe Stecher. Der habe noch nicht einmal eine eigene Werkstatt zum Drucken.

Aber du wirst eine haben, die beste.

Ja, aber das wissen sie nicht. Das ist eine Arbeit für die Regierung. Angenommen, ich gehe in den ersten sechs Monaten bankrott und kann die Zahlungsanweisungen nicht liefern. Das ist schon vorgekommen. Das ist das Gute an der alten Firma. Sie haben die Maschinen, und sie können immer liefern.

Sie hatten *dich* da, deshalb.

Ja, sie hatten mich da, aber sie hatten auch die Pressen, sie hatten die Organisation.

Was willst du mir damit sagen? fragte Gurlie. Sie setzte sich auf und schaute ihrem Mann direkt ins Gesicht.

Ich habe einen guten Freund, fuhr Joe fort, ohne sie zu beachten, das ist der Postminister, Payne. Ein guter Mann. Und David ist auch in Ordnung. Wenn er etwas damit zu tun hat, weiß ich, daß ich mir keine Sorgen machen muß – wenn sie es ihm nicht aus den Händen nehmen. Du weißt, wie das ist, es kommt vielleicht nie auf seinen Schreibtisch.

Dann fahr zu ihm, wenn er ein Freund ist. Fahr zu ihm, warte nicht. Tu, was ich dir sage.

Moment mal, sagte Joe. Vielleicht ist es nicht nötig. Ich habe gehört, daß der Postminister krank gewesen ist. Er ist nicht sehr kräftig. Wir werden sehen.

Ich verstehe dich nicht, sagte Gurlie.

Also, nehmen wir mal an, die unterschreiben mir den Kontrakt – nachdem ich sie überzeugt habe, daß ich ihn erfüllen kann, fuhr Joe fort, gerade so, als habe seine Frau nichts gesagt. Als nächstes muß ich mich einrichten und zu arbeiten anfangen. Das ist keine Kleinigkeit. Jedes Blatt ist fortlaufend numeriert. Alles muß in jeder Einzelheit vollständig überprüft werden. Ich muß die richtigen Männer und Frauen einstellen, ich muß sie ausbilden. Es sei denn, die anderen kommen wirklich zu mir. Es wird ein harter Kampf, das will ich dir sagen.

War es das nicht immer? fragte Gurlie.

Als sie so da lagen, gab es weit weg draußen eine dumpfe Explosion, zweifelsohne wurde eine Sprengladung für das Fundament eines neuen Bauwerks auf dem Drive gezündet. Sieben Uhr, sagte Joe. Der erste September. – Dann Stille in der kleinen Wohnung. Aber die Explosion hatte die Seiten von Flossies Kinderbettchen quietschen lassen, und bald konnten sie die Kinder hören.

Ich stehe wohl besser auf, sagte Joe.

Merkwürdig, nachdem man Vermont mit seinen kalten, nassen Morgen und dem Vorgeschmack von Herbst in der Luft verlassen hatte, in diese siedenden Stadtstraßen und stickigen Räume zurückzukommen. Die Sonne, in ihrer immer noch unverminderten sommerlichen Heftigkeit, kehrte nun für einen weiteren heißen Tag zurück.

Als Joe aus dem Bad zurückkam, sah er die Kinder bereits an den Fenstern, die nach vorn schauten. Das Baby mit verrutschtem Nachthemd tat sein Bestes, um sich an der Fensterbank festzuhalten.

Flöckchen! Flöckchen! sagte sie mit ausgestrecktem Zeigefinger, als ihr Vater sich ihr näherte. – Was? sagte Joe. – Sie muß die Vögel meinen, rief Gurlie aus dem Nebenzimmer. Vögelchen! Sie rief es nachdrücklich mit lauter Stimme. Es war das übliche frühmorgendliche Drama der Vögel und Katzen, der Spatzen und Tauben, die auf einer Mauerbrüstung auf der anderen Straßenseite saßen, wo nun die Sonne hinschien.

Merkwürdigerweise hatte Joe einmal nichts zu tun. Um zehn hatte er eine Verabredung mit seinem Rechtsanwalt, aber bis dahin wanderte er rastlos umher, las die Zeitung, half, die Mädchen zu versorgen. Schließlich mußte er gehen. Lottie beobachtete ihn, wie er unten aus der Tür trat, sich umdrehte und ihr zuwinkte und allmählich in Richtung der Hochbahnhaltestelle an der 6. Avenue verschwand. Sie blieb stehen und sah ihm nach, ihre Schwester neben ihr versuchte auch auf die Straße hinauszuschauen, aber sie war zu klein.

Sie sahen einen Wagen mit einem weißen Pferd davor langsam vorbeifahren und einen Mann, der daneben herging und mit sich überschlagender Stimme rief, aber sie verstanden nicht, was er sagte. Und ein anderer Mann schaute in eine Tonne auf der gegenüberliegenden Straßenseite – um die Wahrheit zu sagen, in alle Tonnen am Bordstein, eine nach der anderen, obwohl er weder etwas herausnahm noch etwas hineinwarf, sondern einfach immer so weitermachte.

Später, nachdem sie gewaschen und angezogen worden waren, stand Lottie wieder am Fenster und sah, wie mehrere Männer die Tonnen hochhoben und sie in einen großen Wagen leerten und sie dann mit reichlich Scheppern und Klappern wieder auf die Straße stellten. Aber Lottie hatte Angst hinauszugehen, das ganze Schauspiel, auf das sie von so hoch oben schaute, war ihr fremd. Das Baby stand einfach bloß neben seiner Schwester und verstand gar nichts.

Wo seid ihr, Kinder? sagte Gurlie nach einer Weile hinten in der Wohnung, denn sie waren so still. Wenn sie sie aus dem Hause hätte schaffen können, hätte sie es getan.

Es klopfte an der Tür. Ein älteres Mädchen, Eleanor Soundso von gegenüber, an das Gurlie sich erinnerte, hatte Lottie und das Baby am Fenster gesehen und war herübergekommen, um Mrs. Stecher zu fragen, ob sie eine Weile auf sie aufpassen könne. Wunderbar! sagte Gurlie. Aber du darfst nicht mit ihnen weggehen. Bleibt hier vor der Treppe, wo ich euch sehen kann. Denk dran. Ich bringe den Kinderwagen herunter.

Die meisten kleinen Kinder im Viertel, die, die keine Botengänge verrichten oder bei der Hausarbeit helfen mußten, spielten mittlerweile draußen, so daß die frisch zurückgekehrten Stecher-Mädchen so etwas wie eine Neuigkeit waren, besonders für die älteren. Sie sammelten sich um Eleanor, die ihnen so den Rang abgelaufen hatte, sahen sie neidisch an und starrten neugierig auf die beiden ländlichen kleinen Fräulein.

Wo waren sie? Wann sind sie zurückgekommen? Eleanor beantwortete alle Fragen, während Lottie im Hintergrund blieb und das Baby, über sie alle verwundert, seine sämtlichen Tricks vorführte – den Blick hob, den Blick senkte – die Unterlippe vorschob und kräftig pustete, bis es ein ziemlich ordinäres gurgelndes Geräusch erzeugte. Dann schaute es achtsam umher, um die Wirkung auf alle seine Bewunderer zu beobachten.

Ich kann nichts Tolles an ihnen entdecken, sagte ein Mädchen.

Laß mich das Baby eine Weile fahren, darf ich, Eleanor? Eleanor drehte sich um und schaute zum Fenster hoch, als erwartete sie, daß Gurlie sie von dort beobachtete, und sagte: Wie kann ich, es ist nicht mein Baby.

Du bist gemein.

Ich habe gehört, er ist arbeitslos, sagte ein anderes Kind und meinte den Vater der beiden kleinen Mädchen. Mutter hat gesagt, er hat sie den ganzen Sommer auf einen Bauernhof geschickt, weil das Baby krank war. Ich glaube, sie ist es immer noch, guckt sie euch an. Sie lachten ohne erkenntlichen Grund. Aber die Neuheit der beiden Mädchen nutzte sich ziemlich schnell ab, und schließlich verlor Lottie ihre gewohnte Befangenheit – oder begann sie zu verlieren –, nur um erneut von Entsetzen ergriffen zu werden, als ein älterer Junge vorbeikam, sie von oben bis unten musterte und sagte: Wer ist denn das?

Andere kamen und gingen, das war ihre gewohnte Welt. Da war der Junge – Urheber von Zwischenfällen –, der in einem fort eine Holzpistole an den Kopf eines aufgebrachten kleinen Mädchens hielt, das ein Baby in seinem Puppenwagen die Bordsteinkante entlangschob. Der Junge schlug schließlich die Puppe mit der Faust und tat so, als würde er auf die Decke in den Wagen spucken oder tat es tatsächlich – bis die kleine Mutter, rot im Gesicht, gezwungen war, in die Gosse hinab und mit ihrem Schützling über die Straße zu gehen, während er vor den anderen her auf sein nächstes Angriffsziel zustolzierte.

Und da stand plötzlich der liebe Arthur Pfeffermann, den Lottie vergessen hatte, den sie aber, wie sie schnell wieder entdeckte, mehr liebte als alles andere auf dieser Welt. Sie starrte und errötete dann, als sie sah, daß er sie anschaute, und sagte: Guten Tag.

Und nun fingen ein paar der ein wenig älteren Kinder an, Verstecken zu spielen, nur daß es nicht viele Winkel gab, in denen man sich verstecken konnte. So gut wie keine, um die Wahrheit zu sagen, außer bei den Vordertreppen und in den Eingängen der nächsten Häuser. Und die ganze Zeit über lehnte ein sehr kleiner Junge an seiner Haustür auf der anderen Straßenseite und beobachtete sie, während er unablässig auf einer Pfeife blies, die er in der Hand hielt, müßig, ohne irgendeinen Ausdruck auf dem Gesicht, immer wieder den einen schrillen Pfiff, immer und immer wieder.

Schließlich konnte auch Lottie von den anderen überredet werden, sich zu verstecken, während das Mädchen an der Treppe, so schnell sie konnte, eins, zwei, drei, vier, fünf, sechs, sieben, acht, neun, zehn und so weiter bis hundert zählte. Eines der älteren Mädchen hatte Lottie ein kurzes Stück die Straße hinauf in einen Eingang gestellt. Sie selbst ging sich anderswo verstecken. Als Lottie hinter der Eingangstür stand und von Zeit zu Zeit hinausspähte, um zu sehen, ob jemand kam, stieg ein Mann die Treppe herauf und kam auch herein und schloß halb die Tür hinter sich. Er war sehr nett in diesem Dämmerlicht und bot ihr Bonbons an, aber sie hatte zu große Angst, um ihm auch nur zu antworten. Oh, sagte er, ich weiß, daß du Bonbons magst. Nur diese Sorte magst du vielleicht nicht. Komm mit mir, sagte er und hielt ihr die Hand hin, und du wirst es nicht bereuen. Ich gehe die Straße rauf bis zur Ecke, und du folgst mir.

Mittlerweile war das Kind aber durch und durch verängstigt und konnte sich kaum rühren, weil der Mann zwischen ihr und der Eingangstür stand. Sie versuchte zu sprechen, aber das Herz schlug ihr bis zum Halse. Nein, sagte sie und wich vor ihm zurück.

Gerade da öffnete Arthur Pfeffermann die Tür, schaute herein und rief: Lottie! Sie war noch nie in ihrem Leben so froh gewesen, jemanden zu sehen. Lottie, sagte er, komm her. Und als sie durch die offene Tür auf ihn zuging, sagte er: Lauf! Also jagten sie die Treppen hinunter, und sie lief, so schnell sie konnte, bis sie zu den anderen kamen, die aufgeregt um den Kinderwagen standen und auf sie warteten. Arthur war dicht hinter ihr, als sie stehenblieben und sich nach dem Mann umdrehten, der schnell in der anderen Richtung die Straße hinunterging, ein junger Mann. Ehe die älteren Mädchen etwas tun konnten, war er verschwunden. Sie hatten solche Angst.

Eleanor brachte die Kinder zu ihrer Mutter zurück.

KAPITEL 6

Die Zeitungen

Ruhm bringt Verpflichtungen mit sich, und wenn der eigene Name in den Zeitungen erscheint, ist das in jeder kleinen Gruppe, wie der der Freunde und unmittelbaren Nachbarn der Stechers an der West 104. Street, der erste Schritt in diese Richtung. Jeder begann jetzt Joe Stecher kennenzulernen und zu respektieren, und damit begannen viele zum erstenmal seiner Frau Aufmerksamkeit zu schenken und über sie zu reden, ein früher Nachteil.

Nun begannen die Fahrten nach Washington, die sich einen Monat und länger bis zur entscheidenden Kraftprobe hinziehen sollten. Gurlie blieb wie früher schon viel allein, wartete auf ein Ergebnis, tat, was sie konnte, um sich nicht aus dem Gleichgewicht bringen zu lassen. Was gab es schon zu tun? Einkaufen, kochen, ein bißchen aufräumen und saubermachen, sich um die Kinder kümmern. Dann kam Joe zurück, und sie erfuhr, was es Neues gab – nicht viel. Es erbitterte sie manchmal über die Maßen, daß er ihr so wenig erzählte.

Am ersten Sonntag nach ihrer Rückkehr bestand Gurlie darauf, daß Joe mit ihr zur Kirche ging. ›Denn welche der Geist Gottes treibt‹, stand auf der Tafel vor der Kirchentür, die den Predigttext verkündete, ›die sind Gottes Kinder‹. Siehst du, sagte Gurlie anerkennend, genau das meine ich. – Das ist gut, sagte Joe. Mehrere Männer grüßten ihn mit ehrerbietigen Gesten. Offensichtlich war er ein zum Aufstieg bestimmter Mensch, ein Mann von herausragender Begabung. Die, die ihn gestern nicht bemerkt haben würden, waren heute ein paar gedruckter Zeilen wegen eifrig darauf bedacht, ihn zu grüßen.

Was halten Sie von seiner Frau?

Denn die Zeitungen regten sich nun immer mehr auf über die vielen betrügerischen Zweige des Postministeriums in Washington, und man konnte sich darauf verlassen, daß mitten darin jeden Tag Joe Stechers Name auftauchte. Seit dem Krieg mit Spanien und seinem unvergeßlichen Fleischskandal, der allen noch gut in Erinnerung war, hatten die Untersuchungsbeamten die verschiedenen Ministerien der Regierung durchgekämmt. Die Post war eins der letzten gewesen, aber nun kam sie an die Reihe – dank Joe Stecher. Wenn Gurlie einkaufen ging, konnte man es den Augen der Frauen ansehen. Es lag in der Luft.

Ich könnte nicht sagen, daß sie sich besser kleidet als ich, sagte eine von ihnen. Schauen Sie sie sich an! sagte eine andere und lächelte.

Manche Frauen waren kühner als andere, und weil sie der glücklichen Frau Joseph Stechers nichts zu sagen hatten, aber reden wollten, zwangen sie Gurlie, ihren persönlichen Kümmernissen zuzuhören, das einzige, worüber sie mit Berechtigung etwas sagen konnten.

Gurlie hatte sich nie am Leben des Viertels beteiligt. Sie hatte manchmal von Kindern, die an die Tür kamen, Lose für Tombolas oder einen Kirchenbasar gekauft, aber sie hatte keine Freunde dort. Um die Wahrheit zu sagen, die Stechers waren immer sehr für sich geblieben.

Aber nun hielt sie noch weniger von ihren Nachbarn. Wir wohnen hier, weil wir es uns nicht leisten können, zu leben, wo wir hingehören, drückte sie es aus. Aber ich werde noch eine feine Dame, warte es ab. Aus der besten Gesellschaft. Natürlich gehören wir dazu, setzte sie nach Joes Einwänden hinzu. Jawohl, mein Lieber. Ich zeige es ihnen. Du beeilst dich mal besser und schaffst Geld heran. Das war selbst damals ihr ständiger Refrain.

Warte, bis wir die Kinder los sind. Wir werden wer sein und auf einem Gut leben. Ich möchte Gesellschaften geben. Ich möchte ihnen zeigen, wer wir sind.

Wer sind wir? sagte Joe.

Na ja, wer auch immer wir sind, wir sind nicht wie diese Leute, die hier in der Gegend leben. Pah! Ganz gewiß nicht.

Und sie konnte darüber verletzend und grausam sein. Sie lachte ihnen ins Gesicht und fragte sie, wofür sie sich eigentlich hielten – wenn sie sich erdreisteten, in einer Angelegenheit, ganz gleich, in welcher, eine andere Meinung zu haben als sie – es sei denn, es waren ›hohe Tiere‹. Also, Sie können ja nicht kochen, sagte sie. Oh, so zieht man doch kein Kind auf, wissen Sie es nicht besser? Und sie lachte laut und wandte sich ab. Was für Leute! Sie machte sich nichts daraus. Und solche Kinder. Tatsächlich hatten die meisten Angst vor ihr oder zogen es zumindest vor, sich nicht mit ihr anzulegen. Sie konnte bösartig und draufgängerisch sein, wenn sie gereizt wurde, Mann, Frau oder Kind gegenüber – so tief sie auch standen –, wenn es dazu kam oder die Gelegenheit es verlangte. Das Ergebnis war, daß niemand sie belästigte – jedenfalls nicht sehr.

Du hättest Professor werden sollen, sagte sie zu ihrem Mann. Wenn ich mir diese Männer anschaue und an die Bildung denke, die du genossen hast, muß ich lachen. Sie denken, weil du Ausländer warst, können sie dich an der

Nase herumführen. Was die wissen, hast du doch im kleinen Finger.

Damit würde ich nicht so angeben, sagte ihr Mann.

Stimmt es denn nicht? Sie denken, daß du nichts weißt, weil du für deinen Lebensunterhalt arbeiten und einen Beruf, ein Handwerk erlernen mußtest. Du siehst ihre Gesichter nicht, aber ich tue es. Das wird sie lehren, wohin sie gehören. Also, alles, was du brauchst, ist ein bißchen Geld und mich, um dich anzutreiben, und du kannst überall hingehen und eine wichtige Person sein. Ich weiß, wovon ich rede. Wer stellt denn hier schon etwas dar? Niemand. Geht das denn nicht in deinen deutschen Dickkopf? Es gibt niemanden, der an dich herankommt.

Nun, nun, rede nicht über ungelegte Eier, sagte Joe. Wir müssen ihnen vielleicht noch eine ganze Weile etwas vorspielen, ehe wir durchblicken lassen, wie klug wir sind.

Die wissen das schon. Alle werden es ganz schnell wissen.

Aber um Himmels willen, fang nicht schon jetzt an, darüber zu reden, sagte Joe. Darum bitte ich dich inständig. Halte den Mund, bis ich wenigstens angefangen habe, die Anweisungen zu liefern. Du verdirbst sonst noch die ganze Sache.

Das stimmt, räumte sie ein, und von da an gelang es ihr, ihr Wissen für sich zu behalten – obwohl ihr Gesichtsausdruck noch schärfer und kritischer wurde als zuvor, wenn sie diese oder jene Nachbarin beim Einkaufen traf. Aber es fiel ihr nicht immer gerade leicht.

Guten Tag, Mrs. Stecher, sagte eines Tages eine tranige dünne hohe Stimme zu ihr. Ich bin in Eile, sagte Gurlie. Ei nun, Sie werden aber schrecklich stolz in der letzten Zeit, sagte die kleine Frau, Sie sehen noch nicht einmal mehr Ihre Nachbarinnen. Wie geht's den Kindern? – Sie war ein merkwürdiges kleines Geschöpf, aber offen wie der Tag, eine der wenigen, mit denen Gurlie auskam, weil die Frau nie etwas übelnahm und etwas Gemeines oder Hinterhältiges nie mitbekam. Sie bewunderte die selbstbewußte Gurlie ungemein.

Wollen Sie nicht eine Minute mit mir plaudern? sagte diese Mrs. Goodale – sie war erst vor einem Jahr von einem kleinen Bauerndorf draußen an der Spitze von Long Island in die Stadt gezogen. Gurlie war von der Gutmütigkeit dieses kleinen Geschöpfes entwaffnet und beging den weiteren Fehler, auch sie zu fragen: Wie geht's Ihren Kindern? – Das war das Ende.

Also, begann Mrs. Goodale ... O Herr im Himmel, dachte Gurlie. Also, dem Baby geht's nicht so gut. Ich glaube, es kriegt Zähne.

Gurlie wollte aufstöhnen, weil sie wußte, was nun kam, aber ›Originale‹ belustigten sie auch immer ein bißchen, und dieses kleine Geschöpf war eine komische Figur, wie sie im Buche stand. Sie sind katholisch, nicht? sagte Gurlie. Ja, sagte die kleine Frau. Ich vermute, deshalb haben Sie auch so einen Haufen Kinder, sagte Gurlie.

Ach, sie sind doch zu niedlich, sagte das kleine Geschöpf. Aber Jimmy, das ist der Fünfjährige, ich weiß nicht mehr, was ich mit ihm machen soll, er macht sich immer naß. Eine Freundin hat mir gesagt, ich soll ihn mit einer Tasse trainieren. Das einzige, was er tun will, ist die Tasse packen und damit spielen.

Sie müssen ihn beobachten, sagte Gurlie.

Tu ich ja, aber ich kann nicht überall sein. Sowie ich ihm den Rücken kehre, tut er es. Aber der Kleinste ist ein Süßer, fängt gerade an, Geräusche von sich zu geben und mich auszuschimpfen, wenn ich ihn aus der Wanne nehme. Ich habe sie gerne, wenn sie so klein und hilflos sind. Das ist die beste Zeit. Ich sehe sie nicht gerne erwachsen werden.

Ich wohl, sagte Gurlie. Sie sollten nicht noch mehr Kinder bekommen, Sie können es nicht verkraften. Man sollte annehmen, der Priester würde Ihnen etwas raten, was Sie tun sollen, damit Sie sich um die anderen kümmern können.

Er versucht sein Bestes, der arme Mann. Aber was weiß er schon?

Sie sind doch intelligent, sprechen Sie mit Ihrem Mann darüber, sagte Gurlie.

Er trinkt ein bißchen, wissen Sie, sagte die arme Frau, und manchmal vergißt er sich. Wir leben natürlich, schon immer.

Wie viele Kinder haben Sie jetzt? fragte Gurlie.

Fünf. Drei Mädchen und zwei Jungen. Aber ich hatte noch nie ein Baby, das so jung gezahnt hat. Mein letztes Mädchen vor diesem war sieben Monate, und Matthew war neun Monate alt. Aber dieser, wissen Sie, mit fünf Monaten bekommt er zwei Zähne. Wenn sie so früh kommen – man sagt, sie beeilen sich, um Platz für das nächste zu machen.

Mein Gott, sagte Gurlie. Sind Sie von Sinnen?

Ich weiß, was Sie meinen, sagte die Frau, Sie haben nur zwei. Sie sollten noch eins bekommen. Ich glaube, das nächste Mal wird es ein Junge.

Woher wissen Sie das? fragte Gurlie, deren Interesse auf der Stelle geweckt war.

Nach dem letzten haben Sie, glaube ich, nicht wieder Ihre alte Figur bekommen. Da habe ich doch recht, oder?

Ja, sagte Gurlie, das stimmt.

Dann wird es ein Junge, wenn Sie jetzt eins kriegen, sagte Mrs. Goodale.

Also, ihr Leutchen wißt manchmal Dinge, von denen die Ärzte noch nie gehört haben.

Stellen Sie sich doch vor, wie nett es wäre, wenn Sie jetzt einen kleinen Jungen bekämen, sagte die Frau, gerade, wo Ihr Mann anfängt, Geld zu verdienen.

Das hörte Gurlie nicht gerne. Jetzt nehmen Sie es nicht krumm, sagte das kleine Geschöpf. Gurlie begann sie eingehender anzusehen und fragte sich, ob sie nicht entweder einen kleinen Tick hatte oder vielleicht einer dieser gewöhnlichen Menschen war, die mit hellseherischen Fähigkeiten begabt waren und die Zukunft voraussagen konnten. Sie glaubte fest an solche Dinge. Für einen Augenblick empfand sie Argwohn gegenüber der Frau und zögerte gerade so lange, daß Mrs. Goodale noch ein paar Brocken aufregender Unterhaltung unterbringen konnte, ehe sie nach Hause eilen mußte, um den Kindern das Abendessen zu machen.

Für eins bin ich dankbar, sie essen alles, was ich ihnen gebe. Ich weiß nicht, was ich tun würde, wenn das nicht wäre – es macht sie aber nie dick. Sie sind mager wie Stekken, ganz egal, wieviel ich in sie hineinstopfe. Alle außer dem Baby. Sie waren alle gleich. Sie fingen an, dünn zu werden, als sie anfingen zu laufen.

Das war genug für Gurlie. Aber die Frau hielt sie noch einmal fest. Sie wußte genau, in welchem Augenblick sie etwas durchsetzen konnte: Ich habe gehört, im Herbst müssen wir alle Kinder impfen lassen.

Ganz großer Unsinn, sagte Gurlie. Ich lasse das nicht zu.

Aber Sie müssen, wenn die Sie zwingen. Sie gehen herum und zählen die Kinder, habe ich gehört.

Was glauben Sie denn, wo wir sind? sagte Gurlie. Dies ist ein freies Land, nicht mit meinen Kindern, das können sie nicht, nicht, wenn ich es nicht zulasse.

Dann können sie nicht zur Schule gehen.

Wir wohnen weit weg von hier, sagte Gurlie, ehe es soweit ist. Und sie lachte laut und gab der kleinen Frau einen Klaps mit der Hand, als sie wegging und das Geschöpf dastehen und ihr mit besorgten Augen nachschauen ließ.

Aber das war keinesfalls alles! Die Frau wollte Gurlie nicht gehen lassen, den einzigen Anhauch von Ruhm, den sie vielleicht je erleben würde, das arme Ding, eine Straßenbekanntschaft mit einer Person, die, wenn auch indirekt, in der Zeitung stand. Wollen Sie nicht mal einen Moment warten, Mrs. Stecher? rief sie und eilte Gurlie nach.

Was ist denn? sagte Gurlie und blieb ganz gegen ihren Willen stehen.

Bitte seien Sie nicht ungehalten über mich, aber ich unterhalte mich so gerne. Ich kriege kaum mal jemanden, der mir zuhört. Und Sie sind so freundlich. Ich wollte Sie was fragen.

Ich weiß, sagte Gurlie. Sie haben es bereits gesagt.

Wirklich? Ich bin schrecklich dumm, Sie müssen mir verzeihen. Habe ich es wirklich schon gesagt?

In diesem Augenblick kamen zwei zwölf- oder dreizehnjährige Mädchen mit Schulbüchern unter dem Arm die Straße entlang. Sie unterhielten sich ernsthaft, als ein kleiner Junge hinter ihnen über den Bürgersteig gerast kam. Macht Platz! Macht Platz, schrie er. Ha! Und als er sie mit ausgestreckten Armen schubsen wollte, gingen sie ein wenig auseinander, um ihn durchzulassen, kamen wieder zusammen und redeten weiter wie zuvor.

Sind Jungen nicht schrecklich? sagte Mrs. Goodale.

Die Mädchen haben selbst schuld, sagte Gurlie. Sie sollten es nicht zulassen.

Ach ja, die Suppe, die man sich eingebrockt hat, muß man auslöffeln. Ich habe mir meine eingebrockt, als ich den Mann heiratete, den ich geheiratet habe. Hören Sie sich mal das Baby an, es hat Schluckauf wie eine Kukkucksuhr. Sind sie nicht komisch? Ich hatte mal eine Freundin, die gab ihrem Dreijährigen Bier, Wein, grüne Bohnen und – Limburger. Das haben sie ihm zu essen gegeben, und er entwickelte sich prächtig dabei. Sie brachten ihn ins Krankenhaus –

Das kann ich mir vorstellen, daß sie das mußten, sagte Gurlie.

– und gaben ihm Milch und Getreideflocken und so etwas. Er wollte es nicht essen. Nein, grüne Bohnen, sagte er. Aber wenn sie nicht Wasser trinken und nicht essen wollen, das ist das Schlimmste. Meinem Zweiten bekam die Flasche nicht, weil er so dagegen ankämpfte. Ach, die ganze Sache ist mir so leid. Ich bin es so leid, ich wünsche, ich wäre tot.

Das würde Ihnen auch leid tun, sagte Gurlie.

Die Frau lachte: Das stimmt. Da muß jemand wie Sie kommen, nicht wahr, um so etwas zu sagen. Die Kinder tun es einfach nicht. Ich versuche, es ihnen beizubringen. Nehmen Sie meinen Kleinen. Er sagt oo-hoo, ticktack und wauwau. Ja und tata. Aber ein Wort, das sagt er nicht.

Er ist aber doch ein aufgeweckter, lebhafter kleiner Junge, sagte Gurlie und fragte sich, wann das vorüber wäre.

Hm, er ist ein *Schatz*. Das Kind im Wagen fing an zu weinen. Ach, halt die Klappe. Mama mag dich nicht, sagte die Frau. Ich habe mit der Hand gegen die Wand gehämmert, so hat mich das angewidert. Jetzt schläft er die ganze Nacht durch. – Und so weiter und so weiter. Die Frau schien nicht aufhören und Gurlie eine Gelegenheit geben zu wollen, sie zu verlassen. – Jetzt gebe ich ihm Getreideflocken aus der Flasche. O Gott! Ich habe es mit einem Löffel versucht, das hat mich zwei Stunden gekostet. Ich war ein Nervenbündel. Der Teufel und seine Großmutter können das Kind nicht zum Schlucken bringen.

Ja, sagte Gurlie.

Aber ein paar Sachen habe ich von alleine rausgefunden. Er mag gerne Spinat, deshalb gebe ich überall ein bißchen Spinat dazu. Das funktioniert gut.

Ich muß gehen, sagte Gurlie. Auf Wiedersehen.

Nein, ehrlich, ich möchte Sie was fragen. Bitte.

Also dann, um Himmels willen, fragen Sie, sagte Gurlie ungeduldig, und lassen Sie mich gehen.

Na ja, beinahe schäme ich mich, sagte Mrs. Goodale, aber ich muß mit jemandem darüber sprechen, mit einem, der sich auskennt. Der Doktor sagt, ich muß mich operieren lassen. Ich habe Angst. Ich will es nicht, und mein Mann will es auch nicht. Aber der Doktor sagt, ich muß es machen lassen, wenn ich mich um meine Kinder kümmern will.

Was für eine Operation? sagte Gurlie.

Sehen Sie, was den gesunden Teil meines Körpers betrifft, oben, da hatte ich nie Probleme –

Oh, sagte Gurlie, ich verstehe.

Aber viele junge Frauen werden operiert, und was bleibt? Bloß eine Hülle. Ich bin heute morgen so deprimiert aufgewacht, ich habe keinen Mut mehr. Was soll ich tun?

Das müssen Sie selbst entscheiden, sagte Gurlie. Ich muß jetzt gehen.

Wollen Sie mir nicht sagen ...? begann die Frau. Aber Gurlie war weg. Als auch die Frau aufbrach, blieb ein kleines Mädchen mit knubbeligen Knien und einer rotweißen Skimütze an der Gosse stehen, sah die Straße hinauf und herunter und schüttelte eine Münze in der Hand, ein Bündel mit Brot unter den anderen Arm geklemmt. Ein kleiner Junge mit den Händen in den Taschen ging vorbei.

Joe war nach Hause gekommen, während Gurlie einkaufen war. Du solltest die Kinder nicht alleine lassen, wenn du rausgehst, sagte er.

Also, ich nehme sie ganz bestimmt nicht jedesmal mit, wenn ich ein Brot holen gehe, sagte seine Frau. Was soll ihnen denn schon passieren? Es sind doch Leute gegenüber.

Ein Feuer. Das Haus könnte abbrennen.

Ach, sie warf den Kopf zurück. Jemand wird sie hören und sie herausholen, mach dir darüber keine Sorgen.

Gurlie brauchte nicht lange, um ein leichtes Mittagessen zusammenzubekommen, und so setzten sie sich zum Essen.

Was Neues heute?

Es geht,* sagte Joe. Weißt du, setzte er hinzu, es sind immer die Kleinigkeiten, die man nicht bedenkt, die die meiste Aufmerksamkeit verlangen und sich sogar als die entscheidenden Faktoren herausstellen.

Flossie, sagte ihre Mutter, hör auf, dir die Suppe ins Haar zu kippen. Sprich weiter, ich höre zu.

Eine Sache, die ich neulich abends vergessen habe zu erwähnen. Aber vielleicht habe ich es dir erzählt, es ging um einen Schlüssel.

Nein, davon hast du mir nichts erzählt.

Das Ganze war eigentlich Zufall. Aber es scheint funktioniert zu haben. Ich habe eben Petty getroffen, der mit in der Hochbahn fuhr, und er sagte, der ganze Betrieb habe davon gehört.

Wovon? Gibst du mir bitte die Butter. Iß, Lottie. Iß deine Möhre, oder du bekommst keinen Nachtisch.

Als ich letzten Juni den Betrieb verließ, habe ich alle meine Schlüssel abgegeben. Zumindest dachte ich, ich hätte sie alle abgegeben. Aber gerade an dem Morgen, genau dem Morgen, als die Angebote veröffentlicht werden sollten – ich weiß nicht, vielleicht hatte ich nach deiner Abreise jene Hose nicht mehr angezogen.

Das denke ich mir auch. Ich glaube, du hast nichts von deinen Sachen waschen oder bügeln lassen, solange ich weg war. Und übrigens, ich möchte gerne wissen, was du überhaupt getragen hast. Deine Hemden sind schlicht und ergreifend schmutzig. Wie soll ich sie deiner Meinung nach sauberkriegen, wenn sie so aussehen. Die Kragenränder sind schwarz. Wenn man sie schrubbt, nutzt man nur das Material ab. Du solltest es besser wissen.

Gib mir die Butter, sagte Joe.

Erzähl mir von dem Schlüssel.

Ich versuche es dir seit zehn Minuten zu erzählen, aber du willst mir ja nicht zuhören. Jedenfalls, ausgerechnet an dem Morgen fand ich den Schlüssel in meiner Tasche, gerade, als ich Petty zur Hochbahn gehen sah. Und mir schoß durch den Kopf, daß sie Verdacht geschöpft haben könnten und es eine gute Art wäre, sie wissen zu lassen, daß ich nicht in Washington war.

Erinnerst du dich, daß du mir ein Telegramm geschickt hast –?

Ja, das war ein Fehler. Jedenfalls egal, es sieht so aus, als könnte gerade diese Kleinigkeit unser ganzes Leben geändert haben.

Wie meinst du das?

*Gott im Himmel!** sagte Joe. Ich habe es dir doch gerade erzählt. Es macht keinen Unterschied. Die Sache ist bloß, daß, wenn das nicht gewesen wäre, der Alte vielleicht ein ruinöses Angebot eingereicht hätte, bloß um den Kontrakt zu kriegen. Ich glaube, ich gehe mal eine rauchen.

Nimm die Kinder mit. Aber warte. Ich will dir erst was

zeigen. Ich glaube, sie macht es noch mal. Flossie, komm mal her. Sie trug das Kind ins vordere Zimmer und sagte Joe, er solle sich eine Weile auf das Sofa setzen und aufpassen. Sie stellte das Kind mitten im Zimmer auf den Boden, holte eine kleine Puppe, die irgendwo in der Wäsche wieder aufgetaucht war, und warf sie beiläufig auf einen kleinen Tisch, der am Durchgang zum Eßzimmer an der Wand stand.

Flossie sah sie an, sah den Tisch an, dann ihren Vater und lächelte breit. Warte mal, sagte ihre Mutter. Beobachte sie.

Nach einem Augenblick ließ das Kind sich auf Hände und Knie nieder und begann sich auf den Tisch zuzubewegen. Sie hat ihn heute nachmittag wieder entdeckt, sagte Gurlie. Was für ein Gedächtnis! Sie wußten genau, was nun passieren würde. Beobachte sie.

Flossie hielt inne und schaute sich nach ihnen um, wozu sie sich auf ihre vier Buchstaben setzte, dann nahm sie den Weg zum Tisch wieder auf. Niemand sagte ein Wort. Als sie an ihrem Ziel angekommen war, bemühte sie sich, auf die Füße zu kommen, indem sie sich an einem der vorderen Tischbeine hochzog, bis sie stand. Dann schob sie den Tisch. Er brach langsam zusammen, eines der hinteren Beine gab langsam nach, genauso, wie sie es erwartet hatte. Rumms! Dann setzte sie sich auf den Boden und schaute sich mit großer Selbstzufriedenheit um. Also, was für ein Gedächtnis! sagte Gurlie. Sie wußte, daß das Bein gebrochen war. Sie hat es nicht vergessen.

Na ja, wenn du nie etwas reparieren läßt, sagte Joe. – Du warst doch den ganzen Sommer hier, sagte seine Frau. Egal, ist es nicht bemerkenswert, wenn man bedenkt, daß sie sich nach dem ganzen Sommer daran erinnert? – Wunderbar! sagte Joe.

Er fand es nicht so komisch.

Ich kann mich erinnern, sagte Gurlie, wie ich damals auf dem Fluß hinter Sonderheim bis ganz oben auf den Mast eines Schoners geklettert bin. Ich kann mich erinnern, wie ich auf einem Pferd ritt, als niemand glaubte, daß ich mich oben halten könnte. Ich war immer waghalsig.

Ja, sagte Joe, und ich kann mich erinnern, daß ich lange Wanderungen im Harz unternahm, manchmal mehrere Tage. Wir nahmen immer ein Stück Stoff und falteten es über unsere Zehen und schütteten Leinöl – oder vielleicht war es auch Klauenfett – darauf, damit es sich leichter ging. Wir hatten keine Socken oder Strümpfe. Aber das war, als wir älter waren. Ich kann mich an nichts erinnern, das vor meinem fünften Lebensjahr war. Wenn wir jetzt stürben, wäre es für diese Kinder, als hätten wir nie existiert.

Und nach dem Abendessen saß Joe im Sessel und las Lottie etwas vor, während Flossie in seinem Arm schlief, so erhitzt, so entspannt und in seinen Armen schwitzend. Und das Ausziehen und das Badezimmer – o ja, und der Schluck Wasser – und so endlich einmal mehr ins Bett, und wieder ein Tag beinahe vorbei.

Mann und Frau tranken zusammen ein Glas Bier in der Küche, nachdem die Kinder eingeschlafen waren, keiner von beiden sagte viel, sie saßen bloß da, hatten die Hände um die Gläser gelegt und starrten die meiste Zeit auf die Tischplatte.

Es ging auf Mitternacht zu, und immer noch saßen sie da und vertrödelten die Zeit.

Wann fährst du wieder nach Washington? fragte Gurlie.

Vielleicht morgen früh. Weiß noch nicht, erwiderte Joe. Das schien seine Frau zu erzürnen.

Ich muß es wissen, sagte sie. Ich habe deine dummen Antworten satt. Ich bin deine Frau.

Ach! Laß mich in Ruhe, sagte ihr Mann. Es ist doch sowieso alles für dich, was habe ich denn schon davon? Ich kann dir nicht immer sagen, was ich als nächstes tue. Ich weiß es nicht. Jetzt kümmere dich um deinen Kram, und ich kümmere mich um meinen.

Ist das so? sagte Gurlie und setzte ein böses Gesicht auf.

Joe ging ins vordere Zimmer und nahm sich die Abendzeitung vor. Sie folgte ihm: Typisch Mann. Du sagst etwas Beleidigendes und Gemeines, und dann hast du nicht den Anstand, die Angelegenheit weiter zu verfolgen. Was habe ich jetzt verbrochen? Sag's mir.

Joe wollte keine Antwort geben. Er schaute sie bloß an.

Du meinst also, du hast den Streit gewonnen.

Welchen Streit?

Du meinst, du hast mich in meine Schranken verwiesen. Scher dich zur Hölle!

Wozu sollen wir überhaupt versuchen zu reden. Alles, was ich sage, endet in Streiterei. Wenn ich sage, ja!, fängst du darüber an zu streiten.

Sei nicht so deutsch.

Ich bin ein Deutscher. Was brütest du jetzt wieder aus? Soll ich dir etwas sagen, was ich selbst noch nicht weiß?

Was ich ausbrüte? Was brütest du aus? Warum gibst du keine Antwort? Jetzt mach bloß eine Schnute wie ein verwöhntes Kind und sage, ich war's.

Warst was? sagte Joe.

Du warst es. Ich wollte nicht streiten. Also, warum sagst du nichts? Hast du gehört, was ich gesagt habe? Scher dich zur Hölle!

Da bin ich schon, sagte Joe. Was du brauchst, ist nicht einen Ehemann, sondern einen Gebieter.

Warum bist du es dann nicht? Mach doch, versuche es – wenn du Manns genug bist.

Joe lachte gegen seinen Willen, bitter vielleicht, aber trotzdem amüsiert. Es fehlte nur noch, daß Gurlie ihn anspuckte. Er stand auf, klatschte ihr auf den Hintern und zündete sich eine Zigarre an. Ein Wunder, daß sie ihm nicht ins Gesicht schlug.

Ich frage mich, ob es das wert ist, sagte er zu ihr. Ich frage mich, ob es das wert ist. Sieh mal, was für ein schöner Abend da draußen ist.

KAPITEL 7

Ein Haus im Grünen

Also, ein Gutes hat es, wenn man für sich arbeitet, sagte Joe eines Tages Anfang September. Ich habe nichts zu tun. Das war ein außergewöhnliches Ereignis in seinem Leben, und da seine Familie zu Hause und das Wetter herrlich war und die Spannung des Sommers den Höhepunkt überschritten hatte, genoß er es, obwohl Schlimmeres drohen konnte.

In diesen Tagen konnte er mehr oder weniger nach Belieben aufstehen, sich anziehen, frühstücken, vielleicht mit den Kindern spazierengehen – aber das würde nicht so bleiben. Es war bloß die Ruhe vor dem Sturm, während das Postministerium seine Maschinerie in Gang setzte und neue Ereignisse sich zusammenbrauten.

Warum gehst du nicht mit den Kindern in den Zoo, sagte Gurlie. Ich würde euch zur Abwechslung gerne einmal alle für einen Tag aus dem Haus haben. Ich habe die Kinder den ganzen Sommer gehabt, jetzt sieh du mal zu, wie es dir gefällt.

Laß uns rausfahren und ein Haus auf dem Land angucken, sagte ihr Mann. Es wurde abgemacht: Morgen früh nehmen wir die Kinder und fahren los. Am nächsten Tag also, an einem Mittwoch – man könnte denken, sie führen nach Europa – trieb Joe sie alle zur Eile an.

Du verdirbst alles, ehe wir noch da sind, sagte Gurlie. Warum bist du so nervös?

Aber ich habe dir doch schon vor einer Stunde gesagt, meinte ihr Mann, daß wir das Schiff nehmen müssen, das um neun Uhr an der 23. Street ablegt, wenn wir den Anschlußzug kriegen wollen.

Wer bin ich eigentlich? erwiderte seine Frau. Mach nicht so einen Wind. Nimm die Kinder und fahre, wenn du so in Eile bist. Ich komme später nach. Ich lasse mich nicht so hetzen. Kannst du denn nie etwas lernen? Ich bin nicht deine Angestellte.

Sie verpaßten das Schiff natürlich, und Joe wollte bereits umkehren und den ganzen Ausflug aufgeben. Aber Gurlie schmuste mit ihm, wie sie es konnte, wenn sie wollte, also warteten sie zwanzig Minuten und nahmen das nächste. Wo fahren wir hin? fragte sie ihn. Du hast mir nichts gesagt. Wo fahren wir hin, Daddy? fragte die ältere Tochter.

Wenn ihr zugehört hättet, sagte er. Ich habe es euch zwanzigmal erzählt.

Nimm dich in acht!

Pssst! sagte er. Wenigstens waren sie nun soweit und tatsächlich an Bord. Die Kinder wollten – zumindest Lottie – nach vorne gehen und den Fluß sehen. Gurlie trug das Baby auf dem Arm. Sie gingen nach vorn und hatten, weil um die Tageszeit kaum jemand sonst an Bord war, das Schiff beinahe für sich – abgesehen von den Pferden und Fuhrwerken auf dem Fahrzeugstreifen unten in der Mitte des Schiffes.

Es war wirklich ein herrlicher Tag. Gurlie war völlig verändert. Hier kann man atmen, sagte sie. Ab und zu spritzte ein wenig Gischt über den stumpfen Bug der Fähre fast bis zu Lotties Füßen. Sie war fasziniert. Man konnte deutlich spüren, wie das schwere Schiff sich hob und senkte, und mit der warmen Sonne auf den Gesichtern bewegten sie sich in der salzigen Brise stromabwärts.

Guckt mal, sagte Joe. Da fährt ein großes Schiff zum Meer.

Laß es fahren, sagte Gurlie. Ich will es nicht. Was ist das für ein Haus da drüben auf dem Hügelkamm? Es sieht aus wie eine Burg. Es muß großartig sein, da zu leben. Ich wette, da wohnen reiche Leute.

Es heißt Steven's Castle, sagte Joe. Ich glaube, die Leute sind pleite.

Dies ist eine wunderbare Fahrt, wenn man darüber nachdenkt, sagte Gurlie. Ich bin überrascht, daß nicht mehr Leute auf dem Schiff sind.

Was meinst du denn, was sie tun sollen, den ganzen Tag hier rauf- und runterfahren? Joe fühlte sich merkwürdig fehl am Platze. Diese Tageszeit, seine Familie um sich herum. All dies war eine neue Welt für ihn. Die Welt des Müßiggangs und Reichtums? Aber nichts an seinem Gesichtsausdruck hätte auch nur andeutungsweise verraten können, was er dachte: Es muß schrecklich sein, nichts zu tun zu haben. – Daddy! wagte das Baby ganz ohne Grund.

Guck dir diese Möwen an, sagte Gurlie, als eine große Möwe direkt vor dem Bug der Fähre widerstrebend vom Wasser aufflog, mit einem letzten Seitenhieb des Schnabels versuchte, etwas mitzunehmen, was sie gerade fraß, und mit den Füßen schlagend in die Luft glitt und dem Schiff auswich. Andere Möwen kreischten und drehten im Flug die Köpfe – sie beobachteten ihre Gefährten.

Flossie wollte auf den Boden hinunter wie ihre Schwester und versuchen zu laufen, aber Gurlie erlaubte es ihr nicht. Man konnte den Ammoniakgeruch der Pferde riechen, die auf der anderen Seite der Schranke standen – man konnte sie berühren, und auch die Fahrer, die auf den Kutschböcken der Fuhrwerke die Zügel hielten und vornübergebeugt in den Strom starrten.

Das ist der Norddeutsche Lloyd da drüben, sagte Joe. Sie ziehen es vor, in Hoboken anzulegen. Das ist eine gute deutsche Gemeinde.

Da fahren wir doch nicht hin, sagte Gurlie, oder?

Nein, sagte Joe. Wir nehmen den Zug. Wir fahren zu einem Ort namens Meadowhill, an der Erie Railroad; und er lachte.

Warum lachst du?

Weil der Erie heutzutage für jeden so was wie ein Witz ist. Aber es ist eine hübsche Stadt. Ich denke, sie wird dir gefallen. – Ist sie in der Nähe von Montclair? fragte Gurlie. – Das weiß ich nicht, sagte Joe. Kommt es darauf an? Gurlie gab keine Antwort.

Da standen sie, eine kleine vierköpfige Familie: der Mann in einem schwarzen, konventionellen Geschäftsanzug, einen preiswerten Panamahut auf dem Kopf, ein Mann von schmächtiger Statur, mit struppigen Augenbrauen, einem wohlgeformten Schnurrbart, einem breiten tiefgekerbten, nicht übermäßig hervorspringenden Kinn – es vermittelte den Eindruck von Festigkeit, zeigte aber gleichzeitig einen sensiblen Mangel an Geltungssucht. Aber am schönsten waren seine Augen und seine Stirn.

Sie standen da und genossen die gleichmäßige, erfrischende Brise, während das Schiff mit rhythmischem Schlagen der Schaufelblätter den Fluß hinunterfuhr, mit einer Geschwindigkeit von gut einer Meile. Gurlie war ein anderer Typ, für jeden Mann attraktiv, der ihr begegnete. Auch sie hatte ein ausgeprägtes Kinn, aber länger und schmaler als das ihres Mannes, ließ es ihr Gesicht ovaler aussehen als seines, das einwandfrei viereckig war. Sie runzelte leicht die Stirn gegen das vom Wasser zurückgeworfene Licht, und auf ihren vollen Lippen lag ein entschlossenes Schmollen. Aber ihr Blick war geltungsbewußt, wenn sie einen ansah, und ihr Haar war blond. Ein ziemlich dunkler Mann, in mancher Hinsicht, mit einer blonden Frau.

Die Kinder waren eine Mischung. Lottie war eindeutig dunkel wie der Vater, ähnelte ihm aber nur in der Haarfarbe, und Flossie hatte goldblondes Haar wie ihre Mutter, ähnelte aber im Schnitt ihres ziemlich kleinen Gesichts viel mehr ihrem Vater. Sie hatte gewöhnlich ein Grienen auf dem Gesicht, während Lottie meistens traurig dreinschaute und ihre großen braunen Augen immer verwundert auf die Welt zu gucken schienen. Mrs. Stecher trug das Übliche, eine plissierte Hemdbluse mit hohem Kragen und einen langen blauen Rock, mit einem Hut von entsprechender Größe, den sie festhalten mußte, damit er nicht fortgeweht wurde. Die Kinder waren mit Bändern und Blumen herausgeputzt und trugen hübsche kleine Strohhüte, unter dem Kinn von Gummibändern festgehalten.

Die Fähre näherte sich der Küste von Jersey. – Das ist also Jersey, wo wir leben werden.

Kommt schon, kommt schon, sagte Joe. Geht aus dem Weg, damit der Mann das Tor aufmachen kann. Einen Augenblick später gingen sie den Landungssteg hinauf, während die Pferde an ihnen vorbeistampften und rutschten und die Kutscher brüllten. Joe führte sie in den Wartesaal – der den Kindern riesig erschien –, denn er wußte, daß sie warten müßten – beinahe eine Stunde. Mein Gott! Auf diesen harten Bänken, sagte Gurlie.

Sie saßen da und sahen sich das große Holzgebäude an – zu seiner Zeit, vor dreißig oder vierzig Jahren, wahrscheinlich eine ziemlich berühmte architektonische Errungenschaft. Die Büros der Eisenbahnangestellten und anderer gingen von einer kreisrunden Galerie aus, die im ersten Stock um den Raum herumführte. Der ganze Saal roch komisch, wie nach faulendem Holz. Er war voller Menschen. Gurlie stutzte. Dann begann ihr klarzuwerden, was sich abspielte.

Es war, als kampiere eine Armee dort, Männer und Frauen und Kinder, ein Exodus, in fremdländischen Trachten, buchstäblich Hunderte von Menschen.

Wer sind die denn? fragte Gurlie.

Kannst du das nicht sehen? sagte Joe. Es sind Einwanderer, die irgendwohin in den Westen verfrachtet werden. Gurlie hatte so etwas noch nie gesehen. Sie standen in Gruppen, lagerten zwischen den Bänken des Wartesaals oder auf dem Fußboden, hatten ihre Habe in fremdartigen Schachteln und Bündeln, alte Frauen und Kinder saßen dazwischen. Die Männer standen etwas abseits, jede Gruppe hatte gewöhnlich einen Sprecher, der manchmal mit einem Dolmetscher redete. Sie alle hatten irgendwelche Fahrkarten an die Jacken geheftet. Sie sahen beunruhigt aus, warteten auf ein Signal zur Abfahrt.

Hier waren die Beweise für die Anspannung und das ungestüme Wachstum, die der Nation ein nicht leichtes Schicksal aufzwangen, die gleichen Zwänge, die auch in Joes Brust kämpften. Er wünschte, er wäre nicht auf diesen dummen Ausflug verfallen. Wie konnte er wissen, ob nicht in diesem Augenblick zu Hause ein Telegramm lag, das ihn aufforderte, nach Washington zu fahren.

Warum entspannst du dich nicht? sagte Gurlie. Hier hast du mal eine Gelegenheit, dich ein paar Stunden auszuruhen, und du läufst auf und ab wie ein Tier im Käfig. Es stimmte, der Mann konnte keine fünf Minuten sitzen bleiben. Ich weiß nicht, warum wir gekommen sind, sagte er, so den halben Morgen herumzusitzen.

Dann laß uns nach Hause fahren, mir ist es gleich, sagte Gurlie.

Die Kinder sahen sie an, sahen von einem Gesicht zum anderen, als sie sie so reden hörten.

Guck dir diese Kleider an, sagte Gurlie. Die Jacke dieses Mannes! So einen Stoff haben wir in diesem Land noch nie gesehen.

Ich wette, sie sind völlig verlaust, sagte Joe.

Nein. Sie sehen aus wie saubere, sparsame Leute. Ich frage mich, wo sie herkommen. Geh und frage sie.

Kümmere dich um deine Angelegenheiten, sagte Joe. Sie konnten die klare, bedächtige Stimme des Stationsvorstehers hören, die die Züge ankündigte: Port Jervis, Binghampton, Buffalo, Chicago und westliche Ziele auf Gleis drei. Chicago Express! Seine Stimme schallte durch die leere Halle. Einer der Dolmetscher brüllte einer Gruppe Bauern etwas zu, die sich sofort erhoben und ihm folgten. Einige andere brachen auch auf, wurden aber auf ihre alten Plätze zurückgewinkt und wieder zum Warten gezwungen.

Genau wie Vieh, sagte Joe. Eine Million kommt nun jedes Jahr herein und füllt den Westen.

Wieso kann ich nicht eine von ihnen als Dienstmädchen haben? fragte Gurlie.

Weil das Bauern sind, sagte Joe. Kannst du nicht sehen, daß es Familien sind? Sie haben wahrscheinlich Fahrkarten bis Minnesota, um Grund und Boden für Höfe zu erwerben – oder bis zu den Bergwerken vielleicht, in Pennsylvania oder West Virginia.

Warum behalten sie die nicht hier, an Stelle all dieser Juden?

Weil die Juden keine Bauern sind.

Dann sollen sie doch lernen, Bauern zu sein. Ich werde mit einer der Frauen sprechen.

Mach nur, sagte Joe, wenn du Slowakisch sprechen kannst. Sie werden dir ein paar ihrer Wanzen geben. Ich gehe nach draußen und rauche.

Gerade als er hinausging, klopfte ihm an der Schwingtür, durch die Leute in der entgegengesetzten Richtung hereinströmten, jemand auf die rechte Schulter und sagte zu ihm: Hallo, Stecher.

Joe zögerte, dann drehte er sich um: Wie geht's Ihnen, Mr. Depew?

Sie erinnern sich also an mich?

Joe nickte. Mr. Depew, Chauncey M. Depew, wie Joe zu sich sagte, trug einen Stock. Er war ein großer Mann mit einem Backenbart und tadellosem Geschäftsanzug, ordentlicher schwarzer Jacke und hohem, ordentlichem rundem Filzhut. Er war beträchtlich älter geworden, seit Joe ihn das letzte Mal gesehen hatte. – Es ist schon eine ganze Weile her, seit ich Sie gesehen habe. Ich bin überrascht, daß Sie sich an mich erinnern, sagte Joe.

Oh, seit den Tagen der alten Cooper Union konnte ich Sie doch nicht vergessen, Stecher, eh? Sie waren damals ein überzeugender Arbeiterführer, ein begabter Redner. – Vor zehn Jahren war Joe ein aktiver und geschätzter Wortführer der Arbeiterbewegung gewesen, hatte aber wegen der korrupten Leute an der Spitze die Sympathie für die Sache verloren. – Ich wünsche, es gäbe dort jetzt mehr wie Sie. Aber die Zeiten sind schlecht, Stecher.

Ja, sagte Joe.

Bei der Eisenbahn geht es immer schlimmer zu, und ich sage Ihnen, ich weiß nicht, wo das noch mal enden soll – es sei denn, Harriman tut etwas für uns. Wie stehen Sie denn heute zur Arbeiterbewegung?

Das ist eine schwere Frage, sagte Joe. Haben Sie Probleme?

Reichlich. Ich habe Ihren Namen wieder in der Zeitung gesehen. Glückwunsch, falls ich mit meinen guten Wünschen nicht zu früh komme. Und er lachte. Alles Gute. Sie schließen sich jetzt den Kapitalisten an, was?

Ja, sagte Joe. Wo kommen diese Einwanderer her, die heute hier sind? Ziemlich viele, nicht?

Wir kriegen unseren Anteil. Über diese Gruppe hier weiß ich nicht viel. Wir befördern sie bis nach Chicago. Eine gute Sache für die Banken. Bedeutet, daß neues Land aufgekauft wird. Darlehen – die Einwanderer sind so gut wie bares Geld für uns, wenn wir genug von ihnen kriegen können.

So sieht es aus, sagte Joe.

Wo wollen Sie hin?

Ich habe meine Familie mit. Wir fahren in die Vororte, suchen ein Haus.

Das ist schön. Sie haben vor, einer unserer Pendler zu werden?

Ich hoffe, ja, sagte Joe.

Schauen Sie mal vorbei. Ich habe ein Büro da oben. Er zeigte in Richtung Galerie. Gehen Sie, rauchen Sie. Ich wünschte, ich könnte mithalten. Anordnung vom Arzt. Auf Wiedersehen.

Als Joe zu seiner Familie zurückkehrte, wollte Gurlie wissen, wer der Mann war, mit dem er geredet hatte. Joe sagte es ihr. Du wolltest ihn nicht deiner Frau vorstellen, nicht wahr, sagte sie. Rede keinen Unsinn, antwortete Joe.

Secaucus, Meadowhill, Carleton Hill, Passaic Park, Passaic, Clifton, Lake View und Paterson! rief der Ansager aus: Gleis vier. Um sie herum standen hier und da Leute auf und setzten sich zur Tür in Bewegung, manche falteten ihre Zeitungen zusammen, andere trugen schwere Taschen, eine sehr schwergewichtige Frau watschelte allein des Wegs, und auf sie folgte eine italienische Familie mit Mann, Frau, drei kleinen Kindern plus einem Wickelkind, das auf dem Arm getragen werden mußte. Joe tat sein Bestes, um Gurlie zurückzuhalten, aber sie drängelte trotzdem voran.

Es gab nur drei Wagen, einen davon für Raucher und den letzten für Gepäck, so daß die wenigen morgendlichen Passagiere alle die hohen Holzstufen zu dem mittleren Wagen hinaufstiegen, und in der Tat landete Gurlie auf der anderen Seite des Gangs direkt gegenüber der sackförmigen italienischen Mutter, die, kaum daß sie saß, eine ihrer Brüste hervorholte und das Baby stillte – dabei redete sie in dem Bemühen, ihre anderen Kinder im Zaume zu halten, die ganze Zeit mit großer Geschwindigkeit. Joe schaute in die andere Richtung.

Da saßen sie. Ridleys frische gebrochene Karamellen! Ein Mann mit schmaler Nase und einer hohen nasalen Stimme ging langsam mit einem großen Korb auf dem Arm vorbei. Ridleys frische gebrochene Karamellen! rief er. Auch das noch, dachte Joe. Nehmen Sie eine Tüte für die Kinder mit nach Hause. Er blieb vor ihrem Sitz stehen und schaute mit einem freundlichen Lächeln auf die beiden kleinen Mädchen herab, die auf seine Schirmmütze und die geheimnisvollen Leckereien starrten, die er in ordentlich gefalteten Papiertüten mit sich führte, aber sowohl Joe als auch Gurlie schüttelten den Kopf. Die Pfeife ertönte. Alles einsteigen! Als der Zug sich in Bewegung setzte, stieg der Mann mit den Karamellen aus, Gott sei Dank! und war weg.

Schließen Sie vor dem Tunnel die Fenster, hatte der Schaffner gerufen, als er die Fahrkarten einsammelte. Eine Frau kam mit ihrem nicht zurecht, und der schwere Qualm der Lokomotive begann in Schwaden hereinzuziehen. Ein Mann in ihrer Nähe beugte sich hinüber und zog das Fenster nach unten. Der Tunnel kam den Kindern endlos vor, besonders als der Zug plötzlich stehenblieb. Gurlie gefiel das gar nicht, die brennenden Gaslampen und das plötzliche Tosen, als ein Zug auf einem anderen Gleis vorüberdonnerte. Die Kinder sahen ihren Eltern ins Gesicht, aber sie fühlten sich erleichtert, als sie endlich weiterfuhren und schließlich am anderen Ende des schwefligen langen Tunnels wieder herauskamen und die Fenster überall langsam wieder aufgingen.

Mach das Fenster auf, Daddy, sagte seine ältere Tochter.

Nein, sagte Gurlie. Stütze dich nicht so auf das Fensterbrett, siehst du denn nicht, daß es ganz schwarz ist? Du machst dir dein Kleid dreckig.

Der Zug fuhr weiter. Dann kam mit einem plötzlichen ohrenbetäubenden Krach und Getöse ein anderer Zug aus der entgegengesetzten Richtung an ihnen vorbei. Sein schrilles Pfeifen verebbte. Sie fuhren jetzt in einem guten Tempo, und ein anderer Zug auf einem Außengleis, diesmal in gleicher Richtung, hielt noch Schritt mit ihnen oder rollte vielleicht eine Idee schneller, weil er schließlich langsam rechts vorbeizog, bis sie nur noch das hintere Ende sehen konnten, und weg war er.

Auf den Rangierbahnhöfen warf jedes Gebäude, das sie passierten, jeder Güterwagen, den sie hinter sich ließen, das Rattern des vorbeifahrenden Zuges verstärkt zurück – aber in dem Maße, in dem sie all das hinter sich ließen, wurde der Lärm des Zugs schwächer, und endlich waren sie beinahe davon erlöst. Man spürte das offene Land.

Auch Joe fühlte sich besser. Zumindest saßen sie nicht in diesem gottverlassenen Wartesaal, wenigstens bewegten sie sich.

Neben- und Rangiergleise nahmen ab, die Umrisse leerer Güterzüge blieben zurück, zusammen mit den Gerüchen, die sich dort stauten, und nun fuhr der Zug alleine dahin, inmitten von anscheinend endlosen Ebenen schwankender Schilfgräser, die sich bis zu den niedrigen Hügeln in der Ferne erstreckten. Joe atmete freier. Es war immer noch grün, mit einem breiten braunen Graben, der neben dem Fenster entlanglief und der, wie Lottie fand, wenn man den Blick darauf gerichtet hielt, sich ab und zu drehte und wand wie eine große Schlange. Seine schlammigen Ufer fielen zu dem braunen Wasser ab, und wenn man genau hinschaute, konnte man gelegentlich eine Schildkröte hinuntergleiten und verschwinden sehen, während das Gewicht des Zuges das Ufer erschütterte, auf dem sie sich gesonnt hatte.

Dichter am Zug waren die Telegraphenmasten. Plötzlich stürzte einer ins Blickfeld, aber ehe man den Blick darauf heften konnte, war er weg, und ein anderer näherte sich, während die Leitungsdrähte zwischen ihnen sich senkten und wieder erhoben, an der Spitze eines neuen Mastes bebten und langsam sanken, immer und immer wieder.

Es war ein heißer Tag, und über die ebenen, von Gräben durchschnittenen Niederungen flogen Amseln. Manche der breiten Felder, die von den Bächen unterteilt wurden, waren wie ein Teppich, kein Schilf, sondern ein außergewöhnlich eintöniges Gras, das eine ganz ebene Fläche bildete, außer an den Stellen, wo es von Flecken gelber Blumen unterbrochen wurde – Gurlie konnte nicht erkennen, was es für welche waren – goldene Gänseblümchen vielleicht. Ist das nicht schön? sagte sie. Das räumte Joe ein. Und dann bremste der Zug vor dem Bahnhof von Secaucus ab, aber weil niemand an dem kleinen kioskähnlichen Schuppen stand, der den Bahnhof darstellte, beschleunigte er wieder und ratterte beinahe unmittelbar danach über den Hackensack River, wo man entlang der schlammigen Ufer ein paar Hausboote mit schmalen Planken auf Stelzen davor sehen konnte, die zu kleinen Kaimauern auf der Höhe der Niedrigwassermarke führten. Das Wasser war hellbraun, sonnig und von vielen kleinen Wellen gekräuselt – nichts außer dem Zug bewegte sich.

Merkwürdig, sagte Gurlie, so nahe bei der Stadt. Man sollte meinen, man wäre in Rußland. Es ist so viel Platz in diesem Land, man sollte denken, es könnte nie genug Leute geben, um es zu füllen. Was für ein Reichtum!

In dem hier steckt nicht viel Reichtum, sagte Joe. Aber er hatte die Landschaft nichtsdestoweniger sehr gern.

Ich wette, man könnte dort etwas anbauen und züchten, sagte Gurlie.

Moskitos, sagte Joe.

Guck dir Holland an.

Das ist auch das einzige, was sie da drüben machen können. Sie haben nichts anderes, sagte Joe. Hier haben sie besseres Land – sie brauchen nichts zu erschließen. Zu schade, fügte er im stillen hinzu.

Lottie mußte austreten. Also, sagte Joe, warum bist du nicht mit ihr gegangen, als ihr im Wartesaal wart. Beinahe eine Stunde wart ihr da. Dahinten im Wagen ist eine Damentoilette. Bring sie dahin. – Aber sie war verschlossen. Gurlie war wütend. Was sind das bloß für Leute! Du mußt warten.

Meadowhill! rief der Schaffner, als der Zug eine leichte Steigung nahm und langsamer wurde. Dann wiederholte er leiser: Meadowhill!

Da sind wir, sagte Joe. Die romantischen Ebenen lagen hinter ihnen, und unterhalb des Bahndamms, auf dem sie fuhren, sahen sie flache, schäbig aussehende Häuser, ein häßliches Gebäude, in dem Kohle gelagert wurde, und – da waren sie.

Jetzt bring sie bloß zur Damentoilette, sobald wir aus dem Zug steigen, sagte Joe.

Laß mich in Ruhe, sagte seine Frau. Ich weiß, was ich zu tun habe.

Droschke! Droschke!

Hier, sagte Joe. Warten Sie einen Moment, bis meine Frau zurückkommt.

Jawohl, mein Herr.

Droschke! Droschke!

Nein, ich habe eine.

Joe zündete sich eine Zigarre an. Gurlie kam schon wieder zurück. Es ist zu schmutzig. Einfach unsäglich. Widerlich.

Na, und was willst du jetzt tun?

Tja, was wollen *wir* jetzt tun? Zwei oder drei Droschkenfahrer standen herum und schauten sie an, während ihr Kutscher sein Pferd wendete und den offenen Kutschwagen, der am oberen Rand einen Fransenbesatz hatte, zum Bordstein brachte. Das arme Pferd sah schon müde aus, ehe es losging.

Joe zog sein kleines Notizbuch hervor: Wo ist der Orient

Way? Direkt da drüben, sagte der Droschkenfahrer und zeigte auf eine breite Lehmstraße mit einem Makadambelag in der Mitte. Sie führte in einem Winkel vom Bahnhofsplatz nach Süden. Welche Nummer? Joe gab sie ihm, und sie fuhren los.

Die Kinder dachten, sie wären wieder in Vermont.

Nun, was hältst du von dem Flecken? fragte Joe.

Nicht viel, sagte Gurlie.

KAPITEL 8

Drohende Wolken

Guck mal, sagte Joe eines Morgens zwischen Frühstück und Weggehen, das ist der nackte Mechanismus der Sache, die Maschinerie, die hinter diesen Kontrakten steht. Du verstehst, was ich dir sage? Ich will, daß du es klar vor Augen hast.

Ja, sagte seine Frau.

Da ist das Postministerium, dem der Postminister vorsteht. Er ist ein Mitglied der Regierung. Das ist Payne. Er hat nicht viel damit zu tun, aber sein Wort gilt – beinahe. Dann ist da einer der Stellvertreter des Postministers. Das ist Davids. Er ist eine aufrichtige Haut. Da haben wir keine Probleme. Payne wird alles tun, was Davids ihm sagt – es sei denn, man übt zu großen politischen Druck auf ihn aus.

Ja.

Aber dann ist da Caldwell, dem die Zahlungsanweisungsabteilung untersteht. Er ist derjenige, welcher. Da liegt die Schwierigkeit.

War er nicht immer dein Freund? Du hast ihn erwähnt.

Das stimmt, sagte Joe. Aber sein Neffe ist einer der jüngeren Teilhaber der Mohawk Press.

Oh, sagte Gurlie. Ich verstehe, wie sie es drehen.

Nein, tust du nicht, sagte Joe. Noch nicht. Habe ich zuerst auch nicht. Aber jetzt verstehe ich es. Dagegen mußte ich kämpfen. Daran knabbert die Regierung jetzt, und recht bald wird jemand abgeschossen werden. Vielleicht ich.

Unsinn! sagte Gurlie. Das glaube ich nicht.

Ich wußte bis vor kurzem überhaupt nichts von all dem, sagte ihr Mann. Jetzt weiß ich alles darüber – dank Davids und Black.

Wer ist Black?

Der stellvertretende Justizminister. Er hat mir Gelegenheit gegeben, eine Kopie der Anschuldigungen gegen mich einzusehen, damit ich bei der Anhörung letzte Woche etwas darauf entgegnen konnte.

Oh, sagte Gurlie, ehrlich, hat er das getan? Was waren denn das für Anschuldigungen?

Alles, was sie gegen mich haben, was für ein Schwindler ich bin, sagte ihr Mann. Und um Himmels willen, erzähle das bloß nicht jedem, der dir über den Weg läuft.

Ausnahmsweise erwiderte Gurlie nichts.

Du hast gehört, was ich gesagt habe. Sage niemandem weiter, was ich dir erzähle. Rede einfach nicht darüber. Ich muß jetzt gehen.

Du brauchst dir keine Gedanken zu machen, sagte Gurlie.

Es gibt viele Leute, die ein Interesse daran haben, daß ich den Kontrakt nicht bekomme – und außerdem jetzt ihre eigene Haut retten wollen. Bis dann.

Es wird alles zu deinen Gunsten geregelt, sagte seine Frau. Heute.

Wovon redest du?

Ich sage dir, heute wird alles geregelt, und du wirst gewinnen. Es wird in der Zeitung stehen, warte mal ab.

Woher weißt du das? fragte Joe.

Irgend etwas sagt es mir. Vielleicht ist es Telepathie. Er lachte. Na gut, sagte sie, ich weiß es. Warte es ab. Hast du Räume für dein Geschäft gefunden? Denn schließlich mußt du bereit sein.

Er sah sie bloß an. Ich habe ein Auge auf ein paar Häuser geworfen, sagte er. Wenn du zuhörtest, würdest du es mir viel leichter machen.

Kommst du zum Mittagessen nach Hause?

Nein.

Gut. Geh schon.

Gurlie war nicht wohl zumute. Schsch! sagte sie zu den Kindern, nachdem Joe gegangen war. Auch sie hatte zu arbeiten. Den ganzen Weg zum Gemüsemarkt ging sie mit gesenktem Kopf, und ihre Arme schwangen steif hin und her. Dann und wann bewegte sie sie mit einem raschen Ruck, als schlüge sie in Gedanken irgend etwas.

Es hätte anders sein können, wären die Stechers geselliger gewesen, wenn sie lockere Bekanntschaften in der Nachbarschaft gehabt, wenn sie dazugehört hätten. Aber wie immer lebten sie strikt zurückgezogen.

Da war beispielsweise das Gewerkschaftsgebäude auf der East Side zwischen der Second und Third Avenue mit seinen Komitees für jedermann – Mann, Frau und Kind. Gruppen aller Arten, die Nachbarn planten ständig Picknicks, Ausflüge, was auch immer. Joe und Gurlie waren ein- oder zweimal dabeigewesen – die Frauen brachten ihr Weihnachtsgebäck mit und was alles so dazugehörte, aber es schien nicht das Richtige für sie zu sein. Für wen halten die uns denn, sagte Gurlie.

Mehr angezogen hätte Joe, wenn er nicht soviel im Kopf gehabt hätte, der Hudson-River-Angelklub, der näher an seiner Wohnung am Fuß der West 113. Street am Fluß lag. Mehrere seiner unmittelbaren Nachbarn waren Mitglieder, prima Kerle, die Joe mehrfach gefragt hatten, ob er nicht gerne auf den einen oder anderen Ausflug mitkommen würde. Nein, er dankte ihnen immer und schüttelte den Kopf. Zuviel zu tun. Schließlich hatten sie ihn in Ruhe gelassen. Er schien es so haben zu wollen.

Und er hatte auch gesehen, wie sie große Fische mit nach Hause brachten, gelegentlich Flußbarsch, Seebarsch, Kabeljau und Aal. Gurlie war einmal zutiefst interessiert gewesen, als eine Frau, die in der Nähe wohnte, erzählte, daß sie einen Aal enthäutet und ihn sich gegen Rheuma ums Knie gebunden habe. Wie bei dem Verein auf der East Side waren die Stechers einmal zum Angelklub gegangen, am Memorial Day, zu einer Party. Ein großer Kessel mit Muscheleintopf dampfte auf der massiv gemauerten Feuerstelle – die Kinder strichen Tomatenketchup auf Schiffszwieback, bis er ihnen die Kleider hinunterlief. Eine Party in Hemdsärmeln und Schürze – nein, sie waren zu nervös, zu scheu – hatten zu schnell etwas auszusetzen.

Gurlie tobte hinterher: Huh! Wenn ich an die Küche in Sonderheim denke und die schönen Sachen, die *Hunderte* von Jahren alt waren, das Silber und die Kupferkessel, die Stühle und die Tische aus bestem Holz! Worauf die sich hier bloß was einbilden!

Aber die Skandale im Postministerium spitzten sich immer mehr zu und machten oft Schlagzeilen in den Morgenzeitungen. Joe war höchst beunruhigt. Das ganze Zahlungsanweisungsbüro ist durch und durch korrupt, sagte er, als er ein paar Abende später nach Hause kam und Zeichen von stärkerer Erschöpfung und Entmutigung als üblich zeigte. Gott sei Dank haben wir wenigstens Payne. Ohne ihn wären wir verloren. Wenn er stirbt ...

Wieso, ist er krank?

Ja. Ich wünsche, ich hätte diesen ganzen gottverdammten Schlamassel hinter mir und einen Druckauftrag für Arzneiflaschen-Etiketten.

Unsinn! sagte Gurlie lachend – ihr Lieblingswort. Du wirst gewinnen. Ich weiß es. Ich habe einen guten Riecher. Warte es ab.

Warten? sagte Joe. Ich habe den ganzen Sommer gewartet, und jetzt muß ich warten, bis sie das ganze Ministerium gesäubert haben, ehe ich meinen Lebensunterhalt verdienen kann.

Ganz gewiß waren Zweifel aufgekommen. Selbst der Präsident der Vereinigten Staaten könne schließlich in die Sache verwickelt werden, hatte Joe Gurlie erzählt: Er ist der einzige, der den Knoten durchhauen und eine Entscheidung fällen kann. – Joe erwartete nun täglich einen Anruf aus Washington, seit Druck, großer Druck ausgeübt wurde, um ihm – weil er verantwortungslos gehandelt habe und nicht einmal einen eigenen Betrieb besitze – den Auftrag wegzunehmen und ihn der Mohawk Press als der besten Firma, die ihn ausführen konnte, zurückzugeben, auch wenn sie die höchsten Angebote eingereicht hatte.

Das können sie nicht tun, sagte Gurlie. Wie können sie so etwas tun?

Stell dir mal vor, sie erschießen mich eines Nachts. Ich nehme an, die Kugel würde nicht mal durch meine Gedärme durchgehen, weil ich ein so durch und durch verläßlicher Mensch bin, sagte Joe.

Aber du bist doch derjenige, der das ganze Geschäft für sie aufgebaut hat. Sie sind Schwindler.

Sie versuchen zu beweisen, daß ich einer bin, sagte ihr Mann.

Du? Du ein Schwindler? Sie tobte. Du bist ganz schön clever, aber noch nicht clever genug dafür.

Na, hätte ich nicht über sie Bescheid gewußt, dann hätte ich nicht Wind von dem Auftrag bekommen können, ganz gleich, wer ich war. Und am Ende hätte ich schmutziger dagestanden als der schmutzigste Dieb, der dir täglich so über den Weg läuft. Ruiniert. Kommt vielleicht noch. Ich weiß es nicht.

Du hast bloß Angst, das ist alles. Du hast keinen Mut. Bekämpfe sie. Sei ein Politiker.

Herein und hinaus, herein und hinaus. Noch ein Tag, und da war Joe schon mitten am Nachmittag wieder zu Hause, das Gesicht gerötet, die Augen blitzend.

Sie haben ihn rausgeschmissen! sagte er jubilierend, noch in der Tür.

Wen?

Caldwell.

Hurra! Wer hat es dir gesagt?

Es steht in der Nachmittagszeitung. Hier. Ich nehme ein Bad. Wo sind die Kinder?

Ich habe sie auf die Straße zum Spielen geschickt. Gib mir die Zeitung.

Sieht aus, als wär's das, worauf ich gewartet habe. Joe ging hinein, um sich auszuziehen, und Gurlie nahm die Zeitung mit ans Fenster und fing an zu lesen. Aber gleich war er wieder da und nahm sie ihr aus der Hand. Guck mal hier, sagte er. Sie haben gerichtliche Schritte gegen ihn unternommen. Jetzt kommen wir voran.

Er setzte sich mit der Zeitung in einen anderen Sessel, während Gurlie die Hände in den Schoß legte und wartete.

Ich dachte, du wolltest ein Bad nehmen.

Stimmt, sagte ihr Mann. Gleich.

Ich sehe nach, ob heißes Wasser da ist.

Joe las weiter in der Zeitung, bis seine Frau aus der Küche zurückkam. Also, sagte sie und blieb stehen, nimmst du ein Bad oder nicht? Ich will die Zeitung haben.

Stimmt, sagte er, ohne aufzusehen.

Raus mit dir! Sie riß ihm die Zeitung aus der Hand. Ich habe das satt.

Joe lehnte sich zurück und lachte sie aus. Jedenfalls muß ich jetzt nach Washington fahren, und dann sehen wir weiter. Es sieht gut aus.

Das ist schön. Du gehst mir auf die Nerven, erwiderte sie ihm. Ich kann nichts tun. Jetzt beeil dich, ehe die Kinder zurückkommen. Also ging er hinein und drehte das Wasser auf, während sich Gurlie wieder ans Fenster setzte, um zu lesen.

Und tatsächlich, da stand es. Caldwell war seines Amtes als Direktor der Zahlungsanweisungsabteilung wegen Unregelmäßigkeiten oder versuchter Unregelmäßigkeiten bei der Abwicklung der kürzlich erfolgten Angebote für den Druck der Zahlungsanweisungsformulare enthoben worden. Gurlie las es immer wieder. Joes Name wurde mehrere Male erwähnt. Es sah so aus, als habe er, Caldwell, versucht, auf Stecher einzuwirken, damit er sein erfolgreiches Angebot für den Vierjahreskontrakt zurückziehe und Frieden mit der Mohawk Press schließe – was die Regierung schätzungsweise soundso viele tausend Dollar im Jahr zusätzlich kosten würde. Aber Stecher habe schlankweg abgelehnt, usw. usw. Was soll man davon halten? war das einzige, was sie sagen konnte.

Als Joe sich fertig gewaschen hatte und aus der Wanne stieg, hörte er die Kinder wieder durchs Haus tollen und Gurlies Stimme, die ihnen befahl, spielen zu gehen und sie in Ruhe zu lassen. Ich möchte auch ein Bad nehmen, sagte Lottie gerade, als er ins vordere Zimmer kam, barfuß und in Hose und Unterhemd, das Haar in allen Richtungen vom Kopf abstehend.

Gütiger Gott, sagte Gurlie, ich dachte, ich würde ein paar Minuten Frieden haben. Diese Familie macht mich verrückt. Wozu seid ihr eigentlich gut? – Vergiß es, sagte Joe. Ich unterhalte sie. Lies deine Zeitung.

Ich will ein Bad, sagte Lottie. Das Baby stand an einem Stuhl und sagte das gleiche – mehr oder weniger. Nein, sagte Joe. Nicht heute. Eure Mutter ist müde.

Es ist heiß heute, sagte Gurlie. Warum badest du sie nicht selbst, wenn du denkst, als Frau habe man dabei immer seinen Spaß. Sie müssen gebadet werden. Mach du es, es sind deine Kinder genausogut wie meine.

Ich habe noch nie in meinem Leben ein Kind gebadet, sagte Joe.

Ach, laß mich in Ruhe, sagte seine Frau. Das ist das einzige, was ich will. Lottie kann sich selbst baden. Laß ein bißchen Wasser in die Wanne. Mach in der Küche noch mehr Wasser heiß, bis es die richtige Temperatur für sie hat. Mach schon. Sie wandte sich wieder ihrer Zeitung zu.

Kann ich sie beide auf einmal baden? fragte Joe. Ja, sagte Gurlie.

Joe war *der* methodische Handwerker, wenn es je einen gab, deshalb ging er mit Vorbedacht an die Arbeit und plante jeden Schritt sorgfältig. Sofort geriet er aber mit Lottie in einen großen Streit, die schon begonnen hatte, ihre Kleider überall im Raum zu verstreuen, ehe er auch nur mit dem warmen Wasser aus der Küche zurückkommen konnte. Außerdem hatte er selbst noch nicht aufgeräumt, und alles war in großer Unordnung. Er wußte nicht, wo er anfangen sollte.

Lottie tat das meiste selbst und lief bald nackt herum, also zog Joe die Kleine aus, die in die Hose gemacht hatte, trug sie schließlich mit gerunzelter Stirn ins Badezimmer und setzte beide Kinder in die Wanne. Er fischte zwei Waschlappen heraus und Seife und –

Wo fängst du an? rief er zu seiner Frau zurück. Soll ich ihnen die Haare waschen?

Gurlie gab ihm nicht einmal eine Antwort.

Auf einem Stuhl neben ihnen sitzend, seifte er beide Kinder gut und gründlich ein und begann schließlich höchst belustigt in sich hineinzulachen, als die Kleine an einem Zipfel des Waschlappens saugte, mit dem er versuchte, sie abzuwaschen, und baß erstaunt zu ihm aufschaute, weil es so eklig schmeckte. Auch Lottie wollte das Baby einseifen. Er machte dem ein Ende.

Seit Urzeiten hatte er sich nicht mehr so fröhlich und glücklich gefühlt. Halb lachte er über sich selbst, voller Liebe zu seinen kleinen Kindern – halb war es, als sei seine eigene Mutter ausgegangen und habe ihn, selbst ein Kind, zum Spielen zurückgelassen. Er machte seine Sache gründlich, und die kleinen Mädchen plantschten herum und amüsierten sich königlich. Traurig, irgendwie. Er wußte nicht, warum.

Die kleine Flossie, ihr halblanges blondes Haar ganz zerzaust und hinten in der Mitte wie ein Entenschwänzchen aufwärts gekräuselt, ihre Kleinkinderhände, die Finger weit gespreizt und ausgebreitet, wie die eines Froschs.

Er half erst Lottie aus der Wanne, damit sie nicht rutschte und hinfiel, und behielt dabei das Baby im Auge – und sagte seiner älteren Tochter, sie solle sich alleine abtrocknen. Dann hob er das Baby heraus, legte, auf dem Toilettendeckel sitzend, ein Handtuch über den Schoß und machte sich daran, sie abzutrocknen. Sie wollte sich hinstellen und ihn umarmen. Er hatte alle Hände voll zu tun, um sie festzuhalten und sie abzutrocknen und gleichzeitig davon abzuhalten, nach seiner Nase zu grabschen, und als er einen Augenblick später aufsah, war Lottie weg und lief nackt im vorderen Zimmer herum.

Er trocknete die Kleine fertig ab und trug auch sie in das vordere Zimmer, wo er sich hinsetzte und sie eine Weile auf dem Schoß hielt. Sie interessierte sich für seinen Schnurrbart, aber er wandte den Kopf ab. Dann nahm sie sein Gesicht zwischen beide Hände und schaute ihm in die Augen und sagte: Daddy. Er legte sie über eine Schulter, aber da entdeckte sie sein Ohr, in das sie immer wieder ihren spitzen kleinen Finger bohrte.

Es endete damit, daß er eine Bettdecke auf dem Boden im vorderen Zimmer ausbreitete und die Kinder so, wie sie waren, darauf spielen ließ.

Meinst du, sie bleiben darauf? sagte seine Frau. Guck dir jetzt mal Lotties Füße an. – Sie waren schwarz.

Laß sie, sagte Joe. Das ist meine Sache.

Es war wirklich sehr schwül in dem Zimmer, und Joe wurde bewußt, wie die Kinder sich fühlten. Sie schauten auf ihre Mutter, als sie die Zeitung senkte und sprach, und warteten auf die unausweichliche Ermahnung, als aber nichts kam und ihr Vater bloß dasaß und lachte, lachten sie sogleich verschmitzt zurück und begannen herumzupurzeln, wälzten und verrenkten sich, als seien sie kleine Affen. Joe grinste von einem Ohr zum anderen.

Wie es kommen mußte, wurde Lottie die Decke leid, und sie lief in die Küche. Ihre Füße platschten leise auf dem Teppich und den Dielen. Joe ließ sie gehen. Laß sie alles tun, was ihnen Spaß macht, sagte er zu sich, mal sehen, was dann passiert.

Hier steht, sagte die lesende Gurlie, daß Mrs. Douglas und Tochter den ganzen Sommer in Bar Harbor verbracht haben und morgen nach Europa abreisen. Sie kehren eventuell im Dezember zurück.

Wann segeln wir los? fragte Joe. Ich spiele mit dem Gedanken, eine Jacht zu kaufen.

Seine Frau sah schnell über den Zeitungsrand, als dachte sie, er sei übergeschnappt, dann erkannte sie, daß er Spaß machte, und ignorierte ihn wieder.

Jetzt kam Lottie aus der Küche zurück. Ich wünsche, du würdest uns immer baden, Daddy.

Klar, mache ich, sagte Joe.

Daddy, sagte das Baby, erhob sich unsicher auf die Füße und kam auf ihn zu.

Ab in die Küche ging Lottie wieder – sie wurde jetzt ein großes Mädchen – beinahe alt genug für die Schule – ein hübsches kleines Ding.

Jetzt kam sie wieder zurück – zweifelsohne mit irgendeiner verbotenen Frucht.

Er beobachtete, wie sie nackt über den Gang zwischen den Zimmern kam. So hatte Joe seine Kinder wirklich nie gesehen, nie erkannt, daß er, Joe Stecher, zwei solch nette Sprößlinge von femininer Üppigkeit besaß – wenn man es so nennen konnte.

So war es, wenn man Zeit für sich hatte. Er lernte eine Welt kennen, die ihm selbst innerhalb der eigenen Familie nicht vertraut war. Er wurde verlegen und drehte sich um, um Gurlie anzuschauen, die immer noch las und sich um nichts scherte. Sie wollte einen Jungen!

Lottie war sehr würdevoll, wenn sie ging, hielt sich sehr gerade, streckte ihre kleinen Füße mit großer Selbstsicherheit vor sich aus. Sie hielt eine Banane in der Hand.

Dürfen sie eine Banane haben? fragte Joe seine Frau.

Ja, sagte Gurlie, ohne aufzuschauen.

Darf ich mich auf deinen Schoß setzen, Daddy?

Nein, es ist zu heiß, sagte Joe. So stellte Lottie sich neben ihn, eine Hand auf der Armlehne seines Sessels, und schaute das Baby an, dessen Possen ihm großen Spaß machten.

Es stand da eine schwere gepolsterte Fußbank, die Joe manchmal abends benutzte, wenn er las. Die wurde das spezielle Ziel des Babys. Erst richtete sie sich daran auf, dann schob sie sie ein paar Zentimeter weiter, dann krabbelte sie hinauf und legte sich mit dem Bauch darauf, als schwimme sie. Dann kippte sie langsam kopfüber auf den Boden und machte eine ganze Rolle, ohne es zu wollen –

Ich kann auf dem Kopf stehen, sagte Lottie.

Dann mach mal, sagte ihr Vater.

Natürlich konnte sie es nicht, aber sie gab sich Mühe, und das Baby stand ihr nicht viel nach, setzte den Kopf auf den Boden und stieß erst den einen, dann den anderen Fuß in die Luft – was für ein Unterschied zwischen den beiden.

Gurlie hatte Lottie – ein Prachtbaby – stillen können, aber der andere kleine Floh war viel zu dünn. Das Bemerkenswerte an ihr war ihre Lebendigkeit, sie spürte die Freiheit, die sie genoß, viel stärker als Lottie, und der intensive Ausdruck in den kleinen Augen machte ihre Grenzen wett.

Nun fand sie ein in Papier geschlagenes Buch, das auf dem Boden lag, und fing an, damit in einen großen Sessel zu klettern. Als es ihr gerade gelang, den Sitz zu erobern – Lottie wollte ihr helfen, aber Joe ließ es nicht zu –, rutschte ihr das Buch weg, und sie verlor es. Also kam sie wieder herunter und versuchte, das Buch festhaltend, noch einmal, den Anstieg zu bewältigen. Noch einmal fiel das Buch zu Boden. Also kletterte sie ohne es hoch und lehnte sich im großen Sessel zurück, eine Hand auf jeder Lehne, die Füße von sich gestreckt, und lächelte ihren Vater an.

Beinahe sofort kam sie wieder herunter. Ständig in Bewegung. Schön, schön, schön! sagte sie und zeigte auf etwas in der Luft, das Joe nicht erkennen konnte. Dann versuchte sie, die schwere Fußbank mit den Armen hochzuheben.

Hier steht, daß Alice Roosevelt beim Pferderennen in Newport gestern ein graues Crêpekleid getragen hat.

Warte, bis ich reich bin, sagte Joe. Ich kaufe dir Kleider, daß du sie jede Stunde wechseln kannst.

Ha! sagte seine Frau. Das solltest du besser mal tun.

Komm mal her, Lottie, sagte er, und diesmal nahm er sie auf den Schoß.

Lies mir eine Geschichte vor, Daddy.

Klar, sagte Joe, eine Geschichte von einem großen Haus

und Bäumen und allen möglichen Blumen und Trauben und Äpfeln und Pferden und Schafen und Schweinen – Millionen Schweinen.

Was redest du da? sagte seine Frau.

Ja, ist das nicht genau das, was du willst? sagte er zu ihr. Ein großes, großes Haus auf einem Berg, ganz hoch oben – mit einem See und Seerosen und Fischen – Gurlie wandte sich ab, und Joe fuhr fort – großen, großen Fischen. Und einem Hund und einer Katze – ganz hoch oben auf einem Berg unter dem Mond – und nachts kommt der Mann im Mond eine Leiter herab, um in dem See zu fischen, und wir schleichen uns aus der Hintertür und fangen ihn! Grrr! Schnell. Genauso, und der Mond bleibt am Himmel stehen, um auf ihn zu warten. Er bleibt ganz still am Himmel stehen, ohne sich zu rühren, und es wird nie wieder Morgen werden, wenn er uns nicht fünfzig Säcke mit Silberdollars gibt. Er muß sie uns geben, denn sonst fesseln wir ihn im Keller –

Wer, Daddy!

Der Mann im Mond.

Was soll das? sagte Gurlie. Was erzählst du dem Kind da?

Lies du weiter deine Zeitung. Und dann, sagte Joe, gehen wir nach oben, und wir wecken Mutter und sagen ihr, was wir im Keller haben, und dann kommen die Sterne und suchen den Mond. Die schauen zu den Fenstern herein – und sie machen ein Geräusch wie Mücken und große Fliegen. Aber wir lassen sie nicht herein.

Geben wir ihm zu essen, Daddy?

O ja, sagte Joe. Wir geben ihm blaue Milch. Literweise blaue Milch. Ganze Wagenladungen voll. Wir kaufen alle blaue Milch der Welt und geben sie ihm. Tausende von Litern.

Rumms! Gurlie ließ die Zeitung fallen. Aber Joe lachte sich tot. Das Baby hatte die Tischdecke von einem kleinen Tisch mit einem Aschenbecher und einer Blumenvase darauf heruntergezogen – aber nichts war zerbrochen.

Du spinnst, sagte seine Frau.

Laß sie, sagte Joe. Ich räume auf. Ich möchte sehen, was sie tut.

Sie wird alles im Haus zerschlagen.

Was kümmert uns das, wir haben jede Menge Geld!

Es klingelte an der Haustür. Was ist das denn? Paß auf die Kinder auf, sagte Joe. Ich gehe und sehe nach. – Gurlie beugte sich aus dem Fenster. Sieht aus wie ein Telegramm. Ich kann die Kappe des Jungen von oben sehen. Hab ich's nicht gesagt?

Aha! sagte Joe. Genau das war es. Ein Telegramm, das ihn anwies, am nächsten Morgen so früh wie möglich in Washington zu sein. Ich muß heute abend fahren, sagte Joe.

Gurlie scheuchte die Kinder zusammen, zog ihnen die Nachthemden über, steckte sie aus Bequemlichkeit ins Bett und ging in die Küche, um Abendessen zu machen. Das Baby stand sofort auf und fing an zu schwatzen. Joe holte seine Tasche aus dem Schrank und legte sie auf das Bett. Er begann, seine Sachen hineinzuwerfen.

Fährst du weg, Daddy? fragte Lottie.

Ja, ich fahre nach Washington, um zu kämpfen! sagte ihr Vater.

Was wird passieren? fragte Gurlie später bei Tisch.

Sie werden versuchen, alles gegen mich ins Feld zu führen, was sie können. Versuchen, mich hinauszudrängen – mit allen erdenklichen Mitteln. Ihr erster Schachzug hat nicht hingehauen, deshalb – wir werden sehen, was kommt.

Was meinst du?

Sie haben ein paar ganz schön teure Rechtsanwälte. Die könnten es schaffen.

Hast du einen Anwalt?

Nein, dafür nicht. Ich kann sie allein schlagen, ohne Hilfe.

Na prima. Ich weiß, daß du das kannst, sagte seine Frau, kam herüber und küßte ihn heftig auf den Mund. Ich weiß, daß du sie aus dem Feld schlagen kannst. Niemand kann dich schlagen –

O doch. Ein Lügner, sagte Joe. Wenn er Glück und genügend Freunde in der Regierung hat.

Du bist doch nicht in Eile, oder? fragte Gurlie.

Nein, nein.

Du kannst mit dem Mitternachtszug fahren.

Sicher.

Gut. Das wollte ich wissen.

Als das Abendessen vorüber war, die Kinder im Bett waren und Gurlie die Küche aufräumte, ging Joe, wie es seine Gewohnheit war, zu den vorderen Fenstern der Wohnung und sah hinaus. Ein Mann wie er lehnte gegenüber auf einer Fensterbank, schmauchte eine Pfeife und blies den Rauch zufrieden vor sich hin. – Woher will ich wissen, ob er zufrieden ist? fragte Joe sich. Vielleicht ist er schlechter dran als ich, viel schlechter. – In einem der Fenster in dem Stockwerk über dem sich herauslehnenden Mann zeichnete sich die Gestalt einer Frau, die sich das Haar kämmte, auf dem erleuchteten Fensterrollo ab.

Gurlie rief von drinnen nach ihrem Mann: Willst du ein Glas Bier, ja? Er hörte sie erst nicht. Was machst du da? Willst du ein Bier?

Ja, gerne.

Es war einer jener dampfenden Abende, wie sie in New York im Herbst so häufig sind, windstill und ohne Wolken oder Sterne – wenn die Straßen unter den Bogenlampen hier und da wie ein riesiges geschlossenes Theater aussehen. Man hörte keinen Verkehr außer dem gelegentlichen Rumpeln der Hochbahn an der Kreuzung der 9. Avenue und den Kinderstimmen unten, die ungewöhnlich deutlich klangen.

Eine kleine Familiengruppe auf der anderen Seite fiel Joe ins Auge. Das sieht sich der andere Mann wohl auch an, dachte Joe. Zehn oder zwölf Leute standen auf den Ziegelsteinstufen gegenüber, ohne Hut, die Männer in Hemdsärmeln – kleinere Kinder rittlings auf den Steingeländern –, und sahen einer kleinen Darbietung auf dem

Bürgersteig vor sich zu. Ein Junge von ungefähr fünfzehn führte einen Steptanz zu einer auf der Harmonika gespielten Melodie vor, die Joe nicht erkannte. Der Junge hörte auf, wischte sich übertrieben mit der Hand über die Stirn und brach neben seinem Begleiter zusammen oder tat jedenfalls so, während die kleine Gruppe Beifall klatschte.

Und nun trat in der völligen Stille der Straße ein kleines Mädchen vor das Publikum und begann zu singen. Jedes Wort war deutlich zu verstehen, als Joe sich lauschend, lauschend hinauslehnte: Goodbye, Dolly Gray!

Komm schon, sagte Gurlie hinter ihm. Was guckst du dir da draußen an? Sie zog ihn an der Schulter in das heiße Zimmer.

Es sah gut aus, als sie sich an den abgeräumten Eßtisch setzten. Joe nahm eine kalte Flasche, ließ den Patentverschluß zurückschnappen und füllte einen kleinen Steinkrug – Gurlie hatte zwei gebracht, schlichtgrau mit einem blauen Kreis einen Zentimeter unterhalb des Randes. Er schenkte einen weiteren für sich ein und vergrub sofort seinen Schnurrbart darin. Ah, das tut gut, sagte er.

Gurlie strich etwas Käse auf zwei Cracker für ihn, während er sich auf seinem Stuhl zurücklehnte. Wenn ich mir diese großen Geschäftsmänner angucke, sagte er nach einem Augenblick zu ihr, und sie reden höre, sage ich oft zu mir: Achje, haben die überhaupt *Verstand*? Manchmal ist das schwer zu glauben.

Sie wissen nichts, sagte seine Frau, verglichen mit meinem kleinen Deutschen.

Joe lächelte nachsichtig. O doch, sie wissen schon etwas, sagte er. Sie wissen viel. Sie kennen ihr Geschäft. Aber ich frage mich oft, ob das nicht alles ist, was sie kennen. *Dumm!** sagte er auf Deutsch und tippte sich an die Stirn. Sie haben keine Kultur, setzte er lächelnd hinzu, und sie wollen keine. Es klang komisch, als er mit seinem leichten, kaum merklichen deutschen Akzent versuchte, die gerade gängigen Redensarten nachzumachen.

Nun, dann man los, sagte seine Frau.

Los mit was?

Du hast gesagt, du würdest mir erzählen, was jetzt passiert.

Nun, der einzige Grund, aus dem ich überhaupt je ein Angebot für den gottverdammten Kontrakt eingereicht habe, war, daß ich ahnte, es gäbe ein paar ehrliche Leute in der Regierung, die wissen würden, worum es ging. Aber vielleicht lassen sie es jetzt gut sein, meinen, sie hätten Caldwell genug bestraft, und geben den Kontrakt letzten Endes doch wieder der alten Firma.

Was! sagte Gurlie.

Sicher, sagte Joe. Warum nicht? Dies ist ein freies Land.

Komm mir nicht damit, sagte seine Frau. Und wenn du den Kontrakt schließlich doch nicht bekommst? Was dann?

Dann gehen wir zurück nach Buffalo, – wo sie vorher gewohnt hatten.

Nein, sagte Gurlie. Niemals. Ich bleibe hier an Ort und Stelle. Bring sie ins Gefängnis, wenn du mußt.

Ja, wenn sie Schwindler sind, ›bring sie ins Gefängnis‹! Bring sie alle ins Gefängnis! Ich Herkules, mit einer Frau und zwei Kindern am Halse. Bring sie ins Gefängnis!

Du kannst es. Ich lasse nicht zu, daß du dich lächerlich machst. Ich habe es nicht gerne, wenn du so redest. Du bist nicht komisch. Du hast zu viel Grips dafür.

Das wußte Joe leider sehr wohl. Er konnte nicht komisch sein, ganz gleich, wie sehr er sich anstrengte. Ja, ja, ja, ja.

Guck mal, sagte Gurlie und holte die Zeitung. Ich möchte ins Theater gehen. Ich bleibe nicht hier und verzichte auf jeden Spaß, bloß weil die Regierung sich nicht entschließen kann. Guck mal. Wir müssen die Kinder impfen lassen. Ich brauche ein paar neue Kleider. Ich kann nicht bloß hier sitzen und den Rest meines Lebens warten. Du bekommst diesen Kontrakt.

Nein, sagte Joe, den Kopf schüttelnd. Wir müssen warten, bis wir wissen, was mit uns geschieht. Dann sehen wir weiter.

Ach, du machst mich krank, sagte Gurlie. Joe stand auf

und ging, auf die Uhr schauend, langsam ins Schlafzimmer. Zehn Uhr, ich mache mich wohl besser auf den Weg.

Aus der obersten Schublade des Schreibtischs nahm er einen Smith & Wesson-Revolver, Kaliber 36, klappte den Lauf nach oben, inspizierte ihn und warf die Waffe, ohne sie zu laden, zwischen die anderen Sachen in seiner Tasche.

Was ist das? fragte Gurlie, die hinter ihm herantrat.

Mein Rasiermesser.

Sie griff in die Tasche, nahm den Revolver heraus, hielt ihn in der Hand und schaute ihn an.

Sie sind mir den ganzen Sommer über gefolgt, sagte er zu ihr.

Warum hast du mir das nicht gesagt?

Wenn was passiert, erfährst du es aus der Zeitung. Es wird nichts passieren.

Gurlie warf den Revolver aufs Bett und ging an ihre Arbeit zurück. Ja, sagte sie, als sie den Raum verließ. Es wird nichts passieren.

KAPITEL 9

Das vierblättrige Kleeblatt

Joe war immer noch in Washington. Ende September, ein Tag, wie man ihn sich in vollkommener Wahrhaftigkeit erträumt. Als Gurlie am vorderen Fenster stand und das Pfeifen des Postboten hörte, konnte sie das sehen und riechen. Beinahe die ganze vergangene Woche war es heiß und schwül gewesen, aber heute, am Montag, war der Himmel kristallklar. Die Luft rührte sich, man spürte es sogar im Haus, war klar im Kopf und bereit, auszugehen.

Sie sah, perspektivisch verkürzt, den Briefträger die Stufen zur Wohnung heraufkommen, die Tasche über die Schulter gehängt, und ging sofort hinunter, um zu sehen, ob er etwas für sie dagelassen hatte. Ja, da war ein Brief. Er kam von Joe. Einen Augenblick blieb sie auf dem steinernen Treppenabsatz stehen, um Luft zu schöpfen. Als sie wieder die Treppe hochstieg, schaute sie sich das Emblem auf dem Umschlag an.

Sie las ›The Raleigh‹, darüber geschwungen wie ein Regenbogen, hervorstehend, mit Verzierungen vom Stichel des Graveurs, die sich als verjüngende Augenbrauen und Schnörkel zogen. Darunter war ein Eberkopf – oder war es ein Wolfskopf? –, aufrecht, wie abgehauen und auf eine Platte gelegt, kein Hals, bloß die Ohren und eine Halskrause. Darunter horizontal ein Balken, ein heraldisches Symbol in zwei Schattierungen, weiß und grau wie eine Zuckerstange oder eine Friseurstange. Darunter wieder der Schild, ganz schlicht, mit Wolkenschnitt in Rot schräg rechts geteilt –

Das mußte das Wappen der Raleighs sein. Natürlich! Sir Walter Raleigh.

Europäischer Entwurf. Todsicher. Das mußte heißen, es war es nicht wirklich. T. J. Talty, Geschäftsführer. Was für ein Name ist das? Klingt französisch.

Washington, D. C. stand oben im Briefkopf, 25. August 1903. Joe hatte die Drei ausgemalt.

Liebe Gurlie,

heute hatte ich Besprechungen mit dem Ersten Stellvertreter des Postministers und einem Stellvertreter des Justizministers. Der Rechtsanwalt von W– hat seine Unterlagen eingeschickt, und einige wurden heute vom stellvertretenden Justizminister durchgearbeitet. Es wurde mir gestattet, diese Papiere zu lesen, und ich hatte Gelegenheit, mehrere Behauptungen zurückzuweisen.

Die obengenannten Beamten haben mir heute versichert, die Regierung wolle, daß ich den Kontrakt bekomme und daß der Zuschlag in ein paar Tagen offiziell erteilt würde.

Dies ist alles sehr ermutigend, aber das Folgende ist schlecht.

Ich habe heute von meinen Hintermännern ein Telegramm erhalten, daß ihre Namen bekanntgeworden seien. Ich habe keine Ahnung, wie das bekanntgeworden sein kann, und habe telegrafisch um weitere Informationen gebeten. Ich *hoffe*, daß es nicht stimmt, denn es könnte darauf hinauslaufen, daß sie sich zurückziehen und Abstand nehmen, und das würde natürlich größere Schwierigkeiten verursachen, die ich zu überwinden hätte.

Achte darauf, daß du zu niemandem ein Wort sagst.

Dein dich liebender

Joe

Größere Schwierigkeiten zu überwinden. Sie las das noch einmal. Gut! sagte sie.

Mammie! sagte die ältere Tochter. Können wir nach draußen gehen? Das Baby in seinem neuen Laufstuhl ratterte in seinem üblichen wilden, schwankenden Galopp den Flur zur Küche herunter. Ja, sagte Gurlie, ich bringe euch bald nach draußen.

Sie hob die Morgenzeitung auf, die sich Joe in diesen Tagen ins Haus schicken ließ, damit Gurlie dem offiziellen Verlauf seines Falls folgen konnte. Und in der Tat brachte der ›Herald‹ auf der dritten Seite eine Viertelspalte darüber. Sie schnitt sie mit der großen Schere aus, zog den Leimtopf aus der hinteren Ecke des Schreibtischs hervor, nahm das große hellblaue Album – auf dem vorne in großzügiger Schrift das Wort Album stand – und klebte ihren Ausschnitt hinein. So. Mehrere aus der Form geratene, trockene vierblättrige Kleeblätter waren in den Spalt zwischen den Seiten gerutscht.

Als sie mit den Kindern in den Park kam, Lottie zu Fuß und Flossie im Kinderwagen, spazierte Gurlie müßig im strahlenden Sonnenschein und dachte bei sich über Gegenwart und Zukunft nach. Hier und dort hüpften Eichhörnchen herum, und fette Tauben liefen vor dem Kinderwagen her, im Zickzack nach rechts und links, schauten zurück oder pickten schnell nach unsichtbaren Krumen in ihrer Nähe. Gurlie sah sie nicht einmal, überfuhr sie beinahe mit den Rädern des Kinderwagens, so zahm waren sie. Lottie blieb stehen und hielt die Luft an, wenn eine Taube manchmal gerade so viel Platz machte, damit der Kinderwagen vorbeifahren konnte. Dann atmete das Kind wieder auf und ging weiter, holte die ein oder zwei Schritte wieder auf, die es hinter seiner Mutter zurückgeblieben war. Man konnte sie nicht aus dem Weg drängen, so fett, behaglich und sicher waren sie dort.

Hier war der Park wunderschön, mit seinem hügeligen felsigen Gelände und einem kleinen Bach, der Gurlie immer an die Tage denken ließ, als das hier überhaupt noch keine Stadt war, sondern ein romantischer Wald, wo ungestört wilde Tiere und Indianer lebten. Bald verließ sie diesen Teil des Parks, weil sie sich lieber die Sonne ins Gesicht scheinen lassen wollte, und ging nach Süden in Richtung des Wasserreservoirs. Nun kam sie auf dem sich schlängelnden Pfad an vielen sonnigen Stellen und gepflegten Flecken frischen Grases vorbei. Bei einem von diesen, wo zwei Bänke standen, hielt sie an, um sich auszuruhen. Ihr war sehr warm vom Gehen. Flossie verlangte schreiend, heruntergelassen zu werden, deshalb breitete Gurlie eine kleine Decke auf dem Gras aus und ließ sie darauf sitzen. Der Boden war warm und trocken, als sie die Hand darauf legte, um ihn abzufühlen.

Darf ich übers Gras laufen? fragte Lottie. Ja, sagte Gurlie, soviel du Lust hast. Weil sie es recht bequem und sogar trockener fand, als sie erwartet hatte, setzte Gurlie sich mit den Kindern aufs Gras, wo ein Flecken Klee wuchs, und begann, diesen sorgfältig nach vierblättrigen Kleeblättern abzusuchen.

Was suchst du, Mammie?

Ach, lauf und spiele.

Das Baby hatte sich schnell auf Hände und Knie niedergelassen und begann davonzukrabbeln.

Guck mal! sagte ein kleines Mädchen, das mit einer älteren Frau vorbeikam. Man *kann* auf dem Gras laufen. – Nein, sagte die Frau, ich habe dir gesagt, nein. Da ist es feucht, und du erkältest dich. – Gurlie hörte sie nicht. Das kleine Mädchen begann zu weinen. Mama, rief es über die Schulter zurück, ich will auf dem Gras spielen wie sie. Es zeigte mit dem Zeigefinger. Nana läßt mich nicht.

Gurlie schaute auf und sah das Kind mit der Frau, die anscheinend seine Großmutter war, während ein paar Schritte dahinter eine jüngere Frau, wahrscheinlich die Mutter, mit übertriebener Anstrengung einen sehr schweren englischen Kinderwagen den kleinen Hügel hochschob. Uff! sagte sie, schwerfällig die Schultern rollend. Laß uns hier hinsetzen. Nein, sagte die ältere Frau, nicht hier. Daraufhin stellte die junge Frau den Wagen quer über den Weg und ließ sich auf eine der Bänke fallen. Sie wollte nicht weitergehen.

Die ältere Frau blieb einen Augenblick stehen und setzte sich dann auch. Gurlie, sechs Meter entfernt mit dem Rükken zu ihnen, kümmerte sich nicht weiter um sie. Drei Tauben ließen sich in der Nähe der Neuankömmlinge auf dem Gehweg nieder, und das kleine Mädchen war sofort von ihnen angezogen: Ich will Erdnüsse, für Vögelchen. Sie begann mit der Hand am Fußende des Kinderwagens zu wühlen. Schon gut, schon gut, sagte ihre Mutter. Laß die Hände da weg. Das könnte dir leid tun.

Die Dame, die ziemlich dick und langsam in ihren Bewegungen war, tat ein paar Erdnüsse aus einer Papiertüte in den Schoß und knackte die Schalen. Das kleine Mädchen nahm eine Nuß, ehe sie geknackt war, und warf heftig damit nach den Vögeln, die ein paar Meter von ihr weg hüpften, zur Nuß tippelten, sie beäugten und zurück zur Bank kamen. Siehst du, sagte die Frau zu dem kleinen Mädchen, das hast du davon, wenn du so übereilig bist, sie fressen sie nicht. Hier. Halte ihnen die Hand hin – aber das kleine Mädchen fürchtete sich.

Gurlie konnte sie hören, aber sie drehte sich nicht um.

Sieh mal, sagte die Frau zu der alten Dame neben sich.

Ist das nicht ein niedliches Baby? Sieh mal, wie es versucht zu gehen. Pardauz! Da liegt es. Und in der Tat fiel die kleine Flossie hart auf den Popo, als sie versuchte, auf die Bank zuzulaufen, von der die neue Aufregung kam. Nun krabbelte sie ein paar Meter, setzte sich dann hin und grinste die Neuankömmlinge an.

Will mit dem Baby spielen, sagte das kleine Mädchen. Nein, sagte die ältere Frau. Ich will nicht, daß du aufs Gras gehst. Das Kind sah die Mutter an, setzte dann einen kleinen Fuß aufs Gras und drehte sich zur Seite, um die Großmutter anzusehen, die aufstand, sie grob am Arm zurückriß und ihr mit dem Finger vor dem Gesicht herumfuchtelte: Nein! Ich habe gesagt, nein!

Ach, Mutter, sagte die jüngere Frau, laß das Kind.

Laß sie, ja. Wenn sie heute abend wieder Pseudokrupp hat, wer hat dann die Schuld? Dann lasse ich sie. Komm schon. Ich will gehen.

Noch nicht, sagte ihre Tochter. Ich bin müde.

Nun sah das kleine Mädchen Lottie und ging über den asphaltierten Weg, bis sie ihr gegenüber war. Da stand sie und lächelte, legte den Kopf schräg und drehte den Körper ein wenig heftig, so daß ihre kleinen Röcke mit einem Rascheln um sie herumwogten. Dann wurde ihr Gesicht ernst. Dann lächelte sie breit, aber sie traute sich nicht, übers Gras zu ihrer neuen Freundin zu gehen.

Die Dame nahm das Baby aus dem schweren Wagen und hielt es auf dem Schoß. Es war noch ein kleines Baby und sehr schläfrig, nicht älter als sieben oder acht Monate. Sie stritt mit der älteren Frau, die schließlich die Achseln zuckte und sich abwandte. Die Frau breitete, wie Gurlie vorher, eine Decke auf dem vollkommen trockenen Rasen aus und legte ihr Baby darauf, während sie sich auf eine Ecke setzte. Sie schien großen Spaß an Flossies Verrenkungen zu haben.

Oh, sagte sie nach einem Augenblick. Pfui! Nein, nein, nein! Sehen Sie mal, meine Dame, sagte sie zu Gurlie, sehen Sie mal, was Ihr Kind da macht.

Gurlie sah hin. Flossie saß mit dem Rücken zu ihrer Mutter ganz still auf dem Gras.

Sehen Sie mal! sagte die Frau. Sie ißt etwas, eine Erdnuß, glaube ich. Gurlie rief ihrem Kind zu: Spuck es aus. Das macht nichts, sagte sie zu der Frau. Es schadet ihr nichts. Die Frau war schockiert. Oh, ich hätte Angst, sagte sie, es könnte ein Wurm sein. Gurlie lachte, aber sie stand auf, ging zu Flossie und beugte sich über sie. Böse, sagte sie, und sie steckte dem Baby einen Finger in den Mund. Es war ein kleiner Stein, auf dem Flossie mit halb angeekelten Grimassen herumkaute. Komm her, sagte Gurlie, und sie legte sie wieder auf die Decke. Jetzt bleib hier.

In dem Augenblick ging am anderen Ende des kleinen Rasenstücks ein großes Geschrei und Prügeln los. Die Großmutter hatte das kleine Mädchen gepackt und schüttelte sie, wie ein Terrier ein Kissen schüttelt: Habe ich dir nicht gesagt, du sollst nicht aufs Gras gehen? Du bist das ungehorsamste Kind, das mir je untergekommen ist. Setz dich dahin, und sie setzte es hart auf die Bank, wo das Kind schluchzte und beschämt und jammervoll zu Lottie hinguckte.

Nach einem Augenblick nahm die alte Frau das Kind am Handgelenk und ging den Pfad hinab. Hier bleibe ich nicht, sagte sie zu ihrer Tochter. Ich gehe nach Hause. – Laß Sarah hier, sagte die jüngere Frau. Ich hätte sie gerne bei mir. Also ging die ältere Frau alleine den Weg hinab. Die junge Frau schüttelte den Kopf, während Gurlie die Szene beobachtete, als wolle sie sagen: Ist es nicht schrecklich? Komm her, sagte sie zu ihrem Kind. Komm her. Putz dir die Nase! Sie wischte ihrer Tochter über das kleine Gesicht. So. Jetzt lauf und spiel mit dem kleinen Mädchen. Aber lauf nicht weg. Und setze dich nicht ins Gras. Denk daran. Das Kind war jetzt verlegen und wollte nicht gehen. Aber schließlich ging es trotzdem langsam fort.

Es ist schrecklich, sagte die Frau in Gurlies Richtung. Alte Leute werden so närrisch. Sie vergessen, daß die Welt sich ändert. Schauen Sie sich das an! setzte sie plötzlich hinzu. Schnell!

Flossie strampelte und schüttelte den Kopf, kniff die Augen zusammen und öffnete den Mund, so weit sie konnte. Was für ein Gesicht! – Was in aller Welt hat sie? fragte die Frau, die zu ihr gelaufen war. Eine Zigarette!

Und tatsächlich hatte Flossie eine Zigarettenkippe im Gras gefunden und verbittert und schweigend darauf gekaut.

Soll sie lernen, sagte Gurlie.

Aber sie ist zu klein, sie kann es nicht wissen.

Dann soll sie es lernen, sagte Gurlie. Wenn sie es nicht mag, kann sie es ja ausspucken.

Aber sehen Sie mal, sagte die Frau. Eine Zigarettenkippe. Jemand anders hat sie im Mund gehabt. Sie ist schmutzig. Das Kind wird sich vergiften.

Dann sollte sie's nicht essen, sagte Gurlie.

Die Frau sah sie an. Ich hätte Angst. – Wo sind die Kinder?

Lassen Sie sie nur, sagte Gurlie. Tatsächlich waren die beiden älteren Mädchen bloß unter ein paar niedrige Fichtenäste getreten, wo ein Teppich roter Nadeln den trocknen Boden bedeckte. Die kleinen Mädchen waren damit beschäftigt, das Zeug mit beiden Händen aufzusammeln und es behutsam durch die niedrigen Zweige herauszutragen, um auf dem Gras davor einen kleinen Haufen zu machen.

Lebt Ihre Mutter bei Ihnen? fragte die Frau Gurlie.

Nein, sagte Gurlie. Wo geht sie hin?

Oh, sie kommt schon zurück, erwiderte die Frau. Das tut sie immer. Sie haben aber ein furchtbar niedliches kleines Mädchen. Haben Sie noch mehr Kinder?

Nein, sagte Gurlie. Ist das ein Junge? – Ja, sagte die Frau, wie entschuldigend. Jungen sind so anders. Schauen Sie, wie er schläft. Ist das nicht niedlich? Ich schaue sie so gerne an, wenn sie schlafen. Aber er kann ein Teufel sein. Sie nimmt ihn immer auf. Wenn mein Mann zu Hause ist, darf sie das. Zu Hause bin ich die einzige, die ihn weinen läßt.

Zwei kleine Jungen brachen durch die Bäume, wo Lottie und ihre Freundin spielten, blieben eine Minute stehen, traten den Haufen Fichtennadeln nieder, den die beiden gesammelt hatten, und liefen lachend davon, nicht ohne sich umzudrehen, um die Wirkung ihres Überfalls zu sehen. Sie verschwanden den Pfad hinunter.

Die Mädchen kamen zu ihren Müttern: Guckt mal, was diese bösen Jungen getan haben.

Ach, macht nichts, sagte Gurlie. Schaufelt sie wieder zusammen. Dann habt ihr was zu tun. Das andere kleine Mädchen starrte Gurlie mit offenem Mund an und ging mit Lottie davon, um mehr Fichtennadeln zusammenzuklauben.

Sie machen sich keine Sorgen, oder? fragte die Frau Gurlie.

Gurlie lachte ihr ins Gesicht. Sie sind eine Deutsche, nicht? sagte Gurlie. Ihr seid alle gleich, ihr Deutschen. Ich wünsche, ich könnte ein vierblättriges Kleeblatt finden.

Sie machen sich über nichts Sorgen, oder? fragte die Frau. Gurlie sah sie an. Ich lasse es nicht zu, daß mir etwas Sorgen macht, sagte sie. Wenn Sie die Bibel lesen, wissen Sie alles, was geschehen wird.

Stimmt das? fragte die Frau. Aber ich weiß nicht, was ich mit meiner Mutter machen soll.

Ach, sagte Gurlie, das wird sich einrenken.

Ja, vermutlich. Aber sie treibt uns zum Wahnsinn. Sie ist gut, aber ich glaube, sie ist krank. Sie spaziert nachts herum, und wenn das Baby weint, nimmt sie es auf, ehe ich auch nur da sein kann. Ich darf über mein eigenes Kind nicht bestimmen. Ich glaube, sie denkt an ihre eigenen Kinder, wir waren sieben, und wir waren immer krank. Sie tut mir leid, aber man kann nicht mit ihr reden.

Warum schicken Sie sie nicht fort? fragte Gurlie.

Würde ich ja, wenn ich wüßte, wohin, sagte die Frau. Wir sind alle am Ende. Ich habe die Nase voll. Sie hackt schrecklich auf meinem kleinen Mädchen herum. Aber ich lasse nicht zu, daß sie mein Baby verzieht.

Haben Sie denn niemanden sonst in der Familie, zu dem Sie sie schicken können?

Nein, sie sind alle drüben.

Nun, dann schicken Sie sie rüber, sagte Gurlie.

Sie will nicht. Ich habe es im letzten Jahr versucht. Sie haben da drüben alles verloren, was sie hatten, und sie will nicht zurück.

Näht oder strickt sie nicht? fragte Gurlie.

Dafür kann sie nicht lange genug still sitzen. Sie will die ganze Zeit putzen. Sie sagt, ich bin schmutzig. Sie sagt, in diesem Land weiß niemand, wie man einen Haushalt führt. Ich sage ihr, dies ist nicht Deutschland, aber das ist ihr gleichgültig. Sie sagt die ganze Zeit dasselbe.

Liest sie nicht?

Nein. Ich wünschte, ich könnte wie Sie sein. Sind Sie Deutsche? – Nein, sagte Gurlie und begann wieder ins Gras zu schauen. Die Frau blickte auf die kleine Stelle mit Klee, die Gurlie untersuchte, beugte sich dann ein wenig vor, um Gurlie in die Augen zu schauen, und sah dann wieder auf den Klee hinab. In dem Flecken waren ein paar kleine weiße Blüten, und eine Biene kam und begann nervös auf einer herumzulaufen.

Passen Sie auf! Da ist eine Biene, sagte die Frau, die sticht Sie.

Gurlie lachte. Die tun einem nichts.

Sie stechen doch, oder?

Nein, sagte Gurlie und schob die Biene mit der Hand fort. Oh! sagte die Frau und neigte sich zurück. Dann drehte sie sich um und sprang auf. Die kleine Flossie hatte schon wieder die Hände im Mund. Kuks, Keks, Kuks! sagte sie, als die Frau zu ihr kam.

Ein netter alter Mann, der in dem Augenblick vorbeispazierte, schaute lächelnd auf sie hinab. Dada, sagte sie. Bringen Sie sie her, sagte Gurlie zu der Frau. Schuh, sagte das Baby, die Füße des Mannes beäugend. Sie hat wieder was im Mund, sagte die Frau und brachte Flossie zu ihrer Mutter. Ich möchte es nicht herausnehmen. Das tun besser Sie.

Geben Sie sie mir, sagte Gurlie. Spuck es aus. Das Baby schloß den Mund nur fester und schaute, den Kopf ein wenig senkend, mit widerwilligen Augen zur Mutter hoch. Gurlie steckte dem Baby einen Finger in den Mund und fischte in seinen Backentaschen herum, bis sie etwas fand, was sich als ein Stück Erdnußschale herausstellte.

Macht sie das immer? fragte die Frau. Ich glaube nicht, daß das gut für sie ist, so etwas zu essen. Bekommt sie keine Krämpfe? Ich weiß, daß sie von Bananenschalen Krämpfe bekommen.

Der Mann, der einen Augenblick stehengeblieben war, um das Baby anzuschauen, ging ruhig weiter.

Mein armes Baby hat ein Muttermal, begann die Frau angelegentlich wieder.

Wo? fragte Gurlie. Auf dem Gesicht? – Ja, sagte die Frau. Ich wünschte, ich wüßte, was man dagegen machen kann. Gucken Sie mal, Sie können es von hier sehen.

Ich kann gar nichts sehen, sagte Gurlie. Sie stand langsam auf und rieb sich die Knie. Uff! sagte sie, als sie sich aufrichtete. Sie ging mit der Frau, um sich das schlafende Kind anzuschauen. Dort lag es fest schlafend auf der Decke, den Kopf zur Seite gedreht, die Arme symmetrisch ausgestreckt, an den Ellbogen angewinkelt, die Handflächen nach oben, völlig entspannt. Man konnte es atmen sehen.

Die Frau drehte das Gesicht des schlafenden Kindes herum, damit Gurlie es sehen konnte. Ein gesprenkelter roter Streifen zog sich von der Nasenwurzel über die Stirn bis ins Haar, das sehr blond und dünn war, und auch das linke Augenlid war tief weinrot. Das macht nichts, sagte Gurlie. Das geht weg. Viele Kinder haben das. Ich wette, im Nakken hat er noch so einen Flecken.

Das stimmt, sagte die Frau. Sie wissen aber Bescheid. Woher kommt das? Der am Hinterkopf wird vom Haar verdeckt sein, aber dieser –

Sie müßten das doch wissen, in Deutschland nennt man es *Storchenbiß*.*

Sie meinen, daß der Storch sie angeblich beißt, wenn er sie bringt, meinen Sie das? Sehen Sie mal, er wacht auf.

Das Baby gähnte und streckte sich mit steifen Beinen. Ist er nicht wunderbar? fragte die Mutter. Gurlie nickte. Der Säugling schlug zwei tiefblaue Augen auf. – Er wird so lebhaft nun. Sie werden so lebhaft in diesem Alter. Sehen Sie zu! – Gurlie sah ihm zu. Er war wirklich ein sehr hübscher kleiner Bursche.

Er ist vollkommen, abgesehen von diesem Muttermal. Und sie haben ihn nicht ordentlich beschnitten. Wir sind keine Juden, aber mein Mann wollte es, deshalb wurde es gemacht. Sie haben es nicht gut gemacht, sie haben zu viel Haut übriggelassen. Ich hätte es nicht gewußt, wenn ich nicht andere kleine Jungen gesehen hätte. Es ist nur eine kleine Eichel vorne, aber man kann sie nicht sehen, wenn ich nicht die Haut zurückziehe. Das ist nicht richtig.

Der Kleine öffnete die Augen jetzt weit und lächelte unsicher. Dann wurde er ganz aufgeregt und begann steifbeinig mit den Füßen auf die Decke zu trommeln. Das tut er gerne, sagte die Frau. Mutter legt dann ein Kissen für ihn hin. Sie hat Angst, daß er sich die Fersen verletzt.

Nun verrenkte das Baby den Leib, bis es sich umgedreht hatte, hob dann den Kopf und schaute sie lächelnd an. Er krabbelt rückwärts, sagte die Mutter. Warum tun Babies das immer – vielleicht weil ihre Arme stärker sind als ihre Beine. Aber er ist so anders als seine Schwester. Mit ihr hatte ich Schwierigkeiten, aber er ißt alles. Sie hob ihn auf. Ak, ak, ak! sagte er, auf den Zehen stehend. Er will immer auf den Zehen stehen, sagte die Mutter.

Manchmal, wenn er da liegt, hebt er sich auf die Ferse und wirft sich hart zu Boden, oft. Kann er seine Nieren verletzen?

Die Frau machte mit der Zunge ihren rechten Zeigefinger naß und klebte dem Baby eine kleine blonde Locke auf der Stirn fest.

Gurlie kehrte zu ihrem Platz zurück.

Sich selbst überlassen, hatten die beiden älteren Mädchen wieder Fichtennadeln geholt, bis sie genug gesammelt hatten, um zwei kleine Haufen zu machen, die sie Betten nannten und auf denen sie jetzt flach auf dem Rücken lagen, vollkommen glücklich, und sich mit leisen Stimmen unterhielten, als die alte Dame zornentbrannt zurückkam.

Steh von der Erde auf, sagte sie zu dem kleinen Mädchen, während Lottie sich aufrichtete und sich entsetzt mit den Händen hinter dem Rücken aufstützte. Die kleine Spielgenossin wurde hochgezerrt.

Nicht hauen! Nicht hauen! rief sie der alten Dame zu. Bitte! Nicht hauen! Aber zack! bekam sie eine auf die eine Seite und nun auf die andere. Zack! Dann fiel die Frau über die Tochter her und gab es ihr, bis sie ebenso wie Lottie in Tränen aufgelöst war.

Gurlie schenkte dem keine Beachtung, außer daß sie die alte Frau verächtlich ansah. Flossie krabbelte zu ihr und setzte sich plumps mitten in den Klee. Gurlie hob sie auf, und als sie das tat, fiel ihr Blick plötzlich auf eine Stelle, wo die Blätter vom Druck des Kinderfußes umgedreht worden waren. Nein, nur zwei dreiblättrige, die zusammengedrückt worden waren, so daß es aussah wie ein vierblättriges Kleeblatt, aber wenn man sie auseinanderzog, rutschte das zusätzliche Blatt fort und wurde wieder Teil des anderen.

Lotties kleine Freundin wurde laut weinend weggezerrt. Es war ihr befohlen worden, sich an der Kante des Wagens festzuhalten. Das tat sie und brüllte dabei lustvoll – ohne darauf zu achten, wohin sie ging, sondern über die eigenen Füße und den Rand des Weges stolpernd, über den sie ihrem Schicksal entgegengeschleppt wurde.

Komm, Lottie, wir gehen jetzt auch besser, sagte Gurlie zu ihrer älteren Tochter. Sie legte sich einen Augenblick mit den Händen unter dem Kopf ins weiche Gras zurück und schaute in die Sonne. Das Baby beugte sich über sie und bettete den Kopf seitlich auf die Brust der Mutter. Auch Lottie kam zu ihrer Mutter und stand da und schaute auf sie hinab.

KAPITEL 10

Impfung

Das kleine Mädchen von gegenüber hatte Masern. Bloß Masern? sagte Gurlie. Dafür muß doch nicht ein Doktor dort aus und ein gehen. Wer ist dieser Arzt, ich habe ihn noch nie gesehen?

Oh, sagte eine der Lehrerinnen, die auf der anderen Seite des Gangs wohnten, er wohnt – ich meine, er hat seine Praxis in der Fifth Avenue. Ich glaube, er heißt Mabbot.

Viele haben Masern im Viertel, sagte Gurlie an dem Abend zu Joe. Ich glaube, ich lasse die Kinder impfen.

Ja gut, tu das. Er war wieder aus Washington heimgekommen, und der Kampf ging immer noch weiter. Red nicht soviel darüber. Ist das Abendessen fertig?

Ja, sagte seine Frau, sowie ich mich um die Kinder gekümmert habe. Und überhaupt, was mach ich mit den Kindern?

Also, was du mit den Kindern machst? Was willst du denn mit ihnen machen? Frag mich nicht. Steck sie in einen Schrank und schließ die Tür ab.

Das würde ich manchmal gerne tun. Ich habe es leid, alles in der Wohnung selbst zu machen. Heute habe ich sie auf der Straße gelassen, während ich zum Metzger gegangen bin. Die kleine Eleanor war da, aber sie geht am Montag wieder zur Schule. Ich kann sie nicht den ganzen Tag im Haus behalten. Ich gehe in den Park. Aber dann gibt es noch den ganzen Nachmittag.

Willst du schon wieder eine faule Negerin hier herumlungern haben?

Nein. Ich will ein ordentliches weißes Mädchen. Diesmal will ich einen ausgebildeten Dienstboten.

Du hast Geld. Bezahle sie doch.

Ich weigere mich, so weiterzumachen.

Bitte deine Mutter, den Winter über herzukommen. Ich

kann mir im Augenblick nichts anderes leisten. Sie braucht sowieso eine Bleibe. Gunnar hat genug um die Ohren in Brooklyn – Gunnar war Gurlies Bruder –, es sei denn, er geht nach Vermont. Bitte sie, herzukommen und uns beizubringen, wie man einen Haushalt führt.

Gurlie sagte nichts. Also, was ist? fragte Joe. Ich würde es begrüßen. Sie ist eine nette alte Dame. – Ich wußte, daß du das gerne haben würdest, sagte seine Frau. – Frage sie trotzdem, vielleicht lehnt sie es ab.

Sie wird taub, sagte Gurlie. Laß sie nach Vermont fahren. Sie ist zu alt für die Kinder.

Es ist mir egal, tu, wozu du Lust hast. Ich habe Hunger. Post? – Nichts außer der Gasrechnung, sagte seine Frau. – Reiß sie in Stücke, sagte Joe. Wo ist sie? Gurlie ging zum Fenster, blieb einen Augenblick dort stehen, schaute hinaus und kam dann dahin zurück, wo Joe saß.

Also gut, sag ihr, sie soll kommen, sagte sie dann. Das ist die einzige Möglichkeit. Ich bringe morgen die Kinder zu einem Arzt in der Fifth Avenue.

Fifth Avenue! Dann mach dir klar, daß du eine Menge Geld dafür zahlst, damit du auch ganz sicher weißt, daß du in den Händen eines Gauners bist. Er wird sie krank machen, auch wenn sie gar nicht krank gewesen sind, als du sie zu ihm gebracht hast, sagte ihr Mann.

Du redest wie ein Blödmann, meinte Gurlie.

Ich bin ein Blödmann, sagte Joe. Wo sind die Kinder überhaupt?

In der Küche, sie essen zu Abend. Was Neues?

Nichts, ich warte bloß wie üblich mal wieder darauf, etwas aus Washington zu hören. Sie konnte sehen, daß er extrem nervös war.

Am nächsten Tag brachte Gurlie die Kinder in Dr. Mabbots Praxis. Es waren vier oder fünf Leute vor ihr, deshalb sagte man ihr, sie müsse warten. Als sie am Eingang zum Wartezimmer standen, sahen sie einen halb kahlen Mann mittleren Alters, der eine Zeitung las, sie über den Rand seiner Brille anschaute und dann weiterlas. Ihm gegenüber saßen zwei korpulente Frauen, eine kleine und eine große, offensichtlich Schwestern. Sie schauten Gurlie an, und eine flüsterte der anderen etwas zu. Dann war da eine sehr hübsche Frau, modisch gekleidet, die sehr gerade in der Ecke saß, mit einem kleinen Mädchen neben sich, das sich gegen ihr Knie lehnte.

In der Nähe der Tür saß auch eine sehr nette, einfach gekleidete Frau mit einem kleinen Jungen auf dem Schoß, einem weiteren von ungefähr drei auf dem Fußboden zu ihren Füßen und einem Mädchen von sieben oder acht auf einem Stuhl daneben. Die Jalousien waren halb zugezogen, und auf jeder Seite der beiden Fenster zur Fifth Avenue hingen schwere Vorhänge. In der Mitte des Raums stand ein großer Tisch, auf dem mehrere Zeitschriften lagen.

Der schwere Teppich auf dem Fußboden gab einem das Gefühl, man müsse leise sprechen, und es roch nach Staub und Kampfer. Lottie ging zuerst, geschubst von ihrer Mutter, und blickte auf den Teppich, als sie durch die Tür ging. Dann, als sie sich all diesen Menschen gegenüber fand, die da saßen und sie anschauten, trat sie plötzlich aus dem Wartezimmer zurück.

Hier ist ein Platz, sagte die nette Frau mit den Kindern. Steh auf, Alice, und laß die Dame hier sitzen. Du kannst stehen, es schadet dir nichts. Gurlie setzte sich. Vielen Dank, sagte sie. Aus dem Augenwinkel bemerkte sie, daß, obwohl die Frau dunkles Haar hatte, all ihre Kinder rothaarig waren.

Stille, absolute Stille, während jeder sich des anderen bewußt war, wie sie steif dasaßen und warteten. Es klingelte an der Tür, noch jemand wurde eingelassen, eine gedämpfte Unterhaltung im Flur, und die Tür öffnete und schloß sich wieder.

Merkwürdig, sagte die Frau rechts von Gurlie, und ihre Stimme schien jedem im Ohr zu dröhnen, wie still manchmal selbst in einer Stadt alles ist und sogar in einer belebten Straße. – Ja, sagte Gurlie. Gleich darauf brüllte und pfiff ein Junge unter dem Fenster, Wagen fuhren wieder vorbei, und man konnte die Spatzen laut auf den Fenstersimsen tschilpen hören.

Flossie saß auf dem rechten Knie ihrer Mutter, während der kleine Junge auf dem linken Knie seiner Mutter saß, so daß sie einander anblickten.

Sind die Kinder krank? fragte die Frau.

Nein, ich bringe sie bloß zum Impfen, sagte Gurlie.

Jemand kam über den Flur vom Sprechzimmer hinten im Haus und ging vorne zur Tür hinaus. Miss Brown, sagte das Mädchen am Eingang zum Sprechzimmer.

Warte hier, sagte eine der ältlichen Frauen und stand auf.

Nein, Matilda, ich komme mit dir. Ich möchte den Doktor selbst sehen.

Mir wäre es lieber, du würdest es nicht tun, sagte die andere.

Aber du weißt doch, was letztes Mal passiert ist.

Bitte.

Nein, ich komme mit dir.

Miss Brown, sagte das Mädchen an der Tür, der Doktor möchte Sie jetzt sehen. – Die beiden Frauen blieben einander gegenüber stehen, da erschien unerwartet ein runder Kahlkopf in der Tür.

O Doktor, sagte diejenige, die Matilda hieß, es tut mir so leid.

Was ist denn? sagte der Doktor.

Meine Schwester läßt mich nicht …

Kommen Sie beide mit. Guten Tag, sagte er zu der eleganten Frau hinten im Raum. Sein Blick huschte über die anderen, er lächelte, verneigte sich, trat beiseite und ließ die beiden alten Jungfern vor sich den Korridor nach hinten gehen.

Puh! sagte die kleine rundliche Dame mit den Kindern, jetzt geht's mir besser. Ich konnte nicht atmen. Setz dich dahin, Alice. – Der Mann gegenüber senkte die Zeitung einen Augenblick, schaute sie über den Brillenrand an, blickte auf Lottie und las weiter.

Alice wollte ihrer Mutter nicht von der Seite weichen. Jetzt guck dir mal das kleine Mädchen da drüben an, wie artig sie ist, sagte die Mutter. Tu, was ich dir gesagt habe. Sollen wir uns da drüben ans Fenster setzen? fragte sie Gurlie und deutete auf eine Couch mit Schlummerrollen an den Seiten und einer hohen verzierten Rückenlehne. Sollen wir? Ich lebe auf dem Land, so ein Besuch kostet mich einen ganzen Tag. Aber er ist ein schrecklich guter Arzt. Ich kenne ihn seit Jahren. Leben Sie in der Stadt?

Ja, sagte Gurlie. Halten Sie was vom Impfen?

Eigentlich nicht, sagte die Frau. Ich glaube, es ist gefährlich und nützt sowieso nichts. Ich will es nicht haben.

In Europa werden alle geimpft, sagte Gurlie. Aber hier ist es nicht so üblich, oder? – Nein, sagte die Frau. Na ja, ich vermute, wenn man in Mexiko oder in Indien lebte, wo Tausende jährlich sterben –

Ihr Kind wollte vom Schoß herunter. Ich frage mich, ob er ... Ach, sagte sie. Was für ein Wilder er ist. Sie erleben ihn gerade einmal ruhig, aber das bedarf nur eines Augenblicks. Warten Sie's ab. Ich weiß nicht, was ich mit ihm machen soll.

Das kleine gutgekleidete Mädchen am Ende des Raums flüsterte seiner Mutter etwas zu, setzte sich dann zurück und schaute hochmütig auf die anderen.

– schauen Sie ihn sich an, die gutmütige kleine Mutter sprang auf und packte ihr Kind. Nichts ist sicher vor ihm! Absolut nichts! Wenn ich ihn anziehe, geht das immer quer durchs ganze Zimmer. Wenn Sie ihm bloß sagen, daß er aufs Töpfchen soll oder so etwas, ist er schon meilenweit weg. Er dreht sich einfach um und rennt weg.

Waywie! sagte das Kind.

Baby! Er meint ›Baby‹, sagte die Frau zu Gurlie. Er fängt gerade erst an. Aber er versteht natürlich alles, was man sagt.

Hut.

Ja, Hut, das ist richtig. Jetzt laß den Hut des Mannes in

Frieden, sagte sie und sprang schon wieder auf. Ist er nicht schrecklich?

Bis dahin hatte Flossie wie versteinert dagesessen, während Lottie den kleinen Jungen auf dem Fußboden anstarrte, der die ganze Zeit kein einziges Mal den Kopf gehoben hatte.

Warum gehst du nicht zu Alice und sprichst mit ihr, sagte die Frau zu Lottie. Geh nur. Sie mag kleine Mädchen in ihrem Alter. – Oh, geben Sie sich keine Mühe mit ihr, sagte Gurlie. Sie kann aus dem Fenster gucken. Lottie schaute zum Fenster hin, und Alice eilte ihr sofort dahin voraus. Das kleine gutgekleidete Mädchen in der Ecke blickte ihnen nach, rührte sich aber nicht.

Wissen Sie, das Alter macht solch einen Unterschied bei Kindern. Wir merken das nicht. Direkt neben uns lebt ein kleines Mädchen, sie ist acht, und Alice ist knapp fünf. Es ist ein großer Unterschied zwischen fünf und acht, wissen Sie. Sie würden staunen, wie sie untereinander kämpfen und streiten. Sie haben beide kleine Brüder, und Sie sollten sie mal hören. Geben Sie Ihrem Baby jetzt Kartoffeln?

Ja, sagte Gurlie. Ich auch, sagte die Frau. Aber wenn ich meinem Baby etwas gebe, dann hat das andere Kind von etwas zu erzählen, was deren Baby bekommt und unser Baby nicht. Alice, Liebes, gib acht mit den Vorhängen. Und wissen Sie, was sie sonst noch sagt? Sie sieht, wie ich das Baby anziehe, und sie sagt: Hast du das mit mir auch gemacht, als ich ein Baby war? Ich muß ihr alles sagen. Sie würden staunen, worüber die reden. Sind Sie katholisch?

Nein, sagte Gurlie.

Nun, ich auch nicht. Aber Sie wissen ... Sie schaute auf die gutgekleidete Frau hinten im Raum und sprach nicht weiter. Er ist so verstopft. Er war schon immer so. Ganz gleich, was ich ihm gebe, es nützt nichts. Er ißt zu gut, verarbeitet alles. Geben Sie ihrem Baby Lebertran? Gurlie bejahte das. Die Frau brach plötzlich ab, biß sich auf die Lippen und schaute durchs Zimmer. Bis dahin war Gurlie nicht aufgefallen, wie müde ihre Augen aussahen.

Ich spreche zuviel, sagte die Frau und blinzelte auf die Schuhe ihres Kindes hinunter, um zu sehen, ob es vielleicht hineingepinkelt hatte.

Flossie hatte sich kaum gerührt, sondern beobachtete die Frau fasziniert. Gurlie schaute sie an und lächelte. Sie wird mir später von allem hier erzählen, sagte sie zu der Frau.

Sie wollen sagen, sie spricht!

Nein, nicht richtig, sagte Gurlie. Aber sie erzählt mir alles mögliche in ihrer eigenen Sprache, und Sie sollten mal ihr Gesicht sehen, wie ernst sie wird, alles Unsinn. Das ist manchmal sehr komisch. Die Frau schaute Gurlie schnell in die Augen, doch die waren abgewandt.

Mrs. Ambergris, sagte das farbige Mädchen. Jetzt geht's los, sagte die Frau. Kommt, Kinder. Hier lang, so. Auf Wiedersehen. Auf Wiedersehen. Zwei süße kleine Mädchen, sagte sie über die Schulter zu Gurlie, als sie das Zimmer verließ.

Und wieder wurde der Raum still. Gurlie beäugte die Frau in der Ecke, setzte sich gerade hin und starrte auf die Wand gegenüber, wo eine riesige Lithographie vom Grand Canyon des Colorado in einem geschnitzten Eichenrahmen hing.

Es dauerte eine geschlagene Dreiviertelstunde, bis sie an der Reihe war. Es wird aber auch Zeit, sagte sie zu dem unerschütterlichen Mädchen am Empfang. Ich komme nie wieder hierher, wenn ich so lange warten muß.

Was ist denn? fragte der Arzt, der über den Teppich hinter sie getreten war. Ich mache Ihnen nicht den geringsten Vorwurf. Es muß eine arge Geduldsprobe sein.

Ich will sie nur impfen lassen, sagte Gurlie.

Na, dann kommen Sie mal rein – eine gedehnte sanfte Stimme. Glauben Sie nicht, ich wäre nicht müde. Ist das Ihre ganze Familie? Zwei nette kleine Mädchen. Sehr unterschiedlich auch, nicht wahr. Sehr unterschiedliche Typen. Diese hier, sagte er und tätschelte Lottie den Kopf, ist die Künstlerin, nicht? Das sieht man – Nun ja, nein, ich mag mich irren. Ich glaube nicht, daß sie so sentimental ist, wie man meinen könnte. Sehen Sie sich das kleine Kinn an. Sehr entschlossen. Während diese ... Hm. Sie hat auch einen eigenen Willen, nicht, aber auf ganz andere Art. Der dürfen Sie nicht in die Quere kommen – aber dieser. Er lachte. Sie ist ganz schön lebhaft, nicht? Er lachte noch einmal. Hätten Sie gerne ein Glas Wasser, Mrs. – äh? – Stecher, sagte Gurlie.

Guckt mal, sagte er, und er ging zu der Wand hinüber, wo in beinahe zwei Meter Höhe vom Boden so etwas wie ein geschnitztes Vogelnest an der Täfelung befestigt war. Darin saßen dicht aneinandergedrängt, nebeneinander, drei unproportioniert große Köpfe mit langen gelben Schnäbeln, die über den Rand hervorschauten. Unter dem Nest hing eine Kordel. Guckt mal, sagte er und drehte sich um. Kuckuck! Kuckuck! Bei dem Wort zog er die Kordel, und die drei großen gelben Schnäbel öffneten sich hungrig. Die Kinder waren entzückt. Kuckuck! Kuckuck! schienen die Vögel zu sagen. Es war ein ungeheurer Erfolg.

Nun, wozu sind wir denn hier? sagte der Arzt zu Gurlie. Ach ja, zum Impfen.

Aber ich möchte, daß Sie sie auch gründlich untersuchen, sagte Gurlie. Diesen Herbst sind viele krank.

Ich fürchte, heute nachmittag nicht mehr, Mrs. Stecher, sagte er, die Uhr herausziehend. Halb vier.

Sie hat so eine trockene Haut, sagte Gurlie. Das muß doch irgendwo herkommen.

Trockene Haut? sagte der Arzt. Wasser macht es schlimmer.

Ja, das weiß ich. Aber ich muß sie doch baden, Doktor.

Ja, ich weiß, daß Sie sie baden müssen. Ich sage Ihnen, was Sie tun müssen. Kaufen Sie sich etwas grobe Kleie. Sie wissen schon, Futterkleie, die, die man Pferden und Kühen gibt, Sie bekommen sie überall, fünf Cent das Pfund. Tun Sie das ins Badewasser.

Direkt so, wie es ist, meinen Sie? Wie es gekauft wird?

Nein, nein. In einem Stoffsäckchen natürlich. Zwei

Handvoll. Nehmen Sie einen der handelsüblichen Salz- oder Zuckerbeutel. Binden Sie ihn oben mit einer Kordel zu und ziehen Sie ihn ordentlich durch das Badewasser. Wenn Sie die Kleie einfach so hineinschütten, sieht das Kind hinterher aus wie ein kleines Kleiebrötchen.

Vielen Dank, sagte Gurlie. Solche Hausmittel sind immer das beste.

Noch etwas?

Nein, sagte Gurlie. Sie sind gesund, aber wir hatten so viele Masern im Viertel, daß ich dachte, ich sollte sie besser einfach mal impfen lassen.

Der Arzt sah sie an. Hm, sagte er. Ihnen ist natürlich klar, daß die Impfung nur gegen Pocken ist.

Ja, sagte Gurlie schnell.

Machen Sie bitte ihre linken Arme frei, Mrs. Wallace, sagte er zu der Schwester. Und geben Sie mir ein bißchen Alkohol und Watte.

Merkwürdige kleine Dinger, nicht? sagte er, als er sich für einen Moment zurücklehnte und wartete. Ich habe immer eine Tochter gewollt.

Haben Sie keine Kinder? fragte Gurlie.

Zwei Jungen, zwölf und vierzehn. Aber ich wollte immer ein Mädchen haben. Ich wollte immer mit ihr spielen, sie anziehen, ausziehen, zu Bett bringen, sehen, wie sie im Haus spielt und aufwächst – in den meisten Männern steckt viel von einer Frau, Mrs. ...

Stecher, sagte Gurlie.

Ja, in Ärzten auf jeden Fall – viel von einer Frau. Es ist vielleicht gut, daß ich nie eine Tochter hatte, vermute ich. Meine Frau sagt, wenn ich je eine Tochter gehabt hätte, wäre sie, noch ehe sie sechzehn geworden wäre, auf der Straße gelandet, wenn ich etwas mit ihr zu tun gehabt hätte. Er lachte. Gurlie beobachtete die Krankenschwester.

Wissen Sie, fuhr er fort, Gurlie anschauend und anscheinend überhaupt nicht in Eile, obwohl die Schwester die Impfutensilien auf dem Tisch bereitgelegt hatte, wartend dastand und die Kinder hätschelte. Komische kleine Dinger, nicht?

Gurlie war ein wenig ungeduldig, die Kinder standen da mit bloßen Armen und warteten. Sie fragte sich, ob alle Ärzte so waren. Nun, die alten jedenfalls. Ich frage mich, was bloß seine Frau denkt.

Dann wollen wir mal sehen, sagte der Arzt, auf seine Karte schauend. Nanu, Sie wohnen ja in der 104. Street. Ja klar. Direkt gegenüber von einem kleinen Mädchen, das ich da behandle. O ja. Sie ist sehr krank. Um die Wahrheit zu sagen, sie hat Lungenentzündung, ein schwerkrankes Kind. Sie wollen nicht, daß ich sie ins Krankenhaus bringe. Ich mache mir Sorgen um dieses Kind.

Sie wollen sagen, Sie glauben …

Wollen wir hoffen, daß nicht, sagte der Arzt. Merkwürdig, wie wir unser Leben für unsere Kinder leben. Es ist es nicht wert. Es ist es nicht wert, weder für sie noch für uns. Es ist zu spät für sie, ehe wir auch nur eine Chance gehabt haben, uns zu entscheiden. Es ist zu Ende. Was auch immer aus ihnen wird. Es ist zu spät, sie später noch einmal zu formen. Er schien von etwas ganz Bestimmtem zu sprechen, das er aber nicht offenbarte.

Was meinen Sie? fragte Gurlie.

Nehmen Sie einmal Ihr kleines Mädchen da. Sie wird zwei im nächsten April. Gut. Ich vermute, Sie haben Pläne für sie, alles mögliche. Aber Sie merken nicht, daß das, was heute, was jetzt passiert, ihr Leben bestimmt. Was Sie zu ihr sagen, was Sie ihr antun, der Ton Ihrer Stimme, Ihre eigenen Mißgeschicke …

Doktor, meinen Sie nicht, Sie würden besser …

Ja, die Ältere zuerst. Sie weint nicht. Das kann ich sehen. Kuckuck! Denk daran. Sei ein braves Mädchen.

Also rieb er ihr direkt unterhalb der Schulter den Arm mit Alkohol ein, nahm eine Nadel zwischen die Finger und kratzte und kratzte und kratzte beinahe einen Zentimeter lange parallele Linien in die Haut und schraffierte sie dann im rechten Winkel, bis gelbliche Lymphe und Blut aus der ganzen Fläche sickerten. Lottie versuchte den Arm wegzuziehen, weil es so langwierig und schmerzhaft war, aber die Schwester hielt sie fest. Sie wollte nicht weinen, aber die Tränen strömten ihr trotzdem die Wangen herunter.

Sie tun ihr ja weh, sagte Gurlie.

Nicht so sehr, wie Sie ihr weh getan haben, als Sie sie geboren haben, sagte der Arzt. Das brachte Gurlie für einen Augenblick zum Schweigen. – Was tun Sie denn *jetzt*? fragte sie. – Sie impfen, sagte er. Er zerbrach eine kleine Glasröhre und zwang mit einem winzigen Gummiball die gelbliche Flüssigkeit darin in den zerkratzten Arm des Kindes.

Das ist ja schrecklich, sagte Gurlie, ein Kind auf diese Art krank zu machen. Das ist nicht natürlich.

In der Medizin ist nichts natürlich, sagte der Arzt. Aber wir tun das, was wir für wirkungsvoll halten, weil wir nichts Besseres wissen. Im Freiheitskrieg richteten Pocken eine Verheerung unter der Bevölkerung von Philadelphia an. Jetzt das Baby. Miss Wallace, legen Sie ein bißchen Gaze über den Arm des Kindes.

Flossie kreischte, wand und verrenkte sich mit aller Kraft, um davonzukommen. Nützt nichts, kleines Mädchen, sagte der Arzt. Du bist jetzt in den Händen der Erwachsenen. Gott helfe dir.

Ist mir gleich, sagte Gurlie. Es tut mir leid, daß ich gekommen bin. Das gefällt mir nicht.

Wenn das das Schlimmste war, was Sie ihr je angetan haben, würde ich Ihnen zustimmen. Aber das ist es nicht, bei weitem nicht. Machen Sie sich keine Gedanken. Ein Pessimist, hm? Bin ich das? Ärzte als Gruppe insgesamt neigen dazu. Und sind meistens kinderlieb. Sie wird sich nicht daran erinnern, nicht mehr als an – was Ihnen halt so einfällt. Guck mal, sagte er. Kuckuck! Kuckuck! Und er zog die Kordel unter den Vögeln noch einmal, und beide Kinder waren gebannt und lächelten unter Tränen.

Wir sind die Verlierer, nicht sie. Wissen Sie, ich schreibe gerne.

Oh, auch Schriftsteller, sagte Gurlie.

Nicht so sehr wissenschaftliche Studien. Würden Sie vielleicht gerne ein kleines Pamphlet mit nach Hause nehmen, das ich kürzlich in einer unserer Zeitschriften veröffentlicht habe? Zeigen Sie es Ihrem Mann, vielleicht hat er Interesse daran. Es heißt – wo ist es, Wallace? Ich habe vergessen, wie ich es genannt habe.

Worum handelt es sich? fragte Gurlie.

Es gehört zu einer Serie und beschreibt das Kind im zweiten Lebensjahr.

Wo haben Sie das her? fragte Gurlie.

Ich schreibe es und lasse es drucken, um es meinen Patienten zu schenken. Nur ein Hobby. Ich hätte Schriftsteller werden sollen. Nur zu meinem eigenen Spaß. Ich möchte über jedes Jahr im Leben eines Kindes schreiben, bis zum zehnten oder zwölften oder so. Und so weit bin ich gekommen, sagte er mit einem Lachen. Nehmen Sie es mit nach Hause. Oh, fahren Sie jetzt zurück in die 104th Street?

Ja, sagte Gurlie.

Ich fahre Sie hin, wenn Sie wollen. Ich muß jetzt dorthin. Durch den Park. Sollen wir das tun? Beim Sprechen wandte er sich an die kleine Flossie.

Als Joe, müde und unsicher, sich an dem Abend der Wohnung näherte, kam er an zwei etwa elfjährigen Mädchen vorbei, die sich am Bordstein voneinander verabschiedeten. Sie hatten sich schon getrennt, und eine schaute von der Straßenmitte aus zurück, als die Freundin ihr mit leiser Stimme zurief: Na dann, gute Nacht – und dann eine kurze Pause – und süße Träume, Katherine! Joe klomm die Treppe zur Wohnung hinauf und wiederholte es immer wieder für sich – *und süße Träume, Katherine.* In seinen Ohren klang es reif und alt wie die Welt selbst.

KAPITEL 11

Die Jungs werden vorgestellt

Dan, das ist mein Partner, Mr. Crossman, Percy Grossman. Perce, das ist Dan McColum, unser Bezirksvertreter, ein guter Freund von Devery. Er steht dafür ein, daß den Betrieben in diesem Bezirk nicht übel mitgespielt wird.

Ja, ich habe von Mr. McColum gehört. Eine ziemliche Persönlichkeit, hat man mir gesagt.

Mr. Crossman gehört zur tonangebenden Schicht, Dan. Laß dich durch ihn nicht stören. Im Grunde seines Herzens ist er ein guter Kerl. Sehr wichtig für uns. Unentbehrlich, um die Wahrheit zu sagen. – Dann wandte er sich an seinen Rechtsanwalt: Du und McColum, ihr kennt einander, nicht wahr, Blake?

Ja, Dan und ich kennen uns.

Hm. So gut wie, nicht wahr?

Nun, wir wollen keine Zeit mit dem Vorgeplänkel verschwenden, meine Herren. Laßt uns direkt zur Sache kommen. Hast du was dagegen, wenn Dan hierbleibt, Blake? Wir haben nichts zu verbergen. Hier liegen alle Karten auf dem Tisch. Ich habe ihn heraufgebeten, um zu sehen, ob wir in diesem Bezirk in irgendeiner Weise kooperieren können – und er kann uns vielleicht hilfreich sein.

Ja, Dan ist in Ordnung.

Du weißt, worum es geht, nicht wahr, Dan?

Ich habe etwas flüstern hören.

Zwei Dinge müssen unternommen werden. Zuerst wollen wir etwas für die Jungs in Washington zuwege bringen. Caldwell kommt später. Er sitzt in der Klemme da unten, und wir müssen ihm helfen. Das zweite ist unser eigenes Unternehmen, und da kommst du ins Spiel, Percy. Erzähl uns doch mal, was gestern in Atlantic City passiert ist, damit wir wissen, welche Hilfe wir von dort erwarten können.

Moment mal, Moment mal, sagte McColum. Das ist mir

zu schnell. Sie müssen das ein bißchen mehr mit Ruhe machen.

Liest du denn keine Zeitung, Dan? fragte Blake.

Nein, damit gebe ich mich nicht ab, wenn ich rauskriegen will, was los ist. Ich habe gehört, daß Sie irgendeinen Strauß mit der Regierung ausfechten. Stimmt das?

Sie sind vorsichtig, was, Dan?

Ja, einfach bloß vorsichtig, das ist alles.

Erzähl's ihm, Percy.

Der alte Mann saß an einem kleinen Tisch mitten im Hotelzimmer, den Hut auf dem Kopf. Die anderen saßen um ihn herum auf nicht zusammenpassenden Stühlen, manche davon zierlich und vergoldet, völlig fehl am Platze. Der junge Wynnewood und Caldwells Neffe saßen nebeneinander auf einer Couch an der Wand.

Ich erzähle es ihm, sagte Rechtsanwalt Blake. Siehst du, gestern gab es in Atlantic City eine Tagung. Es gibt so etwas wie einen Verein von ehemaligen Druckern, die sich Associates nennen. Angeblich kümmern sie sich um die Ideale des Handwerks oder so etwas. Wir brauchten ihre Hilfe. Also schickten wir Crossman hin, unser bestes Aushängeschild. Er sollte sehen, ob er mit ihnen etwas anfangen könnte.

Also, sagte Dan McColum, das meine ich nicht. Ich will mich nicht in die Arbeit der Herren hier einmischen. Ich sehe, daß Sie viel zu tun haben. Ich möchte nur eine allgemeine Vorstellung von der Gesamtsituation, was ich für Sie tun soll, so ganz allgemein.

Dazu kommen wir ja gerade, Dan, sagte der alte Mann. Wir kriegen gleich was zu Trinken, sobald Caldwell hier ist. Ich möchte, daß du uns einen Rat gibst. Aber erst mußt du die Geschichte hören.

Na gut, fahren Sie fort, aber geben Sie mir nicht die Schuld, wenn ich dabei einschlafe. Ich habe gestern nacht nicht viel Schlaf bekommen.

Was war los, Dan? Eine Versammlung?

Eins meiner Kinder hat gestern geheiratet. Wir hatten ein großes Fest.

Ich wußte nicht, daß du so große Kinder hast, Dan.

Doch, meine älteste Tochter. Erzählen Sie mir lieber so knapp wie möglich, was ich tun soll.

Der alte Mann sah Blake an, und Blake sah den alten Mann an: Skizziere ihm die Sache mal, ja, Blake? Ich dachte, du wüßtest Bescheid, Dan.

Ich erinnere mich, daß Sie mir etwas erzählt haben, aber ich habe dieser Tage zuviel im Kopf. Sie haben diesen früheren Angestellten, der Ihnen Konkurrenz macht.

Er versucht, uns mit hinterhältigen Methoden unser Geschäft zu nehmen. Stiehlt es uns unter den Augen weg.

Sie meinen, er ist ein krummer Hund? Wie konnte er dann da unten in Washington gegen Sie bestehen? Mit der Truppe da unten ist ganz schön schwer fertig zu werden. Politik?

Nein. Aber er hat gute Freunde.

Oh! Was weiß er Schlimmes über Sie?

Rein gar nichts. – Dan sah dem alten Mann gerade in die Augen, und der Alte erwiderte den Blick, ohne mit der Wimper zu zucken: Betrügerische Geschäftsmethoden. Wir sind ihm nicht gewachsen. Was soll aus uns Geschäftsleuten werden, wenn jeder kleine Scheißer von einem Angestellten denkt, er kann einem jedesmal einfach abhauen, wenn er …

Immer mit der Ruhe, J. W., sagte sein Rechtsanwalt. Siehst du, Dan, J. W. hier hat Stecher in den vergangenen zehn Jahren in der Firma großgezogen. Er hat ihm alles Geschäftliche beigebracht, ihm jedesmal, wenn sich eine Gelegenheit bot, eine Chance gegeben. Ja, selbst jetzt ist er bereit, ihn wieder in die Firma aufzunehmen, wenn er bloß ein Wort sagt. Er hat ihm eine Gehaltserhöhung angeboten und Prozente von den Aufträgen, die er hereinbringt – vergeben und vergessen. Etwas Großzügigeres kann man nicht erwarten. Aber nein, er will nicht. Er ist verstockt. Und er scheut vor nichts zurück, um seinem alten Freund in den Rücken zu fallen. Ja, er hat Mr. Wynnewood hier sogar krimineller Vergehen beschuldigt. Das verletzt einen Mann tief. Deshalb sind wir alle so aufgebracht. Was soll man im Geschäftsleben noch machen, wenn jeder skrupellose Mensch mit so etwas durchkommt? Ja, keine Organisation in der Stadt wird mehr sicher sein. Wenn die Arbeiter mit so etwas durchkommen, sind wir alle verloren. Verstehst du, was ich meine?

Tja, sagte Dan. Sie müssen ihm das Handwerk legen.

Ja, wir müssen ihm das Handwerk legen, sagte Crossman. Wir können nicht zulassen, daß solche Treulosigkeit sich durchsetzt. Das ist unmoralisch. Ganz gleich, welche leichten Verfahrensunregelmäßigkeiten er aufdecken mag, alles was wir getan haben und was die Regierung mißbilligt, kann auf Grund verschiedener Voraussetzungen erklärt werden. Da ist nichts Unaufrichtiges – nur eine andere Art, an dieselbe Sache heranzugehen.

Danke, Crossman. Darum geht es, sagte Blake. Wir müssen ihm das Handwerk legen.

Ja, wie wollen Sie das tun? sagte Dan. Ich meine, wie weit wollen Sie gehen?

Gott verdammt noch mal, sagte Mr. Wynnewood.

Moment mal, Moment mal, J. W. Wir haben Probleme. Glauben Sie nur nicht, daß wir keine hätten. – Dann zu McColum: Die haben formell Anklage gegen den Chef und Mr. Caldwells jungen Neffen, Hubert hier, erhoben. Wir müssen uns strikt an die Tatsachen halten.

Der besagte junge Mann wurde puterrot und dann weiß, als Dan ihn ansah. Damit werden wir fertig, fügte Blake hinzu. Das ist es nicht, aber mehr können wir im Augenblick nicht verkraften. Wir müssen ihm das Handwerk legen, aber wir dürfen nicht zu stark in den Vordergrund treten, solange das Verfahren schwebt.

Gibt es keine Möglichkeit, ihn mit legalen Mitteln zu schlagen?

Was ist denn illegal daran! brauste der alte Mann sofort auf.

Schon gut, sagte Dan. Regen Sie sich nicht auf. Ich verstehe. Er spitzte die Lippen und begann leise vor sich hin zu pfeifen.

Höre mal, Blake, platzte Wynnewood sen. heraus, wir haben nicht bis ultimo Zeit. Caldwell wird um vier hier sein, sagte er. Bis dahin müssen wir mit diesem Teil unseres Gesprächs fertig sein. Dan, du mußt uns helfen.

Ja, ich weiß. Aber können Sie es nicht von Washington aus einfädeln, oder? Wir müssen hier in New York im Augenblick ein bißchen aufpassen. Teddy ist Feuer und Flamme für Reformen und so was. Was haben Sie da unten unternommen?

Wir versuchen, sie dazu zu bringen, sein Angebot rauszuschmeißen. Er will nicht herkommen und mit uns zusammenarbeiten, deshalb hoffen wir, daß es so geht. Perce, erzähl ihm bitte, was du gestern getan hast. Sehen Sie, er muß in sechs Wochen anfangen, die Formulare ans Postministerium zu liefern. Er hat keine Firma, und laut Gesetz kann er den Kontrakt nicht unter der Hand weitergeben, deshalb gibt es ein definitives Zeitlimit. Mr. Crossman.

Percy Crossman stand auf und räusperte sich. Also, gestern fuhr ich, wie ich Ihnen gerade sagte, nach Atlantic City, weil ich vor den Associates sprechen wollte, um herauszukriegen, ob sie nicht beim Präsidenten für uns intervenieren würden.

Die Associates, sagte Mr. Blake, sind eine Organisation von Druckern, die ein Interesse daran haben, die Standesehre des Handwerks hochzuhalten. Meistens Männer, die früher hohe Positionen in verschiedenen Großdruckereien des Landes innehatten –

Lassen Sie mich reden, Blake, ja, bitte? sagte Percy Crossman.

Bloß ein Haufen ausgelaugter – begann der alte Mann.

Mein Vorschlag war, beharrte Crossman, daß dieser Fall angesichts der Regelwidrigkeit von Mr. Stechers Vorgehen eine schwere Verletzung der Geschäftsmoral darstellte. Und ich dachte, warum nicht? Daran sind die Associates interessiert, warum sich also nicht an sie wenden.

Der alte Mann grub die Zähne in seine Zigarre. Crossman wandte sich an den jungen Caldwell: Unser Mr. Caldwell begleitete mich. Wie ist es denn Ihrer Meinung nach gelaufen, Hubert? Meinen Sie nicht, daß wir Eindruck machten?

Ja doch, Sir! sagte der junge Mann.

Es ist nur eine Frage der Moral, fuhr Crossman fort.

Jetzt hör mal zu, Perce, begann J.W.

Lassen Sie ihn erzählen, was er getan hat.

Gott, wozu soll dieses ganze verdammte Gerede gut sein?

Weil es ein wichtiger und bedeutender Punkt ist, J. W. Ich habe ihnen eine Rede gehalten, die sie nie vergessen werden, das kann ich Ihnen sagen. Sie haben gut fünf Minuten lang applaudiert, nachdem ich mich wieder hingesetzt hatte. Dann ernannten sie das Komitee. Ich denke, Sie werden Ergebnisse sehen.

Was soll das Komitee tun? fragte McColum.

Sie haben vor, sich direkt an den Präsidenten der Vereinigten Staaten zu wenden. Er kann die ganze Sache für nichtig erklären und den Auftrag neu ausschreiben lassen.

Genau das Richtige, sagte McColum.

Ja, ich weiß, nahm Blake den Faden auf, aber wir können uns nicht zu fest darauf verlassen. Die Geschichte stand schon in den Zeitungen. Und an prominenter Stelle. Jedem im Postministerium ist in der letzten Zeit der Boden unter den Füßen heiß geworden. Die Zeitungen werden diesmal nicht zulassen, daß sie die Sache vertuschen. Wenn das nicht wäre, wäre sie völlig bedeutungslos. Wir könnten sie über Nacht unterdrücken.

Ich glaube, es war aber doch ein taktischer Fehler von Mr. Caldwell, seine Amtsmacht zu gebrauchen, um – Soweit kam der junge Willie Wynnewood. Alle drehten sich nach ihm um.

Was zum Teufel verstehst du denn davon? unterbrach ihn sein Vater.

Du siehst, Dan, wir müssen ihm das Handwerk legen. Wenn man einem Mann nicht mehr trauen kann, dann gute Nacht. Er kennt keine Grenzen mehr. Er hat Briefe in seinem Besitz, die dieser Firma gehören –

Schon gut, J. W. Wir wollen uns an das Praktische halten, sagte Blake. Sehen Sie, Dan, er muß hier in der Stadt verdammt schnell was aufmachen, wenn er diesen Kontrakt erfüllen will. Wenn er die Ware nicht liefern kann, dann ist das das Ende für ihn. Er muß eine Fabriketage haben, in der er arbeiten kann. Verstehen Sie? Und er hat eine. Wir wußten das, aber wir konnten sie nicht finden, bis einer unserer Männer ihn gestern um acht Uhr morgens dort hineinschleichen sah. Er muß seine Druckerpressen dort sofort aufbauen lassen, und Sie wissen, daß das eine langwierige Arbeit ist.

Wem gehört das Gebäude?

Das herauszufinden, können wir uns nicht leisten, Dan. Wir müssen es irgendwie anders schaffen.

Verdammt noch mal, Dan. Wir sorgen schließlich für die Einhaltung der Geschäftsmoral – der Bauinspektor …

Schon gut, schon gut. Ich sehe mir das Gebäude heute abend mal an und lasse Sie wissen, was ich tun kann.

Dan erhob seinen schweren Leib aus dem kleinen Sesselchen, in dem er gesessen hatte, und wischte mit einer fleischigen goldberingten Hand die Zigarrenasche von der Weste.

Also, Jungs, ich gehe dann mal.

Wir erwarten Mr. Caldwell jede Minute hier, Dan. Wollen Sie nicht bleiben und ihn kennenlernen?

Nein. Nicht heute, Wynnewood. Ein anderes Mal.

Hubert wird mit Ihnen gehen, Dan, und Ihnen das Gebäude zeigen.

In Ordnung, meine Herren. Freue mich immer, einem Freund helfen zu können.

Ich wünsche, ich könnte das auch von ein paar anderen Leuten sagen, die ich kenne, warf der alte Mann ein. Genau so was wie das, was du jetzt für uns tust, Dan, sorgt für eine florierende Wirtschaft und guten Bürgersinn. Die anständigen Leute müssen zusammenhalten. Dieses gottverdammte Gerede vom vollen Eßnapf und einem anständigen Anteil für die Arbeiter und all dieser Mist – wo bringt das einen hin, wenn einem die eigenen Männer bei jeder Gelegenheit, die sich ihnen bietet, in den Rücken fallen? Woher, glauben sie, kommt ihr Geld überhaupt? Woher, *zum Teufel*, glauben sie denn, kommt es? Nun, ich will mich nicht wieder so aufregen. Vielleicht können wir eines Tages auch etwas für dich tun, Dan. Du kannst auf uns zählen, wann immer du es für nötig hältst.

Ich schaue vorbei. Machen Sie sich keine Sorgen. Drukken Sie auch Hochzeitseinladungen in Ihrer Firma, oder so etwas?

Dan, wir lassen eine in Pergament für dich prägen, wenn du willst.

Dan lachte. Also, bis dann, Jungs, sagte er und ging zur Tür.

Hubert, gehen Sie mit Mr. McColum. Nehmen Sie eine Droschke, und zeigen Sie ihm das Haus in der Center Street.

Machen Sie sich keine Mühe, sagte McColum, geben Sie mir bloß die Hausnummer.

Nein, nimm ihn mit, Dan – der alte Mann zwinkerte seinem Bekannten breit zu, nimm ihn mit. Geh, Hubert. Ich sage deinem Onkel, daß du später kommst. So gingen die beiden gemeinsam.

Sie fuhren im Aufzug hinunter, der junge gutaussehende, studierte Geschäftsmann und der schwere, breitschultrige Politiker, den Filzhut auf dem Kopf, die grauen Augen gelassen unter struppigen Augenbrauen.

Soll ich eine Droschke rufen, Mr. McColum?

Nein. Es sind nur drei oder vier Blocks von hier. Kommen Sie, junger Mann, wir laufen. Ich hasse diese verdammten Droschken. Zu meiner Zeit war ich ein begeisterter Fußgänger, setzte er hinzu. Als junger Mensch bin ich jeden Morgen über die Brooklyn Bridge gestiefelt und abends wieder zurück. Ich habe mich nie an das Innere einer Droschke gewöhnen können.

An der Sixth Avenue blieben sie stehen, während ein Konvoi von Obst- und Gemüsewagen langsam vorbeifuhr. Der Kutscher brüllte sein Gespann an und beugte sich weit vor, um das linke Pferd mit den Enden der Zügel unter den Schwanz zu schlagen. Das Pferd schreckte ein wenig auf, hob den Kopf, als es die Last anzog, und fiel dann wieder in seinen langsamen Trott.

Sie sagten, Sie seien jeden Morgen über die Brooklyn Bridge gekommen, sagte der junge Caldwell. Wozu?

Wozu? Weil ich es verdammt noch mal mußte. Das war vor zwanzig Jahren. Ich war ein schmächtiger, magerer Junge damals, nicht viel älter als das Kind dort drüben, sagte er, auf einen Jungen zeigend, der schmutzig und mit eingefallenen Wangen an einem Feuerhydranten lehnte. Ich habe gearbeitet, sage ich Ihnen, schwer gearbeitet in jenen Tagen, und das ist nicht übertrieben.

Was, meinen Sie, werden die in Washington mit uns machen, Mr. McColum?

Es wird vors Große Schwurgericht gehen, vermute ich, sagte der ältere Mann, Sie werden Kaution hinterlegen müssen, und damit hat es sich, wenn Sie es richtig angehen – und ein paar Freunde haben. Ja, junger Mann, vor zwanzig Jahren, als ich in Schwung war, konnte ich diese Brücke in sechzehn Minuten hinter mich bringen. Aber es war kalt im Winter, das kann ich Ihnen sagen.

Einen Bordstein hinunter, über das holprige Kopfsteinpflaster, vom Verkehr getrennt, an der anderen Seite wieder vereint, wieder hoch und weiter die Straße hinunter.

Ich arbeitete für einen Kerl unten auf der Water Street. Er war so ungefähr der geizigste Mensch, den ich je kennengelernt habe. Grantland hieß er. Hatte ein Ledergeschäft, wo er Zaumzeug und so etwas verkaufte. Ich werde ihn nie vergessen. Er ist seit sechzehn Jahren tot, zum Glück für ihn. Aber er wird es nie wissen.

Der junge Caldwell wollte das nicht hören, aber er mußte gute Miene dazu machen und Dan McColum bitten, weiter zu erzählen.

Es ist viel Zeit vergangen seit jenen Tagen, sagte der schwere Mann, und ich selbst und die Stadt haben sich seitdem sehr verändert.

Der junge Caldwell drehte sich zur Seite und versuchte, interessiert auszusehen.

Nie hätte ich erwartet, so lange zu leben, nie. Meine Mutter starb mit zwanzig, als ich drei Jahre alt war. Sie hatte irgendwas mit dem Herzen, ich weiß nicht, was. Und mein Vater starb mit dreiunddreißig an Tuberkulose. Das war ein ziemlich schlechter Anfang für mich. Wenn mir jemand gesagt hätte, daß ich älter als mein Vater würde, hätte ich ihm gesagt, er sei verrückt. Ich arbeite, seit ich zehn wurde. Ich hatte schlechte Zähne und wurde herumgeschubst, zwei Wochen hier, zwei Wochen da. Ich sage Ihnen, es war nicht leicht. Nicht, daß ich mich beschwere, ich hätte nur nicht erwartet, so lange zu leben, das will ich damit sagen. Und hier bin ich, vierzig und so gut in Form wie nur je. Besser, bei Gott. Daran besteht kein Zweifel. Meine erste Stelle hatte ich bei einem Mann auf der Fulton Street in Brooklyn. Wenn ich daran denke, was ich für drei Dollar die Woche gemacht habe, kann ich es kaum fassen. Wissen Sie, später fand ich heraus, daß dieser Mann mich bloß jeden Tag über die Brooklyn Bridge hin und zurück laufen ließ, um die drei Cent Fahrgeld zu sparen. Es gab damals diese mit einem Drahtseil gezogenen Straßenbahnen, Sie werden sich wohl nicht erinnern. Ich konnte es mir nicht leisten. Ich war arm, das kann ich Ihnen sagen. Ich gab jeden Cent, den ich bekam, die ganzen drei Dollar, den Leuten, bei denen ich wohnte. Oh, ich hatte einen Onkel, der Geld besaß. Ich erinnere mich, daß ich ihn einmal um drei Dollar für ein Paar Schuhe bat, die ich brauchte. Wissen Sie, da bekam ich den Vortrag meines Lebens darüber, wie man spart und am besten mit seinem Geld wirtschaftet. Mit drei Dollar die Woche! Aber hier bin ich, und es geht mir so gut wie nie zuvor. Ich war seit fünfzehn Jahren nicht mehr beim Arzt.

Auch nicht beim Zahnarzt, sagte der junge Caldwell zu

sich, aber er nickte mit dem Kopf, als sei er fasziniert von der Geschichte und warte darauf, daß der Mann fortfahre.

Lesen Sie ab und zu, Dan? bemerkte der junge Mann nach ein paar Augenblicken des Schweigens.

Ja, ich lese manchmal Geschichten und Bücher. Ich mag meinen Dreck. Sex und all das. Will bis zu den Knien darin waten und es flutschen hören, wenn ich sie rausziehe.

Das ist eine gute kritische Haltung.

Muß schon allerhand passieren, um mich loszureißen, wenn ich mal lese. Versuchen Sie es mal, wenn Sie sich von etwas ablenken wollen. Sagen Sie mal, warum schreiben Sie nicht selbst – mit Ihrer Bildung? Es müßte doch Geld drinstecken, in diesem Zeug. Police Gazette und so was.

Nebeneinander gingen sie weiter und kamen am Stadtgefängnis vorbei. Da ist es, sagte Dan McColum ungerührt, als sei es eine Hütte, die er gerade auf dem Land gebaut hätte.

Gehen, gehen, gehen, jeder in die eigenen Gedanken vertieft. Einen Bordstein hinunter, über die Straße und einen anderen herauf. Den Block entlang, Blicken der einen oder anderen Art oder gar keinen Blicken begegnend, bis sie in der Center Street gegenüber der Hausnummer eintrafen, die sie suchten. Dort blieb Dan vor dem Schaufenster eines Drugstores, voll mit patentierten Heilmitteln, stehen. Er zog einen Zahnstocher aus der Tasche, drehte sich um und starrte über die Straße.

Hm! sagte er. Das muß das Haus sein.

Ja, sagte der junge Caldwell.

Sie standen da und schauten eine geschlagene Minute, ohne ein Wort zu wechseln. Es war ein sechsstöckiges Gebäude mit einem Lastenaufzug hinter den Vorderfenstern rechts. Dan hatte viel Mühe, etwas zu entfernen, das ihm zwischen zwei Backenzähnen steckengeblieben war: Sieht mir nicht stabil genug aus, um eine Reihe schwerer Pressen verkraften zu können. – Endlich war er fertig mit seinen Zähnen, säuberte das Ende des Federkiels zwischen Daumen und Zeigefinger und steckte ihn wieder in die Westentasche: Schätze, wir müssen sehen, was der Bauinspektor morgen früh darüber zu sagen hat. – Er stand eine Weile da, als wälze er die Sache im Geiste hin und her.

Also dann, guten Abend, sagte er abrupt. Nett, Sie kennengelernt zu haben. Damit drehte er sich um und ging fort.

Der junge Caldwell fühlte sich vor den Kopf gestoßen. Er wollte viel mehr über Denken und Art dieser einflußreichen New Yorker Politiker wissen – viel mehr. So stand er da und sah den breiten Rücken von Dan McColum die Center Street hinunter entschwinden.

KAPITEL 12

Die reine Wahrheit

Ich habe heute einen Brief von Gunnar bekommen. Er meint, er bringt deine Mutter nächsten Sonntag.

Nächsten Sonntag! Warum hat er nicht mir, sondern dir geschrieben?

Weil ich ihm geschrieben habe. Wieviel hat der Doktor dir abgeknöpft?

Fünf Dollar.

Was! sagte Joe. Das ist Diebstahl. Hast du sie ihm gegeben?

Ja, sagte Gurlie. Er hat uns in seiner Kutsche nach Hause gefahren, bis vor die Türe.

Tja, sagte Joe. Was ist denn das? Und er hob die Broschüre auf, die Doktor Mabbot Gurlie gegeben hatte.

Eine Broschüre, die er mir gegeben hat. Er schreibt sie und läßt sie selbst drucken, sagte sie.

Joe befühlte sie: Billiges Papier, rundherum billig gemacht, da steckt kein Geld drin.

Lies sie, sagte Gurlie.

Hast du sie gelesen?

Nein.

Was soll ich denn damit anfangen? Aber Joe nahm sie nichtsdestoweniger und setzte sich damit unter die Lampe. Gurlie hatte die Kinder noch nicht zu Bett gebracht, sondern ließ sie wie gewöhnlich zuerst ein paar Minuten in ihren Nachthemden herumtollen.

Joe las den Titel: ›Die Entwicklung des Kindes im zweiten Lebensjahr.‹ Wieviel hat er dir dafür abgeknöpft?

Ich habe dir doch gesagt, er hat sie mir geschenkt, sagte Gurlie.

Dann kann es nicht viel wert sein, sagte ihr Mann, als er das Heftchen zwischen den Händen drehte.

Das zweite Jahr im Leben eines Kleinkindes, las er, kommt uns oft als ereignislose, verschenkte Zeit vor. Aber es ist trotzdem die Zeit, in der es zu laufen und zu sprechen beginnt, lange ehe die Erinnerung einsetzt. Und nicht nur das. Dies sind eigentlich nur die äußeren Anzeichen –

Spricht er auch so?

Nein, sagte Gurlie.

Das ist gut. – die äußeren Anzeichen der ausgefülltesten und wichtigsten Monate unseres ganzen Lebens. – Ich kann daran nicht viel finden, sagte Joe.

Er hat es mir geschenkt, sagte Gurlie, ich möchte bloß gerne wissen, was drin steht.

Warum liest du es dann nicht selbst?

Ich kann mir nicht die Zeit nehmen.

Und was soll ich dann tun?

Sag mir bloß, was drin steht.

Das Säuglingsalter ist vorbei, begann Joe wieder zu lesen, zusammen mit der unmittelbaren und dringend notwendigen Aufmerksamkeit, die man dem Kind im ersten – dem körperlichen – Jahr zollt, aber das verlassene Kind muß trotz allem weitermachen.

Einspruch, sagte Joe.

Dies soll keine Pflanze oder ein bloßes Tier werden, sondern ein menschliches Wesen. Es beginnt nun, seine erste Unabhängigkeit zu erfahren – und die Unglücksfälle, die das mit sich bringt. Ein Larvenjahr, unserem Blick größtenteils verborgen – ein Larvenjahr mehr als jedes andere im Leben, unserm Blick größtenteils verborgen – las er noch einmal –, das dem Bewußtsein seine bleibende Form gibt. Es gibt dem Bewußtsein seine Form. – Joe las das noch einmal und kaute einen Augenblick auf seinem Schnurrbart. – Gebote und Verbote werden nun zwingend. Das Universum breitet sich für den kleinen Reisenden, ausgesetzt wie er ist, nun so geschwind aus, daß ein Mensch sein Leben lang wohl alle Entschuldigungen für jegliches Unglück in dem suchen mag, was sich in diesem Jahr ereignet hat, und sie gewöhnlich auch darin findet. –

Ich vermute, er meint, sinnierte Joe, daß das, was sich in diesem Jahr ereignet, das ist, was ihm sein Leben verbaut. Das mag so sein. Na und? – Doch es wird in ein dunkles Grab gelegt und in seinem wahren Charakter weder in Liedern noch Geschichten je wieder ausgegraben. Begraben und für immer vergessen. –

Nicht schlecht, sagte Joe.

Es gefällt dir also.

Es ist in Ordnung.

Der kleine Gefangene muß in die zufällige Form des Lebens gezwängt werden, die seinen Eltern wiederum durch ihre eigenen mehr oder minder zufälligen ökonomischen und ererbten Umstände auferzwungen wurden. Er muß ›gezähmt‹, an tausend Haltungen und Verhaltensweisen gewöhnt werden, wo er doch bloß weiß, daß seine Arme, mit Fingern an den Enden – denn er hat oft genug daran gesaugt –, herumfliegen und etwas berühren, was mit einem Krach herunterfällt – ganz anders als die unangenehmen Kräfte, die als Konsequenz auf sein Hinterteil einwirken und die seinen Verstand so sehr erstaunen, wie sie seinem Körper schmerzen. –

Wie gefällt es dir? fragte Gurlie.

Hm? sagte Joe, ohne aufzusehen. Es ist in Ordnung. Er las weiter: Was soll's? scheint der ungeformte Geist zu sagen. Zwei und zwei sind vier. Wenn ich dies tue, kriege ich das. Ich! Wer ist dieses ›Ich‹, das etwas tut? Wollen mal sehen, ob das stimmt. Krach! Zack. Genau so. Ja, zwei und zwei sind ganz korrekt vier. Nun, was soll's, das wußte ich sowieso. –

Nein. Das ist zu blöd, sagte Joe. Ich glaube, alle Ärzte sind verrückt. Aber er las weiter.

Es ist alles so ruhig hier, schien das Baby zu sagen, mal sehen, ob zwei und zwei manchmal nicht fünf sind – Krach! Und tatsächlich war es diesmal ein echter Krach. Alle zuckten zusammen. Joe lachte laut auf: Das ist wirklich gut. Er stand auf und kam dem Baby zu Hilfe. Gurlie ließ ihn machen.

Joe hob das Baby auf, nachdem er sich vergewissert hatte, daß es nicht verletzt war, und sagte: Gut so! Ich habe mich schon gefragt, wie lange es dauern würde, bis wir dieses verdammte Ding los würden, und er begann, die Scherben einer besonders häßlichen Blumenvase aufzusammeln, die noch einen Augenblick zuvor auf dem kleinen Wandtisch gestanden hatte, und warf sie in einen Papierkorb. Hier, sagte er zu dem Baby. Na, na, na! Weg von dem Korb, und er stellte den Korb auf den Schreibtisch und setzte sich wieder hin, um weiterzulesen.

In dieser Zeit, ging es in der Broschüre weiter, werden die moralischen Grundsätze eines Lebens eingepflanzt, was wir danach in unserem Leben Gutes und Böses tun und nicht tun. Für den Augenblick hat alles die gleiche Färbung. Welchen Weg wird das Kind einschlagen? Was wird dieser kleine Geist aus seinen Erfahrungen schließen? –

Ein guter Kerl, dieser Joe! schien die Kleine zu sagen und bewegte sich langsam auf ihn zu. Joe verstand das auch so und nahm es gut auf. Beim Lesen spürte er, wie die Kleine sich an seinem Hosenbein hochzog und neben seinem Knie stand. Er schenkte ihr wenig Aufmerksamkeit. Sie legte ihren kleinen Mund auf den straffen Stoff über seinem gebogenen Knie und rieb mit ihrem Zahnfleisch darüber.

Dann, aus einem Überschuß an Gefühl oder purem Forschergeist, öffnete sie den Mund und schlug ihre kleinen Zähne in den Schenkel ihres Vaters.

Die Wirkung erfolgte auf der Stelle. Sie war fulminant. Joe, den das unerwartet traf, bog sein Knie vor Schmerz plötzlich weg und warf das Baby um. Diesmal stieß sie ein lautes Geheul aus, mehr aus Überraschung und Verblüffung denn wegen einer erlittenen Verletzung. Gurlie kam angerannt.

Was hast du jetzt getan? schrie sie ihren Mann an, hob das Baby auf und küßte es.

Sie hat mich gebissen! sagte Joe.

Sie hat dich gebissen? sagte Gurlie und schaute ihn angewidert an. Gut.

Mach schon, beiß sie, sagte Joe zu seiner Tochter. Vielleicht schmeckt sie dir besser als ich. Au! sagte er, den Schenkel reibend. Was für eine Kraft sie in den Kiefern haben! Diese Zähne sind wie Nadeln.

Komm, Lottie, sagte ihre Mutter. Ins Bett mit euch beiden. Ich bringe euch etwas Wasser. Tut, was ich sage. Rein mit euch, wiederholte sie. Nein, ihr könnt nicht alles haben.

Guck mal, sagte Joe am Fenster, als Gurlie zurückkam, nachdem sie die Kinder hingelegt hatte.

Ich glaube, gegenüber ist was passiert. Das Kind muß gestorben sein.

Du meinst das kleine Mädchen, das wir letzte Woche singen gehört haben?

Wer sonst? Geh runter und erkundige dich, sagte Gurlie.

Warum sollte ich? sagte Joe. Ich kenne die Leute nicht. Geh selbst – ich kann da nichts tun. Gurlie ging ins Schlafzimmer, betrachtete sich einen Augenblick im Spiegel, zupfte ihr Haar zurecht und ging dann nach unten, um herauszufinden, ob es stimmte, was sie vermutet hatte.

Joe ging zu seinem Schreibtisch, schloß ihn auf, setzte sich und begann seine Papiere durchzuschauen.

Ja, sie ist tot, sagte Gurlie, als sie nach ein paar Augenblikken zurückkam.

Zu schlimm, sagte ihr Mann. Können wir etwas für die Leute tun?

Nein, ich gehe morgen mal hin. Was machst du da?

Schaue bloß ein paar Papiere durch.

Hast du gesehen, was ich aus der ›New York Times‹ für dich ausgeschnitten habe? Sie gab ihm einen Ausschnitt.

Ja, habe ich gesehen. Aber er las trotzdem:

ENTSCHEIDUNG ZU STECHERS GUNSTEN
New Yorker als qualifizierter Partner für Kontrakt über Zahlungsanweisungsformulare angesehen

– – – – – – –

Eigenbericht der New York Times

Washington, 6. September: Im Wettbewerb um den Kontrakt für den Druck von Zahlungsanweisungen, mit dem die Entlassung Frank E. Caldwells, des Leiters der Zahlungsanweisungsabteilung in Verbindung steht, gibt es einige Komplikationen. Der Stellvertreter des Justizministers, Black, hat entschieden, daß der hier ansässige Joseph Stecher, der das niedrigste Angebot einreichte, ein qualifizierter Anbieter sei.

Die Arbeiterorganisationen von Philadelphia, Baltimore und New York haben gemeinsam entschieden dagegen protestiert, daß der Kontrakt einem *open shop* gegeben wird. Heute hat ein Komitee des Vereinigten Druckgewerbes einen Protest gegen den Vertragsabschluß mit Stecher mit der Begründung eingereicht, daß er kein Mitglied des Druckgewerberates sei. Ein Komitee des Vereinigten Drukkerbundes ist ebenfalls vorstellig geworden, um einen Einspruch mit der Begründung einzureichen, daß der Kontrakt mit Stecher bedeuten würde, Angestellte zum Treuebruch zu ermutigen.

Mr. Stecher und Mr. Blake, der Anwalt der Mohawk

Press, waren heute im Ministerium, wobei jeder nachdrücklich seine Sicht der Angelegenheit vertrat. Es ist wahrscheinlich, daß Stecher den Kontrakt bekommt, wenn er versichert, daß er einen *closed shop* führen und sich an die Regeln der organisierten Druckereibetriebe halten wird, was er zweifelsohne tun wird. Er sagt, er könne seine Maschinen rechtzeitig aufstellen, um bis zum 4. Dezember Formulare zu liefern, und daß er allen vom Ministerium auferlegten Bedingungen genügen will.

Es besteht jedoch noch eine Möglichkeit, daß Stecher den Kontrakt nicht bekommt, weil er das Angebot seines Konkurrenten kannte, ehe er sein eigenes machte. In einem Fall, über den der Postminister vor nicht allzu langer Zeit entschied, wurden die Angebote aus einem ähnlichen Grund für ungültig und der Wettbewerb für unlauter erklärt.

Joe betrachtete, langsam den Kopf schüttelnd, den Ausschnitt noch eine Weile.

Was ist los? fragte Gurlie.

Nichts. Er legte den Ausschnitt hin und wollte den Schreibtisch zumachen.

Mach den Schreibtisch nicht zu, sagte seine Frau.

Warum? Willst du etwas daraus haben?

Ich will mehr darüber wissen, was los ist. Ich weigere mich, dieses verrückte Leben noch länger zu leben, sagte Gurlie. Hast du einen Vertrag oder was? Ich weiß nichts. Ich will jetzt wissen, wo wir stehen.

Gut, sagte Joe, setz dich hin, und ich erzähle es dir. Gurlie holte sich einen Stuhl aus dem Eßzimmer und stellte ihn neben ihren Mann. Hier, guck dir das an.

Was ist das? fragte Gurlie.

Joe nahm ein zusammengerolltes Papier in die Hand und glättete es auf dem Schreibtisch vor ihnen. Es war ein doppelter Kanzleibogen, unliniert bis auf die doppelten Linien, die den linken Rand markierten. Gurlie nahm ihn in die Hand. Wo hast du das versteckt? fragte sie.

Ich habe vor zwei oder drei Wochen versucht, es dir zu zeigen – aber du hast immerfort geredet.

Red nicht so. Du hast nicht versucht, mir etwas zu zeigen.

Erinnerst du dich, als ich dir den silbernen Freundschaftspokal gezeigt habe, den die Angestellten mir zum Abschied schenkten? Also, dies gehörte dazu.

Oh, sagte Gurlie. Das meinst du. Wozu ist es gut?

Lies schon, sagte Joe.

Das Blatt war in Handschrift beschrieben, eine schön nuancierte Schrift; einige der wichtigsten Wörter waren mit roter Tinte unterstrichen.

Die Mohawk Press, Inc.
Zahlungsanweisungsabteilung
Fahrkartenabteilung

New York, 12. August 1903

Sehr geehrter Mr. Joseph Stecher!

In Anbetracht dessen, daß es uns in der letzten Woche, nach vielen Tagen des Zweifels und der Unsicherheit, zur Gewißheit geworden ist, daß Sie Ihre Verbindung mit dieser Firma gelöst haben; und

in Anbetracht der Tatsache, daß Sie Ihr ernsthaftes und aufrichtiges Bemühen, uns die Arbeit unter Ihrer Aufsicht angenehm und ansprechend zu machen, so oft bewiesen haben, und der unleugbaren Tatsache, daß Sie vielen von uns über Jahre sowohl ein Mentor, Ratgeber und Prüfstein als auch ein Vorgesetzter gewesen sind, vier Eigenschaften, die bei einem Arbeitgeber äußerst selten zu finden sind, wurde deshalb von der versammelten Abteilung –

beschlossen, daß es uns ein Anliegen ist, Ihnen und Ihrer Familie die aufrichtige Hochachtung und die von Herzen kommenden guten Wünsche Ihrer ehemaligen Angestellten zum Ausdruck zu bringen. Deshalb sei es

beschlossen, daß wir Ihnen dieses kleine Zeichen unserer

innig empfundenen Hochachtung und ernsthaften Hoffnung auf eine helle und erfolgreiche Zukunft für Sie und die Ihren überreichen.

Ich wette, das ist dir zu Kopf gestiegen, sagte Gurlie. Warum hast du mir das nicht vorher gezeigt? Sie schaute wieder auf das Blatt.

Mit vorzüglicher Hochachtung

Und dann folgten die Unterschriften, eine einzige lange Reihe die Seite hinunter, in alphabetischer Reihenfolge, am Rand entlang, ein Kasten Raum für jede, und jeder Kasten numeriert, mit roter Tinte, von eins bis siebenundvierzig. Die Unterschriften waren in Schwarz geschrieben. Alle nur erdenklichen Handschriften, schwerfällige und flüssige, klare und unleserliche, schnörkelige, eckige, mit Auf- und mit Abstrich, zarte und gedrungene, manche sorgfältig und manche hingeschmiert, männliche und weibliche.

Waren das alles deine Untergebenen? fragte Gurlie. Wo kommen sie her? Solche Namen.

Lies, sagte Joe, dann findest du es heraus.

Ich lese ja, sagte seine Frau. Sie sehen aus wie deutsche und englische und irische Namen. Aber was ist Lopides? Was für ein Name ist das? Gurlie begann laut zu lesen: Jos. Berwanger, E. J. Brittain, Carl Bull, Rose Carey ... Die sind in Ordnung.

Aber natürlich, sagte Joe. Was hast du denn erwartet? Das ist eine Gruppe, die ich handverlesen habe. Man kann sich darauf verlassen, daß sie gute Arbeit tun.

Gurlie fuhr fort: Carpeter, Cronin, Eulner, Fagan, Traub, Frank, Gillespie, Gallager, Stasia Hanrahan. Ich frage mich, wie sie an den Namen Stasia gekommen ist. Vielleicht war ihre Mutter Russin: Harris, Nellie ... Was ist das denn für eine?

Joe beugte sich vor, um besser sehen zu können: Hartiger. Nellie Hartiger.

Huh, du scheinst sie ja ganz gut zu kennen, sagte seine Frau. Ist sie hübsch?

Ach, vergiß es, sagte Joe.

Nein, ich will wissen, wer sie sind.

So findest du das nicht heraus, sagte ihr Mann.

Doch. Gurlie begann, einige zu überfliegen: John J. Hayes, C. Fred Heilshorn. Ein Jude?

Nein.

Hohmann, Hube, Ingraham, Jeffreys, Jeffs, Kelly, Lopides, McDaragh, McGuire, Mehan, Mays, Neidinger, Sosovsky, M. Yeszinsky, S. Yeszinsky. Nun, sagte Gurlie, was wollen sie?

Sie wollen zu mir kommen, wenn ich meinen neuen Betrieb aufmache, sagte Joe.

Alle? Können sie das?

Sie können tun und lassen, was sie wollen, sagte Joe. Ich habe sie nicht aufgefordert.

Phantastisch! Erzähl mir mehr. Vielleicht kann ich dir helfen.

Joe nahm ein Blatt Papier vom Schreibtisch und begann, es Gurlie auseinanderzusetzen.

Jetzt paß mal auf, sagte er, ich gehe die ganze Sache in wenigen Worten durch – und dann ist Schluß damit. Sieh her.

Sie warf einen Blick darauf. Das kann ich alles nicht verstehen.

Wenn du das nicht verstehen kannst, dann kannst du gar nichts verstehen, und dann brauche ich auch nicht meine Zeit zu verschwenden. Das ist ein Vierjahresvertrag. Das verstehst du. Für die Formulare für die Zahlungsanweisungen der Vereinigten Staaten. Mein erfolgreiches Angebot belief sich auf 135000 Dollar jährlich für die vier Jahre.

Du? Hundertfünfunddreißigtausend Dollar! Stimmt das?

Sicher stimmt das. Meinst du, ich könnte das für weniger tun?

Vielleicht hast du dich verrechnet. Gurlie hatte ein bißchen Angst. Angenommen, du schaffst es nicht.

Dann sind wir bankrott, sagte Joe.

Können sie dir etwas anhaben?

Mich ins Gefängnis stecken, vielleicht, sagte Joe. Mein Angebot war 40000 Dollar niedriger als das der Mohawk Press. Es gab nur drei Angebote. Das andere Angebot war völlig aus dem luftleeren Raum gegriffen.

Hättest du nicht dein Angebot ein bißchen höher machen und den Zuschlag trotzdem bekommen können?

Sicher, sagte Joe, wenn sie mir erst gesagt hätten, was die anderen bieten würden. Jetzt hör mal zu, was ich sage, und ich nenne dir ein paar Zahlen – um dir zu zeigen, wie es geht. Um dir klarzumachen, was zu tun ist, ehe ich anfangen kann zu produzieren. – Er rieb sich kurz den Schenkel, wo das Baby ihn gebissen hatte. – Wenn du etwas nicht verstehst, unterbrich mich und sag mir, was du wissen willst.

Fang an, sagte Gurlie. Ich verstehe.

Erst mußte ich mein Angebot mit einem Scheck über 5000 Dollar abgeben, um meine Redlichkeit unter Beweis zu stellen. Das habe ich Mitte Juli getan. Ich wußte, daß man bei der Ausschreibung intern von billigerem Papier als vor vier Jahren ausging. Das nutzte ich für mich aus. Ich wußte, daß die alte Firma auf mehreren Stockwerken arbeiten mußte – das macht die Sache teurer. Das kam dazu. Ich rechnete mit meiner Erfahrung.

Mit wem redest du, wenn du in dieser Angelegenheit nach Washington fährst?

Am meisten hatte ich mit Frank E. Caldwell zu tun.

Wer ist das?

Um Himmels willen! sagte Joe. Seit zehn Jahren erzähle ich dir von ihm. Der, der rausgeschmissen wurde.

Ja, aber was hat er gemacht?

Er ist der Leiter des Zahlungsanweisungsbüros. Ihm unterstand die ganze Sache. Aber der wichtige Mann ist Davids, der Erste Stellvertreter des Postministers. Er ist die wichtige Figur.

Ist er für dich?

Ja. Wenn er nicht ehrlich wäre, hätte ich keine Chance. Und dann ist da Black, der Stellvertreter des Justizministers. Das sind die beiden, auf die es ankommt. Was immer die beiden beschließen, wird Payne wahrscheinlich machen. Nach dem Präsidenten hat er völlig freie Hand.

Gurlie sah zu ihm auf, aber sagte nichts.

Nun, sagte Joe, weißt du, worüber ich rede?

Sprich weiter, sagte Gurlie, führ dich nicht auf wie ein Kind.

Gut. Ich hatte mit 135 000 Dollar das niedrigste Angebot, der niedrigste Preis in der Geschichte des Ministeriums. Ich bot darauf, Hefte mit Zahlungsanweisungsformularen zu drucken, im Durchschnitt 1400 Hefte die Woche mit fünfzig bis fünfhundert Formularen pro Heft. Sie müssen auf Spezialpapier gedruckt, gebunden und – der neuen Vorschrift entsprechend – direkt zu den verschiedenen Postämtern in den Vereinigten Staaten befördert werden. Das heißt, wir müssen sie unter strikter Bewachung halten, solange sie in unserem Besitz sind.

Wieviel ist das im Jahr?

Das ist für ein Jahr. Ein wenig über eine halbe Million Dollar für die vier Jahre.

Du hast das geboten? Worauf?

Auf meine Fähigkeit, die Formulare zu produzieren.

Wie schön, sagte Gurlie in aufrichtiger Bewunderung. Kannst du das?

Joe lachte gegen seinen Willen. Ein Mann kann alles, wenn er die richtige Frau hat, die ihn unterstützt, sagte er. Gurlie lachte ebenfalls. Ja, ich kann es, setzte er hinzu – wenn man mir hilft. Siehst du, eine Sache, gegen die sie Einwände vorbringen, ist, daß ich keinen Betrieb habe. Die anderen sagen, mein Angebot sei deswegen illegal. Du siehst, sie bringen eine Menge technischer Einwände gegen mich.

Was geschieht in diesem Fall? fragte Gurlie.

Sie mußten darüber eine richterliche Verfügung erwirken. Da griff der Stellvertreter des Justizministers erstmals in den Fall ein. Wir mußten erscheinen und Zeugnis ablegen, und er entschied zu meinen Gunsten. Er sagte, meines sei ein Bona-fide-Angebot.

Natürlich war es das, sagte Gurlie, was denken die denn?

Nun, vor dem Gesetz spielt das keine Rolle. Jedenfalls habe ich diesen Punkt gewonnen. Dem Buchstaben des Gesetzes nach sollte der Kontrakt an den niedrigsten Anbieter gehen, und der niedrigste Anbieter bekam ihn. Aber ich mußte zusätzlich 50000 Dollar als Pfand hinterlegen, als Sicherheit bei Nichterfüllung des Kontraktes – für den Fall, daß ich ihm nicht nachkommen kann. Du weißt, ich habe keinen Betrieb.

Aber du wirst einen haben.

Das hoffe ich.

Ja, du mußt pokern. Das habe ich immer gesagt. Du kommst nie zu was, wenn du nicht pokerst.

Leute, die Geld machen, pokern nicht, sagte Joe. Sie sind bloß Halsabschneider, das ist alles.

Wo kriegst du all das Geld her? fragte Gurlie.

Ich habe kein Geld, sagte ihr Mann. Ich brauche keins. Ich werde mich nicht unterkriegen lassen.

Aber angenommen, du wirst krank.

Dann müssen meine stillen Teilhaber bezahlen.

Oh, sagte Gurlie.

Ich muß nicht zahlen.

Hm! Wir werden herrlich leben, das sehe ich.

Jaha, sagte Joe, wenn die Pressen und die Miete und die Löhne nicht den ganzen Profit verschlingen. Mach dir nicht vor, daß ich mit *diesem* Kontrakt viel Geld verdiene. Nur das Prestige, das er mir gibt, bedeutet etwas. Falls sich nächstes Jahr die Preise ändern, muß ich vielleicht mit Verlust drucken.

Wie meinst du das, mit Verlust?

Daß wir Geld dabei verlieren.

Und was passiert jetzt? fragte Gurlie.

Du hast es in der Zeitung gelesen, sagte ihr Mann. Alles

ist in der Schwebe. Aber zu lange können sie nicht warten. Wer auch immer die Zahlungsanweisungen druckt, sie müssen ab 1. Dezember ausgeliefert werden.

Aber du hast immer noch keinen Betrieb.

Ich habe eine Option auf drei Standorte. Einen in der Center Street und zwei andere. Ich habe sechs Hoe-Pressen bestellt und habe Optionen auf zwei weitere, wenn ich sie brauche. Ich habe keine Schwierigkeiten mit dem Papier. Druckerschwärze sollte kein Problem sein. Wenn jetzt das, was diese Leute hier, diese Namen hier sagen – wenn es stimmt, daß sie zu mir kommen – dann habe ich die fachliche Hilfe, die ich brauche.

Wunderbar! sagte Gurlie. Du bist ein richtiger kleiner Napoleon, nicht? Ich liebe dich, und sie fiel ihm unfeierlich um den Hals – oder wollte es, denn er duckte sich, und sie bekam ihn nur um die Nase und die Augen zu fassen. Sie drückte ihn fest, während er schnaufend versuchte, sie abzuwehren, weil er etwas sagen wollte. Du bist wunderbar, sagte sie, ihn neckisch aufs Ohr knuffend.

Na, na, na! rief er. Was ist denn mit dir los.

Wir werden reich! Wir werden reich! sagte Gurlie. Es ist mir egal, was du sagst. Morgen hole ich ein nettes skandinavisches Mädchen bei der Agentur. Das sage ich dir.

Meinetwegen, meinetwegen. Hol sie dir, aber laß mich in Frieden.

Und ob ich sie hole, sagte Gurlie.

Wo bringen wir sie unter, wenn deine Mutter hier ist?

Das stimmt, sagte Gurlie, wo bringen wir sie unter?

Willst du den Rest der Geschichte hören? fragte Joe.

Gibt es noch mehr? sagte Gurlie.

Nun, noch habe ich den Kontrakt nicht, sagte ihr Mann.

Oh, aber du kriegst ihn, oder nicht?

Vergiß nicht, ein Mann hat seine Stelle bereits verloren, und er hat einen Verwandten bei Wynnewood, Crossman & Co. Er ist seit sechs Jahren da.

Davon hast du mir nie erzählt.

Das geht so. Früher hat die Regierung die Hefte mit den gedruckten Blankoformularen selbst verteilt. Aber es war ein schlechtes Geschäft. Wir haben ihnen die Formulare en gros geschickt, und sie haben sie verteilt, ein paar hier und ein paar da, an die kleinen Postämter im ganzen Land – sie hatten alle möglichen Probleme damit. Beispielsweise, wenn ein Amt in Brooklyn eine geringe Menge von fünfzig Blankoformularen haben wollte, dann druckten wir sie, verfrachteten sie nach Washington, wo man sie wiederum auspackte, die verlangte kleine Sendung zusammenstellte und dann nach New York zurückschickte.

Daß das unökonomisch ist, kann ich begreifen, sagte Gurlie.

Deshalb beschlossen sie, uns die Anweisungen direkt an die verschiedenen Postämter schicken zu lassen. Das war meine Aufgabe. In acht Jahren hatten wir keine Fehlsendung. Das sage ich dir nur, damit du es weißt.

Und? sagte Gurlie.

Nun, wir haben das nicht umsonst getan. Wir wurden dafür bezahlt. Wir wurden außerhalb des Kontrakts dafür bezahlt. Der alte Mann verlangte sechseinhalb Cent pro Heft für die Lieferung. Caldwell bot vier Cent. Schließlich einigte man sich auf viereinhalb Cent. Selbst das überstieg die Kosten bei weitem. Die Jungs bekamen die Differenz, ungefähr einundeinsechstel Cent pro Heft. Das habe ich erst letzte Woche herausbekommen.

Das ist doch nicht dein Ernst!

Doch. Der Sohn des Chefs, Willie – den kleinen Angeber habe ich noch nie gemocht –, und der junge Hubert Caldwell. Jeder bekam einen Anteil. Nicht nur das, sondern es erklärt noch etwas anderes, das ich nie verstehen konnte. Wir druckten immer Hefte mit fünfhundert Formularen, aber in der letzten Zeit wurden sie nie mit mehr als zweihundert verschickt. Das macht zweieinhalbmal so viele Hefte. Keine schlechte Idee.

Stell dir das vor, sagte Gurlie. Das ist wohl das, was man Schiebung nennt, denke ich.

Es beläuft sich auf bis zu 9000 Dollar im Jahr für jeden der beiden jungen Herrn. Ganz schön viel für einen jungen Mann, der gerade erst im Geschäft anfängt.

Aber bist du dir sicher? fragte Gurlie.

O nein, sagte Joe. Sie leugnen es alle. Wie kann man sicher sein, niemand hat das Geld verbucht.

Aber wird ihnen nicht der Prozeß gemacht?

Doch, sagte Joe. Sie werden verhaftet, und sie werden eine schöne dicke fette Kaution hinterlegen, und später wird das Schwurgericht eine Menge Zigarren darüber rauchen, und damit hat es sich. Merk dir meine Worte.

Dann soll uns auch alles egal sein, sagte Gurlie, wenn wir so eine Regierung haben.

Aber *mir* darf es nicht egal sein, sagte Joe, weil das böses Blut machen wird. Außerdem gibt es da noch diese gottverdammten Associates. Sie sind letzte Woche zum Präsidenten gegangen, das ist das Neueste, um gegen meine Geschäftsmethoden zu protestieren. Und die Zeitungen sagen, der Präsident sei von ihren Einwänden gegen meine Geschäftsmethoden beeindruckt gewesen. Ich glaube, ich muß am Montag zum zehnten Mal nach Washington. Davids sagt, daß Payne dann den Präsidenten spricht, und ich muß da sein für den Fall, daß ich gerufen werde.

Gerufen wozu?

Falls ich erscheinen muß.

Wo erscheinen?

Vor dem Präsidenten.

Du?

Ja, er hat keine Angst vor mir.

Du meinst, du mußt mit ihm reden?

Ich weiß es nicht, aber ich glaube, ja.

Oh! Dann sag ihm, was für Schwindler diese Leute sind. Das ist deine Chance. Sag ihm die Wahrheit, damit er es ein für allemal weiß. Erzähl ihm, worum es hier geht. Oh, sagte Gurlie, ich wünsche, ich könnte dabei sein. Herrlich. Ich würde gerne sein Gesicht sehen. Er soll bloß ja nett zu dir sein –

Was liegt ihm schon an mir, sagte Joe. Meine einzige Chance ist, daß sich Payne in Schwierigkeiten befindet, die noch aus der Regierungszeit McKinleys stammen, und ich glaube, sie beide würden gerne Ordnung im Laden sehen. Ich glaube nicht, daß sie unter diesen Umständen gerne weitere Skandale durchstehen möchten.

Ja, ich vermute, es ist ein Skandal, nicht?

In Washington ist es schwerer als woanders, einen Wirtschaftskriminellen vor Gericht zu bringen, aber ich glaube, diesmal, mit dem Druck der Presse und der Wählerschaft – wenn wir keinen Fehler machen –, bekommen wir die endgültige Entscheidung nächste Woche.

Dann laß uns für nächste Woche beten, sagte Gurlie. Ich bete heute abend. Du kriegst den Kontrakt. Eine innere Stimme sagt es mir.

Wahrscheinlich deine Eitelkeit, sagte ihr Mann.

Also, einer in dieser Familie muß ja Stolz haben. Ich bin so gut wie jede andere in diesem Land oder der ganzen Welt, was das betrifft, weiß Gott, und ich kann es beweisen. Meine Familie reicht ohne eine einzige Unterbrechung fünfhundert Jahre zurück. Die Wikinger trieben Handel mit Irland und entdeckten Amerika, als das restliche Europa noch unzivilisiert war. Wir siedelten in Sizilien, in der Normandie – die ganze Welt hatte einmal vor uns Angst. Wir müssen uns von niemandem etwas gefallen lassen. Warte es bloß ab.

Ich warte ja ab, sagte Joe. Aber laß uns währenddessen ins Bett gehen, ich bin müde.

Du willst immer ins Bett gehen, wenn alle anderen aufbleiben wollen. Das ist dein Problem. Ich weiß, daß du dein Leben lang zu ernst gewesen bist. Aber du bist noch jung. Wach auf! Du wirst nicht mehr lange so leben. Ich lasse es nicht zu.

Nein? sagte Joe. Dann warte es mal ab. Ich muß jetzt härter arbeiten denn je.

Ach komm, sagte seine Frau. Vergiß es. Trinken wir was.

Meinetwegen. Aber vergiß nicht, daß deine Mutter kommt, und wir müssen ein Zimmer für sie herrichten.

Ja, ich sehe sie schon vor mir. Ich sage dir, ich will sie nicht hier haben. Ich tue das nur für dich. Das Kinderzimmer ist der einzige Raum, wo wir sie unterbringen können – bis auf die kleine Kammer hinter der Küche – aber da haben wir Koffer und alles mögliche Gerümpel. Das ist eigentlich eine Mädchenkammer. Wir brauchen ein Dienstmädchen.

Ja, aber nicht jetzt. Wir nehmen eins der Kinder zu uns.

Da haben wir es schon wieder. Kümmere dich um deine Sachen. Vergiß es. Komm schon. Ich trinke auf deinen Erfolg. Du kannst später ins Bett gehen.

KAPITEL 13

Hotelzimmersymphonie

Ein Hotelzimmer ist ein Fegefeuer zwischen Begierden, ein Fenster, aus dem man springen kann, eine Gefängniszelle, die Adrettheit eines schön hergerichteten Sarges, die ans Leben erinnert – das gestern nacht hier war, in diesem Bett, einem Überbleibsel, das versucht, ein wenig Wärme für sich zu behalten, nachdem *jenes* vergangen, verschwunden ist. Ein paar saubere Laken, ein neuer Kissenbezug, das Kissen, damit es wieder einigermaßen frisch aussieht, von dem alten sauertöpfischen Zimmermädchen aufgeschüttelt – dessen Augen zu gleichgültig sind, um etwas anderes außer Pennies und Dimes zu suchen – besonders Dimes, weil sie so dünn und klein sind und leicht verlorengehen –, die aus der Tasche der achtlos ausgezogenen Hose fielen, eine gute Haarnadel, die sofort eingesteckt wird, während es schwitzt und abstaubt und Betten macht.

Selbst der Regen ist – abgesehen von seinem Prasseln –

nicht mehr als Staub hier. Ohne Aussicht, etwas aufzurühren. Zu nichts mehr nutze, als Streifen auf die bereits schmutzigen Fenster zu machen – warum sich Mühe geben? dachte Joe. Wozu? Soll man es ihnen überlassen? Besonders, wenn man es so leicht bekommt. Das ist die Zeit, die Hände zu öffnen und es entgleiten zu lassen – so daß die Hände wieder rein werden können. Leer. Rein.

Leer. Joe sah durch den Regen über die Innenstadt von Washington und auf die Kuppel des Kapitols. Barfuß, in Unterwäsche. Dies war der große Tag. Kaum vorstellbar. Verglichen mit der Welt seiner Phantasie oder selbst mit den zwei, vier, sechs, acht Welten der öffentlichen Angelegenheiten, kam ihm sein eigenes kleines Geschäft so unbedeutend vor, sogar kindisch, wie schmutzige Socken über einer Stuhllehne.

Kindisch. Wozu ist es gut? Wenn es dort auf dem Tisch läge, so daß ich bloß die Hand auszustrecken brauchte, um den Reichtum der Welt zu besitzen – ich würde keinen Finger rühren. Ich würde mich rasieren und nach unten zum Frühstück gehen.

Deshalb drehte er das heiße Wasser im Becken auf und bereitete sich darauf vor, sich zu rasieren – oder einen anderen Vorwand zu finden. Für manche, die kein Gehirn oder Gewissen haben, ist es aber in Ordnung. Wenn sie kein Geld hätten, hätten sie keine Entschuldigung, Kirchen zu bauen. Man müßte ihre Köpfe mit einem Hammer aufbrechen, einen Riß in den Schädel brechen. Dann könnte man ihn mit einem kleinen Stück Metall, ein dicker Schraubenzieher wäre nicht schlecht, ein wenig aufstemmen und ein bißchen Verstand hineintun. Wenn man den Hebel herauszöge, würde der Riß sich von selbst schließen. Dann würden sie den Wert des Geldes und so weiter kennen.

Zwecklos. Man muß Schauspieler sein. Man muß ganz aufgeregt werden und in ihnen den Eindruck erwecken, daß man etwas verzweifelt haben will. Man *muß* das tun. Sie müssen einem am Gesicht ansehen, daß man Geld haben will. Weil es wichtig ist. Deshalb. Denn mit Geld kann man alles kaufen. Joe lachte laut auf. Man kann alles kaufen! Selbst eine Ladung Pferdescheiße. Er lachte.

Aber wenn man nicht gut Theater spielt, enttäuscht man die Leute. Sie glauben nicht, daß man Bescheid weiß. Sie hassen einen. Ja, sie hassen einen. Man ist ihr Feind. Man muß Geld schätzen. Man schuldet es ihnen. Man schuldet es ihnen, weil sie einem leid tun, man muß ihnen beweisen, daß sie recht haben. Bei Gott, Geld ist wertvoll. Es ist das Allerwichtigste. Dann hat man der Menschheit Ehre erwiesen, und sie muß einem nicht leid tun. Man muß sich den Teufel darum scheren, ob sie ... Er schnitt sich, als er versuchte, die eingekerbte Stelle an seinem Kinn zu rasieren.

Joe zeigte sich nicht beeindruckt. ›Seien Sie um 9.45 Uhr in den Büroräumen des Weißen Hauses. Ihr Termin ist Punkt 10.00. Ich treffe Sie dort.‹ Vom Postminister selbst unterschrieben. Der Präsident der Vereinigten Staaten wolle ihn sehen. Einfach bloß *sehen*, sagte Joe. Das ist alles. Er glaubt mir nicht. Er will mich sehen. Was wird er dann wissen? Er ist doch keine Frau, die instinktiv weiß, was ich bin.

Joe hatte die Zeitungen gelesen. Er wußte, was sich abgespielt hatte und wie der Präsident zu ihm stand. Roosevelt war mit den Worten zitiert worden: ›Ich mag diesen Mr. Stecher nicht. Ich mag es nicht, wie er Geschäfte macht.‹ Payne war hervorragend gewesen, ohne Zweifel – aber warum? Nicht etwa, weil er ein gutes Gespür oder ein Verständnis für die Situation gehabt hätte. Ganz und gar nicht. Bloß, daß die ganzen Schiebungen ihn, Payne, und sein Ministerium in eine mißliche Lage gebracht hatten. Wenn er, Joe Stecher, sein Spiel nicht so gespielt hätte, daß er Druck ausübte, als die Wirkung am eindrucksvollsten war – welche Chance hätte er dann gehabt? Das Eigeninteresse ist ein großer Wohltäter, dachte Joe. Jedenfalls war das der Stand der Dinge, und ich weiß es.

Und diese Associates! Große Kinder. Joe empfand freundliche Gefühle für sie. Was für ein Haufen *Narren.** Sie gehen mit offenem Mund herum wie Kinder im Zirkus. Man tritt an sie heran und steckt ihnen eine Münze in den

Mund. Sie sehen einen noch nicht einmal. Und dann spielen sie eine Melodie. Und so ernst! Sie wissen, daß sie recht haben. Sie halten die Ehre des Druckhandwerks hoch. Joe lächelte in sich hinein.

Aber die Saukerle können Ärger machen. Mir haben sie genug gemacht – ohne zu wissen, was sie tun.

Er wußte, daß der Präsident sie angehört hatte. Es stand in allen Zeitungen. Der Präsident der Vereinigten Staaten hatte sie angehört und ihnen gesagt, daß er dem, was sie zu sagen hatten, von ganzem Herzen zustimme. Dann hatte der Postminister geweint, berichteten die Zeitungen. Meine Angelegenheit hat den Postminister vor dem Präsidenten der Vereinigten Staaten zum Weinen gebracht, sagen sie. Vielleicht eine Lüge. Klingt aber gut.

Warum nicht eine gute, heilsame Lüge? – Ja, Mr. President, Sie haben vollkommen recht, wollte Joe zum Präsidenten sagen, wenn er ihn sah. Er wollte ihm in die Augen sehen und sagen: Mr. President, Sie haben recht. Sie haben immer recht. Dieser Joe Stecher ist ein Dieb und ein Lump. Ich würde den Kontrakt für die Zahlungsanweisungsformulare per Präsidenten-Verfügung sofort lösen, ganz gleich, was es kostet. Trauen Sie ihm nicht. Lassen Sie diesen Mann mit seinem Schwindelunternehmen nicht davonkommen. Und wenn Sie mir nicht glauben, würde Joe sagen, rufen Sie den Chef der Zahlungsanweisungsabteilung, den Sie nach langem Dienst so ungerecht entlassen haben, rufen Sie die Geschäftsführer der Mohawk Press, sie werden es Ihnen sagen. Dieser Stecher ist ein Betrüger.

Joe würde beim Sprechen den Präsidenten beobachten, und er würde sehen, wie der Ausdruck der Selbstzufriedenheit auf sein Gesicht träte. Er würde die Tugend triumphieren und die Autorität der Vereinigten Staaten von Amerika sich machtvoll vor ihm erheben sehen, und er, Joe Stecher, würde – lachen! Er würde lachen, bis er platzte. Aber er dürfte es nicht zeigen. Er würde ein guter Pokerspieler sein müssen. Er würde ohne die Spur eines Gefühls unter dem Schnurrbart dastehen, er würde dem Präsidenten für seine Einsicht und Initiative danken und – nach Hause gehen und – na, schon gut. Besser nicht davon reden.

Ganz gleich, welchen Weg man auch einschlägt, ein Mann muß frühstücken, wenn er einmal rasiert ist, angezogen – seine Schuhe! Mein Gott, er sollte sie lieber putzen lassen. Wahrscheinlich irgendwo im Keller.

Um 9.45 Uhr präsentierte Joe seine Karte im Amtssitz des Präsidenten, wurde aufgefordert, einzutreten und Platz zu nehmen. Zog den Regenmantel aus, die Galoschen, stellte den Schirm in den Schirmständer und zog die Zeitung aus der Jackentasche, um zu lesen. Ein schneller Blick in die Runde genügte ihm: ein Büro wie jedes andere – mit unbedeutenden Unterschieden.

Ich war dagegen, Ihnen diesen Kontrakt zu geben, Mr. Stecher, sagte der Präsident. Der Postminister saß neben ihm.

Ja, Mr. President, sagte Joe. Das habe ich in der Zeitung gelesen.

So. Ich mochte die Art nicht, in der Sie vorgegangen sind.

Mr. President, warf der Postminister ein.

Der Präsident hob die Hand. Aber mein Freund Payne scheint an Sie zu glauben. Sie sind angeblich zur Zeit der fähigste Drucker in den Vereinigten Staaten, das hat man mir zu verstehen gegeben.

Joe rührte sich nicht. Danke, sagte er.

Ich möchte Ihnen eine Frage stellen. Meine Politik ist es gewesen –

Aha! dachte Joe. Das ist es also.

Meine Politik ist es, Regierungsarbeit, wann immer möglich, in Regierungsbüros abzuwickeln, unter direkter Regierungskontrolle.

Klingt gut! dachte Joe.

Wie bitte?

Nichts, sagte Joe. Ich habe nichts gesagt, Sir.

Wir haben einen staatlichen Drucker, warum ist das Geschäft mit den Zahlungsanweisungen nicht in seiner Hand? Es entstand eine Pause. Nun? sagte der Präsident.

Wollen Sie meine Meinung hören, Sir? fragte Joe.

Ja, darum habe ich Sie gebeten.

Er könnte sie nicht drucken, sagte Joe.

Warum nicht?

Er hat weder die Ausrüstung noch das Wissen.

Das können wir beschaffen, oder? Wir können alles beschaffen, was wir brauchen.

Joe hatte beschlossen, nichts zu sagen, wenn er nicht direkt gefragt wurde. Sprechen Sie, sagte der Präsident. Ich möchte wissen, was Sie denken.

Ja, sagte Joe, Sie können alles bekommen, was Sie wollen, wenn Sie dafür bezahlen. Aber nicht an einem Tag.

Warum nicht?

Weil sie nicht wissen, wie.

Wie lange würde es ihrer Meinung nach dauern, in Washington eine effiziente Druckerei aufzubauen und diese und andere, ähnliche Arbeiten mit eigener Kraft auszuführen?

Das kann ich nicht sagen, sagte Joe.

Aber Sie müssen eine Meinung haben.

Sie meinen rein geschäftsmäßig?

Ja.

Wenn Sie genug Geld dafür bereitstellen, könnten Sie, denke ich, einen Betrieb auf die Beine stellen, der die Formulare in drei oder vier Monaten ausliefert, vielleicht aber auch erst in sechs Monaten, sagte Joe.

Ich glaube, Sie irren, sagte der Präsident. Wir könnten es schaffen, wenn wir es müßten. Sind Sie in der Lage, die Formulare rechtzeitig herauszubringen?

Ja, Sir, sagte Joe.

Sie scheinen sich Ihrer Sache sehr sicher zu sein, sagte der Präsident.

Joe gab keine Antwort. – Ich sage, Sie scheinen sich Ihrer Sache sehr sicher zu sein, sagte der Präsident.

Ja, Sir, sagte Joe.

Und Sie meinen, Sie sind in der Lage, die Bestellung rechtzeitig zu liefern?

Ja, Sir, sagte Joe.

Nun, dann sehen Sie zu, daß Sie das schaffen.

Wird er, sagte der Postminister und lächelte auf seine freundliche Art.

Tja, Payne, sagte der Präsident, damit ist die Sache wohl vom Tisch. Vielleicht haben Sie unter den Umständen die weiseste Entscheidung getroffen. Auf Wiedersehen, meine Herren. Er streckte die Hand aus. Joe nahm sie, berühmtes Fleisch!, und drehte sich um, ohne zu lächeln.

Ach, Payne, ich möchte Sie noch einen Augenblick sprechen, sagte der Präsident.

Der Postminister sah nicht gut aus. Passen Sie besser mal auf sich auf, sagte Joe zu ihm, ehe er ging.

Es geht schon, Stecher. Ich freue mich, daß Sie gekommen sind, und alles Gute. Es wird schon werden. Auf Wiedersehen, und er hielt Joe die Tür auf, als er hinausging.

Joe ging, so gelassen und gesammelt, als ginge er hinaus, um eine Zeitung zu kaufen. So gelassen, daß er jedes Härchen der Augenbrauen des Türstehers sehen konnte, als er an ihm vorbei in das Vorzimmer ging.

Und das war's, sagte er zu sich. Mehr ist nicht dran. So einfach. Ich frage mich, warum er mich sehen wollte. Ich vermute, er wollte mich einfach sehen. Bloß sehen, was für ein gemeiner Hund ich wäre. Mit Hängebauch, Wieselschnauze, buschigen Augenbrauen. Ein Schwindler, wie er im Buche steht. Ich vermute, er hatte schon ein fertiges Bild von mir im Kopf.

Ein GROSSER Mann. Armer Kerl. Joe mochte ihn nicht. Zu viel Lärm, hochtrabende Ideen. Nun, wenn man so denkt, dann muß man sehr bald erfolgreich sein, ob man will oder nicht. Dann muß man anfangen, ein paar nette kleine Entschuldigungen für sich auszudenken, bloß damit es funktioniert. Dann muß man ein paar bequeme Lügen erfinden, um die Fehlschläge zu vertuschen.

Den wollte ich nicht in meinem Betrieb haben. Nicht in meinem Betrieb. Er würde alle möglichen Entschuldigungen finden, um nicht das zu tun, was ich ihm auftrage. Auch noch gute Entschuldigungen.

Er setzte sich, um seine Galoschen anzuziehen. Er legte den Regenmantel um die Schultern, nahm den Hut in die Hand und ging hinaus. Es regnete so stark wie eh und je. Er spannte den Regenschirm auf und ging vom Amtssitz des Präsidenten über den bespritzten Bürgersteig zur Straße hinunter. Sinnlos, diesmal ein Telegramm zu schikken. Packen und nach Hause fahren. Das wär's gewesen.

Und was sollte das Ganze? Das war also das Geschäft ›Vereinigte Staaten‹. Ein recht kleines Geschäft, aber ganz anders, als es in der Zeitung steht. Was ist es schon, außer ein paar Männern, die meistens Frauen im Nacken haben und die herauszufinden versuchen, was der andere gerade denkt. Und was bekommen sie, wenn sie dahin vorstoßen? Etwas Faßbares? Etwas wirklich Durchdachtes? Auch nur etwas Gerechtes? Nie. Nur eine vage Annäherung. Meine Politik. Die Politik der Regierung. Pah! sagte Joe. So ein Fiasko.

Was macht Politik? Was bewirkt sie? Sie tut viel. Sie entwurzelt alles auf ihrem Weg. Man entschließt sich, sich durchzuackern. Dann ackert man drauflos. Man denkt nicht mehr darüber nach. Man schaut noch nicht einmal hin. Man ackert einfach geradeaus. Blumen, Vogelnester, Menschen, Leben, Gelegenheiten – ach ja. Daran ist nichts grundlegend Bedeutendes. Man muß ackern.

Aber er dachte weiter darüber nach. Nein, es ist mehr daran. Das ist nicht alles. Man achtet nicht mehr auf die Wahrheit der Details. Man schaut nicht mehr hin, um zu sehen, ob dieser Mensch ehrlich ist oder nicht, ob er die Arbeit gut oder schlecht verrichtet. Das einzige, woran einem liegt, ist ›Meine Politik‹. Soll die Regierung ihre Sachen selbst drucken, eine ›weitsichtige‹ Politik. Hm! grunzte Joe.

Oben im Hotelzimmer schaute er auf seine rechte Hand, öffnete und schloß sie ein paarmal. Jetzt mußt du dein Rasierzeug und deine schmutzige Unterwäsche aufsammeln, sagte er zu ihr. Komm schon, beeil dich, du kannst nicht den ganzen Tag Präsidentenhände schütteln. Mach dich an die Arbeit.

Mach dich an die Arbeit. Er stieß einen Seufzer der Erleichterung aus. Er ging durch den Regen zum Bahnhof, um das Droschkengeld zu sparen. Er hatte aber noch reichlich Zeit – mit seinem kleinen schwarzen Koffer in der Hand.

Im Raucherabteil saß er am Fenster und beobachtete den ganzen Nachmittag die mit Regen durchtränkte Landschaft, die Bäume in und um Washington noch in vollem Laub, das dünner und dünner wurde, als er nach Norden und durch New Jersey fuhr – es regnete immer noch – in den Abend hinein. Einige wenige verlassene Kühe, der Winterweizen, der hier und da als grünes Getreide stand – aber Meilen um Meilen brachliegendes Land. Das konnte er nie begreifen. Warum ist das nicht gerodet und bearbeitet – wie es in Deutschland wäre?

Meine Politik! Was sonst? Meine Politik. Nichts funktioniert mehr richtig wegen dieser Vorstellung. Kirche, Regierung – das einzige, was funktioniert, ist ein Mann, der dem, was er tut, volle Aufmerksamkeit schenkt und weiß, was er zu machen hat. Mein Bruder spielt Geige in Prag. Meine Schwester zeigt ihre Beine auf der Bühne – ich bin Drucker. Ich hoffe, wir tun unsere Arbeit richtig. Denn wenn wir das nicht tun – Es ist, weil sie dem einen oder anderen zum Vorteil gereicht, meine Politik! – sonst würden wir so viel pflanzen, wie wir wollen und brauchen, und hätten eine Welt, in der zu leben sich lohnte.

Verschwendung, Verschwendung, Verschwendung. Das ist die Lösung für alles. Bearbeitet nur dieses Land, nur dieses kleine Stückchen der Anbaufläche New Jerseys, das man zu beiden Seiten der Zugfenster sehen kann, das hier vergeudet wird. Mehr müßt ihr nicht tun, aber nutzt es wirklich. Und es würde keine Armut und kein Elend in der ganzen Welt mehr geben – wenn ihr es nur nutztet.

Sie sind nicht intelligent genug. Und sie sind zu faul und zu eingebildet und zu – dumm. Nur darum geht es. Jeder könnte die Probleme der Welt in fünfzehn Minuten lösen – wenn die Menschen guten Willens wären – und wenn es nicht jemand aus Profitsucht verhinderte. Und um der Befriedigung willen, ›meine Politik‹ durchzusetzen.

Beinahe auf jede Scheune war in Großbuchstaben Reklame gemalt, Tabakgeld für irgendeinen dummen Farmer. Joe schüttelte den Kopf. Er verachtete Farmer. Schrecklich. Und niemand kann es aufhalten. Was ist die öffentliche Meinung? Weiß man, was die öffentliche Meinung ist? Sie ist – warum bekomme ich nicht mehr davon? Das ist die öffentliche Meinung. Ich frage mich, wie viele Millionen Menschen jedes Jahr aus einem Fenster zwischen New York und Philadelphia sehen, und nicht einer, nicht ein einziger sieht auch nur für den Bruchteil einer Sekunde glasklar, was richtig ist. Nie. Die nehmen nie etwas Einfaches wahr. Es ist wohl da – aber sie kriegen es nicht mit. Sie sind zu wichtig. Sie wissen zuviel. Sie sind Gesetzgeber, Staatsmänner, große Geschäftsleute, Frauen! – sie wissen nichts – außer dem, was man ihnen sagt.

Bin ich denn besser? Was tue ich? Ich ereifere mich über den Druck von ein paar Formularen für Zahlungsanweisungen. Was habe ich denn vorzuweisen? Aufrichtigkeit. Eine kleine Sache richtig tun – beispielsweise Geige spielen. Das zumindest weiß ich. Sie gehen ins Konzert und hören einen gut Geige spielen. Wunderbar! Phantastisch! Sie weinen, sie applaudieren, es ist ihnen warm ums Herz – und es kostet auch noch wahnsinnig viel, und sie können es bezahlen. Aber wissen sie, was es heißt, daß er gut spielt? Wissen sie das? Kein einziger von ihnen.

Sie wissen nicht, was es heißt, vortrefflich zu sein. Nein, kein einziger von ihnen. Sie wissen schlicht und einfach nicht, was es heißt, eine Sache gut zu machen. Der Rest –?

Es gut zu machen. Aufrichtig. Tag für Tag. Und nie zu lügen. Nie.

Was würde es einem Künstler nützen, ein Klavier oder eine Geige zu belügen? Überhaupt nichts. Aber sie wollen Geige spielen, indem sie ihr erzählen, daß ›meine Politik‹ darin bestünde, beim Kopfstand oder in der Badewanne Geige zu spielen, oder – beim Essen. Oder darin, eine Schaufel an Stelle eines Bogens zu nehmen.

Ich frage mich, ob ich nicht besser hier esse – ehe ich nach Hause komme.

KAPITEL 14

Gesichter

Hier war er zu Hause, bei seinen Freunden, die um den Eßtisch saßen, seinen Lieblingsblumen, zwei Dutzend roten Nelken, die dahinter in dem berühmten Freundschaftspokal auf dem Kaminsims prangten – Gurlie hatte sie weggestellt, damit sich alle über den Tisch hinweg sehen konnten – Kaffee, Gebäck, Zuckermandeln standen vor ihnen, hier redete und lachte er, die Schlacht war geschlagen. Glückwünsche waren angesagt!

Vielen Dank, sagte Joe. Schön, daß ihr vorbeigekommen seid.

Dies war keine große Gesellschaft, bloß Melquist und seine Frau Martha, die jeder liebte, alte Freunde der Stechers, Tante Olga, der alte Kapitän Ostland und seine Frau, Joe, Gurlie und Grandma, die jetzt eine Weile bei ihnen wohnte, obwohl sie sehr wenig von dem verstehen konnte, was gesagt wurde.

Jetzt erzähl uns mal, Joe, was wirklich geschehen ist, sagte Melquist. Wir sind doch hier alles Freunde. Ich würde es gerne wissen.

Frag Gurlie, sie ist die bessere Rednerin, sagte Joe und

lächelte über den Tisch. Das ist jetzt alles Vergangenheit. Sie hat für solche Dinge ein besseres Gedächtnis als ich.

Was ist wirklich passiert, Gurlie? Wer hat zuerst die Idee gehabt, ein Angebot für den Zahlungsanweisungskontrakt einzureichen? Warst du das? Es sieht dir ähnlich. Er sah Gurlie direkt in die Augen.

Gurlie lachte und schlug die Augen nieder: Klar, ich war es.

Stimmt das, Joe? Er drehte den Kopf wieder Joe zu.

Ja, das stimmt, sagte Joe und klopfte die Asche von seiner Zigarre. Das ist die Geschichte für die Eingeweihten. So richtig wie das meiste, was man hört.

Aber das beantwortet meine Frage nicht, fuhr Melquist fort. In den Zeitungen standen ein paar richtig nachteilige Dinge über dich, Joe.

Das ist richtig, sagte Joe. Wenn du es in der Zeitung gelesen hast, muß es stimmen. Sein Gesicht war ausdruckslos.

Nein, das meine ich nicht, aber du weißt doch, die Leute glauben solche Dinge. Manche Leute.

Nun, sagte Joe, manche Leute werden immer alles glauben, was sie hören – oder lesen. Man braucht alle möglichen Menschen auf der Welt. Gurlie lachte ohne Grund.

Aber ich höre es überall, und es gefällt mir nicht. Ich möchte endlich einmal die Wahrheit wissen, dann kann ich Antwort geben, wenn man mich fragt, und glaub mir, ich werde antworten, entschlossen schüttelte er den Kopf, sobald ich weiß, worüber ich rede.

Das ist richtig, sagte Gurlie zu ihrem Mann. Erzähl ihm die ganze Geschichte.

Von Anfang an, sagte Melquist. Wie fing sie an?

Gurlie lehnte sich zurück, während die anderen sich auf ihren Stühlen vorbeugten, um besser zu hören.

Warum gründest du nicht eine ehrliche Zeitung? fragte Joe und betrachtete wieder seine Zigarre, dann kann ich dir die Geschichte verkaufen und ein bißchen Geld damit verdienen. Er schaute zu Melquist hoch.

Komm schon.

Komm schon, Joe, erzähl.

Ach, komm schon, Joe, sagten sie alle, wir wollen die Wahrheit wissen.

Ihr habt doch die Zeitungen gelesen, was gibt es noch zu sagen? Sie wissen alles, selbst Sachen, die nie passiert sind, und fünf oder sechs Versionen derselben Sache. Was macht es schon aus, was ich sage? Ich kenne mein eigenes Geschäft nicht. Ich weigere mich, etwas darüber zu sagen! Mit einer großspurigen Geste streckte er das Kinn vor.

Sie alle lachten. Komm schon, Joe.

Na gut, wenn ihr versprecht, es nicht den Zeitungen zu verraten, erzähle ich es euch. Er schaute sich im Kreis um. Schenk uns was zu Trinken ein, Gurlie. Komm, mach. *Es lebe die Wahrheit!** Die Wahrheit besiegt alles. Was ist Wahrheit? *In vino veritas. Austrinken.** Hand aufs Herz, glaubt es oder nicht. *Skål!* Und er erhob sein Glas und nahm einen Schluck. Ah!

Ach, komm schon, Joe, sei nicht so bockig.

Was ist denn so interessant daran? Es ist passiert, und damit hat es sich. Eine Lüge verkauft sich doch viel besser. Auf die Ehre des vierten Standes, auf den großartigen Beruf des Journalisten! Unsere tägliche Lüge gib uns heute, und gib uns viel Platz! Amen.

*Du Dummer!** sagte seine Frau. Was ist denn los mit dir? Sie sah ihn scharf an.

Das ernüchterte ihn ein wenig: Ihr wollt also die Wahrheit wissen, die ganze Wahrheit und nichts als die Wahrheit, so wahr mir Gott helfe. Mit dem linken Daumen und Zeigefinger zwirbelte er den Schnurrbart und schien darüber nachzudenken, wie er anfangen solle.

Genau, Joe, was ist passiert?

Nun –, er hielt inne. Gurlie hat mir schon seit Jahren gesagt, ich müsse den Chef wegen einer Gehaltserhöhung anhauen –

Versuch bloß nicht, komisch zu sein, sagte seine Frau, die auf ihrem Stuhl herumrutschte und einen Löffel aufhob, um ihn dann wieder auf die gleiche Stelle zu legen.

Deshalb bat ich ihn schließlich um mehr Geld. Ich muß

mehr Geld haben, sagte ich zu ihm. Joe machte eine Farce daraus, finster die Brauen runzelnd. Er hielt inne und zündete sich eine Zigarre an.

Schon gut. Was ist dann passiert?

Sie haben mich rausgeschmissen, sagte er und brach ab.

Also jetzt aber, Joe. Wenn du es uns doch nicht erzählen willst, möchte ich dir nicht damit auf die Nerven gehen. Melquist sah Gurlie ein wenig beleidigt an, als wolle er sagen: Was will er?

Er muß es euch jetzt erzählen, sagte Gurlie, sonst tue ich es. Das ist deine letzte Chance, sagte sie zu ihrem Mann. Redest du jetzt ernsthaft oder nicht?

Oder nicht, sagte Joe. Ich erzähle ihnen die Wahrheit.

Das ist gut, sagte Melquist.

Ja, das ist lieb von dir, Joe, sagte Martha. Du bist immer so lieb. Joe verehrte sie, wie Gurlie wußte, und sie war einmal mit Joes Bruder Oswald verlobt gewesen.

Also, letzten April bekamen wir Nachricht aus Washington, daß die Angebote für den neuen Zahlungsanweisungskontrakt im Juni ausgeschrieben würden. Wir hatten sie in den letzten sechzehn Jahren gedruckt – ich bitte um Verzeihung, unterbrach er sich, als sei er empört, die Zeitungen schrieben zwanzig Jahre – also in den letzten zwanzig Jahren. Deshalb bat mich der Chef, mich bereitzuhalten, um sie diesmal wieder zu kalkulieren. Das war kein Geheimnis.

Das fällt in seine Abteilung, die Lithographie, sagte Gurlie erklärend. Das war seine Arbeit in den letzten fünfzehn oder sechzehn Jahren. Niemand sonst konnte das tun.

Ja, ich weiß, sagte der alte Kapitän, der bis dahin nichts zu sagen gewußt hatte.

Zwanzig Jahre, vergeßt das nicht, sagte Joe. Also sagte ich ihnen, daß ich mehr Geld bekommen müsse: Ich muß mehr Geld haben! Joe spielte es mit rauh verstellter Stimme. Meine Familie wächst, und ich will ein Haus auf dem Land kaufen.

Was geschah?

Er sagte mir, wenn ich ein Angebot für den Zahlungsanweisungskontrakt kalkulieren würde, den größten Einzelposten im Betrieb zu der Zeit, dann würde er darüber nachdenken, mir hinterher eine Gehaltserhöhung zu geben. Kluger Kerl.

Bloß ein Trick, fiel Gurlie ein. Aber glaubt mir, wenn ich ihn nicht gewarnt hätte, hätte er es geglaubt. Er wollte mir zuerst nicht glauben, er ist zu ehrlich, und er denkt, alle anderen sind auch ehrlich. Sie sprach laut und voll Selbstvertrauen, unterstrich ihre Bemerkungen mit durchdringendem Lachen. Ich erzähle ihm schon seit Jahren, daß dem nicht so ist. Hach! Wie könnten Leute reich werden, so wie sie es tun, wenn sie es ehrlich anfingen? Sie arbeiten nicht dafür, und sie haben keinen Verstand, du meine Güte, nein, das sieht man klar und deutlich. Sie kennen die Tricks, hach! das ist alles. Aber er ist wie ein kleines Kind. Er will mir nicht glauben, ich kenne die Menschen.

Wer erzählt die Geschichte denn, fragte ihr Mann, du oder ich?

Du versuchst, sie zu erzählen, sagte seine Frau ihm nachdrücklich ins Gesicht.

Ich habe aufgehört, sagte Joe.

Nein, nein, sagte Melquist. Hör nicht auf. Er schaute Gurlie flehend an. Laß ihn in Ruhe, Gurlie, bis er fertig ist.

Ich meine, ich habe mit der Arbeit aufgehört. Alle lachten. Ich hatte das Gefühl, daß es in dem Laden nicht so lief, wie ich es gerne gesehen hätte, daß da zu viele junge Leute von den Verträgen lebten. Ich hatte ein paar Dinge durchschaut – nach rund zwanzig Jahren, setzte er lächelnd hinzu, seine Frau anschauend. Über die Jahre bemerkt schließlich sogar ein *Dummkopf,** wie etwas läuft. Und ich konnte dem Alten an den Augen ansehen, daß er wußte, daß ich wußte, was gespielt wurde. Ich vermute, er dachte, daß ich schon zu lange dasei. Deshalb sagte ich zu ihm: Nein. Ich sagte, er müsse mir eine Gehaltserhöhung geben, ehe ich den Kontrakt kalkulierte, oder ich müsse auf der Stelle gehen.

Wie hat er das aufgenommen? fragte Olga, vor Erwartung die Lippen spitzend.

Er fragte mich, ob ich versuche, ihn auszunehmen. Ich sagte nein, aber daß ich zu meinem eigenen Schutz lieber ginge, ehe der Kontrakt kalkuliert war. Ich hatte sowieso keine Lust mehr.

Aber die Zeitungen sagten, du wußtest –

Nein! sagte Joe und warf sich in gespieltem Ernst in die Brust, nach zehn, nein sechzehn, nein zwanzig Jahren – ich bin so doof, daß ich nicht weiß, wovon ich spreche. Besonders, weil ich die einzelnen Punkte der Ausschreibung selbst geschrieben habe.

Du meinst, die Regierungsbedingungen? Du sagst, *du* hast sie geschrieben?

Klar, sagte Joe, zigarrepaffend.

Stimmt das, Gurlie? Melquist war skeptisch.

Ja, das stimmt.

Klar, sagte Joe. Wenn sie es sagt. Der Leiter der Zahlungsanweisungsabteilung wußte selbst nicht, wie er es anstellen sollte, deshalb hat er mich darum gebeten. Er wollte sicher sein, daß er jemanden hatte, der das Geschäft kannte.

Also, da will ich doch verdammt sein, Melquist lehnte sich auf seinem Stuhl zurück und sah einen nach dem anderen in der Runde an, als wolle er sagen: Könnt ihr das fassen? Sie alle schüttelten ernsthaft den Kopf. Da will ich doch verdammt sein, wiederholte er.

Nur zu, sagte Joe. Aber entgegen allem, was gesagt wurde, habe ich nicht das Angebot für die Mohawk Press kalkuliert. Ich *wußte* sowieso, wie hoch ihr Angebot sein würde, ohne es zu kalkulieren. Ich wußte, wie hoch *beide* Angebote sein würden. Ich kündigte.

Ja, unterbrach Gurlie ihn wieder. Wenn er getan hätte, was sie von ihm wollten, hätten sie ihn rausgeschmissen, sobald sie aus ihm herausgeholt hätten, was sie brauchten. Dann wäre es zu spät gewesen. Sie wußten, was er wert war.

Du bist also gegangen, sagte Melquist fragend.

Ja, ich bin gegangen. Und was, meint ihr, ist passiert?

Joe begann sich ein bißchen zu erwärmen, man sah es seinem Gesicht an.

Ich weiß es nicht.

Ich habe versucht, eine Stelle bei einer anderen Firma zu bekommen, aber ich konnte nirgendwo Arbeit finden. Und schließlich, wenn man die Art Arbeit, an die ich gewöhnt war, weder in New York noch in Philadelphia oder Boston bekommen kann – wo steht man dann? Ich ging überall hin und konnte nichts finden.

Sie haben ihn auf eine schwarze Liste gesetzt, sagte Gurlie.

Stimmt das, Stecher?

Ja, das stimmt, sagte Joe.

Da will ich doch verdammt sein.

Also, fuhr Gurlie fort, habe ich zu ihm gesagt: Na gut, dann mach ein eigenes Geschäft auf. Du weißt doch, wie das mit den Zahlungsanweisungsformularen geht. Reiche *du* ein Angebot dafür ein. Ich helfe dir. Ich lebe in Armut, ich esse Dreck. Ich tue alles. Gurlie schlug mit der Faust auf den Tisch und wurde rot im Gesicht.

Nun ja, wir mußten nicht Dreck essen, sagte Joe, sie beruhigend. Aber man kann nicht ein Geschäft ohne auch nur einen roten Heller aufmachen. Ich sage euch, ich hatte großes Glück. Wenn ich nicht die richtigen Leute gehabt hätte, die mich unterstützten, hätte ich es nicht geschafft.

Gurlie lachte laut auf. Er spinnt, sagte sie. Er will nie haben, daß einer glaubt, er hätte Verstand oder sonst eine Fähigkeit oder so was. Meint ihr, er hätte jemanden um Unterstützung fragen oder anbetteln müssen? Ganz gewiß nicht. Sie kamen zu ihm und bettelten IHN an, ihre Unterstützung zu akzeptieren. Diese Männer wußten, mit wem sie zu tun hatten. Er hat es keinem Menschen erzählt, nicht einmal mir. Glaubt ihr, es gibt in New York noch jemanden wie ihn? Diese Männer waren klug, und sie kniff die Augen zusammen, wie um ein neunmalkluges Gesicht zu machen.

Wer war es denn, Joe? fragte Melquist ganz gespannt. Stille senkte sich herab.

Platt und Depew und ein oder zwei andere. Sie sagten mir, sie würden mir die Druckaufträge für die Chase National Bank und für die Fahrkarten der New York Central geben und –

Hui! Jetzt redest du. Platt und Depew, hm? Das ist was anderes. Ich wußte, es mußte …

Ja, aber das war erst, nachdem ich ein Angebot für die Zahlungsanweisungen eingereicht hatte.

Wann war das alles?

Letzten Sommer.

Aber in den Zeitungen stand, du hättest den Kontrakt für die Mohawk Press kalkuliert und dann gekündigt und sie unterboten. Sie sagten, du hättest beide Kontrakte kalkuliert und vertrauliche Informationen gehabt.

Klar, sagte Joe, ich hatte vertrauliche Informationen, reichlich. Ich weiß, wie man es macht. Sie nicht, deshalb haben sie verloren.

Aber die Zeitungen –

Tja! Wenn ich ihr Angebot kalkuliert hätte und sie geglaubt hätten, ich würde wie sie auch eins einreichen, glaubt ihr dann, sie wären so blöde gewesen, das Angebot abzugeben, das ich für sie erstellt hatte – nachdem ich zwei Monate vorher gekündigt hatte?

Aber in den Zeitungen stand –

Die Zeitungen können mich mal, sagte Joe. Ich habe die Briefe des Leiters der Zahlungsanweisungsabteilung im Postministerium in sicherer Verwahrung. Sie haben versucht, sie mir wegzunehmen, aber ich habe sie als Beweis.

Ja, ich habe gelesen, daß du mit einer Klage gedroht hast, wenn sie nicht mit ihren Verleumdungen aufhörten.

Und was ist dann passiert? haben sie den Fall weitergetrieben? Nein. Sie haben ihn aufgegeben, wie das solche Feiglinge wie sie eben machen. Sie haben ihn aufgegeben! sagte Joe mit zornigem, aber kontrolliertem Schwung. Es waren *meine* Briefe, und die hätten sie gerne in die Hände gekriegt.

Immer mit der Ruhe, Joe, sagte die liebe und bezaubernde Mrs. Melquist. Du darfst ihn nicht aufregen, Melquist. Sei nicht so ernst, Joe. Komm – lächle mal.

Joe lächelte und trank einen Schluck. Na ja, das ist wohl alles, was ihr wissen wollt, sagte er.

Ganz bestimmt nicht, sagte Melquist. Nachdem sie gemerkt hatten, daß du mit deinem Angebot erfolgreich warst, was ist dann passiert? O ja, und was war das mit den Associates? Wer war das, und was wollten sie?

Ein Haufen Idioten, sagte Joe. Sie sind ehemalige Geschäftsführer von stillgelegten Druckereibetrieben, die nichts anderes zu tun haben, als zum Präsidenten der Vereinigten Staaten zu laufen und ihm etwas über mich vorzujammern. Der Chef hat sein Aushängeschild Crossman zu ihnen geschickt, damit er sie ANFLEHT, dagegen zu protestieren – beim Präsidenten der Vereinigten Staaten! Stellt euch das vor! – daß ein Schwindler wie ich den Auftrag bekommen würde. Und sie gingen hin und überzeugten ihn. Was für ein kleinliches Spiel.

Ja, davon habe ich etwas gelesen. Was haben sie getan?

Sie haben mein Geschäftsgebaren angegriffen, und an dem Punkt fing die Zeitungskampagne gegen mich an. Ich war ein Verräter. Ich hatte mein Handwerk in einem bestimmten Betrieb gelernt und mich dann gegen ihn gestellt. Puh! Es würde Angestellte in anderen Firmen ermutigen, zu kündigen und ihrem Chef das Geschäft zu stehlen! Das ist illegal! Das ist unsittlich! Das mußte Crossman diesen bezaubernden Herrn sagen, die sich in Atlantic City zu einer Konferenz versammelt hatten – um das Gewerbe rein zu halten! Schnappt diesen jungen Drucker Stecher! Schnappt ihn! Die Chefs krochen vor ihren eigenen Arbeitern auf dem Boden, um mich herausschmeißen zu lassen, als sie es anders nicht schaffen konnten …

Warst du Gewerkschaftsmitglied?

Nein, sagte Joe. Ich hatte meinen Gewerkschaftsausweis vor Jahren auf *ihr* Verlangen zurückgegeben, um meine Stelle zu behalten. Das wissen sie. Und jetzt verwenden sie das gegen mich. Was meinen sie damit, ich wolle keinen *closed shop* führen? Ich führe noch gar keinen Betrieb, noch nicht. So etwas zieht die Aufmerksamkeit der Öffentlichkeit auf sich – und wird auch manchmal ganz oben geglaubt. Und gewöhnlich wird jemand bezahlt, damit dem so ist. Sie wollten mir nicht erlauben, der Gewerkschaft anzugehören. Aber das spielt keine Rolle. Tatsache ist, ich war nicht Mitglied, und sie wollten bloß, daß diese Leute in Washington gegen meine Person aussagten, um ihre eigene Schiebung zu bemänteln – und diese schwachsinnigen Herren fielen darauf herein, Einfaltspinsel, die sie sind. Sie tun mir leid. Schöne Arbeitervertreter sind das! Sie haben nichts zu tun, deshalb vertreten sie die Arbeiter!

Und dann?

Und dann, als sie merkten, daß sie mich so nicht schlagen konnten, ging der Spaß wirklich los. Da *erwies* ich mich als Schuft. Ich gab es ihnen. Und sie heulten wie abgestochene Schweine. Ha, ha, ha, ha! lachte Joe sarkastisch.

Aber erst verliebten sie sich in mich, setzte er hinzu.

Jeder würde sich in dich verlieben, Joe, sagte Mrs. Melquist. Er wurde purpurrot.

Was willst du denn von meinem Mann? fragte Gurlie kampflustig.

Oh, du weißt doch, daß ich es nicht ernst meine, Gurlie, sagte ihre Freundin.

Da bin ich mir nicht so sicher, sagte Gurlie. Jetzt, wo wir reich werden.

Also, Gurlie, du bist schrecklich. So ein Quatsch – meine ich. Wirklich, Gurlie.

Wollt ihr Frauen bitte endlich den Mund halten, sagte Melquist ernst. Ich will den Rest der Geschichte hören. Sie wollten dich also wieder in die Firma aufnehmen? Ja, ich erinnere mich, daß ich das gelesen habe. Warum bist du nicht gegangen? Hätte dir das nicht Ärger erspart? Du warst doch nicht einmal sicher, daß du den Kontrakt bekommen würdest –

Was meinst du denn, wie lange ich mich da gehalten hätte? Sie hatten Angst. Sie hätten alles versprochen. Aber wie lange, glaubst du, hätte das gegolten? Caldwell war der erste, der mich bat, mich mit ihnen auszusöhnen. Das festigte meinen Entschluß bloß. Da *wußte* ich, wo ich stand. Vorher war ich mir nicht sicher.

Joe brach ab, deshalb nahm Gurlie den Faden auf. Sie taten alles, um ihn bei etwas zu erwischen, sagte sie. Sie haben sogar einen Reporter direkt in dieses Zimmer geschickt –

Mrs. Melquist stieß einen kleinen Schrei aus und schaute sich um. Hast du ihn gesehen?

Ich habe ihn ertappt, sagte Gurlie.

Stimmt das? fragte Melquist.

Es stimmt, sagte Joe. Sie erwischte ihn und schrie nach den Nachbarn.

Mutig, sagte Melquist. Wer war es? War er jung?

Ein netter junger Mann, sagte Gurlie. Sie hatten ihn hergeschickt, und er durchstöberte den Schreibtisch.

Das ist doch nicht dein Ernst?

Sie haben alles getan, damit er den Kontrakt aufgab und wieder in die alte Firma eintrat.

So blöd waren sie, sagte Joe. Könnt ihr euch das vorstellen? Der Leiter der Zahlungsanweisungsabteilung versuchte, die Regierung zu übervorteilen, indem er das niedrigste Angebot ablehnte und den Kontrakt einem höheren Bieter zuschlug. Er war der Mittelsmann – er arrangierte ein Treffen zwischen dem Chef und mir in Washington – um die Regierung zu übervorteilen!

Das ist doch strafbar, oder? sagte Melquist.

Und sie versuchten, ihn auszutricksen, sagte Gurlie. Sie versuchten zu beweisen, daß er den Kontrakt unter der Hand weitergeben wollte, was gegen das Gesetz ist. Aber in Wahrheit schickten sie andere Firmen, um ihn zu fragen und zu bedrängen, sie die Arbeit für ihn machen zu lassen – absichtlich, damit er erwischt und sein Angebot disqualifiziert würde.

Oh, oh! sagte Mrs. Melquist.

Aber die Zeitungen, sagte Joe, – ich weiß nicht, was sie

dafür bekommen haben – druckten die Geschichte, als ob ich, der ich das Gesetz kenne, so ein Esel wäre, der sich disqualifizieren ließe.

Er hatte keine Betriebsräume, versteht ihr, sagte Gurlie.

Oh, ich verstehe, sagte Melquist. Er hatte seinen Betrieb noch nicht eingerichtet …

Sie baten mich, mir doch die Mühe zu ersparen, einen neuen Betrieb einzurichten.

Was boten sie dir als Anreiz?

Sechzig Dollar die Woche und fünf Prozent der Bruttoeinnahmen, die ich der Firma bringen würde.

Wieviel hätte das ausgemacht? Eine hübsche Summe, kann ich mir denken.

Ungefähr 20 000 Dollar im Jahr.

Und das hast du ausgeschlagen, Joe?

Klar.

War das richtig? fragte Mr. Melquist.

Ha! Das ist noch gar nichts, sagte Gurlie, wartet mal ab.

Das stimmt, sagte Joe. Wartet mal ab. Ich werde das Geld nur so scheffeln!

Aber mittlerweile hattest du sie in der Hand, sagte Melquist.

Ja, sagte Joe. Ich wußte, daß sie Dreck am Stecken hatten.

Und du wolltest sie bestrafen.

Nein. Ich wollte in Ruhe gelassen werden, um vorwärtszukommen.

Also, ich weiß nicht, Joe –

Pah! sagte Gurlie. Was wißt ihr denn schon. Das ist mein kleiner Deutscher, er macht mich zu einer reichen Frau.

Klar, sagte Joe und wandte sich ab.

Aber wirst du dann glücklicher sein als –

Geld ist alles in diesem Land, sagte Gurlie.

Wozu willst du reich sein, bist du nicht zufrieden mit dem, was du hast?

Wozu ich reich sein will! Wozu soll man denn leben? Natürlich bin ich nicht zufrieden mit dem, was ich habe.

Ich will reisen, Gurlie war jetzt laut und ernst, ich will alles sehen, was es zu sehen gibt und wozu ich Lust habe. Er will nichts, sagte sie, mit dem Kopf auf ihren Mann weisend, deshalb braucht er *mich.* Er würde sich damit zufriedengeben, allein für sich im Wald herumzuspazieren, er sieht nie etwas. Ich bin anders. Weshalb meint ihr, will ich reich sein? Ihr solltet es doch wissen. Ich will ins Theater gehen und auf den besten Plätzen sitzen – wo ich nicht öfter als ein- oder zweimal gesessen habe. Ich will danach in ein gutes Restaurant gehen – wenn ich Lust dazu habe – alles! Und sie schwenkte ihre Arme in einem großen Kreis und lachte laut.

Es würde dir über werden.

Sicher würde es mir über werden. Dann würde ich etwas anderes tun – wenn ich reich wäre. Aber jetzt kann ich gar nichts tun. Ich will die Kinder loswerden –

O Gurlie.

Sicher will ich die Kinder loswerden. Wer wollte das nicht, wenn er ehrlich wäre? Ich will ausgehen, wenn ich Lust dazu habe, und ein schönes Haus haben – mit schönen Blumen, die ich pflücken und riechen kann.

Das kannst du jetzt haben. Blumen sind nicht so teuer. Aber was nützen solche Dinge ohne Kinder. Ich sehne mich so nach einem Kind.

Warum adoptierst du nicht eins, wenn du keines haben kannst, sagte Gurlie. Sie lachte ihr lautes spöttisches Lachen, das man einen Häuserblock weit hören konnte, wenn die Fenster aufstanden. Sicher hätte ich gerne einen Sohn, und ich werde auch einen haben, wenn ich soweit bin – aber nicht jetzt. Erst will ich Geld, viel Geld – wobei mir das Geld an sich egal ist –, aber ich will haben, was ich damit kaufen kann. Jeder will Geld. Warum soll man sich deswegen etwas vormachen?

Nicht jeder ist so, Gurlie. Das stimmt nicht. Was ist Geld schon? Im Geld liegt nicht das Glück, nur Jammer, und du verlierst all die schönen Dinge des Lebens.

Ja, wenn du blöd bist. Ich bin nicht so blöd. Wenn ich Geld habe, werde ich es ausgeben, ich bin nicht geizig.

Armer Joe, sagte Martha.

Nein, du bist nicht geizig, das ist richtig, sagte ihr Mann.

Wenn du es ausgibst, hast du es nicht lange, sagte Joe lächelnd.

Ach, sagte Gurlie, du weißt nicht, wovon du redest. Du bist nur zum Arbeiten gut. Du brauchst mich, damit ich dir etwas Leben einhauche. Wo würdest du ohne mich sein?

In der Patsche, sagte Joe lachend.

Alle lachten.

Und wo würde Gurlie ohne dich sein, Joe? fragte Martha.

Joe lächelte, sagte aber nichts. Wo ich sein würde? sagte Gurlie. Ich sage euch, wo ich sein würde. Ich würde da sein, wo ich sein will, ganz gleich, wo das ist. Und ich würde vielleicht mehr Geld haben als jetzt.

Jetzt hast du gar keins, sagte Joe.

Aber ich werde welches haben. Warte es bloß ab!

KAPITEL 15

Ein letztes Angebot

Gurlie verließ das Haus, um Joe in der Innenstadt zu treffen, weil sie darauf bestanden hatte, daß er nicht alleine ging. Sie ließ ihre Mutter bei den beiden Kindern im vorderen Zimmer.

Wo gehst du hin? fragte die alte Frau.

Wir treffen uns mit den Leuten, für die er früher gearbeitet hat. Sie wollen mit ihm sprechen.

Und was willst *du* da dabei tun? Das ist Männersache.

Huh! sagte Gurlie. Den möchte ich sehen, der mich da fernhält. Joe braucht mich. Diese Leute sind Betrüger, und sie könnten ihm was tun.

Pff! sagte ihre Mutter. Du hast schon immer mehr Phantasie gehabt, als dir guttut. Warum kümmerst du dich nicht um den Haushalt und läßt die Männer sich um ihre Angelegenheit kümmern?

Das ist meine Angelegenheit. Es kann sein, daß ich nicht bis zum Mittagessen zurück bin, sagte Gurlie.

Auf Wiedersehen, sagte ihre Mutter. Viel Glück jedenfalls. Ich verstehe es nicht, aber wenn Joe dich dabei haben will, dann gehst du wohl besser.

Er hat nichts zu sagen, schloß ihre Tochter und ging hinaus.

Das Baby krabbelte in seiner üblichen Art auf dem Fußboden herum, aber als die Tür zuschlug, hielt es inne, zeigte auf die Tür und sagte: Mammie weg! und schüttelte heftig den Kopf. Die alte Frau sah es ohne zu lächeln an, hob es auf und schnallte es in seinem Gehstuhl fest. Dort stand das Baby stockstill und schien zum erstenmal zu erkennen, daß sich ein Neuankömmling im Haushalt befand. Die alte Dame stand ein paar Fuß entfernt und schaute auch. Sie schüttelte den Kopf. Das Baby tat das gleiche.

In der Innenstadt traf Gurlie wie verabredet Joe vor dem Gebäude in der Center Street, wo er ihr sofort erzählte, was passiert war: Ich muß andere Gewerberäume finden. Der Bauinspektor hat mir mitgeteilt, daß die Böden hier nicht stark genug sind, um die Pressen zu tragen.

Stimmt das? fragte Gurlie.

Nein, sagte Joe. Aber ich kann es nicht beweisen. Und selbst wenn ich es könnte, habe ich nicht die Zeit dazu. Du bist ja zur Abwechslung einmal pünktlich hier, sagte er zu seiner Frau.

Du hast gesagt Viertel vor zehn, also bin ich da.

Gemeinsam gingen sie die Straße hinunter. Sie wollte seinen Arm nehmen, aber er zog ihn weg: Na, na, na! Nichts da. Also gingen sie nebeneinander her, sie wollte sich unterhalten, und er wich ihr aus, so gut er konnte.

Was wollen sie von dir?

Warte, bis wir da sind. Ich wollte nicht, daß du mitkommst. Jetzt mach dich um Himmels willen nicht zum Narren. Hör zu, und laß es dabei bewenden. Sprich nicht.

Was, du wolltest nicht, daß ich mitkomme! O nein! Mir ist wohl aufgefallen, daß du nicht versucht hast, mich abzuhalten, als ich sagte, ich würde dich auf keinen Fall alleine gehen lassen – in ein Hotel.

Unsinn.

Denk daran, was sie letztes Jahr mit dir gemacht haben. Ich habe das Gefühl, du denkst, du kannst jeden schlagen. Laß es sie heute mal versuchen.

Nun ja, ein Zeuge kann nie schaden.

Wie weit ist es?

Nicht sehr weit. Und denk dran, sprich nicht. Überlaß das mir.

Punkt zehn kamen sie vor dem Eingang zum Hotel an. Kein beeindruckendes Gebäude, wie Gurlie es wohl erwartet hatte, sondern bloß eine Fassade in dem Block östlich des Broadway, der Name *Hotel Fortway* in Gold auf dem Glas des Haupteingangs.

Das Foyer war leer, die übliche morgendliche Eintönigkeit eines kleinen Hotelfoyers, und niemand fragte sie nach ihrem Woher oder Wohin, als sie einen Augenblick dort stehenblieben, um die Augen an das gedämpfte Licht zu gewöhnen.

Wo gehen wir hin? fragte Gurlie. Da ist der Aufzug.

Joe drückte den Knopf, und erst da sprach der Mann an der Rezeption sie an. Kann ich Ihnen helfen? fragte er.

Ich möchte Mr. Wynnewood sprechen.

Oh, Mr. Stecher? Ich denke, er erwartet Sie. Der Page bringt Sie zu seinem Zimmer. Und er kam hinter seinem Schreibtisch hervor und läutete die Glocke selbst.

Sie fuhren hinauf, während der Liftboy Joe scharf anstarrte. Im sechsten Stock ließ er sie hinaus und zeigte nach links: Nummer sechzehn. – Joe ging voran. Die Tür öffnete sich, als sie darauf zugingen. Mr. W. stand eilig auf, um sie zu begrüßen. Wie geht's, Stecher? sagte er, anscheinend gutgelaunt, aber als er Gurlie sah, hielt er inne, verblüfft, endlich einmal überrumpelt. Äh, äh, äh, sagte er. – Meine Frau, sagte Joe. – Guten Tag, sagte Gurlie. – Ich bin Mr. Wynnewood, sagte der Boss. Guten Tag, Mrs. Stecher. Ich hatte keine Ahnung – wollen Sie nicht hereinkommen? Ich wußte nicht, daß – sagte er zu Joe. – Nein, sagte Joe.

Drinnen saßen mehrere Männer im Zimmer herum, sie alle sprangen sofort auf und wurden Gurlie vorgestellt, die ihr hübschestes Lächeln lächelte und sich der Reihe nach vor jedem verneigte, wenn Mr. Wynnewood den Namen nannte. Danach folgte ein verlegener Augenblick. Niemand hatte diesen Schachzug von Joe erwartet.

Der Boss räusperte sich und sah Joe scharf an. Äh, sagte er, wie wär's, wenn Sie und ich, Stecher, mal nach unten gehen –

Nein, sagte Joe schneidend. Wir bleiben hier.

Oh, sagte der Boss.

Mr. Blake, der Rechtsanwalt, lachte kurz auf und sagte: Eigentlich wollten wir ein kleines persönliches Gespräch mit Mr. Stecher führen. Aber ich sehe in der Gegenwart seiner Frau nichts Nachteiliges. Ich verstehe, wie er sich in der Angelegenheit fühlen muß. Ich denke, er hat recht.

Oh, du verstehst das, was, sagte der alte Mann. Nun gut. Meinetwegen. Ich nehme an, Sie kennen die Geschäfte Ihres Mannes so gut wie er, Mrs. Stecher, lachte er. Sie sehen so aus. Zweifelsohne erzählt er Ihnen, was sich abspielt. Also setzen wir uns und kommen wir zur Sache.

Warum kommen Sie nicht zu uns in die Firma zurück, Stecher? fragte der alte Mann ohne Umschweife. Sie würden uns einen großen Gefallen tun. Ich schlage es Ihnen von Mann zu Mann vor. Wir brauchen Sie. Sie wissen, daß es weder hier noch sonstwo jemanden gibt, der Ihren Platz einnehmen kann. Diese Sache ist zu weit gegangen.

Es entstand eine Pause.

Also, was sagen Sie?

Alle einschließlich Gurlie sahen auf Joe. Er schaute dem alten Mann gelassen in die Augen und sagte, er glaube nicht, daß er zurückkommen wolle.

Warum nicht? sagte der alte Mann. Ich weiß, daß Sie

mehr Geld brauchen. Ich gebe zu, daß ich in diesem Punkt ein wenig starrköpfig gewesen bin, aber Sie haben es mir gezeigt. Ich weiß, wann ich mich geschlagen geben muß, und er versuchte zu lachen, aber es gelang ihm nicht ganz. Sie haben mich etwas gelehrt, Stecher, und ich gebe es gerne zu. Kommen Sie wieder zurück zu uns, und ich werde Ihnen gegenüber ein anderer Mensch sein. Nennen Sie Ihren Preis. Sie werden nicht viele Gelegenheiten wie diese hier finden. Vergeben und vergessen. Was sagen Sie?

Wieder entstand eine Pause.

Joe wartete eine ganze Minute, ehe er antwortete. Nein, sagte er.

Aber warum sind Sie dann überhaupt hergekommen? fiel Mr. Blake ein. Sie müssen doch etwas im Sinn gehabt haben, das Sie uns sagen wollten, sonst hätten Sie uns doch nichts von diesem Treffen erwarten lassen.

Ja, sagte Joe. Ich wollte offen und ehrlich hierherkommen. Ich wollte sehen, ob wir nicht so etwas wie ein Einvernehmen herstellen könnten, damit ich weitermachen und meine Geschäfte in New York abwickeln kann, ohne behelligt zu werden.

Was soll denn das!

Was wollen Sie damit sagen, Stecher. Mr. Stecher? Was wollen Sie damit sagen?

Ich habe nicht darum gebeten, herzukommen, sagte Joe. Sie haben mich darum gebeten. Deshalb bin ich gekommen. Wenn das alles ist, gehe ich jetzt.

Nein, das tun Sie nicht, sagte der alte Mann und erhob sich. Joe stand schon, aber Gurlie hatte sich nicht gerührt. Sie war zu fasziniert.

Was tue ich nicht? fragte Joe.

Jetzt kommen Sie, kommen Sie, kommen Sie, Stecher, sagte der alte Mann, ging zu ihm herüber und legte Joe die Hand auf die Schulter. Sie kennen mich doch, viel Gepolter und ein großes Mundwerk und so, aber im Grunde meines Herzens bin ich nicht der Mensch, für den die Leute mich halten. Es ist Ihnen doch klar, daß Sie mich in eine üble Lage gebracht haben. Hier sind wir, der junge Caldwell und ich, des schweren Diebstahls angeklagt. Sie haben uns den Zahlungsanweisungskontrakt weggenommen. Caldwell selbst wurde aus dem Postministerium entlassen – nach fünfzehn Jahren im Dienst, nach einer einwandfreien, tüchtigen Laufbahn – einer Ihrer besten Freunde, Stecher. Sie können doch nicht völlig ohne Mitgefühl scin. Was wollen Sie tun, um uns zu helfen? Jetzt mal von Mann zu Mann, vergessen Sie Ihre halsstarrigen Ideen. Wir sind kein Haufen Schwindler. Wir sind Geschäftsleute, die genauso wie Sie versuchen, sich den Lebensunterhalt zu verdienen. Was sollen wir tun, einander die Kehle durchschneiden?

Gurlie schaute Joe an. Er konnte sie aus den Augenwinkeln sehen.

Lassen Sie mich aussprechen? fragte Joe.

Gewiß, gewiß, sagte der alte Mann. Deshalb haben wir ja nach Ihnen geschickt – deshalb haben wir Sie ja hierhergebeten. Reden Sie.

Erst einmal, sagte Joe, möchte ich Ihnen persönlich für all das danken, was Sie in den Jahren, in denen ich bei der Mohawk Press war, für mich getan haben.

Nicht der Rede wert, sagte der alte Mann.

Sie haben mir in meiner Abteilung immer freie Hand gelassen, fuhr Joe fort, und mir so vertraut, wie ich das erwartete. Ich war zufrieden dort – nun, ich habe keine bösen Gefühle, und wenn Sie mich meinen Geschäften nachgehen lassen, tue ich alles, was ich kann, um Mr. Caldwell zu helfen.

Darum geht es nicht, sagte der alte Mann.

Moment mal, J. W., sagte sein Rechtsanwalt. Lassen Sie Mr. Stecher zu Ende reden.

Ja, lassen Sie ihn zu Ende bringen, was er zu sagen hat, sagte Gurlie.

Alle sahen sie an, Joe verärgert, die anderen leicht belustigt oder erstaunt, aber sie erwiderte die Blicke. Niemand sagte direkt etwas zu ihr.

Nun, was haben Sie zu sagen, Stecher?

Ich möchte bei meinem Vorhaben, hier in dieser Stadt einen Betrieb aufzumachen, nicht behindert werden.

Wer behindert Sie?

Das ist meine Sache, sagte Joe. Ich habe nichts gegen Sie persönlich, Mr. Wynnewood, oder einen von den anderen Herren hier.

Warum haben Sie denn diesen Schlamassel angerichtet?

Halt, J. W., unterbrach ihn sein Rechtsanwalt. Lassen Sie mich mit Mr. Stecher sprechen.

Ich wäre Ihnen dankbar, wenn Sie sich da raushielten, sagte Joe zu dem Rechtsanwalt. Mr. Wynnewood und ich können uns alles, was wir einander zu sagen haben, ohne Ihre Hilfe sagen. – Alle sahen Joe verblüfft an, besonders Gurlie, deren Augen rund wurden. – Sie wissen ganz genau, fuhr Joe, an seinen alten Chef gewandt, fort, daß ich genausosehr wie Sie das Recht hatte, auf diesen Kontrakt zu bieten.

Wenn Sie nicht in meinem Unternehmen angestellt gewesen wären, als Sie es taten, sagte der alte Mann, der sich langsam erregte, könnten Sie das sagen. Aber ich lehne es ab – Er redete nicht weiter.

Ich war nicht bei Ihnen angestellt, als ich mein Angebot einreichte, sagte Joe.

Nein, aber das ist nur eine Formsache, und das wissen Sie. Sie wußten, was wir bieten würden. Sie selbst haben die Bedingungen festgesetzt.

Ich hatte nichts mit Ihrem Angebot zu tun, sagte Joe.

Auch das ist technisch gesehen wahr, sagte der alte Mann. Aber Sie wissen verdammt gut – Entschuldigung Mrs. Stecher –, daß Sie wußten, wie hoch unser Angebot sein würde.

Sicher wußte ich, wie hoch es sein mußte, sagte Joe. Deshalb habe ich ja gegen Sie geboten.

Endlich rücken Sie mit der Wahrheit heraus, sagte der alte Mann.

Wann habe ich je etwas anderes gesagt? fragte Joe.

Das ist unlauteres Geschäftsgebaren, sagte der alte Mann.

Was ist unlauteres Geschäftsgebaren? fragte Joe.

Warum haben Sie mir nicht offen gesagt, Sie würden ein Angebot für den Kontrakt einreichen? Dann wäre es ein fairer Kampf gewesen. Sie hatten nicht den Mumm dazu, deshalb, sagte der alte Mann.

Was hätten Sie getan, wenn ich das getan hätte? fragte Joe.

Wir hätten unsere Zahlen gedrückt –

Joe lächelte. Deshalb habe ich es Ihnen nicht gesagt, sagte er.

Sie haben die Unverschämtheit gepachtet, sagte der alte Mann. Sie kommen und nehmen unsere Ausbildung, unsere Methoden, unser ganzes privates Wissen –

Ich nehme nichts aus Ihrem Unternehmen mit, das ich nicht hundertfach selbst hineingesteckt habe, sagte Joe. Und was Sie mir gezahlt haben, habe ich Ihnen an Dienstleistungen mit Zinseszins zurückgezahlt, und das in den besten Jahren meines Lebens. Jetzt bin ich fertig mit Ihnen, verstehen Sie das?

Nein, sind Sie nicht, sagte der alte Mann. Ich will verdammt sein, wenn Sie das sind, bilden Sie sich das bloß nicht ein. Sie mußten nicht unseren persönlichen Ruf verunglimpfen, um uns Ihren dreckigen kleinen Kontrakt abzuluchsen. Anders hätten Sie es nicht geschafft. Sie mußten das nicht tun, und Sie werden nicht davonkommen, ohne dafür zu bezahlen –

Verzeihung, J. W., warf sein Rechtsanwalt wieder ein.

Kümmere dich um deine eigenen Sachen, sagte der alte Mann. Denken Sie dran, fuhr er zu Joe gewandt fort, wir müssen nicht zu schmutzigen Tricks greifen. Wir brauchen kein Gerichtsverfahren, um in dieser Stadt Gerechtigkeit durchzusetzen. Sie sind so weit gegangen, wie ein Mann nur gehen kann, ohne im Gefängnis zu landen, um uns ins Unrecht zu setzen. Sie haben unseren Namen besudelt, unser Geschäft gestohlen – jetzt will ich Ihnen mal sagen, was Sie tun sollten, und zwar schnell, sagte der alte Mann, wenn Sie Ihren fünftrangigen kleinen Druckereibetrieb in

New York aufbauen wollen. Erstens will ich, daß Sie die Briefe zurückgeben, die Sie gestohlen haben –

Nehmen Sie das zurück, sagte Joe.

Wessen Briefe waren es denn?

Es waren meine Briefe, an mich persönlich adressiert vom Leiter der Zahlungsanweisungsabteilung, der mich um die Gefälligkeit bat, ihm beim Aufstellen der Bedingungen für den Kontrakt zu helfen.

Zu der Zeit waren Sie von dieser Firma angestellt.

Das hatte nichts damit zu tun, sagte Joe.

Ich verlange diese Briefe. Und ich fordere Sie auf, zum stellvertretenden Postminister – Ihrem Freund! – in Washington zu gehen und ihm zu sagen, er soll die Finger von mir lassen. Es ist mir gleich, was für Freunde Sie haben – den Teufel in Person meinetwegen – aber ich fordere Sie auf, diese Verleumdungskampagne – diese Schlammschlacht zu unterlassen. Ich fordere Sie auf, das zu tun, ehe es zu spät ist.

Nun, ich sage Ihnen, sagte Joe, nur dies. Ich fange Montag in zwei Wochen hier in dieser Stadt an, Zahlungsanweisungsformulare zu drucken.

Wo ist Ihr Betrieb? fragte der alte Mann. Und wo sind Ihre Pressen?

Joe sah ihn einen Augenblick an, als wolle er etwas sagen, änderte dann aber seine Meinung. Und, fuhr er fort, ich erwarte, daß Sie mir die Matrizen für die Lithoplatten vorbeischicken, sobald ich Ihnen die Adresse zukommen lasse.

Ach, das tun Sie. Nun, dann will ich Ihnen noch eines sagen –

Nein, sagte Joe, werden Sie nicht. Ich bin nicht hergekommen, um mir von Ihnen etwas sagen zu lassen, geschweige denn, was ich tun soll.

Setzen Sie sich hin, sagte der alte Mann drohend zu ihm.

Daraufhin erhob sich Gurlie. Komm, sagte Joe zu ihr.

Sie gehen hier nicht weg, sagte der alte Mann, ehe ich –

Geh schon, sagte Joe zu Gurlie.

Haltet ihn fest, sagte der alte Mann. Aber niemand rührte sich. Gehen Sie zur Hölle, tobte der alte Mann, als Joe zur Tür hinausging. Dafür werden Sie bezahlen.

Joe läutete nach dem Aufzug und blieb schweigend neben Gurlie stehen, während sie darauf warteten, daß der Aufzug ratternd den Schacht zu ihnen heraufkroch. Der Liftboy zeigte keine Regung, als er beim Hinunterfahren Joes weißes Gesicht betrachtete. Er öffnete die Tür, und Joe und Gurlie traten hinaus.

Draußen auf der Straße gingen sie in Richtung Broadway. Keiner sagte ein Wort. Fahr nach Hause, sagte Joe, als sie zur Ecke der 18th Street kamen. Ich habe hier in der Gegend noch zu tun.

Nein, ich bleibe bei dir – ich will zu Mittag essen, sagte sie.

Ich will kein Mittagessen, sagte Joe. Ich muß in die Innenstadt.

Wozu?

Ich will mich um die Pressen kümmern.

Was ist mit ihnen? Du bist doch noch gar nicht soweit.

Fahr nach Hause. Bis später. – Er hielt eine Straßenbahn an und schob Gurlie hinein, drehte sich beinahe auf der Stelle um und ging Richtung Innenstadt.

KAPITEL 16

Zwei Generationen

Die alte Dame ging durch die Räume der Wohnung und prägte sich alles ein, zum ersten Mal hatte sie Zeit dafür, seit sie letzte Woche gekommen war. Sie stellte fest, daß Gurlie keine gute Hausfrau war, ganz wie sie vermutet hatte.

Oma! rief Lottie von vorne im Haus. Ich will eine Schere.

Nun sprach die alte Dame eigentlich nur Norwegisch. Sie wußte von vielen Gegenständen die englische Bezeichnung, aber das war auch so ungefähr alles.

Schere? Nein, nein, sagte sie. Nicht für kleine Mädchen, aber dieser letzte Teil war in einer fremden Sprache, und Lottie sah sie, wie schon oft in den vergangenen Tagen, sehr verdutzt an.

Ich will ein paar Bilder ausschneiden, brüllte sie, um sich besser verständlich zu machen.

Was ist? sagte die alte Dame. Schrei nicht so laut. Bilder? Oh, du willst eine Schere, um Bilder aus der Illustrierten auszuschneiden. Da mußt du warten, bis deine Mutter nach Hause kommt. Ich habe hier nichts zu sagen. Das kleine Mädchen verstand kein Wort.

Da ging Lottie hin und holte die Schere selbst, die die alte Dame ihr wegnahm. Lottie konnte es nicht begreifen. Sie schaute die alte Dame an, als sei sie verrückt. Genau da ertönte Lärm aus der Küche. Großmutter, fast taub, hörte es nicht, aber Lottie. Das Baby ist in der Küche, sagte Lottie, um die Aufmerksamkeit von sich abzulenken.

Was? sagte die alte Dame. Lottie wußte nicht, was sie damit anfangen sollte. Also ging sie in den Flur und zeigte mit dem Finger. Die alte Dame folgte ihr. Der Lärm aus der Küche hielt an. Lottie blieb stehen, und Großmutter ging an ihr vorbei. Daraufhin kehrte Lottie ins vordere Zimmer zurück, nahm die Schere und begann Bilder auszuschneiden.

Gerade als die alte Dame zur Küchentür kam, streckte Flossie, in ihrem kleinen Laufstuhl am Küchentisch, die Hand aus, so hoch sie konnte. Ihre Finger berührten gerade den Rand einer Teetasse, die sie nicht ganz zu fassen bekam. Die alte Dame blieb stehen und beobachtete sie. Flossie reckte sich in ihrer ganzen Größe hoch, stand auf den Zehenspitzen, aber war einfach zu klein, sie konnte die Tasse nur berühren, und mit jeder Berührung stieß sie sie ein wenig weiter weg von sich.

In diesem Augenblick drehte sie sich um und sah, daß

die alte Dame sie beobachtete. Augenblicklich erstarrte sie in Hab-acht-Stellung, und die beiden blieben unbeweglich stehen und betrachteten einander.

Dann lächelte die Kleine, ein gezwungenes, gekünsteltes Lächeln. Keine Reaktion. Dann wurde sie ernst und beobachtete ihre Großmutter ein paar Sekunden. Dann runzelte sie die Stirn. Und dann lohnte es sich, ihr Gesicht zu betrachten. Sie tat so, als sei sie ungeheuer überrascht, riß die Augen weit auf und kräuselte die Lippen, als wolle sie gleich pfeifen. Dann ein Lächeln, eine Schnute, ein Augenverdrehen und Gesichterschneiden. Schließlich ließ sie ihre Faxen sein, sah zu der Tasse hoch und rang dramatisch die Hände. Dann lächelte sie, ein natürliches Lächeln, als wolle sie sagen, nun gut!, verließ für einen Augenblick das Blickfeld der alten Dame und kam sogleich mit einem Ball zurück, den sie irgendwo aufgestöbert hatte und den sie nun zur Versöhnung anbot. – Bah! sagte sie. Bah!

Bah! Ja, bah! sagte die alte Dame. Aber du bist trotzdem ein unartiges kleines Mädchen. Du wirst die Tasse kaputtmachen. – Flossie manövrierte sich zum Tisch hinüber, langte mit einer Hand nach oben und schaute dabei ihre Großmutter an. Sie sagte nichts, blieb so stehen, die Hand erhoben, während sie die alte Dame fragend ansah.

Willst du etwas essen?

Flossie suchte die Hand und grinste, bloß weil sie angesprochen worden war. Na schön, sagte ihre Großmutter, ich gebe dir ein Butterbrot. Aber frag nicht nach etwas anderem, denn etwas anderes bekommst du nicht. Und sie schnitt eine Scheibe Brot ab und bestrich sie für das kleine Mädchen mit Butter. Da!

Die alte Dame gab das Butterbrot, das sie zusammengeklappt hatte, so daß die Butterseite innen lag, unerreichbar für die kleinen Finger, dem Baby in die Hand. Bleib hier und iß das, sagte sie, komm mir nicht nach, und ging dann ins vordere Zimmer. Dort war Lottie mit der Schere. Und binnen kurzem kam das Baby aus dem hinteren Teil der Wohnung herangeklappert, der kleine Laufstuhl schwankte wild, als sie näher kam. Uk, uk! sagte sie und winkte mit dem nicht angebissenen Brot. Sie hatte die Doppelschnitte sorgfältig aufgeklappt und leckte auch die letzte Spur von Butter von der Innenfläche ab. Uk, uk! sagte sie. Ihre Großmutter war entsetzt. So zog sich der Tag dahin.

Als Gurlie ein oder zwei Stunden später kam, nahm sie den Hut ab, warf ihn irgendwo beseite und ließ sich in einen Sessel fallen. Puh, sagte sie und begann sich umzuschauen.

Die Kinder waren schrecklich, sagte ihre Mutter auf norwegisch zu ihr. Solche ungehorsamen Kinder. Sie treiben einen zum Wahnsinn. – Für einen solchen Anfang war der Zeitpunkt schlecht gewählt. Außerdem begann in diesem Augenblick Flossie, die von der alten Dame einen Augenblick zuvor gescholten worden war, zu weinen.

Was hast du mit ihnen gemacht, während ich weg war? fragte Gurlie und stand auf, um ihren Mantel auszuziehen, den sie über einen Stuhl warf. Hör auf, sagte sie zu Flossie, du hast keinen Grund zum Weinen.

Joe verstand sich gut mit der alten Dame, nicht aber Gurlie, obwohl es ihre Mutter war. Joe mochte das alte Mädchen und sah ihr wegen ihres Alters alles nach; vielleicht dachte er im tiefsten Innern, daß so jemand zu einem Zuhause gehöre, damit es Stabilität habe. Jedenfalls hatte er nichts dagegen, daß sie im Hause war. Und sie, obwohl sie ihn nicht verstand, behandelte ihn immer mit Respekt, akzeptierte ihn schlicht und einfach als Herrn des Hauses – ein Gefühl, das sie zweifelsohne seit ihren Kindertagen im alten Land verinnerlicht hatte.

Ich habe Hunger, sagte Gurlie und ging ins Schlafzimmer, um sich ein wenig frisch zu machen. Hast du Mittagessen zubereitet?

Nein, sagte die alte Dame.

Ich habe dir doch gesagt, du solltest etwas machen, sagte ihre Tochter.

Du hast nichts dergleichen gesagt, erwiderte ihre Mutter.

Aber was ist mit den Kindern?

Ich wollte mich gerade um die Kinder kümmern.

Oh, sagte Gurlie auf englisch, du bist unmöglich.

Was heißt das?

Laß mich in Ruhe, sagte die Tochter. Wozu bist du eigentlich gut? Die alte Dame ging zu der Stelle, wo Lottie vorher gespielt hatte, und begann die kleinen Papierstückchen aufzuheben, die über den Teppich verstreut lagen.

Gib dich damit nicht ab, sagte Gurlie. Das können wir später auffegen.

Nun, was soll ich dann tun?

Setz dich, sagte Gurlie, und komm mir nicht in die Quere.

Ja, für deine Bequemlichkeit bin ich da, sagte ihre Mutter, wenn du ausgehen willst. Aber sonst, ›komm mir nicht in die Quere‹. Für wen hältst du mich eigentlich? So kann ich nicht leben. – Mittlerweile war sie zornig. Gurlie hatte sie stehenlassen und war in die Küche gegangen.

Es gibt keine Liebe in diesem Haus, schleuderte die alte Dame ihrer Tochter nach.

Die alte Mrs. Torlund war, auch wenn man von der gegenwärtigen Erregung absah, eine äußerst ernste Person. Sie hatte einen ziemlich dunklen, beinahe schwarzbraunen Teint, der für manche Norweger typisch ist, und jetzt hatte sie zwei dunkelrote Flecken auf den Wangen, als sie sich tief in den Sessel setzte und ihrer Tochter nachschaute. Sie trug ein Haarnetz, unter dem vorne und hinten die Haare in grauen Fransen hervorschauten. Sie hatte ein schweres Leben gehabt. Dabei hatte sie sich immer an zwei soliden Ankern festgehalten, der Küche, die die körperlichen Bedürfnisse einer wachsenden Familie symbolisierte, und der Bibel, die der Seele Nahrung gab. Ihre Stimme war ziemlich laut und tief. Wie sie dazu kam, Gurlies Mutter zu sein, schien immer ein Rätsel.

Gurlie und ihre Mutter hatten absolut nichts gemein, außer der Tatsache, daß sie Frauen waren. Von der Zeit an, da Gurlie das Unglück der Familie erstmals hinter sich gelassen und in der Neuen Welt eine Arbeitsstelle gefunden hatte, war die Familie für sie, soweit es ihr eigenes Leben betraf, erledigt.

Das ist eine neue Welt, sagte sie. Oder verriet es zumindest mit jedem Blick. Nun gut, ich arbeite! Und sie hatte gearbeitet. Aber ich werde nicht vergessen, daß ihr, ihr alle, mich dazu getrieben habt. Ich komme da raus. Ihr werdet ja sehen, daß ich das schaffe. Ich werde es schaffen. Aber euch will ich nicht haben. Macht ihr nur und seht zu, wie ihr klarkommt, ich kümmere mich um mich selbst.

Das Ergebnis war gewesen, daß die Mutter, nachdem der alte Herr, Gurlies Vater, gestorben war und sie praktisch ohne einen Pfennig dastand, nie bei Gurlie gewohnt hatte, jedenfalls nie für längere Zeit. – Jetzt glauben sie, daß sie mir das antun können, weil ich reich werde. Die werden sich wundern.

Wir essen in der Küche, sagte Gurlie durch die Tür des vorderen Zimmers. Ich habe keine Zeit, den Tisch zu dekken. Bloß eine Tasse Tee.

Ich habe keinen Hunger, sagte ihre Mutter.

Stell dich nicht an. Komm und iß, sagte Gurlie. Du benimmst dich wie ein Kind.

Und was für ein Kind *du* bist, sagte die alte Dame. Ich schäme mich für dich, daß du so zu deiner Mutter sprichst.

Tu, was du willst, sagte Gurlie.

Keine von beiden traute der anderen oder mochte sie und täuschte auch nichts anderes vor. Jede gab der anderen die Schuld an allen Mißgeschicken, für die sie in der anderen den lebenden Beweis erblickte. Gurlie war die Jüngste der Familie gewesen, diejenige, die die Enttäuschungen und das Unglück, die sie von zu Hause in dieses Land verschlagen hatten, am deutlichsten gespürt hatte. Während sie in den Augen der alten Dame eine leibhaftige Erinnerung war, Produkt einer schlimmen Zeit, jemand, mit dem es ein böses Ende nehmen mußte.

Du wirst es sehen, sagte sie immer und manchmal mit einem Unterton von Schadenfreude, Gott wird auch dich für deine Sünden strafen.

Dessenungeachtet hatte Gurlie die richtige Taktik angewandt, und es dauerte nicht lange, bis Grandma sich an das Zauberwort Tee! erinnerte, unter Mühen aufstand und in Richtung Küche schlurfte. Das Baby trommelte auf dem Tisch mit einem Löffel herum, den Gurlie prompt von hinten wegnahm, so daß das Baby nicht wußte, wohin er verschwand, und erstaunt auf die eigene Hand guckte, um zu sehen, ob er nicht doch noch dort war.

Die beiden Frauen sprachen nicht miteinander, auch wenn Gurlie mit unverhüllter Abscheu zusah, wie ihre Mutter den Tee in die Untertasse goß, letztere elegant mit vier Fingerspitzen der linken Hand hochhob und daraus trank, ohne einen Tropfen zu verschütten.

Lottie wollte mit ihrer Milch das gleiche tun, wurde aber gerade noch rechtzeitig daran gehindert. Das Baby schien zu wissen, daß Spannung in der Luft lag, und wurde sehr aufgeregt, wackelte und schaukelte in bester Laune auf seinem hohen Stuhl.

Wie ist es heute morgen ausgegangen? fragte Mrs. Torlund endlich ziemlich heiser. Sie hatte ihren Tee noch nicht ganz heruntergeschluckt und begann heftig zu husten, ehe Gurlie antworten konnte.

Die Schlacht tobte wie eh und je. Jeder, der zehn Minuten bei ihnen geblieben wäre, hätte das sehen können, jeder außer Joe. Oder vielleicht sah er mehr, als er zugab, den vertrauten Kampf zwischen den Generationen. Er, der einzige Mann in dieser Situation, war der Zankapfel, das heißt, beide schmeichelten sich bei Joe ein – warteten auf eine Gelegenheit, die andere in seinen Augen in schlechtes Licht zu rücken. Es war ein offensichtlicher Machtkampf, ganz gleich, ob sie Mutter und Tochter waren, sie waren Frauen.

Die alte Dame, kleinmütig von Natur aus, hatte immer eisern auf Form geachtet – was natürlich Gurlies Holterdipolter-Manieren erklärte, nämlich als Rebellion. Nachdem die Mutter es mit ihrem orthodoxen Denken nicht geschafft hatte, die Familie sicher zusammenzuhalten, stand

Gurlie den Einzelheiten der Haushaltsführung gleichgültig gegenüber. Der alten Dame war das völlig klar, und sie stieß sich an jeder Geste ihrer Tochter, um so mehr, als sie darin ihr eigenes Versagen erkannte.

Daß sie eine Sprache unter sich hatten, die Joe nicht verstehen konnte, machte ihren Schlagabtausch bloß nur noch hitziger, obwohl den Kindern mit der Zeit das Norwegische ganz natürlich wurde. Joe machte sich über sie alle lustig, zog mit seinem üblichen, halb vorgetäuschten schwerfälligen Hänseln ihre ›ogs‹ und ihre ›ugs‹ ins Lächerliche, wenn er dazu aufgelegt war.

Jedenfalls stritten Gurlie und ihre Mutter erbittert und in einem fort vom ersten Tag, an dem die alte Dame ins Haus kam, obwohl sie beide, weil sie auf einen strategisch günstigen Augenblick warteten – es strikt vor Joe geheimhielten. Die alte Dame wollte diesen Moment gegen ihre Tochter verwenden, um Joe zu zeigen, was für eine Frau er hatte – und Gurlie wollte ihn desgleichen überzeugen, daß ihre Mutter unmöglich den Winter über bei ihnen bleiben könne.

Warum lächelst du nicht? fragte Gurlie ihre Mutter. Du läufst mit einem Gesicht herum, das jeden unglücklich machen kann. Was haben wir dir getan? Was ist los?

Was los ist? Huh! Ja, sagte die alte Mutter, das mußt gerade du fragen. Als glaubtest du, ich wüßte es nicht. Ich bin in diesem Haus nicht willkommen.

Also, ich will jetzt nicht darüber reden, erwiderte Gurlie. Kommt, sagte sie zu den Kindern, geht ins Bett und haltet euren Mittagsschlaf. Mach schon, sagte sie zu Lottie und hob das Baby aus seinem Stuhl. Sie tat es achtlos und schürfte dem Kind dabei die Schienbeine am hinteren Rand des Tabletts auf.

Typisch, meinte ihre Mutter. Warum nimmst du dir nicht die Zeit, etwas anständig zu machen, anstatt dem armen Kind die Beine aufzuschürfen.

Was soll ich denn tun? Soll sie doch lernen, die Füße hochzuhalten. Flossie weinte wieder. Halt den Mund! zu dem Kind.

Heb das Tablett hoch, ehe du das Kind herausnimmst.

Solange Gurlie mit den beiden Kindern aus dem Zimmer war, räumte die alte Dame den Tisch ab, holte die Spülschüssel hervor, goß heißes Wasser hinein und begann, die Gläser der Kinder abzuwaschen. Gurlie kam zurück und sagte ihr, sie wolle nicht, daß sie das tue. Ich mache es selbst, sagte sie.

Soll ich denn nichts in diesem Hause tun? fragte die alte Dame.

Du kannst nicht mehr sehen, sagte Gurlie. Bei dir wird nie etwas sauber.

Das war ein bißchen zuviel. Soweit ist es also gekommen, sagte die alte Dame. Ich gehe zurück nach Brooklyn.

Benimm dich nicht wie ein Kind, sagte ihre Tochter, die das Gefühl hatte, daß sie Joe darauf besser allmählich vorbereiten sollte. Meinetwegen, wenn du das Geschirr spülen willst, dann spüle.

Nein, sagte die alte Dame. Spüle selbst. Ich bleibe nicht noch eine Nacht in diesem Haus. Ich gehe.

Mutter! Mutter! riefen die Kinder.

Seid ruhig, schrie Gurlie zurück.

Du bist mir eine nette Mutter für zwei solche Kinder, sagte die alte Dame.

Und dann begann Flossie zu weinen. Gurlie warf den Seifenhalter in die Schüssel, spülte die Hände, trocknete sie ab und verließ das Zimmer. Ihre Mutter fischte die Seife aus dem heißen Wasser, legte sie auf das Ablaufbrett und folgte ihrer Tochter. Sie war aufgebracht und wild entschlossen.

Du willst mich loswerden, weil ich alt bin und du Angst hast, daß ich dir zur Last falle, sagte die alte Frau zu ihrer Tochter. Gurlie war zu den Kindern hineingegangen, aber Flossie wollte nicht aufhören zu schluchzen. Die alte Dame hielt sich für einen Augenblick zurück, bis Gurlie aus dem Schlafzimmer wiederkam und die Tür schloß.

Nun gut, ich gehe, sagte die alte Dame. Aber ehe ich gehe, will ich dir etwas über dich sagen, das du wissen solltest. Ich bin deine Mutter, und niemand sonst wird es dir sagen. Also sage ich es dir.

Laß mich in Frieden, Mutter, sagte Gurlie. Hörst du die Kinder nicht weinen? Sprich nicht so laut. Du kannst dich selbst nicht hören.

Sie weinen über deine Sünden, deshalb weinen sie. Ja, ich kann mich selbst hören. Und auch du wirst mich hören.

Auch Gurlie war aufgebracht. Niemand will dich haben, sagte sie zu ihrer Mutter. Ich bin nicht die einzige. Du willst dich nie bei jemandem bedanken. Du denkst nur an dich. Du bist wie alle alten Leute.

Schande über dich! Schande! Schande! sagte die alte Dame. So zu deiner Mutter zu reden. Du bist egoistisch. Du. Nicht ich. Du bist immer egoistisch gewesen. Alle hatten immer Mitleid mit dir. Wir hatten am Ende nichts mehr, also haben sie dir alles gegeben. Aber du hast dich nie für etwas bedankt. Du hast genommen, genommen, genommen. Als gehörte es dir. Aber es gehörte dir nicht. Sie haben es dir aus Herzensgüte gegeben, weil du die jüngste, das Baby warst. Aber sie hätten dir nichts geben sollen, denn du hast nichts verdient.

Du machst mir Vorwürfe, sagte Gurlie, weil ich immer den Kopf hochgehalten habe. Ich mußte mich für nichts schämen.

Nein? Du schämst dich, weil ich arm bin und Hilfe brauche. Nein, du mußt dich für nichts schämen, außer für deine eigene Mutter, das ist alles. Geld, das ist alles, was du willst. Geld, ohne Liebe. Nur nehmen und nehmen. Und du wirst es auch bekommen. Du wirst deine Geldsäcke bekommen, und mögen sie dir Gutes tun. Nimm sie. Ich werde dich nicht um einen Pfennig bitten. Nie. Von dir würde ich keinen dreckigen Kamm nehmen.

Flossie weinte wieder, unerklärlich, lauter und lauter. Hör sie dir an, sagte die alte Dame. Das ist dein Gewissen, das in deinem Kind weint. Deine Kinder tun mir leid. Sie tun mir leid.

Gurlie ging zu Flossie. Auch Lottie wollte nicht im Zimmer bleiben. – Also steh auf, sagte Gurlie grob zu ihr, und geh in die Küche. Und hör auf, sagte sie zu Flossie. Hör auf, hörst du?

Flossie schluchzte lauter denn je, sie wurde ganz hysterisch. – Was ist los mit dir? Du fängst doch sonst nicht so ein Theater an.

Wenn sie einmal so anfangen, ist es schwer, sie wieder zu beruhigen, sagte die alte Dame mit einer ruhigeren Stimme hinter ihrer Tochter.

Sie hat noch nie so geweint, sagte Gurlie. Meinst du, sie ist krank? Hör auf! Hör auf! Sie schüttelte ihre Tochter. Und leg dich hin. Heute nachmittag ist der Teufel los in diesem Hause. Sie ging hinaus und schloß die Schlafzimmertür, aber Flossie kreischte nun noch lauter als vorher, stand in ihrem Bettchen, hielt sich am Gitter fest und schrie sich die Seele aus dem Leib.

Armes Kind. Armes Kind, sagte die alte Dame. Laß mich sie nehmen.

Nein, sagte Gurlie. Bleib draußen. Sie hat nie so geweint, bis du gekommen bist.

Wie du willst, und die alte Dame ging nach hinten.

Wo gehst du hin?

Ich packe meine Koffer. Ich verlasse dieses Haus. Ich habe dir gesagt, ich will hier nicht bleiben. Du bist unmenschlich. Du bist ein Unmensch. Ich wünsche, ich hätte dich nie geboren.

Das brachte Gurlie für einen Augenblick zum Schweigen. Aber sie warf den Kopf zurück, ging zum vorderen Fenster und schaute hinaus. Sie wollte nicht, daß ihre Mutter so plötzlich ging, aus vielen Gründen. Und trotzdem –

Die alte Dame kam wieder ins Zimmer. Ich war noch nicht fertig mit dem, was ich dir sagen wollte, sagte sie, als das Baby zu weinen anfing. Ich will es zu Ende bringen, weil ich nie wieder in dieses Haus kommen werde. Ich möchte dich warnen. Denn dein Mann und deine Kinder tun mir leid. Du bist meine Tochter, aber ich will dir sagen, daß ich nie, in meinem ganzen Leben nicht, mit so einer unmenschlichen Kanaille zu tun hatte.

Ja, sagte Gurlie kühl. Wahrscheinlich habe ich auch meinen Vater ruiniert. Er war ein Herr, ein Mann von Kultur und Bildung.

Laß deinen Vater aus dem Spiel, sagte die alte Dame.

Sie wußte, worauf Gurlie nun hinauswollte. Im Gegensatz zu ihrem Mann kam sie aus dem bäuerlichen Zweig der Familie. Sie war nicht lange zur Schule gegangen.

Oh, müssen wir schon wieder damit anfangen?

Ja, du sollst mich anhören, ein für allemal.

Gurlies Vater hatte Pech im Geschäft gehabt. Er war ein hochgewachsener Büchernarr gewesen, blond, mit schmalen Händen und in die Ferne blickenden blauen Augen, dessen Vorfahren, wie Gurlie gerne erklärte, über fünfhundert Jahre ohne Unterbrechung auf genau den Baron Rosenkranz zurückgingen, von dem Shakespeare in seinem ›Hamlet‹ sprach.

Du willst mir etwas über deinen Vater sagen, ausgerechnet du. Was weißt du von seinen Sorgen! Aber du. Das einzige, was dich an einem Mann oder sonst jemandem interessiert, ist, was du aus ihm herausholen kannst.

Der alte Torlund hatte eine gutgehende Gerberei geerbt, aber seine literarischen Vorlieben hatten ihn alles verschwenden lassen, und so hatte er die Familie in den Ruin und nach Amerika getrieben.

Amerika! pflegte Gurlie zu sagen, Emporkömmlinge, Neureiche, Abkömmlinge des Pöbels aus den englischen Schuldgefängnissen, Kontraktarbeiter und die nichtsnutzigen jüngeren Söhne der Adeligen und Reichen. Bastarde!

Gegen ihre Mutter, die bloß von Bauern abstammte, richtete sich natürlich Gurlies größter Haß. Und bei den Norwegern kann der Haß äußerst tief sitzen. Die alte Dame hätte nach all dem, was Gurlie von ihr hielt, eine Schwedin sein können.

Wenn du sagst, ich hätte deinen Vater ruiniert, dann war es nicht das, was du deinem Mann antun wirst. Er kennt dich nicht. Noch nicht. Aber er wird es schon noch herauskriegen. Du denkst nur an eines. Ich bin dir im Weg, ich bringe dir nichts. Früher einmal war es ehrenhaft, alt zu sein. Heute nicht mehr. Für eine alte Frau ist in deinem Haushalt kein Platz. Nirgendwo heute. – So ebbte der Streit langsam ab.

Flossie schluchzte und verstummte, schluchzte und verstummte, bis auch sie Ruhe gab.

Joe kam nach sechs. Die Schweinehunde haben mir die Pressen weggekauft, sagte er sofort. Hoe sagt, er kann sie mir nicht geben. Ich hatte sie vor zwei Monaten bestellt.

Was willst du jetzt machen?

Ich besorge sie mir morgen von Scott.

Bist du sicher?

Ich kriege sie. Und ich kann keine Druckerschwärze bekommen. Sie haben alle eingeschüchtert. Sie haben Angst, mir etwas zu verkaufen, denn wenn sie das tun, verlieren sie die alte Firma als Kunden. Deren Bestellungen werden immer größer sein als meine.

Ist so etwas nicht illegal?

Habe keine Zeit, etwas dagegen zu unternehmen. Ich kann nicht warten. Was macht das Abendessen?

Ich habe ein gutes Abendessen für dich.

Ich muß heute abend noch einmal in die Stadt zurück. Ich muß ein paar Freunde treffen.

KAPITEL 17

Nacht

Was ist denn mit dem Baby los? fragte Joe nach dem Abendessen. So habe ich sie noch nie weinen hören.

Sie weint schon den ganzen Nachmittag, sagte seine Frau.

Was hast du mit ihr gemacht?

Ich weiß nicht, sagte Gurlie, ihn scharf anblickend. Ich habe sie heute abend in unser Zimmer gelegt. Vielleicht ist ihr das fremd.

Warum hast du das getan?

Ich will sie dahinten nicht mehr haben.

Warum nicht?

Sie stört meine Mutter. – Joe guckte, sagte aber nichts.

Das Baby hinter der geschlossenen Tür gab für einen Augenblick Ruhe, und die Familie fuhr mit der Mahlzeit fort. Grandma hob kaum den Kopf vom Teller, und da niemand etwas zu sagen haben schien, sagte niemand etwas. Sie aßen schweigend.

Aber das Kind in dem verschlossenen Zimmer war nicht eingeschlafen. Lottie lag, der üblichen Routine gemäß, gemütlich in ihrem eigenen kleinen Bett in tiefem Schlummer, aber nicht Flossie. Sie lag mit weit offenen Augen und starrte in die Dunkelheit – erwartungsvoll. Sie fühlte sich völlig verloren, wußte nicht, was geschehen würde. Etwas kam, um sie zu holen. Das wußte sie. Und daß sie wieder zurückkommen würde, das wußte sie auch – vielleicht. Sie waren jetzt hier und warteten auf sie – aber sie wollte nicht gehen. Noch nicht.

Sie lag da und lauschte, lange. Manchmal hörte sie Stimmen im Nebenzimmer. Manchmal hörte sie nichts. Ein Lichtstrahl von der Straße unten zog sich quer über die Zimmerdecke über ihr. Dann schlief sie ein und schlief – lange, lange.

Es war spät. Joe war nach dem Abendessen weggegangen und noch nicht zurückgekehrt. Gurlie reckte sich in dem großen Bett nahe dem Baby und schlief schließlich auch ein. Nichts von dem, was sich tagsüber in der Wohnung ereignet hatte, war Joe bis jetzt zu Ohren gekommen. Die alte Dame hatte eingewilligt, bis Sonntag zu warten. Dann würde sie mit ihrem Sohn Gunnar sprechen und ihn bitten, sie zu holen. Sie und ihre Tochter waren fertig miteinander. Endgültig. Ein paar Nächte noch, und dann Schluß.

Eine neue Welt füllte das ganze Zimmer, als das Baby erwachte. Zurücktaumelnd in der Erinnerung, der kurzen, aber intensiven Erinnerung eines Kleinkindes, lag sie mit aufgerissenen Augen da und starrte in eine Leere, bevölkert mit allem, was sie am Tag gesehen hatte – dem Sturm der Dunkelheit, der Spannung und dem bebenden Boden, bösen Stimmen, die ihr plötzlich, aus dem Nichts, den ganzen Nachmittag in den Ohren gegellt hatten.

Solch ein kleines Knöpfchen. Was konnte ihr das überhaupt bedeuten? Etwas so Natürliches, so Einfaches und Überwältigendes wie die Dunkelheit selbst hatte plötzlich ihr Leben entzweigebrochen.

Durch einen leichten Luftzug im Zimmer, der kaum den Vorhang bewegte, erschien auf der Decke noch einmal der schmale flackernde Lichtstreifen von einer Straßenlaterne draußen. Flossie beobachtete ihn, bis ihre Augen vor Schwere zufielen. Dann schlug sie sie wieder auf! Aber sie *waren* offen! Und da war er immer noch, ohne sich zu rühren, wo er zuvor gewesen war.

Sie wollte weinen, nur kam nichts, das Licht ließ es nicht zu. Sie hatte sich am Nachmittag weinen gehört. Sie hatte am ganzen Leibe gespürt, wie es sie in immer größeren und größeren Zorn trieb, bis sie schwitzend darum gekämpft hatte, sich mit seinem betäubenden Schutz zu umgeben – dann und wann hatte sie aufgehört, aber nur, um zu sehen, ob sonst noch etwas vor sich ging. Mit Erstaunen und Befriedigung hatte sie sich gehört. Aus Verzweiflung hatte sie sich einmal brüllend auf Kopf und Fersen zurückgebogen. Ihre Mutter hatte sie aufgenommen, und sie hatte aufgehört. Sie war hingelegt worden, und sie hatte wieder zu schreien begonnen.

Das Licht flackerte, flackerte, flackerte an der Decke über ihr, und sie beobachtete es konzentriert.

Aber sie wollte sich wieder selbst hören – um zu wissen, daß sie da war. Wenn man weinte, fühlte man sich weniger einsam – die Nacht mit ihren bösen Gesichtern und ihrer Einsamkeit flößte ihr Entsetzen ein, ihre Stimme tötete das, aber es kam wieder, wenn sie aufhörte – also nahm sie allen Mut zusammen und weinte laut. Sie hätte aufhören können, wenn sie gewollt hätte, das wußte sie. Aber in der Nacht, wenn man alleine an einem fremden Ort ist, erscheinen verzerrte, vertraute Gesichter. Bis auf das Licht und die eigene Stimme von allen verlassen, schrie sie um Erlösung.

Warum, um Himmels willen, schreist du denn jetzt? fragte Gurlie, über das Bettchen gebeugt. Schlaf ein. Bist du krank? Was ist?

Das verwirrte Flossie erneut, die nicht wußte, was sie glauben sollte, als sie ihre Mutter so plötzlich aus dem Dunkel über sich auftauchen sah. Gurlie befühlte ihren Popo. Er war trocken. Sie befühlte ihren Kopf. Sie befühlte ihren Bauch. Es fehlt dir doch nichts. Du bist ein böses Mädchen. Schlaf ein.

Genau das wollte sie ja, einschlafen. Einschlafen. Sie mußte einschlafen. Nein.

Sie konnte ihre Mutter vor sich hin murmelnd aus dem Zimmer gehen und die Tür hinter sich schließen sehen. Sie konnte den Kopf, den Rücken und die linke Hand ihrer Mutter auf dem Türknauf sehen. Sie sah die Tür zugehen und den Arm kürzer werden und verschwinden. Sie wollte nicht, daß ihre Mutter sie hier alleine ließ. Dann war es wieder dunkel. Das Licht an der Decke schien gleichmäßig.

Dann, während sie es anschaute, ging das Licht schnell und vollständig aus. Es war weg. Sie wartete – sie wartete, dann begann langsam die Decke des Zimmers zu verschwinden, nach oben, oben, oben, oben, oben! Und da war eine Grube! Hinunter, hinunter – so weit sie sehen konnte, und da stand sie ganz alleine schwankend oben – hinunter, hinunter, hinunter.

Als sie zu fallen begann, schrie die kleine Flossie mit aller Kraft auf. Sie hörte es und krabbelte unter ihrem Bettzeug hervor und stand da, sich an den Stangen des Bettchens festhaltend. Sie wartete, alleine in der Dunkelheit.

Keine Antwort.

Mammi! Mammi! schrie sie. Sie war nicht gewöhnt, so

zu schreien, deshalb hörte sie auf und schaute nach rechts und links, aber niemand war in der Nähe, nicht einmal Lottie im Bettchen daneben.

Direkt hinter ihr waren Streifen und Wellen, deren Bedeutung sie nicht erklären konnte und denen sie sich voll Entsetzen zuwandte. War es ein Gesicht mit böse gerunzelten Brauen, das sich aufblies und verzerrte und brüllte? Es kam näher und schwebte im Zimmer, zur Namenlosigkeit verzerrt, und explodierte vor ihr.

Es wollte lächeln, das konnte sie sehen. Aber etwas war mächtiger, und gegen seinen Willen nahm es eine verzerrte Form an – Ausbuchtungen und Vertiefungen, die verschwanden und sich neu bildeten.

Jetzt kommt es wieder. Sie sah es. Es war ihre Großmutter, ein großes Gesicht, das das ganze Zimmer ausfüllte. Doch anstatt größer zu werden, als es näher kam, wurde es kleiner – bis sie sich nach den vertrauten Armen und Händen streckte, damit sie sie hochhöben. Sie stellte sich auf die Zehen, um hochgenommen zu werden, und da war nichts.

Jetzt erschien das Gesicht in wütender Erregung wieder, und es war das Gesicht ihrer Mutter, das näher und näher kam und dann, böse und verzerrt, plötzlich und wütend über ihr platzte.

Sie griff ins Dunkel, versuchte einen Schritt zu machen und fiel mit dem Gesicht nach unten ins Bettchen.

Gurlie kam ins Zimmer, nahm das Kind auf, steckte es unter die Decke. Jetzt mach die Augen zu und schlaf, sagte sie. Aber sie ging sofort wieder hinaus und schloß die Tür hinter sich.

Flossie versuchte ruhig liegenzubleiben, doch nach einer Weile schlug sie die Augen auf und sah wieder hinauf in die Dunkelheit. Sie wußte ganz genau, was ihr befohlen worden war. Doch statt dessen begann sie zu schluchzen. Sie kämpfte gegen die Decken, aber sie waren fest eingesteckt. Darauf hielt sie ein- oder zweimal die Luft an, blieb aber still.

Schließlich bekam sich das kleine Kind unter Kontrolle

und lauschte. Mammi! rief es, Mammi! Dann konnte es Stimmen in dem anderen Zimmer hören. Es wartete einige lange Minuten. Es rief wieder und wartete, und noch immer geschah nichts.

Darauf begann es zu weinen, dumpf, methodisch, ohne Rast, nur um sich weinen zu hören. Nicht enden wollendes Elend einer Welt, die nicht zu ändern ist. Kein Anfang und kein Ende. Das ist das Leben, und das ist meine Erwiderung darauf. Der Schlaf kann keine Antwort bringen, der Schlaf, der unterbricht, der das große Gesetz leugnet und ihm Widerstand leistet.

Ich will nicht schlafen. Ich weigere mich, ich weigere mich, ich weigere mich. Sagt mir doch, daß dies nicht wahr ist. Das ist nicht das Ende. Sagt mir doch, daß die Welt sich weiter drehen wird wie vor diesem schrecklichen Fall. Etwas liegt auf mir. Etwas trägt mich fort. Ich will zurück zu dem, was ich kenne, was mich gehalten und nicht fortgetrieben hat, aber ich falle.

Ich werde an einen Ort getrieben, den ich nicht kenne. Die Dunkelheit fällt, und ich schwebe nach oben, rasch, durch sie hindurch. Sie schluchzte und kreischte jetzt schlimmer denn je. In blankem Entsetzen.

Warum kommt nicht jemand zu mir? Sie streckte die Arme aus, als erwarte sie, aufgenommen zu werden. Das Ende nähert sich in Dunkelheit, löscht alles aus, was bis dahin da war. Schwärze, die Mutter des Schlafs, das schlimmste Unglück.

Der kleine Teufel! sagte Gurlie zu Joe, als er später kam und sie hörte. Sie hatte den ganzen Abend gekreischt und geschrien.

Ich sage dir, das sind die Zähne.

Nichts dergleichen. Nein. Ich verbiete dir, zu ihr hineinzugehen. Das ist alles, was sie will. Entweder sie tut, was ich sage, oder sie weint bis zum Morgen. Ich gebe nicht nach.

Und ich soll da drin bei ihr schlafen?

Sie hört in dem Augenblick auf, wo wir das Licht anmachen.

Hast du etwas Bier kalt gestellt?

Ja.

Laß uns in die Küche gehen. Sie wird sich schon beruhigen. Wo ist deine Mutter?

Sie schläft, sagte Gurlie. Sie sagt, sie geht am Sonntag. – Es war eine Erleichterung, das vom Herzen zu haben, eh die alte Dame selbst etwas sagen konnte.

Was ist passiert?

Wir können nicht im selben Haushalt leben. Es hat keinen Zweck. Diesmal werde ich uns ein gutes Dienstmädchen besorgen. Ich hole ein gut aussehendes, unerfahrenes Mädchen und bilde sie aus. Wir brauchen jemanden. Ich mache ein gutes Dienstmädchen aus ihr.

Hör dir das Kind an, sagte Joe. Sie muß krank sein. Was hat ihr heute Angst eingejagt?

Nichts, was ich wüßte, sagte Gurlie.

Das kannst du mir doch nicht erzählen, sagte ihr Mann. Sie benimmt sich doch nicht umsonst so.

Vielleicht ist heute morgen etwas vorgefallen, als ich in der Stadt war. Sie weinte, als ich nach Hause kam.

Hat deine Mutter etwas gesagt?

Nein, bloß daß sie unartig war.

Hat sie sie geschlagen oder bestraft?

Vielleicht. Ich kann nicht an alles denken.

Hast du sie gefragt?

Nein. Ich kann nicht mehr mit ihr reden.

Hör dir das an, sagte Joe. Ist das nicht schlecht für sie?

Laß sie brüllen. Natürlich, nimm sie auf, verwöhne sie. Sie wird mich hassen – wahrscheinlich willst du das.

Also, fang nicht mit mir an, sagte Joe. Ich habe nichts getan.

Die wahnsinnige Nacht stieß das Kind mit ihren gefühllosen Händen an, enthüllte ihr die Stimme des Vaters, aber nicht den Vater selbst. Sie schrie schon seit Stunden, Zorn, Ergebenheit und Einsamkeit. So daß sie sich, als Joe und Gurlie schließlich zu ihr hereinkamen, nicht beruhigte, wie die beiden das erwartet hatten, sondern in benommenem Entsetzen befangen schien. Sie erkannte sie nicht.

Joe hob sie hoch, aber sie wand sich beinahe aus seinen Armen. Gib sie mir, sagte Gurlie. Aber das Baby stieß sie fort, schüttelte den Kopf und wandte ihn ab.

Ich glaube, sie ist wahnsinnig geworden, sagte Joe, der langsam Angst bekam. Soll ich einen Arzt rufen?

Ich glaube, sie hat einen Krampf, sagte seine Frau. Laß etwas Wasser in die Wanne –

Die Nacht frohlockte in den Ecken des Zimmers: Ihr wart es. Ihr wart es. Das werdet ihr nie wieder ungeschehen machen können, nie, nie, nie, nie.

Schnell, sagte Gurlie. Tu, was ich dir sage.

Nein, mach keinen Quatsch, sagte Joe. Sie hat keinen Krampf. Sie hat bloß Angst. Sie wird sich erkälten.

Hier, sagte er. Hör auf. Guck mal, guck mal! Das Licht! Und er trug das Baby ins Helle. Ich bringe sie in die Küche, wo wir sie beruhigen können. Wasch ihr das Gesicht mit kaltem Wasser.

Unerwartet ließ das kleine Kind den Kopf nach vorne fallen, als Joe sie trug, und war endlich wirklich eingeschlafen. Aber als er es ins Zimmer zurück und wieder ins Bett gebracht hatte, wachte es genauso plötzlich auf, mit weit aufgerissenen, nichts sehenden Augen, und begann wieder zu schreien.

Gott, als ob wir noch nicht genug am Hals hätten, sagte Joe. Jetzt auch das noch. Ich glaube, es ist die Impfung. Sie ist von Sinnen. Mach ihr einen Einlauf, es muß der Magen sein.

Nein, sagte die Nacht.

Was? fragte Joe.

Ich habe nichts gesagt, meinte Gurlie. Ich glaube, wir werden selbst wahnsinnig. Es war alles zuviel. Ich wünsche, du kriegtest endlich dein Geschäft unter Dach und Fach, damit diese Familie wieder normal leben kann.

Ich wünsche, ich hätte den gottverdammten Kontrakt nie gesehen, sagte Joe. Morgen zerreiße ich ihn und sage ihnen allen, sie sollen sich zum Teufel scheren. Ich ziehe nach Cincinnati oder St. Louis oder irgendwohin, weg von New York. Was hast du ihr zum Abendessen gegeben?

Was soll ich ihr schon gegeben haben? Kaviar?

Nein, ich dachte, du hättest ihr Schweinelendchen und Meerrettich und Sauerkraut gegeben. Was hat deine Mutter ihr zu Mittag gegeben?

Das Baby wurde ruhiger, ruhiger, immer ruhiger, während sie redeten. Schluchzte immer weniger – und fing mit einem plötzlichen Ruck wieder von vorne an, öffnete die Augen einen Spalt weit – als wäre es wieder da, das Entsetzen, die Einsamkeit und das endlose Leiden. Dann war sie eingeschlafen, direkt unter ihren Augen, während sie sie beobachteten.

Gott sei Dank, sagte Gurlie. Das war ja schrecklich. Ich kann mir nicht erklären, was es war.

Du mußt ihr Angst gemacht haben, sagte Joe.

Dann soll sie mal besser drüber hinwegkommen. Komm raus aus diesem Zimmer. Ich kann jetzt nicht schlafen. Gibt's was Neues zu erzählen heute?

Nein, sagte Joe, auf die Uhr schauend. Zwei Uhr morgens. Nichts, außer daß alles geregelt ist. Morgen kriege ich die Pressen in den Betrieb und kann sie aufbauen. Für heute Nacht habe ich einen Nachtwächter da.

Wofür?

Nun, zum einen, sagte Joe, ist noch nichts versichert. Aber sonst ist alles geregelt oder zumindest beinahe, und die ganze Lithographieabteilung kommt rüber zu mir, sobald ich sie brauche. Komm, laß uns ins Bett gehen. Ich habe morgen einen schweren Tag.

Willst du dein Bier nicht?

Nein. Ich denke, wir müssen da rein, setzte er hinzu.

Diesmal stand die Nacht draußen vor dem Fenster und kam nicht herein – aber sie lächelte. Ich sehe euch noch. Aber vergeßt mich nicht. *Sie* wird mich nicht vergessen, sagte die Nacht, auf das Baby deutend. Ihr werdet es sehen. Ihr wart es. Ich habe sie berührt. Für immer wird die Nacht in ihrem Gedächtnis haftenbleiben. In gewissem Maße, schöne Dame und verehrter Herr, die ihr denkt, ihr wißt soviel, in gewissem Maße ist sie mein. Seht zu, daß ihr von jetzt an gut auf sie aufpaßt, für mich. – Und das Etwas war weg.

Joe träumte, daß er ein froschähnliches Tier in der Hand hielt, nur daß es kein Frosch war, es hatte einen Schwanz, und er hielt den Kopf des Tiers unter Wasser, in einem Eimer. – Tu das nicht, sagte jemand, das ist grausam. Du ertränkst es. – Das versuche ich ja gerade, sagte Joe. Er wußte nicht warum, er wollte es nicht ertränken, aber er mußte es tun. Was sonst konnte er damit machen? Es war zu nichts nütze. Dann zog das Ding, das ein großes Echsenmaul hatte, den Kopf an einer Seite aus dem Wasser und schaute zu ihm hoch. Das war das letzte, woran er sich erinnerte – denn er wachte jäh auf.

Mein Gott, hörte er Gurlie sagen. Sie beugte sich über das Bett des Babys und schaute zu ihm hinunter, auf sein verschmiertes kleines Gesicht, sein Haar, den Spitzenkragen des kleinen Nachthemds – wo es sich übergeben hatte –, wie es dalag in Pfützen und Bröckchen.

Das ist die Erklärung, sagte Joe.

Nein, sagte seine Frau. Sie hat heute nichts anderes zu essen bekommen als sonst auch. Sie hat sich da einfach hineingesteigert. Es war der Teufel in ihr. Das ganze Haus war heute in Aufregung.

Ich vermute, ein Troll hat ihr heute morgen in die Milch gespuckt, sagte ihr Mann. Und er drehte sich auf die Seite und schnarchte bald wieder friedlich. Woraufhin Gurlie, als sie ins Bett zurückging, ganz zusammenhanglos für sich hinzusetzte: Ich bin froh, daß ich sie loswerde. Sie hat ihr Leben gehabt, ich will meines haben.

KAPITEL 18

Druckfarben, Pressen und Personal

Als Joe Stecher eines Nachmittags in der gleichen Woche von Bord der Brooklyn-Fähre ging, wurde er heftig angerempelt. Das Boot war wie immer schwerfällig an seinen Liegeplatz eingelaufen, und jeder war ein bißchen aus dem Gleichgewicht geraten, aber daran war Joe gewöhnt. Der Fährgehilfe war an Land gesprungen, hatte das Tau mit dem schweren Haken am Ende aufgenommen, es durch die Lippe am Schiffsbug gezogen und war zur Handwinde gegangen, um das Rad zu drehen, so daß die Sperrklinke gegen das Zahnrad schlug wie ein Hammer gegen einen Amboß, bis das Tau straffgezogen war. Sie waren da.

Der Fährgehilfe sprang von seinem Platz an der Winde, packte ein kurzes Seilende, zog die Planke zurecht und schlug so eine Brücke zwischen Schiff und Kai, um einen sicheren Fußsteg zu schaffen. Ein zweiter Mann, der wartend mitten auf der Fahrspur für die Gespanne auf dem Boot gestanden hatte, schob mit einem dumpfen Rasseln die eisernen Tore erst auf der einen, dann auf der anderen Seite auf und gab damit automatisch die Passagierausgänge hinter den Strebepfeilern frei, an denen die Tore festgemacht wurden. Die Leute strömten nach vorn.

Als Joe gerade die Planke betreten wollte, fühlte er sich plötzlich von einem stämmigen Mann, der an ihm vorbeidrängte, zur Seite gestoßen. Das geschah gerade an der Stelle, wo die Reeling endete und zwischen Boot und Kai eine Lücke mit offenem Wasser darunter klaffte – ölig grünem Wasser. Joe wäre dort hineingefallen und hätte sich dabei höchstwahrscheinlich den Kopf eingeschlagen, wenn ihn nicht jemand am Ärmel gepackt und gerade noch rechtzeitig zurückgezogen hätte.

Dieser Schweinehund! sagte sein unbekannter Retter und schaute dem Grobian nach, der weitergelaufen war. Den sollte man dafür einmal kräftig in den Hintern treten.

Sehr zu Dank verpflichtet, sagte Joe.

Gern geschehen, sagte der Fremde. Ich bin froh, daß ich das noch rechtzeitig gesehen habe. – Es war alles so schnell gegangen, daß sonst niemand den Vorfall bemerkt hatte. Joe fühlte sich irritiert und beklommen. Er zögerte einen Augenblick und beschloß beinahe, mit derselben Fähre nach New York zurückzukehren. Aber es war mitten am Nachmittag, jetzt oder nie, er konnte genausogut weitermachen. Nachdem er im Fährhaus Eiswasser getrunken hatte, kaufte er sich eine Nachmittagszeitung und fuhr mit der Straßenbahn nach Long Island City. Es waren keine vier Leute darin. Er musterte sie alle forschend.

Harry Nesbit von Nesbit & Hubsmith, Inks Inc., war ein wenig verblüfft, als er die Gestalt Joe Stechers, die ihm vertraut genug war, über die Straße auf das langgezogene einstöckige Gebäude der Druckfarbenfabrik zukommen sah, die an einem Nebenanschluß der Long Island Railroad lag. Mr. Nesbit saß an seinem Schreibtisch und dachte über den kommenden Winter nach, als er Stecher bemerkte und sich schnell auf die neue Situation einstellte.

Verdammt noch mal, das ist doch Joe Stecher! sagte er zu seiner Sekretärin. Lassen Sie ihn rein, wenn er zur Tür kommt, und machen Sie sich dünne – für ungefähr eine halbe Stunde, dann kommen Sie wieder. Verstanden? Machen Sie schon. Da kommt er.

Jawohl.

Geschäftig machte sich Mr. Nesbit daran, zwei Zahlenkolumnen, die vor ihm auf dem Schreibtisch lagen, zu vergleichen, und tat so, als sei er überrascht, als Joe ins Zimmer geführt wurde.

Nun, da will ich doch verdammt sein! sagte er. Schön, Sie zu sehen, Stecher. Kommen Sie rein, und er hielt Joe die Hand hin. Setzen Sie sich. Was kann ich für Sie tun?

Joe wußte ganz genau, daß Nesbit wußte, weshalb er da war. Ich habe die Bestellung noch nicht erhalten, die ich Ihnen letzten Monat gegeben habe. Ich brauche sie dringend, sagte Joe.

Was meinen Sie? sagte Nesbit ungläubig. Also, ich bin sicher, die haben wir schon vor Wochen weggeschickt. Haben Sie sie nicht bekommen? Wohin wurde sie geliefert?

Joe sagte nichts, sondern schaute zu Boden, innerlich war ihm ganz elend.

Haben Sie im Kopf, worin die Bestellung bestand, Stecher? Verfolgen wir das mal zurück. Wenn etwas schiefgelaufen ist ... Sie wissen doch, wie so etwas geht.

Hier sind die Posten, sagte Joe und zog ein zusammengefaltetes Papier aus der Innentasche seines Jacketts.

Mr. Nesbit entfaltete es auf dem Schreibtisch. Tja, ich kann mich nicht erinnern, es sei denn, ich verwechsle es mit etwas anderem, sagte er. Sind Sie sicher, daß Sie uns diese Order erteilt haben? Er drückte auf einen Knopf. Seine Sekretärin erschien prompt. Schicken Sie sofort Mr. Butler her, sagte Nesbit.

Es kommt mir so vor, als erinnere ich mich doch, sagte er, als er die Posten erneut durchging. Oh, Mr. Butler, hier ist diese Order, die wir vor ein paar Wochen von Mr. Stecher bekommen haben, für die – wie war die Adresse, Stecher?

100, Center Street war die angegebene Adresse, aber sie wurde später geändert.

O ja, sagte Mr. Butler. Ich erinnere mich an diese Bestellung. Sie wurde vorgestern an Wynnewood & Crossman geliefert, wir wußten nicht, was wir damit machen sollten. Das war doch die reguläre Lieferung für die Zahlungsanweisungen, nicht? Sie riefen deswegen an, und ich habe sie direkt mit dem Wagen hingeschickt.

Ich würde diese Bestellung gerne heute erneuern, sagte Joe, Lieferung heute nachmittag. Ich kümmere mich hier in der Fabrik darum. Kann ich sie heute haben?

Vielen Dank, Butler, sagte Mr. Nesbit. Wir reden später. Der Werkmeister verließ das Zimmer.

Hören Sie zu, Stecher, ich kann Ihnen die Druckfarbe nicht geben.

Sehr zu Dank verpflichtet, sagte Joe, für Ihre Aufrichtigkeit. Ich dachte mir, daß Sie mich nicht anlügen würden. Sie können sie mir also nicht geben.

Nein, Stecher, kann ich nicht. Und es tut mir leid. Es tut mir leid wie nur was. Ich weiß auch sonst keinen Laden, wo Sie etwas von dieser Qualität auf der Stelle haben können. Nicht in dieser Stadt. Vielleicht finden Sie jemanden, der einen Vorrat hat, von dem man Sie abzapfen läßt, aber …

Überall, wo ich mich nur hinwenden kann, boykottiert man mich, sagte Joe. Ich muß die Druckfarbe auch schnell haben.

Sie brauchen sie diese Woche, nicht? Und heute ist Mittwoch. Sehen Sie, Stecher, schließlich will ich Sie nicht anlügen. Ich weiß Bescheid, und es tut mir leid. Es tut mir leid wie nur was. Aber was kann ich machen? Ich muß mich genauso schützen, wie Sie sich schützen müssen.

Nicht, indem Sie so etwas tun, sagte Joe.

Da irren Sie, Stecher, irren sich absolut. Wenn ich Ihnen gebe, was Sie wollen, dann kostet es mich – es ist schwer, es in Geld abzuwägen. Ich kann es Ihnen einfach nicht geben, und ich weiß, die ganze Gegend treibt ein abgekartetes Spiel gegen Sie. Was unternehmen Sie wegen der Betriebsräume?

Die habe ich, sagte Joe. Und ich habe auch meine Pressen darin aufgebaut.

Nesbit stieß einen Pfeifton aus, um seiner Überraschung und Bewunderung Ausdruck zu verleihen. Ist dem so? fragte er.

Alle bis auf eine, sagte Joe, und die wird morgen da sein.

Also, weiß Gott, Stecher, Glückwunsch! Ich hätte nicht gedacht, daß Sie es so in sich haben. Mr. Nesbit streckte die Hand aus. Joe nahm sie automatisch. Wie haben Sie das geschafft? Ich weiß natürlich, was sie getan haben. Genau dasselbe wie bei mir. Sie haben Ihnen die Pressen direkt unter der Nase weggekauft, nicht wahr? Ich bin überrascht, daß Hoe das zuließ. Wissen Sie das?

Ich habe sie nicht von Hoe, erwiderte Joe.

Gebraucht? fragte Nesbit.

Nein, ich habe neue Pressen, von der einzigen Firma, von der ich sie sonst bekommen konnte.

Sie meinen Scott?

Ja, sagte Joe.

Das war ein Eilauftrag. Bar?

Ja, sagte Joe.

Mr. Nesbit lehnte sich in seinem Stuhl zurück und sah Joe an, ohne eine Miene zu verziehen. Sagen Sie mal, Stecher, woher in Gottes Namen kriegen Sie Ihr Geld?

Geld redet, sagte Joe.

Meinen Sie, Sie kriegen die Sache ins Rollen? Wissen Sie, ich kann es kaum glauben. Hatten Sie eigenes Geld?

Werden Sie mir die Hälfte meiner Bestellung geben? fragte Joe und blickte Nesbit in die Augen.

Jetzt hören Sie mal zu, Stecher. Ich kann Ihnen aus dieser Fabrik keine Druckfarbe geben. Überhaupt keine. Es tut mir leid. Ich komme mir vor wie ein gemeiner Hund, wenn Sie so wollen, aber ich habe keine hier. Die Mohawk Press hat jeden letzten Tropfen von der Qualität, die Sie brauchen, für die nächsten sechs Monate gebucht. Jetzt nennen Sie mich, wie Sie wollen. Mein Geschäft ist es, Druckerschwärze zu verkaufen, sie sind meine besten Kunden, und das ist alles, was ich dazu sagen kann.

Sehr gut, sagte Joe und stand auf, dann verschwende ich hier besser keine Zeit mehr.

Haben Sie's in Boston probiert? Oder in Philadelphia?

Ja. Alle großen Firmen haben sich gegen mich zusammengetan.

Da haben Sie wohl recht. Mr. Nesbit trommelte einen Augenblick mit den Fingern auf den Schreibtisch. Ich weiß nicht, warum Sie sich da hineinmanövriert haben, Stecher. Ich denke, Sie tun etwas sehr Dummes. Einer der besten Arbeiter, die ich je getroffen habe, ehrlich, fähig, redlich. Sie hätten es weit bringen können, Stecher, da, wo Sie waren, wenn Sie nur Vernunft angenommen hätten. Ich glaube, Sie werden das in den Sand setzen. Das glaube ich. Ehrlich. Ich sehe nicht, wie Sie gewinnen können.

Wollen Sie meinen Betrieb, wenn ich gewinne? fragte Joe.

Junge, Sie haben Nerven. Das gefällt mir.

Ich wünschte, ich wüßte von einem Schiff mit Druckfarben, das heute irgendwo aus Deutschland einliefe, sagte Joe.

Ja, ist mir klar, Stecher. Das wünschen Sie sich. Tue ich auch. Das bringt uns aber nicht weiter. Er dachte einen Augenblick nach. Wissen Sie, Stecher, begann er wieder, wenn ich so darüber nachdenke, fällt mir ein Mann ein, der einmal in der gleichen Klemme saß wie Sie heute.

Wer war denn das? Der arme Kerl, sagte Joe.

Er wollte eine Speziallieferung, und ich konnte sie ihm nicht geben. Er schien nicht weiterzukommen. Wissen Sie, was er gemacht hat?

Druckfarbe aus Schuhleder hergestellt, sagte Joe.

Wissen Sie, da ist vielleicht was dran, kommentierte Mr. Nesbit von Nesbit & Hubsmith, Inks Inc., mit einem Zwinkern in den Augen. Wissen Sie, Stecher, die Sache ist, Sie haben wirklich ein paar Eigenschaften, die ich bewundere. Ich kann Ihnen wirklich nicht viel helfen. Ich möchte es gerne, ehrlich, aber wenn ich in Ihrer Lage wäre, wissen Sie, was ich dann täte?

Nein, sagte Joe. Was täten Sie?

Ich täte das gleiche wie dieser Mann, von dem ich Ihnen erzählt habe. Ich würde mir nicht das Unmögliche wünschen. Und ich würde auch nicht zu den Großunternehmen gehen. Die wissen zuviel über Sie. Ich würde zu einem kleinen Unternehmen gehen, von dem noch nie jemand gehört hat. Sie wissen doch, es gibt viele kleine Läden, wenn Sie sie finden können. In den Vororten von New York.

Dafür ist es zu spät, fürchte ich, sagte Joe. Ich kriege meine Druckfarbe – irgendwo.

Das hoffe ich, Stecher. Aber wenn ich Sie wäre, würde ich in Richtung Jersey suchen. Vielleicht bis nach Paterson.

Da war ich schon, sagte Joe. Die haben nicht das, was ich brauche. Joe stand auf und nahm seinen Hut.

Jetzt hören Sie mir mal zu, Stecher, sagte Mr. Nesbit, erhob sich ebenfalls und legte Joe eine Hand auf die Schulter. Ich mag Sie. Ich möchte nicht, daß Sie wegen dieser Sache zu schlecht von mir denken. Ich kann nichts dafür. Sehen Sie das ein?

Ja, sagte Joe.

Keine bösen Gefühle?

Überhaupt keine, sagte Joe.

Warum gehen Sie dann nicht mal zu Faulheber & Schwartz? Faulheber & Schwartz, merken Sie sich den Namen. Das ist eine neue Firma, die niemandem verpflichtet ist. Ich glaube, die haben, was Sie brauchen.

Joe sah den Mann an, der lächelnd dastand, und sah ihn an und noch einmal an und wußte nicht so recht, wie er seine Worte verstehen sollte.

Ich glaube, Sie können es gerade noch schaffen, wenn Sie sich beeilen, sagte Nesbit, auf die Uhr schauend. In diesem Augenblick kam die Sekretärin zurück ins Büro und setzte sich an ihren Schreibtisch.

Nun dann, Stecher, es tut mir leid, daß ich Ihnen nicht helfen kann, alter Freund. Viel Glück. Und wenn Sie später mal etwas brauchen, vergessen Sie uns nicht. Im Augenblick sind uns die Hände gebunden. Alles Gute. Auf Wiedersehen.

Joe vermutete einen Trick, aber er konnte es sich nicht leisten, sein Glück nicht zu versuchen. Faulheber & Schwartz, also? An die hatte er nicht gedacht. Eine neue Druckfarbenfabrik. Kaum bekannt. Nun, ein Verzweifelter geht auch mal ein verzweifeltes Wagnis ein. Ich fahre heute nachmittag hin. Wenn das nicht klappt, nehme ich den Nachtzug nach ... Chicago, wenn es sein muß.

Er bekam seine Druckfarben von Faulheber & Schwartz. Ich möchte sie heute abend haben, sagte er. Ich möchte sie jetzt aufgeladen haben, während ich hier bin.

Wie wollen Sie bezahlen, Mr. Stecher? fragte der junge Faulheber.

Ich gebe Ihnen einen Scheck der Chase National Bank.

Es ist zu spät, um ihn heute bestätigen zu lassen, Sir. Tut mir leid. Das können wir nicht machen. Geht es nicht auch morgen?

In diesem Fall nicht. Ich will sie jetzt haben, heute.

Was Sie hier aufgeschrieben haben, Mr. Stecher, beläuft sich auf ungefähr vierhundertundzwanzig Dollar. Ich lasse es Ihnen morgen bringen, Bezahlung bei Lieferung, aber heute abend kann ich die Ware nicht weggeben, wenn ich nicht Bargeld bekomme. Und Sie müssen selbst ein Fahrzeug besorgen.

Joe sah den jungen Deutsch-Amerikaner an, mit dem er verhandelte, und hatte eine Idee. Kennen Sie Mr. Nesbit von Nesbit & Hubsmith? fragte er.

Und ob ich den kenne. Jeder im Druckfarbengeschäft kennt ihn.

Rufen Sie ihn an, sagte Joe. Ich bezahle die Gebühren.

Mr. Faulheber möchte eine Referenz für mich haben, ehe er meinen Scheck annimmt. Würden Sie mit ihm sprechen? Hier bitte, Mr. Faulheber. Joe hatte nicht auf die Antwort am anderen Ende der Leitung gewartet.

Geht in Ordnung, sagte der junge Faulheber nach einem Augenblick. Wenn Sie das sagen, ist das für mich erledigt, Mr. Nesbit. Vielen Dank. Ja, ich weiß es zu schätzen. Er hängte ein. Er scheint viel von Ihnen zu halten, sagte der junge Druckfarbenhersteller, an Joe gewandt. Sie können Ihre Bestellung heute abend mitnehmen, wenn Sie wollen. Ich beschaffe ein Fuhrwerk. Wo geht es hin?

Ich regle das mit dem Fuhrunternehmen, sagte Joe.

Mit einem Gefühl der Erleichterung, müde, aber frohlockend, beendete Joe an diesem Abend seine Geschäfte! Es war schon nach eins in der Nacht, als er schließlich vor der Wohnung ankam. Im Fenster brannte ein Licht, das ihn ahnen ließ, wie besorgt Gurlie auf ihn gewartet hatte.

Ist alles in Ordnung mit dir? fragte sie, als er zur Tür hereinkam.

Klar, sagte er. Habe mich nie im Leben besser gefühlt.

Ja dann, sagte sie und setzte sich hin, das ist eine Erleichterung! Mach das bloß nicht noch mal. Ich hatte nicht die geringste Ahnung, was dir zugestoßen ist oder wo du warst. Du hast mir nicht gesagt, daß du irgendwo hinfährst. Ich habe das Abendessen auf dem Tisch stehenlassen. Ich wußte nicht, was ich tun sollte.

Ich mußte es tun, sagte Joe. Ich habe endlich meine Druckfarbe bekommen.

Das freut mich, aber du hast mich ganz krank gemacht. Ich dachte, sie hätten dich zumindest umgebracht und in den Fluß geworfen.

Sie haben es versucht, sagte ihr Mann, aber es ist ihnen nicht gelungen.

Was willst du damit sagen?

Nichts. Ich mußte hinaus nach Jersey. Jetzt habe ich meinen Laden, meine Pressen und schließlich auch die Druckfarbe. Wenn der Laden nicht bis morgen früh abbrennt, fange ich morgen an, Leute einzustellen.

Bist du sicher? fragte Gurlie. Diesmal werden sie die Bude nicht sperren?

Die Bank hat das für mich geregelt. Dem sollen sie mal was entgegenstellen, wenn sie können! Endlich habe ich sie! Das einzige, was mir wirklich Angst gemacht hat, waren die Pressen.

Du und Angst? Ich kann's nicht glauben.

Ich habe Blut und Wasser geschwitzt.

Weshalb hattest du Angst?

Selbst Scott hat nicht jeden Tag so eine Bestellung an Pressen vorrätig. Wenn sie sie nicht gehabt hätten, wäre ich aufgeschmissen gewesen. Schließlich war mein Auftrag für die Pressen vor zwei Monaten an Hoe ergangen. Und es gab keine andere Firma, wo man sie hätte bekommen können, wenn Scott sie nicht auf Lager gehabt hätte. Das war das schwierigste von allem.

Hast du zu Abend gegessen?

Ja, ich habe in einem Restaurant gegessen.

Aber was ist passiert?

Ich habe die Druckfarbe von einer kleinen Firma bekommen, von der ich in Jersey erfahren hatte. Also habe ich sie auf einen Wagen laden lassen und sie heute abend mitgenommen. Ich habe einen Nachtwächter, der den Laden bewacht. Ich glaube, morgen können wir mit der Arbeit beginnen. Morgen früh fange ich an, Leute einzustellen.

Wirst du die Hilfe bekommen, die du brauchst?

Ich glaube schon. Er setzte sich, ließ die Arme locker herabhängen und streckte die Füße von sich.

Heute abend war ein junges Mädchen hier, das dich besuchen wollte. Sie hat ewig gewartet. Ich wußte nicht, was ich ihr sagen sollte.

Wie hieß sie?

Edith Griggs oder Gregg, glaube ich. Schönes blondes Haar. Sie sagte, sie hätte für dich gearbeitet.

Ja, das stimmt. Was wollte sie?

Sie will wohl wieder für dich arbeiten, vermute ich.

Warum ist sie *hierher* gekommen?

Das hat sie mir nicht gesagt. Aber ich habe allerhand erfahren, was ich schon immer über die Leute wissen wollte, die du in der alten Firma hattest. Wir haben uns zwei Stunden unterhalten. Ich habe ihr eine Tasse Tee angeboten. Sie sagte, sie sei Engländerin.

Meinetwegen, sagte Joe. Es ist ganz schön spät, ich glaube, wir gehen lieber schlafen.

Sag mal, was für einen Betrieb hast du eigentlich geführt? Ich glaube, all die Mädchen sind in dich verliebt.

Rede keinen Unsinn, sagte Joe.

Was machst du mit ihnen? Sie sagte, eins der Mädchen, Mabel Soundso, ich habe den Namen vergessen, hätte den ganzen Morgen geweint, als sie hörte, daß du nicht zurückkommen würdest. Du mußt ganz gewiß gut zu ihnen gewesen sein. Ich hoffe, daß es sich damit hat.

Ach ja, das Mädchen, sagte Joe.

Du erinnerst dich also an sie.

Ich habe ihr einmal mit einem kleinen Ratschlag geholfen, als sie Probleme hatte.

Na ja, sagte Gurlie gähnend, Hauptsache, du bist in Sicherheit. Tu mir so etwas nie wieder an.

Was hat Miss Gregg gesagt?

Sie kommt morgen abend wieder.

Komisch, sagte Joe, ich frage mich, was sie will.

Du wirst es früh genug erfahren. Sehr hübsch. Ein schönes junges Mädchen. Ich merke, daß du Blondinen magst.

Sie ist kein junges Mädchen, sagte Joe. Sie ist eine Frau. Warum redest du so? Wenn sie herkommt, dann muß es einen ernsten Grund haben.

Gurlie lachte. Ach, du bist bloß ein Kindskopf, sagte sie. Ab mit dir ins Bett. Du hast keine Ahnung.

Am nächsten Abend, als die Kinder eingeschlafen waren, klingelte es, und da stand in der Tat Edith Gregg. Sie strahlte, als sie Joe sah, blieb aber, offensichtlich verlegen, stehen, als Gurlie ihr einen Stuhl anbot.

Es ist schon lange her, seit ich Sie zuletzt gesehen habe, Mr. Stecher, sagte sie.

Setzen Sie sich, sagte Joe. Wie geht es Ihnen?

Gut, Sir. Und Ihnen?

Nicht schlecht. Bitte, setzen Sie sich. Wie geht es den Leuten in der alten Firma? Die junge Frau setzte sich rechts neben Gurlie, Joe gegenüber. Ganz gut, schätze ich, sagte sie. In den letzten Wochen sind viele weggegangen, Sie wissen doch.

Ja, sagte Joe, ich vermute, sie machen die Zahlungsanweisungsabteilung dicht.

Sie lachte ein wenig befangen und schaute ihn an.

Haben Sie noch die Aufsicht über die Mädchen? fragte er.

Ja, Sir, sagte Miss Gregg.

Sie hat mir gestern abend alles darüber erzählt, fiel Gurlie ein. Ich wußte gar nicht, daß sie heutzutage so jungen Mädchen solch wichtige Positionen geben.

Sie ist die beste Vorarbeiterin, die je für mich gearbeitet hat, sagte Joe.

Danke, Sir. Eine Pause entstand. – Und noch hübsch

dazu, sagte Gurlie. Macht ihr beiden mal und unterhaltet euch. Sie stand auf und ging kurz aus dem Zimmer, kam aber sogleich zurück und setzte sich wieder.

Sie fragen sich wohl, warum ich hergekommen bin, sagte Miss Gregg, die sich nicht mehr zurückhalten konnte, gerade in diesem Augenblick zu Joe.

Nun ja, ich vermute …

Sie wollen in seiner neuen Firma für ihn arbeiten, sagte Gurlie. Natürlich wollen Sie das, seien Sie nicht so schüchtern. Fragen Sie ihn. Er wird Sie nehmen.

Bitte, sagte Joe zu seiner Frau. Laß Miss Gregg mir erzählen, was sie auf dem Herzen hat. Gibt es etwas, was Sie mir lieber unter vier Augen sagen möchten, Miss Gregg?

Nein, nein, nein, nein, nein, nein! sagte die junge Frau eilig und sah dabei Gurlie an.

Das macht mir nichts, sagte Gurlie. Ich gehe in die Küche. Sie können ihn ganz für sich haben, wenn Sie wollen.

Miss Gregg wurde puterrot. Nein, bitte nicht. Es fällt mir nur ein bißchen schwer. Dann wandte sie sich an Joe. Ich weiß nicht, wie ich es Ihnen sagen soll, Sir, sagte sie. Es kommt mir so dumm vor. Also, ich sage es Ihnen. Sie schien sich dazu durchzuringen. Oh, es ist alles so unwichtig. Eigentlich schäme ich mich, daß ich hergekommen bin.

Gurlie stand auf, um sich wieder ans Fenster zu stellen.

Sehen Sie, Sir, begann Miss Gregg, Sie wissen, daß ich zu Ihnen kommen und in Ihrem neuen Betrieb arbeiten will. Das wissen Sie.

Das ist schön, sagte Joe, ich nehme Sie gerne.

Ja, aber … sehen Sie, Sir. Ich erzähle Ihnen einfach, was passiert ist. Sie erinnern sich an Mrs. Hatch. Sie war für die Bindemaschine zuständig. Nun, nachdem Sie weg waren … verzeihen Sie mir, aber an diesen Tag, diesen Samstagmittag, werde ich mich immer erinnern.

Gurlie drehte sich am Fenster halb um, um zuzuhören.

Ich weiß nicht, warum ich aufgeschaut habe. Sie standen gerade in der Tür, Sie hatten einen Filzhut auf, das weiß ich noch. Sie hatten die Tür geöffnet, blieben dann stehen, mit der Klinke in der Hand, drehten sich um und schauten uns an. Den Blick fing ich gerade auf. Dann waren Sie weg.

Ja, sagte Joe. Ich erinnere mich.

Ich weiß nicht, was es war, fuhr Miss Gregg fort, aber ich wußte sofort, daß etwas passiert war. Als Sie am Montag nicht erschienen, fragten wir Miss Kraus, weshalb Sie zu spät kamen. Sie weiß ja immer Bescheid. Denn Sie kamen nie zu spät. Und sie sagte: Er kommt nicht wieder! Also! Wir konnten es nicht fassen. Mabel weinte und weinte, den ganzen Morgen, um die Wahrheit zu sagen.

Gurlie am Fenster lachte. Das tust du also deinen Mädchen an! sagte sie.

Wir konnten nicht verstehen, warum Sie sich nicht von uns verabschiedet hatten. Dann, später, hörten wir natürlich, was geschehen war. Aber zuerst waren wir ganz durcheinander.

Worauf wollen Sie hinaus? fragte Joe mit unbeteiligter Stimme. Sie wollten etwas von Mrs. Hatch erzählen.

Ich hoffe, Sie verzeihen mir, Sir. Ich wollte nicht soviel reden. Ich wollte bloß sagen, daß Mrs. Hatch, nachdem Sie weg waren, manchmal ein bißchen schwierig war. Sie ist ein gut Teil älter als wir anderen, wie Sie wissen. Nun, eines Tages kam Mr. Burbank aus dem Hauptbüro mit einer Beschwerde zu mir. Ein paar Sonderaufträge, auf die sie warteten, waren noch nicht bei ihnen angekommen. Er sagte mir, sie steckten in meiner Abteilung, und er wollte, daß ich sie sofort auf den Weg brächte. Ich wußte nichts davon, bis ich entdeckte, daß Mrs. Hatch sie hatte und sie noch nicht gebunden waren. Also sagte ich ihm, wo er sie finden würde. Aber das reichte ihm nicht. Er sagte mir, das sei meine Sache und ich müsse es ihr sagen. Nun, das wollte ich nicht, ich kannte sie zu gut.

Gurlie kam und setzte sich wieder in den Sessel, um zuzuhören.

Die Sonderaufträge waren ganz unten in einem Stapel, sagte Miss Gregg, deshalb sagte ich ihr, so nett ich nur konnte, daß sie sie herausholen müßte, weil sie gebraucht würden.

Ich mache sie, wenn sie an der Reihe sind, sagte sie zu mir.

O nein, sagte ich sehr höflich, Sie müssen alles andere liegenlassen und das sofort erledigen. Sie müssen heute fertig werden. Sie wurde weiß wie die Wand. Ich weigere mich, von Ihnen Anweisungen entgegenzunehmen, sagte sie zu mir.

Es tut mir leid, sagte ich, aber Sie müssen tun, was ich Ihnen sage, denn ich habe hier die Verantwortung. Damit stand sie auf und sagte zu mir: Das werde ich im Büro melden. Und sie ging hinaus. Nach ein paar Minuten kam sie zurück, noch weißer als zuvor, und nahm Hut und Mantel und ging zur Tür hinaus. Seitdem haben wir sie nicht mehr gesehen. Das war das Ende der Geschichte.

Ich verstehe, sagte Joe.

Wir wußten natürlich, fuhr Miss Gregg fort, daß es ihr nicht viel ausmachte, denn sie wollte drei Wochen Urlaub nehmen und dann in Ihrem Büro anfangen. Aber es war sehr unangenehm.

Ich denke, sie war ziemlich frech, sagte Gurlie. Ich vermute, jemand anders brachte die Arbeit zu Ende.

Ja, sagte Miss Gregg, aber verstehen Sie, Mr. Stecher, ich weiß, daß viele der alten Angestellten in Ihrem Betrieb arbeiten werden. Das wissen wir alle. Und ich würde das auch gerne tun, nur möchte ich nicht, daß die Frau mich herumkommandiert. Ich will nichts mehr mit ihr zu tun haben.

Endlich kommt es raus! sagte Joe lächelnd. Nun, Edith, darüber brauchen Sie sich keine Sorgen zu machen.

Wenn *Sie* das sagen, glaube ich es, sagte Miss Gregg.

Wollen Sie immer noch zu mir kommen, wenn ich verspreche, daß Sie mit Mrs. Hatch keinen Ärger mehr haben werden?

Sehr gern, Sir! Sie sagte es gefühlvoll.

Guck dir das an! sagte Gurlie. So wird also ein Geschäft geführt?

Die arme Edith wurde wieder puterrot.

Sie brauchen nicht die ganze Zeit ›Sir!‹ zu ihm zu sagen, meinte Gurlie. Sonst glaubt er noch, er ist ein kleiner Götze. Vielleicht sollte ich auch anfangen, ›Sir‹ zu ihm zu sagen. Hättest du das gerne, Lieber? sagte Gurlie, stand auf und zauste ihrem Mann den Kopf. Joe bewahrte mit Mühe die Fassung. Würden Sie gerne was trinken, Miss … wie war der Name nochmal, Griggs? Ein Glas Bier?

›Edith‹ für Sie, bitte, sagte die junge Frau. Nein danke, ich mag kein Bier.

Hm! sagte Gurlie. Sieh mal einer an. Tut mir leid, Kuchen habe ich nicht.

Trotzdem vielen Dank, sagte Miss Gregg. Soll ich am Montag in Ihrem Betrieb sein? fragte sie Joe.

Nein, sagte Joe. Tun Sie, worum ich die anderen auch gebeten habe. Wenn Sie für mich arbeiten wollen, reichen Sie eine schriftliche Anfrage ein. Schicken Sie mir eine Bewerbung für die Stelle. Ich gebe Ihnen die Adresse.

Mein Kluger! sagte seine Frau.

Schreiben Sie bloß ein paar Worte, die besagen, daß Sie gehört hätten, ich machte ein Geschäft auf und daß Sie gern für mich arbeiten würden. Ich gebe Ihnen dann Bescheid.

Ich bin Ihnen sehr dankbar, Sir. Sie waren immer so nett zu uns, ich bin mir sicher, das wissen wir alle zu würdigen. Ich wünsche Ihnen viel Erfolg, auch wenn Sie das von mir nicht brauchen.

Das kann nie schaden, sagte Gurlie, ich glaube an so etwas.

Miss Gregg erhob sich, um zu gehen. Soll ich Sie ein Stück begleiten? fragte Joe.

O nein, nein! Bitte. Das ist nicht nötig. Auf Wiedersehen, Mrs. Stecher. Ich bin sicher, Sie sind stolz auf Ihren Mann. Es ist eine Freude, für ihn zu arbeiten. Er ist so gewissenhaft und umsichtig. Ich bin sicher, er wird Erfolg haben.

Nun, sagte Gurlie, als sie weg war, das tust du also den Frauen an, die du beschäftigst? Man könnte meinen, du wärst ihnen durch göttliche Vorsehung direkt vom Himmel in den Schoß gefallen. Die kennen dich nicht.

Das reicht, sagte Joe. Ich will ein Glas Bier haben.

Aber Gurlie hörte nicht auf zu sticheln. Ja, Sir, sagte sie, sonst noch etwas, Sir? Man könnte meinen, du wärest ein englischer Lord.

Und du eine englische Lady, vermute ich, sagte Joe.

Was hast du gesagt? entgegnete seine Frau.

Ich habe nichts gesagt.

Doch, hast du wohl. Du bist *größenwahnsinnig.** All dieses Lob und die Unterwürfigkeit, die man dir entgegenbringt, sind dir zu Kopf gestiegen. Aber von mir kriegst du das nicht, nein, Verehrtester. Hol dir dein Bier selbst.

Warum sitzt du nicht wenigstens still, wenn jemand uns etwas erzählt, sagte er. Anstatt aufzuspringen und den Stuhl herumzurücken, zu husten und alle Nase lang zum Fenster zu gehen. Wie kann man sich denn bei dir zu Hause fühlen, wenn du dich so benimmst? Lerne zuhören.

Dir etwa? Ich kenne dich zu gut. Versuchst *du* mir beizubringen, wie ich mich benehmen soll? *Du?*

KAPITEL 19

Onkel Oswald

Oswald! Was in aller Welt machst du da? fragte Gurlie, die am ungedeckten Tisch saß, die Ellbogen auf der Kante aufgestützt, und ihn beobachtete. Elsa, das neue Dienstmädchen, stand in der Tür zum hinteren Flur.

Sag ihr, sie soll reinkommen, sagte Oswald zu seiner Schwägerin.

Endlich hatte Joe Stecher Erfolg gehabt und seinen Betrieb rechtzeitig eingerichtet, der genau am 1. Dezember, wie es der Kontrakt erforderte, ordnungsgemäß arbeitete. Er hatte sogar bessere Geschäftsräume als die zuerst gemieteten, bequemer gelegen, besser beleuchtet; er hatte seine Pressen von Scott anstatt von Hoe; er hatte die richtige Druckfarbe, genau die, die er wollte, und bereits das Papier von seinem guten Freund Lemon. Die Arbeiter aus dem alten Betrieb waren zu ihm gekommen, wie versprochen, und so war er, genau wie Gurlie es immer vorausgesagt hatte, schließlich sein eigener Herr im eigenen Betrieb und würde mit seinem Wissen und seiner Erfahrung wohl erfolgreich sein.

Und nun würde bald Heiligabend sein. Oswald, dem sein Bruder nichts von den Ereignissen gesagt hatte, war aus Chicago zu Besuch gekommen, und die Kinder, die jetzt schliefen, waren im siebten Himmel. Elsa, das kleine finnische Dienstmädchen, hatte sich als Engel erwiesen. Oswald war von ihrer blonden Schönheit bezaubert. Er saß im Eßzimmer und arbeitete, denn in ein paar Tagen war Weihnachten.

Sie ist nett. Sag ihr, sie soll mir eine Flasche Bier bringen, sie aufmachen und mir einschenken. Trinken tu ich selbst.

Was machst du da?

Schsch! sagte er. Das ist ein Geheimnis! Nicht so laut. Du wirst schon sehen! Und mit seiner melodischen vollen Stimme begann er leise zu singen: *There'll be a hot time in the old town tonight.*

Was? fragte Gurlie. Was ist das denn? Es wird heiß hergehen?

*Bier her! Bier her! Oder ich fall um.** Komm schon, Lokkenköpfchen.

Jetzt benimm dich, sagte seine Schwägerin. Das ist etwas, was ich in diesem Hause nicht erlaube. Entweder du benimmst dich, oder du fliegst raus.

Du solltest dich einmal im Spiegel sehen, wenn du so etwas sagst, sagte Oswald lachend. Du siehst aus wie Brunhilde in der ›*Walküre*‹*, die Wotan von seinem Thron stoßen will.

Was hast du eigentlich vor? fragte Gurlie.

Warte es ab, Stubsnase, sagte er.

Oswald, du bist unmöglich!

Klar bin ich unmöglich. Was denkst du denn, wie ich es so weit gebracht habe, indem ich möglich bin? Komm schon, Engelsgesicht, gib mir das Bier!

Elsa sah ihre Herrin zweifelnd an. Meinetwegen, sagte Gurlie, gib es ihm.

Jetzt setzt euch hierhin, sagte Oswald zu beiden. Es nutzte nichts, Gurlie setzte sich auf eine Seite neben ihn und Elsa auf die andere. Er hatte vor sich auf dem Tisch ein großes Paket, das er nun auszupacken begann. Es war alles darin! Ein Topf Buchbinderleim, zwei oder drei Flaschen mit Gold- und Silberfarbe und Goldpapier in Rollen und Bögen.

Breite etwas Zeitungspapier aus. Kommt schon, kommt schon, kommt schon, *macht schnell*!* Holt mir zwei, drei Scheren, Papierscheren besser, große, ein paar Untertassen, ein paar alte Teetassen – ohne Henkel – angeschlagene! Krempelt die Ärmel hoch – er saß in der Weste da, mit bis zum Ellbogen aufgerollten Ärmeln. Was für Unterarme!

Was ist in den anderen Päckchen? forschte Gurlie.

Ah, du darfst nicht so viele Fragen stellen. Das ist für später. – Joe war im vorderen Zimmer, las die Zeitung und versuchte, nicht auf sie zu achten. Immer wenn Oswald kam, brachte er eine weihnachtliche Stimmung mit, und Joe räumte das Feld. Jetzt an die Arbeit, sagte er zu seinen Damen, und seht mir zu.

Während Gurlie und Elsa zusahen, nahm er Bögen von Gold- und Silberpapier und schnitt und faltete und drehte und wandte, während ihre Augen auf ihn geheftet waren –

Was hast du vor?

– und schließlich entstand ein goldener sechszackiger Stern. Aber nicht nur das, darauf waren vier kleine goldene Kegel aus Gold, erstaunlich gleichmäßig und spitz.

Jetzt zeige ich es euch.

Und sorgfältig zeigte er ihnen jeden Schritt und hieß sie, es ihm nachzumachen.

Davon brauchen wir mindestens zwei Dutzend, sagte er. Sie konnten es nicht. Deshalb ließ er sie das Gold- und Silberpapier in Streifen schneiden, während er alleine Sterne machte. Sie plauderten und arbeiteten. Bald waren Tisch und Fußboden mit Lametta übersät.

Warum lebst du da draußen in Chicago? fragte Gurlie. Warum kommst du nicht nach New York?

Ich hasse diese verdammte Stadt, sagte ihr Schwager. Chicago ist nicht so schlecht, noch nicht. Wenn es schlimmer wird, haue ich ab. Vielleicht gehe ich nach Australien oder Neuseeland, folge der Herde. Ich habe gehört, daß man da draußen jetzt viele Möglichkeiten hat.

Warum nimmst du dir nicht ein nettes Mädchen und gründest eine Familie? lachte Gurlie spöttisch.

Weil man keine Familie gründen muß, um ein nettes kleines Mädchen zu bekommen, sagte Oswald. Und wozu denn nur ein einziges. Ich will ein Dutzend.

Du bist nie ernst, oder?

Immer. Das ist das Komische. Meinst du nicht, es ist komisch, daß ich immer ernst bin? ›Tunichtgut‹ nennt mein reicher Bruder Joseph mich. ›Wirrkopf. Unzuverlässig. Keine Frau würde einen Tunichtgut wie dich heiraten.‹

Was machst du mit deinem Geld? fragte Gurlie.

Was für Geld? Ich habe kein Geld.

Dein Lohn, den du jede Woche bekommst. Du mußt gut bezahlt werden.

Werde ich auch. Ich bin ein guter Fleischpacker. Ich verdiene gutes Geld.

Das ist ein schreckliches Geschäft. Fleisch zu verpacken. Wie kannst du das aushalten?

Das Schlachthaus? Warum nicht? Es ist gutes Fleisch. Die besten Leute kaufen und essen es. Ich tue nichts anderes, als es zu verpacken. Was ist daran falsch? Vielleicht gehe ich aber trotzdem eines Tages nach Argentinien, wo es gezüchtet wird, und das wird was anderes sein. Was soll an gutem Fleisch schon falsch sein?

Wieviel verdienst du in der Woche?

Geh mal abends mit mir aus, und ich zeige es dir, sagte ihr Schwager. Wir werden uns einen netten Abend machen. Hör mal, wir sagen es Joe nicht. Komm schon. Ich zeige es dir – ich habe eine ganze Tasche voll Geld.

Mach keinen Quatsch, sagte Gurlie, wieviel verdienst du?

Ich wette, ich verdiene, sagte er und tat so, als überlegte er, mehr, als ich jeden Monat von zwei oder drei Rinderhälften essen könnte. Sieh mal! Ich kriege Geld dafür. Ich verdiene viel Geld. Sieh mal, du kannst, was ich in einem Monat verdiene, in beiden Händen halten. Glaubst du es, Elsa? Ich könnte es in beiden Händen halten. So!

Au! schrie das kleine Dienstmädchen, als er sie mit seinen großen Pranken packte und sie einen Augenblick stocksteif vor sich hielt, ehe er losließ.

Sieh mal, sagte er, ich könnte mit einer Hand einen Bullen halten und ihm mit der anderen die Haut abziehen. So. Huh?

Du solltest dich schämen, sagte seine Schwägerin. Weil du so stark bist, denkst du, du kannst mit einer Frau alles tun, was du willst.

Tu ich auch, jedesmal, wenn ich Geld für sie ausgeben will, sagte Oswald.

Das also stellst du mit deinem Verdienst an?

Du meinst, abgesehen von Christbaumschmuck? Ich gebe das Geld aus, sagte Oswald. Ich werfe es raus. Aber erstmal spare ich es und kaufe Goldpapier und Silberpapier und eine Puppe und eine Schachtel Zigarren für meinen reichen Bruder und etwas für Elsa hier und einen Kasten Bier.

Du bist ein Narr.

Sicher bin ich ein Narr.

Wenn du vernünftig gewesen wärest, sagte Gurlie, hättest du Martha heiraten können. Sie war verrückt nach dir. Aber welche Frau könnte einem Mann wie dir trauen?

Das ist richtig, sagte Oswald. Wo gibt es eine Frau, die einem Mann wie mir trauen könnte? Die Antwort lautet: überall!

Überall? Du meinst nirgendwo.

Ich meine überall. Egal wo. In der Luft. Dort drüben. Setz dich hin. Ich habe nie Probleme, tolle Weiber zu finden. Aber ich bin zu groß. Niemand will mich. Ich will nicht in einem Haus leben. Was könnte ich mit einem einzigen Haus anfangen?

Elsas Augen wurden immer größer. Sie sah Oswald an, als glaube sie, daß er ehrlich verrückt sei – sie verstand ihn nicht – war völlig verwirrt.

Tust du das? Gibst dein Geld für Frauen aus?

Klar. Ich arbeite, bis ich ein bißchen Geld habe. Dann gebe ich es aus. Dann schlachte ich noch ein paar Kühe und schneide sie in Stücke und noch ein paar Schweine und ein paar Schafe und verpacke sie sorgfältig, damit sie nicht verderben.

Oh, sagte Gurlie, du bist ein noch größerer Narr, als ich dachte, und ich habe es satt. Mach deinen blöden Schmuck selbst. Ich kriege aus dir nichts raus. Geh schon, Elsa. Geh ins Bett. Dieser Mann ist verrückt.

Ja, Ma'am, sagte das kleine Dienstmädchen und ging bescheiden.

Schlaf gut, sagte Oswald zu ihr. Und schöne Träume! Er lachte laut. Und schöne jüngferliche Träume, sagte er und lachte wieder.

Schäme dich, sagte seine Schwägerin zu ihm, nachdem Elsa gegangen war.

Weswegen? fragte Oswald und schaute sie amüsiert an.

Ich könnte dir eine knallen, sagte Gurlie.

Warum tust du es denn nicht? fragte Oswald.

Und ob ich es tue! sagte Gurlie, und sie holte mit voller Kraft aus, aber immer noch lächelnd fing er sie, riß sie auf seinen Schoß und küßte sie – zu ihrer Verblüffung direkt unters Ohr auf den Hals. Dann stellte er sie wieder auf die Füße, so daß sie ihn sprachlos ansah und sich das Handgelenk rieb.

Der gute alte Joe! sagte Oswald. Was würde ich nicht alles tun, wenn ich sie hätte. Jetzt raus mit dir, und laß mich alleine. Ich habe zu arbeiten.

Du Rohling, sagte Gurlie. Du hast mir weh getan. Joe, komm her.

Was ist denn? sagte ihr Mann aus dem Nebenzimmer.

Was hältst du von deinem Bruder? fragte sie.

Nicht viel, sagte Joe.

Joe, rief Oswald, komm rein und trink ein Glas Bier. Das tut dir gut. Hol uns mal etwas Bier, Gurlie, sagte Oswald.

Na gut, sagte Gurlie, die sich immer noch das Handgelenk rieb, und ging, um mehr Bier zu holen, als Joe ins Eßzimmer kam.

Nun, sagte er, du arbeitest ja wirklich, oder? Was ist das? Sehr gut. Sehr gut. Ich bin froh, daß du zu etwas nütze bist.

Guck mal, Gurlie, sagte Oswald, als sie zurückkam, mein erfolgreicher Bruder hält mir gleich einen Vortrag.

Das habe ich längst aufgegeben, sagte Joe.

Hui! sagte Oswald, ich habe wirklich viel Arbeit in den nächsten fünf Tagen.

Du hast Arbeit! lachte Joe.

Ja, wer soll es denn sonst machen, wenn ich es nicht tue? fragte der Bruder. Sollen die Kinder kein schönes Weihnachtsfest haben? Wer wird es machen, wenn ich es nicht tue.

Und er arbeitete wirklich. Morgens sahen sie nicht viel von ihm. Er wollte nicht im Haus übernachten. Darin war er eisern: Nein. Nein, vielen Dank. Ich habe Orte, wo ich bleiben kann. – Aber nachmittags erschien er pünktlich, und die Kinder warteten bereits auf ihn.

Warum läßt du sie denn in diesem unbequemen Stuhl herumlaufen? fragte er, öffnete die Schnalle und schaukelte die entzückte Flossie auf seinen Armen hoch in die Luft. Sie kann doch laufen. Sie konnte letztes Jahr schon laufen. Aufi! aufi, aufi! Und sie kann auch sprechen, wette ich.

Weil sie nicht laufen will, sagte Gurlie. Sie krabbelt lieber. Und sie zieht immer das linke Bein unter den Körper.

Du solltest mal sehen, wie sie sich bewegt! Aber das eine Bein wird kürzer bleiben als das andere, wenn wir sie nicht am Kriechen hindern.

Laß mich sehen, sagte Oswald, und er stellte sie auf den Tisch und maß ihre Beine. Unsinn. Aber vielleicht hast du doch recht. Nicht gut, Flossie, schreien wie ein Vogel, laufen wie ein Bär. Du bleibst jetzt hier sitzen.

Bleibst hier sitzen, wiederholte das Baby.

Jetzt kam die wahre Aufgabe des Tages.

Du willst doch nicht diese Kinder …

Sicher. Warum nicht? Wir brauchen alle Hilfe, die wir kriegen können. Große Ereignisse. Weihnachten! flüsterte er Lottie zu. Ein Baum. Goldketten. Sterne. Goldene und silberne Sterne. Schnee auf den Zweigen! Ein Füllhorn. Voller Süßigkeiten. Und Kerzen, wie die Sterne! Das wollen wir haben. Aber ihr müßt arbeiten. Ihr müßt feste arbeiten! – So brachte er die Kinder zum Arbeiten. Elsa kam herein und schüttelte den Kopf und lächelte. Er sorgte für solch eine wunderbare Stimmung, Tag für Tag.

Er holte eine Tasse, eine alte Tasse, und füllte sie mit Goldfarbe. Dann holte er eine Schachtel Walnüsse und setzte Flossie neben sich.

Oswald, das kannst du doch nicht tun, sagte Gurlie.

Was kann ich nicht? sagte Oswald. Du bleibst hier sitzen und guckst mir zu. Ich kann alles. Ich bin der Chef hier, sagte er. Und er wandte sich dem Baby zu. Er nahm eine Walnuß und warf sie in die Tasse mit Goldfarbe, dann fischte er sie heraus. Nein, wir brauchen etwas Größeres, sagte er, das kippt sie um. Schließlich hatte er eine gute stabile, flache Schüssel. Dort hinein kamen die Nüsse. Flossie warf sie hinein. Sie war nicht tief genug, als daß die Nüsse von Farbe ganz bedeckt gewesen wären, aber Flossie wälzte die Nüsse mit den Händen herum, bis er sich über sie beugte und sie mit einem Löffel herausnahm und zum Trocknen auf ein Stück Papier legte.

An seiner anderen Seite saß Lottie und machte Goldketten. Was für ein Durcheinander! Du bist jetzt ein großes

Mädchen, sagte er. Du mußt jetzt etwas lernen. Stell dir vor, ich sterbe. Wer macht dann die goldenen Papierketten in dieser Familie? Lottie war tief beeindruckt von einem ach so traurigen, so traurigen Gesicht. Oswald schüttelte den Kopf.

Unterdessen erzählte er den Kindern Geschichten, Flossie pantschte in der Schüssel mit Goldfarbe, bis Hände und Gesicht und alles an ihr vergoldet waren, Lottie mußte man jeden Augenblick beistehen, wenn sie mühselig versuchte, die Glieder der immer länger werdenden Kette zusammenzukleben, die wuchs und wuchs und zu ihren Füßen in einer Schlange auf dem Boden lag.

Guck! sagte das Baby und zeigte darauf hinunter. Schön, schön!

Tag um Tag Sterne und Ketten und kleine Körbchen und vergoldete Nüsse, während er arbeitete und den Kindern von Weihnachten erzählte, wenn das Christkind mit Puppen und Puppenwagen und allem möglichen Naschwerk für kleine Mädchen kommen würde. Das Christkind! Das Christkind kommt, das Christkind kommt!

Aber ihr dürft nicht, sagte er plötzlich mit veränderter Stimme, den anderen Kerl vergessen. Was? Ihr habt nie von ihm gehört? Das ist ein Schlimmer.

Hui! sagte Flossie und patschte mit beiden Händen in die Goldfarbe.

He, du da! sagte Oswald. Immer mit der Ruhe! Und schließlich mußte er ihr die Farbe wegnehmen, es wurde selbst ihm ein bißchen viel. Ja, fuhr er fort. Knecht Ruprecht! Das ist der Knabe, hinter dem ich her bin. Und wenn ich ihn erwische, reiße ich ihn in Stücke. Ich werde ihn auf der Stelle schlachten, verlaßt euch drauf. Denkt dran! sagte er, und so redete er in einem fort. Er ist wirklich ein Schlimmer. Er will den ganzen Spaß verderben. Wenn das Christkind geht, schleicht Knecht Ruprecht sich die Treppen hoch. Ihr könnt ihn hören, wenn ihr genau hinhört. Er kommt herein, und wenn niemand hinschaut, packt er die Kinder, und weg ist er! Huh! schnell. Zur Tür hinaus.

Was in aller Welt ist los mit dir, Oswald? fragte Gurlie. Was erzählst du den Kindern da?

Laß mich, sagte er. Denn ich bin stark. Ich kann jeden schlagen! brüllte er. Ich kann auf meine kleinen Mädchen aufpassen, ganz gleich, was geschieht. Wartet es bloß ab. Ich werde da sein!

Und so ging es weiter, Tag um Tag, und wurde immer intensiver, bis der große Abend da war. Und nun war Oswald bereit.

Erinnerst du dich noch, sagte er an dem Abend zu Joe, wie Vater uns immer zwang, zur Kirche zu gehen?

Ja, sagte Joe. Ich erinnere mich.

Hast du Gurlie je davon erzählt? Und dabei arbeitete Oswald die ganze Zeit an seiner großen Schöpfung.

Ich weiß es nicht. Vielleicht, sagte Joe.

Was meinst du? fragte Gurlie. Ich erinnere mich an nichts Besonderes.

Also, du weißt doch, daß unser Vater Protestant und unsere Mutter Katholikin war, sagte Oswald.

Ja, ich glaube, das hat mir Joe erzählt, sagte Gurlie.

Ja, unser Vater war Protestant, sagte Oswald zu Gurlie, von seiner Mutter Seite halb Franzose, ein Hugenotte. Erinnerst du dich, Joe? Aber unser Vater bestand immer darauf, daß wir mit Mutter zur Kirche gingen. Einer nach dem anderen mußten wir gehen: Adolph, Oswald, Ida, Joe, Clara. Wir alle mußten gehen. Es hat mir nichts bedeutet, aber ich erinnere mich noch, wie schön es war. Was, Joe?

Ja, ich erinnere mich.

Ich bin immer gerne gegangen. Blumen auf dem Altar und Kerzen überall, sehr schön.

Das stimmt, sagte Joe. Ich habe es gerne gehabt.

Und dabei arbeitete Oswald die ganze Zeit.

Ich verstehe einfach nicht, wie du das machst, sagte Gurlie, die ihm zusah. Dies war das Meisterstück. Wo in aller Welt! – ein Mann, der so ein Leben geführt hat wie du –, sagte Gurlie, wo hast du das gelernt?

Ich war Soldat. Ein Soldat hat nichts zu tun, wenn er

nicht gerade etwas anderes macht. Deshalb habe ich Papier ausschneiden gelernt. – Er arbeitete mit feinfühligster Sorgfalt, und es war wunderbar zu sehen, wie seine anscheinend klobigen Hände die kleinen Papierstücke mit solch extremer Geschicklichkeit handhabten. Selbst Joe war fasziniert, und alle beugten sich vor, weil sie helfen wollten.

Halt das mal, sagte er. Da. Genau da. Und vorsichtig tat er einen Tropfen Leim aufs Papier und befestigte eine seiner kleinen ausgeschnittenen Figuren darauf.

Es war die berühmte Geschichte vom Jesuskind in der Krippe. Er machte alles aus Papier, die ganze Heilige Familie, die Weisen aus dem Morgenland, den Ochsen, den Esel und ein paar Schafe. Dahinter stellte er selbst die Kulisse mit Wasserfarben aus Lotties Kasten der Tradition entsprechend dar. Sie war in Form eines Alkovens gehalten.

Und während er stundenlang arbeitete, gingen sie ihren Geschäften nach und kamen wieder zurück und hörten ihn vor sich hin singen: *Maria und Joseph in Bethlehems Stall** –

Diese schönen alten deutschen Lieder! sagte Gurlie. Sing weiter! Ich weiß nicht, woher du die Geduld dafür hast. Ein Mann wie du. – Die ganze Geschichte von Jesu Geburt aus Papier. Allmählich schnitt er alles aus und stellte es auf, die Kamele und alle Tiere in der Weihnachtskrippe. – Ich weiß nicht, wie du das machst, sagte Gurlie immer wieder.

Wieso nicht? sagte ihr Schwager. Er war so flink wie der beste Techniker. Joe hat den ganzen Verstand und sich so lange um uns alle gekümmert, wie wir ihn ließen. Adolph hat Geige gespielt. Ida einen Juden geheiratet. Clara hat eine gute Figur. Was blieb mir anderes übrig? Ich mußte lernen, wie man Papier ausschneidet.

Ein Soldat! So ein großer Kerl! So stark!

Er ist selbst bloß ein Kind, sagte Gurlie.

Das wär's! verkündete er. Fertig! Er lehnte sich zurück, und sie alle versammelten sich, um sein Werk zu bewundern, Joe und Gurlie und Elsa und die dicke Tante Olga, die wegen des Festes am nächsten Tag gekommen war. Sogar Grandma. Die Krippe! Oswald hatte sie auf eine solide Unterlage aus Pappkarton gebaut, so daß man sie aufheben und unter den Baum stellen konnte. Was haltet ihr davon? Dann stellte er sie hin, legte Tannenzweige darum herum, stand auf und sang. Kommt schon! sagte er. Sie alle sangen:

Maria und Joseph
*in Bethlehems Stall.**

Er sang es ganz, von Anfang bis Ende, alleine. Niemand außer ihm kannte den Text, aber sie summten mit.

Und jetzt ist es soweit! Jetzt zum großen Abend. Joe war sich nicht ganz schlüssig über Oswald, mußte aber zugeben, daß ihm eine eigene Schöpferkraft innewohnte. – Wie er es inszeniert! sagte Olga. Die Kinder sind außer Rand und Band. Ich verstehe nicht, wie sie schlafen können nach dem, was er ihnen alles über Knecht Ruprecht erzählt hat.

Heiligabend!

Morgen würde das Haus allen offenstehen! Die alte Truppe würde kommen, die sich an diesem Tag schon immer irgendwann bei den Stechers und vielleicht ein paar anderen versammelt hatte. Aber der heutige Abend, Heiligabend, war für die Familie. Clara, Joes jüngere Schwester, die Schauspielerin, die jetzt in einer Nebenrolle am Broadway auftrat, konnte nicht dasein, würde aber vielleicht nach der Vorstellung kommen, obwohl das zweifelhaft war. Auch Ida, die mit ihrem Mann hätte kommen können, hatte abgelehnt, nachdem sie erfahren hatte, daß Oswald da war. Die anderen erschienen, alle.

Wo ist Ida?

Tja, sagte Oswald, wo ist sie? Werde ich meine große reiche Schwester nicht sehen?

Das reicht, Oswald, sagte Gurlie. Laß das.

Wieso, was ist denn los? fragte Gunnar. Joe kicherte in sich hinein.

Sieh dir meinen Mann an, sagte Gurlie. Du solltest dich schämen, sagte sie zu ihm. Worüber lachst du?

Was ist denn, Oswald? fragte Gunnar.

Ich erzähle es dir ein anderes Mal.

Die Kinder wurden besonders früh zu Bett gebracht, nachdem Oswald Lottie versprochen hatte, daß er sie wekken würde, wenn das Christkind sich entschlösse, ein braves kleines Mädchen mit schönen Geschenken zu belohnen. Daraufhin ging sie bereitwillig ins Bett.

Gurlie und ihre Mutter und Tante Olga und Hilda und die hin- und hereilende blauäugige Elsa hatten die Gans bereitet. Oswald war damit beschäftigt, letzte Hand an den Baum zu legen, den er aus dem Zimmer hinter der Küche, das bis dahin verschlossen gewesen war, hereingeschleppt hatte.

Ich glaube nicht, daß wir die Kinder wecken sollten, sagte die dicke Tante. Was verstehen die schon? Sie können es morgen früh sehen. Das ist früh genug.

Du wirst wohl alt, Olga, sagte Oswald.

Joe, sagte seine Schwägerin, bring den Mann zur Ruhe. Er ist verrückt. Er will die ganze Aufregung haben, die er plant, und die Kinder mitten drin. Kinder sind keine Puppen zum Spielen. Gurlie! sagte ihre Schwester. Meinst du nicht auch? Laß uns *Stille Nacht** singen und den Heiligabend so genießen, wie es sein sollte, mit Würde.

Gurlie! sagte Oswald. Joe! Was sagt ihr?

Ach, mach weiter! sagte seine Schwägerin. Hör nicht auf sie, sie zeigte auf Olga. Sie hat ihr Leben lang Angst gehabt.

Gut!

So setzten sie sich alle zum Abendessen hin. Aber wo ist der stinkende *Lutfisk*? fragte Oswald.

Er stinkt nicht, sagte Hilda. Sie alle lachten. Aber wir haben keinen.

Ich darf keinen im Haus haben, sagte Gurlie, auf Joe zeigend. Er sagt, er ginge sonst weg.

Vielleicht weißt du nicht, wie man ihn zubereitet, sagte Oswald und schaute sie mit großen Augen an. Ich hasse das Zeug.

Ich möchte gerne mal einen sehen, der ihn besser zubereiten kann als ich.

Na gut, dann keinen *Lutfisk*? Dreimal hoch auf die Indianer, sagte Oswald.

Gurlie tranchierte, nicht Joe. Was ist denn mit dir los, Joe? fragte sein Bruder.

Das ist etwas, was ich nicht tun will, sagte Joe.

Na hör mal.

Nein, das tut er nicht, sagte Gurlie. Er tut es einfach nicht.

Ich arbeite den ganzen Tag, sagte ihr Mann, ich tranchiere nicht.

Stell dir mal vor, sie sagt das gleiche? sagte Oswald. Was dann?

Dann würden wir nicht essen, sagte Joe. – Also tranchierte Gurlie. Und wie! Schwupps! Alles ging wie im Fluge.

He! sagte Oswald. Weißt du nicht, daß eine Gans Gelenke hat?

Wo? fragte Gurlie. Was macht das mir! Du willst doch das Fleisch, oder nicht? Dann gib deinen Teller her. – Alle lachten, und die Männer schlugen die Kragen hoch. Es machte Joe unendlichen Spaß.

Was für einen Chirurgen du abgeben würdest, sagte ihr Bruder. Oswald war ein wenig schockiert. Gurlie! sagte er. Ich will dir mal was zeigen.

Nein, sagte sie, komm mir nicht in die Quere. Von dir haben wir genug gehört.

Aber ich kann dir zeigen, wie du dir viel Arbeit sparst. Auf die Art brichst du dir eines Tages den Arm.

Reicht die Teller herum, sagte Gurlie. Es schmeckte wunderbar. Na, kommt schon! Habt ihr keinen Hunger? Wir haben's gern reichlich in diesem Haus.

Aber Gurlie! Sie aßen und tranken, bis Joe, der vor den

anderen aufstand, zu den vorderen Fenstern ging. Es schneit, sagte er, als er den Männern Zigarren anbot.

Wunderbar! sagte Hilda. Der schöne Schnee. Den muß ich mir ansehen. Seht ihn euch gegen die Lampe da an, wie er leise und gleichmäßig fällt.

Aber plötzlich hörten sie einen Aufschrei. Es war Oswald mit den beiden schläfrigen Kindern, eins auf jedem Arm.

Schande! sagte Olga.

Oswald, das solltest du doch nicht! O Oswald! sagte die dicke Tante. Du solltest eine Tracht Prügel bekommen. Die arme Lottie und die arme kleine Spinne. Hänge ihnen was um. Oh, das finde ich wirklich schrecklich.

Das Baby rieb sich gähnend Augen und Nase. Komisch! Sie reiben sich die Nase, wenn sie wirklich schläfrig sind. Lottie blinzelte und schaute mit ausdruckslosem Gesicht einen nach dem anderen an. Der Baum! Kommt jetzt! sagte Oswald, singt! Und er begann zu singen und trug die beiden Kinder ins vordere Zimmer, wo sich die Pakete um den Baum stapelten, und – Oswald hatte die Kinder abgesetzt – nun konnte man im Nebenzimmer, wo er hingegangen war, Glocken läuten hören!

Sie waren hellwach nun, sogar die kleine Flossie. Es ist eine Schande, sagte die dicke Tante. Das sollte nicht erlaubt sein. – Joe saß bloß da und lächelte. Ich will zu Daddy, sagte die Kleine, deshalb nahm er sie auf den Arm. Er freute sich, daß sie zu ihm kommen wollte.

Dann erschien Oswald in der Tür zwischen Eßzimmer und Wohnzimmer. Er wandte sich an Lottie, während alle anderen wegen seiner Ernsthaftigkeit verstummten. Hör mal! sagte er. Alle lauschten. Kein Ton. Doch, sagte er, ich höre ihn. Hör mal! Immer noch nichts. Er ist da draußen! Direkt hinter der Tür!

Das war der große Augenblick, den er in den letzten zehn Tagen vorbereitet hatte. Lottie, sagte er, bleib, wo du bist. Rühr dich nicht, bis ich es dir sage. Joe wußte, was kommen würde, die anderen aber nicht. Das ist Knecht

Ruprecht! flüsterte Oswald. Ich kenne seinen Geruch. Seid mal alle still. Den erledige ich, und er nahm einen schweren Rohrstock in die Hand, den er für diese Gelegenheit dort hingestellt hatte.

Das darfst du nicht tun, sagte Olga. Du machst ihnen Angst.

Ich kriege ihn. Ich bringe ihn um! flüsterte Oswald den Kindern zu – obwohl die kleine Flossie nur in stummer Verwunderung auf diese intensiv gespielte Szene starrte. Daß sich keiner rührt! sagte Oswald und ging auf Zehenspitzen zur Tür. Plötzlich riß er sie auf und schrie mit schrecklicher Stimme: Da bist du also! Und er ging hinaus, den Stock in der Hand, und die Tür schlug hinter ihm zu.

Aber hier wohnen doch Leute im Haus! sagte Olga.

Die Treppe hinauf und herab erhob sich eine wilde Jagd, mit Geschrei und halben Flüchen und Stöhnen. Der Stock ratterte und klapperte gegen das Holz. Es wurde gegen die Tür geschlagen. – Laß los! Jetzt habe ich dich. Ho! Ha! Laß los! Es war unglaublich.

Was sollen denn die Leute im Haus denken. Joe! Das ist widerwärtig. Dann wurde der Lärm noch stärker, und als er am stärksten war, öffnete sich langsam die Tür zum Treppenhaus. Lottie! Lottie! rief Oswald mit heiserer, erstickter Stimme, Lottie! und seine Hand zeigte sich im Türspalt. Lottie ging, wie von Zauberkräften gezogen, zu ihm. Niemand hinderte sie. – Lottie! Lauf in die Küche. Hol das kleine Messer mit dem weißen Griff. Das, das ich dir gezeigt habe. Schnell! Ich habe ihn. Schnell. Schnell!

Lottie raste davon wie der Blitz. Sie stöberte in der Schublade des Küchentischs und stürzte zurück, das Messer in der Hand. Oswald nahm es. Einen Augenblick später fiel etwas Schweres zu Boden. Dann Stille. Niemand sagte etwas. Man konnte Leute draußen im Treppenhaus hören.

Der hat vielleicht Nerven! sagte Hilda. So etwas in einem überfüllten Wohnhaus zu machen.

Huh! sagte Gurlie. Aber wirklich.

Dann ging die Tür auf, und Oswald spazierte herein.

Zerzaust und außer Atem wischte er das Messer an der Hose ab: Er ist tot! Knecht Ruprecht ist tot. Jetzt sind wir sicher. Jetzt können wir die Geschenke aufmachen. Ich habe ihn umgebracht und aus dem Fenster geschmissen. Oh! Und er ließ sich in einen Sessel fallen. Doch im nächsten Augenblick war er wieder auf den Beinen: Kommt! Kommt alle. Oh! Und er sank wieder, mit Lottie in den Armen, in einen Sessel: Was für ein Kampf.

Also, sagte Olga, die in die Küche ging, ich hätte nie gedacht, daß ich in New York so etwas zu sehen bekäme. Oswald! Bist du wirklich verrückt?

Doch Joe lachte sich vor Aufregung und Vergnügen über die anderen halb tot. Kommt! sagte er, laßt uns die Diamanten und Pelze auspacken. – Das arme kleine Baby wußte gar nicht, was es davon halten sollte.

So viel! Haufenweise Geschenke.

Solche Extravaganz!

Für Flossie! sagte Oswald, nahm eine riesige lange Schachtel und legte sie vor dem Baby auf den Fußboden.

Aber Oswald!

Sie soll es auspacken. – Im Nu durchschnitt er die Bänder und Kordeln mit einem Taschenmesser und ließ dann das Kind auf die Papierhüllen los: Laßt sie in Ruhe.

Alle sahen zu. Allmählich entfernte das kleine Mädchen mit Hilfe seines Onkels die Papierbögen. Er nahm sie ihr ab, sobald sie sie gelöst hatte, und da, da! plötzlich erschien – ein liebliches schlafendes Gesicht, die langen Wimpern leicht auf den alabasternen Wangen liegend, die korallenen Lippen in einem perfekten Amorbogen geschlossen – blonde Locken in der Stirn –!

Das ist zuviel, Oswald!

Flossie schaute auf und lächelte, mit funkelnden Augen.

Nur darauf habe ich gewartet, sagte der große Mann, und mit einer einzigen Bewegung zog er die prachtvolle Puppe aus dem Rest der Verpackung, und – sie war eine Schönheit.

So etwas hatte es noch nie gegeben.

KAPITEL 20

Noch einmal Weihnachten

Die Stechers hatten das ganze Weihnachtsfest über ein offenes Haus. Mehrere Nachbarn schauten vorbei, um Joe zu seinem Erfolg zu gratulieren – es war die erste Gelegenheit dazu –, und natürlich gab es jene, die Gurlie aufforderte, ins hintere Zimmer zu gehen: Lauft nicht weg! Oswald und Olga sind da bei den Kindern.

Um Himmels willen, das reicht! sagte Joe, nachdem er ein weiteres Paar an der Tür verabschiedet hatte.

Wir haben Weihnachten! sagte angeregt seine Frau, die gerade für den Abend in Schwung kam. Süßer die Glocken nie klingen! sang sie mit kindischer Stimme und umhalste ihn. Er schob sie fort. Oh, sagte sie, du bist ein Spielverderber. All diese Leute wollen dir gratulieren. Wach auf! Du bist jetzt ein erfolgreicher Mann.

Also, was erwarten sie denn von mir? sagte Joe. Daß ich einen Kopfstand mache?

Joe! rief eine Stimme hinter den Vorhängen. Komm mal her. Wir streiten uns gerade. Wo ist er? Und die fröhliche Martha steckte den Kopf ins Zimmer. Jemand hier? setzte sie hinzu, plötzlich die Stimme senkend.

Niemand. Ich glaube, er will spazierengehen, sagte Gurlie. Kannst du dir das vorstellen?

Nein, komm mit, sagte Martha. Du bist doch klug. Du weißt alles. Komm mal her. Das ist ein Trick, und ich wette, du weißt die Lösung auf der Stelle. – Darauf klingelte es wieder, und als Joe den Öffner drückte, klang es, als käme eine Armee die Treppe herauf.

Um Himmels willen, sagte Joe, wer kommt denn jetzt?

Wir sind's! sagten drei oder vier Stimmen auf einmal, und der Kapitän, seine Frau, Rang von der Schwedischen Bank und seine Frau Elvira, mit dem prachtvollen blonden Haar, tanzten ins Zimmer. Sie hatten ein bißchen getrunken, zumindest so viel, daß die Damen sich auf Joe stürzten, ihn umringten und umarmten und gutgelaunt abküßten.

He! sagte Gurlie. Das ist nicht euer Mann. Laßt ihn in Ruhe. – Also kam sie an die Reihe, und als die Eßzimmervorhänge zurückgezogen wurden, waren da die anderen, Hilda und Olga, die alte Dame, die nicht aufstand, und hinten Oswald mit den Kindern.

Oswald! sagte der alte Kapitän mit dem Watschelgang. Schön, daß wir uns treffen. Wie geht's dir?

Gut, sagte Oswald. Kommt hierher. Und wie geht's euch?

Wer ist das? fragte Elvira, die Oswald anschaute, wie er mit seinem welligen schwarzen Haar und dem langen gezwirbelten Schnurrbart da saß.

Laß ihn bloß in Frieden, sagte Gurlie. Du hast einen guten Mann. Der ist nichts für dich.

Aber Gurlie, wie kannst du so was sagen!

Alle redeten auf einmal. Kommt, sagte Gurlie, kommt. Wir essen gleich zu Abend.

Nein, nein, nein, Gurlie, sagte der Bankier. Das können wir nicht annehmen. Wir sind nur auf einen kurzen Weihnachtsbesuch vorbeigekommen. Wir können nicht bleiben.

Unsinn, sagte Gurlie.

Sicher, sagte Joe. Gebt mir die Mäntel. Natürlich bleibt ihr. Er nahm ihre Hüte und Mäntel und legte sie auf den Haufen im vorderen Zimmer.

Was für ein schöner Baum! sagte die rundliche kleine Frau des Kapitäns. Ist der nicht wunderschön? Und die Kinder! Wie groß sie geworden sind. Laßt mich mal sehen!

Fiss! sagte das Baby. Fiss! Und sie zeigte in Richtung Küche.

Was ist das? fragte die Frau des Kapitäns. Fiss! Was ist Fiss?

Sie meint Kaffee, sagte Oswald. Für sie ist *Fiss* Kaffee. Ja, sagte er zu Klein-Flossie, Fiss, das ist richtig. Du hast richtig geraten. Sie kann es riechen.

Seht euch nur ihr Haar an! Wunderschön. Wo hat sie das

schöne Haar her? Joe, du hast doch schwarzes Haar. Laß mal sehen, Gurlie. Ja, stimmt. Gurlies Haar war früher so.

Ich bin betrogen worden, sagte Joe. Ich habe eine Blondine geheiratet. Und guckt euch an, was ich jetzt habe. – Elvira stand direkt vor ihm.

Das ist das Klima hier, sagte Martha. Alle Skandinavier verlieren in diesem Land ihre Haarfarbe.

In diesem gottverlassenen Land verliert alles seine richtige Farbe, sagte Joe.

O nein, Joe, sagte Martha und nahm seinen Arm. Zu dir war es doch sehr gut. Du hast großen Erfolg. Kommt alle her. Holt euch ein Glas. *Skål!* auf Joe. *Skål!* Joe. Ja, du bist ein großer Mann jetzt. Oder nicht? Hm?

Joe wurde purpurrot. Ach! sagte er. Meinetwegen, aber wartet mal. Ich habe einen guten Rheinwein auf Eis.

Nein, ich nehme Whisky, sagte Rang. Whisky mit Wasser.

Für mich Bier, sagte Oswald. Ich bleibe bei Bier.

Und die Damen?

Hast du ein bißchen Portwein oder Sherry, Joe? fragten Martha und die Frau des Kapitäns. Nur ein kleines Gläschen.

Oh, aber Gurlie, sagte Elvira und zog Gurlie beiseite, wir müssen wirklich gehen. Mach keine Umstände.

Dann geh doch, wenn du willst, sagte Gurlie. Vielleicht findest du was Besseres als dies hier.

Nein, das meine ich nicht, sagte Elvira.

Gurlie ist eifersüchtig auf Elvira, sagte Martha zu Oswald. Er lachte.

Also gut, sagte Rang, wir bleiben. Wenn du dir nicht zu viele Umstände machst.

Überhaupt nicht, sagte Joe. Sie hat den ganzen Tag schon alles Mögliche vorbereitet, und die alte Dame hat außerdem so viel gekocht, daß es bis Neujahr reicht.

Wir haben kein Abendessen, sagte Gurlie, bloß, was ihr seht. Ich weigere mich, heute zu kochen. Damit kann ich mich nicht abgeben.

Aber Gurlie, sagte die immer gutmütige Martha, was könnte man mehr erwarten! Das ist doch ein Bankett.

Und das war es. Alle möglichen Aufschnitte und Käse. *Gammelost!* Oder wie immer ihr es nennt, sagte Joe. Wein und Whisky. Old Crow.

Ich habe gehört, du hast einen Vertrag, die Old-Crow-Etiketten zu drucken, sagte Rang.

Der beste Whisky der Welt, sagte Joe. Ich kaufe ihn kastenweise.

Bloß um dir deine eigenen Etiketten anzugucken? lachte der Kapitän.

Joe, du siehst aus wie ein neuer Mensch, sagte Rang. Jetzt, wo du der Kapitalistenklasse beigetreten bist, siehst du nach einer Million Dollar aus. Was willst du machen?

Arbeiten, sagte Joe.

Unfug, das meine ich nicht. Ich meine, was willst du wirklich mit deinem Geld machen? Du mußt doch Vorstellungen haben.

Er wird es für seine Frau ausgeben, sagte Gurlie.

Ich kaufe ein paar Anteile an einer Pfandleihe, sagte Joe, für den Fall, daß ich pleite gehe. Dann kann ich wenigstens Schmuck und Geigen bekommen und ...

Wir treten dem *Liederkranz** bei.

Ja, wir können nicht singen, deshalb treten wir dem *Liederkranz** bei, sagte Joe.

Muß man da nicht hineingewählt werden? Das ist doch ein Verein, oder? fragte Rang. Man kann nicht einfach beitreten, indem man darum bittet, oder?

Habt ihr schon mal gehört, wie schön ein halber Silberdollar klingen kann? sagte Joe. Hört mal! – Sie alle lauschten, als er einen halben Dollar aus der Tasche zog, ihn auf dem linken Zeigefinger balancierte und mit der Schneide eines Obstmessers dagegen schlug. Er erklang mit einem klaren, feinen, hohen Ton.

Laß das, sagte Gurlie, – mit der Schneide meiner guten Messer.

Die Unterhaltung wandte sich dem zu, was sie letzten

Samstag gemacht hatten. Ich wollte ins Bett, sagte Joe, aber sie zwang mich, mit ihr in ein Restaurant zu gehen.

Ja, sagte der Kapitän. Ich habe gehört, daß du sehr gut warst. Gurlie hat es mir erzählt. Sie hat gesagt, du wolltest Geige spielen.

Möchtest du etwas haben, Grandma? Eine der Damen näherte sich ihr.

Meinetwegen, sagte die alte Dame resigniert.

Was hättest du denn gerne? – und der Tisch bog sich.

Ach, irgend etwas, irgend was. Ich bin nicht wählerisch.

Oha! Das machte Gurlie wahnsinnig. Aber zu ihren Gunsten muß man sagen, daß sie sich einfach umdrehte und das Thema wechselte.

Wo ist der Kater, Joe? sagte Martha.

Oh, der Kater.

Er war so wunderbar letztes Jahr.

Tja, jetzt ist er weg. Einfach eines Tages weggelaufen. Kein Kater mehr.

Gurlie ließ die Lampen anzünden, und jetzt saß die ganze Gesellschaft, zehn insgesamt – zwölf, wenn man die Kinder mitzählte –, hier und dort um den Tisch versammelt und lachte und plauderte.

Ich glaube, die Kleinen müssen ins Bett, sagte Olga.

Was! sagte Oswald. Nein, meine Liebe, kommt nicht in Frage. Morgen, aber nicht heute. Guck mal, sagte er zu Flossie, die in stiller Bewunderung an ihm hing, so dicht wie eine Ranke sich an die Wand klammert –

Ihr könnt euch nicht vorstellen, sagte Martha, wie dieses Kind ihn liebt.

Sie ist ihm den ganzen Tag nicht von der Seite gewichen, sagte Gurlie. Man sollte meinen, er könne ihren Anblick nicht mehr ertragen.

Beobachtet ihn mal, sagte Rang leise. Oswald sprach mit Lottie, und die anderen taten so, als schauten sie nicht hin. – Siehst du, sagte Oswald, ich weiß genau, wieviel man essen darf. Ich esse nie zuviel. So. Er stellte seinen Stuhl so hin, daß sein Bauch ungefähr zehn Zentimeter von der Tischkante entfernt war. Ich esse, bis ich an den Tisch komme. So. Und dann weiß ich, daß ich genug gehabt habe. – Alle brachen in Gelächter aus, was Lottie erschreckte, die ganz ernsthaft in das Gesagte vertieft gewesen war.

Achte nicht auf sie, sagte Oswald. Was wissen die schon? Sie haben keine Ahnung.

O Oswald, sagte der alte Kapitän, ich freue mich so, dich wiederzusehen. Ich dachte, du wärest tot.

Das haben Sie schon zehnmal gesagt, sagte Gurlie.

Ja, sagte der Kapitän auf seine langsame Art, ich freue mich so darüber. Wir hatten immer viel Spaß miteinander. Er ist ein Wunder. Oswald ist ein Wunder. Ich habe nie einen besseren Kameraden kennengelernt – oder einen besseren Soldaten.

Das war in den alten Zeiten, was, Kapitän. Vor dem Krieg.

Ja, vor dem Krieg.

Oswald hatte die kleine Flossie in ihren Laufstuhl gesetzt, damit er essen konnte. Hinter seinem Platz verlief der lange Flur zur Küche. Diesen Gang eilte das kleine Mädchen hinauf und herunter.

Oh, sie weiß eine Menge, sagte Oswald.

Hat ihr die Puppe gefallen? fragte Martha.

Nein, sagte Gurlie. Ich habe sie ihr weggenommen. Sie ist zu schön für so ein Kind. Oswald zuckte die Achseln. Sie hält eine Stunde den Mund, wenn man ihr ein Stück Papier gibt, sagte die Mutter.

Du kennst dieses Kind nicht, gab Oswald zum besten. Sie kennt ihr Abc.

Nein! sagte Martha.

Ich meine, sie kann manche Buchstaben unterscheiden. Sie kennt das große S und das kleine s. Sie kennt nicht das ganze Alphabet, das meine ich nicht. Sie kennt alle Farben.

Wirklich!

Komm mal her, Spinne, sagte der Mann. Zeig's diesen Leuten mal. Was sagt die Kuh? Achtung! Was sagt sie?

Muh! sagte das Baby.

Gut. Das ist schön. Und was sagt der Hund? Das Baby sah sich schüchtern, halb lächelnd, um.

Na komm schon, sagte Oswald.

Wau wau! sagte das Baby.

Und was sagt das Bier? Paßt auf! Jetzt. Alle hörten zu.

Brezeln! sagte das Baby mit Schwierigkeiten. Alle wollten sich vor Lachen ausschütten.

Das also hast du dem Kind die ganze Zeit beigebracht, sagte Martha und zog ihn am Ohr.

Man muß seinen Katechismus lernen, erwiderte Oswald und tat so, als tue es ihm weh, daß sie sein Ohr verdrehte. Er schickte das Kind wieder nach hinten.

Was in Gottes Namen macht dieser Mann mit dem Kind? fragte Olga.

Kümmere dich um deine Angelegenheiten, Olga, lachte Oswald. Wir kommen prima miteinander aus. Und da kam Klein-Flossie wieder zurück zum Platz ihres Onkels.

Was ist das denn? fragte Olga. Eine Flasche Bier?

Klar, sagte Oswald. Und sie mag es auch. Er öffnete die Flasche, goß sie ins Glas und gab Flossie einen kleinen Schluck. Sie nahm ihn bereitwillig, zog ein Gesicht wegen des bitteren Geschmacks, wich für einen Augenblick zurück und reckte dann ihr Gesicht wieder empor, um mehr zu bekommen.

Der Apfel fällt nicht weit vom Stamm, lachte Oswald. Prima, Kleines.

Oswald, du spinnst, sagte Olga. Du solltest einem Kind kein Bier geben.

Es schmeckt ihr, sagte Oswald. Joe!

Störe Joe nicht, sagte Martha. Er unterhält sich mit Elvira. – Und sie lachte ihr fröhliches Lachen. Joe hatte nichts gehört. Er war in Stimmung und glücklich, saß zurückgelehnt in seinem Sessel am Kopfende des Tisches, trank und rauchte und lachte würdevoll.

Ist das nicht schön, sagte Martha, ihn nach all den Sorgen, die er gehabt hat, so glücklich zu sehen?

*Noch eins!** sagte Oswald zu der kleinen Flossie. Und wieder ging sie nach hinten, während Martha und ein oder zwei andere ihr zusahen. Den kleinen Laufstuhl, in dem sie steckte, schleppte sie wie toll mit sich, als sie dahinsauste.

Wie hast du ihr das beigebracht? sagte Martha zu Oswald.

Sie weiß, wo das Bier ist, sagte er. Ich habe ihr gesagt, sie soll mir noch etwas Bier holen. Und da kam die Kleine wieder zurück, die Bierflasche rutschte ihr halb aus den Händen, der Laufstuhl schlenkerte von einer Seite des Flurs zur anderen.

Martha entfuhr ein halb entsetzter Schrei. Alle hörten auf der Stelle auf zu reden, als die kleine Flossie den Flur entlang zum Tisch getorkelt kam.

Olga stand auf. Oswald! rief sie. Sie ist …

Nein, sagte Oswald, ihr ist nur ein bißchen schwindelig.

Das ist eine Schande, sagte Olga, Gurlies große, ältere Schwester, die immer hart arbeitete und alle Kinder wie ihre eigenen liebte. Armes Baby! Arme kleine Spinne. Komm her, und sie hob die strampelnde kleine Flossie aus dem Laufstuhl und trug sie in die Küche. Du gehst ins Bett, mein Fräulein, sagte sie. Was für ein Mann!

Ich weiß, was ihr denkt, ihr braucht es mir gar nicht zu sagen. Ihr denkt, ich bin der Teufel in diesem Haus, sagte Gurlie, er ist klug, er ist sympathisch, und er tut euch allen leid. Ich weiß. Ich bin diejenige, die den ganzen Ärger macht. Er ist das Genie. Ich bin bloß seine Frau.

Also Gurlie, was sprichst du denn da bloß? fragte die sanfte Martha. Niemand hat etwas gesagt.

Guckt ihn euch an, sagte Gurlie, wie er mir finstere Blicke zuwirft, weil …

Was?

Weil ich –

In der Mitte des Tischs stand eine große Silberschale mit roten Trauben und ein paar Mandarinen. Beim Reden beugte Gurlie sich vor, riß eine Beere von der Traube in der Schale und aß sie. Er hat es nicht gerne, wenn man das tut, denn dann ist eine leere Stelle an der Traube, sagte Gurlie. Er ist zu pingelig. Er macht mich krank. Ein richtiger Deutscher.

Du trinkst zuviel, sagte Joe. Hör lieber auf.

Nein, man muß eine Schere nehmen und sich ein Stück von der Traube abschneiden, fuhr Gurlie fort, es am Stiel abschneiden und auf den Teller legen, und dann darf man essen. Huh! Sie lachte. Er ist kein Skandinavier. Wir halten viel davon, froh und frei zu sein. Seht ihr, was passiert, wenn ich so eine Beere nehme? Sie hinterläßt eine kleine leere Stelle am Ende des Stengels, und das sieht nicht ordentlich aus.

Was meint ihr, sagte Joe. Habe ich recht?

Sie hinterläßt eine kleine leere Stelle an der Traube, wiederholte sie, und das mag er nicht. Ha ha! Und sie lachte ihr krächzendes Lachen.

Na, na, na! sagte Joe, red nicht so daher.

Hab ich's dir nicht gesagt? sagte Martha zu Oswald. Jetzt kriegst du was zu hören.

Schaut ihn euch an! sagte Gurlie ein wenig aufgebracht. Warum kümmerst du dich nicht um deine Gäste? Guck dir ihre Teller an. Er hat keine Ahnung, wie man sich benimmt. Kapitän, bedienen Sie sich. Nehmen Sie sich noch etwas.

Nein, vielen Dank, sagte der Kapitän. Ich habe genug gegessen. Noch was zu trinken vielleicht, ja.

Siehst du, sagte Joe. Jetzt hör auf.

Pah, sie sind bloß höflich. Gib ihm trotzdem was. Tu es ihm auf den Teller.

Er hat gesagt, er will nicht. Wenn ein Mann sagt, er will nicht …

Frag nicht, gib, sagte Gurlie.

Aber wenn sie nicht wollen …

Natürlich wollen sie.

Er sieht so aus, sagte Joe, den kraftvollen alten Kapitän anschauend.

Mach schon, sagte Gurlie. Bedien ihn. Worüber redet

ihr zwei denn da? fuhr sie fort und behielt ihren Mann im Auge, der ein Wort mit Elvira gewechselt hatte, die neben ihm saß. Redet ihr über mich? Redet laut, damit wir euch hören können.

Sie glaubt, sagte Joe zu Elvira, an den alten skandinavischen Wahlspruch: Im Zweifelsfall angreifen! Selbst wenn es keinen Anlaß zum Kämpfen gibt.

Was ist? sagte Gurlie. Sprich laut, damit wir dich hören können.

Aber Gurlie, begann Martha.

Du hältst den Mund! sagte Gurlie mit einer Handbewegung und lachend zu ihr. Mittlerweile hörten ihr alle zu.

Gurlie, fuhr Martha fort, du darfst nicht so über den lieben Joe reden. Aber Gurlie ließ sich nicht zum Schweigen bringen. Antworte mir! sagte sie zu ihrem Mann. Was sagst du da hinten über mich?

Joe wurde böse. So ging es nicht. Auf Gurlie, sagte Rang. Kommt, laßt uns auf unsere Gastgeberin trinken.

Sie tranken.

Was geht dich das denn an? sagte Gurlie, die jetzt über Martha herfiel. Worüber redest du mit deinem alten Liebhaber! Ha, ha, ha, ha! lachte sie. Wißt ihr, sie waren einmal verlobt, verkündete sie der ganzen Gesellschaft.

Wirklich! sagte Rang.

Gurlie! sagte Joe. Hab doch ein bißchen Anstand. Ich glaube nicht, daß du noch was trinken solltest.

Ich! Wenn du wie ein Skandinavier trinken könntest, könntest du von Glück reden. In meinem Land weiß man, wie man trinkt.

So ist's recht, Gurlie, sagte Oswald. Komm, versuch mal ein bißchen Whisky. Laßt uns eine schöne Party feiern, jetzt, wo wir in Fahrt sind. Joe! Wie steht's? Soll ich noch eine Runde Highballs mixen?

Doch Joe schüttelte den Kopf: Nein.

Du meinst, du könntest mich betrunken machen? sagte Gurlie in einer Attacke auf Oswald. Pah! junger Mann. So hast du dich in deinem Leben noch nicht getäuscht. Du!

Ich habe dich nicht vergessen. Wenn du auch nur ein bißchen Verstand gehabt hättest, wärest du jetzt mit Martha verheiratet.

Auf meinen Freund Melquist! sagte Oswald, einen glücklichen Mann. Und seine Frau, setzte er, an Martha gewandt, hinzu.

Gurlie, sagte Martha, das ist mir peinlich. Bitte sprich nicht so.

Ach, wir sind doch alle Freunde, sagte Gurlie. Wir legen doch nicht jedes Wort auf die Goldwaage. Stimmt das nicht, Oswald? Wenn du nicht ein Tunichtgut wärest, hättest du ein nettes Mädchen heiraten, dich irgendwo niederlassen und es zu was Nützlichem bringen können wie dein Bruder hier. Was fängst du eigentlich mit dir an, jahraus, jahrein?

Weil Gurlie ein wenig die Puste auszugehen schien, ergriffen alle die Gelegenheit, dem Gespräch eine andere Richtung zu geben. Ja, Oswald, sagte Melquist, der bis dahin ziemlich schweigsam gewesen war, was treibst du?

Ich mache Christbaumschmuck, sagte Oswald.

Ist er nicht nett? sagte Martha. Ich mochte Oswald immer. Er hat so einen schönen langen Schnurrbart, sagte sie und streichelte ihn. Nun lachte jeder.

Ja, sagte der praktisch veranlagte Melquist, das ist nicht schlecht, was du da mit dem Baum gemacht hast. Die kleine Krippe, die du gebaut hast. Die hast du doch ganz alleine gebaut, oder? Sie ist ein Kunstwerk. Wirklich ein Kunstwerk.

Dann fiel der Kapitän mit seiner gedehnten, gutmütigen Stimme ein, die jeden anderen übertönte und zum Schweigen brachte, selbst wenn er ganz beiläufig sprach: Joe, warum ist deine Schwester Ida heute nicht hier? Das ist doch ein würdiger Anlaß.

Joe sah seinen Bruder an. Oswald lachte.

Dürfen wir mitlachen? fragte Rang. Gurlie versuchte, sie davon abzubringen. Nein, sagte sie.

Aber dies war Joes Gelegenheit, und diesmal gab er

nicht nach. Frag Oswald, sagte er mit seinem geheimnisvollen Lachen tief im Bauch. Er wird es dir sagen.

Ich verbiete es, sagte Gurlie. Man sollte meinen, du würdest dich schämen, es auch nur zu erwähnen.

Nun beugte sich natürlich jeder mit gespitzten Ohren vor, um die Geschichte zu hören. Also, sagte Oswald glucksend, ich erzähle es euch.

Schäme dich, sagte Gurlie.

Also, meine Schwester steht sich ja ganz gut, wie ihr wißt, und ich werde nie die Prügel vergessen, die ich von ihr bekam, als ich noch ein kleiner Grünschnabel war. Und ich brauchte ein bißchen Geld, also ging ich zu ihr, und – ich habe es bekommen.

Hör auf! Oswald, sagte Gurlie.

Joe lachte wie von Sinnen. Für mich ist das eine der komischsten Geschichten, die ich je gehört habe, sagte er.

Jetzt willst *du* also den Kasperl spielen, sagte seine Frau.

Joe nahm den Faden auf: Oswald erwischte Ida dabei, wie sie etwas mit einem kleinen Franzosen hatte, der zu der Zeit bei ihnen zur Untermiete wohnte. Deshalb hat er sie überfallen!

Was! sagte Martha. Was meinst du?

Er hat ihr gesagt, er brauche ein bißchen Geld und sie solle es ihm besser geben, sonst würde er es ihrem Mann sagen. Und sie hat es ihm gegeben. Die dumme Nuß! Und Joe brach wieder in lautes Lachen aus.

Du lachst wohl gerne über Frauen, nicht? sagte Gurlie zu ihrem Mann. Typisch Mann. Ich denke, das war ein niederträchtiger gemeiner Trick.

Ich denke, das war komisch wie nur was, sagte Joe, so wie ich Ida kenne. Das Geld hat ihr nicht gefehlt.

Oswald! sagte Martha. Hast du das getan? – Ich kann nicht lügen, sagte er. Ich habe zweihundert Dollar bekommen. Seitdem hat sie nicht mehr mit mir geredet. Es ist alles in der Familie geblieben.

Ach! sagte Gurlie und stand auf. Ich kann euch nicht leiden. Ich gehe.

Die Männer erhoben sich, um Gurlie zu folgen. Prompt setzte sie sich wieder hin.

Ja, Familien sind so, sagte der alte Kapitän.

Das sind sie, sagte Gurlie. Die Schweden haben das beste Sprichwort dafür: ›Die, die dir am nächsten stehen, behandeln dich am schlechtesten, sagte der Fuchs zum Hund.‹ Dann wiederholte sie es auf schwedisch.

Melquist stand auf und ging in das vordere Zimmer, wo der Baum stand. Joe folgte ihm. Möchtest du eine Zigarre?

Danke.

Der Kapitän folgte ihnen. Aber Rang und Oswald blieben bei den Damen.

Uff! sagte Gurlie, meine Beine sind müde.

Deine was? fragte Oswald.

Meine Beine. Was ist los damit?

Nichts, sagte Oswald, überhaupt nichts, soweit ich weiß.

Das will ich aber auch meinen! prahlte Gurlie, schob ihren Stuhl zurück, zog die Röcke bis über die Knie und streckte die Beine nebeneinander vor sich aus. Seht euch das an.

Rang verrenkte sich beinahe den Hals, als er versuchte, über den Kopf seiner Frau zu schauen.

Laßt mal sehen, ob ihr mit denen mithalten könnt. Er hat mich wegen meiner Beine geheiratet. Er hat gesagt, ich hätte die geradesten und bestgeformten Beine, die er je sah.

Was ist? sagte die Frau des Kapitäns ungläubig. Was ist das denn?

Sie meint Elvira, sagte Martha, ohne sich zu rühren, hinter vorgehaltener Hand zu Oswald. – Ich wette fünf Dollar auf Gurlie, rief er. Kommt, Mädels. He, Joe, rief er, komm hierher zurück. Hier gibt's gleich eine Beinshow.

Aber Gurlie begann zu lachen, ließ die Röcke fallen und setzte sich wieder gerade auf den Stuhl. Jedenfalls, sagte sie, bin ich froh, euch alle zu sehen.

Die Männer, die im vorderen Zimmer rauchten, hatten nicht gehört, was sich abspielte. Oswald, sagte der Kapitän an der Tür, komm her. Was willst du bei den Frauen? Komm ins andere Zimmer. Ich möchte mich mit dir unterhalten. Er hat ein paar gute Geschichten über den Spanischen Krieg auf Lager, fügte er als allgemeine Erklärung für die Runde hinzu.

Ja? fragte Martha. Über die kubanischen Señoritas?

Fehlanzeige, sagte Oswald.

Ich weiß nicht, sagte der Kapitän. Davon habe ich nie viel gehört.

Oh, Sie sind zu ernst, sagte Martha.

Komm schon, Oswald. Gehen wir ins andere Zimmer, und machen wir es uns bequem. Die Frauen sollen auch mal unter sich sein, sagte Rang.

Meinetwegen, sagte Oswald, bequemte sich von seinem Stuhl und schob Martha spielerisch von sich. Laß mich gehen, sagte er. Laß mich los.

Was für eine Unverschämtheit! sagte sie. Mach, daß du rauskommst.

Gurlie gähnte ungeniert. Ich habe das alles schon gehört, sagte sie. Es ist nicht spannend. Ich mache noch etwas frischen Kaffee. Und sie gähnte wieder. Nein, macht ihr weiter. Laßt mich nur. Ich brauche keine Hilfe.

Die Frau des Kapitäns setzte sich hin, um sich ein bißchen mit der alten Dame zu unterhalten.

Krieg muß schrecklich sein! sagte Elvira, als Oswald ging. Ich weiß nicht, wie ihr Männer das aushalten könnt. Haben Sie je sehr große Angst gehabt?

Ja, einmal, sagte er unter der Tür. Eines Nachts schlief ich in der Nähe von Tampa unter ein paar Palmen. Ich bin im Grunde nie aus Florida herausgekommen. Ich mußte ungefähr eine Stunde geschlafen haben, als ich mit dem komischen Gefühl aufwachte, das man am ganzen Körper spürt, wenn etwas nicht stimmt. Ich berührte es mit meinem rechten Bein.

Was? fragte Martha.

Ich konnte nichts erkennen. Es war stockduster. Deshalb faßte ich mit der Hand dorthin, und – als ich hinsah, kroch an meinem Bein das Entsetzlichste hoch, das ich je in meinem Leben zu sehen bekommen hatte. Ich konnte nicht erkennen, was zum Teufel es war – es war wie der Teufel persönlich. So groß wie ein Hut, eine Landkrabbe! Hast du schon mal eine gesehen? Das ist ein Gefühl!

Martha schauderte.

Aber du hast da unten Bedeutendes vollbracht, Oswald, sagte Melquist aus dem anderen Zimmer. Komm rüber und erzähle uns davon.

Als Koch, ja.

Das ist ein bißchen milde ausgedrückt.

Erzähl's ihnen, sagte Joe. Erzähl ihnen von den verdorbenen Politikern und wie sehr sie die Armee lieben. Für Geld würden die ihre eigenen Brüder vergiften, die meisten. Es stinkt wie das einbalsamierte Rindfleisch, das sie den Jungs dort unten zum Essen geschickt haben.

Ich kann immer noch die erste Büchse von dem Zeugs riechen, die ich aufgemacht habe, sagte Oswald.

Erzähl mal.

Das ist nichts für die Damen.

Doch, Oswald, sagte Elvira, die ihm ins vordere Zimmer gefolgt war. Nur zu, ich möchte es hören.

Meinetwegen. Was ist schon dabei? Das ganze Lager hatte Durchfall. Das ist die ganze Geschichte. Sie wußten nicht, was sie machen sollten. Starben wie die Fliegen. Und es waren die Fliegen, die sie umbrachten. Ich sagte zum Kapitän, ich könne damit fertig werden. Also nahm ich das ganze verdorbene Büchsenfleisch und warf das ganze gottverdammte Zeugs ins Meer. Ich hoffe, daß ich eine Menge Barrakudas getötet habe.

Was hast du ihnen dann zu essen gegeben, Oswald?

Ich habe ihnen *Brandsuppe** gegeben. Wir haben Streifzüge in der Gegend gemacht und ein wenig frisches Fleisch bekommen. Nicht viel. Ich habe jede Menge trockenes Mehl gebräunt, so wie Mutter es immer tat, als wir Kleinkinder waren – und es ihnen mit allem gegeben, was ich finden konnte, damit es ein bißchen nach etwas schmeckt.

Elvira, die letzte der Damen, stand schließlich auf und schlenderte ins Eßzimmer zurück.

Das Schlimmste aber waren die Latrinen, fuhr Oswald fort. Sie hoben Gruben im Sand aus und ließen sie eine Woche und manchmal länger offen, bis sie eine neue graben mußten. Ich ließ sie einen Graben ausheben und ihn auffüllen, wenn er verlängert wurde. Wenn ich ein bißchen Verstand gehabt hätte, hätte ich mich um meine Angelegenheit gekümmert, den Mund gehalten und mich nach Kuba versetzen lassen, wo ich ein bißchen Spaß hätte haben können. Der Krieg bedeutete für mich bloß, Küchenjunge und Müllmann zu sein.

In der darauffolgenden Stille konnte man hören, wie Melquist leise zu Joe sagte: Das Schwerste auf der Welt und auch das Nützlichste ist Selbstdisziplin. Wenn du einen Bummelanten und Versager triffst, sieh ihn dir an, und du merkst, daß mangelnde Selbstdisziplin dahintersteckt.

Die Worte standen mit bestürzendem Nachdruck im Raum. Joe gab keine Antwort, so daß Melquist, der den anderen den Rücken zuwandte, sich umdrehte, Oswald direkt ins Gesicht sah und errötete.

Was ist? Was ist? fragte der alte Kapitän.

Sie haben über mich gesprochen, sagte Oswald. Hab ich euch mit runtergelassener Hose erwischt, Jungs. Aber eins will ich euch sagen, fuhr er gutmütig fort, das ist nur die Hälfte der Wahrheit.

Hör zu, Oswald, begann Melquist.

Nichts da! Hört mal. Die Fähigkeit zur Selbstdisziplin muß erst einmal da sein. Das vergeßt ihr. Ich bewundere Joe hier. Mein Leben lang wollte ich seriös sein. Ich schaffe es einfach nicht. Gerade wenn ich mir die ganze Last der Gesellschaft auf die Schultern laden will – fängt es an, mich zu kribbeln! Ihr würdet staunen. Ich frage mich, ob ihr je gespürt habt, was ich manchmal spüre. Das frage ich mich.

Komm schon, Oswald, du darfst nicht beleidigt sein, sagte Melquist, wir wollten –

Laß gut sein, Melly, sagte der große Mann. Ich will dir

mal was sagen. Ich kenne eine Frau, die zwei Bilder hat. Ölgemälde von ihrem Großvater und seinem Bruder, ihrem Großonkel. Der eine, der alte Knabe, der ihr Großvater wurde, hat so einen Mund, er zog die Mundwinkel mit den Spitzen der beiden Zeigefinger herunter. Das Gesicht ist gelb und hager, mit einem finsteren Ausdruck, als habe ihn gerade jemand gebeten, ihm einen halben Dollar zu leihen.

Du gehörst auf die Bühne, Oswald.

Aber der andere, ich vermute, der jüngere Bruder des alten Knaben, lacht – so! Einen munteren Ausdruck auf dem Gesicht, blaue Augen, rote Wangen, Lockenkopf und seidenes Jackett, ein blaues seidenes Jackett. Sein Bruder trug Schwarz. Man sagt, der zweite Bursche habe auf eine Wette hin einmal einen Zehndollarschein zwischen zwei Brotscheiben gegessen.

Dann hat er zehn Dollar ausgegeben, sagte Joe.

Du irrst, Joe. Er hat zehn Dollar eingenommen. Sie alle lachten. Aber worauf ich hinaus will – die Umstände. Sie wurden so geboren. Der eine von ihnen hat Geld gemacht und es gespart. Ich wette, der andere hatte alle Frauen der Welt und nie Kinder. Seht ihr, so wird die Welt zu dem, was sie ist. Sie waren so veranlagt. Es wäre unmöglich für sie gewesen, sich zu ändern. Der Arme und der Reiche sind beide gleichermaßen Opfer ihrer Erbanlagen.

Seid ihr Männer fertig mit euren Geschichten? fragte Martha lächelnd und steckte den hübschen Kopf durch die Vorhänge. Können wir reinkommen?

Na sicher! sagte Joe. Wo ist der Kaffee, von dem ich vor ein paar Minuten habe reden hören?

Das stimmt, sagte Martha. Wo ist der Kaffee? Gurlie, rief sie, wo bist du? Niemandem war bis dahin Gurlies Abwesenheit aufgefallen.

Gurlie! Und mehrere Frauen gingen in die Küche, um nachzuforschen. Stille. Dann ein unterdrücktes Lachen, als Martha durch den Flur zurückkam und die Gesellschaft zu sich heranwinkte. Alle waren verdutzt. Sie legte den Finger auf die Lippen, Stille heischend.

Nein, sagte Olga. Das ist nicht fair.

Doch, doch, kommt. Sie gingen, Oswald voran.

Leise stieß Martha die Schlafzimmertür auf. Und dort auf dem großen Bett lag Gurlie, die Arme ausgestreckt, den Kopf auf dem Kissen zur Seite gedreht, in tiefem Schlaf.

Ist sie nicht schön! sagte Martha.

– und so unschuldig sieht sie aus, sagte Oswald.

Laßt sie schlafen.

KAPITEL 21

Mittagessen im Klub

Feuer im Bauch, das macht einen zum Führer, sagte Mr. Lemon. Empfinden Sie das auch so?

Joe lächelte und schüttelte den Kopf. Wen wollen Sie führen, und wohin wollen Sie sie führen? fragte er.

Die Arbeiter. Zu einem Anteil am Gewinn und am Eigentum. Das wollen sie, und das macht uns allen zu schaffen. Sie werden es bald zu spüren bekommen. Schneller, als Sie denken. Ich bin gespannt, was passieren wird.

Ich weiß, was passieren wird, sagte Joe.

Was?

Ich muß zahlen – alles, was sie aus mir herausholen können.

Aber die Preise, Mann! Sie wissen, Sie können nicht lange wettbewerbsfähig bleiben, ohne die Arbeiter zu drükken. Sie wissen, wer Ihnen den Hals abzuschneiden versucht, wenn er nur kann. Klar, Sie haben mehr Fähigkeiten als der Durchschnitt. Aber das reicht nicht. Früher oder später ist es soweit. Was wollen Sie dann machen – hinsichtlich der Bezahlung Ihrer Arbeiter, meine ich? Wollen Sie ein kleiner Drucker bleiben, oder wollen Sie expandieren, und wenn, was dann? Steigerung der Produktion. Etwas anderes ist noch nicht erfunden worden, um die Kosten zu senken. Noch nicht, jedenfalls. Was dann?

Was ich mache, hängt davon ab, was die anderen machen, sagte Joe.

Zu negativ, sagte Mr. Lemon. Joe gab keine Antwort.

Zwei Tage nach Weihnachten hatte Mr. Lemon Joe angerufen und ihn aufgefordert, mit ihm in seinem Klub zu Mittag zu essen. Joe wollte nicht. – Kommen Sie, kommen Sie, reißen Sie sich aus dem Irrenhaus los und kommen Sie her, hier ist es ruhig. Gönnen Sie Ihren Nerven eine Pause. Ich möchte mich ein wenig mit Ihnen unterhalten.

Geht nicht, hatte Joe gesagt. Ich habe zuviel zu tun.

Womit? Kommen Sie. Kommen Sie raus aus Ihrem Panzer und lassen Sie sich ab und zu einmal bei Ihren Freunden sehen. Ich erwarte Sie um eins. Nein, ein Nein lasse ich nicht gelten. Was soll das? Nein, nein, nein, nein. Kein Getue.

Deshalb hatte Joe eine Stunde später vor dem schweren Portal in der Madison Avenue gestanden und zu der Nummer hochgeschaut, die in das dreieckige Giebelfeld aus Granit eingemeißelt war. Unerwartet hatte die Tür sich geöffnet, und er war hineingegangen. Mr. Lemon saß in einem der tiefgepolsterten roten Ledersessel im Foyer. – Heil! Hier kommt der Eroberer! sagte Lemon lachend, als er sich erhob, um seinen Freund zu begrüßen.

Darf ich Ihnen Hut und Mantel abnehmen.

Joe rieb sich die Hände und sah sich um. Hübsch hier, sagte er.

Ja, es ist sehr gemütlich. Wollen wir was trinken?

Joe schüttelte den Kopf.

Kommen Sie. Ein Cocktail schadet Ihnen nicht.

Nein, danke, sagte Joe.

Ein Glas Sherry? Sie haben hier sehr guten.

Na gut, meinetwegen. So gingen sie zur Bar und mischten sich unter die anderen.

Kalt draußen, nicht?

Ja, sieht aus, als würde es wieder schneien.

Schön, daß Sie kommen konnten, Stecher. – Joe probierte seinen Drink und setzte ihn wieder ab. Er betrachtete den Raum ringsum, die Möbel und Menschen darin. Ich vermute, das heißt es, Geld zu haben, sagte er.

Sie würden staunen!

Joe nippte wieder an seinem Drink.

Möchten Sie sich die Hände waschen? Oder sollen wir gleich reingehen und essen? Ich möchte Sie nicht hetzen.

Reden Sie, Stecher, sagte Mr. Lemon, als sie eine Dreiviertelstunde später aus dem Speisesaal kamen. Joe sah auf die Uhr.

Ach, vergessen Sie das doch eine Weile. Lemon zog zwei Lehnsessel vor ein Fenster zur Madison Avenue und setzte sich in einen. Joe nahm den anderen. Draußen war schlechtes Wetter, es schneite wieder, ein dunkler, bitterkalter Tag.

Was halten Sie wirklich von der ganzen Sache, jetzt, wo sie gelaufen ist? War sie es wert? Mr. Lemon schien zur Straße zu sprechen.

O ja, sagte Joe.

Hat es Ihnen Spaß gemacht? Der Kampf, meine ich.

Ja, sagte Joe.

Ich glaube nicht, sagte Mr. Lemon lachend. Aber man kann nie wissen. Und was für eine Tracht Prügel die gekriegt haben! Wissen Sie, jetzt tun sie mir manchmal richtig leid.

Tja, sagte Joe. Mir auch.

Mr. Lemon lachte laut auf. Da waren eine Menge Gefühle mit im Spiele, sagte er. Hatten Sie Probleme, die Stahlmatrizen von ihnen zu bekommen? Ich dachte, das würde der Fall sein.

Ich habe dem Ministerium gesagt, wann ich sie brauchen würde, und sie waren rechtzeitig da.

Ach ja, sagte Mr. Lemon. Natürlich.

Einen langen Augenblick sahen sie wieder aus dem Fenster, jeder in seine Gedanken versunken. Eine Elektrische fuhr mit großem Getöse vorbei, und ihre Glocke klingelte beharrlich, die der Straßenbahnführer läutete, um ein Fuhrwerk aus dem Weg zu treiben, das vor ihm her trödelte.

Was ich aber immer noch nicht ganz verstehe, sagte Lemon, ist, warum sie überhaupt so ein Theater um die Sache gemacht haben. Sicher ist es nett, so einen Auftrag im Betrieb zu haben, aber nichts Besonderes. Sie hatten es nicht nötig, sich auf diese Art und Weise in einen Kampf einzulassen, den sie verlieren mußten. Es muß etwas Persönliches für den Alten gewesen sein. Haben Sie den alten Knaben gesehen, seit das Schwurgericht ihn freigesprochen hat?

Joe schüttelte den Kopf.

Bloß ein verstocktes Kleinkind, das mit dem Fuß aufstampft und schreit, sagte Mr. Lemon. Über kurz oder lang wird er auftauchen, um sich Ihren Laden einmal anzugukken, glauben Sie mir. Aber er ist am Ende. Wegen dem brauchen Sie sich keine Sorgen mehr zu machen. Der ist jetzt ein anderer Mensch.

Nein, sagte Joe. Das glaube ich nicht.

Schweigend saßen sie da und schauten in den Sturm hinaus. Was wollen Sie jetzt anstellen, wo alles vorbei ist? Haben Sie je darüber nachgedacht?

Arbeiten, sagte Joe.

Das wird aber ziemlich langweilig, sagte sein Gastgeber. Das können Sie den Gesellen überlassen, oder nicht? Was wollen *Sie* tun? Sie werden jetzt ein anderes Leben haben, Stecher. Sie müssen anfangen, sich umzuschauen. Mit den Jungs bekannt werden. Sie müssen Ihre Geschäftsverbindungen ausbauen, wissen Sie.

Ich ziehe in einen Vorort, sagte Joe.

Nein! Das tut mir aber leid. Wohin – Long Island?

Nein, sagte Joe.

Hübsch da draußen. Jede Menge reiche Leute. Was sonst?

Morgen wird mir ein Smoking verpaßt. Meine Frau führt mich zu einer Silvesterparty.

Genau das Richtige. Wohin gehen Sie?

In ein Lokal namens ›Little Hungary‹ an der East Houston Street, um Boheme-Atmosphäre zu schnuppern, sagte Joe und kräuselte verächtlich die Lippen.

Wenn das Lokal noch so ist, wie es war, als ich das letzte Mal da war, wird sie nicht enttäuscht sein. Ziemlich laut. Aber die raffinierten Weinausschenker, die sie auf den Tischen haben, gefallen mir. Ganz amüsant.

Sie will dahin.

Oh! Das höre ich gerne. Sie muß eine energische Frau sein. Mr. Lemon betrachtete seinen Gast kritisch. Haben Sie schon einmal daran gedacht, einem Klub beizutreten, Stecher?

Hatte nie die Zeit oder das Geld dazu, sagte Joe.

Kegeln Sie gerne?

Nein, nicht gerade gern.

Billard?

Ja, Billard spiele ich ganz gerne.

Denken Sie mal drüber nach. Sie sind ein komischer Kerl, Stecher. Wissen Sie, ich habe Sie im Verdacht, daß Sie trotz des großartigen Kampfes, den Sie geliefert haben – trotz alledem –, ich hatte das Gefühl und habe es immer noch, daß Ihnen die ganze Sache gleichgültig, von A bis Z egal ist.

Nun, sagte Joe langsam, das ist starker Tobak. Aber ich hätte etwas anderes tun können, vermute ich, und damit viel glücklicher werden können. Vielleicht.

Ja, aber *die* Gelegenheit hätten Sie nicht noch einmal bekommen können. Zigarre?

Vielen Dank. Ja, vermutlich muß man für das kämpfen, was man in dieser Welt haben will.

Jedenfalls muß man das haben wollen, für das man kämpft.

Nun, sagte Joe, ich bin froh, daß es jetzt vorbei ist.

Das ist eine natürliche Reaktion. Aber mir ist nicht aufgefallen, daß Sie mittendrin aufgehört hätten.

Mein Leben wäre sonst nicht lebenswert gewesen. Joe lachte.

Oh, sagte Mr. Lemon. Sie meinen Ihre Frau? Ja, die Frauen haben in solchen Dingen viel zu sagen, zum Glück für uns.

Geht Ihnen das auch so? fragte Joe.

Nach einer Weile wird es einem zur Gewohnheit. Man fängt an, es zu genießen, immer da zu sein, wo es am heißesten hergeht. Das Verantwortungsgefühl richtet einen auf. Es ist dann leichter.

Leichter, härter zu arbeiten, sagte Joe mit einem Lachen. Ja, das spüre ich bereits. Man bekommt nicht mehr so oft die Schuld an allem. Je mehr einem aufgeladen wird, desto mehr gefällt es einem, weil es leichter ist, lachte er wieder.

Besser, als nichts zu tun zu haben, sagte Mr. Lemon. Wie wär's mit was zu trinken?

Von mir aus, sagte Joe.

Gut! Das ist besser. Der müde Geschäftsmann bei seinem natürlichen Zeitvertreib. Scotch und Soda?

Ja, klar!

Sie sind mir ein Rätsel, Stecher. Wissen Sie das? Wenn ich Sie nicht so gerne hätte, würde ich Ihnen manchmal sagen, Sie sollten zur Hölle fahren. Ehrlich. Dabei sah er Joe lächelnd in die Augen und beobachtete ihn aufmerksam.

Tja, sagte Joe und entgegnete Lemons Blick kühl.

Merkwürdiger Mensch. Wissen Sie, Stecher, in einer Hinsicht, und einer sehr realen Hinsicht, sind Sie asozial. Ich verstehe das nicht – nicht bei Ihnen. Verzeihen Sie mir, wenn ich das sage. Niemand kann an Sie herankommen. Meiner Meinung nach ist das wirklich schade. Denn im tiefsten Herzen wollen Sie, glaube ich, freundlich sein. Ich spreche ganz offen. Ich kenne Sie überhaupt nicht. Wissen Sie das?

Joe sah auf die Straße hinaus.

Ich wette, Sie wünschen bei Gott, daß Sie in diesem Augenblick zehn Meilen weit weg wären. Habe ich recht?

Durch das Fenster des Klubs konnten sie eine junge Frau ohne Hut sehen, die, mit einem lose über die Schultern geworfenen Mantel, aus einem Geschäft weiter unten im Block herauskam, zu einer Tür gegenüber lief und hastig eintrat. Joe bemerkte, daß sie die Füße hinter sich warf, x-beinig lief, ganz anders als ein Mann.

Ich weiß nicht, ob ich das Recht habe, mit Ihnen zu sprechen, wie ich will, Stecher. Aber verdammt noch mal, Sie haben eine Art, die einen in sich gehen und ein bißchen nachdenken läßt. Sie hätten einen großartigen Rechtsanwalt abgegeben. Sie haben das Auge dafür und den Charakter auch. Und heutzutage braucht man das bei Gericht. Aber das Geschäftsleben braucht es genausosehr. Ehrlich, manchmal frage ich mich, warum Sie die Arbeiterbewegung aufgegeben haben. Verzeihen Sie, wenn ich das so sage. Für sie war es ein großer Verlust.

Ja, sagte Joe, die Worte sorgfältig abwägend. Es würde lange dauern, das zu erklären.

Vergessen Sie's. Die Arbeiterbewegung läßt Sie sowieso nicht ruhen. Für die sind Sie vielleicht auch so ein Geschenk des Himmels.

Joe machte eine Bewegung, als wolle er seine Uhr herausholen, ließ sie dann aber langsam wieder in die Tasche fallen, ohne darauf zu schauen.

Warum ist das so, Stecher? Glauben Sie nicht, daß ich Ihnen vorschreiben will, was Sie tun sollen. Das ist es nicht. Bloß daß ... Ich glaube nicht, daß Sie mir gegenüber wirklich mißtrauisch sind. Ich weiß, daß ich Sie beklommen mache.

Joe sah seinen Freund scharf an. Vielen Dank für Ihre Mühe. Ich denke, ich gehe mal besser wieder in den Betrieb.

Nein, ich lasse Sie vorläufig noch nicht gehen, weil ich eine Gelegenheit wie diese nie wieder bekommen werde. Trinken Sie aus. Wie wär's mit noch einem Highball?

Gut, sagte Joe, wenn ich hierbleibe, warum nicht?

So ist es recht. Jetzt kommen wir voran. Er läutete eine Glocke und deutete auf die Gläser. Darf ich fortfahren?

Sicher, sagte Joe. Ich höre zu.

Was wird es denn, alter Freund, ein *closed shop* oder ein *open shop*?

Closed shop, sagte Joe. So war es vereinbart, solange sie keine Schwierigkeiten machen.

Und wenn sie es tun?

Das ist ihre Sache.

O nein, das ist es nicht, Stecher. Da irren Sie sich. Tausend widerstreitende Faktoren spielen da hinein, die noch niemand von uns begreift. Von daher wird der Ärger kommen.

Die Männer saßen wieder da und sahen auf die schlammige Straße hinaus.

Es ist schon richtig, zu sagen, daß man ein Existenzminimum bezahlt, aber im Geschäftsleben sind diese Dinge der Kontrolle des einzelnen enthoben – und er muß sich entschließen.

Das habe ich ja gesagt.

O nein. Es spielt keine Rolle, was man seinen Arbeitern zahlt. Fünf Dollar am Tag, zehn Dollar am Tag, zweihundert Dollar am Tag, wo ist der Unterschied? ABER wenn Sie Ihren Arbeitern fünf Dollar am Tag zahlen, und jemand anders verkauft Ihr Produkt für fünfzig Cent weniger oder einen halben Cent weniger als Sie auf dem Markt, dann müssen Sie das aus Ihren Produktionskosten herausholen. Gut. Sie müssen die Löhne kürzen. Also runter damit. Und Sie haben Streiks und Arbeitsniederlegungen und das ganze Zeug. Sie können nichts dafür. Wollen Sie pleite gehen? Dann müssen Sie sich nach dem Markt richten. Etwas anderes gibt es nicht. Habe ich recht?

Man kann nicht immer Geld verdienen.

Verdammt noch mal, Stecher, ganz egal, wie clever Sie sind, aber es gibt ein paar Dinge im Geschäftsleben, die man nur durch Erfahrung lernen kann.

Aber sicher, sagte Joe.

Aber Sie sehen doch, daß Sie mir gegenüber nicht offen sind. Ich hoffe, ich trete Ihnen nicht zu nahe.

Nein, sagte Joe. Aber ich bin, wie ich bin. Ich muß abwarten und sehen, was passieren wird.

Tja, vielleicht ist es das. Vielleicht können wir alle nichts daran ändern. In diesem Fall ist es tragisch und wird tragisch enden. Nehmen Sie eine Zigarre.

Danke, ich nehme meine eigenen.

Gut. Sehen Sie. Sie machen einen großen Fehler. Vielleicht irre ich mich. Vielleicht ist alles falsch, das ganze Geschäftsleben und das Wirtschaftssystem. Aber wir müssen damit leben und es uns untertan machen, oder es erledigt uns. Es wird Sie erledigen, Stecher, wenn Sie nicht aufpassen, was Sie tun – und das ganz schnell.

Von mir aus, sagte Joe.

Was meinen Sie mit von mir aus?

Sie tranken ein paar Schlucke und beobachteten die Leute, die kurz auf der winterlichen Straße stehenblieben, sich an die Gebäude drängten, wo der Schnee schmolz, um in Schaufenster zu schauen. Eine Bewegung die Straße hinauf und herunter, während der Nachmittag bereits langsam zu dunkeln begann.

Es wird Ihnen an den Kragen gehen, Stecher, fuhr Mr. Lemon fort, als wären seine Gedanken nie abgewandert. Sie werden zwischen zwei Mühlsteinen zerrieben. Wenn Sie nicht mit den großen Mackern Ball spielen wollen, werden Sie die Arbeiterbewegung am Halse haben, ehe Sie es merken. Darin liegt die Gefahr für das Geschäftsleben heute, in der Arbeiterbewegung. Das wird uns alle früher oder später erledigen.

Joe sagte nichts.

Ihre gegenwärtige Einstellung wird nicht halten. Sie ist sentimental und repräsentiert nichts.

Wenn ich mit keiner Seite Ball spielen kann, sagte Joe, dann muß ich wohl Schiedsrichter sein.

Aber Sie können die Dinge nicht so leichtfertig von der Hand weisen. Das geht nicht. Sie sind im Geschäft, und das ist das Geschäft. Begreifen Sie das doch. Ich glaube nicht, daß Ihnen klar ist, worauf ich hinaus will. Hören Sie mir zu, alter Freund, so klug Sie sind, glaube ich doch nicht, daß Sie wissen, worüber ich rede. Nehmen wir an, ich bin Arzt, und Sie kommen zu mir, um sich für eine

Versicherung untersuchen zu lassen. Sie fühlen sich gut, alles ist in Schuß. Nie im Leben haben Sie sich besser gefühlt. Aber ich sage Ihnen, daß ... Lassen Sie mich ausreden. Hören Sie mir zu, Stecher, es ist ernst.

Diesmal sah Joe seinem Freund in die Augen, als wolle er sagen: Was wissen Sie denn schon?

Werden Sie ruhig böse, Sie haben recht, aber ich werde es zu Ende bringen, dann habe ich es hinter mir. Sie sitzen in der Klemme zwischen dem *big business* auf der einen Seite, das Sie, *wenn es soweit ist*, nicht mehr toleriert als eine Mücke, und der anderen Seite – der nach oben drängenden Macht der Arbeiterbewegung, die Sie von unten her bedrängt. Und das ist das Schlimmste. Sie werden getötet – es sei denn! Und das meine ich ganz wörtlich, getötet. Es sei denn, Sie treffen eine Entscheidung – für das eine oder das andere.

Was ist das, ein Krieg? sagte Joe.

Schlimmer. Sie werden zum Richtblock geführt, ohne auch nur eine Chance zu haben, sich im Preiskrieg zu verteidigen. Und Sie können nichts dagegen tun – es sei denn, Sie haben Deckung. Die erwischen Sie, auf die eine oder die andere Art. Das tut jeder. Sie werden abgeschossen. Wollen Sie das? Wirklich? Nein. Aber ich frage mich das. Sind Sie so desillusioniert, daß Sie das wirklich wollen, Stecher? Ich frage Sie als intelligenten Menschen. Genau darauf läuft es nämlich hinaus. Fordern Sie nicht früher oder später zu Ihrer eigenen Zerstörung heraus, wenn Sie sich nicht der einen oder der anderen Gruppe anschließen? Viele Männer tun das. Ist es das? Denken Sie darüber nach. Es kommt sehr häufig vor, und Sie sind zu gut dafür.

Joe hörte nicht mehr zu. Er mußte gehen.

Ich meine es ernst, fuhr Mr. Lemon fort. Ich habe mein Leben damit verbracht, meinen eigenen Fall zu studieren.

Und was haben Sie herausgefunden? fragte Joe.

Ja, Sie haben recht. Viel habe ich nicht herausgefunden, außer wie sehr sich andere zum Narren machen, besonders in öffentlichen Positionen. Der Reichtum ist sozusagen ein

Klubeigentum. Wir müssen zusammenhalten, oder wir verlieren ihn.

Ich bin nur glücklich, sagte Joe, wenn ich arbeite.

Stecher, darf ich das sagen? Sie betragen sich wie ein Mensch mit Schuldgefühlen.

Das stimmt, sagte Joe, ich bin schuldig, ich verdiene nicht genug Geld.

Aber Sie wollen doch kein Geld, das sagen Sie doch selbst.

Das stimmt, sagte Joe. Aber ich könnte es gebrauchen.

Wissen Sie, was die schlimmste Droge der Welt ist, Stecher?

Arbeit.

Genau. Wir arbeiten, damit wir nicht denken müssen. Und Whisky. Und Frauen. Die gottverdammten Frauen.

Das hatte Joe nicht erwartet.

Sie sind süchtig, Stecher. Sie wollen berauscht sein.

Das stimmt, sagte Joe. Und ich esse auch gerne, vergessen Sie das nicht.

Sie könnten essen, ohne so hart zu arbeiten.

Tja, wenn ich klug wäre.

Stecher, Sie sind unmöglich! Sie erschließen sich ein neues kommerzielles Feld, eine neue Welt – als aktiver Spieler –, in der ich mein Leben lang existiert habe – und Gott weiß, wie wir dieses Jahr unsere Altersversorgung bezahlen sollen. Ich will Ihnen nur ein paar Richtlinien geben …

Die brauche ich, sagte Joe. Es wird spät. Er stand auf.

Ich möchte nur nicht erleben, daß man Sie verletzt. Verzeihen Sie, alter Freund, wenn ich Sie gelangweilt habe.

Joe blickte seinem Freund noch einmal gerade in die Augen. Danke, sagte er.

Verstehen Sie nicht, was ich meine, Stecher? Ich mache mir Sorgen um Sie. Gerichtliche Auseinandersetzungen, Vertragsbrüche, Lügen vor den höchsten Stellen. Das sind Dinge, die einen zerbrechen. Die Wirtschaftswelt ist kein Ort für einen ehrlichen Menschen, einen buchstäblich ehrlichen Menschen, heißt das. Haben Sie einen guten Rechtsanwalt?

Sicher, sagte Joe.

Wenn nicht, nehmen Sie meinen – Sie werden ihn brauchen.

Sie haben genug für mich getan, sagte Joe. Diesmal schaffe ich es alleine. Sehr zu Dank verpflichtet.

Mr. Lemon lachte, nahm Joes Rechte in die seine und legte dem Freund die linke Hand auf die rechte Schulter. Einen Augenblick blieben sie so stehen, dann löste Joe seine Hand. Er drehte sich um, und sie gingen Seite an Seite zur Tür, wo er Hut und Mantel wiederbekam, sich anzog und erleichtert hinaus ins Freie trat.

KAPITEL 22

Neujahrsgeplauder

Elsas größter Wunsch war es, Englisch zu lernen. Sie lauschte allem.

Wo gehst du hin? fragte Gurlie ihr junges Dienstmädchen.

In Park, sagte Elsa.

Ja, aber du kannst doch nicht den ganzen Nachmittag im Park herumlaufen. Hast du ein paar Freunde, die du da triffst?

Nicht Freund. Viele Damen.

Was soll das heißen?

Hinter Museum. Sehr schöne Sonne für Kinder, zu sitzen.

Ach. Na gut. Lauf schon. – Das Mädchen hatte praktisch die ganze Geschichte erzählt. Sie hatte den Treffpunkt einer Reihe Frauen gefunden, die an diesen Wintertagen ihre Kinder hinter dem Museum of Art frische Luft schnappen ließen, und sie hielt sich gerne in ihrer Nähe auf. Es war ein auf zwei Seiten umschlossener Platz, dem

Verkehr fern und nach Süden gelegen, wo die Sonne sich wie in einer Falle fing, aber wenig oder gar kein Wind hinkam. Trotz der Jahreszeit war es an manchen Tagen richtig warm dort, dicht an der Museumsmauer; ihr Klub und ihre Schule.

Auf der Bank, wo sie mit der kleinen Flossie saß, spitzte sie die Ohren, um Gesprächsfetzen mitzubekommen, alles, was sie aufschnappen konnte.

Hallo, liebe Mami.

Hallo! sagte die Frau lächelnd und tätschelte den vermummten Kopf.

Hallo, liebe Mami, sagte das Kind wieder.

Ja, es reicht. Ich bin ja hier.

Hallo, liebe Mami.

Sie will bloß reden, sagte die Frau zu Elsa. Jetzt lauf. Hier, laß dir die Nase putzen. Das Kind ließ sich pflichtschuldig die Nase putzen und lief davon zu seinen Spielgefährten.

Gewöhnlich achtete Elsa sehr darauf, wo sie sich hinsetzte. Wenn sie es vermeiden konnte, war sie nie alleine auf einer Bank anzutreffen, damit sich nicht jemand, vielleicht eine farbige Person, vor der sie sich schrecklich fürchtete, neben sie setzen konnte. Gewöhnlich wartete sie, bis sie einen Platz neben einer älteren weißen Frau finden konnte. Sonst spazierte sie einfach langsam herum oder stand in einer Ecke, wo sich etwas tat.

Frei! brüllte ein atemloses kleines Mädchen, das zur Ecke der Museumstreppe lief und sie berührte.

Oh! Das ist nicht fair! sagte eine andere. Du warst zu weit weg.

War ich nicht.

Warst du wohl, nicht, Geraldine? Wir haben gesagt …

Du bist's. Mach schon, zähl.

Eins zwei drei vier fünf sechs sieben acht neun zehn elf zwölf dreizehn vierzehn fünfzehn sechzehn siebzehn achtzehn neunzehn zwanzig … hundert! Ich komme, ob ihr fertig seid oder nicht!

Elsas Augen blitzten und funkelten. Auch das Baby lauschte. Eins, zwei, drei, vier, fünf, sagte es. Elsa lobte es: Das ist fein.

Der Ort wurde ihnen beiden zur zweiten Heimat. Das kleine Dienstmädchen lernte alle warmen Flecken kennen, wo man den Wagen gemächlich schieben konnte, den Kies, den Rinnstein, alles. Sie ging um den Obelisken herum, und da war eine Stelle – in dem betonierten Bürgersteig vor dem Museumseingang –, über die eine Katze gelaufen war, als der Beton noch weich war, und die Abdrücke ihrer Pfoten hinterlassen hatte. Elsa sah hin und wußte, daß es eine Katze gewesen war. Siehst du? sagte sie zu dem Kind.

Jetzt zog ein dunkles, aggressives kleines Mädchen einen großen blonden Heulpeter in einem Kinderwagen auf, indem es einfach stehenblieb und ihn gebannt anstarrte, bis er verängstigt zu brüllen anfing.

Du riechst aber doch komisch, Sissy, sagte eine andere Frau und schaute mißtrauisch ihren Säugling an, der sie unter den Kinderwagendecken hervor zufrieden anlächelte.

Was für eine Truppe! Elsa ging dicht daran vorbei und lauschte: Es ist kein lockerer Husten, sondern ein Reizhusten, der sie nicht schlafen läßt.

So kam das neue Jahr heran, und Elsa zog Flossie die kleinen neuen Schuhe und ein hübsches Kleid an und kämmte ihr die blonden Locken, so daß sie gerade richtig unter der schmucken Haube hervorguckten, und dann ging sie zu ihrem üblichen Rendezvous, um dort zu sitzen und zu lauschen.

Milch lehnt sie ab, aber essen tut sie ganz gut. Sie mag Stärke. Manchmal macht es mich ganz krank, sie anzusehen. Sie hat immer Hunger. Scheint aber richtig zuzunehmen. Ich weiß es nicht. Als ich ihr einmal ein bißchen Ei gegeben habe, wurde ihr Gesicht gelb, innerhalb von fünf Minuten. Ich habe es nicht noch einmal versucht. Sie ist schrecklich launisch. Ich weiß nicht, ob es daran liegt, daß sie keine Zähne hat, oder was es ist.

Das war ihre Unterrichtsstunde für einen Tag. Sie wußte nicht, worüber amerikanische Frauen redeten, oder was sie meinten, aber sie hatte das Gefühl, sie würde lernen. Es war, als höre sie Leute vom Mond. – Vögelchen! sagte die kleine Flossie. Richtig, sagte Elsa. Sehr gut.

Alle möglichen Babys waren da, und Kinder aller Altersgruppen, bis fünf oder ein wenig älter, sonnten sich dort, spielten Ball, stolperten, fielen, weinten, lachten, bekamen die Nasen geputzt oder schliefen einfach, und die Frauen redeten oder dösten mit ihren Schutzbefohlenen, rafften sich bloß dazu auf, ihre geringsten Pflichten zu erfüllen, dann zurück zum Strickzeug, den Büchern, Zeitschriften oder Tagträumen.

Er muß in den Süden gegangen sein und sie geholt haben …

Zum großen Teil haben sie selbst schuld.

Das ist richtig, weine mal tüchtig, dann mußt du nicht soviel pinkeln … groß wie ein Pferd.

Elsa nahm alles begierig auf. Plötzlich schrie anderswo im Hof jemand laut auf: Dieses verdammte Kind schon wieder, diesmal hat er sich wahrscheinlich in die Hose geschissen. Jedesmal, wenn er stolpert und fällt, muß der ganze Block es mitkriegen.

Wir werden auch das überstehen.

Gelegentlich schlenderte knüppelschwingend ein Schutzmann vorbei und blieb einen Augenblick stehen, um sich mit einer Frau zu unterhalten oder gutmütig ein paar Worte mit einem Kind zu wechseln. Einmal zwinkerte er deutlich Elsa zu, die puterrot wurde und davoneilte.

Ja, sie ist vierzehn Monate. Sie läuft und spricht und wiederholt alles, was man ihr sagt. Es ist komisch. Wir müssen vorsichtig sein.

Ich wünschte, Sie könnten sehen, was dieser Bursche zum Abendessen vertilgt. Kein Wunder, daß er so groß ist. – Oder: Sie will keine Milch trinken. Nimmt ein bißchen zum Müsli. Brot und Butter, das ist ihre Sache. Und schauen Sie sich sie an. Es zerreißt mir das Herz.

Zu einem Baby, das etwas aß, was es nicht sollte: Ah ah ah ah ah ah ah ah!, wie das Krächzen einer Krähe.

Ich gerbe dir das Fell! Du dreckiges kleines Gör, sagte eine andere Frau. Weg mit dir. – Elsa lernte in einem fort. Milch. Müsli. Spinat. Zähne. Ausschlag. Spazierengehen und reden, jeden Tag, jeden Tag ging es so weiter.

Erst die Situation, dann die Reaktion, das kleine Bauernmädchen fragte sich, ob alle Babys in Amerika so waren. Sie schaute die kleine Flossie an, wie sie plapperte und grinste und mit den Händen fuchtelte, und entschied, daß man in New York eine besondere Sorte schlecht erzogener Babys hatte. Aber du bist süß, sagte sie mit großem Nachdruck zu ihrem kleinen Schützling.

– und schreien? Ich bin in einem solchen Zustand, ich könnte auf einer Wäscheleine schlafen. Vielleicht wird es beim nächsten nicht so schlimm.

Meinen Sie denn, seine Augen stehen gerade? Ich habe ihn zum Arzt gebracht, aber der sagte, es sei in Ordnung. Ich glaube, er ist verrückt. Sehen Sie! Sehen Sie sich das rechte Auge an, meinen Sie nicht, es schielt ein bißchen nach innen? Hier, Kleines, hier! Sehen Sie das? Sehen Sie? Dieses Auge bewegt sich, aber das andere nicht. Man kann nichts mit ihm anfangen.

Hören Sie, wie sie atmet!

Geben Sie Ihrem Baby Lebertran? Ich nicht, ihm wird schlecht davon.

Er ist ein wilder Indianer. Er ißt alles. Er ißt Gras, Blätter – dann spuckt er sie wieder aus. Es macht ihm nichts. Aber er schläft nicht mehr wie früher, verflixt noch mal. Und nachmittags um vier oder fünf spuckt er immer noch.

Ist sie nicht süß! Oh, ich wünsche, mein Baby wäre so. Sie ist allerliebst. Sie sollten aber mal die Haare auf ihren Armen sehen. Man könnte sie auf Lockenwickler drehen, ehrlich. Ich weiß nicht, was sie ist, ein halber Affe. Meinen Sie, sie werden später ausfallen? Ich habe meine Zweifel.

Ich glaube, er bekommt zuviel. – Zuviel! sagte die kleine Flossie. Pssst!! sagte Elsa. Die Frau lächelte.

Ich glaube nicht, daß er zuviel bekommt.

Ich würde ihn verprügeln.

Es ist mir egal, was er macht, solange er mich in Ruhe läßt.

Gucken Sie mal, wo er seinen Fuß hat! Im Auge. Ja! Den großen Zeh.

Ich meine, Bier ist gut für sie. Ich weiß, daß mein Kind es gerne mag, wenn ich ihm Bier gebe.

Was kann man mit so einem Gesicht machen? Lauter wunde Stellen, überall auf dem Kopf. Jeden Abend übergieße ich ihn mit Olivenöl, bis ich den Geruch nicht mehr aushalten kann. Dann bade ich ihn. Ich weiß, daß es davon schlimmer wird, aber was soll ich tun?

Hatte Ihr Baby auch Probleme mit den Ohren? O mein Gott, wenn ich daran denke. Und diese Nase! Es ist mir ein Rätsel, wo das alles herkommt.

Und was machen Sie, damit sie sich nachts nicht aufdeckt? Ich wache auf und finde ihn, wie er am Fußende des Bettes kniet, fest schlafend und kalt wie ein Stein. Ich kann ihn nicht festbinden. Ich habe Angst, daß er sich erwürgt. Oder an Lungenentzündung stirbt. Ich bin mir sicher, daß es so kommen wird.

Halsmanschette. Verstopfung. Trockene Haut. Schwitzen.

Sein Nabel ragt heraus. Was ist die englische Krankheit? Haben Sie ihren beschneiden lassen?

Sie regt sich sehr schnell auf. Wird am ganzen Körper steif und wirft sich im Bett herum. Man sollte es nicht glauben. Es erschüttert das ganze Haus. Der arme Kerl hat so viel geweint, daß er jetzt heiser ist.

Was machen Sie abends? Sie führt jedesmal einen Mordsspektakel auf.

Hühnerbrust. Und Husten! Sehen Sie: sein linkes Auge trieft immer noch. Meinen Sie, daß das je aufhören wird? Sehen Sie, es ist kleiner als das andere, man kann es sehen. Aber dieser Husten! Gleich, nachdem man ihm die Mandeln herausgenommen hatte, am nächsten Abend, fing er zu husten an. Er hat überhaupt kein Fieber gehabt. Über *den* Husten ist er hinweggekommen. Dann, vor zwei Tagen, hat er wieder angefangen, meistens nachts. Letzte Nacht ist er um eins aufgewacht und hat eine gute Stunde ohne Unterbrechung gehustet. Tagsüber hustet er überhaupt nicht.

Und naß! Ich bring's nicht fertig, daß das Kind trocken bleibt, ganz gleich, was ich unternehme.

Man sollte meinen, so ein kleines Baby würde wenigstens nachts durchschlafen.

Sie ist jähzornig. Sie schreit nicht, sie kreischt wie eine Wilde. Manchmal stehe ich abends da und wiege sie zwei Stunden lang, ehe sie einschläft.

Zeig dem Mann, wie hübsch du reden kannst. Oh, sie spricht bereits viel. Aber sie nimmt nicht zu. Oh, Aileen ist ein braves gutes Mädchen.

Gott, zwischen Flaschenfüllen und Windelwaschen bin ich völlig verrückt geworden!

Ich bekam Lachgas und lag dreizehn Stunden auf dem Tisch. Aber abgesehen davon, war es in Ordnung.

Ich finde ihn wunderbar. Ich gehe einfach gerne hin und führe ihm das Baby vor. Er hat so eine freundliche Stimme. Ich glaube, er liebt Kinder. Er ist auch so nett zu mir. Einmal hat er mir den Fall eines kleinen Mädchens erzählt, dem sie die Flasche abgewöhnen wollten. Die Mutter war eine von den Frauen, wissen Sie, die mir und mich verwechseln und so was, und sie hatte ein drei Jahre altes kleines Mädchen, das immer noch aus der Flasche trank. Sie fragte also den Arzt, was sie tun solle, und er sagte ihr, sie solle dem Kind die Flasche wegnehmen. So hat er mir die Geschichte erzählt. Also sagte sie, sie würde es versuchen. Nun, drei Tage später rief sie ihn an und sagte, das Kind habe seit drei Tagen nichts gegessen und was sie jetzt tun solle. Was meinen Sie, was er ihr sagte? Er sagte ihr, sie solle es noch einmal drei Tage durchhalten. ›Aber dann hungert sie und wird krank‹, sagte diese Frau. ›Nein, tut sie nicht‹, sagte er ihr. ›Und das ist alles, was Sie mir sagen können?‹ fragte sie. ›Ja, das ist alles‹, sagte er. Sie knallte also den Hörer auf die Gabel, und er wußte, von der würde er nie wieder etwas hören. Das hat er mir erzählt. Aber wissen Sie, was dann passierte? Er hörte es von einer Nachbarin. Keine drei Wochen, nachdem sie mit ihm gesprochen hatte, bekam die Frau eines Morgens um die Frühstückszeit Blinddarmentzündung. Ihr Mann war bereits zur Arbeit gegangen, deshalb konnte sie niemandem Bescheid sagen und wurde im Krankenwagen ins Krankenhaus gebracht und operiert. Es ging alles so schnell, daß sie das kleine Mädchen beim Großvater zu Hause lassen und er ihr Mittagessen geben mußte. Er gab ihr also ein Glas Milch, und das freche Kind schlug es ihm aus der Hand auf den Teppich. Er war so wütend, daß er sie hochnahm und ihr eine Tracht Prügel verabreichte. Dann ging er und holte ein neues Glas Milch und gab es ihr, und sie trank es ganz aus. Damit hatte es sich. Und als die Mutter aus dem Krankenhaus nach Hause kam, trank das Mädchen aus einem Glas. Aber als sie erfuhr, was in Wirklichkeit geschehen war, drehte sie durch! Sie war wütend auf ihren Vater. Aber das kleine Mädchen wollte danach die Flasche nicht einmal anschauen. Was halten Sie davon? Ist das nicht rührend? Solche Dinge erzählt er mir. Ich habe ihn gern.

Elsa hörte das alles. Dies also ist Amerika, wo Menschen leben und genau die gleichen Erfahrungen machen wie überall sonst. Sie fühlte sich hier bereits heimischer. Wenn sie nur ein paar Freunde hätte. Es gab zwar die finnisch-amerikanische Gesellschaft, aber da wollte sie nicht immer hingehen. Sie wollte eine Amerikanerin sein.

Ich bin so erschöpft, sagte eine andere Frau, ich kann mich kaum auf den Beinen halten. Ich weiß nicht mehr, ob er nachts gefüttert werden muß oder nicht.

Die, um die sich all dieses müßige Geplauder drehte, rannten in der Zwischenzeit auf und ab, schliefen, gluckten und – machten überhaupt einen Mordsspektakel im kleinen, wie es ihre Art war.

Ihre Freude und ihr Interesse deckten sich zu einem großen Teil mit denen Elsas, Sprechen zu lernen und es zu üben.

Die Kinder rauften und zankten. Kratzkatze! sagte ein kleines Mädchen. Kratzkatze!

Weißt du, was ich zum Geburtstag bekommen habe? Eine Tafel. Man kann sie richtig hinstellen.

Schubladen herauszuziehen, das ist ihre ... zieht einen Stuhl heran und stellt sich darauf.

Er hätte sie einfach zum Teufel schicken sollen, dann ständen sie sich heute gut. Gucken Sie sich dieses Kind an!

Guten Tag! sagte ein kleines Mädchen zu Elsa. Wer bist du?

Elsa genierte sich, zu antworten. Sie wußte nicht, was sie sagen sollte.

Darf ich mit ihr spielen? fragte die neugewonnene kleine Freundin und zeigte auf Flossie in ihrem Wagen.

Elsa musterte das Kind blitzschnell und sagte: Ja. So stand das kleine Mädchen in seinem schmucken braunen Spielanzug und den schweren Gummistiefeln vor Flossie. Hallo! Wie heißt du?

Flossie lächelte und drehte sich nach Elsa um, um zu sehen, ob alles seine Richtigkeit hatte.

Wie heißt sie? fragte das kleine Mädchen Elsa. Ich heiße Carol. Ich wohne da drüben, und sie zeigte ganz allgemein in östliche Richtung.

Sie heißt Flossie, sagte Elsa.

Ist sie ein kleines Mädchen? fragte das kleine Mädchen.

Ja, sagte Elsa.

Das wußte ich, sagte das kleine Mädchen. Willst du meinen neuen Schlüpfer sehen?

Was ist Schlüpfer? fragte Elsa, die ein bißchen Mut schöpfte. Auf diese Weise hatte sie viele neue Worte gelernt. Auch Flossie beugte sich vor, um zu gucken. Schlüpfer! versuchte sie zu sagen.

Kann sie sprechen? fragte das kleine Mädchen.

Ja, sagte Elsa, besser, wie ich kann. Sie errötete heftig, weil sie sofort wußte, welchen Fehler sie gemacht hatte.

Kannst du kein Englisch? fragte das kleine Mädchen. Ich spreche finnisch, sagte Elsa. Oh, sagte das kleine Mädchen.

Aber da war noch ein Kind, auch ein kleines Mädchen, das sich langsam mit ausdruckslosem Gesicht näherte, während das andere Kind dann und wann mit dem Baby oder Elsa müßig plauderte. Dann blieb sie stehen. Sie war ziemlich hübsch, mit blondem Haar und hoher weißer Stirn, aber sie schien niemandem Gutes zu wollen.

Geh nach Hause, sagte sie verhalten zu der kleinen Carol. Mach, geh nach Hause!, mit leiser drohender Stimme. Elsa wollte ihr eine Ohrfeige geben. Geh *du* nach Haus, wollte Elsa sagen, mit der Betonung auf dem Du. Aber es nützte nichts. Das Kind sah auf, nahm alles, was es mit den Fingern raffen konnte, einen Ball, eine Gummipuppe, und trat langsam, die anderen eiskalt anstarrend, den Rückzug an. Fünf Meter entfernt ließ sie heimlich, ihre unaufmerksame Mutter im Auge, fallen, was sie in der Hand hatte, oder versuchte, es ins Gebüsch zu schmeißen.

Spatzen tschilpten und flatterten herum, Tauben flogen vom Gesims des Museums heran und kreisten und gurrten; mehrere Frauen und ein alter Mann, den jeder kannte, brachten Brotkanten mit. Eines Tages beobachteten alle belustigt, wie ein sehr kleiner Junge mit glatten schwarzen Haaren und samtigen Augen, der zum Kern der Gruppe gehörte, die für die Vögel hingestreuten Brotkrumen aufhob und sie ernsthaft aufaß, eine nach der anderen, mit Dreck und allem Drum und Dran, ehe seine Mutter ihn ertappte.

In den kahlen Bäumen, besonders in einer anmutig verzweigten Ulme, die dort wuchs, schüttelten sich Amseln, putzten sich und spreizten ihr Gefieder in der begierigen Sonne.

Flossie zog die Schuhe aus und bekam sie zum zwanzigsten Mal wieder angezogen.

Und tatsächlich saß eines Tages auf der Brüstung neben der Museumstreppe eine große weißrote Katze, ziemlich mitgenommen um die Ohren herum, faul und friedlich, zweifelsohne die, die einmal ihre Abdrücke in dem weichen Bürgersteig hinterlassen hatte.

Er ist seit seiner Geburt solch ein Mamakind, sagte eine

freundliche, ernsthafte Frau, die nebenan saß, über ihr schüchternes Baby. Ich wünschte, er wäre nicht so scheu.

Zwei kleine Mädchen, eine genau wie die andere, in schweren blauen Wintermänteln und spitzen Mützen, marschierten vorbei und stampften die Melodie: Wier ham gewonn'! Wier ham gewonn'! Wier ham gewonn'! Wier ham gewonn'! Das ›Wir‹ mit leiernder Stimme langgezogen und das ›gewonnen‹ kurz, hallend und hoch.

Die können mir sagen, was sie wollen, aber sie dürfen es nicht an meiner Mutter auslassen. Da gehe ich hoch, denn sie ist eine Heilige, wenn es je eine gegeben hat. Als mein Vater starb, hinterließ er ihr zweihundert Dollar, und sie zog fünf kleine Kinder groß, und gerade als Ed alt genug war, um ihr zu helfen, ertrank er, mit achtundzwanzig. Machen Sie mir da einen Vorwurf, wenn ich sie liebe?

Dann, eines Tages geschah es. Eine von ihnen näherte sich langsam der Bank, wo Elsa, ohne nachzudenken, alleine sitzen geblieben war.

Elsa hatte Angst, traute sich aber nicht, wegzugehen. Sie konnte deutlich sehen, daß die anderen dem Unterschied keine oder wenig Aufmerksamkeit schenkten, sie aber erschauderte, als sie in ihrer Nähe vorbeigingen. Sie wollte sich nicht so anstellen. Finnische Mädchen stellen sich nicht an. Aber sie war so an ihren eigenen Anblick gewöhnt, ihre glatte helle Haut, ihr blondes Haar und die blauen Augen – sie konnte sich etwas so anderes einfach nicht vorstellen. Daß dieses andere der Welt genauso natürlich erscheinen könnte wie sie selbst, schien an ihrem Empfinden nichts zu ändern.

Natürlich waren dies alles Frauen. Sah sie aber einen von ihnen, der ein Mann war, dann – nun, sie gewöhnte sich langsam daran, aber anfangs war sie mit einem Gesichtsausdruck, als wolle sich der Teufel auf sie stürzen, auf die andere Straßenseite geeilt. Doch dies waren alles Frauen, hochgewachsen und sehr sauber. Aber dadurch sahen ihre Hände oder ihr Gesicht für sie nicht anders aus. Und jetzt war es soweit!

Sie hatte die Bank, auf der sie saß, gewählt, weil eine ältere Frau dort saß und strickte. Sie hatte Elsa angelächelt, und Elsa hatte sich sicher und wohl gefühlt. Aber nach einer Weile hatte die Frau ihre Sachen verstaut, in den Kinderwagen vor sich geschaut und war langsam auf den Obelisken zugegangen. Und nun! Eine von ihnen kam genau auf diesen Platz zu. Erst hatte Elsa es nicht bemerkt, dann zuckte sie zusammen, weil die Frau mit einem kleinen blonden Kind in blauem Mantel an der Hand direkt auf sie zusteuerte. Elsa konnte spüren, wie sie rot wurde. Ihre Pupillen weiteten sich, und das Herz begann ihr zu klopfen. Huch, was machte es ihr aus.

Darf ich? sagte die große junge Frau mit einem Lächeln.

Elsa schüttelte heftig den Kopf, um Nein! zu sagen, während ihr Atem sehr schnell ging. Die Frau setzte sich. Puh! sagte sie. Bin ich froh, daß ich sitze. Lauf jetzt, Ellen May, und laß mich etwas ausruhen. Ich bin müde.

Elsa wagte nicht, sie anzuschauen. Aber die Frau sprach mit solch einer sanften Stimme und so selbstsicher und so gut, daß Elsa sich für sich und ihr gebrochenes Sprechen schämte. Sie war überrascht, daß die so reden konnten. Elsa kam sich neben ihr wie ein dummes kleines Bauernmädchen vor, und das machte sie wütend. Also stand sie auf und ging zornig weg.

KAPITEL 23

Zwei Jahre alt

Am Neujahrsmorgen nahm Joe die Kinder mit zu einem Besuch bei der anderen Tante, seiner Schwester Ida, der wohlhabenden Schwester, die kinderlos mit ihrem Mann in einer Wohnung auf der anderen Seite der Stadt lebte. Gurlie weigerte sich mitzugehen, aber Joe meinte, die Verbindung solle nicht abgebrochen werden.

Dies war eine jährliche Verpflichtung seinerseits, weil die Familie sich, abgesehen von diesem einen Mal, selten sah. Gurlie und Ida hätten sich, was sie persönlich betraf, damit ganz gut abgefunden.

Aber Ida wollte das Baby haben. Sie hatte nie großen Wert auf Lottie gelegt, weil sie wußte, daß sie kaum Aussichten haben würde, Lottie als Erstgeborene zu bekommen. In Flossies Fall war das anders. Sie hätte die kleine Flossie gern als vor dem Gesetz adoptierte Tochter angenommen: Denk dir, was wir ihr bieten könnten! – Gurlie zog die Idee ins Lächerliche. Warum gebt ihr es ihr nicht einfach so? war ihre Erwiderung.

Habt ihr eure Meinung geändert? Wahrscheinlich nicht, wo ihr jetzt Geld bekommt. Joe wußte, was kommen würde.

In Idas gepflegtem Haushalt mit seinen Seiden- und Goldstühlen, seinen Schränkchen und Spitzenvorhängen, den kostbaren Läufern und nie geöffneten Fenstern durfte nichts von gemeinen Händen berührt werden. Aber es gab keine Kinder, die etwas berührten, was spielte es also für eine Rolle? Gurlie war vor Jahren einmal hingegangen, als Lottie ein Säugling war, aber das hatte ihr gereicht.

Wie geplant hatte Joe die Kinder um Punkt zehn angezogen. Sie waren ausgehbereit. Bei dem Wetter würde er mindestens eine halbe Stunde brauchen, um durch den Park zu kommen, und so ging er mit Gurlies stillschweigendem Segen in Form eines abweisenden Handwinkens, das ihn und die Kinder, soweit es an ihr lag, symbolisch durch die Vordertür zur Hölle schickte.

Es war ein kalter Tag. In der Nacht war ein wenig Schnee gefallen, aber nun war der Himmel strahlend klar. Eine Frau, die an der Ecke auf die Straßenbahn wartete, schaukelte auf der Stelle hin und her, trat von einem Fuß auf den anderen, schlug die Sohle des einen Schuhs gegen den Absatz des anderen, die Hände in einem kleinen Muff aus rötlichbraunem Pelz.

Die Kinder wollten natürlich laufen, also gingen sie durch den knirschenden Schnee, doch steif, gegen den

Wind anblinzelnd und mit ungeheuerem Spaß daran. Joe wußte nicht, wie lange sie so weitermachen wollten, dachte aber, sie sollten es jedenfalls versuchen. Später konnte er das Baby tragen. Trag mich! hörte er schon jetzt Flossie flöten.

Es war schön in dem alles umhüllenden Licht, und sie machten ihre Sache nicht so schlecht, kamen mit geröteten Gesichtern und prickelnden Fingern gerade um die Zeit an der Haustür an, zu der er hatte da sein wollen. Dann die Mäntel aufgeknöpft und nichts wie die Treppe rauf. Als sie in Tante Idas Wohnung traten, war es dort so warm, daß es ihnen heißer als der Sommer vorkam. Das Dienstmädchen brachte die Kinder sofort in die Küche, um ihnen die Überzieher auszuziehen, damit der Schnee – beide Kinder waren mehrere Male hingefallen – keine Flecken auf dem Parkettfußboden machte.

Ida freute sich, Joe zu sehen. Albert war ausgegangen, würde aber zum Mittagessen zurück sein, wenn sie so lange auf ihn warten konnten. Bruder und Schwester hatten geistig viel gemeinsam, vor allen Dingen waren sie beide geschäftstüchtig. Ida war eine fähige Geschäftsfrau gewesen, aber körperlich sahen sie sich gar nicht ähnlich. Ida war klein, nicht daß Joe sehr groß gewesen wäre, aber seine Schwester war im Gegensatz zu dem schmächtig gebauten Mann kompakt und rund.

Komm rein, Joe, sagte sie und ging voran in den Salon. Schön, dich zu sehen. Gutes neues Jahr! setzte sie hinzu und küßte und umarmte ihn. Wie geht's Gurlie?

Gut, sagte Joe.

Wo ist der Junge, den ihr haben wolltet? Jetzt, wo ihr in allen Zeitungen steht, müssen wir wohl nicht mehr lange auf ihn warten. Habe ich recht?

Joe erkundigte sich nach seinem Schwager, der mit einer Grippe darniedergelegen hatte. Er ist heute zum ersten Mal ausgegangen, besucht ein paar Freunde in der Nachbarschaft, sagte Ida.

Und hier kommen die Kinder! Laßt euch ansehen, sagte

Ida. Mein Gott, sind sie gewachsen! Komm her, Flossie, sagte sie und hob das Baby auf, laß dich anschauen. Hm! Blondes Haar wie ihre Mutter. Aber ich glaube, sie wird deine Augen haben und deine Nase. Ich denke, Lottie ist hübscher. Aber die hier ist klug. Das sieht man. Bist du nicht klug, du kleine Maus! Du bist klug, nicht? Hast du denn gar kein Lächeln für deine Tante heute morgen?

Das Baby sah sie mit vorsichtiger Aufmerksamkeit finster an.

Komm schon, lächle! Das Baby war verlegen und schaute zu Boden.

Da! sagte Flossie gebieterisch und mühte sich, hinunterzukommen.

Sie will runter, sagte Joe.

Nun gut, lauft und spielt. Ihr müßt aber aufpassen! sagte Ida. Lottie, du bist jetzt ein großes Mädchen. Du mußt auf sie aufpassen. Ihr dürft nicht Tantes Stühle und Vorhänge anfassen.

Ich nehme sie auf den Schoß, sagte Joe. Wir bleiben nicht lange. Lottie war von der ganzen Situation etwas überwältigt und blieb auf dem ihr zugewiesenen Stuhl am Fenster sitzen, um die Leute auf der Straße zu betrachten. Nicht aber Flossie.

Kampf war angesagt.

Lottie war brav, sie konnte brav sein, wenn sie wollte, und außerdem erinnerte sie sich deutlich, was das letzte Mal passiert war, als sie hier war. Aber Flossie begriff nicht, nicht das Baby. Sie begriff nichts. Sie wollte unbedingt zurück in die Küche zu dem Dienstmädchen, das sie eingelassen hatte.

Warum läßt du sie nicht gehen? fragte Joe.

Nein, nein. Das Mädchen hat zu arbeiten. Sie ist sowieso faul genug. Ich konnte sie nur mit Mühe überreden, heute hierzubleiben. Laß sie runter, Joe. Sie wird schon nichts anstellen.

Das Baby bewegte sich sofort rückwärts von ihnen weg in die Richtung, in die es wollte. Paß auf, wohin du gehst!

sagte die Tante und wollte aufstehen, als die kleine Flossie zur Kante des Läufers kam und –: Pardauz! Da liegt sie.

Laß sie, sagte Joe. Sie kommt schon alleine zurecht.

Sie stand auf und machte sich von neuem auf den Weg. Auf Wiedersehen, sagte sie, ich komme später wieder.

Ida war erstaunt. Wie klar und deutlich sie spricht! sagte sie. Komm hierher zurück! zu dem Kind. – Nein, sagte Flossie, blieb stehen und schüttelte den Kopf. Nein!

Was! sagte Ida streng. Kleine Mädchen dürfen Erwachsenen nicht so widersprechen. Bringt deine Frau ihnen denn kein gutes Benehmen bei? fragte Ida.

Warum läßt du sie nicht in die Küche gehen? fragte Joe. Laß sie doch.

Was! Du auch? sagte Ida. Mit den Methoden bringt ihr ihr nie gutes Benehmen bei. Ich bin überrascht, Joe. Das sieht meinem Bruder gar nicht ähnlich. – Also wurde die kleine Flossie zurückgezerrt, und Joe nahm sie vorläufig auf den Schoß.

Das ist heute die erste Gelegenheit für mich, dir zu deinem Geschäftserfolg zu gratulieren, Joe. Eine Weile hatte ich Angst. Es klang alles so schlimm. Ich wußte nicht, was ich denken sollte.

Worüber? fragte Joe.

Es sah dir gar nicht ähnlich. War in dieser Sache nicht eine andere Handschrift zu erkennen?

Wovon sprichst du? fragte ihr Bruder.

Glaubst du, daß du recht getan hast? In einer Firma zu arbeiten und den Arbeitgebern gegenüber unloyal zu sein?

Joe sah sie an. Du lieber Gott, sagte er. Sprich nicht von etwas, wovon du nichts weißt.

Nein, nein, Joe! Du irrst dich. Das war nicht richtig. Ich wette, Gurlie hat dich dazu angestiftet.

Du auch, was? sagte ihr Bruder. Also, sag deinen Freunden, meinte er, daß ich nicht dein Bruder bin. Du hast das gerade erst entdeckt. Damit bist du aus dem Schneider.

Joe, du bist doch nicht böse, oder? Hast du ein schlechtes Gewissen?

Laß das aus dem Spiel, sagte er. Du hast von Gurlie gesprochen.

Nein. Ich habe nur daran gedacht, zu was du mir in derselben Situation raten würdest. Ich konnte es nicht verstehen.

Und jetzt verstehst du es, was? Habe ich den Kontrakt oder nicht?

Ja.

Und ich drucke die Zahlungsanweisungen.

Ja. Aber trotzdem gefällt mir deine Handlungsweise nicht.

Dann behalt es für dich, sagte er.

Aber Joe! Sprich doch nicht so zu mir! Es tut mir leid, wenn ich dich beleidigt habe … an Neujahr!

Ist schon gut, sagte ihr Bruder. Du hast die Wohnung renoviert, seit ich das letzte Mal hier war, nicht?

Was sollte ich denn glauben? Wenn man liest, was sie in den Zeitungen schreiben, läßt es einem das Herz sinken.

Sie schreiben nicht genug in den Zeitungen, sagte ihr Bruder.

Nun, wie du willst.

Joe betrachtete das Chaiselongue, die Wandteppiche, die Ölgemälde von ›Landschaften‹, einschließlich einer sehr geschickt gemachten, großen signierten Kopie von Hobbemas ›Pappelallee‹, und einen prächtigen orientalischen Seidenläufer neben einem Tisch aus Eben- und Rosenholz (darauf stand eine rosa blühende Azalee in einem kleinen Holzübertopf), Gardinen, Vorhänge. – Laß uns ins Eßzimmer gehen und dort reden. Ich würde mich wohler fühlen, sagte Joe.

Seine Schwester wollte davon nichts hören: Ich vermute, ihr steht euch jetzt gut. Wenn ja, werdet ihr viel lernen, woran ihr früher nie gedacht habt. Was für eine Last Geld einem sein kann. Und welch ständige Aufmerksamkeit für Kleinigkeiten es erfordert, wenn man es behalten will. Geld zu haben, Joe, und es zu behalten, ist etwas anderes.

Wir wollen warten, bis ich es verdiene, sagte ihr Bruder.

Im Augenblick geht alles in die Abzahlung meiner Schulden.

Ich hoffe, Gurlie wird dir helfen. Aber ich habe da meine Zweifel. Joe, um deiner selbst willen, gib acht. Ich traue der Frau nicht. Du hast ein schweres Leben, das weiß ich. Aber du verstehst den Wert des Geldes. Sie nicht! Sie wird dich ruinieren, wenn du es zuläßt.

Flossie hatte sich gekrümmt und gewunden, um auf den Boden zu kommen, und jetzt konnte Joe sie einfach nicht länger halten. Gib sie mir, sagte seine Schwester. Ich bin eine Frau. Ich weiß, was zu tun ist.

Guck mal, Liebes, komm mal her, sagte sie zu dem Kind. Guck dir mal all diese hübschen Sachen an, und sie führte es an die Stirnwand des Zimmers zu einem Glasschrank voller Nippes, Kristall in den verschiedensten Formen, Emaillearbeiten und einer kleinen Statue, einer sehr schönen alabasternen Venus. Flossie war entzückt und wollte die ›Dame‹, wie sie die Figur nannte, unbedingt haben.

Es ist deine eigene Schuld, sagte Joe zu seiner Schwester. Ja, jetzt versuch sie mal da wegzukriegen. *Du* hast sie ihr gezeigt!

Jetzt komm, sagte die Tante, lächle! lächle! Genug der Tränen, ich möchte dich lächeln sehen. Komm schon, alles wird gut, ich zeige sie dir.

Flossie hörte sofort auf. – Ich zeige sie dir, sagte die Tante, aber du darfst sie nicht anfassen. Hier, guck. Ida machte den Schrank auf.

Flossie zeigte auf die kleine Statue, drehte sich um, sah ihrer Tante ernst ins Gesicht und sagte: Dame sich nicht erkältet?, mit steigender Intonation am Ende.

Ach, bist du süß! sagte die Tante lachend. Kaum vorzustellen! Lottie, warum so ernst?

Sie hat Angst, sich zu rühren, sagte Joe.

Unsinn! Hier, sagte sie zu der Kleinen, jetzt stellst du dich hier an den Tisch und spielst. – Ida gab ihr einen kleinen Spielzeugesel, den sie irgendwo für diese Gelegenheit ausgegraben hatte. Das wirkte Wunder. Flossie war wieder glücklich. – So ist's recht, spiel schön mit dem armen kleinen Esel – und mach nichts kaputt. Paß auf sie auf, Joe.

Flossie faßte das stabile Spielzeug um die Mitte und ließ sich neben dem Knie ihres Vaters prompt auf den Boden nieder, um es zu untersuchen. Es war zweifelsohne eine Schweizer Arbeit, ein Stück, das Ida von einer ihrer Reisen in den vergangenen Jahren mitgebracht haben mußte.

Esel lauf! sagte das Baby, während sie dasaßen und ihr zusahen. Und sie ließ ihn über den Boden zum Bein des niedrigen Tisches mit dem Blumenstock und steil hinaufgehen. Als sie mit der Hand nicht mehr höher konnte, stand sie auf und ließ den Esel über die Tischplatte um den Blumentopf laufen. Esel lauf! sagte sie immerzu, Esel lauf!, als sie das kleine Tier an der Seite des Blumenübertopfes hinaufsteigen ließ. Und hoch ging es. Esel lauf, sagte die kleine Flossie, in Abfalleimer.

Ida zuckte zusammen. Also, sagte sie, da sieht man ja, wo dieses Kind aufgezogen wird.

Joe kicherte. Das ist kein Abfalleimer, Flossie, sagte er, das ist ein Blumenübertopf. Nun, ich werde wohl nicht auf Albert warten. Wir haben noch einen langen Rückweg durch den Schnee vor uns. Ich glaube, ich mache mich besser auf den Weg. Ich komme mal abends vorbei, damit wir reden können.

Ja, gut, Joe. So vorsichtig du immer gewesen bist, ich glaube, du hast einen großen Fehler in deinem Leben gemacht.

Vergiß es. Wir alle machen Fehler.

Und bezahlen für sie.

Und in dem Augenblick sahen sie, wie die kleine Flossie, die wie alle anderen erkältet war, sich die Nase an dem Seidensitz eines Louis-quatorze-Sessels abwischte. Das war das Ende. – Nun, du kannst ihr keinen Vorwurf machen, daß sie sich einen schönen glatten Ort dafür aussucht, sagte Joe.

Und so ging es, Hagel und Schnee, gute Tage und schlechte, durch den Winter. Joe war jetzt gut im Rennen, oder würde es bald sein, und Gurlie machte entsprechende Pläne. Keiner von ihnen wollte in New York bleiben, darin zumindest stimmten sie völlig überein.

Natürlich hatten sie auch ein gutes Leben. Sie gingen ins Theater, und Joe kaufte Gurlie einen wunderschönen Opal, weil sie im Oktober geboren war: Allen anderen bringt er Unglück, aber Oktoberkinder können ihn tragen. Er war ein Schmuckstück, daran bestand kein Zweifel, ganz gleichgültig, wieviel er dafür gezahlt hatte. Und für andere Dinge.

Die Mädchen entwickelten sich normal, Flossie mit ihrer erstaunlichen Sprachbegabung lernte bereits kleine Stücke auswendig, die Lebhaftigkeit ihrer Vorstellungskraft zeigte sich bereits in der Intensität ihres Sprechens. Dies sollte ihre Welt sein, nichts war so bedeutsam wie das, was sie selbst hörte und sagte.

Dann die Diskussion darüber, was als nächstes kommen sollte, die Zukunft, die unmittelbare und die ferne. Was sollte werden? Und die Welt drehte sich wie immer.

Explosionen und Erfindungen, Entdeckungen und Niederlagen. Wer war treu und wer ehrlich? Die Untergrundbahn, das höchste Gebäude der Welt, die Warze auf dem Hintern des Bettlers. Schnell, schnell, schnell!

Ich kann es nicht und sonst auch niemand – für das, was wir ihnen zahlen können.

Mein Gott! müssen wir vor Morgengrauen aufstehen, um pünktlich zu sein?

Brach der Mont Pelé aus und löschte die Stadt Port-au-Prince aus, oder ereilten San Francisco ein Erdbeben und ein Großbrand – die Familie lebte weiter wie zuvor.

Niemand starb – nicht viele, die freie Landpostzustellung wurde für fünfundzwanzig Millionen Dollar eingerichtet, und Flossie bekam von der lieben Olga ein sehr hübsches neues Seidenkleid geschenkt.

Januar, Februar, März schienen die schwer zu fassenden

Monate zu sein, in denen das Leben vorbeihuschte, während man auf den Sommer wartete. Viel wichtiger war es, daß der Hausmeister eine tiefe und angenehme Stimme hatte und seine Frau alles wußte, was in der Nachbarschaft, besonders aber im dritten Stock des Hinterhauses, vor sich ging.

Gurlie wurde wieder unruhig. Joe kannte die Anzeichen. Sowie Neujahr vorbei ist, ist Frühling! sagte sie immer, und er respektierte es. Dieses Gefühl würde ihm fremd bleiben. Wahrscheinlich einer der Gründe, warum er sie geheiratet hatte. Sie begann wieder, in den Zimmern auf und ab zu laufen, und schaute aus den Fenstern, redete von dem Leben in Sarpsborg, als sie ein Kind war.

Ich bin auf den wildesten Pferden geritten. Ich hatte nie Angst. Wir wohnten an einem Fluß, und hinter den Feldern konnte man die Masten der Segelschiffe sehen.

Sie wollte eine Kuh haben und laufen, bloß über die Erde laufen. Ich kann arbeiten! Und man glaubte es ihr. Warte es bloß ab.

Ja, aber kannst du auch Geld damit verdienen? sagte Joe. Ich habe nichts dagegen, daß du arbeitest, aber ich will nicht, daß es mich zu viel kostet. Und er fuhr sich mit der Hand übers Gesicht, um jeden verräterischen Ausdruck dort wegzuwischen.

Doch jeder Tag brachte den Frühling näher, selbst als der Schnee einen Fuß hoch lag und der Wind um die Fenster pfiff, um der Welt mitzuteilen, was er im Sinn hatte und was nach Sonntag oder Washingtons Geburtstag oder dem übernächsten Jahr los sein würde.

Der Frühling kam immer schneller, die Tage wurden länger, und wenn Neumond war, wurde Gurlie beinahe wild. Sie schlief nicht. – Um Himmels willen, sagte Joe, mach das Licht aus, oder ich schlafe in der Küche oder im Badezimmer, wenn ich sonst nichts finde. Wozu liest du diesen Quatsch?

Ich muß etwas tun.

Das ist ja eine neue Begründung für Bücher. Lesen. Du lernst doch nie etwas. Was hast du letzte Woche gelesen?

Ich kann nicht schlafen. Ich bin nie müde. Ich muß lesen. Und ich habe Zahnschmerzen.

Na, das ist auch noch was, um sich die Zeit zu vertreiben, der Zahnarzt.

Ich will verreisen, sagte Gurlie.

Gut, dann mach das Licht aus. Ich bin müde.

So wurde beschlossen, daß sie am ersten Mai – endlich! Gott sei Dank! – die Stadt verlassen und in einen Vorort ziehen würden. Und weil es im Zusammenhang mit dem Umzug und der Einrichtung des neuen Haushalts so viel Arbeit geben würde (und außerdem die Landluft von Vermont letztes Jahr für die kleine Flossie so wertvoll gewesen war), sollten die Kinder ohne ihre Mutter dort hingeschickt werden.

Tante Hilda hatte die Farm unten am Hügel für ein paar hundert Dollar gekauft, die liebe romantische Hilda! Dorthin konnte sie ihrer Arbeit als Näherin in New York entfliehen und den ganzen Sommer über schöne Bilder malen. Sie würde dort sein, und Olga würde für mindestens einen Monat dort sein. Grandma würde dort sein, und Gurlies verheiratete Schwester Mangna, die eine schwache Brust hatte, würde ihnen im Haushalt helfen.

Gurlie sagte, sie wisse, daß sie im Weg sein würde, aber alle liebten die Kinder! Damit war es eine beschlossene Sache.

Und es war bereits April. Kaum vorzustellen! Was für ein furchtbares Wetter. Und Flossies Geburtstag stand bevor. Was war besser, als mit den Mädchen zu einem Fotografen zu gehen?

Lottie war fast sechs – und der Fotograf ein erstaunlicher Mensch. Er hatte einen kahlen Kopf und Ohren, beinahe so groß wie Flügel, kleine Augen, die nie lachten, und eine Stimme, deren eine Gipsmaske sich rühmen könnte. Guckt mal, das Vögelchen! sagte er mit ausdruckslosem Gesicht und schwenkte vor den erstaunten Augen der Kinder tatsächlich irgendein ausgestopftes Federvieh herum.

Dann verschwand er hinter dem Kasten, und Flossie suchte ihn überall, entdeckte schließlich seine Beine darunter und sagte: Da ist er ja!, zu aller unterdrückten Belustigung.

Er kam wieder hervor und sah die Kinder eine gute halbe Minute lang kritisch an. Flossie wollte weggehen. – Nein, nein, nein, nein! sagte Gurlie. Bleib, wo der Mann dich hinstellt.

Lottie mit ihrem glatten dunklen Haar und dem ernsten ovalen Gesicht war friedlich und gehorsam, ganz gleich, was in ihrem Kopf vorgehen mochte. Sie stand einfach da und sah trauervoll und vergessen drein wie eine Madonna von Raphael. Das gefiel dem Fotografen, und deshalb ließ er sie einen Korb mit künstlichen Blumen halten und stellte sie bedächtig in Pose.

Nun, sagte er zu Gurlie, wenn Sie das andere kleine Mädchen neben seine Schwester stellen, dann können wir, glaube ich, ein Bild bekommen.

Aber Flossie wollte die Blumen haben. *Sie* wollte sie halten. Nein, die sind für Lottie. Nichts da. *Sie* wollte die Blumen. Lottie weigerte sich, sie herzugeben, stand mit traurigen Augen da und wartete auf die Kamera. Nein, mein Herr, *Flossie* wollte die Blumen haben. Der Ausdruck des Fotografen blieb gleich. Er stand einfach da und wartete, die Hand auf der Objektivkappe, er wartete.

Auch Lottie wartete. Schließlich gelang es Flossie, beide Hände zwischen Lotties Arme zu schieben und den Griff des Korbs zu umklammern. Mit einem triumphierenden Grinsen wandte sie sich der traurigen Gestalt des Fotografen vor ihr zu, und in dem Augenblick wurde die Platte belichtet und das Bild festgehalten.

KAPITEL 24

Vettern vom Lande

Lottie war weniger erschreckt als erstaunt und verwirrt. Sie konnte sich nicht vorstellen, was geschehen war, geschweige denn, wo sie war! Sie hatte gerade die Augen aufgeschlagen und gesehen, daß es bereits hell war, als sie wieder in Dunkelheit begraben und unter der Gewalt eines Schlags auf den Kopf beinahe erstickt wurde. Danach versuchte sie eine Weile, sich gar nicht zu bewegen, weil sie dachte, es könne jederzeit wieder geschehen, öffnete nicht einmal die Augen, sondern lauschte bloß angestrengt.

Absolute Stille. Dann hörte sie jemanden flüstern und kichern. Sie machte ein Auge auf. Nur einen Spalt. Die Sonne schien durchs Fenster und die tiefhängenden Zweige der großen Ulme. Es war niemand sonst im Zimmer. Dann steckte einer der Jungen den Kopf durch die Tür, sagte: Ha ha! und zog ihn wieder zurück.

Lottie wußte nicht, was sie tun sollte. Da erschien Tante Olga auf der Treppe.

Schämt euch! sagte sie, ihr bösen Jungen. Was habt ihr gemacht?

Nichts, wir haben ihr nicht weh getan.

Was macht das Kissen auf dem Fußboden?

Er hat es fallen gelassen, sagte der größere der Jungen, auf seinen Bruder zeigend.

Ab mit euch in euer Zimmer, sagte die Tante. Euch nur so etwas auszudenken. Eure kleine Kusine!

Liebes! sagte Olga zu Lottie. Was haben diese bösen Buben dir getan? Aber Lottie war entzückt. Jetzt, wo sie erkannt hatte, was ihr geschehen war, gefiel es ihr. Sie hielt die geschlossene Tür im Auge, während die Tante sie anzog, und fragte sich, ob vielleicht wieder etwas passieren würde. Sie kam sich sehr alt und weit weg von allem vor, was sie bis dahin auf der Welt kennengelernt hatte. Sie guckte im Zimmer herum, auf die niedrige Decke, das große Bett, den bemalten Krug in seiner Porzellanschüssel auf dem Waschtisch.

Dies war für die Kinder die erste Nacht auf der Farm gewesen. Am Abend vorher waren sie zu müde gewesen, um sich um irgend etwas Gedanken zu machen, obwohl sie sich nun an ein paar andere Kinder erinnerte, die sie unten getroffen hatte. Aus dem Fenster konnte sie weit, weit über saftgrüne Felder sehen, mit einem hohen Berg in der Ferne und Mauern und steinernen Einfriedungen, die kreuz und quer von ihr wegführten. Sie lehnte sich über den breiten Rücken und die Schultern der Tante und sah eine rote Scheune, in die nun ein Mann, Onkel Gunnar, mit einem Eimer in jeder Hand ging. – Halt still, sagte ihre Tante. Du mußt dich diesen Sommer hier erholen und wachsen, damit du ein großes starkes Mädchen wirst. So, fertig! Jetzt geh runter.

Sie hatte Angst, hinunterzugehen. Erst einmal hatte sie Angst vor der Treppe selbst, die freiliegende Stufen hatte und außerdem eine scharfe Kurve machte. Aber sie hatte auch Angst, weil da unten diese Jungen waren. Was für eine fremde neue Welt! Aber sehr aufregend. So machte sie sich vorsichtig an den Abstieg.

Hallo, mein Schatz! sagte Hilda. Laß dir einen Kuß geben. Liebe kleine Lottie! – Und noch eine Frau war da, die dritte von Gurlies drei älteren Schwestern, die sehr schön war, mit weichem goldenem Haar und einer sehr leisen Stimme, und die ein bißchen hustete, als sie zu sprechen begann.

Das ist also die kleine Lottie! Ist sie nicht hübsch! Aber dunkel.

Ja, sagte Olga, wie ihr Vater.

Lottie stand da, unfähig, sich zu rühren. Komm, Schatz, komm, gib deiner neuen Tante einen Kuß. Süß! Die drei großen Frauen hatten nur Augen für sie, aber sie hielt in einem fort ängstlich nach den Jungen Ausschau. Was ist los?

Sie haben sie mit einem Kissen ins Gesicht geschlagen, sagte Olga. Die bösen Buben.

Nein, sagte Hilda. Das darfst du nicht sagen. Es sind liebe, sehr liebe Jungen.

Dann entließ das obere Stockwerk sie der Reihe nach. Erst kam Margaret, die älteste Schwester, herunter, auf sehr langen Beinen, mit schwarzen Strümpfen. Ihre Mutter, Mangna, hockte sich neben Lottie und stellte sie vor. Das ist deine kleine Kusine Lottie, sagte sie zu ihrer älteren Tochter. Ja, sagte letztere, ich habe sie gestern abend gesehen. Ist das Frühstück fertig? Diese Jungen! fügte sie gereizt hinzu. Ich will, daß du sie bestrafst, oder ich haue ihnen ins Gesicht, das sage ich dir. Es ist mir egal. Sie machen mich krank –, und sie ging hinaus und ließ die Tür weit offenstehen.

Das ist aber eine schöne Art, deine Kusine zu behandeln, sagte Olga.

Laß sie, sagte Hilda. Sie meint es nicht so. Das ist Kinderpsychologie. Ich weiß es. Ich lese. Sie muß die große Dame spielen. – Dann kam die kleine Olga. Sie war Lottie im Alter näher und sehr scheu, aber ein Sonnenschein. Sie küßte alle, stellte sich dann neben Lottie und strahlte sie an, nahm auch ihre Hand. Guckt euch das an! sagte Olga die Ältere.

Die Damen hatten bereits Kaffee getrunken und waren nun damit beschäftigt, den Tisch für die Kinder zu decken. Gunnar war schon lange zum Melken und Hühnerfüttern hinausgegangen. – Neun Uhr! Lieber Gott! Jeder kann sehen, daß wir nicht vom Lande sind. Hast du denn Platz, Mangna? Sechs kleine Münder im Nest! Hilda war immer die romantische.

In dem Augenblick kam Grandma langsam, in Schwarz, durch die Milchküche, aus der hinter dem Holzschuppen gelegenen ›Oper‹, wie Gunnar sie im letzten Jahr scherzhaft genannt hatte – die einzelnen Einheiten des Anwesens waren alle miteinander verbunden, so wie die Farmhäuser in Vermont gebaut sind, damit man selbst bei tiefstem Schnee noch alle Teile des Gehöfts unter dem selben Dach erreichen kann. Eine Katze trippelte neben ihr her, als sie die Tür öffnete, und huschte hinter den Ofen.

Die Jungen kamen zusammen herunter. Al, der jüngere, fiel beinahe ins Zimmer, weil sein Bruder ihn vor sich herstieß, um in seinem Schutz herunterzukommen. Der Größe nach befanden sie sich genau zwischen ihren zwei Schwestern, beide waren in Latzhosen und barfuß. Ohne ein Wort sausten sie durch die Tür, durch die Grandma gerade eingetreten war, und rasten zum Holzschuppen. – Laß sie, sagte Olga. Frühstück ist fertig! rief ihre Mutter ihnen nach. Ja, gut, riefen sie zurück.

Und hier ist die kleine Flossie! sagte Hilda und trug das gähnende Baby in seinem langen Nachthemd direkt vom Bett ins Zimmer. Wieder wurde alles unterbrochen, während die Damen, einschließlich der Großmutter diesmal, das Baby ansahen, das sich mit schläfrigen Augen streckte, noch einmal gähnte und dann zuerst auf Hilda hinabschaute, die sie trug, blinzelte und jeden breit anlächelte, sich dann mit den Händen übers Gesicht rieb und wieder gähnte.

Was haltet ihr davon! sagte die entzückte Olga. So eine kleine Spinne. Ist sie nicht ein Äffchen? Hast du geschlafen, Schatz?

Unsinn, sagte Grandma mit ernstem Gesicht. Hast du geschlafen? Bring sie raus und wasch ihr das Gesicht und zieh sie an. Geht, sagte sie zu den anderen Kindern, die sich mittlerweile versammelt hatten. Setzt euch hin und eßt. – Hier war sie einwandfrei noch die Herrin. Ihre drei Töchter und ihr Sohn taten die Arbeit, aber sie kochte noch, wenn sie dazu in der Lage war, und sagte den anderen, was sie zu tun hatten. Sie überließen ihr das Regiment.

Nun hatte der Tag ernsthaft begonnen, und die jungen Frauen gingen ihrer Wege – Hilda wollte malen und begann, sich um ihren Kasten mit Wasserfarben zu kümmern – aber Olga und Mangna mußten die Milch wegschaffen, die Betten machen und alles übrige.

Bah! Kriegen wir denn nie was anderes als Hafergrütze?

fragte Fred, der ältere Junge. Halt den Mund, sagte seine Schwester. Du solltest froh sein, daß du überhaupt was zu essen kriegst, so wie du dich benimmst.

Ohne darauf achtzugeben, schaufelte er die Hälfte von dem, was ihm gegeben worden war, mit seinem Löffel in die große Schüssel mitten auf dem Tisch zurück –

Oh! sagte die kleine Olga, tief die Luft einziehend – und schaute sich schnell um, aber niemand hatte etwas gesehen, und niemand petzte. Tu das bloß nicht noch mal, sagte seine ältere Schwester. Er ignorierte sie völlig. Flossie war auch dabei – ohne eine Erinnerung an den vergangenen Sommer, den sie oben auf dem Hügel verbracht hatte, oben an der Straße, die an diesem Anwesen vorbeiführte, – hoch oben über ihnen.

Der alte Mann dort war im letzten Winter gestorben, und seine taube Frau konnte nicht allein gelassen werden – also hatte man sie in die Stadt gebracht. Später im Sommer, wenn es in der Stadt nicht mehr soviel zu tun gab, würde Gerda herkommen und wie ein Mann, alleine, einfach, wie sie es gerne hatte, in der makellosen Küche leben – aber in diesem Jahr würden die Kinder am Fuß des Hügels bleiben – das Haus oben war leer.

Das große, solide Farmhaus, in das Flossie und Lottie dieses Jahr gekommen waren, war nach Südosten direkt in den Hügelabhang gebaut, der sich hinter dem Küchenfenster so steil erhob, daß man daraus direkt auf eine Böschung mit saftigem Gras schaute – und auf eine Wäscheleine und ein paar Handtücher, die darauf trockneten. Die Vorderseite des Hauses ging auf die Straße, die zu Gerdas Haus führte. Östlich hinter der Straße, unterhalb eines kleinen Abhangs, lagen die Scheune, die steinige Weidensenke, die dicht bewaldeten Hügel, und unten im eigentlichen Tal konnte man zur Linken gelegentlich eine leichte zweirädrige Kutsche nach Brattleboro vorbeifahren sehen. Die Scheune war aus Holz, trug ein Windrad auf dem Dach und war kastanienrot gestrichen.

Die Kinder tranken große Gläser mit frischer Milch und

aßen die Hafergrütze mit Zuckerklümpchen und Brot und Butter. Noch etwas Hafergrütze? fragte Grandma und füllte, ohne auf Antwort zu warten, ihre Teller neu. Ihr müßt essen! sagte sie auf Norwegisch. Die Kinder stöhnten. Uh! sagten sie. Sie hat so viele Klumpen. Ich hasse sie. – Selbst Margaret sah die alte Dame schief an. Ich will nichts mehr, sagte sie. – Nehmt. Eßt, sagte Grandma. Macht die Teller leer. Und sie mußten es tun.

Nur das Baby und Lottie erhoben keine Einwände. Bah! Sie machen mich krank, sagte der ältere Junge. Lottie hörte auf zu essen.

Auf der Veranda konnten sie Mangna rufen hören: Rosy! Rosy! Rosy!

Ich muß wohl wieder gehen und die verdammte Kuh raufbringen, sagte Fred.

Das Frühstück ging so geschwind zu Ende, wie es begonnen hatte, und Olga erschien oben, kam auf der quietschenden Treppe langsam eine Stufe nach der anderen herunter, um die kleine Flossie zu retten.

Jetzt, kleine Olga, sagte sie, bringst du Lottie – du weißt schon. Mach, zeig ihr, wo es ist. Und sie nickte wissend. Kannst du alleine? fragte sie Lottie. Ja, meinte Lottie. Soll ich dir die Knöpfe aufmachen? Na ja, das würde es erleichtern. Also machte Olga sie fertig, und dann ging sie mit der kleinen Olga los zur ›Oper‹.

Und jetzt die kleine Flossie! Die Tante ging zum Waschbecken, befeuchtete die Ecke eines Waschlappens unter dem Hahn, durch den immer das Wasser von der Quelle oben hinter dem neuen Obstgarten lief, und wischte ihr sorgfältig das Gesicht ab. Flossie schreckte zurück, so kalt war das Wasser.

Und draußen bereitete Mangna, die arme Mangna, die sanfteste, die hübscheste der vier Schwestern, ihr Morgenritual vor. Treib sie hier herauf, Fred, sagte sie. Südlich vom Farmhaus war ein kleiner Zierrasen vor dem offenen Holzschuppen, der mit dem Haus zur Rechten gen Westen verbunden war und an den Hügel grenzte. Der Rasen vor dem Holzschuppen war wie das Haus in den Hügel gegraben, seine Erde wurde von einer Gartenmauer gegenüber der Scheune und der Nebenstraße abgestützt.

Manchmal spielten sie Krocket auf diesem Rasen, wenn die Hühner davon ferngehalten werden konnten und das Gras ordentlich gemäht war – und was für ein Gras, das wunderbare Gras von Vermont! Mangna war sehr hübsch, wie sie da in der Sonne stand und darauf wartete, daß Rosy ihr zugetrieben wurde. In der einen Hand hielt sie einen Eimer und in der anderen den dreibeinigen Melkschemel – wie ein nostalgisches Bild aus einem Buch, die hübsche Milchmagd in ländlichen Erinnerungen, schön und zart, hier aber Wirklichkeit, denn es war Mangnas Freude und Spaß, diese Rolle zu spielen – an die sie sich vielleicht aus ihrer Kindheit in Norwegen erinnerte.

Jeden Morgen wurde ihre Lieblingskuh Rosy auf den Rasen hinaufgetrieben, damit sie von ihr persönlich gemolken werden konnte. Und Rosy kannte ihre Rolle und war mit ihren Rehaugen und zarten Beinen und abgestuften Farben eine so sanfte und schöne Jerseyfärse, wie man sie sich nur wünschen konnte.

Durch den beinahe vollen Holzschuppen zur Rechten konnte man die kleine Olga sehen, die Lottie in die Küche zurückbrachte.

Rosy wurde also auf den Rasen gebracht. Mangna streichelte dem Tier mit den Händen das Gesicht, tätschelte es, befahl ihm, still zu stehen, und machte sich ans Melken. Die Kuh rührte sich nicht, sie war daran gewöhnt, und alle waren es zufrieden. Sie alle machten sich ein wenig Sorgen um Mangna und meinten, daß das Leben auf dem Lande und die bäuerliche Arbeit einer Milchmagd vielleicht ihre schwache Brust kräftigen würden. Als sie sich vorbeugte, um das Euter zu fassen und ein paarmal probeweise zu ziehen, mußte Mangna einen Augenblick innehalten, um zu husten und tief Luft zu holen. Dann molk sie weiter.

Mangna war, was ihre Kinder und Familie betraf, in einer merkwürdigen Situation. Neilsen, ihr Mann, war fast nie zu Hause. Monatelang war er auf seinem Schiff, mit dem er von Norwegen in die Karibik fuhr, und manchmal legte er keine zwei Mal im Jahr in New York, oder besser in Brooklyn, an. So war sie, weil das Leben hier billig war, mit den Kindern nach Vermont gekommen, um für die Zeit, da der Kapitän in amerikanische Gewässer versetzt werden und ein richtiges Heim für sie schaffen würde, ihre Gesundheit wiederzuerlangen.

Die Jungen waren nun den Hügel hinuntergegangen, um die Post zu holen, sofern es welche gab, und Olga, die Lottie fertiggemacht und zum Spielen geschickt hatte, nahm die kleine Flossie mit sich zum Klohäuschen mit den drei hohen Sitzen und dem einen niedrigen. Flossie riß die Augen auf in dieser düsteren Zelle, verrichtete aber ihr Geschäft wie ein braves Mädchen.

Interessanter war der dazwischen liegende Holzschuppen – voller Katzen und ihrer Jungen. Ganz gleich, wer vorbeikam, die Katzen verschwanden. Sie lagen da und sonnten sich, die Mutter neben dem Hackklotz im Sonnenschein auf der Seite ausgestreckt, die fünf Jungen säugend, – aber wehe, es näherten sich Schritte! Dann waren sie auf den Beinen, drehten sich ein-, zweimal um, guckten, und dann – weg waren sie. Vielleicht waren es die Buben. Denn frühmorgens, wenn Gunnar alleine mit der Milch zurückkam, miauten die Katzen bei jedem Schritt vor seinen Füßen. Aber er, Gunnar, tat nie im Leben jemandem absichtlich weh. Das wußten die Katzen.

Flossie wollte gehen: Ich will raus.

Nein. Noch nicht. Das Gras ist zu naß, sagte Olga. Du mußt hier bei Tantchen bleiben, bis das Gras trocken ist, und dann – vielleicht. Mal sehen. – Sie wurde also in die Hängematte auf der Veranda gesetzt, und Olga, die sich auf das Verandageländer setzte, schaukelte sie sanft hin und her. Das gefiel Flossie. Aufi! Aufi! sagte sie, als Olga aufhörte. Also mußte sie weitermachen.

Ich sag dir was! sagte Olga. Wir gehen und schauen nach, ob wir Eier finden. Olga nahm die drei kleineren

Mädchen mit, und sie gingen zum Hühnerhaus, das, durch einen schmalen Pfad von der Scheune getrennt, zwischen hohen Gräsern stand.

Ein entsetzliches Flügelschlagen ließ eine Wolke von Staub und Federn aufstieben, als Olga zur Tür des Hühnerhauses hereinkam, und ein wildes Gackern hob an. Flossie klammerte sich an den Hals ihrer Tante. Die kleine Olga und Lottie schlossen die Augen, aber Olga war daran gewöhnt, und Lottie auch nach einer Minute, als der Aufruhr etwas nachgelassen hatte. Sie schauten in der unteren Reihe der Kästen nach, wo das Heu zu Nestern zusammengescharrt worden war, und Lottie fand ein Ei. Tante Olga nahm das warme Ei und hielt es gegen die Augen, drückte es leicht gegen das Lid. Flossie auch, sagte das Baby und streckte sich danach. Sie mußte es also auch tun.

Warum tust du das, Tante? fragte die kleine Olga.

Weil es meinen Augen guttut, sagte Olga. Es ist schön warm. Fühl mal, sagte sie und hielt das Ei leicht gegen Lotties Wange. Sie besichtigten die ganze Farm – das heißt innerhalb des kleinen Umkreises der Gebäude. Vorsichtig über nasse Stellen steigend, ging die Frau nun, das Baby auf dem Arm, gefolgt von den beiden anderen kleinen Mädchen, dorthin, wo Gunnar die schwarze Stute Nellie striegelte. Gerade als sie zu der Halbtür kamen, deren obere Hälfte offenstand, wieherte Nellie, und Lottie erschreckte sich. Nellie sah mit großen Augen und geblähten Nüstern auf die kleinen Mädchen hinaus.

Hallo! sagte Gunnar und steckte auch den Kopf zur Tür heraus. Wer sind denn diese kleinen Leute? Und er blieb einen Augenblick in der Sonne stehen, um das Baby mit einem Finger zu stupsen und frische Luft zu schöpfen.

Die Kinder wollten das Pferd sehen, sagte Olga.

Wollt ihr reiten? fragte Gunnar. Vielleicht ein andermal, hm? Ich kämme sie gerade. Sie ist eine Dame, wißt ihr, und wir müssen sie schönmachen.

Über ihnen kreisten Tauben. Bleib hier stehen, sagte Olga zu Lottie. Guck dir deine Schuhe an. Ich fürchte, wir müssen etwas wegen eurer Kleider unternehmen, ehe wir euch frei herumlaufen lassen.

Und da kam Sport, ein schwarzbraungelber Schäferhund, der jeden ablecken wollte. Wuff! Wuff, wuff! bellte er.

Hund, sagte Flossie. Großer Hund!

So gut kann sie sprechen? fragte Gunnar.

Ich habe mich schon gewundert, sagte Olga. Sie war so still. Ich vermute, sie hat die ganze Zeit herumgeguckt und sich gefragt, was das alles soll.

Runter, runter! sagte Flossie jetzt.

Nein, nicht hier, sagte Olga. Es ist zu naß.

Gib sie mir, sagte Gunnar. Setze sie hier auf die Türkante und laß sie das Hottepferdchen streicheln. Flossie, der es vor Staunen über all das Neue, das sie umgab, den ganzen Morgen den Atem verschlagen hatte, wurde von Gunnar hochgehoben und auf den Rücken der Stute gesetzt, die ein wenig zur Seite tänzelte.

Brrr! Nellie, sagte Gunnar. Gefällt dir das? Flossie betrachtete den Hinterkopf des Pferdes, und es gefiel ihr gar nicht. – Gib sie mir, sagte Olga. Kommt weiter, Kinder. Wir spazieren ein bißchen die Straße hinunter und gucken uns die Apfelblüten an. Kommt.

Während Olga Flossie an der Hand hielt und mit ihr über die trockene, sandige Straße ging – endlich eine trokkene Stelle, wo sie sie absetzen konnte –, während Olga also langsam die schmale ungepflasterte Straße entlang auf das untere Tal zuging, wo die Ferrys wohnten, folgten ihr, in ein Gespräch vertieft, die kleine Olga und Lottie.

Die Straße bestand einfach aus zwei sandigen Erdstreifen, die von den darüber hinfahrenden Wagenrädern geebnet worden waren. Ab und zu steckten Steine ihre spitzen Enden hervor, über die die Wagen rumpelten, und da, wo das Gefälle ein wenig steil war, hatte die Straße zwei Buckel. Zwischen den kiesigen Erdstreifen wuchs Gras, das von den stampfenden Pferdehufen niedergetreten wurde. Und auch zu beiden Seiten der Straße standen Gras und Farne zwischen Himbeersträuchern, noch frisch und bläulich-weiß, und Dorngestrüpp, durch das ein Backenhörnchen die Böschung entlanglief.

Du solltest mal im Winter hier sein! sagte die kleine Olga. Manchmal liegt der Schnee hier zwanzig Fuß hoch, sagte sie. Wir gehen da unten zur Schule. Ich zeige sie dir heute nachmittag. Aber im Winter ist es schrecklich.

Links neben der Straße plätscherte ein kleiner Bach, der unter einem Felsen, so groß wie ein Haus, hervorkam. Lottie bückte sich und steckte den Finger hinein, und Flossie, die sich gerade umdrehte, sah es und tat das gleiche.

Nein, nein, nein, nein, nein, nein! sagte Olga. Kommt weiter. Und langsam gingen sie die Straße hinab, zu deren Rechten das Gelände scharf abfiel. Der Hügelabhang war mit Bäumen bewachsen, mit großen Ahornbäumen entlang einer Steinmauer, hinter der eine Weide war. Und dort hinter der Scheune, einen breiten großen Strohhut auf dem Kopf, saß Hilda vor einer Staffelei und begann gerade mit einer Skizze.

Hilda saß hügelabwärts gewandt in einem kleinen Graben unterhalb der Kuhställe, in dem vor langer Zeit einmal jemand Vergißmeinnicht gepflanzt hatte. Sie wucherten nun wild dort in dem vom Regen ausgewaschenen Graben, der die grüne Weide durchschnitt.

Bei einem großen Granitfindling links von der Straße war Olga mit den Kindern stehengeblieben. Der hochaufragende Felsen hatte die Straße zu einer kleinen Kurve gezwungen – und da kamen Al und Fred, die die Ferry-Sippschaft den Hügel hinauf zur Farm führten. Sie blieben stehen. – Hallo! sagte Olga zu ihnen. Kommt, geht vorbei! Aber die beiden Armeen blieben stehen und musterten einander von oben bis unten. Flossie, die mit dem Rücken zu ihnen stand, wollte den Kopf drehen, verlor das Gleichgewicht und fiel um. Eins der älteren Ferry-Mädchen sprang hinzu und hob sie auf.

Wo geht ihr hin? fragte Fred.

Wir gehen bloß ein bißchen spazieren, sagte Olga.

Wir wollten die Milch holen, sagte das ältere Ferry-Mädchen. Ist sie dasselbe kleine Mädchen, das letzten Sommer hier war?

Ja, sie ist dieselbe, sagte Olga. Ist sie nicht gewachsen?

Nicht viel, glaube ich, sagte das Mädchen. Ist das ihre Schwester?

Ja, das ist Lottie. Lottie, komm her. Das ist Leola Ferry.

Wo ist ihre Mutter? fragte Leola.

Sie ist dieses Jahr nicht mitgekommen. Die Kinder sind alleine hier bei uns.

Bleiben sie den ganzen Sommer?

Ja, ich glaube, ja.

Das ist schön.

Alle standen einen Augenblick mehr oder weniger verlegen herum, und zwei der größeren Ferry-Kinder wollten schon zurückgehen. Ich glaube, die Milch wartet auf euch, sagte Olga. Komm, Flossie. Laßt uns alle zusammen zurückgehen. So machte sich die Truppe auf den Weg den Hügel hinauf, und die älteren Jungen umkreisten sie oder liefen voran.

Flossie war gut in Form, eins der Mädchen nahm ihre eine Hand und Margaret die andere, und dann gingen sie den Hügel hoch, Flossie weit ausschreitend und die anderen voranziehend.

Können wir sie zum Spielen mitnehmen? fragte Leolas Schwester.

Nein. Ein andermal. Jetzt nicht. Sie ist das noch nicht gewöhnt.

Paß auf, Flossie! Baby! Baby! – Flossie hatte sich befreit und lief die Straße zurück, so schnell ihre kleinen Füße sie tragen wollten. Sie hörte den Ruf, drehte aber nur den Kopf ein wenig zur Seite und wackelte lachend um so schneller weiter. Dann blieb sie verblüfft stehen.

Die Straße hoch, um den großen Findling herum, kamen die Köpfe und Vorderbeine von Mr. Ferrys Gespann. Er ging mit den Zügeln in der Hand nebenher. Brrr! sagte er zu den Pferden, die nur ein oder zwei Fuß vor der kleinen Flossie zum Stehen kamen: Wen haben wir denn hier?

Olga hatte das Baby eingeholt und hob es hoch. Oh! sagte sie. Ich habe mich zu Tode erschrocken.

Sie hätten ihr nichts getan, sagte Mr. Ferry. Sie würden einem Kätzchen nichts zuleide tun. Ist das das Baby, das letztes Jahr hier oben war?

So redeten sie eine Weile, und dann ging er weiter.

Bringen Sie sie bei Gelegenheit mal runter, sagte er im Vorbeigehen zu Olga. Meine Frau würde sich freuen.

KAPITEL 25

Abenteuer

Aus dem Hahn in der Küche lief Wasser, das eine Quelle südlich des Hauses im Obstgarten spendete, lief und lief in einen Eimer im Becken, der winters wie sommers überfloß. In diesem wunderbar kalten und klaren Wasser waren gelegentlich kleine Tüpfelchen von Moos oder sonstige Pflanzenreste, die vom Hügel kamen und nun in dem Eimer herumschwammen. Wem machte das schon etwas aus? Aber Hilda war eine Puristin, und sie trank nicht gerne, ohne das Wasser erst sorgfältig zu untersuchen und jedes kleine Stäubchen herauszuholen, das sie sah. Die anderen lachten sie aus, aber so war sie.

Am liebsten mochte Hilda das Wasser aus einer wahrhaft kristallenen Quelle, die aus einem in die Erde eingelassenen Faß sprudelte, eine viertel Meile weit weg in den Wiesen östlich des Hauses, am Fuß des Hügels im dichten Ahorn- und Fichtenwald. Aber diese Quelle lag zu tief und zu weit weg, um ihr Wasser durch Rohre zu leiten. Dieses Wasser konnte Hilda nur bekommen, wenn sie hinging oder einen der Jungen schickte, damit er ihr dann und wann einen kleinen Eimer davon holte.

Heute bat sie Fred, den Zwölfjährigen, ihr etwas zu holen. Ih, nein! Ich will mit Mr. Ferry in die Stadt fahren! Du hast es mir versprochen.

Nein, sagte seine Mutter. Tu, was Tante Hilda dir sagt. Ich bin müde.

Was! Um elf Uhr morgens? Zu schade. Dann gehst du besser ins Bett.

Es war ein glühendheißer Tag Mitte Juni. Es waren längst Ferien, und auf manchen Abhängen wurde schon das erste Gras gemäht.

Die Mädchen spielten auf dem Rasen mit einem der kleinen Kätzchen, einem weißen mit schwarzen Pfoten und gesprenkeltem Gesicht. Flossie war mit von der Partie, jagte der Katze vergeblich nach, bückte sich, um sie hochzuheben, und dann zog sich die Katze ein paar Zentimeter zurück, und das Spiel ging von neuem los. Fang sie für mich, sagte das kleine Mädchen. Die Katze legte sich manchmal gerade so lange auf die Seite, daß das Baby sie anfassen konnte, dann befreite sie sich und lief zur Treppe des Holzschuppens hinüber.

Das Problem in der Schule ist, daß sie einem etwas beibringen, und dann lassen sie es einen nicht tun, sagte Margaret.

Endlich konnte man sich ohne nachzudenken auf den Rücken ins Gras legen, der Phlox blühte über die östliche Mauer, und eine üppige Stille füllte das ganze kleine Tal.

Fred schlurfte auf nackten Füßen aus dem Haus, einen Wasserkrug in jeder Hand.

Gott! Die sind vielleicht schwer, wenn sie voll Wasser sind, sagte er.

Wo gehst du hin?

Zur Quelle rüber, um etwas von dem fauligen Wasser für Hilda zu holen.

Können wir mit? riefen die Mädchen.

Nein. Ich will keine Mädchen am Halse haben.

Ach Mutter! – Mangna war auf die Veranda herausgekommen, wo Grandma im Schaukelstuhl saß und strickte.

Du bist ein böser Junge, schalt Grandma Fred.

Oh, und du bist eine alte Närrin, flüsterte er vor sich hin.

Was hast du gesagt? fragte seine ältere Schwester. *Ich* hole das Wasser, Mutter, setzte sie hinzu. Laß mich gehen.

Du kannst das nicht, sagte ihr Bruder. Kann ich runtergehen und einen der Ferry-Jungs fragen, ob er mit mir geht? schloß er.

Meinetwegen. Aber es ist elf – beinahe elf. In einer Stunde essen wir. Ich gebe dir fünf Cent. Und sag deinem Freund, ich gebe ihm auch fünf Cent, wenn er dir hilft.

Ehrlich? sagte Fred, dessen Miene sich erhellte.

Mir auch? fragte sein Bruder.

Ja.

Und schon waren sie die Treppe hinunter und auf der Straße, ehe man sich's versah. Völlig verwandelt.

He, frag Leola, ob sie auch mitkommt, rief Margaret ihm nach. Der hört nie was. Können wir gehen, Mutter?

Aber du paßt doch auf das Baby auf.

Können wir sie nicht mitnehmen? Leola hilft mir. Wir schaffen das. Wir können alle gehen. Ich passe auf. Bitte, Mutter.

Nun ja, sagte ihre Mutter und ließ den Blick über die sonnigen Felder bis zur Quelle hinter der Weide schweifen. Das geht wohl. Paßt bloß auf, das ist alles. Haltet das Baby vom Wasser fern. Lauft. Die Jungen können euch einholen.

Sie alle freuten sich sehr, Margaret, die kleine Olga, Lottie und Flossie.

Meint ihr nicht, ihr solltet Gummistiefel anziehen?

Mutter, stell dich nicht so an! sagte Margaret. Sie alle hatten ihre alten Kleider an.

Gehen? sagte die kleine Flossie.

Ja, gehen. Komm, ich trag dich die Treppe hinunter.

Nichts da! Nicht Flossie. Sie konnte jetzt gut Treppen herauf- und hinuntergehen – vier breite Steinstufen von dem kleinen terrassierten Rasen hinunter, vorbei an dem hohen Schmetterlingsbusch auf der einen und dem weißen Phlox auf der anderen Seite – über dem in dem Augenblick ein Kolibri in irreführender Unbeweglichkeit flatterte.

Flossie umfaßte das Seitengeländer über ihrem Kopf und ging, geschickt die Füße setzend, von einer Stufe zur anderen, zuerst bis zum Rand, wo sie hinunterschaute und sich dann halb umdrehte, um einen Fuß auszustrecken und auf die nächste zu setzen, bis sie triumphierend unten anlangte.

Ihr müßt schneller gehen, sagte Mangna von der Terrassenecke über ihnen, sonst kommt ihr nie dort an.

Die Grasböschung zu der ungepflasterten Straße hinunter lief Flossie schneller und schneller, das Gewicht ihres Körpers gab ihr Schwung, so daß Margaret knapp hinter ihr blieb. Komm schon, lauf! Dann stolperte sie, während alle die Luft anhielten, etwas unsicher in den trockenen Graben und kam auf der anderen Seite gleich wieder hoch, wo sie triumphierend am Straßenrand stehenblieb, sich umdrehte und grinste.

Hui! Alle atmeten erleichtert auf.

Na prima, sagte Gunnar, der aus der Scheune kam. Ich hätte nicht geglaubt, daß du das schaffst!

Jedenfalls waren sie nun unterwegs! Flossie sagte immer wieder: Gehen! Gehen! Gehen! und lief Richtung Scheune, immer noch hügelabwärts, aber diesmal hatte Margaret sie erwischt und hielt sie fest an der Hand.

Ich sage dir, sie schafft es, sagte Onkel Gunnar. Gut machst du das.

Jetzt gebt acht! rief Mangna von der Veranda, von wo aus sie sie beobachtete, und seid in einer Stunde zurück. Verlauft euch nicht. Sie blieb dort stehen, um sie weiter zu beobachten.

Als die Mädchen auf den Scheunenhof zuliefen, wollte das schwarzweiße Kätzchen, halb erwachsen, wie es war, ihnen nachlaufen. Schönes Kätzchen, sagte das Baby, nachdem es vom Straßenrand auf die Straße getreten war.

Wir wollen die Katze nicht mitnehmen, sagte Margaret. Geh nach Hause! Geh nach Hause! sagte sie zu dem Kätzchen. Aber das legte sich einfach auf die Seite ins Gras und schnurrte und rekelte sich spielerisch, als sie versuchten, es zum Haus zurückzuscheuchen.

Mutter, rief Margaret, ruf mal das Kätzchen, bitte.

Kätzchen, Kätzchen, Kätzchen! sagte Mangna von der Veranda. Aber die Katze war mittlerweile zur Scheune hinuntergelaufen, und die Kinder mußten ihr folgen.

Sie mußten den Scheunenhof durchqueren, um zum Weidegatter zu kommen, und hier mußte Margaret Flossie hochnehmen, um sie über den schwarzen Schlamm an der Tür zum Kuhstall und an der Tränke zu tragen.

Hühnchen! sagte die kleine Flossie, Kuh! Und sie zeigte auf die Tür, durch die Gunnar mehrfach mit ihr gegangen war, damit sie ihm beim Melken zusehen konnte.

Doch genau in diesem Augenblick kamen die drei Ferry-Mädchen in ihren farblosen bäuerlichen Hängekleidern hinter ihnen den Hügel heraufgerannt, ohne Strümpfe, das blaßblonde Haar schlapp herunterhängend, und dem mittleren Mädchen fehlte ein Schneidezahn. Sie sagten nichts, sondern – blieben einfach da stehen und schauten auf die kleinen Mädchen dort unten, alle in einer Reihe.

Lauft! sagte Mangna von der Veranda. Aber sie wollten nicht.

Wenn Margaret sie nicht gesehen und ihnen gewunken hätte, wären sie wahrscheinlich umgekehrt und wieder nach Hause gegangen. Aber sie drehte sich beinahe zufällig um, gerade, als sie die untere Stange des Weidegatters herausnehmen wollte, und rief sie an: Wollt ihr mit uns zur Quelle kommen?

Ohne ein Wort kamen die drei kleinen Mädchen freudig angelaufen, vorsichtig, barfüßig. Es war – Margaret erkannte das gleich – viel mühsamer, als sie gedacht hatte, im Feld auf das Baby aufzupassen.

Sind hier irgendwo Kühe? fragte Leola, als sie die Stange wieder ins Gatter einlegten und übers Feld laufen wollten. – Was soll's? sagte ihre Schwester Ethel May. Ich verjage sie.

Es ging sich nicht leicht hier, aber die Kinder waren

glücklich. Flossie kommentierte alles, was sie sahen. Das ist ein Zaun, sagte sie mit großem Nachdruck zu der kleinen Olga, die die Lehrerin war. Sie wollte nicht, daß jemand sie an der Hand hielt. So liefen sie im Gänsemarsch über einen der alten Kuhpfade, die sich um die großen, grauen, farnumwachsenen Steine der Weide schlängelten.

Der erste Stein zog das Baby sogleich an, das beide Hände darauf legte. Heiß! sagte sie. Stimmt, meinte Ethel May. Der Rest des Steins war mit dichtem Moos bewachsen, das, wenn man es genau betrachtete, ein Wald drahtiger Stacheln war, die dichtgedrängt auf einem grünen Grund wuchsen. Und auf der anderen Seite des Steins stand ein großes Farnbüschel. Hier versammelten die Kinder sich, während Leola begann, die Farnwedel auseinanderzubiegen und zu suchen, wo die Stengel in dichtester Fülle aus dem Moos am Rand des Steins sprossen.

Das Baby steckte sofort die Nase hinein. Was suchst du? fragte die kleine Olga.

Leola sagte: Geisterfarn.

Was ist das?

Anscheinend konnte Leola keinen finden, sosehr sie auch suchte. Aber sie hörten einen Ausruf, und Ethel May, die in ein anderes Farnbüschel in der Nähe getaucht war – überall zwischen den Felsbrocken standen welche –, richtete sich auf und hielt ihnen einen hin, damit sie ihn sehen konnten.

Alle Kinder versammelten sich darum. Es war ein kleines, völlig entwickeltes Farnblatt, aber ganz und gar weiß, wie aus reinem Papier – sie hatte es aus der dunklen Mitte des Büschels gerupft, wo nie die Sonne hinkam.

Wozu ist das gut?

Man kann es essen. Es schmeckt gut. Willst du probieren?

Das Baby wollte. Gib! sagte Flossie.

Nein, nicht, sagte Margaret. Sie ißt es. Das ist giftig.

Nein, ist es nicht, sagte Ehtel May. Und sie steckte das zarte Blatt in den Mund und kaute und verschluckte es.

Dir wird schlecht.

Nein, bestimmt nicht, sagte Leola.

Mitten im Feld drehte die kleine Olga sich um. Guckt euch das an, sagte sie. Und da kam das schwarzweiße Kätzchen ihnen vom Weidengatter nachgesprungen. Es kam in großen Sprüngen miauend auf sie zu, blieb stehen, setzte ihnen dann wieder nach, mal zögerlich, mal in weiten Sätzen.

Schönes Kätzchen! sagte Lottie, als die Katze die Kinder einholte. Was machst du hier? Wie üblich wollte das Kätzchen spielen, es schnurrte und rieb sich an ihren Beinen, als wollte es sagen: Ihr habt also gedacht, ihr könntet mich zurücklassen, oder nicht? Nun denn, ich habe euch hinters Licht geführt.

Plötzlich stand das Tier förmlich unter elektrischer Spannung, die Ohren gespitzt, die Augen starr, und begann tastend eine Pfote vor die andere über die abgeweidete Wiese zu setzen. Zwei Fuß vor ihm erhob sich sirrend ein großer Grashüpfer. Die Katze war schneller als er, sprang vor und in die Luft und schlug das Insekt mit einem wilden Schlag der Pfote herunter. Im Handumdrehen hatte sie es heruntergeholt, nagte tüchtig daran und verschlang es völlig. Sie schluckte ein- oder zweimal, rieb sich mit der Pfote über das Mäulchen und miaute klagend – nun wieder ein Baby.

Unbewußt liefen die Kinder nun in zwei oder besser drei kleinen Gruppen langsam hintereinander über das Feld. Vorneweg ging Flossie mit den beiden älteren Mädchen, Margaret und Leola. Lottie, Ethel May und die kleine Olga folgten ihnen in kurzem Abstand, und Ruby trödelte hinterdrein – umständlich und alleine, die ganze Zeit war kein Wort aus ihr herauszubekommen.

Was macht sie da hinten? sagte die kleine Olga zu der Schwester des Kindes, die zurückschaute.

Ach, achte nicht auf sie. Sie ist immer so. Sieht aus, als folgte sie einer Maulwurfspur. Tatsächlich war die Weide voll davon.

Die älteren Mädchen waren stehengeblieben. Da war ein Ameisenhügel, ein großer, mindestens zwei Fuß hoch, über den schnelle rote Ameisen in alle Richtungen liefen. Nein! sagte Margaret zu Flossie. Das darfst du nicht. Die Oberfläche war übersät mit kleinen Stöckchen und groben Sandkörnern.

Und da! huschte eine schwarzbraune Raupe davon.

Sieht aus, als habe hier jemand aufs Gras gespuckt, sagte Margaret.

Nein. Das ist Heuschreckenspucke, sagte Leola. Die Heuschrecken tun das. Das Zeugs lag auf den Winkeln, wo die Blätter der Gräser an den Stengeln ansetzten.

Jetzt machten die Kinder alle Ethel Mays Marotte nach und zupften so lange an den Köpfen des Timotheusgrases, bis sie die zarten Stengel herausgezogen hatten, und knabberten zaghaft an den süßen Enden.

Was ist das? fragte Lottie.

Das ist ein getrockneter Kuhfladen, sagte Ethel May, drehte ihn mit dem Fuß um und sah zu, wie die Drahtwürmer und schwarzen Grillen aus seinem Schutz davonhasteten.

Guck dir mal das kleine Vögelchen an, sagte Margaret, packte plötzlich das Baby und versuchte, seinen Blick auf den Zaun zu lenken, an dem sie entlanggingen. Es war ein Spatz mit rostbraunem Kopf, der zwischen dem Gras und der unteren Zaunstange auf und ab hüpfte und tschilpte.

Vögelchen! sagte das Baby. Aber es war weg.

Ach, du Dummerchen! Du hast es verpaßt. Komm weiter.

In der Sonne war es heiß, und als sie über den Abhang auf die Erlen zugingen, die am Fuß des Hügels dem Bach folgten, konnte man weit unten die drei Kühe sehen.

Ich glaube nicht, daß ihr auf dem richtigen Weg seid, sagte Ethel May, wenn ihr zur Quelle wollt. Die ist da drüben. Man muß dort hinübergehen, und sie zeigte nach rechts. Da, wo wir jetzt hingehen, ist ein Sumpf.

Weit unten konnten sie nun auch die drei Jungen sehen – die durch die Erlen brachen und schräg zum Weidenabhang zu der Ecke des Waldes gingen, wo die Quelle lag, in deren Richtung die Mädchen nun auch gingen. Und weit hinten über dem Scheunendach war Mangna, die ihnen zusah und zuwinkte.

Hört mal! sagte Leola. Sie blieben alle stehen und schauten zurück. Was sagt sie? Mangna winkte mit ihrem Taschentuch. Oh, sie sagt nichts. ›Paßt auf.‹ Ich glaube, das meint sie.

Nein, sie zeigt uns, wie wir gehen sollen. Sie hat wohl recht.

Was ist *das* denn? Unter der Krone der Weidenmauer vor ihnen bewegte sich plötzlich etwas schwerfällig. Lottie hatte Angst.

Oh, das ist bloß ein altes Waldmurmeltier. Das kann euch nichts tun.

Dann kamen sie zu einer Stelle, wo ein kleines Gebüsch von sechs oder acht Fuß hohen Ahornschößlingen stand. Da drin ist es naß. Laßt mich vorgehen, sagte Leola.

Die Katze stand auf einem Stein, als wäre er eine Insel in einem Ozean, und miaute: Helft mir! und hob nacheinander die Pfoten. Ach, laßt sie, sagte Leola. Soll sie zurückgehen, wenn sie will. Doch einen Augenblick später war sie wieder neben ihnen. Einmal machte sie einen Satz und war im Nu den Stamm eines jungen Ahorns halb hinaufgesprungen, von dem aus sie weit hinaus aufs Gras sprang und wie verrückt einen kleinen Stock herumschleuderte.

Katzen sind verrückte Viecher, sagte Ethel May.

Müssen wir hier durch? fragte Margaret.

Wenn wir nicht zurück wollen. Es geht schon. Laß mich das Baby tragen. Also nahm Leola Flossie auf den Arm, und sie gingen über ein paar trockene Torfstellen in dem schlammigen Boden. Zu beiden Seiten wuchsen Brombeerranken, deshalb mußten sie weiter geradeaus.

Warum hast du mir nicht gesagt, daß ich falsch gegangen bin, fragte Margaret, wenn du weißt, wo's langgeht?

Ich dachte, du wüßtest das, sagte Leola. Macht doch auch nicht so einen großen Unterschied, oder?

Nein, aber wir brauchen mehr Zeit, sagte Margaret, und wir müssen zurück.

Das Baby wollte Leola küssen. Flach über ihnen flogen Schwalben, glitten über die Felder.

Au! Mir gefällt das nicht, sagte die kleine Olga. Gibt es hier Schlangen?

Habe noch nie eine gesehen, sagte Ethel May. Ohne ein Wort folgte Ruby langsam den anderen. Sie wußte, wie sie durchkam, auch wenn ihre Beine von den dornigen Ranken ein bißchen bluteten.

Sie hatten es so gut wie hinter sich, als Leola Flossie absetzte. Der Boden war uneben, das Baby schwankte und fiel auf der feuchten schwarzen Erde flach auf die Hände.

Macht nichts. Sie ist ein braves Mädchen, sagte Margaret eilfertig.

Nein! sagte die kleine Flossie stirnrunzelnd. Sie schaute ihre schwarzen Hände an und wollte sie ablecken. Doch Margaret hielt sie davon ab.

He, warum seid ihr denn hierherum gegangen? brüllte einer der Jungen, die ihnen näher waren, als sie gedacht hatten. Wißt ihr denn gar nichts? Ihr Pipimädchen!

Guten Tag, sagte Fred, zog vor den Mädchen die Mütze ab, verneigte sich und lächelte spöttisch. Guten Tag. Guten Tag.

Ihr denkt wohl, ihr seid was Besonderes, gab seine Schwester angewidert zurück.

Die Jungen hatten lange Gerten, mit denen sie auf alles einhieben und den Blumen die Köpfe abschlugen.

Tja, wenn ihr ein Baby hättet, auf das ihr aufpassen müßtet, hättet ihr auch Probleme.

Pah! sagten die Jungen, steckten die Köpfe zusammen und kicherten – flüsterten und lachten.

Kümmert euch um euren Dreck, sagte Margaret. Und du auch, George Edward, sagte Leola zu ihrem Bruder. Du hältst dich wohl für neunmalklug.

Einer der Jungen machte ein ordinäres Geräusch, als sie weitergingen.

Im Gehölz ragte der halb abgestorbene, phallusähnliche Kopf eines großen Pilzes zwischen ein paar toten Farnen hervor. Die Jungen flüsterten und lachten.

Ihr seid verrückt, sagte Leola. Macht, daß ihr weiterkommt – und sie ging auf sie los.

An dieser Stelle wuchsen ziemlich viele große Pilze, hellgelb mit landkartenähnlichen Tupfen auf den Schirmen, die unten in einer weißen, tassenähnlichen Scheide steckten.

Faß sie nicht an, sagte Leola, die sind *wirklich* giftig.

Ich habe keine Angst davor, sagte einer der Jungen und kickte das Ding mit dem nackten Zeh weg. Das ist doch nichts.

Unter den Bäumen – die Mädchen verließen den Weidenrand – war es düster und ein bißchen angsteinflößend. Man mußte sorgfältig den Weg auskundschaften, weil die Kühe zum Wasser hin eine tiefe Furche in die schweren Farnpolster getreten hatten, und an vielen Stellen hatten ihre Hufe kleine Pfützen hinterlassen.

Hier gab es einen schönen Bestand an Fichten; Bäume, die man kaum mit dem Arm umfassen konnte. Birken, weiße Buchenstämme und niedrige Balsamtannen bildeten mit pennsylvanischem Ahorn und Erlensträuchern ein dichtes Unterholz. Dort sprudelte die Quelle hervor. Der Grund war mit grünem Moos und Fichtennadeln bedeckt. Die Jungen waren bereits vor den Mädchen an der Quelle und versuchten, Frösche zu fangen.

Die Quelle selbst war ein in die Erde eingelassenes Eichenfaß, an dessen Boden das Wasser durch reinen weißen Sand lebhaft emporsprudelte. Der weiße Sand dort sah merkwürdig aus – vielleicht war er hineingeworfen worden. Unterhalb des Fasses war zwischen nassen Felsen ein ziemlich großer Tümpel und darunter nasse Erde und glitzernder Schleim, wo stinkender Zehrwurz und hohe blütenlose, hellgrüne, lilienähnliche Pflanzen in Hülle und Fülle wuchsen.

Ich bin müde, sagte Lottie.

Ich wünschte, wir könnten hier mal ein Picknick machen, sagte Ethel May.

Warum seid ihr uns überhaupt nachgekommen? fragte Fred. Wir wollten euch nicht.

Wir sind gekommen, weil wir es wollten, sagte Margaret. – Warum könnt ihr uns nicht in Ruhe lassen. Immer wollt ihr Streit anfangen, sagte die kleine Olga.

Sie alle tranken aus einem zinnernem Schöpflöffel, der an einem Nagel von der großen Birke hing, die sich übers Wasser neigte. Die Jungen hatten die beiden Krüge bereits gefüllt und sie zur Sicherheit beiseite in den Farn gestellt.

Es ist wie in der Kirche, nicht? sagte Margaret nach einer Weile.

Ich war erst einmal in einer, sagte Leola. Das war ganz anders.

In der Ferne konnten sie einen gedämpften Knall hören!

Zwölf Uhr, sagte einer der Ferry-Jungen.

Dann machen wir uns wohl besser auf den Rückweg, hm?

Genau am äußersten Rand des Quellenfasses wuchs nach hinten zu ein sehr schönes niedriges Rankengewächs dicht über dem Boden mit vielen kleinen violetten, in der Mitte gelben Sternenblüten, zwischen denen bereits ein paar rote Beeren standen. Eine davon wollte die kleine Flossie gerade in den Mund stecken, als Ruby mit ausgestrecktem Zeigefinger OH! sagte. Spuck das aus! schrie Leola. Das ist schwarzer Nachtschatten.

Ich will nach Hause, sagte Lottie. Mir gefällt es hier nicht.

Ich wette, ihr habt Angst, durch den dichten Wald da oben zu gehen, sagte George Ferry.

Pah! sagte seine Schwester.

Da oben sind Bären.

Margaret sagte: Stimmt das, Leola?

Sicher, aber sie tun einem nichts.

O doch, wenn sie Junge haben, sagte George.

Alle Kinder lauschten, aber es war kein Ton zu hören, außer dem leisen Säuseln des Windes und dem ständigen Perlen des Quellwassers, das über den Faßrand floß und dann unten über die kleinen Steine plätscherte.

Ein Schmetterling, ein Augenfalter, flog im Zickzack vorbei und verschwand zwischen den mächtigen Bäumen.

Pipipi! sagte die kleine Flossie. Die Jungen lachten sich beinahe tot.

Pipi! Pipi! sagten sie foppend. Die Stadtjungen begannen damit, aber auch die Ferry-Jungen lachten nun, und sie fingen wieder an, miteinander zu flüstern, bis Leola einen Stein aufhob und nach ihnen warf. Geht schon, sagte sie, macht, daß ihr wegkommt.

Die Jungen gingen. Ach, ihr seid alle viel zu eingebildet! sagten sie zum Schluß, um einen letzten Hieb auszuteilen. Wetten, wir sind vor euch zu Hause.

Leola war an so etwas eigentlich nicht gewöhnt. Wir können mehr Blumen pflücken als ihr, sagten die Jungen, als die kleine Flossie und die anderen langstielige Veilchen, Dotterblumen und Gänseblümchen zu pflücken begannen, während sie aus dem Wald herausgingen. – Meinetwegen.

Diesmal erwischten sie den richtigen Weg durch das obere Feld, das bereits halb gemäht war, und dort ging es sich leichter. Trag mich! sagte die kleine Flossie. Ich müde.

Wenn diese Jungs zu etwas nütze wären, würden sie uns helfen, sagte Margaret. Ich hasse Jungen. – Ich auch, stimmten die anderen zu. Aber Flossie wollte nicht lange getragen werden. Es war heiß, und die Kinder schwitzten und bekamen Hunger.

Die Jungen tanzten herum wie Indianer, rissen Grasbüschel aus, brachten sie den Mädchen, als ob es Blumen wären, und warfen sie ihnen dann ins Gesicht. Leola versuchte, sie zu verprügeln, sie war wütend, und einmal gelang es Ethel May, George umzurennen. Lottie und die kleine Olga hatten fleißig schöne Veilchensträuße gepflückt, die aber nun bereits welkten, während die kleinen Mädchen sie noch mit den Händen umklammerten. Das Kätzchen war schon lange nach Hause gegangen.

Schöne Blume! sagte Flossie zu zwei Veilchen und einer Dotterblume, die sie mit der linken Hand wie in einem Todesgriff würgte. Ab und zu einmal blieb sie stehen und sah sie wie verwundert an. Dann ging sie weiter. Sie verlor die Blumen mehrere Male, und die Mädchen gaben ihr neue.

Aber sie stapften weiter, nun durch Gras, und kamen endlich wieder zum Scheunenhof und dem verschlossenen Gatter, und da blieb Margaret stehen und begann zu lachen –

Worüber lachst du so?

Das Wasser! sagte Margaret. Haha! Ihr ward doch so neunmalklug, sagte sie und zog nun die Jungen auf. Ihr habt's vergessen, und jetzt müßt ihr zurückgehen. Gut! Das freut mich.

Ich gehe, sagte George Ferry, mir macht das nichts aus.

Nein, das tust du nicht, George Ferry. Sie sollen selbst gehen. Oder ich sage es der Tante. Also macht schon und beeilt euch.

Wo ist das Wasser? fragte Tante Hilda, als die Mädchen erhitzt und verschwitzt die Böschung zur Vordertreppe heraufkraxelten.

Die Jungen bringen es.

Ich müde, sagte die kleine Flossie.

Und schmutzig, sagte Grandma von der Terrasse aus. Dreckig! Wo seid ihr gewesen?

Können sie alle bleiben und bei uns zu Mittag essen, Tante? fragte die kleine Olga.

Was würde ihre Mutter dann sagen?

Oh, ihr macht es nichts, sagte Ethel May. Psst, sagte Leola. Dann kamen die Jungen, völlig außer Atem, und schleppten die zwei Wasserkrüge mit sich. Hier ist dein olles Wasser. Und sie stellten die Krüge in das weiche Gras.

Paßt auf! sagte Tante Hilda. Ihr zerbrecht sie.

Heute geht es leider nicht, Liebes. Ein andermal, sagte Mangna. Wir machen nachmittags einmal eine schöne Party für euch.

Morgen?

Nein, morgen nicht, aber bald. Da waren die Mädchen glücklich. Die kleine Flossie wurde ins Haus gebracht, um sie vor dem Mittagessen zu waschen.

KAPITEL 26

Glückliche Tage

Seit ein paar Wochen war die Party auf dem Rasen Gegenstand zweifelnder Erwartungen gewesen, aber heute war es soweit! Besonders die Mädchen – und die Jungen auf ihre Art – waren sehr aufgeregt.

Eine Party!

Das ist zum Lachen, sagte Mangna. Weißt du, was sie sich unter einer Party vorstellen?

Nein, sagte Olga.

Eis und Kuchen, Schokoladenkuchen.

Na ja, sagte Olga, verständnisvoll wie immer, daran denken sie, aber sie haben trotzdem viel Spaß. Wir haben reichlich Kuchen. Jungs! rief sie, was macht das Eis?

Ich muß die ganze Zeit rühren, kam Als Stimme vom Holzschuppen. Hier, mach du mal. Es wird fest.

Die armen Kinder, das ist ihr großer Tag. Wir müssen sie in Ruhe lassen – faßt dies nicht an, tut jenes nicht, macht das nicht! Ich wünschte, wir könnten sie machen lassen, was sie wollen, und würden ihnen nicht in die Quere kommen, sagte Hilda. Die unschuldigen kleinen Lieben.

Mangna lachte. Man merkt, daß du nie viel mit Kindern zu tun hattest, sagte sie.

Du hast recht, sagte Olga. Du solltest mal sehen, wie reiche Kinder sich benehmen. Das ist manchmal schrecklich.

Heutzutage sagt man, man sollte nicht ›Nein, nein!‹ sagen. Aber ich weiß nicht, was man sonst sagen soll.

Die Frauen waren in der Küche, wo sie das Geschirr vom Mittagessen spülten, und Grandma beobachtete ihre Töchter mit kritischem Interesse.

Wie viele Eier tust du in den Kuchen? fragte sie Hilda.

Vier.

Die alte Dame schüttelte den Kopf. Nun ja, sie mögen es. Aber zu meiner Zeit hätte niemand solchen Fraß gegessen.

Frisches Heidelbeereis, lecker! Ich glaube, jetzt ist es ganz gefroren, Tante.

Gut, bring es her, und wir lassen es sich setzen.

Die Ferrys kamen um drei. Große Aufregung. Die armen Kinder, wenn sie nur eine Ahnung hätten, sagte Hilda.

Wovon? fragte Olga.

Vom Leben und all seinen Tragödien.

Ach Unsinn! sagte Mangna. Du sagst gern so etwas. Das Leben ist sehr schön. Du denkst dir so etwas in deiner Phantasie aus. Hier, bring diesen Stuhl auf die Veranda. Jungs? Geht und wascht euch Hände und Gesicht und zieht euch um.

Ach, wozu? Können wir nicht so bleiben?

Na gut, dann wascht bloß Gesicht und Hände.

Der Sommer ging zu Ende, die Einweckäpfel an den kleinen flechtenbewachsenen Bäumen des schmalen Obstgartens südlich vom Haus wurden langsam reif – so reif, wie die Jungen sie werden ließen. Das Heu war zum großen Teil eingefahren, das Hirsefeld halb abgeerntet.

Ein vollkommener Tag. Die Kinder hatten den ganzen Morgen auf den Stufen zum Holzschuppen Seifenblasen gemacht, alles, um die Zeit totzuschlagen – wunderschöne Blasen, die manchmal bis über das Dach des Schuppens aufstiegen und verschwanden. Ab und zu einmal wurde eine von einem Luftstrom ergriffen und stieg langsam kerzengerade in die Höhe, während die Kinder sie beobachteten.

Sie wollen lieber doch nicht Krocket spielen. Die Kleinen kennen es nicht. Oh, sie finden schon reichlich Beschäftigung.

Lauft jetzt, sagte Olga. Aber die Jungen lungerten weiter in der Küche herum, um zu sehen, was sie ergattern konnten. Raus mit euch, sagte Olga. Wieviel besser das hier ist als diese teuren Partys in der Stadt. Fünfhundert Dollar sind manchmal nichts. Alles muß in den teuersten Läden gekauft werden. Bei Sherry oder Delmonico. Und ihr solltet mal die Gastgeschenke sehen!

Was, Olga? fragte Mangna sehnsüchtig.

Manchmal sehr teure Sachen. Das hier ist doch viel besser.

Aber was für Sachen? fragte Mangna, die das nicht kannte.

Also, für die kleinen Mädchen hatten sie einmal teure französische Puppen mit Schlafaugen, die ›Mama‹ sagen konnten. Und Tiere, importiert natürlich; Kühe, die nikken, und Elefanten und so ein Zeugs – sehr gut gemacht. Aber das war vor ein paar Jahren.

Was geben sie ihnen jetzt?

Nun, Kulturbeutel, ganz gefüttert, aus gutem Leder – mit ihren Monogrammen drauf. Und solchen Kram. Jungs! rief sie. Geht mal in den Obstgarten und seht nach, ob schon ein paar Äpfel reif sind.

Vom Küchenfenster aus konnte man beinahe direkt vor dem Nordfenster an den sich biegenden Ästen dichtgedrängt die Äpfel hängen sehen. Aber das waren die Duchesses, die noch nicht reif waren.

Und guck dir das an! Die kleine Flossie, jetzt viel kräftiger auf den Beinen als vor zwei Monaten, kam die Treppe herunter.

Na komm, sagte Mangna, die am Fuß der Treppe wartete. Es war wunderbar, wie sie das machte, so umsichtig und langsam, eine Stufe nach der anderen, bis sie ganz untern war. Na, was willst du denn? fragte Mangna liebevoll. Ich dachte, du hieltest ein Mittagsschläfchen.

Ich bin dunstig, sagte die kleine Flossie.

Was? sagten alle Frauen auf einmal. Flossie blieb stehen und sah sie an.

Ich bin dunstig.

Dunstig? sagte Olga.

Oh, lachte Mangna, ich verstehe. Sie will sagen, sie ist durstig.

Habt ihr so was schon mal gehört? Hier, Schatz. Hier, hier ist Wasser. Und sie gaben ihr zu trinken. Ich bin dunstig! Das ist ein Kind!

Jungs! sagte Mangna. Geht mal in den Obstgarten und seht nach, ob schon ein paar Sommeräpfel soweit sind. Nehmt den Korb mit und eßt sie nicht alle auf, ehe ihr zurück seid. Denkt dran.

Aber klar.

Tante, rief Lottie von oben, wo sind meine gelben Strümpfe?

Alles war durcheinander und nichts fertig – außer den Kuchen und dem Eis, als Fred von draußen rief: Sie kommen!

Hilda ging hinaus, um nachzuschauen, und da standen die Ferry-Kinder draußen auf der Straße, die Mädchen mit sauberen Kleidern, die ausgebleicht waren wie immer, und Schuhen und Strümpfen, die Jungen hatten der Veranda den Rücken zugewandt und lehnten sich über den Weidezaun – sie standen einfach da und warteten.

Nun kommt schon, sagte Hilda, wir warten auf euch.

Die beiden kleineren Mädchen sahen auf Leola mit den hohlen gebräunten Wangen und warteten, bis sie langsam vortrat und die Gartentreppe hinaufstieg.

Den Kindern schien nicht klar zu sein, daß es dieselben Freunde waren, sondern sie sprachen mit leisen Stimmen, schrecklich befangen. Ganz steif und förmlich. Die Ferry-Kinder setzten sich auf die Kanten der steinernen Stufen zur Veranda und senkten lächelnd die Köpfe.

Hallo, sagte Margaret, die gerade aus der Tür trat. Hallo. Hilda hatte Verstand genug, hineinzugehen. Ich freue mich, daß ihr gekommen seid. Dann kam die kleine Olga heraus und fragte Ethel May, ob sie in der Hängematte schaukeln wolle. Ruby beäugte die Schale der hellgelben Äpfeln auf dem Verandatisch und postierte sich in ihrer Nähe.

Dann kamen Lottie in ihren schönen gelben Strümpfen und schließlich das Baby, von Mangna an der Hand geführt.

Wann essen wir? fragte Fred, der hinten herumgegangen war und die Ferry-Jungen auf den Rasen brachte. Sie waren barfüßig, wie Fred und Al. Für keine Party auf der Welt würden sie Strümpfe anziehen.

Jungs, das ist schließlich nicht nur eure Party. Sie ist für euch alle. Also lauft und spielt. Bald gibt es was zu essen für euch, sagte Olga.

Keiner von ihnen wußte, was er tun sollte.

Könnt ihr nicht Ringelreihen? Die Jungen lachten voller Verachtung. Es muß doch ein paar Spiele geben, die ihr könnt.

Abgeschlagen, du bist's, sagte Al. Charles Ferry schlug Fred ab, und sie waren auf und davon. Aber ehe sie noch mehr sagen konnten, erschien Tante Olga mit einem großen Karton, der mit einer Kordel verschnürt war. Die Kinder begriffen sofort und drängten zu ihr.

Um Himmels willen! Olga, was hast du da? Als ob sie es nicht alle wüßten. Es war ein alter Trick von Olga. Nur eine Menge altes Zeug, sagte sie. Ich wollte doch mal sehen, ob es hier nicht etwas für die Kinder zum Spielen gibt. – Alle versammelten sich um sie. Olga war ein Wunder.

Erst mußte sie die Kordel aufknoten und für späteren Gebrauch wieder aufwickeln, dann nahm sie den Deckel der Schachtel ab, dann mußte das Seidenpapier entfernt werden. Das erste, was sie herauszog, war ein rot-grün-blau und gelber Gummiball, der oben für sich lag. Da, sagte sie. Der springt, und sie gab ihn Al, der ihn sofort hüpfen ließ – Ich will ihn haben! Gib ihn mir, sagten die anderen.

Die meisten anderen Sachen in dem Karton waren aus Papier. Hier, das tun wir beiseite bis später.

Ich weiß, was das ist, sagte Al. Das sind Knallbonbons. Und das sind Papierschlangen. Guck! Schnell nahm er eine und blies sie Ruby, die zufällig neben ihm stand, ins Gesicht. Das Kind sprang erschreckt zurück, als die Feder durch das Blasen vorschnellte und die Papierschlange mit einer Daune an der Spitze ihr vibrierend und quietschend ins Gesicht fuhr.

Alfred, hör auf!

Ach, laß sie doch, sagte Olga.

Papierhüte in verschiedenen Farben, ein paar Masken – alles sehr plattgedrückt. Aber das spielte keine Rolle. Die Kinder kamen ins Lachen, und schließlich war das Eis gebrochen. Nun war ihnen alles egal. Sie rannten ziellos herum und kreischten und warfen den Ball und wälzten sich herum und rangen – und die Kleine mittendrin.

Hier, Flossie, sagte Fred, hier! Und er hielt ihr den Ball hin. Sie kam begierig darauf zu: Ich will den Ball! Wenn sie die Hände danach ausstreckte, warf er ihn über ihren Kopf Charles Ferry zu. Ohne sich entmutigen zu lassen, drehte sich die Kleine auf dem Absatz um und streckte die Hände nach Charles aus: Ball, Ball, Ball! Gib den Ball! Aber nein – bis sie ihn ihr schließlich gaben und sie ihn warf, wild, mit beiden Händen, niemand konnte sagen, wo er landen würde – am allerwenigsten sie selbst, die den Kopf hin und her drehte und sich fragte, was mit ihm passiert war. So ein Tag! So heiß und sonnig und fröhlich.

Warum sollen wir sie weiter warten lassen, sagte Hilda.

Ach, laß sie spielen, sagte Olga, sie haben den Kuchen und das Eis bereits vergessen. Nach einer Weile werden sie müde, und dann rufen wir sie.

Die Damen sahen ihnen eine Weile zu und kehrten dann zu ihrem Kaffee zurück.

Wir hätten ihren Vater und ihre Mutter einladen können.

Nein, sagte Olga, das hätte sie in Verlegenheit gebracht.

Wir geben den Kindern etwas mit, wenn sie nach Hause gehen. Das ist besser.

Unterdessen nippten sie an ihrem Kaffee, und Mangna sagte: Ich frage mich, was Gurlie jetzt macht. Ich frage mich, ob ihr ihr neues Haus gefällt.

Das frage ich mich auch, sagte Hilda.

Was für eine Umstellung das war. Joe ist so ein guter Mann. Ich wünschte, ich hätte so ein Glück wie sie, und ich wäre ruhig und zufrieden damit. Sie hustete, wie sie es manchmal tat, wenn sie an ihren Mann dachte; die schöne goldhaarige Mangna.

Alles war so sanft, so freundlich – strahlender Sonnenschein, während die Damen auf der Veranda auf Norwegisch über Gurlie und Joe sprachen.

Was habt ihr über Gurlie gesagt? fragte Grandma, die gerade einmal das eine Wort gehört hatte.

Wir haben uns gefragt, wie ihr ihr neues Haus gefällt.

Tja! sagte Grandma – und das war alles, was sie sagte, ehe sie sich abwandte.

Die liebe Grandma, sie trank ihren Kaffee wie gewöhnlich im Stil der alten Heimat, aus der Untertasse, die sie auf den Fingerspitzen der linken Hand balancierte. So war es viel leichter, darauf beharrte sie.

Wir dürfen nicht so hart urteilen über die arme Gurlie, sagte die sanfte Mangna, sie war immer die Kleine. Ich glaube, wir haben sie verzogen. Wir hatten es alle gut in der alten Heimat, wenigstens noch ein paar Jahre. Aber sie war zu klein, als Papa sein Geschäft verlor.

Ja, das war eine traurige Zeit für uns alle.

Gurlie hat mehr Unternehmungsgeist als wir. Sie wollte immer vorankommen. Ich hoffe, daß sie glücklich wird.

Was hast du den ganzen Morgen geschrieben, Hilda?

Ein Gedicht. Es ist mir eingefallen, als ich die Betten machte.

Unser Leben ist wie der Tag
Es beginnt vor Morgengrauen
Ehe die Sonne auf den Hügeln steht
In düsterem Grau –
Während Nachtschatten noch
Auf die Erde fällt
Werden wir geboren.

Das ist aber schön, sagte Mangna, und so wahr. Ehrlich, Hilda, du bist klug. Ich mag es. Es ist traurig, aber wahr. Es ist wirklich sehr gut. Gut beobachtet.

Guckt euch diese Mädchen an! Es war ein spaßiger Anblick. Ein wildes Toben war im Gange – nichts, was man Schlacht oder Spiel nennen könnte – aber es ging immer noch um den Ball. Einer der Ferry-Jungen hatte den Ball, und Leola, die ungefähr genausogroß war, wollte ihn haben – sie bekam ihn auch.

Ich glaube, sie geraten ein bißchen außer Rand und Band, sagte Hilda.

Wo ist die Kleine?

Oh, da ist sie ja. Was ißt sie denn da? Irgendwie hatte Ruby, ohne gesehen zu werden, mehrere Äpfel von der Schale auf dem Verandatisch entwendet und mitgenommen. Sie hatte der Kleinen einen gegeben, und er schmeckte ihr ungeheuer. Ob ihr das wohl schadet?

Nein, sagte Mangna, überhaupt nicht.

Wo sind denn diese Jungen? Ich frage mich, was sie jetzt aushecken.

Tante! rief die kleine Olga atemlos. Sie versuchen, das Kätzchen ins Klo zu werfen.

Ach, die redet bloß, sagte Al, der direkt hinter ihr kam. Was ist los mit ihnen?

Ich glaube, wir geben ihnen jetzt besser zu essen. Kinder! rief Tante Olga. Wollt ihr jetzt essen kommen?

Ja! schrien sie alle und strömten herbei.

Nun gut, dann setzt euch hin, und ihr älteren Mädchen und auch ihr Jungs helft mir.

Sie hatten Papierservietten und dünne Holzteller und Picknicklöffel, und sie aßen und aßen und aßen, bis sie beinahe platzten. Olga machte sich ein wenig Sorgen.

Ach, laß sie mal. Laß sie so viel essen, wie sie wollen, sagte ihre verheiratete Schwester.

Während sie noch aßen, hörten sie nicht sehr weit weg ein Gewehr losgehen, peng! Und gleich darauf noch einmal, peng!

Alle hielten inne und lauschten.

Das ist doch nicht Gunnar? fragte Hilda.

Nein, nein. Der ist in Bennington.

Ich weiß, wer das ist, sagte Charles Ferry. Ich habe ihn vor ein paar Stunden am Haus vorbeigehen sehen. Er ist vom See, einer von den Sommergästen.

Aber was schießt er denn, es gibt doch hier in der Gegend gar nichts zu schießen?

Ruby war die Siegerin. Ganz alleine in einer kleinen Ecke leerte sie einen Teller nach dem anderen und kam wieder, hielt schweigend ihren Holzteller für Nachschlag hin, bis Tante Olga besorgt war und ihr sagte: Nein, Liebes, das ist genug – ich fürchte, dir wird schlecht.

Daraufhin drehte die kleine Ruby sich einfach um und nahm ein Glas Limonade und ein großes Stück Schokoladenkuchen mit in ihre kleine Ecke bei der Hängematte und fing von neuem an.

Die anderen Kinder hatten sich auch einmal richtig vollgestopft und gaben sich nach einer guten halben Stunde endlich geschlagen. Die Jungen legten sich auf den Rücken ins Gras, wo der Schatten vom Holzschuppen sich langsam ausbreitete, und stellten sich tot.

Gott! Das war gut, sagten sie alle. Danke, Tante Olga und Tante Hilda und Mutter und Grandma, sagte die kleine Olga. Das war toll.

Es ist wirklich gutes Eis, sagte Hilda. Jungs, das habt ihr gut gemacht. Und es *war* gut. Man konnte es wirklich Eis nennen. So etwas gab es im Laden nicht zu kaufen.

Hilda, sagte Mangna, können wir nicht etwas Musik haben?

Ja, ja! sagte Margaret. Spiel für uns, ja, Tante? Bitte.

Worauf denn? sagte Hilda.

Vielleicht können die Jungen das Harmonium auf die Veranda tragen.

Nein, nein, nein, nein! sagte Hilda. Sie machen es kaputt. Ich spiele, wenn ihr wollt. Macht bloß das Fenster auf, das neben der Verandatür, dann könnt ihr euch alle da hinstellen und singen.

Die Jungen wollten sich davonstehlen.

Nein, Jungs, sagte Olga, ihr müßt auch singen. Damit sich der Kuchen und das Eis setzen. Also öffneten sie das Verandafenster, und Hilda setzte sich drinnen hin und begann die Bälge zu treten und zu spielen.

Die Lieder kennen wir alle nicht. – So sangen sie schließlich vielstimmig ›Amerika‹, das einzige Lied, das sie alle kannten.

Peng! in der Ferne bei Gerdas Haus auf dem Hügel.

Dann kam Tante Olgas Überraschung – farbige Ballons! Schlappe Säckchen aus langweiligem Gummi, die, wenn man sie mit aller Kraft aufblies, groß und leuchtend bunt wurden und ein wunderbares Spielzeug waren, wenn man sie am Ende mit einem Stück Kordel zusammenband. Dies setzte allem die Krone auf. Alle, sogar die Kleine, hatten einen Ballon für sich selbst zum Aufpusten. Schön!

Ab und zu konnten sie in nicht allzugroßer Entfernung, dort, wo Gerdas Farm lag, noch das Knallen hören. Die Jungen sahen einander wissend an und achteten nicht weiter darauf.

Jetzt ist Schonzeit.

Das ist einer dieser dämlichen Sommergäste, sagte Al.

Ach die, die haben doch keine Ahnung.

Komm, sagte Al geheimnistuerisch zu dem älteren Ferry-Jungen. Der schüttelte bloß den Kopf. Komm doch, wir gehen durch die Milchküche. – Etwas wurde ausgeheckt.

Nein.

Na gut, dann tu ich es allein, wenn du Angst hast.

Gunnar hatte einen neuen Azetylengaserzeuger für den Haushalt, der in regelmäßigen Abständen mit Karbid gefüllt wurde und in der Küche und ein oder zwei anderen Zimmern ein schönes weißes Licht erzeugte, wenn es dunkel wurde. Das war eine große Verbesserung im Vergleich zu den alten Öllampen.

Die Kinder waren erstaunt gewesen, daß die Ballons, mit denen sie spielten, nicht in die Luft flogen. Das tun sie doch sonst immer, sagte Margaret. Ich weiß nicht, warum sie das hier nicht tun. Vielleicht ist die Luft zu dünn. Ich weiß es nicht.

Zehn Minuten später tauchte Alfred durch den Holzschuppen wieder aus der Küche auf, mit einem roten Ballon, der dick aufgeblasen war. Zuerst beachtete ihn niemand.

Riecht ihr Gas? fragte Olga. Ich rieche Gas, ich bin mir sicher. Sie ging ins Haus.

Wozu hast du so lange gebraucht? sagten die Jungen zu Al.

Es kam nicht schnell genug.

Nein, es ist alles in Ordnung, sagte Olga, aber die Küche riecht trotzdem danach. Irgend jemand muß es angestellt haben.

Die Jungen flüsterten geschäftig und hantierten um den Hackklotz herum, und dann trat Al in die Mitte des Rasens. He, sagte er, guckt mal!

Alle blieben stehen und sahen ihn und den roten Ballon in seiner Hand an. Er hielt ihn an einer in der Faust versteckten Kordel, und dann ließ er ihn los, und der Ballon schoß in die Luft.

Oooh! entfuhr es allen. Prächtig! Schön, schön, schön! Hinauf, hinauf in den Sonnenschein ging es mit dem roten Ballon. Olga war verdutzt, dann spitzte sie die Lippen, schüttelte den Kopf und lächelte. Aber der Ballon war schneller, als Al angenommen hatte. Im Handumdrehen rutschte ihm das letzte Stück Kordel zwischen den Fingern durch, und als er hastig danach grabschte, stieg der Ballon frei auf –!

Oh! sagten die Kinder. Er ist weg! Stille senkte sich, als die rote Kugel immer höher stieg und gerade hochschoß und ein bißchen hin und her schaukelte, bis sie schließlich der Wind davontrug und sie hinter den Bäumen auf dem Hügel hinter dem Haus verschwand.

Was für eine Enttäuschung.

Alfred! sagte Tante Olga. Was hast du getan? Weißt du nicht, daß das gefährlich ist? Du solltest dich schämen, so etwas zu tun. Du hättest das ganze Haus in Brand stecken können.

Was für ein köstlicher Skandal. Was war geschehen? Was? Al. Er hat ihn mit Gas gefüllt? Al war der Held. Zum Glück für Al waren Gäste da, sonst hätte er später noch mehr über seinen Streich gehört.

Mitten in dem Durcheinander kam einer der Männer, die unten am See in einer Pension logierten und die sie kannten, über die Straße und wurde von der Veranda gegrüßt: Hallo, Stehruud, was haben Sie denn da?

Ich war auf der Jagd. Und er hielt eine Schnur mit Vögeln hoch.

Was! Das ist ja wunderbar. Was für Vögel sind das?

Die Kinder strömten herbei, um zu gucken. Igitt, sagte Al und drehte sich wieder um. Wanderdrosseln! Olga ging nachschauen und Hilda auch. Oh, Stehruud, bloß solche kleinen Vögel? Sind das etwa alles Wanderdrosseln? Ich schäme mich dafür, daß Sie einfach arme Singvögel töten. Das ist verboten.

Der Jäger war sehr beschämt: Durfte ich das nicht tun?

Stehruud, Sie wissen doch, daß Sie nicht so einfach Singvögel töten dürfen.

Mit einer Schrotflinte, sagte George Edward.

So ging der Nachmittag zu Ende. Und die Ferry-Jungen mußten gehen, um ihrem Vater beim abendlichen Melken zu helfen.

Wir gehen dann wohl besser mal auch, sagte Leola. Die

Damen brachten das Geschirr von der Veranda, und Grandma war schon ins Haus gegangen.

Gott! Das war eine schöne Party! sagte Ethel May, die beste, auf der ich je war. Oh, es war so schön. Ruby suchte immer noch nach Kuchen oder sonst etwas, das noch nicht hineingetragen worden war. Auf Wiedersehen, Margaret. Auf Wiedersehen, Baby.

Auf Wiedersehen, komm bald wieder, sagte Flossie.

Hört euch das an, ist sie nicht großartig?

Ist sie nicht großartig, wiederholte Flossie. Auf Wiedersehen.

Auf Wiedersehen, Tante Hilda und Mangna. Auf Wiedersehen, Tante Olga. Können wir beim Aufräumen helfen?

Auf Wiedersehen, Kinder. Jetzt lauft schon, wir schaffen das schon mit dem Aufräumen. Trotzdem vielen Dank. Auf Wiedersehen.

Ach ja, Leola, komm doch mal her. Gibst du bitte diesen Korb deiner Mutter und sagst ihr, daß sie sehr nette und höfliche Kinder hat? Bring den Korb morgen zurück. Jetzt lauf!

Auf Wiedersehen! Auf Wiedersehen!

Und da, gerade als sie sich entspannten, geschah es. Ein schrecklicher Krach und ein dumpfer Aufschlag.

Was ist das denn!

Grandma! Sie ist die Treppe runtergefallen. Die Damen und die Kinder, außer der Kleinen, liefen zusammen.

Arme Seele! Was in aller Welt hast du getan? Bist du verletzt?

Nein, nein, sagte die alte Dame, die auf dem Küchenboden saß. Es ist alles in Ordnung. Nur mein Arm. Hier. Das ist diese Treppe.

Armes Ding. Holt den Arzt. Al, lauf zu den Ferrys runter und bitte sie, dich in die Stadt zu fahren. Was für ein Pech, daß Gunnar nicht hier ist. Ich glaube, sie hat sich den Arm gebrochen. Daß das ausgerechnet jetzt passieren mußte.

Vielleicht ist es nicht so schlimm, sagte Mangna. Laßt mich mal sehen.

Oh, oh, oh! sagte die alte Dame.

Es ist bloß das Handgelenk. Bringt etwas kaltes Wasser und ein Handtuch. Ich glaube nicht, daß es gebrochen ist.

Grandma gefallen? fragte die kleine Flossie.

Ja, ja, Kind, jetzt geh bitte aus dem Weg. Nimm sie, Hilda, ja?

Arme Grandma Treppe runtergefallen, sagte Flossie.

Bringt eine von euch sie bitte raus? Wo ist Hilda?

Ich weiß es nicht, wahrscheinlich schreibt sie ein Gedicht.

Kannst du aufstehen, Grandma? Ist mit deinen Beinen alles in Ordnung?

Ja, es geht mir gut. Ich will keinen Doktor sehen. Haltet mir den bloß vom Leibe. Laßt mich einfach ausruhen. – Sie konnte also noch gehen und drehte sich um und betrachtete die Treppe. – Sehr gefährlich. Gunnar muß sie richten. Wie kann ein Christenmensch etwas so Steiles heruntersteigen und solche Kurven machen und bloß ein Seil zum Festhalten haben. Das ist doch kein Schiff hier. Er denkt, wir seien alles Seeleute.

Das brachte sie alle zum Lachen, und die Stimmung war wieder gelöst. Schon gut, Liebe, setz dich hin, und laß dir helfen. Ich bin so froh, daß du nicht ernsthaft verletzt bist. Du mußt besser aufpassen.

Sag mir nicht, was ich tun muß, sagte die alte Frau böse. Ich passe auf. Das ist diese verdammte Treppe.

Schon gut, schon gut. Ich wollte dir nicht zu nahe treten.

Du trittst mir nicht zu nahe. Aber paß auf, was du sagst. Ihr seid alle gleich, ihr jungen Leute. Ihr denkt nie nach.

Aber Grandma, ich habe doch gar nichts gesagt –

Dann schweig. Es geht mir gut. Wenn du mir nur einen Streifen Stoff gibst, den ich ums Handgelenk wickeln kann.

Ihre Töchter sahen einander an und machten hinter ihrem Rücken Gesten, als wollten sie sagen: Haltet besser den Mund.

Möchtest du einen Tee trinken?

Nein. Ich will mich hinlegen.

Sie brachten sie also in das vordere Zimmer. Was für ein Tag!

KAPITEL 27

Das Wunder

Hör dir das an, sagte Gurlie. Sie wird Schauspielerin oder so was. Hast du schon einmal so etwas Affektiertes gesehen?

Sie ist doch bloß ein Kind, sagte Olga. Wie kann sie affektiert sein?

Oh, solch ein Gehabe! sagte ihre Mutter. Flossie plapperte wie ein Wasserfall und rollte mit den Augen, bis alle anderen guckten und lachten.

Tja! sagte Gurlie, halb im Ernst, halb im Spaß, wie das für sie typisch war, vielleicht weil sie das Gefühl hatte, nicht mehr im Rampenlicht zu stehen. Hör dir das an! So was, sie hat ja schon einen Vermont-Akzent. Hast du so was schon mal gehört? Lottie! rief sie. Nun, sie ist wirklich hübsch. Aber die hier! höhnte sie. Dann, nach einer Pause: Was hast du mir mitgebracht?

Diesmal nicht sehr viel, sagte Olga. Bloß ein paar Äpfel.

Ist das alles?

Sie saßen im Eßzimmer des neuen Vorort-Hauses, des lang erträumten Hauses! Olga hatte gerade begonnen, sich umzuschauen.

Samstagnachmittag, der letzte im August; wieder ein Sommer beinahe zu Ende. Gurlie hatte auf sie gewartet und gedacht, daß sie höchstwahrscheinlich mit diesem Zug kämen, als die Droschke, ein leichter vierrädriger Kutschwagen mit beigefarbigem Fransenbesatz, der um das Verdeck tanzte, vor dem Haus vorfuhr.

Da waren sie, Olga und die beiden Mädchen auf dem

Rücksitz. Gurlie ging hinaus, um sie zu begrüßen. Aber wo war Joe?

Hallo! Hallo! Hallo! Ich habe deinen Brief erst heute morgen bekommen. Nanu! Wo ist mein Mann?

Er ist in New York geblieben, soll ich dir sagen.

Der Kutscher stieg umständlich ab, band sein Pferd fest und begann den Kampf mit dem großen Koffer, der neben ihm gegen den Sitz lehnte. Obacht jetzt, sagte Olga.

Ja, Ma'am.

Guck mal, wer hier ist! sagte Gurlie.

Die kleinen Mädchen in ihren großen Strohhüten und farbig bedruckten Kleidern hatten sich nicht von ihrem Platz neben der Tante gerührt. Ja was denn, wollt ihr nicht aussteigen? sagte Olga. Sie schienen diese fremde Frau, die da in ihr Leben trat, nicht zu kennen. Ich helfe Ihnen, sagte der Kutscher, und er nahm Lottie in die Arme und stellte sie auf den Boden. Die schwere Olga kam als nächste, brachte die Kutsche zum Federn, und dann das Baby, das die Arme ausstreckte und sich leicht nehmen ließ. Da standen sie nun alle auf dem Gras und sahen einander an. Nun, sagte Olga, schön, dich zu sehen. Wie geht's dir?

Gurlie küßte sie und die Kinder, nahm sie an die Hand und ging den Weg durch den Vorgarten zum Haus. Kennst du mich nicht mehr? sagte sie zu Lottie. Lottie nickte schweigend mit dem Kopf. Das Baby, ganz steif vom Reisen, ließ sich brav führen.

Wie ich sehe, kann sie jetzt gut laufen, sagte Gurlie. Das ist schön.

Und du solltest sie mal reden hören! sagte Olga. Sie sagt alles bis zu Sätzen von acht Wörtern. Sie kann bis zehn zählen. – Der Kutscher trug den Koffer hinein, brachte ihn nach oben und setzte ihn dort im Flur ab. Olga bezahlte ihn, gab ihm ein Trinkgeld, und nun endlich waren sie da!

Habt ihr schon zu Mittag gegessen? fragte Gurlie.

Schon lange, sagte Olga. Joe hat uns in New York in ein Restaurant geführt.

Oh, tatsächlich?

Ja nun, es ist beinahe zwei jetzt. Laß mich eine Minute hier sitzen und ausruhen. Die Reise ist lang und anstrengend. Wir sind seit gestern unterwegs.

Mit dem Schiff, nehme ich an?

Ja, sicher. Wir hatten eine schöne Kabine.

Und nun hatte die Kleine aus schierem Übermut mit ihrem Geplapper begonnen. Alle hörten ihr zu.

Das ist also das neue Haus! sagte Olga. Es ist sehr schön. Joe hat mir alles darüber erzählt. Es war sehr nett, daß er bei uns war.

Es ist in Ordnung, sagte Gurlie. Verglichen mit dem, was *du* von all deinen Millionären gewohnt bist, ist es natürlich nicht viel.

Gurlie! sagte ihre Schwester. Du bist unmöglich. Du solltest einmal auf der Farm sein, dann wüßtest du, was es heißt, ohne Komfort zu leben. Was ist das? Ihr habt Heißwassergeräte. Und Gas auch, nehme ich an? Gut.

Wir werden nicht lange hierbleiben, sagte Gurlie, aber für den Augenblick reicht es.

Geht Joes Geschäft gut? Er ist so komisch, er macht sich über alles lustig. Ich konnte nichts aus ihm herauskriegen.

Ich weiß es nicht. Der Mann sagt mir nie was. Aber ich denke, es läuft gut. Das sollte es auch, weil ich nächstes Jahr eine Reise machen will. Wie geht es Hilda und den anderen? – Die Kinder waren schon bis zur Vorderseite des Hauses vorgedrungen.

Ganz gut. Sie lassen dich grüßen.

Haben die Kinder sich gut benommen? Sie sehen gut aus. Du hattest wohl ein bißchen Mühe mit ihnen.

Nein, nein. Wir hatten überhaupt keine Mühe. Wo sind sie?

Oben mittlerweile, vermute ich. Komm rauf und guck dir die Schlafzimmer an. – Die Kinder erforschten ein Zimmer nach dem anderen. – Ich kann mich gar nicht an sie gewöhnen, sagte Gurlie. Sie scheinen gar nicht zu mir zu gehören. Und die hier! Wie sie gewachsen ist! Was für ein komisches kleines Ding. Sie sieht niemandem in meiner Familie ähnlich. Ich glaube, sie ist eine Irin! sagte die Mutter mit einem ihrer wilden Lachanfälle. Ich erkenne sie nicht wieder, und sie drehte sich um. So ein Plappermaul!

Ich will Wasser trinken, sagte das Baby, ich bin durstig!

Sag bitte, sagte Tante Olga. Und sie ging ins Badezimmer, fand ein Glas und ließ ein bißchen Wasser für das Kind einlaufen.

Wo bist du? rief Gurlie von vorne im Haus. Olga kam, sobald sie fertig war. Dies ist unser Schlafzimmer. Wir haben Wandschränke in jedem Zimmer. Aber es ist ein altes Haus. Sie haben es tapeziert und das Holz angestrichen. Aber die Fußböden knarren – und die Treppe auch.

Joe meinte, es sei gut. Habt ihr es gemietet?

Nein, wir haben es gekauft.

Wunderbar, sagte Olga. Ihr habt Fliegengitter vor den Fenstern. Gibt es viele Fliegen?

Die Mücken sind schrecklich. Das ist das einzige Problem. Sie kommen von den Wiesen. Nachts besonders. Manchmal kann man gar nicht hinausgehen. Wann wollte Joe nach Hause kommen?

Nach drei, sagte Olga. Das hat er wenigstens gesagt.

Ha! sagte Gurlie.

Wir sollten mal die Kindersachen auspacken, solange wir hier oben sind. Sollen wir? Wir können uns dabei unterhalten.

Flossie und Lottie stromerten voll Bewunderung durch die Räume, kamen einander in den Weg, plapperten miteinander. Nun gingen sie wieder hinunter und in die Küche und zur Hintertür hinaus, die sie weit offenstehen ließen. Kaum waren sie zum Fuß der Hintertreppe gekommen, da sahen sie einen jungen Mann hinter dem Zaun im Nachbarhof, der mit einem Hund spielte.

Schüchtern blieben sie wie angewurzelt stehen, und Lottie wollte sofort wieder die Treppe hinauf, um ins Haus zu gehen, während die kleine Flossie da stand und guckte.

Der junge Mann bemerkte sie und schaute auf. Oh, hallo! sagte er. Seid ihr die neuen kleinen Mädchen, die nebenan wohnen? Und er kam zum Zaun und stützte sich darauf. Die Mädchen trauten sich nicht, eine Antwort zu geben. Lottie ging auf die Tür zu, Flossie kraxelte hinter ihr her.

Habt doch keine Angst, sagte der junge Mann, ich tue euch nichts. Aber mittlerweile waren sie im Haus und schlossen die Tür mit einem Knall hinter sich. Er lachte, zuckte die Achseln und spielte weiter mit seinem Hund.

Die Mädchen hielten nicht inne, bis sie oben bei den Damen waren, die den Koffer auspackten. Sie wußten, daß sie etwas falsch gemacht hatten, und blieben deshalb nebeneinander stehen, ohne Erklärung, zumindest von seiten Lotties. Flossie sagte: Wir haben einen Mann und einen Hund gesehen.

Hör dir das an, sagte Gurlie. Komm mal her, du süßer Fratz. Das ist doch niedlich. Was für eine komische kleine Stimme. Wie eine kleine Maus. Eine kleine Feldmaus, und Gurlie küßte sie, weil ihr diese merkwürdige sprechende Puppe, die plötzlich wieder in ihr Leben getreten war, langsam Spaß machte.

Aber die hier! sagte sie und reckte die Nase in die Luft. Sie ist zu fein, um ihre Mutter auch nur zur Kenntnis zu nehmen. Guck sie dir an! Was für Allüren. Verlegen wandte Lottie sich ab.

Du mußt dir darüber im klaren sein, sagte Olga, daß sie dich vergessen haben. Sie haben dich vier Monate nicht gesehen. Ich hätte nicht geglaubt, daß das Baby sich überhaupt daran erinnern würde, daß es dich gibt. Aber Joe ging wunderbar mit ihnen um.

Oben aus dem Koffer kam, als sie ihn öffneten, der herrliche Geruch von Äpfeln vom Land.

Oh, sagte Gurlie erfreut, richtige Vermont-Äpfel. Sie nahm einen und biß gleich hinein. Es geht nichts über einen Apfel vom Lande.

Ich will einen Apfel! sagte Flossie. Nein, nein, nein, nein! sagte die Mutter. Nicht jetzt. Die heben wir auf. Du bekommst sie später. Wir heben sie auf.

Red keinen Unsinn, sagte Olga. Eßt sie. Sie werden nur schlecht, wenn du sie lagerst. Ich habe sie nur mitgebracht, damit du sehen kannst, wie schön sie dieses Jahr sind. Hier, Baby, sagte sie –

Nein, sagte Gurlie. Ich will nicht, daß sie jetzt einen nimmt. Es verdirbt ihr den Appetit fürs Abendbrot.

Joe hat sie auf dem Schiff essen lassen, sagte Olga. Flossie wich zurück, weil sie nicht verstand, was vor sich ging.

Hier, sagte Gurlie und ließ sie von dem Apfel abbeißen, den sie selbst in der Hand hielt. Das reicht erst mal. Sie nahm dem Baby den Apfel weg. Die hier tue ich weg. Lottie, geh nach unten in die Küche und hol mir einen kleinen Korb. Lauf. Du findest einen im Eingang vor der Hintertür.

Flossie wollte aufs Bett klettern. Uff! sagte Gurlie. Warte, bis ich die Tagesdecke heruntergenommen habe – mit deinen schmutzigen Schuhen! Geht jetzt, Kinder, und spielt. Die Tante und ich haben uns den ganzen Sommer nicht gesehen. Wir wollen uns unterhalten. Schscht! Lauft jetzt.

Tante Olga, sagte die kleine Flossie, kann ich rausgehen?

Frag deine Mutter, sagte Olga. Sie hat jetzt das Sagen. Flossie sah ihre Mutter neugierig an.

Sieh mal einer an! sagte Gurlie. Puh! Sie fragt *dich*, was sie tun darf.

Natürlich, sagte Olga. Laß sie rausgehen. Sag's ihr.

Es ist mir gleich, sagte Gurlie. Laß sie gehen.

Dann lauf, sagte Olga, du darfst. Und das Baby lief glücklich davon zu Lottie, die sie überhaupt erst herein gebracht hatte, um sich just diese Erlaubnis zu holen.

Während die Damen also auspackten, wanderten die Kinder noch ein bißchen durchs Haus und kamen schließlich zu den hinteren Fenstern, von wo aus sie den jungen Mann in einem Liegestuhl sitzen sehen konnten. Er las ein Buch und klatschte sich ab und zu einmal aufs Bein oder den Nacken, um die Mücken zu verscheuchen. Die kleinen

Mädchen beobachteten ihn lange, trauten sich aber nicht näher heran.

Was hast du den ganzen Sommer hier allein getan? fragte Olga. Warum bist du nicht nach Vermont gekommen?

Wir mußten das Haus herrichten, sagte ihre Schwester. Es war so schmutzig.

Dazu braucht man doch nicht so lange.

Ich wollte mal Ferien haben. Ich wollte mir ein paar Sachen ansehen und ein paar Kleider machen lassen. Eine Woche sind wir zum Delaware Water Gap gefahren.

Wirklich! Das kostet aber Geld.

Da gibt es ein großes Hotel mit Hunderten von elektrischen Lampen auf der Veranda, sagte Gurlie. Joe hat das Angeln genossen, und wir haben lange Kutschfahrten in die Berge unternommen.

Das haben wir in Vermont auch. Aber du hast uns noch nicht einmal geschrieben, kein einziges Mal.

Es gab nichts zu erzählen. Ich wußte, daß die Kinder es gut bei euch hatten. Hat es ihnen gefallen?

Ja, natürlich.

Als ich am Delaware Water Gap war, war dort auch ein Hindu, nicht einfach ein Zigeuner, der einem das Horoskop stellte – wissenschaftlich, nach den Sternen. Man zahlte ihm einen Dollar. Er hat es mir schriftlich gegeben, das ganze. Er sagte, ich habe eine glückliche Hand. Ich werde gewinnen! Er hat es gesagt. Ich werde gewinnen, warte bloß ab.

Was gewinnen? fragte Olga. Was erwartest du überhaupt vom Leben? Warum bist du nicht glücklich wie wir, anstatt solch einen Blödsinn zu glauben? Wir haben nicht viel, aber wir genießen, was wir haben. Wir haben so ein schönes Heim auf der Farm, die Hilda für so wenig Geld gekauft hat. Du solltest sie jetzt sehen, wo wir sie renoviert haben.

Wer will denn am Nordpol leben?

Dagegen erhob Olga Einspruch. Du kriegst nie genug,

sagte sie. Wie ein Kind. Weil du nicht soviel hast wie jemand anders, willst du mehr und mehr und immer mehr. Du redest sogar wie ein Kind.

Du redest selbst wie ein Kind, sagte Gurlie. Was willst du? Was ist los mit dir?

Du machst dich unglücklich. Sieh dir Joe an.

Ich bin nicht unglücklich, sagte Gurlie. Ich bin gücklich. Laß mich in Ruhe. Ich brauche deine Predigten nicht.

Du solltest zufriedener sein, niemand kann alles haben.

Was ist denn los mit dir, daß du mir solche Vorträge hältst? Ich vermute, ihr habt diesen Sommer viel über mich gequatscht. Na ja, ich gebe nicht acht auf euch, auf keinen von euch. Ich tue, was mir gefällt. Zufrieden? Meinst du, das ist viel? Sie lachte. Wart's ab.

Du Schwätzerin, sagte ihre Schwester. Du machst alles kaputt.

Gurlie lachte: Das denkst du. Aber die Leute mögen mich. Du weißt nicht, was es heißt, ein Gesellschaftsmensch zu sein. Du mußt mit Leuten verkehren, um in der Welt voranzukommen.

Und du glaubst, du weißt, wie man mit Leuten verkehrt? fragte ihre Schwester. Das würde ich gerne mal sehen.

Das werd ich dir zeigen, sagte Gurlie. Ich bin ein Glückskind. Sieh mal, was für ein Glück ich bereits meinem Mann gebracht habe.

Du hast Glück, daß du ihn hast, das ist dein Glück. Paß auf, daß du nicht alles verschwendest, was er für sich geschaffen hat.

Was verschwenden? Ich bin eine gute Wirtschafterin, sagte Gurlie, sich in die Brust werfend. Ich verschwende nichts. Dann lachte sie, stieß ihrer Schwester den Ellbogen zwischen die Rippen. Was weißt du denn schon? Du hast doch nie etwas gehabt.

Olga war verletzt, aber sie sagte nichts und packte weiter den Koffer aus.

Du kannst doch nur arbeiten, sagte Gurlie. Du bist wie mein Mann. Aber das ist nicht das Leben. Nein, meine

Liebe. Er hat Glück, daß er mich hat, damit ich's ihm beibringe.

Laß mich das mal angucken. Das ist aber gut geflickt, sagte Gurlie und hob eins von Lotties alten Kleidern hoch. Hilda kann nähen. Ich vermute, Hilda hat das gemacht.

Ja.

Ich will mir ein paar Kleider machen lassen. Ich muß ihr schreiben, daß sie sofort hierherkommt, wenn sie da oben wegfährt. Schnell.

Dann solltest du sie lieber bezahlen.

Was? Wenn sie es sich leisten kann, den ganzen Sommer auf ihrer Farm zu verbummeln, kann sie mir doch ein bißchen helfen für alles, was wir für sie getan haben. Ich muß hierbleiben und arbeiten. Sie soll mir ein bißchen helfen.

Olga lächelte: *Sie* muß arbeiten. Den ganzen Winter lang in einer Näherei in New York zu sitzen ist nicht lustig. Du solltest nicht von ihr verlangen, daß sie ihre Zeit umsonst verschwendet.

Unsinn. Sie wird kommen. Ich sage ihr, daß sie hier wohnen kann.

Immer an sich selbst denken, sagte ihre Schwester. Ich vermute, das ist die Art, wie man in der Welt vorankommt.

Jetzt verstehe ich, was passiert ist, sagte Gurlie plötzlich. Mein Mann hat über mich geredet, als ihr zusammen auf dem Schiff gekommen seid. Das ist ja fein.

Nichts dergleichen, sagte Olga.

O doch. Ich merke es daran, was du gesagt hast. Das ist es also, er redet hinter meinem Rücken – mit meiner eigenen Familie.

Du verwöhntes Kind! sagte ihre Schwester. Er hat überhaupt nichts über dich gesagt. Ein wunderbarer Mann, ich glaube nicht, daß er je einen hinterhältigen Gedanken über irgend jemanden im Kopf gehabt hat. So ein ruhiges Gemüt, so gütig, so umsichtig und so großzügig. Die Kinder lieben ihn.

Ich bin wohl nicht gütig und umsichtig und großzügig.

Das habe ich nicht gesagt.

Nein, aber du hast es gemeint. Deshalb wollte er also reisen und mich hierlassen; um dir zu erzählen, was für eine Frau ich bin.

Du Dummerchen! sagte ihre Schwester.

Mit so etwas kannst du mir nicht kommen, sagte Gurlie. Ich bin kein Kind, auch wenn du das glaubst. O ja, ich kapiere, Joe ist dies, und Joe ist das, Joe ist alles, und ich bin nichts. Man könnte meinen, du wolltest ihn für dich selbst haben. Woher soll ich wissen, was du …

Olga sah sie an und schüttelte den Kopf. Du solltest dich schämen über deinen schlechten Charakter, sagte sie zu ihrer Schwester.

Egal wie, sagte Gurlie, es hängt mir zum Hals raus, daß alle den wunderbaren Joe loben! Er ist kein Weltwunder, das kann ich dir sagen. Ich vermute, er hat bei dir über mich gesprochen. Hat er das getan?

Ich habe dir doch gesagt, nein. Bloß Gutes, was du nicht verdienst. Er hat mit den Kindern gespielt, er hat uns von dem neuen Haus erzählt, den Obstbäumen und – allem, was ihm einfiel, um uns zu unterhalten. Er hat dafür gesorgt, daß wir uns wohl fühlten. Aber er sieht nicht glücklich aus.

Ist dem so, sagte Gurlie. Ich vermute, das ist auch meine Schuld.

Langsam fange ich an, es zu glauben, sagte ihre Schwester.

Dann bist du eine Idiotin, sagte Gurlie. Glaub doch, was du willst. Mein Mann hat Glück, daß er mich gefunden hat.

Ja, sagte Olga, das hast du mir gesagt.

Als Joe etwas später nach Hause kam, mit Päckchen unter dem Arm, einem breiten Lächeln auf dem Gesicht, sah er so glücklich aus, wie ein Mann nur sein kann. Guten Tag alle zusammen! rief er aus. Die Kinder kamen angelaufen. Er hockte sich hin, den Strohhut noch auf dem Kopf, warf seine Päckchen hin, breitete beide Arme aus, um sie zu umarmen, und drückte sie beide in einem einzigen fröhlichen Knäuel an sich.

Na, sagte er, wo steckt ihr denn?

Hier sind wir, sagte Olga und kam die Treppe herunter. Du bist also endlich gekommen.

Wo ist Gurlie? fragte er.

Sie kommt.

Also, was hältst du von dem Haus? fragte Joe.

Sehr komfortabel und schön, sagte Olga. Ich glaube, hier könnt ihr sehr glücklich sein.

Daddy, sagte Lottie. Nebenan ist ein Mann mit einem großen Hund.

Daddy, sagte die Kleine und ahmte ihre Schwester nach, dann lächelte sie, weil sie anscheinend nichts weiter zu sagen hatte. Es war ihr peinlich. Schließlich fiel ihr etwas ein, sie riß weit die Augen auf und bereitete sich darauf vor, Eindruck zu machen: Ein GROSSER Hund, sagte sie.

Das ist schön, sagte Joe. Er richtete sich auf, hing den Hut an die Garderobe und begann seine Päckchen einzusammeln.

Laß mich die Sachen nehmen, sagte Olga. Ich bringe sie in die Küche.

Wo ist Gurlie? fragte Joe wieder. Dann sah er sie langsam, sehr ernst und würdevoll, die Treppe herabkommen.

Da bist du ja, sagte er. Nun, was hältst du von ihnen? Sehen sie nicht gut aus?

Ja, sie sehen ordentlich aus, sagte sie kühl. Und was hast du über dich zu sagen? Deshalb also wolltest du weg und mich hier alleine lassen. Um mit meiner Familie über mich zu reden.

Joe konnte sich nicht vorstellen, was mit ihr los war. Was? sagte er ungläubig. Wovon redest du? Es war eine großartige Reise, fuhr er fort. Ich bin froh, daß ich mich dazu entschlossen habe. Ich wünschte, du wärest dabei gewesen. Willst du mir keinen Kuß geben?

Nein, warum sollte ich?

Ach, du doofes Weib, sagte Olga, die aus der Küche zurückkam.

Kümmere dich um deinen Kram, sagte Gurlie. Dann fiel sie über Joe her. Was fällt dir ein, so über mich zu sprechen? Ich bin immer diejenige, der Vorwürfe gemacht werden. Ich bin gemein. Ich bin die, die Probleme macht. Du willst alles Lob. Alles, was du tust, ist vollkommen. Ich bin bloß ein Störenfried. Meinetwegen. Nimm deine Kinder und geh, wenn du so über mich denkst. Mach, daß du rauskommst. Es ist mir egal.

Joe sah zu Olga, dann wieder zu seiner Frau. Fehlt dir was? sagte er zu Gurlie.

Laßt mich gehen, sagte Olga. Ich glaube, ich fahre heute nachmittag in die Stadt zurück. Ich möchte weg. Gurlie ging in die Küche und schloß die Tür hinter sich.

Was ist denn los mit ihr? fragte Joe. Warum das Theater? Habt ihr euch gestritten?

Laß sie in Ruhe, sagte Olga. Ich will noch nicht einmal darüber reden. Ich hole meine Sachen. Und vielen Dank für alles.

Wofür willst du mir danken, sagte Joe. Ich danke dir. Das war eine schöne Reise. Schöne Ferien. Ich wünschte, Gurlie wäre dabei gewesen. Ich weiß nicht, warum sie nicht mitgekommen ist. Ich wollte, daß sie mitkommt. Ich schreibe Gunnar und bedanke mich bei ihm.

Nein, du hast genug getan.

Das Haus gefällt dir also.

Es ist wunderbar, sagte Olga.

Nein, es ist nicht wunderbar, sagte Joe, aber es ist ein Anfang.

Daddy, gehst du mit uns in den Hof? fragte Lottie.

Gleich, ja. – Als sie durch das Wohnzimmer ins Eßzimmer gingen, das weiter hinten im Haus lag, stand Gurlie da und sah aus dem Fenster. Die Kinder beäugten sie, aber hielten sich fern.

Nun, sagte Joe zu ihr, besser?

Ja, sagte sie.

Deine alten Kopfschmerzen?

Ja, sagte sie. Es geht gleich wieder, laß mich. Olga wird mir helfen.

Gut, sagte Joe, dessen Blick auf die auf der Anrichte zur Schau gestellten Äpfel fiel. Ich sehe, Olga hat ein paar Äpfel von der Farm für dich aufgehoben. Ich dachte, wir hätten sie alle aufgegessen. Hier haben wir auch ein paar junge Obstbäume, sagte er zu Olga.

Daddy, können wir jetzt raus?

Nein, jetzt nicht, sagte Gurlie. Ihr bekommt gleich Abendbrot, und dann ab mit euch ins Bett. So brachte Joe die Kinder in das vordere Zimmer, und Olga ging mit ihrer Schwester in die Küche. Du glaubst also nicht, daß wir hier große Äpfel auf den Bäumen haben? sagte er zu Lottie.

Haben wir welche? fragte Lottie.

Du denkst, du bist was Besseres, weil du den ganzen Sommer auf einer Farm gewesen bist.

Nein, tu ich nicht, sagte Lottie.

O doch, tust du wohl, sagte ihr Vater. Du versuchst so zu tun, als wäre dies kein schönes Haus.

Du machst gern Witze, nicht, sagte Lottie ernsthaft.

Diese Äpfel! Puh! sagte Joe. Du solltest mal sehen, was wir im Hof haben. Wir haben Pflaumen! Große rote Pflaumen. Besser als alles, was du je gesehen hast.

Warum neckst du die Kinder so, sagte Olga, die gerade ins Zimmer trat. Laß sie zu Abend essen und ins Bett gehen, sie sind seit gestern unterwegs.

Große rote Pflaumen, sagte Joe. Morgen werde ich sie euch zeigen.

Es ist nicht wahr, sagte Olga.

Doch, sagte Lottie, heftig nickend. Vater sagt es.

Laß mal, sagte Olga. Die Kinder wurden mit Brot und Milch gefüttert. Flossie schlief beinahe schon, ehe sie fertig war. Joe hob sie auf und trug sie nach oben. Lottie folgte ihm. Große rote Pflaumen, sagte er zu den beiden Kindern. Morgen früh zeige ich sie euch.

Und ein Mann mit einem großen Hund ist auch da, sagte Lottie.

Ja, ich habe ihn angestellt, sagte Joe. Ich bezahle ihm viel Geld, damit nachts niemand kommt und die Pflaumen stiehlt, die ich im Hof für Flossie und Lottie züchte.

Warum erzählst du den Kindern solche Geschichten, sagte Gurlie. Du weißt doch, daß da nichts für sie ist.

Was willst du ihnen morgen sagen? fragte Olga. Das ist nicht nett.

Oh, sie werden alles vergessen haben, sagte Joe.

Ich hoffe es, sagte seine Schwägerin. Meint ihr nicht, ich führe besser zurück nach New York? Ihr habt hier kein Zimmer für mich.

Am nächsten Morgen, Sonntagmorgen, war Joe wie üblich seit Morgengrauen auf. Er erwartete die Kinder am Fuß der Treppe, als sie zum Frühstück herunterkamen. Er konnte nicht fassen, daß Flossie die Treppe herabkam. Das schlägt dem Faß den Boden aus! sagte er, als er zusah, wie sie bei jeder Stufe vorsichtig einen schlurfenden Fuß hob und ihn vorsichtig aufsetzte, bis sie sicher war, dann noch einmal, eine Stufe nach der anderen. Das ist wunderbar!

Ich will eine rote Pflaume sehen, sagte Lottie als erstes.

Da! Habe ich es dir nicht gesagt, meinte Gurlie. Was willst du jetzt erzählen?

Meinetwegen, sagte Joe. Gehen wir hinaus und pflücken eine zum Frühstück. Wir pflücken jeder eine und essen sie zum Frühstück. Er nahm das Baby auf den Arm und Lottie an die Hand, und dann gingen sie zur Vordertür hinaus und um das Haus herum.

Olga und Gurlie sahen vom hinteren Fenster aus zu.

Mein Gott! entfuhr es Gurlie unwillkürlich. Was soll man davon halten!

Da stand der winzige Pflaumenbaum, den sie, als sie im Frühjahr eingezogen waren, in den Hof gepflanzt hatten und der das ganze Frühjahr über nicht eine einzige Blüte oder ein Zeichen von Fruchtbarkeit gezeigt hatte. Aber nun trug er mindestens ein Dutzend riesiger roter Pflaumen, jede am Ende eines Zweiges. Gurlie begann zu lachen.

So ein kleiner Baum! sagte Olga.

Da! sagte Joe zu den Kindern, habe ich es euch nicht gesagt? Jetzt könnt ihr jeder zwei pflücken, eine für euch und eine für Mama und Tante Olga. Er hielt die Kleine hoch, die die erste greifbare packte und mitsamt dem Faden abriß, dann noch eine. Lottie tat dasselbe. Da! Jetzt pflücke ich den Rest, sagte Joe triumphierend.

Was soll man davon halten! sagte Olga. So kamen die Kinder schließlich doch mit ihren Trophäen herein, beeindruckt und zufrieden.

[illegible]

[illegible] sagte Olga.

[illegible]

[illegible] sagte Olga. [illegible] doch mit ihren [illegible]

[illegible]

Anmerkungen

300 *Quarter:* 25-Cent-Stück (von engl. *quarter*, ein Viertel).

309 *Ink Nesbit:* Druckfarben-Nesbit (von engl. *ink*, hier: Druckfarbe).

313 *Teddy:* populärer Spitzname des amerikanischen Präsidenten Theodore Roosevelt (1858–1919).

329 *Labor Day:* amerik. Engl., Tag der Arbeit; Feiertag in den USA und Kanada (erster Montag im September).

344 *›Denn welche …‹:* Römer 8,14.

372 *Memorial Day:* engl., Gedenktag. Wird am 30. Mai zum Gedächtnis der Toten des amerikanischen Bürgerkriegs begangen; in den meisten US-Staaten gesetzlicher Feiertag.

386 *Friseurstange:* stangenförmiges Geschäftszeichen englischer und amerikanischer Friseure; mit spiralförmigem blau-weiß-rotem Muster bemalt.

411 *Associates:* engl., Bundesgenossen.

426 *open shop:* engl., offener Betrieb. Amerikanische Bezeichnung für Betriebe, die auch oder vorwiegend Arbeiter beschäftigen, die nicht gewerkschaftlich organisiert sind; Löhne werden demzufolge unter Umgehung der Gewerkschaften ausgehandelt. Gegenteil: closed shop (geschlossener Betrieb).

519 *Lutfisk:* schwed., gelaugter Stockfisch.

527 *Gammelost:* dän.-norweg., alter Käse.

DER AUFBAU

Aus dem Amerikanischen
von Reinhild Böhnke

1

Warten, das ist das schrecklichste Wort überhaupt.

Flossie wartete darauf, endlich groß zu werden. Das ganze Glück der Kindheit bekommt durch diese erdrückende Last einen Trauerflor. Denn während wir warten, ist die Zeit schon um. Die natürliche Frucht eines solchen Weinstocks ist Falschheit. Kinder lügen von Natur aus. Flossie log. Um das Etwas, das unbeschreibliche Etwas, das niemals wartet, niemals, zu bewahren, unversehrt zu bewahren.

Als sie in der Mietdroschke ihr altes Zuhause in Hackensack verließen, bestand Flossie darauf, ihren liebsten Besitz mitzunehmen, Pully, den Kater. Er hieß nicht etwa Pussy, nein, klipp und klar Pully, und sie klammerte sich verzweifelt an ihn wie an den Namen. Mit Pully auf dem Schoß und den Händen in seinem Fell war sie sicher. Wenn Pully mitkam, war die Reise eine Bagatelle, ein Katzensprung, nicht der Rede wert. Ohne ihn – der Untergang.

Sie trotteten dahin, mit einer Kutsche, in einem *hack* – durch Hacken*sack*. Das ist ulkig. Als sie in der Droschke die Polifly Street entlangtrotteten, kamen sie an einem der Farmhäuser der frühen Siedler aus braunem Sandstein vorüber.

»Da würde ich gern wohnen«, sagte Olga, die dicke Tante.

»Ach ja?«

»Die sind schön.«

»Geschenkt«, erwiderte ihre Schwester Gurlie, Flossies Mutter. »Im Sommer sind sie feucht – und im Winter kalt. Und was fängst du mit dem Obergeschoß an? Da kann man doch nicht einmal aufrecht stehen.«

»Das mußten sie so bauen, damit man es warm bekam.«

»Und sie froren immer, oder sie schwitzten.«

»Man schläft so besser, wenn der Schnee durch die Ritzen weht und am Morgen auf der Bettdecke liegt.«

»Das kannst du heute noch in Vermont haben – wenn du das magst. Ohne mich.«

George Washington (mit seinen Mannen!) kam einst auch diese Straße entlang, so war auf dem Schild zu lesen, auf dem Rückzug »aus Kalifornien«.

»Wie?«

»Ich meine aus Fort Lee.«

»Aber das war im November. Jetzt haben wir ...«

»Hör dir mal den kleinen Vogel da an! Was das wohl für einer ist? Der kann aber singen.« Klickediklack, klickklack machten die Pferdehufe. »Ich glaube, es ist ein Singspatz.«

»Hast du was zum Lunch eingepackt?« sagte die dicke Tante. Sie war immer die treibende Kraft in solchen Situationen – genauer gesagt, bei diesen Umzügen –, sie, die selbst so ungern umzog.

»Schnell! Schnell!« Es hatte wieder angefangen zu regnen. »Warum mußte es heute auch regnen?« Gurlie packte den Gurt und zog auf ihrer Seite – auf der Seite des flachen Weidelandes, auf der Ostseite – das Fenster genau in dem Moment hoch, als eine plötzliche Regenbö dagegen klatschte. »Zieh dein Fenster hoch!«

»Hier regnet es nicht rein«, sagte Lottie, Gurlies ältere Tochter.

»Zieh es hoch, habe ich gesagt. Du bist wohl nicht gescheit! Wir werden alle klitschnaß.« So macht sich der Erwachsene lächerlich, und die Kinder sehen ihn verwundert an. Auf dieser Seite regnete es doch gar nicht herein.

»Aber Gurlie, wir ersticken hier drin«, sagte Olga. »Mach es oben einen Spaltbreit auf. Schau dir die armen blühenden Bäume an.«

Inzwischen strömte der Regen nur so herab, während sie an einem alten holländischen Haus mit einer schönen Rasenböschung vorüberkamen. An der Giebelseite, dicht bei der Hauswand, stand ein Pfirsichbaum in voller Blüte. »Schau dir den Buchsbaum dort an!« Er war wirklich beeindruckend in seiner dunklen Üppigkeit vor dem Haus, neben der Veranda.

»Unsinn«, sagte Gurlie. »Ich sehe nichts.«

Auch Flossie konnte nichts sehen, nichts dergleichen war in ihrem Blickfeld. »Ein Buchsbaum? Wo?« Deshalb verlor sie schnell das Interesse, wie das bei Kindern so ist, und versuchte statt dessen zu ergründen, wie es dem Kutscher ergangen war. Er schien den Regen nicht zu beachten, der mal heftiger, mal schwächer auf das Droschkendach trommelte, wobei der Wind hin und wieder das ganze Gefährt durchrüttelte, das trotz alledem stetig und zielstrebig seine Fahrt fortsetzte.

»Das kam aber plötzlich!« sagte die dicke Tante. »Wo ich doch dachte, daß die Sonne gleich herauskommt.«

»Sie war schon da«, sagte Gurlie. »Unsere Siebensachen werden vermutlich naß.« Denn ihnen folgte der Möbelwagen, der nicht sehr vertrauenerweckend wirkte, nachdem sie ihn in beladenem Zustand gesehen hatten, da hinten lediglich eine schützende Plane darüber gespannt war. Aber die Möbelpacker hatten versichert, daß alles in Ordnung gehen würde.

Drinnen in der Droschke roch es muffig, nach Staub und Roßhaar, ganz abgesehen von dem Kater, und nach den jetzt auf dem Polster zerdrückten Veilchen, die Flossie unbedingt auch noch als Erinnerung an den glücklichen Tag mitnehmen mußte, den sie in Mrs. Waldrons Garten verbracht hatte, bevor sie Hackensack verließen. Mrs. Waldron hatte einen Garten voller duftender Veilchen hinter dem Haus, ganze Veilchenfelder, wie es Flossie in ihrem begrenzten Vorstellungsvermögen jedenfalls schien, obwohl das in dem kleinen Küchengarten eigentlich gar nicht möglich war. Aber der Garten mit seinem Duft erfüllte die Erinnerung des kleinen Mädchens, das eines Tages – tatsächlich erst gestern – die Blümchen dort entdeckt hatte. Da standen sie vor ihr, dichte Büschel der schwachvioletten Blüten, und, Wunder über Wunder, Mrs. Waldron war selbst herausgekommen, während Flossie sich schüchtern davonmachen wollte, und hatte ihr gesagt, sie könne pflücken, soviel sie wolle.

»Pflück, soviel du willst, und bring sie deiner Mutter, wenn du mir nur auch ein Sträußchen pflückst. Ich habe genug, und morgen gibt es wieder neue.« So hatte Flossie immer wieder in dem reichen Duft gebadet, den sie mit den Händen greifen und nach Herzenslust pflücken konnte. In Mrs. Waldrons Beisein war sie wie verzaubert umhergegangen und hatte den Wohlgeruch jenes Gartens gepflückt, dessen Besitzerin eine Göttin war. Jetzt verließ sie jene Welt und reiste in eine andere, die aufregend war, weil sie so nebelhaft erschien und weit weg von allem, was ihr allmählich ans Herz gewachsen war.

Die Maienzeit stand bevor. »Es ist besser, wenn ihr mit der Droschke fahrt«, hatte Joe sie gewarnt. »Sonst müßt ihr nach Jersey City mit dem Zug fahren, dort im Wartesaal sitzen, um dann mit einem anderen Zug weiterzufahren, also mit dem ganzen Gepäck umsteigen.«

»So viel mehr auszugeben lohnt sich nicht.«

»Nimm eine Droschke. Laß das Geld springen.«

»Dann gib mir lieber genug davon mit«, sagte Gurlie.

»Wieviel hast du noch?«

»Ich möchte nicht so knapp dran sein. Gib mir einen Zehndollarschein. Und etwas Kleingeld.«

»Ich werde zum Mietstall gehen und dort selbst alles regeln.«

»Na hör mal«, sagte Gurlie mit Nachdruck. »Wofür hältst du mich denn?« Also gab Joe ihr ein paar Scheine und fuhr in die Stadt.

Der Regen hatte so schnell wieder aufgehört, wie er begonnen hatte, und die Sonne kam heraus. Gurlie war die erste, die ihr Fenster herunterließ. »Ah, welch eine Wohltat! *Es stinkt!*«* Die Mädchen kicherten. Das Lüftchen, das ihnen ins Gesicht blies, trug den Wohlgeruch von Erde nach dem Regen mit sich. Pully kämpfte in dem alten Schal, in den ihn Flossie gewickelt hatte, aber sie hielt ihn fest, als

* Alle im Text kursiv gedruckten und mit einem Sternchen gekennzeichneten Wörter bzw. Sätze sind im Original deutsch. Bloße Kursiven bezeichnen Hervorhebungen.

gälte es ihr Leben, und er gab sich keuchend und mit herausgestreckter rosa Zungenspitze wieder zufrieden, murrte aber sprungbereit leise weiter.

»Du bringst ihn noch um«, sagte Gurlie. »Warum mußtest du den dummen Kater mitnehmen?« sagte sie. »Wir hätten ihn ebensogut dort lassen können.«

»Das wäre grausam gewesen«, sagte die dicke Tante.

»Ach, irgend jemand hätte ihn schon gefunden. Dem standen viele Häuser offen. Mach die Tür auf und laß ihn laufen. Hier drin wird er sich übergeben und uns alle vollmachen. Ich glaube, er hat sogar schon etwas angerichtet.«

Flossie stellte sich taub, weil sie sich vor dem fürchtete, was als nächstes geschehen würde. Aber sie ließ nicht locker. Nichts geschah. Ihr Herz begann wieder ruhiger zu schlagen, während die schwankende Droschke stetig weiterrollte. Sie schaukelte auf eine eigenartige Weise, an die man sich erst ein wenig gewöhnen mußte. Das Heck schaukelte sacht hin und her, als der alte Gaul auf der abschüssigen Straße, die sie der Stadt näher brachte, in Trab verfiel. Die kleinen Schaufenster zu beiden Seiten wirkten anheimelnd altväterlich auf die beiden Frauen und die Mädchen, die neugierig hinausschauten. Hin und her, hin und her schaukelte die Droschke, so daß alle Köpfe darin auch ein wenig wackelten, um ebenfalls den Stößen nachzugeben.

Lottie beobachtete es zunächst eine Weile und fand es sehr komisch. Sie sagte nichts, schaute aber von einem zum anderen und amüsierte sich über den Anblick der bei der Fahrt hin- und herwackelnden Köpfe. »Puh! Es wird allmählich heiß hier drin«, sagte Gurlie. »Wenn wir nur schon da wären. Was liegt denn hier auf dem Sitz?« Sie nahm die welken Veilchen und warf sie aus dem Fenster. Flossie bemerkte, daß sich zwei Blümchen unter dem weiten Rock der dicken Tante verkrochen hatten. Sie sagte nichts.

»Hast du die Schlüssel?«

»Welche Schlüssel?«

»Für das Haus. Hoffentlich!« Gurlie begann, wild in den Tiefen ihrer Handtasche herumzukramen. »Ja.«

»Hoffentlich sind das auch die richtigen.«

»Puh! Dieser alte Gaul. Pfui! Wer war das? War das der Kater?« Niemand sagte etwas. »Ihr solltet euch schämen.« Lottie blickte Flossie an, Flossie blickte Lottie an. Beide schüttelten den Kopf. Sie fuhren jetzt über Kopfsteinpflaster, und der Krach im Wagen war ohrenbetäubend, es ging ihnen durch Mark und Bein. Aber es gefiel ihnen. Es war lustig. Im Augenblick war aus irgendeinem Grund alles lustig, und die beiden Mädchen fingen zu kichern an.

»Hört mit dem Quatsch auf!«

»Ach, laß sie doch«, sagte die dicke Tante. »Schaut mal, dort ist eine katholische Kirche«, sagte sie. Flossie und Lottie schauten schnell hin, um zu sehen, was die Tante damit wohl gemeint hatte, konnten aber nichts dergleichen erkennen. Sie fragten sich, woher die Tante wußte, daß es eine katholische Kirche war. Lottie drehte sich sogar noch um, nachdem sie längst vorüber waren, und starrte aus dem Heckfenster.

»Laß deine schmutzigen Füße unten«, sagte Gurlie.

Aber sie blickte weiterhin auf die zurückweichende Straße, auf der noch immer schmutzigbraunes Wasser floß, und sah auf der einen Seite eine Kirche mit einem Turm und obendrauf einem Kreuz. »Aber woher weißt du, daß sie katholisch ist?« fragte sie verwundert. Sie gab es auf, ihr war eigentlich ein bißchen schlecht. »Mir ist schlecht«, sagte sie zu den Insassen der Droschke, ohne jemand besonderen anzusprechen.

»*Ach Gott.** Auch das noch«, sagte Gurlie. »Setz dich hin. Wenn du so herumzappelst, ist es kein Wunder, wenn dir schlecht wird. Setz dich hin, und laß die Füße, wo sie hingehören.«

Sie hatte gar nicht gewußt, daß ihre Füße an einen bestimmten Ort gehörten – warum denn auch? Aber sie setzte sich hin, und die dicke Tante, die in ihrem Etui gekramt hatte, hielt Lottie ganz unvermittelt ein Riechfläschchen unter die Nase, was sie überrascht zurückfahren ließ und ihr die Tränen in die Augen trieb.

»Riech mal dran«, sagte die dicke Tante. »Sachte, sachte. Mach schon. Das wird dir guttun.« Es war ein grünes Flakon. Lottie schnupperte nun zaghafter und vorsichtiger daran und fühlte sich gleich besser. Es roch nach Veilchen.

Flossie meinte, sich da besser auszukennen und beugte sich hinüber, um es ebenfalls auszuprobieren. Ganz nett. Es roch nur nicht nach Veilchen. Sie kicherte vor sich hin. Sie wußte, wie Veilchen rochen! Pully fing wieder an, sich zu wehren.

»Laß ihn doch mal riechen«, sagte Gurlie und kicherte. »Vielleicht tut ihm das auch gut. Laß mich mal«, und sie entriß ihrer Schwester das Riechfläschchen und roch zwei-, dreimal kräftig daran.

»Wo hast du das her?« sagte sie. »Es ist fade. Nachgemachtes, billiges Zeug.«

»Das ist kein billiges Zeug«, sagte ihre Schwester. »Es ist das Beste, was man bekommen kann. Du kannst ja sehen, woher es stammt. Aus Paris.«

»Ach was, das steht doch immer auf dem Etikett.«

»Aber das hier habe ich selbst voriges Jahr auf der Rue Royale gekauft.«

»Na gut«, sagte Gurlie. »Laß mich noch mal riechen. Ach was, man hat dich betrogen. Es taugt nichts.«

»Das ist die beste Qualität, die man kriegen kann«, sagte Olga. »Dort kaufen auch alle Millionäre ein.«

Gurlie lachte.

»Die haben dort auch Billigware mit den gleichen Etiketten drauf, für die Unbedarften. Erzähl mir doch nichts. Die kenne ich. Du solltest mich für dich einkaufen lassen, wenn du etwas Gutes willst.«

»Dich!« sagte ihre Schwester. »Was weißt du denn schon? Bist du im Traum schon mal in Paris gewesen?«

»Ha, Paris. Was bedeutet denn Paris? In ein paar Jahren werde ich überallhin reisen. Wohin ich will. Aber erst einmal will ich mich häuslich einrichten. Ich hab die Umzieherei satt. Ich möchte es mir bequem machen, bis diese jungen Dinger da« – sie zeigte auf die Mädchen –

»größer werden. Dann seh ich mir die Welt an. Ich will reisen.«

Schon wieder regnete es, aber da sie sich jetzt im Schatten des Berges befanden, war kein Wind mehr zu spüren.

Flossie überlegte immer noch, was es mit den Buchsbäumen auf sich hatte. Sie hatte keine gesehen, aber vielleicht waren doch welche dort. Die Droschke hielt, und sie konnten den Kutscher auf sein Pferd einreden hören. »Hüh! Los, du alter Trottel, hast wohl noch nie 'n Zug gesehn? Hüh!« Die Droschke rollte erst vorwärts, dann ein Stück zurück. Ihnen allen wurde es mulmig.

»Was ist los?« fragte Gurlie, die den Kopf aus dem Fenster in den Regen steckte.

»Ein Zug kommt, da will er nicht unter den Viadukt. Los!« Aber das Pferd wollte nicht weiter. Sie hörten das Zischen der Peitsche. Das Pferd tänzelte, aber es wollte nicht unter den Brückenbogen mit den Gleisen.

»Der kann nicht kutschieren«, sagte Gurlie.

»Laß ihn in Frieden«, sagte die dicke Tante.

Dann brach fast unmittelbar über ihren Köpfen ein entsetzlicher Lärm los, ein Rattern und Poltern, das von einem ohrenbetäubenden Pfeifton übertönt wurde, als eine schwere Güterzuglokomotive die Brücke dort oben überquerte und schwerfällig vorüberpolterte.

»Brr! Brr!« rief der Kutscher und zog die Zügel an. »Stillgestanden, du alter Trottel. Hier runter kommt die nicht.«

Bum-bum, bum-bum, bum-bum! Der lange Güterzug folgte der Lokomotive auf den Schienen. Sie konnten ihn jetzt links und rechts aus den Droschkenfenstern heraus sehen und die gewaltige neue Welt, die er einnahm. Die Kinder zitterten alle beide.

»Was macht das schon?« sagte Gurlie. »Wir müssen eben warten. Da ist nichts zu machen.« Also entspannte sie sich und wartete.

Und die Güterwaggons, die ohne Fracht gen Westen fuhren, polterten an ihnen vorbei, rot und gelb, und folgten der Lokomotive, die schon lange vorüber war. Schließlich hörte das Poltern auf, und sie alle sahen das Ende des Güterzuges, den kleinen roten Bremswagen, in dessen Fenster ein Mann lehnte, vorbeifahren und verschwinden.

Die Stille danach war vertraut und angenehm. Langsam kamen die Kinder nach dem Eindringen jenes Boten aus einer fremden Welt zu sich und nahmen ihre Gedanken wieder auf. Sie sahen sich an, als wollten sie sagen: »Ich freue mich dazusein, du auch?«

»Auf geht's, alter Junge«, rief der Kutscher, und das Pferd zog wieder an, scheute in der Unterführung, daß sie alle das Gleichgewicht verloren, bog dann auf der anderen Seite rechts ab und setzte den Weg fort.

Das Abenteuer war vorbei. Sie waren außer sich gewesen, ganz Ohr, ganz Auge. Flossie hatte alles um sich herum vergessen, sie hatte sogar vergessen ...

»Guck dir den Kater an!« rief plötzlich Olga, weil Pully einen wilden Satz zum halb herabgelassenen Fenster machte. Aber die Öffnung war zu klein, und er fiel abgeschlagen zurück. Flossie packte ihn um den Bauch. Eigentlich verwunderlich, daß er sie nicht kratzte.

»Dieses Biest!« sagte Gurlie. »Warum läßt du ihn nicht laufen? Ich glaube, wir sind schon da. Es sieht jedenfalls so aus. Ja, das ist der Ort. He, wohin fahren Sie denn?« rief sie dem Kutscher zu. »Hier geht's doch nicht lang!«

Merkwürdigerweise schien die Sonne, sobald sie die Unterführung hinter sich gelassen hatten. »Nicht möglich«, sagte die dicke Tante, »gleich hüben auf der anderen Seite der Schienen scheint die Sonne, und drüben hat es gerade noch geregnet.«

»Na, du siehst es doch, oder?« sagte Gurlie. »Macht die Fenster auf.« Das taten sie, und hereingeflogen kam ein dicker Brummer, der ein Weilchen laut im Inneren der Droschke umhersummte, dann durch dasselbe Fenster verschwand und nun, nach der Durchfahrt des Zuges, eine doppelte Stille zurückließ.

»Das ist euer neues Zuhause«, sagte Olga zu den Kindern. Sie waren ganz Auge, aber sie sahen nichts als auf der einen Seite den Bahndamm, brauner Sandstein und obendrauf Schlacke, und auf der anderen Seite ein paar Holzhäuser.

Nachdem sie die Steigung erklommen hatten und auf einem kleinen Platz beim Bahnhof herauskamen, hielt die Droschke, und der Kutscher guckte um die Ecke, um sich Anweisungen zu holen. Er hatte ein langes Gesicht, ein langes Kinn, eine lange Nase und kleine, sehr blasse blaue Augen. Er hatte einen Priem gekaut und hüstelte, ehe er zu reden begann. Den Mädchen war so etwas noch nie begegnet.

»Wohin soll's gehen?«

»Fahren Sie an die Bordsteinkante«, sagte Gurlie. »Ist dort drüben nicht ein Lebensmittelladen? Halten Sie dort.«

»Hören Sie, Lady«, sagte der Mann, »ich fahr Sie zu keinem Lebensmittelladen nich. Ich will wissen, wo Ihr Haus ist.«

»Hören Sie mal«, sagte Gurlie, »ich muß doch das Nötigste einkaufen, oder? Ich kann doch nicht einfach in ein neues Haus, wo keine Vorräte da sind. Und einen Eisblock möchte ich auch. Wissen Sie, wo man hier Eis bekommt?«

»Ich weiß nichts über dieses Kaff. Und ich will auch gar nichts wissen. Wohin geht's also?«

»Passen Sie mal auf«, sagte Gurlie, »ich bezahle Sie dafür, daß Sie uns fahren, wohin ich will.«

»Nein, Ma'am. Ich bringe Sie zu Ihrem Haus, aber ich trödele vor keinem Lebensmittelladen rum.« Er machte Miene, von seinem Kutschbock zu steigen – zumindest knöpfte er schon seinen Gummiwetterschutz auf. Die Mädchen bekamen Angst, weil sie glaubten, er könnte in die Droschke kommen und einen Streit mit ihnen anfangen.

»Um Himmels willen, hör doch auf«, sagte Olga zu ihrer Schwester.

»Ich will die Adresse wissen, weiter nichts«, polterte der Mann. Die Frauen sprachen jetzt Norwegisch miteinander, aber Flossie und Lottie verstanden sie bestens.

»Sag mir, was du alles haben willst«, sagte die ältere

Schwester, »und ich besorge es, während du mit den Kindern weiterfährst.«

»Was ich will?« sagte Gurlie, und sie lachte verächtlich. »Alles mögliche. Das kann ich dir gar nicht alles aufsagen. Ich steige jetzt aus.«

»Nein«, sagte Olga. »Es ist dein Haus. Die Möbelpacker kommen gleich. Ich weiß nicht, wo du die Sachen hinstellen willst.«

»Oh«, sagte die jüngere Schwester, »du fällst mir auf die Nerven. Du bist so ungeschickt. Was kannst du überhaupt? Hier, hier hast du die Adresse und den Schlüssel. Na los. Ich komme gleich nach, es ist ja nicht weit.«

»Du hast wohl nicht alle Tassen im Schrank«, sagte Olga.

»Hier, mach, was ich dir sage. Hier, hier sind die Schlüssel. Ich hab es satt, hier eingesperrt zu sein. Ich will mir die Beine vertreten. Nimm du die Kinder, das liegt dir doch. Laß die Sachen irgendwo hinstellen. Es ist mir egal.«

»Das kann ich mir vorstellen.«

»Also, was ist nun«, sagte der Mann draußen. Da stieg Gurlie aus, reckte sich und ging fort, ohne sich umzublicken. Die Sonne war nun wirklich herausgekommen. Olga gab dem Mann den kleinen Zettel, auf dem Joe mit seiner Graveursschrift penibel die Adresse notiert hatte, und im Handumdrehen rollten sie wieder, bogen links ab und kamen auf eine lange und breite Straße, die von großen Bäumen mit herabhängenden, frischbelaubten Zweigen gesäumt war.

»Wie geht's dir, kleine Spinne? Wie geht's, Lottie?« sagte Olga und beugte sich tröstend zu den Kindern. »Oh, und der olle Kater da. Den hast du sicher ganz lieb.« Flossie bestätigte das. »Das ist gut, das ist sehr gut«, sagte die dicke alte Tante lächelnd, die damals allerdings nur in der Vorstellung der Kinder so alt war.

Also begann das Heck der Droschke wieder ein bißchen hin und her zu schaukeln, und sie sahen Leute, fremde neue Leute, auf dem Bürgersteig promenieren. Die Kinder waren aufgeregt, aber auch müde. »Jetzt kann es nicht mehr lange dauern«, sagte Olga zu ihnen.

Und dann waren sie auch schon da. Beim Aussteigen überkam sie ein sehr seltsames Gefühl, besonders in den Beinen, aber jetzt war ja alles seltsam. Sie wanderten im Kreis umher und vertraten sich die Beine, und Flossie hielt immer noch Pully in den Armen. Die Straße war völlig leer. Es war einfach niemand da. Ein komisches Gefühl. Und dann war da noch die Droschke. Sie sahen sie jetzt von außen. Und das Pferd. Es war ein Brauner mit schwarzen Fesseln und einer weißen Nase. Der Kutscher stieg vom Bock und befestigte einen langen Riemen mit einem schweren Eisenklotz daran am Zaum des Pferdes. Der Mann war sehr groß und vornübergebeugt, obwohl noch recht jung.

Rings um das Haus standen Bäume voller weißer und rosa Blüten. Besonders Lottie war bezaubert und machte sich auf den Weg um das Haus herum. Flossie hielt sich in der Nähe ihrer Tante. Es kam ihr hier wie auf dem Mond vor. Sie wußte nicht, was sie mit Pully anfangen sollte.

»Schaff halt als erstes den Kater ins Haus«, sagte Olga, »damit er nicht wegläuft. Lottie, ob du wohl die Eingangstür aufschließen kannst? Du bist doch jetzt ein großes Mädchen. Hier, probier's mal, ich zahle derweil den Mann aus – und dann kann er das Gepäck hineinschaffen. Passen Sie auf diese Schachtel auf!« mahnte Olga. »Da ist unser Lunch drin.«

»Sie haben ja furchtbar viel Zeug dabei«, sagte der Mann. Aber schließlich hatte er alles hineingeschafft, wendete sein Gefährt und fuhr davon. Hauptsächlich Flossie blickte der davonrollenden Droschke nach. Jetzt waren sie also wirklich hier.

Der Kater war im leeren Hausflur herumgeschlichen, hatte an der Holztäfelung geschnuppert, war dabei hin und wieder plötzlich zurückgezuckt und schließlich nach oben verschwunden. Es gab nichts zu tun. Das Haus war leer und trist, und es roch eigenartig. Aber als die dicke Tante sich in der Küche umsah und feststellte, daß Wasser und auch Gas vorhanden waren, begann sie, aus dem Mitgebrachten eine kleine Mahlzeit zuzubereiten.

Lottie wollte auf die Toilette.

»Na, dann geh, sie ist wahrscheinlich oben.«

Flossie hatte das mitbekommen und war schon unterwegs, noch ehe Lottie sich aufmachte. Lottie kam hinter ihr hergelaufen. Beide stürzten mit einem: »Ich war zuerst!« auf die Tür zu.

»Nein.«

»Geh hier raus!«

»Nein!« schrie Flossie gellend.

»Kinder, hört auf damit«, rief Olga von unten herauf. »Schämt euch.«

Es gab ein Gerangel. »Geh raus! Ich war zuerst hier.«

»Nein!«

»Tante, Flossie will mich nicht aufs Klo lassen! Ich muß mal.«

Also mußte Olga hochkommen. »Warum könnt ihr nicht zusammen hinein und euch abwechseln?«

»Nein, ich will sie nicht hier drin haben. Behalt sie draußen«, sagte Lottie.

»Also, Flossie, Lottie hat zuerst gefragt. Komm her. Du kannst warten.«

»Ich war zuerst da.«

»Aber Lottie hat zuerst gefragt. Du kannst warten.«

Flossie preßte die Zähne aufeinander und funkelte wütend mit den Augen. Dann drehte sie sich zur Schwester um und sagte: »Du hast nicht alle Tassen im Schrank!« Olga lachte laut heraus. »Kleine Spinne«, sagte sie.

»Schau mal, draußen die hübschen Bäume«, sagte Olga und nahm das Kind mit in das kahle Hinterzimmer, während Lottie beschäftigt war. »Schau mal, sind die nicht schön? Igitt! Die Fenster sind aber schmutzig! Faß sie nicht an. Hier gibt's viel zu tun. Ich glaube, hier wirst wahrscheinlich du schlafen. Eine von euch beiden jedenfalls.« Als sie dann hörte, wie Lottie die Spülung betätigte: »Na also, du kannst rein. Geh schon. Siehst du, wie einfach das ist?« Und sie ging wieder hinunter.

Aber Flossie kam mit ihren Sachen nicht zurecht. Gurlie

hatte Vorsorge getroffen, daß es unterwegs keine Zwischenfälle gab; der Knopf hinten war zweimal durch das Loch im Hosenbund gezogen. Das Kind konnte ihn nicht aufmachen.

»Tante, ich schaff's nicht.«

»Lottie, geh und hilf ihr.«

»Nein.«

»Dann komm runter zu mir.«

»Nein.«

»Du mußt aber – sonst kannst du ja oben bleiben. Ich habe hier zu tun.«

Also kam Spinne herunter, aber sie ging zu einem der gerade eingetroffenen Möbelpacker, der auf der Türschwelle saß und auf Gurlie wartete. »Machst du mir mal den Knopf an meinen Schlüpfern auf?« sagte sie.

»Bitte was?« erwiderte der Mann.

»Ich krieg den Knopf nicht auf. Hilfst du mir mal?«

»Nein, Ma'am«, sagte er. »Das tu ich nicht.« Und er war damit gut beraten, denn in diesem Augenblick kam Gurlie mit ihrem ruckartigen Gang die Straße heraufgeeilt. Also wartete Flossie, bis sie da war.

»Was?« sagte Gurlie. »Ach, laß mich in Ruhe«, und damit ging sie ins Haus.

»Ist das deine Mama? Gut, daß sie da ist«, sagte der Möbelpacker.

2

Der Sommer ist für Kinder oft eine langweilige Zeit, besonders in den Vororten. »Hier gibt es keinen, mit dem man spielen kann!« – »Ich habe keinen zum Spielen.« Sie waren noch zu neu in der Stadt, als daß sie schon gute Freunde hätten finden können.

»Warum können wir nicht nach Vermont fahren?« jammerte Lottie. »Vermonkey«, fiel die Kleinere ein. Aber es war trotzdem erstaunlich, was ein paar Monate, man konnte fast sagen, ein paar Wochen, bei ihr ausmachten. Sie wurde allmählich groß.

»Ich sag euch, was wir machen«, sagte Gurlie, die sich selbst etwas langweilte, weil die Kinder nicht untergebracht waren, da alles – Schulen, Kirchen – geschlossen war. »Ich lasse euch fotografieren«, sagte Gurlie.

»Dich auch?«

»Nein. Nur euch Kinder. Ich will die Bilder an Großmama schicken.«

»Jetzt gleich?« fragten die Kinder.

»Wir wollen uns erst feinmachen.« So was ist für alle kleinen Mädchen immer etwas ganz Feierliches. »Was soll ich anziehen?« war Lotties nächster Gedanke.

Gurlie war damals eine mittelgroße Frau Anfang dreißig, rundlich, mit kräftigen, geraden Beinen, auf die sie in einem Land, das Wert auf die Geradheit von Frauenbeine legte, übermäßig stolz war, allerdings hatte sie große, ziemlich häßliche Füße. Ihre Arme waren wie die Beine rund und kräftig und endeten in breiten, dicken Händen mit plumpen Fingern. Sie trug keinen Ehering. Joe hatte keinen haben wollen, sie auch nicht, aber manchmal trug sie am Ringfinger der linken Hand einen Opal, ihren Geburtsstein, der jedem anderen Unglück brachte, nur ihr nicht.

Die ganze Erscheinung der Frau wirkte entschlossen, wenn auch bei weitem nicht verführerisch. Aber ihr Gesicht war, wie man annehmen konnte, der Schlüssel zu ihrem Wesen: ein breites, volles Gesicht mit glatter Haut und einer guten Farbe, ein starkes, jedoch nicht grobes Kinn und ein Mund, der nie stillstand. Es war ein ziemlich breiter Mund, obwohl schmallippig, der schon jetzt an den Winkeln senkrechte Fältchen aufzuweisen begann, was daher rührte, daß sie beim Sprechen häufig den Mund grundlos verzog. Wenn sie lachte, traten sie hervor. Ihre kleinen, weit auseinanderstehenden Augen zeigten sich so selten, daß man kaum wußte, welche Farbe sie hatten – ein klares Blau, von schweren Lidern beschattet, die Gurlie oft ganz geschlossen hielt, wenn sie mit jemandem redete – eine irritierende Angewohnheit.

Ihre Nase war klein, zu klein, aber es war eine lustige Stupsnase unter einer niedrigen Stirn, wie ein Rammbock. Das Haar auf ihrem kleinen, runden Kopf war blond, aber dünn und nicht sehr ansehnlich oder gepflegt. Kleine, anliegende Ohren. Ein Gesicht, das sich einem eher durch seine Eindringlichkeit als durch seine Schönheit einprägte.

Gurlie hörte keinem Menschen zu – höchstens einer Zigeunerin vielleicht oder einem ähnlichen Wesen – oder wenn sie sich zum Angriff bereit machte – dann nickte sie mehrmals mit dem Kopf, wölbte die Lippen vor und brachte ihre Unzufriedenheit mit dem, was irgend jemand sagte, unmißverständlich zum Ausdruck. Dann verzog sie den Mund, ihre Augen schlossen sich oder versprühten ein blaues Feuer wie ein erregter Leuchtturm, der Gefahr signalisiert, in primitiven Blitzen blinden Zornes.

Im allgemeinen jedoch war sie fast ständig zum Spotten aufgelegt, und ihr Gelächter war irritierend, laut und ungezügelt. Dieses Gesicht kannte kein nachdenkliches Lächeln.

Es war heiß, schrecklich heiß an jenem späten Julitag, und Gurlie klebte das Haar an der Stirn. »Geht hinauf, ihr beiden, und nehmt erst einmal ein Bad«, sagte sie zu den Mädchen.

»Wunderbar!« rief Lottie begeistert; es war ein Wort, das sie erst kürzlich entdeckt hatte und nun auf fast alles anwandte.

Also rannten die beiden Mädchen zur Treppe. Flossie wurde wie gewöhnlich beiseite gestoßen.

»He, komm her«, sagte Gurlie. »Lottie, laß erst deine Schwester baden, ich brauche dich noch.«

»Oh, sie ist so ein Ferkel«, sagte die Ältere. »Außerdem kann sie sich kein Bad einlassen.«

»Doch, kann ich wohl!«

»Spritz nicht herum. Du siehst selbst, wie die Decke in der Küche jetzt ausschaut. Paß auf.«

»Ja, mache ich.«

»Sie macht das, jawohl! Wenn sie fertig ist, schwimmt das ganze Bad, und alle Handtücher sind feucht. Sie hat keinen blassen Schimmer. Und die Wanne hat dann einen Schmutzrand. Ich will nicht nach ihr baden.«

»Kümmere dich um deine eigenen Dinge«, sagte Gurlie, »und geh in die Küche und hilf Magna. Sie braucht dich.«

»Kann ich nicht Klavier üben?«

»Nein. Das Klavier will ich heute nicht hören. Du mußt raus an die frische Luft. Sieh dich doch an. Nur Haut und Knochen.«

»Ach, laß mich doch in Ruhe.«

Inzwischen war die kleine Flossie oben angelangt und ließ das Wasser ein. Sie hatte die Wanne gern richtig voll!

Zorn und höhnisches Lachen lagen bei Gurlie immer auf der Lauer. Die Leute fürchteten sich vor ihr und ihrem barschen Ton, der ziemlich grob sein konnte, wenn sie erregt oder wütend war. Furchteinflößend durch jene Maßlosigkeit, die in der Erregung vor gar nichts zurückschreckt, in gereiztem Zustand *en ekte berserker.* Nicht umsonst standen fünfhundert Jahre ungebrochener Wikingergeschichte hinter ihr.

Oben hatte Flossie mit Ausziehen begonnen. Sie war keine Träumerin. Im April war sie gerade sieben geworden, und es gab für sie wenig, wovon sie träumen konnte – außer ihrem Daddy, dessen Bild in ihrem Schlafzimmer auf der Kommode stand und von ihr jeden Abend vor dem Zubettgehen geküßt wurde. Sie küßte es jetzt, aus überströmender Liebe, als sie in Leibchen und Schlüpfern dastand, ein schlankes kleines Mädchen mit sehr hübschem Blondhaar. Sie konnte das Wasser in die Wanne laufen hören.

Sie entkleidete sich nicht vollständig, sondern behielt die Unterwäsche bis ins Badezimmer an, ehe sie sich dort ganz auszog. Sie ähnelte ihrer Mutter nicht, obwohl sie deren kleine Augen hatte, die wohl blau waren, aber nicht vom Tiefblau der rein norwegischen Abstammung. Die Augen glichen eher denen des Vaters, denn wie diese lagen sie tief in den Höhlen, ganz anders als bei ihrer Mutter. Ein breites Näschen, ein lustiger herzförmiger kleiner Mund, wie der Vater, ein kleiner Kopf mit niedriger Stirn und schmale Schultern.

Was ging im Kopf eines Kindes, eines kleinen Mädchens vor? Nichts. Das heißt, alles mögliche. Aber laufen konnte sie wirklich! Ihre Beine waren kerzengerade, wenn auch schrecklich dünn. Sie steckte eine Zehe ins Wasser, und es war sehr kalt – selbst für diesen heißen Tag.

»Bist du schon fertig?« schrie ihre Schwester von unten herauf.

»Nein!« rief sie zurück. »Ich habe noch gar nicht angefangen.«

»Beeil dich, du Trödelsuse.«

Brr! War das Wasser kalt. Aber sie war drinnen. Es schauerte sie bis in den Hinterkopf hinauf. »Aber mach dir die Haare nicht naß!« hatte die Mutter sie noch ermahnt. Sie durfte sich die Haare nicht naß machen. Sie wollte fotografiert werden. Jetzt tat ihr das Brennen der Kälte wohl, und sie gab sich ihm entspannt hin. Ihr war so wenig bewußt, ein kleines Mädchen zu sein, als wäre sie ein Kätzchen. Sie schaute ihre Füße an und strampelte im Wasser.

Die ganze Zukunft spielte im Sonnenlicht um ihren wirklich schönen Blondschopf. Ihre kleinen Augen würden nie sein, was sie nicht sein konnten – verführerisch und voller Träume. Träume gab es aber, heiter und voll süßer Düfte wie der Tag selbst. Die langen, schmalen Füße glichen denen ihres Vaters, der sich seine Schuhe immer speziell anfertigen lassen mußte, ihre Füße waren zum Tanzen geschaffen. Das war das einzige, was sie schon immer gewollt hatte – tanzen. Sie war nie müde. Vor ihrer Mutter hatte sie Angst.

Mit den langen, schmalen Händen schöpfte sie Wasser und spritzte es sich ins Gesicht. Oh! Aber sie hatte aufgepaßt, das Haar war nicht naß. Ihre Fingernägel waren eindeutig schmutzig.

Nicht, daß ihr jede Boshaftigkeit fremd gewesen wäre!

Warum mußte Lottie sie auch quälen! Nun gut, sie wollte nicht Klavier spielen. Aber diese Göre mit ihrem Klavier! Wenn ich wollte, könnte ich auch Klavier spielen. Rollschuhe hätte ich gern.

Damit stieg sie aus der Badewanne und trocknete sich ab – ein wenig jedenfalls. Uff! Es war ein gutes Gefühl, aus dem Wasser heraus zu sein. Wie heiß die Luft war!

»Natürlich, du Ekel. Du mußtest unbedingt reinkommen!«

»Na, dann verschwinde.« Lottie war schon da. »Du Depp, schau nur, wie du das Bad hinterläßt. Geh schon, ich bring's in Ordnung. Hier, nimm deine Sachen mit!« Und schon warf die Ältere die Sachen in den Flur hinaus. Flossie, nackt, mit dem Handtuch in der Hand, hob sie auf und ging in ihr Zimmer.

Daddy! Und sie nahm das Bild ihres Vaters, küßte es und stellte es vorsichtig wieder hin. Das stolz erhobene Haupt eines Mannes Mitte dreißig mit großem Schnurrbart, der auffallende kohlschwarze Lockenkopf, die hohe weiße Stirn, die Augen eines Chefs, die aber etwas Romantisches an sich hatten, geschützt durch jene fast herausfordernde Art, mit der der Kopf erhoben war – ein sehr sensibler Mann, ein aufrechter Kerl. So aufrecht und gerade wie die dünnen Beine der kleinen Flossie. Das war ihr Vater.

Sie setzte sich auf das Bett und trocknete sich fertig ab. Sie legte sich sogar einen Moment auf den Rücken und streckte sich aus, wie es kleine Mädchen manchmal machen.

Man hörte, wie Lottie das Badewasser abließ. *Sie* würde sich ihrer kleinen Schwester nicht nackt zeigen. Dafür gab es einen Grund. Lottie war über drei Jahre älter als ihre Schwester, und der Gestaltwandel hatte begonnen. Armes Kind. Aber Lottie war nicht ganz so verträumt, wie sie vielleicht wirken mochte.

Flossie wollte noch einmal ins Badezimmer, um ihre Strümpfe zu holen, aber ihre Schwester wollte sie nicht hereinlassen. Sie schwenkte ihr kleines Hinterteil – die große

Schwester konnte sie nicht einschüchtern – und flitzte über den Flur in ihr Zimmer zurück.

»Was machst du da oben?« fragte Gurlie von unten. »Geh in dein Zimmer. Schäm dich, so nackt herumzulaufen. Wo ist deine Schwester?«

»Sie ist im Bad in der Wanne.«

»Sag ihr, sie soll sich beeilen.«

»Kann ich mein feines Baumwollkleid anziehen – das mit der blauen Schärpe?

»Laß sie das nicht anziehen«, rief die Schwester durch die spaltbreit geöffnete Badezimmertür. »Ich will meins anziehen, und ich möchte nicht, daß sie dasselbe Kleid anhat. Sie kann doch ...«

»Ab in die Wanne«, sagte Gurlie und kam unten an die Treppe.

»Na, von mir aus.«

»Von mir aus auch.«

»Flossie, zieh dich an.« Aber die Kleine war schon längst dabei. Inzwischen war sie ganz trocken.

»Soll ich dir helfen?«

»Nein, ich schaff's allein. Darf ich nun das Kleid anziehen?«

»Ja, es ist sauber. Ich habe es mir angesehen.«

»Gut.« Und Gurlie wandte sich wieder ihren Angelegenheiten zu.

Die kleine Flossie setzte sich also auf die Bettkante.

»Vergiß nicht, unter dem Leibchen ein Hemd zu tragen«, rief Gurlie von unten. »Hast du mich verstanden?«

»Ja«, sagte Flossie.

Also zog sie sich das Unterhemd über den Kopf. Und dann folgte das Leibchen mit den langen Strumpfbändern, die auf ihre nackte Haut baumelten. Danach zog sie lange schwarze Strümpfe an und machte sie an den Strumpfbändern fest. In dem stickigen Zimmer war ihr schon jetzt zu warm. »Oh!« sagte sie, den verdrießlichen Ton der Erwachsenen nachahmend – und zog ihre kleinen spitzenbesetzten Schlüpfer an. Dann ihre Schuhe. Dann einen Unterrock, einen schlichten. Dann den schönen mit dem breiten Spitzenrand, und dann sang sie ziemlich schräg:

Die kleinen Blumen sprießen so bunt,
 Zur Osterzeit, zur Osterzeit,
Sie recken die Köpfchen und blicken ins Rund,
 Zur seligen Osterzeit.
Und laut erklang der Vögel Sang
 – der Vögel Schlag:
Ihr Frommen, preist den heiligen Tag,
 Erstanden ist Christ, der im Grabe lag,
 Zur seligen Osterzeit.

Sie hatte es in der Sonntagsschule gelernt.

»Hör auf!« rief Lottie aus dem Badezimmer. Sie versuchte gerade, sich eine schwierige Stelle aus einer Bachschen Suite einzuprägen, indem sie die Finger stumm auf dem Rand des Waschbeckens spielen ließ.

Flossie hatte ein hohes, klares Stimmchen und plapperte gern, wenn sie aufgeregt war – sehr zur Belustigung der Sonntagsschulklasse, der Familie und aller Leute, das heißt, wenn es Gurlie in den Sinn kam, sie vorzuführen. Sie war ein typisches zweites Kind, völlig extrovertiert, mit dem Ziel aller Zweitgeborenen: das Erstgeborene zu schlagen. Zweierlei stand dem entgegen. Sie hätte eigentlich ein Junge werden sollen und war deshalb für ihre Mutter eine große Enttäuschung gewesen. Und nicht sie war das »Genie« der Familie – in Gurlies Familie hatte es auf alle Fälle ein Genie zu geben –, sondern Lottie. Von der Kleinen hielt ihre Mutter nicht viel. Sie bedauerte sie sogar ein wenig.

Aber für sie, zu ihren Gunsten, sprach, daß sie eine schnelle Auffassungsgabe hatte, ein kluges Köpfchen, und das war ihr Glück, denn sie brauchte Freunde, sie würde immer Freunde oder einen Freund brauchen. Und im September kam sie in die erste Klasse. Ein vierter Nachteil war, daß sie und ihre Familie »Ausländer« waren. Das war ein seltsames Gefühl, das die gesamte Familie betraf und ihre

Kontakte in der Stadt, in die sie gezogen waren, oder in jeder Stadt, in die sie ziehen mochten. Es sorgte für Solidarität untereinander, aber es war, zumindest für ein Kind, etwas, mit dem man klarkommen mußte. Und das wußten sie. Alle wußten es.

Wenn Gurlie redete, schwang noch immer ein merkwürdiger schwacher Akzent mit. Nicht, daß Gurlie die Sprache nicht beherrschte. In mancher Hinsicht beherrschte sie die Sprache besser als Joe, jedenfalls die Umgangssprache, denn schließlich war Stecher ein Mann von nicht geringem Format, sonst hätte er nicht erreicht, was er erreicht hatte – und ein außerordentlich geschickter Mann: Seine Arbeit mit den Gewerkschaften bewies das – trotzdem ...

Das alles trieb Gurlie zu aggressiven Anschlägen auf ihre unmittelbare Umgebung an, die aber gleichzeitig mit zorniger Verachtung verbunden waren. Joe scherte sich nicht darum. Er hatte seinen Garten, der für ihn, wenn er sich die Zeit nahm, eine gute Erholung vom Geschäft bedeutete. Er verstand etwas von Bäumen und liebte sie. In seinem Herzen wohnte eine Wildheit, die wenige bei ihm vermutet hätten. Zudem seine kulturelle Herkunft. »Was ein Europäer alles aufgeben muß, um Amerikaner zu werden, Amerikaner!« pflegte Gurlie mit gerümpfter Nase zu sagen. Vieles mußte man zurücklassen, aber was Joe zurückgelassen hatte, war nicht das gleiche, was Gurlie zurückgelassen hatte.

Während sie auf die Mädchen wartete, fuhrwerkte sie unten herum – sie ging hinaus und pflückte Blumen, die sie mit ihren derben Händen wie Artischocken packte –, und ihre Gedanken liefen in den alten Bahnen. Sollte man das Anwesen ihrer Vorfahren der Regierung nicht als nationales Kulturdenkmal empfehlen? Alverheim! Sie waren keine Bauern, sondern reiche Hofbesitzer. Die beiden alten Frauen, die jetzt dort lebten, konnte sie bestimmt dazu bewegen. Wenn ich hinführe, mit einem Sohn!

Von ihren Geschwistern zeigte keiner dafür Interesse, obwohl sie viele Söhne und Töchter hatten. »Ach was! Dummköpfe. Sie waren schon immer Dummköpfe. Hatten keinen Ehrgeiz. Aber ein Sohn. Eines Tages werde ich hinfahren und ...« Sie war sich da ganz sicher. Wenn sie in den nächsten Jahren einen Sohn bekäme und mit ihm nach Norwegen führe, würde *er* Alverheim erben. Es war sonst kein Anwärter da. Warum war es beim letzten Mal nicht ein Sohn gewesen?

Inzwischen stand Charlotte im Bad, eine große Elfjährige mit traurigem Blick, die sich im Spiegel betrachtete. Träumerisch. Um ihr Haar war ein Handtuch geschlungen, die langen, dünnen Arme und langen, schmalen Hände ruhten auf dem Rand des Waschbeckens. Die weit auseinanderliegenden dunklen Augen schienen kaum etwas von ihrer Umgebung wahrzunehmen.

Das Wasser lief in die Wanne. »Wahrscheinlich ist kein warmes Wasser mehr übrig.«

Ihrer Schwester glich sie überhaupt nicht. Sie war die Träumerin – aber nur insgeheim. Keiner kannte ihre Gedanken. Und keiner würde sie je kennen. Sie würde ein großes Mädchen werden, ein rankes, zigeunerhaftes Mädchen. Auf den Zehenspitzen stehend betrachtete sie ihre knospenden Brüste. Sie machten ihr keine Angst – vorsichtshalber hatte sie die Badezimmertür verriegelt. Sie drückte die Brust heraus – viel hatte sie nicht zu bieten –, so gut sie konnte, packte die beiden Brustwarzen und zog an ihnen. Es nützte nichts. Sie sah auf den Bauch hinunter und zuckte die Achseln. Breite Hüften, ein breites Becken, lange Beine – aber sonst nichts – große Füße.

Es dominierten bei ihr der Kopf und die Hände. Irgendwie würde sie in die Welt hinausgehen. Keinen aus der Familie liebte sie besonders. Sie haben mich nicht lieb. Nun sah sie sich vor einem zahlreichen Publikum in einem Konzertsaal verbeugen. Sie sah alles vor sich. Da stand sie, mit einer Hand nur ganz leicht den Flügel berührend, und verbeugte sich immer wieder. Sie hob das Kinn und lächelte –

ein Lächeln, bei dem ihr großer Mund sich herablassend verzog und die Augen strahlten – vielleicht waren halbgeschlossene Augen ja besser?

Sie hatte einen vollen Mund, eine schöne gerade Nase – und dann! Was dann? Wahrscheinlich muß ich heiraten und Kinder kriegen. Bäh. Nun könnte sie ja einmal in die Wanne steigen.

Da hämmerte es gegen die Badezimmertür.

»Wer ist da?«

»Mach die Tür auf!«

»Ja, gleich«, drang die Stimme des Kindes heraus.

»Mach sofort die Tür auf!« schrie Gurlie mit wutbebender Stimme. »Oder ich schlage sie ein!« Sie rüttelte ungestüm am Türknauf.

Drinnen hörte man es plötzlich platschen.

»Beeil dich!« rief die Mutter, die immer noch an der Tür rüttelte.

»Ich beeile mich ja!« ertönte die Stimme des Kindes.

»Na, dann beeil dich noch mehr!« Die Tür öffnete sich einen Spalt, und darin zeigte sich das Gesicht des Mädchens, noch immer mit dem Handtuch als Turban um den Kopf, den Körper hielt sie außer Sichtweite.

Gurlie packte die Klinke mit festem Griff und stieß die Tür auf, wobei sie das Mädchen dabei fast umwarf, das dort naß und tropfend stand, den Mund vor Verwunderung offen.

»Warum hast du die Tür verriegelt?«

»Ich wollte nicht, daß *sie* hereinkommt.«

»Ach, Quatsch. Was sollte sie denn da? Was hast du dir nur dabei gedacht?«

»Aber ich habe ja gar nichts getan.«

»Du weißt ganz genau, daß du das nicht tun sollst.«

»Du hast mir nie ...«

»Halt den Mund.«

»Aber wieso?«

»Und wenn du nun ohnmächtig wirst?«

»Ich werde nicht ohnmächtig.«

»Und wenn du ausrutschst und hinfällst und dir den Kopf stößt? Du könntest ertrinken, und niemand würde es merken.«

»Aber ich würde schreien.«

»Ich habe dir gesagt, daß du nie die Tür verriegeln sollst, wenn du ins Bad gehst. Wer will denn überhaupt schon hereinkommen und dich in der Wanne sehen? Was glaubst du wohl, wer du bist?«

Lottie fiel keine Antwort ein.

»Schau dich doch an! Du dürres Ding. Dreh dich um.« Lottie drehte sich um und zeigte sich der Mutter in der ganzen Blöße. »Halt dich gerade.« Die eine Schulter war ein wenig höher als die andere. »Halt die Schultern gerade. Ach, schau dich nur an. Was macht denn der Spiegel da unten?«

»Oh!« sagte Lottie. »Äh ...« Diesmal mußte sie schnell überlegen. »Ich habe mir nur gerade die Zehennägel geschnitten.«

»Ach ja? Lüg mich nicht an. Man braucht keinen Spiegel, um sich die Zehennägel zu schneiden. Wahrscheinlich hast du nur deine schönen Beine bewundert.«

»Aber Mutter!«

»Schäm dich! Schäm dich! Das eine will ich dir sagen. Wenn ich dich noch einmal bei verriegelter Tür in diesem Raum finde, du Schlampe, dann besorg ich's dir, daß du eine Woche lang nicht sitzen kannst.«

Das Mädchen dachte: Jetzt krieg ich was ab. Aber sie sagte: »Was ist denn so Schlimmes daran ...?«

»Du weißt schon, was ich meine«, sagte ihre Mutter. »Versuch mich nicht zum Narren zu halten. Schau dir deinen Kopf mit dem Handtuch an!« Lottie nahm es sofort ab. »Eine schöne Dame! Wahrscheinlich glaubst du, du wärst erwachsen. Du – willst eine große Dame sein, eine Konzertpianistin, und auf der Bühne posieren – ich erzähle dir, was aus dir wird ...« Aber ihr Zorn war schon am Verrauchen, und sie brach ab. Statt dessen lachte sie verächtlich. »Zieh dich an. Du Bohnenstange!«

Das war nun das Schlimmste, was Gurlie hätte sagen können. Das Kind war wütend. »Jedenfalls sind meine Beine gerade«, sagte sie.

»Das ist auch besser so, denn es ist so ungefähr alles, was du hast, du mit deiner flachen Brust.«

Das wird nicht ewig so sein, dachte Lottie.

»Dein großer Kopf und deine großen Augen! Ich vermute, du tust dir selbst tüchtig leid. Das eine muß man dir lassen, du bist nie um eine Antwort verlegen.«

Und Gurlie ließ von ihr ab – zur Erleichterung des Mädchens. »Mach jetzt, daß du rauskommst. Und sieh dir nur den Fußboden an!«

»Das ist passiert, weil ich so schnell aus der Wanne gestiegen bin.«

»Na gut, ab jetzt. Zieh dich an, und steh nicht vor dem Spiegel und träum herum.«

»Aber ich habe noch gar nicht gebadet.«

Flossie hatte alles mitangehört, aber sie brauchte einen, der ihr die Schärpe band. »Deine Schwester wird das dann machen«, sagte Gurlie. »Und macht euch nicht wieder schmutzig, ihr beiden, bis ich euch rufe.«

Dann liefen sie also in der drückenden Hitze des Julinachmittages unter großartigen weitausladenden Ulmen entlang, deren Äste sich über der breiten Allee berührten, in Richtung Stadt. Gurlie mit ihren kurzen ruckartigen Schritten vornweg, gefolgt von den Mädchen, Flossie mächtig stolz und Lottie als Nachzüglerin, weil sie ihren breiten Strohhut auf dem Kopf behalten und verhindern mußte, daß ihr die Krempe die Sicht nahm, und ...

»Halt dich gerade!« Sie nahm die Schultern zurück. »Wie wirst du später wohl aussehen, wenn du dich immer so krumm hältst?«

3

»Du bist faul«, sagte das kleine Mädchen von gegenüber zu Gurlie, die auf der vorderen Veranda in der Hängematte lag. Das kleine Ding stand stocksteif da und machte ihre drastische Bemerkung, ohne eine Miene zu verziehen. »Warum stehst du nicht auf und machst Essen? Dein Mann kommt gleich nach Hause!«

Nach der ersten Überraschung brach Gurlie über das ernste Gesicht in Gelächter aus, nicht ohne Mitgefühl, denn sie hatte gehört, was man sich von dem großen Deutschen, dem Vater des Kindes, erzählte. Er war immer ganz der Gentleman, tadellos gekleidet. Aber das arme Wesen daheim, seine Frau, lief wie eine Verrückte in Lumpen umher und starb immer vor Angst, wenn er nach Hause kam. Die Nachbarn bekamen sie nur selten zu sehen.

Es war noch nicht allzu lange her, daß er in der Nähe seines Hauses ein junges Mädchen im Oberschulalter gepackt und sie in der Dämmerung unanständig geküßt hatte, bis es ihr noch eine Woche danach jedesmal ganz übel wurde, wenn sie daran dachte, wobei ihr mit schrecklicher Regelmäßigkeit die Witzelei einfiel, die nun für sie eine furchtbare Bedeutung hatte: Ein Kuß ohne einen Schnurrbart (er hatte einen kratzigen Schnurrbart) ist wie ein Ei ohne Salz. Als sie daran dachte, wurde ihr wieder schlecht. Ihr war zumute, als wäre sie schon vergewaltigt worden – obwohl sie hinterher dachte, es müsse noch mehr dazu gehören als *das.*

Als Gurlie der Familie dann beim Mittagessen die Hängematten-Geschichte erzählte, lachte Joe genauso laut wie sie vorher. Das Ereignis prägte sich ihnen allen auf Jahre hinaus ein: »Du bist faul. Warum gehst du nicht Essen kochen? Dein Mann kommt gleich nach Hause.«

»*Echt deutsch!*«* sagte Gurlie. »Versuch nie, mich so zu behandeln. Nicht mit einer freien Norwegerin!«

Joe lächelte gutmütig.

»Genau das fehlt dir aber«, sagte er.

»Versuch's doch! Versuch es nur!«

Nach seinem anfänglichen schallenden Gelächter blickte er jetzt seine Frau an. Er ließ es dabei bewenden.

»Was für Leute leben bloß hier in der Nachbarschaft?« sagte Gurlie. »In welche Umgebung hast du mich nur gebracht?«

»In welche Umgebung du dich selbst gebracht hast, wohl besser. Du hast sie doch ausgesucht. Heute abend habe ich den Betrunkenen nicht wieder gesehen.« Als er gestern spätabends im Dunkeln nach Hause gekommen war, war er über eine unförmige Gestalt gestiegen, die auf dem Fußweg hingestreckt gelegen hatte. »Wo ist das Abendessen? Und wo sind die Kinder?«

»Abendessen gibt es später! Ich hab dir schon gesagt, daß die Kinder fortgegangen sind. Du Deutscher!« sagte sie zu ihm. »Täte dir gut, wenn du dich selber dann und wann betrinken würdest.«

Joe sah sie beinahe ärgerlich an. »Hat man wenigstens die Fuhre Mist gebracht?«

»Ja«, sagte Gurlie. »Man hat den Mist gebracht. Sieht nicht sehr gut aus, zur Hälfte Stroh, aber man hat ihn gebracht. Riechst du ihn denn nicht? Vielleicht willst du ja jetzt rausgehen und ihn dir anschauen. Er ist hinten beim Hühnerhof. Jetzt zufrieden?«

»Wo hast du ihn hinschütten lassen?«

»Hab ich dir doch gesagt.«

»Auf welche Seite des Hühnerstalls?«

»Ach, wo sie ihn halt hingeschüttet haben. Mir doch egal.« Joe ging nach oben, um andere Schuhe anzuziehen. Als er herunterkam, blickte er auf seine Uhr; Gurlie überflog inzwischen die Schlagzeilen der *Sun*, die er mitgebracht hatte.

»Ich werde die Kinder holen. Wo sind sie?«

»Laß die Kinder in Frieden. Willst du dein Abendessen sofort? Wir werden nicht auf sie warten. Du Deutscher! Alles muß immer nach Schema F gehen. Die Kinder müssen zu

Hause sein. Ha, als ich ein Mädchen war, wußten sie nie, wo ich steckte. Es ist noch nicht spät. Setz dich hin, lies deine Zeitung. Es ist erst sieben – du mußt heute früher als sonst nach Hause gekommen sein. Guck mal, die Leute da!«

Joe machte keine Anstalten, sich zu rühren. Aber Gurlie ging zu ihm hin, nahm ihn beim Ellbogen und schob ihn zum Fenster, wo er dann nachlässig lediglich in Hemdsärmeln stand. Er trug sonst immer Ärmelhalter und abnehmbare Manschetten.

»Was sind das für Leute?« sagte er. »Zigeuner?« Gurlie starrte sie nur an. Vorn ging eine kleine, lächelnde Frau mit einem persischen Umschlagtuch um den Kopf und mit langen Röcken, die hinter ihr herschleiften. Ihr folgten zwei kleine Mädchen, die in alle Farben des Regenbogens gekleidet waren, so schien es jedenfalls.

»Wer sind die?« fragte Joe.

»Das müssen wohl die Leute sein, die das neue Haus dahinten an der Ecke gekauft haben.«

»Ja«, sagte Joe, »jetzt fällt's mir wieder ein. Er war Konsul der Vereinigten Staaten in Manila.«

»Hach«, sagte Gurlie. »Mein kleiner Deutscher weiß einfach alles. Aber warum ziehen sie sich so an?«

»Er ist Mohammedaner und hierher zurückgekehrt, weil er hierzulande missionarisch tätig sein will. Ich glaube, er will die Menschen zum Propheten Mohammed bekehren. Warum versuchst du es nicht mal mit ihm?«

Gurlie wandte sich ab. »Wo sind bloß die Kinder?« sagte sie.

»Das hast jetzt aber du gesagt«, sagte Joe. »Da verschwindet sie«, fuhr er fort, während er weiterhin aus dem Fenster schaute.

»Drüben müssen sie mit dem Abendessen fertig sein. Das Weibsbild hat gerade das Aufwaschwasser aus dem Küchenfenster geschüttet. Jetzt wird sie den Hühnern den Rest vorwerfen.«

»Tja, wenn erst die Schule beginnt, müssen wir darauf gefaßt sein, daß die Kinder mehr Freundschaften schließen.

Wo sind sie eigentlich?« sagte Joe. »Du hast es nicht erwähnt.«

»Bei den Barrys, gleich nebenan.«

»Oh«, sagte Joe.

»Der Tom, das ist ihr Bruder.«

»Wer ist Tom?«

»Das ist der, auf den du gestern getreten bist, der Betrunkene.«

»Wie kommt's, daß du so gut Bescheid weißt? Wer hat dir das erzählt?«

»Tom.«

»Der Betrunkene?«

»Ja doch.«

»Du lieber Himmel. Wann denn?«

»Heute morgen. Ich hab ihm 'ne Tasse Kaffee gemacht. Er tat mir leid.«

»Warum hast du ihn nicht nach Hause zu seiner Frau geschickt?«

»Er wollte nicht gehen. Was dem einen recht ist, ist dem anderen billig!« Gurlie war ein richtiger Papagei und äffte die Stimme der armen Myrna, der bedauernswerten Frau, nach. »Wie diese Frau schuftet. Sie ist nämlich die beste Schneiderin, die ich kenne«, sagte Gurlie mit aufrichtiger Bewunderung. »Sie ernährt die ganze Familie. Und ein Mundwerk! Niemand kann es mit ihr aufnehmen.«

»Hast du's versucht?«

»Sie hat Köpfchen.«

»Wie ist eigentlich der Milchmann mit ihnen verwandt?«

»Er ist der Cousin. Sie wohnen alle hier in der Gegend. Die ganze Sippschaft.«

»Das sind doch anständige Leute«, sagte Joe, »was?«

»Die sind richtig altmodisch. Aber Mrs. Barry gefällt mir. Sie ist die netteste von ihnen.«

»Da kommt sie ja«, sagte Joe, der immer noch aus dem Fenster zum Nachbarhaus hinüberblickte, aus dem gerade eine elegant gekleidete Frau getreten war.

Gurlie gluckste. »Ja, ja, typisch Mann! So ein Flittchen.«

»Natürlich«, sagte Joe. »Jede Frau, die besser aussieht als du und sich anzuziehen weiß, muß schlecht sein. Ich finde, sie ist die einzige hübsche Frau im ganzen Umkreis.«

»Deren Beine sind nicht besser als meine. Sieh dir bloß mal an, wie sie am Rinnstein die Röcke hebt. Du meine Güte!« Und Gurlie lachte. »So eine feine Dame.«

»Was macht sie denn so?«

»Es heißt, sie arbeitet in der Anwaltskanzlei in der Stadt.«

»Du kannst nicht leugnen, daß sie hübsch ist. Sie sieht einfach anders aus als die übrigen Vogelscheuchen hier.«

»Na klar«, sagte Gurlie. »Ihre einfältige Schwester und ihre arme Mutter sind es, die die ganze Arbeit machen. Und ihre Brüder.«

»Soweit ich sehen kann, arbeitet in dem Haus dort nie jemand«, sagte Joe.

Sie konnten hören, wie die Kinder »Bis morgen!« riefen und dann aufgeregt die Treppe zum Haus heraufgestapft kamen.

»Sag jetzt nichts zu ihnen. Laß sie in Ruhe.«

Die Kinder kamen herein, ganz zaghaft, spürten aber sofort die gelöste Stimmung und fingen an, glücklich plappernd von der netten Gesellschaft, die sie gehabt hatten, zu berichten und hübsche Kleinigkeiten zu zeigen, die ihnen Mrs. Barry geschenkt hatte. Wider Willen war Joe davon angetan.

»Jetzt wollen wir aber zu Abend essen.«

Magna trug also die Gerichte auf. Sie war ein hübsches Ding, kam aus dem gleichen Dorf in Norwegen wie auch Gurlies Vater und entstammte einem der alten Geschlechter.

»Mmh! Mais!« riefen die Kinder wie aus einem Munde.

»Zuerst eßt ihr was von dem guten Eintopf«, sagte Gurlie. Aber sie machten saure Gesichter – nachmittags hatten sie Kuchen und Eis gegessen: aber für frische Maiskolben war immer ein Plätzchen frei.

»Das wird gegessen«, sagte Gurlie, zuerst an die eine und dann an die andere gewandt.

»Eßt nur«, sagte Magna in ihrem sorgfältigen Englisch vom

*Gymnasium**, »es schmeckt sehr gut.« Und sie lachte übers ganze Gesicht. Es war ein köstlicher Eintopf, Kalbsfleischwürfel mit kleinen Möhren und ein paar Zwiebeln – die Lottie allerdings stets aussonderte: Das Innere schmecke immer so bitter, sagte sie dann. Im übrigen bestand das Mahl aus Mais, einem dampfenden Berg, der die Augen der Kinder auf sich gezogen hatte, und einer Schüssel Tomatenscheiben.

»Wieviel hast du dafür bezahlt?« fragte Joe und meinte den Mais.

»Zehn Cent für das Dutzend. Na, willst du nichts davon?«

»Doch, wenn du die Körner für mich vom Kolben löst.« Und das tat sie dann auch. Das war etwas, wozu er sich, störrisch, wie er war, nicht herabließ – einen Maiskolben zu nehmen und ihn in beiden Händen haltend abzunagen, während die Butter übers Kinn lief. Das war ein Zugeständnis an amerikanische Sitten, oder Unsitten, vor dem er zurückschreckte.

Gurlie zerlegte wie üblich den Maiskolben für ihn. »Er ist köstlich«, sagte sie. »Du und deine bäurischen Manieren. Iß! Du würdest schon nicht umkommen, wenn du ihn anfassen würdest.«

»Wieviel kosten die Tomaten?«

»Zehn Cent der Korb«, sagte Gurlie.

»Vom Farmer gegenüber?«

»Ja«, sagte Gurlie.

»Leg ein paar davon auf einen Extrateller, und gib etwas Öl dazu, dann mach ich sie mir so zurecht, wie ich sie mag.«

»Magna!« rief Gurlie.

»Ja, Ma'am.«

»Bring ihm etwas Olivenöl.«

»Ja, Ma'am.«

»Oh, Magna«, sagte Lottie. »Kann ich ein Glas Wasser haben?«

»Nein«, sagte Gurlie. »Schütt dich nicht mit Wasser voll. Iß deinen Eintopf.«

»Aber ich krieg ihn nicht runter. Er ist zu trocken!«

Darauf entschlüpfte Joe, der sich nicht mehr im Zaum

halten konnte, sein halb höhnisches Lachen. »Zu trocken, bei so viel Suppe. Magna, hol einen Krug Wasser. Ich möchte selbst etwas zu trinken.«

»Ach, du«, sagte Gurlie. »Na bitte, dann gib's ihr doch. Sieh sie dir an, sie hat nicht mehr Fleisch auf den Knochen als ein verhungertes Huhn. Und du läßt es durchgehen ... Schau dir ihr Gesicht an, wird sie jemals runder werden? Sie braucht Nahrung. Gute Nahrung. Schau dir Magna an!« Die kam gerade mit einem Krug Wasser aus der Küche. »Schau sie dir an.«

»Oh, hört auf, an mir herumzumäkeln!« sagte Lottie.

Magna hatte das Gespräch nicht mitbekommen. »Was?« sagte sie. Ihr munteres rundes Gesicht, das blonde Haar um ihren Kopf, ihre Arme und Hände, ihre festen jungen Brüste, die sich im schlichten Kleid vorwölbten.

»Sicher, schau sie dir an«, sagte Joe lachend.

»Was?« sagte Magna wieder und setzte das Wasser ab.

»Ja, du!« sagte Gurlie. »Typisch Mann. Aber schau dir das Ding da an!« Sie zeigte dabei auf Lottie mit deren langem, traurigem Gesicht, trügerisch traurig! Ihre ziemlich tiefliegenden Augen. »Nein«, sagte Gurlie nachäffend, rümpfte die Nase und sprach mit weinerlicher Stimme, »nein, ich mag meinen Eintopf nicht. Na, in meiner Kindheit waren wir froh, wenn wir so was bekamen – ich habe gegessen wie ein Scheunendrescher.«

Die Kinder äußerten sich nicht dazu.

»Wir mußten alles essen, was auf den Tisch kam, und wir wurden groß und stark, hatten kräftige Beine und waren gesund. Iß von deinem Teller.« Lottie aß.

»Schau dir Magna an.« Die Röte stieg Magna in die Wangen – schön wie immer.

Aber die Mädchen wollten nicht wie Magna aussehen, ganz egal, wie sehr ihre Eltern diese bewunderten. Sie waren keine norwegischen Bauern, und fremd genug waren sie ohnehin, verglichen mit den amerikanischen Kindern, unter denen sie lebten. Magna war in Ordnung, aber Lottie wollte keinen Eintopf.

»Na gut, iß deinen Mais. Aber du bekommst keinen Nachtisch.«

»Was gibt es denn?«

»Was Feines«, sagte Magna. »Frische Pfirsiche, in Scheiben und gezuckert.«

»Wie teuer?« sagte Joe.

»Zehn Cent der Korb.«

»Ha«, sagte er lachend. »Die haben wohl den Korb mitgerechnet? Was hältst du von den Farmern hier?« fragte Joe im Bestreben, das Thema zu wechseln, Magna überraschend.

»Ich finde sie sehr nett«, sagte Magna, die schon auf dem Weg zur Küche war.

Flossie hatte bisher nichts gesagt. Sie hatte auch keinen Hunger, war aber klug genug, den Mund zu halten, ihre Mutter aus den Augenwinkeln zu beobachten und im Essen herumzustochern.

Magna kam zurück, um die große Schüssel mit dem Eintopf, die vor Gurlie stand, abzutragen. Das war noch so etwas, mit dem Joe verschont sein wollte: das Austeilen der Speisen. Er doch nicht. Er kam nicht zu Tisch, um dann dort zu arbeiten.

»Was hältst du von denen?« fragte er wieder Magna. Gurlie mischte sich nicht ein, denn sie spürte etwas in der Stimme ihres Mannes mitschwingen, was sie zurückhielt. Manchmal machte Joe eine versteckte Anspielung bei der Unterhaltung, und Gurlie wußte, wenn etwas im Busche war.

»Was?« sagte das hübsche Dienstmädchen. Sie hielt die Schüssel Eintopf in den Händen und wollte gerade in die Küche damit. Wie sie sich halb zurückwandte, mit der Schüssel in Händen, hätte sie Joe am liebsten in dieser Haltung fixiert. Er tat es irgendwie auch. Mit dem rechten Fuß hielt sie die Küchentür einen Spaltbreit offen.

»Was hältst du von ihnen?«

»Laß sie in Ruhe«, sagte Gurlie.

»Ich möchte wissen, was sie denkt. Es interessiert mich.«

Magna kam zurück, um das andere Geschirr zu holen.

»Unterhältst du dich ab und zu mit ihnen?« fragte Joe.
»Nein«, sagte Magna. »Die Kinder sind sehr nett. Aber die anderen Leute sind mir fremd. Sie wirken so komisch.«
Joe lachte in sich hinein.
»Schäm dich«, sagte Gurlie. »Laß das Mädchen in Frieden. Was hast du denn?«
»Ich hab mir gedacht, vielleicht hätte sie es gern, wenn wir sie ein paar von unseren Freunden vorstellen!« erklärte er. »Wir sollten wirklich dafür sorgen, daß sie Leute kennenlernt.«
»Mami«, sagte Flossie nach einer Weile, »dürfen wir zum Tanzunterricht gehen?«
»Da haben wir's«, sagte Joe.
»Dürfen wir?« sagte Lottie. »Im September gibt es sogar Tanzstunden für kleine Kinder.«
»Na klar«, sagte Joe großsprecherisch. »Klar, mieten wir doch einen Saal – vielleicht könnte man es in der Scheune vom alten Tom veranstalten.« Magna beobachtete ihn begeistert, aber auch überrascht. Die Kinder ließen die Köpfe hängen.
»Wieviel verlangt man für eine Stunde, zehn Dollar?« Die Kinder blickten Gurlie an. »Was kümmert uns das schon? Besorgen wir ihnen doch einen Privatlehrer.«
Magna kicherte vor sich hin und ging aus dem Zimmer – kam aber schnell zurück, um nichts zu verpassen.
»Ich sehe nicht, was daran so komisch ist«, sagte Gurlie. »Ich finde, sie sollten tanzen lernen. Das machen hier alle.« Magna pflichtete ihrer Herrin im stillen bei. Die Köpfe der Kinder wandten sich wieder Joe zu.
»Dürfen wir?«
»Ich glaube schon«, sagte Joe und holte eine Zigarre aus der Tasche. »Fragt eure Mutter, sie hat alles Geld.«
»Dürfen wir, Mutter?«
»Ich weiß da nicht Bescheid. Ich werde mich mit Mrs. Barry beraten müssen.«
»Das ist die Schwester des Betrunkenen«, sagte Joe. Magna kicherte. »Warum besuchst du eigentlich nicht gleich die

Frau des Exkonsuls aus Manila. Oder den Sekretär des Präsidenten der Erie-Eisenbahn ein paar Häuser weiter. Der ist so ein Macher bei den Freimaurern, frag doch den.«

Joe haßte alle Klubs und Vereine.

»Du Deutscher!« sagte Gurlie. »Gut, Magna, du kannst abräumen.«

Als der Tisch abgeräumt war und die Kinder, da es noch hell war, wieder nach draußen zum Spielen gegangen waren, schritt Gurlie zur Anrichte und holte eine Flasche heraus.

»Hier, trink einen *Schnaps.*«* Gurlie fragte niemanden je nach seinen Wünschen. Joe nahm die Flasche und roch mit einer angewiderten Miene daran.

»Auf was bist du aus, auf einen neuen Pelzmantel oder auf eine Reise nach Norwegen?«

»Du könntest es dir leisten. Wir haben jetzt Geld. Wir müssen vorwärtskommen.«

»Aha! Ich wußte, es steckt etwas dahinter. Möchtest du vielleicht zwei Dienstmädchen? Wir haben hier nicht mal Platz für eines.«

»Dann müssen wir uns eben ein größeres Haus besorgen.«

»Zum *Donnerwetter!** Wir sind kaum eingezogen, da kommst du ...« Aber Gurlie erstickte ihn mit ihren rauhen Liebkosungen – und wenn ich rauh sage, meine ich rauh. Sie warf ihn fast mit dem Stuhl um. Halb hatte er Angst zu fallen, halb ärgerte er sich über sie.

»Nein, dieses Haus ist für den Augenblick gut genug«, sagte sie überraschenderweise.

»Was ist es dann?«

»Die Leute in diesem Viertel sind nicht alles. Es gibt noch andere in dieser Stadt. Ich will sie kennenlernen.«

»Dann mach doch und laß mich in Ruhe. Ich lege keinen Wert darauf.«

»Du.«

»Ich?«

»Ja, du.«

»Nein.«

»Trink dein Glas aus.« Joe hatte es nicht angerührt. »Das hast du jetzt nötig.«

»Damit jemand im Finstern über mich stolpert, wenn ich betrunken bin, was?«

»Wärst du mir doch ähnlicher.«

»Blöd genug, um in aller Öffentlichkeit auf dem Fußweg herumzuliegen, in der eigenen Kotze, und die Nachbarn im Dunkeln über mich stolpern zu lassen?«

Gurlie stieß ein höhnisches Lachen aus. »Du? Es gibt viel Schlimmeres!«

»Was denn, zum Beispiel?«

»Geizig und schäbig zu sein.«

Joe musterte sie eindringlich.

»Du doch nicht, Dummer! Nicht einer wie du – aber alle anderen von der Bande, aus der so einer stammt. Er tut mir leid. Schau sie dir doch an, deine ehrbaren Bürger. Bauern, holländische Bauern, richtig heruntergekommen. Dumm! Und wie dumm! Weißt du, was in ihren Köpfen vorgeht?«

»Fall mir nicht auf die Nerven.«

»Du weißt es also nicht! Du glaubst, alle wären anständig, ha! Nach allem, was du eben durchgemacht hast.«

»Was ich durchgemacht habe. Wenn die ehrlichen Männer, die mir geholfen haben, nicht gewesen wären, hätte ich es nicht geschafft.«

»Nun, es schadet aber nichts, wenn man Bescheid weiß. Ich wette mit dir, daß ich diese Stadt noch richtig kennenlerne.«

»Durch einen Trunkenbold, was? Dem ich auf dem Fußweg einen Tritt verpaßt habe.«

»Ich lerne sie kennen. Und ich komme nach oben, im Handumdrehen. Wart's nur ab.«

»Das tue ich, aber laß mich damit zufrieden.«

»Hast du eigentlich noch einen Frack?«

Und diesmal ging Joe wirklich in die Luft! Aber wie!

4

Beinahe ein Jahr war vergangen. Es war eine Nacht im März; das Zimmer war kalt. Joe war schon im Bett. Aber Gurlie saß, einen alten Morgenrock über dem Nachthemd um die Schultern gelegt, auf der Korbbank vor dem Spiegel und flocht ihre blonden Zöpfe. Sie band die Schwänze mit blauen Bändern zusammen, dann näherte sie ihr Gesicht dem Spiegel und untersuchte ihre Zähne, indem sie den Finger in den Mund steckte, um die Unterlippe auf der linken Seite nach unten zu ziehen.

»Mach das Licht aus und komm ins Bett.«

Sie gab ihm keine Antwort, sondern untersuchte weiter ihre Backenzähne. Ihr kleiner runder Kopf, der dicht unter dem straffgezogenen dünnen, blonden Haar liegende Schädel, besaß auch eine gerundete Stirn. Sie war an den Schläfen nicht eingebuchtet wie die Stirn ihrer Schwester Hilda, sondern auch dort gerundet. Ihre blaßblauen Augen lagen nicht tief in den Höhlen, sondern saßen flach im Gesicht. Sie kniff sie zusammen, um sich nicht anzustarren – es war eine kritische, stille Musterung, die ihre kleine Stupsnase, die dünnen Lippen und die anliegenden Ohren erfaßte. Offensichtlich ein Kopf, der zum Handeln und nicht zum Träumen da war.

»Du hast Glück, daß du so eine hübsche Frau hast.«

»Ach«, sagte ihr Mann, »mach dich nicht lächerlich. Öffne das Fenster und komm ins Bett.«

Sie begann damit, sich einzucremen. »In diesem Land hier«, sagte sie, »wissen sie nicht, was ein guter Teint bedeutet. Magna fängt schon an, ihren zu verlieren. Das muß am Klima liegen.«

»Sei nicht neidisch. Sie ist hübscher, als du jemals gewesen bist.«

»Ach ja? Als du mich geheiratet hast, war meine Haut makellos.«

Sie ging zum Fenster. »Schau mal an – Schnee.«

Die Flocken wirbelten um den Laternenpfahl vor dem Haus. »Der März ist ein schrecklicher Monat. Es reicht jetzt. Es wird wohl die ganze Nacht schneien.«

»Hm.«

»Heute ist etwas Komisches passiert. Wach auf, ich möchte mit dir reden.«

»Dann sprich nicht so laut, du wirst noch das ganze Haus aufwecken.« Er sprach Deutsch.

»Es kümmert mich nicht, wenn sie aufwachen. Hör mir zu.« Sie saß auf dem Bettrand, setzte den linken Fuß auf eine Stuhlkante und fing an, ihre Zehen zu bearbeiten. »Hör mir zu.« Sie schüttelte ihn.

»Ach, laß mich in Ruhe.«

»Annie von gegenüber ist heute früh in den Hosen ihres Mannes draußen gewesen und hat Schnee geschippt. Der Tölpel! Wahrscheinlich war er zu voll, um es selbst zu machen. Ich hab ihr zugeschaut – sie ist in Ordnung. Alle Frauen waren draußen und haben den Fußweg geräumt. Sie schrie etwas über die Straße hinüber.«

»Wer schrie?«

»Mrs. B. ›Oh, was sehe ich denn da!‹ rief sie. Aber Annie glaubte, sie mache sich wegen der Hosen über sie lustig. Sie hat ein fixes Mundwerk. Deshalb hörte sie mit Schaufeln auf, drehte sich um und sagte: ›Wenn es dir nicht gefällt, kannst du ja weggucken.‹« Gurlie ahmte die Stimme gekonnt nach.

»Ho, ho!« entfuhr es Joe.

»Ja«, sagte Gurlie. »Sie ist auf Draht. Wir müssen für Lottie einen anderen Klavierlehrer finden.«

»Ist der jetzige dir denn nicht gut genug?«

»Er geht in den Westen.«

»Na, dann besorg einen anderen. Sei jetzt ruhig und laß mich in Frieden.« Und damit rollte er sich auf die Seite. Gurlie bearbeitete weiter ihre Zehennägel. Eine Weile herrschte Stille. Sie nahm die Nagelschere, und während sie dann mit ihr hantierte, brach sie in Gelächter aus. »Was sind das nur für Leute!« sagte sie.

Er war schon eingeschlafen.

»He!« sagte sie zu ihm. »Wach auf! Ich möchte mit dir reden.«

Er rührte sich nicht.

Sie beugte sich hinüber und stieß ihn mit ihrer derben Hand unsanft gegen die Schulter. »Was ist denn los mit dir?«

»Verdammt«, sagte er, »kannst du einen nicht in Ruhe lassen?«

»Nein, das habe ich nicht vor. Das ist die einzige Zeit, die mir bleibt. Du bist den ganzen Tag über in der Stadt. Bei den Mahlzeiten sind die Kinder dabei, und ich werde nicht alle meine Angelegenheiten vor dem Mädchen ausbreiten. Ich bin kein Dienstbote, den du herumkommandieren kannst. Es gibt Dinge, die ich dir erzählen und die ich mit dir besprechen muß. Mir gefällt dieses Haus nicht. Das hier ist nicht der Stadtteil, in dem ich gern wohnen möchte. Besorg mir ein anderes Haus – du verdienst jetzt eine Menge Geld. Ich will höher hinauf. Du hast zwei Töchter – ich will eine Wohnung ...«

*»Um Gottes willen!«** fing er an ... *»Du bist verrückt.«**

»Hach!« Sie strubbelte sein schwarzes Haar und lachte mit weit offenem Mund ihr keckerndes, heiseres Clownslachen. »Sprich nicht so mit mir. Ich bin nicht eine von deinen verschüchterten deutschen Hausfrauen, die man mit Schreien erschrecken kann. Wach auf, damit ich dir erzählen kann, um was es mir geht.«

Er sah sie mit zornigen Augen an. »Na, dann rede – wenn du was zu sagen hast. Um was geht es denn?«

»Ich habe nicht behauptet, daß ich was zu sagen habe. Ich bin schließlich nicht von Holz. Ich möchte nur jemanden haben, mit dem ich reden kann. Ich habe es wirklich satt, hier den ganzen Tag mit dem Mädchen und den Kindern stumm herumzusitzen. Ich möchte hier raus. Es gibt einen Klub, den Literaturklub, dem ich beitreten werde.«

»Was soll das, Literaturklub? Was liest du denn schon?«

»Die besten Frauen der Stadt, die Vermögenden jedenfalls, sind alle dort Mitglied. Ich brauche was zum Anziehen. Und sie wohnen alle im anderen Stadtteil.«

»Ja, wenn du jemanden findest, der dich dort einführt, dann tritt doch bei. Ich kann dir dabei nicht helfen. Und besorg einen Lehrer für das Kind. Und komm ins Bett.«

»Das Klavier muß gestimmt werden.«

»Dann laß es stimmen.«

»Was glaubst du, was ich heute getan habe? Ich bin sogar zu der Frau ein paar Häuser weiter gegangen, du weißt, wen ich meine, und hab sie gefragt, ob sie nicht den Klavierstimmer braucht. Dachte, es käme so billiger; ich war in der gesamten Nachbarschaft, alle hätten Geld sparen können, wenn nur zwei oder drei ihn gleichzeitig bestellt hätten.« Gurlie lachte. »Weißt du, was sie mir geantwortet hat? Sie sagte: ›Nein, danke‹ (sie imitierte die Redeweise der Frau), weil sie ein Klavier habe, das nicht gestimmt werden brauche. Ha!« Und sie lachte laut heraus. »Habt ihr den Mann erwischt, der gestohlen hat?«

»Nein.«

»Wäre es nicht an der Zeit, daß du endlich etwas in dieser Sache unternimmst?«

Joe antwortete nicht.

»Du nimmst das zu leicht. Du solltest die Polizei benachrichtigen. Du willst nie jemandem weh tun. Ich wette, es ist der Mann, mit dem du schon mal Ärger gehabt hast. Warum hast du ihn nicht rausgeschmissen? Du bist zu weich; seine Frau hat dir leid getan. Und deine eigene Frau?«

»Rede nicht so törichtes Zeug. Komm ins Bett.«

»*Du* bist töricht.«

»Nun, du hast doch ein Dach über dem Kopf, das ist mehr, als manch andere von sich behaupten können.«

»Du Deutscher. Du glaubst also, das sei was. Du bist zu zaghaft. Du findest wohl, ich sollte damit zufrieden sein. Es gefällt mir hier nicht. Wenn ich dann ein Haus habe, was mir wirklich gefällt, möchte ich ins Theater gehen, ich möchte in die Oper. Ich möchte Gesellschaften veranstalten. Ich möchte meine Freunde einladen, sie bewirten. Was können wir hier schon anfangen? Im Sommer möchte ich verreisen.«

»Nach Newport? Möchtest du eine Jacht? Möchtest du einen Butler und eine Zofe?«

»Nein, aber ich hätte gern ein Landgut mit Pferden und Kühen und einen großen Obstgarten und ein hübsches Steinhaus auf einem Hügel.«

»Deine Schwester hat das in Vermont. Fahr mit ihr hin. Sonst noch was? Du brauchst nur darum zu bitten, dann gebe ich es dir.«

»Ach ja? Also, ich hätte gern einen neuen Pelzmantel, gleich jetzt. Ich hätte gern einen Diamantring.«

»Nimm doch gleich ein halbes Dutzend. Hättest du nicht auch gern ein dazu passendes diamantenbesetztes Hundehalsband wie Mrs. Vanderbilt und ein Diadem, das du dir ins Haar stecken kannst, und diamantene Schuhschnallen und Armbänder und eine Halskette aus Diamanten, so groß wie Walnüsse?«

»Warum nicht? Sie stünden mir.«

»Was noch?«

»Ich würde gern eine Schiffsreise nach Norwegen machen, solange es dort noch jemanden gibt, den ich kenne.«

»Klar, fahren wir doch alle zusammen. Ich werde mein Geschäft an den Nagel hängen und ein Jahr in Mannheim verbringen – der Gesundheit zuliebe.«

»Die Kinder sollten die Leute kennenlernen, von denen sie abstammen. Die Leute hier halten sich für vornehm. Meine Vorfahren waren Wikinger. Wir wissen, was gut ist. Ich bin auf einem reichen Gut aufgewachsen ...«

»Es war ein Bauernhof, und man war pleite.«

»Nicht so ein Bauernhof, wie du glaubst. Die Gebäude zählten zu den ältesten im Land. Ich war an Pferde und Diener gewöhnt. Wir besuchten die besten Schulen.«

»Gut, eines Tages kannst du hinfahren und vor deinen alten Freunden dort angeben. Vorausgesetzt, daß ich nicht Bankrott mache, ehe du die Gelegenheit dazu hast. Jetzt will ich aber schlafen. Morgen ...«

»Morgen ist Sonntag. Du brauchst nicht zeitig aufzustehen.«

»Ich muß den Fußweg räumen.«

»Stimmt. Weißt du was?«

»Was denn?«

»Ich erwarte ein Kind. Ich wette mit dir, daß es ein Junge wird.«

»Dann komm ins Bett. Du brauchst die Ruhe.«

»Ist das alles, was du dazu zu sagen hast?«

»Was gibt es da sonst noch zu sagen? Du wirst das Mädchen in der Dachkammer einquartieren müssen.«

»Wenn es soweit ist, werden wir nicht mehr in diesem Haus wohnen.«

Gurlie machte das Licht aus und kroch zu ihrem Mann ins Bett. Dort lag sie noch eine Stunde oder länger wach und starrte die Decke an, ehe sie einschlief.

Als Gurlie endlich eingeschlafen war, tollten die Trolle in ihrem Kopf herum und frohlockten. Sie lärmten mit ausgelassener Lustigkeit. Junge! riefen sie immer wieder. Es wird ein Junge! Joe schwang die Fäuste nach ihnen, aber er stellte sich dabei zu ungeschickt an. Sie liefen ein paar Schritte weit, und wenn er ihnen der Rücken wandte, waren sie wieder da.

»Es ist ganz bestimmt dein Kind«, versicherte sie ihm immer wieder. »Ich schwöre, es ist deins.« Daraufhin lachten die Trolle lauter denn je. Joe war wütend über sie. Aber Gurlie versuchte, ihn zurückzuhalten. Sie sagte, es werde ihnen allen Unglück bringen, wenn er sich nicht augenblicklich anders verhalte. Es war sein deutsches Blut! »Ihr Wissenschaftler! Aber ich sage dir, es ist ein Fehler, das Übernatürliche zu erzürnen.«

»Das sind keine Geister. Das spukt alles nur in deinem Kopf. Raus hier!« schrie er, als die Männlein um ihn herumtanzten. »Raus!«

»Du hast es gezeugt«, sagte sie zu ihm. »Du bist der Papa.« Und nun schneite es. Sie war allein im Schnee, und er kam immer noch herab, ein starker Schneefall, wo man doch eigentlich gutes Wetter erwartet hatte. Was sollte sie mit einem Neugeborenen im Schnee?

Sie sah sich selbst mit dem Kind in den Armen durch den Schnee laufen. Es war in einem dichten Wald – wo sie sich als Kind oft versteckt hatte mit ihrem Hund – wie hieß er doch? Sie erinnerte sich sehr gut an alles ... Sie erinnerte sich daran, wie sie sich an das Fell des Hundes gekuschelt hatte und eingeschlafen war. Sie hatte lange geschlafen. Denn als sie aufwachte, war es dunkel, und sie hörte die anderen nach ihr rufen. Gurlie! Gurlie! Weit weg ... und ...

Draußen war die Straße verschwunden. Annie, im alten Haus gegenüber, hatte ihre Schlafzimmertür verriegelt, um ungestört zu schlafen, damit sie morgen früh die erste im Wohnblock war, die erste, die ihren Fußweg geräumt hatte. Sauber. Sauber!

»Ich möchte das ganze Haus gründlich saubermachen.« Jeden Tag nahm sie das ganze Haus mit Besen und Scheuerlappen in Angriff. Grimmig schob sie die Stühle hin und her, in allen Zimmern außer dem vorderen, das denen allen mit ihren schmutzigen Füßen verschlossen blieb. Wenigstens dieses eine mit den verblichenen schwarzen Walnußholzstühlen und dem Roßhaarsofa würde niemand verderben. Niemand würde das ruinieren.

Ihr ganzes Leben lang war der Schnee gefallen und hatte sie völlig verhüllt. Schluß damit. Wenn sie es verhindern konnte ... Auch sie schlief ein, während der Schnee, der anarchistische Schnee, weiter fiel und die Grenzen zwischen Fluß und Sumpf, an denen das Städtchen lag, verwischte.

Magna, das Dienstmädchen, hatte an jenem Abend von ihrem Zimmer aus ein undeutliches Stimmengemurmel gehört, aber nicht verstehen können, was gesprochen wurde. Na und? Sie hoffte, in ein paar Monaten verheiratet zu sein. Sie wußte nicht, wer es sein würde, aber einer würde es sein. Sie kannte ein Mädchen, das geheiratet hatte. Sie war nach Westen gezogen und hatte ihr geschrieben. Dort sollte sie hin. Der Mann dieser Freundin hatte einen unverheirateten Bruder, und der hatte ihr sein Bild geschickt und sie ihm ihres. Wer weiß, vielleicht war er derjenige – einer würde es jedenfalls sein.

Als Lottie an jenem Abend zu Bett gegangen war, hatte sie lange wach gelegen und nachgedacht. Sie hatte sich nie gewünscht, ein Mann zu sein; Männer mußten immerzu arbeiten. Die kleinen Jungen hatten alle Angst vor ihr, jedenfalls ließen sie Lottie in Ruhe. Sie war groß und dürr, und sie blickte sie aus ihren großen braunen Augen an, als ob sie etwas wüßte, was sie nicht wußten. Auch ihre Beine waren dürr, und sie hatte keine Angst vor den anderen. Sie ging einfach an ihnen vorbei, als wären sie nicht vorhanden. Sie sah sie einfach nicht.

Auch von ihrem Vater nahm sie nicht viel Notiz. Er war ein Mann. Sie war eine Frau. Wenn er zu ihr sprach, hatte sie den Dreh heraus, zu erraten, was er wollte, um dann einfach »Ja« zu sagen. Es spielte keine Rolle, worum es ging, ihre Antwort war stets »Ja«. Hinterher konnte man sich überlegen, wie man sich drücken konnte. Es gab hundert Möglichkeiten dafür. Man konnte krank sein; manchmal mußte man krank spielen. Oder man konnte behaupten, Flossie sei an der Reihe. Oder man konnte sagen, man müsse üben, oder man verschwand einfach, wenn man gebraucht wurde, oder man hörte nicht zu. Hin und wieder hörte man wirklich nicht.

Frauen kamen dabei am besten weg – wenn sie etwas taugten. Sie wußte das. Männer, wenigstens die Männer, die sie kannte, waren häßlich und gewöhnlich. Sie wollte geliebt werden und nette Geschenke bekommen. Es gab natürlich viele Männer, die schön waren, in Büchern, Männer, die für sie noch zu alt waren. Sobald aus ihr eine große Künstlerin geworden war, würde einer auftauchen und sie erlösen, ein schöner junger Mann, der ihr alles geben würde, was sie begehrte. Sie würde nicht allzuviel verlangen – jedenfalls nicht gleich. Bis dahin wird keiner erfahren, was ich denke. Keiner.

»Oh«, sagte die kleine Flossie zu ihrer Schwester, als sie am Morgen in deren Zimmer kam, um sie zu wecken. »Guck mal!« Die Welt hatte sich gewandelt.

»Verschwinde«, das war alles, was ihre Mühe ihr einbrachte, während sich die Schwester fester in die Bettdecke wickelte. »Es ist kalt. Ich dachte, wir hätten den Winter hinter uns. Ich hasse ihn.«

Es war windstill gewesen, so daß der Schnee noch an jedem letzten Zweiglein der Bäume klebte; da stand ein doppelter Baum im frühen Morgenlicht, ein dunkler und ein kompletter zweiter Baum in Weiß, der sich vom blassen Himmel abhob und den ersten Hauch einer Brise erwartete, die ganz gewiß früher oder später kommen und das alles zerstören mußte. Natürlich war der Fußweg auf der gegenüberliegenden Seite schon geräumt. Sonst war alles unberührt. Aber als Flossie nun, von dem Schweigen gefangengenommen, am Fenster stand und kaum zu atmen wagte, da ging eine ganz schwache Bewegung durch die Ahornbäume vor dem Haus, und in der Stille, die tief war, fiel eine Wolke Pulverschnee herab.

Die Kleine ging in ihr Zimmer und hüpfte wieder ins Bett. Von dort konnte sie die Sonne aufgehen sehen, denn der Tag war wolkenlos. So spät im März konnte sich der Schnee nicht halten. Und wirklich, als sie wieder aufwachte, waren die Bäume schon wieder kahl. Die Wiesen, die man zwischen den Häusern auf der anderen Straßenseite hindurch sehen konnte, glitzerten in der Sonne.

Diese reine, verzauberte Welt war nicht von Dauer. Schnee erinnerte Joe immer an seine Kindheit in Schlesien und an seine Geschwister. Stets waren seine Füße kalt und naß gewesen, wenn er abends seine derben Schuhe ausgezogen hatte. Er erinnerte sich daran, daß er mit seiner Mutter in die kleine katholische Kirche gegangen war. Die Kerzen und die Bildwerke in der Kapelle hatten ihm immer gefallen. Einmal im Monat forderte sie der Vater auf, die Mutter zu begleiten. Die Kinder waren nicht katholisch, aber da die

Mutter in diesem Glauben erzogen worden war, ließ sie der Vater mitgehen. Er selbst ging nie hin. Für den kleinen Joe war das sehr unterhaltsam, wie im Zirkus, aber er wollte nur hingehen, wenn er seine Mutter zu begleiten hatte. Im Winter war die Kirche düster und kalt. Die Kerzen flackerten im Luftzug, der um den Altar strich, während der alte Priester die Messe zelebrierte. Das war wenigstens etwas Wärme. Das war lange her. Welche Wechselfälle hatte er doch erlebt.

Er war stets der Gewissenhafte gewesen. Alle anderen – jedenfalls alle außer Ida –, alle anderen hatten mehr von der Mutter, als gut für sie war. Das war eben das französische Erbteil. Er erinnerte sich kaum mehr an seine Mutter – Armande, oder war das der Name der Großmutter väterlicherseits? Oswald, der mit der Frau seiner Regimentskommandeurs weggelaufen und nach Amerika gegangen war – er war der jüngste. Nichtsnutze. Mathilda war zur Bühne gegangen. Wie konnte man nur! Geschah ihr recht. Starb bei der Geburt ihres ersten Kindes. Ida verlor ihr einziges Kind bei der Geburt und hatte es nie wieder versucht. Rudolph, der wildeste von ihnen, heiratete nie, wie auch Oswald nie geheiratet hatte. Rudolph gab am Prager Konservatorium Violinunterricht. Joe hatte ihn völlig aus den Augen verloren. »Daher hat Lottie wohl ihre musische Begabung.«

Er schippte den Schnee von der Haustreppe und vom Weg zur Straße. Flossie kam mit ihrer kleinen Schaufel heraus, um ihm zu helfen. »Das ist gut«, sagte er. »Einer muß ja hier die Arbeit machen.«

Sie blieb dran und gab nicht auf. Er beobachtete sie mit einem Lächeln. Es wurde allmählich warm. Der Schnee würde nicht lange liegenbleiben. Flossie wollte den obersten Mantelknopf geöffnet haben. Gurlie klopfte ans Fenster und schüttelte den Kopf, aber nachdem sie verschwunden war, erbarmte er sich des Kindes, weil er sah, wie unbehaglich ihr war, und öffnete den Knopf. Ein paar Jungen, die den Schnee für tauglich befunden hatten, waren schon in eine Schneeballschlacht verwickelt.

Er war der einzige gewesen, der jene Unvernunft unterdrückt hatte, die seine Familie beherrschte. Einer mußte arbeiten, es muß immer einer arbeiten und den Lebensunterhalt verdienen. Einer mußte Verantwortung zeigen und vorwärtskommen. Wenn man sich ganz dem Geschäft widmete, ehrlich war und sich an die Gepflogenheiten hielt, dann kam man auch vorwärts, besonders in diesem reichen Land.

Flossie hatte einen Schneeball gemacht und aß ihn jetzt.

»Na, na!« ermahnte sie der Vater. »Das ist nicht gut für dich.« Sie widersprach nicht, sondern warf den Schnee weg und setzte ihre Arbeit fort.

Das Geheimnis, das Gurlie ihrem Mann in der Nacht anvertraut hatte, hatte ihn in gute Stimmung versetzt. Sie war seine einzige Ausschweifung. Als er ihre geraden Beine gesehen hatte, auf denen sie wie ein Fels stand, so fest und ohne zu wanken, hatte ihm das zum ersten Mal ein Gefühl von Sicherheit gegeben, was ihm bisher fehlte. Gute, kräftige Beine.

Ihre blauen Augen hatten ihn mit einem Blick durchschaut und hatten ihn an der hohen Stirn, dem schwarzen Lockenkopf, den sensiblen Violinistenhänden, aber besonders an den tiefliegenden Augen als ihren Mann erkannt. Das eingekerbte Kinn, der Schnurrbart, der seinen empfindsamen Mund verbarg. Er war der kommende Mann. Er war ernsthaft, ausgeglichen, intelligent. Sie hatte sich entschlossen, ihn zu heiraten. Die anderen sollten ruhig machen. Ihr kleiner Deutscher würde sie alle aus dem Felde schlagen, dafür würde sie schon sorgen, verdammt noch mal.

Vielleicht würde es ja diesmal ein Junge. Wer hätte gedacht, daß ausgerechnet er von allen fünf Geschwistern den Namen weitertragen würde?

»Na also«, sagte er zu Flossie, »du hast's geschafft. Jetzt wollen wir aber reingehen und frühstücken.« Sie lächelte zu ihm hinauf, mit einem blauen Auge und einem blaubraunen Auge. Er bemerkte das in dem strahlenden Licht des Schneemorgens. Ein anderer hätte sich hinuntergebeugt und sie vor innerer Befriedigung und Freude geküßt, sie war immer *sein* Mädchen gewesen. Aber er nahm ihr nur die kleine Schaufel ab und ließ sie den Schnee abtreten, als er sie hineinführte.

5

Damals war es üblich, daß der Krämer am Morgen einen Einspänner die Runde machen ließ, der die Aufträge entgegennahm, gelegentlich auch Brot und ein paar andere Waren daließ, um die Hauptlieferung dann am Nachmittag vorzunehmen. Als daher der Kutscher, John Dempster, mitbekam, daß es eine neue Familie im Viertel gab, fuhr er beim Haus vorbei, ließ das Gewicht zu Boden fallen, um das Pferd am Fortlaufen zu hindern, und ging sich vorstellen. Er sah Gurlies jüngstem Bruder so ähnlich, daß die Mädchen, sobald sie seiner ansichtig wurden, einen Schrei ausstießen – »Einar!« – und in seine Arme eilten.

»Nein, ich bin nicht Einar«, sagte er lachend. Das brachte sie aus der Fassung. Er tätschelte ihnen den Kopf und bedauerte, daß er es nicht war. Aber sie schauten ihn immer noch an, als Magna ihre Herrin holen ging. »Nett, euch kennenzulernen«, sagte er. »Gefällt es euch hier draußen auf dem Lande?«

Flossie versicherte ihm, daß es ihnen gefiele. So wurde er ihr Freund.

Es war ihr Geburtstag, der 18. April – *kaum einer noch lebt,* wie der Vater zitiert hatte. Und sie hatte ihr erstes Fahrrad bekommen. Aber es stand nur da. Sie konnte noch nicht Fahrrad fahren. Sie hatte es ganz genau untersucht, scheute sich aber, es mit nach draußen zu nehmen, um es den anderen Kindern zu zeigen. Heute abend oder vielleicht erst am Sonnabend, wenn ihr Daddy da war, würde sie zum Fahren kommen. John Dempster mußte mitkommen und es sich ansehen.

»Ein Prachtstück!« sagte er. Das machte sie glücklich. »Aber warum bist du nicht draußen und fährst damit?« Sie ließ den Kopf hängen. »Wir wollen es mit rausnehmen und ausprobieren.« Ihr Herz machte bei dem Gedanken einen Freudensprung.

»Darf ich?« fragte sie ihre Mutter.

»Sie können doch nicht so viel Zeit opfern, um einem Kind das Radfahren beizubringen.«

»Aber ja doch. Komm«, sagte er. Das wunderbare Fahrrad wurde also die Treppe hinuntergeschafft und auf die Mitte der Straße geschoben. Flossie wurde auf den Ledersattel gesetzt, den man zuvor erst mit einem kleinen Schraubenschlüssel einstellen mußte, den John aus dem Werkzeugtäschchen, das hinten am Sattel hing, geholt hatte.

»Jetzt pack den Lenker. Tritt in die Pedale, Ja, so. Jetzt mußt du lenken! Los geht's.« Und eine Viertelstunde schob er das Kind die Straße hinauf und hinab, bis sie allmählich dahinterkam.

Zwei Tage später schaffte sie es allein und fuhr die Straße bis zur übernächsten Ecke hinunter, um den Händler abzufangen, wenn er dort irgendwo hielt, und ihm vorzuführen, was sie schon konnte.

Ihre Busenfreundin Martha, die in dem alten Haus unten auf der Meadow Road wohnte, war nun bequem zu erreichen. Das Leben begann sich auszuweiten.

Nach dem Gespräch mit seiner Frau vor vier Wochen – kaum zu glauben, daß diese schönen Apriltage jenem Sturm folgen konnten – war Joe beim Immobilienbüro E. S. Brown vorbeigegangen und hatte sich eine Option auf ein Grundstück, das zur Straße hin dreißig Meter breit war, gesichert, eines der besten von den noch immer zahlreichen unbebauten Grundstücken im besseren Stadtteil. Sie waren der presbyterianischen Kirche beigetreten, da es in Riverdale selbst keine lutherische Kirche gab, hatten einen Kirchenstuhl gemietet und ihre Kuverts für die regelmäßigen Sonntagsspenden bekommen.

»Jetzt ist man also ein angesehenes Kirchenmitglied: will meinen, man bezahlt regelmäßig«, war Joes Bemerkung dazu. Die Mädchen wurden zur Sonntagsschule angemeldet. Lottie wollte nicht hingehen. Aber Joe bestand darauf und interessierte sich plötzlich selbst sehr dafür.

»Wer ist heute morgen dagewesen?« fragte Gurlie, die an dem Tag ausgeschlafen hatte. »War es eine gute Predigt?«

Joe war inzwischen schon in die Sonntagszeitung vertieft. Er hörte sie nicht. Sie riß ihm die Zeitung aus der Hand. Das machte ihn wütend. »Laß das sein!«

»Dann hör mir gefälligst zu«, erwiderte sie.

»Was willst du denn wissen?« Und er nahm die Zeitung wieder an sich und strich sie glatt.

»Wer war da?«

»Wo?«

»In der Kirche heute morgen.«

»Wer soll denn dagewesen sein? Ich weiß es nicht. Eine Menge herausgeputzter Frauen und Männer, die ein halbes von dem einen Prozent des Geldes, das sie ihren Kunden die Woche über gestohlen haben, zurückzahlten.«

»Hast du hinterher mit jemandem gesprochen?«

»Ja, mit dem Pfarrer, und der hat mich einigen von den Männern vorgestellt, die ihm sein Gehalt sicherstellen.«

»Und weiter war nichts?«

»Doch, er hielt eine Predigt.«

»Worüber?«

»Darüber, daß man Gott, dem Allmächtigen, geben solle, was ihm gebühre. Er ist Schotte, will vielleicht eine Gehaltserhöhung.« In diesem Augenblick kam Lottie vom Spielen herein.

»Stimmt es, daß gestern nacht in Riverdale ein Mann erschossen wurde?« fragte sie.

»Was?« sagte Gurlie.

»Unfug«, sagte ihr Vater. »Wer hat dir denn so was erzählt? Geh wieder spielen.«

»Was war da los?« fragte Gurlie, als das Mädchen fort war.

»Eins der Gemeindemitglieder. Es war ein Unfall.«

Wind davon bekommen hatte er schon am Morgen des gleichen Tages, als er hinuntergegangen war, um die Zeitungen zu holen. »Whiskey?« hatte er einen Mann sagen hören. Riverdale war durch lokalen Volksentscheid eine Stadt ohne Alkoholausschank. »Ich kann so viel besorgen, wie Sie wollen.« Schon oft zuvor hatte er den Mann mit verquollenen Augen in der Sonne stehen sehen, windgegerbt, eine krumme Nase im Gesicht. Den Stadtphilosophen nannte man ihn; er arbeitete nie. »Wieviel wollen Sie?«

»Ich hab nicht gewußt, daß George ein so guter Schütze ist. Mitten durchs Herz.«

»Was werden sie mit ihm machen?«

»Was können sie schon mit ihm machen?«

»Was sie mit ihm machen können? Er hat nur seine Pflicht getan.«

Anscheinend war die Stadt von Einbrechern heimgesucht worden, wie das sehr oft geschah, wenn das Wetter schön wurde und die Stadtstreicher der Großstädte umherzustreifen begannen. In einige der besseren Häuser war eingebrochen und Kleidung und eine erkleckliche Menge Tafelsilber entwendet worden. Der Polizei hatte man, wie gewöhnlich, wegen ihrer Laschheit Vorwürfe gemacht. Als daher George, der Polizist auf Streife, nach Einbruch der Dunkelheit einen Mann hinter Büschen aus einem dunklen Erdgeschoßfenster steigen sah, rief er diesem zu, er solle stehenbleiben, zog seinen Revolver und rannte los, um ihn zu verhaften, fest im Glauben, einen Räuber erwischt zu haben.

Irgendwie auf das Mündungsfeuer einer Pistole und das Pfeifen einer vom Flüchtenden abgefeuerten Kugel gefaßt, sah George den Mann loslaufen, wohl mit der Absicht, um die Hausecke zu verschwinden. »Stehenbleiben!« rief der Polizist. »Halt, oder ich schieße!« Als der Mann dann weiterlief, hielt er Wort. Er schoß, und der Mann stürzte zu Boden. Der Polizist lief zu ihm. Er war tot. Mitten durchs Herz getroffen.

George wurde fast ohnmächtig, obwohl der Soldat im Spanisch-Amerikanischen Krieg gewesen war. Er hatte ihn nur am Arm treffen wollen. Ein gutgekleideter, respektabel aussehender Mann in den Vierzigern, der ihm irgendwie bekannt vorkam, obwohl George nicht einfiel, wer es war oder wo er ihn schon einmal gesehen hatte.

Inzwischen waren die Nachbarn aufmerksam geworden. Officer George machte gerade Wiederbelebungsversuche bei dem Mann, als der junge Bannister herbeigelaufen kam. »Sie haben ihn richtig erwischt, was? Bravo.«

»Ja, ich hab ihn tatsächlich erwischt. Aber ich war wahrscheinlich ein zu verdammt guter Schütze.«

»Ist er tot?«

»Mausetot. Helfen Sie mir, ihn umzudrehen. Ich weiß nicht, wer es ist.« Als der junge Mann sich dann hinabbeugte, um dem Polizisten zu helfen: »Mein Gott«, sagte er da, »es ist Mr. Blamford.«

»Wer?«

»Einer unserer Nachbarn. Sie haben einen von uns erschossen.«

Der Polizist erbleichte. »Aber ich habe ihn aus dem Fenster steigen sehen, ich habe ihm zugerufen, er solle stehenbleiben. Er ist einfach weitergerannt, da habe ich geschossen. Wir haben strikte Order, gezielte Schüsse abzugeben.«

»Welches Fenster war es?«

»Das Fenster da.«

Inzwischen war Mrs. Brewster im Morgenmantel aus der Haustür getreten, angelockt von der Schar der Nachbarn, die sich allmählich versammelt hatte. Ihr Mann befand sich auf einer Reise nach St. Louis. Sie wandte sich an den jungen Bannister: »Was ist hier los, Dwight?« fragte sie, verwirrt von der Aufregung, die in der Dunkelheit entstanden war.

»Ein Einbrecher ist erschossen worden. Sie gehen besser wieder hinein.«

Aber ihre Neugierde überwältigte sie. Irgend etwas trieb sie, sich selbst zu überzeugen, in der Hoffnung, daß ihr erster Eindruck sie getäuscht hatte – als sie zunächst den einzelnen Schuß gehört hatte und dann die Stille, die darauf folgte, dann den Lärm der Leute, die durch die Büsche liefen. Sie taumelte, nachdem sie das Gesicht ihres Liebhabers sah, konnte sich aber beherrschen, machte kehrt und ging ins Haus, wo sie sofort damit begann, ein paar Sachen in eine Reisetasche zu werfen. Sie kleidete sich an, und nachdem sie das Haus abgeschlossen hatte, lief sie, ohne von jemandem gesehen zu werden, die halbe Meile zum Bahnhof, um den Mitternachtszug nach New York zu nehmen.

»Sie ist fort«, sagte Joe. »Ich hoffe, es war für ihn den Einsatz wert. Das ist also zwei Mitgliedern deiner Gemeinde zugestoßen.«

»Der arme Mann. Was soll aus seiner Frau und seinen Kindern werden?«

»Man kann nichts beweisen«, sagte Joe. »Einer der Hauptzeugen ist tot.«

»Man sollte einen solchen Polizisten bestrafen. Jeder, der einen Menschen wegen eines kleinen Einbruchs tötet, ist als Polizist eine Gefahr. Es könnte jeden treffen. Jeden, der vor seinem Haus steht, nur um die Fenster zu schließen. Oder nimm mal an, sie hat ihren Schlüssel vergessen und ihn gebeten, ihr die Tür zu öffnen. Woher will man wissen, daß er aus dem Fenster gestiegen ist? Vielleicht hat er es gerade geschlossen. Ihr Männer wollt immer der Frau die Schuld geben. Vielleicht ist sie unschuldig.«

»Vielleicht ist er der Einbrecher? ›Dieb aus besseren Kreisen beim Einbruch in ein Vororthaus gefaßt!‹ Er hat geglaubt, sie sei fortgegangen, er hatte geschäftliche Verluste, sein Freund war verreist, niemand würde ihn verdächtigen. Er wußte, daß sie Schmuck besaß, der etliche Tausende wert war. Deshalb verschaffte er sich gewaltsam Zutritt zum Haus. Wenn er nämlich gewußt hätte, daß sie zu Hause war, wäre er zur Tür hineingegangen.«

»Du findest das wohl komisch«, sagte Gurlie. »Aber du willst ja immer das Schlimmste annehmen. Ich glaube nicht, daß Mrs. Brewster unsittlich war. Sie ist eine sehr nette Frau.«

»Und sieht verdammt gut aus«, sagte Joe. »Wer eine Frau so allein zu Hause läßt, sollte sie irgendwie schützen.«

»Ha, du«, sagte seine Frau. »Du könntest so etwas nie tun. Man muß schon ein Teufelskerl wie dein Bruder Oswald sein, um mit der Frau des eigenen Hauptmanns durchzubrennen. Wie die ganzen Männer, die sich nicht trauen, eine Liebschaft zu haben, fällt dir nur so ein Gerede über die Frauen ein.«

»Nun, er ist tot«, sagte Joe, »und damit hat's ein Ende. Du hast mich gefragt, was ich gehört habe – jetzt kannst du dich an deine Frauen wenden und dir die Einzelheiten holen. Man wird eine gerichtliche Leichenschau anberaumen und den Polizisten entlassen müssen. Er ist einfach zu schnell mit dem Schießeisen.«

Daß die Beteiligten an der Tragödie eine solche Rolle in der Kirche und in der Stadt spielten, hinderte die Männer im Achtuhrachtzehnzug am Montag morgen nicht, ihre Meinung darüber zu sagen. Girardy, der Stadtphilosoph, der in der Morgensonne vor der Bank stand, äußerte sich jedoch nicht dazu. Er ließ sich dadurch nicht seine whiskeyselige Stimmung verderben, er nahm es so, wie es war. »Ja, ich habe davon gehört«, sagte er. »Doc, kannst du mir heute morgen einen Vierteldollar geben? Ich zahle ihn Ende der Woche zurück.«

»Na gut, Emile«, sagte sein Freund, und er zog ein in rotes Leder gebundenes Büchlein hervor, das er in der Westentasche trug. Und er notierte auf der Seite mit der Überschrift »Emile Girardy«: 25 Cent.

»Danke.«

»Wenn du irgendwann was Interessantes über die Leute in der Stadt hörst, von dem du glaubst, daß ich es wissen sollte, halt mich auf dem laufenden, mein Freund. Dein kleiner Saldo ist seit dem Ersten des Jahres ganz schön in die Höhe gegangen.«

»Über die Sache weißt du mehr als ich. Was steckt eigentlich dahinter?« fragte Girardy.

»Es liegt alles klar zutage«, sagte sein Freund.

»Man wird in der Sache nichts unternehmen, oder?«

»Nein. Was sollten sie schon machen?«

»Du läßt es doch nicht zu, daß man George bei der Polizei schaßt, oder?«

»Wir werden ihm eine Arbeit besorgen. Mach dir keine Sorgen um George.«

Girardy, den Vierteldollar in der Tasche fest umklammernd, schaute zur Sonne empor und musterte schweigend die jungen Frauen, die in ihren langen Röcken paarweise vorbeieilten und aufgeregt miteinander sprachen, wenn sie an ihm vorbeikamen, und ein Stück zum Rinnstein hin auswichen. »Dieser Mann!« Er verzog nie eine Miene. Er schielte zur Sonne hinauf, sah sie auf halber Höhe stehen.

Ganz unmerklich streckte er sich, setzte einen Fuß vor den anderen, und wie unabsichtlich schlenderte er zu den nahe gelegenen Bahngleisen hinüber. Der Zug war längst abgefahren und trug die Damen zu ihrem Einkauf in die große Stadt. Keiner sah ihn jemals fortgehen. Einen Moment lang stand er noch an den Bahnschranken, dann bewegte er sich gemächlich über die Gleise zu einer weniger trockenen Gegend auf der anderen Seite. Zuerst nahm man ihn kaum wahr, wie er bei der Bank stand, während seine wohlhabenderen Bewunderer auf ihrem eiligen Gang zum Zug an ihm vorbeiliefen. Man bemerkte kaum, wie er seinen angestammten Posten verließ. Er sprach selten, der Ausdruck seines windgegerbten Gesichtes änderte sich nie, Winter wie Sommer. Aber am späten Vormittag war er an der Bar, gleich hinter dem Bahndamm, ruhig, sein erstes Gläschen Whiskey vor sich, mit ausgezeichneten Manieren, gemessenen Bewegungen, schweigend.

»Rauchst du, Girardy?«

»Nein, aber ich trinke Whiskey«, pflegte er zu sagen.

»Darf ich heute nachmittag mit dem Fahrrad zu Martha fahren? Darf ich?« fragte Flossie ihre Mutter.

Martha war ihre erste Freundin hier. Lottie wollte, weil sie ja drei Jahre älter war, nicht mehr mit ihrer kleineren Schwester spielen. »Die will immer nur auf dem Klavier herumhämmern«, sagte Flossie ständig, um dann ihre neue Bekannte aufzusuchen, eines der jüngsten von neun Kindern, umringt von lauter Brüdern. Sie wohnte in dem großen alten Haus unten am Rande des flachen Landes, das sich meilenweit nach Osten erstreckte – Gräben und vom Wind bewegte Rohrkolben –, bis zum Hackensack-Fluß und »der Stadt« auf der anderen Seite.

Dort wohnte Captain Ellice von der Bürgerwehr in halbwegs gutsherrlicher Abgeschiedenheit von der übrigen Stadt. Um ihn herum gab es nur Felder und Obstplantagen und die Reste altholländischen Besitzes in der Gegend, Farmhäuser aus braunem Sandstein. Diese Häuser standen entlang dem Weg, der einst als Landstraße am Fuße des Berges nach Newark geführt hatte, und verfielen jetzt allmählich. In ihnen wohnten noch die Van Ripers, die Alyeas, die Vreelands. Dort zog er seine vielköpfige Familie groß. Als junger Rechtsanwalt hatte er eine Lehrerin aus dem Ort geheiratet und hatte in den letzten Jahren des vergangenen Jahrhunderts einen Posten als Schuldirektor übernommen, um sein mageres Einkommen aufzubessern. Von dort aus verachtete er die Stadt mehr oder weniger, lebte und wurde durch seine Klugheit reich – da er zusätzlich noch eine Farm betrieb.

Grundbesitz ist etwas, was ein umsichtiger Mann richtig zu würdigen weiß. Er war geschickt im Verhandeln; er beherrschte sein Metier. Er war Demokrat, wohingegen die übrige Stadt auf der anderen Seite stand, eine fast unbesiegbare Mehrheit. Captain Ellice war dennoch Demokrat; Stecher ebenfalls. Das brachte sie zusammen.

Gleich nach Schulschluß fuhr die kleine Flossie also mit ihrem Fahrrad die Gasse hinunter, die von dem weißen Bretterzaun begrenzt wurde, sie fuhr langsam, und ihre Freundin lief neben ihr her. Die Apfelbäume des Obstgartens hatten zur Blüte angesetzt. Sobald die beiden bei der Hintertür des alten Hauses ankamen, wurden sie auch schon von vier oder fünf der Jungen umringt.

»Guckt mal, das neue Fahrrad. Läßt du mich mal fahren?« Sie waren ein bißchen älter als die Mädchen und um einiges stärker. »Mach das nicht«, sagte Martha.

»Na los, wir tun deinem ollen Rad nichts, laß mich mal probieren. Guck mal«, sagten sie lachend. »Guck doch mal, wie man aufsteigt. Es ist ein Mädchenrad. Wir wollen es nur mal anschauen«, und einer der Jungen versuchte, es Flossie wegzunehmen. Aber sie klammerte sich daran fest und wollte es nicht loslassen.

»Gib mir's.«

»Nein!«

»Mama!« brüllte Martha. »Die Jungen wollen Flossie ihr Rad wegnehmen!«

Mrs. Ellice kam an die Tür, und die Jungen trollten sich. »Wir wollten ihrem ollen Rad nichts tun, es ist sowieso ein Mädchenrad. Was sollen wir denn damit?« Und damit verschwanden sie in Richtung Scheune.

»Stell es lieber hier rein«, sagte die Mutter. »Ich werde ein Auge darauf haben.«

Die Mädchen liefen über die Straße, um Veilchen zu pflücken, die großen violetten und, wo es durch die Quellen im Wiesengrund feucht war, die winzigen weißen – die einzigen amerikanischen Veilchen, die duften.

Als sie zum Hof zurückkamen, fragten die Jungen sie, ob sie die neugeborenen Kätzchen sehen wollten.

»Wir haben keine Kätzchen«, antwortete Martha ihnen.

»Doch. Wir haben sie oben in der Scheune entdeckt.«

»Das glaube ich nicht.«

»Na gut.«

Am Heuboden hatten sie eine alte Leiter angelegt. Einer von Marthas Brüdern stieg sogar ein paar Sprossen hoch, um ihnen zu zeigen, wie leicht es war.

»Welche Farbe haben sie?«

»Steig hoch und schau nach.«

»Die schwindeln. Tu's nicht«, sagte Martha.

»Willst du eins haben?«

Flossie hatte schon ein Kätzchen, aber sie wollte die hier

sehen. Deshalb machte sie sich daran, die Leiter hochzuklettern, während sich die Jungen am Fuß drängten und hinaufschauten. Als sie oben angekommen war und herausgefunden hatte, daß dort keine Kätzchen waren, stießen die Jungen ein Geschrei aus und führten einen Indianertanz auf, lachten und rollten auf dem Boden umher.

»Ihr dreckigen Kerle!« sagte Martha und schlug nach einem ihrer Brüder, aber der boxte sie bloß in den Magen, und da war Flossie auch schon unten.

»Jetzt sind wir quitt«, sagten sie. »Geschieht dir recht.«

6

Das erste, was Stecher für Riverdale eingenommen hatte, war der Fluß gewesen. Als junger Mann, der gerade aus Deutschland emigriert war, um sich dem Wehrdienst zu entziehen, kam er häufig aus der Großstadt hier heraus zum stillen Strom, um zu angeln. Damals konnte man vom Ufer aus noch Barsche fangen. Aber inzwischen hatte dem die von den Paterson-Werken verursachte Verunreinigung des Flusses längst ein Ende gemacht. Er war sehr enttäuscht gewesen, als er das hatte feststellen müssen.

Bei ihren Ausflügen zwecks Besichtigung des Hauses veranlaßte Gurlie den Kutscher, sie in der Gegend herumzufahren, um die allgemeine Lage zu begutachten. Es war ein schöner Ort, so nahe an New York und sehr respektabel – er wies sogar auf zurückhaltende Weise Anzeichen von Wohlhabenheit auf. Oder war es das echte Schloß, wie man es bezeichnete, das Gurlies Blick und Gedanken gefangengenommen hatte? Es krönte den Hügel im neuen Stadtteil, wo in früheren Zeiten ein Kiefernhain mit einer alten, seltsamen Steinvilla mittendrin gewesen war, die man für eine Million Dollar oder mehr in ein komplettes mittelalterliches französisches Château umgebaut hatte. Ein mannshoher eiserner Zaun umgab seine Rasenflächen und Gärten. Es war in der Tat beeindruckend.

Aber der wirkliche Mittelpunkt der Stadt war noch immer eine Farm, auf der ein Nachfahre des ursprünglichen holländischen Konzessionärs, ein Junggeselle, seine Roggen-, Mais- und Kartoffelfelder bestellte und in seinem kolonialen Gehöft wohnte, ziemlich primitiv, aber mit einem vergitterten Brunnenhaus, das ganz von einer riesigen Glyzine überwuchert war. Er besaß noch sein altes Waldstück, wenn es auch durch die kleinen Neubauhäuser an den kürzlich angelegten Durchgangsstraßen eingeschränkt wurde. Und an der Ecke seines Apfelgartens, wo der Abkürzungsweg durch die Felder führte, standen zwei Heuschober, wie man sie früher baute, deren Pyramidendächer mit Stiften an den vier Eckpfosten befestigt waren. Sie befanden sich ziemlich nahe an der Straße, ganz ungesichert, und standen bei den jungen Burschen der Stadt im Ruf, ein geeigneter Ort zu sein, wo man ein Mädchen verführen konnte.

Gurlie bewunderte die Farm und das Schloß. »Die müssen Geld haben«, sagte sie. »Sie sollten die beiden Anwesen miteinander verbinden, die Farm und das Schloß. Sind das dieselben Eigentümer?« fragte sie den Kutscher.

»Nein, die haben nichts miteinander zu tun.«

»In Europa würde das ein einziger Besitz sein.«

»Möchtest du es kaufen?« fragte ihr Mann.

»Würde ich sofort, wenn ich genug Geld hätte«, sagte sie. »Ich wette, daß ich damit Gewinn machen könnte. Verschaff mir das Geld, und ich beweise es dir.« Der Kutscher sah sie an, schien aber kaum aus dem schläfrigen Zustand zu erwachen, in dem er sich befand.

»Hast du nun genug gesehen?« sagte ihr Mann. »Jetzt kannst du wieder umkehren und dir das Haus ansehen, wo du wohnen wirst.«

Der Kutscher ließ ein kurzes Glucksen hören und redete dann auf sein Pferd ein. »Hüh hott«, sagte er, und der Wagen ratterte auf der Schotterstraße los.

»Eure Straßen haben einen neuen Belag nötig«, sagte Joe.

»Das ist nicht das einzige, was der Ort nötig hat«, sagte der Kutscher. »Er ist nicht mehr das, was er einmal war, bevor alle diese Neulinge in die Stadt gekommen sind. Hier war früher Geld da, aber die Alteingesessenen sterben aus. Man müßte ein anständiges Hotel bauen und darin ein gutes Restaurant einrichten, wo man zum Essen auch etwas trinken kann.«

»Man bekommt hier keinen Alkohol?« fragte Gurlie.

»Nein, der Ort ist trocken wie 'ne Wüste.«

»Ich habe gehört, daß das hier eine Stadt der Mäßigkeitsvereinler ist.«

»Wenn man das so nennen kann, bei den Betrunkenen, die ich jede Samstagnacht nach Hause fahre, Frauen und Männer. Hier ist alles so wie überall sonst auch. Aber es wird zu überfüllt.«

Joe war es zufrieden, daß er weit drüben auf der Ostseite wohnte, aber Gurlie fühlte sich dort von Anfang an benachteiligt. So hatte sie sich das nicht vorgestellt.

»Wie ist es dir heute ergangen?« fragte er beim Abendessen einige Wochen später, während er seiner Frau beim Zerlegen des Bratens zusah. »Bist du im Klub gewesen?« Sein Tonfall war spöttisch.

»Ja, und ich habe viele Frauen getroffen.«

»Na, wen hast du denn erwartet? Viele Hengste und Hyänen?«

»Sie wirken alle elegant – jedenfalls manche.«

»Sehen sie so aus, als würden ihre Männer Geld verdienen?«

»Die haben Köpfchen, kann ich dir versichern.«

»Warum bleiben sie dann nicht zu Hause und gebrauchen es? Sie sind nicht ausgelastet. Was wurde denn gelesen?«

»Ein Gedicht von Browning.«

»Ho, ho, ho!«

»Das ist ein englischer Dichter.«

»Wahrscheinlich sind das ein Haufen Lehrerinnen, die zu spät geheiratet haben, um Kinder zu kriegen.«

In diesem Augenblick kam Magna mit dem Kartoffelbrei und den Erbsen aus der Küche. »Soll ich jetzt den Salat auftragen?«

»Ja, bring alles rein«, sagte Joe. »Ein Haufen fauler Weiber, die sonst nichts zu tun haben.«

»Wir haben heute Veilchen gefunden«, unterbrach die kleine Flossie. »Duftende Veilchen.«

»In diesem Land duften die Veilchen nicht«, sagte Joe. »Die tun nur so als ob, wie vieles andere hier auch. Die wollen nur Gesprächsstoff abgeben.«

»Die hier sind duftende, kleine weiße Veilchen – wo es feucht war, am Wiesenrand. Willst du mal riechen? Ich habe ein paar mit nach Hause gebracht.« Und sie stand auf und ging ins andere Zimmer.

»Bei Gott, sie duften wirklich«, sagte Joe. »Du hast mich nicht beschwindelt. Das hätte ich nicht gedacht.« Es herrschte Stille, während alle aßen. Magna kam herein und flüsterte ihrer Herrin etwas zu.

»Sicher, mach nur. Ist mir gleich, was du tust.«

»Was will sie denn?« fragte Joe, nachdem sie wieder in die Küche gegangen war.

»Sie möchte heute abend frei haben. Ein Freund erwartet sie. Die Kinder werden den Aufwasch machen.«

»Was für poetische Damen hast du denn heute zum Beispiel kennengelernt?«

»Ich habe mir ihre Namen nicht gemerkt. Da war eine Mrs. Coburn oder Hoburn. Ihr Mann ist Musiklehrer an irgendeiner Schule.«

»Das glaube ich gern. Wer noch?«

»Eine hieß Foster oder Hoster. Das ist die Vorsitzende. Und eine Mrs. Blackwell – ich habe nicht so aufgepaßt – und ungefähr zwanzig andere. Da war auch noch ein Mann ...«

»Na also. Ich hab's gewußt«, sagte Joe. »Da war also auch ein Mann ...«

»Mach nicht so dumm«, sagte Gurlie. Die Kinder beugten sich über ihre Teller. »Du willst nur etwas lächerlich machen, was du gar nicht kennst.«

»Aber *du* kennst es?«

»Nein, aber ich will sehen, was los ist. Ich möchte herausbekommen, wer was hier in der Stadt darstellt, man muß eben ausgehen und sich umschauen, wenn man vorwärtskommen will. Du willst nur immer in deinem Garten hocken und dort eine Zigarre rauchen. Du gehst nie irgendwohin. Aber ich bin anders.«

»Warum müssen wir uns bei Tisch immer streiten?« sagte Lottie.

»Wir streiten nicht.«

»Ich möchte nichts essen.«

»Ich kenne die Sorte Frauen, die zu solchen Treffen geht, um Gedichte zu lesen«, sagte Joe. »Frauen, die sich in alles einmischen müssen. Sie haben vermutlich keine Kinder, ihre Häuser sind dreckig – oder sie wollen mit ihren Hüten und Pelzmänteln und ihrem Schmuck angeben, wenn sie so was überhaupt haben. Enttäuschte Frauen und eitle Frauen, ohne einen Funken Verstand im Kopf. Das sind also die Wesen, die du so schätzt.«

»Rede nicht so töricht daher.« Gurlie griff ihn jetzt ihrerseits an. »Ich sage ja nicht, daß sie was Großartiges darstellen, aber es liegt ihnen daran, aus dem Haus zu kommen und zu sehen, was es draußen in der Welt gibt.«

»Nun, was gibt es denn da? Keine Dichterlesung.«

»Es handelt sich um Kultur.«

»Man hat dir also schon was beigebracht. Es bildet. Schwindel. Ausreden, um dich von deiner Aufgabe als Frau abzuhalten. Das sind da alles solche, die ihre Rechnungen beim Lebensmittelhändler und beim Fleischer auflaufen lassen. Mir ist schon einiges über die Leute in dieser Stadt zu Ohren gekommen, welcher Ruf ihnen vorauseilt. Lauter Aufschneider.«

»Gar nicht wahr. In jeder Stadt gibt es zwar solche Leute, aber das ist kein Grund zu behaupten, sie wären alle so. Sie wollen ganz einfach nicht in ihren Heimen versauern und ›Jawohl, Sir!‹ zu einer Schar Männer sagen, die sie herumkommandieren wollen. Sie wollen auch einen Klub gründen, der ›Verein zur Stadtkultivierung‹ heißen soll ...«

»Haben sie ihre Gedichte schon satt?«

»Ich glaube, da würde ich auch besser hinpassen. Ich bin nicht literarisch veranlagt«, sagte Gurlie, womit sie eine beachtliche Einsicht bewies.

»Wenn es nicht das eine ist, dann ist es eben das andere. Dir scheint alles recht zu sein, um nur deine Arbeit im Stich zu lassen.«

»Ich verspreche dir, ich werde nicht daheim bleiben und Löcher in deinen Socken stopfen, ganz egal, was du sagst. Was glaubst du denn, warum diese Stadt anziehender ist als viele der umliegenden Städte?«

»Weil die Leute hier mehr Geld verdienen«, sagte Joe.

»Weil die Frauen hier mehr Kultur haben«, sagte Gurlie. »Sie sind wißbegieriger, und deshalb haben sie auch diese Klubs. Früher hatten die Frauen in Norwegen die gleichen Rechte wie die Männer. Sie saßen in den Räten; sie waren Königinnen und taten, was ihnen beliebte.«

»Deshalb haben sie das Land auch ruiniert. Erst nachdem sie von den Männern in ihre Schranken gewiesen wurden, haben sie eine Bedeutung erlangt.«

»Darf ich gehen?« sagte Lottie.

»Wohin willst du?«

»Ich will Klavier üben.«

»Nein, nicht heute abend. Geh hoch und mach deine Schulaufgaben. Willst du keinen Nachtisch?«

»Was gibt es denn?«

»Pudding.«

»Nein, ich möchte keinen.«

»Darf ich auch gehen?« sagte Flossie.

»Ja.«

Die Kinder verließen den Tisch.

Magna war auch fortgegangen, deshalb ging Gurlie in die Küche und holte selbst den Nachtisch für sie herein. Joe betrachtete ihn unschlüssig.

»Wenn sie Männer hätten, die was taugten, oder Kinder, um die sie sich kümmern müßten, brauchten sie nicht wegzulaufen und sich mit Klatsch abzugeben. Nur dazu sind doch ihre Treffen da – um zu hören, was ein anderer sagt. Sie haben Angst, etwas zu verpassen.«

»Du kleiner Deutscher!« sagte seine Frau. »Du kannst mich nicht abschrecken. Ich habe heute Frauen aus einigen der besten Familien in der Stadt kennengelernt. Das war ihr letztes Treffen in dieser Saison. Aber ich sage dir, ich werde mich niemandem zuliebe bescheiden, weder ihnen noch dir zuliebe. Ich bin mein eigener Herr. Ich weiß noch nicht ganz Bescheid, aber ich bin dabei, es herauszukriegen. Da war auch eine Frau aus dem Süden, eine Aristokratin.«

»Hat sie versucht, bei dir Geld zu borgen?«

»Über solche Dinge haben wir nicht gesprochen. Sie hat mir von ihrer Familie erzählt.«

»Hat wohl ihr Vermögen nach dem Bürgerkrieg verloren?«

»Ja.«

Joe schnaubte verächtlich.

»Aber sie haben einen großen Landsitz dort – oder was halt davon übrig ist.«

»Und darauf bist du hereingefallen? Einfaltspinsel. Sie wird dich schon noch herumkriegen. Hast du ihr erzählt, daß deine Vorfahren Wikinger waren? Daß du ein Gut in Norwegen besitzt? Oder es besessen hast, bis dein Vater Pleite gemacht hat?«

»Sie war sehr nett und wird mich irgendwann besuchen.«

»Da haben wir's. Wie heißt sie?«

»Moore.«

»Erzähl mir nichts mehr von ihr und ihr auch nichts von mir. Oder doch, erzähl ihr, daß ich eine Million Dollar im Jahr mache, indem ich die Regierung betrüge wie die übrigen Halunken in der Wall Street. Sie werden dich zur Vorsitzenden des Klubs wählen.«

»Man kann sich gut mit ihr unterhalten.«

»Was macht ihr Mann?«

»Ich glaube, sie hat gesagt, er sei im Moment ohne Arbeit.«

»Da hätten wir also die Frau eines Musiklehrers, eine Aristokratin aus dem Süden, deren Mann keine Arbeit hat, und wen sonst noch? Jemand, der Foster oder Hoster heißt, und ein Mann, der euch was über einen englischen Dichter erzählen soll. Ich wette, wenn du die Ehemänner kennenlernst, wirst du eine Menge nichtsnutziger Pantoffelhelden erleben.«

»Ach, du langweilst mich«, sagte Gurlie. »Geh doch wieder nach Deutschland.« Und damit verließ sie das Zimmer. Joe zündete sich eine Zigarre an und ging ins Vorderzimmer, um einen Blick in die Abendzeitung zu werfen. Dort stand die kleine Flossie und schaute aus dem Fenster, neben sich den Kater Pully, der die Vorderpfoten auf das Fensterbrett stemmte. Joe beugte sich hinab, um an dem weißen Veilchensträußchen, das in einem kleinen Glas steckte, zu riechen. Es stand auf einem Deckchen, das genau in der Mitte des Wohnzimmertischs lag.

»Wahrscheinlich ist es das, womit sich deiner Meinung nach Frauen beschäftigen sollten«, sagte Gurlie, die ein paar Minuten später aus der Küche kam.

»Und das wäre?« sagte Joe. Als er sie so von Kopf bis Fuß in ihrem langen herabwallenden Morgenmantel sah, kam ihm zum Bewußtsein, daß sie schwanger war und aus diesem Grund besonders geschont werden mußte. Sie tat ihm leid, obwohl es dafür keinen Grund gab.

»Wie fühlst du dich?« fragte er.

»Mir fehlt nichts«, antwortete sie. »Es geht mir gut.«

»Solltest du nicht ein bißchen kürzertreten?«

»Wieso? In meinem Land haben die Frauen immer bis zum letzten Tag auf den Feldern gearbeitet, sind dann hinter einen Heuschober gegangen, um ihr Kind dort zu gebären, haben es in ein Tuch gewickelt und sind mit ihm nach Hause gegangen. Sie haben sich nie krank gefühlt.«

»Du bist keine Bäuerin.«

Das beeindruckte Gurlie nicht. »Wenigstens werde ich es den Sommer über tragen. Richtig anstrengend wird es erst, wenn es kühler wird.«

»Wann wird es zur Welt kommen?«

»Ungefähr Mitte Dezember, glaube ich. Vor Weihnachten. Hoffentlich kann ich es diesmal stillen. Ich habe mit einer der Damen heute nachmittag darüber gesprochen.«

»Du hast es ihnen also erzählt?«

»Warum auch nicht? Ich sage, was mir paßt. Keiner kann mich daran hindern. Sie hat keine Kinder. Sie hat eins gehabt, es aber verloren, als es noch im Kleinkindalter war. Sie hat es zwei Jahre lang gestillt.«

»Kam das, weil sie Browning las?«

»Uff!« sagte Gurlie, die in einem Sessel saß und die stämmigen Beine von sich streckte, die Arme hingen aus den weiten Ärmeln ihres Morgenrockes. »Ich bin müde.«

»Warum gehst du dann nicht nach oben und legst dich ins Bett?«

Sie wollte kurz die Augen schließen. »Es ist der Rücken. Wenn nicht der Rücken wäre ...«

»Das kommt vom Herumsitzen auf diesen harten Holzstühlen, die sie dort heute nachmittag hatten, daher hast du die Rückenschmerzen. Du hast ein bequemes Heim. Warum bleibst du nicht da?«

Gurlie machte die Augen nicht auf.

Nach einer Weile fragte sie jedoch ihren Mann, ob er eine Option auf das Grundstück, das sie sich angeschaut hatten, bekommen habe.

»Ja, die haben zweitausend Dollar dafür verlangt, nur für das Grundstück. In Kronstadt könnte ich dafür ein viermal so großes Grundstück bekommen, oben auf dem Berg.«

»Ach ja? Und wer will ein Grundstück in Kronstadt kaufen?« fragte Gurlie.

»Na, es gibt Schlechteres.«

»*Mein Gott im Himmel!** Dann wärst du festgelegt. Du hast zwei Töchter, die müßten da zur Schule gehen.«

»Was ist an den Schulen dort?« wollte Joe wissen. »Ich wette, die haben dort genauso kluge Kinder wie hier in Riverdale. Die Mädchen könnten zum *Turnverein** gehen.«

Inzwischen war Gurlie wieder hellwach und kampfeslustig.

Kronstadt war eine alte deutschsprachige Gemeinde, eine Freidenkerstadt, die von einem gewissen Carl Weiss, einem Deutschschweizer, Mitte des vorigen Jahrhunderts gegründet worden war. Sie war unabhängig, setzte auf kleine Unternehmen und blieb konservativ, ohne je eine Kirche in ihren Mauern zuzulassen – aber seit fünfzig Jahren war an fast jeder Ecke ein gutes Bier zu haben. Es war eine der ersten Stadtgemeinden, von ihrem Geist her ein totales Gegenstück zur Pendlerstadt Riverdale. Sie hatte sich nicht verändert, und das Leben dort verlief in den gewohnten Bahnen.

An den Sonntagmorgen, wenn Joe seine ausgedehnten frühen Spaziergänge machte, die sich über die gesamte Gegend erstreckten, war er auf Kronstadt gestoßen. Die Stadt hatte ihn überrascht und fasziniert. Wenn ihn seine Augen nicht trogen, war hier ein Stück altes Deutschland. An einer Stelle, wo die Hauptstraße nach Hackensack vorbeiführte, standen alte Mauerreste, die den Berghang stützten und wie mittelalterliche Befestigungsanlagen aussahen – ihm so vertraut, doch dem Geist dieses Landes so fremd. Sie sahen genau wie die Überreste eines alten zerfallenen Schlosses aus. Die Straße, die von dort herunterkam, hieß Fliedergasse. Sie weckte seltsame Erinnerungen in Joe. Er schüttelte den Kopf und ging weiter.

»Ich habe daran gedacht, meine Druckerei zu verlegen«, sprach er an Gurlie gewandt weiter. »Es gibt eine Menge florierende Unternehmen in dieser Region, so nahe an New York. Sie werden sich noch vermehren. Die Druckfarben-Handelsgesellschaft, mit der ich in geschäftlicher Verbindung stehe, ist dort ansässig. In New York werden die Mieten langsam unerschwinglich. Wenn ich das passende Fabrikgebäude fände, würde ich das ganze Geschäft verlegen. Ich glaube, das würde sich für mich rentieren.«

»Und in Kronstadt wohnen?«

»Wir könnten eine Menge Geld sparen.« Es war ihm vielleicht nicht ernst. Ihn trieb vielleicht etwas, was er nicht hätte erklären können, aber er ließ es heraus und fuhr fort:

»Lottie könnte ihre Klavierstunden fortsetzen. Wir könnten einen *Obstgarten** haben. Es ist ein netter Ort.«

»Ich bin keine Deutsche. Warum hast du denn nicht eine nette, gehorsame kleine *Hausfrau** geheiratet, die für dich Sauerbraten kocht und den Kindern die Kleider selbst schneidert? So eine würde nie aus dem Haus gehen und nicht einmal mit den Nachbarn sprechen. Ich bin in dieses Land gekommen, um etwas anderes zu sein. In einen solchen Ort kannst du allein ziehen.«

Joe hatte seine Schlacht schon lange vorher verloren, und er wußte das. Gurlie wußte es auch. »Wo ist deine Tochter?« fragte er.

Lottie saß im schwindenden Tageslicht oben in der Bibliothek – Gurlie bestand immer auf einer Bibliothek –, und ihre großen braunen Augen schwammen in Tränen. Als sie so ins Dämmerlicht starrte, hielt sie den zerlesenen Band ihres Lieblingsromans, die unsterbliche *Thelma*, Marie Corellis Meisterwerk, in den Händen, wo er ihr fast den Fingern entglitt. Immer, wenn sie unglücklich war und sich allein und betrogen in der Welt vorkam, fühlte sie sich eins mit jener traurigen norwegischen Maid. Die Mutter hatte ihr verboten, das Buch zu lesen. Warum? Sie konnte es sich nicht erklären. Nichts Reineres und Tragischeres war ihrer Meinung nach je erdacht worden.

Was konnte Verwerfliches daran sein, wenn ein junger Engländer ein reines norwegisches Mädchen liebte? Engländer reisten viel und fuhren oft in den hohen Norden, um allein zu sein, zu angeln und der Welt der Großstädte zu entfliehen. Und was könnte natürlicher sein, als daß in jenem einsamen subarktischen Land beim Nordkap, wo die überirdischen Geister der Vergangenheit noch in verblichenem Ruhm leben – was konnte man anderes erwarten, als daß genau dort in all ihrem blauäugigen Liebreiz und der Reinheit ihrer Gedanken ein Mädchen wie Thelma, die Wikingertochter, aufwuchs und daß er sie dort entdeckte, lieben lernte und sie als seine Frau in die Welt Englands mitnahm?

Gurlie wollte nicht, daß sie von dem las, was ab da geschah – von der verräterischen Weltdame, die Thelmas Geliebten verführte, so daß Thelma vernachlässigt und schließlich heim in ihren nördlichen Hafen geschickt wurde, den sie nur erreichte, um Zeuge eines Schiffsbrandes auf See zu werden und von der letzten Krankheit und dem Tod ihres Vaters zu hören.

Lottie war so tief in ihre Gedanken versunken, daß sie ihre Mutter zuerst nicht die Treppe hochkommen hörte und gerade noch das verbotene Buch unters Knie schieben konnte, ohne sich vom Platz zu rühren, als Gurlie schon in der Tür stand.

»Was machst du hier?«

»Ich sehe aus dem Fenster.«

»Geh hinunter, trockne das Geschirr ab und räume es weg.«

»Ja.«

Dann ging Gurlie in ihr Zimmer.

7

»Wofür hält sie sich denn«, sagte Mrs. Jacobsen, »für eine Prinzessin der königlichen Familie? Sie kam auf die gleiche Weise hier rüber wie wir. Auf einem kleinen Schiff. Ihr Bruder hat ein Feinkostgeschäft in Brooklyn.«

Magna wagte nichts darauf zu sagen. Sie tranken in der Küche hinter geschlossenen Türen ihren Nachmittagstee. Lottie spielte Klavier, Arpeggien die Tonleiter hinauf und hinunter. Man nahm an, daß Gurlie schlief.

»Wieviel zahlen sie dir?« sagte Mrs. Jacobsen, deren Atem eigenartig süßlich roch. »Oh, mach dir keine Gedanken, das war mein eigenes Zeug. Ich habe hier im Haus nichts angerührt. Wieviel bekommst du?«

»Sechzehn Dollar im Monat«, sagte Magna bescheiden.

»Hier, auf dem Lande? Du solltest mehr kriegen, daß du hier rauskommst. In Brooklyn könntest du mehr kriegen.«

»Nein«, sagte Magna. »Ich habe es versucht. Mir gefällt es hier.«

»Aus welcher Ecke von Norwegen kommt sie denn?« Dabei deutete sie mit dem Kopf zum oberen Stockwerk.

»Aus Sarpsborg, glaube ich.«

»Das liegt im Süden, Bauernland. Dort gibt es große Bauernhöfe. Sie war eine Bauerntocher. Soso.«

»Nein, ihr Vater besaß viel Geld, hab ich gehört. Aber er hat es verloren. Sie haben in einem großen Haus gewohnt, alt, sehr alt. Es war eine alte Familie. Eine aristokratische Familie.«

»In Norwegen gibt es keine aristokratischen Familien außer der königlichen Familie.«

Magna blickte zu Boden, erwiderte aber nichts. Mrs. Jacobsen lehnte sich zurück und gähnte. »Ich glaube, ich werde nach oben gehen und mich selbst etwas hinlegen. *Takk for kaffe.* Das hat gut geschmeckt, genau das hatte ich nötig.« Sie war eine vollbusige Frau mit guter Haltung, muskulösen Waden und kräftigen Händen. Als sie in ihrer weißen Schwesterntracht die Treppe hinaufstieg, ließ sie dabei die Stufen ächzen.

Aber nach einer kleinen Weile war sie wieder unten. »Ich bin seit zwei Tagen nicht aus dem Haus gekommen. Ich werde wohl einen Spaziergang machen. Nach welcher Seite geht es denn zur Stadtmitte?«

»Nach da«, sagte Magna.

»Ich will mir mal den Ort anschauen.«

Sie war kaum bis zur Straße gekommen, als Magna hörte, wie Gurlie nach ihr rief. »Komm doch mal hoch!«

»O Gott«, dachte das Mädchen. »Es geht los!«

Gurlie lachte. »Wo ist sie hingegangen? Ich will diese Frau nicht im Haus herumschnüffeln haben. Schick sie weg. Sag ihr, sie soll wieder nach Brooklyn zurück.«

»Aber das kann ich nicht.«

»*Du* kannst mir ebensogut helfen wie *sie.*«

»Ich?«

»Na gut. Aber mir gefällt nicht, wenn man mir einredet, ich sei krank. Ich bin nicht krank. Ich brauche keine Krankenschwester im Haus.« Und sie stand mit einer heftigen Bewegung aus dem Bett auf, sank aber wieder darauf nieder und blies die Backen auf, weil sie merkte, daß ihr mächtiger Bauch zuviel für sie war. »Warum müssen wir Frauen so herumlaufen, und die Männer kommen ungeschoren davon? Mach schon! Bring mir eine Tasse von dem Kaffee. Er riecht gut. Wo sind die Kinder?«

Die Nacht verging ohne Zwischenfälle. Ein weiterer Tag des Wartens. Alle wurden nervös, alle außer Gurlie.

»Sie sollten die Arme nicht so hoch heben«, sagte ihr die Schwester.

»Warum nicht?«

»Weil sonst das Baby mit der Nabelschnur um den Hals zur Welt kommt.«

»Mit der Nabelschnur um den Hals?« Lottie hatte die Worte der Schwester vom Nebenzimmer aus mitgehört. »Was heißt das?«

»Unsinn«, sagte Gurlie. Trotzdem hob sie die Hände nicht wieder hoch. »Ich habe es satt, im Haus rumzusitzen. Ich will raus und ein bißchen frische Luft schnappen.«

»Ich wäre lieber vorsichtig«, sagte die Schwester.

Joe, der noch bei seiner Frau geschlafen hatte, hatte geäußert, daß er sich ein Hotelzimmer in der Stadt nehmen wolle, bis alles vorbei sei.

»Nicht um alles in der Welt!« sagte Gurlie. »Du bleibst hier, wo du hingehörst. Du hast das zu verantworten. Ich möchte, daß du mitbekommst, was eine Frau durchmacht.«

Einen Augenblick flammte Zorn in ihm auf, aber er unterdrückte ihn sofort.

»Leg deine Hand hierher.«

»Na, na, na, na!« Er haßte das. In ihrer rauhen Art packte sie seine Hand und legte sie auf ihren nackten Bauch.

»Was soll das?«

»Ich möchte, daß du spürst, was ich in den vergangenen drei Monaten gespürt habe. Da!« Das Kind in ihrem dicken Bauch hatte kräftig gestrampelt.

Aus irgendeinem Grund reizte ihn das zum Lachen, vielleicht machte das die Stärke des Strampelns oder ein Gefühl der männlichen Tüchtigkeit, daß er sie in diesen Zustand hatte bringen könne, daß sie bald niederkommen würde. »Das ist komisch«, sagte er. »Ein Baby strampeln zu fühlen, ehe es geboren ist.«

»Du findest es also komisch, hä? Ich wollte, er wäre schon draußen und könnte dann dich treten.«

Wieder lachte er. »Wenn es nun wieder ein Mädchen ist?«

»Du kannst es haben, wenn es ein Mädchen ist.«

»Na gut. Wir werden es Hilda geben. Sie wollte immer heiraten und ein Kind kriegen. Gib ihr's. Sie kann es mit hinauf zur Farm in Vermont nehmen und es mit Kuhmilch ernähren.«

Joe ging wieder wie gewöhnlich aus dem Haus, um den Morgenzug zu erreichen. Die Mädchen gingen zur Schule. Magna hatte fast die halbe Nacht gelauscht, aber die Krankenschwester, Mrs. Jacobsen, hatte fest geschlafen.

Nachdem Gurlie gefrühstückt hatte und Mrs. Jacobsen sie ohne befriedigendes Ergebnis befragt hatte, sagte sie ihrer Patientin, daß sie keine saubere Dienstkleidung mehr zur Verfügung habe und gern für ein paar Stunden nach Brooklyn fahren würde, um sich damit zu versorgen.

»Nur zu«, sagte Gurlie. »Bleiben Sie den ganzen Tag. Ich werde dieses Kind wohl nicht vor Januar bekommen.«

Daher hatte Mrs. Jacobsen den Elfuhrzug genommen und war nun fort, so weit, so gut. »Sie kommt heute abend zurück«, sagte Gurlie. »Gott sei Dank ist sie fort! Jetzt fühle ich mich frei. Niemand beobachtet mich, als wäre ich ein krankes Huhn. Juchhe!«

Aber Magna war darüber entsetzt und hielt ihre Herrin, obwohl sie wunderbar tapfer war, für machmal leicht verrückt.

»Guck nicht so ängstlich«, sagte Gurlie. »Du wirst das Kind ja nicht bekommen.«

»Gott bewahre!« sagte die junge Frau.

»Ich wette, es gefiele dir«, lachte ihre Herrin.

»Jetzt noch nicht«, sagte Magna ernsthaft.

»Hast du es darauf ankommen lassen?« sagte Gurlie.

»O nein, nein, nein! Der Mann, den ich heiraten werde, ist in Seattle«, sagte sie.

»Oh, es gibt viele gutaussehende Burschen, die mit einem so hübschen Mädchen wie dir schlafen würden.«

Magna wurde knallrot und ging aus dem Zimmer. Was für eine Frau! dachte sie bei sich, gerade jetzt so zu reden.

Als Joe an jenem Abend vom Geschäft heimkam, war das Haus eigenartig ruhig. Er lauschte, aber obwohl er das kochende Essen riechen konnte, hörte er nichts. »Juhu!« rief er. Die kleine Flossie kam von oben heruntergelaufen.

»Hallo, Daddy.«

»Was ist los? Wo stecken denn alle?«

»Magna kocht in der Küche Essen.«

»Und wo ist die Krankenschwester?«

»Sie ist nach New York gefahren.«

Dann rief ihm Gurlie zu: »Bist du es, Papa?«

Er war wütend, als er hörte, was geschehen war. »Sie ist ein *gottverdammter Dummkopf.*«*

»Schrei mich nicht an. Ich mag es nicht, wenn man mich anschreit«, sagte seine Frau. »Es ist nichts passiert, und mir geht es gut. Sie kann sich ruhig Zeit lassen. Und mache ihr keine Vorwürfe, wenn sie wieder herkommt. Ich versichere dir, daß ich mich nie im Leben besser gefühlt habe.«

»Magna hat gesagt ...«, fing Lottie an.

»Magna redet zuviel«, schnitt ihr die Mutter das Wort ab. »Das Abendessen ist fertig.«

Mrs. Jacobsen traf ungefähr um acht Uhr ein, sagte, sie habe sich verlaufen, habe den Zug verpaßt und eine Stunde warten müssen. Joe wandte ihr den Rücken zu und verließ das Zimmer – erleichtert.

Um drei Uhr morgens wurde Joe von seiner Frau durch

einen kräftigen Hieb gegen den Arm geweckt. Er wußte nicht, wie ihm geschah. »Wach auf«, sagte sie zu ihm. »Massier mir den Rücken.«

»Ich hole die Schwester.«

»Nein«, sagte sie, »wecke sie nicht. Ich möchte noch nicht, daß sie sich an mir zu schaffen macht. Es ist nur der Rücken.«

»Hat es schon angefangen?«

»Ja«, sagte sie. »Jetzt spüre ich es!« Und sie blieb einen Moment mit beiden Händen auf dem Bauch reglos auf der Bettkante sitzen. »Leg mir die Hand auf den Rücken. Nein, weiter unten. Ja, da. Jetzt geht es weg.« Und sie streckte sich wieder auf dem Bett aus und schloß die Augen.

»Wie lange geht das schon so?«

»Ich bin eben erst aufgewacht. Laß mich, mir geht es jetzt gut.«

Joe stand auf, knipste das Licht an und stellte die Zeit fest, indem er seine Uhr zu Rate zog, die auf dem Nachttisch lag. Er begann sich anzukleiden.

»Wo gehst du hin?« fragte sie ihn. »Unfug, komm wieder ins Bett. Es kommt noch nicht. Ich sage dir schon, wenn du den Arzt holen sollst.« Also legte Joe seine Wäsche hin und kroch wieder unter die Bettdecke.

»Hier drinnen ist es kalt. Ich will lieber runtergehen und die Heizung aufdrehen.«

»Ich schwitze«, sagte seine Frau. »Mach es nicht noch wärmer. Schlaf wieder ein.«

Aber an jenem Morgen gab es in dem Haus keinen Schlaf mehr. Nach einer Viertelstunde hatte Gurlie wieder eine Wehe, tief unten. Joe begann sich anzuziehen – ihm war alles recht, um aus dem Zimmer zu kommen.

»Weck die Kinder nicht auf.«

»Ich weiß Bescheid«, sagte er, als er sich auf den Weg zur Bibliothek machte, wo die Schwester fest schlief. Sie antwortete nicht auf sein Klopfen, deshalb mußte er hineingehen, was er verabscheute, und sie auf die Schulter tippen. »Stehen Sie auf«, sagte er, als sie die Augen öffnete, und verließ das Zimmer. Er wollte nicht mit ihr sprechen, und es gefiel ihm nicht, ihre Frauensachen auf dem Stuhl liegen zu sehen. Als er wieder an das Bett seiner Frau trat, sagte er ihr, er gehe jetzt den Arzt holen.

»Nein«, sagte sie. »Ich brauche jetzt keinen Arzt. Mir geht es gut. Sage nur der Frau, sie soll mir eine Tasse Tee machen.«

»Sag ihr's selber«, sagte Joe. »Ich werde die Heizung aufdrehen.«

Sie verbannte ihn aus ihren Gedanken.

Die Krankenschwester übernahm jetzt, kraft ihres Berufes, das Kommando. Sie war Herrin der Situation, oder glaubte es zu sein, und wußte, was zu tun war.

Während ihrer tagelangen Anwesenheit hatte die Frau große Polster aus Zeitungspapier gemacht und sie mit zusammengehefteten alten Bettüchern bezogen. Damit sollte das Bett abgedeckt werden. »Stehen Sie auf«, befahl sie Gurlie. »Ich möchte das unter Sie breiten.«

»Wozu das?«

»Zum Schutz des Bettes. Hier sind Ihre Pantoffeln. Jetzt müssen Sie herumlaufen.«

»Ich werde hier sitzen«, sagte Gurlie. »Bringen Sie mir eine Tasse Tee. Warum muß ich laufen?«

»Das fördert die Geburt des Kindes. Also – auf und ab, auf und ab.«

»Bringen Sie mir eine Tasse Tee«, wiederholte Gurlie. »Gehen Sie, machen Sie, was ich Ihnen sage.«

Gegen vier Uhr kam die Schwester die knarrende Treppe herunter, um Joe, der im Vorderzimmer saß und las, zu sagen, daß er jetzt wohl besser den Arzt holen gehe. Joe antwortete lediglich mit einem Grunzen, aber er begab sich in den Hausflur, zog den Wintermantel an und verließ das Haus. Es war eine gute halbe Meile über den Berg. Die Nacht war still und kalt, Sterne waren nicht zu sehen. Vielleicht würde es schneien.

Dr. Armitage war ein großer, dünner Mann, der einen kleinen Spitzbart trug. Er kannte Joe und bat ihn für einen Augenblick herein, damit er sich inzwischen anziehen könne. Sich die Augen reibend, sein rotblondes Haar um die Ohren herum völlig zerzaust, stand er in einem blauen Bademantel da, der sich vorn ständig öffnete.

»Nehmen Sie einen Moment Platz. Glauben Sie, daß es bald kommt?«

»Ich glaube nicht, daß wir noch viel Zeit verlieren sollten«, sagte Joe.

»Gut, in diesem Fall ...«

»Kann ich hier drin rauchen?«

»Ja, bitte sehr.« Und nach einer Weile, die wie eine Ewigkeit schien, kam er vollständig angekleidet herunter, mit Schlips, ordentlich gebürstetem Haar, geschniegelt und gebügelt. Joe betrachtete ihn und wunderte sich über die Seelenruhe des Arztes. Die Zeit lief.

»Wir gehen jetzt anspannen.«

Die kleine Stute ließ sich Zeit, als die beiden Männer im Wagen nebeneinander, Joe mit der Zigarre in der Hand – der Doktor rauchte nicht –, die eine Straße hinauf- und die andere hinunterfuhren, bis sie am Ort der Entbindung ankamen. Der Arzt warf dem Pferd eine Decke über, tätschelte ihm den Kopf, nahm seine Tasche und schritt die Stufen hoch, wo Joe ihm schon die Tür aufhielt.

Es war inzwischen fast fünf Uhr, und Gurlie war mitten in den Wehen. »Wie geht's, Doktor?« sagte sie in einer Pause zwischen den Wehen. »Alle außer mir machen sich Sorgen.«

»Es scheint Ihnen ziemlich gut zu gehen«, sagte er. »Haben Sie große Schmerzen?« Er blickte fragend auf die Schwester.

»Nein«, sagte Gurlie. »Nicht der Rede wert.« Aber eben in dem Augenblick wurde sie von starken Wehen erfaßt, stand auf, klammerte sich, den Kopf gesenkt, mit gespreizten Beinen an eine Stuhllehne und wurde vor Anstrengung rot im Gesicht.

Alle warteten. Joe war von unten heraufgekommen und

stand in der Tür. Er glaubte, das Kind käme jetzt auf der Stelle, aber der Arzt, der auf dem Bettrand sitzen blieb, rührte sich nicht.

»Wie lange geht das schon so?«

»Das ist Mrs. Jacobsen aus Brooklyn, meine Krankenschwester«, sagte Gurlie keuchend, als die Wehen nachließen. »Fragen Sie sie. Für irgend etwas muß sie doch gut sein. Das ist mein Arzt«, sagte sie zur Schwester. »Was halten Sie von ihm? Ha!« Sie ließ ihr rauhes Lachen hören. »Warum untersuchen Sie mich nicht und sagen mir, ob es die richtige Lage hat? Ich habe zu fühlen versucht, ob der Kopf ...«

»Ich kann mit ihr nichts anfangen«, sagte die Schwester.

»Das müssen Sie bleibenlassen«, sagte der Arzt. »Auf diese Weise können Sie sich schaden.« Und als sie sich auf das Bett fallen gelassen hatte, befahl er ihr: »Bleiben Sie liegen, bis ich festgestellt habe, was los ist.« Damit ging er ins Bad, um sich die Hände zu waschen, und die Schwester folgte ihm.

»Kommen Sie zurück«, rief Gurlie ihr zu.

»Ich muß mit dem Doktor sprechen.«

»Erzählen Sie ihm nur keine Lügen über mich.«

Nun kam Joe herein, um mit seiner Frau zu reden. »Wie fühlst du dich?« fragte er.

»Oh, du machst mich krank«, sagte sie zu ihm.

Zorn stieg in ihm auf. »Wenn du also nichts brauchst, gehe ich hinunter«, erwiderte er.

»Komm her«, sagte sie. »Massier mir den Rücken. Mach dir nichts draus. Nein, ich brauche nichts. Geh nur – und wenn die Kinder aufwachen, dann lasse sie nicht hier rein.«

»Sie ist eine schreckliche Person«, sagte die Schwester im Badezimmer zum Arzt, während er sich die Hände bürstete. »Sie hört einfach nicht auf mich, ich kann machen, was ich will. Aber ich glaube, es ist soweit.« Sie half ihm, seinen Kittel zuzubinden, während er die Hände ausgestreckt hielt, damit die Lösung ablief, und folgte ihm ins Zimmer.

»Legen Sie sich jetzt hin«, sagte sie zu Gurlie. »Der Arzt möchte Sie untersuchen.«

»Nein. Ich will auf die Toilette.«

»Jetzt dürfen Sie nicht gehen, sag ich Ihnen.«

»Ich gehe«, sagte Gurlie. »Aus dem Weg mit Ihnen.« Sie stieß also die Schwester beiseite, wobei diese den Arzt verzweifelt ansah. »Das Kind wird in das Toilettenbecken fallen!« sagte sie zornig zu ihr.

»Ich weiß, was ich mache.«

»Ziehen Sie wenigstens die Pantoffel an.«

»Lassen Sie mich in Ruhe.«

»Gehen Sie mit«, sagte der Arzt geduldig. Er blickte nur zu Boden und wartete. Recht bald kam Gurlie zurück.

»Es kam nichts«, sagte sie.

»Das habe ich mir gedacht«, sagte er.

»Lächeln Sie nie?« sagte Gurlie zu ihm. »Ich habe Sie nie lachen sehen. Man sollte meinen, wenn Sie in Ihrem Beruf uns Frauen beim Kinderkriegen zusehen, dann müßten Sie lachen.«

»Nein, danach ist mir nie zumute«, sagte der Mann, selbst Vater von elf Kindern. Junge, Mädchen, Junge, Mädchen – und so weiter, bis die Leute verbreiteten, er habe das Geheimnis entdeckt, wie man das Geschlecht bestimmt. Vielleicht stimmte das ja.

»Aha, so ist das also«, sagte er, als er sie untersuchte.

»Wie steht's?« sagte Gurlie.

»Der Kopf ist schon zu sehen. Und Sie, Mrs. Stecher, Sie müssen ab jetzt im Bett bleiben. So ist's gut« – als Gurlie das Laken packte, das zu einem Seil gedreht und am Bettpfosten befestigt worden war, damit sie sich daran festhalten konnte –, »ausgezeichnet! Ich kann es schon ein wenig sehen.«

»Welche Haarfarbe hat es?« fragte Gurlie zwischen Stöhnen.

»Kann ich nicht sagen«, erwiderte der Arzt.

»Was können Sie nicht sagen?« fragte Gurlie. In diesem Augenblick schoß reichlich Flüssigkeit hervor und benäßte die Beine der Frau.

»Da kommt's«, sagte der Arzt.

»Gut«, sagte die Schwester, »jetzt ist es gleich da.« Neben den Arzt stellte sie den mit einem Handtuch abgedeckten Stuhl, auf dem die Schüssel mit der Desinfektionslösung stand. »Decken Sie sich zu!«

»Nein«, sagte Gurlie, »ich will nicht.«

»Aber Sie müssen zugedeckt bleiben.«

»Ach«, sagte Gurlie. »Er hat mehr als das gesehen.«

»Aber Sie müssen Ihre Haut bedeckt lassen.«

»Nein, ich will nicht zugedeckt sein.« Und sie zog die Knie an und preßte diesmal mit ganzer Kraft, so daß man den Kopf des Kindes deutlich erkennen konnte. »Lassen Sie mich aufstehen. Ich möchte mich entleeren.«

»Was können wir nur mit ihr anfangen, Doktor?«

»Nein, Sie dürfen nicht aufstehen«, sagte der letztere ruhig. »Lassen Sie es ruhig raus, wenn's sein muß.«

»Aber ... Oh, schon wieder. Oh, helfen Sie mir. Wozu sind Sie denn da? Nehmen Sie's weg. Ziehen Sie's raus. Es ist doch schon da, ich spüre es.«

»Geben Sie ihr etwas Chloroform.«

»Schon wieder!« Da tropfte Mrs. Jacobsen Chloroform auf das Taschentuch. Zunächst merkte es Gurlie nicht, aber beim nächsten tiefen Atemzug bekam sie etwas in die Lunge und stieß die Hand der Frau beiseite und hustete, bis sie blau im Gesicht war. Da war der Schmerz schon vorüber. »Was ist das?« fragte sie ihn betäubt. »Ich will nichts mehr davon. Nein, nehmen Sie es weg. Ich fühle mich wohl. Lassen Sie mich nur in Ruhe.«

Joe hörte unten das Durcheinander und lauschte, ob etwas von den Kindern zu vernehmen war, aber alles war ruhig. Magna war jedoch aufgestanden und hatte sich angekleidet. Sie ging in die Küche hinunter, zündete die Lampe an und schloß die Tür.

»Schon wieder!« Gurlie ließ das Bettuch los und packte den Arzt beim Ärmel. Dann ließ sie ihn wieder fahren, ergriff ein Kissen und preßte es gegen den Mund. Sie warf es weg und stieß einen kurzen Schrei aus.

»Da ist es. Braves Mädchen«, sagte er. »Gut gemacht. Es

ist glitschig wie ein Aal. Legen Sie ihr die Hand auf den Bauch, und pressen Sie«, sagte er zur Schwester.

»Nehmen Sie die Hand weg«, schrie Gurlie drohend.

»Hören Sie auf!« sagte er scharf. »Wollen Sie sich schaden? Lassen Sie die Schwester in Frieden.«

»Ist es da?« Sie hob den Kopf vom Kissen.

»Lassen Sie den Kopf unten«, sagte die Schwester. Gurlie schubste sie beiseite. »Ist es in Ordnung?« Der Doktor hatte Mühe, das Wesen zu halten. Da ertönte sein erster lauter Schrei und drang an Joes Ohr. Er sprang auf. Ein Schreianfall folgte dem anderen. Er schaute auf die Uhr. Viertel nach fünf. Magna trat in die Küchentür.

»Ist es da?«

»Ich glaube schon«, sagte Joe und machte sich auf den Weg nach oben.

Als er bei der obersten Stufe angelangt war, hörte er den Arzt mit ruhiger Stimme sagen: »Es ist ein Junge.«

Joe erstarrte.

»Ein Junge!« sagte Gurlie. »Ich wußte es! Hurra!«

»Bleiben Sie ruhig«, sagte die Schwester ärgerlich. »Sie müssen noch die Nachgeburt ausstoßen. Bleiben Sie ruhig.«

»Zeigen Sie mir's«, sagte Gurlie zum Arzt. »Halten Sie es hoch.« Er tat es, nachdem die Nabelschnur durchtrennt war, und hielt der Mutter das Baby hin, damit sie dessen Geschlecht sehen konnte.

»Das ist schön. Laßt mich jetzt schlafen«, und sie drehte den Kopf beiseite. »Nehmen Sie die Hand von meinem Bauch. Ich will nicht, daß Sie so auf mir herumdrücken.«

»Alles bestens, Doktor, ich glaube, es kommt gleich«, sagte die Schwester, und sie preßte die Nachgeburt heraus, während sich Gurlie hektisch an ihre Handgelenke klammerte.

»Was ist das?« sagte Gurlie.

»Halten Sie Ihre Beine gespreizt«, befahl er ihr. »Jetzt stemmen Sie sich hoch, bis wir diese Unterlage vorgeholt haben. Gut so. Jetzt können wir uns dem Kind widmen. Schlafen Sie. Puh!« sagte er erschöpft. »Diese niedrigen, in der Mitte durchgelegenen Betten sind nicht gerade das Beste für meinen Rücken. Nun wollen wir dich mal anschauen, junger Herr«, sagte er zum Baby. »An die acht Pfund, nehme ich mal an.« Er band die Nabelschnur ab, verpaßte ihm Augentropfen und rollte das Kind herum, um zu prüfen, ob der Rücken einen Defekt aufwies, und er zählte Zehen und Finger. Das Baby blinzelte, ließ noch den einen oder anderen kräftigen Schrei ertönen und wurde dann ruhig, bis die Schwester das Bett der Mutter gerichtet hatte und es baden konnte.

So eine Aufregung! Und jetzt war alles vorbei.

Joe kam herein und küßte seine Frau. »Du hast dich gut gehalten«, sagte er. »Es ist ein Junge.«

»Ich wußte, daß es ein Junge wird«, sagte sie zu ihm. »Wieviel wiegt es?«

»Ungefähr acht Pfund.«

»Das ist aber ein großes Baby. Ist es gesund?«

»Ja«, sagte Joe.

»Ich bin froh, daß es vorbei ist.«

Der Arzt reinigte seine Sachen. Es wurde gerade hell. Joe blickte auf das faltige Gesichtchen, in dem sich ab und zu die Augen öffneten und schlossen. Das Kind knurrte und wand sich. »Es siehst so aus, als würde er unter der Decke da frieren. Glauben Sie nicht, daß ihm ein paar Tropfen Whiskey guttun würden?« fragte er den Arzt, der gerade ins Zimmer trat und sich dabei die Hände abtrocknete. Er setzte sich auf die Bettkante und packte Gurlies Bauch mit festem Griff.

»Nicht!« rief sie und umklammerte seine Handgelenke. »Das tut weh!«

»Das muß sein«, sagte er und ließ nicht locker. »Da, Sie halten sich wacker.«

»Glauben Sie nicht, daß wir dem Baby ein bißchen Whiskey mit Wasser zu lutschen geben sollten? Es sieht so verfroren aus«, sagte Joe.

»Lassen Sie der Natur ihren Lauf«, sagte der Arzt. »Wenn

der gute Gott gewollt hätte, daß es bei seiner Geburt Whiskey bekommt, dann hätte er ihm ein Fläschchen mitgegeben.«

Als dann alles still und der Doktor fort war und Gurlie schlief, nahm die Schwester das Baby mit in die Küche hinunter, um es zu baden. Magna war entzückt. »Ein kleiner Junge. Lassen Sie mich ihn mal auf den Arm nehmen. Ist der nicht schwer? So groß! Wie kann das nur sein?«

Flossie traute ihren Augen kaum.

Aber Lottie schaute nur gelangweilt auf das kleine Ding herab. »Häßlich«, war alles, was sie sagte, ehe sie sich abwandte.

8

Die tonangebenden Frauen der Stadt, und zu jener Zeit waren das meist Presbyterianerinnen, nahmen Gurlie in ihre Reihen auf. Sie war beherzt, sie besaß unbegrenzte Tatkraft hinsichtlich öffentlicher Angelegenheiten, sie war lustig, mochte Gesellschaften und verstand es, die anderen für sich arbeiten zu lassen. Das offenbarte sich nicht alles sofort, aber sie mochten sie von Anfang an, und das reichte aus. Es gab natürlich auch jene, die meinten, es fehle ihr an Takt, um es milde auszudrücken, aber selbst sie mußten zugeben, daß sie etwas auf die Beine stellte, wenn sie sich das vorgenommen hatte.

»Solche Menschen brauchen wir in dieser Stadt. Hier schlafen doch alle. Wenn wir nicht bald aufwachen, dann ist von dem, was wir einst waren, nichts mehr übrig. Wir haben keinen Park, wir haben kein ordentliches Pflaster auf unseren Hauptstraßen, unsere Straßenbeleuchtung ist eine Schande, und sie hat eine wunderbar begabte Tochter.«

»Die sieht ihr kein bißchen ähnlich.«

»Mit ihrem Mann kann man sich sehr nett unterhalten, und er ist ein gewiefter Geschäftsmann, sagt man. Er ist Drucker. Druckt die Zahlungsanweisungen der Vereinigten Staaten.«

»Ich dachte, die würden von der Regierung gedruckt.«

»Mein Mann sagt aber, daß es eine undurchsichtige Sache war, wie er den Kontrakt bekommen hat.«

»Ich habe auch davon gehört. Bob sagt aber, es war überhaupt nicht undurchsichtig. Er hat sich wie alle anderen darum beworben. Da kommt sie ja. Sind alle da?«

»Worüber habt ihr denn so allein hier in der Ecke gesprochen? Ich wette, ihr habt was erzählt, was nicht stimmt. Laßt mich mal hören«, und sie lachte ihr rauhes Lachen. Es kümmerte sie nicht, was sie redeten.

»Wir haben gerade gesagt, was für ein musikalisches Talent Ihre Tochter ist, und so hübsch ...«

»Hübsch? Die Bohnenstange?«

»Sie hat so schöne Augen.«

Die presbyterianische Kirche stand auf einem beherrschenden Platz in der Stadt, nicht weit davon befand sich das, was man als Stadtzentrum bezeichnen könnte, ein dreieckiges Areal von der Länge eines Häuserblocks, wo sich zwei der Hauptstraßen vereinigten. Kirche und Schloß waren zur gleichen Zeit erbaut worden, zum großen Teil vom selben Vermögen. Die alte Kirche, die jetzt eine Bücherei war, stand gegenüber, und ihr hölzerner Glockenturm, aus dem die Glocke entfernt worden war, starrte schweigend auf diesen Knotenpunkt der städtischen Belange, das Spritzenhaus und die alte Schule.

»Ist die Eiskrem schon da?« fragte Gurlie, die den musikalischen Abend organisiert hatte.

»Es ist noch zu früh«, sagte eine der Frauen. Drei von ihnen waren in der Küche dabei, die Teller, Teetassen, Gabeln und Löffel bereitzustellen. Gurlie war wieder fort, da nun die Leute einzutreffen begannen.

»Wartet nur, bis mein Mann nach Hause kommt und merkt, daß ich fort bin. Er wird Krach schlagen.«

»Haben Sie ihm nicht Bescheid gegeben?«

»Nein. Was er nicht weiß, macht ihn nicht heiß. Haben Sie schon zu Abend gegessen? Ich habe keinen Bissen gegessen. Die Kuchen hier sehen wunderbar aus.«

»Sie werden noch furchtbaren Hunger leiden müssen, bis wir uns über sie hermachen können. Zuerst ist die Musik dran. Wie geht es denn Ned zur Zeit? Ich habe gehört, daß er krank war.«

»Liegt am Wetter! Es geht ihm trotzdem gut, aber vorigen Monat war er in einem schrecklichen Zustand. Es geht ihm besser als letztes Jahr. Wieviel Kuchen sind denn da? Nur sechs? Glaubt ihr, das reicht? Und der da ist ja furchtbar klein. Wer hat den mitgebracht?«

»Ist doch egal.«

»Oh, ich weiß schon. Der taugt wirklich nicht sehr viel, was? Nun mal ehrlich. Ich begreife nicht, wieso manche solche Kuchen schicken. Entweder man gibt was Gutes, oder wenn man nichts geben will oder es sich nicht leisten kann, dann gibt man eben nichts. Aber so einen Kuchen ...«

»Es ist kein schlechter Kuchen«, sagte Mrs. Coburn.

»Kommt drauf an, wie man's nimmt. Aber laßt euch durch mich nicht stören«, fuhr Mrs. A. fort. »Aus mir muß immer heraus, was mir auf dem Herzen liegt. Sie sagen nie was, oder, Mrs. C.? Sie sind ein stilles Wasser. So bin ich aber nicht. Ich muß alles freiheraus sagen. Sie hat Glück, daß sie einen so schönen Abend erwischt hat.«

»Sie scheint immer Glück zu haben«, sagte Mrs. D.

»Da haben Sie recht. Manche Leute haben immer Glück. Das macht sich bezahlt. Ich mag ihre Tochter. Diese großen Augen. Aber sie ist schüchtern, nicht wahr?«

»Ich finde nicht, daß sie schön ist. Ich kenne diese Transusen.«

»Das kommt, weil sie so groß ist. Sie haben so lange Beine, daß sie sich krumm machen müssen, um nicht so aufzufallen. Lieber klein sein, so wie ich. Nicht wahr?« sagte sie zu Mrs. C. »Oh, aber Sie wollen sich ja nicht äußern. Die Mutter ist nicht so groß. Auch ihr Vater nicht, der ist eigentlich klein oder zumindest mittelgroß. Ein netter Mann. Ich frage mich, wo sie die langen Beine herhat. Sie sieht beiden nicht ähnlich.«

In dem Augenblick kam eine ältere Dame mit einem weiteren Kuchen, der mit Wachspapier abgedeckt war. »Ich dachte schon, ich könnte nicht kommen«, sagte sie. »Bis zur letzten Minute mußte ich warten.«

»Oh, schaut euch den an, ist der nicht wunderbar!« sagte Mrs. A. »Sie backen immer so köstliche Kuchen. Sie sind ein Schatz. Schaut euch *den* mal an, Mädels. Das nenne ich einen Kuchen. Ich werde mir ein Stück genehmigen, ehe wir sie herumreichen.«

»Psst!« machte jemand an der Tür. »Man kann euch draußen hören.«

»Oh, Entschuldigung. Das vergesse ich immer. Wieviel werden denn kommen?« fuhr sie leiser fort. Gurlie, die mit einigen von den prominenteren Gästen gesprochen hatte, glaubte, daß es fast hundert werden könnten.

»Ach du lieber Himmel! Dann reicht unser Kuchen nicht.«

»Doch, doch. Wir haben jetzt zehn, und wenn wir jeden in zwölf Stücke schneiden, dann ist es mehr als genug.«

»Oh, Sie sind immer so praktisch! Hier gibt's nichts mehr zu tun«, sagte Mrs. B. und band sich die Schürze ab. »Ich setze mich raus. Ihr seid bestimmt froh, mich los zu sein, nicht wahr, ihr Lieben? Aber ich komme wieder.« Und damit war sie fort.

»Ich bin froh, diesen Wirbelwind los zu sein. Aber sie hat ein gutes Herz«, sagte Mrs. D. »Setzen Sie sich auch raus, um die Musik zu hören, Mrs. A.?«

»Nein, meine Liebe«, sagte die korpulente, ruhige Frau. »Wir können die Tür einen Spalt öffnen und alles von hier aus mithören. Wir machen nur das Licht aus. Oh, hier ist endlich das Eis. Ich bin froh, daß Sie nicht in das Konzert hineingeplatzt sind.«

Es sah so aus, als ob der Sonntagsschulraum sich bis zum

letzten Platz füllen würde. Alle waren da – bei einem Eintrittspreis von fünfundzwanzig Cent.

Sie drängten sich aneinander vorbei, um zu ihren Plätzen zu gelangen. »Warum setzen sich die Leute immer auf die ersten beiden Plätze neben dem Gang? Sie machen das jedesmal so und lassen die anderen frei. Das muß die Angst vor einem Feuer sein«, sagte Mrs. Janus mit dem dicken Bauch.

»Wie geht's, Hank? Kommst du auch ins Konzert? Was sind das für Possen?«

»Die Frau schleppt mich zu so was. Kann man hier rauchen?«

»Nein.«

»Wie geht das Geschäft in der Holzbranche?«

»Geht seinen Gang. Wie steht's bei dir? Machen dir die Leute Schwierigkeiten beim Steuereinziehen?«

Der angesprochene Mann war der Steuerbevollmächtigte der Stadt. Direkte Fragen beantwortete er nie.

»Was haben sie heute abend für uns auf dem Programm?« Und er holte die Brille aus der Westentasche und fing an, in seiner bedächtigen Art das Programm zu mustern. »Gedruckt«, fügte er hinzu. »Ist das nicht etwas? Wir haben neuerdings Stil.«

»Ja, ihr Mann hat das für sie drucken lassen.«

»Hm, ich merke, in dieser Kirche packen sie die Dinge richtig an. Also. Gesang und – was ist das? Wer ist denn dieser Back?«

»Bach«, korrigierte ihn seine Frau.

»Bock. Ich dachte, das sei Bier.«

Lottie und die zwei Gesangssolisten, Miss F. und der Bariton, blätterten im Studierzimmer des Pfarrers noch einmal nervös in ihren Noten. In der Mitte des Programms stand Lotties Namen hinter einer Bach-Suite, auf deren Vorspiel sie bestanden hatte; ihre Mutter hatte gewünscht, sie solle etwas Populäreres spielen, aber sie wollte nicht nachgeben.

Gurlie hatte bis zur letzten Minute voller Unruhe an der

Tür gestanden. Jetzt gab sie einem jungen Mann, der die Eintrittskarten kontrolliert hatte, Anweisungen, daß er Zuspätkommende ermahnen solle, leise zu sein.

»Überlassen Sie das nur mir«, sagte er.

Sie begab sich ins Studierzimmer, um den Mitwirkenden das Zeichen zum Beginn zu geben, ließ sich dann in einer der hinteren Reihen nieder und hoffte das Beste. Ebenda kam Mrs. A. aus der Küche zu ihr und zog sie am Ärmel. Sie bedeutete Gurlie, ihr zu folgen, und ging durch die Küchentür, die sie hinter sich schloß. Der begleitende Pianist begann gerade mit der Einleitung zum ersten Lied. Miss F. stand auf dem Podium.

Als Gurlie ihre jüngere Tochter Flossie dastehen sah, sagte sie zu ihr: »Was ist passiert?«

»Papa hast mich geschickt«, sagte das Kind beherzt, im Bewußtsein, nichts falsch gemacht zu haben.

»Warum hat er dich geschickt?«

»Das Baby schreit.«

»Sag ihm, er soll ihm ein Fläschchen Wasser geben. Das ist kein Grund, dich jetzt zu mir zu schicken.«

»Er hat ihm Wasser gegeben, aber er wollte nicht trinken.«

»Sag ihm, er soll das Baby auf den Bauch drehen, damit es aufstoßen kann.«

»Das hat er ja gemacht, aber da hat es noch mehr zu weinen angefangen.«

»Dann laßt es eben schreien, es wird ihm nichts schaden, wenn es schreit.«

»Es hat schon über eine Stunde geschrien, sagt er, und er möchte, daß du nach Hause kommst.«

»Ich kann jetzt nicht kommen. Ich muß mich um zu vieles kümmern. Sag ihm, er soll sein möglichstes versuchen, Geh, sag ihm das.«

Der Heimweg war eine reichliche Viertelmeile, und obwohl die Frühlingsabende allmählich länger wurden, hatte die Dämmerung schon eingesetzt.

»Er sagt, du mußt nach Hause kommen.« Das Kind wollte nicht weichen.

»Gehen Sie lieber«, sagte die stille Mrs. A. »Wir schaffen es schon. Wenn es nötig ist, können Sie ja wiederkommen. Wir werden bestimmt zwei Stunden hier sein, mit allem Drum und Dran.«

Gurlie war wütend, als sie ankam. Er hatte das Baby auf dem Arm und lief mit ihm im Erdgeschoß auf und ab. Im Moment schlief es gerade.

»Also du!« sagte sie, als sie zur Tür hereinkam. Flossie wartete das Folgende nicht ab, sondern ging sofort in ihr Zimmer.

»Das kommt von deinem Geselligkeitsfimmel«, fing er an.

Als sie sah, daß er wirklich erzürnt und nervös war, besaß sie die Klugheit zu lachen. Es kam ihr komisch vor. »Wozu sind schon Männer gut? Ihr könnt ja nicht mal ein Baby versorgen.«

»Nein. Wir sind nicht dazu geschaffen, sie wie eine Frau zu säugen. Das ist euer Geschäft. Aber ihr wollt ja nur das Wahlrecht, ihr wollt Politik machen, während ihr euer Heim zum Teufel gehen laßt. Hier hast du es.«

»Gib es her«, sagte sie und legte Hut und Mantel ab. In einem bequemen Stuhl sitzend, knöpfte sie ihr Kleid auf und legte das Kind an ihre pralle Brust.

»Mach dich jetzt raus, und fang keinen weiteren Streit an. Wo gehst du hin?«

»Ich gehe aus«, sagte Joe.

»Das tust du nicht. Du bleibst gefälligst hier, damit ich gleich, wenn ich ihn gestillt habe, wieder zurückkann.«

Er gab keine Antwort, sondern trat zur Haustür hinaus.

»He, du«, sagte sie. Aber er war schon fort. Sie bemühte sich nicht mehr, ihn zu rufen, da sie wußte, daß er nur bluffte. Nach zehn Minuten ließ der schläfrige Mund des Babys die Brust fahren. Sie nahm es mit nach oben und legte es in sein Bettchen. Es hatte sich vollgetrunken und rührte sich nicht. »Mein Schatz«, sagte sie und verließ es. Sie konnte Joes Zigarre riechen. Also zog sie den Mantel wieder an und setzte den Hut auf, ging hinaus und sagte zu ihm auf der Eingangstreppe, wo er saß, daß sie jetzt wieder zur Kirche zurückkehre, küßte ihn auf den Mund und ging.

»Ach«, sagte er, »du bist verrückt.«

»Tschüs!« sagte sie winkend und ging mit ihrem watschelnden Entengang in die Dunkelheit, die jetzt vollständig war.

»Was war los?« fragte sie die Frauen, die sie an der Kirchentür traf. »Ist es vorbei?«

»Nein, nein. Nur die erste Hälfte. Ihre Tochter da ist wunderbar. Wirklich begabt.«

»Das weiß ich«, sagte Gurlie. Es war nun Pause, und alle hielten nach ihr Ausschau.

»Was war denn mit Ihnen los?«

Sie flüsterte einer der Damen vom Komitee, Mrs. D., etwas zu, diese kicherte und blickte zu Boden. »Was war los?« fragten ihre Nachbarinnen. »Sie mußte nach Hause gehen und ...«

»Nicht doch!«

»Ja, wirklich.«

»Ich habe nicht gewußt, daß sie einen Säugling hat«, sagte Mrs. C., als sie in die Küche zurückkam.

Als es Lottie mitten in ihrer Träumerei zu hören bekam, war ihr das furchtbar peinlich.

»Na, wenn das Haus einfällt, dann gibt man doch dem Architekten die Schuld und nicht dem Maurer«, sagte Mr. T.

»Was?«

»Wenn es also stehenbleibt, dann ist das *ihm* zu danken. Es ist ein verdammt gutes Konzert, meine ich. Aber das ganze klassische Zeug ist mir zu hoch. Hast du gehört, was diese Woche Max Weber passiert ist? Vor einem Monat ist ihm eines Abends sein Gebiß in die Toilette gefallen. Ja, wirklich, und er wollte nichts in der Sache unternehmen. Auf niemanden wollte er hören, sondern ließ sich vom Zahnarzt ein neues Gebiß anfertigen. Hat ihn zweihundert Dollar gekostet. Vor zwei Tagen hat er den Klempner zum Reinigen des Abflußrohres geholt. Und was, glaubst du, hat der gefunden? Na klar. Ohne einen Kratzer oder Sprung. So gut wie neu. So wie das Gebiß war, als er's verloren hat. so holte der Mann es wieder hoch. Zweihundert Dollar hinuntergespült.«

Lottie und der alte Pianist waren in der Sakristei. Die Tür war zu. Die Gesangssolisten waren draußen und nahmen die Glückwünsche ihrer Freunde entgegen. Aber Lottie glaubte, nicht gut gespielt zu haben, und wollte keinen sehen.

»Sei nicht albern«, sagte der Alte. »Das ist ein schwieriges Stück, und du hast es gut gespielt. Wie alt bist du?«

»Über dreizehn«, sagte Lottie und blickte dem Fragenden gerade in die Augen.

»Magst du Bach?«

»Er ist der Größte.«

»Das ist ein bißchen zu drastisch«, antwortete ihr Freund, »auf alle Fälle etwas zu hochgestochen für die Stadt, wo du wohnst. Du wohnst doch in Riverdale?«

»Ja, aber ich werde nicht ewig hierbleiben. Ich gehe ins Ausland.« Zur Zeit bestand nicht die geringste Aussicht für sie, ins Ausland zu gehen, aber sie wollte sich wichtig machen, und das fiel ihr eben ein.

»Ins Ausland?«

»Ja, zum Studium. Zum Musikstudium.«

»Glückliches Mädchen. Also ist Musik dein ganzes Leben. Gehst du denn nicht gern tanzen und auf Gesellschaften?«

Wofür hält er mich denn, dachte Lottie bei sich. Aber sie sagte: »Nein.«

In dem Moment kam Gurlie zur Tür hereingestürzt. »Was macht ihr beiden denn hier drinnen? Alle wollen dich sehen. Komm raus und zeig dich.« Sie warf dem Mann, den sie nicht kannte, einen schnellen Blick zu.

»Das ist Mr. Bellows, der Begleiter. Er kommt aus der Stadt. Wir haben uns unterhalten.«

»Sehr schön«, sagte Gurlie. »Nun beeil dich. Halte die Schultern gerade. Sei nicht so nachlässig. Schau dir dein Haar an.«

In der Küche war unter den Helferinnen, die das Eis und

den Kuchen herumreichten, ein großes Kommen und Gehen. Die festen Stuhlreihen waren aufgelöst worden, um ungezwungene Gruppen zu bilden. Die Frauen hatten sich zusammengefunden. Einige der Männer rauchten, sie saßen oder standen abseits. »Diese verdammten Stühle mit den Holzsitzen sind nicht für Christenmenschen gemacht. Bin froh, aufstehen und mich mal strecken zu können. Wie war die Sitzung des Schulkomitees gestern abend?«

»Man spricht davon, ein neues Gebäude für die Oberschule zu errichten.«

»Ich schätze, wir brauchen es früher oder später, aber vielleicht ist das jetzt nicht der rechte Zeitpunkt dafür. Es gibt noch viel, was vorher getan werden muß.«

»Sie hätten mal den kleinen Mann, Page, reden hören sollen, er ist ein großer Redner. Hat sie alle in eine Debatte über parlamentarisches Recht verstrickt, wollte sich nicht unterbrechen lassen, und es gelang ihnen auch nicht. Das war ein Spaß.«

»Meine Liebe, ich höre Ihre Tochter *so* gern spielen. Aber könnten Sie das Mädchen nicht bitten, etwas Leichteres zu spielen? Es gibt da zum Beispiel einige Stücke von Schumann oder welche von Chopins Etüden. Aber Bach! Unseren Menschen hier liegt das wirklich nicht, nicht wahr? Seien Sie ehrlich. Ich weiß, Sie sind eine musikalische Familie, und einige von uns ...«

»Was für ein Bild sie abgibt! Ich sehe so gern ein junges Mädchen am Klavier. Sie bringt es wahrhaftig zum Sprechen. Haben Sie nicht auch Freude daran, junge Menschen musizieren zu sehen? Sie sehen so unschuldig aus, und die schöne Musik ... Sie scheint aus ihren Augen zu dringen – so kann man beinahe sagen, nicht wahr? Die Behauptung, daß die Musik aus ihren Augen dringt, ist schon lächerlich. Aber Musik ist, so sagt man, die Sprache der Seele, und die Augen sind deren Fenster. Deshalb ist es ganz natürlich ...«

»Ach, hören Sie auf, sie ist bloß ein Kind. Sie spielt ganz ordentlich.«

Lottie, die sich das alles anhören mußte, war sehr dankbar für diesen Funken gesunden Menschenverstandes.

»Spielst du noch einmal für uns, wenn ein paar von denen da gegangen sind? Bitte. Etwas Einfaches, was wir verstehen?«

Da haben wir's, dachte Lottie, die sie alle verachtete, aber ihr Lächeln nicht verlieren durfte – mit Rücksicht auf ihre Mutter, die zwischen den verschiedenen Grüppchen hin und her wanderte und dafür sorgte, daß sich alle wohl fühlten.

»Wieviel haben wir eingenommen?«

»Sechsundzwanzig Dollar und fünfundzwanzig Cent.«

»Nun, das ist gar nicht so schlecht. Da bleiben mindestens fünfzehn übrig, oder sogar noch mehr.«

Lottie mußte noch einmal spielen, nachdem über die Hälfte der Gäste gegangen waren. Einige standen noch im Eingang; die Frauen hinter der geschlossenen Küchentür, die das Geschirr spülten, waren noch zu hören und mußten zur Ruhe ermahnt werden. Lottie spielte ein Präludium von Chopin. Nach dem Applaus fing der Tumult von vorn an.

Schließlich war alles vorüber. Das Geschirr war gespült und alles weggeräumt, die Kuchenteller an die Eigentümer zurückgegeben, und Gurlie konnte gehen. Als der Hausmeister ihr gute Nacht wünschte, ging es schon auf elf zu. »Papa wird mir die Hölle heiß machen«, sagte sie.

Aber Lottie schaute zu den Sternen empor. Es war eine liebliche Frühlingsnacht, alles war so still, die Luft so warm. »Ach«, sagte sie, »ich würde gern die ganze Nacht aufbleiben.«

Gurlie gähnte. »Ich bin froh, daß es vorbei ist.«

»Schau dir die Sterne an. Ich bin kein bißchen müde. Die Menschen sind so dumm, daß sie zu Bett gehen.«

Joe war schon im Bett und schlief. Er wachte auf, als Gurlie hereinkam.

»War das Baby lieb?«

»Ja.«

Lottie machte das Licht nicht an, um ihre Schwester nicht zu wecken, sondern zog sich still in ihrem Zimmer aus, ging zum Fenster, blieb dort in ihrem langen Nachthemd stehen und blickte zu den Sternen auf. Sie stand lange dort, völlig reglos, und wußte nicht, was ihr durch den Kopf ging, außer daß es ihrem immer noch erregten Gemüt nach der Musik guttat, so still zu sein, als hätte sie mit ihren Kleidern die Gewöhnlichkeit der ganzen Stadt abgestreift, als bade sie in Musik – und in der Nacht.

Nacht, ja Nacht ist die beste Zeit, um nackt zu sein, wenn sie sich das nur trauen würde, allein. Es war die Traurigkeit der frühen Jugend. Sie wäre gern barfuß auf den Rasen gelaufen, um ganz weit weg vom Haus stehenzubleiben. Sie spürte nicht den Wunsch zu tanzen, nur den Nachtwind wollte sie auf ihrer Haut fühlen. Einen kurzen Moment glaubte sie beinahe, sie würde es tun. Sie würde sich trauen. Niemand brauchte es zu erfahren.

Aber mein Gott, wenn sie mich sehen würden! Einfach hinauszugehen und nackt unter den Sternen dazustehen. Sie würden glauben, ich sei verrückt. Niemand versteht das. Sie haben alle schmutzige Gedanken. Alle.

Sie hob die Hände zu den Hüften, dann wandte sie sich zögernd ab und kroch ins Bett, streckte ihre langen, dünnen Beine aus, die großen Füße, legte die Hände akkurat rechts und links neben sich, blickte zur Decke und sah in Gedanken den reinen bestirnten Himmel und vernahm die Musik wie wahrhaftig aus den Sphären und fiel so in einen traumlosen Schlaf.

9

»Ich hasse Jungen«, sagte Martha. Flossie pflichtete ihr bei.

Für männliche Wesen war es zu Beginn des Jahrhunderts keine gute Zeit. Die Sterblichkeitsrate drohte hoch zu werden. Wie komisch, ein Mädchen statt eines Jungen zu sein. Oder ein Junge und kein Mädchen. Was war besser? Und warum? Natürlich mußte es sein, das weiß jeder. Aber es geht darum, daß man nicht entscheiden kann: Ich will ein Mädchen sein. Und dann ist man ein Mädchen. Und umgekehrt.

Das Ungestüm der Geschlechter zum Beispiel bedeutet für kleine Mädchen nicht viel. Die Jungen juckt es viel früher. Es macht sie gehässig.

»Der einzige, den ich mag«, sagte Flossie, »ist Tom.«

»Wer?«

»Tom Barry, der ist nett. Ich gehe mit ihm Brot kaufen. Er ißt es auf dem Heimweg. Noch heiß.«

»Du auch?«

»Nein. Wir essen kein warmes Brot.«

»Was macht er da?«

»Er bricht Stücke aus der Kruste und ißt sie einfach. Seine Mutter ist wütend, wenn er heimkommt. Die anderen Jungen sind mir zu frech, aber er ist nett.«

Es begann, als der Junge von den Van Ripers in einer Droschke vom Bahnhof heimgebracht wurde. Der Nahverkehrszug, mit dem er zur Arbeit fahren sollte, hatte sein linkes Bein unmittelbar oberhalb des Knöchels überrollt.

Seine Mutter war zufällig auf der Veranda vorm Haus, als die Droschke mit ihm vorfuhr. Sie schrie. Man hätte sie bis zur nächsten Straßenecke hören können. Es war entsetzlich. Sie wagten nicht, ihn ins Haus zu schaffen. Er lag auf der Veranda. Sie verlangte nach Dr. Armitage. Die anderen Ärzte waren für eine Amputation des Beines, aber sie wollte es ihnen nicht erlauben. Er gab ihr recht. Ein guter Arzt. Er weiß Bescheid.

»Jungen sind schrecklich. Sie rauchen. Selbst wenn es ihnen Papa verbietet. Ich sehe sie die ganze Zeit rauchen, und sie machen auch noch andere Sachen. Ich beobachte sie immer. Peanuts Howley – Beansie. Kennst du ihn? Er wohnt nicht weit von dir. Er ist schrecklich. Ich hasse ihn.«

»Ich will niemals heiraten. Manche Mädchen sind aber genauso schlimm. Sie stacheln sie auf. Wenn sie die Jungen nicht aufstacheln würden, wären sie nicht so frech. Denen ist egal, was sie sagen.«

»Sie sagen schmutzige Sachen.«

»Was sagen sie denn?«

»Alles mögliche. Ich mag es gar nicht wiederholen.«

»Ich habe keine großen Brüder.«

»Du hast Glück. Ich würde gern nur Schwestern haben.«

»Buckalew, hast du von dem gehört? Er hat letzten Herbst versucht, Kastanien vom Baum zu schlagen. Er ist abgestürzt und auf den Telegraphendrähten gelandet. Genau auf ihnen, und dann ist er drübergerollt und ganz bis nach unten gefallen. Und hat sich beide Beine gebrochen. Was die nicht alles anstellen!«

»Und ich habe von einem Jungen gehört, der in die alten Kupferminen gegangen ist.«

»Wo sind die?«

»In Lyndhurst. Unten bei den Wiesen. Er war schon ziemlich alt, ungefähr siebzehn. Der Junge vor ihm hatte ein Gewehr über der Schulter, eine Winchesterbüchse, habe ich gehört. Und die ist losgegangen und hat den anderen Jungen ins Gesicht getroffen. Tod Nelson, so hieß er.«

»War er tot?«

»Ja, natürlich.«

Flossie hatte nie dergleichen gehört.

»Sie gehen immer in den Wiesen schwimmen – an einer Stelle, die *Little Bend* heißt, splitternackt.«

»Im Schlamm und so?«

»Ja, im Schlamm.«

Es war ein regnerischer Tag, und die beiden Mädchen

langweilten sich. »Was könnten wir denn machen? Guck mal, jetzt hat es aufgehört.«

»Es hat aufgehört zu regnen«, sagte Flossie zu ihrer Mutter. »Können wir jetzt raus und seilspringen?«

»Nein, es ist zu naß. Ihr könnt nicht raus.«

»Ich weiß nicht, warum nicht alle wie mein Papa sein können«, sagte Flossie nach einer Weile und vertraute ihr an: »Ich liebe ihn.«

»Hat er dich schon mal verhauen?«

»Manchmal, ein bißchen. Es tut nie weh. Aber wenn Mama mich verhaut, dann tut es weh. Sie schlägt toll zu. Gestern habe ich eine Tracht Prügel bekommen. Habe verpaßt, rechtzeitig nach Hause zu kommen. Ich habe Lucy Young getroffen, und da bin ich erst kurz vor sechs nach Hause gekommen. Ich konnte nichts dafür. Ich wußte nicht, wie spät es war.«

»Meine Mama verhaut mich nie. Sie läßt das immer Papa machen. Er verhaut mich nicht richtig. Aber er verprügelt die Jungen, und ich bin froh darüber, er macht es nicht halb so oft, wie er eigentlich sollte. Ich könnte ihm viele Male sagen, wenn er sie eigentlich verhauen müßte.«

»Fährt dein Vater jeden Tag nach New York?«

»Nein, er hat ein Büro in Riverdale. Er ist Rechtsanwalt.«

»Kommt er jeden Tag zum Essen nach Hause?«

»Ja, fast immer.«

»Das ist ulkig. Manchmal gehe ich meinen Vater abholen, wenn er abends mit dem Zug heimkommt. Bringt dir dein Papa Geschenke mit?«

»Nein. Spielst du mit Puppen?«

»Nicht mehr, aber früher schon.«

»Hast du keine?«

»Doch, ich habe eine große, die mir mein Onkel geschenkt hat.«

»Wie heißt sie?«

»Susi. Sie hat ein Porzellangesicht und blaue Augen, die sich öffnen und schließen. Aber ich kann nicht mit ihr spielen, weil ich ihr Gesicht kaputtmachen könnte. Ich mag sie sowieso nicht. Sie ist zu groß. Stoffpuppen hab ich immer gern gehabt. Die habe ich selber gemacht.«

»Wie denn?«

»So.« Flossie blickte sich um, aber fand nichts, woraus sie eine Stoffpuppe machen konnte, bis sie im Kleiderschrank auf der Seite ihrer Schwester einen alten Unterrock aufstöberte. Sie stopfte ihn in der Mitte, in Ermangelung von etwas Besserem, mit Papier aus, um einen Kopf zu machen, schlang ein schmales Band darum, um einen Hals zu machen – und: »Hier!«

»Ich hatte früher eine Menge davon. Oh, es regnet immer noch.« Die Mädchen schauten eine Weile trostlos aus dem Fenster und sahen zu, wie der Regen auf den Fußweg prallte und am tiefsten Punkt, der sich zufällig gerade da befand, wo der Weg von der Straße zu ihrem Haus anfing, zu einer flachen Pfütze zusammenlief.

»Wirst du überhaupt nach Hause gehen können?«

Lottie saß am Klavier und spielte eine Passage aus einem Stück, das sie auswendig lernte, immer wieder von vorn. Sie blieb stets an der gleichen Stelle stecken, eine Stelle, wo die linke Hand mit Läufen tonleiterauf und -ab einsetzte, während die rechte Hand die Melodie in Akkorden hervorhob. Der Takt schien ihr Probleme zu bereiten. Sie spielte die eine Stelle immer wieder, während die Mädchen dem Regen zusahen. Das gedämpfte Klavierspiel dort unten schien etwas von der regnerischen Stimmung auszudrücken.

»Was willst du werden, wenn du groß bist, was glaubst du?«

»Ich werde für meinen Vater arbeiten«, sagte Martha. »Er beschäftigt in seinem Büro eine Frau. Ich werde sie ersetzen. Ich kann viel helfen. Was willst du werden?«

»Ich will Sängerin werden.«

»Du kannst doch nicht singen«, sagte ihre Freundin. »Jedenfalls muß man Unterricht haben, um Sängerin zu werden.«

»Nein, muß man nicht. Wenn man eine Naturstimme hat, singt man einfach wie ein Vogel. Hast du schon mal ein

Rotkehlchen singen hören? So möchte ich singen. Das nächstbeste wäre Tanzen. Oh, ich wollte, ich könnte Tänzerin werden. Ich würde überall tanzen.«

»Ja, aber mit Tanzen kann man nicht genug zum Leben verdienen – außer wenn man Tanzunterricht gibt.«

»Das will ich nicht«, sagte Flossie. »Ich würde nur gern tanzen, tanzen, tanzen. Ich wollte, wir könnten hinaus und seilspringen. Machen wir's doch hier im Zimmer.«

»Dann fällt vielleicht der Putz von der Decke«, gab ihre Freundin zu bedenken. Sie beschlossen also, es nicht darauf anzulegen. »Trägst du dein Haar immer in Zöpfen?«

»Ja«, gestand Flossie traurig.

»Ich auch. Ich möchte dich frisieren. Wir tun so, als ob wir erwachsen wären. Ich habe meiner Schwester zugeschaut. Ich kann ihre Frisur nachmachen.« Also setzte sich Flossie auf den Boden, während Martha ihr die blonden Zöpfe löste, wobei sie die Schwänze aufband, wo ihre Mutter oder vielleicht Magna heute morgen mit dem Flechten aufgehört hatte. »Hast du dein Haar gern offen?«

»Ja, aber jetzt will ich deine Zöpfe lösen.« Martha ließ es über sich ergehen. Dann bewunderten sie sich beide im Spiegel.

»Ich glaube, unser Haar ist schön, oder? Ui!« Sie breitete die Arme aus und posierte. Flossie tat es ihr nach, warf den Kopf zurück und lief wie verrückt im Zimmer umher. Martha folgte ihr. »Sind wir nicht albern?« sagte sie.

»Ja, nicht?« pflichtete ihr Flossie bei, und sie lachten beide. »Haare sind komisch. Wozu sind sie da? Ich würde meine gern abschneiden.«

»Du würdest wie ein Junge aussehen.«

»Ich weiß, was wir machen. Wollen wir uns verkleiden?« Aber sie fanden nichts außer ein paar von Gurlies Schuhen, die sie, obwohl viel zu groß, anzogen, nachdem sie vorher aus ihren eigenen geschlüpft waren. »In denen kann man nicht tanzen.« Da fing Martha an, Flossies blondes Haar wieder zu einem einzigen Zopf zu flechten, den sie dann auf dem kleinen Hinterkopf ihrer Freundin zu einem Dutt zusammenrollte. Vorn kämmte sie ihr das Haar zu einem Pony ins Gesicht, trat dann zurück und riß vor Staunen den Mund auf.

»Schau dich an!«

Die Wirkung war verblüffend, wie jede Mutter wohl weiß. Flossie musterte ihre schmalen Gesichtszüge mit der Erwachsenenfrisur im Spiegel. Es machte ihr ein wenig angst. Gefallen tat es ihr nicht.

»Nein, es gefällt mir auch nicht. Es macht dich alt.« Sie beschlossen, ihr Haar wieder so zu frisieren, wie es gewesen war, wobei sie einander halfen. Sie langweilten sich.

»Jetzt hat es wirklich zu regnen aufgehört. Ich glaube, ich gehe lieber nach Hause.«

»Ach nein, geh nicht. Ich habe niemanden, mit dem ich spielen kann.«

»Nein. Ich muß gehen. Bis morgen. Wenn ich jetzt nicht gehe, werde ich ganz naß.«

Nachdem ihre Freundin gegangen war und ihr zum Abschied gewinkt hatte, während sie die Straße hinunterlief, stand Flossie noch lange am Fenster. Als sie so hinausschaute, rauschte der Regen wieder herab. Es war wie auf dem Meeresgrund. Man blickte durch das Wasser hinauf und – da war ein grünes Licht. Man konnte die anderen Fische herumschwimmen sehen. Schreckliche Fische zuweilen, mit großen Augen und langen Schwänzen. Hat man schon mal einen Fisch gesehen, der wie ein Mädchen aussah, mit zwei Zöpfen? Und einen mit blauen Augen. Papa hatte ihr die Geschichte von der Prinzessin, die eine Meerjungfrau war, vorgelesen – aus einem Märchenbuch. Die gute Fee hatte ihr versprochen, daß sie laufen könne.

Es goß wie aus Eimern. Es würde Martha erwischen. Aber sie hatte ja einen Schirm. Und Gummistiefel. Da würde sie nicht sehr naß werden und sich erkälten.

Der Seejungfrau war versprochen worden, so ging die Geschichte, daß sie zu gewissen Zeiten Füße haben und laufen könnte, oder so ähnlich. Aber sie würde schneidende Schmerzen haben, wenn sie sich auf die Füße stellte – als liefe sie auf Messern, wenn auch behutsam; das mußte sie dafür erdulden. Flossie ging im Zimmer umher, als liefe sie, ganz behutsam, auf Messern. Das war grausam. Warum das wohl sein mußte? Aber es lohnte sich, ein Mensch zu sein. Sonst lebte sie im Meer. Natürlich gab es Seejungfrauen. Es mußte sie geben. Aber die gute Fee hatte ihr versprochen, daß sie Füße haben und tanzen könne und daß jemand kommen würde und sie ... Aber wenn sie zu lange bliebe, dann würde es sein, als liefe sie auf Messern.

Papa las ihr abends oft Geschichten vor. Er hatte ihr immer Geschichten vorgelesen. Einmal setzte sie eine ganze Reihe von Stoffpuppen auf den Fenstersims in der Küche und erzählte ihnen die Geschichten wieder. Aber dafür war sie jetzt zu groß.

Wenn man eine Seejungfrau wäre und im Meer lebte, dachte sie, als sie aus dem Fenster in den Regen schaute, dann wäre das so ähnlich – nur daß ich nicht naß bin, sondern trocken, und daß ich auf meinen Füßen laufen kann und es überhaupt nicht weh tut. Sie war froh darüber und seufzte.

Wenn es nun gar nicht mehr zu regnen aufhörte und der Regen immer weiter fiel, bis »die Wasser wuchsen«, wie es in der Geschichte hieß, die man den Kindern einmal in der Sonntagsschule vorgelesen hatte, und »das Gewässer der Sintflut kam«; und man konnte die nackten Frauen sehen, das blanke Entsetzen auf den Gesichtern, fünf oder sechs waren es, mit Katzen und Hunden zusammen lagen sie auf den rauhen Felsen, und nur die Spitzen ragten aus dem Wasser. Man konnte andere Berggipfel sehen, und nur die letzte Spitze ragte noch aus dem Wasser. Nackte Männer und Frauen mit Babys in den Armen, die sie hoch hielten, um sie zu retten – aber sie vermochten es nicht, weil der Regen noch immer herabstürzte, und bald würden alle ertrinken.

Da wäre es wunderbar, eine Seejungfrau zu sein.

Es könnte wieder so regnen. Das Wasser stiege immer höher. Zuerst würden die Wiesen ein See, dann drängen die Wellen bis zum Ufer vor. Marthas Haus würde zuerst überschwemmt, weil es näher an den Wiesen lag. Aber sie hätte noch Zeit, den Berg hochzusteigen. So schnell käme das nicht und ...

Flossie bekam es mit der Angst zu tun. Sie drehte sich eilig um und suchte Magnas Nähe, die in der Küche Kohl fürs Mittagessen kochte. Sie halte die Tür geschlossen, damit der Kohlgeruch nicht durchs ganze Haus dringt, sagte sie. »Regnet es noch?« fragte Magna sie.

»Ja«, sagte Flossie. »Ganz stark.« Aber Magna schien das nicht zu stören, und davon war Flossie ausgegangen. Es hatte sie überhaupt nicht gestört. Gestern war ein schöner Tag gewesen, sie erinnerte sich daran, weil sie mit Lottie zu ihrer Freundin Nala spielen gehen wollte. Aber vorn auf der Veranda saß ein großer Junge und unterhielt sich mit Nalas älterer Schwester, Mary, und weder Lottie noch Flossie – noch nicht einmal Lottie – hatten sich die Treppe hinaufgetraut, solange er da war.

Sie hatten also unschlüssig dagestanden.

»Was wollt ihr denn, ihr Schätzchen?« hatte Mary gefragt.

Da war aber der große Junge, also gaben sie ihr nicht einmal eine Antwort. Lottie jedenfalls antwortete nicht, und Flossie war zu klein, um etwas zu sagen, wenn es ihrer Schwester die Sprache verschlug. Also standen sie nur stumm dort.

»Sucht ihr Nala?« fragte Mary.

Immer noch standen sie da, ohne zu antworten.

Daraufhin hatte der große Junge – er war fast ein Mann – gesagt: »Kommt nur herauf, Mädchen. Ich tue euch nichts.« Da hatten sich Lottie und Flossie plötzlich umgedreht und waren, ohne sich umzublicken, nach Hause geeilt. Das war Flossies erste Begegnung mit ihrem zukünftigen Mann gewesen.

10

»Riverdale ist eine *so* nette Stadt – es ist wirklich ein Privileg, daß unsere Kinder hier aufwachsen«, begann Mrs. W. »Wir haben hier *so* gute Schulen, und unsere Lehrerinnen sind so gebildet.« Die geschmeichelte junge Lehrerin fragte sich, was als nächstes kommen würde. Sie verzog das Gesicht und errötete. »Sie stammen selbst aus einer unserer besten Familien. Ist Ihr Vater nicht früher einmal Prediger gewesen?«

»Ja«, bestätigte die junge Lehrerin knapp, im Bewußtsein, daß ihr Vater, obschon tatsächlich Prediger, wie die schlaue Frau sehr wohl wußte, einer kleinen, armen und eigentümlichen Sekte angehörte, die man in der Stadt überhaupt nicht schätzte.

»Aber die Stadt wächst, und viele unerwünschte Elemente fassen neuerdings in ihr Fuß.« Sie stieß einen tiefen Seufzer aus. »Ist das nicht heiß heute? Ich muß schnell gelaufen sein.«

»Darf ich Ihnen Ihren Mantel abnehmen?« Die junge Lehrerin mußte schließlich ihr Pult aufräumen und den Raum verlassen. Sie hatte schon alle ihrer Schüler aus der fünften Klasse entlassen außer zweien, die nachsitzen mußten. »Entschuldigen Sie mich für einen Augenblick«, sagte sie zu Mrs. W., der Mutter einer ihrer nettesten Mädchen, und sie ließ sie dort sitzen und sich mit einem Buch Luft zufächeln.

»Du kannst jetzt gehen, William«, sagte sie zu einem der Jungen. Einen Augenblick wartete sie, bis der Junge sich dank der unerwarteten Begnadigung aufgerappelt hatte. »Und du kannst auch gehen, Joseph. Ich werde morgen mit dir reden.« Joe folgte seinem Freund.

»Wer sind diese beiden Jungen?« fragte die Frau.

»Es sind große Störenfriede«, sagte die junge Lehrerin. »Ich mußte sie nachsitzen lassen.«

»Wie gesagt«, sagte Mrs. W., die einen verschlagenen

Blick hatte und überheblich wirkte, »wir können es uns nicht leisten, uns das gefallen zu lassen. Wenn die alteingesessenen Familien, von denen man behaupten kann, daß sie wirklich das bessere Element in der Stadt darstellen, nicht zusammenhalten, wird es nicht lange dauern, bis wir alle verloren sind. Ich stamme aus dem Süden. Nur durch einen engen Zusammenhalt hat der Süden Reste seiner alten Aristokratie bewahren können. Was, glauben Sie, wäre geschehen, wenn wir jeden Tom, Dick und Harry in unsere Schulen und Häuser gelassen hätten? Wie kann man Anstand und Takt bewahren, es sei denn ...? Und es sind die Mütter, die dafür Sorge tragen müssen. Die Mädchen, die hier aufwachsen und heiraten sollen, müssen beschützt werden.«

Die junge Lehrerin stimmte dem voll und ganz zu. Wie sollten die Gebote des Herrn in der Tat bewahrt werden, wenn nicht durch die kleine Zahl derer, auf die ihre Familie so stolz war, mitleiderregend wenige treue Gläubige der wahren Kirche, jene unbesiegbare, kleine, unzerstörbare, rechtgläubige ...

»Nächstes Jahr, wenn die neue Parkschule eröffnet wird ...« Es sollte das erste moderne Gebäude im Schulnetz sein, der erste Versuch seitens der Schulbehörde, den wachsenden Bedürfnissen der Stadt Rechnung zu tragen. »Man sagte mir, daß wir dann zwei fünfte Klassen haben werden, eine für die Westseite der Stadt und eine für die Ostseite«, fuhr die pfiffige Mrs. W. fort. »Nun wohne ich zwar auf der Ostseite, nicht weit vom Zentrum, aber ich habe mir gedacht – mein Töchterchen hat die meisten Freundinnen auf der Westseite, wo die besseren Familien herkommen, so kann man billigerweise sagen, denke ich. Oh, ich meine nicht das *West End*, aber ...«

Die junge Lehrerin, die – in aller Bescheidenheit – selbst gewitzt genug war, bekam allmählich mit, wohin der Hase lief, und konnte das, was ihr da nahegelegt wurde, nur gutheißen. Welche Erleichterung wäre es doch, wenn man ein paar von den Jungen und auch Mädchen aus der Innenstadt loswerden könnte, die so hartnäckig – sie konnte sich das um alles in der Welt nicht erklären oder es entschuldigen – die Gesetze sowohl der Schule als auch die Gottes übertraten.

»Ich habe mir nun folgendes gedacht«, fuhr Mrs. W. fort, »falls Sie das für eine gute Idee halten – ich würde mich nicht erdreisten, etwas vorzuschlagen, was in irgendeiner Weise mit der ordnungsgemäßen Leitung der Schule nicht zu vereinbaren wäre –, aber wenn Ihnen die Idee zusagt, könnten Sie vielleicht mit dem Schulinspektor, Mr. Mewhinny, sprechen und ihn veranlassen, eine nette kleine Gruppe von Mädchen und Jungen auszusuchen, deren Lehrerin Sie sein könnten.«

Schließlich war es heraus, und Mrs. W. beobachtete das etwas ausdruckslose Gesicht der jungen Lehrerin, das diesmal dunkelrot wurde, ohne seine Ausdruckslosigkeit zu verlieren.

»Nun ja«, sagte die junge Lehrerin, »dadurch käme eine interessante Gruppe zustande.« Insgeheim hüpfte ihr bei dem Gedanken das Herz.

»Das wäre so wunderbar! Und es ist nur recht und billig. Anderenfalls würde man all die Jungs und Mädels, die zusammen spielen und ihre unschuldigen kleinen Gesellschaften feiern, auseinanderreißen. Sie bilden eine einheitliche Gruppe, sie besuchen dieselben Kirchen, ihre Mütter und Väter sind miteinander bekannt, sie gehören denselben Kreisen an, dem Freimaurerorden, denselben Klubs. Es ist ihr Recht, zusammen und einander verbunden zu bleiben; es war eine gute Welt. Es wäre verkehrt, geradezu schädlich für alles, was wir in Riverdale zu erhalten hoffen, wenn sie jetzt getrennt würden. Das wäre, glaube ich, sehr schlecht, nicht wahr?«

Damit wurde die junge Lehrerin zu einer Entscheidung herausgefordert, wie es Mrs. W. wohl beabsichtigt hatte. »Immer freiheraus«, sagte ihre Versucherin, »ich möchte Ihre ehrliche Meinung erfahren. Denn ich hoffe, Sie haben genug Vertrauen zu mir, daß Sie es mir als Lehrerin und Mitbürgerin sagen, wenn Sie glauben, ich äußere etwas, was nicht recht ist. Können Sie meinen Standpunkt nachvollziehen? Den Standpunkt einer interessierten, außerordentlich interessierten Mutter, die nur das Beste der Stadt, in der sie lebt, im Auge hat, eine der Mütter dieser Stadt? Widersprechen Sie mir bitte, wenn ich im Unrecht bin, ich möchte Ihnen nichts aufdrängen, was Sie nicht billigen. Aber wenn Sie glauben, daß ich recht habe ... Finden Sie nicht, daß es schade wäre, wenn man alle Kinder, die zusammen in der Schule herangewachsen sind, trennte und ein anderes Element zuließe ...? Um ehrlich zu sein, ein Element, das nicht, mögen es auch alles goldige Kinder sein, das nicht ganz so erwünscht ist.«

Der Gedanke, an den Direktor heranzutreten, erschreckte die junge Lehrerin etwas, und sie überlegte, wie das wohl zu bewerkstelligen sei.

»Schön«, sagte Mrs. W. und schickte sich zum Gehen an, »Sie brauchen sich jetzt nicht festzulegen. Ich bin nicht hergekommen, um Ihnen zu dieser Jahreszeit, wo Sie mit der Vorbereitung der Abschlußprüfungen vollauf beschäftigt sind, Umstände zu machen. Aber ich mußte jetzt, vor den Ferien kommen. Wir müssen darauf vorbereitet sein, ehe das neue Schuljahr beginnt, oder es ist zu spät. Ach, haben Sie übrigens diesen Freitagnachmittag etwas vor? Ich habe einige meiner Freundinnen zum Tee eingeladen. Wenn Sie so zwischen vier und fünf bei mir hereinschauen wollen, würde ich mich darüber freuen.«

Mrs. W.s Teegesellschaften waren in der Stadt berühmt. Sie konnte wunderbar backen und war eine charmante Gastgeberin. »Werden Sie kommen?«

»Ich werde es versuchen«, sagte die junge Lehrerin, die, um die Wahrheit zu sagen, vorher noch nie zu einer Teegesellschaft in der Stadt eingeladen worden war, bestimmt nicht in besseren Kreisen. »Ich würde sehr gern kommen.«

»Na dann auf Wiedersehen, meine Beste, und wenn Sie meinem kleinen Vorschlag geneigt sind, der ja schließlich nur so ein Einfall ist, den ich gestern abend hatte, und der uns, wie ich dachte, allen nützen würde ...«

»Ich denke, es stimmt«, sagte die junge Lehrerin unerwartet, zur großen Überraschung und Befriedigung der Älteren. »Wir werden nächsten Herbst in diesem Schulgebäude zwei fünfte Klassen haben, und es ist nur recht und billig, daß Freunde zusammenbleiben.«

Im darauffolgenden September, als sich die Klassen im neuen Schulgebäude versammelten, bemerkte also die kleine Flossie (einer *mußte* schließlich dran glauben), daß sie von ihren gewohnten Gefährten der vergangenen paar Jahre getrennt und den weniger erwünschten Elementen der Stadt beigesellt worden war.

In Tränen trat sie den Heimweg an. Sogar ihre beste Freundin, Martha, war in der anderen, irgendwie auserwählten Gruppe. Sie war untröstlich, und Gurlie war in Harnisch und persönlich beleidigt.

»Was bilden die sich in dieser Stadt ein?« sagte sie am gleichen Abend zu ihrem Mann. »Nein, das können sie nicht machen. Ich nehme sie von der Schule. Das lasse ich nicht zu.«

»Das ist doch gut«, sagte Joe. »Sie muß neue Freunde finden.«

Das erboste Gurlie noch mehr. Sofort ging sie auf ihren Mann los. »Was bist du nur für ein Vater? Hast du gar keinen Stolz? Daß du dich von einer Meute dummer Leute herumkommandieren läßt?«

»Geh doch zum Schulinspektor. Ist ihre neue Lehrerin nicht genauso gut wie die andere? Verschaff dir Klarheit. Paß auf, daß es kein Schuß in den Ofen wird. Vielleicht mußte er es ja so machen, vielleicht war es aber auch ein Fehler. Wenn du mit ihm darüber sprichst, kann es bestimmt geregelt werden.«

Also ging Gurlie, zum ersten Mal, mit einer Beschwerde zum Schulinspektor. Sie mußte warten, während er andere Angelegenheiten erledigte, Jungen und Mädchen, die zu- oder abgingen, neue Lehrpläne, und dann wurde sie hereingelassen. Eine Sekretärin beschäftigte sich in der Nähe mit einigen Papieren.

»Nun, was kann ich für Sie tun, Madam? Ihr Name, bitte?«

»Mrs. Joseph Stecher.« Er bemerkte sofort den leichten Akzent, fühlte, daß es Ärger geben würde, und da er Ire war, beschloß er, hart zu bleiben. Ein großer, dünner Mann mit eckigen Gesichtszügen und dem nervösen Gehabe von einem, der immer auf dem Sprung ist, schien er nahezulegen: Beeilung, bringen Sie's hinter sich, ich habe noch viel wichtigere Dinge zu tun, als Ihnen zuzuhören.

Gurlie hatte die Angewohnheit, beim Sprechen die Augen zu schließen. Vielleicht beobachtete sie ja ihr Gegenüber durch halbgeschlossene Lider, aber mit erhobenem Gesicht, Mewhinny zugewandt, die Augen halb geschlossen und sie hin und wieder für einen schnellen Blick aufreißend, erzählte sie ihre Geschichte. Er wußte schon davon.

»Ja, Mrs. Stecher, das tut mir leid. Aber jetzt können wir nichts daran ändern.«

»Sie können also nicht?«

»Nein. Die Klassen mußten in zwei Gruppen aufgeteilt werden, und so haben wir das nun mal geregelt.«

»Ach ja?« sagte Gurlie. »Ich werde Ihnen mal was sagen, das ist die reinste Günstlingswirtschaft. Sie haben mein Mädel von ihren Freundinnen getrennt und sie ...«

»Einer mußte darunter leiden. Wir können es nicht allen recht machen.«

»Warum haben Sie sich dann so bemüht, es einem anderen recht zu machen?«

»Werfen Sie mir vor, daß ich jemanden bevorzuge?«

»Ja«, sagte Gurlie, »so ist es. Sie haben sich da mächtig ins Zeug gelegt. Sie sind nicht nur Schulinspektor für eine bestimmte Gruppe von Schülern. Ihr Gehalt wird von den Steuerzahlern finanziert, damit Sie uns alle vertreten. Sie müssen uns alle gleich behandeln. Es ist nicht gerecht, eine Gruppe auszuwählen ...«

»Werfen Sie mir vor, ungerecht zu sein?«

»Wenn Sie etwas Ungerechtes tun, dann belasten Sie sich selbst damit.«

»Meine liebe Mrs. Stecher, ich wurde angestellt, um die Schule von Riverdale zu leiten. Man hat mir nicht gesagt, wie ich das machen müsse. Das blieb mir überlassen. Es tut mir leid, wenn Ihr Töchterchen von ihren Freundinnen getrennt wurde, obwohl Sie die Sache da übertreiben. Sie sieht sie jeden Tag auf dem Schulweg und samstags und sonntags. Sie hat eine gute Lehrerin, eine unserer besten. Wir können unsere Vorschriften nicht für jeden einzelnen ändern.«

»Doch, Sie können, wenn sie ungerecht sind ...«

»Mrs. Stecher, das ist Ihre Meinung, die ich aber nicht teile. Ihre Meinung ist nicht meine Meinung. Ich leite die Schule, wie es mir gefällt.« Und damit stand er auf und schritt zur Tür.

Gurlie hätte ihn ohrfeigen mögen, doch – bleich vor Zorn, die Augen jetzt weit aufgerissen – erhob sie sich ebenfalls, und ohne ihn noch eines Blickes zu würdigen, schritt sie aus seinem Büro, ging den Korridor hinunter und auf die Straße hinaus, durchquerte den kleinen Park und begab sich nach Hause.

»Das ist noch nicht ausgestanden«, sagte Mewhinny zu seiner Sekretärin.

An diesem Abend ging es über Joe nieder. »Ach, vergiß es«, sagte er. »Das Kind hat sie endlich los« – womit er die Kinder der besseren Familien meinte. »Was ist mit ihren jetzigen Mitschülern? Sind sie nicht so klug wie die anderen?«

»Nein«, warf Gurlie ein, »es sind alles dumme Kinder, die schlechtesten aus der ganzen Stadt. Alle gescheiten sind in der anderen Gruppe.«

»Na, dann hat sie nicht soviel Mühe, die Klügste zu sein. Ich glaube, du machst aus einer Mücke einen Elefanten. Vergiß es.«

Aber Gurlie würde nicht aufgeben. Es hatte sie tief getroffen. Sie mußte sie besiegen, sie mußte gewinnen. Sie mußte diesen törichten Iren auf seinen Platz verweisen. »Was für ein Name ist Mewhinny schon? Er ist unhöflich. Beleidigend. Bist du so ein Tropf, daß du deine Frau in der

Schule beleidigen läßt? Wir müssen aus diesem Stadtteil raus. Ich möchte oben bei den besten Familien wohnen.«

»Da haben wir's«, sagte Joe. »Du bist genauso schlimm wie sie. Wenn es dich glücklicher macht ...«

»Kennst du jemanden beim Schulamt? Such ihn auf. Schlage Krach. Ich dulde es jedenfalls nicht, daß mich dieser schäbige Ire unterkriegt. Willst du die zweite Geige spielen? Wenn er Grips hätte, dann wäre er nicht bloß Lehrer. Du ...«

Also ging Joe zu einem deutschen Landsmann, einem kecken kleinen Mann beim Schulamt, der sich für ihn um die Angelegenheit kümmerte. »Wir können es jetzt nicht ändern. Aber deine Frau hat ganz recht. Es war eine faule Sache. Nächstes Jahr werden wir die Klassen alphabetisch aufteilen.«

»Nächstes Jahr!« Gurlie war wütend. »Ich werde sie von einer solchen Schule nehmen.«

11

Ein Kornett bezwang mit seinen klaren und kühnen Tönen die Entfernung an jenem ruhigen Maimorgen. Gepackt davon, lauschte die ganze Nachbarschaft: *Oh promise me ...*

Oh promise me that some day you and I ...

Die halbe Strophe drang plötzlich unerwartet in den Sonnenschein, als ob ein Herz brechen würde. Dann hörte es genauso plötzlich auf, endete unversehens.

»Laß den Jungen spielen.«

»Nicht am Sonntagmorgen. Die Leute wollen ihre Ruhe.«

Das Mittagessen war auf dem Herd. Seine Wohlgerüche füllten das ganze Haus.

Ohne Telefon waren Sticheleien und offene Attacken die einzigen Waffen, mit denen sich eine rechtschaffene Frau in jenen Tagen gegen die Nachbarn verteidigen konnte.

Mrs. Mason, klein und hitzig, war nur um so wütender, als sie sah, wie ihr großer, friedfertiger Mann, ein freundlicher Riese von einem Mann, der nie zornig war, die Dinge so gelassen nahm.

»Warum regst du dich so auf, Ella? Sie wollen dir doch nichts antun.«

»Ach nein? Du bist blind. Hast du nicht gehört, daß diese Stechers, die da weiter unten in der Straße wohnen, ihre Tochter zum Klavierstudium nach Deutschland schicken? Das kostet vielleicht Geld.«

»Joe ist ein guter Kerl. Verdammt netter Mann. Ich mag ihn.«

»Und seine Frau? Die ist eingebildet. Sie ist so eingebildet, daß sie es nicht nötig hat, mit ihren Nachbarn zu reden. Sie will sich dem Frauenklub anschließen. *Die!* Gestern hat sie sich von Mrs. Smith, ›der reichen Mrs. Smith‹, mit einer Equipage abholen lassen. Und wer holt *mich* mit einer Equipage ab? Über meinen Jungen muß ich mir die Klagen der Nachbarn, der Lehrer, der Polizei, ja, der Polizei anhören. Und ich muß es ertragen. Nicht du. Ich. Ich bin diejenige, welche. Aber ich verspreche dir, sie werden niemals was aus mir rauskriegen. Selbst wenn ich mit den eigenen Augen gesehen hätte, wie er ihre Fenster einschmeißt, würde ich es nie zugeben. Keine zehn Pferde brächten mich dazu. Sollen sie's doch versuchen. Ich leiste ihnen bis zum letzten Atemzug Widerstand – und diese Frau Stecher führt sie an.« Sie ging für einen Augenblick in die Küche, um nach dem Braten zu sehen. Frank stieß einen Seufzer der Erleichterung aus. Aber sie kehrte wütender denn je zurück.

»– mit ihrem *Konzert*flügel. Sie hat damit angegeben, daß es ein Steinway ist. Ich weiß noch nicht, wie ich es anstelle, aber noch bevor ich mit ihnen fertig bin, werden sie sich schon lächerlich gemacht haben. Vielleicht brauche ich ein Jahr dazu, aber ich werde ihnen eins auswischen.«

Der 14. Februar, Valentinstag, war immer ein großer Tag im Stecherschen Haushalt, der jedes Jahr mit steigendem Interesse erwartet wurde, besonders von der heranwachsenden Lottie. Aber Flossie stand ihr nicht viel nach. Sie erhielten immer die kleinen gekräuselten Liebesbotschaften aus Papier von Tante Olga, Tante Hilda und stets eine sehr schöne von Joes Bruder Oswald in Chicago.

An jenem kalten Tag vor dem Valentinstag war Mrs. Mason im Schreibwarengeschäft, als ihr plötzlich die Idee kam. Eigentlich war sie für ein Weilchen da hineingegangen, um sich aufzuwärmen, nachdem sie sich mit den Einkäufen aus der Bäckerei auf den Heimweg begeben hatte. Eigentlich wollte sie gar nichts im Schreibwarenladen. Es war nur ein Vorwand.

Aber der Laden war voller Karten zum Valentinstag, hübsche Karten mit gekräuselter Papierspitze, Blumen und schnäbelnden Tauben. »Lächerlich. Wer schickt mir jemals einen Valentinsgruß?« Ihr Mann kaufte sie früher immer für die Kinder, aber die waren jetzt zu groß dafür. Aber sie las die einfältigen Reime trotzdem weiter, während das Gefühl in die klammen Finger zurückkehrte. Sie zog die Wollhandschuhe aus, ballte die Finger zur Faust und öffnete sie wieder, um den Blutkreislauf anzuregen. »Sie sind wirklich hübsch«, sagte sie sich und schritt weiter am Regal entlang. Ab und zu nahm sie eine Karte, öffnete sie und las, was drinnen stand.

»Entsetzlich! Ich frage mich, wer solches Zeug fabriziert. Und es auch noch verkaufen kann? Ich brächte was Besseres zustande.«

Sie war abmarschbereit, hatte sogar schon ihre Handschuhe wieder angezogen, als sie auf einen flachen Karton mit schreiend bunten Blättern stieß, einen Penny das Stück, Karikaturen, die sie anzogen. »Einen Penny das Stück. Das ist schon eher was. Soviel sollten sie kosten, keine zehn Cent oder sogar einen Vierteldollar. Einen Vierteldollar das Stück! Wofür halten die hier die Leute?« Sie fing an, die Karten durchzublättern, und zog, um das besser tun zu können, die Handschuhe wieder aus. Jetzt erwachte plötzlich ihr Interesse, warum, wußte sie zunächst nicht.

Sie nahm die erste und las:

Gleich und gleich

Hier siehst du dich mit einem Tier,
Im Geist und Äußren gleicht es dir.
Wer höher steht, es oder du,
Ist schwer zu sagen, gibst du's zu?

Sie betrachtete das Bild auf dem dünnen Blatt und sah einen grob skizzierten plumpen Mann in karierten Gamaschen und ihm gegenüber ein Schwein in einem Koben, das mit den Vorderfüßen auf den Planken ruhte. Er trug ein viel zu kleines grünes Hütchen, ein Hemd mit hochgestelltem Kragen, der breite grün-weiße Streifen hatte, während das auf den Hinterbeinen stehende Schwein zu ihm hinaufglotzte. Man konnte unter zwanzig oder mehr solchen Karten auswählen. Fasziniert begann sie in ihnen zu blättern.

Hier war eine schwergewichtige Frau mit einem großen Federhut, sie stand mit den großen Füßen fest auf dem Boden. In den Händen hielt sie die Zügel, eine an ihrer Taille hängende Tasche trug in schreienden Buchstaben die Aufschrift Kasse. Vor sich her trieb sie einen kleinen Mann, der vor Erschöpfung fast umsank, er hatte die Kandare im Mund und den Hut in der Hand. Der Reim lautete:

Hausherr

Aus Schwäche unterwirfst du dich Zügel und Kandare,
Wie eine zum Gehorsam erzogene Mähre.
Eine Mähre? Nein, ein Esel steht dir näher,
Sowenig Mumm hast du, auf Ehre.

Sie war fasziniert. »Davon muß ich ein paar haben«, kicherte sie. »Das wird ein Spaß.« Sie wußte nicht genau, was sie damit anfangen wollte, aber jetzt ging sie, ganz hingerissen, das gesamte Angebot durch. Sich schuldbewußt umblickend, um zu gucken, daß man sie nicht beobachtete, verschlang sie alle die bösartigen Sprüche, die ihr unterkamen. »Volltreffer« stand auf dem Schild über dem Kasten, wo die sogenannten Witzblätter ausgestellt waren. »›Volltreffer‹. Ich weiß eine Menge Leute, die ich gern treffen würde.«

Selbst da war ihr noch nicht völlig klar, was sie tun würde. Für fünf Cent kaufte sie sich ein paar davon. Nachdem Mrs. Smiley die Karten in ein Stück Papier eingewickelt hatte, bezahlte sie ihre fünf Cent und trat mit gesenktem Kopf in die Kälte hinaus, wobei sie die Handschuhe wieder anzog. Der Wind trieb sie für einen Augenblick zum Gebäude zurück, aber ihre Einkäufe an sich gepreßt, machte sie sich schwankend auf den Heimweg und lachte dabei vor sich hin.

Erst am nächsten Morgen, als sie warm und bequem im Bett lag, kam ihr die Erleuchtung. Sie mußte vor sich hin kichern. Ihr großer Mann neben ihr sah sich plötzlich um, weil er glaubte, es sei etwas nicht in Ordnung. Aber ehe er ein Wort sagen konnte, stand sie auf. Er war froh, sie so lustig zu sehen.

»Was ist los mit dir?« sagte er, als sie aus dem Bad zurückkam.

»Heute ist Valentinstag«, flötete sie. »Ist das nicht wundervoll?«

»Was ist daran wundervoll? Es ist ein so matschiger Tauwettertag, wie ich je einen erlebt habe. Wäre wohl besser, ich bliebe zu Hause.«

»Es ist ein schöner Tag! Ich fühle mich wie ein junges Mädchen.« Und sie fing zu singen an, und mit ihrer schönen Stimme trug sie die Weise von »Annie Laurie« vor, bis ihre Tochter, die ihrerseits auf dem Weg zum Badezimmer war, verwundert den Kopf zur Schlafzimmertür hereinsteckte.

»Mutter!« sagte sie. »So früh am Morgen?«

»Nun, man kann nicht erwarten, daß eine Frau die *ganze* Zeit nur schuftet. Sind deine Brüder schon auf?« Aber das Mädchen zuckte nur die Achseln und ging seines Weges.

Mrs. Mason hatte die fünf Valentinstag-Karten in ihrer Schreibtischschublade versteckt. Den ganzen Tag brütete sie über ihnen und wählte aus: Eine sollte an Mrs. Beckmann nebenan gehen und eine an jene andere Frau, die sie besonders demütigen wollte, diese Neureiche, deren Mann vor so kurzer Zeit einen Haufen Geld gemacht hatte, vielleicht auf ehrliche Art, man kann aber nie wissen. Schwein, war alles, was ihr einfiel, und sie konnte den passenden Reim, der ihre Verachtung richtig ausdrückte, nicht finden. Sie hatte eine Valentinstag-Karte mit einem Schwein, aber die war für einen Mann und nicht für eine Frau, und sie brauchte eine für eine Frau.

Schließlich traf sie ihre Wahl – und sie kehrte im Verlaufe des Tages zwanzigmal dahin zurück und lachte aus vollem Halse über das Gesicht, das sie wohl machen würde, die dumme Trine, wenn sie sich als das erblickte, was sie wirklich war – eine Dienstmagd, mit pickligem Gesicht, dußlig, dreckig ... Ha ha ha ha! Das Herz sang ihr im Leibe, als sie ihren Schreibtisch durchsuchte und, glücklicherweise, zwei einfache Umschläge verschiedener Größe fand, die allerdings etwas angeschmutzt waren; bei einem war versehentlich eine Ecke umgeknickt.

Sie hatte vor zu warten. Ihr großer Sohn war zu ängstlich. Nein. Der Zehnjährige war derjenige, welcher! Er kam nach der Mutter, jeder machte ihn für alles, was in der Nachbarschaft Unangenehmes passierte, verantwortlich. Nun, dieses Mal hätten sie recht damit.

»Zu wem soll ich sie denn bringen?«

»Sobald es dunkel wird, vorm Abendbrot aber noch, möchte ich, daß du zum Nachbarhaus gehst – und zu den Stechers an der Ecke. Leg diese zwei Umschläge vor die Türen, klingel und lauf weg! Laß dich nicht erwischen.«

»Laß mal sehen.« Sie zeigte ihm die Karten. Er war entzückt.

»Und du darfst sie nicht verwechseln.«

»Nein, ich werde sie nicht verwechseln.«

»Die hier ist für Mrs. B. und die da, die rechte, ist für die andere Frau. Sobald es also dunkel wird, ehe dein Vater von der Arbeit kommt, kommst du zurück und ich gebe dir für jede fünf Cent, wenn du ein braver Junge bist und machst, was ich dir sage.«

»Mach zehn Cent für jede draus«, sagte der Junge.

»Na gut, zehn Cent für jede, *falls* du dich nicht erwischen läßt. Du mußt ganz schön schnell sein, wenn du *beide* zustellen willst. Glaubst du, du schaffst es?«

»*Ich*? Ha«, sagte er, »du wirst schon sehen.«

Sie ging also an diesem Abend mit ihm hinaus, wobei ihr Herz vor Erregung hämmerte, und reichte ihm verstohlen die zwei Umschläge. »Den nimmst du in die Rechte und den in die Linke.«

»Ich weiß«, sagte er. Sie öffnete die Haustür und schubste den Jungen hinaus, dann kehrte sie mit geröteten Wangen in die Küche zu ihrer Kocherei zurück.

Gurlie hörte die Klingel und schickte das Mädchen, um nachzuschauen, wer da so spät an diesem Winterabend vor der Tür stand.

»Niemand!«

Ein wenig verängstigt, war das Mädchen schon dabei, ins Haus zurückzukehren, als sie den Umschlag erblickte und darauf las: *Mrs. Stecker* – von Kinderhand geschrieben.

»Es ist ein Brief«, rief sie Gurlie zu, nachdem sie die Tür geschlossen hatte.

»Ein Brief?« sagte Gurlie, die gerade die Treppe herabkam. Sie sah ihn sich an. »Das hat ein Kind geschrieben. Oh, es muß ein Gruß zum Valentinstag sein«, und sie blickte die Mädchen an, die herbeigekommen waren, um zu sehen, was los war. »Oh, das war aber lieb von euch«, sagte sie und steckte den Finger in den Umschlag, um ihn zu öffnen und den Brief herauszuholen. Magna sah auch zu.

Sie entfaltete das Sendschreiben, und ihr Gesicht wurde ernst. Sie sah die Mädchen an, deren Gesichter ausdruckslos waren, und begann zu lesen, aber nicht laut.

Warum so stolz?

Du trägst die Nase hoch, das ist klar,
Für eine, die noch vor kurzem arm war.
Hochmut und Arroganz, auf mein Wort,
Machen dich hohl, lächerlich und absurd
Bei jenen, die wissen, wie klein und bescheiden
Deine Stellung war noch vor ganz kurzen Zeiten.

»Ich möchte wissen, wer mir *das* wohl geschickt haben kann.«

»Laß mich mal sehen«, bettelte Lottie.

»Bitte, laß es uns sehen«, sagte Flossie. »Ist es eine lustige Valentinstag-Karte?«

Gurlie war wütend. Sie gab Joe den Umschlag, als dieser eine halbe Stunde später schnaufend zur Tür hereinkam. »Es wird kalt«, sagte er.

Er hatte den Mantel noch nicht ausgezogen. »Sieht aus wie ... Zeig mal den Umschlag. Warum sollte dir ein Kind so was schicken? Vielleicht eine deiner Nachbarinnen.«

Aber als Gurlie am nächsten Tag Mrs. Beckmann traf, blickten sie sich an und wollten beide nicht die erste sein, das auszusprechen, was sie dachten. Doch als sie feststellten, daß sie *beide* Valentinstag-Grüße erhalten hatten, waren sie sich einig, daß dieser Junge von nebenan es getan hatte.

Später erwischten sie ihn. Gurlie packte ihn beim Kragen. »Ich habe es nicht ausgeheckt«, sagte er. »Meine Mutter war's.«

»Wie vulgär«, sagte Gurlie zu ihrer Nachbarin. »Man kann es kaum glauben.« Sie waren angewidert.

12

Der Tag würde wunderschön werden. Was für ein Glück! Stecher, der wußte, daß seine Frau Flieder liebte, hatte am Morgen vom Busch im Hof einen Armvoll Fliederzweige geschnitten, noch früh, bevor die Sonne sie erreichen und ihnen ihren Duft rauben konnte.

Der Tag war da, auf den alle gewartet hatten, alle außer dem Baby, das noch zu klein war, um etwas zu begreifen. Aber für Gurlie bedeutete es ein Wiedersehen mit der Heimat ihrer Kindheit, die sich in der Erinnerung auf wunderbare Weise verklärte, obwohl sie doch enttäuschend gewesen war. Die alten Leute waren noch am Leben, der alte Peter, ihre Kusinen. Was hätte sein können, ehe ihr Vater jenes schicksalhafte Papier unterschrieb, ehe alles verloren war, war ihr noch wohl bewußt. Gurlie wollte sehen, ob das, was sie verloren hatte, wirklich so wunderbar war wie in ihrer Vorstellung. Jetzt oder nie. Voller Stolz würde sie ihnen zeigen, daß sie nicht als Bettler zurückkommen mußte.

Die Mädchen hatten sich von ihren Schulfreundinnen verabschiedet, Flossie war jetzt elf, ein großes Mädchen, und Lottie war eine junge Dame; ihnen war, als träumten sie. Der vorgebliche Grund für die Reise war, daß sie, Lottie, ein Studium am Konservatorium in Leipzig aufnehmen sollte, um ihre Ausbildung fortzusetzen. Sie würde für unbestimmte Zeit dort bleiben, vielleicht drei Jahre lang oder länger. Und wenn sie heimkehrte – würde man sie nicht wiedererkennen! Unterdessen ging es nach Norwegen, dem romantischen Norwegen, dem Land Ibsens und Griegs, Peer Gynts und der *sæter*-Mädchen und der Trolle, die in den Bergen wohnten – und der Musik! Musik, die höchstes Lebensziel war, die Zierde einer friedlichen Welt.

»Sorgen Sie bloß gut für meinen Mann«, sagte Gurlie zu Mrs. Emory, als diese Frau, die den Haushalt übernehmen sollte, fast bei Tagesanbruch, so schien es, eingetroffen war. »Geben Sie ihm ordentlich zu essen.«

»Oh, ich werde gut für ihn sorgen. Alle Frauen aus dem Süden sind gute Köche. Mag er Brötchen? Ich mache ihm jeden Tag zum Frühstück Brötchen. Oh, wir werden gut miteinander auskommen.«

»Meine Frau ist eine gute Köchin«, sagte ihr sanft dreinblickender Mann. »Sie wird ihn gut versorgen.«

»Und besorgen Sie sich selbst schnell eine Arbeit«, sagte Gurlie, »wo Sie jetzt ja eine Unterkunft haben.« Gurlie war nicht feinfühlig. Der Mensch schaute sie mit ausdruckslosem Gesicht an, während sich die beiden Mädchen, die an die Stelle von Flossie und Lottie treten sollten, bleich hinter den Röcken ihrer Mutter verkrochen und jedes Wort verweigerten.

»Sagt auf Wiedersehen zu der netten Lady«, ermahnte sie ihre Mutter, als schließlich die Droschke vor der Tür stand. »Los, stellt euch nicht so an.« Aber sie wollten nichts sagen. Flossie betrachtete sie mit einem Gefühl der Abneigung als diejenigen, die in ihrem Haus wohnen und in ihrem Bett schlafen sollten. Lottie beachtete sie noch nicht einmal.

Gurlies aus Maryland stammende Freundin hatte sie wie durch Vorsehung besucht, als die Reise zum erstenmal erwähnt wurde. Sie suchten gerade eine Haushälterin für Joe. »Oh«, sagte sie, »ich habe genau die Richtige für Sie. Eine nette Dame, eine richtige Dame, eine Freundin von mir. Sie stammen aus dem alten Süden. Sie haben Pech gehabt; ihr Mann hat seine Arbeit verloren.«

Joe lachte, als er davon hörte: »Ein Tagedieb!« Aber er machte sonst keine ernsthaften Einwände; schließlich konnte er es sechs Monate lang aushalten, wenn's sein mußte. In der Tat kannte Gurlie die Frau schon eine Weile. Sie gab Malstunden, Unterricht in Porzellanmalerei, in einer kleinen Wohnung über einem der Läden in der Main Street. Lottie und Flossie hatten beide bei ihr Unterricht gehabt. Es war ein Glück, daß sie das machen konnte – aber nur bis ihr Gatte eine Beschäftigung finden konnte, die seinen Gaben entsprach. »Er ist niedere Arbeiten einfach nicht gewohnt ...«

»Gut«, sagte Joe und schnitt damit die Unterhaltung ab, »habt ihr was vergessen?«

»Hast du die Fahrkarten?«

»Ich habe die Fahrkarten in der Tasche.«

»Also auf Wiedersehen, denken Sie daran, was ich Ihnen gesagt habe«, sagte sie zu Mrs. Emory. »Im Keller ist viel Marmelade und Gelee und eine Menge eingemachte Tomaten und Bohnen.«

»Oh, wir werden uns um alles kümmern.«

Und somit wurde die Tür geschlossen und die Reise angetreten.

»Rechnen Sie nicht zum Abendbrot mit mir«, hatte Joe gesagt. Es war verabredet worden, daß Mrs. Emory ihm früh am Morgen ein Frühstück bereiten sollte. Die übrigen Mahlzeiten würde er sich selbst besorgen.

Jetzt war das Schiff ihre Welt. Schmerzen der Ungewißheit und des Verlusts waren völlig vergessen. Die *Oscar II* war in den Augen der Mädchen riesig, wie ein großes Hotel. Mittendrin in ihrem vertrackten Decksystem war eine Tür, wie Hunderte anderer, hinter der sich ein kleiner Raum mit Schlafkojen, eine über der anderen, auftat – überall liefen Leute herum, weinten, lachten, alte Leute humpelten einher, Kinder, im Halbdunkel der engen Gänge. Es roch, nicht unangenehm, nach einer fremden Umgebung. Und jetzt ertönte von irgendwo über ihnen ein langes, tiefes Tuten, das die Luft erbeben ließ, und es fing an zu nieseln, so daß die Mädchen besorgt zum Himmel aufschauten.

»Also dann, auf Wiedersehen«, sagte Joe.

»Unfug, du brauchst noch nicht gehen.« Und Gurlie packte ihren Mann mit ihrer Bärenumklammerung, die ihm immer peinlich war. »Bleib noch ein bißchen bei uns.«

»Papa!« rief Flossie beunruhigt.

»Laß mich los.«

»Komm mit uns.«

»Hört mit dem Unfug auf«, erwiderte er. »Alle Nichtmitreisenden von Bord!« rief eine Stimme neben ihnen. Joe hob die Mädchen nacheinander hoch. Flossie schlang die

Arme um seinen Hals und weinte. Lottie sagte nur aufgeregt auf Wiedersehen. Er gab dem Baby einen Kuß, das sich dagegen sträubte, und schließlich küßte er seine Frau, die ihn beim Haar packte und nicht wieder freigeben wollte. »Du darfst uns nicht verlassen«, sagte sie, wohlwissend, daß er keine Wahl hatte.

Nun stand er dort winkend am Kai, während das Schiff, kurze Hornsignale gebend, Wasser aus den Öffnungen an seinen riesigen Flanken speiend, sich langsam in Bewegung setzte.

Die Abschiedsrufe waren zu hören – da unten! unter den ganzen emporgereckten Gesichtern –, einige fingen schon an, bis zum Ende der Mole zu laufen. In dem Gedränge verloren sie Joe aus den Augen. Und ehe sie es sich versahen, waren sie draußen auf dem Fluß. Die Freiheitsstatue lag hinter ihnen, und das Meer begann.

Von diesem Moment an erwachte die Schiffsgemeinschaft plötzlich zum Leben. Da war ja der Kapitän. Ihr Leben hing von ihm ab.

Tief im Innern ihrer Welt war eine Maschine, die sie auf ihren Spaziergängen von verschiedenen Punkten aus riechen und pulsieren fühlen oder pochen hören konnten, während sie einen Gang hinunterliefen. Vor allem waren sie, wohin sie auch gingen, vom Meer umgeben, es hielt sie und ihre kleine Welt, die sich durch dessen Leben unter ihren Füßen hob und senkte – vor dem sie nur ein schmales Geländer schützte, das ein junger Matrose gründlich polierte. Zehn selige Tage würde das so weitergehen, dann hätten sie Amerika hinter sich gelassen und den Ozean überquert – von der Neuen zur Alten Welt segelnd – obwohl man es nicht mehr segeln nennen konnte.

Bei Einbruch der Dunkelheit hatte man das Nantucket-Feuerschiff passiert. Ihre erste Mahlzeit lag hinter ihnen, sie waren auf dem gemächlich schwankenden Deck herumspaziert und waren in ihre Kabine gegangen und hatten sich entkleidet – Lottie hatte im voraus das erwünschte obere Bett belegt –, und nun waren sie, in der vollkommenen

Stille der Nacht, die nur vom Knarren des Schiffs gestört wurde, in einen tiefen Schlaf gesunken.

Was Joe seiner Frau nicht erzählt hatte – die ganze letzte Woche hatte er es vor ihr geheimgehalten, um ihre Vorfreude auf einen glücklichen und gemütlichen Urlaub nicht zu stören –, war, daß auf irgendeine Weise von einer noch nicht entdeckten Person zwei Formulare der Zahlungsanweisungen der Regierung aus der numerierten Serie entwendet worden waren. Es war eine ernste Angelegenheit, denn von der Entdeckung des Diebes und der Rückgabe der gestohlenen Waren konnte ohne weiteres der Auftrag selbst abhängen.

Es gab aber näherliegende, wenn auch nicht so wichtige Angelegenheiten, die umgehend seine Aufmerksamkeit beanspruchten.

Am Tag nach der Abfahrt der Reisenden bestürmte ihn Mrs. Emory, einen Garten anzulegen.

»Sie hatten immer einen Garten, so wie es aussieht.«

»Lassen Sie das Ihren Mann machen«, sagte Joe zu ihr.

»Oh, aber er ist dafür nicht kräftig genug. Es liegt am Rücken. Es strengt ihn zu sehr an, wenn er umgraben muß.«

Zu dumm, das mit seinem Rücken, dachte Joe.

»Vielleicht könnten Sie jemanden bekommen, der den Garten fürs erste für ihn umgräbt und ihn bepflanzt. Dann könnte er sich darum kümmern.«

»Nein, ein Garten würde zuviel Mühe machen«, sagte Joe. »Ich möchte nicht, daß er sich überanstrengt, und ich bin zu beschäftigt. Aber wenn Sie jemanden für die schwere Arbeit engagieren wollen, dann tun Sie es ruhig.«

»Nun, das ist wirklich schade«, sagte Mrs. Emory. »Ich dachte, wir könnten einen richtig schmucken Gemüsegarten haben.«

»Der Einfaltspinsel fand tatsächlich nie eine Arbeit«, erzählte Joe seiner Frau später.

»Sprich nicht so. Es sind Freunde von Mrs. Moore«, ermahnte ihn Gurlie.

»Ich glaube nicht, daß er sich überhaupt danach umsah. Er machte es sich immer gemütlich, rauchte meine Zigarren, wenn ich ihm nach dem Essen eine anbot.«

»Ich dachte, es wäre ausgemacht gewesen, daß du in der Stadt ißt.«

»Nun«, sagte Joe, »es war billiger, zu Hause zu essen.«

»Heißt das, du hast sie dafür bezahlt?«

»Du hast doch nicht etwa geglaubt, sie täten es für umsonst.«

»Wieviel hast du bezahlt?«

»Einen Dollar pro Tag.«

»Was? Es war doch abgemacht, daß sie im möblierten Haus wohnen konnten und sich dafür um dich kümmern und dir Frühstück machen sollten.«

»Von irgend etwas mußten sie doch leben. Wie sollten sie denn ihre Rechnungen bezahlen? Ich habe sie bezahlt. Er hat nicht mal den Rasen gemäht. Dafür habe ich auch jemanden bezahlt. Sie hatten aber Glück. Oswald hat mir wie gewöhnlich vor Weihnachten eine Ladung Armour-Produkte geschickt. Oswald, Joes Bruder, war bei Armour and Company in Chicago beschäftigt, und schickte ihnen jedes Jahr um Thanksgiving herum per Express eine Ladung mit verschiedenen Fleischsorten, Schinken, ein oder zwei Speckseiten, Zunge und verschiedenen eingemachten Köstlichkeiten.

»Hast du das auch verschenkt?«

»Nein. Ich habe einen Schinken und eine Speckseite herausgenommen und ihr gesagt, daß sie das verwenden könne. Das übrige haben sie stibitzt, bevor sie fortgingen.«

»Was!« sagte Gurlie. »Aber das ist Diebstahl.«

»Aber wenn man so vornehm ist wie die, ist es das nicht. Man nimmt dann nur, was einem zusteht. Das ist eine neue Methode, die von Christopher Columbus in diesem Land entdeckt wurde.«

»Wann sind sie fort?«

»Einen Tag vor deiner Rückkunft. Sie sind wieder nach Maryland gegangen. Ich habe sie ausgezahlt und ihnen gesagt, daß sie gehen sollen.«

»Du hast ihnen außerdem noch Geld gegeben?«

»War froh, sie loszuwerden.«

»Was ist mit dem ganzen Eingemachten geschehen, das ich im Keller hatte? Und den Gläsern mit Gelee und Marmelade?«

»Die armen Kinder, es waren nette kleine Mädchen. Sie mußten herausgefüttert werden, es wird ein harter Winter. Ich habe ihr gesagt, sie solle es ihnen geben. Ich mache mir nichts daraus. Im Keller hat sie ganze Arbeit geleistet, hat deine Regale völlig blankgefegt.«

»Was? Alles? Und hat sie überhaupt kein Weinbeergelee von den vielen Weintrauben gemacht?«

Während sie auf dem Meer waren, kam Flossie, die allein auf dem Oberdeck herumspazierte, eines Tages an eine Stelle, wo man durch eine Luke tief hinuntersehen konnte, scheinbar bis ganz auf den Grund des Schiffes. Heiße, süßliche Luft stieg von dort herauf, und da sah sie, von oben, einen Mann mit einer weißen Mütze, der Bleche voller Kekse vor sich hatte, auf die er aus einer Pistole weiße Verzierungen preßte. Sie sah, wie er die Pistole füllte, und dann ließ er ganz schnell die weiße Schlange herauskommen und sich in Ringeln und Schnörkeln auf jeden Keks legen, wobei er zum Schluß immer einen Klecks in die Mitte setzte. Er tat das sehr flink und geschickt und nahm sich einen Keks nach dem anderen vor, bis das ganze Blech, das vorher mit einfachen Keksen gefüllt war, nun lauter wunderschöne Kekse, fertig zum Servieren, enthielt.

Sie sah ihm lange zu, während er anscheinend Hunderte von Keksen anfertigte. Bis ihr schließlich von der Hitze und den Backdüften, die ihr ins Gesicht stiegen, plötzlich schlecht wurde und sie sich abwenden mußte. Die Seeluft stellte sie bald wieder her, aber als sie am gleichen Abend jene Kekse auf dem Abendbrottisch sah, wollte sie keinen davon.

Jeden Abend, ehe sie ins Bett geschickt wurden – denn Flossie hatte mit Erfolg darum gebeten, wie ihre Schwester bis um neun aufbleiben zu dürfen –, hatten sie über die Bordwand geschaut und die phosphoreszierenden Lichter gesehen, kleine Kugeln, die munter zur Oberfläche stiegen, wenn das Schiff hindurchpflügte, und dann wieder verschwanden. Immer stetig nach Osten, der aufgehenden Sonne entgegen, einer Sonne, die aus den Nebeln Rußlands und aus noch entlegeneren Gefilden gestiegen war, aus dem kaum je erblickten oder auch nur vorgestellten Land China. Nach Osten. Gurlie kehrte also »heim«, natürlich nicht für immer.

Es war ein stattliches Schiff. Die Norweger waren treffliche Seeleute, obwohl auch die Schweden ziemlich tüchtig waren. Ebenso die Dänen. Sie verstanden sich alle recht gut auf die Seefahrt, diese Skandinavier. Ha! Ha!

Ganz anders war es auf dem kleinen Schiff zugegangen, mit dem sie, allein, als junges Mädchen, hinausgefahren war – es war ja erst zwanzig Jahre her. Sie hatte sich damals mit tiefem Groll gesagt, daß sie es ihnen eines Tages schon zeigen würde, sie würde ihnen zeigen, daß sich eine Hansen nicht so schnell unterkriegen ließ. Die Reise ging nach dem Westen, mit einem billigen Schiffsbillett, immer der Sonne nach – wie es Leif Eriksson, der das Land entdeckt hatte, gemacht hatte. Immer nach Westen.

Das leichte Schlingern der *Oscar II,* während Gurlie in ihrem Liegestuhl saß – die Kinder waren mit Gleichaltrigen irgendwo auf dem Deck, das Baby schlief unten in der Obhut einer Aufwärterin –, hatte sie in aller Ruhe an jenes Erlebnis zurückdenken lassen – an die Entschlossenheit, die große Hoffnung jener Tage.

Da hatte es einen amerikanischen Schauspieler gegeben, einen jungen Mann, einen Sänger, dem sie unter den Passagieren dritter Klasse aufgefallen war, ihre muntere Stupsnase, die ausweichenden blauen Augen und das blonde

Haar, hinten auf ihrem runden Kopf zu einem Knoten zusammengerafft. Sie ging aufrecht, amüsierte sich über die anderen und lachte verächtlich über ihre Torheiten. Sie war nicht schüchtern. Er war Sänger, hatte in Musical-Komödien auf dem Broadway gespielt. Ja, sie hatte vom Broadway gehört. Das war interessant.

Er hatte die einsame Schiffsreise für sie belebt. Sie hatte ihn genau beobachtet. Sie hatten viel Spaß miteinander gehabt. Aber falls seine Absichten ernsthafter Art gewesen waren, so sprach er nie von ihnen, während die Fahrt ihrem Ende zuging und sie sich Amerika immer mehr näherten. Er hatte sie vielleicht auch beobachtet und zweifellos bemerkt, obwohl sie mit ihm über die Bauern lachte, zu deren Akkordeonspiel sang und mit deren Kindern spielte, lustig und voller Vitalität, daß sie die Angewohnheit hatte, ihn beim geringsten Anflug von Romantik lächerlich zu machen. Er kam mit ihr einfach nicht weiter. Das kleine runde Kinn war aus Eisen. Diese Augen hatten sich für ihn als Mauer erwiesen – zur Verteidigung da, um Ausfälle zu machen. Zum Schluß hatte sie erreicht, daß sie ihm angst machte; er kam sich klein bei ihr vor. Sie hatte ihn ihrerseits aber nie ganz vergessen. Sie hatte nur ein Ziel: den Kopf oben zu behalten, ihrem Familiennamen gerecht zu werden und reich zu werden. In ihrem gedrungenen Körper fühlte sie eine verhaltene Kraft. Sie war keine Schönheit, das wußte sie, aber sie war gesund, und sie war in gewisser Hinsicht auf Draht.

Es handelte sich um die erste Fahrt der *Oscar II.* An Bord waren der norwegische Konsul aus New York und seine Familie. Das Schiff fuhr nicht bis nach Kristiania, sondern warf schon bei Kristiansand, vor dem Hafen, Anker, und ein Tender kam dorthin, um sie abzuholen und zum Ufer zu bringen. Ein kleines Schiff, die *Motala,* sollte sie den Fjord hinauf zur Hauptstadt bringen.

Die *Oscar II* war schon wieder auf hoher See, als am Abend die kurze Fahrt losging. Fast sofort fiel Gurlie auf, daß der Konsul nicht mehr unter den Passagieren war. Sie hatte ein Billett für die erste Klasse, aber sie befand sich unter den merkwürdigsten Leuten. Die Nacht war inzwischen hereingebrochen, und ungefähr zur gleichen Zeit begann das kleine Schiff, kaum mehr als ein Schleppdampfer, zu stampfen und zu schlingern, als es eine Landzunge umrundete und auf die Nordsee hinausfuhr. Dann war die Hölle los.

Klatsch! Als die erste große Welle sie traf und der kleine Dampfer erbebte, ging es los. *»Gud! Gud spare oss!«* kreischte eine Frau neben ihnen. *»Oh Gud!«* ertönte es ringsum. Die Mädchen amüsierten sich. Klatsch! Und das kleine Schiff legte sich zur Seite und rollte, während die Schraube aus dem Wasser stieg und der Rumpf erbebte. Da war es zu spät, ihre Lage zu ändern. Eine Mahlzeit konnte nicht serviert werden. Und es gab keine Gnade, während das Schiff in der Gewalt des Sturmes ächzte.

Gurlie bahnte sich den Weg zur Kombüse und verlangte, daß man ihnen zu essen gäbe. Der Koch schüttelte den Kopf. Unmöglich.

»Wie lange soll das so gehen?«

»Morgen mittag sind wir in Kristiania.«

»Aber ist das Schiff denn zuverlässig?«

»O ja.« Das Schiff bekam eine volle Breitseite ab, so daß sich Gurlie an der Luke festhalten mußte. »Wollen Sie damit sagen, daß das die ganze Nacht so geht?«

»Morgen früh müßten wir im Fjord sein.«

Alle Passagiere außer Gurlie und ihre Familie waren seekrank. Mahlzeiten wurden nicht serviert. Die Nacht über blieben sie in ihren Kabinen und klammerten sich an ihre Kojen. Am Morgen war dann alles wie ein böser Traum vorüber, und sie fuhren den Fjord hinauf. An manchen Stellen konnte man fast die Felswände berühren, durch die sich das kleine Schiff hindurchzuzwängen schien. Dann wieder kamen sie an Stellen, wo sich eine breite Bucht öffnete und die Berge steil aus dem Wasser stiegen. Es lohnte sich, in diesem schönen frühlingshaften Land in allen möglichen

Städtchen anzulegen – manchmal waren da nur ein paar Häuser. Das hinderte Gurlie jedoch nicht daran, sich bei ihrer Ankunft zum Büro der Reederei zu begeben und Entschädigung dafür zu fordern, daß man sie auf ein solches Schiff verfrachtet hatte.

»Das war keine Überfahrt erster Klasse!«

»Nein«, bestätigte der Beamte.

»Was geschah mit dem Konsul?«

»Er hat auf ein größeres Schiff gewartet, das später eintraf.«

»Warum also ...?« Sie war wütend.

»Das war die erste Überfahrt der *Oscar II*. Man war nicht vorbereitet.« Es endete damit, daß Gurlie das Geld für die Überfahrt zurückbekam. Unterdessen hatten die Kinder den Kristiania-Fjord so zu sehen bekommen, wie sie es sich sonst nicht hätten träumen lassen.

Zuerst gingen sie in die Stadt selbst, um in der Wohnung von Gurlies alten Kusinen unterzukommen, die während des Zweiten Weltkrieges so elend umkommen sollten, wobei das ganze Gebäude niedergebrannt wurde und die beiden hilflosen Frauen darin eingesperrt waren, weil die Deutschen annahmen, das sich ein Untergrundkämpfer darin versteckt hielt.

Dort blieben sie einen Monat lang, Ende Juni fuhren sie dann nach Süden, nach Fredrikstad, zum alten Bauerngut, das Gurlies Kindheitsparadies gewesen war. Da war es noch, genau wie früher, unverändert, sogar den alten Peter, der nie etwas anderes als alt gewesen war, gab es dort noch unverändert, fast hundert Jahre alt, doch rüstig wie eh und je.

Als sie in Erinnerung an die Schiffe, die im Fluß ankerten, wo die Weizenfelder direkt bis ans Ufer reichten, dort stand, erschien ihr Amerika wie ein Traum. Wie damals waren die Masten der Segelschiffe noch da, wenn jetzt auch weniger davon am Feldrand über den Weizen ragten. Sie war bis ganz hinauf in jene Mastspitzen geklettert, als sie nicht älter als neun Jahre war. Kein Pferd auf der Weide, auf das sie sich nicht geschwungen und auf dem sie nicht über Gräben und durchs Gebüsch galoppiert wäre.

Hier regierte noch Tante Karen. Um die kleinen Mädchen wurde viel Wesens gemacht und auch um das Baby, ein Junge! Der einzige Junge – na, nicht ganz, aber so ein Bild von einem Jungen, mit blonden Ringellocken! Gurlie war noch keine Woche da, als beschlossen wurde, daß dieser Junge einmal beim Ableben der alten Tanten das Gut erben solle, da sonst keiner darauf Anspruch erhoben hatte. So kam man überein, und Gurlie sorgte dafür, daß es im Testament verankert wurde, noch bevor sie abreiste.

Aber Lottie und Flossie waren im Märchenland. In Kristiania hatten die großen weißen Fliederbüsche, die in den Straßen jener kleinen Hauptstadt üppig wuchsen, tiefen Eindruck auf sie gemacht. Das waren beinahe Bäume, die bis zum ersten Stockwerk der Häuser reichten. Ihr Duft erfüllte an schönen Tagen die Straßen, und alle Tage waren schön, so schien es.

Aber hier auf dem alten Bauerngut, jahrhundertealt – wo sie selbst hätten geboren werden können, hätte es nicht die verhängnisvolle Schwäche des Mannes gegeben, der das alles verloren und sie ans Ende der Welt gebracht hatte –, das war ein reines Vergnügen für die kleinen Mädchen.

Besonders Lottie war zumute, als lebte sie im Zeitalter der Trolle.

Einen Monat lang wohnten sie auf dem Gut, während Gurlie hier und da auf dem Land Besuche machte. Das ganze große Zimmer im ersten Stock gehörte ihnen. In jeder der vier Ecken stand ein hohes Bett mit vier Pfosten. Gurlie und das Baby hatten eines, so hatte man sich eingerichtet, und Lottie und Flossie hatten ein anderes. Dort, unter dem Dach, schliefen sie.

Nachdem die Landarbeiter aufs Feld gegangen waren, wurde ihnen von Tante Karen das Frühstück ans Bett gebracht: Kekse! Alle möglichen Sorten, die die Mädchen staunend aufaßen, und große Becher voll Milch.

»Ruht euch jetzt aus und nehmt euch Zeit. Es gibt keine

Eile, und ihr habt eine lange Reise hinter euch.« Kurz darauf waren sie aus den Betten und starrten aus den Fenstern. Aber das strohgedeckte Haus war so still, daß sie, überwältigt von der gedämpften Stimme der alten Dame und der Ruhe ringsumher, bald wieder ins Bett krochen und noch etwa eine Stunde still waren.

Dann ging es hinunter zum richtigen Frühstück: eine gewaltige Mahlzeit. Zwei Sorten Fisch, Brot und Käse, Eier und ein riesiger Krug der fettesten Milch oder tiefe Teller mit Sauerrahm, *filibunke* geheißen, über den sie Zucker streuten und den sie mit großen Löffeln aßen. Was für eine Mahlzeit! Und der Tag hatte kaum begonnen. Das fand unten im vorderen Zimmer statt – nicht im großen gemeinschaftlichen Eßzimmer hinten, das die Kinder besonders liebten, wo sonst die Mahlzeiten eingenommen wurden.

Einen Monat lang kam Karen jeden Morgen und weckte sie, indem sie ihnen die kleinen Kekse brachte, die Flossie am liebsten mochte, rautenförmige, aus Blätterteig – wie buk sie die nur auf dem großen offenen Herd, der die einzige Feuerstelle war – anderthalb Zoll dünnes, lockeres, köstliches Gebäck? Lottie mochte die süßen Brote lieber. Und sie tranken den Kaffee mit Milch, während Gurlie im Bett da drüben ihren Kaffee schwarz und stark genoß und der kleine Paul mitten auf ihrem Bett saß.

Karen und ihre Schwester, die das alte Bauerngut bewirtschafteten, hatten nie geheiratet. Sie himmelten das Baby an, als wäre es das Christkind persönlich. Das sollte *sein* Gut sein, *er* würde es weiter erhalten. Das war Gurlie nur recht.

Von dort aus besuchten sie eine Insel bei Sarpsborg, eine bewaldete Insel, wo sie einmal um Mitternacht, als die Sonne niedrig am Himmel stand, Maiglöckchen pflückten, die dort wild inmitten des Laubes wuchsen.

Dann waren diese hinreißenden Tage vorbei. Der Sommer neigte sich dem Herbst zu, und man mußte sich wieder dem eigentlichen Anliegen der Reise zuwenden. Lottie mußte am Konservatorium in Leipzig untergebracht werden. Ein Platz, eine vertrauenswürdige und sorgsame Familie, bei der sie wohnen konnte, mußte gefunden werden, und wenn dann alles zu ihrer Zufriedenheit geregelt war und wenn sie zu verstehen gab, daß sie sich wohl fühlte und ordentlich ihre Klavierstudien betrieb, würde man sie allein lassen und heimfahren.

»Aber sie ist noch keine fünfzehn!« sagten die norwegischen Tanten. »Wie bringst du es übers Herz, ein so junges Mädchen allein zu lassen und so weit wegzufahren?«

»Unfug!« sagte Gurlie. »Ihr seid doch hier.«

»Aber sie ist so jung! Sie ist so ahnungslos.«

»Bin ich nicht!« sagte Lottie. »Ich möchte dort bleiben. Ich will nicht nach Hause. Ich will in Deutschland bleiben. Es muß sehr romantisch sein.«

»Romantisch!« sagten die Tanten. »Kannst du nicht hier bei uns oder in unserer Nähe bleiben? Wir haben in Kristiania gute Lehrer. Grieg brauchte nicht nach Deutschland zu gehen. Er wurde an Ort und Stelle ein großer Musiker.«

»In Norwegen gibt es keine großen Klavierlehrer«, sagte Lottie.

»Aber wer bist du denn, daß du große Lehrer brauchst? Du bist nur ein junges Mädchen. Für die nächsten vier oder fünf Jahre werden die Lehrer hier bei weitem gut genug sein.«

»Nein. Hör nicht auf sie«, sagte sie auf englisch zu ihrer Mutter, da sie befürchtete, ihre lieben alten Tanten im Nacken sitzen zu haben; fast so schlimm, als wäre sie zu Hause. »Nein, mein Vater hat gesagt, daß ich nach Deutschland gehen soll. Dort gibt es die besten Lehrer.«

»Nun, wenn das dein Vater gesagt hat, dann mußt du wohl hin.«

»Wir fahren nach Deutschland«, sagte Gurlie. »Es ist alles vorbereitet.« Auch sie wollte Deutschland und den Kontinent sehen. Sie wurde allmählich unruhig in Norwegen; es war zu ländlich, zu beschränkt, fand sie. Warum sollte man diese weite Reise machen und sich nicht Berlin ansehen, ein paar von den Sehenswürdigkeiten der großen Welt? »Sie wird schon zurechtkommen.«

Lottie war ihrer Mutter ausnahmsweise überaus dankbar. Man stelle sich vor, in Norwegen zu sein, so dicht daran, und sich dann das Leben eines wirklich großen Konservatoriums in Bachs Stadt entgehen zu lassen. Sie hatte schon angefangen, alles in leidenschaftlichen Träumen zu planen.

»Warum gehst du nach Leipzig? So weit weg! Sachsen ist so weit.«

»Das Grand Conservatory in New York hat es empfohlen. Für den Instrumentalunterricht, für Klavierunterricht, ist es immer noch das beste«, sagte Lottie.

»Es gibt andere Orte, die näher sind.«

»Arthur Nikisch ist noch dort und Kubelik. Berlin und Dresden für Stimmbildung, aber für das Klavier haben sie Leipzig empfohlen.«

»Man genießt dort den besten Ruf«, sagte Gurlie.

»Ja, wenn ihr den Ruf braucht …«

»Und dort gibt es das Gewandhaus, das sehr berühmt ist. Und es war die Stadt Bachs.«

»Oh, aber der ist lange tot.«

»Um Bach gut zu spielen, sollte man nach Leipzig gehen und ihn dort studieren, wo man seine großen Motetten und Messen hören kann. Sie führen sie wie zu seinen Lebzeiten jede Woche auf«, gab Lottie zum besten. »Sein Haus steht noch.« Das stimmte zwar nicht, aber Lottie war überzeugt, daß der Geist des großen Johann Sebastian noch in der Atmosphäre der alten sächsischen Stadt schwebte. Sie hatte dahin gelangen und in seiner Nähe leben wollen, seit Leipzig das erste Mal als Ort für ein Auslandsstudium Erwähnung fand, und sie hatte sich darauf versteift. Nicht einen Moment hatte sie in Gedanken geschwankt. Es mußte Leipzig sein.

Und nun war endlich der Tag da, der Tag, an dem sie Norwegen verlassen und zum letzten Abenteuer aufbrechen sollten.

»Diese Passage wird doch nicht etwa unserer Herfahrt gleichen«, sagte Gurlie.

»Nein, nein, meine Dame. Das ist ein viel besseres Schiff.«

»Das möchte ich auch hoffen«, sagte Gurlie.

Die *Kong Ring,* auf der sie diesmal in die Nordsee dampften, war wirklich ein besseres Schiff. Sie fuhr nach Hamburg und war voller Passagiere erster Klasse, die von der jungen und lebenslustigen Mutter, die mit drei Kindern reiste, viel Aufhebens machten. Es gab da besonders einen ritterlichen Herrn, der Gurlie ganz unter seine Fittiche nahm. Lottie war die Heldin, die talentierte junge Pianistin aus Amerika, die am Leipziger Konservatorium studieren sollte. Für den gleichen Abend noch wurde schnell ein Konzert auf dem Schiff organisiert, bei dem Lottie, die ihr Publikum – gutbürgerliche Leute ohne besondere musische Bildung – abschätzte, ein Stück auswendig spielte, »Moonlight on the Hudson«. Wenn das ihr Lehrer in New York erfahren hätte, hätte er sie umgebracht. Es war ein Riesenerfolg.

Am zweiten Abend, dem Vorabend ihrer Ankunft in Hamburg, wurden Lottie und Flossie zeitig ins Bett geschickt. Als Flossie durchs Schlüsselloch spähte, sah sie eine Gruppe von Leuten um den Tisch sitzen und Bier trinken, lachen und sich fröhlich unterhalten.

In Hamburg setzte sie ihr Freund mit ihrem Gepäck in eine Droschke, die auch er bestieg, und brachte sie geradewegs zum Schlafwagen nach Leipzig, und schließlich verabschiedete er sich von ihnen.

In Leipzig kaufte Gurlie nach der ersten Nacht in einem Hotel eine Zeitung, suchte unter »Zimmer zu vermieten« und fand etwas in der Nähe des Rosentales bei einer Frau Franke. Diese werte Dame war hochschwanger. Sie zeigte ihnen drei Zimmer mit Küchenbenutzung, die sie zu einem angemessenen Preis mieten konnten. Nebenan wohnte ein jungverheiratetes Paar. Die Frau machte den Vorschlag, wenn Gurlie drei neue Betten kaufte, würde sie ihr diese später zum halben Preis wieder abkaufen. Man einigte sich dahingehend, und Gurlie zog ein.

Es war eine Sache von Wochen, und das Kind, das Frau Franke bei ihrer Ankunft so sichtbar getragen hatte, wurde geboren. Am nächsten Tag schon lag sie auf den Knien und scheuerte wie gewöhnlich die Haustreppe.

*»Aber Frau Franke!«** rief Gurlie, als sie die Frau an jenem Morgen erblickte, »das sollten Sie nicht tun.«

»Warum denn nicht?« sagte die Frau, die dahockte und zu den um sie herum Stehenden emporblickte.

»Das ist nicht gut für Sie.«

»Und wer soll es sonst machen?« sagte die Frau.

Während die Wochen verstrichen und Lottie mit ihrer Mutter im Konservatorium Absprachen über die Einzelheiten ihres Unterrichts traf, wurden Flossie und der Kleine bei Frau Franke zurückgelassen und durften sich dort, so gut sie konnten, die Zeit vertreiben. Inzwischen entdeckte man eine Wohnung in zentralerer Lage bei einem Ehepaar mit einem kleinen Jungen, der behindert war, dem kleinen Fritzl; sie führten ein kleines Unternehmen als Festlieferanten, *Aussteurer**, ein sehr zuverlässiges Ehepaar, das über das zusätzliche Einkommen durch die Vermietung eines Zimmers an eine junge Pianistin sehr froh war; sie konnte soviel in dem Hause üben, wie sie wollte, es würde sie nicht kümmern.

Dort war Lottie also einquartiert worden, ehe sie abfuhren. Von ihren neuen Bekannten und Lehrern an der Hochschule war sie ganz begeistert; es nahm sie so völlig in Anspruch, daß sie ihre Mutter und Schwester, obwohl sie noch in der Stadt weilten, fast vergessen hatte, sie schon vor ihrer Abreise wegwünschte und am 1. Dezember kaum bemerkte, daß sie schon fort waren. Noch ehe sie eine Woche auf dem Meer waren, hatte Lottie sie bereits vollständig vergessen – bis auf Momente, wo sie sich ein wenig erstaunt umsah und feststellte, daß sie nicht da waren.

Endlich lag sie in den Armen ihrer großen Liebe, der Musik! Das Essen bei Frau Janecke war ein wenig anspruchslos, aber was bedeutete schon Essen, wenn einem von solchen großen Namen wie Bach, Schumann, Beethoven, Brahms,

Chopin und Scarlatti warm ums Herz geworden war? Drei Jahre sollte sie so weitermachen – die Gewandhauskonzerte besuchen, am Donnerstag die Motetten, und jene Welt kennenlernen. Mit den Ohren sog sie den berauschenden Geist einer alten Kunst auf. Sie beneidete die Klassen über ihr an der Hochschule, und da sie jung war, versuchte sie es ihnen gleichzutun und sie zu übertreffen.

Ihre zweite Liebe galt der alten Stadt selbst mit allem, was in ihr an Goethe und seine Träume erinnerte; sie war zu jung, um am Universitätsleben teilzuhaben, aber sie kannte Auerbachs Keller, wo Faust dem Teufel begegnet war. Sie kannte die romantische Kulisse des Barfußgäßchens, die schmalen, gewundenen Gassen und alten Häuser. Sie lebte wie im Traum, übte an dem Instrument, das sie befreite und ihr Freund und Beichtvater war, ihre Verbindung zur glorreichen Vergangenheit – ihr Klavier, zu dem sie immer gehen konnte, und wenn sie es berührte, wenn sie die Hände darauflegte, fühlte sie sich vom Erdboden emporgehoben, um eine Welt zu betreten, die ihr näher war, als ihre Familie ihr jemals sein konnte.

Diese drei Jahre allein mit ihrem Klavier würden ihre Loslösung von den Familienbanden vollenden.

13

Der Verein zur Stadtkultivierung, dem Gurlie so begeistert beigetreten war, nahm lediglich die Zeit der Frauen in Anspruch und lieferte ihnen, laut Joe, Gesprächsstoff.

Aber Gurlie versetzte seinem Kopf einen ihrer liebevollen Püffe, was ihn immer wütend machte, und sagte: »Mrs. Smith, die reiche Mrs. Smith, wird mich morgen mit ihrer Equipage zur Versammlung abholen.«

»Sag ihr, sie soll die Pferde wenden und dich raus aufs Land fahren. Das bekäme dir besser.«

Aber Gurlie blieb dabei. »Die Frauen sind in Ordnung. Sie können den Männern noch was beibringen. Und verdammich« – sie fiel in ihren bevorzugten irischen Dialekt –, »das werden wir tun. Wart's nur ab.«

»Alles, was ihr tun werdet, ist, die Steuern in die Höhe treiben.«

»Wir werden wenigstens was davon haben. Wir haben die neue Schule gebaut, weil wir dafür gestritten und gekämpft haben. Jetzt werden wir einen Stadtpark bekommen.«

Tatsächlich gab es da ein dreieckiges Waldstück von einer Straßenlänge – ähnlich dem, worauf die presbyterianische Kirche stand, und ganz in ihrer Nähe, eine Straße weiter nach Süden –, das sich für den Zweck hervorragend eignete. Es war der gemeinsame Besitz des hiesigen Apothekers und einer alten Dame, die das Geld brauchte und hoffte, ihren Anteil für Baugrundstücke verkaufen zu können. Der Rat der Stadt war daran interessiert, wollte aber den verlangten Preis nicht zahlen.

»Wenn wir es zu einem vernünftigen Preis bekommen können.«

An diesem Punkt setzte die Arbeit der Frauen ein.

»Wieviel Gewinn haben wir erzielt?«

»Es sind bestimmt über tausend Dollar. Aber war das nicht wunderbar, wirklich wunderbar! Mir haben die ganz Kleinen im Rosentanz am besten gefallen. Waren sie nicht einfach süß? Ich sag Ihnen, wir haben in dieser Stadt bestimmt die schönsten Kinder, die es gibt. Finden Sie nicht auch, Mrs. Holbrook?«

»Sie waren wirklich sehr niedlich. Und für die kurze Zeit, die sie geübt hatten, waren sie gut vorbereitet.«

»Sie sind intelligent, ha ha ha ha! Finden Sie nicht, daß man das merkt? Das macht die gute Erziehung zu Hause.«

»Ich glaube, wir haben damit genug für den Erwerb ...«

»Und haben Sie schon gehört? Uns ist der Rest des Grundstücks urkundlich übertragen worden, wirklich und wahrhaftig. Das ganze.«

»Nein!«

»Doch, es ist wahr. Wir werden also einen Park bekommen. Wir werden die Ehre haben, dem Rat der Stadt die Urkunde zu übergeben. Ich sage euch, um etwas zu erreichen, braucht es Frauen. Das können wir uns als Orden an die Brust heften. Und wir haben nicht einmal ein Jahr dafür gearbeitet. Aber damit haben wir wirklich Erfolg gehabt.«

Es wurde mit einem Hämmerchen auf den Holztisch geklopft, und die annähernd dreißig Frauen kamen schnell zur Ruhe.

»Ha«, sagte Mrs. Jessup mit einem vernehmlichen Flüstern, während es im Saal still wurde, »wenn es was zu ernten gibt, kommen sie immer aus ihren Verstecken. Aber vorher ...«

»Meine Damen, würden Sie bitte zur Ruhe kommen?«

»... als es Arbeit gab, waren sie nicht da. Die Hälfte ...«

»Ruhe, bitte.«

»Heute werden wir die gewöhnliche Sitzungsordnung zugunsten des Berichtes des Festkomitees aufgeben, der Sie alle, wie ich weiß, sehr erfreuen wird. Da einige Mitglieder uns zeitig verlassen müssen, werden wir das zuerst drannehmen.«

Beifallsbekundungen übertönten das, was die Vorsitzende noch zu sagen hatte. »Oh, ich bin so froh, daß wir nicht die ganze Eröffnungsprozedur über uns ergehen lassen müssen. Kommen wir gleich zum Kern der Sache.«

»Mit Ihrer Erlaubnis wird jetzt die Vorsitzende des Komitees, Mrs. Holbrook, das Wort ergreifen. Und da das Ganze so überaus erfolgreich vonstatten ging, fände ich es sehr nett, wenn wir alle unsere Anerkennung zum Ausdruck brächten, indem wir uns erheben. Mrs. Holbrook, wir gratulieren Ihnen.«

Höfliches Durcheinander herrschte, da sich die Damen von ihren Sitzen erhoben und schwatzend und lachend applaudierten.

»Sie ist trotz allem eine gescheite Frau.«

»Schau dir ihr Haar an. Warum müssen die mit Köpfchen immer so schlampig sein.«

»Pst!«

»Möchten Sie, daß ich das Ganze vorlese? Es ist ziemlich lang.«

»Lesen Sie! Lesen Sie es vor!« Es war ja so, daß einige der Damen sich das Kinderballett nicht angeschaut hatten, der Eintrittspreis von anderthalb Dollar für die Veranstaltungsreihe hatte sie abgeschreckt, kurz und gut, sie wollten alles darüber hören.

»Typisch!« schnaubte die forsche kleine Mrs. Jessup. »So viel wollten sie nicht ausgeben! Das sind solche, die würden ihre alte Mutter in ein Heim stecken, wenn sie zu schwach und taub ist, um ihnen noch zu nutzen, und sie dann vergessen. Oh, ich kenne solche Frauen. In meinem Viertel gibt es eine, die ich jedesmal, wenn ich sie sehe, erdrosseln könnte. Was ich darüber weiß, wie sie *ihre* Mutter behandelt ...«

»Pst!«

»Natürlich haben Sie gehört, daß die ganze Veranstaltung ein Riesenerfolg war. Vieles hat dazu beigetragen. Wir hatten eine gute Lehrerin.«

»Das wissen wir.«

»Pst! Sie wird dich hören.« Die Vorsitzende des Komitees wandte sich halb um, lächelte jedoch milde und fuhr fort. »Ich weiß nicht, wie ich anfangen soll«, sagte sie. »Soll ich zuerst die Tänze aufzählen?«

»Ja, bitte«, sagte die Vorsitzende. »Bestimmt werden wir das alle gern hören, zumal einige von Ihnen nicht dabeisein konnten.«

»Das sind diejenigen, die bei kirchlichen Veranstaltungen immer nur eine Fünfcentmünze in die Kollekte geben.«

»Ruhe, bitte.«

»Die Kleinsten sollen zuerst drankommen.«

»Ach, sie waren so süß! Die lieben Kleinen ...«

»Um also ganz von vorn anzufangen: Geplant war, die Tänze eine ganze Woche lang zu veranstalten. An jedem Abend, und zwei Nachmittagsvorstellungen, am Mittwoch und Sonnabend. Tadelloses Wetter war uns vergönnt – so daß die Auftritte jeweils vor vollem Haus stattfanden. Es war wunderbar, so ermutigend! Die ganze Woche lang! Der Dekorationsausschuß hatte eine Fülle von Hartriegelblüten zu beiden Seiten der Bühne angebracht, die jeden Abend, oder vielmehr Morgen, gegen frische ausgetauscht wurden. Sehr schön. Und an der Decke kaschierten bunte Papierschlangen die rohen Holzbalken. Sehr gut gemacht. Wie sind die nur da hochgekommen, um das anzubringen?«

Alle lachten.

»Beginnen wir also mit dem Blumentanz, ich glaube, es war der Blumentanz. Das waren die kleinen Knirpse. Einige von den Kindern der jüngeren Damen unter Ihnen waren bei jenem Tanz dabei. Natürlich konnten sie nicht sehr viel zustande bringen. Aber sie hatten ihre gebauschten Kleidchen aus rosa Chiffon an, sie knicksten und verbeugten sich, und jedes hielt am Ende eine Blume in die Höhe. Erstaunlich, wenn man bedenkt, was ein wirklich geschickter Betreuer sogar bei solchen Kleinen erreichen kann. Kleine Mädchen. Ja, bei diesem Tanz waren keine Jungen dabei.«

»Sie waren so ulkig. Wenn eine von ihnen plötzlich stehenblieb, liefen die anderen auf. Sie mußten sie schubsen, damit sie wieder in Gang kam.«

»Ruhe, bitte!«

»Als nächste Altersgruppe kamen die Zwölfjährigen: der Rosentanz. Er fand viel Anklang. Alles Mädchen. Sie trugen Blumenhüte und Rosenblätterröcke. An jedem Tanz waren zwölf bis sechzehn Personen beteiligt, und jede Tanznummer dauerte fünfzehn bis zwanzig Minuten. Wir hatten zwei Klaviere, ja. Wir sind unseren Pianistinnen, Mrs. Wade und Mrs. Hasbrook, für ihr Mitwirken sehr zu Dank verpflichtet. Was hätten wir ohne sie anfangen sollen?«

Erneuter Beifall.

»Dann kam die Tarantella – ich habe Ihnen die Namen der Kinder, die die Tänze ausführten, nicht genannt. Hätte ich das tun sollen? Es würde viel Zeit kosten.«

Die Damen meinte, daß es nett wäre.

»Nun, als Feen traten auf Lucy Wheaton …« Und sie nannte weitere Namen.

»Oh, sie ist reizend.«

»Ethel Moorhead, Jessie Wheeler …«

»Kennen Sie ihre Mutter? Niemand kennt sie. Eine eigenartige Frau. Sie ist in keinem unserer Klubs.«

»Paddy Price, Joyce Haggerty …«

»Ist sie katholisch?«

»Ja, ich glaube.«

»Frances Devereau und Katherine Campbell …«

»Ihr Vater ist der Rechtsanwalt, wissen Sie. Er soll Tuberkulose haben. Hoffentlich seine Tochter nicht. Man weiß nie, wenn man so eine Menge hat, die Tag für Tag in einem staubigen alten Saal probt, was für ansteckende Krankheiten vielleicht weitergegeben werden.«

»Und Florence Stecher …«

»Da drüben sitzt ihre Mutter. Sehen Sie, wie sie lächelt. Sie waren gerade im Ausland. Was halten Sie von ihr? Sie hat es gewiß zu etwas gebracht. Aber ich mag sie. Sie hat den Schneid von früher. Solche Leute brauchen wir.«

An dieser Stelle brach die Vorsitzende ab. »Ich frage mich, ob es klug ist, die Namen weiter vorzulesen. Das wird zuviel Zeit in Anspruch nehmen, und wir haben andere wichtige geschäftliche Angelegenheiten zu behandeln.«

»Soll ich es weglassen?«

»Nein, nein!«

»Na schön, aber so kurz wie möglich.«

»Gut, im Rosentanz waren Katherine Hanson, Mabel Dalton, Jean Armitage …«

An dieser Stelle nutzten es zwei Mitglieder aus, daß die Aufmerksamkeit auf die Rednerin gerichtet war, um ihren Nachbarinnen etwas zuzuraunen und auf Zehenspitzen zum Ausgang zu gehen. Einige drehten sich um und sahen sie an.

»Sie muß um vier zu Hause sein, weil sie sich ums Essen kümmern muß. Er ist Schriftsetzer bei der New Yorker *World*, in der Nachtschicht. Wer ist die andere?«

»Sie kommt nicht sehr oft. Ihre Tochter war eine der Feen.«

»Das war wohl das einzige, was sie interessierte.«

»Der Schmetterlingstanz, mit Beleuchtung, wurde von vier der älteren Mädchen in langen pastellfarbigen Röcken getanzt. Sehr gewandt.«

»Ach ja, natürlich. Aber die Seele solcher Wohltätigkeitsveranstaltungen sind die Kleinen. Diese Wirkung kann man auf keine andere Weise erreichen. Natürlich ist das nicht sehr kunstvoll, aber haben nicht einige ...«

»Von den Jungen hat sie gar nichts gesagt. Einige von ihnen sind hübsch, und wie sie tanzen können! Dieser Charlie Bishop, der die Nummer mit dem Mädchen getanzt hat, wie war doch ihr Name? Den Zigeunertanz? Kennen Sie seine Mutter? Sie ist Spanierin oder so. Sie kommt meist zu unseren Versammlungen. Heute sehe ich sie aber nicht.«

»Alles in allem, ein wunderbarer Erfolg.«

»Sie haben den Bericht unseres Komitees vernommen. Gibt es Fragen?«

»Wieviel Zuschauer sind insgesamt gekommen?«

»Eintausendzweihundertundachtundvierzig.«

»Wie beachtlich für Riverdale.«

»Es wird spät, meine Damen, aber bevor wir zum Schluß kommen, muß ich Sie fragen, ob es irgendeine alte Angelegenheit gibt, eine unerledigte Angelegenheit, die wir auf die Tagesordnung setzen sollten? Eine neue Angelegenheit?«

»Frau Vorsitzende, nur ungern bringe ich einen Mißton in diese Versammlung ...«

Im Saal war es völlig still. Alle schauten auf die Sprecherin; es war Mrs. Nagel, eine der älteren und recht angesehenen Frauen der Stadt.

»Ja, Mrs. Nagel, Sie haben das Wort. Sie brauchen sich nicht zu erheben. Es ist bestimmt nicht erforderlich.«

»Ach nein, ich bin zwar ein bißchen steif, weil ich so lange gesessen und mir einen so schmeichelhaften Bericht über die Freizeitbetätigung unserer Jugend angehört habe, aber ich kann stehen.« Langsam erhob sie sich. »Ich wollte mich erkundigen, was für jene Familie getan wird, wenn überhaupt etwas getan wird, die anscheinend solche Schwierigkeiten hatte, ihre Kinder zu ernähren und zu kleiden. Die ... Wie war doch der Name?«

»O'Halloran«, sagte Gurlie mit lauter Stimme.

»Danke, Mrs. Stecher. Die O'Hallorans. Was ist aus ihnen geworden?«

Auf dem niederen Podium gab es eine hastige Besprechung zwischen der Vorsitzenden und ihrer Sekretärin. Die Vorsitzende wandte sich an die ganze Versammlung und fragte: »Könnte uns vielleicht jemand darüber aufklären, wie – wie der Fall zur Zeit steht?« Sie wartete einen Augenblick. »Es tut mir leid, Mrs. Nagel, aber ich für meine Person kann Ihnen nichts Näheres berichten.«

»Macht nichts«, sagte die ältere Dame. »Aber einen muß es geben, irgendein Komiteemitglied, das über den Fall berichten kann.«

»Ich bin Vorsitzende des Komitees«, sagte Mrs. Lowell. »Ich habe gehofft, daß das nicht zur Sprache käme. Dieser Fall bereitet uns Schwierigkeiten.«

»Schwierigkeiten welcher Art?« fragte Mrs. Nagel.

»Nun, das kann ich schwer erklären ...«

Es entstand eine ungemütliche Pause. »Es kann doch bestimmt so schlimm nicht sein«, sagte die ältere Dame.

»Ich werde Ihnen sagen, was los ist«, sagte Gurlie, die aufgestanden war, während die Vorsitzende des Komitees nur zu gern die Gelegenheit ergriff, auf ihren Stuhl zu sinken. »Der Priester der hiesigen katholischen Kirche hat sich eingemischt. Er will nicht, daß wir etwas in der Sache tun.«

»Aber«, sagte Mrs. Nagel, »gehe ich recht in der Annahme, daß die Frau in großer Not ist und daß ihre Kinder nicht zur Schule gehen können, weil ihnen ordentliche Kleidung fehlt?«

»So ist es«, sagte Gurlie.

»Nun also, was werden wir in der Sache unternehmen?« fragte Mrs. Nagel.

»Was können wir tun?« sagte die Vorsitzende. »Mit der Kirche können wir uns nicht anlegen.«

»Und die Frau Hunger leiden lassen? Einer sollte wenigstens hingehen und Erkundigungen einziehen. Wir können die Sache nicht fallenlassen. Das ist unmenschlich.« Die alte Dame setzte sich wieder hin. Dabei sprach sie weiter: »Ich wollte, ich wäre jünger.« Im Saal war es totenstill.

»Ich mache das«, sagte Gurlie.

Alle sahen in ihre Richtung.

»Das ist Ihnen hoch anzurechnen«, sagte Mrs. Nagel.

»Sehr wohl, Mrs. Stecher. Und ich darf sagen, daß Sie die Vollmacht zum Handeln haben, wenn es erforderlich ist. Und berichten Sie auf der nächsten Versammlung. Vielen Dank. Und nun, meine Damen, will jemand den Antrag stellen, die Versammlung zu schließen? Es war eine wunderbare Sitzung, und wir sind gewiß außerordentlich stolz auf das Komitee, das ein so erfolgreiches Fest organisiert hat, das für eine gute Sache – den Erwerb eines Parkes für die Stadt Riverdale – mehr eingebracht hat als jede andere Wohltätigkeitsveranstaltung zuvor.«

»Ich stelle den Antrag, die Sitzung zu beenden.«

»Wer dafür ist . . .« Und dann löste sich die Versammlung auf, und die Damen strebten der Tür zu, während Mrs. Nagel und Gurlie im Hintergrund des Saales standen und miteinander redeten.

14

Frauen können auf der Straße stehen und an jedem Tag der Woche einen Mann in Grund und Boden reden, ganz egal, wie standfest er sein mag. So war es auch, als Gurlie vor dem Haus, wo sie als Verwalterin des Fürsorgefonds von Riverdale gerade Frau O'Halloran und ihre Kinder besucht hatte, mit Father Kelly zusammentraf. Father Kelly war wütend. Gurlie war auf ihn vorbereitet.

Die anderen Frauen, die das Heikle an der Situation spürten und rechte Angst bekamen, hatten ihr freudig die Aufgabe überlassen. So etwas lag ihr und gab ihr eine Gelegenheit, die anderen auszustechen, außerdem war sie eine wirklich mutige Frau. Sie hatte nichts gegen Katholiken, obwohl einige andere dafür waren, ihnen alle Hilfe zu versagen. So etwas machte Gurlie ernstlich zornig.

»Die Kinder leiden Hunger«, sagte sie aufgebracht.

»Der Priester sollte für sie sorgen.«

»Aber wenn er nichts tut ...«, sagte Gurlie.

»Das ist seine Sache, die Sache der Kirche. Wir bekommen nur Ärger, wenn wir uns einmischen.«

»Und die Kinder sollen Not leiden? Auf gar keinen Fall. Wir mischen uns nicht in Glaubensdinge ein. Wir versuchen nur, einer Schar armer Kinder zu helfen. Es kümmert mich nicht, was der Priester sagt, die Kinder brauchen Hilfe, und die sollten wir ihnen gewähren und dafür sorgen, daß sie sie erhalten. Überlassen Sie das nur mir.«

Sie überließen es ihr mit Freuden.

»Zum Teufel mit dem Priester«, sagte Mrs. O'Halloran, als Gurlie hinging, um zu erkunden, was man tun könne. Die Wohnung war sauber, soweit sie sehen konnte, obschon die Vorhänge in der Küche Risse hatten und das Linoleum auf dem Fußboden vor den Waschzubern und auf dem Gang zwischen Tür und Herd so abgenutzt war, daß kein Muster mehr zu erkennen war. »Was hat er denn jemals für mich getan?«

»Wir möchten nichts tun, was Ihre Gefühle verletzt«, sagte Gurlie.

»Ich habe keine Gefühle mehr, weil ich mit diesem Hundesohn zusammenlebe, Entschuldigung. Seit einer Woche ist er nicht zu Hause gewesen. Der versoffene Strolch sitzt im Gefängnis von Jersey City.«

»Da steckt er also?«

»Ich weiß nicht, wo er steckt. Das hat mir jedenfalls Father Kelly erzählt. Und was nützt mir diese Mitteilung? Und was sagt er noch obendrein, als daß ich ihn wie eine gute Christin – mit sechs Gören – wieder aufnehmen soll, wenn er rauskommt? Dort können Sie das Kleinste sehen, kein Jahr alt. Und das hab ich das letzte Mal dafür bekommen, daß ich ihn wieder aufgenommen hab. Und wo kriegt ›seine gute Christin‹ genug Essen und Klamotten für die anderen her?«

Die Frauen blickten sich an wie Ringkämpfer beim Glockenzeichen, die darauf warten, daß der andere den Anfang macht.

Da verließ Gurlie die Frau mit den Worten, daß sie im Laufe des Tages noch von ihr hören werde. Aber kaum war sie auf der Straße, als sie mit Father Kelly persönlich zusammenstieß.

»Guten Tag, Father Kelly«, sagte Gurlie. »Das sind Sie doch? Ich habe viel von Ihnen gehört.«

»Ach ja? Was haben Sie denn gehört?«

»Ich bin Mrs. Joseph Stecher«, sagte Gurlie. »Ich freue mich, Sie kennenzulernen.«

»Sie sind also Mrs. Joseph Stecher. Es ist mir ein Vergnügen.«

»Ein schöner Tag heute, nicht wahr?« sagte Gurlie.

»Ja, es ist ein schöner Tag, und was machen Sie hier, Mrs. Stecher?«

»Was machen Sie selbst denn hier, Father?« erwiderte sie.

Das setzte ihn eine Weile außer Gefecht. In der entstandenen Pause fuhr Gurlie fort: »Da drinnen ist eine arme Frau mit einer Schar Kinder. Die Stadt wird sie unterstützen, während der Vater im Gefängnis ist. Haben Sie was dagegen?« Sie hatte sich vorgenommen, sich vom Priester nichts gefallen zu lassen, und je eher sie das ausfochten, um so besser. »Die Arme scheint äußerst bedürftig zu sein«, fuhr Gurlie fort. »Ich hoffe, Sie bringen ihr Hilfe aus der eigenen Gemeinde.«

»Ich kann mich sehr wohl um sie kümmern; sie braucht nichts von der Stadt.«

»Da hat sie aber anderes gesagt.«

»Was hat sie denn gesagt?«

»Sie ist in großer Not.«

»Hat sie sonst noch etwas gesagt? Ja?«

»Hören Sie, Father Kelly. Ich bin nicht katholisch. Wenn sie Ihnen etwas zu sagen hat, dann ist das ihre Sache. Ich bin nicht hier, um Ihnen zu erzählen, was sie gesagt hat und was nicht. Ich bin hier, um ihre Kinder mit dem Allernötigsten zu versorgen. Es würde mich freuen, wenn Sie die Verantwortung übernehmen würden. Bis Sie es tun, werde ich kommen und mich darum kümmern, daß sie erhält, was sie braucht.«

»Das werden Sie also tun, wie?«

»Jawohl.«

»Nun, angenommen, ich verbiete Ihnen herzukommen?«

Gurlie stieß ihr offenes und aufreizendes Lachen aus. »Ich würde nicht auf Sie hören«, sagte sie. »Sehen Sie, Father, die Frau ist in einer Notlage, wir haben einen Fonds, der von den Frauen der Stadt eingerichtet wurde, um in solchen Fällen zu helfen. Die Einrichtung ist überkonfessionell, mit Glaubensdingen haben wir nichts zu schaffen. Mrs. O'Halloran steht ohne Unterstützung da. Ich bin hergekommen und habe die Kinder frierend und hungrig vorgefunden ...«

»Warum ist sie nicht zu mir gekommen?«

»Sie ist ja zu Ihnen gekommen. Das hat sie mir selbst erzählt. Vielleicht haben Sie ja die Absicht, ihr zu helfen. Inzwischen – und ich glaube, ihr Mann hat außerdem noch Tuberkulose – sollte man ihr ...«

»Sie hätte warten sollen, bis ich in der Lage bin ...«

»Es ist schon über eine Woche her.«

»Also halten Sie sich hier raus. Ich kann mich um die Meinen selbst kümmern.«

»Wenn sie das von mir verlangt, dann halte ich mich raus, wie Sie wünschen. Aber bis dahin könnte mich der Teufel selbst nicht daran hindern. Und ich will Ihnen noch dazu meine Meinung sagen. Das hier ist eine gute Stadt, wir kümmern uns um unsere Armen. Wenn wir feststellen, daß sie Not leiden, dann helfen wir ihnen, dagegen können Sie nichts unternehmen. Es schert mich nicht, wer Sie sind.«

»Das sind große Worte, Mrs. Stecher.«

»Und Sie werden sehen, daß dem große Taten folgen. Und es wäre töricht von Ihnen, uns zu bekämpfen.«

»Die katholische Kirche ...«, fing der Priester an.

»Sie denken mehr an Ihre Kirche, als Sie an die Armen denken.«

»Wir denken zuerst an die Seelen, ehe wir an den Körper denken«, sagte der Priester. »An die Seelen aller Menschen auf der Welt. Wir können den Unterdrückten und Verstoßenen nicht immer so helfen, wie wir wollen. Aber ihre unsterblichen Seelen sind uns teuer. Da liegt unsere Aufgabe.«

»Dann sollten Sie denen nicht in die Quere kommen, die ihren armen Leibern helfen wollen. Wir behindern Sie nicht bei Ihrer Aufgabe. Was wir tun, und Sie sagen selbst, daß das nicht Ihr Hauptanliegen ist, ist nur, daß wir diesen armen Leuten und ihren unschuldigen Kindern etwas geben, womit sie ihre Mägen füllen können, und sie mit ein paar warmen Sachen versorgen. Schadet Ihnen das?«

»Nein, das kann ich nicht behaupten«, sagte der Priester. »Aber ich lasse es nicht zu, daß Sie sich zwischen die Frau und ihre Pflicht der Kirche gegenüber drängen.«

»Das tun wir nicht«, sagte Gurlie. »Wir befolgen nur Christi eigene Worte, als er sagte, man solle die Armen speisen. In Norwegen« – Gurlie konnte sich diese Anmerkung nicht verkneifen – »muß jedermann Steuern für derartige Fürsorgefonds abführen.«

»Da sollte die Verantwortung auch liegen, bei der Regierung. Wenn die Kirche mehr Macht in diesem reichen Land hat, dann gibt es vielleicht größere Gerechtigkeit für die Hungernden.«

»Darauf können wir nicht warten. Also werden wir weiter unsere wöchentlichen Lebensmittelzuteilungen herschicken und was wir für die Kinder zur Verfügung haben.«

»Sie brauchen sich nicht zu bemühen«, sagte der Priester störrisch. »Und damit guten Tag.«

Er drehte sich um und schritt auf die ausgetretenen Holzstufen zu, die zur Tür des Mietshauses führten. Gurlie drehte sich um und folgte ihm. Er blieb stehen. »Wohin wollen Sie denn?« fragte er.

»Ich will sehen, ob diese Frau möchte, daß wir ihr weitere Hilfe zukommen lassen.«

»Ich verbiete Ihnen, mir zu folgen«, sagte er.

»Verbieten Sie, was Sie wollen«, sagte Gurlie, »aber ich werde mich selbst überzeugen, was Sache ist.«

»Ach wirklich?«

»Ja.«

»Also, ich muß schon sagen, Sie haben eine dreiste Art, die ...« Er hielt inne. »Ich wünschte nur, ich hätte Ihnen was zu sagen«, fuhr der Priester fort. »Aber das wird nicht mehr lange dauern. Wir errichten jetzt eine Schule, und wir werden euch bald zeigen, wer diese Stadt lenkt.«

»Sollte man nicht ein wenig von dem Geld, das Sie für Ihre Schule ausgeben, dieser Frau und ihren Kindern zukommen lassen?«

»Wir haben mehr als genug Geld.«

»Jawohl, und Sie haben es von Leuten wie dieser Frau, nach allem, was ich weiß.«

»Weib, Sie sprechen mit einem Priester. Sie lästern ...«

»Ich rede nur mit gesundem Menschenverstand«, sagte Gurlie.

Sie standen unter der alten Ulme, während eine massige Frau, die irgendeinen Knieschaden hatte, hinkend näher kam. Sie hatten diese schon ein paar Minuten lang wahrgenommen, während sie langsam herankam.

Sie beobachtete den Priester und die entschlossen wirkende, gutgekleidete Frau, die sich am Fuß der Treppe gegenüberstanden. Als sie nahe an ihnen vorüberging, bei jedem Schritt schnaufend, sagte sie zum Priester: »Wie geht es Ihnen heute, Father Kelly?«

»Mir geht es gut, Mrs. Lomax, und Ihnen?«

»Ganz ordentlich, Father«, sagte die Frau fröhlich. »Es ist ein schöner Tag.«

»Ja, ein schöner Tag.« Und sie ging weiter.

»Gehen wir doch zusammen hinein«, sagte Gurlie. »Ich möchte hören, was Mrs. O'Halloran von mir erwartet. Sie ist bedürftig, aber wenn sie keine Hilfe mehr wünscht, kann sie das ja sagen. Ich berichte das dann dem Komitee, und damit ist die Sache erledigt. Aber ich werde das nicht aus Ihrem Mund entgegennehmen.«

»Sie sind eine dickköpfige Frau«, sagte der Priester.

»Meine Ahnen waren Wikinger«, sagte Gurlie. »Sie fürchteten sich vor nichts und niemand ...«

»Selbst vor dem Teufel nicht«, sagte der Priester irgendwie bewundernd. »Ich will Ihnen das eine versprechen. Ich werde nichts tun, um sie einzuschüchtern.«

»Geben Sie mir Ihr Wort?« fragte Gurlie.

»Ich gebe Ihnen mein Wort darauf«, sagte der Priester. »Vertrauen Sie mir nicht?«

Gurlie sah ihn an und lachte. »Nicht gern«, sagte sie, »aber ich schätze, ich muß.«

»Ist Ihnen klar, mit wem Sie sprechen?« sagte er.

»Klar«, sagte Gurlie und nahm einen breiten irischen Akzent an, »und ich glaube, ich weiß es jetzt. Ich spreche mit einem gutherzigen Iren. Habe ich recht?«

»Wollte Gott, ich hätte Sie in meiner Gemeinde«, sagte der Priester. »Ich würde Sie arbeiten lassen, damit wir die Schule in einem Jahr errichtet hätten. Wie war doch Ihr Name?«

»Mrs. Joseph Stecher, ich vertrete das Komitee des Vereins zur Stadtkultivierung.«

»Ja, davon habe ich gehört. Ich habe vernommen, daß man einen Park für die Stadt beschafft. Nun, das ist eine gute Sache, und ich werde sehen, was ich tun kann, um Ihnen weiterzuhelfen.«

»Die Stadt braucht einen Park. Wir haben dafür vor kurzem über tausend Dollar zusammenbekommen, als wir ein Wohltätigkeitsfest veranstalteten. Haben Sie es besucht?«

»Ja, ich habe einmal vorbeigeschaut. Nur um zu sehen, was los war. Einige aus meiner Gemeinde haben mitgemacht. Auf Wiedersehen dann, Mrs. Stecher, hat mich gefreut, Sie kennenzulernen. Wollen Sie mich jetzt nicht allein hineingehen lassen? Oder wollen Sie mir immer noch folgen, um sich zu überzeugen, daß ich die arme Frau nicht einschüchtere? Ich glaube, bis zum Wochenende werden wir ihren Mann aus dem Gefängnis bekommen. Und eines sage ich Ihnen, ich werde ihm so die Meinung geigen, daß er es sich zweimal überlegen wird, bevor er wieder Pflicht und Anstand verletzt.«

»Ich werde also berichten, daß es in Ordnung ist, wenn wir weiter Hilfe leisten, bis uns die Frau sagt, daß wir damit aufhören sollen.«

»Ja, und Sie haben meine Unterstützung«, sagte der Priester.

15

Mit zwölf machte Flossie oft allein Besorgungen in der Stadt. Ein solcher Anlaß war beispielsweise, wenn Tante Hilda gekommen war, um für die ganze Familie zu schneidern, wobei sie manchmal zwei Wochen hintereinander dablieb. Den ganzen Tag wurde dann gearbeitet.

Zunächst wählte Gurlie das Material aus, und Flossie sagte ihr natürlich, was sie wollte. Dann entschied man sich für den Stil, die Stoffe wurden gekauft, um dann entweder für gut befunden oder abgelehnt zu werden, wenn sie ins Haus kamen. Es war für alle eine ziemlich wichtige Zeit. Hilda war eine gute Schneiderin.

Dann fing die Arbeit an, das Entwerfen, das Zuschneiden. Das Material pflegte nicht ganz auszureichen. Für das Futter fehlte vielleicht eine Elle Stoff. Flossie nahm dann, mit ihren Mustern ausgerüstet, an einem Sonnabendmorgen den Zug und stattete McCreery's in der 23rd Street einen schnellen Besuch ab, um nachmittags mit dem Gewünschten zurück zu sein.

McCreery's, an der südöstlichen Ecke der 23rd, war *die* Adresse für Seidenstoffe. Auch für alle Kleiderstoffe war es eine wunderbare Adresse. Und nur ein paar Ecken weiter auf der Sixth Avenue befanden sich O'Neil's, Adams Brothers, Simpson und Crawford's und Gimbel's und jenes erste Wunder der Kaufhäuser, Siegel-Cooper, wo Gurlie stets am Büfett eine Pause einlegte und sich ein Dutzend rohe Austern genehmigte, während die Mädchen warteten und dem Verkäufer zusahen, wie er die kleinen harten Kekse aus einem Trog hinter der Theke schaufelte, wo die Austern scheffelweise vor ihnen standen, um die Schalen auf der Theke zu füllen.

»Wir treffen uns am Springbrunnen«, war die beliebte Losung des Tages.

Aber am liebsten fuhr sie, auch samstags, als Lottie noch in Europa war, zur Großmama in der Russell Street in Brooklyn. Die norwegische Kolonie hatte ihren Mittelpunkt in Greenpoint, das mit seinem kleinen Park, wo die Kinder spielten, noch immer schön war, und die norwegische Kirche war um die Ecke auf der Lorimer Street, nicht weit davon der Lebensmittelladen ihres Onkels Einar.

Mitten am Vormittag bestieg sie auf dem Erie-Bahnhof in Riverdale den Zug und fand oft eine Freundin, zu der sie sich setzen konnte. Bei der Ankunft in Jersey City mußte man durch den alten Wartesaal gehen, der nach den darunter faulenden Piers roch; die Holzbänke waren von schläfrigen Landstreichern besetzt oder gelegentlich von einem dicht zusammengedrängten Haufen seltsam aussehender Einwanderer unbekannter Herkunft, Ungarn oder Letten, die Männer rauchten merkwürdig geformte Pfeifen und hatten Hüte auf, ähnlich wie Tirolerhüte, die Frauen, in seidenen besticken Tüchern, trugen schwere und umfangreiche Röcke, die Kinder drängten sich mit aufgerissenen Augen, oft krank, um ihre Anführer, während ein Dolmetscher, der gehetzt wirkte, in einem schäbigen Mantel hin und her lief und erklärte, was man von ihnen verlangte. Am Revers ihrer Mäntel trugen sie Kennkarten, oder vielleicht waren das auch ihre Fahrkarten. Flossie betrachtete diese Leute und fragte sich, zu welchem Ort sie genau geleitet wurden, wie für den Westen bestimmtes Vieh. Sie war nicht zu jung, um zu wissen, daß viele von ihnen im neuen Land in ein oder zwei Jahren auf der Straße zum finanziellen Erfolg sein würden.

Mit schweren Ballen beladene Fuhrwerke kamen zu den Fährschiffen, und man mußte warten, bis sie vorüber waren, die kräftigen Pferde spannten die Muskeln der Hinterbeine an, ihre mit dicken Eisen beschlagenen Hufe rutschten auf den Brettern, die zur Fähre hinunterführten oder bei Flut schräg nach oben. Die Rufe der Kutscher, unter dem Dach des Fährhauses widerhallend, ließen Flossie zögern. Aber dann ging sie, den anderen Passagieren folgend, an Bord des schwerfälligen Schiffes, die Tore wurden geschlossen, die Haken gelöst, während die Ketten in den eisernen Rinnen rasselten und klirrten, und sie fuhren mit Getute auf den Fluß hinaus!

Sie saß immer an einem Fenster, wenn die schmutzigen Planken der Landestelle dicht vorbeiglitten, bis sie die Möwen sah, die herumflogen oder in sicherer Entfernung inmitten des Treibholzes auf dem Wasser schaukelten.

Der New Yorker Hafen war für sie immer schön. Irgendwo dort drüben im Geschäftsviertel befand sich die Druckerei ihres Vaters. Sie liebte die gemächliche Fahrt mit der Fähre von der 23rd Street. Unlängst war eines der Fährboote in der Mitte des Flusses gerammt und leckgeschlagen worden und war dann, nachdem man alle Passagiere in Sicherheit gebracht hatte, langsam gesunken. Seinen einzelnen schmalen Schornstein sah man noch zehn oder fünfzehn Fuß über das grünlich-trübe Wasser des Flusses ragen.

Aber am meisten liebte sie die Küste von Jersey, mit Stevens Castle hoch oben auf dem Bergrücken über den

Docks, wo die Schiffe des Norddeutschen Lloyd und der Hamburg-Amerika-Linie festgemacht hatten. Sie besetzten die ganze Küste, einige der besten Schiffe und auch der schnellsten aller Überseedampfer. Schöne Schiffe! Die *Kaiser Wilhelm der Große*, vielleicht war sie es, mit der die Einwanderer, die sie eben im Erie-Wartesaal gesehen hatte, übers Meer gekommen waren, ihre orangefarbenen Schornsteine ragten unübersehbar neben dem Schild NORDDEUTSCHER LLO D über die Docks. Sie liebte diese Schiffe.

An der 23rd Street nahm sie eine quer durch die Stadt fahrende Bahn für die lange Fahrt zur East-River-Fähre auf der anderen Seite. Dann wieder eine Fähre – diesmal eine kurze Überfahrt – und eine andere Bahn mit einem grünen Streifen, die Greenpoint-Bahn. Von der stieg man in der Lorimer Street in eine andere Bahn um, stieg schließlich Ecke Russell Street bei dem kleinen Park aus, von wo es nur noch ein paar Schritte bis zum Haus der Großmutter waren. Im Nachbarhaus wohnten die Stoltzes und Mathilda, die Widnesses und viele andere Freunde. Das war, ehe sich das Viertel veränderte und alle Skandinavier hinaus nach Bay Ridge zogen und Onkel Einar sein Geschäft verkaufte und nach Vermont übersiedelte.

War Flossie in der Russell Street angekommen, in ihrem leichten Blumenhut, mit den runden, geraden Beinen und dem kurzen Rock einer Zwölfjährigen, mit ihrem schmalen Gesicht und den aufgeweckten, stolzen blauen Augen, pflegte ihre Großmutter, noch nie eine überschwengliche Person, sie zu mustern, zustimmend den Kopf zu bewegen, was heißen sollte, ganz passabel, und sie aufzufordern, es sich bequem zu machen, um dann wieder in die Küche zu gehen, wo sie meistens gerade beim Backen war. Beständig war sie dort in irgendeiner Tätigkeit begriffen.

Vielleicht war eine Kiste Eier bei der Anlieferung für das Geschäft ihres Sohnes zerbrochen. So etwas durfte nicht vergeudet werden – und man kann es nicht verkaufen. Also mußte Grandma Kuchen backen – nicht *einen* Kuchen, sondern viele Kuchen. Flossie hatte acht oder zehn köstliche

Biskuitkuchen in dem großen Steinguttopf in der Speisekammer gesehen, wo sie sorgfältig aufbewahrt wurden. Sie hob sie einen Monat oder länger auf, ihre Haltbarkeit wurde nicht nur durch den Löffel *brennevin* erhöht, den sie immer in den Teig mischte, sondern zusätzlich noch durch die Tasse Brandy, die sie in den Steinguttopf stellte und mit Papier abdeckte. Wenn der dicht schließende Deckel auf dem Topf lag, wirkte das konservierend, und der Inhalt wurde für späteren Verzehr in einwandfreiem Zustand erhalten. Wenn man den Deckel abnahm, um einen Kuchen herauszunehmen, wie das Flossie oft getan hatte, kam einem ein aufregender Duft entgegen – Brandy-Aroma vermischt mit Kuchenduft –, er erinnerte an Norwegen, das alte Bauerngut und all die Freuden von Weihnachten und Ostern, an innige Feste um einen Tisch herum, während draußen der Schnee fiel und einen in einem warmen Zimmer vertraute Gesichter umgaben.

Dann seufzte Flossie immer, nach dem ganzen Herumlaufen auf den Straßen, und fragte die Großmama, ob es etwas für sie zu tun gebe. Vielleicht etwas Kardamom in dem alten Messingmörser zu mahlen. Andernfalls spielte sie das Flohhüpfspiel mit ihrem kleinen Cousin, nahm sich eines von den vielen romantischen Büchern, die Hilda in der Wohnung hatte, oder übte Klavier – damals nahm sie Unterricht –, sonst saß sie einfach da und blickte aus dem Fenster auf die im Park spielenden Kinder.

Olga hatte geschrieben, daß ein Paket für sie da war. Die liebe Tante Olga, sie packte immer ein Paket, mit irgend etwas, was sie bei den Learys, wo sie Haushälterin war, aufgetrieben hatte, ein Kleid, ein paar Ellen Spitze, zwei oder drei Paar wunderschöne Pantoffeln – ausgemustert! Spielzeug für den kleinen Paul. Alles mögliche. Ihre reichen Gönner sagten: »Hier, Olga, das ist für Sie. Schaffen Sie es mir aus den Augen, ich habe es satt!« Und Olga nahm es, manchmal waren es schöne Sachen – während sie ihre Koffer packten und sich darauf vorbereiteten, zur Rennsaison nach Saratoga Springs zu fahren.

Zum Mittag gab es *fiskeboller*, Kartoffeln, aus Vermont! Und – das mochte Flossie – Plumpudding, der in einer hohen Glasschale auf den Tisch kam, einer Schale auf einem Stiel, den man anfassen konnte, um sie herumzureichen. Flossie mochte Großmutters Plumpudding. Die Rosinen waren durch ein Sieb gedrückt, ein bißchen Stärkemehl, Zucker und noch etliches kam dazu, und dann wurde er mit Rahm, sehr viel Rahm gereicht. Darauf bestand die alte Dame. Die Familie mochte ihr Geld verloren haben, man war nicht mehr reich, aber das machte für die alte Dame wenig aus. Was die Küche anlangte, da konnte man keine Abstriche vom früheren Überfluß machen; sie gab, was sie hatte, verschwenderisch an Familie und Freunde.

Onkel Einar war gewöhnlich da, und Hilda und natürlich obendrein noch Einars kleiner Sohn. Bei solchen Gelegenheiten war Flossie stets glücklich und fühlte sich ganz als junge Dame – ihre Schwester war in Deutschland, der kleine Bruder zu Hause, die Großmama verwöhnte sie. Später zog sie sich dann im Gästezimmer aus, kletterte in das große altmodische Bett und schlief und schlief wie ein Engel.

Am Sonntag morgen half sie bei der Zubereitung der Frühstückseier, half beim Abwasch, machte sich dann fertig und ging mit ihrem kleinen Cousin um die Ecke zur Sonntagsschule, die in Norwegisch abgehalten wurde, was sie mit einigen Lücken verstehen konnte. Das machte auf sie einen ganz unbeschreiblichen Eindruck, das weiße Gestühl, die farbigen Fenster, sehr schlicht und doch dem Ganzen eine gewisse Pracht verleihend, das altväterliche Aussehen der Männer und Frauen, und auch die neue Generation der in Amerika geborenen Kinder war noch von der elterlichen Art geprägt. Das Mädchen aus New Jersey empfand dabei ihr ziemliches Anderssein. Aber sie mußte einfach Gefallen daran finden. Es machte sie stolz. In ihrer Mitte fühlte sie sich geborgen, obwohl sie froh war, nicht an ihre Lebensweise gebunden zu sein.

Wenn die Sonntagsschule vorüber war, waren manchmal

schon ihre Eltern mit dem kleinen Paul den ganzen Weg von Riverdale hergekommen, und Gurlie hatte schon angefangen, sich vorzudrängen. Flossie umarmte ihren geliebten Vater und schaute ihren Bruder, fast noch ein Baby, mit gewissen Befürchtungen an. Die Sonntagsblätter, die *World* mit dem Yellow Kid, nahmen sie gefangen, während sie zuhörte, wie die Männer über die jüngsten Croker-Skandalgeschichten sprachen – sie hörte heimlich zu.

Zum Mittagessen gab es Kalbfleisch! Sie wußte es. Das war die große Mahlzeit, das war ein sich stets wiederholendes Ritual für die alte Dame. »Du kochst *zuviel!*« sagte ihr Gurlie ständig. Und immer die gleiche Antwort, daß man einen Körper herausfüttern muß, damit er gesund bleibt. Es hatte keinen Zweck, mit ihr zu streiten. Und essen mußte man! Flossie tat ihr Bestes, aber ihr Vater, ein Mann von schmaler Gestalt, nahm nie mehr, als er wollte. Er ließ sich nicht überreden – sehr zum Ärger der alten Dame. Aber selbst sie konnte ihn nicht dazu bewegen.

»Ich *weiß*, wenn ich genug habe«, pflegte er zu sagen. Und da sie kein Englisch konnte, fragte sie ihren Sohn oder Gurlie, ob ihm nicht schmeckte, was sie ihm vorsetzte. Sie schien verletzt. Sie wollte ihm mehr auftun. Sie tat ihm trotz seines Protestes eine zweite Portion auf den Teller. Er ließ sie stets stehen.

Um drei traf nach und nach der ganze Trupp ein. So war es Brauch das ganze Jahr über, solange die Familie nicht in Vermont auf der Farm weilte. Alle Nachbarn waren mit von der Partie – bis schließlich der arme Einar, ein früherer Seemann, gutmütig und nicht geschaffen, sich seiner Mutter zu widersetzen, Bankrott machte. Sein Geschäft konnte sie einfach nicht verkraften.

Alle Norweger wußten, solange Ma Hansen da war, wurden sie zum *kaffe* in der Russell Street erwartet; ja, wenn nicht *alle* erschienen, fragte sie ihren Sohn, was denn geschehen sei. Das war ihr allwöchentliches gesellschaftliches Ereignis, auf das sie, ihrer aller Mutter, Bewahrerin des Glaubens, Hüterin der Tradition und Sittenwächter, Gedächtnis vergangener Zeiten, stolz war. Elvira und Stoltz pflegten unter den ersten zu sein, die kamen. Joe mußte mitmachen, obwohl er nicht der Sippe angehörte.

»Gut!« pflegte der alte Kapitän Guldbrandson zu sagen, zufällig gehörte er zu denen, die Joe mochte. »Schön, dich zu sehen!« Und er sagte das so, daß man spürte, es stimmte, er freute sich wirklich, einen zu sehen. »Wie geht's? Du siehst gut aus.« Und er kam an Joes Seite, nahm seine Tasse Kaffee und einen der köstlichen Kekse in seine enorme Pranke, lächelte, daß sein Gebiß funkelte, und ließ seinen massigen Körper auf das Sofa sinken. »Ah, da ist Gurlie.« Und er kämpfte, um wieder auf die Füße zu kommen, wobei er seine Kaffeetasse in der Hand balancierte. Aber Gurlie schubste ihn wieder aufs Sofa, während ein breites jungenhaftes Lächeln über seine Züge glitt. »Wie geht's?«

»Ach«, sagte Gurlie, »frag mich nicht.« Und sie wandte ihm den Rücken zu und ging davon.

»Wie geht das Geschäft? Verdienst du eine Menge Geld?«

»Jede Woche eine Million«, sagte Joe ernsthaft. »Ich stecke bis zum Hals drin. Sie gibt es ebenso schnell aus, wie ich es verdiene. Ich bin pleite.«

»Wie schade«, sagte der alte Kapitän ernst, mit einem Zwinkern. »Ich wette ...« Aber da kam die schöne Elvira herein, Königin der Sippe, und wahrhaft königlich von Gestalt und Gebaren, vollbusig, mit einem gewissen Blick, den sie voll auf Joe richtete.

»Darf ich mich zu euch Herren setzen?« Und sie setzte sich zwischen den alten Kapitän und Stecher. Gurlie sah es von der anderen Seite des Zimmers aus und kam sofort herüber.

»Sie macht sich immer an meinen Mann ran«, sagte Gurlie zu dem alten Kapitän. »Ich darf die beiden nicht aus den Augen lassen. Er ist ein Frauenheld. Kaum zu glauben, was?« Joe wußte nicht, was er sagen sollte. »Komm mit«, sagte seine Frau zu ihm und zog ihn am Arm. »Ich möchte dir eine meiner ältesten Freundinnen vorstellen. Ich bin mit ihr zur Schule gegangen, als ich ein kleines Mädchen war.«

Elvira Stoltz, die vor kurzem einen sich so recht und schlecht durchschlagenden Bankbeamten geheiratet hatte, war ein paar Jahre älter als Gurlies älteste Tochter. Joe hatte ihr doch sogar, erst vor kurzem, eine Nerzstola kaufen wollen und hatte das Gurlie allen Ernstes vorgeschlagen, die darüber entrüstet gewesen war. »Was ist mit dir los?« hatte sie zu ihrem Mann gesagt. »So etwas kannst du doch nicht machen.«

Immer mehr Leute aus der Nachbarschaft schauten herein – und blieben. Die alte Dame war in ihrem Element. Eine Sardinen- und Anchovisbüchse nach der anderen aus dem Laden wurde geöffnet und aufgetischt! Es wurde Kaffee gereicht und manchmal für die Kinder Schokolade, dazu Milch und Rahm im Überfluß. Ihr Gebäck war berühmt. Portwein und Sherry! Stoltz war ein starker Trinker; er blieb beim Brandy, von dem er Glas um Glas leerte. »Das ist aber mal 'n Brandy!« pflegte er zu sagen. Er war bei einer norwegischen Bank beschäftigt, ein untersetzter Mann mit einem Magen wie ein Faß ohne Boden, der später an einem Gehirnschlag sterben sollte, der arme Kerl, ein Ereignis, das die ihm Nahestehenden lange vorhergesagt hatten.

Es wurde immer heißer im Zimmer, bis einer ein Fenster öffnete.

»Das nenne ich genießen«, sagte der junge Heilbrun, ein Mann, von dem man raunte, er habe einen reichlichen Teil jüdisches Blut in den Adern, er war der Mann der Frau, die Einar hätte heiraten sollen, der das auch getan hätte, wenn es nach Großmama gegangen wäre. Sie kam nie darüber hinweg. Mathilda hatte keine Kinder und gehörte zum engsten Kreis der Gruppe. »Dafür sind die Norweger berühmt!« sagte Heilbrun. »Essen und Trinken und ...« Da er zur Hälfte einer anderen Rasse angehörte, aber dennoch der Gruppe verbunden war, war er derjenige, der es aussprach und auch meinte. »Es sind wunderbare Menschen.«

Worauf alle warteten, nachdem sie schon genug Kaffee, Portwein und Brandy getankt hatten, um damit ein Schiff zu versenken – eines ihrer eigenen kühnen Schiffe, die ihnen dasselbe bedeuteten wie einem Araber sein Zelt –, war das kalte Büfett!

»Dafür ist die alte Dame wirklich berühmt!« sagte Heilbrun. Im Vorbeigehen hörte sie, was er sagte, und ließ ihm gegenüber eine ziemlich scharfe Bemerkung fallen. Er sprang auf die Füße und verneigte sich. »Ich bitte um Verzeihung. Das hätte ich nicht sagen sollen, Frau Hansen. Aber Sie können nicht leugnen, daß Ihr *smörgåsbord* der feinste auf der Welt ist.« Sie war besänftigt und bemerkte: »Sie trinken zuviel. Sie vergessen sich. Sie sollten sich schämen.«

»Was war los?« fragte seine Frau, die hinzugetreten war.

»Ich habe sie eine alte Dame genannt. Manchmal könnte ich mir die Zunge abbeißen.«

»Vergiß es. Hier ist gutes Essen. Ich habe Hunger«, sagte Stoltz.

»Du hast Hunger? Wann nicht?« bemerkte seine Frau und wandte sich ab.

»Jetzt ist *meine* Frau sauer auf mich. Kommt, trinken wir einen.« Aber der alte Kapitän und Joe lehnten beide ab. »Der verträgt was«, sagte der Alte, der sich mit seinem lahmen Bein den ganzen Nachmittag nicht von seinem Sofaplatz gerührt hatte. »In früheren Zeiten habe ich solche Männer gekannt, zwei oder sogar drei Flaschen Whiskey täglich reichten ihnen nicht – und solche sind nie betrunken, sie wirken ganz normal, sie scheinen das zu brauchen, sie trinken es runter wie Wasser – es macht sie stark. Stoltz ist so einer, ein guter gesunder Mann. Aber er arbeitet bei einer Bank. Das verstehe ich nicht. Die Männer, die ich kannte, arbeiteten körperlich, im Freien. Er muß ein sehr robuster Mann sein.«

Joe lachte und paffte seine Zigarre. »Das kostet eine Stange Geld«, sagte er.

»Ja, Whiskey ist jetzt teuer«, sagte daraufhin der Kapitän.

Der Heringssalat wurde hereingetragen, auf einer großen Platte, eine riesige Portion, die jeder mit Freudenrufen bejubelte, um die alte Dame zu beglücken. Sie war stolz auf ihren Heringssalat. Auf dem Tisch wurde Platz für ihn geschaffen, und die Gäste versammelten sich darum, als wären sie ausgehungert, obwohl sie von ihrer Prasserei fast platzten.

Als sie den würzigen, zartrosa Salat schmatzend verzehrten, stand die alte Dame im Hintergrund und ermunterte sie, weiter zuzulangen.

So verstrich der Tag, und Joe fing an, auf die Uhr zu schauen und zu sagen, daß sie lieber an den Heimweg denken sollten. Das wurde Gurlie nahegebracht, die nach vielen Protesten der anderen endlich in das Zimmer ging, wo das Baby schlief. Flossie griff zu Hut und Mantel.

»Oh, das Paket von Tante Olga!«

»Ach«, sagte Joe, der es verabscheute, Pakete zu tragen. Aber die große Kleiderschachtel mit den Sachen, die Olga geschickt hatte, wurde geholt und wieder verschnürt.

»Habt ihr Nachricht von Lottie?« fragte die mitleidige Mathilda. »Wie geht es ihr?«

»Es geht ihr gut«, sagte Gurlie.

»Ach, das arme Kind, so weit weg, ganz allein in einer fremden Stadt.«

»Nenne sie nicht armes Kind. Sie hat Glück, daß sie so eine Möglichkeit geboten bekommt. Und sie ist nicht allein. Sie hat viele gleichaltrige Gefährten, die alle dasselbe machen.«

»Aber wenn sie krank ist?«

»Sie wird nicht krank. Und wenn doch, wird sie wieder gesund. Sie ist glücklich.«

»Und wie lange wird sie dort bleiben?«

»Solange sie will; vielleicht drei Jahre.«

»Ihr werdet sie nicht wiedererkennen, wenn sie zurückkommt.«

»Sie wird das gleiche schlaksige Ding sein, als das sie fortging.«

Es war ein Abend zu Beginn des Mais – die Abende wurden nun länger –, und Joe ging mit seiner Familie zur Ecke, um genau bei Sonnenuntergang auf die Straßenbahn zu warten. Mathilda winkte aus dem Fenster. Gurlie nickte nur mit dem Kopf. Da standen sie also und warteten, Gurlie mit dem kleinen Paul auf dem Arm. »Setz ihn ab«, sagte ihr Mann. »Er kann stehen.« Joe trug Flossies Tasche mit den Nachtutensilien, sein steifer Hut saß ihm etwas im Nacken, während Flossie, die die freie Hand ihres Vaters hielt, Olgas Paket trug.

Gott sei Dank war der Abend schön, aber Stecher war wie gewöhnlich bei diesen Familienausflügen in unruhiger Stimmung. Flossie hörte mit halbem Ohr, was ihre Eltern besprachen.

»Nie wieder!«

»Dir hat's doch anscheinend gefallen. Der Ruf, den sie hat, ist nicht übertrieben. Man könnte sagen, daß sie Norwegen wegen des Geredes verlassen mußte; seit sie siebzehn war, hat sie einen Mann nach dem anderen gehabt.«

»Ach, laß sie zufrieden«, antwortete Flossies Vater. »Wenn eine Frau gut aussieht, könnt ihr anderen falschen Katzen wohl nicht genug tun, um sie in den Schmutz zu ziehen.«

In diesem Moment kam die Bahn scheppernd vor ihnen zum Halten, und sie stiegen alle ein. Es war nur noch ein Fahrgast darin, ein gutgekleideter Mann, der die Augen geschlossen hatte und fast vom Sitz fiel, als die Bahn anruckte, die Augen öffnete, die Neuankömmlinge anblickte und dann plötzlich den Kopf auf die Brust sinken ließ und weiterschlief.

»Betrunken«, sagte Gurlie.

»Bei uns hätte er mit dabeisein sollen«, sagte Joe.

»Keiner war betrunken«, sagte Gurlie.

Joe schnaubte angewidert. »Sie waren alle betrunken.«

»Unsinn, du verstehst keinen Spaß.«

»Dieser Beha wußte nicht mehr, was er tat.«

»Einar ist ein Narr, daß er sein Geld für solches Gesindel ausgibt. Er wird Bankrott machen.«

»Er ist schon bankrott, er weiß es nur nicht. Diese schlichte kleine Gesellschaft heute nachmittag muß ihn fünfzig Dollar gekostet haben.«

»Du bist verrückt«, sagte seine Frau.

»Na, rechne es dir doch aus. Zunächst mal drei Flaschen vom besten Brandy. Weißt du, was der kostet? Und nächste Woche macht er's wieder so. Und den ganzen Sommer auf der Farm in den Bergen hat er sie wieder alle auf dem Hals. Die alte Dame glaubt wohl, er ist Millionär.«

»Umsteigen!« rief der Schaffner zu ihnen hinein. Und sie stiegen nacheinander aus und standen wieder auf der Straße, bis die Greenpoint-Bahn kam. Hier waren ein paar mehr Fahrgäste, denen man zuhören konnte, so daß Flossie das Gespräch nicht weiter verfolgte. Der kleine Paul saß auf dem Schoß seiner Mutter, während Flossie mit dem Paket neben sich auf dem freien Platz müßig gaffte.

Mit dem Fährschiff über den Fluß zur East 23rd Street war es eine kurze Fahrt. Eine andere Straßenbahn, die schon vor dem Fährhaus wartete, machte es ihnen ganz bequem. Es wurde jetzt schnell dunkel. Dann waren sie endlich am West-Side-Fährboot. Darauf hatte Flossie gewartet. Gurlie setzte sich mit dem kleinen Paul hinein, während sie und ihr Vater hinausgingen und am Bug des plumpen Schiffes standen, das die lange Fahrt zur Erie-Anlegestelle machte, danach kam eine kurze Bahnfahrt nach Hause, durch die dunklen Wiesen.

Sie liebte diese nächtliche Fahrt, das Wasser, das ihnen so nahe war, das dunkel und geheimnisvoll vorbeieilte, seine Bewegung, als es unter den Bug rauschte und Gischt emporspritzen ließ, so daß sie zurückweichen mußten, um nicht naß zu werden.

Dann konnte sie weit vorn, zur Rechten, Lichter am Himmel aufleuchten und verlöschen sehen. »Dort haben wir abgelegt«, sagte sie zu ihrem Vater, »als wir vergangenes Jahr nach Europa gefahren sind. Es war so schön nachts.«

»Ja«, sagte ihr Vater, »genau dort. Das sind schöne Schiffe. Die Skandinavien-Amerika-Linie, die Holland-Amerika-Linie, die Hamburg-Amerika-Linie und der Norddeutsche Lloyd.« Man konnte sie unterhalb der dunklen Schloßsilhouette erkennen. Das alles ließ Flossie an ihre Schwester denken – dort drüben im Osten allein, dazwischen der dunkle Raum des Meeres.

Es war furchteinflößend, geheimnisvoll, die schwankenden Umrisse vorbeigleitender Boote mit Lichtern, eines über dem anderen an einem kurzen Mast, dunkle Schiffsrümpfe, die hinter einem sich abmühenden Schleppkahn dahinkrochen, dazwischen ein straffes Seil. Die kamen kaum schneller voran als sie. Flossie blickte zu ihrem Vater hin, um zu sehen, ob alles in Ordnung war.

Und dann konnte man schließlich erkennen, was das für Lichter über den langen Piers vor ihnen waren, die in regelmäßigen Abständen aufflammten und verlöschten. Eine höchst aufregende Fahrt, diese Nachtfahrt flußabwärts. Die Brise, eine warme, nach Fluß riechende Brise, blähte ihren Rock und brauste in ihren Ohren, während sie krampfhaft den breiten Hut festhielt und dicht bei ihrem Vater dastand. Jetzt konnte sie die Schrift lesen.

»Guck mal!« sagte sie.

Die Schrift, die vorher aus ihrem Blickwinkel nur schwer zu entziffern gewesen war, wurde plötzlich deutlich, ging in regelmäßigen Abständen an und aus und verkündete ihre packende Botschaft:

REISEN IN DEN ORIENT

Dann, nachdem man Zeit gehabt hatte, das aufzunehmen, wurde die Botschaft abgeändert:

REISEN INS MITTELMEER

An und aus, an und aus – auf der anderen Seite des Flusses, der Skyline von New York gegenüber, damit jeder es sehen konnte. Flossie blickte hinüber nach New York und dann wieder zur anderen Seite. Es war eine stolze Botschaft. Auf dem anderen Ufer gab es nichts Vergleichbares. Das Jersey-Ufer war das beste, und von allen Schiffen – abgesehen natürlich von denen der Skandinavien-Amerika-Linie, die aus besonderen Gründen unerwähnt blieben – waren die deutschen Schiffe die besten, die Schiffe ihres Vaters. Plötzlich war sie müde und wünschte, sie wäre daheim.

16

»Ha!« rief Gurlie, die damit einen ihrer rauhen Schreie ausstieß. »Wißt ihr noch, wie sie vom Schiff herunterkam!«

»Was war denn mit mir?« fragte ihre ältere Tochter. Sie war gekränkt.

»Was mit dir war?« sagte Gurlie ausgelassen.

Lottie erinnerte sich nur zu gut an den ganzen Vorfall: zweieinhalb Jahre am Konservatorium, ein Kind von vierzehn und dann fünfzehn, jetzt sechzehn, nur für die Musik lebend, Musik als Luft zum Atmen und als Speise, jeden Tag, jeden Abend Musik, Musik; träumend, auf den Beginn ihrer Konzertkarriere wartend und dann – das! Ihre Eltern am Pier von New York zu treffen und zu hören, wie Gurlie beim ersten Gruß dieses brüllende Gelächter ausstieß.

Das arme Kind hatte an sich herabgeblickt und nicht gewußt, was es davon halten sollte.

»Wo hast du denn das Kleid da her?« Nicht etwa: »Wie geht es dir, mein liebes Kind? Wie ist es dir ergangen? War die Überfahrt angenehm?« O nein. Nur: »Mein Gott! Eine Gretel! Eine kleine deutsche Landpomeranze, frisch aus dem alten Land. Von wem hast du denn das Kleid da?«

»Von niemandem«, sagte das Mädchen. »Ich habe es gekauft, und Mrs. Janecke hat die Passe für mich mit der Spitze zurechtgemacht.«

»Das mußte sie wohl machen, du dürres Ding. Und der hohe Kragen, den du getragen hast.«

»Ich hatte keinen hohen Kragen an. Ich hatte eine Perlenkette um den Hals gewickelt. Es war eine lange Kette.«

»Nun, was macht da den Unterschied? Dieser Spitzeneinsatz, der da herunterhing. Vermute, du hattest das nötig. Warum hast du nicht zugenommen?«

Oh, wenn sie doch dort auf der Stelle das nächste Schiff zurück nach Leipzig hätte nehmen können! Sie liebte dieses Land hier, oder was es zu bieten hatte, nicht. Sie wollte wieder »nach Hause«. Nach Deutschland. Zur Musik. Zu ihrer Zukunft als große Künstlerin.

Und nun, einen Monat danach, der Entscheidungskampf.

»Laß mich wieder nach Leipzig fahren, Vater. Bitte!«

»Nein, davon hast du genug gehabt. Du kannst ja nicht einmal mehr Englisch sprechen«, sagte Joe. Er wollte, daß sie einen Lehrer in New York nahm und wieder zur Oberschule ging. »Eine Stunde Unterricht wöchentlich bei einem guten Lehrer, mehr brauchst du sicher nicht.«

»Aber Dad, was soll das nützen? So kann ich nicht Konzertpianistin werden. Bestimmt nicht. Und ich will nicht wieder auf die Oberschule. Ich habe genug Bildung.«

»Mach dich nicht lächerlich«, sagte Joe. »Du weißt gar nichts.«

»Über Musik weiß ich Bescheid! Ich weiß, was sie bedeutet. Ich weiß, daß ich arbeiten, arbeiten und nochmals arbeiten muß, daß ich ihr meine ganze Zeit widmen muß, und manchmal reicht auch das nicht. Ich kann nicht wieder auf die Oberschule gehen und gleichzeitig Musikerin werden. Dann würde ich das Ganze lieber aufgeben.«

»Das liegt bei dir«, sagte Joe und nahm seine Zeitung auf.

Gurlie hörte zu.

»Warum hast du mich dann überhaupt erst nach Europa geschickt – drei Jahre auf das Konservatorium –, wenn es nicht ... wenn du nicht wolltest, daß ich es absolviere?«

»Das war der Einfall deiner Mutter.«

»Dummkopf«, sagte Gurlie. Sie stand vom Tisch auf und brachte ein paar Teller in die Küche; sie waren gerade mit dem Sonntagsessen fertig. Joe zündete sich eine Zigarre an, während Lottie die Servietten nahm, sie zusammenlegte und sie in die Schublade der Anrichte räumte.

»Hört zu«, sagte Gurlie, als sie wieder ins Zimmer kam, »wir wollen das zu Ende besprechen.« Lottie drehte sich um, hielt den Atem an und wartete ab, was nun folgen würde. Schließlich hing ihre ganze Zukunft davon ab.

Joe rührte sich nicht.

»Sie hat gesagt, daß alle ihre Lehrer auf dem Konservatorium enttäuscht waren, als sie mitbekamen, daß sie nicht wiederkommen würde.«

»Sie erkennen ihren Vorteil.«

»Sie haben gesagt, sie hätte Talent, und haben sie eindringlich dazu aufgefordert wiederzukommen.«

»Und das Herbstsemester beginnt am 1. Oktober«, warf Lottie ein, die Hoffnung schöpfte. »Wenn ich den Dampfer nächste Woche nehme, bin ich rechtzeitig dort. Frau Janecke hat gesagt, ich könne dasselbe Zimmer wieder haben, hörst du, Mutter? Das wäre himmlisch! Himmlisch!«

»Nein«, sagte Joe abschließend. »Hört zu – wir haben schon genug Künstler« – beim Sprechen verzog er spöttisch den Mund – »in dieser Familie.«

»In deiner Familie, nicht in meiner«, sagte Gurlie.

»Das stimmt«, sagte Joe. »In meiner Familie. In deiner Familie sind alle Bankrotteure!«

In Gurlies Augen flammte es auf. »Ich nicht«, sagte sie. »Ich bin kein Bankrotteur – da kannst du von Glück sagen. Und ich war auch keiner, als ich dich geheiratet habe. Ich hatte eine Stelle. Eine gute Stelle.«

»Paß auf, Lottie. Du wirst nie eine große Künstlerin.«

Lottie begriff nicht, wie er das wissen konnte. »Warum denn nicht?« sagte sie.

»Große Künstler werden geboren, nicht gemacht. Schau dich an. Zunächst einmal bist du eine Frau. Zweitens bist du schon sechzehn, es ist zu spät, und du bist nicht kräftig genug. Um Künstler zu sein, muß man eine Bärennatur haben. Man kann kein normales Leben führen; man muß Glück haben oder ein Zigeuner sein. Ich will nicht, daß meine Tochter zu diesen Leuten gehört. Ich will keine weiteren Künstler in meiner Familie. Ich habe genug von ihnen.«

»Ach«, sagte Gurlie, »was für eine Künstlerin war denn schon deine Schwester? Sie hat doch nur ihre Beine gezeigt ...«

»Damit hat sie Geld verdient«, sagte Joe, »also war sie Künstlerin. Musik ist etwas Schönes, aber ich will keinen Berufsmusiker hier im Haus. Ich möchte, daß sie zur Oberschule geht und etwas lernt. Das reicht.«

»Geh und spiel ihm was vor«, sagte Gurlie zu ihrer Tochter. »Vielleicht wird das seinen Dickschädel zur Besinnung bringen.«

»Mir ist heute nicht danach zumute«, sagte Lottie. »Heute nicht.«

»Mach schon«, sagte Gurlie, »falls du es nicht etwa schon verlernt hast. Zeig ihm, was du kannst.«

Lottie war im vorderen Zimmer und spielte Bach, als Flossie die Treppe herunterkam. Sie ging zu ihrem Vater, der die *Sunday World* las und noch am Eßtisch saß, und sagte zu ihm: »Seid ihr fertig mit Streiten?«

Joe sah zu ihr hoch und verstand nicht.

»Was?« sagte Gurlie über den Tisch herüber.

»Ich habe euch streiten hören.«

»Oh«, sagte Gurlie. »Wo warst du denn?«

»Oben.«

»Du bist also die ganze Zeit oben gewesen. Ich habe geglaubt, du wärst ausgegangen. Da siehst du, was deine Kinder von dir halten«, sagte Gurlie zu ihrem Mann. »Streiten.« Sie brach in ihr rauhes Lachen aus. »Das war dein Vater«, sagte sie zu Flossie. »Er ist ein blöder Deutscher.«

»Ach«, sagte Joe, »sprich nicht so zu dem Kind.«

»Wer spricht denn wie? Du hast sie so erschreckt, daß sie sich nicht herunterzukommen getraute.«

»Kann ich das Kleid anbehalten? Ich möchte draußen spielen«, sagte das junge Mädchen.

»Dann geh nur«, sagte Joe. »Aber vielleicht bleibst du lieber hier und hörst deiner Schwester zu, wie sie für dich Bach spielt?«

Lottie legte alles, was sie hatte, in ihr Spiel, Sehnsucht,

Reue, Schmerz und ein letztes Lebewohl an den verflossenen Lebensabschnitt.

»Ach.« Joe erhob sich und ging aus dem Zimmer. »Ich glaube, ich gehe etwas spazieren.«

»Dann nimm deine Tochter mit«, sagte Gurlie. »Sie ist dir ähnlicher als die andere. Geh mit ihr spazieren, und komm nicht eher zurück, als bis du bessere Laune hast. Hörst du, wie sie spielt? Mein Gott, ich habe es über.«

»Du auch?« sagte Joe. »Kein Wunder, daß du sie los sein willst.«

»So geht das den ganzen langen Tag. Schick sie bloß wieder nach Deutschland. Gönne uns etwas Frieden. Du kannst es dir leisten.«

Nie, nie, nie, nie! dachte Lottie bei sich, die sehr gut hörte, was sie redeten, trotz der Musik. Es wird nie geschehen. Es sei denn, ich kann mir das Geld von einem anderen borgen – sie war kein Kind mehr, und sie wußte Bescheid. Sie war sich da wirklich ganz sicher, viel gewitzter als ihre Eltern. Was wußten denn die von der Welt? Wenn ich mir das Geld borgen könnte ...

Sie hatte von einem Mädchen erfahren, das Geld bekommen hatte, um in Europa bleiben und seine musikalische Ausbildung fortsetzen zu können. Wohl wahr, sie war etwas älter, aber nicht viel älter als Lottie. Warum eigentlich nicht? Und sie wußte, was vor sich ging, auch wenn Frau Janecke es bestritt. Man kann sich Geld beschaffen, wenn man es dringend braucht. Und sie hatte jetzt Geld verzweifelt nötig.

Derweil flogen ihre Finger über die Tasten, die Familie war vergessen.

Dann fingen ihre Gedanken zu wandern an. Bei der Überfahrt hatten sie zu dritt eine Kabine belegt, drei Mädchen aus Leipzig, die zu ihren Eltern in die Staaten zurückfuhren. Die eine war männertoll gewesen. Sie sah nicht besonders gut aus und war recht einfältig. Bei jedem Mann, der sie anschaute, bildete sie sich ein, daß er mit ihr flirten wolle. Es war lächerlich. Aber manche Mädchen sind eben so. Sie war ziemlich schlecht bei Kasse.

Männer, Männer, Männer! Tag und Nacht sprach sie nur von diesem Thema, bis es ihren Gefährtinnen zum Halse heraushing.

Da erlaubten sie sich einen Scherz mit ihr. Insbesondere einen Mann gab es, auf den sie es abgesehen hatte – nicht der Schönste auf dem Schiff, aber unverheiratet oder zumindest nicht in Begleitung einer Frau –, der eines Tages mit ihr übers Deck gewandert war und etliche Runden gedreht hatte. Später hatten sie beim Beilkespiel beieinander gesessen, und sie hatte daraus voreilig geschlossen, daß er in sie verliebt sei. Das verschaffte Lottie und ihrer Kameradin Gelegenheit zu ihrem heimtückischen Tun.

Während Dorothea eines Vormittags draußen am Eingang zur Bar herumlungerte und darauf wartete, die Aufmerksamkeit ihres Liebhabers zu erregen, indem sie sich bald hier, bald da an der Reling postierte, entwarfen ihre beiden Kabinengenossinnen, die sich zu diesem Zweck einige Blatt des Schiffsbriefpapiers besorgt hatten, ein Schreiben.

Es sollte kurz, aber unmißverständlich sein, eine Liebesbotschaft in diskreter Form vom Gegenstand der Bewunderung ihrer Freundin, gerichtet an seine geliebte Dorothea, in der er sie um ein Rendezvous an diesem Abend zu einer gewissen Stunde bat. Er hatte ihr etwas Wichtiges zu sagen, schrieben sie. Sie würde ihn an einem bestimmten Platz auf dem Hinterdeck finden, ein weißes Taschentuch sichtbar in der Hand. Die Mädchen brauchten eine Stunde, um das zu verfassen, aber es war ihnen gut gelungen. Ihr Name wurde darauf geschrieben, sie bestachen den Steward und ließen ihr den Brief am gleichen Nachmittag, als sie draußen waren, von ihm an der Kabinentür aushändigen.

Sie fiel voll darauf herein und war ganz naiv in ihrer Reaktion; sie erzählte ihnen alles. Dabei empfanden sie etwas Reue, mußten es jetzt aber durchziehen, da sie es einmal angefangen hatten. Sie war ganz aufgeregt. Ihre Erregung war ein erstaunlicher Anblick, und sie taten alles, um sie zu schüren. Sie beglückwünschten sie, lobten das Aussehen des Mannes und ermunterten sie, sich dem Erlebnis rückhaltlos hinzugeben, da nun die Gelegenheit für sie gekommen sei.

»Darauf hast du doch all die Jahre gewartet. Wir beneiden dich! Und du mußt versprechen, uns hinterher alles zu erzählen.« Sie versprach es.

Das arme Mädchen. Die einzige Person, die sie an jenem Abend an dem verabredeten Platz sah, war ein Mann mit einer fürchterlichen Erkältung, der sein Taschentuch ständig herauszog, um sich damit die Nase zu putzen. Sie wartete und wartete, mußte aber zuletzt niedergeschlagen hereinkommen.

»Der gemeine Kerl!« Ihre Gefährtinnen bekundeten Mitgefühl. Sie weinte; sie war ganz verzweifelt. »Er lacht dich nur aus. Verschaffe ihm nicht die Genugtuung, ihm zu zeigen, wie dir zumute ist. Behandle ihn wie Luft, wenn du ihm morgen früh begegnest.« Und das tat sie dann auch.

Gebrochenen Herzens. Das war das Stichwort. Wie konnte sie nach Deutschland gelangen, wenn ihr nicht der Vater das Geld gab? Und wie sollte sie das Geld beschaffen? Das war gar nicht so leicht – wenn ihr nicht die Mutter helfen würde. Mittlerweile ließ sie ihren Unmut am Klavier aus, sie spielte und spielte.

*»Um Gottes willen!«** Nach einer Stunde stürmte Gurlie zu ihr herein. »Gönn mir eine Pause. Würdest du bitte das Klavier in Ruhe lassen und hier rausgehen? Du machst mich verrückt. Es wird Zeit, daß wir *irgendwas* mit dir anfangen. Entweder du gehst zur Schule, oder du tust was anderes, was dir paßt.«

Sie stand auf und ging hinaus, ohne Hut, so wie sie war. Aus den Augenwinkeln hatte sie vorher ihren Vater und ihre Schwester die ulmengesäumte Straße hinauf verschwinden sehen, und mit bitterem, schmerzendem Herzen wandte sie sich in die entgegengesetzte Richtung.

Bach unter den Ulmen! Lang und dünn, die eine Schulter höher als die andere – »Das kommt, weil sie in der Wachstumsperiode auch noch Geige gespielt hat. Es ist nicht in Ordnung« –, so traumwandelte Lottie dahin, stolperte bei der ersten Kreuzung und stürzte beinahe.

»He, Charlotte!« war eine Mädchenstimme zu hören. Lottie hob nicht einmal den Kopf. Alles verloren: Ostern oder auch vor Ostern gestattete man den Studenten des Konservatoriums, an einem Donnerstag in die Thomaskirche zu kommen, wenn kein anderer Zutritt hatte, um die *Motetten* zu hören, in Bachs eigener Kirche, auf seiner eigenen Orgelempore – man konnte fast sagen, von seinem eigenen Chor –, um zu lauschen! Um ganz unter sich zu sein, zu lauschen und sich erheben zu lassen. Was wußte man schon in diesem gottverlassenen Nest hier?

Das Barfußgäßchen! Auerbachs Keller, wo der Teufel dem Faust erschienen war. Es stimmte. Der Teufel war Faust in Auerbachs Keller wirklich erschienen. Man konnte sehen, wo der Tunnel gewesen war (es wurde gemunkelt, daß er in die Krypta eines nahe gelegenen Nonnenklosters führte).

Und die *Messe*! Das war die Zeit im Frühling, wenn die Leute sogar aus Rumänien herbeikamen, in der Tradition der Messen des Mittelalters. Jeder Kaufmann stellte dann seinen Stand auf, und man konnte hingehen und alles mögliche kaufen: wenn man das nötige Geld hatte – was bei ihr nie der Fall war. Aber man konnte jedenfalls *schauen*.

Die Gewandhauskonzerte! Die Oper – die Oper nicht zu vergessen. Für das, was hierzulande fünfzehn Cent entsprach, konnte man die hervorragendsten, die besten Sänger der Welt hören. Und wirklich ernste Stücke wie Ibsen, *Ein Puppenheim*, und *Die Wildente* im Alten Theater am Nordende des Ringes! O Leipzig, Leipzig ... Ihre Gedanken wanderten in die Ferne.

»Daddy, schau doch!«

»Was?«

»Rudbeckien! Wir wollen ein paar pflücken.«

»Nicht in dem Kleid. Das Gras dort ist ganz dreckig.« Aber das Mädchen schien so enttäuscht, daß er zögerte.

»Ich klettere hoch und hole dir welche.« Es war oben auf einem kleinen Damm.

»Nein, laß mich helfen. Ich bin vorsichtig.«

Sie kletterten also die niedrige Böschung hinauf – es war mühsamer, als es ausgesehen hatte – und fingen an, die Blumen zu pflücken. Flossie schaffte es nicht; die Stengel waren zäh wie Draht. Deshalb holte er sein Taschenmesser heraus, das er am anderen Ende seiner Uhrkette trug, klappte es auf und schnitt die Blumen ab, eine ganze Handvoll davon, klappte das Messer zu und gab sie seiner Tochter. Seine Hände waren zerschürft, unter einem Knöchel war sogar eine kleine Schramme.

»O danke, Daddy!«

Und er hob sie aus dem Gras – sie hatte ihr neues geblümtes Kleid an – wieder hinunter auf den hölzernen Steg.

»Danke.«

»Hör mal«, sagte Joe nachdenklich zu ihr. »Hör mal«, während sie fragend zu ihm aufblickte. »Du bist die einzig Vernünftige in dieser Familie.«

»Oh«, unterbrach sie ihn plötzlich, »dort ist ein Kaninchen!« Tatsächlich, dort am Rande des hohen Grases saß ein junges Kaninchen, es mümmelte und schaute sie an. Seine Augen hatten jenen ewig bestürzten und wachen Ausdruck, der allen Wildtieren eigen ist. Dann ließ es sich auf alle viere nieder und fing wieder an zu äsen.

Joe bückte sich, um einen Stein aufzuheben, aber als er sah, was für ein Gesicht seine Tochter machte, warf er ihn nicht. Als sie sich wieder umdrehten, war das Kaninchen verschwunden.

»Auf deine Mutter kann ich mich nicht verlassen«, fuhr Joe fort. »Deine Schwester ist verrückt, sie will zurück nach Deutschland, sie weiß nicht, was sie da verlangt. Schau sie dir an. Ich glaube, was sie wirklich braucht, ist eine Mutter, die sich um sie kümmert. Solche Dinge kann man nicht kaufen. Ha! Sie muß wieder Englisch lernen. Sie muß lernen, daß die Welt nicht aus Leuten besteht, die nichts weiter können als Klavier spielen. So ist es doch schließlich. Oder?«

»Ja«, sagte Flossie. »Das finde ich auch.«

»Wollen wir noch bis zur nächsten Ecke zu den Bäumen dort drüben?«

»Klar.« Sie gingen los. »Was sollen wir mit ihr machen? Sollen wir sie wieder nach Deutschland schicken – um sie loszuwerden?«

»Hast du sie denn nicht lieb?« fragte Flossie.

Joe antwortete nicht sofort, sondern ging weiter und blickte in die Ferne. »Das trifft es wohl. Ich schätze, das entscheidet alles. Sie bleibt zu Hause und geht hier zur Schule. Und was möchtest *du* machen? Möchtest du auch Klavier spielen?«

»Nein«, sagte das Mädchen.

»Gut, du bist vernünftig.« Und sie machten sich auf den Heimweg. »Weißt du, was sich deine Mutter unter einem Genie vorstellt?«

»Nein«, sagte seine junge Tochter.

»Nach deiner Mutter ist ein Genie jemand, der etwas für umsonst bekommt. Jeder ist ein Genie, der nicht arbeiten will und glaubt, er sei eines. Das glaubt deine Mutter. Sie ist ein Genie. Verrückt.«

17

»Oh, sie will über alle bestimmen«, sagte Lottie.

Elvira, die schließlich nicht ihre Enkelin war und zudem verheiratet, nickte lächelnd. »Sie will mich sogar genauso herumkommandieren wie Hilda.«

»Hilda sollte sie zum Teufel jagen. Arme Hilda.«

»Na, ich höre nicht auf sie. Aber es ist lästig, daß man sie *immer* an der Nase herumführen muß. Wo steckt sie jetzt?«

Großmama tauchte aus der Küche auf. Sie sprach Norwegisch mit ihnen. »Habt ihr heute morgen schon Miss

Guldbrandson begrüßt? Ihr solltet zu ihr gehen und mit ihr reden.«

»Aber sie ist so schwerhörig, Großmama. Und es ist so ein schöner Tag zum Spazierengehen. Sie macht mich noch verrückt.«

»Ihr habt kein Herz, ihr jungen Leute. Ihr solltet euch schämen.«

»Aber Großmama, sie ist zufrieden. Sie will nur schlafen. Sie ist zufrieden in ihrem netten Sessel auf der Veranda. Sie will nicht mit uns reden. Schau doch, was für einen schönen Blick über die Wiesen sie hat. Sie kann die Scheune sehen und die Kühe und die Wagen auf der Straße, wenn sie den Berg herunterkommen und ...«

»Geht und unterhaltet euch mit ihr.«

»Na gut. Aber wir wollten gerade Brombeeren pflücken gehen.«

»Wo wolltet ihr denn Brombeeren pflücken?«

»Gestern haben wir einen wunderbaren Fleck entdeckt – an der Straße beim See. Sie waren wunderbar. Gerade reif. Wir wollen sie lieber heute holen, weil es noch regnen könnte.«

Die alte Dame warf einen zweifelnden Blick auf die Mädchen, die große Lottie mit dem schwarzen Lockenkopf und den großen flehenden Augen und die ältere, prachtvolle Elvira, die mit starkem Akzent sprach. Die Mädchen hielten die Luft an und warteten ab, wie ihre List wirkte.

»Hm«, sagte die alte Dame, wie immer ohne ein Lächeln. »Ja, es könnte regnen. Ihr beschwindelt mich nicht?«

»Nicht doch, meine Liebe. Ich wollte gerade um die Kannen dafür bitten. Milchkannen sind sehr gut zum Beerensammeln. Könne wir zwei Milchkannen haben? Die sind am besten.«

»Nein. Milchkannen sind für Milch. Geht raus und holt euch Beereneimer. Ihr wißt, welche Eimer ihr nehmen müßt.« Und sie schritt aus dem Zimmer mit dem großen Kamin, blieb dann an der Tür stehen, um zu sagen: »Die Jugend. Seid zum Mittagessen zurück. Laßt mich nicht warten.« Und sie ging hinaus, um sich zur armen Miss Guldbrandson zu setzen – und um zu beobachten, ob die Mädchen, so wie sie es versichert hatten, die Straße hinuntergingen.

Miss Guldbrandson schlief, daher setzte sich die alte Dame auf ihren bequemen Stuhl neben sie.

Die Mädchen traten hinter ihr aus dem Haus auf den kleinen Rasenfleck, der noch schlüpfrig vom starken Morgentau des Vermont-Gebirges war, sie sprangen die drei breiten Steinstufen neben dem Flammenblumenbeet bis zum Rand der Wiese hinunter, um auf den Kies der Straße zu gelangen, wo sie weder festen Fuß fassen konnten.

Großtuerisch schwenkten sie ihre Eimer, damit die alte Dame sie sähe, wenn sie an dem Fleck mit der Roßminze und den Glockenblumen vorbeigingen.

»Auf Wiedersehen!« rief Lottie, insgeheim triumphierend – die alte Dame bekam es sehr wohl mit.

»Na gut, sie sind jung«, sagte sie.

»Wir kommen mit vollen Eimern zurück.«

»Das rate ich euch«, sagte die Großmutter zu sich, wandte sich ab und ging ins Haus zurück.

Die beiden Mädchen schritten die Straße hinunter.

»Ach, ich wollte, ich wäre verheiratet«, sagte Lottie zu ihrer Freundin. Sie hatte das in den zwei Wochen, die sie zusammengewesen waren, bei mehr als einer Gelegenheit gesagt.

»Na, warum heiratest du dann nicht?« sagte Elvira. »Mit siebzehn bist du alt genug dafür. Dann wirst du alles erfahren, was du wissen willst.«

Das verschloß ihr wirkungsvoll den Mund.

Auf der Landstraße war es heiß, und in den Spurrinnen knickten ihnen die stadtgewöhnten Füße um, besonders Lotties mit ihren schlanken Fesseln, die noch nie allzu fest gewesen waren. »Ich hätte gern solche Beine wie deine«, sagte sie zu ihrer Freundin. »Du bist wunderbar. Sieh mich an, dürr, mit flacher Brust. Sieh dir meine Arme an. Und sieh dich an.«

»Du hast wundervolle dunkle Augen.«

»Aber deine sind so blau wie der Himmel.«

»Du bist sehr anziehend«, sagte Elvira. Und wieder versiegte das Gespräch. »Und du kannst wie ein Engel Klavier spielen. Darum beneide ich dich. Hast du in Leipzig irgendwelche Liebschaften gehabt?«

»Nein«, sagte Lottie. »Ich war einfach zu jung. Ich habe niemanden getroffen, der mir gefiel, außer meinen Violinlehrer. Ich kam mir dumm vor.«

»Arme Lottie!« sagte ihre Freundin spöttisch. »Du brauchst wirklich einen Liebsten.«

Sie kamen zur Hauptstraße nach Brattleboro. Keine Menschenseele, kein Gefährt weit und breit. »Was für ein Ort!« sagte Lottie. »Hier kann man sich begraben lassen!« Eine Nebenstraße, von mehreren gutplazierten Entwässerungsrinnen durchquert, bog nach links ab und führte in den dichten Ahornwald hinauf. Einige von Mrs. Aldrichs Kühen standen am Stacheldrahtzaun im Schatten und käuten wieder.

Mrs. Aldrich trat aus ihrer Küchentür, als sie die Mädchen kommen sah, und eilte herbei, um sich mit ihnen zu unterhalten. »Puh, das ist vielleicht heiß dort drinnen in der Küche. Wie geht's? Verlebt ihr einen schönen Sommer hier oben?«

»Ja, wunderbar«, sagte Lottie.

»Geht ihr Beeren pflücken?«

Lottie hielt zur Antwort ihren Eimer hin. Elvira tat halbherzig das gleiche.

»Es gibt viele.« Damit drehte sie sich um und ging wieder ins Haus. »Nicht sehr höflich«, sagte Lottie. Sie schlichen die Straße entlang und hielten sich soweit wie möglich im Schatten der hohen Bäume. »Puh, ist das heiß.« Aber kurz vor dem See, wo man letztes Jahr zwei oder drei größere Bäume gefällt hatte, um den Weg zu verbreitern, stießen sie auf die Beeren und machten sich ans Pflücken. Der dunkelviolette Saft färbte ihre Finger. Sie mußten sich vorsehen, wenn sie sich bei der Arbeit das Haar zurückstrichen, damit sie sich nicht die Gesichter und Sachen beschmierten.

Als die Sonne am heißesten brannte, machten sie sich mit vollbeladenen Eimern auf den Heimweg. Lottie beobachtete gerade einen Schmetterling auf einem Wolfsmilchgewächs, als Elvira sie aus ihrer Versunkenheit aufschreckte.

»Es kommt jemand die Straße lang.«

»Wo?«

Es lag etwas in Elviras Stimme, das Lottie erstarren ließ.

Die Jungen kamen mit ausholendem Wanderschritt heran und unterhielten sich munter miteinander, sie trugen einige Einkaufstüten, als wären sie gerade in der Stadt gewesen. Lotties Herz hüpfte, als sie merkte, was die Stunde geschlagen hatte. Man konnte sie gerade hinter lichtem Strauchwerk an einer Wegbiegung hören, sie sogar teilweise sehen, während sie sich näherten. Aber sie hatten die Mädchen, die wie angewurzelt stehenblieben, noch nicht entdeckt, so daß sie ihnen fast gegenüberstanden, als sie sie dann erblickten.

»He! Wen haben wir denn da?«

Alles war jetzt erstarrt. Die Jungen gafften sie an. Elvira gaffte zurück, und Lottie, die dem Beispiel ihrer Freundin folgte, gaffte sie auch an – besonders den größeren und aufgeschlosseneren der Wanderer, der langsameren Schrittes zu ihnen kam. »Hallo«, sagte er. »Wart ihr in den Beeren?«

»Ja«, sagte Elvira, die sich ihres fremden Akzentes schämte.

»Ja«, sprach ihr Lottie nach, die hoffte, daß diese Zufallsbegegnung sich als ein junger Mann erweisen würde, der wenigstens ein wenig stehenblieb und plauderte.

Und sie blieben wirklich stehen und plauderten. Lottie hatte sich auf den ersten Blick in den größeren und hübscheren der beiden jungen Männer verliebt und hoffte, daß Elvira den anderen nehmen würde. Denn es waren Zeltler, und sie sagten, daß sie mit zwei anderen am See seien und daß sie aus North Adams kämen. Die Mädchen erzählten ihnen, sie seien aus New York und zu Besuch auf einer Farm in der Nähe. Namen wurden ausgetauscht.

»Kommt uns mal besuchen«, Lottie überraschte sich selbst, als sie das sagte; und: »Ihr müßt uns besuchen kommen«, wiederholte sie und war glücklich wie ein Dummerchen.

»Wir kommen bestimmt«, sagte derjenige, den sie am meisten angeschaut hatte. »Keine Bange.« Und sie bildete sich ein, daß er ihr einen verstohlenen und bedeutungsvollen Blick zuwarf. Sie wurde feuerrot. Elvira sah es. Der andere Junge, nicht ganz so toll wie der erste, aber auch ein ernsthafter, lächelnder Junge, war schon ein Stück weitergegangen. »Los, komm schon«, sagte er zu seinem Kameraden. »Bis dann«, und damit waren sie fort.

»Das war vielleicht ein Zufall!« sagte Lottie, sobald sie außer Hörweite waren. »Glaubst du, daß er wirklich kommt – glaubst du, daß sie wirklich kommen?«

»Warum nicht?« sagte Elvira.

»Oh, du bist so prosaisch.«

»Was bedeutet das – so prosaisch?«

»Wie können wir das Großmama beibringen? Wir werden sagen, daß uns Mrs. Aldrich vorgestellt hat. Wir sagen ihr einfach, daß es Zeltler sind. Was kann sie schon dagegen haben?« Lottie war zumute, als wäre sie ein aufgeblasener Luftballon, wie im Zirkus, der am Strick zerrte und drauf und dran war, ins Firmament davonzuschweben.

»Ist er nicht toll!« sagte sie zu ihrer Gefährtin.

»Beide schienen sehr nette Jungen zu sein.«

Gut, dachte Lottie. Sie mag den anderen. Dann kann ich meinen ganz für mich haben. Möchte wissen, ob er nur ein Schäker ist. »Glaubst du, sie werden unser Haus finden?«

»Wenn sie nicht allzu dumm sind«, sagte Elvira. »Es ist die einzige Farm an dieser Straße, wenn sie nicht geradewegs dran vorbeimarschieren und bis zu Emmas Haus weitergehen.«

Lottie lachte.

»Hör mal, wir wollen es Hilda erzählen.«

»Dann erzählt sie es Großmama«, sagte Elvira, Lotties Gedanken fortspinnend. Hilda war mit dem Baby auf der

Wiese vor dem Schuppen. »Wie geht's meinem Schätzchen?« sagte Elvira, die zu ihnen hinging und sich aufs Gras fallen ließ, ihrem kleinen Jungen einen Kuß gab und gleichzeitig sein Windelhöschen befühlte. »Oh, er ist naß. Mama wird dich wickeln.«

Hilda begann, Entschuldigungen vorzubringen. Elvira lachte nur. »Wofür?« sagte sie. »Alle Babys sind naß. Das macht nichts.«

»O Tantchen«, fing Lottie an. »Wir haben gerade den tollsten Mann getroffen ...« Sie verbesserte es zu »Männer«. »Sie würden dir gefallen. Ich hoffe, daß sie uns besuchen.«

»Was höre ich da?« sagte Hilda.

»Wir haben sie auf der Straße zum See aufgelesen.«

»Aufgelesen?«

»Ich will sagen, sie zelten am See, und der eine ist toll. Da ist noch einer für Elvira.«

»Aber Elvira ist verheiratet.«

»Ach, Tantchen, nur so zum Spaß. Du wirst Großmama erzählen, daß wir im Dorf ein paar nette Jungen getroffen haben und daß sie dich besuchen werden! Du hilfst uns doch, Liebste? Mein Junge, der, den ich mir ausgesucht habe, hat eine so nette Stimme, und er ist so groß und männlich. Er hat breite Schultern und schöne Zähne, wenn er lächelt. Und, Tantchen«, sie beugte sich dicht zu ihr, »ich liebe ihn!«

Großmama kam gerade von der »Oper«, durch das Schuppentor. Sie erblickte Lottie und blieb lange genug stehen, um eine Bemerkung fallenzulassen: »Oh, da bist du ja. Habt ihr Beeren gepflückt?«

»O ja«, sagte Lottie und lief mit den beiden gefüllten Eimern zu ihr hin. »Hier!« sagte sie, und die alte Dame, die auf der obersten Stufe stand, nahm eine Kostprobe. »Sehr gut.« Und sie nahm die zwei Eimer mit ins Haus.

»Er heißt John, und sein Freund, der Schwarze, hat einen anderen Namen«, sagte Lottie aufgeregt zu Hilda.

»Was du nicht sagst!«

»Oh, du darfst dich nicht über mich lustig machen. Er ist

hübsch, wart's nur ab. Du wirst es Großmama beim Mittagessen erzählen, du versprichst es uns, daß du ihr sagst, daß zwei nette junge Männer kommen werden.«

Am Abend des Tages, als die Mädchen gerade das Geschirr vom Abendbrot wegräumten, nachdem sie Miss Guldbrandson, der armen Seele, die schmale Stiege zu ihrem Zimmer hinaufgeholfen hatten, glaubten sie, Hilda draußen auf der Veranda mit jemandem reden zu hören. Einen Moment lang blieben sie reglos stehen.

»Was ist los?« sagte die Großmama.

»Mit wem spricht Hilda da?« Lottie hüpfte das Herz im Leibe. »Ich gehe mal nachschauen.«

»Nein. Bleib hier und mach deine Arbeit fertig. Wahrscheinlich ist es der alte Widness, der vom Dorf zurück ist.« Und die alte Dame, die nie lächelte, machte sich von dem kleinen Spiegel neben dem Herd zurecht und ging hinaus, um nachzuschauen. Hilda kam ihr entgegen und strahlte übers ganze Gesicht. Lottie wartete gespannt.

»Es ist ein junger Mann.«

»Einer?«

»Er kommt Lottie besuchen.«

»Mich besuchen?«

»Ja, er sagt, er ist ein Freund von dir. Soll ich ihm einen Stuhl anbieten?«

»Ja.«

Die alte Dame wandte sich um. »Was bedeutet das?«

»Es sind Freunde von Mrs. Aldrich, aus North Adams. Wir haben sie heute kennengelernt.«

»Ja, das stimmt«, sagte Elvira. Lottie war bereit, das Blaue vom Himmel herunterzulügen, zu behaupten, er wäre der Freund eines Freundes, daß er der Sohn von jemandem sei, der – aber ...

»Er ist ein sehr höflicher junger Mann«, fügte Hilda dazu, Gott segne sie, und auf eine von der alten Dame in Norwegisch gestellte Frage antwortete sie, daß sie dafür sorgen würde. Großmama ging nach oben, und Hilda kehrte zu dem Gast auf der Veranda zurück. »Macht eure Arbeit fertig«, sagte Großmama, als sie halb die steile Treppe hinauf war, und dann war sie fort.

Jetzt fingen die Mädchen miteinander zu kichern an. »Warum ist er allein da?«

Die praktisch veranlagte Elvira sagte: »Das ist doch ganz klar, er ist gekommen, um *dich* zu besuchen. Geh raus und rede mit ihm. Ich werde hierbleiben und lesen.«

»Ach nein! Komm mit.«

»Nein, ich bin eine verheiratete Frau. Geh und amüsier dich.«

»Ich will nicht. Wenn du nicht mitkommst, gehe ich nicht raus. Wieso weißt du, daß er mich sehen will? Wir sind ihm zusammen begegnet. Du bist die Schöne. Ich weiß nicht, was ich ihm sagen soll. Bitte komm mit, Liebste. Wir wissen ja nicht einmal, welcher von beiden es ist.«

Obwohl sie es sehr wohl wußte, nachdem sie nur den Klang jener Stimme gehört hatte, die sich im Augenblick der Begegnung auf ewig in ihr Herz geprägt zu haben schien.

»Beschwindele mich nicht, sonst helfe ich dir nicht«, sagte ihre Freundin.

»Warum hat er nicht jemanden für dich mitgebracht?« sagte Lottie mitfühlend. »Ich finde, das ist nicht gerecht.«

Wenn sie lauschten, was sie ab und zu taten, hörten sie Hilda auf der Veranda lachen. Lottie spürte plötzlich stechende Eifersucht im Herzen. Sie musterte sich im kleinen Spiegel, und ihr ernstes Gesicht befragte sich dabei. Mein Gott, sie mußte hinaus! Nicht jetzt. Was ist mit mir los? Sie konnte nicht nach oben. Dort war die Großmutter.

»Geh nur«, sagte ihre Freundin. »Ich will nach dem Baby sehen. Geh. Ich komme gleich nach.« Da also der Moment gekommen war, wo sie selbst herausfinden mußte, was das Schicksal ihr bescherte, sagte sie: »Drück mir die Daumen.«

»Das mache ich«, sagte ihre Freundin und warf Lottie einen Kuß zu, die steif und ängstlich durch das Zimmer mit dem großen Kamin, den Gewehren, den Büchern und Hildas Harmonium ging – über den unebenen, halb eingesunkenen Fußboden – und auf die Veranda in die kühle Abendluft hinaustrat. Es war noch hell genug, um die Kühe über die ferne Weide hereinkommen zu sehen, gefolgt vom Onkel mit dem Hund.

Lottie zögerte, dann nahm sie allen Mut zusammen, ging um die Verandaecke und erblickte Hilda und ihr gegenüber den jungen Mann, der den breiten Rücken und den hübschen Kopf beim ernsthaften Gespräch vorbeugte. Hilda war von dem, was er sagte, ganz gefangen. Man hatte Lottie noch nicht entdeckt.

»Ah, da bist du ja«, sagte Hilda endlich. »Hier ist ein junger Mann, der behauptet ...«

»Hallo, Lottie«, sagte John.

»Hallo, John.« Lottie würde sich nicht geschlagen geben. »Setz dich. Ich werde mich hierher setzen.« Das Licht über dem Tal wurde schwächer, aber für das junge Mädchen reichte es noch, um festzustellen, daß ihr Gefühl sie nicht getrogen hatte, das war ein Mann, wie sie ihn sich erträumt und nie von nahem erblickt hatte. Ein Mann, wie sie ihn hoffentlich einmal ihr eigen nennen durfte. Er war die Lösung.

»Er liebt Chopins Musik!« sagte Hilda.

»Chopin!« sagte Lottie ungläubig. Und dann, bei sich: Ich bin nicht hergekommen, um über Chopin zu reden.

»Ich habe ihm alles von deinen drei Jahren in Deutschland erzählt.«

Wie unverschämt von ihr, dachte Lottie.

»Er ist so romantisch!« sagte Hilda in die Nacht hinaus.

»Wie bitte?«

»In seiner Musik liegt alles, was das Herz fühlt. Sie ist so zart und doch so kühn. Sie spiegelt die Seele wider!« Du und deine Seele, dachte Lottie. Du begreifst ja nicht einmal, was Musik ist. Laut sagte sie: »Wo ist dein Freund Tom?«

»Ich konnte ihn nicht loseisen. Er wollte sich nicht feinmachen.«

»Das hätte uns nichts ausgemacht. Niemand macht sich hier fein. Elvira wird enttäuscht sein.«

»Da bin ich also allein gekommen.«

»Das freut mich.« Er warf ihr einen schnellen Blick zu, als Hilda wieder anfing.

»Musik ist die Sprache des Herzens. Deshalb gibt es in diesem Land keine Komponisten. Hier dreht sich alles um Geld, Geld, Geld. Das ist eigentlich seltsam, weil es hier so viele schöne Landschaften gibt, die sollten die Menschen eigentlich inspirieren.«

»Nun, wir haben doch die Lieder von Stephen Foster.«

»Ich kenne seine Lieder nicht.« Auch Lottie kannte sie nicht, aber sie schwieg. »Nennen Sie ein paar Titel.«

»Na, da wären ›Swanee River‹ und ›My Old Kentucky Home‹.«

»Ja, wahrscheinlich. Aber das sind Negerlieder.«

»Nicht unbedingt.«

»Aber was habt ihr, was den Schubert-Liedern gleichkäme? Als ich jung war, habe ich sie immerzu gesungen.« Du lieber Gott, dachte Lottie, fang bloß jetzt nicht an!

»Und kennen Sie Tschaikowskys ›Nur das einsame Herz‹?«

»Ja, ich habe es schon gehört.«

»Singst du?« fragte Lottie freudig erregt. »Du sprichst so melodisch.«

»Nicht wahr? Ich habe es gleich bemerkt. Deshalb sind wir auf die Musik zu sprechen gekommen.«

In diesem Augenblick erschien Elvira. Wo sich das alte Bauernhaus nicht an den Hügel lehnte, der es im Winter nach Norden und Westen hin schützte, wurde es allmählich ziemlich dunkel. Aber drüben im Osten waren die Gipfel des langgestreckten Bergkammes, der das kleine Tal mit den Viehweiden einschloß, noch in der Sonne. Es war ein friedvoller Anblick, die tiefe Stille des Ortes machte ihn durch das sehnsüchtige Gefühl, das jede Mittelgebirgslandschaft beseelt, noch reizvoller.

John stand auf und rückte einen Stuhl in den Halbkreis.

»Hallo, John«, sagte Elvira. »Wo sind die anderen?«

»Ja, wir hätten sie gern kennengelernt«, sagte Hilda. »Das nächste Mal müßt ihr alle kommen, dann können wir zusammen singen.«

»War es nicht nett von ihm, allein zu kommen?«

»Ja«, sagte Elvira. »Gefällt es dir hier auf dem Land?«

»Er ist Musiker«, sagte Hilda. O Gott, dachte Lottie. Warum ist sie nicht so vernünftig und geht hinein? »Wir haben von der großartigen Musik gesprochen, die uns solche Männer wie Schumann hinterlassen haben. Er war ein wahrer Romantiker. Und Chopin. Wagner mag ich nicht. Er ist zu derb. Was ist an solcher Musik Zartes und Seelenvolles? Aber Grieg – kennen Sie Grieg?« Zum Teufel mit Grieg, dachte Lottie wütend. Warum läßt du uns nicht allein?

Es war nun recht dunkel, und der Abendwind machte sich bemerkbar. »Wir sollten hineingehen. Mir ist kalt«, sagte Hilda. Hurra! dachte Lottie.

»Ich hole dir dein Tuch«, warf Elvira ein.

»Oh, es ist nicht kalt«, sagte Lottie.

Aber an diesem Punkt erhob sich John und sagte, er mache sich lieber auf die Socken, er habe nur kurz einmal vorbeischauen wollen, und die anderen würden ihn im Lager zurückerwarten.

»Ach nein! Du bist doch eben erst gekommen.«

»Wollen Sie nicht mit hereinkommen? Wir können eine Tasse Kaffee trinken und ein Stück Kuchen essen.« Aber Lottie hatte sich entschieden. Es mußte etwas geschehen, um Hilda loszuwerden.

»Ich verstehe«, sagte sie, »es wird dunkel sein auf dem Weg zum See. Wir wollen dich bis zur Hauptstraße begleiten.« Sie wußte, daß das ihr liebes Tantchen außer Gefecht setzen würde! Und sie würde ihn für jene paar kostbaren Minuten in ihrer Nähe haben. »Komm mit!«

»Wenn ihr dann allein zurückkommt, wird es dunkel sein«, sagte Hilda.

»Oh, das macht nichts. Elvira und ich haben das schon öfter gemacht.«

Also wurde Hilda wehmütig auf der hohen Veranda allein gelassen, und die beiden Mädchen und der hochgewachsene junge Mann rutschten über den Rasen – Lottie ließ sich von ihm nicht die Stufen herunterhelfen – hinunter zum Kiesweg und waren der Frau, die im Dunkeln über ihnen stand, sofort aus den Augen.

»Auf Wiedersehen, kommen Sie wieder«, rief sie ihnen nach. »Auf Wiedersehen!« rief er aus der Finsternis des Hohlwegs zurück. Sie konnten Hilda dort oben im Gegenlicht stehen sehen, aber sie konnte die jungen Leute nicht mehr sehen. Sie atmete tief und schaute über das Tal, dann wandte sie sich ab und ging hinein.

Die Straße wurde stockfinster, als sie in den Tunnel hineinführte, den die jahrhundertealten Ahornbäume entlang der Steinmauer am Rande der Weide bildeten. Das war richtig aufregend.

»Ich kann überhaupt nichts sehen«, sagte Elvira.

»Deine Augen werden sich daran gewöhnen.«

»Oh, ich gerate in den Graben.«

»Komm hier hoch«, sagte Lottie.

»Hierher, immer meiner Stimme nach.«

»Oh, jetzt geht es wieder. Gibt es hier Schlangen?«

»Nein, nicht in Vermont«, sagte John. »Männer sind die einzigen Schlangen, die man hier findet.« Und er lachte.

»Beißen sie?« sagte Lottie.

»Nicht oft«, sagte John.

»Wie schade.« Und sie kicherte über die eigene Keckheit. Im Dunkeln stießen sie ergötzlich zusammen. »Bei dir alles in Ordnung, Elvira?«

»Ja. Ich wollte, dein Freund wäre mutiger gewesen«, sagte sie zu John. »Hatte er Angst vor uns? Ich glaube, er hatte Angst. Es war sehr mutig von dir, daß du allein gekommen bist.«

»Ich finde, es war toll«, sagte Lottie. Und dann, sie konnte es zunächst kaum glauben und schrie beinahe auf, denn sie spürte etwas, was sie noch nie in ihrem Leben gespürt hatte. Es packte sie fest, ohne zu zögern, lebhaft, und lenkte ihre unsicheren Schritte. Es war ein Arm, sein Arm um ihre Taille. Sie schrak nicht zurück, sie hieß ihn willkommen. Es überraschte sie, aber etwas in ihr ergab sich augenblicklich. Sie bangte nur, daß er ihn zurückziehen würde. Sie schritt vorsichtig dahin, damit sie dicht bei ihm blieb, wie sie es wünschte. Wenn er sie da losgelassen hätte, wäre sie so enttäuscht gewesen, als wäre die ganze Welt zusammengefallen und sie am bröckelnden Rand eines Abgrundes allein gelassen worden. Es war ihr ganzer leidenschaftlicher Vorsatz, jenen Arm dort zu halten, er sollte sie umfassen und durchs Leben geleiten.

Sie kamen jetzt aus den dichteren Bäumen heraus. Oh, laß deinen Arm dort, wollte sie ihm sagen.

»Ist dir kalt?« fragte sie.

»Nein. Warum?« sagte er unsicher. Seine Zähne klapperten.

»Ich dachte, daß dir kalt sein könnte.« Sie war klug genug, nichts davon zu sagen, daß er zitterte. Sie hatte genug Geistesgegenwart, ihn nicht an Elvira zu verraten. Sie wußte Bescheid. Sie erschauerte. »Du bist schön!« brachte er leise heraus.

Als sie ins Helle kamen, wo die dichten Bäume aufhörten, nahm er seinen Arm nicht fort. So wurde es doch offenbar. Elvira sah es aus den Augenwinkeln und hielt sich etwas abseits. »Oh, warum ist dein Freund nicht mitgekommen? Wir hätten so viel Spaß haben können. Kocht ihr selbst im Zeltlager? Was habt ihr zu essen?«

»Schinkenspeck und Eier und Fische, die wir im See fangen. Gestern haben wir Steaks gegrillt. Die waren Klasse. Und Bratkartoffeln.«

»Ich wollte, wir könnten euch etwas kochen. Eßt ihr gern selbstgebackene Torte?«

Man einigte sich also, ehe man sich am Ende des Zufahrtsweges zur Farm trennte, daß die Mädchen am darauffolgenden Dienstag mit zwei Torten zum Zeltlager kommen würden. Großmama würde es ganz sicher nicht erlauben. Aber Mrs. Aldrichs Torten waren in der ganzen Nachbarschaft berühmt. Ohne jemandem etwas zu sagen, wollten die Mädchen sie einen Tag vorher bestellen. Irgendwie, unter dem einen oder anderen Vorwand, würden sie sich davonstehlen. Sie besprachen es aufgeregt auf dem Rückweg. »Da atmet jemand!« Lottie entfuhr ein unterdrückter Aufschrei. »Warum bin ich nur so nervös? Es ist nur die alte Kuh.«

Irgendwie schafften sie es, zogen ihre dünnsten, duftigsten Baumwollkleider an und machten sich eilig davon, damit man sie nicht ausfragte und zurückhielt – nach dem Mittagessen am frühen Nachmittag. Außer Atem waren sie die unbefestigte Straße hinuntergelaufen, damit sie um die Wegbiegung waren, bevor die Großmutter sie sehen konnte. Keuchend lehnten sie sich einen Augenblick an einen Baum, bevor sie weitergingen, aber vorsichtig, um nicht ihre Kleider zu beschmutzen. Im Westen zeigten sich schwere Wolken, aber die Sonne schien, und die Welt war strahlend hell.

In ihren leichten Kleidern waren sie auf der Landstraße ein hübscher Anblick, wie sie zu Mrs. Aldrichs Tür eilten. Die gute Frau hatte getrödelt. »Oh, die Torten sind vermutlich fertig«, sagte sie. »Aber sie sind noch im Ofen. Ziemlich heiß.«

»Wir können nicht warten, bis sie abgekühlt sind. Lassen Sie die Torten in der Backform. Packen Sie sie ein. Ich werde sie tragen«, sagte Lottie.

Mrs. Aldrich schob sie in eine große Packpapiertüte, die sie zur Hand hatte, legte eine dicke Papierschicht dazwischen, band sie, noch heiß, in ein sauberes Tuch, und dann machten sich die Mädchen auf den Weg.

Sie hatten die Hälfte der Wegstrecke zum Zeltlager hinter sich, als das Gewitter losbrach. Sie bekamen es erst mit, als sich der Himmel ziemlich plötzlich verfinsterte und vor ihnen gleich hinter dem Berg ein Donnerschlag zu hören war. Es hatte sie völlig überrascht. Unmittelbar darauf setzte der Regen ein. Die Mädchen flüchteten sich in den Wald und stiegen vorsichtig durch die hohen Gräser. Noch ein Blitz, gefolgt von einem lauten Donnerkrachen, was Lottie Angst einjagte und ihren Verstand aussetzen ließ. Sie wähnte sich verloren, eine gerechte Strafe für ihre Sünden. Bei Gewitter war sie ein Feigling. Sie klammerte sich an Elvira und hielt dabei die Torten grade, so gut sie konnte.

Todesfurcht hatte sie ergriffen. Sie hatte sich nicht mit ihrem Schicksal abgefunden. Auf sie zielte der Blitz, um sie gerade jetzt, wo sie das erste Mal im Leben glücklich gewesen war, zu vernichten. Niemanden kümmerte das. Sie war immer allein gewesen. Musik war für sie etwas, in das sie sich flüchten konnte, etwas, das sie in einer einsamen Welt tröstete. Gegen diese Welt war der Blitz gerichtet. Es war eine sündige Welt. Alle ihre Wünsche waren sündig. Ein blendender Blitz, dem unmittelbar ein furchtbarer Donnerschlag folgte, erfüllte die Welt um sie her. Sie glaubte, ihr letztes Stündlein hätte geschlagen. »Das war ziemlich nahe«, sagte Elvira. »Was sollen wir nur machen? Man kann nichts machen.«

Dann regnete es richtig. Und aus Angst um ihr Leben wurde Angst um ihre Kleider. Es gab keinen ausreichenden Schutz. Lottie hielt noch immer krampfhaft die Torten fest, und die beiden Mädchen waren bald naß bis auf die Haut. Ihre Hüte hingen herab, ihre dünnen Kleider klebten ihnen an der Brust und an den Schenkeln. Dann legte sich der Regen, so plötzlich wie er gekommen war, und zog ab, ein typisches Sommergewitter in den Bergen. Sie sahen einander an und fingen an zu lachen. »Wie wir aussehen!«

»O mein Gott! Die Torten!« rief Lottie, die etwas Klebriges an ihrem rechten Bein spürte. »Oh!«, und sie verlor die Fassung. Die Füllung von beiden Torten, vom Regen aufgeweicht, war ausgelaufen und hatte die ganze Seite ihres Kleides beschmiert.

»Verdammt!« sagte Lottie, deren weißer Hut ihr über die Ohren hing, und blickte hinunter auf ihre kräftigen Beine, an denen das Kleid klebte. Völlig unwillkürlich zog sie es dort, wo es am Bauch klebte, weg. Elvira stieß ein herzhaftes glucksendes Lachen aus. Sie lehnte sich an die Buche, unter der sie zuletzt Zuflucht gesucht hatten, und warf lachend die Arme um sie.

Aber Lottie war außer sich. »Was machen wir nun?«

»So wie wir aussehen? Wir sollten nach Hause gehen. Wir

können uns in diesem Zustand nicht bei denen blicken lassen. Sieh uns doch an. Und die Torten!«

»Wir können nicht nach Hause gehen«, sagte Lottie. »Wir kriegen ein Donnerwetter.«

»Wir könnten zu Mrs. Aldrich in die Küche gehen.«

Aber Lottie war untröstlich. »Alle meine schönen Träume!« schien ihr ins Gesicht geschrieben. Wie zur Antwort auf die Enttäuschung kam in diesem Augenblick die Sonne in ihrer ganzen Sommerkraft hervor, das Gewitter war vorüber, und die Luft, erfrischt vom Regenguß, war süß wie junge Liebe. Elvira, die alles andere als dumm war, sah, wie es stand, und beschloß in ihrer draufgängerischen Art, ihrer Freundin die Unterstützung zu geben, die sie nun brauchte, um das Abenteuer bis zum Schluß zu erleben.

»Da! Die Sonne«, sagte Elvira. »Wir haben versprochen, ihnen etwas Nettes zu bringen. Komm nur, Sie werden es verstehen.«

Lottie hätte sie küssen mögen. Und so gingen sie wie gebadete Mäuse weiter und hielten immer noch die Tüte mit den ruinierten Torten als Beweis in der Hand.

Als sie sich dem Zelt unter den Bäumen näherten, zögerten sie. Es war niemand zu sehen.

»Juhu!« riefen sie.

Ein seltsamer Kopf kam zwischen den Zeltklappen hervor und verschwand wieder. Dann drängten nacheinander die vier Zeltler heraus. »Wir sind in den Regenguß gekommen«, sagte Lottie. »Was machen wir jetzt?«

Erst einmal lachten sie sich krank. Dann, nachdem sie die Mädchen gemustert hatten: »Wir können nicht nur rumstehen und euch anschauen«, sagte Tom. »Ihr müßt euch trocknen. Hört mal, geht ins Zelt, wir haben drinnen ein Feuer, und seht zu, was ihr für euch tun könnt.«

Das war jetzt wohl das beste. Und es bestimmte das Geschehen der nächsten halben Stunde. Denn natürlich trockneten die Kleider nicht, obwohl die Mädchen sie ausgezogen hatten und sich am rauchigen Feuer die größte

Mühe mit ihnen gaben. Schließlich zogen sie sie wieder an, befleckt von den Torten und rußig vom Feuer, wie sie waren, öffneten die Zeltklappen und kamen wieder heraus ins Sonnenlicht. Sie hatten sich frisiert und hielten die Hüte in den Händen. Es waren große, gutaussehende Mädchen, und die Jungen nahmen das jetzt richtig in Augenschein.

»Wir haben gar nichts von euch gehabt«, sagte Tom.

»Zu dumm, daß wir keine Badeanzüge mithatten.«

»Zu dumm, daß wir nicht mal mit euch spazierengehen oder Boot fahren konnten oder so.«

»Und wir reisen am Sonntag ab.«

»Oh!« Lottie sank das Herz. »Werden wir euch denn überhaupt nicht wiedersehen?«

»Am Samstag abend ist Tanz im Gasthof. Geht ihr hin?«

»Ja«, sagte Lottie, obwohl sie eben erst davon erfahren hatte. »Nicht wahr, Elvira?«

»Ja«, sagte ihre Freundin. Und so verblieb man, als die Mädchen, Lottie Hand in Hand mit John, auf dem Heimweg die Straße entlangwanderten. Was hätten sie unter diesen Umständen sonst tun sollen? An der Kreuzung verabschiedeten sie sich, und die Mädchen gingen allein weiter.

»Er hätte mich wenigstens küssen können.«

Elvira blickte sie an.

»Du armes Mädchen. Wir haben nicht viel Spaß gehabt. Wir müssen sehen, ob du beim Tanz nicht wenigstens mit ihm hinter den Gasthof gehen kannst. Du solltest wenigstens einen Kuß bekommen.«

Aber sie näherten sich dem Haus, und Großmutter würde auf dem Beobachtungsposten sein. »Wenn sie mitbekommt, was wir getan haben, wird sie einen furchtbaren Spektakel machen. Ich höre schon, was für ein *Donnerwetter* * Vater losläßt, wenn sie es ihm erzählt.« Sie schlichen die Böschung hinter dem Haus hoch und gingen um die Ecke, damit sie verstohlen zum Küchenfenster hineinsehen konnten. Da war niemand zu sehen. Sie gingen unten am Hang zur Hintertür hinein, wo die Abfalleimer standen, schlichen, ohne gesehen zu werden, auf Zehenspitzen die Treppe hinauf, zogen sich hastig aus, stopften ihre feuchten Kleider in eine Ecke, zogen sich um und – kamen ungestraft davon.

Der Tanz würde der Höhepunkt werden. Mußte er einfach. Hier war der Mann, den ewig zu lieben sie sich insgeheim geschworen hatte. »So ist die Liebe«, sagte sie sich. »Einer kommt, einer, an den man nie gedacht hat, von dem man sofort weiß, daß der für einen geschaffen ist und ... er ist es.«

»Was hat er am ersten Abend zu dir gesagt?«

»Wann?« fragte Lottie, die wohl wußte, was gemeint war.

»Du Unschuldslamm, du weißt schon, was ich meine; den Abend, als wir zusammen die Straße hinuntergegangen sind. Was hat er da so Aufregendes gesagt?«

»Nichts«, sagte Lottie. »Ich habe ihn gefragt, ob ihm kalt ist, und er hat nein gesagt. Er hat gezittert.« Elvira lachte, Lottie wußte nicht, warum.

»Er hat also gezittert. Das ist sehr lustig. Und hast du auch gezittert?«

»Nein, ich habe mich wohl gefühlt.«

»Das kann ich mir denken.«

Ich werde ihr nicht erzählen, was er zu mir gesagt hat. Und in dieser Nacht träumte sie von ihrem Vater, der mit einem großen Bart aus einer Wolke kam. Es blitzte, Regen scheuchte sie in den Wald, wo sie in eine Höhle hineinging.

Am Abend des Tanzes, glücklicherweise ein schöner Abend, spannten die Mädchen den alten Charlie an und fuhren die drei Meilen in die Stadt. Die Luft war von Düften erfüllt, der Bach rauschte, als sie aus der Lichtung hinter der Hall-Farm kamen, die Holzbrücke überquerten und an den ersten weißen Gebäuden der Stadt selbst vorüberratterten.

Beim Gasthof war eine ziemliche Menschenmenge versammelt, sie hatten aber keine Mühe, einen Platz zu finden, wo sie das Pferd anbinden konnten, wobei sie sich mit ihren hübschen Sommerkleidern vorsahen. Hilda war als Anstandsdame mitgekommen.

»Tische?« Sie mußten einen Tisch nehmen. Damit hatten sie nicht gerechnet. Ein Klavier, eine Geige und ein Blasinstrument bildeten die Kapelle. Sie hatten schon die Klänge des Twostep gehört, als sie sich dem hellerleuchteten Gasthof näherten. Unter den Bäumen hingen Lampions. Der Abend war windstill. Der kurzgeschorene Rasen war kräftig grün, wo die Kerzen unter den Bäumen ihren Schein verbreiteten. Lotties Blick wanderte durch den Raum und suchte ihren Freund unter den lachenden Paaren. Er war ganz bestimmt nicht da.

Aber als die Mädchen von ihrem Tisch ziemlich weit hinten zuschauten, wie die Tänzer sich erhoben und die Männer den Arm um die Hüften ihrer Partnerinnen legten und auf dem gebohnerten Boden dahinglitten, kam eine Gruppe von Leuten an. Das waren sie! Sie kamen herein, als die Musik gerade mit der »Mosquito Parade« begann, warteten nicht ab, sondern packten ihre Partnerinnen und fingen sofort zu tanzen an. Denn sie hatten Mädchen dabei! Für Lottie war der Abend verdorben.

»Warum haben sie uns das nicht wenigstens gesagt?«

John war so anständig, ein bißchen später an ihren Tisch zu kommen und sich zu entschuldigen: Die Mädchen hatten sie überrumpelt, sie waren ganz unerwartet am Nachmittag aufgetaucht. Was konnten sie da machen?

»Ist das dein Mädchen, mit dem ich dich tanzen gesehen habe?«

»Nein, ich habe kein Mädchen.«

»Es sah aber so aus, wie sie so den Arm um dich geschlungen und sich an dich gekuschelt hat.«

»Sei nicht so geradeheraus«, flüsterte Elvira Lottie ins Ohr.

»Möchtet ihr sie kennenlernen?«

»Nein, ich kann sie nicht ausstehen. Ich glaube nicht, daß wir euch noch mal sehen. Auf Wiedersehen dann.«

»Es tut mir leid, daß du es so aufnimmst«, sagte John. »Wir konnten es nicht ändern. Nun, auf Wiedersehen.« Er streckte die Hand aus, aber Lottie übersah sie. Es hatte wieder ein Tanz begonnen. John drehte sich um und ging davon.

»Das hättest du nicht tun sollen«, sagte Elvira.

»Wir wollen nach Hause«, sagte Lottie.

»Nein. Können wir nicht zusammen tanzen? Laß sie nicht merken, daß sie dich so unglücklich gemacht haben.« Die Mädchen tanzten also zusammen. Einige andere machten es ebenso. Zweimal, als sie an John vorbeikamen, weigerte sie sich, seinen Blick zu erwidern. »Schau dir das gewöhnliche Ding an, mit dem er tanzt. Schau dir das Kleid an, das sie anhat.« Und sie fing zu lachen an. »Schau sie dir doch an! Ich glaube, das sind alles nur Fabrikarbeiterinnen. Scheußlich. Wie töricht von mir, das nicht zu bemerken! Komm, wir wollen hier raus.«

»So zeitig nach Hause? Ich finde, es ist eine richtig nette Tanzveranstaltung.«

Aber am Sonntag nachmittag konnte sich Lottie nicht länger bezähmen. Sie mußte das letzte Wort haben und überredete Elvira mühelos, mit ihr einen Spaziergang zum See zu machen. Was sollten sie sonst hier machen?

Sie wanderten also wieder die Straße entlang, die ihnen einmal so aufregend vorgekommen war und nun so triste. Sie sahen einen Wagen herankommen, und in ihm waren die vier Zeltler und ihre Ausrüstung. John saß vorn. Er bedeutete dem Kutscher, langsamer zu fahren. Es sah so aus, als wollten sie anhalten, aber gerade als Lottie darauf vorbereitet war, ihren Freund in ihrer besten und großmütigsten Art zu grüßen, klatschte der Kutscher, ohne hochzublicken, mit den Zügeln, und sie fuhren langsam vorüber. John sagte etwas zu ihm, aber er hielt nicht an.

Da tat Lottie in ihrer Wut und Enttäuschung etwas, was sie ewig bereute. Sie rief dem davonfahrenden Wagen mit erhobener Stimme hinterher: »Zum Glück sind wir das Gesindel los!«

Wenn der Wagen angehalten hätte und sie zurückgekommen wären, um sie zu fragen, was sie damit gemeint habe, hätte sie keine Antwort gewußt. Aber glücklicher-

oder unglücklicherweise fuhr er weiter, und damit war es aus.

Drei Tage später bekam sie einen Brief von John, in dem er sie tatsächlich fragte, was sie mit einer solchen Bemerkung gemeint habe. Aber da war schon alles vorbei. Sie antwortete ihm nicht. Am Montag kramten die Mädchen ganz unten im Wäscheschrank nach ihren Kleidern, damit sie diese getrennt von der übrigen Wäsche waschen konnten. Der Anblick, der sich ihnen bot, überraschte sie. Der hübsche weiße Baumwollstoff hatte Moderflecken in allen Farben des Regenbogens – Grün, Schmutzigrot, Orange und Dunkelrot. Weil auch noch die Rußspuren dazukamen, war es so schlimm, daß sie es für das Beste hielten, sie wegzuwerfen.

18

»Das ist also der Abend, auf den du die ganze Zeit gewartet hat, seit wir in diese Gegend gekommen sind.«

»Zieh dein Hemd an, damit ich dir die Schleife binden kann. Es ist fast halb neun, und wir können die Droschke nicht warten lassen, wenn sie einmal da ist.«

Joe knöpfte sein Frackhemd am Hals zu. Gurlie saß mit frisch gewelltem Haar und hängenden Schultern da – das mit Goldflitter besetzte lilafarbene Seidenkleid hatte sie bis zu den runden Knien hochgezogen, die flachen Schuhe standen vor ihr – und schaute ihren Mann abschätzend an. »Ach, du fällst mir auf den Wecker«, sagte sie. »Du hast eine halbe Stunde gebraucht, um das Hemd da anzuziehen.«

»Gottverdammt!« sagte Joe mit unterdrückter Wut. »Das kann einen ja erdrosseln. Ich möchte nicht dorthin, wohin du mich hinschleifen willst. Schick die Droschke weg. Sag ihnen, wir haben es uns anders überlegt.«

»Wir sind von unseren lieben Freunden eingeladen worden, aber wenn du dich albern benehmen willst, tu's nur. Aber eins sage ich dir, ich gehe auch ohne dich hin, wenn du dich so benimmst. Ich erzähle ihnen, daß du krank bist, wenn du willst, aber du wirst mich nicht zu Hause halten.«

»Na gut«, sagte er. »Ich gebe es auf. Binde mir die Schleife.«

»Ich ziehe noch die Schuhe hier an, dann mußt du mir hinten das Kleid zumachen. Beeil dich. Du siehst gut aus. Der Frack steht dir. Du wirkst darin so vornehm. Ich wette, du wirst da der bestaussehendste Mann sein.«

Als ihnen von einem Hausmädchen die Tür geöffnet wurde, sahen sie im Korridor als erstes ein ausgestopftes Bärenjunges, das sich als Teil eines Schirmständers und einer Hutablage aufreckte.

In der Damenumkleide oben traf Gurlie niemanden sonst an, so daß sie Gelegenheit hatte, sich umzuschauen. Es war ein hübsch eingerichtetes Schlafzimmer mit dunklen Mahagonimöbeln, ziemlich altmodisch, doch gediegen wirkend, auf dem Boden lag ein großer Flickenteppich, und an der einen Wand beim Doppelbett mit dem hohen Kopfteil hing neben dem Spiegel das Bild »Fête Champêtre« von Corot, ein Sepiadruck. Sie legte ab und stand da, war schon im Begriff, wieder nach unten zu gehen, als eine mächtige, grauhaarige Frau erschien, die den Kopf in einen leichten Schal gehüllt hatte.

Gurlie kannte sie nicht und blickte ausweichend zu Boden, wie das ihre Art war.

»Ich bin Mrs. Mills«, sagte die Dame.

»Ich heiße Mrs. Stecher«, sagte Gurlie.

»Wie bitte? Ich bin ein wenig ...«

»Mrs. Stecher«, sagte Gurlie lauter.

»O ja, Mrs. Stecher. Ich habe von Ihnen gehört.«

»Entschuldigen Sie mich«, sagte Gurlie. »Ich gehe nach unten.« Als sie die Treppe herunterkam, sah sie Joes Rücken gerade in einer Gruppe von Männern verschwinden. Gurlie ging zur breiten Doppeltür, die zum Salon führte, wo die

Klubmitglieder versammelt waren. Dort wurde viel geredet und gelacht, und sie stand mit lächelndem Gesicht da und schaute sich nach ihrer Gastgeberin um.

Niemand nahm Notiz von ihr. Das bot ihr eine gute Gelegenheit, sich diese Leute anzusehen. Sie blickte sich um. An der hinteren Wand hing ein lebensgroßes Porträt von Mr. Arents in Jagdkleidung, auf dem Kopf einen Jägerhut mit Feder und eine Schrotflinte lässig über den Arm.

Gurlie hatte die Hände vor dem Leib verschränkt und spielte mit dem Ring am linken Ringfinger, sie drehte ihn um und um, erst nach der einen, dann nach der anderen Seite. Es war ein großer Opal, ihr Geburtsstein, für jeden anderen brachte er Unglück, aber für Oktoberkinder war er ein Talisman, auf den man sich verlassen konnte. In Skandinavien wechseln Bräutigam und Braut Ringe. Weil Joe es ablehnte, einen Ring entgegenzunehmen und zu tragen, hatte sie auch keinen gewollt – dabei blieb es. Ihre Hände waren rund, die Finger dick und kräftig, ihren vollen bloßen Hals zierte eine einfache Bernsteinkette; in diesem kurzen Moment lächelte sie vor sich hin, stand sogar leicht nach vorn geneigt dort, bis ihre Gastgeberin plötzlich die Situation erfaßte und mit einem kleinen Aufschrei zu ihr eilte.

»Oh, entschuldigen Sie bitte vielmals!« sagte sie mit einem ganz leichten deutschen Akzent. »Ich habe Sie nicht gesehen!«

»Das macht nichts«, sagte Gurlie. »Wer sitzt dort drüben?«

Inzwischen wurde Joe im Eßzimmer den Männern vorgestellt. Da sich die Damen wie gewöhnlich zu ihrem Anfangsschwätzchen an einem Ort zusammenfanden, versammelten sich die Männer, die in ihren Fracks etwas steif wirkten, andernorts um den festlichen Wohnzimmertisch.

»Darf ich Ihnen meinen Freund Joe Stecher vorstellen?« sagte der Gastgeber und Bürgermeister der Stadt. Er hatte eine hohe, gewölbte Stirn und trug eine starke Brille. Ein kleiner, rothaariger, allmählich kahl werdender Mensch verbeugte sich mehrmals, indem er seine damenhafte Hand ausstreckte und mit Fistelstimme sagte: »Guten Tag.« Er gefiel Joe sofort.

»Oh, entschuldigen Sie bitte vielmals!« sagte Mrs. Arents zu Gurlie. »Kommen Sie, ich führe Sie herum und stelle Sie vor. Sie kennen bestimmt schon viele hier.« Und damit führte sie Gurlie am Arm – der kräftig, rund und bloß bis zur Schulter war – zu einigen der Damen, die schon Platz genommen hatten. »Zuerst wollen wir unsere alte Freundin Mrs. Nagel aufsuchen. Sie ist unser Patriarch – nein, das wäre ja ein Mann. Matriarchin wäre eine bessere Bezeichnung.«

Die alte Dame machte nicht den Versuch aufzustehen.

»Darf ich Ihnen die Frau eines angesehenen Mannes vorstellen?« sagte Mrs. Arent zu ihr. »Mrs. Joseph Stecher. Mrs. Stecher, das ist Mrs. Nagel, eine unserer teuersten und geschätztesten Frauen ...«

»Ja, ich bin ihr schon begegnet«, sagte Gurlie.

»Sie sind ihr begegnet? Natürlich, im Literaturklub.« Dann zu der älteren Dame: »Mr. und Mrs. Stecher sind heute abend unsere Gäste.«

»Es freut mich sehr, Sie zu sehen«, sagte die alte Dame. »Ist Ihr Mann mitgekommen? Ich würde ihn gern kennenlernen.«

»Er ist bei den Männern«, sagte die Gastgeberin. »Sie sind unmöglich.«

Gurlie merkte, daß sie von einer untersetzten kleinen Frau zu ihrer Linken gründlich gemustert wurde, die sich zu räuspern begann, sobald sie zu ihr geführt wurde, und unsicher auf den Teppich hinabblickte. »Darf ich vorstellen: Mrs. Fletcher«, sagte die Gastgeberin. »Mrs. Joseph Stecher.« Gurlie konnte die Augen der anderen nicht erkennen, sie konnte wirklich kaum mehr als ein Gemurmel vernehmen, das von einem einfältigen Lächeln begleitet wurde. Sie nickte ihrerseits mit dem Kopf und schritt weiter die annähernd zum Kreis gruppierten Stühle ab.

»Wer war das? Ich habe nichts verstanden«, konnte sie die sie vorstellende Dame gerade noch fragen, während sie zum nächsten Stuhl gingen.

»Mrs. Fletcher, sie ist eines unserer neuen Mitglieder.«

»Ich konnte nichts von dem verstehen, was sie sagte«, bemerkte Gurlie.

»Oh, sie ist außerordentlich schüchtern. Aber ihr Mann ist das genaue Gegenteil. Sie sind sehr verschieden. Aber sie ist sehr redlich. Es sind gute Mitglieder. Das ist Mrs. Greer…«

»Guten Tag«, sagte Gurlie.

Die Dame streckte die Hand aus, die Gurlie, da sie das nicht erwartet hatte, mit festem Griff packte und dann genauso schnell wieder fahrenließ. »Ihr Mann ist der Steuerbevollmächtigte der Stadt. Mrs. Greer hat einen wunderbaren Garten.«

»Ah«, sagte Gurlie, »das ist schön.«

»Wie ist der Name?« fragte die betreffende Dame.

»Oh, entschuldigen Sie, bitte. Mrs. Stecher, Mrs. Joseph Stecher.« Dann, an Gurlie gewandt: »Mrs. Geer war eine Stuart, eine unserer Aristokraten von New Jersey. Sie haben seit der Kolonialzeit in Riverdale gelebt – ihre Familie, meine ich.«

»Gut«, sagte Gurlie. Und sie studierte die aufrechte Haltung, die verbindliche, selbstsichere Art. Sie imponierte Gurlie.

»Und das ist Mrs. Lincoln, Mrs. Stecher.«

Es war eine ziemlich schwergewichtige Frau mit einem offenen, aber traurigen Lächeln, ihre Redeweise war bescheiden und bedächtig. Sie lächelte Gurlie an und sagte: »Ich habe von Ihnen gehört. Es ist mir eine Freude, Sie heute abend hier zu treffen. Wir brauchen in der Stadt Frauen wie Sie.«

»Was ist nur mit den Männern los?« sagte die Gastgeberin. »Sie sind unmöglich. Sie machen immer das gleiche; bis zur letzten Minute bleiben sie unter sich. Setzen Sie sich einen Augenblick hier zu Mrs. Lincoln, da ist ein freier Stuhl. Wir werden Sie den anderen später vorstellen.«

»Ja, bitte setzen Sie sich. Es ist so ermüdend, herumgeschleppt zu werden, und die Namen …«

»Ich habe mir noch keine Namen merken können«, sagte Gurlie.

»Ja, das wollte ich eben sagen. Es ist immer dasselbe. Wir werden uns später noch einmal vorstellen. Ist Ihr Mann hier? Alle möchten gern wissen, wie er aussieht.«

Gurlie lachte zum ersten Mal ihr heiseres Lachen. »Mein kleiner Deutscher ist in Ordnung«, sagte sie.

Mrs. Lincoln mußte auch lächeln. »Hat er es gern, wenn Sie ihn so nennen?« fragte sie. Aber Gurlie hatte sich schon der Nachbarin auf der anderen Seite zugewandt, die ihr den Arm getätschelt hatte. Es war eine aus ihrer Kirchengemeinde.

»Schön Sie hier zu treffen«, sagte sie fast flüsternd und zwinkerte Gurlie vielsagend zu. »Das ist ein netter Kreis hier. Schön, Sie zu treffen. Oh, da kommen die Männer. Es wird auch Zeit. Ist das Ihr Mann? Mit dem Schnurrbart?«

»Ja«, sagte Gurlie.

»Er sieht gut aus!« sagte die kleine Frau. »Wie gerade er sich hält. Das ist also Ihr Mann. Hm! Er sieht flott aus.«

»Ja, er ist ein flotter Bursche«, sagte Gurlie.

»Wie Sie sich ausdrücken!« sagte Mrs. Lincoln. »Aber finden Sie nicht auch, daß wir eine Menge gutaussehender Männer in unserem Klub haben? Ich finde schon. Wir sollten stolz auf sie sein. Ich bin's jedenfalls. Hm, ja, er kann sich sehen lassen.«

Der hochgewachsene Gastgeber, die Brille mit den dicken Gläsern auf der Nase, führte Joe herum und stellte ihn nacheinander den Damen vor. Bei Gurlie angekommen, sagte er: »Und das ist die Frau eines kleinen deutschstämmigen Teufelskerls, der ...«

»Ha!« sagte Gurlie. »Schämen Sie sich! Das ist keine Art, meinen Mann vorzustellen.«

»Ich bitte um Verzeihung, *gnädige Frau*«,* entschuldigte sich der Bürgermeister.

»Fahren Sie fort!« sagte Gurlie. »Machen Sie ihn mit den anderen bekannt.« Dann, als ihr die Gastgeberin die verschiedenen Männer zuführte und vorstellte, nickte sie mit dem Kopf, schloß halb die Augen und murmelte Namen, die denen zumindest ähnelten, die sie nicht richtig verstehen konnte. Trotzdem nahm sie die Schweren, die Langsamen, die Lächelnden, die Blauäugigen, die mit vollem lockigen Haar wahr ...

In diesem Moment kam ein wendiger, mittelgroßer Mann eifrig auf sie zu und machte sich mit ihr bekannt: »Sie sind Mrs. Stecher. Mein Name ist Fletcher.«

»Was?« sagte Gurlie. »Ich kann nichts hören bei dem Lärm.«

»Fletcher«, sagte er. »Ich habe mich eben im anderen Zimmer sehr interessant mit Ihrem Mann unterhalten. Er ist ein prachtvoller Mensch. Wir brauchen solche Männer in dieser ...« Er beugte sich herab und flüsterte ihr fast zu: »Das hier ist ein Haufen altmodischer Käuze. Er hat Grips.«

»Wer sind Sie?« sagte Gurlie, die den Namen immer noch nicht richtig verstanden hatte.

»Fletcher, Fletcher. Das dort drüben ist meine Frau« – er wies auf die schüchterne, nuschelnde Frau, die Gurlie eben vorgestellt worden war.

»Wo?« sagte Gurlie.

»Dort.«

»Sie haben also meinen Mann kennengelernt«, sagte sie abschließend. »Das ist gut.«

In diesem Moment, als sich ihr gerade ein steifer, grau-melierter Mann in einem altmodischen Gesellschaftsanzug nähern wollte, pochte der hochgewachsene Gastgeber, der unter seinem Porträt stand, mit einem Hämmerchen auf den Tisch neben sich und rief die Versammlung zur Ordnung.

Alle Winkel des Raumes waren besetzt; der alte Greer hatte einen großen, bequemen Stuhl gefunden und ließ sich für den Abend darauf nieder. Fletcher saß auf der recht zerbrechlich wirkenden vergoldeten Imitation eines Louis-quatorze-Stuhles nicht so bequem. Einige saßen hoch, andere niedrig. Drei der Damen saßen zusammen auf einem Sofa; Gurlie befand sich ungefähr in der Mitte des Raumes und saß günstig, und Joe saß einige Stühle weiter hinten, unauffällig in einen Winkel zurückgezogen.

Der offizielle Teil des Treffens war kurz; nach dem Verlesen des Protokolls, das in komischen Sätzen abgefaßt war, worüber ein paar Damen kicherten, gab es die üblichen Komitee-Berichte und den Bericht des Schatzmeisters. »Gibt es etwas Unerledigtes?«

Jede Menge, dachte Joe.

»Ein neues Vorhaben?« Kein Laut war zu hören. Jemand räusperte sich, aber es folgte nichts darauf. »Nun«, sagte der Vorsitzende, »will denn niemand etwas vorbringen, um eurem Vorsitzenden eine Daseinsberechtigung zu geben? Wenn das nicht der Fall ist, meine Damen und Herren, möchte ich, ehe ich den Abend in die Hände des Kulturkomitees gebe ...«

»Ach, Otto, setz dich hin. Er führt immer etwas im Schilde, und er ist so taktlos.«

»Ich möchte, wenn es gestattet ist« – damit sprach er seine Frau an –, »ein paar Worte über eine wichtige Angelegenheit äußern. Meine Damen und Herren, ich muß Sie daran erinnern, daß unter unseren Klubmitgliedern viele berühmte Namen sind, einige der ältesten in den Annalen unseres ruhmreichen Landes – nicht, daß viele von euch etwas getan hätten, um sie sich zu verdienen.« Er machte eine Pause. »Andererseits gibt es jene wie mich vielleicht, geradewegs vom Schiff, könnte man sagen, die einen – Zuwachs darstellen ...« Er machte wieder eine Pause.

Zum Kuckuck, worauf will er hinaus? dachte Gurlie. Mehrere Damen warfen schnelle Blicke auf ihre ausgeprägt skandinavischen Züge, die Stupsnase, das blonde Haar, die stämmigen Beine ...

»Meine Damen und Herren ...«

»Ach, mach's halblang, Otto«, trieb ihn Charlie Greer, der Steuerbevollmächtigte mit dem Goldzahn, an. »Sag, was du zu sagen hast, und laß uns in Frieden.«

»Ich wollte, er spräche nicht so«, zischte seine kerzengerade dasitzende Frau ihrer Nachbarin zu.

»Werte Anwesende und Abwesende, ich möchte Ihnen einen Mann vorstellen, der sich in der Geschäftswelt einen Namen macht, und seine reizende Frau, unsere Gäste heute abend, Mr. und Mrs. Joseph Stecher.« Gurlie verzog das Gesicht zu einem Lächeln und nickte ein paarmal. Joes Gesichtsausdruck blieb unverändert.

»Und nun möchte ich mit Ihrer Erlaubnis die weitere Gestaltung des Abends dem Kulturkomitee übergeben. Mrs. Arents. Du hast freie Bahn, meine Liebe.«

Seine Frau erhob sich. Sie stand am Ende des Zimmers neben dem Klavier, und mit hocherhobenem Kinn, forsch geradeaus blickend, ihre dünne Gestalt aufgerichtet, sprach sie mit leiser, aber deutlicher Stimme und sagte schüchtern ihr Programm an.

»Zunächst«, sagte sie, »werden wir ein Lied von einer reizenden Dame hören, die viele von Ihnen kennen.« Dann fügte sie hinzu, fast als wäre es ihr eben eingefallen: »Mrs. Clopp.«

Es ging eine kleine Bewegung durch die Damenschar, als wären sie drauf und dran zu applaudieren. Gurlie erblickte die Sängerin, eine hübsche Brünette in einem weißen Kleid – und sie erkannte die Sopranistin vom Solistenquartett des Kirchenchores. Ihren Namen hatte sie nie zuvor gehört. »Sie ist eine unserer Oberschullehrerinnen«, fuhr Mrs. Arents fort, »und hat sich als erstes Lied ›In a Persian Garden‹ ausgewählt.« Das Pincenez aufsetzend, das sie an einem schwarzen Band um den Hals trug, ging sie zum Klavier an der Wand links von ihr und breitete die Noten aus. Sie würde die Sängerin begleiten.

Als sich Mrs. Clopp erhob, um ihren Platz am Klavier einzunehmen, setzten sich die Männer gerade, um sie besser sehen zu können, und die Frauen, die kaum vom gleichen Schlag waren, im Durchschnitt mindestens zehn Jahre älter und viel schlichter gekleidet, starrten sie eisig an.

»Ist sie nicht hübsch!«

»Weißer Atlas! Beim Gehalt einer Lehrerin! Ich weiß nicht, wie sie das macht.«

»Es mag das umgearbeitete Hochzeitskleid sein. Sie ist nämlich Witwe.«

»Bei manchen ist sie sehr beliebt, habe ich gehört.«

Das Klavier begann mit der Begleitung. Nach ein paar Takten setzte der Gesang ein. Es war keine Opernstimme, aber eine passable Darbietung einer anziehenden Sängerin. Der Beifall kam sofort und war aufrichtig, besonders von seiten der Männer. Mr. Fletcher klatschte noch reichlich zwanzig Sekunden, nachdem die anderen bereits aufgehört hatten. »Bravo!« sagte er und lächelte. Seine Frau sah ihn durchdringend an.

Es gab eine kleine Absprache am Klavier, ein Mustern des neuen Notenblattes, das vor die Begleiterin gestellt worden war, dann verkündete Mrs. Clopp anmutig, daß ihr nächstes Lied die bekannte Ode »Because« sein würde.

»Ah«, sagte Gurlie und nickte. Es gab starken Beifall, den die Sängerin mit einem Lächeln quittierte.

»Because ...«, sang sie inbrünstig. *»Because God made the world ...«* Joe war es peinlich. Er mochte Gefühlsäußerungen in aller Öffentlichkeit nicht, selbst bei einem Künstler nicht. Schon vom Zuhören brach ihm der Schweiß aus; er war froh, daß er nicht weiter vorn saß. Aber er klatschte mit den übrigen, und damit hatte es sich. Er wünschte sich, er wäre zu Hause und läse die Abendzeitung. Mrs. Clopp setzte sich in ihrem weißen Kleid neben Mrs. Mills, die zu ihr sagte, daß sie herrlich singe und was für eine Gabe es sei, wenn man sich so äußern könne. Wunderbar! Die allgemeine Unterhaltung setzte wieder ein, und die Sängerin war vergessen.

»Und nun«, sagte der Gastgeber und Vorsitzende, der sich erneut erhob, »kommen wir nach diesem erfreulichen Zwischenspiel auf das Thema des Abends zurück. Es war wirklich herrlich! Ohne weitere Vorrede – Charlie? – präsentiere ich Ihnen Professor Grimes, der sich selbst vorstellen wird. Wo ist er denn hin?«

Ein großer, kahler Mann, der von einem Ohr zum anderen grinste, steckte seinen Kopf lustig zur Tür herein, hinter der er unmittelbar darauf hervorkam und eine Staffelei mitschleppte, auf die er alsbald ein großes Buch stellte, das wie ein Musterbuch für Tapeten aussah und das er dem Publikum zur Ansicht bot.

»Ich danke Ihnen, Herr Vorsitzender. Meine Damen und Herren, wir wollen uns ganz zwanglos unterhalten, bevor wir zum weiteren Programm des Abends übergehen. Mit einem Wort, was ich heute abend tun will, ist, Karikaturen zu zeichnen von Ihnen hier, um Ihnen zu zeigen, wie man es macht, um sie in der kommenden halben Stunde zu unterhalten.«

Plötzlich einsetzender gedämpfter Wortwechsel, hin und her, begrüßte diese Ankündigung.

»Lachen Sie noch nicht! Vielleicht trifft es ja Sie. Die Karikatur ist eine altehrwürdige Kunst, sie ist Gesellschaftskritik der schärfsten Art – Hogarth, Daumier, es gibt da viele berühmte Namen. Wer findet sich bereit, zu unserem ersten Porträt Modell zu sitzen? Vielleicht fangen wir lieber mit einem von Ihnen, meine Herren, an. Was meinen Sie? Sie, mein Herr«, und er zeigte auf Mr. Greer. Die Damen waren sichtlich erleichtert.

Als der Professor dann die ersten zwei oder drei mit breiten schnellen Strichen gezeichnet hatte, war die nervöse Spannung unter dem Mitgliedern und ihren Gästen völlig gebannt. Sie amüsierten sich königlich, besonders da der Professor seine Zuschauer richtig einschätzte und feinfühlig genug, klug genug und den Damen gegenüber höflich genug war und ein gutes Auge besaß. Er brachte bei seinen Modellen viele charakteristische Merkmale zur Geltung, die von keinem von ihnen je bemerkt worden waren.

»Wir sollten mehr solche Sitzungen abhalten – wie war das doch? Der *brachyzephale* Kopf von Herrn Arents und der lange Kopf, der *dolichozephale* – war das richtig, Professor?«

»Ja, das ist ganz richtig. Sie sind ein guter Student.«

»... der *dolichozephale* Kopf von Fletcher hier. Kein Wunder, daß Sie Franzmänner mögen, Fletcher. Sie müssen selber einer sein.«

Die Erfrischungen bestanden, wie üblich in diesem Haus, überwiegend aus köstlichem Gebäck, das Mrs. Arents immer so hervorragend zubereitete. Die zwei Diener gingen in geschmackvollen grauen Uniformen und weißen Käppis lautlos umher. Die Männer hatten sich wieder im Eßzimmer zusammengefunden und rauchten.

»Aber nein. Ist Ihr Mann hier? Ich bin ihm nicht vorgestellt worden. Ich wäre sehr erfreut, ich habe von meinem Mann so viel über ihn gehört.«

»Warten Sie einen Augenblick«, sagte Gurlie. »Ich hole ihn.« Sie platzte also plötzlich hinein in den Salon der Männer, die sich sofort erhoben.

»Warum kommen Sie nicht zu den Damen herüber?« sagte Gurlie an alle gewandt.

»Warum kommen sie denn nicht zu uns herüber?« sagte Charlie Greer.

Gurlie lachte. »Ich brauche dich«, sagte sie zu ihrem Mann. »Du hast ja noch niemanden kennengelernt. Komm herüber«, und sie nahm ihn beim Arm. Aber er schüttelte sie ab. »Komm mit.«

»Na, na, na, laß mich.«

»Lassen Sie ihn!« sagte der kleine Mr. Hammond mit seiner hohen, schrillen Stimme.

»Ich möchte ihn der Sängerin vorstellen«, gab sie vor.

»Bringen Sie sie hierher«, sagte Charlie Greer. »Ich wette, sie würde gern eine rauchen. Setzen Sie sich.« Und er rückte für Gurlie beiseite.

»Ich komme gleich«, sagte Joe. Aber Gurlie blieb einfach stehen, also drückte er langsam und ohne Eile seinen Zigarrenstummel aus, während sie in der Tür stand. »Kommen Sie wieder, wenn Sie's hinter sich haben«, sagte Mr. Fletcher, »und berichten Sie uns alles.«

»Wird gemacht«, sagte Joe.

»Was ist los mit dir?« fragte Gurlie ihn, als sie das Zimmer durchquerten. »Die Damen wollen dich kennenlernen.«

Er mußte sich also mit Mrs. Lincoln und Mrs. Coates, mit Mrs. X und Mrs. Y unterhalten. Es stellte sich heraus, daß die meisten anwesenden Ehepaare kinderlos waren. Gurlie mit ihren drei Kindern war eine Ausnahme.

Später kamen ein paar der Männer herein und setzten sich zu den Frauengrüppchen. Mr. Fletcher setzte sich zur Sängerin, die von den anderen Frauen ganz allein bei ihrem Eis und ihrem Kaffee gelassen worden war. »Sie haben eine schöne, warme Stimme« – genau das hatte sie nicht. Es war ein Gentleman.

»Ich singe, weil es mir Spaß macht«, sagte sie. »Aber ich habe keine besondere Stimme. Ich bin neu hier in Riverdale. Das hier scheint eine sehr angenehme Gesellschaft zu sein. Finden diese Versammlungen schon viele Jahre statt?«

»Ich bin selbst neu hier. Aber mir wurde gesagt, daß man seit mindestens zwanzig Jahren zusammenkommt.«

Sie musterte abschätzend ihre Umgebung. »Sind das die vornehmsten Leute der Stadt?«

»Nun, man kann nicht gerade sagen, daß es die flottesten Leute sind.«

Sie lachte.

Als Gurlie und Joe nach Mitternacht heimkamen, gingen sie gleich nach oben. Sie zog das Kleid aus, schleuderte die Schuhe von sich, hakte das Korsett auf und warf sich aufs Bett. »Uff! Ich bin froh, da rauszukommen!«

Während Joe seine Schleife und den hohen Kragen lockerte, sagte er: »Hoffentlich bist du nun zufrieden.«

»Was meinst du damit?« sagte Gurlie und setzte sich sofort im Bett auf.

»Du hast es ja gewollt, nun hast du es erlebt. Hoffentlich bist zu zufrieden.«

»Waren sie nicht dein Fall?« Aber Joe war ins Bad gegangen. Gurlie zog sich fertig aus, streifte ihr Nachthemd über, und als ihr Mann ins Zimmer zurückkam, stand sie da und flocht ihr Haar für die Nacht in zwei kurze Zöpfe. Sie lachte vor sich hin. »Was für eine Schar altmodischer Käuze«, sagte sie. »Das ist also die Creme der Gesellschaft in dieser Stadt.

Aber mir gefallen sie. Ich wette, daß man mit ihnen Spaß haben kann, wenn man sie näher kennt.«

»Hoffentlich sehe ich sie nie wieder«, sagte Joe.

»Du wirst sie wiedersehen«, sagte seine Frau. »Ich wette, sie nehmen uns in ihre Reihen auf.«

»Das möge Gott verhüten«, sagte Joe.

»Ach«, sagte seine Frau, »du hast da gar nichts zu sagen. Ich habe mich amüsiert. Es scheinen einfache, gute Menschen zu sein – ich glaube allerdings nicht, daß mehr als zwei oder drei von ihnen wirklich vermögend sind: zwei Künstler, der unbemittelte Bruder eines reichen Verlegers. Die Mills haben natürlich Geld, oder sie jedenfalls. Die Carvers ...«

»Ja, das war ein netter Mann«, sagte Joe. »Der gefällt mir.«

19

»Nun müssen wir aber auf die andere Seite der Stadt ziehen«, sagte Gurlie am Tag nach ihrer Einführung in den Literarischen Klub.

»Willst du damit sagen, daß sie uns andernfalls nicht aufnehmen?«

»Wie könnten wir solche Leute hierher einladen?«

»Dann ziehen wir nicht um!« sagte Joe.

»Ha, ha!« sagte Gurlie. »Gestern habe ich ein Haus, ein schönes kleines Haus gesehen. Es ist dem kalifornischen Bungalowstil nachempfunden. Auf allen Seiten Fenster, um die Sonne einzulassen. Es ist ...«

»Um Eis und Schnee einzulassen, meinst du wohl. Nein, nein, nichts dergleichen. Was sollen wir bei unserem kalten Winter mit einem kalifornischen Bungalow? Wo befindet er sich denn?«

»Mitten in der Stadt, hinter dem Wäldchen.«

»Welches Wäldchen?« Aber das weckte Joes Interesse.

»Und es ist billig«, sagte Gurlie.

»Was du billig nennst.«

»Es hat eine Heißwasserheizung«, sagte Gurlie.

»Wetten, daß das Dach undicht ist. Hat es einen Garten?« Das brachte Gurlie aus der Fassung.

»Nein, es gibt da keinen Garten. Und keine Hühner. Es hat einer wohlhabenden katholischen Familie gehört. Sie sind sehr bestrebt, es zu verkaufen. In Riverdale gibt es kein zweites solches Haus. Es ist sehr vornehm. Sehr schick. Ich glaube, ich werde Französischunterricht nehmen, sobald wir dort eingezogen sind – sehr wenige Leute hier sprechen Deutsch.«

»Sprechen sie Französisch?«

»Nein, aber ein Französischkurs wäre gut für uns. Du kannst etwas Französisch. Wir können dort keinen großen Flügel aufstellen – das vordere Zimmer ist zu klein –, aber wir könnten einen guten Stutzflügel aufstellen. Charlotte muß ihre Musikerfreunde doch irgendwo empfangen können.«

»Was brauchen die schon? Jedes dreckige Atelier reicht für die Bande.«

»Verrückte Musiker!« So nannte sie der kleine Paul. Er war jetzt fast fünf, blondgelockt, ein stämmiger kleiner Rabauke.

Also zogen sie schließlich, zu Gurlies riesiger Befriedigung, in ein Haus im besseren Stadtteil, etwas kleiner, als sie es sich wünschte, doch ein reizendes Haus auf einem kleinen Grundstück in der Nähe des noch nicht abgeholzten Wäldchens aus Kastanien, Eichen und Buchen, fast im unmittelbaren Zentrum der Stadt.

Die gesamte Innenausstattung wurde erneuert, schmiedeeiserne Kronleuchter, besonders ansehnliche Stücke, wurden angebracht, die Wände mit Nesseltuch tapeziert, das Neueste an Küchenausstattung und Badeeinrichtung installiert, und die ganze Front entlang wurden auf Joes Wunsch weiße Rhododendren, kleine Büsche, vor die breite

Veranda gepflanzt. »Sie werden wachsen.« Das übrige lag bei Gurlie.

Und dort lebten sie in den Jahren unmittelbar vor dem Ersten Weltkrieg.

Das waren Gurlies beste Jahre, Jahre, in denen ihr Erfolg am deutlichsten war, von 1907 bis 1917, während der kleine Paul heranwuchs. Das Haus war Mittelpunkt der wichtigsten musikalischen Betriebsamkeit der Stadt. Lottie war die Prinzessin, ein hochgewachsenes Mädchen mit großen, träumerischen Augen. Von einem Dutzend junger Männer der Umgebung wurde sie aus der Entfernung, nicht ohne Ehrfurcht vor ihrem Können, leidenschaftlich angehimmelt.

Das waren die Jahre, als die jungen Frauen ihr Haar vorn über eine Hilfskonstruktion hochfrisierten, die man »Ratte« nannte, die Jahre der weiten Glockenröcke und der mit Taftrüschen versehenen Unterröcke. Jahre, in denen Flossie, nicht im geringsten musikalisch und daher keine Rivalin für ihre bezaubernde Schwester, trotz allem ihre eigenen Bewunderer fand. Ihre geraden Beine, schmalen Hüften und hohe Stirn blieben nicht unbemerkt. Nachdem sie die nahe gelegene höhere Privatschule absolviert hatte, fuhr sie täglich zu einer Schule auf der Fifth Avenue, die sich gegenüber dem Goelet-Haus und dem von Russell Sage und gleich neben dem Haus von Anna Gould befand.

Das waren die Jahre, wo man ein Hausmädchen für fünfzehn oder sechzehn Dollar pro Monat bekommen konnte – ein Mädchen wie Ellen Anderson, die bei ihrer Ankunft kein Wort Englisch konnte. Gurlie suchte die Mädchen immer bei einer Agentur in New York aus. Irgendeine kleine Eva mit glänzenden Augen und einem unaussprechlichen finnischen Namen, deren reiner Teint ihrem ausgeglichenen und heiteren, glücklichen Wesen entsprach.

Nicht eine Silbe Englisch sprach Eva. Geradewegs vom Schiff. Sie hatte einen Bruder in Jersey City und eine Schwester, die ihr sehr ähnlich war, auf einer Schaffarm draußen im Westen. Als die kleine Eva schon zwei Jahre bei den Stechers weilte, geliebt und gefördert, starb ihr Bruder an Lungenentzündung, soweit es die Familie jedenfalls mitbekam. Sie zeigte der Familie sein Foto, und alle weinten – tagelang, bis das Licht von Evas Augen wieder zu leuchten begann.

Einmal, nach einer großen Hausgesellschaft, bei der die kleine Eva die Aufwartung machte, zum verwunderten Staunen der Männer, die ihre ländliche Schönheit und ihr sonniges Lächeln verwirrte – einer Gesellschaft, die nicht vor drei Uhr morgens endete und Geschirrberge an allen beliebigen Orten hinterließ –, sank Gurlie erschöpft auf einen Stuhl. In der Küche rumorte es.

»Was ist da los?« sagte sie.

»Eva macht den Abwasch.«

»Das kommt überhaupt nicht in Frage! Bloß das nicht. Geh zu Bett«, befahl sie dem kleinen Dienstmädchen. »Geh, keine Widerrede.« Aber Eva fing an zu weinen und wollte nicht weichen, bis Joe selbst, den sie achtete und fürchtete, rauskommen und die Weinende aus der Küche weisen mußte.

Das Haus war klein, und Joe mochte kleine Mädchen, keine großen, tölpischen Bauernmägde. Wenn sie bei Tisch bedienten, fühlte er sich nicht wohl. Eine, Goldes wert und eine tüchtige Arbeiterin, eine Finnin namens Gerda, hatte Akne. Das stieß Joe besonders ab. »Schick sie fort«, forderte er seine Frau auf. Aber Gurlie mochte sie und behielt sie.

Am Morgen des Feiertags am 4. Juli, die Frauen des Hauses kleideten sich unten an oder waren in der Küche, ging Joe in den zweiten Stock, um die Fahne herauszuhängen. Über der Haustür ragte eine Fahnenstange aus einem der Fenster des Dienstmädchenzimmers.

Joe holte die Fahne aus einem Schrank unten im Flur. Es war eine große Fahne. Mit ihr auf den Armen konnte er kaum sehen, wo er hintrat, als er die Treppe hinauf in das völlig unvertraute Zimmer, wo das Mädchen immer schlief, ging, um das Fenster zu öffnen. Man hatte Gerdas Bett wegen der heißen Nächte vor das Fenster gerückt. Die lose zusammengelegte Fahne auf den Armen, stieß er mit dem Knie das eiserne Bett beiseite, um zwischen sich und dem Fenster Raum für sein Unternehmen zu schaffen, und quetschte sich mit der Fahne in die Lücke.

Dabei trat er genau in einen Nachttopf voller Urin, der sich über seinen Fuß und den Fußboden ergoß.

Joe war wütend. Als pedantischer, ordentlicher, korrekter Mensch war ihm jegliche Schlampigkeit zuwider; er ließ die Fahne aufs Bett fallen, machte kehrt und stürmte förmlich ins Zimmer unten, auf der Suche nach Gurlie. Dort begann er mit zorniger Stimme Deutsch zu sprechen und sie anzubrüllen, sie solle das verdammte Dienstmädchen beim Genick packen und zur Hintertür hinauswerfen …

Gurlie, die nicht wußte, wie ihr geschah, fing zu lachen an, da sie keine Ahnung hatte, was passiert war. Alle kamen herbei, um es zu vernehmen. Da erzählte er es ihnen – er war in einen Nachttopf voller Pisse getreten. »Wenn ich das Mädchen erwische! Ich werde ihr eine Standpauke halten!« Aber Gurlie wollte nichts davon wissen.

»In diesem Zustand hältst du niemandem eine Standpauke. Das Mädchen kann nichts dafür. Sie hat vermutlich keine Zeit gehabt, ihn auszuleeren. Du machst dich lächerlich«, sagte sie, während er weitertobte. »Du hast's deiner eigenen Dummheit zuzuschreiben. Du hattest so früh am Morgen nichts in ihrem Zimmer zu suchen …«

»Die Fahne …«, war alles, was Joe vorbringen konnte.

»Mit der Fahne hatte es keine Eile. Warum so hastig? Nein, ich lasse nicht zu, daß du ihr eine Standpauke hältst. Geh hoch und wechsle die Schuhe und Socken. Ich kümmere mich um das Mädchen.«

»Ich verspreche dir, wenn du sie nicht rauswirfst, ziehe ich aus«, drohte ihr Joe. »Die Schlampe.«

»Hör auf!« sagte Gurlie. »Laß nicht dein deutsches Temperament mit dir durchgehen. Man hält dich für einen klugen Mann. Das arme Mädchen, sie wird zur Hintertür hinausfliehen, wenn du jetzt da hineingehst. Und was sollen dann die Nachbarn von dir denken? Die müssen ja annehmen, du willst sie umbringen. Willst du, daß sie dich verklagt?«

Das kühlte ihn ein wenig ab. »Ach!« sagte er und blickte auf seinen feuchten Schuh hinab.

»Komm her. Stell deinen Fuß hier hoch«, sagte seine Frau zu ihm. »Ich werde die Schnürsenkel lösen, da du ja zu pingelig scheinst, sie selbst anzufassen.« Und Joe stellte erleichtert seinen schmalen, zierlichen Fuß auf eine alte Zeitung, die Gurlie für ihn ausgebreitet hatte, und seine Frau band ihm die Schnürsenkel auf. »Geh jetzt und zieh andere an.«

»Das waren meine besten.«

»Wir lassen sie die Schuhe saubermachen und in die Sonne stellen. Na los. Raus mit dir.«

Die Mädchen schlichen ins Eßzimmer, wo Gurlie gerade dabei war, ihr Frühstück zu beenden, als der Sturm über sie hereinbrach. »Was ist Papa zugestoßen?«

Gurlie kicherte inzwischen in sich hinein. »Pst! Er darf euch nicht hören. Er ist in Gerdas Zimmer in einen Nachttopf getreten, als er hinaufging, um die Fahne rauszuhängen.«

»Na, das ist doch nicht so schlimm«, sagte Flossie.

»Das nicht, aber er war voll.«

»Nein! Lieber Himmel! Und er hat alles abbekommen?«

»Über den Fuß und den Fußboden. Ich habe es mir oben noch gar nicht angeschaut.«

»Ich glaube, ich rieche was«, sagte Flossie.

»Natürlich«, sagte ihre Schwester. Sie setzten sich alle hin und flüsterten miteinander.

»Weiß sie es schon?«

»Noch nicht«, sagte Gurlie. »Sie sollte besser aufpassen. Es hat Zeit ... Nein, es ist besser, wenn sie gleich hochgeht.«

»So ein Ferkel«, sagte Lottie.

»Halt dich da raus«, sagte Gurlie. »Ihr Mädchen bleibt hier, falls euer Vater wiederkommt. Ich gehe raus und rede mit ihr. Sagt nichts, was ihn aufregen könnte.«

Inzwischen war aber Joe heruntergekommen, hatte seinen Hut genommen und war, die Tür hinter sich zuschlagend, fortgegangen. »Den wären wir los«, sagte Gurlie. »Er macht sich lächerlich. Das arme Mädchen. Gerda«, sagte sie, »komm her. Ich will mit dir reden.«

Das arme Mädchen, das die Aufregung mitbekommen hatte, ohne recht zu begreifen, was eigentlich schiefgegangen war, kam mit weit aufgerissenen Augen durch die Schwingtür und stand dann mit ihrem pickligen Wangen vor ihnen. »Ja, Ma'am. Was ist los?«

Gurlie erzählte ihr also, was passiert war, während die Mädchen nur schwerlich ihre Belustigung unterdrücken konnten.

»O mein Gott!« rief das Mädchen, und ohne eine Aufforderung abzuwarten, lief sie in die Küche, packte einen Scheuerlappen, rannte die Treppe hinauf und verschwand im oberen Stockwerk. Ihr Gesicht war bleich geworden.

»Komm sofort wieder zu mir, sobald du aufgewischt hast«, sagte Gurlie.

»Wirst du sie nicht entlassen?« sagte Lottie.

Es schien so, daß die Entstellung durch die Akne in Finnland, wie auch hier, ein großes Hindernis für das gesellschaftliche Fortkommen des Mädchens gewesen war. Im alten Land hatte sie gehört, wenn man sein Gesicht jeden Abend vor dem Zubettgehen mit Urin wasche, dann könne man sie loswerden.

»Ob das stimmt?« hatte sie Gurlie und ihre Töchter gefragt. Auf jeden Fall hatte sie sich entschlossen, es auszuprobieren.

»Nein so was«, hatte Lottie voller Abscheu gesagt. Flossie hatte sofort an diejenigen unter ihren Freundinnen gedacht, denen es vielleicht auch helfen könnte.

»Es tut mir schrecklich leid«, sagte das arme Ding, nun mit rotverweintem Gesicht. »Ich weiß, daß Mr. Stecher mich noch nie leiden konnte. Es ist alles wegen meinem Gesicht. Ich bin nicht hübsch. Alle sagen das. Deshalb habe ich gedacht, ich sollte es mal versuchen ... Soll ich meine Sachen packen?«

»Nein«, sagte Gurlie, der zur Zeit nicht danach war, sich nach einem neuen Hausmädchen umzusehen. »Du bleibst, wo du bist.«

»Aber was wird Mr. Stecher sagen?«

»Tu, was ich dir sage. Es war nicht deine, sondern seine Schuld, weil er so ungeschickt war.«

Das Mädchen ergriff Gurlies Hand und küßte sie.

»Aber merke dir«, sagte Gurlie, »keine solchen Kuren mehr. Hast du verstanden?«

»Ja. Ma'am. Danke, Ma'am.« Und sie blickte zu den beiden jungen Damen hin, um zu sehen, was die von ihr halten mochten. »Es tut mir schrecklich leid«, sagte sie zu ihnen. »Ich bin nicht unreinlich. Ich habe damit nur versucht, mich zu kurieren. Ihr müßt mir verzeihen.«

»Es scheint dir aber nicht viel geholfen zu haben«, sagte Lottie.

»Das ist gemein«, sagte ihre Schwester.

»Na, willst du vielleicht, daß dich jemand bei Tisch bedient, der nach Urin riecht? Ich nicht.«

»Schäm dich«, sagte ihre Mutter. »Sie ist genauso sauber wie du.«

20

Ursula Hendricks war nicht Flossies Freundin. Sie war sechzehn, ein Jahr älter als Floss, und mit der noch älteren Lottie durch beider gemeinsames musikalisches Interesse verbunden. Lottie spielte Klavier, und Ursula sang und sang mit einer tiefen Altstimme, für die sie teuren Gesangsunterricht in New York erhielt, eine Stimme, die jeden, besonders Lottie, aufhorchen ließ. Aber Geschmack hatte sie nicht. Man konnte sich nur wundern, was für Lieder sie sang. Es paßte überhaupt nicht zu ihr.

Aber im Winter, wenn das Wetter schlecht und Lottie

nicht abkömmlich war, sagte Ursula, Einzelkind in einem Haus mit zwölf Zimmern, manchmal zu Floss: »Bleib doch heute über Nacht hier bei mir. Bitte. Ruf deine Eltern an und sage ihnen, daß du hierbleibst.«

Und das tat Flossie dann auch. Sie machten zusammen Schularbeiten – Ursula war keine allzu helle Schülerin. Das Abendessen war immer besonders gut; die einfach gestrickte Mrs. Hendricks sorgte dafür. Später gingen sie dann in Ursulas Zimmer, ein schön eingerichteter Raum – Doppelbett aus Vogelaugen-Ahorn, Schränke mit Dutzenden von Kleidern und Hüten, einer Unmenge von Schuhen und ...

Dann klingelte womöglich das Telefon und Ursula verschwand und ließ Flossie verwundert warten, machmal eine Stunde lang, nach der das Mädchen mit dem traurigen Gesicht und den dunklen Haaren erschöpft zurückkam und sich auf ihr Bett warf. Nur, um gleich aufzuspringen, wenn ein anderer Junge anrief, und schon stürzte sie wieder davon. Flossie widmete sich dann ihrer Lektüre oder ihren Mathematikaufgaben, oder sie schrieb einen Aufsatz, aber wie würde die andere auf diese Weise etwas erledigt bekommen? Nach einer Weile ließ sie sich von Flossie helfen. Wild blätterte sie die Seiten der ihr aufgetragenen Arbeit durch, wurde nie fertig, verzweifelte schon, noch bevor sie überhaupt angefangen hatte.

Flossie, die sie bewunderte – sie war eine Sportskanone in der Schulbasketballmannschaft –, konnte unschwer erkennen, warum sie es zu nichts brachte. Wennschon – es machte solchen Spaß, hier zu übernachten, Mr. Hendricks mit seinem Spitzbart und seiner ruhigen Art, die arme Mrs. Hendricks, die verzweifelt die Hände rang, aber ihrer Tochter nie etwas abschlagen konnte und Flossie über den Abendbrottisch hinweg ansah, wobei sie verzweifelt den Kopf schüttelte.

»Dürft ihr so vom Tisch aufspringen und in dieser Art mit deiner Mutter sprechen?«

»Nein«, sagte Flossie schlicht.

»Ich bin froh, daß Ursula gute Schulkameraden hat. Nicht wenige von den Mädchen, die hierherkommen, taugen nichts. Und meine törichte Tochter macht es ihnen allen nach. Ihr müßt oft kommen. Warum bleibt ihr nicht die ganze Woche hier, du und deine Schwester? Und Lottie ist so musikalisch! Ich tue alles, was ich kann ...«

»Ach, Mutter, das Mädchen ist jung«, pflegte ihr Mann zu sagen. »Sei nicht so pessimistisch.«

Ursula war meist im Flur, lachte und flüsterte ins Telefon. »Oh, wahrscheinlich ist es einer ihrer nichtsnutzigen Freunde.« Flossie, die nicht verstand, was sich da abspielte, war verlegen, blickte auf ihren Teller nieder und aß ganz still. Weder sie noch ihre ältere Schwester waren ein solches Betragen gewohnt. Das große Haus, der offenbare Reichtum, das gute Essen – und was für seltsame Dinge da vor sich gingen, die sie sich zu Hause nie zu tun getraut hätten – ließen sie einer ganzen Welt gewahr werden, von der sie bisher nichts geahnt hatten. Aber sie gefiel ihnen.

Mr. Hendricks besaß besonderes Geschick oder besondere Kenntnisse im Seidenhandel von Passaic, womit er sein Geld verdiente, aber Flossie begriff nie, wie es möglich war, daß so ein Mann so eine Frau geheiratet hatte; sogar ein Kind konnte sehen, daß sie – nun, ungebildet war. Sie konnte sich in Gesellschaft nicht bewegen. Sie konnte keine Unterhaltung führen. Alles, was sie konnte, war kochen. Flossie fragte sich, wie es möglich war, daß so ein intelligenter und auch anziehender Mann so ein Geschöpf, so eine *Hausfrau** geheiratet hatte.

Dann ließ sich die verantwortungslose Ursula, die von ihrer Mutter vergöttert wurde, ohne etwas vom Telefongespräch zu erzählen, auf ihren Stuhl fallen, schob den Teller weg und ...

»Iß, Ursa. Du hast noch nichts vom Lammfleisch gegessen, es ist sehr lecker. Und deine Kartoffeln, iß wenigstens ein bißchen.«

»Ach, halt den Mund!« sagte die Tochter. »Du fällst mir auf die Nerven.«

Flossie wurde rot und blickte in Erwartung eines Entrüstungssturmes zu Boden. Aber Mr. Hendricks schüttelte bloß den Kopf, während die arme Frau Flossie ansah und den Tränen nahe schien.

»Da sieht man's.« Und zu ihrer Tochter: »Was muß deine Freundin von uns halten – von uns allen?«

Da blickte Ursula zerknirscht hoch und sagte: »Entschuldigung.«

»Das ist das mindeste, meine Liebe, was du nach einem solchen Ausbruch deiner Mutter sagen könntest.«

Daraufhin brach die Tochter in Tränen aus und verließ den Tisch. »Warum willst du mich dann beleidigen?«

»Ich dich beleidigen?«

»Ich hab's nicht so gemeint. Aber – du verstehst überhaupt nichts. Du. Laßt mich doch in Ruhe.«

Flossie blieb bei Mutter und Vater, die versuchten, über dies und jenes eine kleine Unterhaltung zu führen: »Sind Sie in Ursulas Klasse?«

»Ich habe einige Fächer mit ihr zusammen«, sagte Flossie.

»Das ist schön. Ihre Schwester sehen wir öfter, sie ist eine erstaunliche Pianistin. Ich höre ihr gern zu. Ich liebe gute Musik und – ich hoffe, sie wird Ursula auch dahingehend beeinflussen. Man sieht ja, was für ein verwöhntes Kind sie ist. Ich weiß aber, daß sie so etwas wie heute abend nicht so meint. Sie ist so temperamentvoll.«

»Ja«, sagte Flossie.

»Vermutlich steckt irgendein Junge dahinter. Haben Sie Jungen gern, Miss Stecher?« Flossie war es nicht gewöhnt, daß man sie Miss Stecher nannte.

»Ja, ich mag sie«, antwortete sie.

»Aber Sie denken bestimmt nicht die *ganze* Zeit an sie, wie die arme Ursula.«

Flossie wunderte sich, daß er »arme Ursula« sagte.

»Das wird nicht gut enden, wenn sie so weitermacht«, sagte ihre Mutter klagend.

»O doch. Alle Mädchen machen mit siebzehn dieses Stadium durch, nicht wahr, Florence? Du hast doch nichts dagegen, wenn ich dich Florence nenne?«

»Nein, ich habe nichts dagegen.«

»Also, was meinst du?«

»Ich bin erst fünfzehn«, sagte Flossie.

Mr. Hendricks ließ ein lautes, ungestümes Lachen ertönen. »Gratuliere. Versteck dich nur hinter deinem Alter. Gratuliere.« Da kehrte Ursula zurück.

An diesem Abend, als sie in ihrem Zimmer waren, sagte sie: »Ach, meine Mutter ist so dumm, es ist nicht zum Aushalten. Konnte sie denn nicht sehen, daß ich ganz durcheinander war? Arthur« – Floss hatte von dem Jungen gehört – »hat mich gerade abblitzen lassen. Ich habe ihn eingeladen ...«

Sie hatte die schönste Wäsche. Flossie bewunderte und beneidete sie darum, ganz aus Seide. Natürlich, ihr Vater ist ja im Seidengeschäft.

»Mutter wirft mir immer vor, daß ich nur an Jungen denke. Na, an was soll man denn sonst denken?«

»Willst du nicht den Schulabschluß machen?«

»Ich will heiraten. Wie soll ich sonst aus diesem Kaff rauskommen? Ich halte es nicht aus.«

»Willst du nicht Sängerin werden?«

»Hach, wahrscheinlich. Aber das hat keine Eile. Ich will einen Mann ...«

Flossie wußte nicht genau, was sie damit meinte.

»Ich will verliebt sein. Ich will, daß mich einer liebt. Ich will nicht länger in die Schule gehen.«

»Aber du hast so vieles hier.«

»Die könnten hier alles haben. Ich will nichts davon. Ich würde es sofort aufgeben, wenn ...« Wieder klingelte das Telefon, obwohl es schon recht spät war. Ursula stürzte zur Treppe, sprang sie hinunter – als würde sie in einem Spiel dem Ball hinterherjagen –, die Hand auf dem Geländer. »Hallo«, sagte sie, ganz außer Atem.

»Ja, Liebling ... ich weiß, ich weiß ...«

Und dann schloß Flossie die Schlafzimmertür, damit sie

nichts hören mußte, und wünschte, sie wäre zu Hause geblieben. »Sie muß verrückt sein«, dachte sie.

Nach gut zwanzig Minuten – ihre Eltern waren nicht mal an ihre Tür gekommen – kehrte Ursula zurück und setzte sich, die Hände zwischen den Knien, auf ihr Bett. Dann nahm sie ihr Kissen, drückte und küßte es und legte sich mit ihm in den Armen auf den Rücken. Sie schien ihren kleinen Gast völlig vergessen zu haben.

»Oh, ich hab's gewußt, ich hab's ja gewußt ... Liebling.« Sie wandte sich Flossie zu: »Du mußt denken, daß ich ein schreckliches Mädchen bin. Das bin ich aber eigentlich nicht, ich war nur so gekränkt. Ich werde nämlich in der Vorweihnachtswoche ein großes Fest veranstalten – du wirst auch eingeladen – habe ich dich noch nicht eingeladen? Ich werd's noch tun. Und gerade ... Der einzige Grund, warum ich das Fest haben will – na, es wäre jedenfalls für mich verdorben gewesen – du hast doch nichts dagegen, wenn ich so offen rede?«

»Nein«, sagte Flossie und wünschte, sie würde das Licht löschen und sie schlafen lassen.

»Nun, *er* hat mir gesagt, daß er nicht kommen würde. Mir ist schrecklich zumute gewesen. Ich war ganz fertig. Ich habe gewußt, daß er das nur wegen ein paar von seinen Freunden macht. Ich habe gewußt, daß er es nicht so gemeint hat, daß er mich damit nur unglücklich machen wollte, aber ... Er hat mich gerade angerufen, um mir zu sagen, daß er kommt. Er liebt mich, er liebt mich!«

Und damit zog sie ihr Kleid und ihre Unterwäsche aus, warf sie im Zimmer umher, ohne weiter auf Flossie zu achten, die solche liederlichen Manieren nicht gewöhnt war, ging nackt und unbekümmert zum Schrank, zog ihr hauchdünnes Nachthemd an und sprang ins Bett, knipste das Licht aus und war im nächsten Moment – nach einem tiefen Seufzer – auch schon eingeschlafen. Weg!

Am Abend des Festes war es, sie hatte wie immer Glück, schön. Es mußten vierzig oder fünfzig Jungen und Mädchen aller Altersstufen zwischen fünfzehn und achtzehn eingeladen worden sein, sowohl aus Riverdale als auch aus Passaic – die meisten aus der Privatschule, die Lottie und ihre Schwester gemeinsam mit Ursula besuchten. Es sollte das größte und beste Fest der ganzen Weihnachtszeit sein. Ursula mit dem dunklen, olivfarbenen Teint war die Königin und schaute alle an, die hereinkamen und zum Mädchen- und Jungenzimmer im ersten Stock hinaufgingen, wobei sie kaum mit jemandem ein Wort wechselte.

»He, du siehst heute abend toll aus.«

»Danke.«

»Wer sind die ganzen Schnorrer da, die du eingeladen hast? Wer sind die?« Dabei kehrte er den Neuankömmlingen den Rücken zu.

»Was für Leute kann man denn in diesem Kaff schon einladen?« war die Entgegnung.

»Ihr Jungen geht die Treppe hoch nach hinten. Ihr seht das Zimmer schon. Und die Mädchen gleich vorn, das erste Zimmer.«

»Hi, Ursa!«

»Hi, Roland.« Ein blondgelockter Jüngling, ziemlich klein, engelhaft, mit lachenden blauen Augen, kam hinter den anderen herein. »Du bist also doch gekommen!«

»Natürlich! Du glaubst doch nicht etwa, daß ich den Halunken da erlaube, mich auszustechen? Oder? Wo stecken sie denn alle?« Obwohl ein paar mit dem Rücken zu ihnen mitten in Raum standen, zeigte das Geräusch von Rufen und Gelächter an, daß im Moment die meisten Gäste noch oben waren.

Der Junge blickte schnell nach rechts und links, dann trat er mutig an das dunkle Mädchen im gelben Kleid heran und versuchte, sie auf den Mund zu küssen. Sie drehte den Kopf weg, so daß er den Mund verfehlte und statt dessen die Schläfe erwischte. Er lachte und ging zur Treppe, während sie seinen Ärmel packte – aber er riß sich los und ließ sie stehen.

Es kamen gerade andere an. Sie fragte sich, ob die was gesehen hatten. Als erste ein großes Mädchen – die Tür war zu gewesen, und vor der Glasscheibe hing eine Gardine. »Wie geht's, meine Liebe?« Hinter der eben Angekommenen stand ein junger Mann, noch größer als seine Schwester vor ihm, der ein wenig einfältig lächelte und seiner Gastgeberin förmlich die Hand schüttelte, wobei er ganz steif wirkte. Er hatte das Haar glatt aus der hohen Stirn nach hinten gekämmt. »Wie geht's?« sagte er. Ursula schien ihn nicht zu hören. Er zuckte die Achseln und folgte den anderen langsam nach oben.

Jetzt kamen die anderen herunter und trafen dabei auf die Spätankömmlinge, die heraufkamen. »Liebes! Was für ein schönes Kleid!« Sie drängten sich auf der Treppe, rosa, grün, blau und weiß – Baumwoll- und Chiffonkleider mit Rüschen, um ihre knospenden Brüste zu verbergen, ihre Hüftansätze von Unterröcken verhüllt, nur die bloßen Arme ließen sonst unerkannte Reize sehen.

Die Geschlechter fingen in diesem Alter erst an, sich zu unterscheiden, sie konnten noch rauh miteinander umgehen, sie verlangten keine Schonung und kannten selbst keine. Einer aus der Riverdale-Clique entriß einem lebhaften kleinen Mädchen eine Blume.

»Gib sie wieder her!« Sie rannte ihm hinterher und packte ihn beim Saum des Jacketts, als er gerade um eine Ecke verschwinden wollte, und riß es ihm fast von den Schultern. Sie hatten das große Mädchen angerempelt, die daraufhin, als sie sah, was vor sich ging, dem Jungen die Blume aus der Hand riß und sie ihrer Schwester zurückgab – die sie wieder aufrichten wollte, dann aber bemerkte, daß sie beim Kampf geknickt worden war, und sie dem Jungen wütend ins Gesicht warf. »Du Knallkopf! Von so einem wie dir war ja nicht anderes zu erwarten«, und sie drehte ihm den Rücken zu.

»Setzt euch doch alle an die Tische – setzt euch irgendwohin, aber sucht euch Partner aus – vier an jedem Tisch.«

»Darf ich an deinem Tisch sitzen?« sagte der große Junge mit der hohen Stirn.

»Warum nicht«, sagte seine Gastgeberin.

»Oder würdest du lieber einen anderen haben?«

»Ach nein. Wir wollen Whist spielen.«

»Ach, Ursa, ich dachte, du würdest singen.«

»Später.« Am Flügel hatte ein Grüppchen einen fußhohen Stapel beliebter Lieder durchgeblättert. »Menschenskind! Das ist 'ne Sammlung! Du hast ja alles.«

Von da an bebte das Haus von den schrillen Stimmen der Kartenspieler, die gewannen und verloren. Jeder Tisch wurde jetzt zum Mittelpunkt jugendlicher Fopperei – und die Mädchen verbündeten sich im allgemeinen gegen die Jungen. »Ich weiß nicht, was sie an ihm findet.«

»Seine Familie hat Geld.«

»Ihre auch. Wenn sie den jemals heiraten sollte, wird sie das bereuen.«

»Du bist bloß eifersüchtig.«

»Seinetwegen? Pah. Dieser Knilch mit seinen blonden Ringellöckchen, er ist nicht mal sportlich und ganz bestimmt nicht helle. Na, wahrscheinlich wird ihn sein Vater ins Geschäft nehmen.«

»Ich habe gehört, er will nicht ins väterliche Geschäft.«

»Nicht mal aufs College will er. Er will nur ein reiches Mädchen heiraten und ihr Geld für sie ausgeben.«

»Wo sind sie denn hin?«

»Ich kann beide nicht sehen.«

»Ich wette mit dir ...«

»Sie hat kein Schamgefühl.«

»Ach, da sind sie ja!«

»Er taugt nichts.«

»Er ist nicht schlimmer als sie selber. Sie sind verliebt! Verliebt!«

»Es sind doch nur Kinder, laß sie. Aber es gefällt mir gar nicht, wenn sie sich mit einem solchen Jungen abgibt. Mein Bruder mag ihn nicht.«

Das Schwatzen und Schnattern, zeitweilig von fast völliger Stille abgelöst, wenn die Karten ausgespielt wurden, hatte eine knappe Stunde gewährt, als es plötzlich weiter hinten im Haus ein Geräusch gab, als wäre etwa Schweres umgefallen. Alle hörten es und drehten sich danach um, als Ursula auch schon durch die Küchentür hereingestürzt kam, völlig von ihrem Tun in Anspruch genommen, sich umdrehte und die Tür zuhielt.

Als sie mitbekam, wie laut sie gewesen war und daß alle sie anschauten, wandte sie sich lachend weg und ging zum Flügel, während der blonde Junge, da die Tür jetzt nicht mehr zugehalten wurde, ins Zimmer schoß und fast hinfiel. Sein Gesicht war gerötet, die Krawatte verrutscht. Als er sah, daß alle Augen auf ihn gerichtet waren, warf er Ursula einen schnellen Blick zu, zog einen Kamm aus der Brusttasche und begann sich das Haar zu striegeln.

»Auf in den Kampf!« brüllte jemand.

»Ich hoffe, sie hat's dir ordentlich gegeben«, schrie ein anderer von den Jungen.

Ursula hatte »Egypt«, ihr momentanes Lieblingslied, zu singen begonnen, wodurch das Spiel an den Tischen abrupt beendet wurde und einige der Jungen und Mädchen sich um die Sängerin gruppierten.

»Was ist los?« fragten sie sich gegenseitig.

»Ich hab sie nicht mal rausgehen sehen. Der freche Kerl. Sie hat ihn wahrscheinlich dazu angestachelt.«

»Aber wo war denn ihre Mutter?«

»Wo soll sie schon sein? In der Küche.«

»Was wollte er dir tun, Ursa? Was hattest du vor, Kleiner?«

»Sie hat mich gestoßen.«

»Na klar hab ich das«, sagte das Mädchen, die ihren Gesang abgebrochen hatte. »Wer hat gewonnen? Sammelst du mal die Karten ein, Wilbur?«

Der große Junge mit der hohen Stirn fuhr bei der Nennung seines Namens zusammen, sammelte aber gehorsam die Karten ein, rechnete alles zusammen und gab den jeweiligen Gewinner, Junge und Mädchen, der teuren goldenen Manschettenknöpfe beziehungsweise des Medaillons bekannt. »Oh, Ursa, die sind wunderschön. Danke.«

»Was wollen wir jetzt machen? Würdet ihr Jungs mal die Tische wegräumen? Klappt sie einfach zusammen, und stellt sie in den Flur raus.«

»Sing uns was vor, Ursula.«

»Ja, wenn ihr den Refrain mitsingt.« Sie fing also an, aus dem Notenstapel alles, was sie hören wollten, hervorzuziehen. Das einzige Lied, das sie gut kannten, war »In the Shade of the Old Apple Tree«, das die Jungen ihr grölend und falsch nachsangen.

»Los, wir singen's noch mal.«

Diejenigen, die nicht mitsangen, sprachen weiter über das eben Vorgefallene: »Sie ist schrecklich einfältig. Schon recht, wenn sie so tut, als hätte er etwas gemacht, aber du kannst sicher sein, daß sie angefangen hat. Sie hat nichts als Männer im Kopf – aber wenn sie in Schwierigkeiten kommt ... Du wirst es erleben. Sie hat keinen Grips.«

»Hast du sein Gesicht gesehen?«

»Das wird sie noch mal bereuen.«

»Ich mag sie. Warum müssen wir hinter allem etwas Schlechtes vermuten?«

»Weil er nichts taugt und sie das weiß. Würdest du gern mit ihr ausgehen? Weißt du, was man sich von ihm erzählt? Ich habe gehört, daß er viel trinkt. Von der Oberschule hat man ihn geschaßt. Er ist strohdumm.«

»Was höre ich da?« sagte Fred Hoyt im Näherkommen. »Ihr falschen Fuffziger.«

»Ganz meine Meinung«, sagte Lottie. »Laßt sie in Ruhe, sie haben hinten im Flur nur ein bißchen geturtelt ...«

»Du weißt offenbar über alles immer Bescheid, was?«

»Nein, tue ich nicht«, sagte Lottie.

»Na, wieso kennst du dich dann so gut aus? Los, Lottie, wir gehen mal dort hinter und probieren es aus. Na?«

»Du bist frech. Mit dir nicht. Das steht fest.«

»Oh, du traust dich nicht.«

»Wir wollen Zuzwinkern spielen«, rief jemand.

»Nee, nicht das doofe Spiel.«

»Ich hab's jedenfalls satt, hier nur rumzusitzen. Und ich

hab's satt zu singen. Holt einen Teller. Wir wollen Tellerdrehen spielen. Was sagt ihr dazu?«

Es wurde daher ein schwerer metallener Servierteller besorgt. »Seid vorsichtig damit«, mahnte Mrs. Hendricks die Jungen. »Ich möchte nicht, daß er Beulen bekommt.«

»Nein, Ma'am, Sie können sich auf uns verlassen. Hier«, sagte der ewige Spaßvogel, als er wieder ins Zimmer kam, und schob die Stühle beiseite. »Hier, meine Damen und Herren«, und er warf den Teller bis zur Decke hoch und fing ihn dann wieder auf. Sie begannen also damit, den Teller kreisen zu lassen, und riefen dabei gleich am Anfang einen Namen, ein Mädchen stürzte herbei, um den kreiselnden Teller aufzufangen, noch bevor er seinen Schwung verlor und umfiel.

»Was soll die Strafe sein, wenn man ihn nicht erwischt?«

»Du mußt den küssen, der deinen Namen gerufen hat.«

»O nein, nur das nicht!«

»Doch«, bestand Fred Hoyt darauf. »Wenn du nicht mitspielen willst, kannst du dich ja an den Rand setzen. Los, wir wollen anfangen. Ich werde ihn zuerst kreisen lassen. Ursa«, sagte er und gab dem Teller einen mächtigen Schwung. Ursula, die zunächst ziemlich gleichgültig gewirkt hatte, schoß wie ein Pfeil los und hielt den Teller in den Händen, noch bevor einer Atem holen konnte.

»Wilbur!« rief sie und setzte den Teller in Bewegung.

Der große Junge richtete sich ruhig auf und fing mit offensichtlicher Unbekümmertheit den Teller noch in der Bewegung ab. Er stand da und blickte in die Runde, dann beugte er sich weit vor, ließ den Teller rotieren und rief: »Florence.«

Flossie, die ganz genau verfolgt hatte, was die älteren Mädchen und Jungen taten, war so erschrocken, daß sie das Kreiseln fast verpaßte. Sie wählte einen der unscheinbaren Jungen, der ihrem Alter näher war, als sie dran war. Und dann fingen sie alle zu schummeln an – gaben dem Teller nicht viel Schwung und hofften, daß es einer nicht schaffen würde.

»Oh, das ist unfair!« Dann stolperte jemand und fiel im verzweifelten Versuch, den fallenden Teller zu erwischen, hin. Jemand stieß ihn mit dem Fuß wieder in die Runde; als ein anderer ihn zu fangen versuchte, flog er ihm aus den Händen. Ein anderer versetzte ihm einen Schlag, und da – krach! traf es den großen Kronleuchter in der Mitte des Zimmers, und ein Glasregen ging auf die Köpfe der Spieler nieder.

»Seht nur, was ihr angerichtet habt«, sagte eines der Mädchen. Mrs. Hendricks hörte es krachen und kam herbeigeeilt, die arme Seele. Allen tat es leid. Der Spaßvogel war in die Küche gegangen, um mit einer umgebundenen Schürze wieder aufzutauchen, Schaufel und Besen in der Hand. Überall war Glas verstreut.

»Hier ist eine Scherbe, Ursa«, sagte die arme Frau. »Hier ist noch eine Scherbe!« sagte sie immer wieder, ganz beschäftigt. »Ursa, hier ist eine Scherbe. Guck mal, Ursa, hier ist noch eine.« Aber Ursa hörte nicht zu. Sie hatte an der Tür eine Bewegung bemerkt, als Roland, der die Aufregung nutzte, aus der Haustür geschlüpft und heimgegangen war.

21

»Wer kann das sein?« sagte Gurlie.

Flossie sah hinaus und stand dabei ziemlich weit vom Fenster entfernt, um nicht gesehen zu werden. »Ich weiß nicht. Eine ältere Frau. Ganz in Schwarz. Es sieht so aus, als wollte sie uns besuchen.«

Gerade als die Frau die Stufen zum Haus hochstieg, kam Gurlie blinzelnd zum Fenster. »Oh, das ist Mrs. Moore. Ich hatte sie schon völlig aufgegeben. Was die wohl will? Und wir haben kein bißchen Tee im Haus. Eine von euch wird mir schnell welchen holen müssen.«

Da klingelte es bereits an der Tür. Eva, das Hausmädchen, kam aus der Küche, aber Mrs. Stecher winkte sie in die Küche zurück. »Ich gehe.« Flossie verschwand nach oben.

»Na also, meine Liebe, ich konnte sie nicht finden. Wo haben Sie sich denn versteckt?«

»Wenn das nicht meine alte Freundin Mrs. Moore ist. Kommen Sie nur herein. Schön, Sie zu sehen.« Und Gurlie legte der Frau den Arm um die Schultern und drückte sie liebevoll. »Was machen Sie hier?«

»Oh, ich dachte mir, ich muß einfach mal nach Norden fahren, um meine alten Freunde in Riverdale zu besuchen. Meine Güte! Da haben wir aber ein schmuckes Haus! Wie lange wohnen Sie schon hier?«

»Ungefähr ein Jahr. Legen Sie bitte ab. Sie müssen erschöpft sein. Wie geht es Ihrem Sohn?«

»Edward ist auf dem College, und ich bin ohne ihn so einsam. Ich kann Ihnen gar nicht sagen, wie. Oh, wie mir Ihr Haus gefällt.«

»Wollen Sie nicht den Mantel ablegen?«

»Ach, lassen Sie mich erst etwas verschnaufen. Vielen Dank. Ich bin in der ganzen verwünschten Stadt herumgelaufen. Ich bin so erschöpft.«

»Flossie!« rief die Mutter.

»Ja, Mutter. Ich ziehe mich an.«

»Gut, wenn du fertig bist, komm mal einen Augenblick her.«

»Ja.«

»Ich bin so gespannt darauf, sie zu sehen. Sie hat mir immer besonders gefallen. Die Mädchen heutzutage! Sie sind keinen Heller wert. Aber Ihre zwei Töchter haben noch Respekt vor der älteren Generation. Auf die Kinderstube kommt es an. So wenige Leute sind heute eigentlich dazu geeignet, Kinder zu haben. Es ist wunderbar, wenn man mal sitzen kann.«

Mrs. Moore, Mrs. Edward Moore aus Shady Springs, Maryland, sah Gurlie jetzt zum ersten Mal seit deren Rückkehr aus Europa wieder, und Mrs. Moore machte sich ja solche Gedanken, was ihren Freunden, den Emorys, zugestoßen war.

»Oh, ich freue mich *so*, Sie zu sehen. Bitte erzählen Sie mir *alles* über Ihre Reise. Wenn man nur die Möglichkeit dazu hätte! Das gehört zu den Nachteilen, wenn man so arm ist. Es ist schrecklich – schrecklich, meine Liebe. Sie haben es so gut. Von den Emorys habe ich seit Ihrer Rückkehr keine Silbe mehr gehört. Ich frage mich, was aus ihnen geworden ist?«

»Ja, das ...«, fing Gurlie an.

»Ich habe sie während Ihrer Abwesenheit mehrere Male besucht und in Ihrem Interesse ein Auge auf sie gehabt.« Sie lachte. »Sie waren so froh, in Ihrem Haus wohnen und sich um Ihren reizenden Mann kümmern zu dürfen. Um die Wahrheit zu sagen: Sie haben ihnen das Leben gerettet. Sie waren völlig pleite. Und Ihr Mann, *Ihr* Mann! Er war ein Engel. Ein richtiger Engel. Ich weiß nicht, was sie ohne ihn angefangen hätten. Haben sie alles ordentlich hinterlassen? Gründlich aufgeräumt und ...«

»Gründlich aufgeräumt«, sagte Gurlie.

»Denn ich war es ja, die sie empfohlen hat. Sei stammen von den feinsten Leuten, den allerbesten Leuten in Maryland ab.« Erneutes Lachen. »Jahrelang haben sie gleich neben uns gewohnt, oh, seit hundert oder mehr Jahren. Was sage ich da? Seit zweihundert Jahren. Am Smith Creek. Wenn Sie mich diesen Herbst besuchen kommen – Sie wissen doch, Sie haben's versprochen! –, werde ich Ihnen die ganze Gegend dort zeigen. Ein schöner Staat ist das, Maryland, besonders zur Herbstzeit. Eine aristokratische Gegend, mit sanften Hügeln und grünen Tälern. Ich möchte wirklich, daß Sie sich's ansehen. Sie müssen nämlich wissen, daß ich wieder verheiratet bin.«

»Sie?«

»Ja, ich bin wieder verheiratet. Was sollte ich denn machen? George hat mir nichts hinterlassen. Er hat so viel durchgemacht, bevor er starb, seine letzte Krankheit und all das. Ihr Gatte war so gut zu ihm. Er hat immer gesagt:

Dieser Stecher ist einer der wenigen geborenen Gentlemen in dieser Stadt. Wirklich, das hat er immer gesagt. Aber Sie haben mir noch gar nichts von Ihrer Reise erzählt. Ich fürchte, ich rede zuviel.« Erneutes Lachen. »Oh, da ist ja Ihr reizendes Töchterchen. Schatz! Wie groß sie geworden ist! Sie ist ja beinahe schon eine Frau. Schauen Sie doch, schauen Sie ihre Beine an. Komm mal her, Schatz. Du bist ja ein sehr hübsches Mädchen geworden. Wirklich.«

»Bloß ein mageres Ding, wie ihre Schwester.«

»Oh, so sollten Sie nicht über Ihre eigenen Kinder reden. Ich wünschte, ich hätte eine Tochter. So ist das mit den alten Familien. Sie sterben alle aus. Bald wird es keinen mehr von uns geben. Ach, ich möchte Ihnen den Süden zeigen, ehe es ihn nicht mehr gibt. Warum bringen Sie nicht Ihre Tochter mit, wenn Sie mich diesen Herbst besuchen? Sie wird sich prächtig amüsieren.«

»Sie hat dann Schule.«

»Oh, aber für eine Woche! Reitest du?«

»Nein«, sagte Flossie.

»Freunde von uns haben dort einen Stall. Es würde so nett sein zu dieser Jahreszeit, während deine Mutter und ich schwatzen oder das Grange-Treffen besuchen, um sie meinen Freunden vorzustellen, wenn die jungen Leute – ein paar nette Jungen gibt es da noch – Ausritte in die Gegend machten. Sie würden dir gefallen und du ihnen. Es würde ihnen Spaß machen, einen Yankee zu Gast zu haben.« Wieder das Lachen. »Sie sind so ritterlich. Aber du darfst nicht erwarten, daß sie dich heiraten.«

»Mutter«, sagte Flossie und unterbrach sie, »ich gehe in die Stadt. Soll ich noch was mitbringen?«

»Deine Mutter und ich ...«

»Nein. Und komm gleich wieder.«

»Oh, ist sie nicht süß. Ich schwatze und schwatze! Hatten Sie wirklich eine gute Reise?«

»Wen haben Sie geheiratet?« sagte Gurlie.

»Ach, einen alten Mann, einen alten Freund der Familie – William Garvan. Aber er braucht mich. Und um die Wahrheit zu gestehen, er hat mir sein Haus angeboten. Ein Witwer – wir waren ein Leben lang befreundet. Er lebt immer noch im alten Haus. Ein reizendes altes Anwesen, ein bißchen heruntergekommen, aber er hat genug Geld, und wir können zusammen sparsam leben – im Alter. Was soll eine Frau machen? Ich habe großes Glück. Sie werden uns doch besuchen kommen?

Natürlich hat man hier nicht das gleiche Verhältnis zu den Vorfahren, wie wir es haben, für uns bedeuten die Ahnen alles. Man hört viel über die *First Families of Virginia*, die FFVs, wie man sie nennt, aber Maryland! Nun, da gibt's die Carters und die – nun, ich will Sie nicht langweilen, nur noch wenige der echten Blaublütigen sind noch da. Die Moores gehören dazu.«

Gurlie wurde allmählich ungeduldig.

»Die jetzigen Einwanderer sind kaum vom gleichen Schlag. Wir waren alle Engländer und Schotten reinsten Blutes. Die aristokratische Tradition. Und wir sind unter uns geblieben. Wahrscheinlich ist das nicht gut. Die Skandinavier gehören natürlich zu unserer Rasse.«

»Sie sind bankrott, die meisten jedenfalls«, sagte Gurlie lachend, während sie sich im stillen daran erinnerte, wie eine Gruppe von ihnen eines Abends bei den Greers von ebenderselben Mrs. Moore und ihrem Geprahle mit ihren Vorfahren gelangweilt wurde, und ihrem Gerede über die »Einwanderer heutzutage«, den Pöbel aus Europa, den Dienstmädchentyp, als Charlie ihr ins Wort gefallen war.

»Hör mal, Margaret«, hatte er gesagt. (Sie war eine alte Freundin seiner Frau.) »An deiner Stelle würde ich nicht mit meinen Vorfahren angeben. Meine Leute sind genauso wie deine mit der *Mayflower* rübergekommen. Viele von ihnen hatten gutes Blut in den Adern, gutes englisches Blut. Aber es waren zumeist jüngere Söhne, die deren Familie los sein wollte. Deshalb haben sie sie hier rübergeschickt. Oder herübergeholte Diener. Oder Diebe oder Abenteurer, bestenfalls kleine Händler. Einfach ganz gewöhnliche Leute. Außer ihrem Namen hatten sie nichts, und sie kamen in der

Hoffnung, hier ihr Glück zu machen. So sah es mit deinen berühmten ersten Familien aus, landhungrig waren sie. Sie waren etwas schneller als ihre Nachbarn, mehr war da nicht.«

»Kommen Sie, ich will Ihnen das Haus zeigen«, sagte Gurlie. »Und dann trinken wir Tee.«

»Aber Sie versprechen, mich bestimmt zu besuchen?« sagte Mrs. Moore am Ende des Nachmittags. »Ich würde mich so darüber freuen.«

»Sehr gern«, sagte Gurlie.

»Wann?«

»Diesen Herbst. Im Oktober – wenn mein Mann mich fahren läßt. Ich habe schon immer mal den Süden besuchen wollen – wo die Aristokratie Amerikas wohnt, dort und außerdem natürlich in Neuengland.«

»Oh, Sie dürfen sich nicht zuviel versprechen. Wir sind arm. Sehr wenige von uns verfügen heute noch über schöne Häuser. Zwei Kusinen von mir, die reizendsten alten Damen, die man sich vorstellen kann, wissen Sie, was die vergangenen Sommer gemacht haben? Sie waren am Verhungern. Das ist wörtlich gemeint, sie hatten nicht genug zu essen.«

»Was haben sie dagegen unternommen?« sagte Gurlie.

»Es ist furchtbar. Sie haben einen kleinen Handel angefangen. Sie sind wunderbare Köchinnen – wie alle Südstaatler. Sie besaßen ein Familienrezept für Pralinen ...«

»Pralinen, was ist das?« sagte Gurlie.

»Oh, eine Art Konfekt, aus Pekannüssen gemacht. Sie haben sie pfundweise hergestellt. Es sind hochgewachsene, würdige alte Damen, aber sie mußten etwas tun. Sie konnten doch nicht um Almosen bitten. Also stellten sie zwei Apfelsinenkisten mit einem Brett darüber direkt am Straßenrand auf und wechselten sich beim Verkauf ihres Produktes ab. Unmittelbar am Straßenrand. Das war sehr tapfer von ihnen. Sie wissen doch, wie viele Automobile wir heutzutage dort unten haben? Sie haben ein gutes Geschäft damit gemacht, Pralinen an vorbeikommende Automobilisten zu verkaufen.«

»Das kann ich mir denken. Gratuliere.«

»Nun, nicht allen von uns geht es so schlecht. Sie werden also kommen? Ich werde Ihnen schreiben. Sie waren meinen Freunden gegenüber *so* großzügig, daß ich Ihnen gern zeigen möchte, wie wir leben.«

Und so kam Gurlie im Oktober, als die Persimonen allmählich reif wurden, im kleinen Marktflecken Shady Springs an. »Das sieht ja hier fast so aus wie in der Gegend von New Jersey, wenn man sich von den Hauptstraßen entfernt«, sagte sie. Die Bäume waren eben dabei, ihre Blätter abzuwerfen. Mrs. Moores Sohn Edward war mit ihrem alten Auto zum Bahnhof gekommen. Gurlie stieg ein, und sie fuhren über das wellige Land, an umzäunten Weiden vorüber, auf denen Fohlen und Stuten grasten.

»Es ist herrlich hier«, sagte Gurlie. »Ich gebe Ihnen recht, das ist ein sehr schönes Land. Es erinnert mich an Norwegen, wo ich meine Kindheit verbracht habe, auf einem der größten Bauernhöfe in Südnorwegen. Draußen auf dem Land kann man noch atmen. Wie ich das liebe.«

»Oh, das freut mich aber«, sagte ihre Gastgeberin, noch etwas unsicher.

Die Farm lag ungefähr anderthalb Meilen von der Stadt an einer Schotterstraße, das letzte Viertel des Weges ging über eine unbefestigte Straße mit hohen Böschungen links und rechts. Gurlie erblickte zwei oder drei Farmhäuser, die weiter hinten zwischen baufälligen Scheunen und anderen kleinen Gebäuden im Herbstlaub standen. Dann kamen sie an einen Bretterzaun, der wohl vor vielen Jahren weiß gestrichen worden war, und an ein aufgerissenes Tor, das auf eine geschwungene Zufahrt zwischen Gelbkiefern und Walnußbäumen, die ihre Blätter schon abgeworfen hatten, führte.

»Und da wären wir!« sagte ihre Gastgeberin.

Rasen gab es nicht, nur struppiges Gras um ein Haus herum, das zwischen den halbentlaubten Bäumen stand – ein mittelgroßes Haus, dem man einst einen L-förmigen

Flügel angefügt haben mußte. Es hatte einen neuen Farbanstrich bitter nötig. Eine breite Veranda, die sich ungefähr einen Fuß über den Boden erhob, vervollständigte das Bild.

Es sah, umgeben von den alten Bäumen, verwahrlost aus. Aber es wirkte einladend, und Gurlie gefiel es – sie konnte hinten den Scheunenhof sehen, es gab ein Brunnenhaus – und einen Garten, früher zweifellos ein Obstgarten, nun voll von abgestorbenem Holz.

Als sie hineingingen, roch das Haus wie alle alten Häuser: nach moderndem Holz und einem Holzfeuer. Das war also das Südliche, dachte Gurlie.

Als Mr. Garvan schwerfällig herbeikam, um den Neuankömmling zu begrüßen, erblickte Gurlie in ihm einen großen Mann in einem bequemen, schlottrigen Anzug, mit weißem Haar und von herablassender, reservierter Art. Er streckte Gurlie eine große, weiche Hand hin und sagte mit deutlichem Südstaatenakzent: »Ich freue mich, Sie willkommen heißen zu dürfen. Kommen Sie herein, und fühlen Sie sich wie zu Hause.«

Hier war alles alt, und als Gurlie an jenem Abend zu Bett ging, war auch das alt, ein großes Walnußholzbett mit einem hohen verzierten Kopfteil. Die Matratze hing in der Mitte durch. Gurlie warf zwei von den Kissen hinaus und versuchte zu schlafen. Das Zimmer war nicht geheizt.

Sie konnte nicht schlafen. Irgendwo in der Ferne auf der anderen Talseite hörte sie Hunde bellen. Wuff, wuff, wuff, wuff. Ein Hund führte die anderen an, laut und deutlich. Dann, nach einer kurzen Pause, folgte ein synkopischer Chor, ein vierstimmiger Kontrapunkt. Einmal glaubte sie eine Männerstimme zu hören, die den Hunden Befehle gab.

Gurlie stand auf, ging zum großen Fenster und schaute nach Westen in die Dunkelheit hinaus, über einen Hang und ein paar Baumwipfel – mindestens eine Meile weit, so schien es –, wo ein leichter Nebel über dem Boden lag. Das Hundegebell wurde jetzt gemächlicher, ein regelmäßiges Wuff, Wuff, Wuff des Leithundes, in das die anderen nur gelegentlich einfielen und – ja, sie erblickte ein schwaches

Licht, womöglich von einer Laterne, das hin und wieder zwischen den Bäumen auftauchte. Das Gebell hielt an – wurde aber schwächer, während sie dastand und in die Nacht hinaussah. Es gab einen Mond – es mußte einen geben –, der irgendwo schien. Sie konnte ihn nicht sehen. Die Weite schien unendlich und menschenleer. In ihrem dünnen Nachthemd wurde ihr kalt, da sie auch barfuß dort stand, deshalb ging sie wieder zu Bett. Während sie endlich in einen unruhigen Schlaf versank, konnte sie die Hunde immer noch bellen hören.

Am nächsten Morgen aßen sie fetten Schinken und Pfannkuchen. Eine junge barfüßige Schwarze bediente sie, die Tochter von einem der alten Diener, die früher zum Haus gehört hatten.

Das altertümliche Tafelsilber faszinierte Gurlie, dermaßen abgewetzte Teelöffel, daß sie fast messerscharf waren und die Wölbung des Stiels deutlich hervortrat. Sie nahm einen zur Hand und betrachtete ihn. »Sie haben schöne Sachen«, sagte sie zu ihrer Gastgeberin. Der alte Mann hatte schon früher gegessen und war ausgegangen.

»Ja, und sie sollten mal sehen, was da oben in den Schränken ist!«

»Ein Antiquitätenhändler gäbe Ihnen vermutlich ein Vermögen dafür – allein für das alte Gemälde.«

»Davon will er nichts wissen. Ich auch nicht.«

Nach dem Frühstück machten sie einen kleinen Spaziergang über das Grundstück, und Gurlie hatte Gelegenheit, die Persimonen, von denen man ihr erzählt hatte, zu kosten. »Was hatte der ganze Lärm, den ich letzte Nacht gehört habe, zu bedeuten?«

»Ich habe nichts gehört«, sagte ihre Gastgeberin.

»Hundegebell.« Sie hatte von geflohenen Sklaven, die sich im Sumpf verbargen, und von Bluthunden geträumt.

»Ach, es wird wohl jemand von den jungen Leuten hiergewesen sein, die mit ihren Hunden auf der Waschbärenjagd waren.«

»Waschbärenjagd?«

»Ja, hier gibt's viele Waschbären. Die Hunde jagen sie auf die Bäume, und die Männer fällen dann die Bäume, und die Hunde erlegen die Waschbären.« Kurz vorm Einschlafen hatte sich Gurlie tatsächlich eingebildet, Axtschläge zu vernehmen, die regelmäßig auf das Holz trafen.

»Heute wollen wir Sie ausruhen lassen, denn morgen auf dem Grange-Treffen werden Sie der Ehrengast sein. Hoffentlich haben Sie den Vortrag mitgebracht, den Sie verfaßt haben, ich habe gehört, daß er gut sein soll. Alles über Norwegen.«

»Welchen Vortrag? Ich habe keinen Vortrag mitgebracht.«

»Meine Liebe! Ich habe Ihnen doch gesagt, man will das hören ...«

»Aber Sie haben mir nichts gesagt. Das liegt fast ein Jahr zurück. Ich habe ihn gar nicht mehr.«

»Aber meine Beste, ich habe Sie doch gebeten.«

»Das macht nichts«, sagte Gurlie lachend. »Ich weiß noch alles, was drin stand. Ich werde zu ihnen sprechen.«

»Ein paar von meinen guten Freunden kommen heute nachmittag zum Tee, und Sie können dann sehen, was es für Menschen sind. Gut. Ich bin froh, daß Sie sprechen werden. Sie wären sonst alle so enttäuscht. Seit ich ihnen bei der letzten Zusammenkunft davon erzählt habe, warten sie gespannt darauf.«

»Meine Damen, liebe Grangers«, fing Mrs. Moore, das heißt Mrs. Garvan, an. »Ich freue mich, heute so viele von euch hier, an unserem alten Treffpunkt, zu sehen, denn ich habe etwas Besonderes für euch.«

»Ja, nackt, splitternackt«, beendete Mrs. Pinkney ihre Geschichte, die sie ihrer Kusine, Mrs. Mouton, im Hintergrund des Zimmers erzählte. »Dabei erst ein junges Mädchen. Raleigh, ja. Ihr Vater ist dort Chirurg. Ich weiß nicht, wie der junge Mann in das Haus gekommen ist. Ich glaube, sein Vater und der Doktor sind zusammen zur Schule gegangen ...«

»Und somit bitte ich ohne weitere Umstände Mrs. Joseph Stecher, meine beste Freundin aus Riverdale, im Gartenstaat New Jersey, uns etwas über jene berühmten Männer – die Wikinger – zu erzählen, deren stolze Tochter sie ist. Oh, und übrigens ...«

»... ein Nordstaatler, aus Massachusetts. Oh, ein junger Mann von ungefähr achtzehn Jahren. Ein recht netter Mensch aus guter Familie. Irgendwann in der Nacht ging sie schnurstracks in sein Zimmer, splitternackt, und stieg zu ihm ins Bett. Wohin ist es bloß mit uns gekommen?«

Gurlie war etwas durcheinander. Sie konnte gut reden, wenn sie erst einmal in Fahrt kam. Aber da all diese Südstaatleraugen sie musterten – sie konnte es geradezu spüren, wie sie sich das Maul über sie zerrissen, sie zerfledderten. Und plötzlich fing ihr Blut zu kochen an. Sie hatte keinerlei Grund zur Abneigung gegen diese Frauen, die irgendwie harmlos gewirkt hatten, so kurz sie sie auch erst kannte. Aber ihr Gerede von dieser Kusine und jener Kusine, ihre eigenartige Sprache, ihre anmaßende Art, die eigentlich gar nicht anmaßend war ...

»... eine ganze Woche war er dort.« – »Aber hat sie denn nicht ...?« – »Natürlich. Deshalb habe ich ja davon gehört. Sie hat ihn nicht einmal gebeten, sie zu heiraten. Sie mußte zu ihrem Vater gehen. Oh, es geht ihr jetzt wieder gut. Aber ist das nicht unerhört? Und er kam natürlich ungeschoren davon.«

Gurlie dachte bei sich: Jetzt habe ich meine Chance, und ich werde ihnen die Wahrheit sagen. Was bilden die sich ein? Als sie aufstand, hatte es einen kleinen höflichen Beifall gegeben – und dann machte sie den Mund auf, und heraus kam der fremde Akzent – darauf hatten sie nur gelauert.

Es ging eine hörbare Bewegung durch den Raum, als sie begann:

»Ich bin auf eine Rede nicht vorbereitet. Erst vor fünfundzwanzig Jahren bin ich in dieses wunderbare Land gekommen – nachdem mein Vater sein Geschäft verloren hatte. Ich wurde auf einem großen Gut südlich von Oslo geboren. Es gab da Dutzende Diener und Bauern. Wir waren wohlhabend. Unsere Familie war eine der ältesten in Norwegen. Ich kann meine Vorfahren fünfhundert Jahre bis zu den Wikingern zurückverfolgen, bis zur Zeit von Hamlet.« Da war es raus. Sie hatte die Katze aus dem Sack gelassen.

»... Raleigh, oder vielleicht war es Roanoke. Nein, er hat mir, hat meinem Sohn Sherwin den Namen des Arztes nicht genannt. Ob ich ihm glaube? Na, ich habe es von meinem Sohn persönlich. Er ist so ein lieber Junge. Er erzählt mir alles, seinem alten Mütterlein, genauso, wie er's als Kind gemacht hat – sein Zimmergenosse in Harvard. Ist das zu glauben? Harvard! In diesem Sommer, ja. Jedes Wort – wir sind einander so nahe. Es hatte ihn überrascht. Er wollte hören, was ich davon halte, deshalb hat er es mir erzählt.«

»Sie dürfen nicht glauben«, sagte Gurlie eben, »daß jene, weil sie nicht Englisch können, ungebildet sind – oder dumm. Sie stammen aus sehr guten Familien. Sie sind arm, das stimmt, genauso wie ich, als ich rüberkam, aber das hat nicht bedeutet, daß ich ein Dienstmädchen war. Ich mußte arbeiten. Ich mußte alles mögliche tun, was ich nicht gewöhnt war, um meinen Lebensunterhalt zu verdienen. Aber stolz war ich, das kann ich Ihnen versichern. Ich hatte eine gute Schulbildung, und ich konnte auch arbeiten. Und gearbeitet habe ich. Ich habe alles mögliche gemacht.

Ihre Ahnen waren auch Einwanderer, und viele davon waren arm. Sie mußten arbeiten. Genau wie heute waren auch unter ihnen Taugenichtse. Einige waren sogar Verbrecher, und einige der schlimmsten Sorte schienen das meiste Glück zu haben. Viele unserer Finanziers, die heute erfolgreiche Geschäftsleute sind, stammen aus den untersten Schichten.

Aber Leute dieser Sorte wollen, wenn sie aufsteigen, alle anderen unterkriegen. Ha ha! Leute dieser Sorte wollen ihre Töchter in die englische Aristokratie einheiraten lassen. Irgendeine irische Immigrantentochter, die viel Geld aus dem Rindfleischgeschäft hat, wird Lady Dingsda.

Sie werden es erleben! Meine Eva Anderson, die vor drei

Jahren zu mir kam, ist ein gutes, gesundes Mädchen. Jetzt kann sie Englisch sprechen. Sie hat einen Farmer in Minnesota geheiratet, sehr bald schon werden ihre Kinder die führenden Bürger sein, vielleicht Ärzte und Richter, und dann werden Sie es erleben. Sie haben Köpfchen.

Aber dafür steht Amerika. Deswegen kommen wir hierher, weil es hier Freiheit für alle gibt. Wir sollten uns das bewußtmachen. Wir können es uns nicht leisten, eingebildet zu sein. Weil wir alle die gleiche Herkunft und das gleiche Blut haben. Die Engländer und die Norweger sind blutsverwandt. Die Norweger sind eine reine Rasse. Als die ersten Siedler aus England hierherkamen, waren die Norweger schon ein berühmtes Volk – und schon lange, bevor dieses Land überhaupt entdeckt wurde. Wenn wir also heute hierherkommen, bringen wir diesem Land etwas, das Sie freudig begrüßen sollten. Wir müssen vor niemandem katzbuckeln.«

22

Flossie sah sich um, wählte einmal aus, und dabei blieb es. Sie erwartete nicht, daß ihr Wunsch in Erfüllung ging, das tat sie selten; ihre Schwester war die Primadonna, um die sich ein Dutzend junger forscher Kerle (und einige ältere) scharten, nicht sie. Der eine, den sie urplötzlich entdeckt hatte, war darunter. Er schenkte ihr keine Beachtung. Aber es blieb ihr Geheimnis, und sie bewahrte es. Ob das gut so war oder nicht, darüber machte sie sich keine Gedanken. Mittlerweile war sie bei einer etwas jüngeren Clique beliebt, und ihre Tage waren alles andere als langweilig.

Es gab da drei Engländer, noch in England geboren, die seit vielen Jahren in Riverdale wohnten und nun in mittleren Jahren waren. Sie interessierten sich alle für die Bühne. Durch Lottie, die Pianistin, kamen sie in den Stecherschen

Kreis. Da sie ein bißchen außerhalb der geduldeten Kreise der örtlichen Klubwelt standen und als Engländer vielleicht auch aus eigenem Antrieb Abstand hielten, waren sie bei ihren Mitbürgern moralisch verdächtig.

Der prominenteste unter ihnen war S. T. Holmes, ein ausgezeichneter Musiker, der zum Unglück erst vor ganz kurzem sein Liebstes, einen sechzehnjährigen Jungen, verloren hatte. Der hatte auf einem zweiwöchigen Zeltausflug mit gleichaltrigen Freunden eine Blinddarmentzündung bekommen, aber seine Bauchschmerzen verheimlicht, wurde zu spät operiert und starb. Der Junge war ein vielversprechender Pianist gewesen, in dem sich alle Jugendträume des alten Mannes zu entfalten schienen.

Er war niedergeschmettert. Alles, was ihm blieb, war die Musik, die Musik selbst. Er war Agnostiker, weshalb er alle kirchlichen Bindungen gelöst hatte, und viele dachten, der Verlust des Kindes sei nur das, was er verdient habe. Der Geistliche der Episkopalkirche weigerte sich, den Leichnam des Knaben mit den üblichen kirchlichen Riten zu bestatten. Holmes nahm das bitter übel. Es wurde irgendein Kompromiß ausgehandelt, aber der Mann wurde in seiner schlechten Meinung über religiöse Praktiken im allgemeinen nur bestätigt. Von dieser Zeit an sagte er sich von allen Konventionen los (so empfand es die Gemeinde) und stürzte sich statt dessen in die Arbeit mit einer Gruppe jüngerer Leute aus Riverdale, die in einem ersten Versuch Gilbert und Sullivans Opern auf die Bühne bringen wollten. Lottie schloß sich der Gruppe als eine von mehreren Pianistinnen an. Ein Orchester war nicht aufzutreiben.

Der zweite der drei Engländer hieß Bishop – überhaupt nicht musikalisch –, ebenfalls ein ziemlicher Außenseiter in der Stadt, sowohl wegen seiner häufigen Abwesenheit, da er lange Geschäftsreisen nach Europa und Südamerika unternahm, als auch deshalb, weil seine Frau, eine Ausländerin, keine engen Freunde finden wollte oder konnte; statt dessen nährte sie eine geheime, verzehrende Sehnsucht nach Paris! Paris! Dort hatte sie als Mädchen einen Teil ihrer Ausbildung erhalten. Sie hatte nichts gegen die Stadt hier, aber sie fühlte sich in ihr nicht wohl und war demzufolge praktisch unbekannt. Bishop hatte zwei Söhne, beide gehörten zu Lotties Bewunderern.

Der dritte Engländer war ein hervorragender, wenn auch wenig präsenter Schauspieler. Seit langem war er bei jedermann beliebt gewesen, da er schon bei den Wohltätigkeitsveranstaltungen des Royal Arcanum in kleinen Sketchen aufgetreten war. Jetzt hatte er zu guter Letzt als Sir Joseph Porter, K.C.B., in *H.M.S. Pinafore* eine Rolle, die ihm auf den Leib geschrieben war, und seine leise, aber wohlklingende Stimme und sein britischer Akzent machten ihn zum Publikumsliebling. Sein Aussehen und Gebaren entsprach der Rolle ideal. Ohne Percy Sykes wäre es kaum zur Aufführung gekommen.

Somit hatten sie einen Impresario in Holmes, einen fähigen Regisseur in Bishop und einen Schauspieler par excellence in Sykes. Um die drei scharten sich die jungen Leute der Stadt mit riesiger Begeisterung und brachten sich selbst, ihre Zeit und ihre nicht unbeträchtlichen Begabungen vorbehaltlos ein.

Während der monatelangen Proben tauchten Mitglieder der Gruppe, allein oder zu zweit, oft bei den Stechers auf.

Aber Lotties Bewunderer waren nicht auf diese beschränkt. Und während die Jahre verstrichen, hatte man *H.M.S. Pinafore* aufgeführt und beklatscht, dann war die vergrößerte und besser ausgebildete Truppe zu *Mikado* übergegangen und hatte sich dabei gut kennengelernt. Schließlich begann man mit den Proben zu den *Pirates of Penzance.*

Ihre Welt hatte sich inzwischen beträchtlich fortentwickelt. Holmes war nun der alternde Held. In dem kleinen Stadttheater hatte man angefangen, Filme zu zeigen; »Our Own«, wie die Truppe genannt wurde, war dem Untergang geweiht. Und Holmes, angefeuert von denen, die ihn kannten und bewunderten, begann nach Hollywood zu blicken.

Der Erste Weltkrieg war noch nicht einmal in die Köpfe der Leute von Riverdale gedrungen. Skandalgeschichten waren immer noch das beliebteste Gesprächsthema, und während der letzten drei Jahre der Operntruppe hatten sie genug Zeit gehabt, sich anzusammeln. Bishop und Sykes waren davon ausgenommen. Aber Holmes, bei seiner Schwäche für die menschliche Stimme und seiner emotionalen Abhängigkeit von seinen Sängern, verspürte seltsame Regungen. Die Nähe der jungen Darsteller zueinander, der daraus resultierende Abbau der Hemmungen, die späten Stunden, die von Weltstadtträumen geprägte Atmosphäre in diesem kleinen Vorort ließen sie an Liebe denken. Gerüchte gingen um.

Liebe und Musik! Und wenn Lottie nicht beides in ihrer Person vereinte – wie auch der alte Holmes mit seiner Schwärmerei, aus lauter Verzweiflung, da mit seinem geliebten Sohn deren Hauptziel verloren war –, wer wüßte sonst darüber Bescheid? Sie hatte genau das richtige Alter.

Alle liebten die dunkelhaarige Lottie. Und sie war freundlich zu allen, unermüdlich – nie wurde es ihr zuviel oder verlor sie die Fassung. Sie schien sich über ihre Umgebung zu erheben, nicht weil sie schön war – sie war zu groß und hielt sich etwas krumm, sie hatte keine üppigen Formen –, aber sie umgab ein träumerisches Geheimnis, das sie, während es einige einschüchterte, für andere auf einen Sockel hob.

Sie war nicht leichtfertig, ein Mann spürte das bei der ersten Annäherung; sie war nicht leicht zu erringen, eher etwas sperrig, jedenfalls konnte man sich bei ihr nichts herausnehmen. Sie wirkte erwachsener als andere Mädchen ihres Alters. Aber ihre Nähe ließ jeden Mann schneller atmen, weckte den Wunsch, nicht etwa sie zu berühren – das war unmöglich! –, sondern sich ganz an sie zu verlieren. Man wußte kaum, was man sich eigentlich wünschte. Und wenn man mit ihr zusammen war, spürte man, daß man derjenige war, der den Ansprüchen genügte, daß man vielleicht der Auserwählte war. Jetzt! Aber aus irgendeinem Grund hielt man sich zurück.

Sie machte, daß man sich minderwertig vorkam, wie der

letzte Dreck. Welcher von den Dutzend Männern, die um sie waren, würde sie bekommen? Sie war so freundlich zu allen. Ein Mann namens Russel, ein ehemaliger Football-Held, stark wie ein Ochse, ein geborener Sportler, aber ein ziemlicher Grobian, der eigentlich nicht zur Schar ihrer Bewunderer gehörte, traf sie einmal, als sie gerade zum Bahnhof unterwegs war, und fragte sie, ob sie nicht lieber mit ihm in die Stadt fahren wolle. Er hatte einen offenen Sportwagen, damals das Neueste vom Neuen.

Der alte Bohlenweg über die Wiesen war nicht für Automobile gedacht. Er war zusammengeflickt und schmal, und entlang der einen Seite liefen tiefe Wagenspuren. Russel dachte sich, daß er dem großen Mädchen mal Angst einjagen könne. Und das machte er auch. Er drehte auf und fuhr an einer Stelle siebzig Meilen pro Stunde, was in jener Zeit schon etwas bedeutete. Es war atemberaubend, zum Fürchten. Lottie umklammerte mit einer Hand ihren großen Hut und mit der anderen ihren Sitz und erwartete, jeden Moment im Graben zu landen. Sie starrte gebannt nach vorn, als sie ein Pferdefuhrwerk vor sich überholten, daß es aussah, als führe es rückwärts. Vor ihnen lag die schmale Brücke über den Fluß. Als sie hinaufbrausten, drosselte Russel allmählich die Geschwindigkeit auf ein vernünftigeres Maß.

Dann wandte er sich grinsend an Lottie und sagte: »Wie gefällt dir das?«

»Schneller kannst du nicht fahren?« erwiderte sie.

So demütigte sie die Männer. In ihrer Gegenwart waren ältere Männer willige Sklaven, sie schauten sie nur an und baten sie, Klavier zu spielen. Und sie war immer dazu bereit. Man wußte nie, was sie dachte.

Was war es nur? Einmal hatte sie mit einem der Bishop-Söhne eine Kanufahrt auf dem oberen Hackensack unternommen. Es herrschte eine starke Strömung, und sie mußten tüchtig paddeln, um es durch einen Mühlkanal unter der Brücke in Milford hindurch zu schaffen. Oben auf der kleinen Brücke stand ein junger Farbiger und schaute ihnen zu. Sie kamen gegen die starke Strömung nur langsam voran. Bequem auf das Geländer gestützt, stand er unmittelbar über ihnen, als sie allmählich hindurchkrochen, sein Gesicht wies einen Ausdruck interessierter Gleichgültigkeit auf, er wollte sehen, ob sie es schafften. Lottie blickte hinauf und zwinkerte ihm zu.

So ein Mädchen war sie. Was wollte sie eigentlich?

Am Klavier war sie die Königin. Vielleicht stammte ebendieses Gefühl der Enttäuschung, das sie bei ihren Galanen hervorrief, daher. Sie war damals wirklich eine so vollendete Pianistin, und es war etwas solch Geheimnisvolles um sie, wenn sie ihren Schumann, ihren Debussy, ihren Chopin spielte, daß sie vor Ehrfurcht vergingen. Sie getrauten sich einfach nicht.

Manchmal hatte Lottie, die wunderbare Lottie, abends ein paar Freunde in das neue Haus eingeladen (oben war ein Wohnzimmer, in dem Flossie saß und lauschte), da waren womöglich ein oder zwei Männer, ein Sänger aus der Operntruppe, und jemand bat sie zu spielen. Dann wurde es still im Zimmer.

»Ich spiele den ›Liebestraum‹.« Und dann fing sie an.

Die wechselnden Traumbilder, die bei solchen Gelegenheiten Geist wie Körper der jungen Männer, und vielleicht auch der Mädchen, bis zu den Zehenspitzen beherrschten, ließen sie am Ende ermattet zurück. Und nach einer Anstandspause sagte dann Henry Baker, der Bariton der Operntruppe, der an krankhafter Bescheidenheit litt: »Jetzt kann ich wohl nichts weiter tun, als hinausgehen und mich erschießen.«

»Warum?« sagte dann Lottie womöglich und wandte sich auf ihrem Klavierhocker um. »Sei nicht albern. Also, ich spiele etwas anderes, um dich aufzumuntern.« Und sie machte sich an eine Chopin-Polonaise, weil sie von Bach bis Grieg alles mit vollendeter Leichtigkeit spielen konnte, obschon nur wenige ihren Lieblingskomponisten Bach hören wollten.

Aber sie wußten, daß die Bachsche Musik ihre Musik war, die sie spielte, wenn sie allein war. Das stützte die Legende von ihrer Gedankentiefe, ihren Ruf, einen erlesenen Geschmack zu besitzen – und ließ sie unerreichbarer erscheinen denn je. Die anderen Mädchen bewunderten sie ebenfalls, besonders Leona mit der schönen Sopranstimme, die ihre beste Freundin war. Wenn sie dabei war, kam das gewöhnliche Geschnatter einer alltäglichen Unterhaltung nicht auf.

Aber es ist immer ein Spaßvogel bereit, in die Bresche zu springen, wo sich der ernsthafte Mann zurückhält – aber Lottie wußte auch so einen zu nehmen. Er kam nie zum Zug. Manchmal kam er ganz allein und machte den kläglichen Versuch, mit seinem knödelnden Tenor zu ihrer Begleitung zu singen. Sie spielte die ergebene Märtyrerin.

»Ich möchte diese Lieder durchsingen, Lottie. Kennst du sie schon? Sie sind schön. Die ›Indian Love Lyrics‹.«

Mein Gott, sagte sie dann bei sich. Ob ich die kenne! Tatsächlich hatte seit einem Jahr oder mehr jeder junge Mann mit oder ohne Stimme, der bei ihr vorgelassen wurde, sie irgendwann einmal gebeten, ihn zu begleiten, wenn er jene primitiv-leidenschaftlichen Worte blökte. Dann spielte sie fast im Schlaf die Begleitung herunter, zu der er sang: *»Pale hands I loved . . .«*

Da gab es einen hartnäckigen Violinisten, etwas älter als die Jungen aus der Nachbarschaft und mit stark skandinavischem Akzent, der verrückt darauf war, Lottie zu heiraten, und mit seinem Antrag ohne Umschweife herausrückte und immer wieder zur Sache kam. Er redete sogar auf Gurlie ein und in geringerem Maße auch auf Joe, daß sie mit ihm gemeinsam das Mädchen überreden sollten, ihn zu heiraten.

»Ich liebe sie«, sagte er, »und ich schaffe ihr ein gutes Heim. Es macht so viel Sinn. Ich mit meiner Violine und sie mit ihrem Klavier. Wir können so glückliche und lohnende Tage miteinander verbringen. Wir können einen gemeinsamen musikalischen Freundeskreis haben. Es wäre eine ideale Ehe.«

»Er will eine Begleiterin, das ist alles«, sagte dann Lottie.

»Soll er doch eine anstellen. Nein, ich kenne diese Sorte. Eine Ehefrau wäre billiger.« Trotz ihrer europäischen Abstammung wollte Lottie das nicht. Sie war Amerikanerin; sie vermochte die Absichten eines solchen Mannes zu durchschauen.

»Was wissen diese jungen Männer, die dir ihre sentimentalen Lieder vorsingen wollen, über wahre Musik? Was wissen die schon? Was wissen denn die Amerikaner?« fragte der Violinist stets.

»Sie wissen mehr, als du denkst«, verteidigte diese dann Lottie. »Manche haben schöne Stimmen, zum Beispiel Henry Baker.«

»Er singt wie eine Kuh. Muh! Muh! Muh! Er hat kein Gefühl. Die Amerikaner wissen nicht, was das überhaupt bedeutet. Sie sind oberflächlich. Sie begreifen nicht im tieferen, philosophischen Sinne, was Musik für die Seele bedeutet. Sie haben Schopenhauer nicht gelesen. Sie haben nicht gelitten. Liebe ist für sie ...«

Aber Lottie lachte nur. Er versuchte, sie zu umarmen, sie zu küssen. »Laß mich in Ruhe«, sagte sie. »Du gemeiner Kerl.«

»Das ist das Ende!« Er war wütend. Er murmelte vor sich hin, daß sie es bereuen werde, und wünschte ihr auf sarkastische Weise unendliches Glück mit irgendeinem langweiligen Geschäftsmann als Ehemann. »Amerikanische Frauen! Wie hohl! Sie wollen nur das eine – sie wollen nur Geld. Sie machen ihre dummen Männer lächerlich, und was geben sie? Nichts. Ihr Geist ist wie Eiskrem ...« Darüber mußte er selbstzufrieden lachen. Er fing schon an, es so zu empfinden, daß er sich fast lächerlich gemacht hatte. »Amerikanische Frauen sind wie Eiskrem«, sagte er. Na bestens! Beinahe hätte es ihn ja erwischt! Nachdem er sorgfältig seine Violine verpackt hatte, zeigte er diesem jungen Mädchen ein lächelndes Gesicht und verbeugte sich korrekt, nahm ihre Hand und küßte sie. »Auf Wiedersehen.«

Lottie hatte keine Ahnung, was mit ihm los war. Er war höflich und lächelte. Der vollendete Gentleman.

»Miss Charlotte, ich bin für Sie eine *persona non grata*, ich muß das einsehen. Ich hoffe, daß ich mich nicht danebenbenommen habe. Wollen Sie mir verzeihen? Ich werde Sie nicht wieder belästigen.«

Lottie war verwundert, blieb aber fest.

»Wenn es gestattet ist, möchte ich nach oben gehen, um mich von Ihren Eltern zu verabschieden. Ich möchte ihnen für ihre Gastfreundschaft danken.«

»Ma!« rief Lottie am Fuß der Treppe. »Können wir hochkommen?«

Joe, der in Hemdsärmeln war, sah seine Frau an. »Bleib sitzen«, sagte sie. »Natürlich, kommt nur.«

Mr. Grueber kam also hoch, entschuldigte sich förmlich, klemmte seine Violine unter den Arm, verbeugte sich an der Tür nochmals und ging für immer. Lottie setzte sich in einen Schaukelstuhl und fächelte sich Luft zu. »Gott sei Dank, daß das vorbei ist.«

Da gab es aber auch noch die Brüder Bishop. Beide gingen aufs College und konnten Lottie während der Jahre, in denen sie in aller Munde war, nur in den Ferien oder während der langen Sommermonate besuchen. Ihr Klavierspiel bezauberte beide. Beide waren sie auf den Gesellschaften, die hin und wieder in den Weihnachtsferien im Haus der Stechers veranstaltet wurden. Dann war eine große Schar versammelt, und Flossie, die jüngere Schwester, half im Hintergrund beim Servieren der Erfrischungen – Lottie war stets zu sehr in Anspruch genommen –, oder sie blickte sich still und unbemerkt um und studierte Gesichter.

Manchmal rief einer der Brüder an und erschien dann allein. Vor allem Fred brachte dann seine Noten mit und sang. *»Gott!«** sagte Herr Stecher zur Welt im allgemeinen. »Da geht es schon wieder los.«

Lesser than the dust!

Fred hatte keine besondere Stimme, aber die Worte der »Indian Love Lyrics« sprachen für ihn – wie für die anderen – das vollendet aus, was ihn zu sagen verlangte – er dünkte sich wirklich geringer als der Staub vor den Wagenrädern dieser rätselhaften und talentierten jungen Frau. Er nahm damals an einem landesweiten Wettbewerb teil, der sein Schicksal entscheiden sollte – an einem Architektenwettbewerb. Er war ein talentierter Student der Bauakademie. Mit ernsthaften Augen blickte er Lottie an.

Sein Bruder Charlie, der nur im Chor mitsang, war Assistenzarzt ohne Honorar an einem New Yorker Krankenhaus; keiner der jungen Bishops besaß einen Cent, ein Haupthindernis für jeden Gedanken an Heirat. Aber Charlie hatte Lottie seit einem Jahr genau beobachtet. Er musterte ihre Stirn, die breit war, wie die ihres Vaters; er betrachtete ihr üppiges schwarzes Haar, die wohlgestaltete Nase, die flache Brust – bei einem Schönheitswettbewerb würde sie bestimmt keinen Preis gewinnen –, die langen, dünnen Schenkel, wenn sie am Klavier saß, wo er sie unbemerkt betrachten konnte; die mageren Beine; ihre großen, geheimnisvollen Augen. Sie war bestimmt keine Schönheit, aber er mußte zugeben, daß sie ihn, gelinde gesagt, verwirrte.

Er unterhielt sich mit ihr. Sie hatte nichts von ihrer Mutter, von jener wilden Entschlossenheit, den gesellschaftlichen Ameisenhügel zu erklimmen, von jener Stupsnase, den klaren blauen Augen. Lottie hatte braune Augen. Woher hatte sie die? Joes Augen waren noch blauer als die seiner Frau. Ein Atavismus. Hatte sie die braunen Augen von Joes Brüdern? Vielleicht vom Violinisten, der in Europa geblieben war, Lehrer am Prager Konservatorium. Sie war die Tochter ihres Vaters, wenn man so wollte, obwohl sie groß war und ihr Vater klein. Aber sie war ihm oder seiner Familie zu ähnlich, als daß es gut für sie gewesen wäre. Der Vater sah sie an und schien ihre Gedanken zu lesen. Und sie wollte nicht, daß man ihre Gedanken las. Sie wich den Blicken des Vaters aus. Ihre Gedanken gingen ihn nichts an und keinen anderen Mann.

Sie unterhielten sich, Lottie und Charles. Nach und nach lernte er sie kennen und sie ihn. Er prüfte sie gründlich. Zunächst einmal war sie schrecklich abergläubisch, sie glaubte sonst an gar nichts. Bei einem Gewitter flüchtete sie sich beim ersten Donnerschlag in eine Kammer und blieb dort, bis die Gefahr vorüber war. Bishop hatte als Kind selbst furchtbare Angst vor Donner und Blitz gehabt und verübelte ihr das nicht – sondern lächelte darüber. »Du bist jetzt ein großes Mädchen«, sagte er ihr, als sie ihm ihre Angst gestand. »Mal angenommen, du würdest vom Blitz erschlagen? Was wäre dann?«

»Nein, nein, nein, nein!« rief sie und barg das Gesicht in den Händen.

»Du glaubst nicht an ein Leben nach dem Tode, sagst du.«

»Nein. Ich will jetzt leben. Ich will noch eine Menge erleben, was ich noch nicht kenne, ehe ich sterbe. Ich bin jung. Ich will noch nicht sterben.«

»Eine absolute Hedonistin, was?«

»Ich weiß nicht, was das ist, aber wenn das etwas mit Lebensfreude zu tun hat – ich möchte eine große Künstlerin werden. Ich will bewundert werden, ich wünsche mir Erfolg – ich bin noch nie verliebt gewesen. Das ist doch was, oder? Alle sagen das. Ich möchte ...«

Ein greller Blitz, gefolgt von einem krachenden Donnerschlag.

»Au!« kreischte Lottie und duckte sich mit einem Kissen überm Kopf in die Sofaecke. Nach einer Weile sah sie vorsichtig hervor und war ziemlich beschämt. »Wo hat das eingeschlagen?«

»Das war ziemlich nahe«, sagte er lachend. »Ich wette, du hast geglaubt, diesmal holt dich der Teufel.«

»Glaubst du, es kommt noch einer?«

»Nein. Es ist jetzt vorüber. Du bleibst am Leben.« Bei solchen Gelegenheiten glich sie einem Kind, kaum einer Frau.

Nur einer von ihren zahlreichen männlichen Bewunderern hatte eine echte Stimme. Das war Henry Baker, der Bariton der Operntruppe, mit dem sie dessen Rollen einstudierte. Das verschaffte ihm einen Vorteil vor den anderen, aber er war ein trübsinniger Bursche, schrecklich gehemmt, mit den traurigen Augen eines Bluthundes, genauso sanft und mit einer genauso tiefen Stimme. Er konnte sich nicht ausdrücken und war verschlossen, er wagte es nie, sich als erfolgreichen Liebhaber vorzustellen.

Henry betrachtete sich, wie auch alle anderen, mit dem gleichen scheelen Blick und konnte über sich lachen. Er war einsam, ein tüchtiger Angler, aber er konnte singen. Da Lottie ein ganzes Stückchen größer war als er und immer hellwach, hatte sie ihn schon abgewiesen, ehe er noch in seiner langsamen Art dazu kam, ernsthaft von etwas zu reden. Sie ließ das Zimmer immer hell erleuchtet und wußte immer noch ein weiteres Gesangstück vorzuschlagen, wenn er sich einmal vom Singen ausruhen wollte. Wie alle anderen sang er die »Indian Love Lyrics« – wie ein verhinderter Bulle.

»Da fangen sie schon wieder an«, verkündete Joe dann immer, wenn er oben seine Abendzeitung las.

»Pale hands I loved
Beside the Shalimar...«

Krieger war noch so ein großer Kerl aus der Stadt, ein erfolgreicher Geschäftsmann, der überall gern gesehen war, eine schöne Tenorstimme besaß und immer eine Menge Späße auf Lager hatte. Bei Joe und Gurlie war er recht beliebt und hatte die Familie vergangenen Sommer besucht, als sie in einem kleinen Häuschen in der Orange County, New York, geweilt hatten. Aber Lottie konnte ihn nicht leiden. Er war zu ungehobelt. Im Sturm war sie nicht zu nehmen.

Und dann war unter all den anderen endlich der, den sie zu bevorzugen schien. Lottie glaubte das auch, zumindest schien es ihr so. Wenn er zu Besuch kam, herrschte eine andere Atmosphäre im Haus als bei jedem anderen – eine Traurigkeit, eine sanfte Stimmung, wie bei einem Lauschenden.

Elmer Fawcett stammte aus einer der gebildetsten und geachtetsten Familien in Riverdale, die auch eine der ältesten war. Sein Vater wie auch seine Mutter hatten jene vornehme altmodische Art, die sie mit einem aristokratischen Flair umgab. Und Elmer liebte die Musik. Er ging bei den Stechers ein und aus, aber er wirkte immer traurig. Denn in Wahrheit war er herzkrank und mußte sich schonen, besonders beim Treppensteigen. Er tat Lottie leid, ihre traurigen Augen verrieten ihr tiefes Mitleid mit einem Menschen, an den der Tod freundlich herangetreten war und ihm gesagt hatte: Vielleicht muß ich eines Tages zu dir kommen. Genieße, was du kannst, mein lieber Junge. Aber erwarte nicht zuviel.

Der junge Mann kannte sein mögliches Schicksal. Er hatte noch nie geliebt. Jung sein, leben und wissen, daß man verurteilt ist. Ein hartes Los.

Manchmal las ihr Charlie Bishop seine Gedichte vor, verbittert, zornig, mit barscher Stimme.

»Warum schreibst du so?« fragte sie ihn verwundert. »Dein erstes Büchlein war schön.«

»Es war miserabel«, sagte er hart. »Dumm von mir, es überhaupt drucken zu lassen.«

»Das stimmt aber nicht«, sagte Lottie. »Mir hat es sehr gefallen.«

»Das beweist nur deine Unwissenheit.«

»Und du hast mir einen so hübschen Spruch hineingeschrieben.« Er knirschte mit den Zähnen. »Aber diese Sachen jetzt, du machst dich ja über dich selbst lustig. Ich glaube nicht, daß ein Gedicht, damit es ein Gedicht ist, häßliche Wörter benutzen muß, schmutzige Wörter, gemeine ... Ein Gedicht sollte schön sein. Und du kannst schön schreiben. Aber du willst anscheinend alles verderben. Warum nur?«

Dann lachte er bitter vor sich hin und wechselte das Thema. »Ich verstehe dich nicht«, sagte sie.

Eines Abends war Elmer sehr niedergeschlagen. Er hatte den Arzt aufgesucht, der offen zu ihm gewesen war und ihm gesagt hatte, er müsse sein Studium aufgeben und eigentlich auch jeden Gedanken an ein tätiges Leben. »Ihr Zustand ist ernst.«

»Wie lange habe ich noch zu leben?« hatte der junge Mann gefragt.

»Das kann niemand sagen.«

»Ein Jahr?«

»Oh, so schlimm ist es nicht.«

»Sie wollen sagen, es ist so schlimm. Nicht wahr?«

»Alles mögliche kann geschehen. Aber es ist besser, wenn Sie für einen Monat oder so verreisen. Dann werden wir weitersehen.«

»Ach, du darfst ihm nicht glauben«, sagte Lottie, nachdem er davon erzählt hatte. »Wenn du's nicht übertreibst, kannst du lange leben. Wetten? Willst du nicht etwas singen?«

»Nicht heute abend.« Dann entstand eine lange Pause, in der er mit dem Kopf in den Händen dasaß. Lottie beobachtete ihn. Er blickte hoch, ihr geradewegs in die Augen, wortlos – aber sie fühlte die Tränen aufsteigen, während auch sie im gedämpften Licht dort am Piano mit im Schoß gefalteten Händen dasaß. Ein Schauder kroch ihr den Rücken hoch, ihre Schenkel verkrampften sich, als sie die Ernsthaftigkeit dieses Augenblicks erkannte.

Sie sahen einander eine ganze Weile an; dann fing er, nachdem er sich geräuspert hatte, zu sprechen an. Sein Beben verriet ihr, wie ihm das Herz schlug. Sie fand, daß seine Lippen blau aussahen. »Es ist wunderbar, Charlotte, daß ich dir begegnet bin. Du weißt natürlich, daß ich dich liebe. Ich war noch nie verliebt. Es ist ein wunderbares Erlebnis. Es ist schwer für mich, dich zu verlassen.«

Jetzt weinte sie wirklich – vor Glück, vor Kummer –, sie machte keinen Versuch, das zu ergründen. Sein ganzes gefühlvolles Wesen war bewegt, und wenn sie, im Hinterkopf, ein seltsames Gefühl der Erleichterung hatte, hätte sie keinen Grund dafür nennen können. »Warum sprichst du so?« sagte sie.

»Liebling – darf ich dich so nennen?«

Sie nickte stumm mit dem Kopf, rührte sich aber nicht.

»Wunderbar, dich so zu nennen! Mein Liebling ... mein Schatz.« Jetzt schluchzte sie hemmungslos. »Welch unerhörtes Glück ... Hör zu, Charlotte«, er fing sich und fuhr in nüchternem Ton fort. »Ich werde nicht um deine Hand anhalten, du könntest ja sagen. Und das will ich nicht. Ich liebe dich mit jedem Quentchen Kraft, das ich in mir habe. Aber ich bin ein kranker Mann, meine Liebste. Ich werde nicht mehr lange leben, und ich werde nicht von dir verlangen, meine Pflegerin zu sein. Ich weiß, was Glück ist. Jetzt gehe ich heim.«

»Ach nein.«

»O doch. Und ich werde zu Bett gehen. Der alte Doktor wollte, daß ich mich heute gleich ins Bett lege, aber ich mußte erst hierherkommen. Jetzt kann er seinen Willen haben, und wenn – wenn sechs Wochen um sind ...« Er hustete und richtete sich auf. »Nein. Ich bin verrückt. Ich bin ein kranker Mann«, sagte er heftig, »ein hoffnungslos kranker Mann. Auf Wiedersehen, Charlotte. Es ist wunderbar, daß ich dir begegnet bin. Grüße deine Eltern. Ich gehe heim, um zu sterben.«

»Oh, laß das, Lieber, sing noch ein Lied. Ich glaube nicht, daß es so schlimm ist, wie du sagst.«

»Na gut.«

»Pale hands I loved ...«

»Mein Gott«, sagte Joe oben. »Jetzt geht das schon wieder los.«

Er reiste zu den Bermudainseln und kam nach Ablauf eines Monats wunderbar erholt zurück, so gut erholt, daß er eines Abends ein Fest zur Feier seiner Genesung veranstaltete, und am Morgen darauf wurde er tot im Bett gefunden.

23

Das waren noch Zeiten! Dank der ihr eigenen Tatkraft, durch ihren Willen zum Erfolg, ihre Beliebtheit und Joes anhaltenden geschäftlichen Erfolg war Gurlie ganz oben angelangt. Ihr Name war überall im Gespräch, wo man sich mit dem gesellschaftlichen Leben der Stadt auseinandersetzte. Jeder kannte sie, und sie kannte jeden. Hauptsächlich wegen Lotties Gaben war ihr Haus der musikalische Mittelpunkt der Stadt.

Einzig Joe, sicher ein gewiefter Politiker, wenn er denn sein Talent nutzen wollte, war ein Hemmschuh für sie. Wäre er bereit gewesen, ihr nachzugeben, hätte sie einen Senator aus ihm gemacht.

Nicht einer von denen ist so klug wie du, pflegte sie ihn abwechselnd zu schelten und ihm zu schmeicheln. Sie wollte, daß er in die Lokalpolitik einstiege. Aber er lehnte das ab, und zwar so vehement, daß sogar Gurlie ihn schließlich in Ruhe lassen mußte. Alle Politiker sind Halunken, das war seine feste und unerschütterliche Überzeugung.

Manchmal brachte eines der Mädchen das *Evening Journal* wegen der darin abgedruckten Geschichte mit, irgendeine sensationelle und unwahrscheinliche Liebesverwirrung, illustriert mit blassen Farbdrucken, auf denen ein halbnacktes weibliches Wesen auf dem Diwan zu sehen war, über das sich ein vernarrter Liebhaber mit leerem Blick beugte. Auf der Titelseite waren immer die handbreit großen Schlagzeilen in Schwarz und Rot, die den üblichen Hearst-Stil benutzten. Wenn Joe das zufällig zu sehen bekam, war der Teufel los.

»Habe ich euch nicht gesagt, daß mir das schmutzige Blatt nicht ins Haus kommt?« Und man wußte, was er mit »Blatt« sagen wollte. Wenn im Kamin ein Feuer brannte, riß er die Zeitung kurz und klein und warf sie hinein. Die jeweils Schuldige lief dann in ihr Zimmer und machte die Tür zu. Hearst und unredliche Politiker waren für ihn Synonyme. »Wenn wir hier im Land jemals ernsthafte Probleme haben, dann steckt diese Art Gossenjournalismus dahinter.« Die *World* war die einzige lesenswerte Zeitung.

Gurlie hatte ihn dazu gebracht, sich dem deutschen *Liederkranz** anzuschließen, wenn auch nicht als Sänger oder gar als tätiger Teilnehmer an irgendwelchen Vereinsveranstaltungen. Aber sie besuchten die jährlichen oder halbjährlichen Konzerte und nahmen manchmal Gäste auf. In einem Jahr hatten die Mädchen die Bishop-Brüder zu einem Neujahrsessen und -tanz eingeladen. Champagner war oberstes Gebot; anderes kam nicht auf den Tisch. Es ging stürmisch zu. Ein aufgeblasenes männliches Mitglied der Stechersippe, ein großer Kerl mit einer mehrfarbigen Schärpe über der Brust, der auf der anderen Tischseite saß, fiel unangenehm auf. Um Mitternacht, als Konfetti und Luftschlangen geworfen wurden und das Durcheinander den Höhepunkt erreichte, knetete einer der jungen Männer ein Stück Brot zu einer festen Teigkugel und traf damit den widerwärtigen Heini an der Backe. Er bekam einen Anfall und ortete einen der Jungen als Angreifer – aber als er um den Tisch herum kam, um sie sich vorzuknöpfen, starrten sie ihn einfach so lange an, bis er sich abwandte.

Gurlie wurde außerdem Vorstandsmitglied der Skandinavisch-Amerikanischen Gesellschaft. In jenen Tagen herrschte große Aufregung über den Wettlauf zur Entdeckung des Nord- und Südpols. Stecher mißtraute aus irgendeinem Grund der zur Schau getragenen Gewißheit Pearys und war ein Anhänger von Dr. Cook und dessen Behauptung, der erste am Nordpol gewesen zu sein, aber dann, nachdem sich die Behauptung, er habe den Mt. McKinley bestiegen, als unwahr erwiesen hatte, verlor Joe auch den Glauben an ihn. Roald Amundsen wiederum war in Sarpsborg mit Gurlies Bruder zur Schule gegangen, und als er am Südpol erfolgreich war, kannte ihr Jubel keine Grenzen. Auch die Fremstad, die ihr Debüt an der Metropolitan Opera gab, Olive Fremstad, die sie von der Kindheit her kannte, bestätigte sie in ihrer guten Meinung von sich selbst. Und als eines Abends der hochgewachsene und magere Amundsen zu einem Vortrag über seine Entdeckungen auf der Bühne der Carnegie Hall stolzierte, unter Schirmherrschaft der Skandinavisch-Amerikanischen Gesellschaft, fühlte sich Gurlie im Innersten endgültig bestätigt.

Amundsen mochte Peary nicht. Er stand auf der Bühne mit einem Zeigestock, wie ihn Lehrer benutzen, in der Hand. Eine Abordnung kam zu ihm herausgeschritten und überreichte ihm eine Goldmedaille, ähnlich der, die Peary von der National Geographic Society erhalten hatte, die wiederum er, Amundsen, auch nicht ausstehen konnte. Als der Vorsitzende seine Ansprache hielt, stand der große Mann ungeduldig, aber ergeben abwartend da. Unmittelbar danach, die Medaille in der Schachtel noch in der Hand und die erwartungsvollen Zuhörer vor sich, blickte er hoch und sagte: »Vielen Dank für dieses *sööne* Medaille.« Und er ging zum Rand der Bühne und legte die Medaille, in ihrer Schachtel, auf den Boden. Dann kehrte er zur Bühnenmitte zurück, nahm seinen Zeigestock wieder auf und rief mit mächtiger Stimme den hinten im Saal für die Schalter Verantwortlichen zu: »Allen die Lichte ausblasen!«

Die Zuhörer brüllten vor Lachen. Danach gab er einen Bericht, mit stereoskopischen Projektionen, von seinen Erlebnissen an Bord der *Fram* auf seinen wunderbaren Reisen.

Später gab die Skandinavisch-Amerikanische Gesellschaft für ihn mit großem Aufwand ein feierliches Essen. Aber mittendrin entschuldigte er sich und folgte, riesig, wie er war, einer hübschen jungen amerikanischen Dame, deren königliches Auftreten und deren Stolz darüber, den Helden des Tages zu entführen, offensichtlich waren. Er schritt aus dem Raum, und seine langen Beine zuckten vor halb unterdrückter Erregung und vor Tatendrang. Die Skandinavier waren erbost. Er schien sich aus ihrer Umklammerung zu befreien.

»Er ist zu fein für uns geworden.« Gurlie gefiel das nicht. »Irgendein amerikanisches Flittchen«, sagte sie. »Männer lassen sich von jedem hübschen Gesicht nasführen.« Alle lachten. »Er gehört auf ein Schiff.«

So amüsierte sich Gurlie über ihn und stärkte dadurch ihr Ansehen.

Die Fletchers vom vierzehntäglichen Leseklub wurden die engsten Freunde der Stechers. Es war eine Überkreuzkonstellation. Andrew Fletcher war für seine Familie das, was Gurlie für den Stecherschen Haushalt war. Auf dezente Weise war er der lustige, wenn auch berechnende Anstifter – wie Gurlie die treibende Kraft für ihre Familie war. Und seine Frau Elizabeth mit ihrem zuckenden Näschen, durch das sie immer, wenn sie nervös war, heftig schniefte, während sie sich gleichzeitig mit einem nervösen Hüsteln räusperte, diente wider Willen als Folie.

Man konnte Joe, wie er nun einmal war, abends nur gegen seinen Willen aus dem Hause schleppen. »Heute ist wieder unsere vierzehntägliche Zusammenkunft«, verkündete Gurlie alle zwei Wochen gegen sieben Uhr, wenn er sich gerade auf einen netten, ruhigen Abend zu Hause freute.

»Gottverdammt! Gottverdammt noch einmal! Warum läßt du mich nicht in Frieden?« Aber sie hatte dann schon seinen Abendanzug, sein gestärktes Hemd herausgelegt, und er mußte die Sachen anziehen. Er war stinksauer, wenn er sich mit den Manschettenknöpfen und der schwarzen Fliege abquälte, und er fluchte lästerlich. Die Mädchen hörten ihn und kicherten – aber er ging mit. Vielleicht war seine Parteinahme für Dr. Cook als den wahren Entdecker des Nordpols nur der unbewußte Protest, den er gegen die blasierte Geltungssucht seiner Umgebung anmeldete. Sein logischer Verstand lieferte alle möglichen Argumente, um die Behauptungen des Abenteurers zu stützen. Das war etwas, worüber er sprechen und womit er seine Klubgenossen, die er insgeheim verachtete, ärgern konnte.

»Diese Dummköpfe«, pflegte er sich über sie lustig zu machen. Aber wenn es nötig war, lieh er einem mittellosen Künstler, irgendeinem Mitglied des Klubs, Geld und unterhielt sich, wenn es sein mußte, durchaus verbindlich.

Gurlie und Andrew Fletcher, der mit seinem Kurzwaren-Geschäft, das ihn oft ins Ausland führte, sehr erfolgreich war, wurden zu den rührigen Anführern der jüngeren Klubmitglieder. Stecher, der keineswegs das Gegenbild von Liz war, und das aus ganz verschiedenen Gründen, folgte lediglich ihrem Beispiel. Der Erwerb von Eigentum und eine lebhafte Konkurrenz wurde zum Spiel unter Freunden, das sich in jenen Jahren, die auf den schicksalsträchtigen Ausbruch des Ersten Weltkrieges zutrieben, immer mehr steigerte und erhitzte.

Wenn Gurlie sich ihres alten Geschlechtes erinnerte, das jetzt darniederlag, fühlte sie sich auserkoren, es wieder aufzurichten. Ihr verrückter Traum war es, Besitztümer zu gewinnen, zu erwerben, eines Tages ein Gut zu besitzen, so dauerhaft wie das Heim ihrer Vorfahren. Sie würde es für die Familie gründen, für alle Zeiten, und es sollte Alverheim heißen! Das alles spukte noch nebelhaft in ihrem Kopf – Verstand konnte man es nicht nennen, den hatte sie gewissermaßen nicht, sie hatte nur einen blinden Trieb, den sie nicht erklären konnte, der sie aber beherrschte und ihre Geschwister verachten ließ, die sich mit einer untergeordneten gesellschaftlichen Stellung abfanden. Sie sagte sich von ihnen los, wie sie sich von ihrer Mutter losgesagt hatte, welche sie zu unterdrücken versucht hatte.

Aber Andrew Fletcher mochte sie, ihn konnte sie verstehen. Er verspürte denselben Drang wie sie – aber *sie* konnte er nicht bevormunden und sie ihn auch nicht. So entstand also jene Konkurrenz.

Die beiden Familien fingen an, sich zu Weihnachten und zu Geburtstagen bescheidene Geschenke zu machen. Bei der nächsten Gelegenheit pflegte jeder die Gabe des anderen mit etwas Kostspieligerem zu übertreffen. Keiner wollte sich vom anderen ausstechen lassen. Und wenn Liz ein neues Kleid hatte, mußte Gurlie bei der nächsten Klubzusammenkunft ein schöneres haben. Bis Gurlie bei einem solchen Anlaß mit einem prächtigen Diamantring erschien. Binnen eines Monats erschien Lizzie mit einem

Juwelengehänge, das ein Diamant von beachtlicher Größe zierte.

Es war nicht etwa so, daß Gurlie protzen wollte; das wäre zu einfach. Aber Diamanten waren neben dem Opal, ihrem Geburtsstein, die einzigen Juwelen, an denen ihr etwas lag. Und als jener Winter sich dem Ende neigte, kam Joe, der glücklich war, seiner Frau zu schenken, was sie begehrte, mit einem Diamantenkollier samt Anhänger an, der einen so schönen Stein hatte, daß er wie eine Sonne am Himmel auf ihrer breiten Brust leuchtete.

Was auch die nächste Errungenschaft von Liz sein mochte, vielleicht das große Haus, in das sie gezogen war, oder der neue Wagen – Joe wollte keinen haben –, Gurlie jedenfalls verblüffte ihre Klubgenossen, von denen einige, Überbleibsel des alten Literaturkreises, arm wie die Kirchenmäuse waren, bei nächster Gelegenheit mit einem Diadem, das sie im Haar trug und das mit Diamanten verschiedener Größe (zwanzig oder mehr) besetzt war, dem niemand in der Runde etwas entgegenzusetzen hatte.

Aber die beiden Familien blieben, obwohl der eine oder andere sich abwechselnd herausgefordert fühlte oder verstimmt war, trotz alledem befreundet, selbst als Gurlie, mit Joes Einverständnis, die Fletchers anläßlich der Heirat der älteren Tochter mit einer riesigen Standuhr beschenkte, zur völligen Überraschung und Bestürzung der Familie.

Die Zusammenkünfte des vierzehntäglichen Leseklubs wurden nun fröhlicher als je zuvor, und die Musik, die immer ein wesentlicher Programmteil gewesen war, wurde zunehmend anspruchsvoller. Violinisten und Sänger aus Totties Bekanntschaft bekam man oft zu hören, und Lottie selbst war der Liebling aller Mitglieder. Sie schätzten sich alle glücklich, und sogar die Arentsens, die während der Saison regelmäßig in die Oper gingen und gebildete Musikfreunde waren, mußten zugeben, daß es sich lohnte, der talentierten Charlotte zuzuhören, wenn sie in Höchstform war.

Aber Gurlie war – von allem anderen abgesehen – ein Teufel. Ihr überschäumendes Temperament verleitete sie zu allem möglichen Schabernack. An Halloween schnappte sie sich einmal ihre ältere Tochter. Die zwei verkleideten sich mit zerlumpten Sachen und ausgefallenen Hüten und setzten sich in die Sprechstunde eines der Klubmitglieder, einem gesetzten Arzt, den sie gut kannten. Gurlie hatte nie die anfänglichen Zeiten vergessen, wo sie gleich nach ihrer Ankunft in den Vereinigten Staaten für eine Weile bei Macy's im Souterrain gearbeitet hatte. Ihre Erlebnisse dort mit den damals allgegenwärtigen irischen Einwanderern waren ihr ins Gedächtnis gebrannt. Da sie ein gewisses Talent zum Nachäffen besaß, hatte sie deren Sprache im Nu gelernt und konnte, wenn sie wollte, so reden, als ob sie erst vor ein paar Wochen aus der Alten Welt gekommen wäre. Als der Doktor diesmal in sein Wartezimmer schaute, wurde er vollständig auf den Leim gelockt.

»Könnse sich nich mal meine Tochter hier anschaun? Sie is 'n bißchen schwach auf der Brust«, sagte Gurlie zu dem guten Mann.

»Na, dann bringen Sie sie mal herein.« Und so geschah es, und Gurlie quasselte wie ein Wasserfall, bis der Arzt sich über die Unterbrechungen aufregte. Als dann die beiden Frauen über ihn lachten, war er zunächst verärgert, doch dann rief er: »Mrs. Stecher! Und Charlotte!« Er traute seinen Augen kaum und mußte seine Frau rufen, damit sie es sich auch ansah. Sie lachten miteinander und konnten sich kaum fassen.

»Wir gehen jetzt zu den Fletchers«, sagte Gurlie zu ihnen. »Lassen Sie mich mal telefonieren. Ich will erst mal fragen, ob Mary zu Hause ist.« Mary war das irische Hausmädchen der Fletchers, eine schwergewichtige Frau, die schon lange in der Familie war. »Ich suche eine Frau, die Mary Foley heißt«, sagte Gurlie, als sie Andrew Fletcher am Apparat hatte. »Wohnt sie bei Ihnen?«

»Ja«, sagte Fletcher unsicher, »aber sie ist jetzt nicht da.«

»Ich bin die einzige Schwester ihrer Mutter, frisch von drüben, und ich komme sie jetzt besuchen.«

»Aber, ich sagte Ihnen ...«

Gurlie hatte schon aufgehängt und kicherte bereits beim Gedanken daran, wie Fletcher jetzt wahrscheinlich zumute war. Als sie dort mit der verkleideten Lottie im Schlepptau, der sie eingeschärft hatte, den Mund gar nicht erst aufzumachen, ankam, versuchte Fletcher, sie gleich an der Tür abzuwimmeln, aber sie blieb hartnäckig und gelangte schließlich hinein. Und da tischte sie ihnen eine Geschichte auf, wie sie alte Frau aus der Stadt gekommen sei, in der Hoffnung, ihre Nichte zu sehen – sie sei arm und ...

Fletcher spürte, daß er angepumpt werden sollte, und völlig außer acht lassend, daß es Halloween war, wurde er allmählich nervös. Lizzie blieb ängstlich im Hintergrund, irgendwie eingeschüchtert von der Unverschämtheit der Frau. »Warum wirft er sie nicht hinaus!« fragte sie sich immer wieder. »Offenbar doch eine Schwindlerin.«

»Haben Sie was dagegen, wenn ich mich setze und mich ein Weilchen ausruhe?« sagte Gurlie. »Vielleicht ist meine Nichte ja nur zur Messe gegangen und kommt bald wieder. Ich möchte mich nicht auf den langen Rückweg machen, ohne sie gesehen zu haben.«

Schließlich wurde Fletcher sie los, indem er sie zur Tür schob, bis sie draußen waren, um ihnen buchstäblich die Tür vor der Nase zuzuschlagen, aber nicht bevor Gurlie ihn ermahnt hatte: »Sagen Sie Mary, daß Mrs. O'Toole da war!«

Als nächstes statteten die beiden Frauen den Bishops, drei Häuser weiter, einen Besuch ab. Aber nachdem sie sich dort ein Weilchen unerkannt mit Bishop und seinem Sohn, dem Medizinstudenten, unterhalten hatte, konnte sie sich nicht verkneifen, sich ihnen zu offenbaren und zu erzählen, was bei den Fletchers vorgefallen war. Alle lachten sich halb tot über die Art, wie sie ihre Nachbarn vorgeführt hatte. Gurlie hatte also ihre Zeugen, und noch Wochen danach lachte man auf Kosten ihrer Rivalen.

»Ich habe noch nie größere Geizhälse erlebt«, neckte sie die Fletchers. »Ihr konntet ja sehen, daß ich eine alte, notleidende Frau war, und ihr habt uns nicht mal was zu trinken angeboten. Schämt euch! Wie findet ihr das?« sagte sie dann zu den Umstehenden. »Sie haben uns nicht mal einen Stuhl angeboten.«

Gurlie brachte tatsächlich den ganzen Klub durcheinander. Einmal verteilte sie auf einem musikalischen Abend, der feierlich und erfolgreich war, an jedes Mitglied ein Spielzeug, einen Lärmerzeuger irgendeiner Art, ob Flöte, Trommel, Trompete oder Schelle. Nachdem ihre stets köstlichen und reichlichen Erfrischungen serviert und verspeist worden waren, sagte sie am Ende des Abends: »Jetzt werden wir das klassische Zeug in seine Schranken verweisen. Nehmen Sie die Mitbringsel, die an Sie verteilt wurden, und setzen Sie auf mein Zeichen hin ein – meine Tochter wird Sie begleiten.«

Der Lärm war ohrenbetäubend. Die Millsens, die gesetztesten aller Klubmitglieder, die Abgötter von Mrs. Covell, die sich ihren Unterhalt als Gesellschafterin der Dame verdiente und für deren gehobene kulturelle Ansprüche verantwortlich war, brüllten vor Vergnügen – besonders Mrs. Mills. Früher hatte man sich so etwas im Klub nie getraut. Während einige die Stirn runzelten, hämmerte Lottie immerzu die Melodie – da da di da dah! – herunter, bis keiner mehr konnte.

24

Mit neun Jahren war der kleine Paul ein prächtiges Kind; sein Flunsch war großartig. Sein verfilzter blonder Lockenkopf, die langen, geraden und kräftigen Beine, die aufrechte Haltung und der trotzige Blick verlockten Gurlie oft, ihn in gutgebügelte Hemden und Anzüge zu stecken, die er genausowenig mochte wie sein Vater Abendanzüge. Er war auch ein guter Junge, und obwohl er in der Schule kein Hätschelkind war, schnitt er bei der Arbeit recht gut ab. Er war nicht laut, sondern bescheiden, und manchmal war er gern allein, ging gern in das Wäldchen, das hinten an das Stechersche Grundstück grenzte. So jung er war, kam er doch einmal mit einem sechzehn Pfund schweren Opossum an, das er dort in einer selbstgebastelten Falle gefangen und getötet hatte. Die Ortsgeschichte vermeldete nicht, daß in der Umgebung schon einmal ein solches Tier auch nur gesehen worden war.

Oft zog sich Gurlie mit ihm die Boxhandschuhe an, kniete vor ihm auf dem Teppich und ließ sich von ihm boxen, so kräftig er wollte. Sie schlug zurück und mißachtete dabei zu seiner Empörung alle Spielregeln, sie steckte ihn in den Schwitzkasten, aus dem er sich zu befreien suchte, bis sie ihn zu Boden zwang und ihn mit einem aufgeregten Schmatz besiegte. Er befreite sich und versetzte ihr einen letzten Hieb, vor dem sie ihr Gesicht mit den Armen schützte, dann zog er die Boxhandschuhe aus und weigerte sich weiterzumachen – bis zum nächsten Mal. Joe brachte das nie fertig. Zu sagen, er sei stolz auf den Jungen, wäre eine Untertreibung gewesen, aber er konnte es nicht zeigen.

Jeden Sommer gab es Tage, an denen das Haus verriegelt wurde und die Familie entweder ins Gebirge oder an die See fuhr. Zuerst, bevor Einar für immer dorthin zog, war die alte Farm in Vermont ihr bevorzugtes Ziel gewesen. Für die heranwachsenden Kinder war es dort ideal. Aber für Joe war es lästig, und mit den Jahren wollte auch Gurlie nichts mehr davon wissen. Ihr war es dort außerdem zu ärmlich; sie wollte sich nicht von ihrer Mutter bevormunden lassen, und sie hatte die altväterliche Atmosphäre und die einfache Lebensweise ihrer Schwestern satt. Sie hatte Träume, die von Joes wachsendem Erfolg in der Geschäftswelt genährt wurden und die es ihr nicht geraten sein ließen, in diesem hinterwäldlerischen Milieu hängenzubleiben.

Es hatte jedoch eine Zeit gegeben, als sie alle, der kleine Paul und alle anderen, gemeinsam einen Tagesausflug zum Haystack, dem nahe gelegenen Berg, gemacht hatten. Der alte Charlie trottete bis zum Fuß des Berges, wo ihn Einar abzäumte und ausspannte und ihn für eine lange Rast unter einem Baum festband. Dann ging es den Weg hinauf, Tante Olga klomm mit allen anderen mühsam den Waldpfad zur Quelle empor. Das war der Punkt, wo die Tante auf halbem Wege mit den Imbißkörben zurückgelassen wurde, während die übrige Gesellschaft nach einer Verschnaufpause bis zum Gipfel weiterwanderte.

Selbst jetzt sprachen sie noch oft davon: Der Tag war klar, der Blick schweifte nach allen Seiten ungehindert bis nach Monadnock, wo er sich in fernen Nebenschleiern verlor und an Berggipfel stieß. Die letzte Wegstrecke war steil, und die Felsen waren schroff gewesen, die Stufen über den Felsvorsprung hoch und schlüpfrig – und dann war man da!

Endlich oben! Die Felsen waren mit Granatbrocken übersät und besetzt mit niedrigen Blaubeerbüschen, deren Beeren klein und hart waren, mit windgebeugten Zwergkiefern, deren Zweige alle nach Süden und Osten zeigten und verkrüppelt und geknickt waren. Man spürte die saubere Luft in der Lunge und rang wohlig nach Atem.

»Morgen werde ich völlig erledigt sein!« sagte dann Gurlie. Und: *»Du, du!«** zu dem Kleinen. »Schau dich an! Du bist ein richtiger Bergsteiger. Schaut ihn an! Ist das nicht toll, daß er über all die Felsen gestiegen ist?« Alle bewunderten den kleinen Kerl.

Den jungen Damen schien es genausoviel Spaß zu machen wie allen anderen, obwohl ihre Schuhe für das rauhe Gelände ganz ungeeignet waren. Ein ums andere Mal erschraken sie, weil sie mit dem Fuß umgeknickt waren. »Wißt ihr noch«, sagte Hilda, als sie oben angekommen waren und sich auf der windabgewandten Seite – es war richtig kalt auf dem Gipfel – niederließen, um etwas auszuruhen, »wißt ihr noch, wie klein ihr wart, als wir zum ersten Mal hier heraufgekommen sind? Ganz kleine Mädchen.«

»Ja«, sagte Flossie, »das war in dem Jahr, als du für uns norwegische Trachten genäht hast.«

»Ich erinnere mich gut daran, ja. Das war für die ›Woche

der alten Heimat‹. Ich glaube, ich habe die Trachten noch zu Hause.«

»Ja, sie waren hübsch. Wir saßen im großen Wagen.«

»Im Kutschwagen, ja.«

»Und wir hatten Trachten an, wie norwegische Bauern. Und du hast vier Fähnchen, zwei norwegische und zwei amerikanische, an den vier Ecken der Kutsche befestigt. Dann sind wir in der Parade mitgefahren, und wir haben ganz vorn gesessen. War das nicht lustig?«

»Ja, das waren glückliche Tage, als wir alle zusammen waren.«

Und dann stöberten die jungen Leute im stachligen Gebüsch und fanden in einem geschützten Winkel ein paar Glockenblumen. »Oh, guck mal!« rief Lottie aus. »Wie zart sie sind. Wie die wohl heißen?«

Niemand wußte es.

Hängende Glöckchen mit farnartigen Blättern. Ein erschreckter, vielleicht auch scheuer Vogel mit einem roten Kopf sorgte dafür, daß ein vermoderter Baumstamm zwischen ihm und ihren Blicken blieb. Ein Specht; soviel wußten sie wenigstens, weil sie das Poch-poch-poch seines Schnabels gehört hatten.

Nur zögernd wandten sie dem Ort den Rücken und machten sich an den Abstieg, der ganz anders war als der Aufstieg und kein bißchen leichter, wieder hinunter zu Olga und der Quelle. Dort hatte die dicke Tante auf dem schönen grünen Gras alles ausgebreitet, und als sie herankamen, erhitzt und ausgehungert, scheuchte sie gerade eine zudringliche Wespe weg, die sich über das Essen hermachte.

Aber die Zeiten waren nun lange vorbei und interessierten Gurlie nicht mehr. »Ihr könnt ja hinfahren, wenn ihr wollt«, sagte sie ihren Töchtern. »Ich bleibe zu Hause.« Sie war froh, sie loszuwerden.

Sie probierte dann als nächstes die Küste aus. »Wir wollen ein Sommerhaus mieten!« schrien die Mädchen, als man besprach, was man im Sommer machen wollte. Sie dachten an die Freiheit, die See, das Licht und daran, wie sie in ihren Badeanzügen Freunde finden würden – wie sie Abenteuer erleben würden.

Eines Jahres hatten sie also ein Sommerhaus in einem Seebad gemietet, ein kahler und stürmischer Strand bei Westerly an der äußeren Küste von Rhode Island. Sie hatten sogar Joe zum Mitkommen bewegt, den an einem Aufenthalt im Freien einzig und allein ein Gebirgsbach mit Forellen darin interessierte. Seebarsche, die von einer Sturmflut in Richtung Land gespült und dort gestrandet waren, gaben dem finnischen Hausmädchen, das beim Anblick der Beute die Augen aufriß, Gelegenheit, ihr Geschick bei deren Auswahl und Haltbarmachung zu beweisen. Das war alles, was die Küste ihm bedeutete. Und eingelegte Muscheln. Ansonsten hielt er es ein paar Tage aus, sagte dann: »Sahara!« und fuhr nach Hause, wobei er eines von den Mädchen mitnahm, die ihm im Wochenwechsel das Haus besorgen mußten, während er wieder ins Büro ging.

Gurlie sah sich schon nach etwas anderem um, vielleicht einem näher gelegenen Ort, weil Joe schließlich schwierig und störrisch sein konnte. Sie beschloß, noch einmal an die See zu fahren, um den Mädchen einen Gefallen zu tun und weil sie selbst einen Rest von dem im Blut hatte, was alle Norweger haben – Berge, ja, so schön wie irgendwelche in der Schweiz oder im Harz, die Joe an seine Kindheit in Schlesien erinnerten, aber für einen Norweger gab es außerdem noch die Fjorde! Und das bedeutete: die See! Von den Lofoten bis hinunter nach Oslo – die See, die die Seele weit machte.

Trotz Joe würde sie ein weiteres Jahr nach Westerly fahren. Die Mädchen hatten dort ihre Freunde – hatten sie sich nicht den ganzen Winter lang die Schnappschüsse angesehen? Und selbst Inga, das Hausmädchen, wollte wieder dorthin. Joe konnte sich noch eine Saison mit seiner »Wüste Sahara« abfinden. Der kleine Paul wollte so gern im Sand spielen. Und selbst Joe freute sich die kurze Zeit, die er dort war, an den Früchten des Meeres, und die Mädchen konnten wie früher abwechselnd ein oder zwei Wochen lang für ihn zu Hause sorgen. So kam man überein.

Aber das war keine Lösung auf Dauer. Joe hatte Gerüchte von einer Gegend im Süden des Staates New York gehört, von der Sullivan County, wo es hervorragende Angelmöglichkeiten gab. »Du lieber Gott«, sagte Lottie, als sie das erste Mal davon hörte. »Willst du uns etwa dorthin verfrachten?« Aber am oberen Flußlauf des Delaware gab es ausgezeichnete Fischgründe, und sie wußten, daß sie eines Tages ... »Ach, sie könnten es ja wenigstens mal *probieren.*«

»Denkst du an eine *Pension?*«

»Warum nicht? Andere Leute verbringen da schöne Tage.«

»Aber Vater, ich möchte lieber ...«

»Das reicht völlig.«

»Dann fahren wir nirgendshin.«

Gurlie wußte also, daß früher oder später, da man Vermont jetzt fallengelassen hatte und Joe die Strände von New Jersey ablehnte – Gurlie wußte, daß irgendein Ort im Hinterland, ungefähr fünfzig Meilen von New York City entfernt, schließlich der Ort der Wahl sein würde. Ihr Ziel war immer noch eine Farm, obwohl sie keine Ahnung hatte, was das Betreiben einer Farm in diesem Land bedeutete. In Gedanken hielt sie sich an Norwegen, wie es vor fünfzig oder hundert Jahren gewesen war.

Vorläufig träumte sie nur davon. Aber eines Tages, da war sie sich ganz sicher, würde sie einen solchen Ort finden, mit einem Fluß und einem romantischen Wald. Dort würde sie Rinder halten – Rinder sind immer so malerisch, wenn sie an einem schönen Tag auf den Hängen weiden; außerdem war sie praktisch veranlagt. Wenn man keine Rinder hält, wo bekommt man dann den Dung für die Felder und den Garten her – und für die Obstbäume? Man brauchte Rinder, für den Anfang eine Herde von mindestens zwölf Stück. Die Milch konnte man verkaufen, das würde ihren Unterhalt finanzieren helfen, und das Futter konnte man gleich an Ort und Stelle anbauen.

Auch Schweine würde es geben und Hühner – wegen der frischen Eier. Bei dem Gedanken daran mußte Gurlie seufzen. Auch Joe lag es ein wenig im Blut. Er liebte die Jagd. Ein oder zwei Rebhühner, ein paar Fasanen – in den letzten Jahren hatten sie sich im Staat New York ziemlich vermehrt. Er mußte dann natürlich Verbotsschilder dort aufstellen. Und Kaninchen. Er wollte, daß Paul zu einem guten Schützen heranwuchs. Das erinnerte ihn an die eigene Kindheit, obwohl er wenig Gelegenheit zum Schießen gehabt hatte; sein Vater war Förster auf einem der großen Güter und ein guter Schütze gewesen. Aber die kleinen Jungen durften damals kein Gewehr anfassen, und als sie soweit waren, in die Fußstapfen des Vaters treten zu können, war der tot und dahin. Joes Mutter war auch tot. Nichts war übriggeblieben, und die anderen Söhne waren gezwungen gewesen, in die Armee zu gehen – der Französisch-Preußische Krieg stand unmittelbar bevor ... Aber Joe war als Drucker von einem Verlag beauftragt worden, in dieses Land hier zu kommen und die Leute in die Kunst der Farblithographie einzuweihen. Paul würde etwas Ähnliches nicht durchmachen müssen. Gurlie sah nun nach und nach den Weg in die Zukunft für die nächsten Jahre vor sich.

Wenn sie endlich den passenden Ort gefunden hatte, würde sie dort ein solides Steinhaus als Sitz ihres Geschlechtes in Amerika bauen. Für einen Jungen gibt es keinen besseren Ort, um aufzuwachsen, als eine Farm. Paul könnte sogar Farmer werden. Er sollte mit Tieren vertraut werden. Sie würden einen Hund halten, einen richtigen Hund, nicht so eine kleine Trulle wie jetzt. Was für ein kleines Miststück war sie doch, die kleine Skyeterrier-Hündin. Sie biß die Leute, die zu Besuch kamen. Grad gestern erst, als Charlie Bishop Lottie besuchen kam, hatte das kleine Biest ihn beim Hosenbein erwischt und ihm die Hosen zerrissen. Sie konnten sagen, was sie wollten, die Hündin ließ einfach nicht los. Natürlich hatte sie Junge, das war der Grund. Man kann eine Hündin nicht verdammen: Wenn sie Junge hat, verteidigt sie diese. Was für ein kleines Luder!

Die Mädchen kicherten und amüsierten sich oft über sie. Eines Tages fanden sie Gurlie lachend am Fenster. »Seht euch das kleine Mistvieh an! Was macht sie bloß?«

Aus irgendeinem Grund hatte das Tier seinen einzigen weiblichen Nachwuchs zum Luftschnappen auf die Terrasse vorm Haus geschafft, als ein Hund herbeikam, der an der Mutter interessiert war. Man hätte erwarten können, daß sie auf ihn losging! Überhaupt nicht. Sie nahm ihr weibliches Hundekind und rollte es mit der eigenen Nase auf den Rücken, damit der große Hund es von oben bis unten beschnuppern konnte.

»Wie findet ihr das?« brüllte Gurlie. »Habt ihr gesehen, was sie gemacht hat mit der eigenen kleinen Tochter? Hat sie an irgendeinen dahergelaufenen Hund gegeben, damit der ihr beibringt, wie man's macht.«

»Aber Mutter«, hatte Lottie entrüstet gesagt.

»Schnell, geh raus und bring sie beide rein. Es ist eine Schande.«

Aber auf der Farm würden sie große Hunde haben. Und ihre Mädchen, diese mageren Dinger – »Warum eßt ihr nicht? In Norwegen sind die Mädchen nicht so dürr und flachbrüstig wie ihr. Schaut euch doch an.« Flossies Beine waren ja wohlgeformt, aber die von Lottie waren wie Stöcke.

Gurlie dachte jahrelang an die Farm oder eher das Gut, das sie gründen würde. Joe lächelte und ließ sie träumen.

Es waren noch fünf Jahre bis zum Ersten Weltkrieg. »Our Own« hatte dieses Frühjahr die *Pirates of Penzance* auf die Bühne gebracht, worin Flossie mit den übrigen jungen Damen aufgetreten war, mit denjenigen unter ihnen, die sich mit der fragwürdigen Moral der Truppe abfinden konnten – Flossie war in einer eingeschobenen Nummer mit den anderen Chorsängerinnen in Spitzennachthemden aufgetreten.

Zu jener Zeit war es, daß Charlie Bishop, als er sie eine Tages vor sich her laufen sah, zum ersten Mal ihre geraden und wohlgerundeten Beine bemerkt hatte.

Liebe lag in der Luft. Der alte Holmes von der Operntruppe spürte es daran, wie die Altistin, Mrs. M., in einer ihrer Arien aus sich herausging. Man hatte Ursula Hendricks für die Rolle engagiert, und mit ihrer schönen Stimme hatte sie ein paarmal mit der Truppe geprobt. Aber entweder hatte sie die Rolle vergessen und mußte ganz von vorn anfangen, wann immer sie auftauchte, oder sie kam einfach nicht. Und schließlich ließ man sie zu ihrem Ärger fallen. Mrs. M., eigentlich gehörte sie zu den vornehmen Kreisen der Stadt, hatte ihren Platz eingenommen. Sie hatten mit ihr einen zaghaften Versuch unternommen – aber als sie einmal zu singen angefangen hatte, spitzte erst Mr. Holmes und dann die ganze Truppe die Ohren.

Mrs. M. hatte etwas Unergründliches, Geheimnisvolles. Ihr Mann, Kassierer bei einer der örtlichen Banken, dessen Name im Zusammenhang mit dem Verschwinden eines Bündels hoher Banknoten genannt wurde – er war natürlich unschuldig, aber der Verdacht wog schwer –, holte sie selten oder eigentlich nie von den abendlichen Proben ab. Es verlieh ihr einen Hauch von Unverantwortlichkeit. Einer brachte sie gewöhnlich hinterher nach Hause, manchmal war es Mr. Holmes oder sein Sohn – oder wer es auch sein mochte.

»Gute Nacht, mein Kind, Sie singen himmlisch.«

»Gute Nacht.«

»Ist Ihr Mann zu Hause?«

»Ja, er mußte heute zu einer Versammlung in der Bank. Er wird schon lange im Bett sein und schlafen.«

»Er ist ein netter Mensch.«

»Ja, er ist ein netter Mensch. Gute Nacht.« Und fort war sie.

Wie spricht sich so etwas herum? Das muß an den Sternen liegen. Es interessierte Lottie, aber sie war keine, die Fragen stellte. Als sie geduldig an ihrem Klavier saß, während Holmes eine gewisse Stelle, die der Chor zum zwanzigsten Male probierte, noch einmal durchnahm, musterte sie die Gesichter der Sänger in der Runde, die Sopranistin, den kleinen

Gannon – Tenor der Truppe – und Mrs. M., und versuchte ihre Gedanken zu erraten. Diese Proben, sie boten jedermann herrliche Möglichkeiten, sich in eine Atmosphäre von Musik gehüllt zu zweit davonzumachen. Wie wohlgetan es von einem Mann wie Mr. Holmes doch war, seine Zeit und Kraft für etwas zu opfern, was jedem so viel Vergnügen spendete.

Sie pflegte dort zu sitzen, um irgendwie zu erraten, was vor sich ging. Warum erlebe ich nie so etwas? dachte sie dann; sie, die bisher noch keinen Kuß mitten auf den Mund erlebt hatte. Noch nie! Sie machte sich Gedanken, wie es wohl sein mochte, einen Geliebten zu haben.

Es lag in der Luft. Von einem zum anderen ging es durch die gesamte Sängertruppe, diese verheirateten Frauen und Männer, denen der Austausch von musikalischen Sequenzen Auftrieb gab, bis sie sich zu fragen begannen, ob sie sich selbst nicht auch getrauen könnten, das Leben zu genießen, wie es so viele vor ihnen getan hatten. Lottie, die am Klavier schwitzte, das Herumsitzen satt hatte und die ermüdenden Wiederholungen der Proben anhörte – beneidete Mrs. M. und ihre Stimme. Ach, wenn man eine solche Stimme hätte! Die Arme, ich würde ihr nichts ankreiden, was sie tat; Lottie ertappte sich bei ihren Zugeständnissen. »Ich hoffe, sie tut's.«

»Tut was?«

Sie schrak hoch. Mr. Holmes hatte sie mehrmals angesprochen.

»Wie? Was haben Sie gesagt?«

»Verliebt, Lottie?« rief jemand.

»O nein«, neckte Mr. Holmes sie, »doch nicht Charlotte. Sie träumt nur. Sie war weit weg.« Und sie lächelte ihr rätselhaftes Lächeln. »Wenn *sie* entflammt«, sagte Mr. Holmes, der sich alles mögliche herausnahm, »gibt's eine Feuersbrunst.«

Liebe lag in der Luft. Fred Bishop beteiligte sich an einem Wettbewerb um einen Architekturpreis, den Prix de Rome selbst, und es sah so aus, als ob er ihn bekommen würde. Sein Vater, seine eigenwillige, doch begabte Mutter und sein Bruder, der junge Assistenzarzt und Dichter, drückten ihm alle die Daumen, daß er es schaffen möge. Es war Anfang des Frühjahrs, die Welt ging dem größten Triumph des Friedens und des Reichtums entgegen, den sie je erlebt hatte. Alles, was ein junger Mann brauchte, war ein guter Absprung ins Leben, vielleicht eine Heirat – und das Paradies, ein irdisches Paradies, das so nahe war, wie man es sich nur wünschen konnte, stünde ihm offen. Auch Fred glaubte es.

Er war zu dem Schluß gekommen, daß es, sollte er den Prix de Rome gewinnen, nur noch eines gäbe, was sein Glück vollmachen könnte, und das wäre, eine Frau wie Charlotte Stecher daran teilhaben zu lassen, wenn sie das wollte. Warum sie nicht einfach fragen?

Das einzige Hindernis: sein Bruder. Sie hatten über Lottie gesprochen, da sie ihr ganzes Leben lang so eng miteinander verbunden waren, und obwohl keiner dem anderen ein Wort über seine wahren Gefühle offenbart hatte, spürten beide, daß der andere, da er dieses Mädchen so offen bewunderte, ein Rivale war. Jeder hatte den anderen im Verdacht, tiefere Beweggründe zu haben, als er zeigte. Heilig und rein, wie ihre Gedanken sein sollten, weil es ihr Charakter von ihnen verlangte, und von den Flügeln des Gesanges emporgehoben, waren sie jedoch praktisch genug veranlagt, um nahe daran zu sein, bestimmte Schritte zu unternehmen.

Liebe lag in der Luft. Mr. Bishop hatte geäußert, und seine Frau hatte es unterstützt, daß er, sollte Fred den Prix de Rome gewinnen, den älteren Sohn mit dem jüngeren für ein Jahr nach Europa schicken wolle, damit er in Deutschland seine medizinische Ausbildung vollenden könne. Während die Wochen verstrichen, war die Spannung groß. Außerhalb der Familie wußten wenige darum, aber zu Hause hielten alle den Atem an. In der letzten Woche, als die Zeichnungen der Bewerber schließlich ausgestellt wurden und man auf die Entscheidung der Juroren wartete, konnte kaum jemand im Haus ruhig schlafen.

Dann schlug die Nachricht ein wie ein Blitz. Fred hatte gewonnen! Er hatte gewonnen! Er hatte die höchste Ehrung, die einem Architekturstudenten in den Vereinigten Staaten zuteil werden konnte, erhalten. Durch die langen Jahre eigenen Strebens hatte er die Bemühungen der Familie gekrönt, die ihren Anfang fanden, als seine Eltern jeden Pfennig, den sie übrig hatten, sparten und ihn auf die Schule schickten. Und weil man das von einem Mann erwartete, hatte er sich Mühe gegeben und gearbeitet. Nicht, daß es ihm an Talent gefehlt hätte – aber er hatte sich auch gewissenhaft und ausdauernd seiner Arbeit gewidmet und gewonnen. Er hatte den Preis gewonnen! Er würde nach Rom gehen, nach Rom, man stelle sich das vor! Er würde in Rom studieren, und sein Bruder würde ebenfalls nach Europa gehen!

Die Mutter küßte ihn und versprach, ihn wenigstens einmal während dieser drei langen Jahre zu besuchen; sie würden die Fahrt hinüber machen, sie und der Vater. Der Vater umarmte ihn und gratulierte ihm. Küßte ihn sogar auf die Wange. Und Charlie, sein Bruder, war schier aus dem Häuschen vor Freude. Man hätte denken können, er selbst hätte den Preis gewonnen, so stolz und glücklich war er.

Am nächsten Morgen, einem schönen Junimorgen, als sich die beiden jungen Männer im Garten unterhielten, wandte sich Fred an seinen Bruder und fragte: »Wirst du zu Charlotte gehen?« Sein Bruder blickte ihn schwermütig an, da er genau wußte, was kommen würde. »Sag ihr, daß wir sie beide gern heiraten möchten. Sie soll zwischen uns wählen. Einer von uns muß es tun, denn wenn du es nicht tust, gehe ich. Wirst du sie fragen?«

»Nein.«

»Dann werde ich gehen.«

»Immer zu.«

Wenn du einer Frau einen Heiratsantrag machen willst, hatte einst ein spöttischer alter Freund Charlie geraten, dann tue es nur vormittags, weil du dann deinen Verstand beisammenhaben mußt. Fred hatte es vormittags getan.

Charlie hatte den übrigen Tag lang keine Gelegenheit, seinen Bruder zu sprechen, da immer der eine ausgegangen war, wenn der andere zu Hause war. Sie sahen sich allerdings beim Abendessen, aber Fred verschwand unmittelbar danach, und Charlie ging zeitig zu Bett.

Am nächsten Morgen, als er Fred wieder im Garten traf, fragte er ihn: »Nun, wie ist dir's ergangen?«

»Sie hat ja gesagt«, sagte Fred.

»Prima«, sagte Charlie, und dann verlor er die Fassung, warf dem Bruder die Arme um den Hals und spielte verrückt. Fred war das peinlich, er löste sich aus der Umarmung seines Bruders und entfloh.

Charlie glaubte, ein Abgrund hätte sich vor ihm aufgetan. Er hatte nicht vorhergesehen, wie heftig er darauf reagieren würde oder wieviel dadurch zerstört würde. War Fred nicht anständig genug vorgegangen? In der Tat. Er hatte alles getan, was ein Mann unter den Umständen für einen anderen tun konnte. Ja, sein tadelloses Benehmen verstärkte die Wirkung nur noch. Und doch war etwas zu Ende gegangen. Es war eine tiefere Wunde, als er danach in seinem Leben jemals sondieren sollte. Sie war abgrundtief.

Lottie hatte schließlich ihren Lebensgefährten gefunden. Charlie beglückwünschte das Paar, und als er allein war – er schämte sich dessen sehr – weinte und weinte er hemmungslos. Er knirschte mit den Zähnen, er kämpfte mit dem maßlosen Tränenfluß. Und dann versiegte er. Urplötzlich. Er faßte einen Entschluß und wollte dementsprechend handeln.

25

Mehr als einmal während der vergangenen Monate, als Gurlie die lange Reihe der Bewerber beobachtete, die herbeiströmten, um ihrer älteren Tochter zu huldigen – und die kleine Flossie hatte auch schon ihre kindlichen Bewunderer aufzuweisen –, hatte sie ihr Augenmerk besonders auf den älteren Bishop gerichtet. Keiner von ihnen taugte viel; die meisten lehnte sie rundweg ab. Aber dieser Bursche, der junge Arzt, hatte sie besonders verärgert.

»Dieser Bursche!« sagte sie, wenn ihre Töchter es hören mußten. »Der ist doch selbstsüchtig. Der will doch nur den ganzen Tag zu Hause sitzen und Gedichte schreiben. Das sagt er selbst. Geld interessiert ihn überhaupt nicht. Das hat er gesagt. Er wird arm sein, nur ein armer Arzt – der Gedichte schreibt. Pah!«

Mehr konnte man zu ihm nicht sagen. Sie sah in ihm einen Affront gegen ihr Idealbild von einem Mann.

Keines der Mädchen erwiderte jemals etwas darauf. Aber Flossie wußte, daß wenigstens ihr Vater den jungen Mann mochte. Das tröstete sie ein wenig. Nicht etwa, daß Charlie Bishop irgendwann mehr als ein Wort im Vorübergehen an sie gerichtet hätte, aber sie hatte die Hoffnung nicht aufgegeben. Sie liebte ihn. Es war unvernünftig. Es würde nichts dabei herauskommen. Aber ihr gefiel seine Nase. Wie töricht! Aber so war es eben, sie liebte ihn, heimlich. Es ging keinen etwas an außer sie selbst; sie erwähnte nicht einmal seinen Namen laut. Seine Nase hatte es ihr angetan.

Am Tag nach Freds Verlobung mit Charlotte verschwand der ältere Bruder von der Bildfläche. Er blieb zu Hause, schaute aus dem Fenster oder lag auf seinem Bett. Er aß überhaupt nichts. Seine Mutter ermahnte ihn, sie sagte ihm, daß er sich schaden würde, daß er schon darüber hinwegkommen würde und …

»Über was hinwegkommen?« blaffte er sie wütend an.

»Nun, über deinen Kummer«, sagte die arme Frau. Das

war es vielleicht, was ihn zu sich brachte. Denn wie sollte sie es schließlich sonst nennen? Sie tat ihm leid, hilflos, wie sie war, und er lächelte. Und am zweiten Tag aß er einen kleinen Teller Suppe, den sie ihm zubereitet hatte, und am dritten Tag ging er wieder aus. Denn das Leben geht wie gewöhnlich weiter, ganz egal, wie uns zumute ist, sagte er sich. Nein, ich will verflucht sein, wenn es diesmal auch so ist. Diesmal geht es so weiter, wie ich will.

Es war noch nicht später als zehn Uhr morgens. Er ging wieder ins Haus, rief Flossie an und hatte sie durch glückliche Fügung selbst am Apparat.

»Bist du jetzt zu Hause? Ich möchte dich besuchen kommen.«

»Ja.«

Wieder war es ein glücklicher Umstand, daß kein anderer da war, als er die vertraute Wohnung erreichte.

»Setzen wir uns doch ein bißchen auf die Veranda.«

»Einverstanden. Was ist los?«

»Florence«, sagte er, »willst du mich heiraten?«

Obwohl sie mehr als nur ein wenig überrascht sein mußte, ließ sie sich das nicht anmerken – es war so ohne Gefühl vorgebracht, daß ihr vielleicht nicht die volle Bedeutung der Worte klargeworden war. Er war offensichtlich verwirrt. Mag sein, ihr sank das Herz. Aber sie sagte nur: »Du liebst mich nicht. Du liebst meine Schwester.«

»Ich liebe deine Schwester nicht.«

»Aber du liebst mich nicht.«

Er blickte zu Boden. Dann sah er hoch, ihr geradewegs in die Augen. »Ich liebe niemanden«, sagte er, »aber ich möchte dich heiraten. Ich glaube, daß wir glücklich sein können.«

Was für eine Ernüchterung für ein junges Mädchen! Seit einem Jahr, vielleicht seit zwei Jahren, liebte sie den Mann, und auf irgendeine Weise wußte er das – und zählte darauf. Er nutzte das aus, er nutzte das frech aus, um sie zu erobern. Er wollte sie haben, aber er weigerte sich, zu lügen, um sie zu bekommen. Entweder nahm sie ihn, wie er war, und sie würden gemeinsam etwas daraus machen, oder – bitte sehr.

Er war selbst nicht von Liebe erfüllt – im Augenblick jedenfalls –, aber wenn sie ihn liebte und ihn nehmen wollte, dann lag er ihr zu Füßen.

Sie soll wenigstens ihren Willen haben, das wird zumindest ein Anfang sein. »Ich werde daraus etwas machen, egal, was andere sagen oder machen. Bestimmt. Ich weigere mich unterzugehen. Ich gebe mich nicht geschlagen. Indessen gibt es da dieses Mädchen, Liebe umgibt sie.« Er konnte nicht sagen, daß er sie in ihren Augen leuchten sah, dem war nicht so. Aber er stellte jetzt fest, daß er sich schon einige Zeit lang ihrer Gegenwart in seinem Umkreis bewußt war. Nun war sie für ihn wie die Liebe selbst. Er hatte das nicht früher bemerken können, dazu war er nicht in der Lage gewesen. Es hatte eine Katastrophe gebraucht, um es zur Reife zu bringen, aber im Rückblick war es immer dagewesen. Es war immer zurückgewiesen worden, wie er selbst nun zurückgewiesen worden war. Er liebte sie doch, er fühlte mit ihr. Da sie herausgefunden hatten, was Liebe ist und was sie bewirken konnte, und abgewiesen worden waren, konnten und würden sie der Liebe nun mit offenen Augen gemeinsam begegnen.

Eines war gewiß, er würde nicht noch einmal von vorn durchleiden, was er mit dieser tragischen Erfahrung hinter sich gebracht hatte. Finis. Punktum. Er war da hindurchgegangen, und jetzt war es für ihn erledigt – ob sie ihn haben wollte oder nicht. Aber wenn sie ja sagte, auch ohne blumige Liebeserklärungen, konnten sie beide, da sie ihn liebte und deshalb gewillt war, ihn zu führen, und weil er ihr beibringen würde, was nach der Liebe kommt – konnten sie also beide damit leben. Es war sogar denkbar, daß sie hervorragend damit leben konnten.

Für ihn gab es kein Zurück. Niemals. Es gibt eine Liebe, nicht die romantische Liebe, sondern eine Liebe, die mit Mut, unter Mühen, zum Blühen gebracht werden kann. Sie gründet sich auf Leidenschaft, eine dunkle Leidenschaft, aber sie gründet sich auf Leidenschaft, eine Leidenschaft der Verzweiflung, wie das ganze Leben aus Verzweiflung besteht.

Sie, jung und verliebt, würde ihren Teil beisteuern, und er, erfahrener, würde seinen beisteuern. Und es würde nie ein Ende haben. Es wäre eine Ehe, gegründet auf menschliches Verstehen, die schwierig, aber leidenschaftlich sein würde, so leidenschaftlich, wie man das Heiligen nachsagt – jenen Heiligen, die weiblich waren oder, wie der heilige Franziskus, voller Mitgefühl. Sie wäre vielleicht mit keiner anderen Liebe, die es zwischen Mann und Frau gab, zu vergleichen.

Wie sollte er ihr das erklären? Er konnte es nicht. Sie würde seine Worte nicht verstehen, es sei denn durch reine Ahnung. Aber es war wertvoll, es war etwas Echtes, es war keine falsche Münze, kein Brosame vom Tisch ihrer Schwester. Es war etwas Starkes, Lebendiges – etwas Neuartiges.

Was auch seine innere Stimme ihm zu Recht oder Unrecht riet, er hatte den Drang verspürt, sie zu bewegen, sich ohne Umschweife an ihn zu binden, weil er glaubte, sie würde die Umstände wie keine andere kennen und wissen, wie sie sich entscheiden solle. Es war schwer für ein junges Mädchen, aber er stellte ihr, als derjenigen, die seine Frau sein würde, die Frage mit kompromißloser Härte und wartete gebannt, was dabei herauskäme.

»Ich weiß nicht.« Das junge Mädchen, das schließlich noch nie in ihrem Leben einem so ernsthaften Problem gegenübergestanden hatte, wollte nachdenken. Er achtete ihre Entscheidung und ging. Er wußte, daß sie der Mutter nichts sagen würde, ganz gewiß nicht der Schwester. Sie würde als Frau nicht zu ihrem Vater, einem Mann, gehen. Das war ihre Angelegenheit. Sie schlug sich den ganzen Tag mit dem Problem herum.

Er hatte gesagt, daß er sich am Abend die Antwort holen würde. Sie liebte ihn, da war sie sich sicher, und nun – nach der Demütigung durch seine Vernachlässigung und die geringschätzige Art, mit der er sie immer behandelt hatte –

war ihr alles in den Schoß gefallen. Sie sollte sich darüber ärgern, nicht darüber erfreut sein. Er hatte nicht einmal gesagt, daß er sie liebe. Nichts anderes hatte er gesagt als: »Willst du mich heiraten?« Und in ein paar Wochen (sie würde es geheimhalten müssen) sollte er nach Europa. Selbst ihr Abschied müßte heimlich geschehen und – für ein Jahr! In einem Jahr kann alles mögliche geschehen. Vielleicht bekam er sie satt. Vielleicht bekam sie ihn satt. Sie war jung, kaum mehr als ein Kind. Was ist schon ein Jahr? Für eine Weile wäre sie glücklich, und dann ginge alles weiter wie zuvor. Warum nicht? Warum soll ich nicht sagen, daß ich ihn heiraten will? Sie wußte aber, wenn sie ja sagte, wäre das für sie endgültig. Und sie wußte, daß auch er das wußte. Wenn sie ja sagte, wäre das endgültig.

Den ganzen Tag lang wendete sie die Sache hin und her, und als er am Abend kam, sagte sie: »Gehen wir spazieren.« Von der Dunkelheit beschützt, liefen sie um die alte Farm herum, die noch immer im Stadtzentrum gelegen war.

Sie ließ sich von ihm nicht anfassen. Sie gingen jeder für sich. Sie fing damit an, und das war ganz recht so, sich über seine Kälte zu beschweren. Sie war an Männer, die so viel älter waren als sie, nicht gewöhnt, vielleicht war das deren Art, sie sah sich selbst noch als Kind und wußte nicht genau, wie sie sich verhalten sollte. Man kennt die Absichten eines Mannes nicht. Es war hart.

Auf der anderen Seite der Wiese blieb sie schließlich in der Dunkelheit stehen, ließ den Kopf hängen und sagte sehr unsicher zu ihm: »Ja, ich will dich heiraten.«

Er legte den Arm um sie, hielt sie fest und wollte sie küssen. Sie erschrak über ihre eigene Kühnheit und drehte das Gesicht halb beiseite, so daß er nur die Hälfte des Mundes mit seinen Lippen berührte. Aber das reichte aus. Er nahm ihre Hand, und sie gingen gemeinsam weiter ihre Runde. Morgen sollte die Familie in die Sommerferien fahren – er würde sie ein Jahr lang nicht sehen.

Aber sie würden einander schreiben. Und so schieden sie mit seltsamen Befürchtungen, mit mehr Qual als Glück.

Und er fuhr übers Meer davon, für ein Jahr und einen Tag – und Gurlie sah die Briefe regelmäßig eintreffen und mutmaßte genug, um ihrer jungen Tochter die Hölle heiß zu machen. »Du machst dich lächerlich.« Auch ihre Schwester sah sie an, als hätte sie sie dabei ertappt, wie sie ihre Strümpfe stahl.

»Bist du mit Charlie Bishop verlobt?«

»Was kümmert es dich?«

»Es kümmert mich nicht. Mein Gott, die Kinder heutzutage! Er wird dich niemals heiraten.«

Flossie wollte jetzt, nach erfolgreicher Absolvierung ihrer feinen Höhere-Töchter-Schule, eine Arbeit annehmen. Für ihr zweites College-Jahr war sie in Vassar eingeschrieben, wo sie Gurlie gern hingeschickt hätte, um diese törichte Leidenschaft zu zerstören. Sie weigerte sich, dort hinzugehen.

Ihr Vater runzelte die Stirn, wenn von einer Karriere in der Wirtschaft die Rede war. Und als sie den Vorschlag machte, Krankenschwester zu werden, heulte die ganze Familie beinahe auf. »Du als Krankenschwester? Du bist nicht robust genug« – obwohl sie auf zarte Weise kräftig wie ein Fohlen war.

Sie blieb also zu Hause und wartete, und als sie diesen Sommer wieder an der Küste waren – was auch immer es war, was sich an ihr verändert hatte –, wurde sie plötzlich zur Frau, und ihre Freunde, mit denen sie aufgewachsen war, machten ihr Heiratsanträge. Mit bösen Ahnungen mußte sie ihnen allen einen Korb geben, selbst als einem lebhaften Jüngling in einem Catboot in der Bucht so die Nerven durchgingen, nachdem er den wahren Sachverhalt mitbekommen hatte, daß er mit dem Fuß aufstampfte und das Spundloch im Schiffsboden öffnete, so daß – gluck, gluck, gluck – Wasser hereinströmte! Er mußte es also mit Stofffetzen, und was er finden konnte, wieder verstopfen. Sie liebte die Wellen und war eine gute Seglerin.

Nach einem Jahr hatten Lottie und Fred, noch zwei Jahre seiner Abwesenheit vor sich, ihre Verlobung als unerträglich aufgelöst. Charlie war nach seinem Studien- und Reisejahr zurückgekehrt. Auf dem Schiff war er von einer unverschämten jungen Frau verfolgt worden, die ihn beschworen hatte, sie zu heiraten. Sie war reich und würde ihm in der Umgebung von Pittsburgh eine Praxis einrichten.

»Ich erwarte meine Verlobte am Pier.«

»Sie wird nicht dasein.«

»Trotzdem ...« Und Flossie war nicht da.

Er war zeitweilig ein kränkender Liebhaber gewesen, mit dem ein Mädchen unmöglich auskommen konnte. Zum Schluß hatte sie seine Briefe gar nicht mehr beantworten wollen. Trotzdem wollte er nicht aufgeben, bevor er mit ihr gesprochen hatte, was er sofort tat, nachdem er sein Gepäck im Haus seiner Eltern abgestellt und sie begrüßt hatte.

Sie war kalt und unnahbar. Er hatte sie mit seinem Spott und seiner Gleichgültigkeit verletzt. Sie hatte ihm einmal ein Foto geschickt, ein gestelltes Bild von sich, das ein beliebter New Yorker Fotograf gemacht hatte: Ihr Haar war zu einer großen Wulst über der Stirn aufgetürmt und festgesteckt, wie es damals Mode war. Es machte ihn zornig. Aber als er sah, daß der linkische Schwung ihres Jungmädchennackens retuschiert worden war, die Umrisse ihrer Schultern durch die »Kunst« jenes gottverdammten Fotografen weicher gemacht worden waren, war er richtig wütend – auf sie, weil sie solche verachtenswerten Machenschaften duldete.

Er nahm eine Klinge, und indem er die oberste Schicht des Fotos wegkratzte, stellte er die normalen, wirklichen, nicht geschönten Umrisse der Nackenpartie wieder her. So war es besser. Aber an ihrem Haar konnte er nichts ändern. Und so hatte er das Bild in seinem engen Leipziger Zimmer auf die Kommode gestellt und seine bitteren Briefe geschrieben.

Nicht alle waren sie so. Manchmal, zum Beispiel als er in Italien weilte, war er von den Schönheiten der Landschaft und den Altertümern so überwältigt, daß er seine Briefe mit Liebe für sie füllte. In Fiesole, oberhalb von Florenz, hatte er einmal gesehen, wie sich eines der neuen Aeroplane vom Boden zu heben versuchte – er hatte von einer Tempelruine aus zugesehen –, und das Mißlingen beobachtet. Wieder im Hotel hatte er Seite um Seite mit seinen Beschreibungen gefüllt.

Zum Schluß hatte sie ihm seine Freiheit zurückgegeben – wie er es offensichtlich gewünscht hatte. Und nun war er wieder da. Was bedeutete das: verheiratet zu sein? So wie es aussah, war das bestimmt kein glücklicher Zustand. Für sie jedenfalls nicht. Sie hielt ihn auf Abstand. Aber er war so hartnäckig, daß sie nach ein paar Tagen dahinschmolz und, wider ihr besseres Wissen, noch einmal nachgab.

Gurlie bekam mehr oder weniger mit, was vor sich ging, und sie nahm es mehr oder weniger hin. Dieser junge Mann war nicht von ihr ausgewählt worden. Und was fand er denn nur an dem mageren Ding, ihrer jüngeren Tochter? Viel würde nie aus ihm werden bei seinem mangelnden Ehrgeiz, aber auf eine bestimmte Art gefiel er ihr.

Lottie hatte ihre Musik ernsthafter denn je wiederaufgenommen, sie übte unablässig und verbesserte ihre Fingerfertigkeit. Im Sommer nach der Rückkehr des Verlobten ihrer jüngeren Schwester mietete die Familie ein Häuschen in Monroe, New York. Monroe war nicht allzuweit weg – eine blühende Gemeinde mit Milchwirtschaft –, und die Obstgärten, die Landschaft und die Luft waren ausgezeichnet.

Sie hatten von einem Farmhaus aus der Zeit der Unabhängigkeitskrieges gehört, sehr klein, aber sehr malerisch. In seiner Nähe befand sich eine Quelle in einem altmodischen Brunnenhaus, ein kristallklarer Bach floß durchs Grundstück, und bei der Straße war eine halb zusammengefallene Scheune, wo man ein Pferd unterbringen konnte. Das kam schließlich der wahren Sache nahe. Es sah so aus, als ob hier oder hier in der Nähe Gurlie ihr Bollwerk finden würde, den Ort, der sie zufriedenstellte. Allen gefiel es – sogar Joe. Auf dem Grundstück stand eine uralte Schmiede, und zu ihrer Erheiterung hielten sich die Besitzer einen kleinen Esel, Sonje gerufen, im alten Obstgarten.

Hier konnte Flossie den Besuch ihres geliebten Doktors

empfangen, hier konnte Paul aufwachsen, hier konnte Lottie ihre Winterkonzerte vorbereiten, und hier konnte Gurlie träumen. Die Gemeinde lag in bequemer Reichweite von New York City, so daß Stecher, wenn nötig, täglich mit der Bahn hinfahren konnte.

26

Die Quelle, keine drei Schritte von der Küchentür entfernt, mußte in erster Linie den Standort des Hauses bestimmt haben. Ihr entquoll mehr als bloß das Wasser, das sie lieferte. Und obwohl die Farm schon lange zugunsten eines höhergelegenen Grundstücks aufgegeben worden war, stand das alte Haus noch immer. Gurlie mit ihrem Sinn für das Einfache, Elementare wurde davon angezogen. Es war eine Quelle, ein neuer Anfang. Wasser ist die Quelle von allem. Sie hatte das Anwesen für den Sommer gemietet.

Und was war das für Wasser! Das Brunnenhaus, in eine Böschung hineingebaut, war aus Brettern errichtet, die eisenhart geworden waren, weil sie ständig mit Wasser getränkt wurden. Es war eine Höhle, die sich nach Norden öffnete, in die niemals die Sonne drang, die ihre Kühle im Halbdunkel schützte. Aber wenn man einen Moment wartete, bis sich die Augen an das Dämmerlicht gewöhnt hatten, konnte man die Bewegung des weißen Sandes auf dem Grund sehen, ein lebendes Wesen, wo das eiskalte Wasser reichlich emporsprudelte.

Wenn man an heißen Sommertagen nach einem Krug Wasser dorthin ging, blieb man ein oder zwei Minuten unter dem Dach des Brunnenhauses stehen, um den unaufhörlichen Strom zu beobachten, der aus der Erde quoll. Das erfrischte den Geist, wie es den Körper zu erfrischen versprach. Man wartete noch, genoß fast die Trockenheit der Kehle und verlängerte die freudige Erwartung der

Wonne, die das Durststillen gewähren würde. Und der Geist trank ebenfalls aus der Vorstellung von jener Quelle.

Daß es ein langsam aussterbendes Vergnügen war, tat seiner Wirkung keinerlei Abbruch. Die Stechers waren auch nur Stadtmenschen. Wie ihresgleichen wußten sie nicht viel vom Land. Sie liebten das Anwesen. Die Ortsansässigen hielten nicht viel davon.

Deshalb war es kurz vor dem Ruin. Noch ein paar Jahre, und das Dach würde einfallen. Das wäre dann das Ende. Aber für Lottie und besonders für Gurlie war es romantisch und fürs erste völlig ausreichend. Der kleine Paul spielte gar zu gern im Bach; die steile unbefestigte Straße, die in östlicher Richtung bergauf führte, eine Nebenstraße, wurde von niemandem benutzt; der kleine Esel nickte im Halbschlaf unter den morschen Apfelbäumen. Für Gurlie bedeutete es mehr als nur eine Sommerfrische; es war der Anfang von der Verwirklichung eines ehrgeizigen Traumes. In diesem idyllischen Ort hatte sie gefunden, was sie gesucht hatte. Ihre Hängematten hängten sie unter den alten zerborstenen Weiden am Bachufer auf, Lottie mietete ein Klavier, als die Apfelblüten noch an den Bäumen waren, und die ganze Familie machte es sich bequem und harrte der Dinge, die da kommen mochten.

Für Regentage gab es den alten Kamin im Kolonialstil, ein authentisches Erinnerungsstück an frühere Zeiten. Er besaß eine geräumige Feuerstelle, breit und tief, und der schmiedeeiserne Kesselhalter war noch an seinem Ort. Lottie kicherte erfreut, als sie ihn entdeckte. Rechts war der einfache Ofen eingebaut, wo man Brot gebacken hatte. Sie nahmen sich vor, ihn wenigstens einmal im Sommer, wenn sie genug Holz sammeln konnten, zu benutzen. Es vermittelte das urtümliche Gefühl, das Gurlie wieder auf den Familienhof in Norwegen versetzte.

»Wir müssen ein Pferd haben«, sagte Gurlie.

»Besorg eins«, sagte ihr Mann. »Meinst du, einer dieser Farmer wird dir eins geben?«

Es ergab sich zu der Zeit gerade, daß ein Arzt zu Hause in

Riverdale auf sein erstes Automobil umstieg und ihnen seine Stute billig anbot.

»Billig!« sagte Joe. »Ich kann mir's schon vorstellen.«

»Charlie und Floss können sie zu uns herausbringen.«

»Und wer soll sich um sie kümmern?«

»Das können wir machen«, bot Lottie an. »Es bereitet nicht viel Mühe.«

»Ich nehme an, Geschirr und Wagen ist bei dem Kauf eingeschlossen?« sagte Joe.

»Natürlich.«

»Und wer wird sie füttern, Hafer und Heu kaufen und das Stalldach reparieren und sie auf die Weide führen ...?« Er wußte selbst nichts Genaues darüber, wie man ein Pferd betreut.

»Ach du!« sagte seine Frau. Und so wurde ausgemacht, daß Floss und Charlie mit der kleinen Stute die vierzig Meilen zur Farm hinausfahren sollten. Was die Stute bereitwillig tat, bis auf den letzten Berg, vor dem sie stehenblieb; da mußte der junge Arzt aussteigen und sie führen. Aber sie schaffte es schließlich, und es war ihr nichts anzumerken, nachdem man sie zum Verschnaufen in den Stall gebracht und sie getränkt und gefüttert hatte.

Nun hatten sie sich wirklich eingerichtet. Ein in der Nähe wohnender Farmer namens George Nash, ein geschickter und fähiger Mann, wurde ihr Berater und Beschützer.

»Euch gefällt der Ort wohl?«

»Sehr«, hatte Charlotte gesagt.

»Sobald ich ein bißchen Zeit habe, fahre ich euch herum und zeige euch die ganze Gegend. Es gibt hier herum ein paar nette Landsitze in den Bergen. In den letzten Jahren ist eine ganze Menge Geld in das Gebiet hier gekommen.«

»Ach ja?« sagte Gurlie und spitzte die Ohren.

»Ja, vor noch nicht mal zwei oder drei Jahren konnte man die Farmen hier für ein Butterbrot bekommen. Haus und Scheunen, alles zusammen für ein paar hundert Dollar. Nicht mehr.«

»Warum war das so?«

»Die Landwirtschaft bringt hier jetzt kein Geld, es ist gutes Land für die Milchwirtschaft, und einige haben Erfolg damit, aber es ist schwere Arbeit. Und niemand will das heutzutage. Grundbesitz ist jetzt gefragt. Ich fahre euch irgendwann mal herum und zeige euch die Gegend.«

»Aber Ihr eigenes Anwesen sieht aus, als gingen die Geschäfte gut«, sagte Gurlie. Es war die nächste Farm; man konnte sie durch die Bäume sehen, jenseits der schmalen unbefestigten Straße, ein großes, mit Schindeln verkleidetes und weißgestrichenes Gebäude mit schönem Rasen und gepflegten Hecken rundherum. Gegenüber lag eine Weide, die sich zum gleichen Bächlein hinabsenkte, das auch an der Hütte der Stechers vorüberfloß. Die einfassenden Zäune waren in tadellosem Zustand, und im Wiesengrund, wo der Boden leicht morastig wurde, hatte Joe frisch ausgehobene Gräben bemerkt, neben denen jeweils Tonröhren ausgelegt waren, die zur Entwässerung eingesetzt werden sollten. Insgesamt entstand der Eindruck einer gepflegten Farm.

»Es sieht so aus, als ob Sie gutes Geld verdienten«, sagte Gurlie in ihrer unverblümten Art.

»Ich muß ständig alles ausbessern«, sagte George Nash. »Aber ich werde langsam zu alt für die Arbeit. Wenn ich nicht dieses Immobiliengeschäft hätte – hin und wieder verkaufe ich etwas ...«

»Ach, gehen Sie«, sagte Gurlie, »ich wette, Sie haben einen Haufen Geld auf der Bank.« Und sie stieß ihr rauhes Lachen aus. »Sie müssen Geld machen. Diese Apfelbäume, die Sie da beim Haus haben, sind die gesündesten, die ich je gesehen habe, sie tragen üppig. Ich freue mich schon auf Ihre Töchter. Sie sollen hübsch sein.«

»Nette Mädchen, Inez und Hattie sind nette Mädchen. Ihre Mutter ist regelrecht stolz auf sie. Nun, ich wünsche Ihnen einen schönen Sommer. Ich nehme an, wir sehen uns ab und zu. Besuchen Sie uns doch, und lernen Sie Mrs. Nash kennen. Ich glaube, Sie werden gut miteinander auskommen.«

»Und Milch und Eier – und Gemüse? Können wir das von Ihnen bekommen?«

»Die Mädchen werden Ihnen jeden Morgen, wenn sie zur Stadt fahren, alles, was Sie bestellen, beim Zaunpfosten an der Grundstücksecke hinterlassen. Ein Dutzend Eier. Gut. Kommen Sie uns besuchen, wann immer Sie Lust haben.«

Als die beiden Mädchen schließlich einen oder zwei Tage später auftauchten, mußte Joe, der gerade anwesend war, erst einmal blinzeln. So etwas hatte er wirklich noch nie gesehen. Groß und gut gewachsen, standen sie in ihren schlichten Bauernkleidern vor ihm. Sie sahen überhaupt nicht wie Bauernmädchen aus, sondern wie für eine Broadway-Aufführung zurechtgemacht. Nur waren sie nicht zurechtgemacht, sie waren echt – und sie waren tüchtig.

»Wo kommt *ihr* denn her?« sagte Gurlie, als sie die beiden das erste Mal sah.

»Wir sind die Töchter von Mr. Nash, mit der Milch«, sagte die Dunkle, und ihre blonde Schwester lächelte.

»Komm mal her, Lottie, huhu!« rief Gurlie. »Schau mal.«

»Oh«, brachte Charlotte erstaunt heraus. »Wer seid *ihr* denn?« Sie wollte ihren Augen nicht trauen.

»Das sind unsere Nachbarn«, sagte Gurlie. »Ihr seid aber hübsch. Setzt euch einen Augenblick her.« Sie zeigte auf die Stühle auf der niedrigen Veranda vor dem Häuschen. »Ich möchte euch anschauen. Sind hier oben alle jungen Damen so hübsch wie ihr? Das nenne ich ein gesundes Mädchen«, sagte sie zu ihrer Tochter, die in einem alten Kleid und mit wirrem Haar im Haus herumgelungert hatte. »So solltest *du* aussehen.«

»Bleiben Sie den ganzen Sommer?« fragte das ältere Mädchen ganz ungezwungen. »Es ist so nett, Nachbarn zu haben.«

»Gefällt es Ihnen hier?« fragte ihre Schwester.

Auf diese Weise hatte also der Sommer begonnen. Wo die Straße das Bächlein überquerte, stand auf der anderen Seite, weiter oben und der Sicht verborgen, das vernachlässigte Haus der alten Dame, der die Hütte gehörte. Sie war die Aristokratin der Gegend hier. Sie ging nie aus, die Felder waren voller Unkraut – eine wunderliche Frau. Aber sie freute sich über Gurlies Besuch und schien ziemlich aufzuleben. Ihr Sohn war Arzt, wie der Vater es gewesen war, und lebte woanders. Die alte Dame war, abgesehen von gelegentlichen Besuchern im Sommer, ganz allein.

Es war *ihr* Eselchen, das im Obstgarten umherstreifte. Mädchen versuchten den Esel zu streicheln, wie er dort stundenlang im Halbschlaf unter einem Baum stand, aber wenn man sich ihm zu nähern versuchte, machte er sich davon, ganz gemächlichen Schrittes, aber dennoch erfolgreich. Sein Fell war dicht und verfilzt. Niemand aus dem alten Haus kam an ihn heran.

»Er hat einen Winkel, dort oben hinter der Scheune«, erzählte man ihnen. »Er bleibt das ganze Jahr im Freien. Er ist alt. Er gehörte früher den Enkelkindern, als sie vor Jahren noch hier wohnten. Sie sind jetzt erwachsen. Sie kommen nicht mehr. Wir nennen ihn den Philosophen. Er kommt zurecht.«

Iah! Iah! Man konnte ihn ab und zu schreien hören. »Da spricht der alte Philosoph!« sagte Joe einmal, als er das hörte. Er mochte den kleinen Kerl. »Er sagt euch, was er von euch hält.«

Sie waren knapp anderthalb Meilen von der Stadt entfernt. Sehr wenige Einspänner kamen hier vorbei und Kutschen überhaupt nicht. Ihre Abgeschiedenheit in dem kleinen Tal war also vollständig. Vögel, der Pirol und die Prachtmeise, der Indigofink, Drosseln und die Sumpfhordenvögel, in dem kleinen Schilffleck, wo es stehendes Wasser gab, wurden nie gestört.

Im Frühsommer entdeckten die Mädchen etliche Stellen mit Walderdbeeren, die dort üppig im Gras wuchsen, es gab so viele davon, daß sie über ein Dutzend Gläser einkochten, um sie für den Winter mit nach Hause zu nehmen.

Aber die meiste Zeit streiften sie nur durch die Wiesen oder lasen Bücher, kochten nur das Allernötigste, machten kleine Einkäufe in der Stadt. Dorthin war es ein bequemer

Spaziergang, vorüber am zerstörten Kalkofen, vorbei an der Jones-Farm, die einen sehr gepflegten Eindruck auf ihrer hohen Böschung machte, vorbei an der Rennbahn, wo sie später die Trabrennen erleben sollten, und weiter bis zu den Geschäften und zur Post, wo – hinter der Kurve, und man könnte sagen, mitten auf der Straße – der Chicago-Express entlangdonnerte, den Boden erbeben und den Staub fliegen ließ und gelegentlich einen Unvorsichtigen tötete, der sich zu weit und zu spät auf die Schienen verirrt hatte.

Was war es für eine Erleichterung, nach einem solchen Marsch auf den heißen Landstraßen ein wenig fußlahm zum Häuschen bei der Quelle zurückzukehren! Mit fortschreitendem Sommer wurde es ihnen zum Zuhause, ein richtiges Zuhause, wo Lottie geduldig Klavier übte; und hin und wieder kamen die Nash-Mädchen, so frisch und gesund aussehend, und setzten sich unbeachtet dazu, wenn sie es so einrichten konnten, um ihr zuzuhören. Zwischen ihnen und Lottie lag eine Welt. Sie hielten sie für ein Wunderwesen. Obwohl sie intelligent waren, außergewöhnlich intelligent, kamen sie sich ganz unbedeutend neben ihr vor.

Es war eine Zeit zum Faulenzen. Lottie hatte ein zwei Monate altes Hundekind, einen Irischen Setter, gekauft. Er war reizend, aber nach dem ersten Tag jaulte er die ganze Nacht und ließ sie nicht schlafen. Am folgenden Tag opferte sie ihre ganze Zeit, um *ihn* munter zu halten. Sie gönnte ihm nicht die kleinste Ruhepause. Wenn er sich fallen ließ und die Augen schloß, wie das kleine Hunde eben machen, scheuchte sie ihn hoch. Sie stupste ihn an, sie ließ ihn rennen, sie ließ ihn mit ihrem Finger spielen. Sie nahm ihn auf mehrere lange Spaziergänge mit, obwohl er stehenbleiben wollte und an der Leine zerrte. In der darauffolgenden Nacht fiel er in einen totenähnlichen Schlaf.

Am Wochenende bekamen sie manchmal Besuch. Charlie kam, um den Tag mit seiner zukünftigen Frau zu verbringen. Sie machten allein lange Spaziergänge, sie lagen unter einem Apfelbaum, wo keiner sie sah, nebeneinander und redeten miteinander, oder was ein junges Liebespaar sonst so tut. Ein Baum, dessen Zweige rings um sie bis auf den Boden reichten, war ihre heimliche Laube.

Auch Lottie hatte wieder ihre Besucher. Eines Sonntags – es gab gerade eine wahre Pilzschwemme – war Krieger da. Die abgegrasten Weiden und der alte Obstgarten unter den Bäumen waren regelrecht übersät mit Champignons. Da standen Tausende. Die Familie hatte sie gedünstet, mit Butter gebraten, auf Toast, auf Steak, in jeder denkbaren Form gegessen – und obendrein gab es neben dem Champignon Hunderte von Bovisten, manche halb so groß wie ein Kopf.

Keiner wußte, daß auch diese Pilze in jungem Stadium, wenn man sie in Scheiben schnitt und briet, genauso köstlich wie andere Pilzsorten schmeckten. Die vier jungen Leute, Lottie, Flossie, Krieger und Charlie, gingen den Hang hoch, wo es einem der jungen Männer einfiel, mit diesen bröckligen, aber schweren Plusterbällen erst nach einem Baum zu werfen, dann zum Spaß nach einem der Mädchen, dann bewarfen sie sich immer ernsthafter gegenseitig. Es kam zu einer regelrechten Schlacht. Sie hoben die Bovisten auf, als wären es Schneebälle, sie rannten nach allen Seiten, um größere zu finden, dann warfen sie mit den Bovisten nach einander und zerschmetterten sie auf dem Rücken, an den Beinen der anderen.

Krieger schickte der Familie einmal von einer seiner Geschäftsreisen nach Maine eine Kiste lebender Hummer.

In der Ferne erhob sich der Sugar Loaf, den sie eines Tages besteigen wollten. Und im großen und ganzen verstrich der Sommer mit seinen sonnigen Tagen recht glücklich, sie schmückten das Haus zuerst mit den Blüten des Holzapfelbaumes, dann mit Hartriegel, Schwertlilien und Margeriten, bis hin zu Goldrute und roten Astern, als der Herbst näherrückte.

»Was macht ihr denn so das ganze Jahr lang?« fragte Gurlie die Nash-Mädchen.

»Ach, wir gehen jetzt zur Oberschule. Wir haben hier

eine gute Oberschule. Und im Sommer arbeiten wir auf der Farm. Da gibt es viel zu tun. Wir melken und machen die Gartenarbeit und helfen Mutter im Haus. Bei der Heuernte führen wir das Gespann oder wenden das Heu.«

»Deshalb seit ihr so gesund.«

»Bilde dir ja nicht ein«, pflegte Lottie zu ihrer Mutter zu sagen, »daß ich so etwas mache, wenn du *deine* Farm kriegst. Nicht um alles in der Welt.«

27

Es war ein breiter, kahler Berggipfel mit einem schönen Blick über das ganze Land ringsumher – mehrere Morgen groß, mit einer brusthohen Feldsteinmauer, die wie eine Schlange als Einfriedung um das Grundstück kroch.

»Hier kann man nichts anbauen«, sagte Gurlie.

»Aber beachten Sie den Blick«, sagte der kräftige junge Mann, der neben ihr im Wagen saß. Lottie und eine junge Frau namens Dora, die Gattin des Mannes, die ein kleines Mädchen auf dem Schoß und ein anderes, älteres, neben sich hatte, nahmen den Rücksitz ein. Der Rappe, den die gewundene Bergstraße, die er sie eben hochgezogen hatte, zum Schnaufen gebracht hatte, wurde angehalten, als das Haus auftauchte.

»Wunderbar!« sagte Lottie. »Was für eine Lage!«

»Finden Sie?« sagte der Mann und wandte sich um. »Ja, ich finde sie selbst recht schön.«

»Man bekommt sie satt«, sagte Dora, die Gattin.

»Hast du sie satt, Liebling?«

»Nach ein oder zwei Jahren ist einem wirklich so, als könnte eine Abwechslung nicht schaden.«

Gurlie blickte sich um. Sie hatte sich noch nicht an den Oxford-Akzent gewöhnt. Auch Lottie sah die junge Frau an; ihr Gesichtsausdruck hatte sich beim Sprechen nicht im geringsten verändert. Das Pferd zog wieder an und näherte sich einer Maueröffnung, der Einfahrt.

»Und das ist also das Haus, das wir den ganzen letzten Sommer in der Ferne gesehen haben. Wir haben uns oft gefragt, wer dort wohl wohnt.«

»Ja«, sagte der Mann. »Wie schade, daß wir so viel Zeit vergeudet haben.«

Als die Stechers für das zweite Jahr in ihrem kleinen Vogelnest von einem Häuschen angekommen waren und sich wieder eine geruhsame und nutzbringende Zeit versprachen, hatte die *Monroe Gazette* das Ereignis unter den Lokalnachrichten erwähnt:

> Die Familie Joseph Stecher aus Riverdale, N. J., hat das Landhaus Genou für eine weitere Saison gemietet, ihren zweiten Aufenthalt in unserer Mitte. Miss Charlotte Stecher, die berühmte Konzertpianistin, erholt sich hier von ihrer letzten erfolgreichen Saison.

Lottie lachte!

> Wir sind glücklich, die Stechers unter uns zu haben. Monroe wird zu einer beliebten Sommerfrische für viele New Yorker Künstler.

Einen oder zwei Tage danach hatte Gurlie einen Brief auf blauem Papier mit einem Wappen erhalten, von einem Gregory Ives – »Wer ist denn das?« –, in dem stand, daß er ihr Nachbar sei – »Ich habe noch nie von ihm gehört« –, daß er die Notiz in der Zeitung gelesen habe, daß er einen Steinway-Konzertflügel in seinem Atelier habe, den er sehr gern Miss Stecher zur Verfügung stellen würde, und daß er, mit Mrs. Stechers Erlaubnis, ihnen gern samt Frau und Kindern einen Besuch abstatten würde.

Lottie war zur Salzsäule erstarrt und fragte sich, was ihre Mutter wohl dazu sagen würde. Gurlie zögerte einen Moment, dann sagte sie zu ihrer Tochter: »Schreib ihm.«

»Ich?«

»Ja, ich will mir nicht die Mühe machen. Schreib an seine Frau und lade sie alle ein.« So fing es an.

Zwei Tage später kamen sie, ein kräftiger Mann mit glattem, strohgelbem Haar und offenbar schwachen Augen, ein Mann Mitte dreißig, mit langem Kinn und den Handgelenken und Unterarmen eines Schwergewichtsboxers. Mit einem seiner kleinen Mädchen nahm er den ganzen Vordersitz des Wagens ein. Seine viel jüngere, dunkelhaarige Frau mit dem anderen kleinen Mädchen wirkte zerbrechlich neben ihm. Er stieg aus dem Wagen und überließ es seiner Frau, sich selbst zu helfen, band sein Pferd fest und trat näher, um sich vorzustellen.

Als nun der Wagen langsam und knirschend über die kiesbestreute Auffahrt fuhr, blickte sich Gurlie nach allen Seiten um. Das hier war keines von den gepflegten Anwesen des üblichen Städters, der sich auf dem Lande niederläßt. Es gab einen zaghaften Versuch, Blumen anzupflanzen, aber im allgemeinen war das Gras wegen des Wassermangels auf diesem Gipfel spärlich, und wo sonst Rasen gewesen wäre, trat überall der Fels zutage.

»Sollen wir hier aussteigen?« fragte er die Damen. »Oder wollen wir bis zur Scheune fahren und erst ein bißchen herumlaufen?«

»Ich werde mit den Kindern hier aussteigen«, sagte die britische Frau. »Ihr könnt ja weiterfahren, wenn ihr wollt.«

»Ich steige auch aus«, sagte Lottie.

»Oh, wollen Sie nicht die Aussicht genießen?« fragte Mr. Ives.

»Nein, ich gehe mit Ihrer Frau und den Kindern hinein.«

»Aber ich möchte mich umschauen«, sagte Gurlie.

Die jüngeren Frauen und die Kinder stiegen also aus. Die kleinen Mädchen waren brav, ziemlich schüchtern und zurückhaltend. Sie sagten nichts, sondern liefen, sobald ihre Füße den Boden berührten, zum Haus und wurden von einem Hausmädchen eingelassen. Lottie und die junge

Mutter folgten, während der Wagen zur Scheune weiterfuhr, wo Ives das Pferd selbst ausspannte und es in seinen Stall brachte.

»Versorgen Sie das Pferd selbst?« fragte Gurlie.

»Nein, das macht der Farmer, aber wenn er nicht in der Nähe ist, tue ich, was nötig ist. Gehen wir hier hinaus. Dort hinter dem Stall ist ein guter Ausgangspunkt für eine Besichtigung.« Gurlie, die nicht allzugut zu Fuß war, folgte ihm mit ihren kurzen Schritten auf dem steinigen Weg. Es war ein klarer, sonniger Tag fast ohne Dunstschleier. Man konnte zwanzig, wenn nicht mehr Meilen weit nach Westen schauen, über ein bewaldetes Tal mit ein paar weißen Farmhäusern hier und da in der Ferne. Im Hintergrund thronte der Sugar Loaf über der Landschaft.

Gurlie hielt Ausschau, aber eher unbeteiligt. »Ist das hier Ihr Land?« sagte sie. »Kein gutes Ackerland.«

»Die Grenze meines Grundstücks ist jenseits dieser Weide da. Sehen Sie, dort, wo die Steinmauer aufhört. Aber wir haben einen Garten. Ich zeige ihn Ihnen.« Und sie stiegen von der kleinen Bodenerhebung, auf der sie standen, herunter und schlugen einen Bogen um das Haus.

»Haben Sie das Haus selbst gebaut?« fragte Gurlie. Es stand jetzt vor ihnen, ein rechteckiges, dreistöckiges Bauwerk aus Feldsteinen.

»Ja, ich habe es entworfen.«

»Sie sind Architekt?« fragte Gurlie.

»Ich bin Künstler. Deshalb hat es mir dieser Ort angetan. Das Licht. Hier gibt es nichts, was das Licht behindert.«

»Hm«, sagte Gurlie, »aber es gibt keine Bäume. Ein Haus auf dem Lande ohne Bäume ist für mich unvorstellbar.«

»Hier wachsen keine Bäume.«

»Das sehe ich. Aber Sie haben gesagt, daß Sie den Garten zeigen wollen. Einen Garten muß man haben.«

»Dort ist er, hinter der Straße.«

Und dort, in einer Senke unter dem Berggipfel sah Gurlie tatsächlich einen Flecken, auf dem Getreide in Reihen sprießte, und den umgegrabenen Boden, wo später das

Gemüse kommen würde. »Hm«, sagte sie wieder und schüttelte den Kopf. »Im Hochsommer muß es hier heiß sein.«

»Das Haus ist sehr angenehm. Das Atelier nimmt alle drei Stockwerke bis ganz unters Dach in Anspruch, und es liegt auf der Nordseite, so daß die Sonne nie voll hineinscheint. Dort ist es immer kühl. Wollen wir jetzt hineingehen?«

»Nein, nein, nein, nein«, sagte Gurlie. »Haben Sie Kühe?«

»Nein, das lohnt sich nicht in diesem Milchbauernland. Wir sind ja nur zwei Meilen von der Stadt weg.«

»Und was ist das?« fragte Gurlie, die nördlich vom Haus ein niedriges, denkmalähnliches Bauwerk mitten auf einer Wiese erblickte.

»Das ist das Grabmal meines Vaters.«

Gurlie blickte den Mann ungläubig an. »Ist das Ihr Ernst?«

»Ja.«

»Warum denn das?«

»Ich wollte ihn hier haben.«

»Aber ist das nicht eine merkwürdige Sache, ein solches Grabmal mitten auf einer kahlen Wiese? Warum haben Sie das gemacht? Ich würde meinen ...« Es war ein neu wirkender blauer Granithaufen in keinem besonderen Stil, der dort aus dem Boden wuchs, ohne Anpflanzungen oder Rasen, wie das übrige Grundstück auch. Sie gingen zu ihm hin. Gurlie hielt nach einer Inschrift, nach etwas Geschriebenem Ausschau. Da war nichts.

»Wer war Ihr Vater?«

»General Jonathan Ives.«

»Woher stammt Ihre Familie?« fragte Gurlie in ihrer üblichen offenen Art.

»Haben Sie schon mal von Madame Jumel gehört?«

»Ja«, sagte Gurlie. »Das war eine lasterhafte Frau.«

Ives lächelte. »Nun, sie ist meine Urgroßmutter.«

»Oh«, sagte Gurlie, »das sollten Sie niemandem verraten. Sie hat während des Unabhängigkeitskrieges mit einer Menge verschiedener Männer zusammengelebt.«

»Meine Urgroßmutter war eine geistreiche Frau. Die Moralvorstellungen jener Zeit waren so, daß sie einen schlechten Ruf bekam. Sie war ihrer Generation nur voraus. In Krisenzeiten gibt es immer solche Frauen. Sie begriff, was geschah, und – machte es sich zunutze.«

»Ja, ich habe die Villa Jumel in New York besucht.«

»Ach ja? Dann wissen Sie ja Bescheid. Mein Vater war der Sohn ihres Sohnes.«

»Sie war reich. Ha! Sie hat es verstanden. War Ihr Vater vermögend?«

Ives war auskunftswillig.

»In welchem Geschäft war er?«

»Im Hotelgeschäft. Der Familie gehören das Hotel Ives und das Hotel Picardy auf der Fifth Avenue. Und einige andere Hotels.«

»Dann müssen Sie reich sein«, sagte Gurlie. »Das erklärt alles. Wenn Sie nicht reich wären, würden Sie nicht an einem solchen Ort wohnen wollen. Das ist für Sie nur ein Spielzeug. Andere Leute brauchen mehr Komfort. Das hier ist zu kahl. Wahrscheinlich malen Sie zu Ihrem Vergnügen. Verkaufen Sie Ihre Gemälde?«

»Ein paar Gemälde habe ich verkauft.«

»Na gut. Sie wissen nicht viel darüber, wie die andere Hälfte lebt«, sagte sie mit ihrem verrückten Lachen. »Reiche wissen überhaupt nichts.«

»Ich bin nicht reich«, sagte Ives.

»Ach!« sagte Gurlie, gab ihm einen Klaps auf den Arm und lachte. So, als wollte sie sagen: Was glauben Sie, mit wem Sie es zu tun haben? »Was machen Sie denn den ganzen Tag lang mit zwei kleinen Mädchen hier oben? Und Ihre Frau, was die wohl von der Sache hält? Ich wette, sie sehnt sich manchmal nach England zurück.«

»Ja, kann sein«, sagte Ives.

»Gefällt ihr das hier? Mir würde es nicht gefallen. Nicht mal eine Blume zum Anschauen. Ist das Unkraut?« sagte sie und wies auf ein Büschel blauer Blumen neben dem Weg. »Sie sind hübsch. Sie sollten ein paar pflücken und mit hineinnehmen. Was sind das für welche? Ich werde ein paar davon pflücken und sie Ihrer Frau bringen. Haben Sie kein Blumenbuch mit Abbildungen? Ich möchte wissen, was das für Blumen sind.« Und sie versuchte, einen der Stengel mit den prächtigen blauen Blüten zu pflücken, aber sie waren zu zäh. »Hier, pflücken Sie mir ein paar.« Er kauerte sich hin – seine kräftigen Schenkel beugten sich dabei und die Muskeln traten hervor – und riß ein Büschel des Krautes mit der Wurzel aus.

»Das hätten Sie nicht tun sollen. Sie sind zu ungestüm.«

Danach schritten sie auf einem kaum sichtbaren Weg um das Haus herum zur Vorderfront, und sie hielt das Kraut mit festem Griff. Er machte die Tür auf, und sie gingen hinein.

»Wie dunkel es hier ist!« sagte Gurlie und rieb sich die Augen.

»Das ist nur die andere Beleuchtung hier.« Sie lauschten, konnten aber keine Stimmen vernehmen, also führte er sie ohne Umschweife durch die Empfangshalle in das Atelier selbst. Sie blickte sofort in die Höhe, drei Stockwerke hoch, bis oben zum Dach. »Na ja«, sagte Gurlie.

Es war offenbar der interessanteste Raum im Inneren, und die anderen Räume waren nur ringsherum hinzugefügt. Und darin war, günstig postiert, ein wenig links vom großen Nordfenster, wo eine Staffelei stand, ein Konzertflügel, zu dem Gurlie, nachdem sie ihre Augen über alle vier Wände hatte schweifen lassen, sofort hinging, um die Schrift über der Tastatur zu lesen.

»Ein Steinway, nichts Geringeres. Ja, es ist wirklich alles sehr vornehm.«

Ives bewegte sich unruhig im Raum umher und fragte sich, wo die anderen hingegangen waren, aber Gurlie nahm seine Aufmerksamkeit in Anspruch, allmählich fühlte er sich dadurch etwas belästigt, wie sie ihn mit Fragen bedrängte.

»Sie haben doch gesagt, daß Sie einen Naturführer besitzen. Schlagen Sie diese Blume nach. Ich möchte wissen, was es für eine ist.«

»Ja«, sagte er abwesend und ging zum Bücherregal, in dem die Bücher in einer unbeleuchteten Ecke alle kreuz und quer lagen, fand nach einem Augenblick ein Blumenbuch, in das er schnell hineinsah und die Blume in Gurlies Hand mit der Abbildung verglich. »Hier ist sie. Scharfkraut.«

Aber in diesem Augenblick ging die Tür auf, und man hörte die Stimmen der jungen Frauen, als sie auch schon den Raum betraten. Ives war erleichtert. Gurlie rief ihrer Tochter ohne zu zögern zu: »Was glaubst du? Gleich da draußen vor dem Fenster hat er das Grabmal seines Vaters.«

»Mutter!« sagte Lottie. »Oh, ist das nicht ein schöner Raum!«

»Sie müssen ein richtiger Künstler sein. Es ist genau wie auf den Bildern von Ateliers. Eine richtige Boheme-Atmosphäre«, sagte Gurlie.

»Du solltest das übrige Haus sehen. Entzückend.«

»Nicht jetzt. Ich möchte mich ausruhen.«

»Hast du das gesehen?«

»Nein, was ist das? Ein Haufen Altpapier?«

Die anderen drei lachten. Mitten im Atelier befand sich wirklich ein Haufen Papier, ein gewaltiger Haufen, ein rechter Berg aus Briefumschlägen, große und kleine, weiß und rosa und blau. Wenn man sie näher betrachtete, sah man, daß viele von ihnen Eilbriefmarken trugen. Alle war geöffnet worden und türmten sich dort kunterbunt und ungeordnet.

»Was ist das?« fragte Gurlie.

»Gedichte.«

»Was für Gedichte? Stammen Sie von Ihnen?«

»Aus einem Wettbewerb. Sie sind aus allen Teilen der Vereinigten Staaten gekommen.«

»Und aus Kanada«, ergänzte Dora.

»Der Verlobte meiner Schwester ist Dichter«, sagte Lottie. »Ob er von dem Wettbewerb weiß?«

»Oh«, sagte Ives, »es ist noch nicht zu spät. Sagen Sie ihm, er soll eins einreichen. Ich nenne ihn ›Lyrisches Jahr‹. Es gibt einen Preis von tausend Dollar, und später wird ein Buch daraus. Sie sollten sich ein paar ansehen!«

»Sind Sie auch Dichter?« fragte Gurlie.

»O ja«, sagte seine Frau, »mein Mann versucht sich an

allem.« Greg sah sie scharf an, erwiderte aber nichts. Er wechselte das Thema. »Wollen Sie nicht für uns spielen, Miss Stecher? Ich würde mich sehr freuen, wenn Sie den Flügel ausprobierten.«

»Vielleicht spielt uns Ihre Frau etwas vor. Sie spielen doch, nicht wahr?«

»Ach, fast überhaupt nicht mehr«, sagte Dora.

»Nein«, fiel ihr Mann ein, »sie hat nie ernsthaft gespielt. Und jetzt rührt sie den Flügel überhaupt nicht an. Er steht dort nur als Staubfänger.«

»Er läßt mich in diesem Zimmer nichts anfassen«, sagte die junge Frau schnell.

»Dann spielen also *Sie*?« fragte Lottie ihren Gastgeber.

»Nein, keine Note. Kommen Sie.« Er kam zu ihr herüber, als wollte er sie aus ihrem Sessel heben. Lottie stand langsam auf, sie war groß, ihr Rock blieb ihr im Schuh hängen, sie machte ihn gleich darauf los und ging in ihrer etwas krummen Haltung zum Instrument, wobei ihr Rock auf dem Boden entlangfegte, setzte sich und rang sanft die Hände, den Blicken des Mannes ausweichend.

»Was soll ich spielen?« fragte sie Mrs. Ives.

»Was Sie wollen, meine Liebe.«

»Mögen Sie Bach?«

»Ich verehre ihn.«

Lottie schlug ein paar Akkorde an. Der Raum begann zu leben. »Oh, das ist ein gutes Instrument, richtig großartig. Sie lassen es regelmäßig stimmen, wie ich merke.«

»Als er wußte, daß Sie kommen, hat er den Flügel stimmen lassen.«

»Wir wollen nicht so viel reden«, sagte Ives scharf. »Wir wollen Miss Stecher spielen hören.«

»Entschuldige«, sagte seine Frau. »Bedrängen wir sie nicht ziemlich?«

Die Akustik war hervorragend. Lottie hatte eine Toccata gespielt, ein Werk, das sie oft am Anfang eines Konzertes vortrug, um die Finger zu lockern. Sie wartete einen Augenblick, und in der absoluten Stille jenes einsamen Ortes hörte man ein paar Wespen an der Decke hoch oben summen. Sie spielte gut, außerordentlich gut. Die lebhafte Musik erfüllte den Raum, ihre Exaktheit ließ die schmückenden Vasen und Vorhänge merkwürdig unpassend erscheinen.

Eines der kleinen Mädchen kam an die Ateliertür und blickte herein, aber als sie ihren Vater sah, verschwand sie schnell wieder.

Als Lottie geendet hatte, erhob sich Ives und ging zu ihr.

»Das ist sehr schön«, sagte seine Frau. »Wir hatten solche Musik bei mir zu Hause in Oxford, in England. Sie versetzt mich dahin zurück. Bach«, sagte sie und lächelte vor sich hin, »versetzt mich zurück in jene glückliche Zeit.«

»Es klingt sehr gut in diesem Raum«, war Gurlies Kommentar. »Sie haben Glück, daß Sie hier so einen Flügel haben.«

»Ich wünschte mir, Ihre Tochter käme her und benutzte ihn. Sag ihr, daß wir es gern sähen, wenn sie herkommt und ihn benutzt, sooft sie will. Sag es ihr«, forderte der Mann seine Frau auf.

»Ja, natürlich. Ich würde mich sehr freuen. Wann immer Sie möchten. Kommen Sie einfach, wenn Sie Lust haben. Wir sind immer hier«, fügte sie mit einem Lächeln hinzu.

»Na also«, sagte Gurlie.

»Spielen Sie etwas anderes«, sagte Greg. »Kennen Sie den ›Liebestraum‹?«

Mrs. Ives hustete, erhob sich und entschuldigte sich für einen Augenblick, weil sie mit dem Hausmädchen über die Kinder sprechen wollte. Lottie sagte, daß sie den »Liebestraum« seit geraumer Zeit nicht gespielt habe und daß sie ihn lieber nicht vortragen würde. Statt dessen setzte sie ziemlich spontan mit »Anitras Tanz« aus der *Peer Gynt Suite* ein. Gurlie war aufgestanden und zum großen Fenster geschritten. Ives hatte das Kinn in die Hand gestützt und lehnte am Flügel. Er blickte Lottie beim Spielen an, er blickte geradewegs auf ihre Augen, die sie niedergeschlagen hatte. Nachdem sie geendet hatte, stand sie schnell auf und ging zu ihrer Mutter.

»Mutter, du hast das Haus noch nicht gesehen«, sagte sie. »Du solltest sehen, wie durchdacht es konstruiert ist.«

»Ja«, sagte Gurlie. »Ich möchte es gern sehen.« Also nahm Ives die Dame ins Schlepptau. Lottie, die den Rundgang schon hinter sich hatte, ging nicht mit ihnen, sondern fragte, ob sie nicht in ihrer Abwesenheit einen Blick auf einige Gedichte aus dem Haufen da mitten auf dem Fußboden werfen dürfe.

»Hier ist ein Kissen, setzen Sie sich und greifen Sie zu. Es ist zum Jammern. Stellen Sie sich die Gefühlsleere vor, für die dieser Manuskripthaufen steht – furchtbar. Entsetzlich! Aber wir haben ein paar gute gefunden, ein oder zwei wirklich herausragende Gedichte.«

»Da bin ich froh«, sagte Lottie. »Sie können nicht alle so schlecht sein, es kann nicht sein, daß nicht einmal eins darunter ist. Geht jetzt und laßt mich ruhig allein!« Und sie setzte sich und nahm ein Gedicht nach dem anderen aus den Umschlägen, las sie und schüttelte dabei den Kopf. Nach einer Weile kam ihre Gastgeberin zurück. »Wo sind sie hingegangen?«

»Er führt Mutter im Haus herum.«

»Hoffentlich nimmt er sie nicht mit auf diesen oberen Balkon hinaus. Er hat kein Geländer. Ich fürchte mich zu Tode vor diesem scheußlichen Ort. Und er führt immer Besucher dort hinaus. Sie spielen wunderbar.«

»Danke«, sagte Lottie.

»Nein, wirklich. Wunderbar. Ganz professionell. Glauben Sie, daß Sie herkommen und den Flügel benutzen werden?«

»Das wäre eine Zumutung. Das kann ich doch nicht. Außerdem ist es ziemlich weit von uns.«

»Ach, ich bin sicher, daß er Sie liebend gern abholen würde. Unser Leben ist so langweilig. Es wäre – eine große Erleichterung. Darf ich Sie Charlotte nennen? Ich heiße Dora. Es wäre mir wirklich eine Freude, Charlotte. Kommen Sie, wenn Sie können, wann immer Sie möchten. Er ist oft beschäftigt, und wir wären ganz allein hier. Es wäre mir ein Trost.« Dann, aus heiterem Himmel: »Ich glaube, ich werde nächstes Jahr nach England reisen, zu Besuch. Wie nett, Sie diesen Sommer als Nachbarin zu haben. Wir sollten das genießen. Glauben Sie, daß Ihre Mutter gern Tee trinken würde?«

»Bestimmt.«

In diesem Augenblick kamen sie von ihrer Runde zurück. »Sie gehen so schnell«, sagte Gurlie gerade. »Sie lassen mich gar nicht zu Atem kommen.«

»Gefällt es Ihnen?« fragte Dora.

Gurlie war immer offen. »Nun ja ...«, sagte sie.

Dora lachte mit einem Unterton der Bitterkeit und des Trotzes in der Stimme. »Mir auch nicht«, sagte sie. »Ich finde es schrecklich.«

»Aber, meine Liebe«, sagte Ives. »Du hast doch immer gesagt ...«

Aber sie unterbrach ihn und machte sich sichtlich auf seine Kosten lustig. »Ich habe immer gesagt, daß ich es für eine Weile aushalten könnte. Es ist wirklich ein sehr öder Ort – wenn man kein Künstler ist.« Er war offenbar verlegen, biß aber die Zähne zusammen und ging auf Lottie zu, die gerade von ihrem Haufen Gedichte aufstand.

»Was halten Sie von ihnen?«

»Ich hatte noch keine Zeit ...«

»Möchten Sie Tee trinken?« fuhr Dora dazwischen.

»Ja, gern«, sagte Gurlie. »Man sieht gleich, daß Sie Engländerin sind. In Norwegen trinkt man Kaffee.«

»Würden Sie lieber Kaffee trinken?«

»Nein, geben Sie mir Tee. Danke.« Als dann Dora aus dem Zimmer ging, sagte Gurlie zu Greg: »Bringen Sie mir ein paar von den Gedichten, ich möchte sie sehen.« Er nahm eine Handvoll und legte sie ihr in den Schoß. »Ach, ich möchte sie doch nicht ansehen«, änderte sie plötzlich ihre Meinung. »Sie sind Künstler«, sagte sie, »zeigen Sie uns ein paar von Ihren Gemälden. Da drüben, an der Wand müssen doch welche sein.«

»Nein, im Moment arbeite ich an keinem Bild. Porträts

interessieren mich am meisten. Kennen Sie das Werk von Seurat?«

»Wer ist das?«

»Ein französischer Künstler. Er nennt sich Pointillist. Seine Theorie der Farbwahrnehmung interessiert mich sehr. Er verwendet reine Farben, winzige Pünktchen reiner Farbe, mit der Pinselspitze eines neben das andere gesetzt. Wenn die Leinwand damit bedeckt ist, fügt sie das Auge alle zusammen, um das Bild zu schaffen. Ich würde gern Ihre Tochter porträtieren. Sie hat ein schönes Profil.«

»Sieh mal an«, sagte Gurlie. »Er möchte dein Porträt malen. Ich wette, er ist gut. Zeigen Sie mir, was Sie können.«

Daraufhin holte Ives ein kleines Seestück hervor, eine nebelverhangene See mit Wellen, die im leichten Dunst dahinrollten. Es war gut gemacht, ein schimmerndes Ölgemälde von beträchtlichem Reiz. »Aber das ist kein Porträt«, warf Gurlie ein. »Mein Gott Sie können malen! Er kann malen«, sagte sie zu ihrer Tochter.

»Es ist schön«, sagte Lottie.

»Wie ich sehe, hast du ihnen deine Bilder gezeigt«, sagte Dora, die mit dem Hausmädchen, das die Teesachen trug, hereinkam. »Wir verschwenden keine Zeit, was? Was halten Sie von ihnen?«

»Er ist wirklich ein Künstler«, sagte Gurlie. »Wenn man bedenkt, daß sie den ganzen vergangenen Sommer hiergewesen sind und wir das Haus auf dem Gipfel gesehen haben. Es sah genau wie eine quadratische Scheune aus – und wir haben nicht gewußt, wer dort wohnt. Na so etwas.«

»Dürfen wir nicht noch mehr sehen?«

»Nach dem Tee, meine Liebe. Nicht wahr? Ich weiß nicht, wie ihr Amerikaner den Tee mögt. Möchten Sie den Tee auf russische Art, oder hätten Sie lieber Sahne und Zucker dazu?« Dora hatte einige köstliche Sandwiches gemacht, die sie herumreichte. Gurlie bemerkte, daß Ives sich ihnen nicht anschloß, und sagte etwas dazu.

»Ach, Sie kennen meinen Mann nicht. Er trinkt nie Tee oder Kaffee.«

»Was?«

»Erzähl es Ihnen, mein Lieber. Er hat ganz besondere Eßgewohnheiten. Er nimmt nie Fleisch zu sich. Wir bekommen Lebensmittel von einem Ort in Michigan, der Battle Creek heißt, wo immer das sein mag. Nüsse und Getreidekost. Nicht wahr, Liebling?«

Ives hatte Lottie in eine vertrauliche Unterhaltung verwickelt und schien nicht zu hören.

»Trinkt er *Schnaps?*«* fragte Gurlie.

»Bitte was?«

»Schnaps.«

»Liebling«, fragte sie ihren Mann, »was ist *Schnaps?*«*

»Brandy«, sagte Gurlie. »Der tut gut.«

Und so verging der Nachmittag, bis es Zeit für sie wurde zu gehen. Das Teegeschirr war bereits abgeräumt, aber bevor seine Gäste gingen, bat Ives Charlotte, noch einmal zu spielen.

»Ja, bitte«, sagte Dora. So daß Charlotte, nachgiebig wie stets, zum Flügel ging und sich mit den Händen im Schoß hinsetzte.

»Aber dieses Mal müssen Sie den ›Liebestraum‹ spielen«, forderte ihr Gastgeber nachdrücklich.

»Du kannst das sehr gut spielen«, sagte Gurlie. »Mach schon, wir müssen nach Hause.« Also begann Lottie mit dem »Liebestraum«, während Ives diesmal zum entfernten Ende des Raumes ging und sie von dort beobachtete. Dora blickte ab und an zu ihm hin, während Gurlie in der Mitte des Raumes mit halbgeschlossenen Augen dasaß, wie es ihre Angewohnheit war.

Eine purpurrote Wespe kroch mit langsam auf und nieder wippendem Körper über den Hocker, wo die Sandwiches gelegen hatten. Jetzt erhob sie sich in die Luft und flog zum Flügel. Lottie war die erste, die sie sah. Mit dem Aufschrei: »Oh!« brach sie ihr Spiel mittendrin ab und erhob sich.

Alle schraken hoch. »Eine Wespe«, sagte sie.

»Ach, wir haben uns ziemlich an sie gewöhnt«, sagte Dora. »Sie haben ihre Nester an der Decke.«

Aber Ives stand auf und ging zum Tisch, wohin das Ding zurückgekehrt war. Lottie sagte: »Oh, oh« und duckte sich, weil das Insekt abhob und wieder auf sie zuflog, von dem Mann verfolgt. Aber jetzt stieg es höher zu den Fenstern und flog davon.

Lottie spielte nicht weiter.

»Es war ein wunderbarer Nachmittag«, sagte sie und entfernte sich vom Flügel.

»Oh, wollen Sie nicht fertig spielen? Sie müssen oft herkommen«, sagte Dora verzückt.

»Ja«, sagte Ives, um seiner Frau beizupflichten. »Ich hole Sie ab, und Sie können, wann immer Sie wollen, den Tag hier verbringen. Ich möchte Sie porträtieren.«

»Porträtieren Sie doch auch meinen kleinen Sohn«, sagte Gurlie.

»Das werde ich tun. Eine gute Idee. Er kann seine Schwester begleiten.«

»Wie war's?« fragte Floss, als sie nach Hause kamen.

»Mutter, du warst schrecklich«, sagte Lottie. »Du hast ihn praktisch gebeten ...«

»Ach«, sagte Gurlie. »Ich weiß, was ich tue.«

»Wie war er? Ich habe nur gesehen, daß seine Hosen zu eng waren«, sagte Flossie.

»Das Ekel. Ich verabscheue ihn«, erwiderte Lottie, »und ich weigere mich, dort wieder hinzugehen. Seine arme Frau.«

»Du selbst solltest dich schämen«, entgegnete ihr Gurlie. »Er ist ein echter Gentleman. Und ein wunderbarer Maler. Wir können uns beglückwünschen.«

28

Astrid war eine brave kleine Stute. Nichts gefiel ihr besser als die Einkaufsfahrt in die Stadt. Die Fleischerei der Gebrüder Welch an der Straßenbiegung neben dem Drugstore war eine verläßliche Adresse, wenn man ausgezeichnete Fleischstücke haben wollte. Man kannte Gurlie dort und mochte sie. Sie war eine gute Kundin, nicht so leicht hereinzulegen. »Was darf es diesmal sein, Mrs. Stecher? Wir haben ein paar hübsche Lammkeulen, gut abgehangen. Beste Qualität. Ungefähr acht Pfund jedes Stück. Wie wäre es damit?«

Aber Gurlie schaute nicht hin. »Die letzte, die Sie mir verkauft haben, war zäh, und Sie haben das genau gewußt. Wenn Sie nichts Besseres zustande bringen ...« Die Leute von den Farmen kamen herein und standen einfach da und schwiegen, oder sie unterhielten sich mit dem älteren Bruder. Ihre Einkäufe waren manchmal so groß, daß sie sie gerade noch tragen konnten. Die Bestellungen der Pensionen waren sogar noch umfangreicher, Braten von zehn Pfund, zwei oder drei Schinken, ein Dutzend Hühner. Der Einkauf am Samstagmorgen war ein großes Ereignis.

Gurlie ließ Astrid an einen Pfosten beim hohen Bordstein angebunden stehen, wenn sie dann vom Fleischer zu Mr. Miller, dem Lebensmittelhändler, ging, während Lottie womöglich die Post abholte oder die Straße hinaufschlenderte und sich eines der Schaufenster der Textilwarenläden mit den dort ausgestellten Bauernkleidern und -hüten ansah. Sie wußte, daß ihre Mutter etliche Zeit brauchen würde, also lief sie oft mehrere Ecken weit oder sogar bis über die Independenten-Kirche hinaus, um den Gedenkstein an der Ecke des kleinen Parks herum und kam sogar bis zum verlassenen Eingang der Halbmeilen-Trabrennbahn – wo im Frühsommer noch die Veilchen im dichten Gras blühten.

»Guten Morgen, Mrs. Stecher«, sagte der weißbeschürzte

Mr. Miller, als Gurlie hereingestürmt kam. »Wie geht's heute morgen?«

»Gut. Wo sind denn alle?«

»Oh, die kommen schon noch. Was kann ich für Sie tun?«

»Ich will mich erst einmal hinsetzen«, sagte Gurlie.

»Nehmen Sie sich Zeit. Sind Sie dieses Jahr schon einem von unseren Neuen begegnet? Wir scheinen etliche neue Gesichter in der Gegend zu haben.«

»Was wissen Sie über Mr. Ives, den Künstler? Er wohnt oben auf dem Berg hinter ...«

»Sie brauchen mir nichts über diesen Mann zu erzählen. Sie meinen ›Ives den Herzensbrecher‹? Ich kenne ihn noch aus der Zeit vor seiner ersten Heirat. Er ist hier in der Gegend aufgewachsen. Früher ging er mit Sadie Browers Tochter. Aber sie hat ihm den Laufpaß gegeben. Man sagt, er kann mit einem Pinsel umgehen. Stammt aus guter Familie. Jede Menge Geld vorhanden. Aber er ist so eine Art schwarzes Schaf. Wie haben Sie ihn kennengelernt?«

»Damit ich es nicht vergesse«, sagte Gurlie. »Ich möchte ein Pfund von diesem scharfen Käse. Amerikanischen Käse nennen Sie ihn wohl, den krümeligen ...«

»Ich weiß genau, was Sie meinen. Entschuldigen Sie mich einen Augenblick.« Und er ging in den vorderen Teil des Ladens. Gurlie stand auf, ging hinüber zu den Gemüseauslagen und fing an auszusuchen, was sie wollte, und es auf den Ladentisch zu legen. »Ich möchte ein Dutzend der besten Eier, die Sie dahaben«, sagte sie, als Mr. Miller wieder zu ihr zurückkehrte.

»Ja, dieser Mann hat ganz schön Karriere gemacht – ich schätze, er hat die ganze Welt bereist. Trotzdem taucht er immer wieder hier auf. Ein hübsches Mädchen, mit dem er diesmal verheiratet ist. Vielleicht läßt ihn das zur Ruhe kommen. Ich werde nie vergessen, wie er vor ein paar Jahren einmal Prügel bezogen hat. Sah so aus, als hätte er sich eines Abends zu weit mit einem Kerl eingelassen, der ihm über war.«

»Was ist passiert?« sagte Gurlie.

»Oh, er ist eines Abends – George, bedien doch bitte Mrs. Jones, ja? –, eines Abends ist er aus der Stadt hier herausgekommen, während der Rennsaison, und der Zug war überfüllt. War kein Sitzplatz zu haben, und im Gang hat eine junge Dame gestanden, die seiner Ansicht nach dort nicht stehen sollte.«

»Nun, es freut mich, daß es noch ein paar *wenige* Gentlemen auf der Welt gibt.«

»Nun, da saß also ein Bursche und las Zeitung, der nach Meinung von Mr. Ives seinen Platz an die Dame abtreten sollte. Also sprach er ihn an und bedeutete ihm, er solle der Dame seinen Platz einräumen.«

»Hm«, sagte Gurlie.

»Aber als der Mann das nicht tun wollte, hat ihn Ives beim Kragen gepackt und ihn vom Sitz gezogen – und Sie wissen ja, Ives ist ziemlich kräftig. Na, vor einem Monat erst ist er mit verrenkter Hand hier hereingekommen, die hatte er sich geholt, als er sein Pferd beim Einfangen an der Mähne festhalten wollte. Er hat eine Handvoll Haare ausgerupft, so fest hatte er zugepackt, aber das Pferd hat sich schließlich losgerissen. Man kann ein Pferd nicht so festhalten.«

»Was geschah im Zug?« fragte Gurlie.

»Nun, ich erzähle es ungern. Man mußte dem jungen Mr. Ives hinaushelfen, er war so schlimm zugerichtet. Mächtig ramponiert. Diesmal hatte es ihn so richtig erwischt. Dieser Kerl dort hatte Hackfleisch aus ihm gemacht.«

»Oh«, sagte Gurlie, »packen Sie diese Sachen ein, die ich auf den Ladentisch gelegt habe. Und den Käse . . .«

»In Ordnung, Ma'am. Ich lege es hinten in den Wagen. Am üblichen Stellplatz?«

»Er steht gleich vor dem Drugstore. Und berechnen Sie nicht zuviel. Wieviel kommen zur Zeit die Eier?«

»Zwanzig Cent das Dutzend, frisch gelegt. Die besten, die man kriegen kann. Dieser Ives ist ein großartiger Kerl. Aber man muß ihn im Auge behalten. Man muß ihn im Auge behalten. Er ist allerdings nicht mehr so jung wie früher. Vielleicht ist er nun endgültig zur Ruhe gekommen.«

Gurlie verließ den Laden. Sie begab sich gemächlich in die Spirituosen- und Weinhandlung, wo ein hemdsärmliger Alter mit den Füßen auf dem Ladentisch und einer Zeitung auf dem Bauch vor sich hin döste. Er nahm die Füße vom Tisch, als Gurlie ihn weckte. Er kannte sie nicht und sah sie fragend an, ohne ein Wort zu sagen.

»Haben Sie Old-Crow-Whiskey da?«

»Jawohl, Ma'am«, sagte der Mann.

»Ich möchte eine Flasche«, sagte Gurlie.

»Genau das sollen Sie dann auch haben«, sagte er, kam langsam auf die Füße und ging zu den Regalen hinter Gurlies Rücken. Er langte hoch, holte die Flasche herunter, stellte sie auf den Ladentisch und fragte sie dabei, ob sie noch etwas wünsche.

»Nein, das ist alles«, sagte Gurlie.

»Ein schöner Tag heute, Ma'am. Sie gehören wohl zu den Sommerfrischlern«, sagte er beim Einwickeln der Flasche. »Ich habe Sie hier noch nicht gesehen.«

»Mein Mann druckt die Etiketten für Old Crow«, sagte Gurlie. »Er behauptet, es sei ein guter Whiskey.«

»Er schmeckt ihm, was? Ja, das ist ein guter Whiskey. Kommen Sie wieder. Wir haben hier eine Menge davon, wenn Sie welchen brauchen.«

Ein langer Güterzug machte während der nächsten fünf Minuten den Bahnhofsplatz zum Tummelplatz von Staubwolken und tanzendem Papier, und das Stampfen der Räder gegen die Schienenstöße und das Rattern der beladenen Güterwagen brachten die in der Main Street angebundenen Gäule dazu, nervös zurückzutänzeln und wieder nach vorn zu rucken, soweit es ihre Halfter gestatteten. Gurlie drehte sich vor dem Laden mit dem Rücken zur Straße, hielt ihre Röcke fest und senkte vor dem künstlichen Wirbelsturm den Kopf. »Bäh!« sagte sie, als sie dort an der Wand stand, um das Ende des Tobens abzuwarten.

Lottie kam die Straße herunter, als Gurlie gerade nach ihr Ausschau halten wollte. »Huhu! Hier bin ich!« Ihre Einkäufe waren hinten im Wagen verstaut, einige zu ihren

Füßen, und sie hatten die anderthalb Meilen lange Rückfahrt zum Landhaus vor sich.

»Ich habe mit Mr. Miller über unseren Freund Mr. Ives gesprochen«, sagte Gurlie.

»Ach! Was hat er denn gesagt?«

»Er hat einen Spitznamen: ›Ives der Herzensbrecher‹ nennt man ihn hier. Er war anscheinend fünf- oder sechsmal verheiratet.«

»Und weiter?«

»Das ist doch schrecklich. Was für ein Mann ist das nur?«

»Ein heiratsfreudiger.«

Die Straße führte nach Süden unter Ulmen und Ahornbäumen, die ein Dach bildeten, durch das Dorf, an der alten Schmiede und der Bäckerei vorbei. »Ist das nicht friedlich und schön?« fragte Lottie. »Schlichte Blumen wie Geranien sind so hübsch hier. Sie scheinen hier besser zu wachsen als zu Hause. Ihre Farben sind kräftiger. Ich verstehe nicht, warum man in der Stadt wohnt, wenn man das haben kann. Es ist so schön.«

Nachdem sie die große Landstraße überquert hatten, die um die Stadt herumführte, und den langgestreckten Berg an der Jones-Farm vorüber bergauf fuhren, öffnete sich das Tal nach Osten, gepflegte Felder hinter der leeren Tribüne der Rennbahn, und die Telegraphenmasten begleiteten die Eisenbahn mitten durch die Landschaft bis zu den sanften Hügeln weiter hinten. »Wir müssen mal einen Ausflug dahin machen«, sagte Gurlie. »Sieht interessant aus.«

Dahinter erhoben sich die niedrigen Berge. Auf dem höchsten Gipfel thronte die Villa des Eisenbahnzars, die sich dieser als Alterssitz hatte bauen lassen, aber er war bald darauf gestorben. Die Schneise für die Standseilbahn, die vom Tal unten da hinaufführte, war deutlich zu erkennen. »Möchte wissen, wie es dort oben ist«, sagte Gurlie.

»Warum siehst du's dir nicht an?« sagte Lottie. »Man kann im Dorf eine Besuchserlaubnis bekommen, wenn die Familie abwesend ist.«

»Es muß wundervoll sein, so viel Geld zu haben.«

Die kleine Stute fiel in eine langsamere Gangart, als sich die Straße am Golfplatz zur Linken vorbeischlängelte. Einige Paare befanden sich auf dem Rasen, meist Frauen, die über den ganzen Platz verstreut waren. »Wie alt er wohl sein mag?« Lottie gab keine Antwort. »Was kann ein solcher Mann ...« Sie änderte den Gedankengang. »Ich frage mich, was er mit einem derartigen Ruf an einem solchen Ort macht.«

»Mit wem hast du denn noch alles gesprochen?«

»Es heißt, er war dreimal verheiratet.«

»Viermal«, sagte Lottie.

»Woher weißt du das? Du hast doch vorher nie von ihm gehört.«

»Ich habe von ihm gehört.«

»Mit wem hast *du* denn gesprochen? Wer hat dir erzählt, daß er viermal verheiratet war?«

»Hattie Nash.«

»Wann?«

»Gestern abend. Sie behauptet, daß er unmöglich ist.«

»Also darüber habt ihr gestern abend vor dem Haus gesprochen.«

»Sie kann ihn nicht leiden. Wenn sie ihn ins Dorf kommen sieht, läuft sie weg. Sie ist komisch.«

»Sie ist nur ein Bauernmädchen. Was weiß sie schon? Von *ihr* will er doch nichts. Außerdem ist er verheiratet. Seine Kinder sind ganz reizend. Wann holt er dich ab?«

»Ich gehe nicht hin.«

»Aber du hast es versprochen. Du bist kein Kind mehr. Wenn sich alle so verhielten, würden wir den ganzen Sommer hier herumsitzen und nie jemanden kennenlernen. Er ist ein Gentleman.«

»Geh du doch«, sagte Lottie. »Du wolltest schon immer mal gemalt werden.«

Das ärgerte Gurlie.

»Hast du Angst vor ihm?« erwiderte sie ihrer Tochter. »Wie diese Bauernmädchen? Man hält dich für eine Persönlichkeit. Er ist Künstler. Er kann dir vielleicht helfen. Wenn ich so alt wäre wie du ...«

Schließlich kam die kleine Stute oben auf dem langgestreckten Berg an, wo eine Nebenstraße zum Häuschen abzweigte. Ganz rechts, auf dem allerletzten Bergrücken in ihrem Blickfeld, aber eigentlich nicht sehr weit weg, hoch über dem See, den man nicht sah, erhob sich das nunmehr bekannte quadratische Steinhaus, ganz für sich, ohne Baum in der Nähe, und zeichnete sich vor dem Sommerhimmel ab. Beide Frauen blickten unwillkürlich zu ihm hin, als die kleine Stute, die den Stall witterte, bergab in lebhaften Trab verfiel.

»Wie anders es jetzt aussieht, wenn man weiß, was es beherbergt«, sagte Lottie. »Das ganze vergangene Jahr hat es überhaupt nichts für uns bedeutet. Es war da, aber ich habe nicht einen Gedanken daran verschwendet.«

»Jetzt fällt mir ein, daß ich irgendwo etwas über ihn gelesen habe. War er nicht in erster Ehe verheiratet mit einer Französin namens ...?«

»Ja, ich erinnere mich auch daran. Dann war da noch eine aus Chicago. Wie viele Kinder er wohl hat?«

Plötzlich wandte sich die Mutter an das Mädchen: »Du bist ein selbstsüchtiges Frauenzimmer.« Lottie war überrascht und sagte: »Wovon redest du?«

»Du nimmst und nimmst und nimmst alles, was man dir gibt, aber du gibst nie etwas zurück.«

»Was hab ich denn jetzt wieder getan?« sagte Lottie.

»Du warst schon immer so, und es wird langsam Zeit, daß es dir einer sagt.«

Die kleine Stute verlangsamte zum Schritt und scheute ein wenig, wie sie es stets tat, wenn sie an der Ruine des baumhohen Kalkofens vorbeikamen, der so deplaziert neben der Straße auf dem offenen Feld stand.

»Du wirst nie Konzertpianistin. Du bist zu faul.«

»Und jetzt bin ich also faul«, sagte Lottie.

»Was hast du denn gemacht, seit du aus Deutschland zurück bist? Ich habe geglaubt, du würdest dir einen Namen machen.«

»Für wen hältst du mich? Ich bin kein Genie. Ich kann

nicht einfach zu einem Agenten gehen und sagen: ›Ich bin Konzertpianistin. Besorgen Sie mir ein Engagement.‹ Vielleicht bekomme ich nie ein Engagement. Wer weiß? Daß ich in Deutschland war, bedeutet gar nichts.«

»Natürlich bedeutet es etwas.«

»Es gibt Hunderte junger Künstler, die sich in New York herumtreiben. Viele von denen sind begabt. Kommen sie dadurch in einen Konzertsaal? Die Agenturen sind voll von ihnen. Ich bin nur ein Anfänger. Man muß erst bekannt werden.«

»Und wie wird man bekannt?«

»Nun, man muß etwas können. Und dann muß man einen Unterstützer haben. Jemanden mit Geld.«

»Du wirst keinen Unterstützer finden, wenn du nie irgendwo hingehst. Und du wirst auch keinen Unterstützer finden, wenn du günstige Gelegenheiten nicht beim Schopfe packst. Man muß eben forscher sein. Es spielt keine Rolle, wenn du einen Mann zufällig nicht leiden kannst, du kannst es dir nicht leisten, so heikel zu sein. Wenn er möchte, daß du seinen Flügel benutzt ...«

»Ach, das ist es also? Er ist ein Niemand. Ich habe noch nie von ihm als Maler gehört.«

»Wie willst du das wissen? Erkundige dich. Eins führt zum anderen. Du wirst andere Leute treffen, die Leute werden dich kennenlernen, sie werden dich spielen hören, man wird von dir sprechen. Aber du ...«

»Oh, du langweilst mich.«

»Schau dich doch an. Linkisch, Ringe um die Augen, dürre Beine. Du siehst krank aus. Du kommst nicht nach meiner Familie. Du ißt nicht ordentlich. Schau dir diese Bauernmädchen an, die sind das blühende Leben. Aber du ...«

»O Mutter, warum läßt du mich nicht in Frieden?«

»Das habe ich bisher ja getan. Ich dachte, du hättest etwas mehr Grips. Wir geben dir Möglichkeiten, und was machst du daraus? Nichts. Du weißt nicht, wieviel Glück du hast. Du weißt nicht, wie du was aus dir machen kannst. Was erwartest du von der Welt? Daß sie dir zu Füßen fällt? Du mußt auf dem Quivive sein. Du mußt auf Draht sein. Wenn ein berühmter Künstler dich porträtieren will, solltest du ›Ja, selbstverständlich!‹ sagen. Aber du verhältst dich wie ein dummes Mädchen. Nein! Nein! Ach, du machst mich krank.«

»Na gut, wenn er mich porträtieren will, kann er es machen. Möchtest du das? Ich werde morgen früh auf der Veranda in einem hübschen Kleid auf ihn warten, als ob er mich auf eine Gesellschaft mitnehmen will. Ich kann es gar nicht erwarten, daß er kommt. Willst du das hören?«

»Nun, es wird Zeit, daß du vernünftig wirst.«

Inzwischen waren sie vor dem Häuschen angekommen, wo Gurlie ausstieg, die Einkäufe auslud und sie auf die Veranda legte. Lottie half ihr dabei. Flossie, die bei ihrem kleinen Bruder am Bach in der Hängematte lag, kam herbei, um auch mitzuhelfen, aber es war nichts mehr zu tun, da Lottie bereits auch das Pferd in den Stall brachte, um es auszuspannen.

Der Bach führte gerade wenig Wasser, und der Kleine hatte, barfuß, einen Damm zu bauen versucht, wo der Bach an der Furt nicht tiefer als einen Zoll war. Mit einer kleinen Schaufel hatte er den Sand zwischen zwei flachen Steinen aufgetürmt, bis das Wasser, das mehr eigenen Willen hatte, als er ahnte, sich an dem Hindernis aufstaute und durch das Ufergrün wieder in den Bach sickerte. Es gab da den alten Querbalken eines Zaunes, mit dessen Hilfe es ihm halbwegs gelang, die schwache Stelle seiner Konstruktion abzudichten. Aber dann war das Wasser auch schon in die andere Richtung geflossen.

Seine Schwester hatte ihm geholfen, zwei Steine zu bewegen, die er ohne ihre Hilfe nicht hätte umdrehen können, und sie hatte sich dabei die Schuhe naß gemacht. Hinter einem der Steine kam ein Frosch hervorgehüpft, aber nach zwei Sprüngen vergrub sich dieser wieder im Schlamm auf dem Grund des Baches. Jetzt war der Damm fertig und schuf einen breiten Teich, und dort spielte der kleine Kerl mit einem Stück Dachschindel als Boot.

»Worüber habt ihr beiden euch so aufgeregt?« fragte Floss, als ihre Schwester von der Scheune zurückkam. »Ich konnte euch schon von der Ecke des Grundstücks hören.«

»Wegen irgendeiner Äußerung von mir plusterte sich Ma auf und machte mir die Hölle heiß.«

»So klang es auch.«

Aber da Lottie keine weiteren Erklärungen lieferte und ins Haus ging, um sich umzuziehen, wandte sich Floss wieder ihrem Buch in der Hängematte unter den Weiden zu. Schwere Wolken türmten sich am westlichen Himmel auf, und eine kühle Brise bewegte die langen grünen Sprosse der alten Bäume. Der kleine Junge war entzückt, weil sein Schiff, auf das seine Schwester mit einem Stück Papier und einer Haarnadel ein kleines Segel gebastelt hatte, wie wild über den Ozean jagte und drüben im Ufergestrüpp strandete.

29

Am darauffolgenden Samstag wurde Joe wütend, nachdem er hörte, was während der Woche vor sich gegangen war. Es beschwichtigte ihn auch nicht, daß Ives, seine Frau und die beiden kleinen Mädchen am Sonntag herübergefahren kamen, um ihn kennenzulernen.

»Weißt du, was du angerichtet hast?« sagte er zu seiner Frau, als sie in dieser Nacht allein in dem Häuschen waren. Die Mädchen konnten die hitzige Debatte hören und mutmaßten, worum es ging, obwohl die Worte nur undeutlich durch die dünnen Wände drangen. Dann sagte er etwas auf deutsch. »Jeder Narr, der sich Künstler nennt oder in einem großen Haus wohnt.« Als ihn Gurlie dann ermahnte, nicht so laut zu sprechen, dämpfte er seine Stimme.

Als am darauffolgenden Tag nach dem Frühstück der Mietskutscher kam, um ihn zum Frühzug zu bringen, ging er wortlos fort. Armer Joe.

Er war noch wütender, als er in der nächsten Woche zum Landhaus zurückkehrte, da er inzwischen Erkundigungen über seinen Künstler-Nachbarn angestellt und herausgefunden hatte, daß dessen Ruf sogar noch schlimmer als angenommen war. »Er ist ja ein berüchtigter Lump, um nichts besser als ein Hochstapler. *Ein Schwein.** Ein Taugenichts.« Aber da war der Schaden schon angerichtet. Lottie hatte bereits dreimal Modell gesessen, hatte sogar beim letzten Mal den kleinen Paul mitgenommen, damit eine erste Skizze von ihm angefertigt wurde, und der Fortgang des Sommers war vorbestimmt.

Inzwischen hatte Flossie den Hochzeitstermin für sich und ihren Doktorfreund endlich auf den späten Herbst festgesetzt. So verliefen die Tage recht glücklich, und selbst Joe nahm die Machenschaften seiner Frau schließlich ergeben hin.

Lottie bewunderte Dora, welche sie wiederum als häufigen Gast hinnahm. Stundenlang pflegte aus dem Atelier kein Laut zu dringen, während das Porträt durch die gewissenhafte Vorgehensweise des Künstlers nur langsame Fortschritte machte, aber niemand konnte behaupten, daß es kein bemerkenswertes Werk war. Als Gurlie es das erste Mal sah, sagte sie: »Mußten Sie den Ausschnitt so tief machen?« Aber abgesehen davon mußte sie anerkennen, daß es meisterhaft war.

»Lottie hat so einen schönen Hals«, hatte Ives dagegengehalten. »Den darf man nicht zudecken.« Als Lottie das erste Mal zur Porträtsitzung gekommen war, hatte er tatsächlich darauf bestanden, daß sie ihr Kleid vorn öffnete, wogegen sie nur schwache Einwände erhoben hatte. Er war jedoch an sie herangetreten und hatte das Kleid über dem Busen straffgezogen, so daß seine volle Schönheit wenigstens angedeutet wurde.

»Ja, es ist gut«, sagte Gurlie. »Also, wenn Sie das fertig haben, müssen Sie ein Porträt von meinem kleinen Jungen anfertigen.«

Während der Sommer ins Land ging, kam Lottie regelmäßig zur Sitzung oder zum stundenlangen Spiel auf dem Flügel, der ihr dort zur Verfügung stand. Das Porträt des kleinen Paul entstand gleichzeitig mit ihrem: seine blauen Augen, sein offener, stolzer Blick, die hohe Stirn und die Fülle blondgelockten Haares, seine gerade kleine Nase, die vollen sattroten Lippen, die roten Backen und das runde Kinn. Er war ein ungewöhnlich schönes Kind, das Ives mit großem Können und mit Hingabe getreu auf die Leinwand brachte, bis man sich von dem Mann rühren ließ um seiner beharrlichen Kunstfertigkeit willen. Joe mußte zugeben, daß er ein Künstler war und ein guter dazu – und als Folge davon lockerte sich seine gefühlsmäßige Ablehnung.

Als das Porträt des kleinen Paul nach dem ersten Monat vollendet war, wurde es Gurlie vom Künstler überreicht, und es war nun ihr meistgeschätzter Besitz. Aber Lotties Bild verließ nie das Atelier.

Ives mußte sich eingestehen, daß dieses Porträt das beste war, das er bislang gemalt hatte. »Du bist eindeutig inspiriert worden«, sagte Dora stets zu ihm, wenn sie bei Lotties morgendlicher Ankunft die Fortschritte des vorherigen Tages prüften, bevor man sich an die Arbeit machte. Lottie bat Dora, zu bleiben und sich mit ihr zu unterhalten, damit die Sitzung weniger langweilig war, und manchmal tat sie es auch und brachte oft die Kinderstrümpfe zum Stopfen mit oder auch ein Kleidchen, an dem die Knöpfe fehlten; so saß sie da und sah ihrem Mann bei der Arbeit zu.

Sie sprachen über vieles, über die Zukunft des Künstlerlebens in Amerika und über das Unverständnis, von dem es – in einer puritanischen Kultur – noch immer umgeben war. Weder Dora noch Lottie waren schon einmal in Paris gewesen. Wie wunderbar wäre es, wenn sie es gemeinsam erleben könnten! Die Franzosen wußten, wie man die scheinbare Unmoral der künstlerischen Denkweise bewerten mußte. Um die Tiefen des Lebens kennenzulernen, mußte man sich an einem Punkt seiner Laufbahn gehenlassen, man mußte sich völlig der ganzen Bandbreite der emotionalen Erschütterung hingeben. Nur indem man aufhörte, das zu verschweigen und sich zu versagen, was unleugbar existierte, um erlebt zu werden, *konnte* man die ganze Botschaft des Gemäldes oder der Sonate oder des Gedichtes eines Künstlers erfassen. Amerika ist ein verkrüppeltes Milieu, aus dem für das Bewußtsein des Künstlers nichts erwachsen kann, was weitreichend und wesentlich genug wäre, um der Zeit zu trotzen. Dem mußte Lottie unwillkürlich zustimmen.

»Da solltest du einmal Oxford in England kennenlernen, wo ich geboren und aufgewachsen bin«, sagte Dora dann. Und sie lachte. Auch Ives lachte, bemerkte aber nichts dazu.

»Als er das erste Mal in meinen Gesichtskreis trat, erschien er mir wie ein junger Lochinvar, der aus dem Wilden Westen kommt!« Sie lachte wieder. »Ich wäre ihm bis ans Ende der Welt gefolgt – und ich hab's getan, stimmt's, Liebling? Ich war von ihm einfach hingerissen.«

Ives malte verbissen weiter, während sie plauderte und Lottie eine Pose zu halten versuchte. »Ich wußte genau Bescheid über ihn. Meine Mutter hielt ihn für einen schrecklichen Menschen. Mein Vater lebte ja nicht mehr. Und nichts, was ich vorbrachte, konnte sie überzeugen. Aber ich war verliebt, nehme ich an. Und ich hatte genug von Oxford. Für eine Heranwachsende ist das ein schrecklicher Ort. Sie spürt natürlich, daß sie umgeben ist von den wahrscheinlich begabtesten Geistern von morgen, aber – du kannst dir nicht vorstellen, wie langweilig es dort für eine junge Frau ist. Die interessieren sich da alle füreinander, nur nicht für sie. Jedenfalls hat dort alles diese Atmosphäre. Das hat mich auch dazu getrieben, daß ich weggehen wollte. Deshalb bin ich hier.«

Dann legte sie ihre Näharbeit hin, wenn eines ihrer Kinder rief, und kehrte unter Umständen für den Rest des Tages nicht wieder. Wenn Lottie der Sitzung überdrüssig wurde, spielte sie, sie spielte, was ihr in den Sinn kam, während Ives auf der Couch lag, die Hände hinter dem Kopf verschränkte und lauschte oder ein neues Stück vorschlug; er erhob sich, stand am Fenster oder ging zuweilen aus dem

Atelier, während Lottie weiterspielte, und überließ ihr den Raum.

Nachmittags wurde regelmäßig Tee serviert, außer an den Tagen, wenn der kleine Paul mitkam. Da es einen ziemlichen Kampf kostete, ihn überhaupt dahin zu bringen, mußte sie immer eher nach Hause zurück. Manchmal machte Ives mit der ganzen Familie eine lange Fahrt über die Landstraßen der Gegend, und die Damen stellten einen Picknickkorb zusammen, den sie an einer günstigen Stelle in den Bergen unter freiem Himmel oder unter ausladenden Bäumen leerten.

Müßige Tage! An der Oberfläche des Geschehens bewegte sich kaum etwas, während Dora von ihrem für das nächste Jahr geplanten Besuch in England sprach und Lottie wieder von Europa träumte und sagte, wie gern sie für ein weiteres Jahr zum Klavierstudium nach Berlin gehen würde – auf Teresa Carreño, die große Lehrerin, war ihre Wahl diesmal gefallen. Die Zeit verstrich, und wenn sie jemals etwas aus sich machen wollte, müßte sie recht bald damit anfangen. Im ganzen gesehen war die Bekanntschaft, die sich zur Freundschaft entfaltet und ihren Sommer so angenehm ausgefüllt hatte, eine äußerst befriedigende Erfahrung gewesen.

»Es war sehr nett, dich diesen Sommer zur Freundin gehabt zu haben. Ich kann dir gar nicht sagen, wieviel mir das bedeutet hat«, hatte ihr Dora gesagt, als die Stechers sich am Labor Day anschickten, ihr geliebtes Landhaus zu verlassen und heimzukehren. »Es hat mir so viel bedeutet – in vielerlei Hinsicht.«

Na, du brauchst nicht so dick aufzutragen, hatte Lottie gedacht. Ich habe auch eine schöne Zeit gehabt.

»Dein Porträt ist wunderschön«, fuhr Dora fort. »Ich bin sicher, daß Gregory sehr zufrieden damit sein muß.«

»Du redest, als würden wir uns für immer Lebewohl sagen. Wir werden uns sicher während des Winters sehen. Ich bestehe darauf.«

»Mein Mann sicherlich, aber ich nicht. Für mich ist es

im Winter sehr schwer, hier fortzukommen. Und danach kommt England. Wieder England!«

»Oh, aber du kehrst zurück.«

»Ja, aber vielleicht nicht hierher. Für Kinder ist es kein sehr geeigneter Ort. Wenn sie ins Schulalter kommen, wird es noch schlimmer. Es ist aber trotzdem ein schönes Plätzchen, nicht wahr? Ich frage mich oft, was daraus werden wird.«

»Rede nicht so«, sagte Lottie. »Ich bin sicher, daß wir alle nächsten Sommer wieder zusammensein werden.«

Von seiner Frau gedrängt, hatte Stecher sich entschlossen, für bloße dreihundert Dollar auf der anderen Seite der Stadt, im Osten, eine verlassene Farm zu kaufen. Sie lag zwei oder drei Meilen weit draußen an einer schmalen unbefestigten Straße in steil-hügeligem Gelände, so daß sie praktisch von keiner Seite eingesehen werden konnte, außer von einer Hütte weiter unten, in der eine verrufene Meute weißen Gesindels hauste, typisch für die Bergregion. Das schmale, niedrige Gebäude, das auf die Zeit des Unabhängigkeitskrieges zurückging, war arg verwahrlost und wurde von zwei armseligen Familien bewohnt, die in unvorstellbarem Schmutz vegetierten. Es gab ein Brunnenhaus, eine einsturzgefährdete Scheune und Felder, die kaum einen Fußbreit ebenen Boden aufwiesen. Sie waren jahrelang nicht bebaut worden und dünn mit Fuchsschwanzgras bestanden.

Die Kastanienbäume, die einst die Gegend geschmückt hatten und von denen die Wälder in der Talsenke und der »Hain« hinter den Farmgebäuden voll gewesen waren, waren alle vom Brand befallen und dem Untergang geweiht. Die Hälfte war schon hinüber, und der Rest würde bald folgen. Nach Osten führte die schmale Straße durch einen tiefen Graben, steil hinunter und dann über einen Kanal, der den Sumpf auf dem Grund entwässerte. Eines der Dinge, die Joe die Vorstellung, den heruntergewirtschafteten Ort zu kaufen, schmackhaft gemacht hatten, war, daß sich dort am Fuße des Hügels verhältnismäßig leicht ein Damm bauen ließ, mit dessen Hilfe man die drei Morgen Sumpf überfluten und einen See schaffen könnte, der dann als Badeteich und Fischteich diente. Aus nördlicher Richtung kam ein kleiner Bach aus den Wäldern und plätscherte im Frühling recht anmutig zum Flüßchen in der Ferne.

Das Anwesen wurde die alte Smith-Farm genannt und war mit dem Geruch nach Schmutz und Armut, nach Lumpen und Nässe im Keller unter den handbehauenen Balken behaftet. Aber das beeinträchtigte in keiner Weise Gurlies rosige Vorstellungen von einer zukünftigen Heimstatt.

Die Squatter, die das Haus besetzten, würden sofort hinausgeworfen werden, um dann Zimmerleute zu holen, die das Dach für den Winter dicht machten; die Böden würden gesäubert und abgezogen werden. Was für wunderbare breite Dielen! Man würde eine Toilette installieren, und im Frühling würden sie einziehen. Ives, der die Farm gesehen und ihren Kauf gutgeheißen hatte, ging sogar so weit, für sie eine brauchbare Scheune aus Feldsteinen zu entwerfen – das würde ihr erster Bau sein – neben einer riesigen Weißeiche, in einer Senke zwischen dem zukünftigen Garten und dem Hügel hinterm Haus; überall nur Hügel! Gurlie war entzückt. Sie wünschte Freßgitter für eine Herde von mindestens zwölf Kühen, auch einen Stall für drei Pferde. Sie würde Schweine und Hühner haben – ein Hühnerauslauf müßte gebaut werden. Hundertfünfzig Morgen! Joe schritt die Grenzen mit den Beamten ab, es ging durch Dickicht und Dornengestrüpp nach Norden bis zur höchsten Erhebung. Auch hinterm Haus stieg das Gelände weiter an, durch dichtbewaldetes Areal, das zur nächsten Farm gehörte, dann fiel es wieder ab, führte über einen Sattel, auf dem die Straße lag, dann wieder bergan bis zu einer von einer struppigen Hecke gesäumten Steinmauer im äußersten Süden, wo sich zehn Morgen Ackerland befanden, ein Feld neben dem anderen an der Straße, und ein Gehölz weißer Birken schmückte das am weitesten nach Westen gelegene Feld.

Joe gefiel der Flecken. Er verfügte zwar nicht über einen

Bach, aber er war auf allen Seiten von Wasser umgeben. Besondere Freude hatte er an den Wäldern und der Einsamkeit. Kein Mensch weit und breit, außer hinter dem Berg im Westen auf der Farm des alten Weigant, einem Nachkommen holländischer Siedler aus besseren Zeiten. Joe wanderte hinüber und machte sich mit dem alten Holländer bekannt, der offenbar bessere Tage erlebt hatte, und traf auch dessen beide schweigsamen Söhne, die ihn ansahen, als wollten sie ihn fragen: Was zum Kuckuck willst du hier oben? Joe erzählte Weigant, daß er die Smith-Farm als Sommersitz gekauft habe und daß er irgendwie eines Tages vielleicht dort ein Haus bauen wollte.

Weigant sagte, er sei in jüngeren Jahren Maurer gewesen, und obwohl er mit der Zeit ganz schön schwer geworden sei und es im Kreuz habe, glaube er, daß er noch ein Tagwerk verrichten könne, wenn es darauf ankomme.

Auf seinem Rundgang hatte Joe ein paar Fasane aufgescheucht und ein paar alte Apfelbäume voller Früchte entdeckt, einen Northern Spy und einen Baldwin im Verein mit dem gewöhnlichen süßen Sommerapfel im Winkel des Küchengartens. Er war überzeugt, daß es reichlich Obst und Wildbret geben würde. Die Würfel waren gefallen – Gurlie würde endlich ein Anwesen auf dem Lande haben, weniger als fünfzig Meilen von New York entfernt und schön gelegen, und obwohl zugegebenermaßen nur wenig von dem Land sich vom Standort her zur landwirtschaftlichen Nutzung eignete, war es malerisch, und der Boden, wo man ein paar ebene Morgen Ackerland finden konnte, gehörte zu den fruchtbarsten.

Ein Farmer aus der Nachbarschaft, ein gewisser Charlie Carpenter, wurde unverzüglich für den Sommer angeheuert, die Scheune wurde in Auftrag gegeben, Zimmerleute und Klempner wurden auf das alte Gebäude losgelassen, und nachdem die Stechers wieder zurück in Riverdale waren und sich alles beruhigt hatte, bekamen alle Freunde davon zu hören.

Aber zunächst mußte man sich um die Hochzeit von

Flossie und ihrem Doktor kümmern. Es war nun September. Für Dezember war der große Schritt geplant, und sie begannen schon eine Liste der Gäste aufzustellen.

Gleich zu Anfang gab es eine Unstimmigkeit. Lottie wollte Ives einladen. Flossie weigerte sich. »Es ist meine Hochzeit, und ich lade ein, wen ich will.« Aber Gurlie handelte eigenmächtig über ihren Kopf hinweg, und Ives wurde eingeladen. Dora konnte die Kinder nicht allein lassen. Da konnte man nichts machen. Ungefähr um diese Zeit war es auch, daß sich Lottie auf dem städtischen Postamt ein eigenes Postfach für ihre Geschäftskorrespondenz als mögliche Konzertpianistin einrichtete.

Die Vorbereitungen für die Hochzeit nahmen den ganzen Herbst in Anspruch. Der junge Arzt beteiligte sich natürlich nicht daran, er war ja nur der Anstifter. Soweit es ihn betraf, hatte es weiter nichts zu bedeuten, als daß er innerhalb von drei Jahren, oder eigentlich zwei Jahren, an dem Punkt angekommen war, wo er genug Geld gespart hatte, daß es ihm möglich erschien, eine Frau zu unterhalten. In den zwei Jahren seit seiner Rückkehr aus Deutschland (wo er Augenzeuge der ersten Zeppelinflüge im Dunst über Leipzig geworden war) hatten Floss und er sich recht gründlich kennengelernt.

Fast jeden Abend in der Woche nutzten sie, um sich in dem kleinen, abgedunkelten Salon im Haus ihrer Eltern immer näherzukommen – wenn sie den ständigen Aufmerksamkeiten des kleinen Bruders entgehen konnten. Er mochte den »Doc«, und der »Doc« mochte ihn. Manchmal duldeten sie ihn in ihrem Zufluchtsort im Parterre und widmeten zur Abwechslung den Abend ihm statt ihren eigenen Angelegenheiten. Alles in allem war es eine quälende Zeit, aber die jungen Leute waren einander zugetan. Und es war eine anstrengende Zeit. Sie waren beide mitgenommen, bleich und hohläugig, als sich die Verlobungszeit schließlich ihrem Ende näherte.

Es war ein kalter, klarer Dezemberabend. Weil er ihr vertraute, hatte der Vater alles in die Hände von Floss gelegt.

Die Kutschen wurden gemietet; eine Liste der Abzuholenden wurde dem Kutscher übergeben; die Braut mit ihrem Gefolge war bereit, zur Kirche gefahren zu werden, als man herausfand, daß Joe in der Besorgnis, daß Floss zu beschäftigt gewesen sein könnte, um sich um Einzelheiten zu kümmern, in letzter Minute alles widerrufen und neue Anweisungen für die Anordnung der Kutschen ausgegeben hatte. Das Ergebnis – ein völliges Durcheinander, alle liefen in die falsche Richtung, und das schlimmste war, daß einer der Pfarrer – es mußten zwei an der Feier teilnehmen – vergessen wurde.

Der Bräutigam, der die ganze Zeremonie verachtete, hielt sich hinter den Kulissen. Die Braut mit ihrem Gefolge befand sich bereits in der Säulenhalle der Kirche. Der Pfarrer war nicht eingetroffen. Da er wußte, daß die Feier nicht ohne ihn vonstatten gehen konnte, entfernte sich der Bräutigam von seinem Platz, bis die Pfarrerin – es war nämlich eine Frau –, die vergeblich auf die Kutsche gewartet hatte, eine Droschke rief und in letzter Minute zur Kirche gelangte.

Floss schritt, bleich wie ein Gespenst, am Arm ihres Vaters das Kirchenschiff entlang, während der junge Arzt, der wohl wußte, wie ihr zumute sein mußte, sie voller Mitgefühl lächelnd erwartete.

Das Stechersche Anwesen war in strahlendes Licht getaucht. Es wurde nur Champagner getrunken. Der Champagner-Punsch war besonders stark, und bis Braut und Bräutigam das Haus verlassen wollten, war die ganze Gesellschaft außer Rand und Band geraten. Einige der Mädchen waren fast bis zur Betrunkenheit beschwipst und erinnerten sich noch lange danach an das Ereignis als des Höhepunktes der Saison, wenn nicht ihres Lebens. Ives und Charlotte hatte man in dem Tumult völlig vergessen, aber als das junge Brautpaar in einem Regen von Luftschlangen, Reis und Konfetti durch die Haustür zu entkommen trachtete, stellte es fest, daß die Tür mit Stricken zugebunden worden war. Das war Ives' Idee gewesen. Aber im nächsten Augenblick waren Charlie seine Freunde zu Hilfe geeilt, hatten die Stricke durchgeschnitten und das Paar hinausgelassen.

30

Den ganzen Sommer hindurch trug Flossie ihr erstes Kind. Kriegsgerüchte kursierten, doch niemand glaubte wirklich daran. Gurlies Traum von einem Gut, das nach dem Heim ihrer Ahnen Alverheim heißen sollte, nahm Gestalt an, und Dora Ives machte sich bereit, ihr Zuhause in Monroe zu verlassen, um ihre Eltern in England zu besuchen. Sie glaubte nicht, daß sie jemals an diesen speziellen Ort im amerikanischen Hinterland zurückkehren würde; er lag zu einsam. Ives hatte sich entschlossen, ihn zum Verkauf anzubieten. Gurlie kaufte seinen wilden Rappen und die verschiedensten Küchenutensilien sowie eine große Standuhr unter dem Vorbehalt, daß er sie ihr zu irgendeiner zukünftigen Zeit wieder abkaufen könne, wenn er das wünschte.

Großen Streit gab es um das kleine Haus auf der Smith-Farm. Sollte man seine klassischen amerikanischen Umrisse erhalten und es nur um einen verkleideten Mittelflügel hinten erweitern und modernen Komfort einbauen, oder sollte man es vom Keller bis zum Dach umbauen? Immer, wenn Flossie und ihr Mann für ein Wochenende herauskamen, wurde der Streit besonders hitzig. Er setzte sich dafür ein, das alte Gebäude unversehrt zu lassen – es nur bewohnbar zu machen –, bis Gurlie eines Tages in Wut geriet und seinen Vorschlag, eine Reihe weißgetünchter Steine zur Markierung der Auffahrt bei Nacht zu verwenden, zum Vorwand nahm, auf ihn loszugehen.

Gurlie gab es ihm: »Wofür hältst du mich?« sagte sie. »Das ist keine arme Farm. Ich habe meinen Stolz, jawohl. Wir wollen nicht wie dieses weiße Lumpenpack hier in den Bergen leben.«

»Was das betrifft«, schlug er zurück, »so habe ich auch meinen Stolz. Aber er gründet sich nicht auf die gleichen Dinge wie bei dir.«

Als der Stall fertig war, wurden dort zwölf Rinder einquartiert, die von Charlie Carpenter betreut wurden, der schon eines der Felder auf dem westlichen Hügel umgepflügt hatte. Er bepflanzte es mit Mais, der, als es im Herbst an die Ernte ging, von der Wurzel bis zu den Rispen vierzehn Fuß maß. Er nahm einen Armvoll Maisstengel und lehnte sie vorn ans Haus, damit alle, die vorübergingen, es sahen.

Die Gartenmauer links vom Haus wurde wieder errichtet, die Stufen zum höher gelegenen Gelände wurden erneuert, und auf dem Kamm wurde ein Dutzend gemischte Fliederbüsche gepflanzt, eine fünfzig Fuß hohe Hecke, die in der fruchtbaren Erde wurzelte und unglaublich schnell wuchs. Zwischen ihr und dem Haus selbst lag der Küchengarten, vierzig Schritte lang und zwanzig breit. Ein Spargelbeet wurde angelegt und bepflanzt, dreißig Rhabarberwurzeln wurden gesetzt, die innerhalb einer Saison genug saftige Stengel lieferten, um ein Regiment damit zu versorgen. Ein Erdbeerbeet und eine Stelle für Himbeeren wurden eingerichtet und auch Logan-Beeren angepflanzt. Von den einjährigen Pflanzen wie Eierfrüchten, Möhren, rote Bete und drei Sorten Salat, Petersilie – alles Erdenkliche – gab es genug für eine zehnmal größere Familie, als die jetzt damit versorgte. Was für ein Boden!

Ein Bad mit jedem modernen Komfort trug viel zum Wohlbefinden im Sommer bei. Gurlie machte Löwenzahnwein aus Unmengen des saftigen, golden blühenden Krauts, das überall wuchs. Im alten Obstgarten jenseits der Straße, der mitgekauft worden war, wuchsen im Gras üppig Walderdbeeren. Eimer um Eimer wurden gepflückt und konserviert. Einmal kamen der junge Doktor und Flossie, als sie die fernen Wiesen hinter dem Wald über der östlichen Senke durchstreiften, zu einem Flecken, der alle bisher gefundenen übertraf. Sie merkten ihn sich und kamen am nächsten Tag mit Eimern wieder, aber es war schon jemand vor ihnen dagewesen. Das Gras war zertreten und die Beeren fort.

Wahrscheinlich waren das die Gebirgler gewesen, die mit Weigants Billigung in eine dreckige Hütte an der Straße gegenüber vom tiefgelegenen Teil des Stecherschen Grundstücks gezogen waren. Ihre triefäugigen, zerlumpten Kinder, die nie sprachen, sah man oft auf ihrem zertrampelten Gelände herumlungern.

Die zwölf tuberkulingeprüften Holsteiner machten das Aufstellen neuer Zäune erforderlich. Einer der Weigant-Jungen wurde als Melker angeheuert. Er war ein hoch aufgeschossener Bursche mit Pferdegesicht, der nicht allzu helle, aber dennoch ziemlich zuverlässig war. In der Käserei des Ortes verkaufte sich die Milch gut, was Gurlies Plänen eine gewisse Glaubwürdigkeit verlieh. Im Stallhof begann der Dungberg zu wachsen. Auch das war ermutigend; genau das brauchten die Äcker im Frühjahr. Aber es dauerte nicht lang, bis die staatliche Aufsichtsbehörde auftauchte und die Empfehlung machte, die Stallfenster mit Gaze zu versehen, eine Kühlanlage einzubauen und bessere hygienische Bedingungen für den Melker zu schaffen. Das machte Gurlie verrückt.

Joe haßte die Kühe. Von Anfang an brachen sie immer wieder aus ihrem Gehege aus und marschierten über den Rasen. Die zwei kleinen englischen Walnußbäume, die er rechts und links vor das Haus gepflanzt hatte, mußten besonders geschützt werden, nachdem sie eines Tages fast im Schlund eines dieser Viecher verschwunden waren. Der Doktor schlug wieder unbesonnen vor, daß man die untere Weide, auf die die Kühe meist gelassen wurden, durch eine Gasse mit dem oberen Hof verbinden solle, einen schmalen, eingezäunten Gang an der Vorderfront des Anwesens entlang, so daß die Kühe durch das Öffnen eines Gatters unten von allein zum Melken bis in die Nähe des Stalles hochkommen könnten, statt daß man sie die Straße entlangtreiben müsse – mit all dem damit verbundenen Herumwandern, In-den-Garten-Eindringen oder völligem Weglaufen. Aber Gurlie stellte sich wieder dagegen. Sie wollte, daß die vordere Fläche schön war. Das würde schließlich die Vorderfront des Gutes werden. Die wollte sie nicht zum Kuhpfad machen. Und wenn sich Gurlie gegen einen vernünftigen Vorschlag wandte, war sie derart heftig und beleidigend, daß alle sie zu hassen anfingen.

Einmal erwischte sie Charlie Carpenter gegen Ende des Tages, wie er mit einer Zweiliterkanne Milch in der Hand gerade fortgehen wollte. »Wohin gehen Sie mit der Milch da?« fragte sie ihn.

»Ich bring sie meinem Cousin.«

»Wer hat Sie damit beauftragt?«

»Keiner. Sie haben jetzt keine Kuh, und mit ihren vielen Gören können sie's brauchen. Sie haben hier mehr als nötig.«

»Stellen Sie das hin. Das ist Diebstahl«, sagte Gurlie.

»Nein, Ma'am. Das ist kein Diebstahl«, sagte Charlie. »Alle hier erlauben den Landarbeitern, daß sie sich soviel Milch nehmen, wie sie wollen.«

»Mit mir können Sie das nicht machen«, sagte Gurlie.

»Gut, Ma'am, ich komme nicht wieder«, sagte Charlie. Und er kam nicht wieder. Und da befand sich Gurlie wirklich in einer Notlage und war auf den Weigant-Jungen angewiesen; bis sie einen anderen Bauern anheuern konnte.

Sie erwischte aber tatsächlich einen guten Bauern, einen Ungarn, einen äußerst kecken Burschen, der mit starkem Akzent sprach. Nachdem er schon ein paar Wochen da war, buk ihm eines Tages die farbige Köchin, die Gurlie für den Sommer mitgebracht hatte, ein paar köstliche Maisküchlein. Joe, der Bauer, aß eines und ließ es sich schmecken.

Julia bügelte gerade, während er beim Frühstück saß. »Was sind das für kleine Kuchen, die du mir gemacht hast? Die sind gut«, sagte Joe.

»Das sind Maisküchlein«, sagte ihm Julia.

»Was? Die sind aus Mais?«

»Ja«, sagte Julia.

»Schweinefutter«, schrie Joe. Und er spie, was er im Mund hatte, auf den Boden.

Julia nahm das heiße Bügeleisen und ging auf ihn los. »Du verschwindest aus meiner Küche«, schrie sie ihn an, »oder ich verbrenn dir das Gesicht!«

Der Mann sprang auf, als wäre der Teufel hinter ihm her, und rannte zur Tür hinaus, verfolgt von Julia. Von da an kam er nicht eher ins Haus, als bis er sich überzeugt hatte, daß die Luft rein war. Seither kochte er seine eigenen Mahlzeiten und aß sie draußen.

Die neue Heißluftheizung füllte mit ihrem großen Heizkessel fast den ganzen alten Keller mit den niedrigen handbehauenen Balken. Es war eine gewaltige Anlage mit einem Luftkanal, der durch den Boden des großen Vorderzimmers heraufkam. Man konnte es kaum aushalten, wenn die Heizung aufgedreht war. Aber sie machte das Haus bei kaltem Wetter bewohnbar.

Alle Hänge um das Haus herum und hinter dem Platz, wo das endgültige Gutshaus stehen würde, waren mit jungen Obstbäumen bepflanzt, mit Birnen, Pflaumen, Pfirsichen und vier oder fünf Sorten von Apfelbäumen, mit Hunderten solcher Bäume.

»In Gottes Namen, was machen Sie da?« fragte man Gurlie. »Sie werden hier draußen mehr Obst haben, als Sie jemals ernten können.«

»Im Staate New York gibt es immer einen guten Markt für Obst.«

»Aber wer soll es spritzen und pflücken?«

»Ach, was verstehen Sie schon von der Landwirtschaft?« war ihre Entgegnung, und mit großer Wahrscheinlichkeit lautete die Antwort: »Nichts.« Daß Gurlie selbst wenig von der Landwirtschaft verstand, schien ihr nicht aufzufallen. Sie ließ in einiger Entfernung von den Gebäuden unten am Waldrand einen vertrackten, mit Türmchen versehenen Schweinestall aus scharfkantigen Bruchsteinen bauen.

»Aber wer wird sie füttern?«

Wie Joe einmal zu einem Freund sagte: »Weißt du, wie man an einer Farm verdient?«

»Nein, erzähl's mir.«

»Verkauf sie!« vertraute ihm Joe hinter vorgehaltener Hand mit kehligem Flüstern an.

Aber Gurlie ließ am Rand des einsamen Hains, der Joes Lieblingsplatz war, ein steinernes Räucherhaus bauen. Ein Auslauf für Hühner und ein eingezäunter Hof, wo hundert Hennen gefüttert werden mußten, kam noch hinzu. Mehr als einmal mußte der junge Arzt mit dem Einspänner in die Stadt fahren, wo dann der Kornhändler einen Sack geschroteten Mais hinten in den Wagen lud. Innerhalb einer Woche war er aufgefressen. Die Kaufleute in der Stadt gaben Joe nur zu gern jeden gewünschten Kredit, da sie ihn als pünktlichen Zahler kennengelernt hatten.

Er pflanzte alle möglichen Arten junger Nadelbäume auf die Berghänge, auch Lärchen, Balsamtannen, Weymouthkiefern und Fichten, und sie wurzelten alle gut an und wuchsen wie wild. Es versprach in absehbarer Zeit einer der sehenswertesten Orte der Gegend zu werden, wie Gurlie prahlerisch verkündete, solange Joe nur die Rechnungen begleichen konnte und wollte.

Wie auf allen Farmen war Wasser eines der dringendsten Erfordernisse. Der alte Brunnen reichte nicht aus, und sein Wasser war außerdem nicht unbedenklich zu verwenden. Weit unten konnte man den Wasserspiegel sehen. Charlie Carpenter hatte, als er seines Amtes zu walten begann, täglich die Milchkannen hineingesenkt, um sie zu kühlen, aber das konnte nicht so weitergehen. Es gab dort sogar eine Art Vorratsschrank für Butter und andere verderbliche Lebensmittel, der seinen Zweck auch erfüllte, aber schließlich mußte man etwas schaffen, was praktikabler war.

Im Hochsommer kam also der Bohrtrupp und begann mit der Arbeit. Zunächst brachten sie unterhalb des Berghöckers hinter dem Stall und der großen Eiche eine Bohrung nieder, von wo die Schwerkraft das, was sie fanden, in die Gebäude leiten würde, die alle tiefer lagen. Sie fanden auch dicht unter der Oberfläche Wasser, aber es war kein gutes Wasser, und es gab nicht viel davon. Daher mußten sie tiefer hinuntergehen, über die Fünfhundertfußmarke hinaus, und dort stießen sie auf einen guten Vorrat, aber das Wasser war zu alkalisch, für den Hausgebrauch ungeeignet.

Schließlich gaben sie diesen Platz ganz auf und gruben unmittelbar am Fuß des letzten Hügels vor dem Tiefland eine acht Schritt breite und dreißig Fuß tiefe Zisterne, kleideten sie mit einzelnen Steinen aus, installierten eine elektrische Pumpe und lösten damit das Problem. Es war ein teueres Unterfangen, aber es war nicht zu vermeiden gewesen. Wenigstens wurden nun die Kühe ordentlich versorgt.

Dann gab es da noch das Eishaus am Fuß des Hügels, nicht weit vom alten Haus entfernt. Der Platz war auch früher schon für den gleichen Zweck genutzt worden, aber die Gebäude waren verfallen. Das Eis konnte aus einem nahe gelegenen Teich heraus- und eine kleine Böschung bis zum Bergrücken hinaufgezogen werden, von wo man die Eisblöcke von oben hineingleiten lassen konnte, bis der praktisch unterirdisch gelegene Raum bis zur Decke vollgepackt war. Doch vorn, gegenüber von Schuppen und Haus, wies das Eishaus zu ebener Erde eine verriegelte Tür auf, aus der man bei Bedarf mit Sägespänen bedeckte Eisblöcke ziehen konnte. Das Eis reichte den ganzen Sommer. Der junge Doktor, der nichts von Farmen verstand, war beeindruckt.

Während all das vor sich ging, wurde Paul, dem es schwergefallen wäre, an diesem einsamen Ort Gefährten zu finden, in ein Ferienlager geschickt.

Als jener erste Sommer vorrückte, wurde es für jedermann deutlich, daß der Ort ein idealer Platz für einen New Yorker Geschäftsmann und seine Familie war, wohin man sich zur Erholung und zum Genießen der sommerlichen Reize der Natur zurückziehen konnte. An den Wochenenden war Joe dort restlos glücklich. Sonntags saß er auf der schmalen Veranda, die auf den alten Obstgarten blickte, rauchte seine Zigarre und beobachtete seelenruhig, wie der Tyrannvogel unterm Rand des Verandadaches furchtlos seine Jungen weiterfütterte, drei Schritte von seiner müßigen Hand entfernt. Er hatte Klematis angepflanzt, die von Anfang an üppig wuchsen und sich an dem Spalier rechts und links von ihm emporrankten. Er hatte einen kleinen Mischlingshund gekauft, der sich zu seinem treuen Freund und Begleiter entwickelte, ein typischer Köter mit Stummelschwanz und von kräftigem Bau, der den Waldmurmeltieren, von denen die Steinmauern überall wimmelten, den Tod brachte.

Diese Steinmauern interessierten Gurlie wegen ihres Alters und wegen der Fossilien, die sie in ihnen fand. Joe brachte oft einen Brocken mit versteinerten Muscheln mit nach Hause, den man für den Bau der zukünftigen Kamine aufhob.

Aber das Wäldchen oberhalb des Stalles war Joes ganz besonderer Zufluchtsort, wenn er sonntags, nachdem er den Flecken mit Mike an seiner Seite bis in den entlegensten Winkel erkundet hatte, hierherkam, wo man eine Hängematte aufgehängt hatte, sich eine Zigarre anzündete und, den Hund zu Füßen, eine herrliche Stunde lang döste.

Er hatte das Wäldchen, in dem Heidelbeeren und wilde Azaleen üppig wuchsen, zum großen Teil eigenhändig gesäubert, und das hatte ihm Spaß gemacht. Er hatte dabei die herumliegenden Steine, so viele er davon bewegen konnte, aufgelesen und sie akkurat aufgeschichtet. Diese »Festung« nannte er nach dem legendären Ruheplatz des preußischen Schatzkanzlers Spandau. Alle wußten, daß dieses steinerne Bauwerk seine private Festung war. Es war schließlich von vier Schritten Umfang und mannshoch; die Steine fügten sich wie bei einer gotischen Kathedrale ineinander. »Spandau!« pflegte er mit seinem ironischen Lächeln zu sagen, und man wußte nie genau, was er damit meinte.

Von allen Standorten auf der Farm aus, von der vorderen Veranda, vom Wäldchen und vom hochgelegenen Feld hinter dem Obstgarten, konnte man den niedrigen Bergkamm sehen, auf dessen höchster Erhebung die langgestreckte Steinvilla des verstorbenen Eisenbahnzaren stand, der ein Jahr nach ihrer Erbauung gestorben war. Da die Farm nach Süden blickte, war in klaren Nächten das hellste Sternbild am Sommerhimmel der Skorpion. Das ganze Tal mit diesem das Blickfeld begrenzenden Bergkamm, gekrönt vom Bild des Reichtums in der Ferne, erfüllte Joe anscheinend mit einer eigentümlichen Befriedigung, und es war offensichtlich, daß es ihm hier gefiel.

Die vier Dachstübchen mit schrägen Decken, die sich der Dachkonstruktion anpaßten, standen in jenem Sommer selten leer. Es waren heiße Sommernächte, und zweifellos konnten die Moskitos dort sehr störend sein. Die Betten waren noch primitiv, später würde das alles komfortabler werden, aber trotzdem riß der Strom der Gäste nicht ab. Alle waren von der Lage begeistert, vom wunderbaren Blick ins Tal hinab nach Süden, über die wogenden Felder mit ihren Hainen zu beiden Seiten.

Ende August kam der kleine Paul, der inzwischen zu einem kräftigen jungen Burschen von dreizehn Jahren herangewachsen war, aus seinem Lager wieder, braungebrannt und kerngesund. Wie sein Vater streifte er gern durch Wald und Flur, und oft nahm er, wie sein Vater, ein Gewehr mit, entweder eine leichte Büchse oder eine zwölfkalibrige Schrotflinte, die stets hinter der Küchentür stand. Er war ein guter Schütze, und man hatte ihn im Umgang mit dem Gewehr unterwiesen, so daß er es benutzen durfte, wann immer er wollte.

Sein Lieblingsfleck war das weiße Birkengehölz im westlichen Winkel der Farm, wo die Straße von der Stadt hereinkam. Dort gab es viele Kaninchen, und den Vögeln schien der Ort zu gefallen. Er schoß recht gut. Einmal brachte er eine Waldschnepfe nach Hause, einen Vogel, der nicht leicht zu erbeuten war.

Die Familie verließ den Ort nur sehr ungern, als schließlich der Herbst da war. »Es ist die schönste Jahreszeit«, sagte Gurlie aufgebracht, »und wir müssen nach Hause! Na, es wird nicht für lange sein. Sobald das Haus gebaut und alles geregelt ist, werden wir für immer herziehen«, sagte sie zu ihrem Mann, »und hier wohnen. Ich habe schon einige feine Leute kennengelernt – und es gibt noch viel mehr. Auch reiche Leute. Man hört nie was über sie, aber es sind die besten Leute im Land.«

Joe hatte nichts einzuwenden, außer daß er stets hinzufügte: »Ja, wenn wir nicht vorher Pleite machen.« Aber Gurlie lachte dann, und damit war es praktisch erledigt.

Aber es war so schön! Die Ahornbäume vor dem Haus waren ganz karminrot, die zwei Hickorybäume oberhalb des Grabens, der die Straße querte, waren reines Gold, während ein Tupelobaum im Mauerwinkel des alten Obstgartens am farbenprächtigsten war, seine glänzenden Blätter waren abwechselnd grün und leuchtend rot. Das Brombeergestrüpp und das Erlengebüsch schienen zusammen mit der Goldrute vorn auf den Wiesen geradezu vor Ergriffenheit zu sprechen. Unbelebt, wie sie waren, verlieh ihnen das nahende Ende des Jahres doch Stimme.

Äpfel hingen ungepflückt auf den Bäumen, rot und rotgelb. Der Boden war bedeckt mit ihnen. Was war da zu machen? Es gab eine Apfelpresse, sie wurde aber wenig benutzt; der alte Schimmel hatte soviel Äpfel gefressen, wie gut für ihn waren; die übrigen mußten verrotten. Der verfallene Schuppen unterhalb der Farm auf der anderen Straßenseite mit seinem eingesunkenen Dach und den auf drei Seiten niedergebrochenen Wänden, der Rest von Giftsumach überwuchert, so daß keiner sich näher herantraute, war seinem endgültigen Zusammenbruch ein Jahr nähergerückt.

Schließlich wurde Joe, der Bauer, der den Winter über nach dem Rechten sehen sollte, allein zurückgelassen. Die Familie wurde zur Bahn kutschiert, und jenes Jahr war zu Ende.

31

Gegen Ende Dezember warteten sie täglich darauf, daß die Wehen einsetzten. Am ersten Weihnachtsfeiertag war es soweit. Den ganzen Vormittag kamen sie alle halbe Stunde, und als man drauf und dran war, Dr. Borden zu rufen, ließen sie nach, und die weihnachtlichen Festivitäten gewannen die Oberhand. »Wir sollen also doch kein kleines Christkind bekommen.«

Am Neujahrstag ging das gleiche von vorn los: Im Morgengrauen die Schmerzen; Flossie glaubte, daß dieses Mal das Baby bestimmt kommen würde, doch wieder beruhigte sich alles. »Er ist ein zuvorkommendes Bürschchen«, sagte der junge Doktor, »er will die Festlichkeiten nicht stören. Er braucht mehr Durchsetzungsvermögen.«

In diesem Jahr hatte es noch keinen Schnee gegeben. »Er wird mit dem ersten Schnee kommen«, sagte Floss. Und tatsächlich wurde sie am 7. Januar des schicksalhaften Jahres 1914 von den inzwischen vertrauten Schmerzen geweckt: Es schneite leise. Dieses Mal wußte sie, daß es weitergehen würde. Man rief Dr. Borden, der kam prompt und legte seine Utensilien bereit. Die Schmerzen waren nun heftig. Ihr Mann sollte Flossie das Chloroform verabreichen, aber als sie danach suchten, hatte Borden keines in seiner Tasche, und der junge Doktor hatte auch nicht mehr als zehn oder fünfzehn Tropfen, die nur den Boden seines letzten Fläschchens bedeckten. Es war fünf Uhr früh, keine Apotheke war geöffnet. Was nun?

»Das war zu erwarten«, sagte Floss. »Die Frau des Doktors erhält immer die schlechteste Behandlung. Wie konntest du nur so nachlässig sein?«

Er teilte ihr die kostbare Flüssigkeit tropfenweise zu und gab ihr das notwendigste Minimum, vergeblich bemüht, ihr Schmerzen zu ersparen, während sowohl er als auch sie sich schwitzend durchkämpften. Schließlich hatte er die Flasche abwesend bis auf den letzten Tropfen geleert. Er blickte zum älteren Mann auf. Dann vernahm er einen Schrei, und wieder einen Schrei! Er ließ die leere Chloroformflasche fallen.

»Was ist es?«

»Ein Junge«, sagte der ältere Mann beiläufig.

»Ein Junge!«

»Ein Junge?« sagte Floss betäubt.

Der frischgebackene Vater wollte sich versichern, daß er recht gehört hatte. Ja, ein Junge! Tränen traten ihm in die Augen, als er vorsichtig seine Frau herzte, sie auf die Augen und auf das Haar küßte. Während der folgenden aufregenden Minuten waren die beiden Ärzte schweigend mit ihren kompetenten Handgriffen beschäftigt; sie versorgten das Kind angemessen und kümmerten sich um die junge Mutter, um deren Gesundheit und Wohlergehen zu gewährleisten.

So begann das neue Jahr mit einem männlichen Erstgeborenen für die beiden Großelternpaare. Lottie und Paul kamen, schauten sich das Baby an und äußerten ihr Gefallen an ihm. Joe kam und überreichte Floss einen Scheck über hundert Dollar, mit dem sie ein Konto für das Kind anlegen sollte. Gurlie kam und nahm das Baby in den Arm, betrachtete es gründlich, um festzustellen, ob es ein würdiger Abkömmling der Wikinger sei, und als das bestätigt war, legte sie es weg und beachtete es nicht weiter.

Lottie ihrerseits war ruhelos. Sie kam mit ihren Konzerten nicht so schnell voran, wie das nach ihrer Meinung nötig gewesen wäre, und obwohl sie gut spielte, fehlte da jener letzte Schliff, den sie haben mußte, um in ihrem Fach eine hervorragende Solistin zu sein – das wußte sie, sie am besten von allen.

Sie hatte mit ihrer Mutter darüber gesprochen. »Ich brauche ein Jahr Studium bei jemandem, der einen Namen hat. Ich muß Schülerin von jemandem sein, der so viel Ansehen genießt, daß er mir Gehör verschaffen kann, jemand wie Teresa Carreño.«

»Wo wäre die?«

»In Berlin.«

»In Berlin? Ich weiß nicht, ob dein Vater da zustimmen wird.«

»Für ein Jahr, nur ein Jahr«, bettelte Lottie. »Nach einem Jahr weiß ich, ob ich es schaffe oder nicht. Aber ich will eine Chance. Wenn ich für ein Jahr nach Deutschland gehen und unter einem Meister studieren könnte, und ich glaube, ich möchte lieber bei einer Frau studieren – wenn ich Vater dazu bringen könnte, mir dieses Jahr zu finanzieren – wenn ich innerhalb dieser Zeit kein Anzeichen erkennen lasse, eine erfolgreiche Pianistin zu werden, bin ich bereit, es aufzugeben.«

»Was willst du dann machen?«

»Unterrichten. Bitte, bitte sprich meinetwegen mit Vater. Es wird nicht viel kosten. Und ich werde wie verrückt arbeiten. Hier kann ich das nicht. Ich muß ins Ausland, die Atmosphäre ist dort anders. Man muß zu einem berühmten Lehrer gehen, der einen Namen hat.«

»Frag ihn selbst«, sagte Gurlie. »Er wird mich bloß anschreien. Warum kannst du nicht hier arbeiten? Aber frag doch deinen Vater.«

»Ich traue mich nicht«, sagte Lottie.

Und Gurlie bat dann tatsächlich ihren Mann um diese letzte Geste, um seinem ältesten, unverheirateten Kind eine Karriere zu ermöglichen. Das Ergebnis war ein aufbrausendes »Nein!«. Trotzdem war Lottie dadurch, daß ihre Mutter das Eis gebrochen hatte, ermutigt.

»O Papa«, bat sie, »laß mich hinfahren. Ich werde arbeiten wie keiner zuvor. Die Preise in Europa sind nicht mit den hiesigen zu vergleichen. Gib mir eine letzte Chance. Ich zahl dir alles zurück, sobald ich arbeite, jeden Cent davon. Es ist jetzt schrecklich wichtig für mich.«

»Warum läßt du nicht diesen ganzen Unsinn?« war die Antwort ihres Vaters. »Du wirst nie eine große Künstlerin. Wie alt bist du?«

»Fünfundzwanzig.«

»Du weißt, das ist zu spät. Du hast herumgetrödelt und

für diese ganzen Trottel in einer Kleinstadt wie dieser hier gespielt, seit du aus Leipzig zurück bist. Dir ist es nicht Ernst, nicht so Ernst, wie es einem großen Künstler ist.«

»Das stimmt nicht.«

»Natürlich stimmt das. Wenn einer in Deutschland die Weltspitze erreichen will, dann lebt er nur für seinen Beruf, er macht sich zu dessen Sklaven – jahrelang, er beginnt von Kindesbeinen an. Aber ihr Amerikaner! Faulenzer! Ihr besucht lieber kleine Feste und eßt Eis. Ihr wißt nicht, wie man arbeitet, *arbeitet!* Was glaubst du denn, wie man zum hervorragenden Solisten wird? Durch Arbeit! Ein Aufgehen in der Kunst, das braucht es. Du weißt nicht, was das heißt. Für dich ist das Klavier nur ein Spielzeug.«

Trotzdem gab er – als die Monate ins Land gingen, vielleicht aus Überdruß, wenn es nicht dem jedem Frühling innewohnenden Optimismus zuzuschreiben war, da die Geschäftslage immer noch hervorragend war und sein Sohn immer mehr seinen väterlichen Hoffnungen entsprach und ihm die Farm stets im Sinn lag – seine Einwilligung.

Lottie schwebte wie auf Wolken. Sie war ein verwandeltes Mädchen, angeregt, aufblühend, als begäbe sie sich in die Arme eines Bräutigams. Ihr ganzes Leben war verwandelt. Berlin! war der Refrain, der sie mitriß. Berlin! Berlin! Man hätte denken können, es wäre der Himmel. Noch einen Monat, träumte sie. Ende März würde sie fort sein, ob man nun von einer Weltlage munkelte, die nach Krieg aussah, oder nicht. Sie versprach alles und jedes – es sei nicht für lange, sobald sie sehe, wie die Dinge liefen, welche Fortschritte sie machen könne, wenn diese nicht gut wären, wenn sie nicht innerhalb eines Jahres Erfolg habe, dann würde sie das Ganze aufgeben. Sie schwor bei ihrer unsterblichen Seele, daß sie dann das Ganze über Bord werfen und heimkehren würde. Das sei dann der Schlußpunkt, komme, was wolle, und ihr Vater würde dann mit keinen weiteren Ausgaben für sie belastet.

Also wurde, am Vorabend ihrer Abreise mit dem Dampfer *Kaiser Wilhelm der Große* von Hoboken aus, ein großes Fest für sie gegeben – in einem *smörgåsbord* in New York. Es war ein wunderbares Fest. Alle waren gekommen, alle ihre Freundinnen, alle ihre früheren Liebhaber, die noch ledig und imstande waren, der reizenden jungen Frau Lebewohl zu sagen, Flossie und ihr Mann, alle. Und wenn Joe ein Fest gab, dann war es ein Fest, alles vom Feinsten, und alle waren glücklich, und in froher Stimmung wünschten sie der jungen Frau eine gute Reise.

»Auf Wiedersehen im nächsten Jahr!«

»Ach ja.«

»Wirst du dort drüben irgendeinen Heini heiraten?«

»Was? Sei nicht albern!«

»Ich wette, es wird ein Amerikaner sein, den du auf dem Schiff triffst! Ich wette mit dir hundert zu eins.«

Lottie blieb keine Zeit zur Erwiderung, sondern sie wandte sich an eines der Mädchen, das ein Schniefen vortäuschte: »Ich wünsche dir alles erdenkliche Glück, Liebling, von ganzem Herzen.«

Und am nächsten Tag, dem Tag der Abreise, als ihr der Vater den Scheck überreichte, der ihren Lebensunterhalt für die ersten Monate garantierte, und ihn an einem Ende hielt und sie ihn am anderen, sagte er: »Nun arbeite tüchtig, Charlotte.«

»Das werde ich.«

Er zögerte einen Augenblick. »Wirst du dich mit diesem Nichtsnutz Ives in Europa treffen?« Sie erwiderte seinen Blick, sah ihm geradewegs in die Augen und sagte zu ihm: »Natürlich nicht. Sei nicht albern.« Eine Woche danach, als der Dampfer in Hamburg anlegte, spazierte sie geradewegs in Ives' Arme, und er ging mit ihr ins Bett. Das war das Ende all ihrer Pläne.

Sobald das möglich war, wurden sie getraut. O glückliches, glückliches Paar! Sie entschlossen sich, fürs erste nicht nach Amerika zurückzukehren. Es war seine vierte oder fünfte Ehe, und ihre erste natürlich.

Als die Neuigkeit Amerika erreichte, versuchte Joe, der beträchtlichen Einfluß in der New Yorker Geschäftswelt hatte, das nicht in die Zeitungen kommen zu lassen. Aber es war zu sensationell, um es verheimlichen zu können: »›Ives der Herzensbrecher‹ wieder in Aktion. Tochter eines prominenten New Yorker Geschäftsmannes« etc. Trotz aller Bemühungen Joes kam es irgendwie heraus, und alle erfuhren es.

Joe war außer sich. Er ließ seinen Zorn an Gurlie aus, wegen ihrer Rolle bei der ganzen Affäre, er gab ihr die Schuld am Ganzen. Und weil den Reportern etwas gesagt werden mußte, die sich in ihr Heim drängten und so weit gingen, daß sie auf der Suche nach einem Foto von Lottie ohne Erlaubnis in die obere Etage vordrangen, beschimpfte Joe, wütend, daß man ihn so an der Nase herumgeführt hatte, Ives als »moralischen Krüppel« – und das schmerzte. Auch das ging durch die Presse. Sogar das frischvermählte Paar in Deutschland hörte davon. Als »moralischen Krüppel« brandmarkte er ihn. Seine Tochter enterbte er, behauptete, sie sei nicht seine Tochter, sei es nie gewesen, er habe sie als Kleinkind adoptiert – und in der Tat hatte sie weder mit Gurlie noch mit ihm selbst Ähnlichkeit; er warf sie hinaus. Sie habe sich wieder zu ihresgleichen bekannt, sagte er, sie sei das geworden, was er immer befürchtet habe, hätte einen degenerierten New Yorker geheiratet, der für seine Degeneriertheit berüchtigt sei. Er besorgte es gründlich.

Armer Joe, er senkte das Haupt nicht, sondern blickte seine Freunde kampfeslustig an, als wollte er sie zur Anklage provozieren. Aber das Herz war ihm unendlich schwer. Der Stolz hielt Gurlie aufrecht.

»Vielleicht tut es eure eigene Tochter eines Tages. Erzählt mir nichts«, sagte sie zu ihnen. Bei sich tröstete sie sich mit dem Wissen, daß Ives Geld hatte und seine Frauen anständig versorgen konnte.

»Sie kommt schon zurecht«, versicherte sie einigen der hartnäckigsten Fragesteller. »Ihr braucht euch ihretwegen keine Gedanken machen.« Aber Gurlie sprach nun allen Ernstes davon, aus Riverdale fortzuziehen, das reizende kleine Haus, in dem sie jene letzten glücklichen Jahre gelebt hatten, zu verkaufen und mit Sack und Pack aufs Land zu ziehen. Wie lockend erschien es nun dort beim Herannahen des Sommers!

Joes Freunde, die ihm sehr zugetan waren, wählten ihn auf der letzten Versammlung ihres geliebten vierzehntäglichen Leseklubs zum Vorsitzenden des kommenden Jahres. Er versuchte es abzulehnen, aber keiner wollte etwas davon wissen. »Ich möchte kein Mitleid«, begehrte er seiner Frau gegenüber auf. »Ich trete zurück. Ich lehne es ab.« Aber schließlich überlegte er es sich und ließ sich von ihnen zum Vorsitzenden wählen.

Anfang Juni zog die Familie auf die Farm um, wo das neue Leben anfangen sollte. Überall waren Erinnerungsstücke an die Romanze der älteren Tochter, und die letzte Schmach war, daß Ives, als er im vergangenen Jahr, ehe er wieder ins Ausland ging, sein Heim aufgelöst hatte, Gurlie viele seiner weniger wertvollen Besitztümer verkauft hatte.

»Na gut, das wäre jetzt erledigt.«

Der kleine Paul fuhr wieder in das gleiche Lager wie im vergangenen Jahr, sowohl weil er sich selbst in der Gemeinschaft von Jungen seines Alters wohl fühlte, als auch weil es bequemer war, ihn während der fortwährenden Bauarbeiten auf der Farm nicht im Wege zu haben. Es gab viel zu tun. Der Ort war jetzt für Gurlie und ihren Mann ein Segen.

Wie alles gediehen war! Es war ein wahres Wunder, das ewige Wunder der Erde. Als sie in diesem Frühjahr das erste Mal hinausfuhren, stand bei der südöstlichen Hauswand dicht an den Brettern eine Reihe violetter Zwergiris in voller Blüte.

»Was kann man angesichts solcher Schönheit tun, als sich das Herz erweichen zu lassen?«

Üppig wuchs der Löwenzahn, die einzelnen Blüten, zwei Zoll im Durchmesser, schufen einen dicken Teppich, der überallhin kroch, selbst bis zu den steinernen Stufen des Farmhauses. Veilchen! Als wäre nichts geschehen, was den Geist eines Menschen verstören könnte. Es war eine neue, eine leuchtend neue Welt. Die Kirschbäume, ein kleiner Garten mit einem Dutzend Bäumen auf dem steilen Hang neben dem Eishaus, bildeten ein rosig angehauchtes weißes Blütenmeer, ein dichtes Blütenmeer auf den Bäumen. Die Apfelbäume, die Pfirsich- und die Pflaumenbäume hüpften schier vor kraftvoller Fruchtbarkeit. Und wie die Fliederbüsche – man hatte sie doch erst gestern gepflanzt! – blühten, weiß und lila, in drei Farbschattierungen, einfach und gefüllt, und ihr Duft betäubte die Sinne. Gurlie ging ganz auf in dem Duft, den sie wie keine andere Wohltat des Jahres liebte.

Joe, allein mit seinen Gedanken, wie die auch beschaffen sein mochten, machte wie gewöhnlich seine langen Wanderungen über das Grundstück. Er pflegte mit schlammigen Stiefeln und glühenden Wangen zurückzukommen, sein Sonntagsmahl zu verzehren, gut zu essen, dann im Sonnenschein auf der kleinen Veranda vorn zu dösen. Er maß den Wuchs der Klematis, die sich zu beiden Seiten am Spalier emporrankte, und schien seine kürzliche Enttäuschung völlig zu vergessen.

Wie es seine Art war, beauftragte er den Bruder seines Schwiegersohnes, den Architekten, mit dem Entwurf des neuen Hauses. Daß es anspruchsvoll werden sollte, wurde bald deutlich. Als Fred ihm nämlich den ersten Entwurf eines rustikalen Scharzwaldholzhauses zeigte, von dem er glaubte, das entspräche dem Geschmack des Eigentümers und würde auch auf den Berg passen, mit dem es im Einklang stehen würde, lehnte ihn Gurlie rundweg ab, ohne einen weiteren Gedanken daran zu verschwenden.

»Nein! Ich möchte kein Bauernhaus aus Baumstämmen! Ich will ein Steinhaus, etwas Solides, das die Jahre überdauern soll.« Sie lachte verächtlich über die Idee. »Wofür hältst du mich? Das will ich nicht!« Und Joe gab ihr recht.

Also wurde der Architekt fortgeschickt, damit er einen zweiten Versuch unternahm.

Flossie und ihr Mann kamen an den Wochenenden mit dem Baby heraus. Das ermöglichte ihr wundervolle Siestas, ein Ausruhen vom geschäftigen Leben, das eine Arztfrau führen mußte, es war eine ideale Bleibe für sie und ihren Säugling, und sie genoß den Aufenthalt dort.

Und dann kam da mitten hinein die Nachricht, daß Deutschland in Belgien eingefallen war, und eine schokkierte Welt nahm zur Kenntnis, daß die berühmte *Pax Brittanica* schließlich zu Ende war. Wirklich und wahrhaftig: »Die Lichter erloschen in ganz Europa«, wie Lord Grey das ausdrückte.

Es war etwas zunächst Unglaubliches, Joe konnte es nicht glauben. Er wollte nicht glauben, daß Deutschland nicht durch britische Störmanöver hineingetrieben worden war. Er glaubte nicht, daß sein *Vaterland**, das seinem Herzen nahestand, der Aggressor gewesen war. Er liebte sein Vaterland trotz des Umstandes, daß er es freiwillig verlassen hatte, um seinen Platz an der Seite all derer einzunehmen, die über den Ozean gekommen waren, um ihre Kraft einem besseren, demokratischeren Land zu widmen.

England war schuld, England hatte Deutschland dazu gezwungen. Mußte man dieses aufgeklärte Land, führende Nation der Welt auf den Gebieten Philosophie, Musik, medizinische Forschung, chemischer Fortschritt, mußte man seine Menschen zwingen, England jeden Morgen sogar um ihre Tasse Kaffee zu bitten? Undenkbar.

Joe gab England die Schuld an allem, und solange die Vereinigten Staaten neutral waren, tat er furchtlos und offen seine Meinung kund. »Deutschland wird gewinnen«, sagte er, und bei dessen militärischen Erfolgen in den frühen Kriegsmonaten sah es aus, als würde Paris bald überrannt werden.

Aber er war kein Untertan des Kaisers, er war Bürger der Vereinigten Staaten. Er warf seinem Wahlland Treulosigkeit vor.

Als ein britischer Verleger ihn zu bestechen versuchte, damit er die ganze Etage, die seine Druckerei in der Hudson Street einnahm, für britische Propagandazwecke hergab, protestierte er jedoch mit Nachdruck. Sein Mietvertrag schützte ihn, und der Brite mußte einen anderen Standort suchen.

Aber er war untröstlich über die Ereignisse, wie jeder vernünftige Mensch auf der Welt. Er wollte mit seinen Freunden nicht über den Krieg sprechen, und die naheliegende Vermutung, daß er durch seine Parteinahme für Deutschland gewissermaßen die Interessen der Vereinigten Staaten verriet, machte ihm schwer zu schaffen.

Er streifte wie gewöhnlich auf seinem Grund und Boden umher, ja, die Farm wurde tatsächlich immer mehr zum Dreh- und Angelpunkt seiner Gedanken. Mit ihm wanderten an den Wochenenden der kräftige Mike, der englische Schäferhund Tip, gefolgt vom kleinen Dackel Tootsie, dessen Stummelbeine es mit den langbeinigen Genossen aufzunehmen versuchten, durchs Gelände, und dabei schmiedete Joe Pläne für die Zeit, wo er mit Sack und Pack auf seinen Landsitz umziehen würde, um dort nach seiner Pensionierung seine letzten Lebensjahre in Ruhe und Frieden verbringen zu können.

Ob nun Krieg drohte oder nicht – es war für sie alle ein glücklicher Sommer, und als jener schicksalhafte August zu Ende ging, kam der kleine Paul, der nun nicht mehr so klein war, sondern nicht mehr weit von seinem vierzehnten Geburtstag, zu einem letzten Sichaustoben auf die Farm, da die Ferienlagersaison für diesen Sommer um war, bevor er wieder nach Riverdale und in die Schule zurückkehrte. Er war jetzt ein großer Junge, kerngesund, sonnenverbrannt vom sommerlangen Aufenthalt im Freien, sonnengebleicht sogar sein Haar. Voller Kraft und froh, den mehr oder weniger einengenden Lagervorschriften zu entfliehen, wanderte er mit seinem Gewehr auf der Schulter durchs Gelände, auf der Suche nach einem Waldmurmeltier, einem Rebhuhn, einem Fasan oder Kaninchen.

Sein Lieblingsplatz lag jenseits der Straße, in der Senke, inmitten der Buchen und Eichen, wo ein Bächlein voller Brunnenkresse zwischen sommerwelkem Stinkenden Zehrwurz und Krüppelweiden dahinrann. Ein Schwarm halbflügger Rebhühner waren mehr als einmal in diesem Unterholz aufgestöbert worden, und man wußte, daß es von

Kaninchen bevölkert war, die einem kaum Gelegenheit zu einem anständigen Schuß gaben.

An jenem Tag war er den größten Teil des Vormittags draußen gewesen. Als er gegen Mittag heimkehrte, schlug er einen Bogen um den alten Obstgarten, ging durch Weigants junge Pfirsichbäumchen und kam oben an der Senke heraus, wo gewöhnlich auf der anderen Seite die Kühe auf der Weide waren. Auf dieser Straßenseite waren die alten Zäune alle schon lange umgelegt worden, und das Gras stand hoch. Er kam am Rand der Böschung an und schickte sich an, das Gewehr in der Hand, hinunterzuklettern. Den alten rostigen Draht, der dicht am Boden verborgen war, hatte er nicht sehen können. Er brachte ihn zu Fall, so daß er kopfüber die steile Böschung hinunterstürzte und dabei sein Gewehr fallen ließ, das mit der Mündung voran langsam über die Steine hinter ihm zu rutschen begann.

32

Robert, Julias Junge, hörte es als erster, einen Schuß aus einer Schrotflinte, keine fünfzig Schritte von der Stelle, wo er müßig auf den Küchenstufen saß, gefolgt von einem Schrei: »Ich bin getroffen!«

Robert schrie seiner Mutter im Haus etwas zu, während er dorthin rannte, wo er den Schuß gehört hatte. Als die Frauen dort ankamen, stand Paul am Straßenrand auf den Beinen, aber es war ersichtlich, daß etwas Schlimmes passiert war. Aus dem Gewehr, das hinter ihm die Böschung hinabgeglitten war, hatte sich ein Schuß gelöst, wobei der Gewehrlauf nach unten gezeigt hatte, genau zwischen seine Beine. Er blutete stark.

Sinnlos, von Sicherheitsschlössern zu reden, und davon, ob es klug war, Kindern den freien Umgang mit Feuerwaffen zu gestatten. Die beiden Frauen und der Junge Robert trugen das arme Kind, so gut sie konnten, zum Haus, wagten ihn nicht anzurühren, legten ihn angekleidet, wie er war, auf Decken und ein sauberes Laken auf den Fußboden des Wohnzimmers. Er war bei Bewußtsein und schwieg.

Sie waren anderthalb Meilen von der nächsten Farm mit Telefon entfernt. Weigant besaß keines. Der alte Schimmel war das einzige Transportmittel. Robert ritt ohne Sattel, obwohl er nicht reiten gelernt hatte, den Berg hinunter nach Westen, mit der größten Schnelligkeit, zu der er das Reittier bewegen konnte.

Als er schließlich auf der Bull-Farm ankam, erzählte er dort, was vorgefallen war. Mrs. Bull, eine aufgeweckte Frau, rief einen Krankenwagen, von Gott weiß woher, aber nah war es nicht, dann holte sie ihren Mann aus dem Stall, stieg in ihren Wagen und fuhr, so schnell sie konnte, zur Stecher-Farm, um zu sehen, ob sie helfen könnte.

Flossie und Charlie erfuhren davon, als Gurlie sie am frühen Nachmittag anrief und ihnen mitteilte, daß Paul einen Jagdunfall gehabt habe; daß sie Joe in New York anrufen und, so schnell sie könnten, zur Farm kommen sollten. Das Baby wurde weggebracht, und das junge Paar stieg in seinen Ford-Roadster und verlangte ihm auf der Vierzigmeilenfahrt über die löchrigen Straßen alles ab. Einzelheiten waren nicht mitgeteilt worden. Sie wußten nur, daß der Junge verwundet war, und zwar schwer. Sie riefen Joe sofort an und sagten ihm, er solle unverzüglich mit der Bahn kommen.

Als sie Tuxedo nach dreißig Meilen Fahrt hinter sich hatten, sah Charlie Gurlie in einem Auto, das in die andere Richtung fuhr. Sie bedeutete ihnen wild gestikulierend, daß sie kehrtmachen und ihr folgen sollten. Er erriet, daß ihr Ziel das Krankenhaus in Tuxedo war, ein ausgezeichnetes Krankenhaus, wo der junge Arzt einen fähigen Chirurgen im Bereitschaftsdienst wußte.

Gurlie war inzwischen verschwunden.

Er hatte richtig geraten, und als er das Krankenhaus erreichte, verlor er keine Zeit, sprang aus dem Wagen, Flossie ihm nach, und ging die Treppe hoch zum Operationssaal, wo der Junge seines Wissens nach sein mußte.

Sie waren gerade mit der Notoperation fertig. Der Junge lag wieder im Bett und erwachte aus der Narkose. »Hallo, Doc«, sagte er schwach zu seinem Schwager. Charlie strich ihm leicht über den Kopf und sagte ihm, er solle schlafen.

Im Umkleideraum legte der Chirurg seinen Kittel ab. »Wie geht es ihm?«

Der alte Mann schüttelte den Kopf. »Besser, er stirbt«, sagte er. »Er ist ziemlich schlimm verwundet. Wenn er am Leben bleibt, wird er ein Krüppel sein. Jungen dieses Alters sollte man nie ein Gewehr anvertrauen.« Und er wandte ihm den Rücken zu und legte weiter seine Operationssachen ab.

Aber Charlie konnte nicht so lange warten. Die Frauen, die man nicht in den Operationssaal gelassen hatte, warteten draußen. Sie begrüßten ihn eifrig mit: »Geht es ihm gut?« Charlie schüttelte den Kopf. »Nein. Aber er lebt noch. Laßt ihn ausruhen.«

Dann fiel ihnen Joe ein, der mit dem Schnellzug aus New York kam. In ein paar Minuten würde der in Tuxedo eintreffen. Charlie lief zum Zug, als dieser in den Bahnhof einfuhr. Stecher wußte natürlich nicht, daß sein Sohn hier war, daher mußte der junge Arzt den ersten Wagen besteigen und durch den ganzen Zug laufen in der Hoffnung, ihn zu finden, falls er den Zug tatsächlich erreicht hatte und drinnen war.

Er fand ihn im letzten Wagen, zog ihn rasch vom Sitz und aus dem Zug, bevor der wieder anfuhr, und brachte ihn zum nahe gelegenen Krankenhaus und ans Bett des Jungen, so schnell es ging.

Der Junge war wach und lächelte, als sein Vater zu ihm trat, und sagte: »Hallo, Paps.« – »Hallo, mein Sohn«, sagte der unglückliche Mann. Dann winkte ihn Charlie fort und führte ihn zu den Frauen draußen. Als Charlie ans Krankenbett zurückkehrte, kam er gerade zurecht, um die Schwester den Finger an die Lippen legen zu sehen. Er war tot.

Der junge Arzt ging müde zu den wartenden Angehörigen und verkündete ihnen, ohne zu zögern: »Er ist von uns gegangen.«

Stechers Schultern sackten nach vorn, er sank in sich zusammen, ließ den Kopf hängen, und man konnte sehen, daß ihn alle Kraft verlassen hatte. Er war ein geschlagener Mann.

Die Beerdigung war ein erschütterndes Ereignis. Zum Glück war der Sommer um, so daß es einfach war, die Farm zu schließen und nach Riverdale zurückzukehren. Das entsprach wenigstens dem gewohnten Gang der Dinge und machte es ein wenig leichter zu ertragen. Aber er war nicht mehr da, der hübsche Junge, der von allen so bewundert und von Gurlie und seinem Vater so geliebt worden war, für den sie Pläne geschmiedet hatten. Er wurde ausgelöscht, verschwand gerade da aus ihrem Leben, als anscheinend alle Hoffnungen, zu denen ein Kind Anlaß geben konnte, in Erfüllung gehen sollten.

Aber da war der Krieg, das Leben ging wie zuvor weiter, und ein Tag folgte dem anderen, so wie es immer gewesen war. Alles war so plötzlich geschehen – und vielleicht gerade deswegen schien es, als wäre die Tragödie nie geschehen.

»Es darf nicht sein«, sagte Gurlie bei sich. Aber es war so, und es muß gesagt werden, wie ihr auch zumute war, eine Heulsuse war sie nicht.

Im Oktober, als das erste Treffen des vierzehntäglichen Leseklubs fällig war, nahm Joe seinen Platz wie gewöhnlich ein, obwohl er nur zu gern den Vorsitz niedergelegt hätte.

Es war ein langer Winter und für Deutsch-Amerikaner überall in den Vereinigten Staaten ein bitterer. Der *furor Teutonicus*, der die Bücherei in Löwen zerstört hatte, das Versenken neutraler Schiffe durch U-Boote, die Politik des *spurlos versenkt** von Admiral Tirpitz und die Gründung des Bundes, mit Landpartien zu den Seen von New Jersey und in die Berge, wo immer sich die Sympathisanten des Kaisers samt Frauen und Kindern treffen konnten, charakterisierten den darauffolgenden Frühling und Frühsommer. Aber Joe hatte keinen Anteil daran.

Aus allen diesen Gründen empfand er sich als gezeichneten Mann. Unglück wies im Bewußtsein der Öffentlichkeit auf irgendeine schwere Schuld hin. »Du führst kein redliches Leben«, lautet immer der volkstümliche Schuldspruch, wenn unsere Sterne sich verdüstern; »wenn du ein redliches Leben führen würdest, träfe dich nicht solches Unglück.« Er war verdächtig. Kurz, er war kein treuer Bürger, trotz allem, was man einwenden konnte. Man ging sogar soweit, in seiner Vergangenheit zu wühlen, seine frühere Verbindung zur amerikanischen Gewerkschaft in der Zeit nach seiner Ankunft in Amerika ans Tageslicht zu zerren, als er bei der Cooper-Gewerkschaft zugunsten der Arbeiter zu reden pflegte. Es stimmt, daß er später der Ansicht war, die Arbeiter seien zu weit gegangen – aber er hatte sich schon die Hände schmutzig gemacht; nach Ansicht seiner bürgerlichen Freunde würde er nie wieder sauber werden.

»Es holt einen immer ein.« Als er seine alte Firma verlassen hatte, damit er bei der Bewerbung um den Auftrag für die Zahlungsanweisungen der Vereinigten Staaten gegen sie antreten konnte, und als er den Auftrag dann bekam – Grundstock für seinen Erfolg und seinen »Reichtum« –, da hatte es Gerüchte hinter vorgehaltener Hand über ihn gegeben. »Krumme Geschäfte«, obwohl nichts hätte offener sein können. Gewiß hatte es in der Vergangenheit Machenschaften bei der Vergabe der Aufträge für die Zahlungsanweisungen gegeben. Bei seiner Bewerbung hatte er heimlich vorgehen müssen, das war wohl wahr, er hätte seine Karten nicht zu zeitig aufdecken dürfen, sonst hätte ihn die alte Firma unterboten, selbst wenn sie bei dem Geschäft Verluste gemacht hätte. Krumme Dinge waren im ganzen Bereich des Postministeriums vorgefallen – aber alles, was er, Joe Stecher, getan hatte, war absolut offen und ehrlich gewesen.

Seine Freunde, im mittleren Alter und offensichtlich Laien in dem Geschäft, standen in den Rhododendronbüschen und spähten aus dem Dunkel heraus in die Fenster des früheren Bürgermeisters Arents, um zu sehen, was dort vor sich gehen mochte. Vor ihnen, an der hinteren Wand des großen Vorderzimmers, hing das lebensgroße Porträt eines Mannes in halbmilitärischer Kleidung, einen Filzhut mit Feder auf dem Kopf, ein Gewehr im Arm, die Beine in ledernen Gamaschen.

»Der Kaiser! Weißt du, was das zu bedeuten hat?«

In der Stadt verbreitete sich das Gerücht, daß der frühere Bürgermeister ein Porträt des Kaisers in seinem Vorderzimmer hängen habe. Ein lebensgroßes Porträt. »Ist das nicht allerhand?« Joe selbst bekam eines Abends flüchtig einen seiner engsten Freunde im Gebüsch auf seinem eigenen Rasen vorm Haus zu sehen. Nicht zu fassen! Ihn verließ der Mut.

Sein Schwiegersohn, der Arzt, der den Mann wegen des Ganzen, was er durchgemacht hatte, unendlich bedauerte, bewunderte ihn wie immer und ließ sich nicht betören.

»Na, die haben doch eine Maschinengewehrkompanie«, erzählte man, »die oben in Kronstadt Übungen macht.« Der benachbarte Vorort war weitgehend deutschamerikanisch, es war die Stadt, aus der ihre geliebte und treue Kinderfrau »Wee Wee« stammte, mit deren vortrefflichen Brüdern der junge Arzt eng befreundet war.

Er, der keinen Tropfen deutsches Blut in den Adern hatte, war wütend und schloß sich umgehend dem *Turnverein* * dieses Ortes an und ging zweimal wöchentlich zu Turnstunden dorthin. Er hatte das sowieso nötig, um in guter Form zu bleiben. Er war kein besonders guter Turner, aber es machte ihm Spaß – das gleiche hatte er in Leipzig gemacht, als er an einem früheren Punkt seiner Karriere zum Medizinstudium dort weilte.

Aber seine halbfranzösische Mutter zürnte ihm. »Das ist nicht normal von dir«, fuhr sie auf ihn los. »Du bist halb englisch und halb französisch«, obwohl das nicht ganz stimmte. »Warum tust du das? Du bist kein *boche*. Macht es dir Spaß, daß sie die Franzosen angreifen? *Sie* haben den Krieg angefangen. Es sind Unmenschen! Ich hasse sie.«

Er schenkte ihr keine Beachtung.

Als aber einer der ortsansässigen Ärzte einen anonymen Brief in die Zeitung brachte, in dem stand, er sei prodeutsch, und in dem er die Leute aufforderte, ihn links liegenzulassen, wurde er richtig wütend und schrieb an die Zeitung und erinnerte seine Mitbürger daran, daß die Vereinigten Staaten neutral seien. Er werde sich nicht wegen Gerüchten gegen seine Freunde stellen.

Der frühere Bürgermeister Arents, der mitbekommen hatte, was man über ihn erzählte, daß er ein Bild des Kaisers in seinem Vorderzimmer hängen habe, lud seine Widersacher ins Haus, damit sie das Bild betrachten konnten, und lachte sie aus, als sie feststellen mußten, daß es nur ein Porträt von ihm selbst in Jagdkleidung war. Er hatte gut lachen, Stecher jedoch nicht.

Die Welt war wirklich ein trauriger Ort, von dem man sich am besten zurückzog. Die Jahreszeiten waren wie die See, die immer von neuem das Ufer berannte, jetzt war sie eisbedeckt, menschenleer, aber gleich würde die Sonne wieder hervorkommen, eine freundliche Brandung liefe wie ein Kind heran und überschlüge sich mit Gelächter, weiße Schaumblumen – Purzelbäume. Flossie erwartete ihr zweites Kind.

Aber als die U-Boote immer gefährlicher wurden und sogar alles versenkten, was sie vor den Küsten der Vereinigten Staaten entdeckten; als das Öl und die Schiffstrümmer selbst an die Strände von New Jersey und Long Island gespült wurden und Präsident Wilson schließlich unsere diplomatischen Vertreter aus Berlin zurückgezogen hatte, mußte eine Entscheidung fallen.

Es war der Winter des Jahres 1916. Gesellschaftliche Vereinigungen im ganzen Land verfaßten Resolutionen, die den Präsidenten in seinem Entschluß bestärkten, die Deutschen zu zwingen, ihre rücksichtslose Taktik aufzugeben oder der Möglichkeit ins Auge zu sehen, die Vereinigten Staaten zu ihren Feinden zu zählen. Wir waren in keiner Weise auf einen Krieg vorbereitet, unsere Flotte war unbedeutend, eine Armee gab es gar nicht. Als der vierzehntägliche Leseklub abstimmte, ob man Präsident Wilson bei seiner Politik unterstützen sollte, stimmte Joe mit »Nein«.

»Ich glaube, daß er unrecht hat«, argumentierte Joe. »Wir sind auf dem Papier neutral, aber in Wirklichkeit liefern wir den Engländern Waffen, Brennstoffe, Nahrungsmittel, alles, was sie brauchen, um ihre Angriffe fortzuführen. Das sollten wir nicht tun.«

»Aber wenn Deutschland mit uns Handel treiben könnte, wie damals, als es das Handels-U-Boot *Deutschland* herüberschickte, würden wir auch mit ihm Handel treiben. Aber das kann es nicht. Wir können das Kriegsgeschick nicht beeinflussen. England hat die bessere Flotte; deshalb kann es Handel mit uns treiben. Deutschland hat kein Glück mehr, das ist alles.«

Joe wollte das nicht akzeptieren. »Es ist die Wahrheit, daß wir England unterstützen. Wir unterstützen es auf eigene Gefahr. Deutschland befindet sich im Krieg. Es ist gezwungen, alles, was es kann, für einen Sieg zu tun. Wenn wir auf der Seite Englands sind, dann muß es unsere Schiffe angreifen.« Als man im Klub ein einstimmiges Votum haben wollte, stimmte Joe immer noch mit »Nein«. Von da an wandten sich viele Mitglieder seines Klubs gegen ihn.

Nur wenige Monate später wurde die *Lusitania* im Nordatlantik versenkt, und der Teufel war los. Die Vereinigten Staaten erklärten Deutschland den Krieg. Kurz darauf traten Joe und Gurlie aus dem vierzehntäglichen Leseklub aus.

»Das ist das Ende«, sagte Joe zu seiner Frau.

»Nicht im mindesten«, sagte Gurlie.

»Ich werde das Haus verkaufen. Ich will nicht mehr in diesem gottverdammten Ort leben.«

»Gut, dann ziehen wir auf die Farm und machen sie zu unserem Heim.«

»Die wollen wir auch verkaufen. Alles loswerden. Sie hat uns nur Unheil gebracht.«

»Sie ist wunderbar«, sagte Gurlie. »Es ist der einzige Ort,

wo ich jetzt leben möchte. Wir wollen das Haus bauen, ein festes Haus. Wir können es dort bequem haben. Und ich werde meinen Garten haben. Gib nur zu, daß du selbst gern dort bist.«

»Nicht mehr.« Aber Gurlie behielt wie stets das letzte Wort.

»Nun gut«, sagte er in seiner verzweifelten Stimmung, »wir werden ein Haus bauen. Wir bauen es aus Stein, das größte gottverdammte Haus, das wir uns leisten können. Ein Haus, das zweihundert Jahre stehen soll. Sag dem Architekten, daß wir das schönste Haus wollen, das wir für Geld bekommen können. Das wird es sein.«

Und damit war es beschlossen. Seelisch war Joe auf dem tiefsten Punkt angelangt, den er je gekannt hatte. Aus diesem Grund war seine Unterwerfung vollständig. Man wußte nie, was er dachte; mehr als einmal hatte er abfällige Bemerkungen über die Intelligenz seiner Frau gemacht, so daß andere sie hören mußten. Aber im Augenblick war er gefühlsbedingt völlig abhängig von ihr, er gab sich ganz in ihre Hand. Zum ersten Mal in seinem Leben mußte nichts beschützt werden. Keiner war mehr von ihm abhängig. Lottie war fort, weg mit Schaden. Paul war tot. Vielleicht war das das Beste, was ihm passieren konnte, in der glücklichsten Jugendzeit zu sterben. Wer würde ihn nicht beneiden? Und was die andere anging – er würde darauf achten, daß sie gut behütet wurde, obwohl das nicht nötig war. Der Doktor schaffte das schon.

Er brauchte sich wirklich um nichts zu kümmern als um sich selbst. Ein kühner Geist, ein trunken machender Geist der Befreiung ließ ihn in Lachen ausbrechen (werde ich *verrückt**?), ließ ihn sich selbst im Spiegel über dem Waschbecken betrachten, an jenem Morgen, als er begriff, daß er frei war! Zum ersten Mal ein freier Mann – solange er sich erinnern konnte, hatte er keinen solchen Augenblick erlebt. Er erinnerte sich an Landpartien im Harz in Deutschland, als sie einen in Öl getränkten Lappen über ihren nackten Zehen zusammengefaltet hatten, ehe sie in die

Schuhe fuhren. Zunächst konnte er nicht verstehen, was geschehen war. Aber was machte das schon? (Wann hatte er das schon einmal gesagt – und auch gemeint?) Wem machte das was aus?

Also ließen sie Fred, den Architekten, kommen und erklärten ihm, was sie wollten, ein großes Steinhaus aus einheimischem Gestein, vier Schlafzimmer im ersten Stock, mit offenem Kamin in jedem einzelnen – und auf der Rückseite eine Möglichkeit, einen weiteren Flügel anzubauen, sollten sie das einmal wünschen. Unten eine Wohnung für die Dienstboten. Die Familie würde unterm Dach im zweiten Stock schlafen. Eine praktische Heizung, Kältetechnik, ein Pool- und Billardzimmer im Parterre ...

Soll sie es doch haben! Sie will es – um jeden Preis. Soll sie's doch haben. Ich habe das Geld, ich habe es verdient, ich habe es im Schweiße meines Angesichts verdient. Es gehört mir. Jetzt kann sie es haben. Ich habe es verdient. Es hat mir Spaß gemacht, es zu verdienen. Nun soll sie es ausgeben. Das macht ihr Spaß, und ich bin der Mann, der ihr das ermöglicht. Zum Teufel damit.

Die Bagger begannen ihre Arbeit und stießen nach den ersten Schaufeln Mutterboden auf kieselharten Granit!

»Macht nichts. Sprengt es! Sprengt es heraus!« sagte Joe. »Sprengt den ganzen verdammten Felsen zur Hölle. Weg damit. Wir werden ein Haus haben, dem sich nichts in der Umgebung vergleichen kann. Nichts«, sagte er und blickte zum Wohnsitz des Großkapitalisten auf dem Berg, der deutlich im Süden zu sehen war, »dem sich nichts in der Umgebung vergleichen kann. Pfeif drauf, was es kostet.«

Inhalt